SANG TROUBLE

Robert Galbraith est le pseudonyme de J.K. Rowling, autrice mondialement connue de la série Harry Potter et d'*Une place à prendre* (Grasset, 2012). Les quatre premiers volumes des aventures du détective Cormoran Strike se sont vendus à des millions d'exemplaires à travers le monde et l'ont imposé comme un des nouveaux maîtres du polar.

Paru au Livre de Poche :

Les enquêtes de Cormoran Strike

L'Appel du coucou

Le Ver à soie

La Carrière du mal

Blanc mortel

ROBERT GALBRAITH

Sang trouble

ROMAN TRADUIT DE L'ANGLAIS
PAR FLORIANNE VIDAL

GRASSET

Titre original :

TROUBLED BLOOD
Publié par Sphere en 2020.

ISBN : 978-2-253-94029-6 – 1re publication LGF

à Barbara Murray,
assistante sociale, formatrice pour adultes,
enseignante, épouse, mère, grand-mère,
bridgeuse invétérée
et meilleure belle-mère du monde

Ils la cherchèrent et partout s'enquirent
Où pourraient trouver récits de sa demeure ;
Pourtant rien ne virent. Mais par quel malheureux sort
Ou terrible malheur fut-elle emportée,
Et dérobée à son compagnon adoré,
La chose est longue à raconter…

Edmund SPENSER, *La Reine des fées*

Car, s'il n'en était pas ainsi, il y aurait quelque chose qui disparaîtrait dans le néant, ce qui est mathématiquement absurde.

Aleister CROWLEY, *Le Livre de Thoth*

PREMIÈRE PARTIE

Puis vint l'été joyeux…

Edmund Spenser, *La Reine des fées*

1

Tel fut celui dont je dois parler,
Le champion de la vraie justice, Artegall…

Edmund Spenser, *La Reine des fées*

« Tu es un vrai Cornouaillais. Un pur et dur, gronda Dave Polworth, énervé. Tu ne devrais même pas t'appeler Strike. C'est Nancarrow, ton vrai nom, en principe. Ne me dis pas que tu te considères comme anglais ! »

Le Victory Inn était tellement bondé en cette chaude soirée d'août que les clients préféraient boire dehors, sur les grandes marches de pierre qui descendaient vers la baie. Polworth et Strike étaient assis à l'écart de la foule devant deux pintes de bière. Ils avaient trinqué aux trente-neuf ans de Polworth et, depuis vingt épuisantes minutes, la conversation tournait autour du nationalisme cornouaillais. Strike avait hâte de passer à autre chose.

« Est-ce que je me considère comme anglais ? s'interrogea-t-il à haute voix. Non, je me définirais plus volontiers comme citoyen britannique.

— Va te faire voir, répliqua Polworth, excédé. Tu racontes n'importe quoi. Juste pour me faire sortir de mes gonds. »

Physiquement, les deux amis étaient comme le jour et la nuit. Aussi petit et mince qu'un jockey, Polworth avait un visage tanné, creusé de rides précoces, et des cheveux clairsemés laissant entrevoir un crâne bronzé. Ce jour-là, il portait un jean usé jusqu'à la trame et un T-shirt qu'il avait dû récupérer dans le panier à linge tant il était froissé. Sur son avant-bras gauche, un tatouage figurait la croix noire et blanche de saint Piran, le patron des Cornouailles. À sa main droite, une méchante cicatrice témoignait de sa rencontre avec un requin.

Quant à son ami Strike, il faisait penser à un boxeur sur le retour, ce qu'il était d'ailleurs. Imposant par sa taille, autour d'un mètre quatre-vingt-dix, il avait le nez légèrement de travers et une masse de cheveux bruns et crépus. Il n'arborait aucun tatouage et, malgré l'ombre qui recouvrait son menton en permanence même quand il était rasé de frais, il donnait l'impression, peut-être à cause de son allure, d'avoir jadis servi dans la police ou dans l'armée.

« Tu es né ici, insistait Polworth. Donc tu es cornouaillais.

— Je suis désolé mais si on suivait ce raisonnement, toi tu serais un *Brummie*, vu que tu es né à Birmingham.

— Va te faire voir ! explosa Polworth. Ma mère est une Trevelyan et je suis arrivé dans ce pays à l'âge de deux mois. L'identité, c'est ce qu'on ressent là-dedans. » Il appuya son pouce contre sa poitrine. « Ça fait des siècles que la famille de ma mère habite les Cornouailles…

— Ouais. Personnellement, je ne crois pas trop à ces histoires de sang et de sol…

— Tu sais, lors du dernier recensement, le coupa Polworth, ils ont demandé "Quelle est votre origine ethnique ?" et, ici, la moitié des gens – la moitié, je dis bien – a coché cornouaillais et pas anglais. Sacré progrès.

— Génial, dit Strike. C'était quoi, les autres choix ? Celte ? Romain ?

— Arrête avec ce ton condescendant, répliqua Polworth. À quoi ça te sert ? Tu vis à Londres depuis trop longtemps, mon gars… Il n'y a rien de mal à aimer sa patrie. Rien de mal à ce que les régions cherchent à récupérer un peu du pouvoir que Westminster leur a piqué. Les Écossais vont nous montrer la voie, l'année prochaine. Tu verras. Quand ils auront leur indépendance, les autres suivront. Ce sera l'élément déclencheur. Tous les peuples celtiques vont se casser.

« Tu en veux une autre ? » enchaîna-t-il en désignant le verre vide posé devant son ami.

Strike l'avait rejoint au pub pour oublier un peu ses soucis, pas pour subir ses sermons. La fidélité de Polworth envers le Mebyon Kernow, le parti nationaliste où il militait depuis l'âge de seize ans, semblait s'être renforcée depuis un an qu'ils ne s'étaient pas vus. En règle générale, Strike pouvait compter sur lui pour le distraire et le faire rire, mais dès qu'il démarrait sur l'indépendance des Cornouailles, sujet qui passionnait Strike autant que la décoration d'intérieur ou les horaires de chemin de fer, Dave perdait tout son humour. L'espace d'une seconde, Strike songea à prendre congé en prétextant qu'on l'attendait, mais la perspective de retrouver sa tante malade le déprimait plus encore que les diatribes contre les supermarchés qui refusaient d'apposer la croix de saint Piran sur les produits régionaux.

« Avec plaisir », répondit Strike avant de lui tendre son verre. Dave mit le cap sur le comptoir en saluant en chemin ses nombreuses connaissances.

Resté seul à la table, Strike laissa errer son regard. Ce pub lui rappelait tant de bons souvenirs. Certes, il avait un peu changé au fil des ans mais c'était toujours le QG où il avait autrefois retrouvé sa bande de potes, chaque soir après les cours. Ce lieu suscitait en lui les mêmes impressions ambivalentes qu'à l'époque de son adolescence. Il s'y sentait à la fois totalement chez lui et totalement déplacé.

Après s'être attardés sur les lattes du parquet, les yeux de Strike remontèrent vers les gravures marines ornant les murs. Au passage, il croisa le regard d'une femme accoudée au bar avec une amie. Elle avait un long visage pâle et des cheveux bruns mi-longs, striés de mèches grises. Sa tête ne lui disait rien mais, depuis une heure, il avait remarqué que certaines personnes le fixaient ostensiblement, voire tentaient d'attirer son attention. Strike sortit son portable et fit semblant d'écrire un texto.

Depuis quelque temps, les habitants de St. Mawes l'abordaient sous n'importe quel prétexte. Et il avait le plus grand mal à s'en dépêtrer. Le diagnostic n'était tombé que depuis dix jours mais apparemment tout le monde savait que sa tante Joan souffrait d'un cancer des ovaires et que lui-même, sa demi-sœur Lucy et les trois fils de cette dernière étaient venus offrir leur soutien au couple qu'elle formait avec son mari Ted. Depuis une semaine, chaque fois qu'il s'aventurait hors de la maison, il devait répondre aux questions, remercier les uns et les autres pour leurs marques de sympathie, promettre de transmettre le bonjour et décliner poliment les propositions en tout genre. Il en avait marre de répéter sur tous les tons « Oui, elle est en phase terminale et oui, c'est une épreuve terrible pour nous tous ».

Polworth revint en jouant des coudes et posa les pintes sur la table.

« Et c'est parti mon Diddy », lança-t-il avant de reprendre sa place sur le tabouret.

Il lui avait donné ce surnom en référence au mot *didicoy*, « gitan » en langue cornique. Chaque fois qu'il l'entendait, Strike se rappelait pourquoi ils étaient amis.

Trente-cinq ans auparavant, quand Strike était entré en cours d'année à l'école primaire de St. Mawes, il s'était senti très différent des enfants de son âge, autant par sa taille qu'à cause de son accent. Sa mère était venue accoucher en Cornouailles mais s'était enfuie de la maternité peu de temps après, en pleine nuit, avec son bébé sous le bras, pour retrouver la vie londonienne qu'elle aimait tant. Une vie qui consistait essentiellement à faire la fête et à squatter ici et là. Quatre ans plus tard, elle était revenue au bercail avec lui et la petite Lucy qui venait de naître. Et de nouveau, elle s'était envolée avant l'aube, mais seule cette fois.

Strike n'avait jamais vraiment su ce que contenait le petit mot que Leda avait laissé en partant sur la table de la cuisine. Sans doute était-il question d'un problème avec son propriétaire ou son petit ami du moment, ou peut-être d'un festival de rock qu'elle ne voulait surtout pas rater : avec deux enfants en bas âge, comment aurait-elle pu mener l'existence qu'elle s'était choisie ? Quelle que fût la raison de son absence prolongée, sa belle-sœur Joan, une femme aussi traditionnelle et organisée que Leda était inconstante et chaotique, avait aussitôt acheté un uniforme au jeune Strike puis l'avait inscrit à l'école la plus proche.

Les autres garçons de quatre ans et des poussières l'avaient regardé entrer, bouche bée. Certains pouffèrent de rire quand l'instituteur donna son prénom, Cormoran. Strike était embêté car sa mère avait promis de lui faire la classe à la maison. Il avait tenté d'expliquer à l'oncle Ted que sa maman était contre l'école mais Ted, d'habitude si compréhensif, s'était montré intraitable. Strike avait donc obéi et, du jour au lendemain, s'était retrouvé au milieu de tous ces gosses inconnus s'exprimant avec un accent rigolo. Lui qui n'était pourtant pas du genre pleurnichard était allé s'asseoir à son pupitre avec dans la gorge un nœud gros comme une pomme.

Pourquoi Dave Polworth, le caïd de la classe, avait-il décidé de s'en faire un copain ? Aucun des deux intéressés n'avait jamais su répondre à cette question. Ce n'était pas dû à sa stature impressionnante : les deux meilleurs potes de Dave, des fils de pêcheurs, étaient aussi costauds que Strike. De toute façon, malgré son aspect chétif, Dave s'était déjà bâti une réputation de bagarreur amplement méritée. Au bout de la première journée, il était devenu son ami et son défenseur, bien déterminé à convaincre le reste des troupes, et ce par tous les moyens, que leur nouveau camarade méritait leur respect. Strike était natif des Cornouailles, c'était le neveu de Ted Nancarrow, sauveteur en mer de son état, il ne savait pas où était sa maman et ce n'était pas sa faute s'il parlait bizarrement.

Joan était heureuse d'avoir pu profiter de son neveu pendant une semaine. Bien qu'il ait prévu de partir le lendemain matin, elle l'avait presque mis à la porte ce soir-là, car elle savait que c'était l'anniversaire du « petit Dave ». Elle attachait un grand prix aux liens tissés durant l'enfance et se réjouissait que Strike et Dave Polworth soient restés si proches, malgré les années. Pour elle, cette amitié prouvait deux choses : qu'elle avait eu raison d'inscrire son neveu à l'école contre l'avis de Leda, et que les Cornouailles étaient sa véritable patrie, même si sa vie était à Londres et qu'il avait roulé sa bosse dans pas mal d'autres endroits au fil des ans.

Polworth prit une longue gorgée de sa quatrième pinte, puis regarda par-dessus son épaule la femme brune et son amie blonde, qui continuaient à observer Strike depuis le comptoir.

« Maudits touristes, maugréa-t-il.

— Que deviendrait ton parc sans ces maudits touristes ? fit remarquer Strike.

— S'il te plaît, rétorqua Polworth. La plupart de nos visiteurs sont du coin. Des habitués. »

Polworth avait récemment démissionné d'un poste de cadre dans une société d'ingénierie basée à Bristol pour se faire embaucher comme chef jardinier dans un grand parc ouvert au public, un peu plus loin sur la côte. Plongeur émérite, surfeur accompli, champion de triathlon, il avait toujours été du genre remuant, et il l'était encore, les années et un emploi de bureau ne l'ayant pas guéri de sa passion pour les activités physiques.

« Pas de regrets, alors ? demanda Strike.

— Foutre non. J'avais trop besoin de remettre les mains dans le cambouis. De bosser à l'extérieur. J'aurai quarante ans l'année prochaine. C'était maintenant ou jamais. »

Polworth avait pris sa décision sans en parler à sa femme. Il avait décroché ce boulot, quitté le précédent et annoncé la nouvelle à sa famille un soir pendant le dîner.

« Penny est revenue de sa surprise, j'espère ?

— Elle veut toujours divorcer une fois par semaine, répondit Polworth comme si c'était parfaitement normal. Mais je trouve qu'il valait mieux la mettre devant le fait accompli que passer des siècles à discutailler. En plus, tout s'est bien goupillé. Les gamines adorent leur nouvelle école, la boîte de Penny lui a trouvé un job à la capitale. » Le mot « capitale » désignait Truro, pas Londres. « Elle est heureuse. C'est juste qu'elle refuse de l'admettre. »

Strike ne partageait pas ses certitudes. Polworth avait toujours eu le goût du risque. Il était du genre à se décider sur un coup de tête, sans réfléchir une seconde aux éventuelles conséquences. Mais Strike avait assez de problèmes à résoudre sans devoir en plus se préoccuper de ceux des autres. Il leva donc son verre de bière et, pour éviter de retomber dans des sujets à connotation politique, déclara :

« Eh bien alors, bon anniversaire, mon vieux.

— À la tienne, répondit Polworth en choquant son verre. Que penses-tu des chances d'Arsenal ? Ils vont se qualifier ? »

Strike haussa les épaules. Supporter du club londonien depuis fort longtemps, il espérait le voir arriver en finale de la Ligue des champions. Pourtant il craignait que s'il abordait ce thème, son ami ne renfourche son cheval de bataille et lui reproche encore une fois de trahir son pays natal.

« Et ta vie amoureuse ? fit Polworth pour changer l'angle d'attaque.

— Quelle vie amoureuse ? »

Polworth sourit.

« Joanie pense que tu vas finir par te caser avec ta partenaire. Cette Robin.

— Vraiment ? dit Strike.

— Elle m'en a parlé l'autre week-end, quand je suis venu réparer leur Sky Box.

— J'ignorais que tu avais fait ça pour eux, dit Strike en penchant son bock. C'est sympa de ta part. À ta santé. »

Lui qui avait espéré détourner la conversation vers un sujet plus anodin en était pour ses frais.

« Ils me l'ont dit tous les deux, renchérit Polworth. Joan et Ted. Ils sont persuadés que ce sera elle. »

Et comme Strike ne répondait pas, il insista : « Alors ? Il n'y a toujours rien entre vous ?

— Rien.

— Comment ça se fait ? » s'inquiéta Polworth. Comme pour l'indépendance des Cornouailles, Strike refusait de se fixer un objectif en la matière, et Dave trouvait cela tout aussi regrettable. « Elle est canon, cette fille. J'ai vu sa photo dans le journal. Bon, d'accord, elle joue pas dans la même cour que Milady Berserko », reconnut-il en utilisant le surnom dont il avait autrefois affublé l'ex-fiancée de Strike. « Mais d'un autre côté, elle est loin d'être aussi barge. Pas vrai, Diddy ? »

Strike se mit à rire.

« Lucy l'apprécie, reprit Polworth. Elle dit que vous allez bien ensemble.

— Quand as-tu parlé de ma vie privée avec Lucy ? demanda Strike, soudain agacé.

— Il y a un mois environ. Elle était venue avec les garçons pour le week-end et on s'était fait un barbecue. »

Au lieu de répondre, Strike reprit une gorgée de bière.

« Vous vous entendez bien, il paraît, insista Polworth en le fixant du regard.

— Ouais, c'est pas faux. »

Polworth attendit la suite, les sourcils levés.

« Mais ça foutrait tout par terre, embraya Strike. Je ne veux pas mettre l'agence en péril.

— Bon OK. Mais à part ça, tu ne dirais pas non, hein ? »

Strike laissa passer un blanc. Au comptoir, les deux femmes discutaient. Il aurait parié que c'était de lui.

« J'avoue que j'y pense de temps en temps, dit-il en les observant du coin de l'œil. Mais elle est en plein divorce. C'est compliqué pour elle, en ce moment. En fait, nous passons déjà la moitié du temps ensemble. J'apprécie énormément de l'avoir comme collègue. »

Comme ils étaient amis d'enfance, qu'ils s'étaient déjà accrochés sur la politique et que c'était l'anniversaire de Polworth, Strike essaya de dissimuler l'agacement qu'il ressentait face à cet interrogatoire en règle. Tous les gens mariés qu'il connaissait semblaient prendre un malin plaisir à caser les célibataires de leur entourage, même si leur exemple personnel ne constituait pas une bonne publicité en faveur du mariage. Le couple Polworth, par exemple, semblait fondé sur une constante animosité mutuelle. Quand Penny parlait de son mari, elle l'appelait « l'autre con » plus souvent que par son prénom et Strike ne comptait plus les soirées passées à entendre Polworth se vanter d'avoir réalisé tel ou tel projet qui lui tenait à cœur aux dépens ou contre l'avis de son épouse. L'un et l'autre paraissaient plus heureux et détendus quand ils sortaient avec des amis de leur sexe, et les rares fois où Strike avait mangé chez eux, deux groupes s'étaient formés selon un modèle de ségrégation naturelle, les femmes dans un coin de la maison, les hommes dans un autre.

« Qu'est-ce qui se passera quand Robin voudra un môme ? poursuivit Polworth.

— Je ne crois pas qu'elle en veuille. Elle aime trop son boulot.

— C'est ce qu'elles disent toutes, ricana Polworth. Ça lui fait quel âge maintenant ?

— Dix de moins que nous.

— Elle voudra des mômes, affirma Polworth. Tout le monde en veut. Et ça arrive plus vite chez les femmes. L'horloge biologique.

— Eh bien, ce sera sans moi. Ça ne m'intéresse pas. De toute façon, plus je vieillis moins je pense être fait pour le mariage.

— Moi aussi j'étais comme ça, mon vieux, répliqua Polworth. Et un jour, j'ai compris que j'avais tout faux. Je t'ai déjà raconté, hein ? Comment j'ai fait ma demande à Penny ?

— Je ne crois pas.

— Je ne t'ai jamais parlé de Tolstoï ? » s'étonna Polworth, comme si un tel oubli était inconcevable.

Strike, qui s'apprêtait à reprendre une gorgée de bière, baissa son verre et considéra son ami d'un air perplexe. Polworth était intelligent, mais comme depuis le primaire il rejetait toute forme de savoir n'ayant pas d'application pratique immédiate, il n'avait presque jamais ouvert un livre, à l'exception des manuels techniques. Se méprenant sur l'expression interdite de Strike, Polworth crut bon d'expliquer :

« Tolstoï. C'est un écrivain.

— Ouais, merci, je suis au courant. Mais qu'est-ce que Tolstoï vient faire… ?

— J'étais justement en train de le dire. J'avais rompu avec Penny pour la deuxième fois. Elle n'arrêtait pas de me tanner pour qu'on se fiance, et ça ne me disait rien. Donc je vais dans ce bar, je raconte à mon pote Chris que j'en ai marre, que j'ai pas envie de me mettre la corde au cou – tu te souviens de Chris ? Le grand type qui zozote. Tu l'as croisé au baptême de Rozwyn.

« Bref, je repère un vieux bonhomme accoudé tout seul au comptoir, bourré apparemment. Un peu chochotte, le mec. Veste en velours côtelé, cheveux ondulés. Et ça m'emmerde, parce que je vois bien qu'il nous écoute. Alors, je lui demande "Qu'est-ce que tu mates ?" Il me regarde droit dans les yeux et il me répond : "Suppose que tu portes un fardeau : tant qu'on ne te l'aura pas lié sur le dos, tes mains demeureront embarrassées. Marie-toi et tu retrouveras l'usage de tes mains. Traîner ce fardeau hors mariage, c'est se vouer fatalement à l'inactivité. Prends Mazankov et Krupov. Ce sont les femmes qui ont compromis leur carrière."

« Au début, j'ai cru que Mazankov et Krupov étaient des potes à lui. Mais il m'a dit que non, que c'était un truc qu'avait écrit ce type, Tolstoï.

« On s'est mis à causer et crois-moi si tu veux, Diddy, ç'a été un tournant dans ma vie. Comme si une ampoule s'allumait là-haut, ajouta Polworth en désignant un objet invisible planant à deux centimètres de son crâne dégarni. Il m'a ouvert les yeux. La malédiction du mâle. Pauvre de moi ! J'étais là, un jeudi soir, à essayer de lever une petite et, encore une fois, j'allais rentrer seul chez moi, malheureux comme les pierres. Je pensais au fric que j'avais claqué, et pour rien. Et je me voyais à quarante ans, en train de mater du porno devant ma télé comme un con. Alors, je me suis dit, voilà le secret. C'est à ça que sert le mariage. Est-ce que j'ai une seule chance de trouver mieux que Penny ? Est-ce que c'est si marrant de passer sa vie à draguer des meufs dans les bars ? Penny et moi on s'entend bien. Je pourrais largement trouver pire. En plus, elle est pas moche à regarder. J'aurais toujours une chatte sous la main, qui m'attendrait à la maison. Ce serait pas beau, ça ?

— Dommage qu'elle ne t'entende pas, ricana Strike. Elle retomberait amoureuse de toi illico.

— Ce vieux type un peu chochotte, eh ben, je lui ai serré la main, reprit Polworth sans relever sa remarque. Je lui ai demandé de m'écrire le nom du bouquin et tout. Je suis sorti du bar, j'ai sauté dans un taxi, direction l'appart de Penny, et j'ai cogné à sa porte. Je l'ai réveillée. Elle était en pétard. Elle croyait que je venais la voir parce que j'étais torché, que j'avais rien trouvé de mieux qu'elle et que je voulais juste tirer un coup. Je lui ai fait comme ça : mais non, pauvre quiche, je suis venu te demander en mariage.

« Je vais te dire le titre de ce bouquin, continua Polworth. *Anna Karénine.* » Il termina sa pinte. « Eh ben, c'est de la merde. »

Strike éclata de rire.

Polworth rota puis regarda sa montre. Il savait soigner ses sorties. N'appréciant pas davantage les formules d'adieu que les subtilités de la littérature russe, il se leva en disant :

« Bon, je file. Si je rentre avant 23 h 30, j'aurai droit à ma pipe d'anniversaire – et je ne veux pas manquer ça, mon vieux. Pour rien au monde. »

Ils échangèrent une cordiale poignée de main. Polworth lui demanda d'embrasser Joan pour lui et de l'appeler la prochaine fois qu'il reviendrait au pays. Puis, se frayant un passage parmi les clients du pub, il sortit et disparut au coin de la rue.

2

Le cœur blessé obtient moult consolation
Si un espoir est donné qui apaise l'esprit...

Edmund Spenser, *La Reine des fées*

Strike souriait encore de l'histoire que lui avait racontée Polworth quand il s'aperçut que la femme brune au comptoir s'était tournée dans sa direction comme pour lui adresser la parole. Ce dont la blonde à lunettes qui l'accompagnait semblait vouloir la dissuader. Strike termina sa bière, ramassa son portefeuille, vérifia que ses cigarettes étaient au fond de sa poche et se leva en s'appuyant au mur près de lui. Il attendit un peu, le temps d'assurer son équilibre. Sa jambe artificielle lui jouait parfois des tours, surtout après quatre bières. Rassuré sur sa stabilité, il se dirigea vers la sortie. Ayant salué d'un signe de tête les quelques clients qu'il connaissait de vue et ne pouvait prendre le risque de froisser, il déboucha dans la rue sombre sans que personne l'importune.

Les grandes marches de pierre inégales descendant vers la baie étaient toujours encombrées de consommateurs d'alcool et de tabac. Strike se faufila entre les groupes en sortant ses cigarettes. L'air était particulièrement doux et malgré l'heure tardive de nombreux touristes se baladaient encore sur le front de mer. Pour regagner la maison de Ted et Joan, Strike allait devoir marcher quinze bonnes minutes et grimper une côte. Il tourna brusquement sur sa droite et traversa la rue, en direction de la digue qui se dressait entre le parking des ferries et la zone d'embarquement. Adossé à la paroi, il alluma une cigarette et se mit à contempler la masse d'eau argentée virant parfois au gris ardoise. Un touriste parmi tant d'autres, tapi dans l'ombre, libre de fumer tranquillement sans devoir répondre aux sempiternelles questions sur l'état de santé de sa tante, et de profiter d'un moment de calme avant de retrouver le canapé inconfortable où il avait tenté de dormir six nuits d'affilée sans y parvenir vraiment.

Il avait été unanimement décrété qu'un dur à cuire comme lui, célibataire, sans enfant et ex-militaire de surcroît, ne verrait pas d'inconvénient à coucher dans le salon « parce que tu es capable de dormir n'importe où ». Avant de venir, Strike avait essayé de faire entendre qu'il préférait réserver une chambre dans une pension voisine, au lieu d'encombrer la maison déjà pleine comme un œuf. Mais sa tante n'avait rien voulu savoir. Joan le voyait rarement, et encore moins avec sa sœur Lucy et les trois garçons. Elle voulait l'avoir auprès d'elle et redevenir la mère poule qu'elle avait toujours été pour sa nièce et son neveu, même si la première séance de chimiothérapie l'avait considérablement affaiblie.

Ainsi donc, de guerre lasse, le grand Strike, qui se serait plus volontiers accommodé d'un lit de camp, avait étendu sa lourde carcasse chaque soir sur les coussins en crin de cheval recouverts de satin, et chaque matin avait été réveillé par les cris de ses neveux, lesquels feignaient d'oublier qu'il fallait attendre 8 heures avant de débouler dans le salon. Au moins Jack avait-il la décence de bredouiller des excuses quand il réalisait que leur chambard avait interrompu le sommeil de l'oncle Cormoran. Luke, son aîné, ne s'encombrait pas de telles politesses. Il dévalait les marches en faisant le plus de raffut possible, passait en courant devant Strike pour rejoindre la cuisine et, au lieu de dire bonjour, le dévisageait en ricanant.

Luke était infernal. Entre autres méfaits, il avait réussi à casser les écouteurs tout neufs de Strike, lequel avait toutefois renoncé à faire un esclandre par égard pour Joan. Une autre fois, il n'avait rien trouvé de mieux que de lui chiper sa jambe artificielle et sortir dans le jardin en la brandissant à bout de bras pour narguer son oncle qui l'observait par la fenêtre. Quand le sale gosse s'était enfin décidé à lui rendre sa prothèse, Strike, qui avait très envie d'uriner, incapable de gravir l'escalier pentu à cloche-pied pour se soulager dans les uniques toilettes de la maison, lui avait passé un bon savon sans trop élever la voix. L'engueulade avait dû porter ses fruits puisque le garçon s'était montré étonnamment discret pendant le reste de la matinée.

Chaque matin, Joan disait à Strike « Tu as bien dormi » sans mettre de point d'interrogation à la fin de sa phrase. C'était l'un de ses traits de caractère. Comme l'indécrottable optimiste qu'elle était, Joan s'arrangeait toujours pour que son entourage adopte son point de vue sur les choses, ses armes préférées étant la douceur et la persuasion. Strike n'avait jamais eu le cœur de la contredire. Un jour, à l'époque où il dormait dans son bureau à Londres et craignait de devoir mettre la clé sous la porte par manque de liquidités (un épisode de sa vie dont il n'avait d'ailleurs jamais parlé ni à son oncle ni à sa tante), Joan lui avait joyeusement affirmé au téléphone : « Tu t'en sors drôlement bien. » Et Strike, encore une fois, n'avait pas voulu la décevoir. Quand il avait perdu sa jambe en Afghanistan dans l'explosion d'une bombe artisanale et qu'il s'était réveillé sur un lit d'hôpital, flottant dans un brouillard de morphine, Joan penchée sur lui avait déclaré entre ses larmes : « Tu es bien à ton aise ici. Tu n'as pas mal. » Il aimait sa tante, elle lui avait servi de mère à diverses périodes de son enfance, mais dès qu'il passait un peu trop de temps en sa compagnie, il avait l'impression d'étouffer. Sa façon de ménager la chèvre et le chou, d'ignorer les réalités qui la dérangeaient, voire de les nier carrément, avait tendance à l'épuiser.

Strike distingua un point de lumière au creux d'une vague – un éclair blanc, deux yeux noirs comme de la suie : un phoque se prélassait près de la surface, à quelques mètres de lui. En le regardant flotter entre deux eaux, Strike se demanda si l'animal l'avait repéré. Et par une curieuse association d'idées, il pensa à son associée, Robin Ellacott.

Quand Polworth l'avait interrogé sur ses relations avec Robin, il ne s'était pas montré totalement sincère. Mais, après tout, ces choses-là ne regardaient que lui. En vérité, les sentiments qu'il éprouvait à l'égard de

Robin étaient si complexes et nuancés que lui-même préférait ne pas trop y réfléchir. Un exemple parmi d'autres : chaque fois qu'il se sentait seul, fatigué, découragé, il n'avait qu'une seule envie, celle d'entendre sa voix.

Strike regarda sa montre. Robin avait pris un jour de repos mais, avec un peu de chance, elle ne serait pas encore couchée. En plus, il avait une bonne excuse pour lui écrire : Saul Morris, leur nouveau sous-traitant, devait se faire rembourser ses notes de frais et Strike avait oublié de laisser des instructions à ce propos. S'il lui envoyait un texto à propos de Morris, Robin le rappellerait peut-être pour prendre des nouvelles de Joan.

« Excusez-moi ? » dit une femme derrière lui.

Avant même de se retourner, Strike sut qui c'était : la brune assise au comptoir du pub. Elle avait l'accent londonien et le ton à la fois fébrile et navré des gens qui l'abordaient dans la rue pour lui parler des affaires qu'il avait résolues au cours de sa carrière.

« Oui ? » répondit-il en faisant volte-face.

Son amie blonde l'avait suivie : mais peut-être était-elle plus qu'une amie, songea Strike. Une subtile impression d'intimité émanait d'elles. La quarantaine l'une et l'autre. En jean et chemise légère. La blonde avait la silhouette élancée et le teint hâlé des femmes qui passent leurs week-ends à faire de la randonnée, de la voile ou du vélo. Celles dont on dit qu'elles ont une beauté naturelle. Pommettes hautes, lunettes, queue-de-cheval, elle considérait Strike d'un air sévère.

La brune était plus délicate. De grands yeux gris et brillants, un visage mince. Dans la pénombre, son expression intense, presque hallucinée, lui fit penser aux martyres qu'on voit sur les images pieuses.

« Êtes-vous… êtes-vous Cormoran Strike ? demanda-t-elle.

— Oui, maugréa-t-il.

— Oh, fit-elle en esquissant un petit geste de la main. C'est… c'est tellement étrange. Vous devez détester qu'on vous… je ne veux pas vous déranger, je sais que vous êtes en vacances, ajouta-t-elle avec un rire nerveux, mais… Au fait, je m'appelle Anna… et je me demandais… » Elle respira à fond. « J'aimerais vous parler… de ma mère. »

Strike resta coi.

« Elle a disparu, poursuivit Anna. Elle s'appelle Margot Bamborough. Elle exerçait comme médecin généraliste. Un soir, après sa journée de travail, elle a quitté son cabinet et depuis, personne ne l'a revue.

— Avez-vous prévenu la police ? »

Anna émit un drôle de petit rire.

« Oui… je veux dire, ils sont au courant… ils ont enquêté. Mais ils n'ont jamais rien trouvé. Ça s'est passé en 1974. »

L'eau noire vint lécher les pierres de la digue. Strike crut entendre le phoque souffler de l'air par les narines. Trois jeunes gens éméchés les dépassèrent en titubant. Ils allaient vers le parking des ferries. Le dernier avait levé l'ancre à 18 heures. Strike se demanda s'ils le savaient.

« J'ai consulté…, reprit la femme. Voyez-vous… la semaine dernière… j'ai consulté une médium. »

Et merde, grommela Strike dans son for intérieur.

Durant sa carrière de détective privé, il avait parfois eu affaire à ce genre d'hurluberlus. Les chantres du paranormal. Il les méprisait souverainement, les considérait comme des sangsues abusant des êtres faibles, naïfs ou désespérés.

Un canot s'approchait du rivage. Le bruit de son moteur perturba le calme de la nuit. Apparemment, c'était un taxi commandé par les trois jeunes gens éméchés. À l'idée du mal de mer qui les attendait, ils se mirent à rigoler en se balançant de grands coups de coude.

« La médium m'a dit que j'allais trouver une "piste", poursuivit Anna. Elle m'a dit : "Vous saurez un jour ce qui est arrivé à votre mère. Vous allez trouver une piste et vous devrez la suivre. Bientôt vous comprendrez comment." Alors, quand je vous ai aperçu tout à l'heure dans le pub – *Cormoran Strike*, au Victory – quelle incroyable coïncidence ! J'ai pensé "Il faut que je lui parle". »

Une douce brise ébouriffa ses cheveux bruns mêlés de fils d'argent.

« Viens, Anna, intervint la blonde. Il faut qu'on y aille. »

Elle la prit par les épaules. Strike vit briller une alliance à sa main gauche.

« Nous sommes désolées de vous avoir importuné », dit-elle à l'intention de Strike.

Avec gentillesse mais fermeté, elle tenta d'entraîner sa compagne loin du détective. Anna résista un peu et dit en reniflant :

« Navrée. Je crois… je crois que j'ai trop bu.

— Attendez. »

Strike avait du mal à résister à l'envie de savoir. C'était un besoin impératif chez lui, comme une démangeaison. D'autant plus quand il se sentait las et déprimé. Comme cette nuit. 1974 était l'année de sa naissance. Ce qui signifiait que la famille de Margot Bamborough était à sa recherche depuis que lui-même était en vie.

« Vous êtes en vacances ? demanda-t-il.

— Oui, répondit la blonde. Enfin, nous avons une résidence secondaire à Falmouth. Mais nous vivons à Londres le reste de l'année.

— J'y retourne demain, dit Strike (*Qu'est-ce que tu fiches ?* l'interrogea une voix dans sa tête), mais je pourrais peut-être faire un crochet par Falmouth dans la matinée, si vous êtes disponibles.

— Vraiment ? » répondit Anna dans un souffle. Il comprit qu'elle pleurait en la voyant s'essuyer les yeux. « Oh, ce serait *formidable*. Merci. *Merci beaucoup !* Je vais vous donner l'adresse. »

La blonde ne manifestait pas le même enthousiasme. Mais en voyant Anna fouiller dans son sac à main, elle réagit en disant : « C'est bon, j'ai une carte. » Elle tira un portefeuille de la poche arrière de son jean et tendit à Strike un bristol portant son nom, « Dr Kim Sullivan », sa profession, « psychologue diplômée d'État » et son adresse à Falmouth.

« Parfait, fit Strike avant de glisser la carte dans sa poche. Eh bien, je vous dis à demain matin, donc.

— J'ai une conférence téléphonique dans la matinée, annonça Kim. Je serai libre vers midi. C'est trop tard pour vous ? »

Le message était clair : vous ne lui parlerez qu'en ma présence.

« Non, ça me convient. On se voit à midi, alors.

— Merci mille fois ! » lança Anna.

Kim lui prit la main et les deux femmes s'éloignèrent. Strike les regarda passer sous un premier réverbère, puis se tourna vers le large. Le canot pneumatique transportant les jeunes fêtards n'était plus qu'un point au milieu de la baie immense, le grondement de son moteur de moins en moins audible.

Oubliant qu'il avait prévu d'écrire à Robin, Strike alluma une autre cigarette, sortit son portable et chercha Margot Bamborough sur Google.

Deux photos s'affichèrent. Sur la première, un cliché granuleux, on voyait le visage d'une femme aux traits réguliers. Des yeux un peu trop écartés, des cheveux ondulés, blond foncé, la raie au milieu. Elle portait un genre de débardeur et, par-dessus, un chemisier avec un col à larges revers.

La deuxième représentait la même femme, plus jeune, vêtue en Playboy Bunny. Rien ne manquait : ni la fameuse guêpière, ni les oreilles de lapin, ni les bas noirs, ni la petite queue blanche. Elle portait un plateau garni de cigarettes, apparemment, et souriait à l'objectif. Une autre jeune femme, pareillement vêtue et tout aussi radieuse, se tenait derrière elle. Elle avait les dents légèrement en avant et des formes plus généreuses.

Strike fit défiler la page et finit par tomber sur le nom d'un individu qui avait défrayé la chronique en son temps. Il fut surpris de le voir associé à celui de Margot.

… jeune médecin et mère de famille, Margaret « **Margot** » **Bamborough**, dont la disparition le 11 octobre 1974 rappelait par certains aspects l'enlèvement de Vera Kenny et de Gail Wrightman par Creed.

Bamborough, qui exerçait dans le cabinet St. John's à Clerkenwell, était censée retrouver une amie au Three Kings, un pub du quartier, à 6 heures du soir. Elle ne s'est jamais présentée.

Plusieurs témoins ont vu une camionnette blanche rouler à toute vitesse dans le secteur au moment où **Bamborough** aurait dû arriver à son rendez-vous.

Bill Talbot, l'inspecteur qui enquêtait sur la disparition de **Bamborough**, était convaincu depuis le début que la jeune femme avait été victime du tueur en série sévissant à l'époque dans le sud-est de Londres. Pourtant, on n'a retrouvé aucune trace de **Bamborough** dans l'appartement en sous-sol où Dennis Creed avait emprisonné, torturé et assassiné sept autres femmes.

Le mode opératoire de Creed consistant à décapiter les cadavres de ses victimes…

3

Mais à présent de Britomart il est besoin,
Pour narrer les faits étranges et terribles aventures

Edmund SPENSER, *La Reine des fées*

Si sa journée de repos s'était déroulée comme prévu, en ce moment même Robin Ellacott aurait dû être allongée sur son lit dans l'appartement qu'elle louait à Earl's Court, occupée à lire un bon roman après avoir pris un bain chaud et fait sa lessive de la semaine. Au lieu de cela, elle se trouvait dans sa vieille Land Rover garée devant un Pizza Express, elle portait les vêtements qu'elle avait enfilés le matin même, à 4 h 30, avant de partir pour Torquay, et elle était tellement épuisée qu'elle grelottait malgré la tiédeur de la nuit. Le rétro extérieur lui renvoya son visage blême, ses yeux bleus injectés de sang et le bonnet noir enfoncé sur ses cheveux blond vénitien.

De temps en temps, Robin piochait dans le sachet d'amandes grillées posé sur le siège du passager. Dans son métier, on prenait facilement de mauvaises habitudes alimentaires. Fast-food, barres chocolatées, grignotages en tout genre pour tromper l'ennui pendant les planques. En général, Robin s'efforçait de manger sainement, malgré ses horaires de travail souvent chaotiques, mais ce jour-là, elle en avait plus qu'assez des amandes grillées. Elle aurait tout donné pour une part de pizza comme celle qui trônait sur la table du couple installé derrière la vitre du restaurant. Elle en sentait presque le goût sur sa langue, et ce malgré la puanteur qui régnait autour d'elle, les sièges de sa Land Rover dégageant en permanence une odeur de chien mouillé et de vieilles bottes en caoutchouc, à laquelle s'ajoutaient des relents de vase.

L'objet de sa filature, que Strike et elle avaient surnommé « Houppette » à cause de son postiche posé de guingois, était entré dans la pizzeria une heure trente auparavant, en compagnie de trois autres personnes, dont un adolescent avec un bras dans le plâtre. Ce dernier était le seul qu'elle arrivait à voir de là où elle se tenait, et encore, à condition qu'elle se penche pardessus le siège passager et tende le cou. C'est d'ailleurs ce qu'elle faisait toutes les cinq minutes environ, histoire de vérifier où ils en étaient de leur repas. La dernière fois, on leur avait servi des glaces. L'attente allait donc bientôt se terminer.

Robin essayait de trouver une cause à la déprime qu'elle sentait l'envahir. Mais il y en avait plusieurs : elle était crevée, elle avait mal partout à force de rester confinée dans cette voiture et, surtout, elle avait encore dû renoncer à un jour de congé. À cause de l'absence de Strike, elle travaillait 24 heures sur 24 depuis une semaine. Habituellement, c'était Sam Barclay, leur meilleur collaborateur, qui se coltinait Houppette. Mais ce matin, au lieu de prendre l'avion pour Glasgow où Sam avait prévu de l'attendre, leur cible s'était offert un voyage surprise à Torquay. Par conséquent, Robin n'avait eu d'autre choix que de sauter dans sa Land Rover et le suivre dans le Devon.

À dire vrai, ce n'était pas juste à cause de cela qu'elle avait le moral dans les chaussettes. Il existait deux autres raisons, l'une avouable, l'autre moins.

Premièrement, son divorce. Cette affaire devenait chaque semaine plus compliquée. Depuis que Robin avait quitté son mari infidèle, ils s'étaient revus une seule fois, dans un Pizza Express justement, près du bureau de Matthew. Leur entretien avait été glacial mais ils étaient tombés d'accord pour engager une procédure classique, sur la base d'une séparation de deux ans. Robin était trop honnête pour refuser d'admettre qu'elle portait une part de responsabilité dans l'échec de leur mariage. Matthew l'avait trompée, certes, mais elle-même ne s'était jamais vraiment investie dans leur vie de couple, faisant presque toujours passer son mari après le métier qu'elle adorait. À se demander même si elle n'avait pas saisi le premier prétexte venu pour rompre. De fait, en découvrant la liaison qu'entretenait Matthew, elle avait éprouvé un sacré choc, mais aussi un profond soulagement.

Douze mois s'étaient écoulés depuis la scène de la pizzeria et Robin avait fini par comprendre que Matthew n'avait pas l'intention de la laisser s'en tirer à si bon compte. En réalité, il l'estimait entièrement coupable de l'échec de leur union et comptait la faire payer, au propre comme au figuré. Le compte joint, où était placé l'argent issu de la vente de leur maison, avait été bloqué le temps que leurs avocats parviennent à s'entendre sur la somme que Robin pouvait espérer recevoir, étant donné qu'elle gagnait beaucoup moins que Matthew et que, selon ce dernier, elle ne l'avait épousé – argument largement développé dans sa dernière lettre – que pour bénéficier d'un train de vie qu'elle n'aurait jamais pu atteindre en vivant seule.

Chaque courrier envoyé par l'avocat de Matthew lui causait un peu plus de stress, de rage et de chagrin. Elle comprenait, même sans l'aide de son propre conseil, que son ex ne cherchait qu'à gagner du temps et à lui faire perdre en frais de procédure un argent qu'elle n'avait pas, dans l'espoir qu'elle renonce à toutes ses prétentions et accepte le dédommagement ridicule qu'il proposait.

« Je n'ai jamais connu de divorce aussi difficile, surtout pour un couple sans enfant », avait dit son avocate. Une déclaration qui n'était pas faite pour la rassurer.

Matthew occupait presque autant d'espace dans la tête de Robin qu'à l'époque où ils étaient ensemble. C'était comme si elle devinait ses pensées malgré les kilomètres de silence séparant leurs nouvelles existences radicalement divergentes. Matthew avait toujours été mauvais perdant. De ce mariage étonnamment bref, il s'était sans doute promis de sortir la tête haute, non seulement en raflant la mise mais en faisant peser sur Robin toute la responsabilité du fiasco auquel ils avaient contribué l'un et l'autre.

Telle était la raison principale de sa mauvaise humeur actuelle, bien évidemment. Mais il y avait encore autre chose, une chose inavouable à laquelle elle refusait de penser mais qui lui revenait sans cesse à l'esprit.

L'incident s'était déroulé la veille, au bureau. Saul Morris, leur nouveau sous-traitant, devait passer se faire rembourser ses frais mensuels. Dans le but de procéder au règlement, Robin était revenue spécialement à Denmark Street après avoir vu Houppette regagner sagement le domicile conjugal à Windsor.

Morris, ancien officier de police, travaillait pour eux depuis six semaines. C'était un bel homme brun aux yeux bleu clair, mais Robin ne supportait pas le comportement qu'il avait avec elle. Quand Morris lui parlait, il se sentait obligé d'adopter un ton caressant, si bien que leurs conversations les plus banales prenaient immédiatement un tour presque intime. Il les émaillait de sous-entendus, de petits commentaires personnels et d'expressions à double sens. Robin regrettait amèrement d'avoir discuté un jour avec lui de leurs procédures de divorce respectives car, depuis, il s'autorisait à la traiter comme une copine de galère.

Elle avait espéré revenir de Windsor avant le départ de Pat Chauncey, leur nouvelle secrétaire administrative, mais hélas il était déjà 18 h 10 quand, après avoir gravi l'escalier métallique, elle était tombée sur Morris qui l'attendait devant la porte fermée.

« Désolée, avait-elle lancé en tournant la clé. Les embouteillages. »

Elle avait sorti l'argent de leur nouveau coffre en disant qu'elle était pressée, qu'elle devait rentrer chez elle, mais lui, au lieu de partir aussitôt, était resté planté là, collé comme une ventouse, à lui parler des textos que son ex-épouse lui avait envoyés tard dans la nuit. Jonglant entre politesse et froideur, Robin l'avait écouté d'une oreille distraite jusqu'à ce que le téléphone posé sur son ancien bureau lui fournisse le prétexte qu'elle espérait. En temps normal, elle aurait laissé le répondeur faire son office.

« Je dois prendre cet appel, désolée, l'avait-elle interrompu. Je vous souhaite une bonne soirée. » Et elle avait décroché.

« Agence Strike, Robin à l'appareil.

— Bonjour, Robin, avait susurré une femme à la voix un peu rauque. Le patron est là ? »

Robin n'avait parlé qu'une seule fois à Charlotte Campbell, trois ans plus tôt. Et pourtant, elle l'avait aussitôt reconnue. Par la suite, Robin passerait et repasserait ces quelques mots dans sa tête en les analysant jusqu'au ridicule. Elle avait cru détecter une pointe d'ironie, comme si Charlotte se moquait d'elle. Le fait qu'elle l'ait appelée par son prénom et qu'elle ait désigné Strike comme « le patron » n'en finissait pas d'alimenter la colère froide qui lui rongeait l'estomac.

« Non, malheureusement, avait répondu Robin en cherchant un stylo tandis que son cœur s'affolait dans sa poitrine. Puis-je prendre un message ?

— Pourriez-vous lui demander de rappeler Charlotte Campbell ? J'ai quelque chose qui l'intéressera. Il connaît mon numéro.

— Je n'y manquerai pas.

— Merci beaucoup, avait conclu Charlotte sur ce même ton légèrement sarcastique. Au revoir. »

Robin avait consciencieusement noté : « Charlotte Campbell a appelé, elle a quelque chose pour vous » sur un bout de papier qu'elle avait ensuite posé en évidence sur le bureau de Strike.

Charlotte était l'ex-fiancée de Strike. Ils avaient rompu trois ans auparavant, le jour même où Robin avait commencé à travailler pour l'agence comme secrétaire intérimaire. Dire que Strike rechignait à évoquer ce sujet devant elle aurait été un euphémisme. Pourtant, Robin savait qu'ils avaient vécu ensemble pendant seize ans (« par intermittence », comme le soulignait Strike pour indiquer que leur relation s'était interrompue à plusieurs reprises avant de se terminer pour de bon), que Charlotte s'était fiancée à son mari actuel deux semaines après que Strike l'avait quittée et qu'elle était à présent mère de jumeaux.

Sur cette trame de base s'étaient greffés par la suite d'autres éléments. En effet, après avoir quitté son mari, Robin avait passé cinq semaines chez les meilleurs amis de Strike, Nick et Ilsa Herbert. Robin et Ilsa étaient devenues amies et se voyaient régulièrement depuis, pour boire un verre ou un café. Ilsa, qui n'avait pas sa langue dans sa poche, ne se gênait pas pour dire qu'elle espérait qu'un jour, et bientôt de préférence, Strike et Robin réaliseraient enfin qu'ils étaient « faits l'un pour l'autre ». Chaque fois qu'elle parlait ainsi, Robin lui répondait qu'elle faisait erreur, que sa relation avec Strike était d'ordre professionnel et amical et qu'ils étaient très heureux ainsi. Mais bien sûr, Ilsa n'en croyait rien.

Robin adorait Ilsa mais elle était sincère quand elle la suppliait d'arrêter de jouer les entremetteuses. Et elle avait très peur que Strike la croie à l'initiative des repas à quatre que son amie organisait de plus en plus souvent et qui finissaient par ressembler à des dîners entre couples. Strike avait décliné les deux dernières invitations et, bien que la charge de travail à l'agence réduisît considérablement le temps qu'il consacrait à ses loisirs, Robin avait la désagréable impression qu'il s'était rendu compte des manigances d'Ilsa. Quand elle songeait à la période, certes brève, où elle avait été mariée, Robin ne se rappelait pas avoir traité ses amis célibataires avec une telle grossièreté, faisant fi de leurs choix et de leur sensibilité au point d'exercer son emprise sur leur vie amoureuse.

L'une des méthodes préférées d'Ilsa pour ramener la conversation sur Strike consistait à évoquer Charlotte. Et là, malheureusement, Robin avait tendance à l'encourager, même si elle se le reprochait ensuite. Mais au lieu de satisfaire sa curiosité, ces confidences lui donnaient la nausée, comme lorsqu'on se goinfre d'aliments trop riches tout en sachant qu'on a tort de le faire.

Parmi les détails croustillants ayant émaillé les relations tumultueuses entre Strike et Charlotte, il y avait les multiples ultimatums lancés par cette dernière (« Choisis, c'est moi ou l'armée »), ses deux tentatives de suicide (« Celle d'Arran n'en était pas vraiment une, avait précisé Ilsa, méprisante. Juste de la manipulation ») et les dix jours que Charlotte avait passés dans une clinique psychiatrique, internée d'office. Robin connaissait par cœur certains épisodes particulièrement dramatiques, qu'Ilsa avait intitulés comme des romans de gare « La nuit du couteau à pain », « La robe en dentelle noire » ou « Le message sanglant ». Pour Ilsa, Charlotte n'était pas folle mais simplement méchante. Nick ne partageait pas son opinion, ce qui suscitait souvent de vives disputes entre eux. « Si

Charlotte savait cela, je suis sûre qu'elle jubilerait », avait ajouté Ilsa.

Et voilà qu'à présent, Charlotte téléphonait au bureau en demandant que Strike la rappelle. Garée devant la vitrine du Pizza Express, Robin, accablée de fatigue, se remémora pour la millième fois le fameux coup de fil, comme on ne peut s'empêcher de taquiner un aphte avec la langue. Si elle avait cherché à le joindre à l'agence, cela signifiait qu'elle ignorait qu'il était dans les Cornouailles au chevet de sa tante malade et que, donc, ils ne se parlaient pas régulièrement. Mais d'un autre côté, le ton ironique qu'elle avait eu au téléphone suggérait une certaine connivence entre eux.

Le portable posé sur le siège passager, à côté du sachet d'amandes grillées, se mit à vibrer. Ravie de pouvoir passer à autre chose, Robin s'en empara et vit que Strike lui avait envoyé un texto.

Vous dormez ?

Robin répondit :

Oui

Comme elle s'y attendait, la sonnerie retentit aussitôt.

« Eh bien, vous devriez vous reposer, dit Strike sans préambule. Ça fait combien, trois semaines que vous suivez Houppette jour et nuit ?

— Et j'y suis toujours.

— Quoi ? s'indigna Strike. Vous êtes à Glasgow ? Où est Barclay ?

— À Glasgow. Il l'attendait de pied ferme à l'aéroport mais Houppette n'a pas pris l'avion. Il est parti en voiture pour Torquay, à la place. En ce moment, il mange une pizza. Je suis garée devant le restaurant.

— Mais qu'est-ce qu'il fiche à Torquay, alors que sa maîtresse habite en Écosse ?

— Il rend visite à sa famille numéro un, dit Robin qui aurait bien aimé voir la tête de Strike en ce moment. Il est bigame. »

Son annonce fut suivie d'un silence absolu.

« À 6 heures ce matin, je me suis postée devant la maison de Windsor, reprit Robin. Je comptais le suivre jusqu'à Stansted, le regarder monter dans l'avion et appeler Barclay pour le prévenir qu'il décollait. Mais au lieu de cela, je l'ai vu sortir en trombe de chez lui. Il a sauté dans sa voiture, il a roulé jusqu'à une consigne, il a mis sa valise dans un casier et il est ressorti avec d'autres bagages et sans son postiche. Après quoi, il a pris la route de Torquay.

« Notre cliente de Windsor aura bientôt la désagréable surprise d'apprendre qu'elle n'est pas légalement mariée. Houppette a une épouse à Torquay depuis vingt ans. J'ai discuté avec les voisins en me faisant passer pour une employée du recensement et je suis tombée sur une femme qui était présente à leur mariage. Elle m'a dit que Houppette voyageait beaucoup pour ses affaires mais que c'était un homme charmant. Totalement dévoué à ses fils.

« Il a deux garçons, embraya Robin après avoir attendu quelques secondes pour voir si Strike sortirait de son mutisme. De grands ados. Son portrait tout craché. Ils suivent des études. L'un des deux est tombé de moto, hier – toujours selon la voisine –, il a un bras dans le plâtre et des plaies et des bosses sur tout le corps. J'imagine que c'est en apprenant cela que Houppette a renoncé à son séjour en Écosse et a filé dans le Devon au chevet de son fils.

« Ici, Houppette s'appelle Edward Campion – en fait, John est son deuxième prénom, j'ai cherché sur le Net. La petite famille vit dans une charmante villa, avec jardin et vue sur la mer.

— Bordel de merde, souffla Strike. Donc, sa copine enceinte à Glasgow…

— … n'est pas le plus gros souci de Mrs. Campion de Windsor, compléta Robin. Houppette mène une triple vie. Deux épouses et une maîtresse.

— Mais il est moche comme un pou. Bon je sais, le physique ne fait pas tout, mais quand même. Vous dites qu'il est en train de dîner ?

— Il a mangé une pizza avec sa femme et ses enfants. Je suis devant le resto. Je n'ai pas encore pu le prendre en photo avec ses fils mais je vais le faire. Ça suffira comme preuve. Ils sont sa copie conforme, comme les deux autres à Windsor, mais en plus vieux. À votre avis, comment leur explique-t-il ses absences ?

— Il dit qu'il bosse sur une plate-forme pétrolière ? proposa Strike. À l'étranger ? Au Moyen-Orient ? Ce qui expliquerait pourquoi il fréquente les cabines de bronzage. »

Robin soupira.

« Je pense à notre cliente. Ça va lui faire un choc.

— Et à sa maîtresse de Glasgow aussi, ajouta Strike. Elle va accoucher d'un jour à l'autre.

— C'est étrange. J'ai l'impression qu'il choisit toujours le même type de femme. Si on les place toutes les trois côte à côte, Torquay, Windsor, Glasgow, on dirait la même personne avec vingt ans de moins à chaque fois.

— Où allez-vous dormir ce soir ?

— Dans un Travelodge ou un B&B, répondit Robin dans un bâillement. À condition que je trouve une chambre de libre, ce qui n'est pas gagné en cette saison. J'ai bien pensé rentrer directement à Londres en roulant toute la nuit, mais je suis trop vannée. Je suis debout depuis 4 heures du matin, et hier j'ai fait dix heures dans la journée.

— Pas question de conduire, ni de dormir dans votre voiture, répondit Strike. Prenez une chambre.

— Comment va Joan ? demanda Robin. Si vous avez besoin de prolonger votre séjour dans les Cornouailles, n'hésitez pas. On s'organisera.

— Comme on est tous là, elle refuse de se reposer. Ted dit qu'elle a besoin de calme. J'y retournerai dans deux semaines.

— Donc, vous appeliez pour prendre des nouvelles de Houppette ?

— Pas vraiment. En fait, je voulais vous parler d'un truc qui vient de se passer. Je sortais du pub… »

En quelques courtes phrases, Strike décrivit sa rencontre avec la fille de Margot Bamborough.

« J'ai vérifié sur Internet, dit-il. Margot Bamborough, médecin, vingt-neuf ans, mariée, une fille d'un an. Elle a quitté son cabinet de Clerkenwell à la fin de sa journée de travail en disant qu'elle allait boire un verre avec une amie avant de rentrer à la maison.

Le pub n'était qu'à cinq minutes à pied. L'amie en question l'a attendue mais Margot n'est jamais venue. »

Le regard braqué sur la vitre de la pizzeria, Robin demanda après une courte pause :

« Et sa fille s'imagine que nous trouverons la clé de l'énigme quarante ans plus tard ?

— Le fait de m'avoir croisé dans ce pub peu après sa visite chez la voyante semble avoir renforcé sa détermination.

— Mouais, fit Robin. Et d'après vous, après tout ce temps, combien de chances avons-nous de découvrir ce qui s'est passé ?

— Quasiment aucune, reconnut Strike. Mais par ailleurs, les gens disparaissent rarement sans laisser de traces. »

Strike avait dans la voix une inflexion que Robin connaissait bien. Elle supposa que cette histoire avait excité sa curiosité.

« Donc, vous avez pris rendez-vous avec elle demain ?

— Ça ne coûte rien d'aller voir ! »

Robin ne répondit pas.

« Je sais ce que vous pensez, dit-il, sur la défensive. Une femme désespérée, une voyante… Vous craignez qu'on nous reproche d'exploiter la faiblesse…

— Loin de moi cette idée ! se récria Robin.

— Dans ce cas, pourquoi ne pas écouter ce qu'elle a à dire ? Contrairement à certains, je ne lui demanderai pas d'argent. Je creuserai un peu et si je ne trouve aucune…

— Je vous connais, le coupa Robin. Moins vous trouvez, plus vous cherchez.

— À moins de tomber sur une piste dans un délai raisonnable, je laisserai son épouse gérer le problème. Au fait, oui, c'est un couple de femmes, expliqua-t-il. Sa compagne est psycho…

— Cormoran, je dois raccrocher, dit Robin. Je vous rappelle. » Sans attendre sa réponse, elle coupa la communication et jeta son portable sur le siège passager.

Houppette venait de sortir de la pizzeria, suivi de son épouse et de ses fils. En devisant joyeusement, ils se dirigèrent vers leur voiture garée quelque part derrière la Land Rover. Robin, qui avait laissé cinq véhicules entre eux, leva son appareil photo et prit plusieurs clichés du petit groupe de face un instant avant qu'il passe près d'elle.

Quand ils arrivèrent à sa hauteur, l'appareil avait disparu et Robin était penchée sur son téléphone, comme pour écrire un texto. Dans le rétroviseur, elle vit les Houppette grimper dans la Range Rover familiale et mettre le cap sur leur grande villa en bord de mer.

Incapable de réprimer un nouveau bâillement, Robin composa le numéro de Strike.

« Vous avez tout ce que vous vouliez ? demanda-t-il.

— Ouais, dit Robin qui faisait défiler les vues en se servant de sa main gauche. J'en ai une ou deux où on le voit avec ses fils. Bon sang, il a vraiment des gènes dominants. Ses quatre gamins lui ressemblent trait pour trait. »

Elle remit l'appareil dans son sac.

« Vous réalisez que je ne suis qu'à deux heures de St. Mawes ?

— Disons plutôt trois.

— Si vous voulez…

— Non je ne veux pas. Je refuse que vous veniez jusqu'ici pour repartir ensuite à Londres. En plus, vous m'avez dit que vous étiez fatiguée. »

Pourtant, Robin aurait juré que l'idée ne lui déplaisait pas. Pour se rendre dans les Cornouailles, il avait pris le train, le taxi et le ferry. Depuis qu'il était unijambiste, Strike ne supportait plus les longs trajets en voiture, surtout quand c'était lui qui tenait le volant.

« Tout de même, j'aimerais bien rencontrer cette Anna. Après cela, je vous ramènerai à la maison. Qu'en pensez-vous ?

— Bon, d'accord. Oui, ça me va, répondit Strike, tout content. Si nous décidons de prendre cette affaire, on s'en occupera tous les deux. Ça risque d'être assez lourd. Un dossier classé depuis quarante ans. Mais comme apparemment vous venez de clore le dossier Houppette…

— Oui, soupira Robin. Cette histoire-là se termine, sauf pour la demi-douzaine de personnes dont la vie sera gâchée.

— Vous n'y êtes pour rien, dit Strike pour lui remonter le moral. C'est lui qui s'en est chargé. Qu'est-ce qui vaut mieux pour ces trois femmes ? Découvrir la vérité maintenant ou lorsqu'il cassera sa pipe ? Avec tout le foutu bordel que ça va causer.

— Je sais, dit Robin en bâillant encore une fois. Donc, c'est entendu, je vous rejoins à St. M… »

Son « non » fut rapide et ferme.

« Elles habitent – Anna et sa compagne – à Falmouth. On se retrouve là-bas. Ça vous fera un peu plus court.

— OK, dit Robin. À quelle heure ?

— 11 h 30, c'est possible ?

— Pas de problème.

— Je vous enverrai l'adresse par texto. Maintenant, allez dormir. »

En mettant le contact, Robin s'aperçut que son humeur s'était nettement améliorée depuis ce coup de fil. Elle avait l'impression qu'un jury composé de Matthew, Ilsa et Charlotte Campbell la contemplait, tapi dans la pénombre. Pour éviter de leur montrer sa joie, elle se dépêcha de passer la marche arrière et de quitter sa place de stationnement.

4

Nés de deux pères et d'une même mère,
Mais de nature contraire l'un à l'autre...

Edmund Spenser, *La Reine des fées*

Le lendemain matin, Strike se réveilla peu avant 5 heures. Les premières lueurs de l'aube pénétraient dans le salon à travers les rideaux trop fins. Chaque nuit, le canapé en crin de cheval punissait une partie différente de son corps. Ce jour-là, il avait mal au bas du dos, comme s'il avait reçu un coup de poing dans les reins. Il sauta sur son téléphone, regarda l'heure et, sachant que la douleur l'empêcherait de se rendormir, se cala en position assise.

Il passa une minute à s'étirer et à se gratter la nuque, le temps de reprendre ses marques au milieu du salon surchargé. Puis, ayant entré « Margot Bamborough » dans le moteur de recherche, il examina un instant le visage souriant de la doctoresse, sa chevelure ondulée, ses yeux trop écartés, et ensuite seulement regarda la liste des résultats. Un site consacré aux tueurs en série mentionnait son nom. Il cliqua sur le lien et vit s'afficher un long article illustré par des photos de Dennis Creed prises à divers moments de sa vie, depuis le petit blondinet aux cheveux bouclés jusqu'au repris de justice, un homme mince affligé d'une bouche molle aux lèvres épaisses et d'une paire de lunettes carrées.

Strike trouva une biographie du tueur en série sur le site d'un bouquiniste. L'ouvrage, intitulé *Le Démon de Paradise Park*, avait été publié en 1985 par un journaliste d'investigation à présent décédé mais connu pour son sérieux. Le visage de Creed apparaissait en couleur sur la couverture avec, dans le fond, les portraits en noir et blanc des sept femmes qu'il avait torturées et assassinées. Margot Bamborough faisait partie du nombre. Le bouquin d'occasion coûtait 1 livre. Strike commanda, régla et inscrivit l'adresse de l'agence sur le formulaire de livraison.

Après quoi, il mit son téléphone en charge, ajusta sa prothèse, prit ses cigarettes, son briquet, contourna les tables gigognes branlantes surmontées d'un vase de fleurs séchées et, prenant bien soin de ne pas heurter du coude les assiettes décoratives accrochées au mur, descendit les trois marches qui menaient dans la cuisine. Le lino, qu'il connaissait depuis son enfance, était glacé sous son pied nu.

Strike se prépara une tasse de thé puis sortit dans le jardin, en caleçon et en T-shirt, pour profiter de la fraîcheur. Appuyé contre un mur, il humait l'air iodé entre deux bouffées en songeant à Leda. Au cours des dix derniers jours, il avait souvent pensé à sa mère. Si elle avait vécu, elle aurait eu l'âge de Joan. À part cela, les deux femmes étaient aussi différentes que la lune et le soleil.

« As-tu déjà fumé, Cormy ? lui avait-elle demandé un jour, à travers un nuage de fumée bleue d'origine incertaine. Ce n'est pas bon pour la santé, mais bon Dieu, qu'est-ce que j'aime ça ! »

Certaines personnes s'étonnaient que les services sociaux n'aient jamais mis de l'ordre dans la vie de Leda Strike. Ils l'auraient sans doute fait si la petite famille était restée à la même adresse assez longtemps pour qu'ils la repèrent. Seulement voilà, Leda avait la bougeotte. Elle inscrivait ses enfants à l'école et quelques semaines plus tard, sur un coup de tête, les emmenait ailleurs, vers une nouvelle ville, un nouveau squat. Tantôt elle s'incrustait chez des amis, tantôt, plus rarement, elle louait un vrai appartement. Seules deux personnes savaient où ils étaient à tel ou tel moment : Ted et Joan, les adultes les plus raisonnables que Strike et Lucy aient connus étant petits. Pourquoi n'avaient-ils jamais alerté l'aide à l'enfance ? Mystère. Ted redoutait peut-être que sa sœur lui tourne le dos et Joan que les deux enfants lui en veuillent jusqu'à la fin de leurs jours de les avoir séparés de leur mère.

L'un des événements de sa prime jeunesse dont Strike gardait un souvenir vivace avait eu lieu à St. Mawes, justement. C'était aussi l'une des rares fois où il avait pleuré. Leda avait débarqué sans prévenir après plusieurs semaines d'absence, alors que l'année scolaire avait débuté un mois auparavant. Surprise et furieuse que Ted et Joan aient osé les inscrire à l'école sans l'avoir consultée au préalable, elle avait fait monter ses enfants dans le ferry en leur promettant monts et merveilles dès qu'ils seraient à Londres. Entre deux sanglots, Strike avait tenté de lui expliquer que Dave Polworth avait prévu de l'emmener explorer des cavernes de contrebandiers pendant le week-end, cavernes qui n'existaient sans doute que dans l'imagination de Dave mais qui n'en étaient pas moins réelles pour le garçonnet qu'il était alors.

« Tu les verras, avait promis Leda en lui mettant un paquet de bonbons sous le nez. Et tu reverras aussi ton copain Machin-Chose, t'inquiète.

— Dave, avait répondu Strike dans un hoquet. Il s'appelle D-Dave. »

Pense à autre chose, s'ordonna Strike en allumant une deuxième cigarette au bout incandescent de la première.

« Stick, tu vas attraper la mort, à sortir comme ça en caleçon ! »

Il se retourna. Sa sœur se tenait sur le seuil, emmitouflée dans une robe de chambre en lainage, chaussée de pantoufles en peau de mouton. Ils étaient si différents physiquement que les gens peinaient à croire qu'ils étaient parents, et encore moins frère et sœur par leur mère. Petite, blonde, teint clair, joues roses, Lucy ressemblait comme deux gouttes d'eau à son père, un musicien moins célèbre que celui de Strike, mais un peu plus attaché à sa progéniture.

« Bonjour », dit-il. Mais Lucy revenait déjà avec dans les bras son pantalon, son sweat-shirt, ses chaussures et ses chaussettes.

« Luce, il ne fait pas froid…

— Tu vas choper une pneumonie. Mets ça ! »

Comme Joan, Lucy s'estimait en devoir d'assurer le bien-être des gens qui lui étaient chers. En râlant un peu moins fort qu'il ne l'aurait fait s'il n'avait pas été sur le point de rentrer à Londres, Strike enfila son pantalon du mieux qu'il put, craignant toutefois de perdre l'équilibre et de s'affaler sur le gravier de l'allée. Il finissait de chausser son vrai pied quand Lucy réapparut avec deux tasses de thé.

« Je ne pouvais pas dormir, de toute façon », dit-elle en lui tendant la sienne avant de s'asseoir sur le banc de pierre. C'était la première fois de la semaine qu'ils se retrouvaient seul à seule. Lucy avait passé le plus clair de son temps collée à Joan, à faire la cuisine et le ménage, pendant que Joan, qui ne pouvait concevoir de rester assise dans une maison pleine de gens, la suivait partout en essayant de participer. Et quand Joan n'était pas là, chose rare, c'étaient les fils de Lucy qui prenaient le relais. Tantôt Jack voulait parler avec l'oncle Cormoran, tantôt les deux autres réclamaient une chose ou une autre à leur mère.

« C'est horrible, n'est-ce pas ? dit Lucy en contemplant la pelouse et les parterres de fleurs que Ted entretenait avec amour.

— Ouais, soupira Strike. Mais croisons les doigts. La chimio…

— Elle ne guérira pas. Ça ne fera que prolong… »

Lucy secoua la tête et s'épongea les yeux avec la feuille de papier toilette qu'elle avait trouvée dans la poche de sa robe de chambre.

« Je l'appelle deux fois par semaine depuis vingt ans, Stick. Les garçons ont toujours connu cette maison. C'est la seule mère que j'ai eue. »

Strike savait qu'il aurait dû se taire mais ne put s'empêcher de rétorquer :

« Mis à part notre vraie mère, tu veux dire.

— Leda n'était pas ma mère », répliqua froidement Lucy. Strike ne l'avait jamais entendue s'exprimer aussi clairement sur le sujet, même s'il connaissait sa position. « J'ai cessé de la considérer comme telle à l'âge de quatorze ans. Même avant… C'est Joan ma vraie mère. »

Et comme Strike ne répondait pas, elle ajouta :

« Toi tu as choisi Leda. Je sais que tu aimes beaucoup Joan, mais toi et moi n'avons pas le même genre de relation avec elle.

— J'ignorais qu'il s'agissait d'une compétition, maugréa Strike en cherchant une autre cigarette.

— Je dis les choses comme je les sens ! »

Et tu me dis aussi comment je *dois les sentir.*

Il avait déjà eu droit à quelques remarques de ce type au cours de leur semaine de cohabitation forcée. Lucy lui avait notamment reproché la rareté de ses visites à St. Mawes. Il s'était bien gardé de lui répondre, redoutant que la discussion ne s'envenime. Son objectif était de ne se fâcher avec personne dans cette maison.

« Je détestais quand elle venait nous chercher ici, reprit Lucy. Alors que toi, tu étais content de partir. »

Il nota encore une fois cette habitude qu'elle avait de marteler ses propres certitudes sans jamais lui demander son avis.

« Non, je n'étais pas content de partir », répondit Strike en songeant à la scène du ferry, à Dave Polworth et aux cavernes de contrebandiers. Mais on aurait dit que Lucy redoutait qu'il ne lui dérobe une chose qui n'appartenait qu'à elle.

« Ce que je cherche à te dire, c'est que tu as perdu ta mère il y a plusieurs années. Et que maintenant c'est moi… qui vais peut-être… perdre… la mienne. » Elle s'épongea les yeux avec la boule de papier toilette détrempée.

Les reins douloureux, les yeux irrités par le manque de sommeil, Strike se remit à fumer sans rien dire. Il savait que Lucy aurait voulu extirper Leda de sa mémoire. Lui-même, parfois, quand il se remémorait certains épisodes pénibles, se demandait s'il ne la détestait pas autant qu'elle. Mais ce matin-là, bizarrement, il sentait la présence de Leda autour de lui, portée par la fumée de sa cigarette. Il l'entendit même rétorquer vertement à Lucy : « Pleure un coup, ma chérie, tu pisseras moins », puis s'adresser à lui en disant : « Viens donc faire un bisou à ta vieille maman, Cormy. » Non, tout compte fait, il ne pouvait pas la détester.

« Je n'arrive pas à croire que tu aies passé la soirée avec Dave Polworth hier, explosa Lucy. Ta dernière soirée ici !

— Joan m'a quasiment fichu à la porte, s'énerva Strike. Elle adore Dave. De toute façon, je reviens dans deux semaines.

— Vraiment ? fit Lucy, les cils mouillés de larmes. À moins que tu ne sois trop occupé et que tu oublies ? »

La fumée de sa cigarette s'élevait dans l'air de plus en plus clair. Le ciel avait revêtu cette teinte bleue uniforme qui annonce le lever du jour. Au loin, sur sa droite, par-dessus les toits des maisons qui bordaient Hillhead, une rue en pente, Strike apercevait la fine bande de brume séparant la mer et le ciel.

« Non, dit-il, je n'oublierai pas.

— Je dois reconnaître que tu es très fort pour gérer les situations de crise. Mais quand il s'agit de t'engager sur le long terme, c'est une autre affaire. Joan aura besoin qu'on la soutienne en permanence, pas juste de temps en…

— J'en suis conscient, Luce, l'interrompit Strike qui commençait à perdre patience malgré ses bonnes résolutions. Figure-toi que je connais bien la maladie, la convalescence et…

— Ouais, c'est sûr. Tu as été génial quand Jack était à l'hôpital, mais dès que les choses redeviennent normales tu ne te préoccupes plus de rien.

— Qu'est-ce que tu racontes ? J'ai sorti Jack voilà à peine deux semaines.

— Et Luke ? Tu aurais pu faire l'effort d'assister à son anniversaire ! Il avait dit à tous ses amis que tu viendrais et…

— Il a eu tort. Quand on s'était parlé au téléphone, je t'avais pourtant clairement expliqué que…

— Tu avais dit que tu essaierais…

— Non, c'est toi qui voulais que j'essaie, répliqua Strike. Tu as dit texto : "Tu viendras si tu peux." Eh bien, je n'ai pas pu, voilà. Je t'avais prévenue. Et si Luke a compris autre chose, ce n'est pas ma faute…

— J'apprécie que tu te promènes avec Jack de temps en temps, le coupa Lucy, mais il ne t'est jamais venu à l'esprit que les deux autres avaient peut-être envie de venir avec vous ? Adam a pleuré quand Jack est rentré du bunker de Churchill ! Et l'autre jour, en arrivant, pourquoi as-tu offert un cadeau à Jack et rien à ses frères ?

— Je suis parti en catastrophe après le coup de fil de Ted. J'ai juste eu le temps de prendre les badges que j'avais promis à Jack et de sauter dans le train.

— À ton avis, qu'est-ce qu'ils ont ressenti ? Ils se sont dit que tu ne les aimais pas autant que Jack, forcément !

— Et ils ont eu raison, explosa Strike. Adam est un petit pleurnichard et Luke un sale con. »

Strike écrasa sa cigarette contre le mur, balança le mégot par-dessus la haie et s'engouffra dans la maison en laissant Lucy la bouche ouverte comme un poisson hors de l'eau.

Quand il pénétra dans le salon encore sombre, Strike commença par buter contre les tables gigognes. Le vase contenant les fleurs séchées bascula, tomba sur la moquette imprimée et les fines corolles finirent broyées sous son pied. Strike s'efforçait de nettoyer le gâchis quand Lucy passa discrètement derrière lui et s'engagea dans l'escalier, drapée dans son orgueil maternel froissé. Strike reposa le vase vide sur la table, attendit que Lucy referme la porte de sa chambre, puis grimpa au premier en fulminant et s'enferma dans la salle de bains.

Craignant de réveiller Ted et Joan en utilisant la douche, il se contenta d'uriner. Mais au moment de tirer la chasse d'eau, il se souvint que la tuyauterie, aussi vétuste que le reste de la maison, faisait un bruit d'enfer. Trop tard. Pendant que la citerne des WC se remplissait, Strike se contenta d'une toilette de chat devant le lavabo. Si toute la famille n'était pas réveillée après un tel raffut, se dit-il, c'est qu'ils avaient avalé un tube de somnifères.

Bien évidemment, en sortant de la salle de bains, il tomba sur Joan. Sa tête presque chauve lui arrivait au niveau du sternum. Contrastant violemment avec le gris de ses cheveux rares et le bleu délavé de ses yeux autrefois myosotis, sa robe de chambre rouge matelassée lui donnait l'allure tragique d'une actrice de kabuki.

« Bonjour, dit Strike sur un ton enjoué qui sonnait faux. Je t'ai réveillée, n'est-ce pas ?

— Non, non, ça faisait déjà un moment que je ne dormais plus. Comment va Dave ? demanda-t-elle.

— Très bien. Son nouveau boulot le passionne.

— Et Penny ? Et les filles ?

— Elles sont ravies d'avoir retrouvé les Cornouailles.

— Tant mieux, dit Joan. La maman de Dave craignait que Penny ne veuille pas quitter Bristol.

— Non, tout se passe bien. »

La porte de la chambre derrière Joan s'ouvrit. Luke apparut en pyjama. Il se frottait les yeux avec ostentation.

« Vous m'avez réveillé, annonça-t-il.

— Oh, je suis désolée, mon chéri, dit Joan.

— Je peux avoir des Coco Pops ?

— Bien sûr », roucoula Joan.

Luke dévala les marches en produisant un maximum de bruit. Il avait disparu depuis moins d'une minute quand on l'entendit remonter de la même manière. Son visage criblé de taches de rousseur affichait une joie sans mélange.

« Mamie, l'oncle Cormoran a cassé tes fleurs. »

Sale petite merde.

« Ouais, navré. Tes fleurs séchées, expliqua Strike à sa tante. Je me suis pris les pieds dans… Le vase est intact mais…

— Oh, je m'en fiche, répondit Joan en commençant à descendre. Je vais chercher le balai mécanique.

— Non, non, intervint Strike. J'ai déjà…

— Il en reste plein sur la moquette, dit Luke. J'ai même marché dessus. »

C'est sur toi que je vais marcher, tête de nœud.

Strike et Luke suivirent Joan dans le salon. Strike insista pour passer le balai mécanique, un engin archaïque qu'elle avait acheté dans les années 1970. Pendant qu'il ramassait les dernières miettes de fleurs, Luke, planté sur le seuil de la cuisine, l'observait d'un œil goguenard en mangeant ses Coco Pops. Cinq minutes plus tard, Jack et Adam rejoignaient leur frère aîné pour la traditionnelle cavalcade matinale. Lucy descendit à son tour, habillée comme pour sortir. Elle avait sa tête des mauvais jours.

« On peut aller à la plage aujourd'hui, maman ?

— On peut nager ?

— On peut faire du bateau avec l'oncle Ted ?

— Assieds-toi, dit Strike à Joan. Je t'apporte du thé. »

Mais Lucy le prit de vitesse. Elle posa une tasse devant leur tante, décocha un regard incendiaire à son frère et repartit vers la cuisine tout en répondant aux questions de ses fils.

« Qu'est-ce qui se passe ici ? » demanda Ted qui venait d'arriver en pyjama, visiblement surpris d'entendre une telle agitation à une heure aussi matinale.

Dans sa jeunesse, Ted avait été aussi grand et costaud que Strike, lequel lui ressemblait beaucoup. Ses épais cheveux bouclés étaient à présent blancs comme neige et son visage tanné plus fissuré que ridé, mais il avait encore fière allure malgré ses épaules légèrement voûtées. Pourtant, depuis l'annonce de la maladie de Joan, il n'était plus vraiment le même. Le diagnostic l'avait ébranlé, au propre comme au figuré. Depuis lors, on le sentait perdu.

« Je fais mes bagages, Ted, dit Strike, brusquement saisi par l'urgence de partir. Je vais essayer de prendre le premier ferry pour attraper la correspondance.

— Ah, fit Ted. Tu rentres à Londres directement ?

— Ouais, répondit Strike en jetant son chargeur et son déodorant dans son sac de voyage où le reste de ses affaires était déjà soigneusement rangé. Mais je reviendrai dans deux semaines environ. Tu me tiens au courant, d'accord ?

— Tu ne vas pas t'en aller sans prendre ton petit déjeuner ! fit Joan, anxieuse. Je vais te préparer un sandwich…

— Il est trop tôt et je n'ai pas faim, mentit Strike. J'ai déjà bu une tasse de thé. J'achèterai une bricole dans le train. Tu lui diras », lança-t-il à Ted. Joan était déjà dans la cuisine.

« Joanie ! appela Ted. Il ne veut rien ! »

Strike attrapa sa veste pendue au dossier d'une chaise, puis alla poser son sac dans l'entrée.

« Tu devrais retourner t'allonger, conseilla-t-il à Joan qui était revenue pour lui dire au revoir. J'aurais dû faire attention à ne pas te réveiller. Tu te reposes, c'est promis ? Et pendant quelques semaines, laisse les autres faire les courses à ta place.

— J'espérais que tu arrêterais de fumer », dit-elle sur un ton peiné.

Strike leva les yeux au ciel pour plaisanter, puis il la prit dans ses bras. Elle s'accrocha à lui comme elle le faisait autrefois, quand Leda venait le chercher et attendait impatiemment la fin de leurs effusions. En la serrant contre son cœur, Strike retrouva cette douleur si particulière qu'il avait ressentie étant enfant, celle de devoir choisir entre deux loyautés, être à la fois le champ de bataille et le trophée de la victoire, avoir à mettre des mots sur des sentiments, des émotions inclassifiables.

« Salut, Ted, dit-il en embrassant son oncle. Je t'appellerai en arrivant. On fixera la date de ma prochaine visite.

— J'aurais pu t'emmener en voiture, murmura Ted. Je peux encore le faire.

— Non, merci. J'adore prendre le ferry », mentit Strike. En réalité, il avait beaucoup de mal à descendre les marches inégales qui menaient au navire sans se faire aider par le pilote. Et pour détendre l'atmosphère, il ajouta : « Ça me rappelle les fois où on allait faire les magasins à Falmouth avec vous, quand on était gosses. »

Restée dans le salon, Lucy le regardait comme si son départ ne lui faisait ni chaud ni froid. Luke et Adam dévoraient toujours leurs Coco Pops dans la cuisine. Seul Jack sembla remarquer qu'il était sur le point de les quitter. Il se précipita tout joyeux dans l'étroit vestibule et dit, un peu essoufflé :

« Merci pour les badges, oncle Corm.

— Pas de quoi, répondit Strike en lui ébouriffant les cheveux. Au revoir, Luce ! À bientôt, Jack ! »

5

Il ne dit mot mais dans son cœur viril
Sa puissante indignation sourd,
Et se montre en partie dans les traits ombrageux
Qui plissent son front…

Edmund Spenser, *La Reine des fées*

La chambre que Robin avait louée pour la nuit suffisait à peine à contenir un lit d'une personne, une commode et un lavabo. Le papier peint à grosses fleurs mauves devait déjà paraître démodé dans les années 1970, les draps étaient humides et les stores vénitiens aux lattes emmêlées refusaient de descendre.

Robin observait son reflet dans le miroir au-dessus du lavabo branlant fixé au mur. Sous la lumière crue de l'unique lampe, munie d'un abat-jour en osier qui ne servait pas à grand-chose, elle examina ses traits tirés, les cernes qui soulignaient ses yeux rougis. Son sac à dos renfermait uniquement les objets dont elle s'équipait au quotidien pour ses filatures – un bonnet pour cacher ses cheveux blonds, des lunettes de soleil, du linge de rechange, une carte de crédit et deux pièces d'identité avec des noms différents. Le T-shirt propre qu'elle venait de sortir était horriblement froissé, elle avait les cheveux sales, la gérante de la pension avait oublié de lui donner du savon et, comble de malheur, n'ayant pas prévu de passer la nuit à l'hôtel elle n'avait emporté ni brosse à dents ni dentifrice.

Elle reprit la route à 8 heures du matin. En arrivant à Newton Abbott, elle s'arrêta dans une pharmacie, puis dans un Sainsbury's où elle s'acheta quelques articles d'hygiène, du shampooing sec et une petite bouteille d'eau de Cologne 4711. Puis elle se réfugia dans les toilettes du supermarché pour se brosser les dents et se rendre aussi présentable que possible. Elle était en train de se coiffer quand un message de Strike s'afficha sur son téléphone :

Je serai au café Palacio Lounge dans le Moor, au centre-ville de Falmouth.
Nous n'aurez qu'à demander, tout le monde connaît le Moor.

Plus elle roulait vers l'ouest, plus le paysage devenait vert et luxuriant. Étant originaire du Yorkshire, Robin avait été étonnée de découvrir à Torquay que des palmiers pouvaient prospérer sur le sol anglais. À présent, c'était la végétation quasi tropicale bordant les routes des Cornouailles qui la stupéfiait par son exubérance, elle qui, dans son enfance, n'avait connu que les landes et les collines dénudées du nord-est. Puis soudain, sur sa gauche, apparut une mer étincelante, plate comme un miroir. Et l'odeur âcre du sel vint se mêler aux effluves citronnés de l'eau de Cologne. Malgré sa fatigue, elle sentit son moral remonter, encouragé par cette matinée radieuse et l'idée que Strike l'attendait au bout du chemin.

Elle entra dans Falmouth à 11 heures, et chercha aussitôt une place de stationnement. Il y avait des touristes partout dans les rues, des boutiques vendant des jouets de plage, des pubs aux devantures garnies de fanions, des jardinières de fleurs sur les trottoirs. Ayant réussi à se garer sur le Moor lui-même – une vaste place de marché au cœur de la ville –, elle vit que sous ses clinquants oripeaux, Falmouth abritait plusieurs grands édifices du XIXe siècle, dont l'un accueillait le café et restaurant Palacio Lounge.

Sans doute pour atténuer l'aspect austère du bâtiment, qui par son style classique et ses hauts plafonds évoquait l'intérieur d'un palais de justice, les décorateurs avaient opté pour la fantaisie. En entrant, Robin remarqua aussitôt le papier peint orange à gros ramages, les nombreuses peintures kitsch dans leurs cadres pastel et le renard empaillé déguisé en magistrat. Installée sur des chaises en bois dépareillées, la clientèle était presque exclusivement composée d'étudiants et de familles. Les discussions allaient bon train, créant une rumeur qui se répandait à travers l'immense espace. Au bout de quelques secondes, Robin finit par repérer la haute silhouette de Strike au fond de la salle. Il faisait la tête, peut-être parce qu'il était assis près de deux familles dont les enfants, vêtus comme leurs parents de T-shirts tie and dye, s'amusaient à courir entre les tables en se bousculant.

Robin se faufila entre les consommateurs, croyant que Strike se lèverait pour l'accueillir. Peut-être en avait-il eu l'intention mais il n'en fit rien. Sa jambe devait le tourmenter, supposa-t-elle. Ça se voyait à la façon dont il serrait les mâchoires et aux rides qui encadraient sa bouche, plus creusées qu'à l'accoutumée. Robin s'était trouvé mauvaise mine dans le miroir de l'hôtel, trois heures auparavant, mais sur ce plan Strike la battait largement. Comme il n'était pas rasé, ses joues et son menton paraissaient sales. Ses cernes tiraient sur le bleu foncé. Bref, il avait une tête de déterré.

« Bonjour, dit-il assez fort pour se faire entendre par-dessus les hurlements des enfants hippies. Vous avez réussi à vous garer ?

— Juste au coin, répondit-elle en s'asseyant.

— J'ai choisi ce café parce qu'il est facile à trouver. »

Un petit garçon heurta leur table en passant. Quelques gouttes de café jaillirent de la tasse de Strike et tombèrent dans son assiette parsemée de miettes de croissant. « Que prenez-vous ?

— Je veux bien du café, cria Robin. Comment ça se passe à St. Mawes ?

— Toujours pareil.

— Je suis désolée.

— Pourquoi ? Vous n'y êtes pour rien », grommela Strike.

Ce n'était pas vraiment l'accueil que Robin avait espéré après les deux heures trente de route qu'elle s'était infligées pour venir le chercher. Strike dut remarquer sa contrariété parce qu'il ajouta :

« Merci d'être là. C'est vraiment sympa de votre part. *Oh, je sais très bien que tu m'as vu, espèce de crétin* », grogna-t-il en regardant un jeune serveur s'éloigner comme s'il n'avait pas aperçu sa main levée.

— Je vais au comptoir, dit Robin. De toute façon, je dois passer aux toilettes. »

En commandant un café au barman harassé, Robin sentit une douleur lancinante battre dans sa tempe gauche. En regagnant leur table, elle constata que l'humeur de Strike ne s'était guère améliorée. À sa décharge, il fallait reconnaître que le vacarme autour d'eux atteignait les limites du soutenable. À présent, les enfants surexcités faisaient des concours de hurlements tout en cavalant autour de leurs parents qui, au lieu de les calmer, préféraient hausser le ton de leurs conversations. Robin songea un instant à lui parler du message de Charlotte, mais se ravisa.

Si Strike était de méchante humeur c'était avant tout parce que son moignon lui faisait un mal de chien. Il avait chuté (*comme un abruti*, il le reconnaissait lui-même) en prenant le ferry. Pour réussir l'exploit d'embarquer sur cette navette, il fallait d'abord descendre un vieil escalier de pierre aux marches usées, dépourvu de rampe bien entendu, puis enjamber l'espace séparant le quai du bateau, avec pour seul secours la main que tendait le pilote aux passagers désireux d'accéder à son bord. Étant donné son poids, Strike pouvait difficilement se rattraper en cas de dérapage. Et de fait, il avait dérapé.

Robin sortit une plaquette de paracétamol de son sac.

« Migraine, expliqua-t-elle en croisant le regard de Strike.

— Rien d'étonnant à cela », tonna-t-il en se tournant vers les parents qui bavardaient entre eux comme si de rien n'était. Il fut tenté de demander un comprimé à Robin mais, craignant de devoir se justifier – comme il n'avait cessé de le faire au cours de la semaine précédente –, il décida de continuer à souffrir en silence.

« Où habite la cliente ? demanda-t-elle après avoir avalé les antalgiques en s'aidant d'une gorgée de café.

— À cinq minutes d'ici. Wodehouse Terrace. C'est le nom de leur rue. »

À cet instant, la plus jeune des enfants turbulents trébucha et s'étala de tout son long sur le parquet. S'ensuivit une série de piaillements suraigus qui percèrent les tympans de Robin.

« Oh, Daffy ! dit l'une des mères. Qu'est-ce que tu as fait ? »

La gamine avait la bouche en sang. La femme s'accroupit près de leur table pour tenter de la consoler pendant que le reste de la bande regardait la scène d'un air captivé. Strike reconnut sur leur visage l'expression qu'il avait vue chez les passagers du ferry quand il s'était vautré devant eux, le matin même.

« Il a une jambe artificielle », avait hurlé le pilote à la cantonade, sans doute pour qu'on n'aille pas l'accuser de négligence, avait pensé Strike. Cette déclaration n'avait fait qu'aggraver l'humiliation du principal intéressé en attirant sur lui les regards de ceux qui n'avaient pas encore noté son handicap.

« Si on partait ? proposa Robin en se levant sans attendre la réponse.

— Je vote pour », dit Strike. Il se redressa en grimaçant puis ramassa son fourre-tout. « Foutus morpions », marmonna-t-il avant de la suivre clopin-clopant.

6

Gente Dame, un cœur de silex se briserait bien
Suite à tous ces malheurs et ces peines non mérités, que vous m'avez montrés.

Edmund SPENSER, *La Reine des fées*

Depuis Wodehouse Terrace, on bénéficiait d'une vue panoramique sur la baie de Falmouth. La plupart des maisons qui bordaient cette rue avaient été transformées en lofts. Quand on la voyait de l'extérieur, celle qu'occupaient Anna et Kim semblait avoir subi des modifications plus importantes que les autres. Par exemple, le toit avait été remplacé par une immense verrière cubique.

« Que fait Anna dans la vie ? demanda Robin en gravissant les marches menant à la porte d'entrée bleu outremer.

— Aucune idée. Mais son épouse est docteur en psychologie. J'ai eu l'impression qu'elle ne sautait pas de joie à l'idée d'une enquête. »

Il sonna. On entendit des pas sur le parquet. Le Dr Sullivan leur ouvrit. Grande et blonde, vêtue d'un jean et d'une chemise, elle était pieds nus et le soleil se reflétait sur ses lunettes. Son regard se posa sur Strike, puis elle se tourna vers Robin avec un air surpris.

« Mon associée, Robin Ellacott, expliqua-t-il.

— Oh, grommela Kim. Il s'agit d'une rencontre informelle. Nous étions d'accord.

— En fait, Robin se trouvait à quelques kilomètres d'ici, sur une autre affaire. Donc…

— Si vous préférez, je peux attendre dans la voiture, proposa poliment Robin. Peut-être Anna souhaite-t-elle s'entretenir avec Cormoran en particulier.

— Eh bien… on verra ce qu'elle en dit. »

Kim s'effaça pour les laisser entrer avant de préciser : « Montez dans le salon, au premier étage. »

Comme ils le supposaient, la maison avait été entièrement repensée. Et le résultat forçait l'admiration. Toutes les surfaces étaient en verre ou en bois blanchi. La chambre, que Robin aperçut en passant devant une porte ouverte, avait été aménagée au rez-de-chaussée, près d'une autre pièce qui ressemblait à un atelier. À l'étage, sous la verrière cubique qu'ils avaient aperçue depuis la rue, on trouvait sur le même plan un coin-cuisine, un espace repas et un salon. Où que l'on pouvait se placer, on apercevait la mer au loin.

Vêtue d'une salopette bleue trop grande et d'une paire d'espadrilles blanches, tenue que Robin trouva très classe et Strike très moche, Anna s'affairait près d'une machine à café rutilante. Ses cheveux tirés en arrière rehaussaient la délicatesse de ses traits.

« Bonjour, dit-elle en sursautant légèrement. Je n'ai pas entendu la porte à cause de la cafetière.

— Annie, dit Kim en entrant derrière les deux détectives. Je te présente Robin Ellacott, l'associée de Cameron. Elle propose de te laisser seule avec…

— Cormoran, la corrigea Anna. Je suppose que les gens se trompent souvent.

— Trop à mon goût, confirma-t-il dans un sourire. Cela dit, j'avoue que c'est un prénom sacrément stupide. »

Anna éclata de rire.

« Vous pouvez rester, ça ne m'ennuie pas, dit-elle à Robin avant de s'avancer pour leur serrer la main. Je crois avoir lu certaines choses sur vous également », ajouta-t-elle. Robin feignit de ne pas remarquer le regard d'Anna sur la longue cicatrice qui marquait son avant-bras.

« Je vous en prie, asseyez-vous. » Kim leur désigna les banquettes encastrées autour d'une table basse en Plexiglas.

« Du café ? » proposa Anna. Ils acceptèrent.

Une chatte ragdoll pénétra lentement dans la pièce en traversant les taches de lumière qui mouchetaient le sol. Elle avait les yeux du même bleu que ceux de Joan, de l'autre côté de la baie. Après avoir soumis Strike et Robin à un examen placide, elle sauta gracieusement sur la banquette à côté de Strike et se réfugia sur ses cuisses.

« C'est drôle, Cagney préfère les hommes », dit Kim en arrivant avec les tasses et une assiette de biscuits posées sur un plateau.

Strike et Robin rirent par politesse. Anna apporta la cafetière et s'assit près de son épouse, sur la banquette qui leur faisait face. Elles avaient le visage en plein soleil. Anna s'empara d'une télécommande et des stores couleur crème vinrent tamiser la lumière trop vive.

« Votre maison est magnifique, dit Robin en regardant autour d'elle.

— Merci. C'est son œuvre, dit Kim en tapotant le genou d'Anna. Elle est architecte. »

Anna s'éclaircit la gorge.

« Je vous dois des excuses, dit-elle en fixant sur Strike ses prunelles d'un étrange gris argenté. Pour la façon dont je me suis comportée l'autre soir. J'avais bu un peu trop de vin. Vous avez dû me prendre pour une dingue.

— Si ç'avait été le cas, répondit Strike en caressant la chatte qui ronronnait comme un moteur, je ne serais pas ici.

— Mais le fait que j'aie parlé de cette voyante vous a sûrement induit en erreur… Kim trouve que j'ai été stupide d'aller la voir.

— Tu n'es pas stupide, Annie, répondit tranquillement Kim. Tu es vulnérable. Ce n'est pas pareil.

— Puis-je savoir ce qu'elle vous a dit ? demanda Strike.

— C'est important ? répliqua Kim en lui lançant un regard que Robin trouva empreint de méfiance.

— Pas du point de vue de l'enquête, non, la rassura Strike. Mais c'est après l'avoir consultée qu'Anna a décidé de s'adresser à moi. Alors…

— Elle n'a pas dit grand-chose d'utile, répondit Anna. Rien que je ne… »

Elle rit nerveusement avant de reprendre :

« Je sais, c'était bête de ma part. Je… je traverse une mauvaise passe en ce moment… j'ai quitté mon emploi, je vais bientôt avoir quarante ans et… Kim était en déplacement. Je suppose que je cherchais à… »

Elle fit un geste de la main comme pour évacuer le sujet, respira à fond et ajouta :

« Elle ressemble à madame Tout-le-monde. Elle vit à Chiswick dans une maison remplie d'anges. Des bibelots en forme d'ange, je veux dire. En porcelaine, en verre. Sur sa cheminée il y en avait un très grand, peint sur du velours.

« Kim pense que… », poursuivit-elle. Robin jeta un rapide coup d'œil sur Kim qui resta impassible. « … Elle pense que cette femme s'était renseignée sur ma mère… qu'elle avait fait des recherches sur Google avant de me recevoir. Je lui avais donné mon vrai nom. Quand je suis entrée, j'ai simplement dit que ma mère était morte voilà de nombreuses années… même si, bien sûr, se reprit Anna en esquissant un geste nerveux, rien ne prouve qu'elle soit morte – c'est en partie pour cela… Enfin bref, je lui ai dit qu'elle était morte et que personne ne m'avait jamais expliqué comment.

« Alors, elle est entrée en… en transe, j'imagine qu'on peut dire ça, fit-elle, embarrassée. Puis elle a marmonné deux ou trois choses : que les gens croyaient me protéger mais qu'il était temps que je sache la vérité, que je trouverais bientôt une "piste" et que cette piste me mènerait jusqu'à cette vérité. Elle a ajouté "Votre mère est très fière de vous" et "elle ne vous quitte pas des yeux", plus d'autres affirmations du même acabit. Mais je suppose que ce sont des phrases standard. Et pour finir : “Elle repose dans un lieu sacré.”

— Repose dans un lieu sacré ? répéta Strike.

— Oui. Elle a dû croire que cela me réconforterait mais je ne suis pas pratiquante. Le caractère sacré, ou autre, du lieu où ma mère est enterrée – à condition qu'elle soit enterrée, bien sûr – m'importe peu.

— Ça vous ennuie si je prends des notes ? » demanda Strike.

Il sortit un calepin et un stylo. Ce dernier tapa dans l'œil de Cagney. Croyant sans doute que Strike voulait jouer, elle essaya de l'attraper pendant que le détective inscrivait la date du jour en haut de la page.

« Ne fais pas l'imbécile, dit Kim en se levant pour attraper la chatte et la poser sur le sol.

— Commençons par le commencement, poursuivit Strike. Vous deviez être très jeune quand votre mère a disparu ?

— J'avais un peu plus d'un an, répondit Anna, donc je n'ai aucun souvenir d'elle. Dans la maison où j'ai grandi, on avait retiré toutes les photos qui la représentaient. Je n'ai rien su d'elle pendant longtemps. Il n'y avait pas Internet à l'époque – de toute façon, elle avait conservé son nom de jeune fille. Je porte celui de mon père, Phipps. Avant l'âge de onze ans, si quelqu'un avait prononcé le nom de “Margot Bamborough” devant moi, je n'aurais même pas réagi.

« Je croyais que c'était Cynthia ma mère. Elle avait été embauchée pour s'occuper de moi quand j'étais bébé, expliqua-t-elle. C'est une cousine de mon père au troisième degré, un peu plus jeune que lui, mais elle aussi s'appelle Phipps. Donc, pour moi, nous étions une famille parfaitement normale. Je veux dire… pourquoi aurais-je pensé autrement ?

« Je me souviens, quand je suis entrée au cours préparatoire, on m'a demandé pourquoi j'appelais ma mère “Cyn” au lieu de dire maman. Mais comme à la même époque, papa et Cyn ont décidé de se marier, ils m'ont dit que je pourrais l'appeler maman désormais. Et j'ai pensé, mais oui, bien sûr, si je l'appelais par son prénom avant c'était parce qu'ils n'étaient pas mariés. Quand on est petit on remplit les vides comme on peut, n'est-ce pas ? Avec notre propre logique enfantine.

« J'avais sept ou huit ans quand une camarade de classe m'a dit : “Ce n'est pas ta vraie maman. Ta vraie maman a disparu”. C'était tellement absurde que je n'en ai pas parlé à la maison. J'ai gardé ce truc enfoui au fond de moi mais, quelque part, je sentais que j'avais peut-être trouvé une explication à toutes les bizarreries qui m'étaient apparues au fil du temps.

« À onze ans, j'ai tout découvert. J'avais souvent droit à des réflexions de mes copines, du genre “Ta vraie maman s'est enfuie”. Puis un jour, un gamin particulièrement méchant m'a balancé : “Ta maman a été tuée par un homme qui lui a coupé la tête.”

« En rentrant, j'ai tout raconté à mon père. J'aurais voulu qu'il éclate de rire, qu'il me dise que c'était ridicule, que ce garçon était un petit voyou… mais non, il est devenu tout pâle.

« Le même soir, Cynthia et lui m'ont demandé de descendre les rejoindre dans le salon et ils m'ont tout révélé.

« Le ciel m'est tombé sur la tête, dit tranquillement Anna. Toutes mes certitudes se sont écroulées. Comment peut-on croire qu'une chose aussi horrible soit arrivée au sein de sa propre famille ? J'adorais Cyn. Je m'entendais mieux avec elle qu'avec mon père, pour dire la vérité. Et voilà que j'apprends qu'elle n'est pas ma mère et qu'ils n'ont cessé de me mentir tous les deux – par action et par omission.

« Ils m'ont raconté que ma mère était sortie de son cabinet un soir et qu'elle avait disparu. La dernière personne à l'avoir vue en vie était la réceptionniste. Elle est partie en disant qu'elle se rendait dans un pub à cinq minutes à pied. Sa meilleure amie l'y attendait. Au bout d'une heure, comme ma mère n'arrivait pas, l'amie en question, Oonagh Kennedy, a cru qu'elle s'était trompée de jour. Elle a téléphoné chez mes parents. Ma mère n'y était pas non plus. Mon père a appelé le cabinet mais il était fermé. Il faisait nuit. Ma mère n'était toujours pas rentrée. Alors, mon père a prévenu la police.

« Ils ont enquêté pendant des mois. Sans rien trouver. Aucun indice, aucun témoin visuel – d'après mon père et Cyn en tout cas, mais depuis, j'ai lu pas mal de choses et je sais que c'est faux.

« J'ai voulu rencontrer les parents de ma mère. On m'a dit qu'ils étaient morts. Ça, c'était vrai. Mon grand-père avait succombé à une crise cardiaque deux ans avant la disparition de sa fille, et ma grand-mère à une attaque cérébrale un an plus tard. Comme ma mère était leur seul enfant, je n'avais personne vers qui me tourner pour en savoir un peu plus sur elle.

« J'ai réclamé des photos. Mon père s'en était débarrassé, soi-disant, mais Cyn en a trouvé quelques-unes qu'elle m'a données, deux semaines après le fameux jour. Elle m'a demandé de ne rien dire à mon père, de les cacher. Je l'ai fait : j'avais un sac à pyjama en forme de lapin, les photos de ma mère sont restées dedans pendant des années.

— Votre père et votre belle-mère vous ont-ils expliqué ce qui était peut-être arrivé à votre mère ? demanda Strike.

— Dennis Creed, vous voulez dire ? Oui, mais sans entrer dans les détails. Ils ont dit qu'il y avait des probabilités pour qu'elle ait été tuée par un… un homme mauvais. Ils étaient bien obligés, après ce que m'avait raconté ce garçon à l'école.

« C'était franchement atroce de penser qu'elle ait pu être assassinée par un type comme Creed – j'ai vite su son nom, mes camarades de classe se sont chargés de me renseigner. J'ai commencé à faire des cauchemars. Je voyais ma mère décapitée. Parfois elle entrait dans ma chambre la nuit. Parfois, je rêvais que je trouvais sa tête dans mon coffre à jouets.

« J'en voulais énormément à mon père et à Cyn, dit Anna en se tordant les mains. À cause de ce qu'ils m'avaient caché, évidemment. Mais pas seulement. Je les soupçonnais de n'avoir pas tout dit, d'avoir joué un rôle dans sa disparition, d'avoir voulu se débarrasser d'elle pour pouvoir se marier. J'ai commencé à faire n'importe quoi. Je séchais les cours… Un week-end, j'ai fugué et c'est la police qui m'a ramenée à la maison. Mon père était fou furieux. Bien sûr, rétrospectivement, vu ce qui était arrivé à ma mère… le fait que je disparaisse moi aussi, même pendant quelques heures…

« Je leur ai fait vivre un enfer, reprit Anna avec une moue contrite. Mais je dois reconnaître que Cyn ne m'a jamais tourné le dos. Elle faisait tout pour arrondir les angles. Elle et papa ont eu des enfants ensemble – j'ai un frère et une sœur plus jeunes –, et durant toute mon adolescence, elle s'est démenée pour m'aider à remonter la pente. Elle nous inscrivait à des séances de thérapie familiale, elle organisait des activités en commun pendant les vacances… Pour resserrer les liens. Mon père, lui, s'est toujours tenu en retrait. Dès qu'il était question de ma mère, il se mettait en colère ou il sombrait dans la tristesse. Je me souviens qu'un jour il m'a hurlé dessus en disant que je ne me rendais pas compte, qu'il souffrait horriblement dès qu'on reparlait de tout ça…

« Quand j'ai eu quinze ans, j'ai tenté de retrouver l'amie de ma mère, Oonagh, celle avec qui elle avait rendez-vous le soir où elle a disparu. Elles ont été Bunny Girls ensemble, précisa Anna avec un petit sourire, mais je l'ignorais à l'époque. Elle vivait à Wolverhampton. Mon coup de fil l'a énormément touchée. Nous avons discuté au téléphone deux ou trois fois. C'était très agréable. Elle m'a appris des choses sur ma mère qui m'ont beaucoup aidée. Qu'elle avait le sens de l'humour, qu'elle aimait porter le parfum Rive Gauche – dès le lendemain, j'ai claqué l'argent que j'avais reçu à mon anniversaire pour en acheter un flacon –, qu'elle était accro au chocolat et qu'elle idolâtrait Joni Mitchell. Quand j'écoutais Oonagh, ma mère me paraissait plus vivante que sur les photos ou lorsque papa ou Cyn me parlaient d'elle.

« Mais un jour, mon père a découvert que je connaissais Oonagh. Il s'est mis en colère, il a exigé que je lui donne son numéro, il l'a appelée et l'a accusée de me monter contre lui. Il lui a dit que j'étais déboussolée, que je suivais une thérapie et que je n'avais pas besoin qu'on "remue la boue". Et par-dessus le marché, il m'a interdit de porter Rive Gauche. Au prétexte que ce parfum le rendait malade.

« Donc je n'ai jamais rencontré Oonagh et quand, cinq ans plus tard, j'ai voulu reprendre contact, elle était partie. Peut-être est-elle morte…

« Je suis entrée à la fac, j'ai quitté la maison et j'ai commencé à lire tout ce qui concernait Dennis Creed. Ça ne m'a rien apporté et mes cauchemars sont revenus.

« Apparemment, le policier chargé de l'enquête, un inspecteur nommé Bill Talbot, a toujours cru qu'elle avait été tuée par Creed. Talbot n'était pas loin de la retraite. Il est sans doute mort aujourd'hui.

« Bref. Après mes études, j'ai eu la brillante idée de créer un site Web. Ma copine d'alors était douée en informatique. Elle m'a aidée. J'étais très naïve, soupira Anna. Je disais qui j'étais et je suppliais les internautes de me donner des infos.

« Vous imaginez la suite. J'ai eu droit aux théories les plus fantaisistes. Des médiums m'ont expliqué où je devais creuser, des citoyens bien intentionnés m'ont affirmé que c'était mon père le coupable, d'autres que je n'étais pas réellement la fille de Margot, que je cherchais juste à me faire de l'argent et de la pub. J'ai même reçu des messages carrément ignobles, disant que ma mère s'était enfuie avec son amant, ou pire. Deux journalistes sont entrés en contact avec moi. L'un des deux a écrit un article immonde sur notre famille dans le *Daily Express* : ils ont appelé mon père et ç'a été la goutte qui a fait déborder le vase.

« Notre relation n'a plus jamais été comme avant, murmura Anna. Quand je lui ai annoncé que j'étais lesbienne, il a réagi comme si je venais encore d'inventer un truc pour l'emmerder. Ces dernières années, Cyn a de plus en plus tendance à prendre son parti. Elle me dit : "Je dois me montrer loyale envers ton père aussi." Et voilà où nous en sommes aujourd'hui », conclut Anna.

Il y eut un bref silence.

« J'imagine combien ce doit être dur pour vous, dit Robin.

— Oui, c'est dur, confirma Kim en posant la main sur le genou de sa femme. Anna veut résoudre l'énigme et je la soutiens sans aucune réserve, bien sûr. Mais est-ce réaliste ? ajouta-t-elle en regardant alternativement Robin et Strike. Je ne voudrais pas être impolie mais est-ce réaliste de penser que vous réussirez là où la police a échoué, et après tant d'années ?

— Réaliste ? dit Strike. Non. »

Robin vit Anna lancer un coup d'œil oblique à Kim. Ses grands yeux s'emplirent de larmes. Elle la plaignait de tout son cœur mais par ailleurs, elle respectait l'honnêteté dont Strike venait de faire preuve. Kim elle aussi avait été touchée par sa franchise.

« Je vais vous dire ce que je pense, poursuivit Strike en fixant les notes qu'il avait prises sur son calepin, le temps qu'Anna essuie discrètement ses yeux d'un revers de main. Grâce à nos contacts au Met, nous avons une chance raisonnable de récupérer le dossier de police. Nous pouvons étudier les indices, relire les témoignages, bref retourner les quelques pierres qui seront encore à notre disposition.

« Mais il se peut qu'après toutes ces années, il n'y ait plus rien à trouver, enfin pas plus que ce que la police a découvert à l'époque. Sachez également que deux obstacles majeurs risquent d'entraver nos recherches.

« D'abord, l'absence d'expertise médico-légale. D'après ce que j'ai compris, votre mère a disparu sans laisser aucune trace. On n'a donc aucun élément matériel. Ni les vêtements qu'elle portait ce jour-là, ni de ticket de bus ni… rien. C'est exact ?

— Oui, marmonna Anna.

— Deuxièmement, comme vous l'avez reconnu vous-même, la plupart des gens qui la connaissaient ou étaient présents le soir de sa disparition sont probablement décédés aujourd'hui.

— Oui, je sais », dit Anna. Une larme étincelante roula jusqu'au bout de son nez avant de s'écraser sur la table en Plexiglas. Kim passa son bras autour de ses épaules. « Ça fait quarante ans, hoqueta-t-elle, mais je n'arrive toujours pas à concevoir que je mourrai sans savoir ce qui s'est passé.

— Je comprends parfaitement, dit Strike, mais je ne peux promettre que ce que je suis en mesure de fournir.

— Est-ce que de nouveaux indices, de nouvelles pistes seraient apparus au cours de ces années ? » intervint Robin.

Ce fut Kim qui répondit, sans lâcher l'épaule de sa compagne dont la détresse semblait l'affecter considérablement.

« Pas qu'on sache, n'est-ce pas, Annie ? S'il y a eu des rebondissements par la suite, c'est Roy – le père d'Anna – qui a dû en être informé. En tout cas, il ne nous en a pas parlé.

— Il fait comme si de rien n'était, embraya Anna en s'essuyant les yeux. C'est sa manière à lui de tenir de coup. Il vit comme si ma mère n'avait jamais existé – sauf que, malheureusement pour lui, ma présence lui rappelle constamment la triste réalité.

« Voyez-vous, ce qui m'obsède, reprit-elle, c'est qu'elle puisse être partie de son propre chef, qu'elle m'ait abandonnée, et qu'ensuite elle n'ait jamais cherché à prendre de mes nouvelles, à nous recontacter. C'est cela qui me ferait le plus de mal. Ma grand-mère paternelle, une femme horrible que je n'ai jamais aimée, s'est permis de me dire un jour qu'en son âme et conscience, elle estimait que ma mère s'était enfuie parce qu'elle ne supportait pas sa vie d'épouse et de mère. Penser qu'elle aurait pu nous infliger cela sans même essayer de savoir si je…

« Si j'apprenais que Dennis Creed l'a tuée, poursuivit-elle, ce serait terrible – atroce – mais au moins, je pourrais faire mon deuil au lieu de passer le reste de mon existence à me demander si elle vit quelque part, sous une fausse identité, sans se soucier de nous. »

Strike et Robin profitèrent du silence qui suivit pour prendre une gorgée de café. Anna renifla. Kim se leva, alla déchirer une feuille d'essuie-tout et la tendit à son épouse.

Une deuxième chatte ragdoll fit son entrée dans le salon. Elle soumit les quatre humains à une dédaigneuse tournée d'inspection et partit s'étendre dans une tache de soleil.

« Lacey, fit Kim pendant que Anna s'épongeait le visage. Elle n'aime pas grand monde, même pas nous. »

Strike et Robin se crurent obligés de rire à nouveau.

« Comment ça fonctionne ? demanda Kim brusquement. Quels sont vos tarifs ?

— Nous facturons à l'heure, dit Strike. Vous recevrez une note d'honoraires détaillée chaque mois. Je peux vous envoyer les tarifs par mail, proposa-t-il, mais j'imagine que vous avez besoin d'en discuter ensemble avant de prendre une décision.

— Oui, en effet », dit Kim. Elle leur dicta son adresse mail tout en surveillant du coin de l'œil Anna qui se tenait prostrée, ne bougeant que pour s'éponger les yeux d'un geste mécanique.

Le moignon de Strike n'apprécia guère d'être encore sollicité après avoir pris si peu de repos. Mais ils s'étaient dit l'essentiel et le silence larmoyant dans lequel Anna s'était retranchée n'incitait pas à prolonger l'entrevue. Regrettant un peu de n'avoir pas touché à l'assiette de biscuits, le détective serra la main glacée de leur potentielle cliente.

« Quoi qu'il en soit, je vous remercie d'être venus », dit-elle. Strike vit de la déception dans son regard. Elle avait sans doute espéré lui arracher une promesse, celle de découvrir la vérité ou au moins d'accomplir jusqu'au bout ce que d'autres avant lui avaient laissé en suspens.

Kim les raccompagna.

« Nous vous appellerons dans l'après-midi. Ça vous va ?

— Très bien, nous attendons votre décision », répondit Strike.

Pendant qu'ils descendaient les marches éclaboussées de lumière pour rejoindre la rue, Robin jeta un coup d'œil derrière elle et vit Kim les fixer d'un air intrigué, comme si elle avait décelé en eux une chose à laquelle elle ne s'attendait pas. Elle croisa le regard de Robin, lui sourit par réflexe, et referma vite la porte bleue.

7

Longtemps ils voyagèrent en amicale compagnie
Par des pays incultes et d'autres bien construits...

Edmund SPENSER, *La Reine des fées*

À la sortie de Falmouth, Robin constata que l'humeur de Strike s'était nettement améliorée. Elle mit cela sur le compte de l'intérêt qu'il portait à cette nouvelle affaire, même si rien n'était encore acté. Il était incapable de résister à une énigme quand il en voyait passer une, et ce, quels que soient les problèmes avec lesquels il devait jongler en même temps.

Elle n'avait pas tort, l'histoire d'Anna avait éveillé sa curiosité, mais ce n'était pas la seule raison de sa relative gaieté. Il se disait aussi qu'il allait pouvoir reposer son articulation meurtrie durant quelques heures, et que chaque tour de roue l'éloignerait un peu plus de sa sœur. Il baissa sa vitre, laissant l'air marin s'engouffrer dans l'habitable nauséabond de la Land Rover, alluma une cigarette, souffla la fumée à l'extérieur et demanda :

« Vous avez vu Morris pendant mon absence ?

— Je l'ai vu hier. Pour lui rembourser ses notes de frais.

— Ah, génial, tant mieux. Je voulais vous le rappeler. Que pensez-vous de lui ? Barclay dit qu'il bosse bien, même s'il a du mal à supporter ses bavardages quand ils sont dans la même voiture.

— Oui, dit Robin. Il aime parler.

— Hutchins le trouve un peu obséquieux », poursuivit Strike pour l'inciter à dire plus.

Il avait remarqué le ton sur lequel Morris s'adressait à elle. Et par Hutchins, il savait que Morris avait cherché à savoir si Robin fréquentait quelqu'un.

« Eh bien…, répondit-elle. Je ne l'ai pas suffisamment côtoyé pour me faire une opinion. »

Étant donné les soucis qui accablaient Strike en ce moment, et la somme de travail que l'agence devait abattre au quotidien, Robin avait décidé de ne pas en rajouter. Ils avaient besoin de renforts et en effet, Morris faisait correctement son travail. C'était déjà pas mal.

« Pat l'aime bien », ajouta-t-elle pour le taquiner. Strike réagit au quart de tour en lui décochant un regard narquois.

« Vous parlez d'une recommandation !

— Ce n'est pas très sympa pour elle, dit Robin.

— Vous réalisez que dans une semaine, on ne pourra plus la virer ? Sa période d'essai sera terminée.

— Je n'ai aucune envie de la virer, répliqua Robin. Je la trouve très efficace.

— Eh bien alors, c'est vous qui serez responsable si jamais elle nous cause des ennuis.

— Comment ça, responsable ? s'indigna Robin. Vous étiez là quand nous l'avons engagée, que je sache ! Nous avons pris la décision à deux. Vous disiez que vous en aviez marre de…

— Mais c'est vous qui avez dit "Ce serait bien d'embaucher une secrétaire plus traditionnelle" et "On ne devrait pas l'écarter juste à cause de son âge"…

— Je sais ce que j'ai dit et j'avais raison pour cette histoire d'âge. Nous avons vraiment besoin de quelqu'un d'organisé, sachant tenir un tableur. C'est vous qui…

— Je ne voulais pas que vous m'accusiez d'âgisme.

— ... *c'est vous qui lui avez offert ce boulot*, termina Robin.

— Franchement, je ne sais pas ce qui m'a pris », marmonna Strike, en secouant sa cendre par la fenêtre.

Patricia Chauncey avait cinquante-six ans mais en faisait soixante-cinq. Mince, le visage très ridé, les cheveux d'un noir improbable, elle vapotait à longueur de journée et passait au Superking dès qu'elle sortait du boulot. Sa voix était si rauque qu'au téléphone les gens la confondaient souvent avec Strike. Elle occupait le bureau à l'entrée, là où Robin avait fait ses débuts en tant qu'intérimaire avant de devenir enquêtrice à plein temps. C'était donc elle à présent qui tenait le standard et se chargeait des tâches administratives.

Les relations entre Strike et Pat avaient été houleuses dès le départ, ce qui intriguait fort Robin qui les appréciait l'un et l'autre. Habituée aux accès de mauvaise humeur de Strike, Robin s'efforçait de le raisonner et y parvenait quelquefois. En revanche,

Pat ne laissait rien passer. Par exemple, si jamais Strike oubliait de la remercier quand elle lui transmettait le message d'un client, elle ne se gênait pas pour lui balancer « Merci mon chien ! ». Le fait qu'il soit un célèbre détective ne lui faisait ni chaud ni froid, contrairement aux employées qui l'avaient précédée sur ce poste. Un jour, Strike avait viré sur-le-champ une intérimaire qui l'avait filmé en cachette avec son portable. Quand on étudiait le comportement de Pat, on avait plutôt l'impression qu'elle le surveillait en permanence pour pouvoir ensuite lui reprocher ses moindres écarts. D'où la satisfaction qu'elle avait manifestée en apprenant que les bosselures sur l'armoire métallique étaient dues au coup de poing qu'il avait balancé dedans un jour où il était énervé.

Pourtant, grâce à elle, les dossiers étaient parfaitement tenus, les comptes en ordre, les reçus bien classés. Il y avait toujours quelqu'un pour répondre au téléphone, elle prenait les messages avec exactitude, n'oubliait jamais de racheter du thé et du lait et, par-dessus le marché, n'était jamais en retard quel que soit le temps qu'il faisait ou les problèmes rencontrés dans le métro.

Effectivement, Pat aimait bien Morris, lequel bénéficiait de ses rares sourires. De son côté, Morris veillait toujours à lui réserver quelques œillades coquines avant de tourner son attention vers Robin. Pat n'aurait pas été étonnée qu'une histoire d'amour naisse entre ses deux jeunes collègues.

« Il est tellement joli garçon », avait-elle déclaré à Robin la semaine précédente. Morris venait de lui signaler sa position par téléphone pour que Barclay, momentanément injoignable, puisse le relever à l'heure prévue. « Vous devez au moins lui reconnaître ça.

— Pourquoi lui reconnaitrais-je quoi que ce soit ? » avait répliqué Robin, agacée.

C'était déjà assez pénible de devoir supporter en dehors du travail les constantes allusions d'Ilsa au sujet de Strike, sans que Pat fasse la même chose à propos de Morris pendant les heures de bureau.

« Très bien, avait répondu Pat sans se démonter. Faites-le mariner. »

« En tout cas, dit Strike en écrasant le mégot au fond de la boîte de conserve que Robin conservait à cet effet dans le coffre à gants, je vous félicite pour l'affaire Houppette. C'était du beau boulot.

— Merci, dit Robin. Le problème, c'est la presse. Les journaux à scandale vont se jeter sur cette affaire de bigamie comme des mouches sur un pot de miel.

— Ce sera pire pour lui que pour nous. Mais vous avez raison, on va devoir faire profil bas. Je demanderai à la Mrs. Campion de Windsor de ne pas nous citer. Bon, du coup, il nous reste… » Strike compta sur ses gros doigts. « Deux-Fois, Tutu, LaPoste et PasNet. »

C'était une habitude qu'ils avaient prise d'attribuer des pseudonymes à leurs clients, et parfois à leurs cibles, pour éviter que leur véritable identité ne fuite lors d'une conversation ou dans des courriers. Deux-Fois était un habitué de l'agence. Dernièrement, il était allé voir ailleurs mais, déçu par la concurrence, était vite revenu vers eux. Strike et Robin avaient enquêté sur deux de ses maîtresses. De prime abord, on aurait pu le prendre pour un homme malheureux en amour, le genre de type qui tire toujours le mauvais numéro. Mais quand on le connaissait mieux, on s'apercevait que pour lui, le plaisir suprême – d'ordre affectif ou sexuel, impossible à dire – consistait à être cocu. S'il cherchait à obtenir la preuve que ses amantes le trompaient, c'était pour mieux se repaître de cette idée. Une fois confrontée à la photo compromettante, la dame était prestement renvoyée et remplacée par une autre. Et ainsi de suite. Actuellement, il sortait avec un mannequin qui s'obstinait à lui être fidèle, ce qui le mettait dans un terrible état de frustration.

Tutu, ainsi surnommé par un Morris en mal d'imagination, était un danseur âgé de vingt-quatre ans. Il sortait avec une femme de quinze ans son aînée, doublement divorcée, connue pour son passé de toxicomane et son énorme portefeuille d'actions. Le père de cette femme leur avait demandé de fouiller dans la vie du jeune homme qui, d'après lui, ne la méritait pas.

LaPoste demeurait une énigme. Un homme entre deux âges, présentateur météo relativement célèbre mais que Robin trouvait peu attrayant, avait sollicité leurs services après que la police eut refusé de donner suite à la plainte qu'il avait déposée. Depuis quelque temps, ce monsieur recevait des cartes postales sur son lieu de travail mais également chez lui, ce qui l'inquiétait davantage car on venait les déposer directement dans sa boîte, aux premières heures du jour. Les textes écrits au verso ne contenaient aucune menace – il s'agissait essentiellement de commentaires sur sa tenue vestimentaire, ses cravates ou autre – mais laissaient supposer que l'individu en savait plus long sur sa vie privée que la moyenne des téléspectateurs. Le plus surprenant, c'était que LaPoste ait choisi le support de la carte postale, alors qu'Internet était de nos jours le moyen le plus efficace et le plus pratique pour harceler son prochain. Depuis deux bonnes semaines, Andy Hutchins passait toutes ses nuits devant le domicile de Monsieur Météo, mais le fameux LaPoste ne s'était toujours pas manifesté.

Leur dernier dossier en cours, une affaire non seulement intéressante mais aussi très lucrative, concernait un sinistre personnage surnommé PasNet, un jeune loup de la finance dont la rapide ascension dans la hiérarchie de la société d'investissement qui l'employait avait généré une bonne dose de ressentiment parmi ses collègues restés sur la touche. Le vase avait débordé le jour où l'ambitieux avait été promu directeur adjoint, passant devant trois autres candidats plus qualifiés que lui. Depuis lors, les soupçons étaient venus s'ajouter à la jalousie. Quel ascendant PasNet avait-il exactement sur le P.-D.G., désigné par les membres de l'agence sous le sobriquet de « Boss de PasNet », alias « BPN » ? Telle était la question que se posaient à la fois les subordonnés du jeune loup et deux membres du conseil d'administration, lesquels avaient rencontré Strike dans un bar de la City pour lui exposer leurs inquiétudes. Pour commencer, Strike avait décidé de rassembler un maximum de renseignements sur PasNet via sa secrétaire particulière. Morris avait reçu pour mission d'entrer en contact incognito avec cette femme après les heures de bureau et de tester sa loyauté envers son chef.

« Vous devez être à Londres à une heure précise ? demanda Strike, après un instant de flottement.

— Non, dit Robin, pourquoi ?

— Ça vous embêterait si on s'arrêtait quelque part pour acheter de quoi manger ? Je n'ai pas pris de petit déjeuner. »

Robin se souvenait de l'assiette jonchée de miettes qu'elle avait vue devant lui en entrant dans le Palacio Lounge, mais accepta sans rechigner. Strike lut dans ses pensées.

« Un croissant, ça ne compte pas. C'est plein d'air. »

Robin éclata de rire.

Ils entrèrent dans le Subway de Cornwall Services en devisant joyeusement, malgré la fatigue. S'étant promis de manger plus sainement, Robin choisit une salade. Strike prit un sandwich bœuf-fromage, la rejoignit à la table et, après avoir engouffré quelques bouchées, sortit son téléphone pour envoyer les tarifs de l'agence à Kim Sullivan.

« Je me suis engueulé avec Lucy ce matin », dit-il à brûle-pourpoint.

Pour qu'il lui en parle spontanément, ce devait être grave, songea Robin.

« Elle m'est tombée dessus à 5 heures du matin. J'étais sorti fumer dans le jardin.

— C'est un peu tôt pour ouvrir les hostilités, renchérit Robin en picorant sa laitue.

— Ouais, elle a voulu jouer à Qui-Aime-Mieux-Joan. Pénible. »

Il mastiqua en silence pendant une minute avant de poursuivre :

« À la fin, je lui ai dit ce que je pensais de ses gosses. À savoir qu'Adam était un petit pleurnichard et Luke un sale con. »

Robin expulsa la gorgée d'eau qu'elle était en train de boire et se mit à tousser. Les clients des tables voisines se retournèrent. Elle attrapa une serviette en papier pour essuyer son menton et ses yeux pleins de larmes.

« Mais, bon Dieu, pourquoi avoir dit une chose pareille ? articula-t-elle entre deux quintes.

— Parce qu'Adam est un petit pleurnichard et Luke un sale con. »

Ayant presque récupéré l'usage de sa trachée artère, Robin secoua la tête en riant.

« Quand même, vous exagérez, Cormoran, fit-elle sur un ton de reproche.

— Ce n'est pas vous qui avez passé une semaine avec eux. Luke a cassé mes écouteurs et chipé ma prothèse, le petit merdeux. Et pour couronner le tout, Lucy m'a reproché de préférer Jack. Bien sûr que je préfère Jack – c'est le seul des trois à se tenir correctement.

— Oui, mais de là à les insulter devant leur mère…

— Ouais, je sais, reconnut Strike. J'appellerai pour m'excuser. » Puis, après une courte pause : « Mais pour l'amour du ciel, pourquoi devrais-je les sortir tous les trois ? Ni Adam ni Luke ne s'intéresse à l'histoire militaire. "Adam a pleuré quand vous êtes revenus du bunker de Churchill." Mon cul ! Le petit con n'a pas apprécié que j'achète un cadeau à Jack et pas à lui, un point c'est tout. Si j'écoutais ma sœur, je les emmènerais se balader tous les trois chaque week-end, et ils choisiraient la destination à tour de rôle. Deux semaines sur trois, ce serait le zoo ou ce foutu karting, et je n'aurais plus jamais de moments agréables avec Jack. J'aime beaucoup Jack, ajouta-t-il, presque surpris de se l'entendre dire. On s'intéresse aux mêmes choses. C'est quoi cette coutume de distribuer des cadeaux à tour de bras ? Au moins, grâce à moi, ils ont reçu une bonne leçon de vie. Ce n'est pas parce qu'on est de la même famille que tout leur est dû.

« Elle veut que j'achète des cadeaux aux deux autres… J'en ai trouvé un pour Luke. » Il dessina un carré dans l'air avec les mains. « Une plaque avec marqué dessus "Arrête de faire chier le monde". Il pourra l'accrocher au mur de sa chambre. »

Ils firent quelques provisions de bouche avant de regagner la voiture. Quand ils repartirent, Strike exprima son regret de ne pouvoir prendre le relais au volant, la vieille Land Rover étant difficile à conduire avec une jambe artificielle.

« Aucune importance, dit Robin. Ça ne m'embête pas. Qu'est-ce qu'il y a de drôle ? ajouta-t-elle en voyant Strike regarder, goguenard, le contenu du sac de provisions.

— Des fraises anglaises.

— Et ça vous amuse ? Pourquoi ? »

Il lui raconta que Dave Polworth critiquait vertement l'absence d'étiquettes « fabriqué en Cornouailles » sur les produits alimentaires et se réjouissait que ses concitoyens aient coché « cornouaillais » au lieu d'« anglais » sur les formulaires de recensement.

« La théorie de l'identité sociale est loin d'être inintéressante, répondit Robin. Même chose pour celle de l'autocatégorisation. Je les ai étudiées à la fac. Elles sous-tendent un grand nombre de comportements, autant dans le domaine social que professionnel ou… »

Passionnée par son sujet, elle le développa durant quelques minutes jusqu'à ce que, intriguée par le silence de son passager, elle réalise qu'il s'était endormi. Le sachant épuisé, elle n'en prit pas ombrage et poursuivit sa route comme si de rien n'était. À part quelques ronflements porcins, Strike ne se manifesta qu'aux abords de Swindon, lorsqu'il se réveilla en sursaut.

« Merde, dit-il en s'essuyant la bouche d'un revers de main. Désolé. Ça fait longtemps que j'ai baissé pavillon ?

— Environ trois heures.

— Merde, désolé, répéta-t-il en cherchant ses cigarettes. J'ai dormi pendant une semaine sur le canapé le plus inconfortable du monde et les gosses m'ont réveillé chaque matin aux aurores. Vous voulez manger quelque chose ?

— Oui », répondit Robin en jetant son régime par-dessus les moulins. Elle avait urgemment besoin d'une collation. « Du chocolat. Anglais ou cornouaillais, peu m'importe.

— Désolé, dit Strike pour la troisième fois. Vous parliez d'une théorie sociale ou un truc comme ça. »

Robin sourit jusqu'aux oreilles.

« Vous vous êtes endormi au moment où je vous exposais mon fascinant point de vue sur la théorie de l'identité sociale appliquée au métier de détective.

— Ah bon ? Et vous pouvez recommencer ? » proposa-t-il, essayant de regagner par la politesse ce que sa goujaterie lui avait fait perdre trois heures auparavant.

Robin avait compris la manœuvre mais résolut de jouer le jeu.

« En substance, l'individu tend à s'envisager et à envisager les autres comme faisant partie d'un groupe. Ce qui entraîne chez lui une surestimation des ressemblances entre les membres du groupe auquel il appartient, et une sous-estimation des ressemblances avec les autres groupes.

— Conclusion : tous les Cornouaillais ne sont pas de rudes et fiers gaillards et tous les Anglais ne sont pas des connards prétentieux. »

Strike déballa une barre de Yorkie et la posa dans la main de Robin.

« Je pense que ça ne donnera rien mais je soumettrai quand même cette théorie à Polworth la prochaine fois qu'on se verra. »

Strike ne toucha pas aux fraises que Robin avait achetées. En revanche, il ouvrit une canette de Coca et la but en tirant sur sa clope, le regard fixé sur le ciel qui rougissait au loin.

« Dennis Creed est toujours en vie, vous savez ? dit-il au bout de quelques instants, tandis que les arbres défilaient de l'autre côté de sa vitre. J'ai lu un truc à son sujet ce matin sur le Net.

— Où est-il incarcéré ?

— À Broadmoor. Il est passé par Wakefield puis Belmarsh et, en 1995, ils l'ont transféré à Broadmoor, avec les fous dangereux.

— Quel était son diagnostic psychiatrique ?

— Les psys n'ont pas réussi à se mettre d'accord. Certains disaient qu'il était sain d'esprit, d'autres non. Une chose est sûre : il a un Q.I. élevé. Au procès, le jury a déclaré qu'il savait faire la différence entre le bien et le mal et que donc, il méritait la prison et pas l'hôpital. Mais depuis lors, il a dû développer certains symptômes justifiant un traitement particulier.

« L'article sur le Net était assez succinct, mais maintenant, je comprends mieux pourquoi l'inspecteur chargé de l'enquête a classé Margot Bamborough parmi les victimes de Creed. Des gens ont vu une camionnette traverser le quartier à toute vitesse à l'heure où Margot était censée se rendre au Three Kings. Or, Creed s'est servi d'une camionnette pour enlever certaines de ses proies », ajouta Strike pour répondre au regard interrogateur de Robin.

Les lampadaires au bord de la route s'allumèrent. Robin, qui venait de terminer son Yorkie, cita les paroles de la voyante :

« Elle repose dans un lieu sacré. »

Strike ricana en soufflant la fumée de sa cigarette.

« Les conneries habituelles.

— Vous croyez ?

— Évidemment. C'est bien commode, les esprits qui s'expriment avec des définitions de mots croisés. Vous ne trouvez pas ? Non, mais c'est n'importe quoi !

— C'est bon, calmez-vous. Je réfléchissais tout haut, voilà tout.

— Tous les lieux ou presque peuvent être qualifiés de sacrés, si on cherche bien. Clerkenwell, le quartier de Londres où elle a disparu, est truffé de bâtiments historiques liés à la religion. Il y avaient des moines, là-bas, ou je ne sais quoi. Et vous savez où vivait Dennis Creed en 1974 ?

— Non, dites-moi.

— Près de Paradise Park, à Islington.

— Oh, souffla Robin. Donc, d'après vous, la voyante savait qui était la mère d'Anna ?

— Si je faisais ce métier, je commencerais par chercher le nom de mes clients sur Google. Mais elle a très bien pu parler de "lieu sacré" dans le seul but de la réconforter, comme Anna en a émis l'hypothèse. Pour qu'elle pense que sa mère est inhumée quelque part et que, même si elle a connu une fin horrible, ses restes ont été purifiés par la terre où ils reposent. À ce propos, plusieurs victimes de Creed ont été retrouvées coupées en morceaux dans Paradise Park. Sous des parterres de fleurs. »

Bien qu'il fasse encore très chaud dans la Land Rover, Robin sentit un frisson lui parcourir l'échine.

« Foutus vampires, maugréa Strike.

— Qui ça ?

— Les médiums, les voyants, tous ces escrocs… qui abusent de la crédulité des gens.

— Vous ne pensez pas que certains d'entre eux ont foi dans ce qu'ils font ? Qu'ils s'imaginent vraiment recevoir des messages de l'au-delà ?

— Je pense qu'il y a trop de timbrés en ce monde et que moins nous encouragerons leurs délires, mieux ça vaudra. »

Le portable de Strike sonna au fond de sa poche.

« Cormoran Strike.

— C'est Anna Phipps. Kim est à côté de moi. »

Strike mit l'appareil sur haut-parleur.

« J'espère que vous nous entendez bien, articula-t-il par-dessus le grondement du moteur et les divers claquements métalliques produits par la Land Rover. Nous sommes toujours sur la route.

— Oui, ça fait beaucoup de bruit, dit Anna.

— Je vais me ranger sur le bas-côté », proposa Robin et, joignant le geste à la parole, elle effectua une adroite manœuvre et s'arrêta sur la bande d'arrêt d'urgence.

« C'est mieux ainsi, dit Anna quand Robin eut coupé le contact. Bon, voilà, Kim et moi avons beaucoup discuté et nous avons décidé de vous engager. »

Robin frémit d'excitation.

« Génial, dit Strike. Nous avons très envie de vous aider. Dans la mesure du possible, bien sûr.

— Toutefois, intervint Kim, nous estimons que pour diverses raisons, d'ordre psychologique et… disons-le… financier, il est préférable de vous fixer une date butoir. Parce que si la police en l'espace de quarante ans n'a pas résolu cette affaire… vous pourriez continuer de votre côté pendant quarante ans sans rien trouver non plus.

— C'est juste, dit Strike. Donc…

— Nous pensions vous laisser un an, reprit Anna d'une voix tendue. À votre avis… est-ce raisonnable ?

— C'est le délai que j'aurais moi-même proposé, dit Strike. Pour être honnête, je ne pense pas qu'on puisse aboutir à quoi que ce soit en moins de douze mois.

— Avez-vous besoin d'autre chose avant de démarrer vos recherches ? demanda Anna d'une voix à la fois inquiète et fébrile.

— Oui, certainement. Je vous le dirai en temps voulu, mais pour l'instant, fit Strike en sortant son calepin pour vérifier un nom, j'aimerais surtout m'entretenir avec votre père et Cynthia. »

Il y eut un silence complet au bout de la ligne. Strike et Robin se regardèrent.

« Je regrette, mais c'est impossible, reprit enfin Anna. Si mon père apprend ce que je tente de faire, il ne me le pardonnera jamais.

— Et Cynthia ?

— Le problème, s'immisça Kim, c'est que le père d'Anna est tombé malade dernièrement. En temps normal, Cynthia serait plus facile à convaincre que Roy mais, en ce moment, je crains qu'elle ne veuille pas risquer de le contrarier.

— Eh bien, nous nous passerons d'elle, répondit Strike en jetant à Robin un regard interloqué. En tout premier lieu, nous allons tenter de mettre la main sur le dossier de police. Avant cela, je vais vous envoyer un contrat standard par mail. Vous l'imprimez, vous le signez et vous nous le renvoyez.

— Merci », répondit Anna, et Kim, avec un temps de décalage : « Entendu. »

Ils raccrochèrent.

« Eh bien, c'est parti pour notre première affaire classée. Ça promet d'être intéressant.

— Et nous avons une année devant nous, précisa Robin en redémarrant.

— Elles prolongeront si jamais nous trouvons une piste sérieuse.

— Je n'y crois pas trop. Kim veut bien nous laisser un an pour qu'Anna ne lui reproche pas de n'avoir pas tout tenté. Mais je vous parie un billet de cinq qu'elles n'iront pas plus loin.

— Pari tenu. Moi, je suis sûr que si nous trouvons une nouvelle piste, Anna voudra aller jusqu'au bout. »

Durant le reste du trajet, ils discutèrent des quatre affaires en cours, ce qui les occupa jusqu'à ce qu'ils arrivent à destination. Quand Robin s'arrêta au bout de Denmark Street, Strike descendit et alla prendre son fourre-tout à l'arrière de la Land Rover.

« Cormoran, dit-elle, j'ai laissé un message sur votre bureau. De la part de Charlotte Campbell. Elle a téléphoné avant-hier en demandant que vous la rappeliez. Elle a quelque chose pour vous. »

L'espace d'un instant, Strike la fixa d'un air indéchiffrable.

« Très bien, dit-il soudain. Merci. Alors, on se voit demain. Ou plutôt non. Vous prenez un jour de congé. Profitez-en bien. »

Il claqua le hayon et s'éloigna en boitant, tête baissée, son sac à l'épaule, laissant derrière lui une Robin qui, malgré son épuisement, aurait bien aimé savoir si la chose que Charlotte Campbell avait pour lui l'intéressait ou pas.

DEUXIÈME PARTIE

Puis Automne vint tout de jaune vêtu

Edmund SPENSER, *La Reine des fées*

8

Dans ce livre affreux il lut
Tant de funestes choses…

Edmund Spenser, *La Reine des fées*

Quand Strike et Robin lui annoncèrent que son mari était bigame, la femme au teint pâle qu'ils appelaient désormais Mrs. Houppette II resta sans voix pendant deux bonnes minutes. Ce mardi matin, le calme régnait dans la jolie petite maison qu'elle occupait au centre de Windsor. Ses deux enfants, un garçon et une fille, étaient à l'école et elle avait fait le ménage avant leur arrivée, d'où l'odeur de détergent qui flottait dans l'air et les marques d'aspirateur sur la moquette. Une dizaine de clichés s'étalaient sur la table basse qui brillait comme un sou neuf. On y voyait Houppette à Torquay sans postiche, dans différents contextes et attitudes : sortant d'une pizzeria avec deux adolescents qui ressemblaient étonnamment aux enfants qu'il avait engendrés à Windsor, ou marchant au côté d'une femme souriante qu'il tenait par l'épaule et qui aurait pu être la sœur aînée de leur cliente.

Robin, qui se rappelait précisément ce qu'elle avait ressenti en voyant le clou d'oreille en diamant de Sarah

Shadlock atterrir sur le tapis de sa chambre conjugale pendant qu'elle secouait les draps du lit, mesurait mieux que quiconque la douleur, la honte et l'humiliation que leur interlocutrice dissimulait derrière son visage impassible. Strike prononçait les habituelles paroles de réconfort, mais Robin aurait parié tout ce qu'elle avait en banque que la pauvre femme n'entendait absolument rien. Elle comprit qu'elle avait raison quand, au beau milieu d'une phrase, Mrs. Houppette II se leva comme une somnambule en tremblant de tous ses membres. Strike l'imita, prêt à la rattraper au cas où elle tournerait de l'œil, mais elle le repoussa d'un geste décidé et sortit de la pièce à grands pas. Peu après, ils entendirent claquer la porte d'entrée et, à travers les rideaux, virent leur cliente se diriger vers l'Audi Q3 rouge garée devant la maison, un club de golf à la main.

« Oh merde », gémit Robin.

Quand ils la rejoignirent, Mrs Houppette II avait explosé le pare-brise avant et méchamment cabossé le toit de la voiture. Des voisins étaient apparus aux fenêtres. De l'autre côté de la rue, un loulou de Poméranie jappait derrière une vitre. Strike confisqua le fer 4 à Mrs. Houppette, qui essaya en vain de le récupérer avant de fondre en larmes.

Robin la prit par la taille et l'entraîna à l'intérieur, Strike fermant la marche avec l'arme. Une fois dans la cuisine, Robin demanda à son associé de préparer du café bien fort et de trouver une bouteille d'alcool. Sur ses conseils, Mrs. Houppette appela son frère et le supplia de venir sur-le-champ. Puis elle raccrocha et, d'un doigt parfaitement manucuré, fit défiler les noms sur son répertoire téléphonique. Comprenant qu'elle cherchait le numéro du félon, Robin lui chipa le portable.

« Rendez-moi ça ! cria l'autre, prête à se battre pour récupérer son bien. L'ordure… le salopard… je veux lui parler… rendez-moi ça !

— Mauvaise idée, lâcha Strike en posant un café-cognac devant elle. Il a largement prouvé qu'il était capable de planquer son argent et le reste de ses biens. Vous avez besoin d'un bon avocat. »

Ils restèrent auprès d'elle jusqu'à ce que son frère, un DRH en costume strict, fasse son apparition, visiblement contrarié d'avoir dû écourter sa journée de travail. L'homme mit tellement de temps à comprendre la situation que Strike faillit se fâcher. Robin dut même intervenir car elle craignait une empoignade.

« Bon sang, grommela Strike tandis qu'ils regagnaient Londres en voiture. Mais quel abruti, ce type ! Son beau-frère était déjà marié quand il a épousé sa sœur. C'est si difficile à piger ?

— Très difficile, répondit Robin, un peu énervée. Personne n'est préparé à vivre ce genre de situation.

— Vous croyez qu'ils écoutaient quand je leur ai demandé de ne pas parler de nous aux journalistes ?

— Non. »

Elle avait raison. Un beau matin, quinze jours après leur visite à Windsor, ils découvrirent que Houppette et ses trois femmes faisaient la une des tabloïds. Dans les pages intérieures, il y avait une photo de Strike, toujours la même, et son nom apparaissait dans les gros titres. Rien d'étonnant à cela. Il faisait partie des cibles préférées de la presse à scandale. Comment les journalistes auraient-ils pu résister au plaisir de l'associer au petit bonhomme trapu, chauve et plein aux as qui avait mené une triple vie durant toutes ces années ?

Les quelques fois où il avait dû comparaître à la barre des témoins dans des affaires judiciaires retentissantes, Strike avait pris soin de se laisser pousser la barbe auparavant. Heureusement, elle poussait vite. Quant à la photo que la presse ressortait systématiquement faute d'en trouver d'autres, c'était un vieux portrait de lui en uniforme. Malgré toutes ces précautions, il devait se battre en permanence pour sauvegarder autant que possible l'anonymat qu'exigeait l'exercice de sa profession. Et il n'avait franchement pas envie de subir encore une fois les assauts des paparazzi, surtout pour une banale affaire de trigamie. Il y eut ensuite une courte période d'accalmie, mais le battage médiatique reprit hélas de plus belle lorsque les deux Mrs. Houppette joignirent leurs forces pour mieux combattre l'infidèle. Ayant apparemment très envie de donner un caractère public à leur croisade, non seulement elles accordèrent une interview commune à un magazine féminin, mais elles apparurent également à la télévision dans diverses émissions où elles parlèrent de leurs vies passées dans l'ignorance, du choc qu'elles avaient reçu en apprenant la trahison dont elles avaient été victimes, de leur récente amitié et de leur ferme intention de faire regretter à l'escroc Houppette le jour où il avait croisé leur chemin. Leurs passages sur les plateaux de télévision leur permettaient en outre d'envoyer des messages à peine voilés à leur rivale habitant Glasgow (laquelle, chose incroyable, semblait disposée à soutenir Houppette), lui faisant entendre qu'elle se fourrait le doigt dans l'œil si elle imaginait qu'il lui resterait un seul kopeck une fois leur vengeance assouvie.

Le mois de septembre arriva, variable et frisquet. Strike appela sa sœur pour s'excuser d'avoir insulté ses fils mais Lucy resta froide jusqu'à la fin de la conversation, sans doute parce que, au lieu de retirer ses propos, il avait simplement dit qu'il regrettait d'avoir exprimé son opinion devant elle. Strike fut soulagé d'apprendre que les garçons participaient à des tournois sportifs presque chaque week-end à présent que l'école avait repris, ce qui signifiait qu'il ne dormirait sans doute pas sur le canapé lors de son prochain séjour à St. Mawes et qu'il pourrait consacrer tout son temps à Ted et à Joan sans être dérangé par les reproches incessants de sa sœur.

Bien qu'affaiblie par la chimiothérapie, Joan tenait toujours à cuisiner pour Strike. Ça faisait mal de la voir se traîner entre le frigo, la gazinière et l'évier, mais elle refusait obstinément de s'asseoir, même quand Ted la suppliait. Un samedi soir, après que Joan fut montée se coucher, Ted s'effondra et se mit à sangloter sur l'épaule de Strike. À ses yeux, son oncle avait toujours été un roc inébranlable. Cette nuit-là, Strike, qui aurait pu dormir sous les bombardements, resta éveillé jusqu'à 2 heures passées, à contempler l'obscurité – la vraie obscurité, pas celle de Londres – en se demandant s'il devait rester encore un peu ou bien repartir, au risque de se le reprocher ensuite pendant des semaines.

En fait, il y avait tellement de boulot à l'agence qu'il se sentait déjà coupable d'avoir pris un week-end prolongé en se déchargeant sur Robin et leurs collaborateurs. En plus des cinq enquêtes en cours, les deux associés devaient assumer des tâches de management toujours plus lourdes, dues à l'augmentation de leurs effectifs. Et comme si cela ne suffisait pas, ils étaient en train de renégocier leur bail auprès du promoteur qui avait racheté l'immeuble et menaçait de les déloger. Jusqu'à présent, et malgré leurs demandes insistantes, le flic qui leur refilait parfois des tuyaux refusait obstinément de leur transmettre le dossier Margot Bamborough. Morris avait contacté ses ex-collègues du Met, tout comme l'avait fait Andy Hutchins, le plus ancien de leurs collaborateurs, un homme calme et discret souffrant d'une sclérose en plaques, en rémission fort heureusement. Mais l'un comme l'autre n'avaient obtenu que des réponses allant de « Les souris ont dû le manger » à « Va te faire voir, j'ai autre chose à f… ».

Lors d'un après-midi pluvieux, Strike suivait PasNet dans les rues de la City, s'efforçant de dissimuler son boitement tout en pestant contre les vendeurs de parapluies installés sur le trottoir, quand son portable sonna. S'attendant à devoir résoudre un nouveau problème d'intendance, il mit un instant à identifier la voix de l'homme qui l'avait appelé par son nom :

« Salut, Strike. C'est George Layborn. Il paraît que vous voulez rouvrir le dossier Bamborough ? »

Strike n'avait eu affaire au lieutenant Layborn qu'une seule fois auparavant, dans le cadre d'une affaire où Robin et lui avaient fourni une assistance matérielle à la police métropolitaine. Estimant qu'ils ne se connaissaient pas suffisamment, c'était l'unique policier qu'il n'avait pas osé contacter.

« Salut, George. Ouais, vous êtes bien renseigné, dit Strike en regardant PasNet entrer dans un bar à vin.

— Eh bien, si vous voulez, on peut se voir demain soir. Au Feathers à 18 heures ? » proposa Layborn.

Strike demanda à Barclay de surveiller PasNet le lendemain soir à sa place. Un peu avant 18 heures, il entra au Feathers, un pub situé près des bureaux de Scotland Yard, et trouva Layborn qui l'attendait, accoudé au comptoir. C'était un homme entre deux âges, avec des cheveux gris et une bonne bedaine. Layborn paya les deux pintes de London Pride et ils choisirent une table, à l'écart.

« Mon père a bossé sur l'affaire Bamborough, commença Layborn. Sous les ordres de Bill Talbot. Il m'avait tout raconté en détail. Qu'est-ce que vous avez pour l'instant ?

— Rien. J'ai pu consulter une poignée de vieux articles de presse et, en ce moment, j'essaie de retrouver les employés du cabinet médical où elle travaillait avant sa disparition. Je ne peux rien faire de concret sans le dossier de police. Mais hélas, personne ne semble désireux de me le montrer. »

Layborn, qui lors de leur précédente rencontre avait fait preuve d'un goût prononcé pour les formules grivoises, paraissait étrangement éteint, ce soir-là.

« Foutu bordel, l'affaire Bamborough, articula-t-il. On ne vous a pas parlé de Talbot ?

— Non, mais ne vous gênez pas.

— Talbot avait pété les plombs, dit Layborn. Dépression nerveuse. Il était déjà un peu bizarre avant l'enquête mais, vous savez, on était dans les années 1970 – s'inquiéter de la santé mentale des forces de l'ordre, c'était bon pour les pédés. Talbot avait été un excellent flic en son temps, mine de rien. Deux de ses jeunes collègues ont remarqué qu'il déconnait à pleins tubes mais quand ils en ont parlé à la hiérarchie, on leur a dit de fermer leur gueule.

« Il était sur l'affaire Bamborough depuis six mois quand sa femme a appelé une ambulance en pleine nuit et l'a fait interner. Il a pu toucher sa pension mais c'était trop tard pour recoller les morceaux. Il est mort voilà une dizaine d'années. J'ai entendu dire qu'il ne s'était jamais pardonné d'avoir saboté l'enquête. Après sa guérison, il a eu honte de s'être comporté comme ça.

— C'est-à-dire ?

— Il se laissait trop guider par ses intuitions. Il négligeait les indices matériels. Il n'interrogeait que les témoins susceptibles de confirmer sa théorie…

— Selon laquelle Margot avait été enlevée par Creed, c'est cela ?

— Exactement. Même si, à l'époque, on avait déjà surnommé Creed le Boucher de l'Essex parce qu'il avait abandonné ses deux premiers cadavres dans la forêt d'Epping et à Chigwell. » Layborn avala une gorgée de bière. « Ils avaient aussi retrouvé une bonne partie de Jacky Aylett au fond d'une benne à ordures. Un animal, ce mec. Un foutu animal.

— Qui a repris l'enquête ?

— Un dénommé Lawson, Ken Lawson. Mais six mois s'étaient écoulés, la piste avait refroidi et vous n'imaginez pas le foutoir qu'il a trouvé dans le dossier.

En plus de ça, elle avait mal choisi son moment, cette Margot Bamborough. Vous savez ce qui s'est passé un mois après sa disparition ?

— Quoi donc ?

— Lord Lucan s'est carapaté ! Imaginez ! La nourrice des enfants d'un pair du royaume meurt le crâne défoncé et le principal suspect disparaît comme par enchantement. Après un scandale pareil, pas étonnant que la disparition de Bamborough ait été reléguée à la rubrique des chiens écrasés. En plus, ils avaient déjà exploité les photos d'elle en Bunny Girl – vous saviez que Bamborough avait été Bunny Girl ?

— Ouais, dit Strike.

— Pour financer ses études de médecine. D'après mon vieux, la famille aurait préféré qu'on passe cet aspect-là sous silence. Pourtant, c'est en partie grâce à ces photos que la presse s'est intéressée à son cas. Le monde fonctionne ainsi.

— Votre père avait-il un avis sur l'affaire ? demanda Strike.

— Eh bien, pour être honnête, soupira Layborn, il pensait comme Talbot que c'était un coup de Creed. Rien ne permettait de supposer qu'elle s'était fait la malle. Son passeport était à sa place, ses vêtements aussi. Elle n'avait rien emporté. En plus, elle avait un super boulot, aucun problème d'argent, une gamine en bas âge…

— Enlever une femme de vingt-neuf ans en bonne santé dans une rue passante sans que personne le remarque, c'est loin d'être évident, fit remarquer Strike.

— Vous avez raison. Creed préférait les ramasser quand elles étaient bourrées. Cela dit, ça s'est passé le soir, il faisait sombre, il pleuvait. Il était déjà bien rodé et il savait s'y prendre pour amadouer les femmes, gagner leur sympathie. Il y en a même deux qui l'ont suivi chez lui de leur propre chef.

— Une camionnette ressemblant à celle de Creed a été aperçue roulant à grande vitesse au même moment dans le quartier, n'est-ce pas ?

— Ouais, et selon mon père, cette histoire de camionnette n'a pas été vérifiée correctement. Talbot ne voulait pas prendre le risque qu'on découvre que ce n'était pas celle de Creed. Vous voyez le genre. Il s'est contenté du boulot de routine. Même chose pour l'ex-petit ami de Bamborough. Je ne dis pas que c'est lui qui l'a refroidie, mais ce type traînait dans le coin, c'est sûr. Or, mon père m'a rapporté que pendant l'interrogatoire, Talbot a passé la moitié du temps à lui demander où il était le soir où Helen Wardrop s'est fait attaquer.

— Qui ça ?

— Une prostituée. Creed a essayé de l'enlever en 1973. Il ne gagnait pas à tous les coups, le salaud. En 1971, par exemple, Peggy Hiskett a réussi à lui fausser compagnie et elle a donné son signalement à la police. Ça n'a pas servi à grand-chose. Elle leur a parlé d'un type brun et trapu. Malheureusement, en ce temps-là, il se déguisait en femme avec une perruque et un gros manteau. C'est grâce à Melody Bower qu'ils ont fini par le choper. Cette fille ressemblait à Diana Ross. Elle chantait dans un night-club. Creed l'a abordée alors qu'elle attendait le bus. Il a proposé de la raccompagner et quand elle a dit non, il a essayé de la faire monter de force dans la camionnette. Elle a fourni à la police une description très détaillée. Il lui avait dit qu'il habitait à Paradise Park. Il était devenu imprudent vers la fin. C'est l'arrogance qui l'a fait tomber.

— Vous avez l'air d'en savoir long sur cette affaire, George.

— Ouais. Figurez-vous que mon père a été l'un des premiers à entrer dans la cave de Creed le jour où ils l'ont arrêté. Il n'a jamais voulu dire ce qu'il avait vu là-bas. Pourtant, il avait assisté à des règlements de compte entre gangs. Alors, vous imaginez… Creed n'a jamais avoué pour Bamborough, mais ça ne veut rien dire. Ce salaud continuera à nous mener en bateau jusqu'à ce qu'il crève. Putain d'ordure. Pendant des années, il s'est amusé avec les familles de ses victimes, enfin celles qu'il a reconnues. Il a laissé entendre qu'il y en avait d'autres mais sans donner de détail. Au début des années 1980, des journalistes sont allés l'interviewer. Après ça, plus personne n'a eu le droit de lui parler. Le ministère de la Justice continue à s'y opposer. Il prenait plaisir à tourmenter les familles. Ça lui permettait de se sentir puissant. »

Layborn finit son verre et regarda sa montre.

« Je vais voir si je peux vous trouver ce dossier. Mon vieux aurait voulu que je vous aide. Il n'a jamais avalé ce qui s'est passé sur cette affaire. »

Strike regagna son appartement mansardé sous des rafales de plus en plus violentes. Pendant qu'il classait les tickets de caisse encombrant son portefeuille pour pouvoir les transmettre à la comptabilité de l'agence, derrière lui, ses fenêtres criblées de pluie branlaient dans leurs cadres mal joints.

À 21 heures, il se prépara à dîner sur l'unique plaque électrique de sa petite cuisine, puis s'allongea sur son lit avec l'intention de s'attaquer à la biographie de Dennis Creed, *Le Démon de Paradise Park*. Le livre prenait la poussière sur sa table de nuit depuis qu'il l'avait acheté sur Internet un mois plus tôt. Il dégrafa son pantalon pour faire de la place à la plâtrée de spaghettis qu'il venait d'ingurgiter, rota, alluma une cigarette, se cala des oreillers dans le dos et se mit à lire. Sur la première page figurait la chronologie des événements ayant jalonné la vie et la carrière du tueur en série surnommé le Boucher de l'Essex.

1937	Naissance à Greenwell Terrace, Mile End.
1954	Avril : commence son service militaire. Novembre : viole **Vicky Hornchurch**, 15 ans, lycéenne. Condamné à 2 ans de prison, Feltham Borstal.
1955–61	Occupe divers emplois temporaires, administratifs et manuels. Fréquente des prostituées.
1961	Juillet : viole et torture **Sheila Gaskins**, 22 ans, vendeuse. Condamné à 5 ans de prison, HMP Pentonville.
1968	Avril : enlève, viole, torture et assassine **Geraldine Christie**, 16 ans, lycéenne.
1969	Septembre : enlève, viole, torture et assassine **Jackie Aylett**, 29 ans, secrétaire, mère d'un enfant. La presse le surnomme le Boucher de l'Essex.

1970	Janvier : emménage dans un appartement en sous-sol qu'il loue à Vi Hooper, Liverpool Road, près de Paradise Park. Trouve un emploi de livreur dans un pressing.
	Février : enlève **Vera Kenny**, 31 ans, femme de service, mère de trois enfants. La garde chez lui pendant trois semaines, la viole, la torture et l'assassine.
	Novembre : enlève **Noreen Sturrock**, 28 ans, agent immobilier. La garde chez lui pendant quatre semaines, la viole, la torture et l'assassine.
1971	Août : tente d'enlever **Peggy Hiskett**, 34 ans, pharmacienne, mais échoue.
1972	Septembre : enlève **Gail Wrightman**, 30 ans, sans emploi. La garde enfermée chez lui, la viole, la torture et l'assassine.
1973	Janvier : assassine Wrightman.
	Décembre : tente d'enlever **Helen Wardrop**, 32 ans, prostituée, mère d'un enfant, mais échoue.
1974	Septembre : enlève **Susan Meyer**, 27 ans, coiffeuse. La garde enfermée chez lui, la viole, la torture et l'assassine.
1975	Février : enlève **Andrea Hooton**, 23 ans, étudiante en philosophie. Hooton et Meyer sont détenues ensemble chez lui pendant quatre semaines.
	Mars : assassine Susan.
	Avril : assassine Andrea.
1976	25 janvier : tente d'enlever **Melody Bower**, 26 ans, chanteuse dans un night-club.

31 janvier : Vi Hopper, la propriétaire de Creed, l'identifie d'après une description et un portrait-robot.
2 février : arrestation de Creed.

Strike tourna la page et parcourut l'introduction, laquelle faisait état du seul entretien jamais accordé par la mère de Creed, Agnes Waite.

… D'abord, elle prétend que la date sur le certificat de naissance de Creed n'est pas la bonne.

« C'est marqué qu'il est né le 20 décembre, non ? me dit-elle. Ce n'est pas vrai. J'ai accouché le 19 novembre, dans la nuit. Quand il est allé déclarer la naissance, il a menti parce qu'on avait dépassé le délai légal. »

« Il » n'est autre que le beau-père d'Agnes, William Awdry, un homme connu pour son comportement violent…

« Dennis était à peine né qu'il me l'a arraché des bras en disant qu'il allait le tuer. Le noyer dans les cabinets au fond du jardin. Je l'ai supplié de le laisser vivre. Jusqu'alors, je n'étais pas sûre de vouloir le garder, mais vous savez, une fois qu'on les a vus, qu'on les a tenus dans les bras… Il était costaud, Dennis, il voulait vivre, ça se voyait bien.

« Awdry a menacé de le tuer pendant des semaines après ça. Un jour, les voisins ont entendu le bébé pleurer et ils ont entendu aussi ce qu'il [Awdry] menaçait de lui faire. Enfin, je crois. Il a compris qu'on ne pouvait plus le cacher ; il avait trop attendu. Donc il a déclaré la naissance mais il a menti sur la date pour que personne ne demande pourquoi il avait tellement tardé. De toute façon, qui aurait pu le contredire ? Tout le monde s'en fichait. Je n'ai jamais vu de sage-femme, ni d'infirmière, ni qui que ce soit… »

Creed me donnait par écrit des réponses plus complètes qu'en face à face. Durant nos entretiens, il disait manquer de temps. Des mois après notre dernière entrevue, il m'a envoyé le texte qui suit, dans lequel il expose ses soupçons concernant son vrai père :

« J'ai vu dans le miroir le visage de mon supposé beau-grand-père. La ressemblance s'accentue avec les années. J'ai ses yeux, ses oreilles, son teint cireux, son long cou. Il était plus carré que moi, plus viril. Je pense d'ailleurs que s'il me détestait à ce point c'est en partie parce qu'il me voyait comme une version fragile et efféminée de lui-même. La faiblesse lui faisait horreur… »

« Ouais, bien sûr que Dennis était son fils, m'a dit Agnes. Il [Awdry] a commencé à me toucher quand j'avais treize ans. Il m'interdisait de sortir, je n'avais pas de petit ami. Quand ma mère s'est aperçue que j'étais enceinte, Awdry lui a raconté que je sortais en douce pour voir un garçon. Qu'est-ce qu'il aurait pu dire d'autre ? Et maman l'a cru. Ou elle a fait semblant. »

Agnes s'est enfuie de la maison surpeuplée de son beau-père peu avant le deuxième anniversaire de Dennis. Elle avait seize ans et demi.

« J'aurais voulu emmener Dennis avec moi mais je suis partie en pleine nuit et je ne voulais pas faire de bruit. Je n'avais nulle part où aller, pas de boulot, pas d'argent. Je connaissais juste un garçon qui m'avait promis de s'occuper de moi. Donc, je suis partie. »

Elle ne reverrait son premier-né que deux fois par la suite. En apprenant que William Awdry avait été condamné à neuf mois de prison pour agression, elle est retournée chez sa mère dans l'espoir de récupérer Dennis.

« Je comptais dire à Bert [son premier mari] que c'était mon neveu, parce que Bert ne savait rien de cette sale histoire. Mais Dennis ne se souvenait pas de moi, enfin c'est l'impression que j'ai eue. Il ne voulait pas quitter les jupons de ma mère, ne voulait pas me parler. Alors ma mère a dit qu'il était trop tard et que je n'aurais pas dû l'abandonner si j'avais tellement envie de l'avoir auprès de moi. Et je suis repartie sans lui. »

La dernière fois qu'Agnes a vu son fils en chair et en os, c'était à l'école primaire. Dennis jouait dans la cour, elle s'est plantée devant la barrière et l'a appelé. Lors de notre deuxième entretien, Creed a prétendu se rappeler cet épisode, même s'il n'avait que cinq ans à l'époque.

« C'était une petite femme mince vêtue comme une poule, m'a-t-il dit. Elle ne ressemblait pas aux mères de mes camarades. On voyait bien que ce n'était pas quelqu'un de respectable. Je ne voulais pas que les autres enfants me voient lui parler. Elle m'a dit qu'elle était ma mère. Je lui ai répondu que c'était faux, même si je savais ce qu'il en était, et je suis parti en courant. »

« Il ne voulait plus de contact avec moi, dit Agnes. Alors, j'ai renoncé. De toute façon, si j'étais repassée le voir je serais tombée sur Awdry. Et ça, il n'en était pas question. Je me disais qu'au moins, Dennis allait à l'école. Il avait l'air propre…

« Je pensais souvent à lui, comment il allait et tout ça. C'est normal, non ? Les gosses sortent de vous. Les hommes ne peuvent pas comprendre. Ouais, je pensais à lui mais avec Bert, on est partis dans le Nord, à cause du boulot qu'il avait trouvé à la poste, et je n'ai plus jamais remis les pieds à Londres, pas même pour enterrer ma mère parce qu'Awdry avait dit que si je venais, il me ficherait dehors à coups de pompe. »

Quand j'ai dit à Agnes que j'avais vu Dennis une semaine à peine avant de venir chez elle à Romford, elle m'a posé une seule question :

« Il paraît qu'il est très intelligent. C'est vrai ? »

Je lui ai répondu qu'en effet, il était indubitablement intelligent. C'était un point sur lequel tous ses psychiatres s'accordaient. Les gardiens m'ont dit qu'il lisait énormément, surtout des ouvrages de psychologie.

« Je ne sais pas d'où il tient ça. Pas de moi…

« J'ai lu ce qu'ils disent dans les journaux. Je l'ai vu aux informations, j'ai entendu tout ce qu'il avait fait. C'est terrible, vraiment terrible. Qu'est-ce qui pousse quelqu'un à faire ça ?

« Après la fin du procès, j'ai pensé à lui, au jour de sa naissance. Je l'ai revu tout nu et couvert de sang sur le lino où je venais d'accoucher. Mon beau-père se tenait au-dessus de nous, en hurlant qu'il allait le noyer. Eh bien, aujourd'hui, dit Agnes Waite, je vous jure, je regrette qu'il ne l'ait pas fait. »

Strike écrasa sa cigarette et attrapa la canette de Tennent's posée à côté du cendrier. La pluie s'était un peu calmée mais les vitres étaient encore trempées. Il passa quelques pages, s'arrêta au milieu du deuxième chapitre et se remit à lire.

… grand-mère, Ena, ne voulait ou ne pouvait pas protéger le plus jeune membre de la maisonnée des sévices que lui infligeait son mari.

Awdry éprouvait une satisfaction toute particulière à humilier Dennis quand il faisait pipi au lit. Il jetait un baquet d'eau sur le matelas et le forçait à dormir dans les draps trempés. À plusieurs reprises, il lui ordonna même d'aller jusqu'à l'épicerie du coin avec son pantalon de pyjama mouillé, pour lui acheter des cigarettes.

« Certains trouvent refuge dans l'imaginaire, m'écrivit Creed par la suite. Dans ma tête, j'étais un enfant libre et heureux. Mais il m'arrivait aussi d'intégrer des éléments du monde matériel à mon univers secret. Des objets qui dans mes fantasmes acquéraient une puissance totémique. »

Dennis expérimenta le voyeurisme pour la première fois à l'âge de douze ans.

« Regarder une femme à son insu m'excitait beaucoup, m'écrivit-il après notre troisième entretien. Je l'avais fait avec mes sœurs, mais il m'arrivait aussi de grimper aux murs pour regarder à travers les fenêtres éclairées. Si j'avais de la chance, je voyais des femmes ou des filles se déshabiller, se faire belles. Parfois même, je les apercevais nues, un court instant. J'étais excité par la vision de leur corps, bien sûr, mais aussi par la sensation du pouvoir que j'exerçais sur elles. C'était comme si je leur volais une partie de leur être profond, ce qu'elles croyaient n'appartenir qu'à elles. »

Peu de temps après, il commença à chaparder les sous-vêtements féminins qui séchaient sur les étendoirs des voisins, même ceux de sa grand-mère Ena. Il les portait et se masturbait dans…

Strike tourna encore quelques pages en bâillant et s'arrêta sur un passage du chapitre quatre.

… au cours d'une soirée entre collègues, un employé du service courrier de Fleetwood Electric, un garçon plutôt effacé, étonna la galerie en enfilant un manteau de femme pour imiter la chanteuse Kay Starr.

« Et voilà notre petit Dennis entonnant à pleins poumons "La roue de la fortune", drapé dans le manteau de

Jenny », raconta à la presse une salariée souhaitant garder l'anonymat, après l'arrestation de Creed. « Les messieurs d'un certain âge ont été gênés. Il y en a deux qui ont même cru qu'il était, vous savez, pédé. Mais nous, les plus jeunes, on l'a applaudi, félicité et tout. C'est après ça qu'il a commencé à sortir de sa coquille. »

Mais la vie fantasmatique de Creed ne se limitait pas aux spectacles de music-hall improvisés. Aucune des personnes ayant assisté à son numéro n'aurait pu imaginer que le jeune homme, âgé d'à peine seize ans, cultivait en secret des fantasmes autrement plus élaborés…

Ses collègues de Fleetwood Electric furent atterrés d'apprendre quelque temps plus tard que « le petit Dennis » avait été arrêté pour viol et torture sur la personne de Sheila Gaskins, vingt-deux ans, une vendeuse qu'il avait suivie à sa descente d'un bus de nuit. Gaskins, qui n'avait survécu que grâce à l'intervention d'un gardien ayant entendu des bruits suspects dans une ruelle et mis en fuite l'agresseur, fut en mesure de fournir des preuves contre lui.

Jugé coupable, il passa cinq ans au pénitencier de Pentonville. Par la suite, Creed n'agirait plus jamais sur un coup de tête.

Strike fit une pause, le temps d'allumer une autre cigarette, passa une dizaine de chapitres et tomba sur un nom qu'il connaissait.

… le Dr Margot Bamborough, médecin généraliste à Clerkenwell, le 11 octobre 1974.

L'inspecteur Bill Talbot, chargé de l'enquête, a immédiatement identifié certaines similitudes entre la disparition de la jeune femme médecin et celles de Vera Kenny et de Gail Wrightman.

Kenny et Wrightman avaient été enlevées par un soir de pluie, les parapluies ouverts et les pare-brise détrempés réduisant considérablement le nombre des éventuels témoins oculaires. Le soir où Margot Bamborough a disparu, il pleuvait à verse.

Une petite camionnette, peut-être équipée de fausses plaques d'immatriculation, avait été aperçue près des domiciles de Kenny et de Wrightman, peu avant leur enlèvement. Après la disparition de Margot Bamborough, trois témoins ont décrit une camionnette blanche similaire. Ce véhicule s'éloignait à toute vitesse de la rue où se trouvait le cabinet médical.

Plus significative encore, nous avons la déclaration d'une conductrice qui passait dans le quartier et dit avoir remarqué deux femmes sur un trottoir, dont l'une avait l'air infirme ou prise de faiblesse. L'autre la tenait fermement, comme pour l'empêcher de tomber. Talbot fit aussitôt le lien avec Vera Kenny que des témoins avaient vue monter dans une camionnette, aidée par une autre femme, et avec le récit de Peggy Hiskett évoquant un homme habillé en femme, assis sous un arrêt de bus isolé, lequel avait voulu lui faire boire de la bière et tenté de la brutaliser avant qu'une voiture passant dans les parages ne le mette en fuite.

Le portable de Strike sonna. Craignant de perdre la page, Strike chercha l'appareil à tâtons et décrocha sans regarder qui appelait.

« Strike.

— Salut, Bluey », murmura une voix de femme.

Strike posa le livre à l'envers sur le lit. Il y eut un silence sur la ligne, seulement troublé par la respiration de Charlotte.

« Qu'est-ce que tu veux ?

— Te parler, dit-elle.

— De quoi ?

— Je ne sais pas, fit-elle avec un petit rire. À toi de choisir. »

Strike connaissait cette intonation. Elle avait bu une demi-bouteille de vin ou peut-être deux verres de whisky. Quand elle était un peu ivre – enfin, disons détendue par l'alcool –, une autre Charlotte émergeait. Une Charlotte attachante et même drôle. Mais un seul verre de plus et elle devenait soit agressive soit larmoyante. Vers la fin de leur relation, un jour que son honnêteté foncière l'avait obligé à affronter la réalité, quitte à se poser des questions dérangeantes, Strike s'était demandé si le fait de souhaiter que sa femme soit en permanence légèrement bourrée était une attitude raisonnable.

« Tu ne m'as pas rappelée, dit Charlotte. J'ai laissé un message à ta Robin. Elle ne te l'a pas transmis ?

— Si.

— Mais tu ne m'as pas rappelée.

— Qu'est-ce que tu veux, Charlotte ? »

La partie lucide de son cerveau avait beau lui conseiller de couper la communication, il continuait à écouter, à attendre. Elle avait été sa drogue pendant si longtemps. Une drogue dure. Dont on ne décroche pas.

« Intéressant, fit Charlotte d'une voix rêveuse. Je pensais qu'elle ne t'avait rien dit. »

Il ne répondit rien.

« Vous êtes toujours ensemble ? Elle est plutôt jolie. Et constamment présente. Disponible. C'est tellement prat…

— Pourquoi tu appelles ?

— Je te l'ai dit : pour parler… Tu sais quel jour on est aujourd'hui ? C'est le premier anniversaire des jumeaux. Toute la famille Ross a débarqué. Je n'ai pas eu un seul moment de calme depuis ce matin. »

Il savait bien sûr qu'elle avait eu des jumeaux. Leur naissance avait été annoncée dans le *Times* parce que Charlotte était mariée à un aristocrate et que, par tradition, les aristocrates annonçaient les naissances, les mariages et les décès dans les colonnes de ce journal. Mais Strike avait appris l'événement par un autre biais. Ce biais s'appelait Ilsa. Quand elle lui avait téléphoné pour le prévenir, il s'était immédiatement souvenu des paroles que Charlotte avait prononcées un peu plus d'un an auparavant, dans un restaurant où elle l'avait attiré en usant d'un subterfuge.

Ce qui m'aide à aller au bout de cette grossesse c'est de penser qu'après leur naissance, je pourrai partir.

Les bébés étaient nés prématurés et Charlotte ne les avait pas abandonnés.

Les enfants sortent de vous. Les hommes ne peuvent pas comprendre.

Au cours des douze mois précédents, elle lui avait téléphoné deux fois alors qu'elle avait bu. En pleine nuit. La première, il avait raccroché au bout de quelques secondes, parce que Robin essayait de le joindre. La seconde, c'était Charlotte elle-même qui avait interrompu la discussion.

« Personne ne pensait qu'ils vivraient, tu le savais ? murmura Charlotte. C'est un miracle.

— Puisque c'est l'anniversaire de tes gosses, je ne te retiens pas. Bonne nuit, Char…

— Attends, dit-elle vivement. Reste, je t'en prie. »

Raccroche, disait une voix dans sa tête. Mais Strike ne l'écoutait pas.

« Ils dorment à poings fermés. Ils ne savent pas que c'est leur anniversaire, cette histoire est une vaste fumisterie. Quand je pense qu'il faut fêter l'anniversaire de ce foutu cauchemar ! C'était atroce, ils m'ont ouvert le ventre…

— Faut que je te laisse. J'ai du boulot.

— Je t'en prie, hurla-t-elle presque. Bluey, je suis si malheureuse, tu n'as pas idée, je suis tellement triste…

— Tu es une femme mariée, mère de deux enfants, répliqua-t-il, cinglant. Et moi, je ne bosse pas pour le courrier du cœur. Tu n'as qu'à appeler un service d'entraide. C'est pas ce qui manque. Bonne nuit, Charlotte. »

Il raccrocha.

La pluie avait redoublé d'intensité. Strike la regarda cogner contre les vitres sombres. Depuis la couverture du livre posé sur le lit, les yeux bordés de cils blonds de Dennis Creed le contemplaient à l'envers. Cette inversion produisait une sensation très désagréable, comme si les prunelles de l'assassin se détachaient de la photo pour venir se fixer sur lui.

Strike reprit le livre et poursuivit sa lecture.

9

Gentil sire, veuillez à présent m'accorder l'amitié
Qu'autrefois j'offris pour votre sauvegarde,
Les blessures reçues à la bataille demeurent,
À vous maintenant de me les rembourser.

Edmund Spenser, *La Reine des fées*

Le jour de l'anniversaire de Robin, George Layborn n'avait toujours pas réussi à mettre la main sur le dossier Bamborough.

Pour la première fois de sa vie, quand elle se réveilla au matin du 9 octobre et se rappela quel jour on était, Robin ressentit non pas un frisson d'excitation mais une vague de tristesse. Elle avait vingt-neuf ans et ce chiffre sonnait comme une sentence. Au lieu de représenter une étape dans sa vie, il lui faisait l'effet d'un panneau d'avertissement : « Attention, prochain arrêt, TRENTE. » Elle resta étendue quelques instants dans le grand lit où elle dormait seule chaque soir, à ressasser ce que lui avait dit Katie, sa cousine préférée, la dernière fois qu'elle était allée dans le Yorkshire. Katie aidait son fils de deux ans à fabriquer des monstres en pâte à modeler qu'il s'amusait à asseoir au volant de son camion Tonka.

« On dirait que tu suis une autre voie que nous », avait-elle déclaré tout de go.

Puis, voyant une ombre passer sur le visage de Robin, elle avait ajouté pour tenter de se rattraper :

« Je ne dis pas ça comme un reproche ! Tu as l'air heureuse, Robin ! Libre, je veux dire ! Franchement, avait insisté Katie sur un ton qui sonnait faux, il m'arrive de t'envier. »

Robin n'avait jamais regretté d'avoir mis fin à un mariage qui, dans sa dernière phase, l'avait rendue profondément malheureuse. Elle se souvenait comme si c'était hier de cette grisaille qu'était devenu son quotidien et qu'elle n'avait fort heureusement plus connue depuis. Pourtant, Dieu sait que Deptford était un joli quartier et que la maison d'armateur où elle avait habité avec Matthew était charmante. Oui, charmante, mais bizarrement, il ne lui en restait pas grand-chose aujourd'hui. À dire vrai, elle avait quasiment tout oublié de cette période. Elle se souvenait seulement de la souffrance, de la culpabilité, de l'angoisse qui ne la quittaient jamais et de ce sentiment d'horreur qui l'avait prise à la gorge le jour où elle avait enfin réalisé qu'elle avait lié son destin à celui d'un homme qu'elle méprisait et avec lequel elle ne partageait rien.

Pour autant, sa vie présente n'était pas aussi « heureuse » et « libre » que Katie semblait le croire. Depuis plusieurs années, Robin travaillait aux côtés d'un homme qui faisait passer le boulot avant toute autre chose – il avait fallu que Joan tombe malade pour qu'il commence à déléguer une partie de ses tâches – et en ce moment, elle aussi se sentait accaparée par son métier, lequel lui plaisait au point qu'il remplaçait tout le reste. En résumé, maintenant qu'elle pouvait mener sans entrave l'existence dont elle rêvait depuis le jour où elle avait franchi la porte en verre de l'agence, Robin prenait conscience que poursuivre une unique passion risquait fort de la vouer à la solitude éternelle.

Dans les premiers temps, elle avait grandement apprécié d'avoir un lit pour elle seule, sans un homme à côté d'elle pour lui faire la gueule, se plaindre qu'elle ne contribuait pas assez aux dépenses du ménage, lui reprocher son manque de perspectives professionnelles ou solliciter des relations sexuelles qui étaient devenues un devoir plus qu'un plaisir. Matthew ne lui manquait absolument pas et pourtant, elle voyait se profiler (en toute honnêteté, elle y était déjà) le moment où l'absence de contact physique, d'affection et même de sexe – un sujet plus complexe pour Robin que pour la plupart des femmes – ne serait plus un soulagement mais au contraire un sérieux handicap.

Et alors quoi ? Deviendrait-elle comme Strike ? Collectionnerait-elle les aventures ? Ferait-elle passer l'amour après son métier ? s'interrogea-t-elle. Tout de suite après, elle pensa à Charlotte Campbell, comme elle le faisait quasiment tous les jours. L'avait-il rappelée ? se demanda-t-elle. Dans un élan d'impatience, elle rejeta les couvertures et, sans un regard pour les cadeaux non déballés posés sur sa commode, fila sous la douche.

Son nouveau lieu de vie, sur Finborough Road, occupait les deux derniers étages d'une maison de ville ; les chambres et la salle de bains se trouvaient au troisième, les pièces communes au quatrième. Le salon s'ouvrait sur une petite terrasse où Wolfgang, le vieux teckel à poil dur appartenant à son logeur, aimait s'étendre au soleil quand il y en avait.

Sachant pertinemment que les chances pour une femme célibataire à revenu moyen – surtout si cette femme devait en plus assumer des frais d'avocat – de trouver un appartement décent à Londres étaient quasiment nulles, Robin se considérait comme extrêmement chanceuse de pouvoir habiter dans un endroit agréable, propre, en bon état, décoré avec goût et suffisamment vaste pour elle-même et le propriétaire, un homme sympathique avec lequel elle s'entendait bien. Max Priestwood, quarante-deux ans, exerçait le métier d'acteur et n'avait pas les moyens d'entretenir une si grande maison sans recourir à la location. Max était homosexuel et « joli garçon », comme aurait dit la mère de Robin. Grand, bien bâti, il avait une épaisse chevelure châtain clair et des yeux gris au regard blasé. C'était aussi un vieil ami d'Ilsa, laquelle connaissait son frère cadet depuis la fac.

Ils lui avaient assuré que Max était « absolument charmant » mais, durant les premiers mois de leur cohabitation, Robin s'était demandé si elle n'avait pas commis une grosse erreur en emménageant chez lui, tant il était peu communicatif, comme plongé dans une perpétuelle mélancolie. Robin faisait de son mieux pour qu'il l'apprécie. Elle rangeait tout derrière elle, n'écoutait pas la musique trop fort, ne cuisinait pas de plats trop odorants, jouait avec Wolfgang le teckel et le nourrissait en l'absence de son maître, n'oubliait pas de racheter du liquide vaisselle ou du papier toilette et, chaque fois qu'ils se croisaient, n'omettait jamais de le saluer et de lui dire quelques mots aimables. Malgré tous ses efforts, Max lui souriait peu, voire jamais. Le jour de son arrivée, il l'avait gentiment accueillie mais du bout des lèvres. Toutes ces raisons l'avaient conduite à se demander si c'était elle qui se faisait des idées ou bien s'il ne la logeait que parce que Ilsa avait insisté.

Au bout de quelques mois, l'atmosphère s'était un peu dégelée. À présent, Max parlait plus souvent, bien qu'on ne puisse toujours pas le qualifier de loquace. Cela dit, certains soirs, Robin était bien contente de vivre avec une personne s'exprimant par monosyllabes. Quand elle rentrait chez elle après douze heures de planque, épuisée et ankylosée, des problèmes de boulot plein la tête, elle appréciait de pouvoir aller se coucher sans être obligée, au préalable, de faire la conversation. D'autres jours, en revanche, elle aurait aimé profiter du grand salon lumineux ou de la terrasse, mais elle restait cloîtrée dans sa chambre de peur d'empiéter sur l'espace vital de Max.

Elle supposait que sa morosité tenait au fait qu'il était au chômage depuis trop longtemps. Son dernier contrat, une pièce de théâtre dans laquelle il avait tenu un petit rôle, avait pris fin quatre mois auparavant et on ne lui avait rien proposé depuis, ni dans le West End ni ailleurs. Elle ne cherchait même plus à savoir s'il avait des auditions en vue. Parfois, le simple fait de lui demander « Comment s'est passée votre journée ? » sonnait comme une indiscrétion à ses propres oreilles. Max lui avait cependant confié qu'autrefois il avait partagé cette maison avec un compagnon qui, ô coïncidence, se prénommait Matthew. Robin ignorait les circonstances de leur rupture mais elle savait que le Matthew de Max lui avait cédé sa part, geste que Robin jugeait extrêmement généreux, comparé à la mesquinerie dont avait fait preuve le sien.

Après s'être douchée, elle enfila une robe de chambre et retourna dans sa chambre déballer les paquets arrivés par la poste au cours de la semaine précédente et qu'elle avait gardés intacts jusqu'au grand jour. Son frère Martin lui avait offert des huiles essentielles pour le bain, achetées par leur mère très probablement. Jenny, sa belle-sœur vétérinaire (qui attendait un enfant : la première nièce ou le premier neveu de Robin), avait dû choisir le pull tricoté main qu'elle-même aurait aimé porter. Quant aux pendants d'oreilles, elle devina en les sortant de leur écrin que son frère Jonathan s'était trouvé une nouvelle copine. Son moral ayant encore baissé d'un cran, Robin décida de s'habiller tout en noir. La journée s'annonçait ennuyeuse : une tonne de paperasse l'attendait au bureau, elle avait rendez-vous dans l'après-midi avec le présentateur météo harcelé par LaPoste, et ainsi de suite jusqu'au soir où elle devait retrouver Ilsa et Vanessa, son amie policière, dans un pub pour un pot d'anniversaire. Ilsa avait proposé d'inviter Strike mais Robin, craignant qu'elle ne joue encore les entremetteuses, avait dit préférer une soirée entre filles.

Elle allait sortir quand son regard tomba sur *Le Démon de Paradise Park* qu'elle avait acheté sur le Net, comme Strike. Son exemplaire était en moins bon état et avait mis plus de temps à lui parvenir. Elle n'avait pas beaucoup avancé dans sa lecture ; elle était si fatiguée en rentrant le soir qu'elle s'endormait dès qu'elle posait la tête sur l'oreiller. Mais ce n'était pas la seule raison : au bout de quelques pages, elle avait ressenti un genre de malaise, comme si ressurgissaient certains symptômes de la névrose post-traumatique dont elle avait souffert après l'agression au couteau qui lui avait laissé une horrible cicatrice à l'avant-bras. Elle glissa le livre dans son sac en se promettant de le lire dans le métro.

Robin marchait vers la station quand elle reçut un texto de sa mère, qui lui souhaitait un joyeux anniversaire et lui conseillait de consulter sa boîte mail. Ce qu'elle fit. Elle y trouva un bon d'achat de 150 livres à dépenser chez Selfridges. Ça tombait bien car elle ne roulait pas sur l'or, en ce moment. Une fois réglés les honoraires de l'avocate, le loyer et les autres dépenses incontournables, elle n'avait presque plus rien pour ce qu'on appelait les petits plaisirs.

Le cœur plus léger, elle trouva une place tranquille au fond de la rame, sortit de son sac la biographie de Dennis Creed et l'ouvrit au marque-page.

Dès la première phrase, une étrange coïncidence la fit frissonner.

Chapitre cinq

Dennis Creed fut libéré le jour de son vingt-neuvième anniversaire, autrement dit le 19 novembre 1966. Sa grand-mère Ena était morte alors qu'il était incarcéré à Brixton et il n'était pas question pour lui d'aller vivre avec son beau-grand-père. Il n'avait personne à qui téléphoner, aucun ami proche, et les gens qui avaient été relativement bien disposés à son égard avant sa deuxième condamnation pour viol ne brûlaient pas d'impatience à l'idée de le revoir. Par conséquent, Creed passa sa première nuit de liberté dans un foyer près de King's Cross.

Après une semaine à dormir ici ou là, Creed se trouva une petite chambre dans une pension. Durant les quatre années suivantes, Creed ne cessera de déménager, passant d'un logement minable à un autre, vivant de petits boulots payés au noir quand il en trouvait, et se serrant la ceinture le reste du temps. Lors d'un de nos entretiens, il reconnut qu'à cette époque il fréquentait beaucoup les prostituées. Son premier meurtre remonte à l'année 1968.

Geraldine Christie rentrait de l'école à pied…

Robin passa directement à la page suivante. Elle n'avait pas très envie de lire le détail des blessures que Creed avait infligées à Geraldine Christie.

… jusqu'à ce qu'enfin, en 1970, Creed s'établisse de manière permanente dans l'appartement aménagé au sous-sol de la pension tenue par Violet Cooper, cinquante ans, une ancienne costumière portée sur la boisson, comme l'avait été sa défunte grand-mère. Cette maison, aujourd'hui détruite, sera connue par la suite comme la « chambre des tortures » de Creed. Située sur Liverpool Road, tout près de Paradise Park, c'était un édifice tout en hauteur, avec une façade en brique crasseuse.

Creed présenta à Cooper de fausses fiches de paie qu'elle ne prit pas la peine de vérifier. Il lui raconta qu'il avait récemment perdu son emploi de serveur mais qu'un ami allait le faire embaucher dans un restaurant voisin. Quand l'avocat de la défense s'étonna qu'elle ait accepté d'héberger un chômeur sans domicile fixe, Cooper expliqua qu'elle avait « un cœur tendre » et que

Creed semblait être « un garçon gentil, un peu perdu et solitaire ».

Violet Cooper allait payer cher la décision qu'elle avait prise de lui louer d'abord une pièce puis le sous-sol tout entier. Elle aura beau répéter au cours du procès qu'elle ignorait tout de ce qui se tramait dans sa cave, son nom restera à jamais entaché de soupçon et d'opprobre. Elle vit depuis lors sous une nouvelle identité qu'elle m'a demandé de ne pas révéler.

« Je le prenais pour une tapette, m'a confié Cooper. J'en avais vu défiler pas mal quand je bossais dans le milieu du théâtre. Il me faisait pitié, voilà la vérité. »

Selon Violet Cooper, une femme replète au visage ravagé par les ans et l'alcool, ils s'étaient vite liés d'amitié. Par moments, au cours de notre entretien, elle sembla même oublier que « Den », le jeune homme ayant passé des soirs entiers dans son salon à picoler, à écouter des disques et à chanter avec elle, était le tueur en série reconnu coupable d'avoir torturé plusieurs femmes deux étages plus bas.

« Je lui ai écrit, vous savez. Après qu'ils l'ont condamné. Je lui ai demandé : "Si tu as un jour ressenti de l'affection pour moi, si ce n'était pas juste une illusion, alors dis-moi ce que tu as fait de tes autres victimes. Tu n'as plus rien à perdre maintenant, Den", je lui ai dit, "et grâce à toi les gens cesseront de se tourmenter." »

Mais Creed ne lui révéla rien du tout.

« C'est un malade, ce type. Je l'ai compris en lisant sa lettre. Il avait recopié les paroles d'une vieille chanson de Rosemary Clooney que nous chantions souvent ensemble, "Come On-A My House". Vous savez, celle qui dit… "*Come on-a my house, my house, I'm-a gonna give you candy…*" Viens chez moi, je te donnerai un bonbon. Là, j'ai compris qu'il me haïssait autant qu'il avait haï ces femmes. Et qu'il m'envoyait ça pour me narguer. »

Pourtant, en 1970, au début de leur cohabitation, Creed faisait de gros efforts pour plaire à sa logeuse, laquelle admet volontiers qu'elle le considérait à la fois comme son fils et son confident. Elle persuada même Beryl Gould, une amie qui tenait un pressing, d'embaucher le jeune Den comme livreur. Un travail qui lui donna accès à la petite camionnette dont on parlerait abondamment dans la presse quelque temps plus tard…

Robin arriva à Leicester Square vingt minutes après être montée dans le métro. Elle émergeait au grand jour quand son portable vibra au fond de sa poche. Un texto de Strike. Elle s'écarta un peu de la foule pour le lire.

Du nouveau : j'ai retrouvé le Dr Dinesh Gupta, le généraliste qui travaillait avec Margot dans le cabinet de Clerkenwell en 1974. Il a dans les 80 ans mais semble avoir toute sa tête. Il veut bien me voir cet après-midi chez lui à Amersham. Là, j'assiste au petit déjeuner de Tutu à Soho. Je vais demander à Barclay de me remplacer vers midi et j'irai directement chez Gupta. Pouvez-vous déplacer votre rendez-vous avec Mr. Météo et me rejoindre là-bas ?

Robin gémit. Elle l'avait déjà reporté une fois et ne se voyait pas recommencer, surtout au dernier moment. C'était d'autant plus rageant qu'elle aurait bien aimé rencontrer le Dr Dinesh Gupta.

Je ne peux pas lui faire le coup une deuxième fois. Tenez-moi au courant.

Entendu, répondit Strike.

Robin regarda l'écran pendant quelques secondes encore. L'année précédente, Strike avait oublié de lui souhaiter son anniversaire. Quand il s'en était aperçu une semaine plus tard, elle avait eu droit à un bouquet de fleurs. Ayant vu son air coupable, Robin s'était imaginé qu'il aurait noté la date ou créé une alerte sur son téléphone, pour s'éviter un nouvel impair. Mais ne voyant pas s'afficher « Au fait, joyeux anniversaire ! » elle rempocha l'appareil et, le visage fermé, prit la direction du bureau.

10

Et si l'aspect d'Untel peut révéler son esprit,
On le verra comme un homme sobre et sage...

Edmund SPENSER, *La Reine des fées*

« Je sais ce que vous pensez, dit le vieil homme ratatiné qui fixait Strike à travers ses lunettes à monture d'écaille. Vous trouvez que je ressemble à Gandhi. »

Strike s'esclaffa malgré lui. Gupta disait vrai.

À le voir assis là, dans son costume trop grand, au fond de ce fauteuil à haut dossier, on avait l'impression qu'il s'était dégonflé. Le col et les poignets de sa chemise bâillaient. Les os de ses chevilles formaient des bosses sous ses fines chaussettes de soie noire. Des touffes de poils blancs sortaient de ses oreilles. Il avait un visage avenant dominé par un nez aquilin, mais c'étaient ses yeux qu'on remarquait en premier. Sombres et brillants comme ceux d'un troglodyte, ils semblaient avoir échappé au vieillissement, contrairement au reste de sa personne.

Il n'y avait pas un grain de poussière sur la table en bois verni qui les séparait. La pièce où ils se tenaient ne devait servir que pour les grands événements car tout y était comme neuf : le papier peint aux reflets cuivrés, le canapé, les fauteuils impeccables qui resplendissaient sous le soleil d'automne filtrant à travers les rideaux immaculés. Sur le mur, de part et d'autre des tentures à franges, quatre photos étaient suspendues dans leurs cadres dorés. Chacune montrait une jeune femme brune différente, vêtue de la toge noire et du couvre-chef des nouveaux diplômés.

Grâce à Mrs. Gupta, une minuscule dame aux cheveux gris, un peu dure d'oreille, Strike savait déjà dans quelles disciplines leurs filles s'étaient distinguées – deux avaient fait médecine, la troisième langues étrangères, la dernière informatique – et avec quel succès les unes et les autres menaient leur carrière. Elle lui avait également montré des photos des six petits-enfants qu'elles leur avaient donnés. Seule la benjamine n'avait pas encore connu les joies de la maternité. « Mais ça viendra, lui dit Mrs. Gupta avec une certitude qui lui rappela Joan. Elle ne sera jamais heureuse, sinon. »

Après leur avoir servi du thé dans des tasses en porcelaine et déposé sur la table basse une assiette de biscuits roulés aux figues, Mrs. Gupta retourna dans la cuisine où braillait l'émission de téléréalité *Escape to the Country*.

« Savez-vous que mon père a rencontré Gandhi quand ce dernier était à Londres en 1931 ? reprit le Dr Gupta en prenant un biscuit. Mon père a étudié le droit à Londres, comme lui, mais quelques années plus tard. Notre famille était plus riche que la sienne. Contrairement à Gandhi, mon père a pu emmener son épouse en Angleterre. Et quand il est devenu avocat, mes parents ont décidé de s'installer définitivement au Royaume-Uni.

« Par conséquent, ils n'ont pas connu la partition des Indes. Ce fut une grande chance pour nous. Mes grands-parents, qui vivaient au Bengale oriental avec deux de mes tantes, ont été tués alors qu'ils tentaient d'échapper aux massacres. Mes deux tantes ont été violées puis assassinées.

— Je suis désolé, dit Strike qui, n'ayant pas anticipé le tour que prenait la conversation, s'était brusquement figé dans une posture un peu ridicule, son stylo dans une main, son calepin à moitié ouvert dans l'autre.

— Mon père a vécu dans la culpabilité jusqu'à la fin de ses jours, reprit le Dr Gupta. Il s'en est toujours voulu de n'avoir pas été là pour les protéger ou mourir avec eux.

« *Margot* n'était pas trop d'accord avec moi sur la partition des Indes. Naturellement, nous voulions tous l'indépendance mais la transition a été très mal gérée. Très mal, vraiment. Il y a eu presque trois millions de disparus. Des viols. Des mutilations. Des familles déchirées. De terribles erreurs ont été commises, des actes monstrueux perpétrés.

« Un jour, nous nous sommes disputés à cause de cela. En toute amitié, bien sûr, ajouta-t-il en souriant. Mais Margot avait tendance à idéaliser les soulèvements populaires dès qu'ils se déroulaient dans des pays lointains. Quand les violeurs et les tortionnaires étaient des personnes de couleur, elle ne les jugeait pas selon les mêmes critères que, par exemple, des Blancs qui auraient noyé des petits enfants pour une question de religion. Comme Suhrawardy, elle pensait que “le désordre et les effusions de sang ne sont pas nécessairement mauvais s'ils servent une noble cause”. »

Le Dr Gupta acheva son petit gâteau avant d'ajouter :

« C'est Suhrawardy qui est à l'origine des massacres du Grand Calcutta. Quatre mille morts en une journée. »

Par respect, Strike se garda d'interrompre le silence qui suivit, seulement troublé par le bourdonnement télévisuel venant de la cuisine. Puis, ne voyant se profiler aucune autre description cauchemardesque, il saisit la perche que son interlocuteur venait de lui tendre.

« À part cela, vous vous entendiez bien avec Margot ?

— Oh oui, fit Dinesh Gupta, toujours souriant. Même si je trouvais choquantes certaines de ses opinions et prises de position. Je suis issu d'une famille occidentalisée mais traditionnelle. Avant que nous ouvrions ce cabinet, je n'avais jamais côtoyé d'aussi près une femme *libérée*, comme elle se définissait elle-même. À l'École de médecine et dans le cabinet où j'avais exercé auparavant, il n'y avait que des hommes.

— Elle était féministe ?

— Oh oui, une féministe pure et dure. Elle me taquinait sur mon comportement rétrograde, comme elle disait. Elle essayait d'améliorer les gens – contre leur gré, parfois, ajouta-t-il avec un petit rire. Elle faisait du bénévolat pour le WEA. L'association pour l'éducation des travailleurs, vous connaissez ? Elle venait d'une famille pauvre et la formation des adultes, surtout des femmes, était l'un de ses chevaux de bataille.

« Elle aurait certainement approuvé mes filles, dit-il en pivotant pour désigner les quatre photos derrière lui. Jheel, mon épouse, a toujours regretté de n'avoir pas eu de garçons, mais personnellement je ne m'en plains pas. Pas du tout, répéta-t-il en se replaçant face au détective.

— J'ai vu en consultant les registres du Conseil de l'Ordre, rebondit Strike, qu'il y avait un troisième médecin dans le cabinet St. John's, un certain Joseph Brenner. Est-ce exact ?

— Le Dr Brenner, oui, tout à fait. Je doute qu'il soit encore en vie, le pauvre. Il aurait plus de cent ans à présent. Il avait longtemps exercé en solo dans le quartier avant de nous rejoindre. Il est arrivé avec Dorothy Oakden, qui avait été sa secrétaire pendant vingt et quelques années. Nous l'avons prise à notre service. C'était une dame d'un certain âge – enfin, c'est ainsi que je la voyais à l'époque, fit-il avec un petit gloussement. En réalité, elle n'avait sans doute pas plus de cinquante ans. Elle s'était mariée tard et s'était retrouvée veuve peu de temps après. J'ignore ce qu'elle est devenue.

— Qui d'autre travaillait avec vous ?

— Eh bien, voyons… il y avait Janice Beattie, l'infirmière de district, une excellente professionnelle. Elle était née dans l'East End. Comme Margot, elle connaissait la pauvreté pour l'avoir vécue dans son enfance. En ce temps-là, Clerkenwell n'était pas le quartier chic qu'il est devenu depuis. Janice continue de m'envoyer ses vœux à Noël.

— Auriez-vous son adresse ?

— C'est possible. Je vais demander à Jheel. »

Il fit le geste de se lever.

« Ça peut attendre, le dissuada Strike, redoutant qu'une interruption ne brise le fil de ses souvenirs. Je vous en prie, poursuivez. Qui d'autre ?

— Voyons, voyons, répéta le Dr Gupta en se renfonçant très lentement dans son fauteuil. Nous avions deux réceptionnistes, des jeunes femmes. Mais hélas, je ne suis resté en contact avec aucune… Comment s'appelaient-elles déjà ?

— Ce ne seraient pas Gloria Conti et Irene Bull ? » proposa Strike, qui avait trouvé ces noms dans un article paru dans un journal de l'époque, sous une photo de mauvaise qualité montrant une fille menue à la peau brune et une blonde, probablement décolorée, en train de pénétrer dans le cabinet St. John's. Le photographe avait dû les surprendre, d'où leur expression effarée. Le papier du *Daily Express* citait les propos tenus par « Irene Bull, réceptionniste, 25 ans : *C'est terrible. Nous ne sommes au courant de rien. On espère juste qu'elle reviendra. Elle a peut-être perdu la mémoire ou un truc comme ça.* » Dans tous les articles qu'il avait lus, Gloria était mentionnée comme la dernière personne à avoir vu Margot en vie. « *Elle m'a dit, "Bonsoir Gloria, à demain". Elle m'a paru normale, un peu fatiguée mais c'était la fin de la journée, elle avait reçu quelqu'un en urgence et la consultation avait duré plus longtemps que prévu. Elle devait retrouver une amie, et elle avait déjà un peu de retard. Elle a pris son parapluie dans le hall et elle est partie.* »

« Gloria et Irene, articula le Dr Gupta en branlant du chef. Oui, c'est cela. Elles étaient jeunes à l'époque, donc elles devraient encore être de ce monde ; mais je serais bien incapable de vous dire où elles habitent.

— Personne d'autre ? insista Strike.

— Non... si, attendez, dit Gupta en levant la main. Il y avait aussi la femme de ménage. Une Antillaise. Comment s'appelait-elle, déjà ? »

Sa réflexion s'accompagna d'une grimace.

« Je ne m'en souviens pas, malheureusement. »

Jusqu'à présent, Strike n'avait rien lu ni entendu au sujet d'une femme de ménage. Dans son bureau de Denmark Street, c'était lui qui se chargeait du nettoyage, ou bien Robin, et dernièrement Pat s'y était mise elle aussi. Il écrivit sur son calepin « Femme de ménage, antillaise ».

— Quel âge avait-elle ?

— Franchement, je n'en sais rien, répondit Gupta, avant d'ajouter avec délicatesse : Les femmes noires... résistent mieux au vieillissement, n'est-ce pas ? Elles ont l'air jeunes plus longtemps que les autres. Mais je crois qu'elle avait plusieurs enfants, donc ce n'était plus une gamine. Une trentaine d'années ? suggéra-t-il.

— Alors, pour résumer, il y avait trois médecins, une secrétaire médicale, deux réceptionnistes, une infirmière auxiliaire et une femme de ménage.

— Exact. Nous avions tout pour réussir, dit le Dr Gupta, mais hélas, le cabinet n'a jamais bien fonctionné. Les gens n'étaient pas heureux.

— Vraiment ? fit Strike, intrigué. Comment cela ?

— Ça ne collait pas entre nous. Plus j'avance en âge, plus je m'aperçois que pour réussir dans une entreprise, quelle qu'elle soit, l'esprit d'équipe est un élément primordial. Les qualifications, l'expérience ont leur importance, bien sûr, mais si les gens ne sont pas soudés... » Il entrecroisa ses doigts osseux. « On n'arrive à rien. C'est ce qui s'est passé chez nous.

« C'est d'autant plus regrettable que nous avions du potentiel. Les dames du quartier venaient chez nous en priorité, car elles préféraient se faire examiner par des personnes de leur sexe. Margot et Janice étaient très appréciées, l'une comme l'autre.

« Mais dès le départ, il y a eu des dissensions en interne. Le Dr Brenner nous avait rejoints pour profiter d'un local plus moderne que le sien, mais au lieu de s'intégrer, il a toujours fait cavalier seul. Je dirais même qu'avec le temps, il est devenu carrément hostile envers certains d'entre nous.

— Envers qui exactement ? demanda Strike, qui connaissait la réponse.

— Eh bien, soupira le Dr Gupta, avec Margot surtout. Pour être franc, je pense qu'il n'aimait pas les personnes du beau sexe. Il s'en prenait souvent aussi aux deux jeunes filles de la réception. Bien entendu, à côté de Margot, c'étaient des proies faciles. Janice, je pense qu'il la respectait – elle était très efficace, vous savez, et moins combative que Margot – et il était toujours poli avec Dorothy, qui lui vouait une farouche loyauté. Avec Margot, c'était particulier. Il l'avait prise en grippe dès le début.

— Pourquoi, d'après vous ?

— Allez savoir ! dit le Dr Gupta en esquissant un geste d'ignorance. Voyez-vous, Margot était un peu... – je l'appréciais beaucoup, nos échanges étaient toujours empreints de cordialité – mais c'était le genre de personne qu'on aime ou qu'on déteste. Le Dr Brenner n'était absolument pas féministe. Il estimait que la place d'une femme était à la maison avec ses enfants et il désapprouvait qu'après son accouchement, Margot ait laissé son bébé à la garde d'une nounou pour revenir travailler à plein temps. Vous imaginez l'ambiance pendant les réunions de travail. Dès que Margot essayait de s'exprimer, il l'interrompait en parlant plus fort qu'elle.

« C'était un vrai tyran, ce Brenner. Il accusait nos réceptionnistes de se tourner les pouces. Il se plaignait d'elles constamment, il critiquait leurs coiffures, leurs jupes trop courtes… Mais, à mon avis, s'il se montrait particulièrement grossier envers les femmes, c'était contre l'humanité tout entière qu'il en avait.

— Étrange attitude pour un médecin, non ?

— Oh, gloussa le vieil homme, ce n'est pas aussi rare que vous semblez le croire, Mr. Strike. Nous médecins ne sommes pas différents de nos semblables. L'aura de bonté universelle qu'on nous prête n'existe pas dans la réalité. Seulement voilà, l'ironie veut que le plus gros problème dans ce cabinet ait été Brenner lui-même. Il se droguait !

— Vraiment ?

— Il prenait des barbituriques. Oui, des barbituriques. De nos jours, un médecin ne pourrait pas faire ça, mais en ce temps-là… Brenner se les prescrivait en grande quantité et les gardait dans sa salle de consultation, au fond d'un placard fermé à clé. C'était un homme compliqué, qui ne montrait jamais ses émotions. Un célibataire endurci. Cette addiction…

— Avez-vous abordé le sujet avec lui ? le coupa Strike.

— Non, répondit Gupta avec un air de regret. Je remettais sans cesse à plus tard. Je voulais en être sûr avant de l'affronter. Mais j'ai fait ma petite enquête. Je pense qu'il avait conservé l'adresse de son ancien cabinet afin de pouvoir en commander deux fois plus et qu'il se servait dans plusieurs pharmacies. Prouver ses manigances aurait été très compliqué.

« Je ne me serais peut-être aperçu de rien si Janice n'était pas venue m'en parler. Un jour, elle est entrée dans son cabinet et l'a surpris devant son placard ouvert. Par la suite, elle m'a dit qu'un soir, après sa dernière consultation, elle l'avait trouvé avachi sur son bureau, dans un état comateux. Mais son addiction n'affectait pas sa pratique professionnelle. Enfin, à ma connaissance. Quoique… Parfois, en fin de journée, je lui trouvais un regard vitreux. Mais bon, il n'était plus tout jeune. Je me disais que c'était la fatigue.

— Margot était-elle au courant ?

— Non, je ne lui en ai jamais parlé. Pourtant, j'aurais dû. Nous étions associés, c'était un problème qui nous concernait tous les deux.

« Mais j'avais peur de sa réaction. Je craignais qu'elle ne déboule dans son bureau pour lui dire ses quatre vérités. Margot n'était pas du genre à reculer devant ce qu'elle estimait être ses responsabilités. Parfois j'aurais aimé qu'elle fasse preuve d'un peu plus de tact. Une confrontation avec Brenner aurait pu avoir de graves conséquences pour nous tous. La situation nécessitait un certain doigté – après tout, nous n'avions pas de preuve absolue. Puis Margot a disparu et les mauvaises pratiques du Dr Brenner sont devenues le cadet de nos soucis.

— Avez-vous continué à travailler avec Brenner après la disparition de Margot ?

— Oui, mais pas longtemps parce qu'il est parti à la retraite peu après. J'ai encore exercé pendant quelques mois au cabinet St. John's puis je me suis installé ailleurs. St. John's m'évoquait de trop mauvais souvenirs.

— Comment décririez-vous les relations entre Margot et les employées du cabinet ?

— Eh bien, voyons..., dit Gupta en reprenant un roulé aux figues. Dorothy, la secrétaire, ne l'aimait pas, mais je pense que c'était uniquement par loyauté envers le Dr Brenner. Comme je vous l'ai dit, Dorothy était veuve. Elle faisait partie de ces femmes qui se dévouent corps et âme à leur employeur, qui le soutiennent, le protègent. Chaque fois que Margot ou moi-même disions ou faisions une chose susceptible de contrarier son Joseph, nos courriers, nos comptes rendus à dactylographier se retrouvaient systématiquement au bas de la pile. Nous en plaisantions entre nous. Il n'y avait pas d'informatique à cette époque, Mr. Strike. Les temps ont bien changé. Aïcha, dit-il en se retournant pour désigner la photo en haut à droite, n'a pas besoin de secrétaire. Elle tape tout elle-même sur son ordinateur. C'est bien plus pratique. Mais nous, dans ces années-là, nous étions entièrement tributaires des dactylos.

« Non, Dorothy n'aimait pas Margot. Elle était polie avec elle, mais froide. Cela dit, se rattrapa Gupta, Dorothy était présente le jour du barbecue, ce qui nous a tous étonnés. Margot avait organisé un barbecue chez elle un dimanche, l'été avant qu'elle disparaisse, expliqua-t-il. Même si les membres de l'équipe ne s'entendaient pas, elle les avait tous conviés. Ce déjeuner était censé nous… » Cette fois, il se contenta de croiser les doigts sans prononcer le verbe « souder ». « J'ai été surpris de voir arriver Dorothy, parce que Brenner, lui, avait décliné l'invitation. Elle avait amené son fils unique, un gamin de treize ou quatorze ans. Elle avait dû l'avoir sur le tard, ce qui était assez rare dans les années 1970. C'était un garçon turbulent. Je me rappelle qu'il a brisé une coupe en cristal et que le mari de Margot lui a soufflé dans les bronches. »

En entendant cette dernière remarque, Strike pensa aux écouteurs tout neufs que son neveu avait écrasés par négligence à St. Mawes.

« Margot et son mari avaient une très jolie maison à Ham. Il était médecin lui aussi, hématologue. Un grand jardin. Jheel et moi sommes venus avec nos filles. Mais comme Brenner n'était pas là et que le fils de Dorothy avait fait des siennes, la tentative de rapprochement s'est malheureusement soldée par un échec.

— Tous les autres étaient présents ?

— Oui, je crois. Non, attendez. Je ne pense pas que la femme de ménage – *Wilma !* s'écria le Dr Gupta, ravi d'avoir retrouvé la mémoire. Elle s'appelait Wilma ! Je pensais l'avoir oublié. Mais pour ce qui est de son nom de famille… je crois que je ne l'ai jamais su… Non, Wilma n'était pas présente. Mais les autres, si.

« Janice est venue avec son petit garçon – il était plus jeune que celui de Dorothy, et mieux élevé, autant que je m'en souvienne. Mes filles ont passé l'après-midi à jouer au badminton avec le petit Beattie.

— Janice était mariée ?

— Divorcée. Son mari l'avait quittée pour une autre. Elle élevait son fils toute seule mais elle y arrivait. Les femmes comme Janice s'en sortent toujours. Admirable. Sa vie n'était pas facile quand je l'ai connue. J'ai appris qu'elle s'était remariée. Ça m'a fait plaisir.

— Est-ce que Janice et Margot s'entendaient bien ?

— Oh oui. Elles pouvaient être en désaccord sans pour autant se disputer.

— Et elles étaient souvent en désaccord ?

— Non, non. Mais dans le cadre de notre travail, nous avions des décisions à prendre. Et chacun avait voix au chapitre, enfin dans la mesure du raisonnable.

« Non, Margot et Janice s'opposaient parfois sur certains sujets mais ça ne portait pas à conséquence. Je pense qu'elles s'appréciaient et se respectaient mutuellement. Janice a été terriblement touchée par la disparition de Margot. Le jour où j'ai quitté le cabinet, elle m'a dit qu'il ne se passait pas une semaine sans qu'elle la voie en rêve.

« Rien n'a plus été comme avant, pour aucun d'entre nous, murmura le Dr Gupta. Comment imaginer qu'une personne aussi proche puisse se volatiliser de la sorte ? Sans laisser la moindre trace ? Il y a quelque chose de… troublant dans cette histoire.

— Je suis bien d'accord, dit Strike. Comment Margot s'entendait-elle avec les deux réceptionnistes ?

— Eh bien, Irene, la plus âgée des deux, soupira Gupta, était parfois un peu difficile à gérer. Je me souviens qu'il lui arrivait d'être… pas vraiment insolente, mais légèrement impolie avec Margot. La dernière année, pendant la fête de Noël au cabinet – encore une idée de Margot, toujours pour créer des liens –, Irene avait pas mal bu. Je me souviens d'un petit accrochage mais je ne peux pas vous dire à propos de quoi. Rien de sérieux, j'imagine. Quand je les ai revues par la suite, elles ne semblaient pas du tout fâchées. Irene était comme folle quand elle a appris la disparition de Margot. »

Gupta laissa passer un blanc.

« Il est possible qu'elle en ait un peu rajouté, mais je suis sûr qu'au fond elle était sincère.

« C'est Gloria – la pauvre petite Gloria – qui a le plus souffert, à mon avis. Margot était plus qu'une employeuse pour elle. Une grande sœur, un exemple. C'était Margot qui l'avait embauchée, malgré son manque d'expérience. Et je dois admettre, dit Gupta en hochant la tête, qu'elle est devenue un excellent élément. Elle travaillait dur, elle apprenait vite, elle comprenait tout du premier coup. Je crois qu'elle venait d'un milieu très modeste. Dorothy la snobait. Dorothy pouvait être très désagréable quand elle s'y mettait.

— Et Wilma, la femme de ménage ? demanda Strike en lisant le dernier nom sur sa liste. Ses rapports avec Margot ?

— Je n'en ai aucun souvenir. Wilma était la discrétion même. Je ne pense pas qu'il y ait eu des problèmes entre elles. »

Après un léger flottement, il ajouta :

« J'espère que je n'invente rien mais je crois me souvenir que le mari de Wilma était un sale type. Je *pense* que Margot m'a dit un jour qu'à son avis, Wilma ferait bien de divorcer. J'ignore si elle a dit la même chose à Wilma – elle l'a probablement fait, la connaissant… Par la suite, reprit-il, j'ai appris que Wilma avait été licenciée. Je ne faisais déjà plus partie du cabinet. Il me semble qu'on l'avait accusée de boire en douce pendant le travail. Elle avait toujours une bouteille Thermos avec elle. Mais je ne peux rien vous affirmer. Ne tenez donc pas compte de ce que je viens de dire. Je le répète, je ne faisais plus partie du cabinet, à ce moment-là. »

La porte du salon s'ouvrit.

« Vous reprendrez du thé ? » proposa Mrs. Gupta en soulevant le plateau où la théière avait refroidi. « Merci beaucoup, ça ira », dit-elle à Strike qui s'était levé pour l'aider.

« Pourrions-nous revenir au jour où Margot a disparu, docteur Gupta ? » embraya Strike quand elle fut partie.

Le médecin se redressa un peu et répondit :

« Bien sûr. Mais je dois vous prévenir : aujourd'hui, je me rappelle surtout ce que j'ai déclaré dans ma déposition. Vous me suivez ? Les événements eux-mêmes ont été écrasés par le souvenir de ce que j'en ai dit à la police. »

Strike fut heureusement surpris par ce commentaire. Une telle prise de conscience était inhabituelle de la part d'un témoin. Ayant lui-même assisté à bon nombre d'interrogatoires, il était bien placé pour savoir que les gens gardaient en tête leur déclaration initiale et que si l'enquêteur ne leur soutirait pas un maximum d'informations le plus tôt possible, il prenait le risque de laisser passer un grand nombre de détails qui ne survivaient pas à cette étape.

« Pas de problème, lui répondit-il. Dites-moi ce dont vous vous souvenez.

— C'était une journée parfaitement ordinaire. À un détail près. L'une des réceptionnistes avait rendez-vous chez le dentiste et elle a dû partir à 14 h 30. C'était Irene.

« Les autres médecins et moi étions dans nos salles de consultation respectives. Jusqu'à 14 h 30, les deux filles se trouvaient à la réception. Après le départ d'Irene, Gloria est restée seule. Dorothy est rentrée chez elle à 17 heures, comme d'habitude. Janice a passé la matinée au cabinet puis elle est partie faire ses visites à domicile. J'ai croisé Margot à deux reprises dans la kitchenette que nous avions aménagée au fond du local, équipée d'une bouilloire et d'un frigo. Elle était contente pour Wilson.

— Qui ?

— Harold Wilson, dit Gupta en souriant. Il y avait eu des élections la veille. Le Parti travailliste avait regagné la majorité au Parlement. Wilson dirigeait un gouvernement minoritaire depuis le mois de février.

— Ah, d'accord.

— Je suis parti à 17 h 30, rebondit Gupta. J'ai dit au revoir à Margot. Elle avait laissé sa porte ouverte. Comme celle de Brenner était close, j'ai supposé qu'il recevait un patient.

« N'ayant pas assisté aux événements qui se sont déroulés ensuite, je ne peux rien affirmer, mais je veux bien vous dire ce qui m'a été rapporté.

— Oui, si cela ne vous ennuie pas. Je m'intéresse surtout au patient que Margot a reçu en urgence à la fin de la journée.

— Ah. » Gupta joignit le bout de ses doigts et hocha la tête. « Vous avez entendu parler de la mystérieuse dame brune. Tout ce que je sais à son sujet, je le tiens de la petite Gloria.

« À St. John's, nous fonctionnions selon le principe du premier arrivé, premier servi. Les patients ayant pris rendez-vous entraient et attendaient leur tour, à moins d'une urgence, bien entendu. Mais cette dame n'avait pas rendez-vous. Elle s'est présentée au comptoir en disant qu'elle souffrait de douleurs abdominales. Gloria l'a fait asseoir puis elle est allée demander à Joseph Brenner s'il pouvait la prendre. Il était libre, contrairement à Margot qui recevait une mère et son enfant.

« Mais apparemment, Brenner n'avait pas envie de s'y coller. Gloria a insisté auprès de lui et c'est alors que Margot a ouvert sa porte pour faire sortir ses deux patients. Elle a accepté de recevoir la femme en précisant qu'elle avait un peu de temps devant elle et qu'elle avait rendez-vous ensuite avec une amie dans un pub du quartier. Toujours selon Gloria, Brenner a répondu "Tant mieux pour vous" ou quelque chose d'approchant – une remarque plutôt sympathique étant donné le personnage. Il a mis son manteau, son chapeau et il est parti.

« Gloria est repassée dans la salle d'attente pour dire à la dame que Margot allait la prendre. La consultation a duré très longtemps. Vingt-cinq à trente minutes, m'a dit Gloria. Elle n'en revenait pas. Ce qui signifie que la patiente a quitté Margot à 18 h 15. Or, elle était censée retrouver son amie à 18 heures.

« La dame s'en va. Un instant plus tard, Margot enfile son manteau en disant à Gloria qu'elle est en retard, qu'elle lui laisse le soin de tout fermer avant de partir. Elle sort sous la pluie… et voilà. Personne ne l'a jamais revue. »

La porte du salon s'ouvrit une deuxième fois. Mrs. Gupta revenait avec du thé chaud. De nouveau, Strike se leva pour l'aider, et de nouveau elle le pria de se rasseoir.

« Vous avez qualifié cette dernière patiente de "mystérieuse". Pourquoi ? Parce qu'elle ne figurait pas dans vos registres ou…

— Vous n'êtes pas au courant ? l'interrompit Gupta. Non, je vois que non. En fait, par la suite, on a beaucoup discuté sur la question de savoir si c'était vraiment une dame. »

Le regard surpris de Strike lui arracha un petit sourire.

« C'est Brenner qui a soulevé le lièvre, reprit-il. Il l'avait aperçue et il a dit à l'inspecteur qu'à son avis, il s'agissait d'un homme. D'où sa surprise quand on lui a ensuite parlé d'une femme. Gloria l'a décrite comme une femme jeune et bien charpentée, à la peau brune comme une gitane – désolé pour le *politiquement correct*, mais je vous cite les paroles de Gloria. Comme personne ne l'a vue excepté Brenner et elle, il est difficile de se prononcer sur la question.

« La police a lancé un appel à témoins mais elle ne s'est pas présentée. Alors, faute d'obtenir confirmation, l'enquêteur a fait pression sur Gloria pour qu'elle modifie sa déposition et reconnaisse qu'il s'agissait d'un homme déguisé en femme ou qu'elle n'était plus tout à fait sûre de ce qu'elle avait vu. Mais Gloria n'a rien voulu entendre. Elle lui a dit qu'elle savait faire la différence entre un homme et une femme.

— Cet inspecteur, c'était Bill Talbot, n'est-ce pas ?

— Lui-même, dit Gupta en prenant sa tasse de thé.

— Vous pensez qu'il s'accrochait à la théorie de l'homme déguisé en femme parce que…

— Parce que Dennis Creed se travestissait parfois ? Oui. À l'époque, on l'appelait le Boucher de l'Essex. On n'a su son vrai nom qu'en 1976. Et d'après la seule description physique dont on disposait, c'était un homme trapu au teint sombre – d'où le raisonnement de Talbot, je suppose. Mais…

— Mais vous imaginez mal un tueur en série entrant dans un cabinet médical déguisé en femme et attendant tranquillement son tour.

— Eh bien… oui, en effet. »

Gupta but une gorgée de thé. Strike parcourut ses notes pour voir s'il lui restait des questions à poser. Ce fut le médecin qui rompit le silence.

« Avez-vous rencontré Roy ? Le mari de Margot ?

— Non. C'est sa fille qui m'a engagé. Vous le connaissiez bien ?

— Non, à peine. »

Gupta reposa la tasse sur la soucoupe. Il suffisait de le regarder pour comprendre qu'il avait autre chose à dire.

« Quelle impression vous faisait-il ? renchérit Strike en appuyant discrètement sur le poussoir de son stylo-bille.

— Celle d'un enfant gâté. Pourri gâté. Un bellâtre que sa mère avait élevé comme un prince. Les mères indiennes sont comme ça avec leurs fils, donc je connais le problème. J'ai rencontré celle de Roy le jour du fameux barbecue. Elle m'avait mis le grappin dessus comme si j'étais le seul à mériter son attention. Je pense qu'elle n'avait que mépris pour le petit personnel. Une vraie snob. En discutant avec elle, j'ai eu le sentiment qu'elle n'approuvait pas le choix de son fils, qu'à ses yeux il avait fait une mésalliance. Mais bon, comme je disais, dans notre communauté ce n'est pas mieux… Il est hémophile, n'est-ce pas ?

— Pas que je sache, s'étonna Strike.

— Je crois que si. D'après sa mère, c'était pour cela qu'il avait choisi de se spécialiser en hématologie. Vous voyez le tableau ? Un petit garçon fragile et intelligent couvé par une orgueilleuse génitrice.

« Seulement voilà, le petit prince a pris pour épouse une femme radicalement différente de sa mère. Margot n'était pas du genre à laisser tomber ses patients, ou ses employées en formation, pour rentrer à la maison préparer le dîner de son cher et tendre. Qu'il se débrouille, devait-elle se dire… et que la petite cousine s'occupe du repas, ajouta Gupta avec le même tact que lorsqu'il avait parlé des "femmes noires". La jeune fille qu'ils payaient pour prendre soin du bébé.

— Cynthia était-elle là le jour du barbecue ?

— Ah, elle s'appelait comme ça ? Oui, elle était là. On ne s'est pas parlé. Je la revois avec la petite dans les bras, en train de la promener à travers le jardin pendant que Margot recevait ses invités.

— Je crois que la police a interrogé Roy, dit Strike comme s'il n'en était pas certain.

— Oh oui. Et là, il s'est passé quelque chose de bizarre. Dès le début de mon entretien avec lui, l'inspecteur Talbot m'a dit qu'il avait éliminé Roy de la liste des suspects. C'est étonnant, vous ne trouvez pas ? Margot avait disparu depuis une semaine à peine. Nous commencions tout juste à exclure les explications les plus évidentes. Durant les premières quarante-huit heures, nous espérions tous qu'elle reviendrait, qu'elle avait voulu prendre un peu de recul, à cause du stress au travail, par exemple. Ou qu'elle avait eu un accident et qu'elle gisait sur un lit d'hôpital quelque part, inconsciente. Mais le temps a passé, on a vérifié auprès des hôpitaux, la presse a publié sa photo… Rien. C'est là qu'on s'est mis à craindre le pire.

« J'ai trouvé étrange que l'inspecteur Talbot m'annonce de but en blanc que Roy disposait d'un alibi imparable. Je ne lui avais rien demandé. À vrai dire, tout le monde trouvait son comportement étrange. Il nous harcelait de questions. Il était pénible à la fin.

« À mon avis, il a dit ça pour me rassurer », reprit Gupta en piochant un autre biscuit. Il l'examina d'un air pensif avant d'ajouter : « Il voulait me faire comprendre qu'en tant que médecin, moi non plus je n'avais rien à craindre. Qu'à ses yeux, aucun médecin n'était assez tordu pour enlever une femme et – comme nous commencions tous à le craindre – l'assassiner…

« Talbot pensait que c'était Creed, il le pensait depuis le début – et il avait probablement raison, soupira Gupta.

— Qu'est-ce qui vous fait dire ça ? » demanda Strike. Il supposait que Gupta ferait allusion à la camionnette, à l'obscurité ou à la pluie, mais sa réponse fut beaucoup plus subtile :

« Faire disparaître un corps sans laisser de traces n'est pas une tâche aisée. Nous autres médecins connaissons bien l'odeur de la mort et rien de ce qui concerne le décès d'un être humain ne nous est étranger, tant sur le plan physiologique que légal. Les gens croient qu'on se débarrasse d'un cadavre comme d'un objet du même poids. Une table, par exemple. Mais c'est faux. Même dans les années 1970, avant l'invention des tests ADN, la police disposait de techniques éprouvées, comme les relevés d'empreintes digitales, l'analyse des groupes sanguins, etc.

« Comment se fait-il qu'on ne l'ait jamais retrouvée ? En quarante ans ? Parce qu'elle a été tuée par un individu d'une intelligence hors du commun. Or, d'après ce que nous savons de Creed, l'intelligence est l'un de ses points forts, n'est-ce pas ? Il a fini par se faire prendre mais ce sont des femmes bien vivantes qui ont causé sa perte, pas des mortes. Il s'y entendait pour faire taire les cadavres. »

Gupta avala son dernier morceau de roulé aux figues, soupira, puis, ayant délicatement secoué les miettes au bout de ses doigts, désigna les jambes de Strike et dit :

« Laquelle est-ce ? »

La question était abrupte mais, venant d'un médecin, Strike n'en prit pas ombrage.

« Celle-ci, dit-il en faisant bouger sa jambe droite.

— Vous avez une démarche plutôt fluide, pour un homme de votre corpulence. J'aurais pu ne rien remarquer si je ne l'avais pas lu dans la presse. Les prothèses n'étaient pas aussi performantes de mon temps. C'est formidable ce qu'on peut se procurer aujourd'hui. Les systèmes hydrauliques imitent parfaitement l'action des articulations ! Merveilleux.

« Malheureusement, ces jolies prothèses ne sont pas remboursées par la Sécurité sociale, dit Strike en rangeant son calepin. La mienne est relativement basique. Si cela ne vous ennuie pas trop, ajouta-t-il en revenant au sujet, puis-je avoir l'adresse de l'infirmière qui exerçait dans votre cabinet ?

— Oui, oui, bien sûr. » Gupta réussit à s'extirper de son fauteuil au troisième essai.

Au bout d'une demi-heure, les Gupta, mari et femme, finirent par trouver dans un vieux répertoire la dernière adresse connue de Janice Beattie.

« Je ne peux pas vous assurer qu'elle y est toujours, précisa Gupta en tendant le bout de papier à Strike, après l'avoir rejoint dans le hall.

— Au moins, ça me donne une base de départ, surtout si elle s'est remariée et a changé de nom. Vous m'avez été d'une aide très précieuse, docteur Gupta. Merci de m'avoir consacré du temps.

— De rien, répondit le vieux médecin en le fixant de son regard noir acéré. Ce serait un miracle si vous la retrouviez après toutes ces années. Mais je suis content qu'on rouvre l'enquête. Oui, très content. »

11

Par hasard, tout en cheminant,
Il vit au loin, ou crut apercevoir
Un vague tumulte ou une bataille rangée

Edmund SPENSER, *La Reine des fées*

Strike reprit le chemin de la station Amersham. En longeant les haies de buis et les garages doubles représentatifs des quartiers bourgeois, il repassa dans sa tête la conversation qu'il venait d'avoir avec le vieux médecin. Ce dernier avait brossé le portrait d'une femme de caractère, débordante de vie. Or, jusqu'à présent, Strike n'avait imaginé Margot Bamborough que sous l'aspect d'un aimable fantôme, comme si de toute éternité elle avait été destinée à se dissoudre dans le néant, un soir de pluie.

Les visages imprimés sur la couverture du *Démon de Paradise Park* apparurent devant ses yeux, sept femmes figées pour l'éternité dans un noir et blanc impalpable, avec leurs coiffures qui se démodaient chaque jour un peu plus. Chacune de ces images était celle d'un être humain dont le cœur avait battu au rythme de ses émotions, qui avait espéré, pensé, ri et pleuré, comme Margot Bamborough l'avait fait pendant des années avant qu'elle ne croise la route de l'homme qui occupait la place d'honneur sur la couverture du livre retraçant l'historique de ses méfaits. Strike n'avait pas encore achevé sa lecture mais savait que ses victimes n'avaient pas toutes le même profil. Parmi elles, on trouvait une lycéenne, une agente immobilière, une pharmacienne... Selon la presse de l'époque, si le Boucher de l'Essex suscitait un tel effroi c'était justement parce qu'il ne s'en prenait pas qu'aux prostituées – sous-entendu : les proies naturelles de ce type de prédateur. Mieux encore, la seule travailleuse du sexe qu'il avait agressée s'en était sortie vivante.

Helen Wardrop, la femme en question, avait raconté son expérience dans un pseudo-documentaire consacré à Creed, que Strike avait regardé sur YouTube quelques nuits auparavant en mangeant des nouilles chinoises. Il l'avait trouvé exécrable, jouant sur le voyeurisme et le mélo, truffé de reconstitutions maladroites, le tout couronné par une musique tirée d'un film d'horreur des années 1970. À l'époque du tournage, Helen Wardrop avait déjà un certain âge. Un visage fané, des cheveux teints en roux, des faux cils mal posés. Son air absent, sa manière de s'exprimer sur un ton monocorde, laissaient supposer qu'elle prenait des tranquillisants ou avait un problème d'ordre neurologique. Ce soir-là, Creed l'avait choisie parce qu'elle était ivre. Il avait tenté de la faire monter à l'arrière de sa camionnette et, comme elle résistait, l'avait frappée sur le crâne avec un marteau. Dans le documentaire, Helen Wardrop tournait la tête pour montrer à la caméra la marque indélébile qu'elle gardait à la tempe. Au journaliste qui la disait chanceuse d'avoir survécu, elle répondait « Oui », mais après une légère hésitation.

Agacé par l'inanité des questions, Strike s'était arrêté en cours de visionnage. Il comprenait parfaitement qu'Helen Wardrop ait hésité. Lui aussi autrefois s'était trouvé au mauvais endroit au mauvais moment, lui aussi en était sorti marqué à vie. Pendant quelques jours après l'explosion qui lui avait emporté le pied et le tibia mais avait également coupé en deux le sergent Gary Topley et arraché une partie du visage de Richard Anstis, Strike s'était trouvé confronté à une pléiade d'émotions allant de la culpabilité à la peur, en passant par la gratitude, la confusion, la rage, le ressentiment et l'abandon. Mais pas une seule fois il ne s'était dit qu'il avait eu de la chance. La « chance », ç'aurait été que cette bombe n'explose pas. La « chance », ç'aurait été qu'il ait encore ses deux jambes. Si les gens tenaient tellement à ce que les survivants s'avouent « chanceux », malgré leur corps mutilé et leur esprit brisé, c'était uniquement pour pouvoir supporter l'horreur de ce qui leur était arrivé. Il se rappelait les paroles de Joan, à l'hôpital de Selly Oak, quand elle s'était penchée sur son neveu shooté à la morphine. D'une voix noyée de larmes, elle lui avait assuré que non, il ne souffrait pas. Dans un autre registre, il y avait les premiers mots prononcés par Polworth peu de temps après.

« C'est un peu emmerdant, Diddy.

— Oui, un peu », avait répondu Strike en regardant sa jambe amputée étendue près de sa jambe valide, et cherchant malgré lui le mollet et le pied absents que ses terminaisons nerveuses persistaient à modéliser dans son esprit.

En atteignant la station Amersham, Strike s'aperçut que le train pour Londres venait de partir. Pour profiter des derniers rayons du soleil d'automne, il décida d'attendre le suivant sur un banc à l'extérieur, alluma une cigarette et consulta son téléphone. L'ayant réglé sur silencieux pour n'être pas dérangé pendant son entretien avec Gupta, il avait raté deux textos et un appel.

Le premier message venait de son demi-frère Al, l'autre de son amie Ilsa. Ils n'avaient donc aucun caractère d'urgence. L'appel manqué était autrement plus important. C'était George Layborn qui avait tenté de le joindre. Il le rappela sur-le-champ.

« C'est vous, Strike ?

— Ouais. Vous m'avez appelé.

— Oui, j'ai quelque chose pour vous. La copie du dossier Bamborough.

— Vous plaisantez ! fit Strike, avec un enthousiasme inhabituel chez lui. George, mais c'est extraordinaire, je ne sais pas comment vous remercier.

— Payez-moi une bière et donnez mon nom à la presse si jamais vous mettez la main sur le coupable. Vous ajouterez un commentaire du genre "Une aide précieuse", "Je n'aurais rien pu faire sans lui". On choisira la formulation au moment voulu. Mes chefs se décideront peut-être à me filer une promotion. Écoutez, ajouta Layborn plus sérieusement. C'est un vrai bordel, ce dossier. Un vrai bordel de chez bordel.

— Dans quel sens ?

— Ben, d'abord, ça sent la naphtaline. Et puis, je crois qu'il manque des pièces. Mais elles sont peut-être seulement mal classées. Je n'ai pas eu le temps de tout passer en revue. Il y a l'équivalent de quatre cartons d'archives – Talbot était le champion du foutoir. Lawson a voulu tout reclasser à sa façon mais il n'a fait qu'en rajouter. Je vous refile le truc en l'état, à vous de vous débrouiller. Je déposerai les cartons demain à l'agence. Ça vous va ?

— Vous n'imaginez pas à quel point, George.

— Mon vieux serait sacrément content de savoir que quelqu'un reprend l'enquête. Il aurait bien aimé coller un meurtre supplémentaire sur le dos de ce salopard de Creed. »

Quand Layborn eut raccroché, Strike alluma une autre cigarette et appela Robin pour lui annoncer la bonne nouvelle. Il tomba directement sur sa messagerie. Se disant qu'elle était toujours en rendez-vous avec Mr. Météo, il coupa la communication puis regarda ce que son demi-frère Al lui avait écrit. Le texto démarrait par :

Salut frangin.

Des nombreux enfants de son père, Al était le seul avec lequel Strike entretenait des relations. Et encore, si on pouvait appeler cela des relations, vu que c'était toujours Al qui le contactait. En tout, côté Rokeby, Strike comptabilisait six demi-frères et sœurs, dont trois qu'il n'avait jamais rencontrés, ce qui ne lui manquait guère étant donné les rapports tendus qu'il avait avec les trois autres.

Comme tu le sais, les Deadbeats célébreront les cinquante ans de leur groupe l'année prochaine…

Strike n'était pas au courant. Son père, Jonny Rokeby, l'ancien chanteur vedette des Deadbeats, n'avait jamais occupé une grande place dans sa vie. C'était le moins qu'on puisse dire puisqu'il l'avait vu deux fois en tout et pour tout. Le peu qu'il savait de lui, il le tenait en partie de la presse, en partie de sa mère Leda, la femme que Rokeby avait mise enceinte dans les coulisses d'un concert à New York.

Comme tu le sais, les Deadbeats célébreront les cinquante ans de leur groupe l'année prochaine et (là c'est top secret) ils sortiront un album surprise le 24 mai. Nous (les familles) organisons pour eux une méga teuf à Spencer House ce soir-là. Frangin, si tu pouvais venir, ce serait carrément génial, pour nous et surtout pour papa. Gaby a trouvé une super idée de cadeau. Une photo de groupe avec tous les enfants du paternel. Rassemblés pour la première fois. Tout le monde est partant. Ne reste plus que toi. Dis-moi ce que tu en penses.

Strike relut le texto deux fois, le referma sans répondre et ouvrit celui d'Ilsa, qui tenait en quelques mots.

C'est l'anniversaire de Robin, abruti.

12

Il la courtisait en usant de mots flatteurs,
Et de présents la couvrait pour la séduire,
Mais elle repoussa dons comme donateur,
Flatteries comme flatteur.

Edmund SPENSER, *La Reine des fées*

Mr. Météo était venu au rendez-vous en compagnie de son épouse. Une fois installé dans le bureau que Robin partageait avec Strike, le couple se révéla difficile à déloger. La femme tint à lui présenter elle-même la théorie qu'ils avaient échafaudée après l'arrivée d'une dernière carte postale dans le studio de télévision où travaillait son mari. Comme cette carte était la cinquième représentant un tableau ancien et la troisième issue de la boutique de la National Portrait Gallery, les soupçons de Mr. Météo se tournaient à présent vers une ex-petite amie, ancienne étudiante aux Beaux-Arts. Il ignorait son adresse actuelle mais ça vaudrait le coup d'aller creuser de ce côté-là, n'est-ce pas ?

Robin estimait fort improbable qu'une femme tente de reprendre contact avec son ex en lui envoyant des cartes postales anonymes, alors qu'il existait des moyens autrement plus efficaces, comme les réseaux sociaux ou l'adresse mail que la chaîne mettait à la disposition des téléspectateurs désireux de communiquer avec le présentateur vedette. Pourtant, choisissant la méthode diplomatique, elle abonda dans leur sens en disant qu'en effet, pourquoi pas, et en notant tous les détails encore présents dans la mémoire de Mr. Météo malgré l'ancienneté de cette relation sentimentale. Robin leur énuméra ensuite les actions entreprises par l'agence pour tenter de localiser l'expéditeur des cartes et leur assura pour conclure que leurs équipes continuaient à surveiller chaque nuit les abords de leur domicile dans l'espoir de prendre LaPoste sur le fait.

Mr. Météo n'avait rien d'un tombeur. C'était un petit bonhomme aux cheveux bruns tirant sur le roux et aux yeux sombres, arborant en permanence une expression faussement navrée. Son épouse, une femme élancée le dépassant de quelques centimètres, trouvait particulièrement inquiétant qu'on vienne déposer du courrier dans leur boîte aux lettres durant la nuit. Elle manifesta un certain agacement quand son mari lança, pour détendre l'atmosphère, qu'il n'était pas une star de la télé et ne méritait donc pas un tel acharnement. Mais allez savoir ce que cette femme avait derrière la tête !

« Ou cet homme, lui rappela son épouse. Rien ne prouve qu'il s'agisse d'une femme.

— C'est vrai », concéda Mr. Météo en perdant son sourire.

Quand ils partirent, Pat ne leva même pas le nez de son clavier. Quant à Robin, elle regagna aussitôt son bureau pour examiner de plus près la dernière carte postale en date. C'était la reproduction d'un tableau du XIXe siècle représentant un homme affublé d'une redingote et d'une grosse cravate nouée. *James Duffield*

Harding. Robin n'avait jamais entendu parler de lui. Au verso figurait ceci :

QUAND JE LE VOIS JE PENSE À VOUS

Elle revint au portrait. Le modèle possédait un visage quelconque, peu expressif et encadré de gros favoris. En effet, il ressemblait à Mr. Météo.

La fatigue lui arracha un bâillement. Elle avait consacré une bonne partie de la journée à des tâches administratives, comme rembourser des notes de frais ou modifier le tableau de service de la quinzaine à venir, de telle sorte que Morris puisse prendre son samedi après-midi pour assister au spectacle de danse de sa fille de trois ans. Robin consulta sa montre. Il était déjà 17 heures. Sentant revenir la déprime qu'elle avait tenue à distance en s'enfouissant sous la paperasse, elle rangea le dossier LaPoste et remit son portable en mode sonnerie. Dix secondes plus tard, Strike appelait.

« Allô, dit Robin, en essayant de ne pas se montrer trop sèche car au fil des heures il était devenu évident qu'une fois de plus Strike avait oublié son anniversaire.

— Joyeux anniversaire, lança-t-il assez fort pour couvrir le vacarme ferroviaire derrière lui.

— Merci.

— J'ai quelque chose pour vous, mais je ne serai pas à Londres avant une heure, je viens juste de quitter Amersham. »

Quelque chose pour moi, tu parles ! songea Robin. *Il a oublié, point barre. Je suppose qu'il va se ramener au bureau avec un bouquet de fleurs qu'il aura trouvé quelque part en chemin.*

Robin était certaine qu'Ilsa lui avait passé le mot, puisque cette dernière l'avait appelée peu avant l'arrivée de Mr. Météo pour la prévenir qu'elle serait peut-être en retard au pub. Dans la foulée, elle lui avait demandé sur un ton faussement détaché ce que Strike lui avait offert et Robin ne s'était pas gênée pour répondre : « Rien. »

« C'est gentil, merci, reprit Robin, mais là, je m'en vais. J'ai rendez-vous avec des amies pour prendre un verre.

— Oh. Très bien. Désolé… C'était un peu compliqué pour moi… vous savez… avec ce rendez-vous chez Gupta.

— Je comprends. Vous n'aurez qu'à les laisser au bureau…

— OK », répondit Strike sans s'étonner de l'emploi du pluriel, qui confirmait l'hypothèse du bouquet de fleurs.

« Au fait, rebondit-il, j'ai une grande nouvelle. George Layborn a trouvé une copie du dossier Bamborough.

— Oh, génial ! s'écria Robin malgré elle.

— N'est-ce pas ? Il nous l'apporte demain matin.

— Et votre entretien avec Gupta ? C'était comment ? demanda-t-elle en s'asseyant dans le fauteuil de Strike, leurs bureaux étant disposés face à face depuis qu'ils étaient associés.

— Intéressant. Surtout en ce qui concerne Margot elle-même », dit Strike dont la voix devenait hachée. Le métro devait passer sous un tunnel, supposa Robin.

Elle pressa le portable contre son oreille.

« Dans quel sens ?

— Je n'en sais trop rien. Quand on la voit sur cette vieille photo, on ne l'imagine pas comme une ardente féministe. Mais elle avait plus de caractère que je ne croyais. C'est idiot de ma part : pourquoi n'aurait-elle pas eu de caractère ? Et même un sacré caractère. »

Robin voyait ce qu'il entendait par là. Avec sa raie au milieu, typique des années 1970, son débardeur au crochet et son col de chemisier à larges revers, la femme qui apparaissait sur le cliché un peu flou semblait figée dans une époque lointaine, un monde en deux dimensions aux couleurs fanées.

« Je vous raconterai le reste demain, reprit Strike, sentant qu'il risquait de perdre la connexion. Je vous entends à peine.

— D'accord, hurla Robin. On se voit demain. »

Elle ouvrit la porte de communication. Assise devant l'ancien PC de Robin, sa cigarette électronique coincée entre les dents, Pat était en train de fermer ses applications. Avec sa voix rauque et ses cheveux noirs, elle faisait vraiment penser à un corbeau.

« C'était Strike ? croassa-t-elle, les mâchoires serrées sur la vapoteuse qui bougeait au rythme de ses paroles.

— Oui, dit Robin en attrapant son sac et son manteau. Il était dans le métro. Vous n'aurez qu'à fermer comme d'habitude, Pat. S'il a besoin de repasser, il a ses clés.

— Il a pensé à votre anniversaire, au moins ? demanda Pat qui, le matin même, semblait avoir éprouvé une joie mauvaise en constatant qu'il l'avait oublié.

— Oui, répondit Robin et, par loyauté envers Strike, elle ajouta : Il m'a acheté un cadeau. Je l'aurai demain. »

Pat lui avait offert un porte-monnaie avec ce commentaire : « J'ai remarqué que le vieux commençait à se découdre. » Robin avait été touchée. Personnellement, elle ne l'aurait pas choisi rouge, mais bien sûr elle avait chaleureusement remercié Pat pour son geste et s'était empressée d'y transférer son argent et ses cartes.

« Un porte-monnaie de couleur vive, je trouve que c'est plus pratique. On le repère facilement au fond de son sac, avait déclaré Pat pour justifier son choix. Et l'Écossais fou, qu'est-ce qu'il vous a offert ? »

Dans la matinée, Barclay était passé au bureau et avait déposé un petit paquet bien emballé à l'intention de Robin.

« Un jeu de cartes, dit Robin. Mais pas n'importe lequel. Il m'en a parlé un soir, quand on était en planque tous les deux. Ces cartes représentent les dirigeants d'Al-Qaïda traqués par les Américains. Pendant la guerre d'Irak, ils en distribuaient à leurs troupes.

— Pourquoi vous a-t-il offert ça ? s'étonna Pat. Vous êtes censée en faire quoi ?

— Eh bien, il a remarqué que ça m'intéressait, dit Robin, amusée par le ton dédaigneux de la secrétaire. On peut même jouer au poker avec. Regardez, elles sont parfaitement normales.

— Je préfère le bridge. Ça c'est un vrai jeu. Y'a rien de mieux qu'une partie de bridge. »

Pendant que les deux femmes enfilaient leur manteau, Pat renchérit :

« Vous allez fêter ça ?

— J'ai rendez-vous avec deux amies pour prendre un verre. Mais avant cela, je crois que je vais me faire un petit plaisir. J'ai un bon d'achat Selfridges qui me brûle les doigts.

— Très bien, croassa Pat. Vous avez une idée ? »

Robin allait répondre lorsque la porte s'ouvrit derrière elle. Saul Morris entra, tout pimpant quoique un peu essoufflé, l'œil brillant, le cheveu bien peigné. Robin aperçut avec une certaine appréhension le paquet et la carte qu'il tenait à la main.

« Joyeux anniversaire ! chantonna-t-il. J'avais peur de vous rater. »

Et avant que Robin réalise ce qui lui arrivait, il se pencha et l'embrassa sur la joue. Pas une bise en l'air, non, un gros bisou qui claque. Elle eut un mouvement de recul.

« Je vous ai trouvé un petit truc, annonça-t-il en lui remettant le cadeau et la carte sans paraître noter son embarras. Juste pour marquer le coup. Et comment va Moneypenny ? ajouta-t-il en se tournant vers Pat qui lâcha un instant sa vapoteuse pour lui sourire de toutes ses dents couleur vieil ivoire.

— Moneypenny ! s'esclaffa-t-elle. Vous alors ! »

Sous le papier doré, Robin trouva une boîte de chocolats Fortnum & Mason, fourrés au caramel au beurre salé.

« Oh, c'est charmant », fit Pat en approuvant d'un hochement de tête.

Visiblement, elle estimait que, pour une jeune femme, des chocolats convenaient mieux qu'un jeu de cartes à l'effigie des chefs d'Al-Qaïda.

« Je me suis rappelé que vous aimiez le caramel au beurre salé », se rengorgea Morris.

Robin savait exactement comment cette idée avait germé dans son esprit et cela ne prêchait pas en sa faveur.

Un mois auparavant, Strike et elle avaient organisé une première réunion avec l'équipe élargie. Pour l'occasion, Robin avait sorti un paquet de biscuits du panier garni offert par un client reconnaissant. Pour blaguer, Strike avait demandé d'où venait cette mode consistant à mettre du caramel au beurre salé partout et Robin lui avait renvoyé qu'il devait aimer cela puisqu'il avait mangé presque tous les biscuits. Elle-même n'avait pas exprimé de penchant particulier pour ce parfum, mais Morris, par manque ou excès d'attention, avait rangé cette idée de cadeau quelque part dans sa tête, afin de pouvoir la ressortir en temps utile.

« Merci beaucoup, dit-elle par simple politesse. Malheureusement, il faut que je parte. »

Et avant que Pat puisse lui répondre que Selfridges n'allait pas fermer dans la demi-heure, elle s'esquiva prestement sans prendre le temps de lire la carte de Morris.

Qu'est-ce qui lui déplaisait tant chez lui ? se demandait-elle encore trente minutes plus tard, alors qu'elle déambulait dans le vaste rayon cosmétique de Selfridges, bien déterminée à s'acheter un nouveau parfum. Elle portait le même depuis cinq ans, Matthew l'aimait et n'avait jamais voulu qu'elle en change. Mais le flacon était presque vide et Robin avait très envie de quelque chose qui corresponde mieux à ses goûts, quelque chose que son ex serait dans l'impossibilité de reconnaître et qu'il n'apprécierait sans doute pas. L'eau de Cologne 4711 dont elle s'était procuré un petit flacon pour quelques livres sur la route de Falmouth n'était pas assez distinguée, estimait-elle. Ce qu'il lui fallait, c'était un parfum qui n'appartiendrait qu'à elle, comme une signature, songeait Robin en errant dans le vaste labyrinthe aux miroirs teintés, entre les stands des grandes marques représentées par telle ou telle égérie du cinéma, comme autant de territoires insulaires gardés par des sirènes gainées de noir interpellant les chalands, un vaporisateur dans une main, des bandes d'essai dans l'autre.

Faisait-elle preuve d'arrogance en déniant à un simple collaborateur le droit de lui faire la bise ? s'interrogeait-elle. Aurait-elle réagi de la même manière si Hutchins l'avait embrassée ? Non, absolument pas, décida-t-elle. D'abord, Andy et elle se connaissaient depuis plus d'un an. Mais surtout, étant donné son caractère réservé, il se serait contenté de lui effleurer la joue, au lieu d'opter pour la version ventouse comme l'avait fait Morris.

Et Barclay, alors ? Il n'y avait jamais eu entre eux ce genre de familiarité. Dernièrement, pendant une planque, il l'avait traitée d'idiote parce que, en voyant leur cible, un haut fonctionnaire, sortir d'un célèbre bordel à 2 heures du matin, elle avait maladroitement renversé du café chaud sur son pantalon. Mais elle ne s'était pas sentie offensée pour autant. Il avait eu raison, elle n'aurait jamais dû sursauter ainsi.

Robin prit à droite et se retrouva devant le stand Yves Saint Laurent. Son regard fut aussitôt attiré par un cylindre rayé de bleu, de noir et d'argent. Rive Gauche. Le parfum préféré de Margot Bamborough.

Quelle fragrance pouvait-il bien avoir ? se demanda-t-elle.

« C'est un classique », fit la vendeuse en la regardant d'un air las vaporiser quelques gouttelettes sur une languette en carton.

Robin avait tendance à ranger les parfums en fonction de ce qu'ils lui évoquaient – fleurs, gâteaux, bonbons… Et celui-ci ne suscitait en elle aucun souvenir agréable ou gourmand. Elle identifia une légère nuance de rose mais accolée à une note métallique qui lui déplut. Robin reposa la languette avec un sourire de remerciement, secoua la tête et passa son chemin.

Telle était donc l'odeur qui se dégageait de Margot Bamborough, songea-t-elle. Une fragrance sophistiquée, très différente de l'eau de toilette fraîche et sucrée – un mélange de figue, de lait et d'herbe coupée – que Matthew aimait qu'elle porte.

Trois stands plus loin, elle avisa sur un présentoir un flacon à multiples facettes contenant un liquide rose : Flowerbomb, la griffe de Sarah Shadlock. Robin l'avait vu dans la salle de bains de Sarah et Tom à chaque fois qu'elle et Matthew étaient allés dîner chez eux. Depuis leur séparation, Robin avait eu le temps de comprendre que lorsque Matthew changeait les draps en milieu de semaine, au prétexte qu'il avait renversé du thé ou qu'il voulait lui éviter « la corvée de le faire samedi prochain », c'était certainement parce qu'ils étaient imprégnés de cette senteur et d'autres substances encore plus compromettantes, laissées par les deux amants malgré les préservatifs.

« C'est un classique moderne », plaida la vendeuse qui avait surpris le regard de Robin sur le flacon en forme de grenade à main. Robin sourit, secoua la tête et s'éloigna. Elle poursuivit de stand en stand sa quête du parfum idéal, mais le cœur n'y était plus. Les miroirs fumés lui renvoyaient son visage triste. Après avoir vainement tenté d'ajouter un peu de rêve et d'originalité à son minable anniversaire, elle n'avait plus qu'une seule idée en tête : rentrer chez elle et dormir, quitte à poser un lapin à ses deux amies.

« Que recherchez-vous ? » demanda la fille noire aux pommettes saillantes devant laquelle Robin venait de passer.

Cinq minutes plus tard, Robin regagnait Oxford Street avec, dans son sac à main, une petite boîte noire rectangulaire. La vendeuse s'était montrée extrêmement persuasive.

« … mais si vous souhaitez quelque chose de *radicalement* différent, avait-elle dit en s'emparant d'un dernier flacon après quatre essais non transformés, je vous conseille Fracas. »

Elle avait tendu la languette à Robin dont les narines brûlaient d'avoir humé tant d'essences riches et variées au cours des trente minutes précédentes.

« Il est à la fois sexy et mature. Vous voyez ? C'est un vrai classique. »

Et en reniflant ce parfum lourd, sensuel et enivrant, dominé par une fragrance de tubéreuse, Robin avait tout à coup eu envie de devenir, à l'aube de sa trentième année, une femme libre et sophistiquée, à mille lieues de la gamine qu'elle avait été, trop bête pour comprendre qu'entre ce que son mari disait aimer et ce qu'il aimait mettre dans son lit, il y avait autant de différences qu'entre une figue et une grenade à main.

13

De cet endroit ils passèrent par cette voie douloureuse
Et se rendirent sur une colline, qui était à la fois élevée et escarpée,
Où se trouvait, à son sommet, une chapelle sacrée
Ainsi qu'un ermitage non loin de là.

Edmund SPENSER, *La Reine des fées*

Strike n'était pas près d'oublier le premier cadeau qu'il avait fait à Robin Ellacott, trois ans auparavant. Lui offrir cette robe verte hors de prix avait été d'une extravagance quichottesque, un geste stupide qu'il avait cru pouvoir se permettre parce qu'il la savait fiancée à un autre homme et croyait ne plus jamais la revoir. Elle l'avait essayée devant lui dans une boutique de prêt-à-porter, alors qu'ils tentaient de soutirer des infos à la vendeuse. Le témoignage de cette fille, que Robin avait adroitement confessée, lui avait permis de résoudre sa première grosse affaire, le sauvant de la faillite tout en bâtissant la réputation de son agence. Mû par un élan de gratitude teinté d'euphorie, il était retourné dans la boutique pour acheter la fameuse robe et, grand seigneur, l'offrir à Robin en guise de cadeau d'adieu. Par ce royal présent, il avait voulu lui dire « Regardez ce que nous avons accompli ensemble », « Je n'y serais pas arrivé sans vous » et (pour être totalement honnête) « Quand je vous ai vue dans cette robe, je vous ai trouvée ravissante ».

Mais les choses ne s'étaient pas déroulées exactement comme prévu car, moins d'une heure après lui avoir donné la robe, Strike avait fait passer Robin de secrétaire intérimaire à salariée à plein temps. À partir de ce moment, la méfiance avec laquelle Matthew, son fiancé, considérait Strike depuis le début n'avait fait que grandir. Mais il y avait encore un autre problème. Ce que dans sa grande naïveté Strike n'avait pas bien saisi à l'époque, c'était qu'en choisissant un cadeau aussi splendide, il avait malencontreusement placé la barre très haut. Conscient qu'aucun autre objet ne soutiendrait la comparaison, il était ensuite tombé dans l'excès inverse, soit en omettant de lui offrir quoi que ce soit pour Noël ou son anniversaire, soit en choisissant des cadeaux d'une banalité crasse.

À la sortie du métro, il entra chez un fleuriste, acheta des lys orientaux et les déposa dans leur bureau pour que Robin les trouve en arrivant le lendemain matin. Il les avait choisis en raison de leur taille et de leur parfum capiteux, sans lésiner sur le prix. De fait, ce bouquet était nettement plus présentable que celui de l'année précédente. Il avait d'abord pensé à des roses, mais les roses évoquaient un peu trop la Saint-Valentin. Et de toute façon, il n'y avait plus grand-chose dans la boutique – à 17 h 30, c'était normal –, du moins rien qui fasse de l'effet. Les lys étaient grands, sculpturaux, odorants mais neutres et donc rassurants.

Originaux mais sans danger. On les cultivait sous serre, loin du murmure bucolique des ruisseaux et du bruissement des futaies sous la brise parfumée. De ces fleurs, il pouvait dire qu'elles « sentaient bon » sans avoir à justifier autrement son choix.

Strike ne pouvait pas savoir ce que les lys orientaux représentaient pour son associée. Jusqu'à la fin de ses jours, Robin se souviendrait du bouquet que Sarah Shadlock lui avait apporté le soir de la pendaison de crémaillère, dans la maison où elle venait de s'installer avec Matthew. Lorsque, le lendemain de son anniversaire, Robin arriva à l'agence, entra dans le bureau et vit les lys encore enveloppés de cellophane, plongés dans un vase rempli d'eau, avec un gros nœud magenta scotché sur le paquet et une petite carte marquée « Joyeux anniversaire de la part de Cormoran » (pas de bises, ce n'était pas son style), elle ressentit exactement le même malaise que la veille, chez Selfridges, devant le flacon en forme de grenade à main. Elle ne voulait pas de ces fleurs qui, à ses yeux, symbolisaient à la fois l'indifférence de Strike et l'infidélité de Matthew. Mais s'il fallait absolument qu'elle endure leur vision et leur odeur, elle préférait encore que ce soit ici, au bureau.

Au lieu d'emporter le bouquet chez elle, Robin le laissa donc sur une armoire de classement. Le comble, c'était que les fleurs refusaient de faner, peut-être parce que Pat prenait soin de changer l'eau du vase chaque matin. Grâce à ses bons soins, les lys survécurent une petite quinzaine de jours. Même Strike finit par en avoir assez : les effluves qu'ils dégageaient lui rappelaient le parfum de Lorelei, son ex-petite amie, ce qui se mit à l'insupporter.

Les pétales cireux rose et blanc commencèrent à se flétrir et à tomber quelques jours après le trente-neuvième anniversaire de la disparition de Margot Bamborough. Une date qui n'évoquait rien à personne, sauf à sa famille, à Strike et à Robin. Comme promis, George Layborn leur avait livré le dossier de police, du moins sa copie, dans quatre gros cartons que les associés avaient glissés sous leur double bureau, faute de place ailleurs. Ayant un planning moins serré que ses collaborateurs parce qu'il était susceptible de retourner en Cornouailles à n'importe quel moment, Strike se chargea d'inventorier les documents. Une fois qu'il en aurait digéré le contenu, il prévoyait d'aller reconnaître les lieux avec Robin. Ils se rendraient à Clerkenwell et emprunteraient le chemin que Margot avait peut-être suivi entre le cabinet St. John's, où on l'avait vue pour la dernière fois, et le pub où son amie l'avait attendue en vain.

C'est ainsi que le dernier jour d'octobre, à une heure de l'après-midi, Robin sortit de l'agence armée d'un parapluie et, sous un ciel menaçant, s'engouffra dans le métro, impatiente de retrouver Strike sur le terrain.

Il commençait à bruiner quand elle l'aperçut sur St. John's Lane, une cigarette à la main, plongé dans la contemplation de l'immeuble qui lui faisait face. Il se tourna en entendant des talons claquer sur le trottoir mouillé.

« Je suis en retard ? lança-t-elle de loin.

— Non, dit Strike, c'est moi qui suis en avance. »

Elle le rejoignit et, tenant toujours son parapluie, leva la tête pour observer à son tour la haute façade en brique marron, percée de larges fenêtres aux armatures métalliques. Un immeuble de bureaux, sans doute, bien qu'aucune plaque n'indiquât la présence d'une entreprise.

« Il était ici, dit Strike en désignant la plaque portant le numéro 29 fixée près de l'entrée. L'ancien cabinet St. John's. Ils ont modifié la façade, apparemment. À l'époque, il y avait un autre accès par l'arrière. Nous irons vérifier cela tout à l'heure. »

Robin inspecta chaque côté de la rue. C'était une voie à sens unique, étroite et bordée d'édifices élevés aux ouvertures nombreuses.

« Pas mal de vis-à-vis, commenta Robin.

— Ouais. Bon, commençons par ce que Margot portait quand elle a disparu.

— Attendez, je m'en souviens… Jupe marron en velours côtelé, chemisier rouge, débardeur au crochet, imperméable Burberry beige, collier et boucles d'oreilles en argent, alliance en or. Elle portait aussi un sac en bandoulière et un parapluie noir.

— Bravo pour la précision, dit Strike, légèrement impressionné. Prête pour le rapport de police ?

— Allons-y.

— Le 11 octobre 1974, à 17 h 45, trois personnes se trouvent à l'intérieur de ce bâtiment : Margot, vêtue comme vous venez de le décrire, moins l'imperméable qu'elle n'avait pas encore enfilé ; Gloria Conti, la plus jeune des deux réceptionnistes, et une patiente venue la consulter en urgence pour des douleurs abdominales. Dans sa hâte, Gloria n'a pas noté correctement le nom de cette femme. Elle a juste écrit “Theo point d’interrogation”. Malgré ce prénom masculin, le fait que le Dr Joseph Brenner ait affirmé qu’il s’agissait d’un homme et l’insistance de Talbot qui tenait absolument à ce que ce Theo soit un homme déguisé en femme, Gloria n’a jamais varié dans ses déclarations. Pour elle, Theo était une femme.

« Tous les autres employés étaient partis avant 17 h 45, sauf Wilma, la femme de ménage, qui n’était pas venue de la journée, parce qu’elle ne travaillait jamais le vendredi. Nous reparlerons de Wilma plus tard.

« Janice, l’infirmière, est restée sur place toute la matinée puis elle est allée faire ses visites à domicile. Elle n’est pas repassée en fin d’après-midi. Irene, la réceptionniste, est partie à 14 h 30 pour se rendre chez le dentiste et n’est pas revenue non plus. Selon leurs dépositions, qui ont été recoupées par d’autres témoins, Dorothy, la secrétaire, est partie à 17 h 10, le Dr Gupta à 17 h 30 et le Dr Brenner à 17 h 45. La police a vérifié leurs alibis : Dorothy est rentrée chez elle et a regardé la télévision avec son fils jusqu’à l’heure du coucher. Le Dr Gupta assistait au dîner d’anniversaire de sa mère et le Dr Brenner a passé la soirée avec sa sœur célibataire, qui partageait le même appartement que lui. Un homme qui promenait son chien a aperçu les Brenner frère et sœur derrière une fenêtre de leur salon.

« Les derniers patients venus sur rendez-vous étaient une mère et son enfant. Margot les a reçus et ils sont sortis du cabinet St. John’s peu avant Brenner lui-même. Selon eux, la consultation s'est bien passée et Margot avait l'air en forme.

« Maintenant, il n'y a plus que Gloria sur place. Cette dernière prétend que Theo est entrée dans le bureau de Margot et y est restée longtemps. À 18 h 15, Theo est partie et n'a plus jamais remis les pieds dans le cabinet. Par la suite, la police a lancé un appel à témoins, mais personne ne s'est présenté.

« Margot n'a rien noté sur Theo. On suppose qu'elle prévoyait de le faire le lendemain parce que son amie l'attendait au pub depuis un quart d'heure déjà et qu'elle ne voulait pas aggraver son retard.

« Peu après le départ de Theo, Margot s'est précipitée hors de son bureau pour enfiler son imper, elle a dit à Gloria de fermer la porte du cabinet avec la clé de secours, puis elle est sortie sous l'averse, elle a ouvert son parapluie et elle est partie vers la droite. »

Strike pivota sur ses talons et désigna l'arche en pierre de style médiéval qui enjambait la rue, quelques dizaines de mètres à droite du numéro 29.

« Ce qui signifie qu'elle a filé par là, en direction du pub Three Kings. »

Ils restèrent un moment à contempler l'ouvrage massif évoquant le portail d'une forteresse, comme si l'ombre de Margot y était imprimée. Puis Strike jeta son mégot, l'écrasa sous son pied et dit :

« Suivez-moi. »

Il longea la façade du numéro 28 et s'arrêta à l'entrée d'une ruelle pas plus large qu'une porte, percée entre deux immeubles. Passing Alley.

« Idéal pour se cacher, dit Robin en observant le boyau sombre et voûté.

— Absolument, dit Strike. Du pain bénit pour un ravisseur guettant sa proie. Mais je ne vois pas comment il aurait fait ensuite. »

Au bout d'une dizaine de mètres, le passage débouchait sur un jardin bétonné planté de quelques arbustes entre deux rues parallèles.

« La brigade cynophile a fouillé ce jardin. Mais ça n'a rien donné. Mettons que quelqu'un l'ait entraînée jusqu'ici..., reprit Strike en montrant la route animée qui se profilait tout au bout de l'allée. Eh bien, il n'aurait jamais pu ressortir sans se faire remarquer. Cette rue là-bas, St. John Street, est beaucoup plus passante que St. John's Lane. Et je suppose qu'une femme de vingt-neuf ans, grande et vigoureuse comme l'était Margot, se serait mise à hurler et à se débattre. »

Il se tourna vers la porte arrière de l'ancien cabinet.

« Parfois, l'infirmière entrait par là, pour éviter de traverser la salle d'attente. Elle disposait d'une petite pièce au fond où elle rangeait son matériel et, à l'occasion, recevait des patients. Wilma, la femme de ménage, utilisait cette porte elle aussi. Mais le reste du temps, elle était fermée à clé.

— Faut-il se pencher sur le cas de ces deux personnes en particulier ? demanda Robin.

— Pas forcément. Je veux surtout me faire une idée précise des différents axes de circulation. Cette histoire remonte à presque quarante ans : on doit se replacer dans le contexte. »

Ils rebroussèrent chemin et ressortirent sur St. John's Lane.

« Nous avons un avantage sur Bill Talbot, dit Strike. Nous connaissons la physionomie du Boucher de l'Essex. Talbot l'imaginait comme un type basané, costaud, avec une tête de gitan, alors qu'en réalité c'était un homme blond et mince, du moins en ce temps-là. Theo, ou quel que soit son nom, et Dennis Creed sont deux personnes différentes. Ce qui ne suffit pas à innocenter Theo, bien évidemment.

« Une dernière chose pour en finir avec le cabinet médical, reprit Strike en regardant le numéro 29. Irene, la réceptionniste blonde, a dit à la police que Margot avait reçu deux lettres anonymes peu avant sa disparition. Elles ne figurent pas dans le dossier. On devra se contenter de la déposition d'Irene. Elle prétend avoir ouvert l'une et aperçu l'autre sur le bureau de Margot un jour qu'elle lui apportait une tasse de thé. La lettre qu'elle a lue parlait des feux de l'enfer.

— Ouvrir le courrier, c'est le boulot d'une secrétaire, intervint Robin. Pas celui d'une réceptionniste.

— Bien vu, dit Strike en sortant son calepin. Nous vérifierons cela… À propos d'Irene, justement… Talbot ne la trouvait pas très fiable en tant que témoin : elle manquait de précision, avait tendance à en rajouter. J'y pense, Gupta m'a dit qu'Irene et Margot avaient eu un "petit accrochage" lors d'une fête de Noël au cabinet. D'après lui, ce n'était pas bien grave, mais ça l'était quand même assez pour qu'il s'en souvienne encore aujourd'hui.

— Est-ce que Talbot est… ?

— Mort ? Oui. De même que Lawson, l'inspecteur qui a pris sa suite. Mais Talbot avait un fils que je songe à contacter. Lawson, lui, n'avait pas d'enfant.

— Donc, ces lettres anonymes… ?

— Oui, je continue. Gloria, l'autre réceptionniste, a déclaré qu'Irene lui en avait montré une. Mais elle ne savait plus ce qu'elle contenait. Janice, l'infirmière, a confirmé qu'Irene lui en avait parlé mais qu'elle ne les avait pas vues de ses propres yeux. Gupta n'est pas au courant – je l'ai rappelé pour vérifier.

« Enfin bref, dit Strike en embrassant du regard la rue qui luisait sous le crachin, à supposer que Margot n'ait pas été enlevée dès sa sortie du cabinet ni forcée à monter dans un véhicule garé à proximité, la logique veut qu'elle ait continué en direction du pub Three Kings. Et c'est là que nous allons maintenant.

— Vous voulez que je vous abrite sous mon parapluie ? proposa Robin.

— Non, merci », répondit Strike. Les gouttes de pluie glissaient sur ses cheveux drus et frisés sans les mouiller vraiment et, de toute façon, il ne prêtait guère attention à son apparence.

Ils passèrent sous St. John's Gate, l'antique arche de pierre décorée de petits blasons, débouchèrent sur Clerkenwell Road, une rue à double sens très fréquentée, traversèrent la chaussée et s'approchèrent d'une cabine téléphonique rouge, au coin d'Albemarle Way.

« Est-ce la cabine à côté de laquelle deux femmes ont été aperçues en train de se disputer ? » demanda Robin.

Strike marqua un temps d'arrêt.

« Je vois que vous avez lu le rapport, fit-il sur un ton vaguement accusateur.

— J'y ai jeté un petit coup d'œil, reconnut Robin. Hier soir, pendant que j'imprimais la facture de DeuxFois. Je n'avais pas le temps de tout lire.

— Eh bien non, ce n'est pas celle-ci. La cabine – ou les cabines – qui nous intéressent viendront ensuite. Nous irons les voir au moment voulu. Maintenant, suivez-moi. »

Au lieu d'emprunter la rue piétonne que Robin avait repérée sur la carte et que, d'après ses calculs, Margot avait dû prendre pour rejoindre le Three Kings, Strike tourna à gauche et s'engagea sur Clerkenwell Road.

« Pourquoi allons-nous par là ? demanda Robin qui se mit à trottiner pour éviter de se faire distancer.

— Parce que, dit Strike en s'arrêtant au milieu du trottoir pour lui montrer l'édifice en brique aux allures d'entrepôt qui se dressait de l'autre côté de la rue, à 18 heures et des poussières, ce soir-là, une collégienne de quatorze ans, Amanda White, aurait aperçu Margot à cette fenêtre là-haut, la deuxième à partir de la droite, en train de cogner sur la vitre avec ses poings.

— Je n'ai rien lu à ce propos sur Internet ! s'étonna Robin.

— Pour la bonne raison que la police a conclu que c'était faux.

« Talbot, comme il ressort clairement de ses notes, a écarté le témoignage de White parce qu'il ne cadrait pas avec sa théorie, à savoir que Margot avait été enlevée par Creed. Quand il a récupéré le dossier, Lawson est allé voir Amanda et a refait avec elle le chemin qu'elle avait suivi le soir de la disparition.

« Il y a certains éléments dans le récit d'Amanda qui tendent à prouver sa sincérité. D'abord, elle a spontanément déclaré à la police que la scène s'était déroulée le lendemain des élections. Elle s'en souvenait parce qu'elle s'était disputée avec une camarade de classe tory, ce qui leur avait valu une heure de colle le même soir. En sortant, elles sont allées prendre un café, mais comme Amanda a répété qu'elle se réjouissait de la victoire de Wilson, la copine a repris la mouche et l'a plantée au milieu de la rue.

« Amanda était encore en colère contre sa camarade quand elle a levé les yeux et a aperçu la femme qui cognait sur la vitre. La description qu'elle en a faite correspond. La police n'avait pas diffusé le signalement de Margot. Amanda n'avait donc pas pu le lire dans la presse.

« Lawson a contacté le patron de l'entreprise installée au dernier étage. Une petite imprimerie tenue par un couple marié. Ils éditaient des brochures, des affiches, des cartons d'invitation, ce genre de choses. Aucun rapport avec Margot. Ni l'un ni l'autre ne fréquentait le cabinet St. John's, vu qu'ils habitaient dans un autre quartier. La femme a dit qu'il lui arrivait de cogner sur la fenêtre pour arriver à la fermer. Mais, par ailleurs, Amanda n'aurait pas pu la confondre avec Margot car elle était petite, ronde et rousse.

— Si Margot était montée au troisième étage, j'imagine que quelqu'un l'aurait remarquée… », dit Robin en faisant glisser son regard de la fenêtre sous les toits vers la porte de l'immeuble. Des voitures l'éclaboussèrent en passant : elle s'éloigna du bord du trottoir. « … dans l'escalier ou dans l'ascenseur. Et elle aurait dû sonner quelque part pour qu'on lui ouvre.

— Oui, sans doute, confirma Strike. Lawson en a conclu qu'Amanda avait pris la femme de l'imprimerie pour Margot. »

Ils revinrent sur leurs pas jusqu'à l'embranchement où Robin s'était étonnée que Strike prenne à gauche. Strike fit halte et désigna la petite rue sombre nommée Albemarle Way.

« Ne faites pas attention à la cabine téléphonique. D'après moi, Albemarle Way est la première ruelle depuis Passing Alley où Margot aurait pu s'engager – volontairement ou pas – sans être aperçue par des dizaines de personnes. Elle est tranquille, comme vous pouvez le voir – jusqu'à un certain point », ajouta Strike en projetant son regard au bout d'Albemarle Way où des véhicules passaient à un rythme soutenu. C'était une voie plus étroite que St. John's Lane mais pareillement bordée d'immeubles élevés, collés les uns aux autres, qui la maintenaient dans une pénombre permanente. « Donc, elle aurait pu être enlevée ici, reprit Strike. Mais si j'avais été à la place de Dennis Creed, assis dans sa camionnette à attendre qu'une femme seule – n'importe quelle femme – passe sous la pluie, j'aurais choisi un autre endroit. »

Une rafale de vent glacé s'engouffra dans Albemarle Way et les frappa de plein fouet. Au même instant, Strike réalisa que l'odeur dont il avait accusé les lys orientaux dans leur bureau n'était autre que le parfum de Robin. Il différait quelque peu de celui de Lorelei, son ex, qui par ses notes sucrées faisait songer à du rhum brun (une senteur capiteuse qui l'avait terriblement excité à l'époque où ils s'entendaient bien à la ville comme au lit, mais qu'il avait fini par associer à l'attitude agressive, voire diffamatrice, de cette femme qui, dans les derniers temps de leur relation, lui avait réclamé un amour qu'il n'éprouvait pas). Et pourtant, Strike ne put s'empêcher de les mettre sur le même plan, comme des odeurs à la fois écœurantes et mièvres.

Bien sûr, certains auraient pu dire qu'il était mal placé pour émettre un avis sur le sujet, lui qui dégageait constamment une odeur de cendrier froid, rehaussée d'une goutte d'eau de toilette (Pour Un Homme) dans les grandes occasions. Mais en réalité, c'était une question à laquelle il était très sensible. Ayant passé une bonne partie de son enfance dans la misère et la crasse, Strike estimait que la propreté était une condition indispensable à la séduction. Et il se prit à regretter l'ancien parfum de Robin, celui qui lui manquait tant quand elle n'était pas là.

« Par ici », dit-il en poursuivant son chemin sous la pluie. Il s'arrêta sur une placette de forme indéfinie, se retourna et vit que Robin ne l'avait pas suivi. Revenant sur ses pas, il la retrouva devant l'église du prieuré de l'ordre de St. John, un élégant édifice de brique rouge à la façade harmonieusement décorée de hautes fenêtres et de quatre piliers blancs encadrant un portail d'entrée en fer forgé.

« Vous pensez au lieu sacré où elle repose ? » demanda-t-il avant d'allumer une cigarette malgré la pluie. Il en tira une bouffée en la protégeant au creux de sa paume.

« Non, se défendit Robin, avant d'avouer : Oui, c'est vrai, peut-être un peu. Regardez ce… »

Strike passa le porche et la suivit dans un petit jardin commémoratif ouvert au public, planté (comme l'indiquait un panneau) d'herbes médicinales dont certaines avaient été utilisées à l'époque médiévale par les Hospitaliers de St. John. Un grand crucifix de pierre blanche était appuyé contre le mur du fond, entouré des emblèmes associés aux quatre évangélistes : le taureau, le lion, l'aigle et l'ange. Les feuilles des arbres ondulaient doucement sous la pluie. Strike s'approcha de Robin :

« Vous conviendrez avec moi que si quelqu'un l'avait enterrée dans ce cloître, un moine aurait remarqué la terre retournée.

— Je sais. Je ne faisais que regarder. »

Quand ils ressortirent dans la rue, Robin ajouta :

« Il y a des croix de Malte partout, dans ce quartier. Même sur cette arche sous laquelle nous sommes passés tout à l'heure.

— C'est la croix des Hospitaliers. Les chevaliers de l'ordre de St. John. D'où le nom des rues et le logo des ambulances St. John dont le siège social est situé sur St. John's Lane. Si la voyante a cherché sur Google le quartier où Margot a disparu, ce détail lui a sûrement sauté aux yeux. Je vous parie que c'est ce qui lui a donné l'idée du "lieu sacré". Mais gardez bien cette croix en tête parce que nous allons la retrouver dans le pub, tout à l'heure.

— Vous saviez, dit Robin en se retournant vers le prieuré, que Peter Tobin, le tueur en série écossais, adorait lui aussi les lieux de culte. Il a même fait partie d'une secte religieuse à un moment de sa vie. Il s'était inscrit sous un faux nom. Après quoi, il a travaillé comme homme à tout faire dans l'église de Glasgow. C'est là qu'il a caché le corps de cette pauvre fille. Sous un plancher.

— Les assassins se réfugient souvent dans l'ombre des églises. Tout comme les délinquants sexuels.

— Des religieux et des médecins, fit Robin, pensive. La plupart des gens ont tendance à leur faire confiance, n'est-ce pas ? C'est quelque chose d'ancré.

— Après tous les scandales qui ont secoué l'Église catholique ? Après l'affaire du bon docteur Harold Shipman ?

— Oui, malgré cela. Je pense qu'on leur attribue des qualités humaines qu'ils n'ont pas forcément. Nous éprouvons le besoin de les croire, sans doute parce qu'ils semblent exercer un pouvoir sur la vie et sur la mort.

— Vous venez de soulever un point essentiel, je crois, nota Strike tandis qu'ils s'engageaient dans une ruelle piétonne portant le nom de Jerusalem Passage. Quand Gupta m'a dit que Joseph Brenner n'aimait pas les gens, j'ai répondu que je trouvais cela étrange pour un médecin. Mais il m'a vite détrompé.

« Arrêtons-nous un moment, dit-il en joignant le geste à la parole. Mettons que Margot soit passée par ici – et j'ai tendance à le penser parce que c'est le chemin le plus court et le plus logique pour rejoindre le Three Kings. Dans ce cas, c'est la première fois qu'elle longe des habitations, et non des bureaux ou des édifices publics. »

Robin regarda les bâtiments de part et d'autre de la ruelle. En effet, d'après l'aspect des sonnettes, on devinait qu'il s'agissait d'appartements.

« Y a-t-il une chance, reprit Strike, même infime, pour qu'un habitant de cette rue ait pu l'obliger à entrer chez lui, soit par la force soit par la persuasion ? »

Robin tourna la tête à droite, puis à gauche. La pluie tambourinait sur son parapluie.

« Eh bien, fit-elle d'une voix lente, oui, bien sûr, c'est possible, mais ça reste improbable. Personne ne se réveille un beau matin en se disant "Aujourd'hui j'enlève une femme", et en mettant son projet à exécution dans la foulée.

— Je ne vous ai donc rien appris ?

— Bon, d'accord : *les moyens avant le mobile.* Mais les moyens ne sont pas terribles non plus. Il y a trop de vis-à-vis, trop de passage. Personne ne l'aurait vue ou entendue se faire enlever ? Elle n'aurait pas crié, ne se serait pas débattue ? Et le ravisseur ? Il vivait seul ? Ses colocataires étaient de mèche ?

— Vous avez parfaitement raison. De plus, la police a frappé à toutes les portes. Ils n'ont pas fouillé les appartements mais leurs occupants ont tous été interrogés.

« Mais restons sur cette idée… elle est médecin. Quelqu'un a pu la voir passer, l'appeler, la supplier de monter, pour secourir une personne blessée – un parent malade – et ensuite l'empêcher de ressortir. Le coup de l'urgence médicale, ç'aurait pu marcher.

— OK, mais pour cela, il aurait fallu que le ravisseur sache qu'elle était médecin.

— Il faisait peut-être partie de sa patientèle.

— Mais comment aurait-il pu deviner qu'elle allait passer à cet endroit et à ce moment précis ? Avait-elle prévenu tout le quartier qu'elle se rendait dans ce pub ?

— C'est peut-être le fait du hasard. Imaginez. Le ravisseur la voit arriver, il sait qu'elle est médecin, il sort, il l'aborde et… Ou alors – je ne sais pas, peut-être qu'il y avait vraiment une personne blessée, malade ou mourante dans l'un de ces appartements. Une dispute éclate, Margot n'est pas d'accord avec le traitement ou refuse son aide, ils en viennent aux mains, elle reçoit un mauvais coup et elle meurt. »

Ils se turent, le temps de laisser passer un groupe d'étudiants français particulièrement bruyants.

« C'est tiré par les cheveux, je vous l'accorde, reconnut Strike.

— On peut essayer de savoir quels sont les logements occupés par les mêmes personnes aujourd'hui qu'il y a trente-neuf ans, proposa Robin. Mais cela ne nous dira pas comment un cadavre a pu rester caché pendant si longtemps. Parce que déplacer un corps, c'est très compliqué, n'est-ce pas ?

— Effectivement. Gupta m'a fait cette réflexion, lui aussi. Un corps humain n'est pas un meuble. Il faut penser au sang, au processus de décomposition, aux insectes… Beaucoup d'assassins ont tenté de conserver leurs victimes sur les lieux de leurs crimes. Crippen. Christie. Fred et Rose West. Ça ne leur a pas porté chance.

— Creed s'y est essayé pendant un moment. Il leur coupait les mains, les faisait bouillir. Il enterrait les têtes ailleurs et gardait les corps dans sa cave. Ce ne sont pas les cadavres qui ont conduit à son arrestation…

— Vous lisez *Le Démon de Paradise Park* ? l'interrompit Strike.

— Oui.

— Vous voulez vous farcir la tête avec ces horreurs ?

— Si ça peut faire avancer l'enquête, oui.

— Je pensais plutôt à mes obligations en tant qu'employeur. Je suis censé préserver la santé de mon personnel. »

Robin ne répondit rien. Strike jeta un dernier regard sur les maisons alignées et donna le signal du départ.

« Vous avez raison, c'est improbable, dit-il en marchant. Les congélateurs ça s'ouvre. Un employé du gaz peut passer relever les compteurs et noter une odeur bizarre. Un voisin peut se plaindre d'un problème de canalisation. Pour bien faire, on va quand même vérifier qui vivait par ici, à l'époque. »

Ils émergèrent dans Aylesbury Street, une rue nettement plus large et animée que les précédentes, avec autant de logements que de bureaux.

« Donc, fit Strike en s'arrêtant encore une fois au milieu du trottoir. Si Margot continue sa route en direction du pub, il faut qu'elle prenne sur la gauche jusqu'à Clerkenwell Green. Mais en attendant, je vous signale que c'est ici, ajouta-t-il en montrant quelque chose sur sa droite, qu'une camionnette blanche arrivant à toute vitesse de Clerkenwell Green a failli renverser deux femmes qui traversaient la rue. Quatre ou cinq passants ont assisté à l'incident mais aucun n'a relevé son immatriculation…

— De toute façon, cela n'aurait servi à rien parce que Creed changeait les plaques de sa camionnette de livraison quand il s'en servait à des fins personnelles.

— Exact. La camionnette que des témoins ont aperçue le 11 octobre 1974 portait un dessin sur le flanc.

Lequel ? Les avis divergent mais deux personnes ont parlé d'une grosse fleur.

— Or, nous savons que Creed avait coutume de maquiller son véhicule avec de la peinture lavable.

— Tout à fait. Donc, pour la toute première fois, nous serions en présence d'un indice situant éventuellement Creed dans ce quartier le jour en question. Comme Talbot voulait absolument y croire, il n'a bien sûr pas tenu compte du fait que, d'après un témoin, cette camionnette appartenait au fleuriste du coin. Néanmoins, l'un de ses jeunes collaborateurs, sans doute parmi ceux qui avaient constaté que le grand chef battait la campagne, est allé interroger le fameux fleuriste, un dénommé Albert Shimmings, lequel a nié vigoureusement être passé dans cette rue à bord de sa camionnette. D'après lui, ce soir-là, il était en voiture avec son jeune fils à des kilomètres d'ici.

— Ce qui ne l'innocente pas pour autant, dit Robin. Il a pu mentir pour s'éviter une amende pour excès de vitesse. Il n'y avait pas de vidéosurveillance en ce temps-là… rien qui prouve qu'il y était ou n'y était pas.

— Je suis parfaitement d'accord. Si Shimmings vit encore, je pense qu'on devrait aller vérifier son histoire. Après tout, il ne risque plus de contravention aujourd'hui. Mais on ne peut pas exclure la possibilité que l'homme au volant de la camionnette ait été Creed.

— Si c'était lui, où aurait-il pu enlever Margot ? Pas sur Albemarle Way, en tout cas. L'itinéraire ne correspond pas.

— En effet. S'il l'avait enlevée sur Albemarle Way, il aurait tourné sur St. John Street et débouché plus loin sur Aylesbury Street, sans avoir à passer par Clerkenwell Green. Ce qui nous ramène au fameux coin de rue où deux femmes se disputaient près des cabines téléphoniques. »

Il bruinait toujours quand ils atteignirent Clerkenwell Green, une belle place rectangulaire plantée d'arbres majestueux, accueillant un pub et un café. Bien en vue, deux cabines téléphoniques côtoyaient une station de vélos.

« C'est ici, dit Strike en faisant une pause entre les deux cabines rouges, que la dinguerie de Talbot commence à entraver le déroulement de l'enquête. Une certaine Ruby Elliott traverse le quartier au volant de sa voiture. Elle se rend chez sa fille et son gendre qui habitent Hayward's Place. Mais elle ne connaît pas les lieux. Elle tourne en rond sous la pluie, complètement paumée.

« En passant devant ces cabines téléphoniques, elle aperçoit deux femmes qui s'empoignent. Elle dira ensuite que l'une des deux était "chancelante". Elle les voit très mal, parce qu'il pleut à verse, qu'elle cherche désespérément l'adresse de sa fille et qu'elle s'intéresse surtout aux plaques des rues et aux numéros d'immeubles. Tout ce dont elle est sûre c'est que l'une portait un foulard sur la tête et l'autre un imperméable.

« Les journaux impriment la déclaration de Ruby Elliot et, le lendemain, une femme se présente à Talbot et lui dit qu'il s'agissait certainement d'elle et de sa mère. Elle avait emmené la vieille dame faire une promenade et la raccompagnait à son domicile, près de

Clerkenwell Green. La mère portait un chapeau de pluie et elle-même un imperméable semblable à celui de Margot. Ayant oublié de prendre un parapluie, elle voulait rentrer au plus vite mais sa mère, qui souffrait de sénilité et marchait difficilement, n'a pas apprécié d'être ainsi brusquée et s'est mise à récriminer. L'altercation s'est produite ici, à côté des cabines téléphoniques. Au fait, j'ai leur photo. La presse l'a publiée assortie de ce commentaire : "Encore une fausse piste."

« Mais Talbot s'accrochait à son idée : les deux personnes que Ruby Elliott avait aperçues ne pouvaient être que Margot et un homme déguisé en femme. Pour lui, la scène s'est déroulée ainsi : Margot et Creed se croisent près des cabines téléphoniques, Creed lui saute dessus et la pousse dans la camionnette qu'il a garée là-bas… » Strike désigna les voitures stationnées le long du trottoir. « Il démarre sur les chapeaux de roue, avec Margot qui hurle et cogne sur les parois du fourgon, et il s'engouffre dans Aylesbury Street.

— Sauf que son raisonnement ne tient pas debout, dit Robin. Si Creed et Theo avaient été la même personne, comme il semblait le croire, pourquoi Creed se serait-il introduit dans le cabinet de Margot habillé en femme pour en ressortir sans lui avoir fait le moindre mal et aller ensuite l'enlever sur Clerkenwell Green, le lieu le plus fréquenté que nous ayons traversé depuis tout à l'heure ?

— Bien sûr que ça ne tient pas debout. Inutile de chercher un sens à ce qui n'en a pas. Quand Lawson a repris le dossier, il est allé voir Fiona Fleury, la fille de la dame âgée, pour vérifier son témoignage, et il est reparti persuadé que c'était bien elle et sa mère que Ruby Elliott avait aperçues près des cabines. De nouveau, les élections ont joué en faveur de l'enquête, parce que Fiona Fleury s'est souvenue qu'elle avait veillé tard la veille au soir pour regarder les résultats à la télévision et qu'elle était fatiguée et énervée, d'où sa réaction excessive face à la colère de sa mère sénile le lendemain. Lawson a conclu – et j'ai tendance à lui donner raison – que l'incident des "deux femmes s'empoignant près des cabines" était clos. »

Le crachin s'était transformé en ondée. Les gouttes cognaient de plus en plus fort sur le parapluie de Robin et détrempait l'ourlet de son pantalon. Ils prirent à droite sur Clerkenwell Close, une rue courbe qui grimpait vers une grande église au clocher particulièrement haut et pointu, dressée sur une butte.

« Margot n'a pas pu aller aussi loin, dit Robin.

— C'est ce que vous pensez, répondit Strike et, à la grande surprise de sa compagne, il s'arrêta au pied de l'édifice religieux. Or c'est ici que Margot aurait été aperçue pour la toute dernière fois.

« L'homme à tout faire de cette église… Oui, je sais, ajouta-t-il pour répondre au regard étonné de Robin. Un dénommé Willy Lomax. Il prétend avoir vu une femme en imperméable Burberry escalader les marches de St. James-on-the-Green ce soir-là, environ à l'heure où Margot aurait dû entrer dans le pub. Il l'a vue de dos. À l'époque, les églises n'étaient pas fermées à clé.

« Évidemment, Talbot s'est empressé d'écarter le témoignage de Lomax parce que Margot ne pouvait pas être en même temps sur les marches d'une église et dans la camionnette du Boucher de l'Essex. Lawson n'a rien pu faire de cette déposition. Lomax n'en démordait pas : il avait bien vu une femme correspondant à la description de Margot entrer dans l'église mais, étant d'un naturel peu curieux, n'avait pas poussé plus loin. Il ne l'avait pas suivie, ne lui avait pas demandé ce qu'elle désirait et n'avait pas cherché à savoir si et quand elle était ressortie.

« Bon, maintenant, dit Strike, je vous paie une mousse. »

14

Dans lequel était écrit en chiffres anciens...

Edmund Spenser, *La Reine des fées*

Sur le trottoir d'en face, Robin découvrit le Three Kings. Sa façade incurvée, partiellement couverte de carreaux en céramique verts, se reflétait sur le pavé trempé.

Quand elle passa sous l'enseigne pendue au-dessus de l'entrée et suivit Strike à l'intérieur, elle eut l'étrange impression de remonter le temps. Les murs étaient presque entièrement tapissés de magazines de rock des années 1970, avec des articles consacrés à des groupes en vogue à l'époque, des publicités pour des chaînes stéréo, des portraits de stars. Au-dessus du comptoir étaient accrochées des guirlandes d'Halloween et des photos de David Bowie et de Bob Marley, lesquels semblaient défier du regard Bob Dylan et Jimi Hendrix trônant sur la cloison opposée. Strike alla chercher les boissons. Robin avisa une table libre. En s'asseyant, elle remarqua parmi les dizaines de clichés entourant le grand miroir une photo de Jonny Rokeby moulé dans un pantalon de cuir noir. Avec ses vitres en verre dépoli, ses chaises dépareillées, son plancher en bois brut, ses appliques rondes et ses bougies plantées dans des bouteilles, ce pub semblait n'avoir pas changé depuis le jour de l'année 1974 où une femme avait attendu en vain l'arrivée de son amie.

En examinant ces lieux chargés d'histoire, Robin ressentit pour la première fois l'envie de savoir qui était vraiment Margot Bamborough. C'est curieux, se dit-elle, mais on a tendance à se représenter les gens en fonction de la profession qu'ils exercent. « Médecin », par exemple, suffit à définir une identité. Son regard glissa sur les crânes de carnaval, les photos de rock stars et, tout à coup, une idée un peu morbide lui traversa l'esprit. Les Rois mages avaient cheminé jusqu'à l'étable où un enfant venait de naître, alors que Margot avait trouvé la mort quelque part sur le chemin du Three Kings.

Strike posa devant Robin le verre de vin qu'elle avait demandé et, avant de s'asseoir, se rinça le gosier avec une bonne lampée de Sussex Best. Après quoi, il fouilla dans la poche intérieure de son pardessus et sortit une petite liasse de feuilles roulées, certaines dactylographiées, d'autres écrites à la main, ainsi que plusieurs photocopies d'articles de presse.

« Vous êtes allé à la British Library.

— J'y ai passé la journée d'hier. »

Strike détacha la première page pour la lui montrer. Il s'agissait d'un extrait du *Daily Mail* avec une photo de Fiona Fleury et de sa vieille mère sous le titre suivant : « C'ÉTAIT NOUS, PAS LE BOUCHER DE L'ESSEX. » Ni l'une ni l'autre n'aurait pu être confondue avec

Margot Bamborough : Fiona était solidement charpentée, sa mère voûtée, ratatinée par l'âge.

« C'est la première fois que la presse met en doute les compétences de Bill Talbot, dit Strike. Quelques semaines après cette parution, les journaux ont commencé à réclamer sa peau, ce qui n'a pas dû améliorer son état mental… Enfin bref, reprit-il en maintenant la feuille à plat sur la table avec sa grande main poilue. Revenons au seul fait avéré dont nous disposions : à 17 h 45, Margot Bamborough était dans son cabinet de consultation, vivante.

— Vous voulez dire 18 h 15.

— Non. Reprenons la liste des départs : 17 h 10, Dorothy. 17 h 30, Dinesh Gupta qui aperçoit Margot dans sa salle de consultation et sort en passant devant Gloria et Theo.

« Gloria demande à Brenner s'il peut examiner Theo. Brenner refuse. Margot raccompagne ses derniers patients, une mère et son enfant qui en partant croisent Theo assise dans la salle d'attente. Margot dit qu'elle a le temps de recevoir Theo. Brenner répond "Tant mieux pour vous" et s'en va à 17 h 45.

« À partir de cet instant, Gloria est l'unique témoin de la fin de l'histoire. C'est la seule personne à avoir vu Theo sortir du cabinet de Margot, raccompagnée par cette dernière. »

Robin, qui s'apprêtait à boire une gorgée de vin, suspendit son geste.

« Allons. Vous n'allez pas me dire qu'elles y sont toujours ! Que Margot est enfouie sous les lattes du plancher !

— Non, je ne dirai pas cela parce que la brigade cynophile a passé l'immeuble au peigne fin, ainsi que le jardin à l'arrière. Mais je vais vous soumettre une théorie : Theo était bien un homme, et si Gloria tenait à ce qu'on le prenne pour une femme c'est parce qu'elle l'a aidé à enlever Margot et peut-être à la tuer.

— Mais si elle voulait qu'on prenne Theo pour une femme, pourquoi Gloria n'a-t-elle pas inscrit un prénom féminin sur la fiche ? Et s'ils prévoyaient d'enlever Margot, pourquoi a-t-elle proposé au Dr Brenner d'examiner Theo ?

— Vous avez doublement raison, reconnut Strike. Mais peut-être savait-elle d'avance que Brenner refuserait parce que c'était un vieux grincheux, et qu'elle ne lui a fait cette proposition que pour endormir les soupçons de Margot. S'il vous plaît, accordez-moi cela.

« Les corps morts pèsent lourd, sont difficiles à déplacer et à cacher. Les femmes vivantes qui se débattent, encore plus. J'ai vu des photos de Gloria dans la presse. Elle était menue. “Une brindille”, dirait ma tante. Tandis que Margot était grande et vigoureuse. Je doute que Gloria ait pu tuer Margot sans aide et encore moins la transporter.

— Le Dr Gupta vous a dit que Margot et Gloria étaient proches, non ?

— *Les moyens avant le mobile*, répéta Strike. C'était peut-être une amitié de façade. Peut-être que Gloria n'appréciait pas que Margot cherche à la faire progresser, tout compte fait, mais qu'elle jouait à l'élève reconnaissante pour donner le change.

« En tout cas, une chose est sûre : avant 17 h 45, plusieurs personnes ont vu Margot à l'intérieur du cabinet ; mais pour la tranche comprise entre 17 h 45 et 18 h 15, nous n'avons que la parole de Gloria.

— Objection retenue.

— Merci, dit Strike en retirant sa main de la liasse. Puisque vous me concédez ce point, veuillez oublier un instant les témoignages de ceux qui prétendent avoir vu Margot derrière une fenêtre ou sur les marches d'une église. Oubliez aussi la camionnette blanche. Il est très possible que tout cela n'ait rien à voir avec elle.

« Encore une fois, notre unique certitude c'est que Margot Bamborough était encore vivante à 17 h 45.

« À présent, tournons-nous vers les trois hommes que la police considérait comme des suspects potentiels au moment des faits et demandons-nous où ils étaient à 17 h 45 le 11 octobre 1974.

« Je vous présente le premier, dit-il en faisant glisser devant Robin la photocopie d'un article de tabloïd daté du 24 octobre 1974. Roy Phipps, mari de la victime et père d'Anna. »

Âgé d'une petite trentaine d'années, le bel homme qui figurait sur la photo ressemblait énormément à sa fille. Si on lui avait demandé de choisir un acteur pour incarner un poète dans un film à l'eau de rose, Robin aurait certainement placé le portrait de Roy Phipps au sommet de la pile. C'était de lui qu'Anna tenait son long visage pâle, son front haut et ses grands yeux. Roy portait les cheveux mi-longs et ses boucles brunes effleuraient le col pelle à tarte de sa veste. Il fixait l'objectif d'un regard éploré. La légende disait : *Le Dr Roy Phipps lance un appel à nos lecteurs*.

« Ne vous fatiguez pas à lire, dit Strike en posant une autre feuille sur la première. Ce papier ne dit rien que nous ne sachions déjà. En revanche, celui-là nous apprend certaines choses. »

Robin se pencha docilement sur le deuxième article dont Strike n'avait photocopié que les dernières lignes.

> … le 11 octobre, son mari, le Dr Roy Phipps, qui souffre de la maladie de von Willebrand, était alité dans la maison du couple à Ham.
>
> Malgré ce que prétendent plusieurs articles fantaisistes, voire irresponsables, nous tenons à affirmer que le Dr Roy Phipps n'a joué aucun rôle dans la disparition de son épouse, nous a déclaré l'inspecteur Bill Talbot, en charge de l'enquête. Ses médecins ont confirmé que ce jour-là, le Dr Phipps était dans l'incapacité de marcher et de conduire. La bonne d'enfants et la femme de ménage ont juré solennellement que le jour où sa femme a disparu, le Dr Phipps n'avait pas bougé de son domicile.

« Qu'est-ce que la maladie de von Willebrand ? demanda Robin.

— Un trouble génétique. J'ai vérifié. C'est quand le sang ne coagule pas correctement. Gupta croyait que Roy était hémophile mais ce n'est pas tout à fait pareil.

« Il existe trois types de maladies de von Willebrand. Les personnes atteintes par le type 1 mettent un peu de temps à coaguler mais ne sont pas obligées de rester couchées. Je suppose que Roy Phipps appartient au type 3, le plus grave, celui qui implique des périodes de repos complet. Mais on vérifiera.

« Et maintenant, poursuivit Strike en passant au feuillet suivant. Voici le compte rendu de l'interrogatoire de Roy Phipps par Talbot.

— Oh mon Dieu », murmura Robin.

La page était couverte de pattes de mouches mais le plus curieux c'étaient les étoiles que Talbot avait dessinées à plusieurs endroits, par-dessus le texte lui-même.

« Vous voyez, là ? demanda Strike en promenant son index sur une série de chiffres imbriqués à l'intérieur des griffonnages. Il a inscrit les dates des enlèvements, ratés ou réussis, perpétrés par le Boucher de l'Essex.

« La liste n'est pas complète. Regardez. Elle s'arrête au 26 août 1971, date à laquelle Creed a tenté d'enlever Peggy Hiskett. Roy avait dû lui prouver que ce n'était pas lui parce que, à ce moment-là, il était en vacances en France avec Margot.

« Donc pour Talbot, l'affaire était pliée. Puisque Roy n'avait pas tenté d'enlever Peggy Hiskett, cela voulait dire qu'il n'était pas le Boucher de l'Essex, et s'il n'était pas le Boucher de l'Essex, on ne pouvait le soupçonner d'avoir fait disparaître Margot.

« Une dernière date au bas de la liste m'a intrigué. Les précédentes correspondaient à des forfaits commis par Creed, mais pas celle-ci. Talbot a entouré d'un cercle le 27 décembre mais n'a pas indiqué l'année. J'ignore pourquoi ce 27 décembre l'intéressait tant.

— Et pourquoi il a voulu imiter Vincent Van Gogh.

— Les étoiles ? Ouais, c'est un motif qu'on retrouve dans tous les textes écrits de sa main. Très étrange. Bon, maintenant, voyons comment une déposition *devrait* se présenter. »

Le document suivant, tapé à la machine avec un interligne double, comportait quatre pages et se terminait par la signature de Roy Phipps. C'était la déposition qu'il avait faite devant l'inspecteur Lawson.

« Inutile de tout lire maintenant, dit Strike. En résumé, il s'en tient au fait qu'il a passé la journée dans son lit, comme l'ont confirmé la femme de ménage et la nounou.

« Mais passons à Wilma Bayliss, la femme de ménage des Phipps. Figurez-vous qu'elle s'occupait aussi du cabinet médical St. John's. À l'époque, le personnel du cabinet ignorait qu'elle travaillait également pour Margot et Roy. D'après Gupta, Margot avait pu encourager Wilma à quitter son mari. D'où peut-être ces quelques heures supplémentaires.

— Pourquoi aurait-elle encouragé Wilma à quitter son mari ?

— Je suis content que vous posiez la question », dit-il avant de retourner une autre feuille où était reproduite une coupure de presse. Strike y avait inscrit la date du 6 novembre 1972 de son écriture pointue, presque illisible.

Un violeur en prison

Jules Bayliss, 36 ans, domicilié sur Leather Lane, Clerkenwell, vient d'être condamné par la cour d'assises de Londres à cinq ans d'emprisonnement pour deux viols. Il avait plaidé non coupable. Bayliss n'en est pas à son premier forfait. Il a déjà purgé deux ans à Brixton pour coups et blessures.

« Ah, dit Robin. Je vois. »

Elle reprit une gorgée de vin.

« Curieuse coïncidence, ajouta-t-elle sur un ton sinistre. Creed lui aussi a écopé de cinq ans pour son deuxième viol. Après sa libération, il ne s'est plus contenté de violer des femmes. Il les a tuées aussi.

— Oui. Je sais. »

Pour la deuxième fois, Strike se demanda s'il devait dissuader Robin de lire *Le Démon de Paradise Park*. Et il décida de ne pas le faire.

« J'ignore ce qu'est devenu Jules Bayliss, reprit-il. Et les notes de la police à son sujet sont incomplètes, donc impossible de dire s'il était encore en taule quand Margot a été enlevée.

« Ce que nous devons retenir, c'est que Wilma n'a pas servi à Lawson la même histoire qu'à Talbot, même si elle a prétendu ensuite que Talbot n'avait pas écrit tout ce qu'elle lui disait, ce qui ne serait guère étonnant quand on voit la façon dont il prenait des notes.

« À Lawson, elle déclare avoir nettoyé une tache de sang sur la moquette de la chambre d'amis, le jour où Margot a disparu. Elle dit également qu'elle a aperçu Roy dans le jardin, alors qu'il était prétendument cloué au lit. Elle ajoute qu'elle ne l'a pas vu couché dans son lit mais qu'elle a entendu sa voix dans la chambre conjugale.

— En fait… ce n'est pas tout à fait la même chose.

— Mais je le répète, Wilma affirme qu'elle n'a jamais varié dans ses déclarations, que c'est Talbot qui a mal retranscrit la première. J'ai l'impression que Lawson l'a longuement cuisinée. Et il a convoqué Roy pour tenter de confronter leurs récits. Mais Roy bénéficiait toujours de l'alibi fourni par Cynthia, laquelle était prête à jurer qu'elle était entrée plusieurs fois dans sa chambre pour lui porter une tasse de thé et qu'il n'en était pas sorti de la journée.

« Je sais, ajouta Strike en réponse aux sourcils levés de Robin. Apparemment, Lawson avait les idées aussi mal placées que nous. Il a donc demandé à Phipps quelle était la nature de ses relations avec Cynthia. Phipps est monté sur ses grands chevaux, il lui a répondu qu'elle avait douze ans de moins que lui et qu'en plus c'était sa cousine. »

Tous deux songèrent qu'eux-mêmes avaient dix ans de différence. Une pensée incongrue sur laquelle ils mirent aussitôt leur mouchoir.

« À l'époque, reprit Strike, Roy semblait estimer que la différence d'âges et les liens de parenté constituaient des empêchements majeurs. Mais comme nous le savons, sept ans plus tard, il n'avait plus ce genre de scrupules.

« Lawson l'a aussi interrogé sur un événement rapporté par Oonagh Kennedy. Trois semaines avant sa disparition, Margot était tombée par hasard sur un ex-petit ami et ils étaient allés prendre un verre. Dans son empressement à laver Roy de tout soupçon, Talbot n'avait pas vraiment tenu compte de ce témoignage.

— Oonagh Kennedy, l'amie que Margot était censée rencontrer ici…

— Exactement. Oonagh a dit à Talbot puis à Lawson que lorsque Roy a su que Margot avait pris un verre avec cet homme, il s'était fâché tout rouge et n'avait plus adressé la parole à sa femme jusqu'au jour de sa disparition.

« Lawson note que Roy n'a guère apprécié qu'il revienne sur ce sujet…

— Le contraire m'aurait étonnée…

— … et qu'il s'est montré assez agressif. Néanmoins, après avoir parlé à son médecin, Lawson a obtenu confirmation que Roy avait effectivement souffert d'une grave hémorragie après une chute sur le parking de l'hôpital, et qu'il aurait été trop faible pour conduire jusqu'à Clerkenwell ce soir-là, sans parler de tuer ou d'enlever sa femme.

— Il aurait pu engager quelqu'un pour le faire à sa place, suggéra Robin.

— Ses comptes ont été épluchés. Pas de mouvements suspects. Mais cela ne veut rien dire. Roy est loin d'être un imbécile. Il a pu trouver un autre moyen. »

Strike reprit une gorgée de bière.

« Voilà pour le mari, dit-il en passant les quatre pages de la déposition de Roy. Maintenant, l'ex-petit ami.

— Dieu du ciel », souffla Robin en découvrant une autre photo de presse.

L'homme portait les cheveux longs. Une épaisse tignasse bouclée qui lui descendait bien en dessous des épaules. Impassible, les mains bien calées sur ses hanches étroites, il posait à côté d'un tableau représentant deux amants enlacés. Sa chemise déboutonnée laissait voir son poitrail velu, et son jean moulant, qui s'évasait à partir des genoux pour se terminer en pattes d'éléphant, dessinait précisément les contours de son sexe.

« Je savais qu'il vous plairait, dit Strike pour la taquiner. Il s'appelle Paul Satchwell et il est artiste – mais pas du genre intello, apparemment. Quand les journalistes sont venus l'interviewer, il réalisait une fresque pour un night-club. Pas mal, l'ex de Margot, non ?

— Elle vient de dégringoler dans mon estime, marmonna Robin.

— Ne la jugez pas trop sévèrement. Elle l'a rencontré à l'époque où elle était Bunny Girl, ce qui veut dire qu'elle n'avait que dix-neuf ou vingt ans. Il en avait six de plus et je suppose qu'elle l'a trouvé irrésistible.

— Avec cette chemise ?

— C'est une photo prise pour annoncer une exposition, dit Strike. La date du vernissage est inscrite en dessous. J'imagine qu'il n'affichait pas son torse de gorille dans la vie de tous les jours. La possibilité qu'un ex-amant puisse être impliqué dans la disparition de Margot a mis la presse en ébullition. Et ça se comprend. Un type pareil, c'est du pain bénit pour les tabloïds. »

Il passa au feuillet suivant. Sur ce document, Robin reconnut l'écriture chaotique de Talbot. Comme le précédent, il était couvert d'étoiles à cinq branches et comportait une liste de dates assorties d'annotations gribouillées.

« Comme vous le constatez, Talbot n'a pas démarré l'interrogatoire en lui demandant : "Où étiez-vous à 17 h 45 le soir où Margot a disparu ?" Non, ç'aurait été trop banal. Il a tout de suite passé en revue les dates des forfaits commis par le Boucher de l'Essex. Et quand Satchwell lui a annoncé que le 11 septembre, jour de l'enlèvement de Susan Meyer, il fêtait le trentième anniversaire d'un ami avec des tas d'autres gens, Talbot a carrément lâché l'affaire. Mais, regardez, nous avons encore une date qui n'a rien à voir avec Creed mais que Talbot a distinguée en l'entourant d'un cercle et en traçant une grosse croix à côté. Cette fois, c'est un 16 avril.

— Où Satchwell habitait-il quand Margot a disparu ?

— À Camden », dit Strike en posant le feuillet à l'envers avec les autres documents déjà consultés, avant de se pencher sur une déposition dactylographiée dans les règles de l'art. « C'est noté là, dans la déclaration qu'il a faite devant Lawson. Pas loin de Clerkenwell donc.

« Satchwell dit qu'il ne l'avait pas revue depuis huit ans quand il est tombé sur Margot par hasard dans la rue. Il ne s'est pas trop étendu sur cette rencontre, sans doute parce qu'il savait qu'Oonagh et Roy en avaient déjà parlé à la police. En revanche, il a ajouté qu'il aurait bien aimé se remettre avec elle. Il a sûrement dit ça pour montrer qu'il n'avait rien à cacher. Il explique que leur relation a duré deux ans mais qu'ils se sont séparés plusieurs fois avant que Margot ne rencontre Roy et le quitte pour de bon.

« Satchwell avait un alibi. Il a passé presque tout l'après-midi seul dans son atelier à Camden, mais aux environs de 17 heures il a reçu un coup de fil qui a duré longtemps. Les téléphones fixes sont plus difficiles à trafiquer que les portables. À 18 h 30, il est allé manger un morceau au café du coin, où on le connaissait et où des témoins l'ont vu. Il est rentré chez lui pour se changer puis il a retrouvé des amis dans un bar, aux environs de 20 heures. Les amis en question ont confirmé ses dires, et Lawson a donc mis Satchwell hors de cause.

« Ce qui nous amène au suspect suivant, le troisième et, à mon humble avis, le plus prometteur, Dennis Creed mis à part. Ce monsieur, dit Strike en extrayant la déposition de Satchwell de la pile qui diminuait rapidement, s'appelle Steve Douthwaite. »

Si un directeur de casting paresseux aurait pu choisir Roy Phipps pour incarner un poète romantique et Paul Satchwell un rockeur des *seventies*, Steve Douthwaite, lui, occupait un registre bien différent. C'était le type même du frimeur, le genre à amuser la galerie en sortant une vanne par minute. Des petits yeux noirs, un sourire jovial et la célèbre coupe mulet qu'affectionnaient les chanteurs pop des années 1970. En voyant sa photo, Robin se remémora la pochette d'un album des Bay City Rollers, un groupe que sa mère adorait depuis toujours, au grand amusement de ses enfants. Douthwaite brandissait une chope de bière dans une main et, de l'autre, tenait par l'épaule un homme dont le visage avait été découpé mais qui portait comme lui un costume fripé, coupé dans un tissu brillant de mauvaise qualité. Douthwaite avait desserré sa cravate extra-large et dégrafé le premier bouton de sa chemise, peut-être pour qu'on voie sa chaîne en or.

Le Roméo du double vitrage recherché pour l'enlèvement de la doctoresse

La police s'est lancée sur les traces du dénommé Steve Douthwaite, vendeur de fenêtres à double vitrage, qui s'est mystérieusement envolé après avoir été interrogé sur la disparition du Dr Margot Bamborough, 29 ans.
Douthwaite, 28 ans, a quitté son travail et son appartement de Percival Street, Clerkenwell, sans laisser d'adresse.
Douthwaite était un patient de Margot Bamborough. Les employés du cabinet médical trouvaient louches ses fréquentes visites à la jolie doctoresse blonde. Quant à ses collègues et relations, ils le décrivent comme un « beau parleur ». D'après eux, il ne souffrait d'aucune maladie. Il semblerait que Douthwaite ait envoyé plusieurs cadeaux au Dr Bamborough.
Douthwaite, qui a grandi dans un foyer d'accueil, n'a plus donné de nouvelles depuis le 7 février. La police aurait perquisitionné son domicile dernièrement.

Tragique histoire

« Douthwaite a causé pas mal de problèmes dans la boîte. On ne le regrettera pas », nous a confié sous couvert d'anonymat l'un de ses anciens collègues, employé de la société Diamant Double Vitrage. « C'était un petit crâneur. Il a eu une histoire avec la femme d'un pote. Ça s'est mal terminé, elle a fait une overdose, ses gosses n'ont plus de mère. Franchement, quand il s'est cassé, personne n'a pleuré. On s'est dit bon débarras. Douthwaite ne s'intéressait qu'à l'alcool et aux filles. Et pendant qu'il prenait du bon temps, on devait se taper le boulot à sa place. »

La doctoresse était-elle « un trophée » ?

Quand on lui a demandé ce qu'il pensait de la relation entre Douthwaite et la doctoresse disparue, le collègue a déclaré :

« Steve passait sa vie à séduire les nanas. Ça ne m'étonnerait pas qu'il ait voulu rajouter cette femme à sa collection. Comme un trophée. »

La police recherche activement Douthwaite. Elle demande à ceux qui auraient pu l'apercevoir de la contacter au plus vite.

Strike attendit que Robin finisse sa lecture pour désigner son verre vide.

« Un autre ?

— J'y vais », dit-elle en se levant.

Accoudée au comptoir, Robin regardait les crânes et les toiles d'araignée pendus au-dessus d'elle. Le barman s'était grimé en créature de Frankenstein. Elle lui passa commande et attendit en songeant à l'article concernant Douthwaite.

Après avoir déposé la pinte de bière, le verre de vin et les deux paquets de chips sur leur table, Robin fournit à Strike le résultat de ses cogitations :

« Cet article ne me convainc pas.

— Continuez.

— Les gens ne racontent pas forcément leurs soucis de santé à leurs collègues de travail. Peut-être que Douthwaite avait l'air en forme quand il était au pub avec ses copains. Mais ça ne prouve rien. Il pouvait avoir des problèmes psychologiques.

— Encore une fois, vous avez tapé dans le mille », dit Strike.

Il fouilla parmi les quelques photocopies qui restaient dans la pile et produisit un autre texte manuscrit, plus lisible que ceux rédigés par Talbot et dépourvu de griffonnages intempestifs. Avant même que Strike n'ouvre la bouche, Robin comprit que cette écriture ronde et fluide appartenait à Margot Bamborough.

« C'est une copie du dossier médical de Douthwaite, dit-il. La police a pu mettre la main dessus. "Maux de tête, troubles gastriques, perte de poids, palpitations, nausées, cauchemars, troubles du sommeil", lut-il. La conclusion de Margot, à la quatrième visite – vous voyez, là ? – est "difficultés personnelles liées à son travail, soumis à un stress important, montre des signes d'anxiété".

— Sa petite amie s'était suicidée, dit Robin. À moins d'être un psychopathe, c'est le genre d'événement qui vous secoue, non ? »

L'ombre de Charlotte traversa le cerveau de Strike.

« Ouais, bien sûr. Mais attendez, ce n'est pas tout. Peu avant sa première visite à Margot, il avait été victime d'une agression. "Contusions, côtes fêlées." Ce pourrait bien être la vengeance du veuf trahi.

— Mais l'article laisse entendre que Douthwaite harcelait Margot.

— Eh bien, dit Strike en tapotant la copie du dossier médical, ça fait quand même beaucoup de visites, je trouve. Il l'a vue trois fois en une semaine. Il est anxieux, il se sent coupable, tout le monde le rejette. Lui qui pensait juste prendre du bon temps avec une femme mariée se retrouve avec un suicide sur la conscience. Et voilà que cette charmante doctoresse l'accueille dans son cabinet, l'écoute sans le juger, lui offre son soutien. Il n'est pas impossible qu'il soit tombé amoureux d'elle.

« Et maintenant, regardez ceci, poursuivit Strike en mettant de côté le dossier médical de Douthwaite. Ce sont les dépositions de Dorothy et de Gloria. Toutes deux affirment que lors de sa dernière visite, Douthwaite a quitté le bureau de Margot avec un air… Je vous cite les paroles de Dorothy : "J'ai bien regardé Mr. Douthwaite quand il est sorti de consultation. Il semblait avoir reçu un choc. Il avait l'air furieux et désemparé. En traversant la salle d'attente, il a trébuché sur un jouet qui traînait, un petit camion en plastique, et il a crié des insanités. Il marchait tête baissée sans rien voir autour de lui." Et Gloria, reprit Strike en tournant la page : "Je me souviens du moment où Mr. Douthwaite est parti parce qu'il a crié sur un petit garçon. On aurait dit qu'il venait d'apprendre une mauvaise nouvelle. Il semblait effrayé et furieux."

« Seulement voilà, les notes prises par Margot lors de cette dernière consultation ne mentionnent rien, à part les fameux symptômes liés au stress, reprit Strike en se reportant au dossier médical. Par conséquent, elle ne venait pas de lui diagnostiquer une maladie grave. Pour Lawson, Margot a dû s'apercevoir que Douthwaite en pinçait pour elle et lui a demandé de ne plus lui faire perdre son temps. Douthwaite n'a pas supporté. Peut-être avait-il cru qu'elle partageait ses sentiments. Tout porte à croire qu'il était fragile psychologiquement, du moins à ce moment-là.

« Quoi qu'il en soit, quatre jours après ce dernier rendez-vous, Margot a disparu. Ayant appris par les employées du cabinet qu'un certain Douthwaite s'était amouraché d'elle, Talbot l'a convoqué pour l'interroger. Et voilà ce qu'il en découle. »

Strike retira de la pile un nouveau texte manuscrit parsemé d'étoiles.

« Comme d'habitude, Talbot commence par l'interroger sur son emploi du temps les jours où Creed a commis ses crimes. Malheureusement, Douthwaite ne s'en souvient pas.

— S'il souffrait déjà de stress…

— Exactement, l'interrompit Strike. Se faire cuisiner par un flic qui le soupçonnait d'être le Boucher de l'Essex n'a pas dû arranger son état, j'imagine.

« Et regardez-moi ça, Talbot a encore ajouté une date prise au hasard : le 21 février. Mais il ne s'en tient pas là. Ça vous dit quelque chose ? »

Robin rapprocha la page de ses yeux pour en examiner les trois dernières lignes.

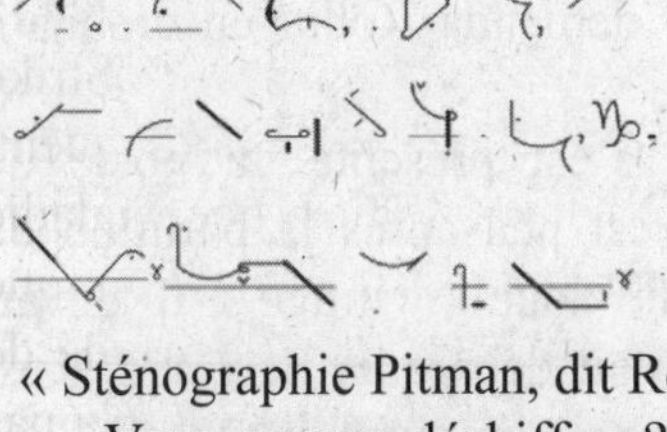

« Sténographie Pitman, dit Robin.

— Vous pouvez déchiffrer ?

— Non. Je connais un peu la méthode Teeline, mais pas la Pitman. En revanche, je crois que c'est dans les cordes de Pat.

— Ce serait bien la première fois qu'elle nous serait utile !

— Oh, c'est bon, Strike ! répliqua Robin, agacée. Vous préférez les intérimaires, très bien, mais moi j'apprécie les secrétaires qui notent correctement les messages et savent classer les dossiers. »

Elle prit une photo du texte avec son portable et l'envoya à Pat en lui demandant de bien vouloir le transcrire. Pendant ce temps-là, Strike la regardait faire en réfléchissant. Robin l'avait rembarré en l'appelant « Strike ». C'était la première fois. Curieusement, ce « Strike » revêtait une connotation plus intime qu'un simple « Cormoran ». Il était ravi.

« Désolé d'avoir dénigré Pat.

— Laissez tomber, répondit-elle en oubliant de ne pas sourire. Alors, comment ça s'est passé entre Lawson et Douthwaite ?

— Eh bien, sans surprise, quand Lawson a voulu le convoquer et qu'il s'est aperçu que l'oiseau s'était envolé, Douthwaite a grimpé au premier rang de ses priorités. D'où l'appel à témoins lancé dans la presse. Ils n'ont pas lésiné sur les moyens.

— Et ça a marché ? demanda Robin en croquant une chips.

— Oui. Douthwaite s'est présenté au poste de police de Waltham Forest peu après la parution de l'article “Le Roméo du double vitrage”. Il devait être terrifié à l'idée de voir débarquer Scotland Yard accompagné d'une meute de journalistes. Il leur a dit qu'il était au chômage et qu'il logeait dans un meublé. La police locale a appelé Lawson qui a rappliqué aussi sec.

« Tout est relaté dans ce document, dit Strike en poussant vers Robin deux pages parmi les dernières. Lawson le décrit comme : “timoré”, “mal dans sa peau”, “fuyant”… Il dit que son alibi ne vaut rien. Douthwaite prétend que le jour de l’enlèvement, il a passé l’après-midi à chercher un appartement.

— Il voulait déjà déménager ?

— Drôle de coïncidence, n’est-ce pas ? Seulement voilà, quand Lawson lui a demandé les adresses des biens qu’il avait visités et le nom des personnes qu’il avait vues, il s’est rétracté en disant qu’en fait, il n’avait effectué aucune visite, qu’il s’était contenté de dépouiller les petites annonces dans un café. Le problème c’est que, dans ce café, personne ne se souvenait de lui.

« Il a dit ensuite qu’il avait emménagé à Waltham Forest pour s’éloigner de Clerkenwell, un quartier qui lui rappelait de mauvais souvenirs depuis son interrogatoire par Talbot, lequel l’avait traité comme un suspect, et que, de toute façon, ça n’allait plus dans son boulot depuis que la femme de son collègue s’était suicidée.

— Eh bien, c’est assez compréhensible, dit Robin.

— Lawson l’a interrogé encore deux fois mais sans rien obtenir de plus. Lors du troisième interrogatoire, il est venu avec un avocat et Lawson a lâché l’affaire. Certes, Douthwaite avait l’air plus suspect que n’importe qui d’autre, mais Lawson n’avait rien de solide contre lui. Et si personne ne l’avait remarqué dans ce café, c’était probablement parce qu’il était bondé. »

Une bande de fêtards en costumes d’Halloween entra dans le pub. À leurs gloussements, on devinait qu’ils avaient déjà forcé sur la bouteille. Strike posa les yeux sur une petite blonde portant un uniforme d'infirmière en latex. Robin suivit son regard.

« C'est tout ? demanda-t-elle.

— Il y a encore un truc, mais j'hésite à vous le montrer.

— Pourquoi ?

— Parce que je crains que cela ne renforce votre obsession pour les lieux sacrés.

— Je ne suis pas obs…

— OK, mais avant toute chose, rappelez-vous que les meurtres et les disparitions ont toujours attiré les cinglés. On est d'accord ?

— D'accord, dit Robin. Montrez-moi. »

Strike lui présenta la dernière photocopie. Il s'agissait d'une lettre anonyme : un modèle du genre, avec des lettres découpées dans des pages de magazine.

POUR SaVoIr OÙ MArgoT BaMbOrOUgH ESt enTeRRÉE,

CrEuSEz ICi

✠

« Encore une croix de St. John, constata Robin.

— En effet. Ce truc est arrivé par la poste dans les bureaux de Scotland Yard en 1985. Lawson avait déjà pris sa retraite mais c'était lui le destinataire. Et il n'y avait rien d'autre dans l'enveloppe. »

Robin soupira et se renfonça dans son siège.

« Encore un barge, de toute évidence, dit Strike en rassemblant les documents épars pour en refaire une liasse. S'il avait vraiment su où Margot était enterrée, il aurait joint un plan. »

Il était presque 18 heures. À la même heure, presque quarante ans plus tôt, une femme médecin avait été sur le point de quitter le cabinet où elle exerçait avant de s'évanouir dans la nature. Derrière les vitres en verre dépoli, la lumière du jour avait fait place à une teinte bleu foncé. Au comptoir, la blonde en latex riait d'une blague que venait de faire un type en tenue de Joker.

« Vous savez…, dit Robin en regardant les papiers posés près du verre de Strike. Margot était en retard… il pleuvait des cordes…

— Allez au bout de votre idée, l'encouragea Strike en se demandant si elle avait eu la même que lui.

— Son amie l'attendait ici, toute seule. Margot voulait la rejoindre très vite. Qu'a-t-elle fait ? Le plus simple, le plus plausible, c'est qu'elle a croisé quelqu'un, que ce quelqu'un a proposé de l'emmener et qu'elle a accepté. Elle est montée dans la voiture…

— Ou dans la camionnette… », l'interrompit Strike. Robin était effectivement arrivée à la même conclusion que lui. « … d'un individu qu'elle connaissait…

— … ou qui lui a paru inoffensif. Un vieux monsieur…

— … ou une personne qu'elle a prise pour une femme.

— Exactement, dit Robin en fixant Strike d'un air triste. Soit elle connaissait le conducteur, soit c'était quelqu'un ayant une apparence inoffensive.

— Scène parfaitement banale, renchérit Strike. Une femme vêtue d'un imperméable beige, à moitié cachée sous un parapluie, marche sur un trottoir. Un véhicule s'arrête près d'elle. La femme se penche devant la vitre, ouvre la portière et monte. Pas de bagarre. Pas de cris. Le véhicule démarre et voilà.

— Ni vu ni connu », dit Robin.

Son portable sonna : c'était Pat Chauncey.

« C'est toujours pareil avec elle, dit Strike. On lui envoie un texto et elle, au lieu de répondre par écrit, elle appelle…

— Quelle importance ? rétorqua Robin avant de décrocher. Bonsoir, Pat. Désolée de vous embêter en dehors des heures de bureau. Avez-vous lu le texte ?

— Ouais, croassa Pat. Où l'avez-vous trouvé ?

— Dans un vieux rapport de police. Vous avez pu le traduire ?

— Ouais, mais ça n'a pas grand sens.

— Allez-y. Je mets sur haut-parleur pour que Strike vous entende.

— Vous êtes prêts ?

— Oui, dit Robin tandis que Strike sortait un stylo et retournait sa pile de photocopies pour pouvoir écrire au verso.

— Je vous lis : "*Et c'est le dernier d'entre eux, virgule, le douzième, virgule, et le cercle se refermera quand on trouvera le dixième, virgule*" – là, il y a un mot que je n'ai pas pu déchiffrer, je ne pense pas que ce soit du Pitman – et après cela, un autre mot, qui donne phonétiquement Ba-fom-et, point. Et encore une phrase : "*Transcrire dans le vrai livre*".

— Baphomet, répéta Strike.

— Ouais, dit Pat.

— C'est une figure satanique vénérée par les occultistes, expliqua Strike.

— Ah ouais ? Bon, ben, le texte s'arrête là », répondit Pat sans se démonter.

Robin la remercia et raccrocha.

« "C'est le dernier d'entre eux, le douzième, et le cercle se refermera quand on trouvera le dixième" – un mot inconnu – "Baphomet. Transcrire dans le vrai livre", récapitula Strike.

— D'où connaissez-vous Baphomet ? s'étonna Robin.

— Whitaker s'intéressait à toutes ces conneries.

— Oh », fit Robin.

Whitaker avait été le dernier amant de la mère de Strike, lequel le soupçonnait d'être responsable de l'overdose qui l'avait tuée.

« Il possédait un exemplaire de *La Bible satanique*, expliqua Strike. Je me souviens d'une gravure représentant la tête de Baphomet au milieu d'un penta… Merde », s'écria-t-il en se replongeant dans les photocopies.

Il retrouva celle qui l'intéressait. Un texte écrit par Talbot. Robin le reconnut aux griffonnages et aux étoiles à cinq branches. Strike l'examina quelques secondes avant de lever les yeux vers sa coéquipière.

« Ce ne sont pas des étoiles mais des pentagrammes. »

TROISIÈME PARTIE

Hiver tout de frise vêtu…

Edmund Spenser, *La Reine des fées*

15

Sur lesquelles demeurent les cicatrices de blessures profondes...

Edmund Spenser, *La Reine des fées*

La deuxième semaine de novembre, Joan dut être hospitalisée, la chimiothérapie ayant fait baisser de manière alarmante son taux de globules rouges. Strike laissa l'agence à Robin, Lucy laissa ses trois fils à son mari et tous les deux se précipitèrent dans les Cornouailles.

Comme la réunion de service mensuelle avait été programmée peu après le départ de Strike, ce fut à Robin – la seule femme de l'équipe mais aussi la plus jeune et la moins expérimentée – qu'incomba la charge de l'animer.

En plus de l'habituelle répartition des tâches pour le mois à venir, elle avait inscrit à l'ordre du jour la nouvelle stratégie à adopter dans l'affaire PasNet. C'était peut-être un effet de son imagination, mais Robin trouvait que ses décisions suscitaient chez Hutchins et Morris une mauvaise humeur qu'ils se seraient gardés de montrer devant Strike. Elle leur avait présenté la chose en disant qu'il fallait arrêter les frais.

Depuis des semaines, l'agence déboursait des sommes folles en boissons et autres repas destinés à amadouer l'assistante de PasNet, laquelle n'avait toujours rien révélé d'intéressant sur l'emprise exercée par son chef sur le P.-D.G. de la société qui les employait. Robin avait demandé à Morris de lui faire ses adieux dans les formes, le pire étant qu'elle s'aperçoive qu'il ne l'avait fréquentée que pour la faire parler. Après quoi, ils s'attaqueraient directement à PasNet et tenteraient d'infiltrer son cercle social, histoire de recueillir les infos à la source. Sur les trois sous-traitants, Barclay fut le seul à approuver sa stratégie et à la soutenir quand elle demanda à Morris de cesser toute relation avec l'assistante. Mais Barclay n'était pas n'importe qui, bien sûr. Robin et lui avaient autrefois déterré un cadavre ensemble. Ce genre d'expérience créait des liens.

Elle pensait encore à cette pénible réunion des heures après son retour à Fineborough Road, alors qu'assise en travers du canapé, l'ordinateur sur les cuisses, Wolfgang le teckel couché à ses pieds, elle reprenait ses recherches sur Internet.

Max était sorti. Le week-end précédent, il s'était brusquement aperçu qu'il avait trop tendance à se couper du monde et que, s'il n'y prenait pas garde, il allait bientôt passer du statut d'« introverti » à celui de « reclus ». Aussi avait-il accepté l'invitation à dîner lancée par des amis acteurs, même s'il avait déclaré en partant : « Je suis sûr qu'ils vont s'apitoyer sur mon sort, l'apitoiement c'est leur seconde nature. » Vers 23 heures, Robin était descendue promener Wolfgang dans le quartier, mais en dehors de ça elle avait consacré toute sa soirée à l'affaire

Bamborough. Il faut dire qu'entre l'absence de Strike et les autres enquêtes en cours, elle n'avait pas beaucoup de temps dans la journée.

Robin n'était pas sortie depuis son pot d'anniversaire avec Ilsa et Vanessa. Une soirée qu'elle avait espérée plus divertissante. Mais hélas, la conversation avait exclusivement tourné autour des relations hommes-femmes. Peut-être parce que Vanessa, à peine débarquée, avait fièrement exhibé sa bague de fiançailles. Depuis lors, Robin prenait prétexte de sa double charge de travail pour refuser les invitations de l'une comme de l'autre. Certes, les paroles de sa cousine Katie, « On dirait que tu suis une autre voie que nous », continuaient à tourner dans sa tête mais, en réalité, ce qu'elle craignait par-dessus tout c'était de se retrouver coincée dans un bar avec ses deux amies la poussant à répondre aux avances d'un mec comme Morris, à savoir un dragueur de bas étage se prenant pour un grand humoriste.

Strike et elle s'étaient réparti les tâches, chacun ayant sa propre liste de personnes à localiser et à interroger. Depuis lors, malheureusement, Robin avait appris que parmi ces témoins potentiels, quatre n'étaient plus en mesure de répondre à ses questions.

Après avoir soigneusement recoupé les documents d'époque, elle avait retrouvé la trace de Will Lomax, l'homme à tout faire qui avait longtemps travaillé pour l'église St. James de Clerkenwell. Hélas, il s'était éteint en 1989 et Robin avait vainement cherché des membres de sa famille.

Albert Shimmings, le fleuriste et potentiel chauffeur de la camionnette aperçue dans le quartier le soir de la disparition, était décédé lui aussi, mais Robin avait déniché l'adresse mail de deux hommes qu'elle supposait être ses fils. Si ce n'était pas le cas, à l'heure actuelle un agent d'assurances et un moniteur d'auto-école devaient se demander qui était la folle nommée Ellacott qui leur avait écrit pour leur raconter une histoire invraisemblable. Pour l'instant, elle n'avait pas reçu de réponse.

Wilma Bayliss, l'ancienne femme de ménage du cabinet médical, était morte en 2003, laissant derrière elle deux fils et trois filles. Elle avait divorcé de Jules Bayliss en 1975 puis s'était reconvertie pour devenir assistante sociale. Ses enfants avaient tous une bonne situation : architecte, infirmier, professeure, assistante sociale, conseillère syndicale. L'un des fils vivait en Allemagne mais Robin l'avait inclus dans les mails et les messages Facebook qu'elle avait adressés aux membres de la fratrie. Aucun d'entre eux n'avait répondu jusqu'à présent.

Dorothy Oakden, la secrétaire médicale, était décédée à quatre-vingt-onze ans dans une maison de retraite du nord de Londres. Robin recherchait Carl, son seul enfant.

Deux personnes demeuraient obstinément introuvables. Il s'agissait de Paul Satchwell, l'ex-petit ami de Margot, et de Gloria Conti, la réceptionniste. Robin avait commencé par chercher en vain des certificats de décès à leurs noms, puis elle était passée à la vitesse supérieure en compulsant les annuaires téléphoniques, les données de recensement, les dossiers de justice, les registres de mariages, de divorces, les archives de presse, les réseaux sociaux et les listes du personnel des grandes entreprises. Tout cela pour rien. Deux explications étaient envisageables : un changement de nom (à la suite d'un mariage dans le cas de Gloria) ou un départ à l'étranger.

Pour Mandy White, la collégienne qui avait soi-disant aperçu Margot derrière une vitre mouillée de pluie, le problème était différent. Il existait sur le Net tellement d'Amanda White ayant l'âge requis que Robin redoutait de ne jamais la trouver. Cette recherche était d'autant plus frustrante que non seulement Mandy ne s'appelait probablement plus White, mais aussi qu'il y avait très peu de chances, et sur ce point Robin était d'accord avec Talbot et Lawson, pour qu'elle ait réellement vu Margot ce soir-là.

Ayant consulté les pages Facebook de six Amanda White supplémentaires, Robin bâilla, s'étira et décida de s'accorder une petite récréation. Elle posa l'ordinateur sur le guéridon au bout du canapé, souleva les jambes en prenant garde de ne pas déranger Wolfgang, se leva et alla dans la cuisine, attenante à l'espace salon-salle à manger, se préparer une tasse de ce chocolat basses calories qu'elle s'efforçait de voir comme une récompense et non comme une privation rendue nécessaire par le manque d'exercice, les heures qu'elle passait assise dans sa voiture et son refus de prendre des kilos.

Au moment où l'étrange mixture rencontra l'eau bouillante, une bouffée de tubéreuse se mêla à l'arôme du caramel synthétique. Robin avait pris un bain en rentrant mais Fracas imprégnait toujours ses cheveux et le tissu de son pyjama. Elle regrettait d'avoir acheté ce parfum. Une erreur coûteuse s'il en était. Ce nuage de tubéreuse qui la suivait comme son ombre la maintenait dans un état de pré-migraine et changeait la vision qu'elle avait d'elle-même, lui donnant l'impression d'être une grande-bourgeoise affublée d'un manteau de vison et d'un rang de perles.

Elle allait reprendre son ordinateur quand le téléphone posé sur le canapé se mit à sonner. Le teckel se réveilla, voulut se redresser sur ses pattes arthritiques ; Robin se pencha pour l'aider et en profita pour attraper l'appareil. Elle vérifia l'écran mais, à sa grande déception, ce n'était pas Strike.

« Bonsoir, Saul. »

Depuis la désagréable bise d'anniversaire, Robin gardait ses distances avec Morris et ne lui adressait la parole que pour discuter boulot.

« Bonsoir, Robs. Vous avez dit qu'on pouvait vous appeler en cas de besoin, même tard.

— Oui, absolument. » *En revanche, je ne vous ai jamais autorisé à m'appeler « Robs ».* « Que se passe-t-il ? demanda-t-elle en cherchant un stylo autour d'elle.

— Ce soir, j'étais avec Gemma, l'assistante de PasNet, vous savez ? Je l'ai fait boire et, sous l'effet de l'alcool, elle m'a dit que d'après elle PasNet faisait chanter son boss. »

Rien de nouveau sous le soleil, songea Robin en renonçant à trouver de quoi écrire.

« Pourquoi pense-t-elle cela ?

— L'autre jour, il lui a dit un truc du genre, "T'inquiète, quand c'est moi qui appelle, il décroche toujours" et il a ajouté "Je sais dans quel placard sont cachés ses cadavres". »

L'espace d'un instant, Robin revit la croix de St. John. Une image incongrue qu'elle chassa aussitôt de son esprit.

« Et tout de suite après, il s'est repris en disant qu'il plaisantait, poursuivit Morris. Mais Gemma a trouvé ça bizarre.

— Elle ne sait rien de précis, j'imagine.

— Non mais, écoutez, sérieusement, il me faut encore un peu de temps. Je suis sûr que j'arriverai à la persuader de placer un micro dans son bureau. Je ne dis pas ça pour me lancer des fleurs – d'abord, je suis allergique – non, je plaisante, précisa-t-il inutilement, mais cette fille m'a à la bonne. Il faut juste que vous m'accordiez quelques jours…

— Désolée, Saul, mais nous en avons déjà parlé pendant la réunion, lui rappela Robin en étouffant un bâillement, ce qui lui fit monter les larmes aux yeux. Le client veut rester discret. Les salariés de la boîte ne doivent pas savoir que nous enquêtons. Donc votre idée est irréalisable. Si elle nous aide, cette fille risque de perdre son emploi. Et si PasNet la prend sur le fait et lui tire les vers du nez, ça fichera tout par terre.

— Mais quand même, je…

— Saul, qu'elle vous fasse des confidences quand elle a un petit coup dans le nez, c'est une chose, le coupa Robin (pourquoi refusait-il de l'écouter ? Elle l'avait dit et redit quelques heures auparavant). Demander à une personne inexpérimentée de glaner des infos pour nous, c'en est une autre.

— Mais elle est mûre à point, Robin, insista Morris, sans chercher à faire de l'humour cette fois. Ce serait idiot de ne pas la cueillir. »

Robin se demanda soudain si Morris n'avait pas couché avec cette fille. Dans leur métier, ce genre de privauté était inadmissible. Strike avait toujours été clair sur ce point. Elle se cala au fond du canapé. La couverture du *Démon de Paradise Park* était tiède, nota-t-elle, sans doute parce que le teckel avait dormi dessus. Wolfgang, qui était allé se réfugier sous la grande table, observait Robin de ses yeux tristes, chargés de reproche.

« Saul, je pense qu'il est vraiment temps de passer le relais à Hutchins. On va prendre l'affaire sous un autre angle, fouiller dans les habitudes de PasNet…

— OK, mais avant toute décision, laissez-moi téléphoner à Strike pour…

— Vous ne téléphonerez pas à Strike, répliqua Robin qui commençait à perdre patience. Sa tante est – il a suffisamment de choses à faire en Cornouailles.

— Vous êtes mignonne, fit Morris avec un petit rire, mais je vous assure, Strike voudra être informé de…

— Strike m'a délégué toutes ses responsabilités, l'interrompit Robin, sérieusement agacée. Et je vous le répète, vous êtes allé aussi loin que possible avec cette fille. Elle ne sait rien d'utile et vouloir à tout prix la pousser dans ses retranchements pourrait avoir des conséquences désastreuses sur notre agence. Je vous demande de lâcher l'affaire immédiatement. Dès demain soir, vous échangerez avec Andy. Vous prendrez LaPoste et lui se chargera de PasNet. »

Il y eut un silence.

« Je vous ai contrariée, n'est-ce pas ? demanda Morris.

— Pas du tout », répondit Robin. Elle était furieuse, pas « contrariée ». Rien à voir.

« Je n'avais pas l'intention de…

— Tranquillisez-vous, Saul. Je ne fais que vous rappeler ce sur quoi nous sommes tombés d'accord pendant la réunion.

— OK, dit-il. Très bien. Hé, attendez ! Vous connaissez celle du patron qui annonce à sa secrétaire que la société a des problèmes de trésorerie ?

— Non, s'obligea à répondre Robin.

— Il lui dit comme ça, "Soit je vous débauche soit je mets la clé sous la porte". Et elle répond, "Ben, va falloir choisir la clé parce que ce soir j'ai la migraine".

— Très drôle. Bonne nuit, Saul. »

Très drôle. Pourquoi avoir répondu cela ? se reprocha-t-elle en reposant son portable. *Pourquoi n'avoir pas dit tout simplement : « Arrêtez avec vos blagues à deux balles » ? Ou rien du tout ! Et pourquoi avoir dit « désolée » alors qu'il refusait d'appliquer la stratégie mise en place lors de la réunion ? Pourquoi je le ménage ainsi ?*

Et elle se remémora toutes les fois où elle avait fait semblant avec Matthew. Feindre un orgasme, passe encore, mais feindre de trouver drôles et intéressantes les anecdotes maintes fois entendues qu'il rapportait de son club de rugby ! Chacune d'entre elles servant uniquement à démontrer à quel point il était spirituel, intelligent et mieux que tout le monde. *Pourquoi fait-on cela ?* se demanda-t-elle en attrapant *Le Démon de Paradise Park* d'un geste automatique. *Pourquoi déploie-t-on autant d'efforts pour les rassurer, les apaiser, les rendre heureux ?*

Parce que, lui répondirent les sept visages qui se découpaient dans un noir et blanc fumeux derrière

…i de Dennis Creed, *parfois ils peuvent devenir …crément dangereux. Tu es bien placée pour le savoir, Robin. Toi et ta cicatrice au bras. Toi et ce masque de gorille qui te poursuit dans tes cauchemars.*

Mais au fond d'elle-même, Robin savait que ce n'était pas pour cela qu'elle ménageait Morris. Enfin, pas vraiment. Elle ne craignait pas qu'il devienne agressif ou violent si elle ne riait pas à ses calembours. Non, c'était autre chose. Robin était née dans une famille de garçons et, bien qu'élevée par une mère militante féministe, elle avait grandi dans l'idée qu'elle ne causerait jamais de problèmes. Non pas qu'on l'ait obligée à faire quoi que ce soit. C'était plus subtil que cela. Au cours de l'analyse qu'elle avait suivie après sa blessure au bras, Robin avait pris conscience du rôle qui lui avait été tacitement assigné au sein de sa famille. Celui de la « petite fille sage », celle qui ne se plaint pas, qui arrondit les angles. Elle était née un an avant Martin, un enfant difficile. Petit, Martin avait cumulé tous les défauts : brouillon, colérique, désobéissant, nul en classe… Aujourd'hui, à vingt-huit ans, il vivait encore chez papa-maman et c'était avec lui que Robin avait le moins d'affinités. (Pourtant, le jour de son mariage, Martin l'avait défendue en mettant son poing dans la figure de Matthew et, la dernière fois qu'ils s'étaient vus, quand elle lui avait dit que Matthew cherchait à l'entourlouper, il lui avait proposé de recommencer et elle l'avait serré très fort dans ses bras.)

La pluie cognait sur la fenêtre, derrière la table de la salle à manger. Wolfgang s'était rendormi et Robin n'avait pas le courage de se replonger dans les réseaux sociaux à la recherche d'Amanda White. Elle s'apprêtait à ouvrir *Le Démon de Paradise Park*, mais suspendit son geste. Elle s'était fixé pour règle (parce qu'elle avait parcouru un long chemin semé d'embûches et ne voulait pas tout gâcher maintenant qu'elle avait recouvré son équilibre mental) de ne pas toucher à cet ouvrage après le coucher du soleil, ou avant d'aller dormir. Après tout, ce qu'il contenait se trouvait résumé sur le Net. Elle savait ce qu'il avait fait subir à ces pauvres femmes. Quel besoin avait-elle d'en connaître les détails, et à travers ses mots à lui ?

Robin but une gorgée de chocolat chaud et, malgré ses bonnes résolutions, ouvrit le livre à la page marquée par un ticket de caisse Tesco pour reprendre sa lecture là où elle l'avait interrompue trois jours plus tôt.

Talbot était intimement convaincu que Bamborough avait été enlevée par le tueur en série qu'on surnomme aujourd'hui le Boucher de l'Essex. Son refus d'étudier d'autres hypothèses suscita une levée de boucliers parmi ses collègues pour qui son attitude relevait de l'obsession pathologique.

« Ils ont parlé de retraite anticipée, m'a confié l'un d'eux, mais en fait, ils l'ont viré comme un malpropre. Ils lui reprochaient de se braquer uniquement sur le Boucher. Seulement voilà, neuf ans ont passé, et on n'est pas plus avancés. »

La famille de Margot Bamborough n'a formellement identifié aucun des bijoux et sous-vêtements retrouvés dans le sous-sol de Creed après son arrestation en 1976. Mais quand on lui a présenté ce qu'il restait d'un médaillon en argent terni, sans doute écrasé par un objet contondant, le mari de Bamborough, le Dr Roy Phipps, a toutefois cru reconnaître un pendentif que portait son épouse lors de sa disparition.

Dans son enquête parue récemment sous le titre *Qu'est-il arrivé à Margot Bamborough ?* le fils d'une amie proche de la victime nous donne sur la vie privée de Margot certains détails susceptibles de déboucher sur une nouvelle piste – un lien possible avec Creed. Peu avant sa disparition, Margot Bamborough s'était inscrite dans une clinique privée sur Bride Street à Islington, un établissement qui, en 1974, pratiquait des avortements en toute discrétion.

16

Regarde cet homme et dis-moi, Britomart,
Si tu as vu plus belle créature ;
Paré d'une opulente majesté, il va
Tel un Géant dans ses œuvres viriles...

Edmund SPENSER, *La Reine des fées*

Quatre jours plus tard, à 5 h 15, le train de nuit « Night Riviera » entrait dans la gare de Paddington. Strike avait très peu dormi et passé de longues heures allongé sur la couverture de sa couchette à regarder la prétendue Riviera anglaise plongée dans une obscurité fantomatique défiler derrière la vitre de son compartiment. Il avait gardé sa prothèse et s'était privé du petit déjeuner offert, servi sur un plateau en plastique, pour être parmi les premiers à descendre, son sac de voyage calé sur l'épaule.

Il avait dû geler dans la nuit car une note glaciale planait dans l'air du petit matin. Précédé par la buée qui sortait de sa bouche, il longea le quai sous la grande verrière de Brunel. Des rectangles de ciel nocturne se dessinaient entre les arches d'acier qui soutenaient la voûte, évoquant le squelette d'une baleine bleue. Le menton noir de barbe, le moignon irrité de n'avoir pas reçu son onguent quotidien, Strike avisa un banc, s'assit, alluma la cigarette dont il rêvait depuis des heures, sortit son portable et appela Robin.

Il savait qu'elle ne dormait pas. Elle avait passé la nuit dans la BMW de Strike à monter la garde devant la maison du présentateur météo, dans l'espoir de prendre LaPoste sur le fait. Ils avaient communiqué essentiellement par textos pendant qu'il était en Cornouailles, partageant son temps entre l'hôpital de Truro et la maison de St. Mawes. Chacun son tour, Lucy et lui s'étaient occupés de Ted en essayant de le faire manger, pendant que l'autre se rendait au chevet de leur tante, complètement chauve à présent, dont le système immunitaire n'avait pas résisté aux assauts de la chimiothérapie. Avant de regagner Londres, Strike avait laissé une plâtrée de curry pour son oncle dans le congélateur, à côté du hachis parmentier cuisiné par Lucy. Chaque fois que Strike portait la cigarette à sa bouche, le parfum des épices sur ses doigts lui chatouillait les narines et, pour peu qu'il se concentre, au lieu des odeurs de métal et de diesel mêlées aux arômes caféinés émanant du Starbucks voisin, il retrouvait tout au fond de sa mémoire olfactive les relents d'urine et de désinfectant qui l'avaient accueilli chaque jour à l'hôpital.

« Bonjour », dit Robin en décrochant. Comme il s'y attendait, dès qu'il entendit sa voix, son estomac se décrispa légèrement. « Il y a un problème ?

— Non, fit-il, un peu surpris, avant de se rappeler qu'il était 5 h 30 du matin. Oh, désolé, rien de grave. C'est juste que je viens d'arriver à Londres. Ça vous dirait de prendre un petit déjeuner avant d'aller dormir ?

— Oh oui, avec plaisir, répondit Robin avec un tel enthousiasme que Strike oublia la moitié de sa fatigue. Parce que j'ai des choses à vous apprendre sur l'affaire Bamborough.

— Super. Moi aussi. Ce serait bien qu'on fasse le point.

— Comment va Joan ?

— Pas terrible. Ils lui ont permis de rentrer chez elle, hier. Une infirmière Macmillan[1] passera la voir tous les jours. Teddy m'inquiète. Lucy est toujours sur place.

— Vous auriez pu rester. On peut encore se passer de vous.

— C'est gentil mais non, dit-il en plissant les yeux pour les protéger de la fumée. Je leur ai promis de revenir à Noël. Où voulez-vous qu'on se retrouve ?

— Eh bien, j'avais prévu de faire un crochet par la National Portrait Gallery avant de rentrer chez moi. Donc…

— Vous aviez prévu de faire quoi ?

— D'aller à la National Portrait Gallery. Je vous expliquerai. Ça vous ennuierait de me rejoindre quelque part dans ce quartier ?

— Où vous voudrez. Je ne suis pas loin du métro. Le premier arrivé cherche un café et envoie l'adresse à l'autre. »

Quarante-cinq minutes plus tard, Robin entrait dans le Notes Café situé sur St. Martin's Lane. Il était déjà

1. Les infirmières Macmillan sont rattachées à l'organisation caritative britannique du même nom, ayant pour vocation d'apporter soins et assistance aux malades du cancer. *(Toutes les notes sont de la traductrice.)*

bondé, malgré l'heure matinale. Les tables en bois clair, certaines aussi larges que celle qui équipait la cuisine de ses parents dans le Yorkshire, avaient été prises d'assaut par des jeunes gens armés d'ordinateurs portables et des hommes d'affaires déjeunant sur le pouce avant de rejoindre leur bureau. Robin se plaça dans la queue en ignorant sciemment les viennoiseries et autres beignets disposés sous le long comptoir en Plexiglas. Elle avait déjà mangé plusieurs sandwiches durant la nuit, songea-t-elle, maussade.

Elle commanda un cappuccino et, sa tasse à la main, se dirigea vers le fond de la salle où Strike lisait le *Times*, assis sous un grand lustre métallique en forme d'araignée. Il semblait avoir encore forci depuis six jours qu'elle ne l'avait pas vu. En le découvrant ainsi penché sur son journal, le visage hérissé de barbe, dévorant son pain ciabatta à l'œuf et au bacon, elle ne put s'empêcher de le comparer à un ours noir. Une vague de tendresse l'envahit à cette évocation. Ou alors était-ce une réaction épidermique face à tous ces beaux messieurs bien propres, bien rasés, sanglés dans leurs costumes chics, dont les visages à la beauté fade, comme les parfums à base de tubéreuse, vous attiraient pour mieux vous écœurer ensuite.

« Salut », dit-elle en s'asseyant face à lui.

Quand il leva les yeux et la vit avec ses longs cheveux blonds, son teint lumineux et l'énergie qu'elle dégageait, Strike oublia instantanément l'ambiance mortifère et les odeurs putrides dans lesquelles il avait baigné au cours des cinq derniers jours.

« Vous m'avez l'air en forme pour quelqu'un qui n'a pas dormi de la nuit.

— Je choisis de prendre cela comme un compliment, non comme une remarque malintentionnée, dit Robin en feignant la surprise. Je vous jure, je n'ai pas fermé l'œil une seule seconde. Malheureusement, ça n'a pas servi à grand-chose. Je n'ai vu personne. En revanche, Mr. Météo a encore reçu une carte hier. Elle est arrivée au studio de télévision et LaPoste le félicite pour la manière dont il a souri à la fin du bulletin de mardi. »

Strike grommela.

« Voulez-vous commencer par l'affaire Bamborough ? proposa Robin.

— OK, mais vous d'abord, dit Strike, la bouche pleine. Je meurs de faim.

— Entendu. J'ai une bonne et une mauvaise nouvelles. La mauvaise c'est qu'une grande partie des protagonistes sont morts et que les autres ne valent guère mieux. »

Elle énuméra les témoins décédés – Willy Lomax, Albert Shimmings, Wilma Bayliss, Dorothy Oakden – et lui parla des démarches qu'elle avait entreprises pour tenter de contacter leurs familles.

« Seul l'un des fils Shimmings s'est manifesté jusqu'à présent. Il pensait que nous étions des journalistes cherchant à démontrer que son père avait enlevé Margot. Je l'ai rassuré. Maintenant, j'attends qu'il me réponde. »

Strike avait posé dans l'assiette ce qu'il restait de son pain ciabatta pour pouvoir avaler une gorgée de thé.

« J'ai rencontré le même genre de problème. Vous vous souvenez des “deux femmes se disputant près des cabines téléphoniques". Eh bien, j'ai beaucoup de mal à vérifier ce témoignage. Ruby Elliott, la conductrice qui les a vues, n'est plus de ce monde, de même que Mrs. Fleury et sa mère, les deux femmes en question. Heureusement, elles ont des descendants. J'ai lancé quelques grappins mais je n'ai reçu qu'une seule réponse à ce jour. Un petit-fils Fleury qui dit n'avoir jamais entendu parler de cette histoire. En ce qui concerne le Dr Brenner, c'est le désert total. Pas de femme, pas d'enfant. Il avait une sœur mais elle aussi est morte célibataire.

— Vous savez combien il existe d'Amanda White dans ce pays ? soupira Robin.

— Non mais j'imagine vaguement, dit Strike en reprenant une bouchée de ciabatta. C'est bien pour ça que je vous l'ai laissée.

— Vous… ?

— Je plaisante, dit-il en souriant devant son air choqué. Paul Satchwell et Gloria Conti ?

— Eh bien, ils sont peut-être morts, mais pas au Royaume-Uni en tout cas. Il y a quelque chose qui me chiffonne au sujet de ces deux-là : je n'ai trouvé aucune trace d'eux après 1975.

— Drôle de coïncidence, dit Strike en levant les sourcils. Douthwaite, le type aux migraines et à la maîtresse suicidée, a lui aussi disparu des radars. Soit il est parti à l'étranger, soit il a changé d'identité. Je n'ai plus d'adresse à partir de 1976, et pas de certificat de décès non plus. Remarquez, à sa place, j'aurais fait pareil. La presse n'a pas été très sympa avec lui. Nul dans son boulot, couche avec l'épouse d'un collègue, envoie des fleurs à une femme qui disparaît juste après…

— On ignore si c'étaient des fleurs », dit Robin en émergeant de sa tasse.

Il existe d'autres sortes de cadeaux, Strike.

« Des chocolats, alors. Mais ça revient au même. En revanche, l'absence de Satchwell et de Conti est plus difficile à expliquer, reprit-il en frottant son menton broussailleux. Les journalistes les ont lâchés assez vite, je trouve. Et si Conti avait changé de nom en se mariant, vous l'auriez quand même retrouvée sur le Net. Il ne peut pas y avoir autant de "Gloria Conti" que d'Amanda White.

— Je me suis demandé si elle n'avait pas déménagé en Italie. Son père se prénommait Riccardo. Elle avait peut-être encore des parents là-bas. J'ai contacté plusieurs Conti via Facebook mais le seul à m'avoir répondu ne connaît aucune Gloria. Je me fais passer pour une généalogiste parce que si je mentionne tout de suite Margot et que je tombe sur Gloria, je crains qu'elle ne se bloque.

— Vous avez sans doute raison, dit Strike en ajoutant du sucre dans son thé. Ouais, l'Italie c'est une bonne idée. Elle était jeune, elle a peut-être voulu changer de décor. L'absence de Satchwell est plus mystérieuse. Sur sa photo, il ne donne pas l'impression d'être du genre timide. Il aurait pu profiter de la publicité autour de cette affaire pour se faire connaître et vendre ses peintures.

— J'ai vérifié les expositions, les ventes aux enchères, les galeries. Rien. On dirait qu'il s'est dématérialisé.

— Bon, de mon côté, j'ai quand même un peu avancé, renchérit Strike en avalant sa dernière bouchée et en sortant son calepin. C'est incroyable le boulot qu'on peut abattre quand on est coincé dans un hôpital. J'ai trouvé quatre témoins en vie, dont l'un a accepté de me parler. C'est Gregory Talbot, le fils de Bill, l'inspecteur frappadingue qui dessinait des pentagrammes dans les rapports de police. Je lui ai dit qui j'étais, qui m'avait engagé et il m'a répondu banco, je veux bien qu'on discute. Je le vois samedi, si ça vous intéresse.

— Je ne peux pas, fit Robin, déçue. Morris et Andy ont des obligations familiales, ce week-end. Du coup, nous devons les remplacer, Barclay et moi.

— Ah, quel dommage ! Bon, à part ça, j'ai pu contacter deux des femmes qui travaillaient dans le cabinet médical, renchérit Strike en tournant une page. Janice, l'infirmière, porte toujours le nom de son premier mari, ce qui m'a facilité les choses. L'adresse que m'a donnée Gupta n'est plus valable mais elle m'a permis de remonter la piste. Elle vit sur Nightingale Grove…

— Normal pour une infirmière[1].

— … à Hither Green. Et Irene Bull s'appelle à présent Mrs. Irene Hickson, veuve d'un riche entrepreneur en bâtiment. Circus Street. Greenwich.

— Vous leur avez téléphoné ?

---

1. La Britannique Florence Nightingale (1820-1910) est généralement considérée comme le modèle de l'infirmière dévouée, mais elle a surtout largement contribué à développer ce métier et à lui donner ses lettres de noblesse.

— J'ai préféré leur écrire d'abord. Des dames âgées qui vivent seules… Je nous ai présentés, j'ai dit qui nous avait embauchés. Pour leur laisser le temps de se retourner, de s'assurer que nous sommes réglo, voire de contacter Anna.

— Vous avez bien fait.

— Et j'emploierai la même méthode avec Oonagh Kennedy, la femme que Margot devait retrouver au pub ce soir-là, dès que je l'aurai localisée avec certitude. J'ai une piste mais il faut que je vérifie. D'après Anna, elle vivait à Wolverhampton. Celle à laquelle je pense habite Alnwick. L'âge correspond mais elle a été vicaire avant de prendre sa retraite. »

Robin sourit en voyant la tête que faisait Strike, entre méfiance et dégoût.

« Vous avez une dent contre les vicaires ?

— Non, dit-il avant d'ajouter, après une seconde de battement : enfin ça dépend du vicaire. Ce qui m'étonne c'est que, dans les années 1970, Oonagh était Bunny Girl. On la voit au côté de Margot sur cette photo que la presse a publiée et son nom est cité dans la légende. Le passage de Bunny Girl à vicaire ne vous semble pas surprenant ?

— C'est un parcours de vie relativement insolite, mais vous avez devant vous une secrétaire intérimaire devenue détective à plein temps. À propos d'Oonagh, ajouta-t-elle en sortant son exemplaire du *Démon de Paradise Park* de son sac à main. Je voulais vous montrer quelque chose. Ici, reprit-elle en lui tendant le livre ouvert. Lisez le passage que j'ai marqué au crayon.

— J'ai déjà lu ce bouquin, rechigna Strike. Quel passage…

— Je vous en prie, insista Robin. Lisez ça. »

Strike s'essuya les mains sur une serviette en papier, prit le livre et parcourut les trois paragraphes signalés par un gros trait noir.

Peu avant sa disparition, Margot Bamborough s'était inscrite dans une clinique privée de Bride Street à Islington, un établissement qui en 1974 pratiquait des avortements en toute discrétion.

La clinique de Bride Street a fermé ses portes en 1978 et aucun document ne subsiste attestant que Bamborough ait effectivement subi un avortement. Une autre hypothèse peut être avancée. L'auteur de *Qu'est-il arrivé à Margot Bamborough ?* suggère que Margot aurait prêté son nom à une amie et que l'Irlandaise, ex-Bunny Girl, que Bamborough devait prétendument retrouver ce soir-là avait peut-être un intérêt personnel à ce qu'on croie à cette version, qu'elle n'a d'ailleurs jamais démentie.

La clinique de Bride Street se trouvait à huit minutes de marche seulement du sous-sol qu'occupait Dennis Creed, sur Liverpool Road. Dès lors, rien n'empêche de penser que Margot Bamborough n'a jamais eu l'intention de se rendre au pub ce soir-là, qu'elle a menti pour se protéger ou protéger une amie, et qu'elle a été enlevée non pas autour de Clerkenwell mais à côté du domicile de Creed, près de Paradise Park.

« Bordel de… ! s'écria Strike, comme touché par la foudre. Mon exemplaire ne parle pas de cela. Le vôtre comporte au moins trois paragraphes de plus !

— Je me disais bien aussi…, fit Robin sur un ton satisfait. Contrairement à vous, j'ai trouvé une première édition. Regardez ici, dit-elle en tournant les pages pour lui montrer une note bibliographique en fin d'ouvrage. "*Qu'est-il arrivé à Margot Bamborough ?* C. B. Oakden, 1985." En fait, ce bouquin n'est jamais sorti en librairie. L'éditeur l'a mis au pilon. Mais je suppose que l'auteur de cette biographie, dit-elle en désignant *Le Démon de Paradise Park*, en a reçu un exemplaire avant parution. J'ai fait mon enquête. Évidemment, Internet n'existait pas en ce temps-là mais j'ai quand même trouvé deux mentions de cette affaire dans des articles en ligne portant sur les procès en diffamation intentés contre des ouvrages pour les empêcher de paraître.

« Roy Phipps et Oonagh Kennedy ont formé une action conjointe contre C. B. Oakden et ils ont gagné. Le livre d'Oakden a été mis au pilon et *Le Démon de Paradise Park* a dû être réimprimé, sans le passage incriminé.

« C. B. Oakden, répéta Strike. Serait-ce… ?

— Le fils de Dorothy, la secrétaire du cabinet médical. Exactement. Carl Brice Oakden. D'après mes recherches, il a vécu à Walthamstow. Mais il n'y est plus et je n'ai pas trouvé sa nouvelle adresse. »

Strike relut les paragraphes parlant de la clinique privée et ajouta :

« Phipps et Kennedy n'ont pu obtenir le retrait du livre qu'en apportant la preuve que cette allégation était fausse, du moins en partie.

— Si c'est un mensonge il est particulièrement dégueulasse, vous ne trouvez pas ? Ç'aurait déjà été moche d'insinuer que Margot s'était fait avorter, mais affirmer qu'il s'agissait en réalité d'Oonagh et que cette dernière avait voulu cacher où était Margot ce soir-là…

— Je m'étonne que l'éditeur d'Oakden n'ait pas pris d'avocat, l'interrompit Strike.

— Il n'avait pas les reins bien solides. Je l'ai cherché sur le Net, lui aussi. Il a cessé son activité peu après la mise au pilon. Il avait peut-être d'autres chats à fouetter.

— C'est stupide de sa part, dit Strike. Mais à moins d'avoir voulu se saborder, pourquoi aurait-il accepté de publier ce truc ? L'auteur lui a forcément présenté des preuves tangibles. Quant à ce type-là, ajouta-t-il en pointant *Le Démon de Paradise Park*, ce n'était pas n'importe qui. Il avait fait ses preuves dans le journalisme d'investigation. Il n'aurait pas cité Oakden sans avoir vérifié ses dires.

— On peut lui poser la question ou il est… ?

— Mort », lâcha Strike. Il se tut et, après un moment de réflexion, émit une supposition. « Le rendez-vous à la clinique a dû être pris au nom de Margot. La question, c'est qui a subi cet avortement ? Margot ou une autre femme qui lui aurait volé son identité ? » Il relut les trois premières lignes. « La date du rendez-vous n'est pas indiquée. "Peu avant sa disparition"… C'est un peu flou. Si le rendez-vous avait été pris pour le jour de la disparition, l'auteur l'aurait dit. Cela aurait constitué un élément essentiel et la police l'aurait vérifié. "Peu avant sa disparition" ouvre la voie à toutes sortes d'interprétations.

— Et le fait que cette clinique soit proche du domicile de Creed ? intervint Robin. Une coïncidence ?

— Ouais, dit Strike avant de se reprendre. Je n'en sais rien. Y avait-il beaucoup de cliniques pratiquant des avortements à Londres en 1974 ? »

Il rendit le livre à Robin et poursuivit :

« Cela pourrait expliquer pourquoi Roy Phipps redoutait que sa fille adolescente fréquente Oonagh Kennedy. Il ne voulait peut-être pas qu'elle apprenne que sa mère avait avorté.

— J'y ai pensé aussi, dit Robin. Ça lui aurait fait un choc, j'imagine. N'oublions pas qu'Anna a passé toute sa vie à se demander si Margot l'avait abandonnée.

— On va essayer de mettre la main sur ce bouquin, *Qu'est-il arrivé à Margot Bamborough ?* Puisqu'il a été imprimé, il en reste peut-être quelques exemplaires dans la nature. Oakden a pu en distribuer autour de lui. Il y a aussi ceux que l'éditeur a envoyés à la presse.

— J'ai commencé à chercher auprès des bouquinistes », dit Robin.

Écrire à des bouquinistes pour leur réclamer un torchon pareil lui avait coûté quelques efforts mais, dans son métier, on ne devait pas craindre de se salir les mains.

« Carl Oakden n'avait que quatorze ans quand Margot a disparu, poursuivit-elle. Pourquoi écrire sur elle ? Et pourquoi prétendre que Margot et Dorothy étaient proches…

— Parce que ce type est un fouille-merde, confirma Strike. Quand a-t-il quitté Walthamstow ?

— Il y a cinq ans.

— Vous l'avez cherché sur les réseaux sociaux ?

— Oui. Sans succès. »

Le portable de Strike vibra au fond de sa poche. À son air paniqué, Robin comprit qu'il pensait à Joan.

« Tout va bien ? » demanda-t-elle en le voyant regarder l'écran, les sourcils froncés.

Strike venait de lire :

Salut frangin, on pourrait causer de ça en tête à tête ? Le lancement de ce nouvel album compte énormément pour papa. Tout ce qu'on doit faire...

« Ouais, ça va, dit-il en remettant l'appareil dans sa poche sans lire la fin du message. Donc, vous comptiez aller… ? »

Il lui fallut quelques secondes pour se rappeler l'endroit improbable que Robin lui avait dit vouloir visiter. D'où le choix de ce café.

« À la National Portrait Gallery, dit-elle. Trois des cartes envoyées par LaPoste proviennent de leur boutique de souvenirs.

— Désolé… Trois des quoi ? »

Le message de son demi-frère lui tournait encore dans la tête. Strike lui avait pourtant clairement signifié qu'il n'assisterait pas à la réception donnée pour la sortie de ce nouvel album et qu'il refusait de poser à côté des autres rejetons du vieux rockeur pour la photo de groupe qu'ils comptaient lui offrir.

« Je vous parle des cartes envoyées par LaPoste – oui, je sais, c'est un peu nul comme pseudo, marmonna-t-elle. Il s'agit de l'individu qui harcèle notre présentateur météo.

— OK, poursuivez.

— Eh bien, sur l'avant-dernière, il y avait une peinture, le portrait d'un gentilhomme. Au verso, LaPoste a écrit "Quand je le vois je pense à vous". Donc je me suis dit... cette personne doit souvent passer devant ce tableau. Peut-être même qu'elle travaille dans le musée. Peut-être qu'au fond, elle veut lui faire comprendre qui elle est. Comme si elle lui donnait rendez-vous. »

En s'entendant parler, Robin trouva sa théorie un peu tirée par les cheveux. En fait, elle l'avait échafaudée en désespoir de cause, ne disposant d'aucune autre piste sérieuse. Cela faisait des semaines qu'ils planquaient devant la maison du présentateur météo et LaPoste n'avait toujours pas montré le bout de son nez. Trois cartes postales issues d'une seule et même boutique pouvaient signifier quelque chose, ou alors rien du tout. Mais que faire d'autre ?

Strike grommela. Sans chercher à savoir ce que sous-tendait cette réaction bourrue, Robin remit *Le Démon de Paradise Park* dans son sac et demanda :

« Vous allez directement au bureau ?

— Ouais. J'ai promis à Barclay de le remplacer sur Tutu à 14 heures. » Strike bâilla. « Mais je vais peut-être essayer de dormir un peu avant. »

Il se hissa sur ses jambes.

« Je vous appellerai pour vous dire comment ça s'est passé avec Gregory Talbot. Et merci d'avoir tenu la forteresse pendant mon absence. Vraiment sympa.

— Pas de quoi », répondit Robin.

Strike arrima le fourre-tout sur son épaule et s'éloigna en boitant. Légèrement déçue, Robin le regarda s'arrêter un instant sur le trottoir pour allumer une cigarette. Quand il fut sorti de son champ de vision, elle jeta un coup d'œil à sa montre. Encore quatre-vingt-dix minutes avant l'ouverture de la National Portrait Gallery.

Pour meubler cette attente, il existait certainement des moyens plus agréables que se demander si le texto que Strike avait reçu venait de Charlotte Campbell, mais faute de trouver autre chose à faire c'est à cela qu'elle consacra la majeure partie du temps qu'elle avait à tuer.

17

Mais toi... dont le redoutable destin
rendit témoin de la chute de tes pères...

Edmund Spenser, *La Reine des fées*

Même si Jonny Rokeby s'était surtout distingué par son absence, Strike avait toujours senti son ombre planer au-dessus de lui à la manière d'un fantôme. Durant son enfance, notamment. Les amis de sa mère possédaient tous ses albums. Ados, ils avaient décoré leur chambre avec les posters des Deadbeats. Ils pouvaient passer des heures à lui raconter leurs souvenirs émus des concerts auxquels ils avaient assisté. Un jour, alors que Strike avait sept ans, une mère d'élève l'avait coincé à la sortie de l'école pour lui remettre une lettre à l'intention de Rokeby. Lettre que Leda avait brûlée dès que son fils était rentré dans le squat où ils vivaient à ce moment-là.

Jusqu'à ce qu'il s'engage dans l'armée où nul ne connaissait le nom ni la profession de son géniteur, Strike s'était régulièrement trouvé en butte à la curiosité malsaine de ses semblables. Tantôt on le considérait comme un spécimen étrange plongé dans un bocal de formol, tantôt on le bombardait de questions qu'on aurait pu qualifier d'indiscrètes, voire déplacées, s'il avait été le fils d'un inconnu. Le reste du temps, il avait surtout droit à des réflexions fielleuses, inspirées par la jalousie et la méchanceté.

Rokeby avait voulu passer un test de paternité avant de reconnaître Strike comme son fils. Le résultat s'étant révélé positif, ses avocats avaient rédigé un accord financier censé pourvoir aux besoins de l'enfant et lui éviter, à l'avenir, de dormir sur un matelas souillé, à côté de quasi-inconnus. Mais Strike n'en avait jamais vraiment profité. Dès qu'elle touchait l'argent de la pension alimentaire, sa mère le jetait par les fenêtres et, quand elle n'en avait plus, parlementait avec les avocats de Rokeby pour en obtenir davantage. Strike avait donc vécu toute sa jeunesse entre misère et abondance. Au lieu de leur acheter des chaussures, Leda faisait à ses enfants des cadeaux totalement extravagants quand elle ne les laissait pas à Ted et à Joan pour se tirer sur le continent, voire aux États-Unis, assister aux concerts de ses groupes favoris, se balader en limousine avec chauffeur et dormir dans les meilleurs hôtels.

Strike se souvenait encore du soir où, couché près de Lucy dans la chambre d'amis à St. Mawes, il avait entendu Leda se disputer avec Joan au rez-de-chaussée. Elle n'avait même pas pensé à mettre des manteaux dans leurs bagages, alors qu'on était en plein hiver. Par deux fois, Joan et Ted avaient inscrit Strike dans une école privée et, par deux fois, Leda l'en avait retiré avant la fin du deuxième trimestre, parce que, disait-elle, son fils y apprenait de fausses valeurs. Chaque mois, l'argent que lui versait Rokeby filait entre les doigts de ses amis ou de ses amants, quand il ne servait pas à financer des projets aberrants – Strike se souvenait d'une bijouterie, d'un magazine d'art, d'un restaurant végétarien, trois échecs cuisants, et de la communauté à Norfolk qui resterait à tout jamais la pire expérience de sa prime jeunesse.

Finalement, les avocats de Rokeby (auxquels la rock star avait délégué les questions liées au bien-être de son fils) s'arrangèrent pour que la pension alimentaire ne s'envole pas aussitôt touchée. Ces nouvelles dispositions ne changèrent pas grand-chose au quotidien de Strike, alors adolescent, si ce n'est que Leda, ne supportant pas qu'on surveille ses dépenses, cessa de lui faire des cadeaux extravagants. L'argent fut transféré sur un compte bloqué ouvert au nom de Strike et, pour survivre, la petite famille dut se contenter des sommes moins importantes que leur donnait le père de Lucy.

Strike n'avait rencontré son père qu'à deux reprises et il en gardait un souvenir désagréable. Rokeby n'avait jamais cherché à savoir pourquoi Strike ne se servait pas de l'argent dormant sur le fameux compte. Il avait d'autres problèmes à gérer. Un long exil à l'étranger pour raisons fiscales, un groupe à faire tourner, des maisons à entretenir, une épouse, deux ex, cinq enfants légitimes et deux illégitimes. Strike, le fils insaisissable conçu par accident et dont l'existence, révélée au grand public par un test de paternité, avait brisé son deuxième mariage, était le cadet de ses soucis.

C'était l'oncle Ted qui avait fourni le modèle de virilité auquel Strike s'était accroché durant son enfance chaotique, coincé entre les multiples amants de sa mère et l'ombre importune de son géniteur. Leda avait toujours reproché à Ted, ancien policier militaire, l'intérêt que son fils portait à l'armée et au métier d'enquêteur. Strike la revoyait, un joint à la main, disserter dans la fumée bleue du cannabis sur les odieux méfaits commis par l'armée britannique et les liens inextricables entre impérialisme et capitalisme, espérant ainsi le dissuader de s'engager, l'inciter à prendre des cours de guitare ou, du moins, à se laisser pousser les cheveux.

Pourtant, malgré toutes les souffrances et les préjudices qu'il avait subis, Strike était intimement convaincu que les circonstances ayant présidé à sa naissance et au début de sa vie l'avaient précocement formé au métier qu'il exercerait plus tard. Par exemple, il avait appris très tôt à passer inaperçu. Comprenant que son accent pouvait lui valoir des ennuis, il avait veillé à parler comme les Cornouaillais en Cornouailles et comme les Londoniens à Londres. Avant que son amputation ne réduise sa capacité de mouvement, il s'était appliqué à se déplacer et à s'exprimer de telle manière que les gens oubliaient sa grande taille et le remarquaient moins. De même, il ne disait quasiment rien de lui, partant du principe que plus les autres pensaient vous connaître, plus ils se croyaient en droit de vous dicter votre conduite. Par-dessus tout, Strike avait développé un sixième sens capable de détecter les infimes variations dans l'attitude des gens au moment où ceux-ci réalisaient qui était son père, ce qui lui permettait de repérer à distance les profiteurs, les manipulateurs, les flatteurs, les menteurs, les arnaqueurs et autres hypocrites.

Ces étranges compétences étaient ce que Rokeby lui avait offert de mieux, car en dehors de la pension alimentaire il ne s'était jamais fendu du moindre cadeau, ni pour Noël ni pour ses anniversaires. Il avait fallu qu'une bombe lui arrache la moitié de la jambe en Afghanistan pour que son père lui envoie un mot écrit de sa main. Charlotte était à son chevet quand Strike l'avait reçu. La lettre avait fini à la poubelle.

Depuis que les journaux s'intéressaient à Strike pour ce qu'il accomplissait et non pour ce qu'il était, Rokeby avait essayé plusieurs fois d'entrer en contact avec lui, allant jusqu'à laisser entendre dans certaines interviews récentes qu'ils étaient en bons termes. Strike avait reçu des messages d'amis qui, croyant sans doute bien faire, lui signalaient la sortie sur le Net d'un entretien où Rokeby évoquait sa fierté de l'avoir pour fils. Strike avait effacé ses messages sans prendre la peine d'y répondre.

Même s'il s'en défendait, Strike aimait bien Al, le demi-frère que Rokeby lui avait envoyé en émissaire. Malgré sa résistance, Al n'avait jamais renoncé à instaurer avec lui une relation fraternelle, admirant son assurance, son indépendance, autant de qualités que Strike avait acquises par contrainte plus que par choix. Mais depuis quelque temps, Al faisait montre d'une obstination qui devenait pénible, à la longue. Comme s'il refusait de comprendre que non seulement cet anniversaire ne signifiait rien pour lui, mais qu'il était une preuve supplémentaire que Rokeby avait toujours fait passer sa carrière avant le bonheur de son fils illégitime. Strike commençait même à regretter le temps qu'il avait passé à répondre aux messages insistants de son demi-frère, le samedi matin. Et comme Al refusait apparemment d'entendre ses arguments, il opta pour une méthode plus directe :

Je n'ai pas changé d'avis. De mon côté pas d'amertume, pas de ressentiment. J'espère que tout va bien pour toi. Prenons une bière ensemble à l'occasion.

Estimant le chapitre clos, Strike se prépara un sandwich, passa une chemise propre par-dessus son T-shirt, sortit du dossier Bamborough la page sur laquelle Bill Talbot avait inscrit son message en sténo Pitman et se rendit en voiture à West Wickham où il avait rendez-vous avec Gregory Talbot, le fils du défunt inspecteur.

Tout en roulant, clope au bec, sous une pluie entrecoupée de belles éclaircies, Strike essaya de se recentrer sur le boulot. Il repassa dans sa tête les questions qu'il prévoyait de poser au fils de Bill Talbot, puis réfléchit aux problèmes relatifs aux autres enquêtes. Certains d'entre eux, réclamant une attention particulière, avaient été soulevés par Barclay la veille. L'Écossais, que Strike considérait comme son meilleur enquêteur après Robin, lui avait exposé, dans le langage fleuri qui le caractérisait, ses doutes au sujet du danseur de music-hall dont ils étaient censés révéler les turpitudes.

« On ne trouvera rien sur lui, Strike. S'il baise une autre pouliche, il doit la cacher derrière ses foutus costumes de scène. Je veux bien admettre qu'il fréquente cette pauvre fille uniquement pour son fric, mais à mon avis, il n'est pas assez bête pour tuer la poule aux œufs d'or.

— Tu as sans doute raison, avait répondu Strike. Mais le client a signé pour trois mois d'enquête, alors on n'a pas le choix, il faut continuer. Comment tu t'entends avec Pat ? » avait-il ajouté, en espérant que Barclay partage son opinion sur leur nouvelle secrétaire. Il avait été déçu.

« Très bien. Elle est géniale. OK, quand elle cause, on croirait entendre un docker asthmatique, mais franchement, elle touche sa bille. Par contre, si tu veux vraiment mon avis sur tes nouvelles recrues…, avait nuancé Barclay en fixant sur son patron ses grands yeux bleus surmontés d'épais sourcils.

— Vas-y. Tu trouves que Morris ne fait pas le poids ?

— Je dirais pas ça. »

L'homme de Glasgow avait gratté sa nuque prématurément grise avant de demander :

« Robin ne t'a rien dit ?

— Il y a eu des problèmes entre eux ?

— Pas des problèmes à proprement parler, mais ce type n'aime pas qu'elle lui donne des ordres. Et il ne se gêne pas pour le faire savoir dès qu'elle a le dos tourné.

— Eh bien, il va falloir que ça change. Je lui expliquerai mon point de vue en tête à tête.

— Et il a ses propres idées sur l'affaire PasNet.

— Quel genre d'idées ?

— L'assistante. Il continue à croire qu'il peut lui tirer les vers du nez, alors que Robin lui a ordonné de lâcher l'affaire et de passer le relais à Hutchins. Robin a découvert que…

— … que PasNet était membre du Hendon Rifle Club. Ouais, elle me l'a dit dans un mail. Elle veut que Hutchins s'inscrive et fasse ami-ami avec lui. C'est futé. D'après ce qu'on sait de lui, PasNet a tendance à se la jouer super-macho.

— Sauf que Morris préfère sa méthode à lui. Il a sorti à Robin que son nouveau plan était bien beau mais que…

— Tu crois qu'il continue à fréquenter cette assistante ? avait demandé Strike.

— Fréquenter ? Moi, j'emploierais un autre mot. »

À la suite de cette conversation, Strike avait convoqué Morris dans son bureau pour lui ordonner en langage clair de tirer un trait sur l'assistante de PasNet et de reporter son attention sur la petite amie de DeuxFois. Non seulement Morris n'avait levé aucune objection, mais sa capitulation lui avait paru teintée d'une certaine obséquiosité. Cet entretien lui avait laissé dans la bouche un goût peu agréable. Morris était une bonne recrue, il avait du métier et de nombreux contacts dans la police, mais quelque chose clochait dans sa réaction. Peut-être cet empressement à lui donner raison, ce qui aux yeux de Strike révélait un caractère sournois et une tendance à la flagornerie. Plus tard dans la soirée, alors qu'il suivait le taxi transportant Tutu et sa petite amie à travers le West End, Strike s'était souvenu des paroles pleines de sagesse du Dr Gupta. Le vieux médecin avait dit que pour réussir dans une entreprise, quelle qu'elle soit, l'esprit d'équipe était un élément essentiel.

Strike pénétra dans West Wickham par une rue bordée de jolies maisons avec bow-windows et garages privés. L'Avenue, où vivait Gregory Talbot, présentait deux longues rangées de villas parfaitement entretenues. C'était le genre de quartier réservé à la classe moyenne où les propriétaires n'oubliaient jamais de tondre la pelouse ni de sortir les poubelles avant le passage des éboueurs. Les résidences n'étaient pas aussi grandioses que celle du Dr Gupta mais, comparées au deux-pièces mansardé que Strike occupait au-dessus de son bureau, elles faisaient figure de palais.

Strike trouva le bon numéro, tourna dans l'allée et gara sa BMW derrière une benne bloquant la porte du garage. À peine eut-il coupé le moteur qu'un homme pâle, chauve comme un œuf, avec de grandes oreilles et des lunettes à monture d'acier, apparut sur le seuil. Strike avait appris par ses recherches en ligne que Gregory Talbot dirigeait un hôpital.

« Mr. Strike ? » demanda Talbot en regardant le détective descendre prudemment de son véhicule (la pluie avait rendu le sol glissant et le souvenir de sa chute sur le ferry de Falmouth était encore bien présent dans sa mémoire).

« Oui, c'est moi. » Strike se redressa et leva les yeux. Talbot mesurait une demi-tête de moins que lui.

« Désolé pour la benne, dit-il en s'approchant pour serrer la main du nouveau venu. Nous sommes en train d'aménager les combles. »

Ils allaient entrer dans la maison quand des jumelles âgées d'une dizaine d'années en sortirent précipitamment. Gregory dut reculer pour ne pas se faire renverser.

« Vous restez dans le jardin, les filles, lança-t-il, alors que le problème principal, selon Strike, était qu'elles marchaient pieds nus et que la pelouse était trempée.

— *Vous rechtez dans le chardin, les filles*, se moqua la plus proche.

— La grossièreté n'a rien de drôle, fit Gregory en les lorgnant par-dessus ses lunettes.

— Bien sûr que si, bordel de merde ! répliqua-t-elle tandis que sa sœur partait d'un rire gras.

— Jayda, si tu dis encore des gros mots, tu seras privée de gâteau au chocolat, gronda Gregory. Et je ne te prêterai pas mon iPad. »

La menace dut porter ses fruits car Jayda, au lieu de répondre une insanité, se contenta d'une horrible grimace.

« Nous sommes foyer d'accueil, expliqua Gregory en précédant Strike dans le hall. Nos enfants sont grands maintenant. C'est à droite. Asseyez-vous où vous voulez. »

Pour Strike, qui avait choisi de vivre dans un environnement sobre, voire spartiate, le salon de Gregory Talbot, rempli d'objets hétéroclites abandonnés ici et là, représentait le summum du laisser-aller. Il se serait bien assis, comme le proposait son hôte, mais il aurait fallu qu'il en ait la place. Or Strike ne voulait pas se montrer impoli en retirant ne fût-ce qu'une partie du bric-à-brac qui encombrait les sièges. Sans paraître remarquer ses atermoiements, Gregory s'était posté derrière la fenêtre pour surveiller les deux gamines, qui revenaient en courant se mettre au chaud dans la maison.

« Elles apprennent peu à peu », dit-il quand la porte se referma en claquant et que les jumelles se précipitèrent dans l'escalier. S'étant retourné vers Strike, il s'aperçut enfin de son embarras.

« Oh, désolé, souffla-t-il, mais pas sur le ton gêné que Joan, la tante de Strike, aurait adopté si un étranger avait vu son salon dans un état aussi lamentable. Les filles ont joué ici, ce matin. »

Gregory se dirigea vers un fauteuil et retira ce qu'il y avait dessus, à savoir un pistolet à bulles qui fuyait, deux poupées Barbie nues, une chaussette d'enfant, des dizaines de petits bouts de plastique colorés plus une moitié de mandarine, et entassa le tout sur une table basse en bois déjà surchargée de magazines, de télécommandes, de courriers publicitaires, d'enveloppes vides et d'autres bouts de plastique, dont plusieurs briques de Lego.

« Thé ? proposa-t-il. Café ? Ma femme est à la piscine avec les garçons.

— Oh, il y a aussi des garçons ?

— D'où la nécessité d'aménager les combles, dit Gregory. Darren vit chez nous depuis presque cinq ans. »

Pendant que Gregory préparait du thé dans la cuisine, Strike ramassa l'album officiel de la Ligue des champions qui traînait sous la table basse et le feuilleta un moment. Lui aussi, dans son enfance, avait collectionné les images de footballeurs, songea-t-il avec un peu de nostalgie. Il réfléchissait vaguement aux chances qu'avait Arsenal de gagner la coupe cette année quand un grand fracas retentit au-dessus de sa tête, suivi d'une série de chocs puissants qui firent légèrement osciller le lustre accroché au plafond. Les jumelles avaient sans doute décidé de sauter à pieds joints de leurs lits sur le plancher. Il remit l'album là où il l'avait pris puis essaya de comprendre pourquoi Talbot et sa femme hébergeaient des enfants avec lesquels ils n'avaient aucun lien de parenté. Quand Gregory réapparut avec un plateau, Strike, n'ayant pas trouvé de réponse à sa question, s'était mis à penser à Charlotte qui avait toujours revendiqué son absence d'instinct maternel, allant jusqu'à envisager, alors qu'elle était enceinte, d'abandonner ses jumeaux à naître aux soins de sa belle-mère.

« Ça vous ennuierait de… ? » dit Gregory en fixant la table basse.

Strike se pencha et transféra une partie du fourbi sur le canapé.

« Merci bien », dit Gregory. Il posa le plateau, débarrassa prestement le deuxième fauteuil et balança également le fruit de sa pêche sur le canapé, qui menaçait de disparaître sous cet amoncellement hétéroclite. Après quoi, il prit sa tasse, s'assit, et désigna un sucrier pas très net et le paquet de biscuits qu'il avait posé à côté sans l'ouvrir :

« Servez-vous.

— Merci beaucoup, dit Strike avant de sucrer copieusement son thé.

— Alors comme ça, démarra Gregory, vous essayez de prouver que Margot Bamborough a été tuée par Creed ?

— Disons que j'essaie de découvrir ce qui lui est arrivé. Et, bien évidemment, Creed fait partie des possibilités.

— Vous avez vu, dans le journal du week-end dernier ? Il paraît qu'un dessin de Creed s'est vendu plus de 1 000 livres !

— Non, j'ai raté ça.

— C'était dans l'*Observer*. Un autoportrait au crayon, réalisé quand il était incarcéré à Belmarsh. Vous saviez qu'il existait un site Internet spécialisé dans les œuvres des tueurs en série ? Ce monde est fou.

— Je suis bien d'accord, confirma Strike. Donc, comme je vous le disais l'autre jour au téléphone, j'aimerais beaucoup que nous parlions de votre père.

— Oui, dit Gregory, déjà beaucoup moins jovial. Je… heu… j'ignore ce que vous savez exactement.

— Je sais qu'il a pris sa retraite avant l'heure, à la suite d'une dépression nerveuse.

— Oui, c'est une façon de résumer les choses. À la base, il souffrait d'un problème purement physique. Hyperthyroïdie non diagnostiquée. Il a fallu des années pour qu'on s'en aperçoive. Il perdait du poids, il ne dormait plus… il subissait d'énormes pressions, vous savez. Pas seulement de la part de sa hiérarchie, mais également de la presse. La disparition de cette femme médecin avait bouleversé tout le monde. Normal… Maman disait que c'était à cause du stress qu'il se comportait bizarrement.

— Bizarrement dans quel sens ?

— Eh bien, il s'était retranché dans la chambre d'amis et nous en interdisait l'accès. Quand on a su de quoi il souffrait, il a reçu le traitement adéquat et tout est rentré dans l'ordre, enchaîna-t-il avant que Strike lui demande des détails. Seulement, sa carrière était terminée. Il a pu toucher sa retraite, mais jusqu'au bout il s'en est voulu de n'avoir pas résolu l'affaire Bamborough. Il disait que s'il n'avait pas été si malade, il l'aurait sûrement arrêté.

« Parce que Creed a enlevé d'autres femmes après Margot Bamborough – je suppose que vous êtes au courant. Il y a eu Andrea Hooton, quelque temps plus tard. Après qu'ils sont entrés chez lui et qu'ils ont vu ce qu'il y avait dans sa cave – les instruments de torture, les photos de ces pauvres femmes –, Creed a reconnu qu'il en avait séquestré plusieurs pendant des mois avant de les tuer.

« En apprenant cela, papa s'est effondré. Il y pensait sans arrêt, il se disait que s'il l'avait attrapé, Bamborough et Hooton seraient peut-être encore en vie. Il regrettait d'avoir été aussi obsédé… »

Gregory s'interrompit.

« … perturbé, je veux dire.

— Donc, même après son rétablissement, votre père continuait à croire que c'était Creed qui avait enlevé Margot ?

— Oh oui, absolument, réagit Gregory comme si cela allait de soi. La police a écarté toutes les autres hypothèses, n'est-ce pas ? L'ex-petit ami et ce patient bizarre qui s'était amouraché d'elle ont été mis hors de cause. »

Au lieu de lui répondre qu'à son avis la regrettable maladie de son père avait surtout fait perdre des mois précieux durant lesquels les suspects, Creed inclus, avaient largement eu le temps de cacher un cadavre, faire disparaître les preuves ou peaufiner leur alibi, voire tout cela en même temps, Strike sortit de sa poche intérieure la copie du texte en sténo Pitman et le tendit à Gregory.

« Je voulais vous montrer cela. Est-ce bien l'écriture de votre père ?

— Où l'avez-vous trouvé ? s'étonna Gregory en saisissant la feuille comme s'il s'agissait d'une précieuse relique.

— Dans le dossier de police. Le texte en sténo dit : "*Et c'est le dernier d'entre eux, le douzième, et le cercle se refermera quand on trouvera le dixième, – un mot indéchiffrable – Baphomet. Transcrire dans le vrai livre.*" Ça vous évoque quelque chose ? »

À cet instant, un grand bruit retentit au premier étage. Gregory s'excusa, posa le papier sur le plateau et sortit en toute hâte. Strike suivit ses pas dans l'escalier, puis entendit des éclats de voix. Il crut comprendre que l'une des jumelles avait réussi à renverser une commode. Deux sopranos légers s'unirent pour répondre aux accusations proférées par le baryton.

À travers les rideaux, Strike vit une vieille Volvo s'arrêter devant la maison. Une femme brune et enrobée, vêtue d'un imperméable bleu marine, en descendit, suivie de deux garçons âgés de quatorze ou quinze ans. Elle ouvrit le coffre, en sortit deux sacs de sport et plusieurs sacs plastique marqués Aldi. Les garçons se dirigeaient tranquillement vers la porte d'entrée. Elle dut les rappeler pour qu'ils l'aident.

Gregory revint dans le salon au moment précis où sa femme pénétrait dans le hall. L'un des adolescents lui coupa la route et alla se planter devant Strike en le regardant comme s'il était un animal échappé du zoo.

« Salut », dit Strike.

Le garçon se retourna vers Gregory, perplexe.

« Qui c'est, lui ? » demanda-t-il en le montrant du doigt.

L'ayant rejoint, l'autre garçon entreprit d'examiner Strike avec le même mélange d'étonnement et de suspicion.

« C'est Mr. Strike ! » les informa Gregory.

Son épouse attrapa les deux ados par les épaules et leur fit faire demi-tour tout en souriant à leur visiteur.

Gregory ferma la porte, regagna son fauteuil et considéra Strike comme s'il ne se souvenait plus de quoi ils parlaient avant qu'il se précipite au premier étage. Puis son regard tomba sur le document couvert d'une écriture brouillonne entrecoupée de pentagrammes et de caractères sténo.

« Vous savez comment papa a appris la méthode Pitman ? demanda-t-il sur un ton qui se voulait cordial. Ma mère faisait des études de secrétariat. Il s'est mis à la sténo pour l'aider à préparer son examen. C'était un bon mari – et un bon père aussi, ajouta-t-il avec un air de défi.

— Je n'en doute pas. »

Un ange passa.

« Écoutez, reprit Gregory, ils ont caché les… les particularités de sa maladie à la presse. C'était un bon flic. Ce n'était pas sa faute s'il était souffrant. Ma mère vit encore. Elle serait anéantie si tout cela sortait maintenant.

— Je comprends bien…

— Je n'en suis pas sûr », répliqua Gregory en rougissant un peu. Pour un homme aimable et bien élevé comme lui, cette réponse un tantinet agressive avait dû représenter quelques efforts. « Par la suite, certaines familles de victimes… ces gens s'en sont pris à lui. Ils lui ont reproché d'avoir laissé courir Creed, d'avoir fait capoter l'enquête. Il recevait des lettres à la maison. Ils le traitaient de tous les noms. Mes parents ont fini par déménager… Au téléphone, j'avais cru comprendre que vous vous intéressiez aux théories de papa, pas juste à… ce genre de choses, fit-il en montrant la feuille semée de pentagrammes.

— Je m'intéresse beaucoup aux théories de votre père », répondit Strike. Puis, voyant qu'il n'obtiendrait rien s'il ne faisait pas certaines concessions, il ajouta : « La plupart des commentaires qui figurent dans le dossier de police sont parfaitement sensés. Votre père se posait les bonnes questions. C'est lui qui a remarqué…

— … la camionnette qui roulait trop vite, l'interrompit Gregory.

— Exactement.

— La pluie, l'obscurité, comme lors de l'enlèvement de Vera Kenny et de Gail Wrightman.

— Tout à fait, opina Strike.

— Les deux femmes qui se disputaient, poursuivit Gregory. Cette patiente, celle qui ressemblait à un homme. Admettez que si l'on met tout cela bout à bout…

— C'est précisément ce que je voulais vous dire. Votre père était peut-être malade mais il savait reconnaître un indice quand il en voyait un. Je me demandais simplement ce qu'il avait voulu signifier dans ce texte en sténo. À votre avis ? »

Gregory se raidit brusquement.

« Ce texte ne signifie rien. C'était sa maladie qui parlait.

— Vous savez, reprit Strike en pesant chacun de ses mots, votre père n'était pas le seul à considérer Creed comme un tueur sataniste. Une excellente biographie lui a été consacrée…

— *Le Démon de Paradise Park.*

— Absolument. Creed et la figure de Baphomet ont beaucoup de traits en commun. »

Dans le silence qui suivit, ils entendirent les jumelles courir au-dessus de leur tête et demander à Mrs. Talbot, de leurs petites voix stridentes, si elle leur avait rapporté de la mousse au chocolat.

« Écoutez – j'aimerais que vous arriviez à prouver que c'était Creed, reprit Gregory. Que papa avait raison depuis le départ. Il n'y aurait pas de honte à reconnaître que Creed était plus malin que lui. Il était aussi plus malin que Lawson. Il les a tous bernés. Je sais qu'on n'a retrouvé aucune trace de Margot Bamborough chez lui, mais Creed n'a jamais révélé non plus où il avait caché les vêtements et les bijoux d'Andrea Hooton. Vers la fin, il se débarrassait des corps selon des méthodes différentes à chaque fois. Avec Hooton, il a joué de malchance. Il n'aurait pas dû la jeter de la falaise. Sinon, on ne l'aurait pas retrouvée aussi vite.

— Vous avez parfaitement raison. »

Strike buvait son thé en regardant du coin de l'œil Gregory se mordiller pensivement le pouce. Après une minute de silence, Strike décida de remettre la pression.

« Cette histoire de transcription dans le vrai livre… »

Gregory tressaillit. Strike avait vu juste.

« Votre père aurait-il conservé certains papiers ? Des notes personnelles par exemple ? renchérit Strike et, comme l'autre ne répondait pas, il ajouta : Si c'était le cas, se pourrait-il que vous les ayez gardées ? »

Le regard vague de Gregory se fixa de nouveau sur lui.

« Bon, d'accord, dit-il. Papa pensait avoir affaire à une entité surnaturelle. Nous n'avons compris cela qu'à la fin, quand les médecins ont découvert à quel point il était malade. Chaque soir, il répandait du sel devant nos portes pour repousser Baphomet. Il s'enfermait dans la chambre d'amis. Maman pensait qu'il travaillait, sauf que personne n'avait le droit d'y entrer.

« Le soir avant qu'ils viennent le chercher, poursuivit Gregory d'un air misérable, il s'est précipité hors de cette pièce en hurlant. Il nous a tous réveillés. Nous sommes sortis sur le palier, mon frère et moi, et comme la porte était ouverte nous avons vu les pentagrammes sur les murs et les bougies qui brûlaient. Il avait arraché la moquette pour tracer un cercle magique sur le plancher. Un genre de rituel, j'imagine. Il disait que… il pensait avoir invoqué une créature démoniaque…

« Maman a appelé les secours, une ambulance est arrivée et… vous connaissez la suite.

— Cette expérience a dû être très pénible pour vous, dit Strike.

— Oui, en effet. Maman a profité de son séjour à l'hôpital pour nettoyer la chambre de fond en comble. Elle a jeté les tarots, les traités d'occultisme, elle a passé une couche de peinture sur les pentagrammes, elle a poncé le parquet. Elle a d'autant plus souffert de cette histoire qu'elle était croyante. Avant cela, ils allaient souvent à l'église, tous les deux…

— Il était malade, dit Strike. On ne peut pas lui en vouloir. Mais malgré ses problèmes de santé, c'était un bon enquêteur. Il était doué. C'est évident quand on lit le dossier officiel. S'il a laissé d'autres textes quelque part, je pense surtout à des écrits sur des sujets ne figurant pas dans le rapport de police, je serais curieux de les consulter. »

Gregory recommença à se mordiller le pouce, signe d'une intense concentration. Et soudain, il se lança.

« Depuis qu'on s'est parlé au téléphone, j'hésite à vous donner ça », dit-il en se levant. Il se dirigea vers une bibliothèque bourrée à craquer et, sur l'étagère du haut, prit un gros carnet relié de cuir, fermé par une cordelette.

« C'est la seule chose qui n'ait pas fini à la poubelle, expliqua-t-il. Quand l'ambulance est arrivée, papa a refusé de le lâcher. Il disait qu'il en avait besoin pour se rappeler à quoi ressemblait l'esprit… la chose qu'il avait fait apparaître… il l'a donc emporté avec lui à l'hôpital. Les médecins lui ont permis de dessiner ce fameux démon. C'était la seule manière pour eux de savoir ce qu'il avait dans la tête, car au début il ne leur parlait pas. Tout cela, je l'ai su par la suite. À l'époque, ils ont tout fait pour nous protéger, mon frère et moi. Après sa guérison, papa a voulu garder ce carnet. Il disait que grâce à lui, il n'oublierait jamais de prendre ses médicaments. Je voulais vous rencontrer avant de décider quoi que ce soit. »

Strike dut se faire violence pour ne pas lui arracher le carnet des mains. Il essaya d'adopter un air compatissant, ce qui n'était jamais facile étant donné son expression naturellement renfrognée. La bienveillance et la sympathie étaient plutôt du ressort de Robin. Il l'avait vue à l'œuvre maintes fois depuis qu'ils travaillaient ensemble ; elle était capable de faire fondre les plus récalcitrants.

« Vous comprenez..., reprit Gregory, visiblement déterminé à ne rien lui donner avant d'avoir fait entendre son point de vue. Il n'avait plus toute sa tête.

— Oui, je vous suis parfaitement. Avez-vous montré ce carnet à quelqu'un d'autre ?

— À personne. Il est resté au grenier pendant ces dix dernières années. Nous avions deux caisses remplies d'affaires venant de chez mes parents, là-haut. C'est drôle que vous ayez pris contact justement maintenant... C'est peut-être un signe que papa m'envoie. Peut-être essaie-t-il de me dire qu'il consent à vous le donner. »

Strike produisit une onomatopée censée exprimer tout à la fois que Gregory avait parfaitement raison, que l'idée de débarrasser le grenier lui avait été soufflée par son défunt père, lequel avait souhaité depuis l'au-delà que son précieux carnet finisse entre de bonnes mains, et non parce qu'il avait besoin d'une chambre pour les garçons.

« Prenez-le », finit par lancer Gregory, en le lui tendant comme s'il lui brûlait les mains.

« J'apprécie votre confiance, fit Strike. Si je tombe sur une chose qui nécessite des éclaircissements, pourrai-je vous recontacter ?

— Oui, bien sûr. Vous avez mon adresse mail... Je vais vous donner mon numéro de portable... »

Cinq minutes plus tard, Strike prenait congé de Mrs. Talbot venue le raccompagner.

« Ravie d'avoir fait votre connaissance, lui dit-elle. Je suis bien contente qu'il vous ait donné ce truc. On ne sait jamais, après tout. »

Le carnet serré dans la main gauche, Strike reconnut qu'en effet, on ne savait jamais.

18

Et la douce Britomart ayant révélé
Son nébuleux souci en une furieuse tourmente,
La brume du deuil se dissolut dans…

Edmund SPENSER, *La Reine des fées*

Robin, qui avait récemment sacrifié plusieurs week-ends pour assurer la bonne marche de l'agence, consentit sur l'insistance de Strike à prendre deux jours de repos le mardi et le mercredi suivants. Elle prévoyait quand même de faire un saut au bureau, histoire de consulter le carnet de Bill Talbot et d'inventorier le contenu de la dernière boîte d'archives que, faute de temps, ils avaient dû laisser de côté. Son associé lui opposa une fin de non-recevoir : elle ne pourrait certes jamais écluser tous les congés qu'elle avait accumulés mais il tenait à ce qu'elle en prenne un maximum, malgré tout.

Strike ne pouvait pas savoir que Robin avait horreur des vacances. Son mardi, elle le passa à faire la lessive et les courses. Et dans la matinée du mercredi, elle honora enfin un rendez-vous, par deux fois repoussé, chez son avocate.

Quand elle leur avait annoncé qu'elle divorçait, après un peu plus d'un an de mariage, ses parents lui avaient conseillé de s'adresser à un vieil ami de la famille dont le cabinet se trouvait à Harrogate.

« Je vis à Londres. Pourquoi j'engagerais un avocat dans le Yorkshire ? »

Robin avait choisi une femme d'une quarantaine d'années prénommée Judith, dont l'humour décalé, les cheveux gris hérissés et les lunettes à grosse monture noire lui avaient immédiatement plu. Au cours des douze mois suivants, leurs relations d'abord chaleureuses s'étaient sensiblement rafraîchies. Comment aurait-elle pu maintenir un rapport amical avec une personne dont le boulot consistait presque exclusivement à lui transmettre les dernières exigences et revendications de la partie adverse ? Plus le temps passait, plus Judith semblait s'être désintéressée de l'affaire, allant parfois jusqu'à oublier tel ou tel détail du dossier. Robin, qui dans son propre travail mettait un point d'honneur à mémoriser les moindres spécificités de chaque client, finissait par se demander si Judith aurait été plus consciencieuse s'il y avait eu davantage d'argent à la clé.

Comme les parents de Robin, Judith avait d'abord cru que ce divorce serait vite plié – on signe au bas de la page et on se quitte bons amis. Leur union n'avait duré qu'un an, ils n'avaient pas d'enfant, pas de chat, pas de chien. Dans leur candeur, Mr. et Mrs. Ellacott s'étaient même imaginé que Matthew, qu'ils avaient connu tout petit, n'aurait de cesse que de réparer l'affront qu'il avait infligé à leur fille en couchant avec une autre, et ferait en sorte que la procédure soit rapide et la compensation financière généreuse. Revenue de ses illusions, Linda était à présent très remontée contre son ex-gendre, à tel point que Robin redoutait parfois de lui téléphoner.

Le cabinet Stirling and Cobbs se trouvait sur North End Road, à vingt minutes de marche de son appartement. Robin enfila un manteau douillet, attrapa son parapluie et choisit de s'y rendre à pied pour faire un peu d'exercice, après les longues heures qu'elle avait passées assise dans sa voiture devant la maison du présentateur météo. En fait, la dernière fois qu'elle avait fait plus de dix pas, c'était au musée, en parcourant les salles de la National Portrait Gallery. Une visite qui n'avait rien donné mis à part une petite idée, peut-être, mais vite écartée car Strike lui avait toujours dit de se méfier de ses intuitions. Dans la vie courante, l'intuition était vue comme une qualité, répétait-il, mais un bon détective devait savoir qu'il s'agissait avant tout d'un mélange de présupposés et de désirs inconscients.

Robin se sentait fatiguée, déprimée ; en outre elle n'attendait rien de cette entrevue avec Judith, du moins rien qui soit susceptible de lui remonter le moral. Elle passait devant la boutique d'un bookmaker quand son portable sonna. Comme elle portait des gants, l'extraire de sa poche lui prit plus de temps que d'habitude. Aussi, ce fut d'une voix une peu tendue qu'elle finit par répondre au numéro inconnu qui était affiché.

« Oui, allô ? Robin Ellacott, j'écoute.

— Oh, bonjour. C'est Eden Richards. »

Robin resta coite. Qui pouvait bien être Eden Richards ? La femme au bout du fil parut deviner son désarroi car elle poursuivit en ces termes :

« La fille de Wilma Bayliss. Vous nous avez écrit, à moi et à mes frères et sœurs. Vous vouliez nous parler de Margot Bamborough.

— Oh, oui, bien sûr, merci de me rappeler ! »

Robin se retrancha aussitôt sur le seuil de la boutique et colla sa main contre son oreille gauche pour s'isoler un peu du vacarme de la circulation. Eden était la fille aînée de Wilma, celle qui habitait à Lewisham et exerçait le métier de conseillère syndicale.

« En fait, c'était pour vous dire qu'on ne veut pas vous parler. Je suis chargée de vous passer le message.

— Je suis désolée de l'apprendre », répondit Robin.

Un doberman pinscher entra dans son champ de vision, s'accroupit et déféqua sur le trottoir pendant que son maître, maussade, attendait à côté, un sac plastique à la main.

« Puis-je vous demander pourquoi… ?

— On ne veut pas, c'est tout. OK ?

— OK, mais sachez qu'il est juste question de vérifier certaines déclarations faites à l'époque où Margot…

— Notre mère est morte. Nous ne pouvons pas parler à sa place, la coupa Eden. Nous sommes désolés pour la fille de Margot mais nous n'avons pas envie de déterrer cette histoire qui… nous ne voulons pas revivre ça, aucun d'entre nous. Nous étions très jeunes quand cette femme a disparu. C'était une sale période. Donc, la réponse est non, OK ?

— Je comprends, dit Robin, mais je voudrais quand même que vous y réfléchissiez. Il ne s'agit pas d'évoquer des sujets pers…

— Et pourtant si. Bien sûr que si. Et c'est non, OK ? Vous n'êtes pas flic. Et pendant que j'y suis : ma plus jeune sœur est en chimiothérapie. Alors laissez-la tranquille, s'il vous plaît, elle a suffisamment de problèmes comme ça. Bon, il faut que je vous quitte. La réponse est non, OK ? Inutile de rappeler. »

Eden raccrocha.

« Et merde », s'écria Robin.

Le maître du doberman, qui était justement en train de ramasser cette substance déposée en grande quantité sur le trottoir, lui lança :

« Je ne vous le fais pas dire. »

Robin esquissa un sourire et rempocha son portable. Peu après, elle poussait la porte vitrée du cabinet Stirling and Cobbs en se demandant si elle aurait pu mieux s'y prendre avec Eden.

« Bien », commença Judith cinq minutes plus tard, quand Robin fut assise en face d'elle dans le petit bureau tapissé d'armoires en métal. Un long silence suivit cette monosyllabe. Le nez dans ses documents, Judith faisait de gros efforts pour se souvenir de quoi il était question. Robin aurait préféré poireauter cinq minutes de plus dans la salle d'attente plutôt que d'assister à cette révision hâtive dont le spectacle lui donnait envie de mordre.

« Hum, oui… je vérifiais juste que… oui, nous avons reçu une réponse à notre courrier du 14, comme je vous l'ai écrit dans mon mail. Donc vous comprenez que Mr. Cunliffe ne souhaite pas revoir sa position concernant le compte joint.

— Oui.

— Je pense vraiment qu'il est temps d'enclencher la médiation, déclara Judith Cobbs.

— Mais comme je le disais dans ma réponse à votre mail, rebondit Robin en se demandant si Judith avait ouvert son message, je doute que cette médiation aboutisse.

— Raison pour laquelle j'ai jugé bon de vous faire venir, répondit Judith en souriant. Voyez-vous, quand les deux parties se retrouvent dans la même pièce et s'expriment sans intermédiaires, surtout en présence de témoins impartiaux – je vous assisterai, bien évidemment –, on constate que l'intransigeance fait souvent place au compromis.

— Pourtant, vous en êtes convenue vous-même, répliqua Robin (le sang cognait dans ses oreilles, elle en avait assez de ce dialogue de sourds), la dernière fois que nous nous sommes vues – vous êtes convenue que Matthew semblait vouloir aller en justice sans passer par la case médiation. Cette histoire de compte joint n'est qu'un prétexte. Il s'en fiche, il a les moyens de dépenser dix fois plus que moi dans cette procédure. Tout ce qui l'intéresse, c'est me faire mordre la poussière. Il veut juste qu'un juge déclare que je l'ai épousé pour son fric et que le divorce soit prononcé à mes torts.

— C'est facile d'accuser l'autre des pires intentions, fit Judith sans cesser de sourire. Moi, je pense que Mr. Cunliffe est un homme intelligent…

— L'intelligence n'exclut pas la malveillance.

— Certes, dit Judith en feignant de prendre en compte les arguments de Robin, mais ne pas *tenter* une médiation serait une erreur préjudiciable pour l'un comme pour l'autre. Les juges ont tendance à considérer plus sévèrement les personnes qui n'ont pas au moins *tenté* de régler leurs différends sans recourir au tribunal. »

La vérité, Robin en était consciente et Judith peut-être aussi, c'était qu'elle redoutait de se retrouver face à Matthew et à l'avocat qui avait rédigé ces lettres glaciales et menaçantes.

« Je lui ai dit qu'il pouvait garder tout ce que sa mère lui a légué, reprit Robin. Je veux juste récupérer sur le compte joint l'argent que mes parents ont investi dans l'achat de notre premier appartement.

— Oui, je sais », fit Judith avec une vague lassitude. À chacun de leurs rendez-vous, Robin répétait la même chose dans les mêmes termes. « Mais vous ne pouvez ignorer *sa* position…

— À savoir : je ne contribuais quasiment pas aux dépenses du ménage et cette somme lui revient donc de droit parce qu'il m'a épousée par amour alors que moi, je n'en avais qu'à son argent.

— Cela vous bouleverse, j'ai l'impression, dit Judith qui ne souriait plus du tout.

— Nous avons vécu ensemble pendant dix ans, répondit Robin en essayant vainement de retrouver son calme. Quand il faisait ses études c'était moi qui travaillais, moi qui payais tout. Ai-je eu tort de ne pas garder les factures ?

— Nous pouvons introduire ce point dans la médiation…

— Ça ne fera que l'énerver davantage. »

Robin mit les mains devant ses yeux. Elle craignait de ne pouvoir retenir ses larmes.

« OK, c'est bon. On tente la médiation.

— Je pense que c'est le plus raisonnable, dit Judith Cobbs dont le sourire rejaillit comme par enchantement. Je vais en informer le cabinet Brophy, Shenston et…

— Au moins, ça me donnera l'occasion de lui dire ses quatre vérités à ce salaud », lâcha Robin, emportée par une soudaine colère.

Judith gloussa.

« Je ne vous le conseille pas. »

Non, sans blague, vous ne me le conseillez pas ? pensa Robin en se levant pour partir, agacée par l'air gêné de son avocate.

Un vent humide soufflant en rafales l'accueillit à la sortie du cabinet. Robin reprit la direction de Finborough Road en cheminant péniblement sous l'averse jusqu'à ce que, le visage engourdi par le froid, aveuglée par ses cheveux qui lui fouettaient les yeux, elle décide de se réfugier dans un petit café où, contrevenant au régime qu'elle s'était imposé, elle s'offrit un grand latte et un brownie au chocolat noir. Pendant qu'elle contemplait rêveusement le trottoir battu par la pluie, le cacao et le café commencèrent à diffuser leurs bienfaits dans son organisme. La sonnerie de son portable la fit sursauter.

C'était Strike.

« Bonjour, dit-elle, la bouche pleine. Désolée. Je mange.

— Vous avez de la chance. Moi, je suis encore devant ce foutu théâtre. Je crois que Barclay a raison : nous ne trouverons rien de compromettant sur Tutu. Ce type est clean. J'ai des nouvelles au sujet de Bamborough.

— Moi aussi, répondit Robin. Mais pas des bonnes. Les enfants de Wilma Bayliss refusent de nous parler.

— Les enfants de la femme de ménage ? Pourquoi ?

— Wilma n'était plus femme de ménage quand elle est morte, lui rappela Robin. Elle était assistante sociale. »

Tout en parlant, Robin se demanda pourquoi elle tenait tant à rétablir cette vérité. Peut-être parce que si l'étiquette « femme de ménage » demeurait collée sur Wilma Bayliss, elle-même resterait éternellement l'intérimaire qu'elle avait été trois ans auparavant.

« Au temps pour moi. Donc, pourquoi les enfants de l'assistante sociale refusent-ils de nous parler ? se corrigea Strike.

— Celle qui m'a appelée – Eden, l'aînée – a dit qu'ils ne souhaitaient pas revivre cette sale période. Apparemment, ils ont tous beaucoup souffert de la situation. Elle a précisé que cela n'avait rien à voir avec Margot, mais ensuite elle s'est contredite parce qu'au moment où j'ai répondu que seule l'histoire de Margot nous intéressait, je ne me souviens pas exactement de ses paroles mais j'ai eu l'impression que pour elle, parler de Margot revenait à évoquer leurs problèmes familiaux.

— C'est compréhensible. Au début des années 1970, leur père était en prison et Margot poussait Wilma à le quitter. Vous croyez que ça vaudrait le coup de la rappeler ? En insistant un peu plus ?

— Je ne pense pas qu'elle changera d'avis.

— Et elle parlait au nom de ses frères et ses sœurs ?

— Oui. L'une d'entre elles est en chimiothérapie. Eden m'a interdit de l'importuner.

— OK, ne l'importunez pas. Mais les autres ?

— Eden risque de mal le prendre.

— Possible mais on n'a rien à perdre, si ?

— Non, c'est sûr, convint Robin. Et vous, quoi de neuf ?

— L'infirmière et la réceptionniste… pas Gloria Conti, l'autre…

— Irene Bull.

— Irene Bull, exactement, aujourd'hui Hickson – elles sont disposées à nous rencontrer l'une et l'autre. Elles sont amies depuis l'époque où elles travaillaient ensemble au cabinet de St. John's. Irene sera ravie de nous accueillir chez elle samedi après-midi. Janice sera là également. Je pense que nous devrions y aller tous les deux. »

Robin mit son portable sur haut-parleur pour pouvoir regarder son agenda tout en discutant. Sur la journée de samedi, elle lut la mention : *anniversaire Strike/copine DF*.

« Samedi, je suis censée filer la petite amie de DeuxFois, dit Robin avant de couper le haut-parleur.

— Laissez tomber, Morris s'en chargera. Et si cela ne vous ennuie pas, c'est vous qui conduirez, ajouta-t-il.

— Non, cela ne m'ennuie pas, fit-elle en souriant.

— Parfait. Dans ce cas, je vous laisse profiter de votre jour de congé. Ou de ce qu'il en reste. »

Il raccrocha. Robin termina tranquillement son brownie en savourant chaque bouchée. La future médiation était toujours bien présente dans son esprit mais elle se sentait nettement mieux que dix minutes auparavant. Sans doute grâce à l'action bénéfique du chocolat.

19

Là, je trouvai mon seul ami fidèle
Pris en un sort cruel et triste perplexité ;
Voyant sa peine j'oubliai mes tourments,
Et le réconfortai de ma compagnie.

Edmund SPENSER, *La Reine des fées*

Strike n'annonçait jamais son anniversaire. Il n'en parlait pas le jour même et encore moins avant. Cela dit, il ne détestait pas qu'on le lui souhaite : en réalité, quand ça arrivait, il était plus touché qu'il ne consentait à le montrer. Ce qu'il avait en horreur c'étaient les célébrations programmées, la jovialité de circonstance et par-dessus tout qu'on lui chante « Joyeux anniversaire ».

Cette date faisait systématiquement ressurgir des souvenirs désagréables qu'il parvenait le reste du temps à garder enfouis au fond de sa mémoire. Quand il était enfant, sa mère ne pensait pas toujours à lui offrir un cadeau ce jour-là, et pour son père biologique c'était un jour comme les autres. Chacun de ses anniversaires lui rappelait qu'il avait été conçu par accident, que sa filiation avait été contestée devant la justice et que sa naissance elle-même avait été « une torture, mon chéri, si les hommes étaient obligés de s'y coller, la race humaine s'éteindrait en un an ».

Pour sa sœur Lucy, il était inconcevable, voire cruel, de laisser passer l'anniversaire d'un proche sans lui envoyer au moins une carte, un présent, lui passer un coup de fil et, dans la mesure du possible, organiser un repas, voire une réception en son honneur. C'est justement pour cette raison que la plupart de temps, Strike préférait mentir en prétextant d'autres engagements plutôt que se taper le trajet jusqu'à Bromley pour un dîner de famille qui ferait bien plus plaisir à sa sœur qu'à lui-même. Voilà quelque temps encore, il aurait été heureux de célébrer l'événement chez ses amis Nick et Ilsa, à la bonne franquette. Mais cette année, ça ne lui disait rien. Ilsa avait lourdement insisté pour qu'il vienne avec Robin. Et comme depuis plusieurs semaines Strike avait remarqué que les manœuvres d'Ilsa pour les caser ensemble ne pouvaient être contrées que par un refus catégorique, il avait botté en touche au prétexte qu'il était invité chez Lucy. Une bonne chose de faite. Tout ce qu'il souhaitait à présent pour son trente-neuvième anniversaire c'était que Robin laisse passer la date, un oubli effaçant l'autre.

Le vendredi matin, il descendit l'escalier métallique, poussa la porte vitrée et fut surpris de découvrir deux paquets et quatre enveloppes posés en évidence près de la pile de courrier, sur le bureau de Pat. Les enveloppes étaient toutes de couleurs différentes. Ses amis et ses parents avaient dû s'arranger pour que leurs vœux lui parviennent avant le week-end.

« C'est votre anniversaire ? lui demanda Pat de sa voix rocailleuse, les yeux collés à l'écran, les mains sur le clavier, la cigarette électronique coincée entre les dents comme d'habitude.

— Demain », répondit Strike en ramassant les enveloppes. Il reconnut l'écriture sur trois d'entre elles, pas sur la quatrième.

« Tous mes vœux, grommela Pat par-dessus le cliquetis des touches. Vous auriez dû le dire. »

Par esprit de malice, Strike ne put s'empêcher de lui rétorquer :

« Pourquoi ? Vous m'auriez fait un gâteau ?

— Non, répondit-elle sur le même ton bourru. Mais j'aurais pu vous acheter une carte.

— Dans ce cas, je ne regrette rien. On coupe déjà trop d'arbres.

— J'en aurais pris une toute petite », lui renvoya Pat, imperturbable.

Amusé par cet échange, Strike se retrancha dans son bureau en emportant cartes et colis. Quand il les monta chez lui en fin de journée, il n'avait toujours rien ouvert.

Il se réveilla le matin du 23 en pensant au voyage qu'il allait entreprendre avec Robin jusqu'à Greenwich quelques heures plus tard, et ne se rappela que cette journée était particulière qu'en revoyant les cadeaux et les cartes sur la table de la cuisine. L'un des colis contenait un pull offert par Ted et Joan, l'autre un sweat-shirt de la part de Lucy. Ilsa, Dave Polworth et son demi-frère Al avaient opté pour des cartes humoristiques qui lui arrachèrent un petit sourire, sans plus.

En extrayant la quatrième carte de son enveloppe, il remarqua d'abord la photo d'un chien de chasse. Qui avait pu lui envoyer un truc pareil ? se demanda-t-il.

Et pourquoi ? Il n'avait jamais possédé de chien et bien qu'il les préférât aux chats pour en avoir côtoyé quelques-uns dans l'armée, il ne se définissait pas comme un ardent défenseur de la race canine. Puis au verso, il lut :

Joyeux anniversaire Cormoran,
bien à toi,
Jonny (papa)

Strike contempla longuement ces huit mots, l'esprit aussi vide que l'espace qui les entourait. La dernière fois qu'il avait lu l'écriture de son père, il gisait sur un lit d'hôpital, avec une jambe en moins et de la morphine plein les veines. Dans son enfance, il avait également aperçu sa signature sur des documents légaux adressés à sa mère. Puis soudain, alors qu'il fixait, sidéré, le prénom tracé sur la dernière ligne, il eut l'impression que son père était là devant lui, ou du moins qu'il tenait entre ses mains la preuve tangible que Rokeby n'était pas un mythe mais un être de chair et de sang.

Mais dès qu'il retrouva l'usage de son cerveau, Strike pensa au petit garçon qui aurait vendu son âme pour recevoir une carte d'anniversaire de son papa et une colère démentielle s'empara de lui. Il avait dépassé ce stade depuis belle lurette mais sa chair gardait le souvenir de la douleur qu'il avait endurée dans les premières années de sa vie à cause de cet homme qui l'avait implacablement privé de sa présence. Quand l'instituteur leur faisait dessiner des cartes pour la fête des Pères. Quand les grandes personnes lui demandaient pourquoi il n'avait jamais rencontré le célèbre rockeur. Quand des enfants fredonnaient les tubes des Deadbeats pour se moquer de lui ou racontaient que sa mère s'était fait engrosser pour toucher de l'argent. À chaque Noël, à chaque anniversaire, il avait follement espéré recevoir un cadeau de Rokeby ou au moins un coup de fil : peu importe, juste quelque chose prouvant qu'il connaissait son existence. Strike détestait se souvenir de ces rêves d'enfant plus encore que du chagrin suscité par leur éternel inaccomplissement. Mais ce qu'il aurait voulu oublier par-dessus tout, c'étaient les pieux mensonges dont il s'était bercé pour justifier à ses propres yeux les manquements de son père : Rokeby ne savait pas qu'ils avaient déménagé, ses cadeaux s'étaient perdus, il avait voulu voir son fils mais ignorait où il habitait.

Où était-il quand Strike n'était qu'un gamin parmi tant d'autres ? Où était-il quand Leda faisait de mauvais choix et que Ted et Joan devaient voler à leur secours ? Où était-il toutes les fois où sa présence aurait pu signifier quelque chose de vrai, de sincère, et pas juste un coup d'esbrouffe pour faire bien devant les journalistes ?

Qu'est-ce que Rokeby savait de son fils, à part qu'il était détective ? Rien. D'où ce foutu chien de chasse. *Tu peux te la mettre où je pense, ta carte d'anniversaire à la con.* Strike la déchira en deux puis en quatre, et jeta les morceaux à la poubelle. Il aurait volontiers ajouté une allumette mais n'avait pas envie de déclencher l'alarme incendie.

Il avait parfaitement conscience que sa réaction épidermique démontrait surtout que Rokeby ne lui était pas indifférent. Et cela ne faisait qu'attiser sa colère. Il la sentit fuser dans ses veines comme un courant électrique pendant toute la matinée. Quand il sortit de chez lui pour retrouver Robin à Earl's Court, il aurait bien tordu le cou à l'abruti qui avait eu la mauvaise idée d'inventer les anniversaires.

Quarante-cinq minutes plus tard, assise au volant de sa Land Rover, Robin vit Strike émerger de la bouche de métro, un gros calepin relié de cuir à la main et, sur le visage, une ombre qui ne présageait rien de bon.

« Joyeux anniversaire », lança-t-elle dès qu'il ouvrit la portière. Strike repéra aussitôt la carte et le petit paquet posés sur le tableau de bord.

Et merde.

« Merci. » Il grimpa sur le siège passager et se referma comme une huître.

« C'est le fait d'avoir trente-neuf ans qui vous contrarie, demanda Robin en démarrant, ou il s'est passé quelque chose de grave ? »

Comme il ne voulait pas lui parler de Rokeby, Strike essaya de faire un effort.

« Non, c'est juste que je suis crevé. J'ai veillé tard hier soir. Je voulais inventorier le dernier carton d'archives.

— Je vous avais proposé de le faire mardi dernier, mais vous m'avez dit non !

— Vous aviez des congés à prendre, répliqua Strike en ouvrant l'enveloppe. D'ailleurs il vous en reste encore pas mal.

— Je sais mais j'aurais préféré faire ça que du repassage. »

Sur la carte de Robin, il découvrit un paysage peint à l'aquarelle et reconnut St. Mawes. Elle avait dû galérer pour dénicher une telle image à Londres, se dit-il. « C'est joli. Merci. »

Puis il l'ouvrit et lut :

Mes vœux les plus sincères, Robin x

D'habitude, elle ne mettait jamais de bises à la fin des messages qu'elle lui destinait. Cette petite croix d'apparence anodine lui fit terriblement plaisir. Se sentant tout à coup d'humeur plus joyeuse, il déballa le paquet et découvrit à l'intérieur une paire d'écouteurs, pareils à ceux que Luke avait brisés l'été précédent à St. Mawes.

« Ah ! Robin, c'est… Merci. C'est génial. Je n'en avais pas racheté.

— J'avais remarqué. »

Strike remit la carte dans l'enveloppe en se promettant de lui trouver un vrai cadeau au Noël suivant.

« C'est le carnet secret de Bill Talbot ? demanda Robin en lorgnant le gros calepin posé sur les genoux de Strike.

— Lui-même. Il est bourré de dessins, de symboles bizarroïdes. Je vous le montrerai plus tard, quand nous aurons vu Irene et Janice. Complètement chtarbé, ce type.

— Et le dernier carton d'archives ? Il contenait des trucs intéressants ?

— Oui, enfin, relativement. Des rapports de police datés de 1975, mélangés à d'autres documents plus récents. J'en ai extrait quelques infos utiles.

« Par exemple, j'ai appris que Wilma, la femme de ménage, avait été virée deux mois après la disparition de Margot, mais pour des larcins, pas pour avoir bu de l'alcool comme me l'avait dit Gupta. De petites sommes avaient disparu dans des porte-monnaie et des poches… Trois fois rien. À part ça, il semble qu'une femme se faisant passer pour Margot ait appelé au domicile des Phipps le jour des deux ans d'Anna.

— Mon Dieu, mais c'est horrible. Une mauvaise farce ?

— La police pense que non. Ils ont remonté la piste jusqu'à une cabine téléphonique de Marylebone. C'est Cynthia qui avait décroché. Cynthia, la baby-sitter, la future Mrs. Phipps numéro II. La femme s'est présentée comme Margot et lui a demandé de bien s'occuper de sa fille.

— Elle a reconnu la voix ?

— Ça lui a fait un tel choc qu'elle n'a pas percuté tout de suite. Enfin, c'est ce qu'elle a raconté à la police. Elle a dit que la voix ressemblait un peu à celle de Margot mais qu'à bien y réfléchir c'était plutôt une bonne imitation.

— Qu'est-ce qui pousse les gens à faire des choses pareilles ? demanda Robin, perplexe.

— Ouais, c'est dégueulasse. Bon, à part ça, j'ai trouvé quelques témoignages de personnes l'ayant soi-disant aperçue après sa disparition. Aucun n'a été confirmé mais j'ai dressé la liste et je vous la ferai parvenir. Ça vous ennuie si je fume ?

— Allez-y », dit Robin. Strike baissa sa vitre. « Au fait, je vous ai envoyé une petite info par mail, hier soir. Vous vous souvenez d'Albert Shimmings, le fleuriste du quartier…

— … celui dont certaines personnes ont vu la camionnette s'éloigner à toute vitesse de Clerkenwell Green ? Oui. Il a confessé le meurtre par écrit ?

— Malheureusement non. Mais j'ai parlé à son fils aîné. Il confirme que la fameuse camionnette n'était pas à Clerkenwell à 18 h 30, ce soir-là, mais garée devant le domicile de son prof de clarinette, à Camden. Son père l'emmenait là-bas tous les vendredis et attendait la fin de la leçon en lisant des romans d'espionnage. D'après lui, la police est au courant.

— Les leçons de clarinette ne figurent pas dans les rapports mais Shimmings a été interrogé par Talbot puis par Lawson et aucun des deux n'a mis en doute ses déclarations. Cela dit, c'est bien que vous ayez obtenu confirmation, ajouta-t-il pour éviter que Robin pense qu'il dénigrait son travail. Bon, résultat des courses : la camionnette pouvait appartenir à Dennis Creed. »

Strike alluma une Benson & Hedges, souffla la fumée par la fenêtre et reprit :

« Dans ce carton, j'ai aussi trouvé des renseignements sur les deux femmes que nous allons rencontrer, dont certains détails datés du soir de la disparition et qui sont apparus après que Lawson a repris l'affaire.

— Vraiment ? Je pensais que ce soir-là Irene avait rendez-vous chez le dentiste et que Janice faisait des visites à domicile.

— C'est ce qu'elles ont dit à Talbot. Et il les a crues sur parole.

— Parce que le Boucher de l'Essex ne pouvait pas être une femme.

— Exactement. »

Strike sortit son calepin de la poche de son pardessus et l'ouvrit sur l'une des pages qu'il avait noircies le mardi précédent.

« Devant Talbot, lors de sa première déposition, Irene a dit qu'elle avait mal aux dents depuis plusieurs jours. Son amie Janice, l'infirmière, craignant un abcès, Irène a pris rendez-vous en urgence pour 15 heures, et elle a quitté le cabinet à 14 h 30. Janice et elle avaient prévu d'aller au cinéma dans la soirée, mais en sortant de chez le dentiste, Irene avait toujours mal et sa joue était enflée. Alors, quand Janice l'a appelée pour prendre de ses nouvelles et savoir si elle voulait toujours sortir, elle a dit qu'elle préférait rester se reposer.

— L'invention du téléphone portable a changé pas mal de choses, songea Robin à haute voix.

— C'est exactement ce que j'ai pensé en lisant ce rapport. Aujourd'hui, les copines d'Irene auraient eu droit à des commentaires à chaud et à des selfies sur le fauteuil du dentiste.

« Talbot a fait croire à ses hommes qu'il avait personnellement vérifié l'alibi d'Irene mais c'est faux. À mon avis, il a juste consulté sa boule de cristal. Ç'aurait bien été son genre.

— Très drôle.

— Je ne plaisante pas. Attendez de voir son carnet. »

Strike tourna la page.

« Bref, six mois plus tard, quand Lawson reprend l'enquête, il convoque systématiquement les témoins et les suspects répertoriés dans le dossier d'origine. Irene lui ressert son histoire de dentiste mais, une demi-heure après être sortie du commissariat, elle revient en panique, demande à le revoir et avoue qu'elle a menti.

« Elle n'a jamais eu de rage de dents. Elle n'est jamais allée chez le dentiste. En réalité, on l'avait obligée à faire des heures supplémentaires non payées et comme elle trouvait cela injuste, elle avait décidé de prendre son après-midi pour compenser, en prétextant un problème dentaire. Dès qu'elle est sortie du cabinet St. John's, elle a filé dans le West End pour faire les boutiques.

« Elle a dit à Lawson qu'en rentrant à la maison – elle vivait encore chez ses parents – elle a réalisé que si elle rejoignait Janice au cinéma celle-ci risquait de découvrir la supercherie. Elle voudrait voir sa gencive, s'étonnerait que sa joue ne soit pas gonflée. Donc, quand Janice a téléphoné pour confirmer leur rendez-vous, Irene a déclaré forfait.

« Lawson lui a passé un bon savon, d'après ce que j'ai lu dans le rapport. Et que c'était très grave de mentir à la police, et que des gens allaient en prison pour moins que ça, etc. Il lui a aussi fait remarquer qu'avec sa nouvelle version, elle n'avait plus d'alibi pour l'après-midi et la soirée de l'enlèvement, mis à part le coup de téléphone de Janice aux environs de 18 h 30.

— Où Irene vivait-elle ?

— Sur Corporation Row. Une rue qui, comme par hasard, se trouve à deux pas du Three Kings. Mais pas sur le chemin que Margot aurait emprunté en sortant du cabinet.

« Quand Lawson a évoqué cette absence d'alibi, Irene est devenue hystérique. Elle lui a raconté que Margot avait des tas d'ennemis, mais sans citer aucun nom, et elle a reparlé des lettres anonymes que Margot avait reçues.

« Le lendemain, Irene est retournée voir Lawson, cette fois avec son père, lequel s'est énervé en l'accusant d'avoir traumatisé sa fille, ce qui n'a fait qu'aggraver son cas. Au cours de ce troisième entretien, Irene a remis à Lawson un ticket de caisse censé prouver qu'à 15 h 10, le jour de la disparition de Margot, elle faisait du shopping sur Oxford Street. Elle avait payé en espèces. Je pense que Lawson a pris un malin plaisir à lui expliquer que ce ticket prouvait seulement que *quelqu'un* avait fait du shopping sur Oxford Street ce jour-là.

— Pourtant… un ticket marqué du jour et de l'heure…

— … qui aurait pu lui être donné par sa mère. Ou par une amie.

— Pourquoi l'auraient-elles conservé six mois ?

— Et elle ? »

Robin réfléchit. Il lui arrivait aussi de conserver ses tickets de caisse mais seulement s'il s'agissait de frais professionnels, pour les remettre ensuite au comptable.

« Ouais, en effet, c'est bizarre qu'elle l'ait gardé si longtemps.

— Lawson n'a rien obtenu de plus de sa part. Cela dit, il ne la soupçonnait pas vraiment. Je crois qu'elle ne lui revenait pas, c'est tout. Il s'est quand même amusé à la cuisiner sur les lettres anonymes qu'elle prétendait avoir vu passer, celles qui parlaient des feux de l'enfer. À mon avis, il la prenait pour une affabulatrice.

— Pourtant, l'autre réceptionniste avait vu l'une des deux lettres, non ?

— En effet. Mais elles auraient très bien pu être de mèche. Surtout que ces messages n'ont jamais été retrouvés.

— Un tel mensonge aurait pu lui valoir de gros ennuis, fit remarquer Robin. Raconter des bobards à son patron pour s'offrir une demi-journée de liberté, passe encore. Mais des lettres anonymes envoyées à une personne portée disparue… c'est autrement plus grave.

— N'oubliez pas qu'Irene avait parlé de ces lettres anonymes avant la disparition de Margot. Ce n'est pas la même chose. Les deux réceptionnistes auraient pu inventer cette histoire pour lancer une rumeur, puis s'enferrer dans leur mensonge.

« Bon, dit Strike en tournant deux pages, voilà pour Irene. Maintenant, sa meilleure copine, l'infirmière auxiliaire.

« Dans sa première déclaration, Janice dit avoir sillonné le quartier en voiture tout l'après-midi. Elle avait beaucoup de patients à voir. La dernière personne était une vieille dame très mal en point. Cette visite lui a pris plus de temps que prévu. Quand elle en est sortie, vers 18 heures, elle s'est précipitée dans une cabine téléphonique pour appeler Irene et lui demander si le cinéma tenait toujours. Irene lui a répondu que non, mais comme Janice avait déjà trouvé une baby-sitter et qu'elle avait très envie de voir le film – James Caan, *Le Flambeur* – elle y est allée seule. Après la séance, elle est passée chez la voisine récupérer son fils et elle a regagné ses pénates.

« Talbot n'a pas pris la peine de vérifier tout cela non plus mais un jeune policier zélé l'a fait de sa propre initiative. Et tout concordait. Chaque patient a confirmé avoir vu Janice à l'heure dite. Même chose pour la baby-sitter. Janice a également produit le ticket de cinéma déchiré qui traînait au fond de son sac à main. C'était moins d'une semaine après la disparition de Margot, donc rien d'étonnant à ce qu'elle l'ait gardé. Mais de la même manière qu'un ticket de caisse ne prouve pas qu'Irene est allée faire les boutiques, un ticket de cinéma déchiré ne prouve pas que Janice a vu le film jusqu'au bout. »

Il balança son mégot par la vitre.

« Où habitait la dernière patiente de Janice ? » demanda Robin. Strike comprit qu'elle étudiait le timing.

« Sur Gopsall Street, à environ dix minutes en voiture du cabinet. Elle aurait pu apercevoir Margot et la prendre au passage, mais pour cela, il aurait fallu que celle-ci marche très lentement, s'arrête en chemin ou quitte le cabinet après l'heure indiquée par Gloria. Et je ne crois pas trop à cette rencontre car, ainsi que nous l'avons constaté par nous-mêmes, une bonne partie de l'itinéraire emprunté par Margot n'était pas accessible aux voitures.

« Et surtout, je n'imagine pas quelqu'un planifier un enlèvement et prévoir d'aller au cinéma avec une amie le même soir, intervint Robin.

— Moi non plus, dit Strike. Mais je n'ai pas fini. Quand Lawson reprend le dossier, il découvre que Janice a elle aussi menti à Talbot.

— Vous plaisantez ?

— Pas du tout. En réalité, elle n'avait pas de voiture. Sa vieille Morris Minor avait rendu l'âme six semaines avant la disparition de Margot. À partir de ce moment, elle a dû faire ses visites à pied ou en utilisant les transports en commun. Mais elle n'en a pas parlé de peur de perdre son emploi. Son mari l'avait quittée, elle élevait seule son enfant. Elle économisait pour s'acheter une nouvelle voiture mais cela risquait de prendre du temps. Donc, elle racontait que sa Morris Minor était en réparation, ou que le bus était plus pratique pour elle.

— Mais si c'est exact…

— C'est exact. Lawson a interrogé le gérant de la casse.

— … elle n'était pas en mesure d'enlever Margot. Ce qui la place hors de cause.

— J'ai tendance à penser comme vous, dit Strike. Elle aurait pu prendre un taxi, bien sûr, mais il aurait fallu que le chauffeur soit complice. Non, concernant Janice, la seule chose vraiment intéressante c'est que Talbot la pensait innocente mais qu'il l'a quand même interrogée sept fois, plus qu'aucun autre témoin ou suspect dans cette affaire.

— Sept fois ?

— Oui. La première fois, c'est normal : elle habitait dans le même immeuble que Steve Douthwaite, le patient migraineux et stressé de Margot. Même s'ils se disaient juste bonjour bonsoir, les interrogatoires deux et trois sont entièrement centrés sur lui. Talbot aurait bien vu Douthwaite dans la peau du Boucher de l'Essex. On suit son raisonnement : pour savoir si un type trucide des femmes chez lui, il faut commencer par interroger les voisins. Mais Janice ne sait pas grand-chose sur Douthwaite, du moins pas plus que n'importe qui d'autre. Et pourtant, Talbot insiste. Au quatrième interrogatoire, il passe à un autre sujet et là, ça devient du grand n'importe quoi. Il lui pose des questions du genre : Vous a-t-on déjà hypnotisée ? Êtes-vous prête à essayer ? Il lui demande de raconter ses rêves, de les inscrire dans un cahier pour qu'il les lise. Il veut qu'elle dresse la liste de ses derniers partenaires sexuels.

— Pardon ?

— J'ai trouvé dans le dossier la copie d'une lettre adressée à Janice, dans laquelle le commissaire divisionnaire lui présente ses excuses pour le comportement de Talbot. Vous comprenez mieux pourquoi ils ont cherché à se débarrasser de lui dare-dare.

— C'est son fils qui vous a raconté cela ? »

Strike se remémora le visage doux, presque candide, de Gregory. Il avait affirmé que Bill avait été un bon père mais n'avait pu cacher son embarras quand la conversation avait dérivé vers les pentagrammes.

« Je doute qu'il soit au courant. J'ai l'impression que Janice n'en a parlé à personne.

— Après tout, dit Robin en réfléchissant, elle était infirmière. Elle a peut-être compris qu'il ne tournait pas rond. »

Elle s'accorda deux secondes avant d'ajouter :

« Pourtant, ça doit faire peur, un inspecteur de police qui débarque chez vous toutes les cinq minutes et qui vous demande de noter vos rêves.

— Oui, j'en connais plus d'un qui auraient balisé. Je suppose qu'il existe une explication – mais nous lui poserons la question. »

Strike jeta un coup d'œil derrière lui et vit, comme il l'avait espéré, un sac rempli de victuailles posé sur la banquette arrière.

« Profitez, c'est votre anniversaire, fit Robin sans quitter la route des yeux.

— Un biscuit, ça vous dit ?

— Il est trop tôt pour moi. Mais servez-vous. »

En se penchant entre les sièges pour attraper le sac, Strike remarqua que Robin avait remis son ancien parfum.

20

Et si de ce mal, elle entendait parler,
Voudrait le grandir et l'empirer,
Et prendrait moult plaisir à le répandre,
Car par sa bouche toute chose est noircie.

Edmund Spenser, *La Reine des fées*

Irene Hickson habitait dans une petite rue tranquille bordée de maisons georgiennes de brique ocre, ornées de fenêtres arquées et de portes en bois laqué surmontées d'une imposte. Un environnement très particulier qui projeta Robin plusieurs mois en arrière, à l'époque où elle louait avec Matthew une jolie maison d'armateur dans un quartier pareil à celui-ci, truffé de vestiges rappelant le passé industriel et commercial de Londres, comme cette inscription qu'ils venaient d'apercevoir, gravée au fronton d'une large baie vitrée : *Royal Circus Tea Warehouse*.

« Mr. Hickson devait bien gagner sa vie, dit Strike en traversant la route avant de s'arrêter devant une façade aux proportions harmonieuses. On est à mille lieues de Corporation Row. »

Robin sonna et entendit quelqu'un crier « C'est bon, j'y vais ! ». Quelques secondes plus tard, une petite femme aux cheveux gris apparaissait sur le pas de la porte, vêtue d'un pull bleu marine et d'un pantalon que la mère de Robin aurait qualifié « d'intérieur ». Elle avait le visage rond, le teint clair, les joues roses, les yeux bleus et une frange mal coupée, sans doute par elle-même.

« Mrs. Hickson ? demanda Robin.

— Janice Beattie, corrigea la vieille dame. Vous êtes Robin, n'est-ce pas ? Et vous… »

Les yeux de l'infirmière retraitée se braquèrent d'abord sur les jambes de Strike, par réflexe professionnel peut-être.

« … Cormoran, c'est bien cela ? ajouta-t-elle, son regard ayant achevé son périple ascendant.

— Absolument, dit Strike. Merci beaucoup d'avoir accepté de nous voir, Mrs. Beattie.

— Oh, mais c'est la moindre des choses, répondit-elle en s'effaçant pour les laisser entrer. Irene nous rejoint dans un instant. »

Sa bouche aux commissures relevées et ses joues pleines, marquées de fossettes, lui donnaient un air joyeux même quand elle ne souriait pas. Elle leur fit traverser un vestibule que Strike trouva étouffant tant il était surchargé. Autour d'eux, tout était couleur vieux rose : le papier peint fleuri, la moquette épaisse, le pot-pourri posé sur la console près du téléphone. Le bruit d'une chasse d'eau leur apprit où se trouvait Irene.

En entrant dans le salon, ils passèrent du vieux rose au vert olive. Partout ce n'étaient que draperies, franges, volants et capitonnages. Sur les guéridons s'entassaient des photos de famille dans leurs cadres argentés. La plus grande d'entre elles montrait une femme blonde d'une quarantaine d'années, excessivement bronzée, qui se tenait joue contre joue avec un homme au teint rougeaud, beaucoup plus âgé qu'elle, feu Mr. Hickson certainement. Devant eux, deux verres à cocktail dans lesquels nageaient des morceaux de fruits piqués d'une ombrelle en papier. Contre la tapisserie verte aux reflets moirés, des dizaines de figurines en porcelaine s'alignaient sur des étagères en acajou spécialement conçues pour les recevoir. Elles avaient en commun de représenter de délicates jeunes femmes en crinoline penchées sur un bouquet de fleurs ou tenant un agneau dans les bras.

« Elle en fait collection, dit Janice en notant le regard de Robin. Charmant, n'est-ce pas ?

— Oh oui », mentit Robin.

Janice ne leur proposa pas de s'asseoir. Peut-être ne s'estimait-elle pas en droit de le faire en l'absence d'Irene. Ils restèrent donc plantés tous les trois devant les sujets en porcelaine.

« Vous venez de loin ? » demanda-t-elle pour meubler le silence. Ils n'eurent pas le temps de répondre car une voix puissante détourna leur attention.

« Bonjour ! Bienvenue ! »

À première vue, Irene Hickson était à l'image de son salon. Il se dégageait d'elle une impression d'opulence surfaite, à la limite de la vulgarité. Elle était aussi blonde qu'à vingt-cinq ans mais avait pris beaucoup de poids, surtout au niveau des hanches et du postérieur. Ses yeux aux paupières tombantes étaient soulignés d'un trait de crayon noir, ses sourcils retouchés en mode Pierrot et ses lèvres fines peintes en rouge vif. Elle portait un twin-set jaune moutarde, un pantalon noir, des talons trop hauts et plusieurs kilos de bijoux en or, dont une paire de boucles d'oreilles si lourdes qu'elles tiraient sur ses lobes déjà déformés. Un parfum ambré mêlé à une odeur de laque pour les cheveux se répandit dans la pièce au moment où elle s'avança vers eux.

« Comment allez-vous ? roucoula-t-elle en se composant un sourire radieux exclusivement destiné à Strike, avant de lui tendre une main au poignet chargé de bracelets cliquetants. Jan vous a dit ce qui s'est passé ce matin ? Justement le jour où vous deviez venir… C'est tellement étrange. Mais je finis par y être habituée, ce genre de choses m'arrive tout le temps. » Elle s'interrompit pour ménager son effet et reprit sur un ton théâtral : « *Ma Margot s'est brisée.* Ma Margot Fonteyn[1] qui était posée sur l'étagère du haut, dit-elle en désignant un espace vide entre deux figurines. Elle s'est brisée en mille morceaux alors que je passais le plumeau ! »

Elle se tut et attendit que son public réagisse.

« En effet, c'est bizarre, se sentit obligée de répondre Robin, voyant que Strike ne semblait pas disposé à le faire.

— N'est-ce pas ? dit Irene. Du thé ? Du café ? Que voulez-vous ?

— Je m'en charge, intervint Janice.

— Merci ma chérie. Tu n'as qu'à faire les deux », ajouta Irene. D'un geste gracieux, elle désigna les

1. Danseuse classique et chorégraphe très populaire en Grande-Bretagne. Elle fut notamment la partenaire de Rudolf Noureev dans *Roméo et Juliette* et *Le Lac des cygnes*.

fauteuils à ses visiteurs. « Je vous en prie, installez-vous. »

De là où ils étaient assis, Strike et Robin apercevaient, derrière une fenêtre encadrée de tentures à glands, un jardin orné de plates-bandes surélevées, séparées par des allées au tracé complexe. Avec ses massifs de buis taillés et son cadran solaire en fer forgé, il avait un petit air élisabéthain.

« Oh, ce jardin, c'était tout mon Eddie, s'écria Irene en suivant leur regard. Il l'*adorait*, Dieu le bénisse, et il *adorait* cette maison. C'est pour ça que j'y vis toujours, bien qu'elle soit trop vaste pour moi… Veuillez m'excuser. J'ai été un peu souffrante », ajouta-t-elle comme en confidence. Puis à grand renfort de gestes précieux et autres minauderies, elle prit place sur le canapé en redisposant les coussins autour d'elle dans un ordre parfait. « Jan est une *sainte*.

— Je suis désolé de l'apprendre, dit Strike. Que vous avez été souffrante, pas que votre amie est une sainte. »

Irene partit d'un éclat de rire cristallin. Si Strike avait été assis un peu plus près, elle lui aurait sans doute donné une petite tape sur la main, songea Robin. Comme si elle lui livrait une info top secret, Irene se pencha vers lui et dit, la bouche en cœur :

« Syndrome du côlon irritable. Très désagréable. Les gaz, vous comprenez… La douleur est parfois… C'est drôle mais pendant le temps que j'ai passé chez ma fille aînée – ils vivent dans le Hampshire, c'est pour ça que je n'ai pas eu votre lettre tout de suite –, je me portais comme un charme. Et dès le moment où je suis rentrée chez moi, j'ai appelé Jan et je lui ai dit, il faut que tu viennes, j'ai *terriblement mal*. Mon médecin est incompétent, ajouta-t-elle avec une moue méprisante. *Une femme*. À l'en croire, c'est ma faute ! Je devrais me priver de tout ce qui rend la vie agréable. J'étais en train de leur dire, reprit-elle en voyant son amie entrer dans le salon avec un grand plateau où trônaient une théière et une cafetière, que tu étais une sainte.

— Oh, vas-y, ne te gêne pas. Les compliments n'ont jamais fait de mal à personne », lança joyeusement Janice. Strike se leva pour la décharger mais, comme Mrs. Gupta, Janice refusa son aide, préférant déposer son fardeau sur une ottomane revêtue d'un tissu matelassé. En plus du service en porcelaine fine parsemée de bouquets, sans doute réservé aux invités de marque, elle avait placé sur un napperon une assiette de biscuits au chocolat dont certains étaient enveloppés dans du papier d'argent et, à côté, un sucrier muni d'une pince. Janice rejoignit son amie sur le canapé et s'employa à remplir les tasses, en commençant par celle d'Irene.

« Prenez des biscuits, lança cette dernière à la cantonade puis, d'un air gourmand, elle ajouta à l'intention de Strike : Donc… c'est vous le célèbre Cameron Strike ! J'ai failli avoir une attaque quand j'ai vu votre nom au bas de la lettre. Vous comptez interroger Creed ? Vous pensez qu'il acceptera de vous parler ? Est-ce qu'ils vont vous laisser le voir ?

— Nous n'en sommes pas encore là, répondit aimablement Strike en sortant son calepin et son stylo. Pour commencer, nous avons besoin d'éclaircir certains points, portant sur le contexte essentiellement. Je pense, mesdames, que vous pourriez nous être…

— Oh, nous ferons *tout* pour vous aider, l'interrompit Irene. Absolument *tout*.

— Nous avons pris connaissance de vos dépositions, poursuivit Strike. Donc, à moins que…

— Oh mon Dieu, le coupa-t-elle encore, cette fois en mimant l'effroi. Donc vous savez que je suis une méchante fille ! Vous êtes au courant pour cette histoire de dentiste et tout le reste, n'est-ce pas ? Je suppose qu'en ce moment même, des tas de jeunes femmes font la même chose, je veux dire raconter des bobards pour profiter de quelques heures de liberté. Moi, il a fallu que ça m'arrive le jour où Margot… Désolée, ce n'est pas ce que je voulais dire, se reprit Irene. Vraiment. Je parle sans réfléchir, et ça me crée souvent des problèmes, gloussa-t-elle. *Tout doux, ma petite !* C'est ce qu'Eddie m'aurait dit. N'est-ce pas, Jan ? ajouta-t-elle en tapotant le bras de son amie. C'est bien ce qu'il aurait dit. *Tout doux, ma petite !*

— Oui, certainement, confirma Janice en hochant la tête.

— Donc, pour reprendre là où j'en étais, retenta Strike, à moins que l'une d'entre vous ait quelque chose à ajouter…

— Ne croyez pas que nous n'y ayons pas réfléchi, l'interrompit de nouveau Irene. Si un détail nous était revenu, nous serions allées voir la police *immédiatement*, n'est-ce pas, Jan ?

— … j'aimerais aborder quelques points en particulier, Mrs. Beattie, enchaîna-t-il en se tournant vers Janice qui caressait d'un air absent le dessus de son alliance, le seul bijou qu'elle portait. Ce qui m'a frappé en lisant les rapports de police c'est le nombre de fois où l'inspecteur Talbot…

— Oh, moi c'est pareil, Cameron, intervint Irene avant que Janice n'ouvre la bouche. Pareil ! Je sais exactement ce que vous allez lui demander – *pourquoi s'acharnait-il sur elle ?* Je lui ai dit à l'époque – n'est-ce pas que je te l'ai dit, Jan ? –, j'ai dit, ce n'est pas juste, tu devrais te plaindre. Mais tu ne m'as pas écoutée, n'est-ce pas ? Je veux dire, d'accord, il faisait une dépression, et patati et patata. Je ne vous apprends rien, dit-elle en penchant la tête vers Strike comme pour dire "Vous êtes malin mais moi aussi j'en connais un bout sur la question". Mais un homme malade reste avant tout un homme.

— Mrs. Beattie, répéta Strike un ton au-dessus, pourquoi d'après vous l'inspecteur vous a-t-il interrogée plusieurs fois ? »

Ayant peut-être compris ce qu'on attendait d'elle, Irene laissa son amie répondre. Elle se retint jusqu'à ce que Janice trouve son rythme de parole puis se mit à ponctuer ses phrases de commentaires en forme d'échos, acquiesçant par-ci, soulignant par-là, comme si elle craignait que Strike ne l'oublie si elle se taisait trop longtemps.

« Franchement, je n'en sais rien, commença Janice, en tripotant toujours son alliance. Les premières fois, il m'a posé des questions claires…

— Oui, au début, murmura Irene en opinant du chef.

— Ce que j'avais fait ce jour-là, ce genre de choses, vous voyez ? Ce que je savais sur les patients de Margot, parce que j'en connaissais un certain nombre…

— Bien obligé, quand on travaille dans un cabinet médical…, fit Irene, sentencieuse.

— … Mais à un moment, j'ai eu l'impression que… qu'il me croyait dotée de… *pouvoirs spéciaux*. Je sais, ça paraît dingue, mais je ne pense pas…

— Oh, mais moi si, je le pense, dit Irene en regardant Strike.

— … non, honnêtement, je ne pense pas qu'il était – vous savez… » Janice semblait trop gênée pour prononcer le mot. « … *amoureux*. C'est vrai, il m'a dit des choses déplacées, mais je voyais qu'il n'était pas bien, vous savez… dans sa tête. J'étais dans une position très délicate, franchement, dit Janice en s'adressant à Robin. Vers qui pouvais-je me tourner ? C'était un policier ! Je n'avais d'autre choix que rester assise là pendant qu'il m'interrogeait sur mes *rêves*… Parce que, au bout de la troisième fois, il n'y avait plus que cela qui l'intéressait : mes rêves, mes petits amis et tout et tout. Plus de questions sur Margot, ni sur les patients…

— Sauf un, n'est-ce pas ? intervint Robin.

— Duckworth ! s'écria Irene, surexcitée.

— Douthwaite, la corrigea Strike.

— Douthwaite, oui, c'est ce que je voulais dire », marmonna Irene. Pour couvrir son embarras, elle prit un biscuit et croqua dedans, ce qui laissa quelques secondes de répit à Janice, et aux deux autres par la même occasion.

« Oui, c'est vrai, il m'a posé des questions sur Steve, confirma Janice avec un hochement de tête. Parce qu'il vivait dans mon immeuble, sur Percival Street.

— Vous le connaissiez bien ? demanda Robin.

— Pas tellement. À vrai dire, je ne savais rien de lui jusqu'à ce qu'il se fasse tabasser. Un soir, je suis rentrée tard et je l'ai trouvé sur le palier, avec des tas de gens autour de lui. Ils savaient que j'étais infirmière. Je revenais de faire les courses, mon fils Kevin d'un côté et mon panier à provisions de l'autre, mais Steve était dans un sale état, alors il a bien fallu que j'intervienne. Il ne voulait pas qu'on appelle la police mais il avait le genre de blessures qui peuvent causer des dommages internes. Son agresseur l'avait frappé avec une batte de base-ball. Un mari jaloux...

— Le mari ! Mais quel imbécile, celui-là ! l'interrompit Irene. Douthwaite était homo ! cria-t-elle en hurlant de rire. Il était juste ami avec sa femme, mais l'autre abruti...

— Je ne sais pas si Steve était homo... », essaya de glisser Janice. Mais il en fallait plus pour arrêter Irene.

« Un homme... une femme... les mecs ne vont pas chercher plus loin ! Mon Eddie était *exactement pareil* – tu es d'accord, Jan, c'est comme ça qu'il était, Eddie, hein ? répéta-t-elle en tapotant le bras de Janice. *Exactement* pareil ! Je me souviens, une fois, je lui ai sorti : “Eddie, ce n'est pas parce que je regarde un homme que... – il peut être homo, il est peut-être gallois...” Mais bon, après ce que tu m'as dit, Jan, j'ai pensé, ouais, ce Duckworth – Douth-machin – il est un peu précieux. Ensuite, quand il est venu au cabinet, ça m'a paru évident. Bel homme certes, mais un peu mou.

— Mais je ne sais pas s'il était homo, Irene. Je ne le connaissais pas assez pour...

— Il venait tout le temps te voir, reprit Irene sur un ton de reproche. Tu me l'as dit. Il était constamment fourré chez toi pour prendre le thé et te confier ses petits problèmes.

— On s'est parlé seulement deux fois, la corrigea Janice. La première dans les escaliers, et la deuxième, c'était un jour où je revenais du supermarché. Il m'a aidée à monter les courses et je l'ai invité à prendre une tasse de thé.

— Mais il t'a demandé…, insista Irene.

— J'y arrive, ma chérie, dit Janice en faisant montre d'une patience hors du commun, de l'avis de Strike. Il avait des maux de tête, expliqua-t-elle en se tournant vers les deux détectives. Je lui ai conseillé d'aller consulter un médecin pour avoir un vrai diagnostic. Je veux dire, j'étais désolée pour lui mais je n'avais pas envie que les gens prennent l'habitude de sonner chez moi au moindre bobo. J'avais déjà assez à faire avec mon fils.

— Donc, d'après vous, Douthwaite rendait visite à Margot uniquement pour qu'elle le soigne, intervint Robin. Pas parce qu'il était amoureux… ?

— Il lui a quand même envoyé des chocolats, une fois, la coupa Irene. Mais je crois qu'il venait surtout pour lui raconter ses peines de cœur.

— Je ne sais pas, dit Janice. Il avait de fortes migraines et il était très tendu, c'est certain. Déprimé, peut-être. On lui reprochait la mort de cette pauvre fille qui s'était suicidée, mais… des voisins auraient vu des hommes entrer et sortir de chez lui…

— Qu'est-ce que je disais ? triompha Irene. Il était homo !

— Pas forcément. C'étaient peut-être juste des copains, ou des drogués, ou peut-être qu'il vendait des trucs tombés du camion… Il y a une chose dont je suis sûre, parce que tout le monde en parlait dans le quartier : le mari de cette fille était une brute, il la battait comme plâtre. Horrible. Mais la presse a préféré se focaliser sur Steve et sur la camionnette. Le sexe est plus vendeur que les violences conjugales, pas vrai ? Si vous trouvez Steve, ajouta-t-elle, transmettez-lui mon bon souvenir. Ce n'est pas juste, ce que les journaux lui ont fait. »

Grâce à Strike, Robin avait pris l'habitude de mener ses entretiens et de classer ses notes selon trois catégories : personnes, lieux, choses.

« Auriez-vous remarqué d'autres patients étranges, dans votre cabinet ? demanda-t-elle aux deux femmes. Ou ayant eu un comportement inhabituel avec Marg… ?

— Oui, absolument, s'écria Irene. Rappelle-toi, Jan, ce type avec une barbe qui lui descendait jusqu'ici… » Elle montra son estomac. « Tu te rappelles ? Comment s'appelait-il ? Apton ? Applethorpe ? Jan, fais un effort. Ce type qui puait comme un clochard. Une fois, tu as dû passer le voir chez lui. On le voyait tout le temps traîner dans le coin. Je pense qu'il vivait sur Clerkenwell Road. Parfois, il amenait son gamin. Un gosse carrément bizarre. Avec des oreilles énormes.

— Oh, *eux*, dit Janice en déplissant le front. Mais ce n'étaient pas des patients de Margot…

— Il arrêtait les gens dans la rue pour leur dire que c'était lui l'assassin de Margot ! insista Irene en prenant Strike à témoin. Ouais ! Je vous assure ! Il l'a fait avec Dorothy ! Bien sûr, Dorothy n'a rien dit à la police, ce n'était pas son genre. Elle répétait : "Il délire à pleins tubes", "Il est fou à lier". Et moi, je lui répondais : "Et si c'était vrai, Dorothy ? Imagine que tu ne dises rien et qu'il l'ait vraiment tuée ?" Applethorpe était vraiment fêlé du bocal. Il gardait sa copine enfermée dans…

— Elle n'était pas enfermée, Irene, l'interrompit Janice en se rebiffant pour la toute première fois. L'assistante sociale a dit qu'elle était agoraphobe, mais elle était libre de…

— Elle était spéciale, s'obstina Irene. Même que c'est toi qui me l'as dit. Personnellement, j'estime qu'on aurait dû leur retirer le gosse. Tu disais que leur appartement était crade…

— On ne retire pas un enfant à ses parents juste parce qu'ils ne font pas le ménage ! répliqua Janice, puis, se tournant vers Strike et Robin : Oui, j'ai rendu visite à la famille Applethorpe, une fois. En revanche, je crois qu'ils ne connaissaient pas Margot. Voyez-vous, en ce temps-là, les choses fonctionnaient différemment : chaque médecin avait ses patients attitrés. Les Applethorpe étaient inscrits avec le Dr Brenner. C'est lui qui m'a demandé de passer chez eux, pour voir si le petit allait mieux.

— Vous vous souvenez de l'adresse ? Du nom de la rue ?

— Eh bien, fit Janice en fronçant les sourcils. Oui, je crois qu'ils habitaient sur Clerkenwell Road, effectivement. Mais je ne m'y suis rendue qu'une fois. Le gosse avait été malade et le Dr Brenner a préféré m'envoyer moi plutôt que d'y aller lui-même. Les visites à domicile, c'était pas trop son truc. Bref, quand je suis arrivée, le gosse était guéri mais j'ai remarqué que le père était…

— Fou à lier…, dit Irene en hochant la tête d'un air entendu.

— … agité, comme s'il avait bu, rectifia Janice. Je suis allée me laver les mains dans la cuisine et là, j'ai vu des comprimés de benzédrine posés près de l'évier, à portée de main. J'ai averti les deux parents que, maintenant que leur enfant marchait, il valait mieux ranger ça dans un placard…

— Un gosse vraiment bizarre, répéta Irene.

— Ensuite, je suis allée voir Brenner et je lui ai dit : "Docteur Brenner, cet homme prend de la benzédrine en trop grande quantité." C'était une drogue, ça se savait, même en 1974. Bien sûr, Brenner a cru que je critiquais son traitement et il m'a envoyée balader. Mais je m'inquiétais toujours, alors j'ai contacté une assistante sociale sans le dire à Brenner, et c'est comme ça que j'ai appris que les services sociaux suivaient cette famille depuis un certain temps.

— Mais la mère du gosse…, dit Irene.

— Personne ne peut se mettre à la place des autres, Irene. Peut-être que cette vie lui convenait. Elle adorait son fils. Bon, évidemment, le père était… eh bien, il était un peu dérangé, le pauvre homme, reconnut Janice. Il se prenait pour un… comment dit-on ?… un gourou, ou un chamane. Il jetait des sorts. Enfin, c'est ce qu'il m'a raconté le jour où je suis passée chez eux. On croise beaucoup d'illuminés, dans ce métier. En général, je leur répondais : "Ah oui ? Vraiment ? Comme c'est intéressant." Ça ne sert à rien de les contredire. Mais avec Applethorpe c'était encore différent. Il croyait qu'il pouvait rendre les gens malades à distance, leur donner le mauvais œil, comme on disait dans le temps. Il était persuadé que son fils avait attrapé la rubéole parce qu'il s'était fâché contre lui. Vous voyez le genre… Mais, en fin de compte, c'est lui qui est mort. Pauvre type. Un an après la disparition de Margot.

— Ah bon ? fit Irene, un peu désappointée.

— Oui. Je crois que ça s'est passé après ton départ, après que tu as épousé Eddie. Je me souviens, des cantonniers l'ont trouvé tôt dans la matinée, recroquevillé sur lui-même, sous le pont de Walter Street. Crise cardiaque. Il avait perdu connaissance, et comme il n'y avait personne dans le coin pour lui porter secours… Il n'était pas si vieux, pourtant. Je me souviens que le Dr Brenner était un peu embêté à cause de ça.

— Pourquoi ? demanda Strike.

— C'était lui qui lui prescrivait les *Bennies*, après tout. »

Robin, qui ne connaissait pas ce mot, supposa que c'était un terme familier pour désigner les barbituriques. À sa grande surprise, elle vit un léger sourire passer sur le visage de Strike.

« Mais il n'y avait pas qu'Applethorpe, poursuivit Janice sans paraître noter ni l'hésitation de Robin ni l'amusement de Strike. Je me souviens d'un…

— Oh, des *tas* de gens ont juré leurs grands dieux avoir remarqué telle ou telle chose, avoir eu tel ou tel pressentiment, et patati et patata, s'immisça Irene en levant les yeux au ciel. Et il y avait nous, ses collègues, qui étions réellement *impliqués*. Ç'a été terrible, vraiment – excusez-moi, dit-elle en se tenant le ventre, je dois vous laisser une petite minute… désolée. »

Irene se précipita hors de la pièce. Janice la suivit du regard sans qu'on puisse dire, à cause de son visage naturellement jovial, si elle était inquiète ou pas.

« Ne vous en faites pas pour Irene, dit-elle calmement en se tournant vers les deux détectives. J'ai beau lui répéter que son médecin a raison de lui déconseiller les plats épicés, elle a quand même voulu manger un curry hier soir… La solitude lui pèse. Souvent, elle m'appelle pour que je vienne. Je passe la soirée avec elle. Eddie est mort l'année dernière. Il avait presque quatre-vingt-dix ans. Dieu ait son âme. Il adorait Irene et les filles. Il lui manque terriblement.

— Je me trompe ou vous alliez nous dire que quelqu'un avait aperçu Margot ? insista Strike, mais sans la brusquer.

— Quoi ? Oh, oui… Charlie Ramage. Il vendait des saunas, des Jacuzzi. Un homme riche. Pas le genre à inventer des histoires pour se donner de l'importance. Il avait d'autres chats à fouetter. Remarquez, il y a des gens bizarres dans tous les milieux.

— Que disait-il ? demanda Robin.

— Charlie collectionnait les motos. Il en avait beaucoup et il faisait de longues virées avec un peu partout dans le pays. Il s'était cassé les deux jambes dans un accident et je devais passer le voir plusieurs fois par semaine… Ça faisait bien deux ans qu'on n'avait plus de nouvelles de Margot. Charlie aimait causer. Un jour, voilà qu'il me sort qu'il a vu Margot à Leamington Spa une semaine après sa disparition. Mais vous savez, dit Janice en secouant la tête, je ne l'ai pas pris au sérieux. C'était un homme charmant mais, comme je disais, il aimait causer.

— Que vous a-t-il dit exactement ? voulut savoir Robin.

— Qu'il roulait vers le nord sur sa bécane et qu'il s'était arrêté devant la grande église de Leamington Spa, le temps de manger un sandwich et de boire un peu de thé. Il est là, appuyé contre le muret du cimetière, et brusquement, il aperçoit une femme de l'autre côté de la grille. Elle marche entre les tombes, elle regarde les inscriptions. Pas comme si elle venait de perdre quelqu'un, non, juste comme ça, pour regarder. Une femme brune, a dit Charlie. Il lui a lancé un truc du genre, "Chouette endroit, hein ?" Elle s'est tournée vers lui et… Figurez-vous qu'il m'a juré sur un paquet de bibles que c'était Margot Bamborough mais avec les cheveux teints. Il lui a dit qu'elle lui rappelait quelqu'un, elle a paniqué et s'est enfuie.

— Et d'après lui, c'était une semaine après sa disparition ? demanda Robin.

— Oui, il l'aurait reconnue parce que sa photo était encore dans les journaux. Je lui ai dit : "Vous êtes allé voir la police, Charlie ?" Il m'a répondu : "Oui, je l'ai fait." Il était pote avec un flic, un gradé, c'est à lui qu'il a parlé. Mais il n'y a pas eu de suite…

— C'est donc en 1976 que Ramage vous a raconté cela ? embraya Strike tout en griffonnant dans son calepin.

— Oui, je crois bien, fit Janice en réfléchissant intensément tandis qu'Irene revenait dans le salon. Creed était en prison, à ce moment-là. C'est pour ça que cette histoire lui était revenue en tête. Il venait de lire un article sur le procès. Il m'a dit textuellement : “Ce n'est pas lui qui a zigouillé Margot Bamborough. Cette femme, je l'ai croisée après sa disparition.”

— Savez-vous si Margot avait des attaches à Leamington Spa ? demanda Robin.

— De quoi parlez-vous ? intervint Irene.

— Ce n'est rien, dit Janice. Juste une histoire stupide qu'un patient m'a racontée. Margot dans un cimetière avec les cheveux teints. Tu sais...

— À Leamington Spa ? » dit Irene, contrariée. Robin eut l'impression qu'Irene regrettait amèrement d'avoir laissé Janice sous le feu des projecteurs pendant qu'elle se rendait aux toilettes. « Mais je n'étais pas au courant. Pourquoi tu ne m'en as jamais parlé ?

— Oh... eh bien, c'était en 1976, bredouilla Janice comme si elle craignait une réprimande. Tu venais d'avoir Sharon. Tu avais d'autres choses à faire qu'écouter les racontars de Charlie Ramage. »

Irene prit un biscuit en fronçant légèrement les sourcils.

« J'aimerais bien qu'on en vienne au cabinet médical lui-même, rebondit Strike. Comment était Margot en tant que...

— Collègue de travail ? claironna Irene comme si elle estimait qu'ayant raté plusieurs minutes de conversation, elle avait acquis le droit de monopoliser à nouveau l'attention de Strike. Eh bien, *personnellement...* »

Elle s'interrompit comme une gastronome savourant par avance les mets délicieux posés dans son assiette.

« … pour être *entièrement* honnête, elle faisait partie de ces gens qui croient tout savoir mieux que les autres. Elle vous disait comment mener votre vie, comment classer vos dossiers, préparer une tasse de thé, et patati et patata…

— Oh, Irene, elle n'était pas *si* mauvaise, murmura Janice. Je l'aimais bien…

— Jan, allons ! l'interrompit Irene, dédaigneuse. Elle était tellement fière d'avoir mieux réussi que les gens de sa famille. Pour elle, on était des moins-que-rien ! Peut-être pas toi, ajouta-t-elle en lançant un regard excédé à son amie qui secouait la tête pour exprimer son désaccord. Mais moi si. Elle me traitait comme une demeurée. Avec *condescendance*. Cela étant, je ne la détestais pas ! jugea-t-elle bon de tempérer. Elle n'était pas *détestable*, juste *pénible*. Très imbue d'elle-même. Comme si elle n'avait pas grandi dans un taudis à Stepney, si vous voyez ce que je veux dire.

— Et vous, comment la trouviez-vous ? demanda Robin à Janice.

— Eh bien… », commença Janice. Mais Irene lui coupa la parole :

« *Snob*. Allons, Jan. Elle avait épousé un spécialiste, un type plein aux as – tu as vu leur maison à Ham ? Elle avait fait du chemin, la Margot ! Et la belle-famille ! Rien que des rupins. Et après ça, elle avait le culot de nous faire la morale, en jouant à la femme libérée : le mariage n'est pas l'alpha et l'oméga, les femmes doivent continuer à travailler, et patati et patata. Toujours à chercher la petite bête, avec ça !

— Qu'est-ce qu'elle… ?

— Comment on doit répondre au téléphone, comment on doit s'adresser aux patients, comment on doit s'habiller, même – "*Irene, vous ne devriez pas mettre ce corsage pour travailler*". Mais bon sang, elle avait bossé comme Bunny Girl ! Une sale hypocrite, oui ! Mais je ne la détestais pas, répéta Irene. Franchement, j'essaie juste de vous dresser le tableau – oh, et elle refusait qu'on lui prépare ses boissons chaudes, tu te souviens Jan ? Les deux autres médecins ne nous ont jamais reproché de ne pas savoir faire le thé.

— Ce n'est pas pour ça…, tenta Janice.

— *Enfin*, Jan, tu te souviens quand même qu'elle était maniaque au point de…

— Mrs. Beattie, d'après *vous*, pourquoi refusait-elle qu'on lui prépare ses boissons chaudes ? intervint Strike, à bout de patience.

— Oh, fit Janice. C'est parce qu'un jour j'ai lavé les tasses et que dans celle du Dr Brenner, sous le sachet de thé, j'ai trouvé un…

— Un comprimé d'Atomal, c'est ça ? la coupa Irene.

— … une gélule d'Amytal. J'ai compris ce que c'était à cause de la coul…

— Bleue, fit Irene, en hochant doctement la tête. N'est-ce pas ?

— Les dealers appelaient ces gélules Blue Heavens, confirma Janice. Un tranquillisant. Ça se vendait bien à l'époque. Quand je faisais mes tournées, je m'arrangeais pour que tout le monde sache que je n'en transportais pas dans ma sacoche. Par précaution. Je n'avais pas envie qu'on m'agresse.

— Comment saviez-vous que c'était la tasse du Dr Brenner ? demanda Strike.

— Il utilisait toujours la même, celle avec le blason de son université. Et il se fâchait tout rouge si jamais quelqu'un osait boire dedans. » Elle hésita : « Avez-vous parlé… au Dr Gupta ?

— Nous savons que le Dr Brenner était accro aux barbituriques », confirma Strike. Et Janice parut soulagée.

« Je me suis dit que cette gélule avait pu se retrouver dans sa tasse par accident, qu'il l'avait fait tomber et l'avait ensuite cherchée partout sans la trouver. On ne rigole pas avec ces choses-là, dans les cabinets médicaux. Imaginez qu'une personne l'ait trouvée et se soit empoisonnée…

— Quelles conséquences aurait pu avoir la prise d'une seule gél… ? s'enquit Robin.

— Aucune, ou presque, fit Irene, sentencieuse. N'est-ce pas, Jan ?

— Non, une seule gélule, ce n'est même pas une dose complète, confirma Janice. Une légère somnolence, au pire. Enfin bref, Margot est arrivée derrière moi alors que j'essayais de récupérer ce truc au fond de la tasse avec une cuillère. Il y avait une petite cuisine avec un évier, une bouilloire et un frigo à l'entrée de ma salle de soins. Elle m'a vue faire. Donc, non, Margot n'était pas *maniaque*, c'est juste qu'après cela, elle a préféré s'occuper elle-même de son thé. Par prudence. Moi aussi, à partir de là, je n'ai plus bu que dans mon mug.

— Lui avez-vous fait part de vos soupçons concernant l'origine de cette gélule ? renchérit Robin.

— Non, répondit Janice, parce que le Dr Gupta m'avait demandé de ne pas parler du problème de Brenner. Donc, j'ai juste dit "C'est sûrement un accident", ce qui n'était pas faux, techniquement. Je m'attendais à ce qu'elle convoque une réunion, qu'elle mène son enquête…

— Tu sais très bien pourquoi elle ne l'a pas fait, dit Irene. Je t'ai exposé ma théorie.

— Irene, soupira Janice en secouant la tête. Honnêtement…

— Ma théorie, enchaîna Irene, faisant fi des réticences de son amie, c'est qu'elle soupçonnait quelqu'un d'autre d'avoir mis ce truc dans la tasse de Brenner. Et si vous voulez savoir qui…

— *Irene* », la supplia Janice, mais Irene était lancée.

« … Je vais vous le dire… Gloria. Cette fille était une vraie teigne et elle avait des repris de justice dans sa famille – non, Jan, je ne veux rien cacher. Je suis sûre que Cameron veut savoir *tout* ce qui se passait dans ce cabinet…

— Comment Gloria aurait-elle pu droguer le thé de Brenner ? réagit Janice en se tournant vers Strike et Robin. Non, je ne pense pas…

— Ce n'est pas toi qui la côtoyais jour après jour à l'accueil, Jan, répliqua Irene avec un mouvement de tête dédaigneux. Moi, je voyais clair dans son jeu…

— Mais même, à supposer qu'elle l'ait fait, quel rapport avec la disparition de Margot ?

— Je n'en sais rien, moi ! lui renvoya Irene, toujours plus remontée. Ils s'intéressent au personnel du cabinet. Ils veulent savoir comment les choses se passaient… N'est-ce pas ? ajouta-t-elle en s'adressant à Strike qui s'empressa de hocher la tête. Tu vois ? lança-t-elle à Janice avant de reprendre. Donc : Gloria venait d'un milieu très compliqué, une famille de Little Italy… »

Janice essaya de protester mais Irene l'en empêcha :

« C'est la pure vérité, Jan ! L'un de ses frères vendait de la drogue, ou ce genre de choses. Elle me l'a dit ! Cette gélule d'Atomal n'appartenait peut-être pas au Dr Brenner, après tout ! Elle avait pu l'obtenir par son frère. Gloria *détestait* Brenner. Bon, d'accord, c'était un sale type qui n'arrêtait pas de nous gueuler dessus. Une fois, elle m'a dit : "Imagine, si tu vivais avec lui ! Moi, si j'étais sa sœur, je mettrais du poison dans la bouffe de ce vieux salopard." Margot l'a entendue et elle l'a remise à sa place parce qu'il y avait du monde dans la salle d'attente et que dire des choses pareilles sur un collègue, ce n'était pas professionnel.

« Enfin bref, quand j'ai vu que Margot ne bougeait pas, je me suis dit *c'est parce qu'elle sait qui l'a fait.* Elle ne voulait pas que son petit toutou ait des problèmes. Gloria était sa protégée, voyez-vous. Elle passait la moitié de son temps dans la salle d'examen de Margot qui lui donnait des cours de féminisme pendant que moi, je restais toute seule à l'accueil comme une imbécile à m'occuper de tout… Si Gloria avait commis un crime, je suis sûre que Margot l'aurait couverte. Elle lui passait tout.

— Est-ce que l'une d'entre vous saurait où vit Gloria aujourd'hui ? demanda Strike.

— Aucune idée, dit Irene. Elle est partie peu après la disparition de Margot.

— Après qu'elle a quitté le cabinet, je ne l'ai plus jamais revue, fit Janice d'un air gêné. Franchement, Irene, on ne devrait pas lancer ce genre d'accusations…

— S'il te plaît, Jan, l'interrompit Irene en se tenant le ventre. Voudrais-tu aller me chercher le médicament sur le frigo ? Je recommence à me sentir mal. Est-ce que quelqu'un veut encore du thé ou du café, pendant que Jan est à la cuisine ? »

Janice se leva sans protester, rassembla les tasses vides sur le plateau et se dirigea vers la porte du salon. Robin se précipita pour lui ouvrir, Janice lui sourit en passant et s'éloigna dans le couloir. Quand on n'entendit plus ses pas sur l'épaisse moquette, Irene déclara sans sourciller :

« Pauvre Jan. Elle a eu une vie horrible, vraiment. Son enfance, c'était comme dans un roman de Dickens. Eddie et moi l'avons aidée financièrement pendant quelque temps, après que Beattie l'a quittée. Elle porte son nom mais il ne l'a jamais épousée, vous savez. C'est horrible, n'est-ce pas ? Et en plus, ils ont eu un gosse. Je crois qu'il se demandait ce qu'il faisait avec elle. Et puis, un beau jour, il s'est tiré. Après ça, il y a eu Larry… c'était loin d'être une lumière, ajouta Irene avec un petit rire, mais il avait beaucoup d'estime pour elle. Je pense qu'au début, elle pensait mériter mieux – Larry travaillait pour Eddie, vous savez, mais pas dans les bureaux, ce n'était qu'un ouvrier. Et finalement, elle a dû réaliser que… eh bien, tous les hommes ne sont pas prêts à élever l'enfant d'un autre…

— Puis-je vous interroger sur les lettres de menace que Margot a reçues, Mrs. Hickson ?

— Oh, mais oui, bien sûr, dit Irene, enchantée. Donc vous me croyez, n'est-ce pas ? Parce que la police, elle… pas du tout.

— Il y en avait deux, disiez-vous dans votre déposition ?

— C'est exact. Je n'aurais pas dû ouvrir la première, ce n'était pas mon travail, mais Dorothy était absente et le Dr Brenner m'avait demandé de la remplacer. Dorothy n'était *jamais* absente, normalement. C'était parce que son fils se faisait opérer des amygdales. Un gamin pourri gâté. Quand elle m'a annoncé qu'elle l'accompagnait à l'hôpital le lendemain, je ne l'avais jamais vue aussi bouleversée. D'habitude, elle était du genre coriace – mais elle avait perdu son mari et cet enfant représentait tout pour elle. »

Janice réapparut avec le plateau. Robin se leva pour l'aider. Janice la remercia en murmurant, comme si elle craignait d'interrompre Irene.

« Que disait cette lettre ? poursuivit Strike.

— Eh bien, ça fait des siècles… », souffla Irene. Janice lui tendit une boîte de comprimés pour la digestion, Irene la prit en esquissant un sourire mais sans la remercier. « Mais, d'après mes souvenirs… » Elle fit sortir deux comprimés de leur plaquette avec un petit bruit sec. « Voyons voir, je ne voudrais pas faire d'erreur… c'était *très* grossier envers Margot. On l'appelait par un mot qui commence par S. Oui, je m'en souviens. Et après, ça disait qu'elle méritait les feux de l'enfer.

— Une lettre tapée à la machine ?

— Écrite à la main, précisa Irene avant d'avaler ses comprimés avec une gorgée de thé.

— Et la seconde ? embraya Strike.

— J'ignore ce qu'elle contenait. Voyez-vous, j'étais entrée dans sa salle d'examen pour lui transmettre un message et j'ai aperçu ce papier posé sur son bureau. Même écriture. Margot a vu mon regard et je peux vous dire qu'elle n'a pas apprécié. Elle a pris la lettre et l'a jetée directement à la poubelle. »

Pendant que Janice servait les deux détectives, Irene reprit un biscuit au chocolat.

« Je doute que vous soyez au courant de cela, reprit Strike, mais pensez-vous que Margot ait pu être enceinte au moment de sa disp… ?

— Où avez-vous pêché ça ? fit Irene, comme touchée par la foudre.

— Elle l'était ? insista Robin.

— Oui, c'est possible ! lâcha Irene. Jan, ne fais pas cette tête, franchement. Voyez-vous, j'ai reçu un appel, un jour qu'elle était sortie faire une visite à domicile ! C'était une clinique. Ils voulaient qu'elle confirme le rendez-vous qu'elle avait pris le lendemain… » Irene termina sa phrase en articulant silencieusement « … *pour un avortement !*

— Ils vous ont dit ça au téléphone ? » s'étonna Robin.

Irene ne s'attendait pas à cette question.

« Ils… eh bien non… en réalité, je… eh bien, je n'en suis pas fière mais je les ai rappelés. Simple curiosité. C'est le genre de chose qu'on fait quand on est jeune, n'est-ce pas ? »

Robin espéra que son sourire faisait plus vrai que celui d'Irene.

« Ça s'est passé quand, Mrs. Hickson ? Essayez de vous rappeler, insista Strike.

— Pas longtemps avant qu'elle ne disparaisse. Quatre semaines ? Quelque chose comme ça ?

— Avant ou après les lettres anonymes ?

— Je ne… après, je crois. Enfin… je ne m'en souviens pas vraiment…

— Avez-vous parlé de ce rendez-vous à quelqu'un ?

— Seulement à Jan, et elle m'a grondée. N'est-ce pas, Jan ?

— Tu ne l'as pas fait par méchanceté, je le sais, marmonna Janice. Mais le secret médical…

— Ce n'était pas comme si Margot avait été une patiente du cabinet.

— Vous n'en avez pas parlé à la police, ensuite ? lui demanda Strike.

— Non, parce que je… Je n'étais pas censée le savoir, n'est-ce pas ? Et ça n'avait pas de rapport avec sa disparition.

— En dehors de Mrs. Beattie, à qui l'avez-vous dit ?

— À personne, dit Irene, sur la défensive. Je n'aurais jamais fait ça ! Je veux dire, quand on travaille dans un cabinet médical, on doit tenir sa langue. Et pourtant, j'aurais pu en raconter des choses, sur les uns et sur les autres. Une réceptionniste voit passer tellement de dossiers ! Mais non, motus et bouche cousue. C'est un principe de base dans ce métier… »

Sans bouger un muscle de son visage, Strike inscrivit sur son carnet : "Proteste trop pour être honnête."

« J'ai une autre question, Mrs. Hickson, reprit-il en levant la tête. J'ai entendu dire que vous vous étiez disputée avec Margot, le jour de la fête de Noël.

— Oh, souffla Irene, consternée. *Ça ?* Oui, euh… »

Un ange passa.

« J'étais furieuse à cause de ce qu'elle avait fait à Kevin. Le fils de Jan. Tu t'en souviens, Jan ? »

Janice écarquilla les yeux.

« Allons, Jan, bien sûr que tu t'en souviens, répéta Irene en lui tapotant le bras. Quand elle l'a ausculté, tu sais ?

— Oh », se rembrunit Janice. Et, l'espace d'un instant, Robin crut qu'elle allait vraiment se fâcher, ce coup-ci. « Mais…

— Alors, tu t'en souviens ? redit Irene en la fusillant du regard.

— Je… oui, avoua Janice. Moi non plus, ça ne m'avait pas trop plu. C'est vrai.

— Ce jour-là, Kevin n'était pas allé à l'école, expliqua Irene à Strike. C'est bien cela, Jan, tu l'avais gardé avec toi, hein ? Quel âge avait-il ? Six ans ? Et ensuite…

— Que s'est-il passé exactement ? demanda Strike à Janice.

— Il avait mal au ventre, répondit-elle. Je croyais qu'il faisait semblant pour ne pas aller en classe. J'avais une voisine qui s'occupait de lui de temps en temps, mais ce jour-là, elle n'était pas en forme…

— Pour résumer, l'interrompit Irene, Jan est venue au travail avec Kevin et…

— Pourriez-vous laisser Mrs. Beattie s'exprimer par elle-même ? demanda Strike.

— Oh… oui, bien sûr ! » fit Irene. Elle posa la main sur son ventre et se mit à le caresser avec des airs de martyre.

« Donc, votre baby-sitter était malade ? dit Strike pour relancer le récit.

— Oui, mais je ne pouvais pas m'absenter. Alors, j'ai emmené Kev avec moi au cabinet et je lui ai donné un album à colorier. À un moment, j'ai eu besoin de changer le pansement d'une dame, donc j'ai mis Kev dans la salle d'attente. Irene et Gloria le surveillaient. Et c'est là que Margot… eh bien, elle est arrivée et elle l'a fait entrer dans sa salle d'examen. Elle l'a mis torse nu et tout. Elle savait que c'était mon fils, elle savait pourquoi il était là mais elle l'a quand même… Je l'avais mauvaise, je l'avoue, dit Janice calmement. On a eu des mots. Je lui ai dit : "Vous ne pouviez pas attendre que j'en aie terminé avec ma patiente ? J'aurais aimé être là pendant que vous l'auscultiez."

« Remarquez, après ma gueulante, elle ne l'a plus ramené. Et elle s'est excusée. Non, Irene, dit Janice en entendant son amie ricaner. Je t'assure, elle s'est excusée. Elle a dit que j'avais raison, qu'elle n'aurait jamais dû l'examiner en dehors de ma présence, mais qu'il avait mal au ventre et qu'elle avait cru bien faire. Ce n'était pas méchant de sa part. C'est juste que parfois, elle avait tendance…

— … à traiter les gens comme des demeurés, tu es bien d'accord avec moi, jubila Irene. Elle se croyait au-dessus de tout le monde, elle savait mieux…

— … à agir trop vite, c'est ça que je voulais dire. Mais c'était une bonne praticienne, déclara Janice avec douceur mais fermeté. Quand on se rend tous les jours au domicile des patients, on finit par savoir ce qu'ils pensent de leur médecin. Eh bien, Margot était très appréciée. Elle leur accordait du temps. Elle était gentille – mais si, Irene, Margot était gentille. Je sais qu'elle te portait sur les nerfs, mais les patients, eux…

— Oh, bon, peut-être, fit Irene sur un ton qui signifiait "OK, si ça te fait plaisir". Mais avoue que la concurrence était limitée au cabinet St. John's.

— Les Dr Gupta et Brenner n'étaient pas aimés ? demanda Strike.

— Le Dr Gupta, si, dit Janice. C'était un homme sérieux, compétent. Bon, il y en avait qui râlaient parce qu'il était basané. Je vous jure. Brenner en revanche n'était vraiment pas commode. Il a fallu qu'il meure pour que je comprenne pourquoi… »

Irene poussa un petit cri puis, curieusement, éclata de rire.

« Parle-leur de ta collection, Jan. Vas-y ! » Elle se tourna vers Strike et Robin. « Si ce n'est pas la chose la plus monstrueuse, la plus *morbide* qui soit…

— Je ne les collectionne pas, dit Janice en rosissant. Je veux juste les conserver pour…

— *Des notices nécrologiques !* Que pensez-vous de cela ? Certains collectionnent les bibelots en porcelaine, les boules à neige ou que sais-je encore. Janice, elle…

— Ce n'est pas une collection, répéta Janice, toujours aussi gênée. C'est juste que… » Elle lança un regard suppliant à Robin. « Ma mère était analphabète…

— Vous imaginez ? » s'esclaffa Irene en se caressant le ventre. Janice hésita un instant avant de poursuivre :

« … donc… mon père n'achetait pas de bouquins mais il ramenait le journal à la maison. C'est comme ça que j'ai appris à lire. Je découpais les articles qui avaient un intérêt. Sur le plan humain, si je puis dire. J'ai toujours préféré la réalité à la fiction. Les histoires inventées ne me font ni chaud ni froid.

— Alors que moi, j'adore les bons romans, souffla Irene sans cesser de se frotter le ventre.

— Enfin… je ne sais pas… quand on lit les rubriques nécrologiques, on en apprend beaucoup sur les gens. On découvre qui ils étaient *vraiment*. Si je connais la personne, ou si je l'ai soignée, je conserve sa notice parce que, je ne sais pas, je me dis qu'il faut que quelqu'un le fasse. Une vie entière couchée sur un bout de papier, c'est… un accomplissement, vous ne trouvez pas ?

— Pas quand on s'appelle Dennis Creed », rétorqua Irene, en se rengorgeant comme si elle venait de démontrer sa finesse d'esprit. Elle se pencha pour reprendre un biscuit et, à cet instant, un pet assourdissant résonna à travers la pièce.

Irene devint rouge écarlate. De peur que Strike n'éclate de rire, Robin enchaîna en demandant à Janice d'une voix forte :

« Avez-vous conservé la notice nécrologique du Dr Brenner ?

— Oui », répondit Janice sans paraître aucunement perturbée par le bruit incongru que venait de produire son amie. Mais elle avait dû connaître bien pire, dans son métier. « Et cette notice m'a aidée à comprendre certaines choses.

— Comment cela ? poursuivit Robin en s'efforçant de ne regarder ni Strike ni Irene.

— Il avait été interné à Bergen-Belsen, l'un des premiers médecins à avoir séjourné dans ce camp.

— Mon Dieu, fit Robin, choquée.

— Oui, c'est horrible. Il n'en parlait jamais. Si je ne l'avais pas lu dans le journal, je n'aurais jamais su. Vous imaginez ce qu'il avait dû voir… les montagnes de cadavres, les enfants assassinés… Atroce. C'était peut-être pour cela qu'il était si désagréable, allez savoir. Quand je l'ai appris, ça m'a fait mal au cœur. Je ne l'avais pas revu depuis son départ en retraite. Mais j'ai gardé la notice en souvenir de lui. On lui pardonnait beaucoup de choses une fois qu'on savait par où il était passé, ce dont il avait été témoin… Mais après tout, c'est valable pour tout le monde, non ? Une fois qu'on sait, tout s'explique. C'est dommage, mais souvent on n'apprend la vérité que lorsqu'il est trop tard. Ça va, ma chérie ? » ajouta-t-elle en s'adressant à Irene.

Irene avait dû décider que pour s'extraire avec quelque dignité de la situation délicate où elle s'est mise, le meilleur moyen consistait à se plaindre. C'était du moins ce que Robin supposa en l'entendant répondre à la question de Janice.

« Je crois que c'est à cause du stress, dit-elle, la main plaquée sur la ceinture de son pantalon. J'ai tendance à gonfler quand je… désolée, ajouta-t-elle d'un air pénétré en regardant les deux détectives. Mais je crains de ne pas pouvoir…

— Bien sûr, dit Strike en fermant son calepin. De toute manière, je pense que nous avons abordé tous les points qui nous intéressaient. À moins que vous ne pensiez à autre chose… Un détail qui vous paraîtrait bizarre ou déplacé aujourd'hui, avec le recul ?

— Nous avons beaucoup réfléchi, n'est-ce pas ? dit Janice à Irene. Toutes ces années… on en a parlé et reparlé.

— C'est forcément Creed, déclara Irene. Quelle autre explication ? Où serait-elle allée ? Vous croyez qu'ils vous permettront de le voir ? redemanda-t-elle à Strike, toujours curieuse, malgré tout.

— Aucune idée, répondit-il en se levant. En tout cas, merci de nous avoir reçus et d'avoir accepté de répondre à nos questions… »

Irene laissa Janice les raccompagner, se contentant de leur faire un petit signe d'adieu au moment où ils quittèrent la pièce. Robin supposa qu'elle était déçue de n'avoir pas tiré de leur visite tout le plaisir qu'elle en avait escompté. Elle avait dû faire des aveux gênants, elle avait donné d'elle, jeune fille, une image peu flatteuse – et en plus, songea Robin, elle s'était couverte de ridicule en pétant devant des étrangers.

21

Eh bien, dit Artegall, tentons l'épreuve.
Mettons d'abord le vrai sur la balance.
Cela, il le fit ; puis il posa le faux
Sur l'autre plateau...

Edmund SPENSER, *La Reine des fées*

« Écoutez, je ne suis pas médecin, dit Strike en traversant la route pour rejoindre la Land Rover, mais je crois que c'est à cause du curry.

— Arrêtez », dit Robin en riant. En fait, elle ne trouvait pas ça si drôle. C'était idiot mais elle se sentait presque gênée pour Irene.

« Vous étiez assise plus loin que moi, insista Strike en montant dans la voiture. J'imagine que l'agneau épicé…

— Non, je suis sérieuse, répliqua Robin, entre hilarité et dégoût. Ça suffit.

— Moi, je prendrais bien un verre, déclara Strike en tirant sur l'enrouleur de la ceinture de sécurité.

— Il y a un pub correct pas loin d'ici, dit Robin. J'ai vérifié. Trafalgar Tavern. »

Strike comprit qu'elle s'était mise en quête d'un pub parce que c'était son anniversaire et qu'elle voulait lui faire plaisir. Cherchait-elle à le culpabiliser ?

s'interrogea-t-il. Probablement pas, mais le résultat était le même. S'abstenant de tout commentaire, il demanda :

« Qu'avez-vous pensé de cet entretien ?

— Eh bien, j'ai noté quelques contradictions, répondit Robin en démarrant. Et, à mon avis, on nous a servi un ou deux mensonges.

— Je le pense aussi, dit Strike. Lesquels, selon vous ?

— Pour commencer, l'accrochage entre Margot et Irene le jour de la fête de Noël, dit Robin tandis que Circus Street disparaissait derrière eux. Je crois qu'il portait sur autre chose… encore que, d'après moi, Margot a très pu bien examiner Kevin sans la permission de sa mère.

— Je suis d'accord, dit Strike. Ce n'était pas le sujet de la dispute. Irene a forcé Janice à raconter cette histoire avec son fils pour ne pas avoir à reconnaître la vérité. J'en viens à me demander si… Irene n'aurait pas fait venir Janice chez elle pour éviter que nous la rencontrions en dehors de sa présence, de peur qu'elle nous révèle certains secrets. C'est le problème avec les vieux amis. Ils en savent trop. »

Robin, tout en essayant de trouver le chemin qu'elle avait mémorisé le matin même après avoir repéré le Trafalgar sur Internet, songea aussitôt aux anecdotes d'Ilsa sur Strike et Charlotte. Elle savait que Strike avait décliné l'invitation lancée par Ilsa pour le soir de son anniversaire au prétexte qu'il devait dîner chez sa demi-sœur. Robin trouvait cette excuse peu crédible, compte tenu de la récente dispute entre Strike et Lucy. Peut-être devenait-elle parano mais, depuis quelque temps, elle avait l'impression que Strike évitait sa compagnie en dehors des heures de travail.

« Vous ne soupçonnez pas Irene, rassurez-moi.

— Je la soupçonne d'être une menteuse, une commère et une égocentrique compulsive, mais pas d'avoir enlevé Margot Bamborough. Je ne la crois pas assez brillante pour faire une chose pareille et garder le secret pendant quarante ans. Cela dit, les mensonges sont toujours révélateurs. Un autre détail vous aurait-il intriguée ?

— Oui. Il y a un truc qui cloche dans l'histoire de Leamington Spa, ou plutôt dans la réaction d'Irene quand Janice en a parlé… Comme si Leamington Spa signifiait quelque chose pour elle. Et je trouve étrange que Janice ne lui ait jamais rapporté les propos de son patient. Elles étaient très proches, elles connaissaient toutes les deux Margot, elles sont restées en contact pendant toutes ces années… Même si Janice prenait Ramage pour un affabulateur, elle aurait dû en parler à Irene à un moment ou à un autre, non ?

— Deuxième bonne remarque, dit Strike en regardant pensivement la façade néoclassique du Musée maritime national et ses vastes pelouses vert émeraude magnifiquement entretenues. Que pensez-vous de Janice ?

— Eh bien, les rares fois où elle a eu le droit de parler, je l'ai trouvée plutôt sincère, répondit prudemment Robin. Elle m'a l'air d'avoir bien analysé les rapports entre Margot et Douthwaite. Mais comment supporte-t-elle qu'Irene la traite comme sa bonne ?

— Certaines personnes ont besoin de se sentir indispensables… et il y a peut-être aussi une certaine forme de reconnaissance, plus ou moins forcée. Si effectivement Irene et son mari l'ont aidée financièrement à l'époque où elle tirait le diable par la queue… »

Strike repéra le pub que Robin avait choisi. Un édifice imposant, perché au-dessus de la Tamise, avec des balcons, des auvents, des jardinières et des blasons. Robin trouva une place de stationnement puis ils dépassèrent plusieurs plots en fer noir pour rejoindre une grande terrasse pavée aménagée en bordure du fleuve, sous le regard d'une statue grandeur nature de lord Nelson, aussi noire que les plots.

« Vous voyez, on peut s'asseoir dehors, dit Robin. Comme ça, vous pourrez fumer.

— Il ne fait pas un peu froid ? s'inquiéta Strike.

— Mon manteau est doublé. Je vais aller…

— Non, c'est moi, décida Strike. Que prenez-vous ?

— Juste un soda citron, je vous prie. Je conduis. »

À l'instant précis où Strike entra dans le pub, des voix s'élevèrent en chœur, entonnant « Joyeux anniversaire ». Paralysé d'horreur, il aperçut dans un coin de la salle un bouquet de ballons gonflés à l'hélium et, l'espace d'un battement de cœur, crut que Robin lui avait tendu un piège. Au battement suivant, il réalisa que les visages des convives lui étaient inconnus et que les ballons formaient le chiffre 80. Une minuscule vieille dame aux cheveux couleur lavande trônait, radieuse, au bout d'une grande table autour de laquelle sa famille était rassemblée. L'octogénaire se pencha sur un gros gâteau au chocolat hérissé de bougies. Des flashes se déclenchèrent, suivis de vivats et d'applaudissements. Un petit garçon souffla dans un sifflet à plumes.

Un peu secoué malgré tout, Strike poursuivit vers le comptoir en se reprochant sa bêtise. Comment avait-il pu imaginer que Robin ait organisé une fête surprise en son honneur ? Même Charlotte ne s'y était jamais essayée. En fait, Charlotte n'aurait jamais permis qu'un événement aussi vulgaire et insignifiant que l'anniversaire de son compagnon fasse de l'ombre à ses propres humeurs et caprices. Pour ses vingt-sept ans, elle lui avait quand même fait un cadeau mais l'avait balancé par une fenêtre du troisième étage avant qu'il ne le déballe. Était-ce lors d'une de ses nombreuses crises de jalousie ? Ou parce qu'il avait encore une fois refusé de quitter l'armée malgré son insistance ? Ils se disputaient si souvent que les causes de leurs querelles avaient tendance à se mélanger dans l'esprit de Strike.

Mais bien sûr, leur relation ne leur avait pas laissé que de mauvais souvenirs. Le jour de ses trente-trois ans, par exemple. Il venait de quitter l'hôpital de Selly Oak. C'était la première fois qu'il marchait avec une prothèse. Charlotte l'avait emmené chez elle à Notting Hill et lui avait mitonné un bon petit plat. À la fin du repas, elle était allée dans la cuisine faire du café et en était ressortie entièrement nue. Un corps de déesse. De stupeur, il s'était mis à rire. Cela faisait presque deux ans qu'il n'avait plus fait l'amour. De cette nuit-là, il se souviendrait jusqu'à la fin de ses jours. Après cela, elle s'était blottie au creux de ses bras et lui avait dit en sanglotant qu'il était l'homme de sa vie, qu'elle avait peur de ce qu'elle ressentait, qu'elle avait honte de se réjouir du malheur qui l'avait frappé mais qu'elle était heureuse de savoir qu'il resterait désormais à ses côtés. Puis elle lui avait promis de prendre soin de lui comme il avait toujours pris soin d'elle. Vers minuit, Strike lui avait demandé de l'épouser, ils avaient refait l'amour, puis discuté jusqu'à l'aube de l'agence qu'il espérait créer. Elle lui avait demandé de ne pas lui acheter de bague, de garder l'argent pour monter son affaire et elle avait ajouté qu'il serait un formidable détective.

Strike paya les verres et les chips, et rejoignit Robin qui l'attendait assise sur un banc, les mains au fond de ses poches, la mine sombre.

« Haut les cœurs, dit Strike en s'adressant à lui-même autant qu'à elle.

— Désolée », répondit Robin sans savoir pourquoi elle s'excusait.

Il choisit de s'installer à côté plutôt qu'en face d'elle, pour pouvoir contempler le fleuve. En contre-bas, des vaguelettes venaient lécher les galets d'une petite crique. Sur la rive opposée, les tours d'acier de Canary Wharf ; à leur gauche, le Shard. En ce jour glacé de novembre, la Tamise avait la teinte du plomb fondu. Strike ouvrit l'un des paquets de chips et le posa sur la table. Regrettant de ne pas avoir choisi un café au lieu d'une boisson fraîche, Robin avala une gorgée d'eau gazeuse, croqua deux chips et renfonça vite ses mains dans ses poches.

« Je sais que j'ai tort de parler ainsi, commença-t-elle. Mais franchement… l'affaire Margot Bamborough me paraît mal engagée.

— Qu'est-ce qui vous fait dire ça ?

— Peut-être à cause d'Irene qui confondait les noms… ou de Janice qui ne voulait pas la contredire, quitte à mentir sur les raisons de la dispute pendant la fête de Noël… Cette affaire est tellement ancienne. Aujourd'hui, plus personne n'est obligé de dire la vérité, à supposer qu'il y ait encore quelqu'un pour s'en souvenir. De plus, les gens ont tendance à rester braqués sur leurs certitudes, comme cette histoire au sujet de Gloria ou celle de la gélule dans la tasse de Brenner. Ils veulent se donner de l'importance, faire croire qu'ils savent des tas de choses alors que… Je commence à me dire que nous tentons l'impossible. »

Tandis que Robin attendait, assise dans le froid, le retour de Strike, une vague de lassitude s'était abattue sur elle, répandant dans son sillage une bonne dose de pessimisme.

« Allons, reprenez-vous, fit Strike sur un ton cordial. Nous avons déjà deux points d'avance sur la police. » Il sortit ses cigarettes, en alluma une et poursuivit : « Primo : il y avait un stock de barbituriques dans le cabinet médical. Secundo : Margot Bamborough a peut-être subi un avortement.

« Commençons par les barbituriques. Ne sommes-nous pas en train de passer à côté d'une évidence ? À savoir qu'il y avait sur les lieux de quoi endormir quelqu'un.

— Margot n'était pas endormie, répondit Robin en croquant ses chips d'un air maussade. Elle est sortie du cabinet sur ses deux jambes.

— À condition que Gloria…

— Gloria n'a pas menti. J'en suis convaincue. Comment elle et Theo… Parce qu'il est toujours question de Theo, n'est-ce pas ? Comment Gloria et Theo auraient-elles pu lui faire absorber assez de barbituriques pour qu'elle perde connaissance ? N'oubliez pas, si Irene dit vrai, Margot refusait qu'on lui prépare ses boissons. Et d'après Janice, il aurait fallu plusieurs gélules.

— Bien raisonné. Ce qui nous ramène à cette histoire de gélule trouvée dans le thé…

— Vous n'y avez pas cru ?

— Si. Parce que cette anecdote n'est pas assez intéressante pour être inventée. Une malheureuse gélule traînant au fond d'une tasse, ça n'a rien d'excitant en soi. En revanche, cela nous conduit à la question principale : Margot savait-elle ou soupçonnait-elle que Brenner se droguait ? Elle a pu remarquer un comportement bizarre chez lui. Une tendance à la somnolence. Des difficultés de compréhension. D'après ce que nous savons de Margot, si elle l'avait estimé incapable d'exercer ou dangereux pour ses patients, elle n'aurait pas hésité à l'affronter. Or, nous venons d'apprendre un certain nombre de choses sur Brenner. À en croire Janice, c'était un homme malheureux, solitaire, ayant subi de graves traumatismes. Imaginons que Margot ait menacé de le faire virer. Comment quelqu'un n'ayant que son métier dans la vie pouvait-il envisager une telle déchéance ? Il y a des gens qui tuent pour moins que ça.

— Il a quitté le cabinet avant elle, ce soir-là.

— Et s'il l'avait attendue ? S'il lui avait proposé de l'accompagner en voiture ?

— Elle se serait méfiée, dit Robin. Elle aurait craint non pas qu'il lui fasse du mal, mais qu'il l'engueule, ce qui semblait être dans le caractère du bonhomme, d'après ce qu'on nous a dit. À sa place, j'aurais préféré marcher sous la pluie. En plus, elle était grande, vigoureuse, et beaucoup plus jeune que lui. Où habitait-il, déjà ?

— À environ vingt minutes en voiture du cabinet, avec sa sœur célibataire. La sœur a dit qu'il était rentré à l'heure habituelle. Un voisin qui promenait son chien a confirmé l'avoir vu derrière une fenêtre vers 23 heures…

« Mais il existe un autre scénario possible, poursuivit Strike. Comme Janice l'a fait remarquer, les barbituriques se revendaient facilement, et j'ai l'impression que Brenner en avait amassé une belle quantité. Donc, imaginons qu'un individu lambda ait su que des médicaments ayant une valeur importante sur le marché de la drogue étaient stockés dans le cabinet St. John's. Il tente de s'en emparer, Margot s'interpose.

— Impossible, puisque Margot n'est pas morte sur place…

— Et si c'étaient Gloria et Theo, les voleuses ? Elles ont pu décider de faire main basse sur la réserve de Brenner. Et comme, justement…

— … Gloria avait un frère dealer…, compléta Robin.

— Pourquoi ce ton dubitatif ?

— Irene n'a eu de cesse d'enfoncer Gloria, tout à l'heure.

— Certes, mais il n'en demeure pas moins que Gloria avait un frère dealer et que des boîtes de barbituriques étaient stockées dans le cabinet, ne demandant qu'à être dérobées. Brenner n'aurait jamais signalé le cambriolage. Donc aucun risque, rien que des bénéfices.

— Avoir un frère criminel ne vous oblige pas à l'être vous-même.

— D'accord, n'empêche que j'ai hâte de retrouver cette Gloria. L'expression "personne d'intérêt" lui convient à merveille…

« Et puis, nous avons cette histoire d'avortement. Si effectivement la clinique a appelé pour confirmer le rendez-vous…

— *Si*, dit Robin.

— Je ne crois pas qu'Irene ait menti sur ce point. Et là, je suis le même raisonnement que pour la gélule dans la tasse de Brenner, mais dans l'autre sens. Ce serait un mensonge trop énorme. Des choses pareilles, ça ne s'invente pas. En tout cas, elle en a parlé à Janice au moment des faits et leurs petites chamailleries sur la question du secret médical n'étaient pas feintes. Et n'oubliez pas que C. B. Oakden l'a évoqué dans son bouquin, lui aussi. Il a bien fallu qu'il se base sur quelque chose. Ça ne m'étonnerait pas que la source s'appelle Irene. Pour elle, l'occasion était trop belle. »

Robin ne répondit rien. Elle avait craint d'être enceinte une seule fois dans sa vie et se souvenait encore de son soulagement en apprenant qu'elle ne l'était pas, qu'elle n'aurait pas à subir d'autres attouchements, d'autres examens intimes, que c'en était fini du sang et de la douleur.

Interrompre sa grossesse quand on attendait l'enfant d'un homme avec qui on était mariée…, songea-t-elle. Margot aurait-elle pris une telle décision, alors qu'elle avait déjà une petite fille ? Qu'avait-elle en tête, un mois avant sa disparition ? Souffrait-elle de problèmes psychologiques ? Démarrait-elle une dépression, comme

Talbot ? Depuis trois ans qu'elle exerçait ce métier, Robin commençait à se rendre compte que la plupart des êtres humains étaient des énigmes, même pour ceux qui pensaient le mieux les connaître. L'infidélité, la bigamie, les perversions, le fétichisme, le vol, l'escroquerie, la traque, le harcèlement, semblaient être des pratiques courantes. Robin s'était immiscée dans tellement de vies privées qu'elle en avait perdu le compte. Non pas qu'elle s'estimât supérieure aux personnes désemparées qui s'adressaient à eux pour assouvir leur soif de vérité. Assurément, elle ne valait pas mieux que ces gens-là. Ne s'était-elle pas laissé abuser par son mari, elle aussi ? Combien de nuits avaient-ils passées dans les bras l'un de l'autre, collés comme des siamois, à se murmurer des confidences et à pouffer de rire dans le noir ? Elle avait vécu presque la moitié de son existence aux côtés de Matthew et il avait suffi qu'un clou d'oreille en diamant tombe au pied de leur lit pour que tout cela s'arrête, pour qu'elle comprenne qu'il avait une double vie et qu'il n'était pas, n'avait peut-être jamais été, l'homme qu'elle croyait connaître.

« Cette histoire d'avortement ne vous convainc pas », dit Strike qui avait deviné, en partie du moins, la raison du silence de Robin. Elle lui répondit par une question :

« Pas de nouvelles de son amie Oonagh ?

— Je ne vous ai pas dit ? J'ai reçu un mail d'elle hier. Elle n'est plus vicaire, elle a pris sa retraite. Elle se dit enchantée de nous rencontrer le jour où elle viendra à Londres faire ses courses de Noël. La date reste à fixer.

— Parfait. Vous savez, j'ai hâte de parler à quelqu'un qui appréciait vraiment Margot.

— Gupta l'aimait bien. Et Janice aussi, d'après ce qu'elle dit. »

Robin ouvrit le second paquet de chips.

« C'est la moindre des choses, non, que les gens fassent au moins semblant d'aimer Margot, après ce qui s'est passé ? Bon, ce n'est pas le cas d'Irene, je vous l'accorde. Vous ne trouvez pas un peu… *exagéré* un tel ressentiment, quarante ans plus tard ? Elle était vraiment déchaînée. Vous ne pensez pas que ç'aurait été… comment dire… plus *adroit*…

— De prétendre avoir été son amie ?

— Oui… mais elle estime peut-être que ce ne serait pas crédible, que trop de gens pourraient témoigner du contraire. Que pensez-vous des lettres anonymes ? Vérité ou mensonge ?

— Bonne question, dit Strike en se grattant le menton. Irene jubilait littéralement en parlant du "mot qui commence par S" mais je la vois mal inventer une expression comme "feux de l'enfer". De sa part, on s'attendrait plutôt à "snobinarde" ou "pute de luxe". »

Il ressortit son calepin et relut les notes prises durant l'entretien.

« Bon, il faudra quand même vérifier ces pistes, en espérant qu'elles nous mèneront quelque part. Ça vous dit de prendre Charlie Ramage et Leamington Spa ? Moi, je me chargerai d'Applethorpe, le type qui se shootait à la benzédrine. Bennie.

— Pourquoi vous l'appelez comme ça ?

— Comme quoi ?

— Bennie. C'est un jeu de mots ? Parce qu'il prenait de la benzédrine ? Qu'est-ce qu'il y a de drôle ?

— Oh…, gloussa Strike. Non, c'est à cause d'une histoire marrante que mon oncle Ted m'a racontée. Vous avez vu *Crossroads* ?

— Non, qu'est-ce que c'est ?

— J'oublie tout le temps que vous êtes jeune, dit Strike. C'était un feuilleton qui passait à la télé. L'un des personnages s'appelait Benny. Il était… eh bien, en ce temps-là, on disait simple d'esprit. Il portait un bonnet en laine vissé sur la tête. Une figure emblématique, à sa manière.

— Je ne vois pas le rapport, répondit Robin, peinant à saisir le comique de l'affaire.

— Il n'y en a pas mais pour comprendre la suite, il faut d'abord connaître ce personnage. Je suppose que vous avez entendu parler de la guerre des Falklands ?

— Je suis plus jeune que vous, Strike, mais je ne suis pas ignare.

— OK, très bien. Donc, les soldats britanniques qui sont allés là-bas – Ted y était, en 1982 – ont surnommé les habitants du coin “Bennies” en référence au personnage simplet de *Crossroads*. Le commandement a eu vent de la chose et l'ordre est tombé : “Cessez d'appeler Bennies les gens que vous venez de libérer.” Et du coup, dit Strike en souriant, ils se sont mis à les appeler “Still”.

— Still ? Que signifie Still ?

— Still Bennies[1] », dit-il en hurlant de rire. Robin l'accompagna, mais surtout par imitation. Quand Strike

1. Jeu de mots intraduisible. *Still* signifie *encore, toujours, malgré tout. Still Bennies* pourrait donc donner : *Bennies envers et contre tout* ou *Bennies un jour, Bennies toujours.*

reprit son souffle, ils restèrent un moment à regarder le fleuve sans parler. Robin buvait son eau pétillante, Strike fumait. Ce fut lui qui rompit le silence :

« Je vais écrire au ministère de la Justice. Pour leur demander l'autorisation de voir Creed.

— Sérieusement ?

— Ça ne coûte rien d'essayer. La police a toujours été persuadée que Creed avait fait plus de victimes qu'il n'en a avoué. Il avait chez lui des bijoux et des vêtements qui n'ont jamais été identifiés. Ce n'est pas parce que tout le monde pense que c'est Creed…

— … que ce n'est pas lui », compléta Robin en suivant sa logique un peu tordue.

Strike soupira et se frotta la joue sans retirer la cigarette de ses lèvres.

« Vous voulez savoir à quel point Talbot était barge ? reprit-il.

— Allez-y. »

Strike sortit le gros carnet relié de cuir de la poche intérieure de son manteau et le lui tendit. Robin l'ouvrit et tourna les pages en silence.

Elles étaient couvertes d'étranges dessins et de diagrammes alambiqués. Une écriture constituée de petits caractères, bien formés mais très serrés. Beaucoup de phrases et de symboles soulignés ou entourés. Il y avait des pentagrammes partout, mais aussi des noms de famille n'ayant aucun lien avec l'enquête : Crowley, Lévi, Adams et Schmidt.

« Tiens, murmura-t-elle en s'arrêtant sur une page particulièrement dense où une tête de bouc affublée d'un troisième œil la scrutait d'un air mauvais. Vous avez vu ce… ? »

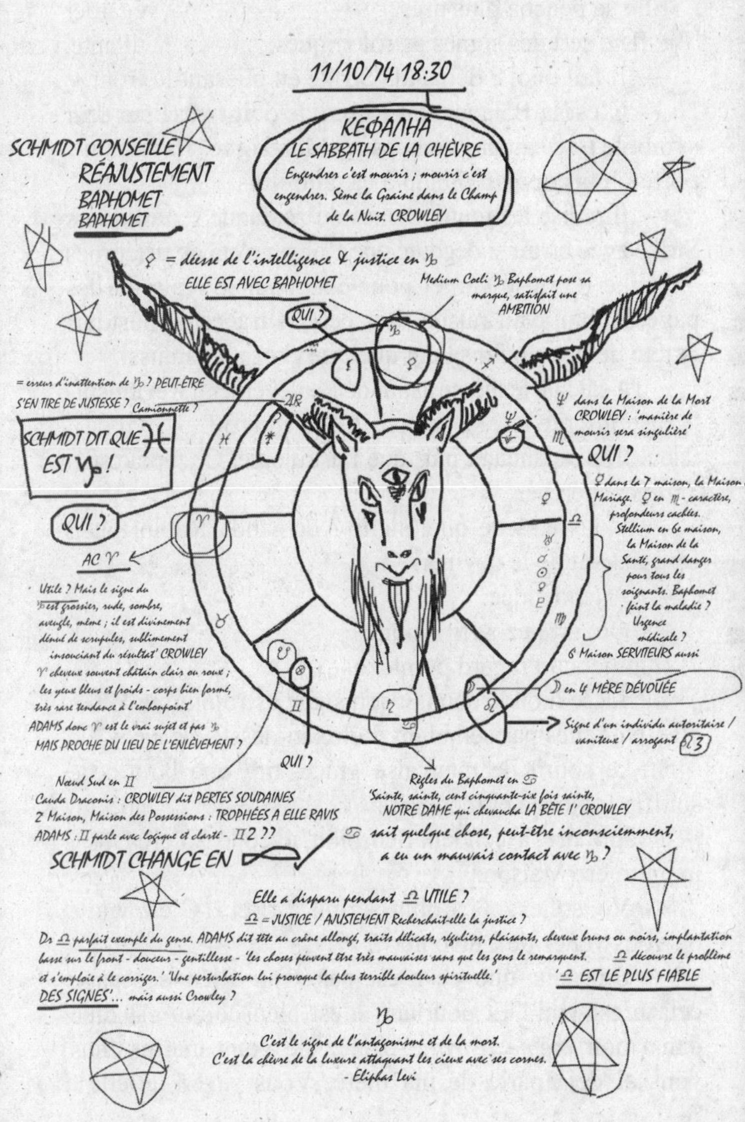
11/10/74 18:30
ΚΕΦΑΛΗΑ
LE SABBATH DE LA CHÈVRE
Engendrer c'est mourir ; mourir c'est engendrer. Sème la Graine dans le Champ de la Nuit. CROWLEY
SCHMIDT CONSEILLE
RÉAJUSTEMENT
BAPHOMET
BAPHOMET
♀ = déesse de l'intelligence & justice en ♑
ELLE EST AVEC BAPHOMET
Medium Coeli ♑ Baphomet pose sa marque, satisfait une AMBITION
QUI ?
= erreur d'inattention de ♑ ? PEUT-ÊTRE S'EN TIRE DE JUSTESSE ?
Camionnette ?
SCHMIDT DIT QUE ♓ EST ♑ !
QUI ?
AC ♈
Utile ? Mais le signe du ♑ est grossier, rude, sombre, aveugle, même ; il est divinement dénué de scrupules, sublimement insouciant du résultat' CROWLEY
♈ cheveux souvent châtain clair ou roux ; les yeux bleus et froids - corps bien formé, très rare tendance à l'embonpoint'
ADAMS donc ♈ est le vrai sujet et pas ♑
MAIS PROCHE DU LIEU DE L'ENLÈVEMENT ?
♆ dans la Maison de la Mort
CROWLEY : 'manière de mourir sera singulière'
QUI ?
♀ dans la 7 maison, la Maison de Mariage. ♀ en ♏ - caractère, profondeurs cachées.
Stellium en 6e maison, la Maison de la Santé, grand danger pour tous les soignants. Baphomet feint la maladie ? Urgence médicale ?
6 Maison SERVITEURS aussi
☽ en 4 MÈRE DÉVOUÉE
Signe d'un individu autoritaire / vaniteux / arrogant ♌3
QUI ?
Nœud Sud en ♊
Cauda Draconis : CROWLEY dit PERTES SOUDAINES
2 Maison, Maison des Possessions : TROPHÉES A ELLE RAVIS
ADAMS : ♊ parle avec logique et clarté - ♊2 ??
SCHMIDT CHANGE EN ♌ ✓
Règles du Baphomet en ♋
'Sainte, sainte, cent cinquante-six fois sainte, NOTRE DAME qui chevaucha LA BÊTE !' CROWLEY
♋ sait quelque chose, peut-être inconsciemment, a eu un mauvais contact avec ♑ ?
Elle a disparu pendant ♎ UTILE ?
♎ = JUSTICE / AJUSTEMENT Recherchait-elle la justice ?
Dr ♎ parfait exemple du genre. ADAMS dit tête au crâne allongé, traits délicats, réguliers, plaisants, cheveux bruns ou noirs, implantation basse sur le front - douceur - gentillesse - 'les choses peuvent être très mauvaises sans que les gens le remarquent. ♎ découvre le problème et s'emploie à le corriger.' 'Une perturbation lui provoque la plus terrible douleur spirituelle.' '♎ EST LE PLUS FIABLE DES SIGNES'... mais aussi Crowley ?
♑
C'est le signe de l'antagonisme et de la mort.
C'est la chèvre de la luxure attaquant les cieux avec ses cornes.
- Eliphas Levi

Elle se pencha plus près.

« Il se sert des signes astrologiques.

— Il fait quoi ? demanda Strike en plissant le front.

— C'est la Balance, dit Robin, le doigt posé sur un symbole tracé au bas de la page. Mon signe. J'avais un porte-clefs qui ressemblait à ça, autrefois.

— Il utilise les foutus signes du zodiaque ? » articula Strike avec un air si dégoûté que Robin éclata de rire.

Strike reprit le carnet pour examiner le reste de la page. Robin avait raison. Les cercles tracés autour de la tête de bouc lui disaient quelque chose, eux aussi.

« Il a calculé le thème astral de l'enlèvement. Regardez la date inscrite ici. 11 octobre 1974. 18 h 30… Nom de Dieu. Il me manquait plus que l'astrologie. Ce type était vraiment perché.

— Vous êtes de quel signe ? demanda Robin tout en essayant de le deviner.

— Aucune idée.

— Oh, arrêtez », fit Robin.

Il lui jeta un regard perplexe.

« Tout le monde connaît son signe astrologique, dit-elle. Ne faites pas semblant d'être au-dessus de ça. »

Strike sourit de mauvaise grâce, tira une bouffée, souffla la fumée et répondit :

« Sagittaire, ascendant Scorpion, avec le Soleil dans la première Maison.

— Vous êtes… » Robin se mit à rire. « C'est vrai ou vous venez de l'inventer ?

— Bien sûr que ce n'est pas vrai. Rien de tout cela n'est vrai ! Et pourtant, c'est bien ce qui est dit dans mon *thème astral*. Arrêtez de vous marrer. Je vous ai déjà parlé de ma mère. Vous savez qu'elle adorait toutes ces merdes. Quand je suis né, l'une de ses grandes copines a calculé mon thème. J'aurais dû piger tout de suite en voyant ça, dit-il en désignant la tête de bouc. Mais je n'avais pas eu le temps de bien regarder.

— Alors, dites-moi ce que signifie avoir le Soleil dans la première Maison ?

— Ça ne signifie rien. C'est un ramassis de conneries. »

Robin savait qu'il connaissait la réponse mais ne l'admettrait jamais, ce qui augmenta son hilarité. Finalement, Strike se prit au jeu et marmonna sur un ton mi-boudeur, mi-amusé :

« Indépendance. Leadership.

— Eh bien…

— Un ramassis de conneries. Déjà qu'on baigne dans des machins ésotériques à la con… La voyance, le lieu sacré, Talbot, Baphomet… Maintenant, l'astrologie, pitié !

— Vous oubliez Irene et sa Margot Fonteyn brisée en mille morceaux, ajouta Robin.

— Margot Fonteyn, non mais j'y crois pas ! » marmonna Strike en levant les yeux au ciel.

Un léger grésil commençait à tomber, mouchetant la table de minuscules gouttelettes d'eau glacée. Strike se dépêcha de ranger le carnet de Talbot, de peur que l'encre ne s'efface. Dans un même mouvement, ils se levèrent et rejoignirent la Land Rover.

La vieille dame aux cheveux lavande qui était née le même jour, sinon la même année, que Strike, se dirigeait vers une Toyota garée à proximité, escortée par deux femmes qui pouvaient être ses filles. Autour de la voiture, le reste de la famille les attendait en papotant sous des parapluies. En prenant place dans la Land Rover, Strike se demanda subrepticement si lui-même fêterait un jour ses quatre-vingts ans, et qui serait auprès de lui à ce moment-là.

22

Les temps à venir en découvriront d'autres.
Pourquoi l'homme borné penserait-il
Que rien n'existe que ce qu'il a pu voir ?
Et si dans la belle sphère brillante de la lune
Ou dans chaque étoile invisible
Il apprenait d'aventure qu'il y a d'autres mondes ?

Edmund Spenser, *La Reine des fées*

Ce soir-là, avant de regagner son petit appartement sous les toits, Strike s'acheta une portion de nouilles chinoises. En les versant dans une assiette, il songea avec ironie que si son amie Ilsa ne s'était pas mis en tête de jouer les entremetteuses, en ce moment même il serait sans doute attablé dans la maison d'Octavia Road, en train de rire et de trinquer avec elle, son mari Nick et Robin dont il ne se lassait jamais de la présence, malgré toutes les heures qu'ils avaient passées ensemble depuis qu'ils collaboraient.

Il attaqua ses nouilles en pensant à Robin, à la petite croix qu'elle avait tracée au bas de la carte d'anniversaire si délicatement choisie, aux écouteurs et à cette habitude qu'elle semblait avoir prise de l'appeler « Strike » pour le rembarrer ou pour blaguer. Tout cela prouvait qu'ils étaient de plus en plus proches, songea-t-il, et que malgré le stress suscité par sa procédure de divorce, dont elle ne parlait guère, malgré son apparente indifférence envers les choses de l'amour, Robin se sentait désormais libre de ses choix.

Et pour la cent millième fois, Strike se demanda s'il était présomptueux de penser que l'affection qu'elle lui portait dépassait le cadre de la simple amitié. Une chose était sûre, il s'entendait bien mieux avec elle qu'avec aucune autre femme. Leur estime mutuelle avait survécu aux tensions générées par la gestion de l'agence, aux épreuves que chacun avait endurées depuis qu'ils se connaissaient, et même au violent désaccord qui, deux ans auparavant, l'avait contraint à la licencier. Quand il avait dû affronter la grave maladie qui avait failli emporter son neveu, elle s'était précipitée à l'hôpital pour le soutenir. Un geste qui, à n'en point douter, avait suscité la colère de l'ex-époux, ce Matthew que Strike n'appelait jamais autrement que « l'autre abruti » les rares fois où il pensait à lui.

Non pas que Strike soit indifférent à sa beauté : au contraire, il l'avait trouvée séduisante dès le premier jour, quand elle avait retiré son manteau devant lui dans le bureau. Mais ses attraits physiques représentaient une moindre menace pour sa tranquillité d'esprit que le plaisir coupable qu'il éprouvait actuellement à l'idée d'être l'homme le plus important de sa vie. Maintenant que l'éventail des possibles s'ouvrait plus largement, maintenant que son mari avait cessé d'être un obstacle et qu'elle était célibataire, Strike ne pouvait plus éluder la question qui le taraudait depuis si longtemps : que se passerait-il s'ils devaient succomber à cette supposée attirance mutuelle ? Ou plus exactement, est-ce que l'agence pour laquelle ils avaient tant sacrifié l'un comme l'autre, qui représentait pour Strike le point culminant de toutes ses ambitions, continuerait à exister si jamais les deux associés se retrouvaient dans le même lit ? Il avait beau tourner la question dans un sens et dans l'autre, la réponse était toujours « non ». Pour la bonne raison que, d'après lui Robin, non par puritanisme mais à cause de certains traumas anciens, recherchait avant toute autre chose la sécurité et la stabilité que seul apporte le mariage.

Et Strike n'était pas homme à se marier. Quels que soient les inconvénients du célibat, quand s'achevait sa journée de travail, il n'aspirait qu'à retrouver un lieu bien à lui, où tout était propre et rangé comme il l'entendait, un espace de liberté absolue, sans prises de tête, sans culpabilité ni récriminations, sans personne pour lui réclamer une histoire d'amour bien calibrée, un bonheur dont il aurait été le garant. À bien y réfléchir, au cours de son existence, il avait toujours été responsable du bonheur d'une femme. D'abord celui de Lucy, avec laquelle il avait grandi dans la misère et le chaos. Puis Leda, qui collectionnait les amants et dont il avait parfois assuré la protection lorsqu'il était adolescent. Et enfin celui de Charlotte, dont l'instabilité mentale et les tendances suicidaires avaient épuisé plusieurs psychiatres, mais qu'il avait aimée envers et contre tout. À présent, il vivait seul et dans une paix relative. Aucune des relations ou des aventures sans lendemain qu'il avait pu connaître depuis Charlotte ne l'avait profondément marqué. À tel point qu'il se demandait parfois si les années passées avec elle n'avaient pas émoussé sa capacité à éprouver de vraies émotions.

Malgré tout cela, et presque contre sa volonté, il ressentait une immense affection pour Robin. Parfois même il se surprenait à vouloir la rendre heureuse. Ce genre de tentation le contrariait plus encore que de devoir détourner les yeux chaque fois qu'elle se penchait sur un bureau, une règle qu'il s'était imposée par simple discipline. Ils étaient amis et Strike espérait qu'ils le resteraient toujours. Or pour cela, la meilleure garantie était, d'après lui, qu'ils ne se voient jamais nus.

Après avoir fait la vaisselle, Strike ouvrit la fenêtre pour laisser entrer l'air froid de la nuit. En se disant que toutes les femmes qu'il avait connues se seraient aussitôt plaintes du courant d'air, il alluma une cigarette, brancha son ordinateur portable et rédigea un courrier au ministère de la Justice. Il commença par se présenter, donna ses références en tant qu'enquêteur dans l'armée et dans le civil, puis précisa à quelles fins Anna Phipps l'avait engagé et termina en sollicitant l'autorisation d'interroger Dennis Creed à la prison de Broadmoor.

Puis il bâilla, alluma une énième cigarette et alla s'étendre sur son lit après avoir dégrafé son pantalon, comme à son habitude. Il attrapa *Le Démon de Paradise Park* et attaqua le dernier chapitre.

> Une question continue à hanter les policiers qui perquisitionnèrent le sous-sol de Creed en 1976 et virent de leurs propres yeux l'espace qu'il avait transformé en cellule de prison et en chambre de torture. Cette question

est : les douze femmes qu'on l'accuse d'avoir agressées, violées et/ou tuées, sont-elles ses seules victimes ?

Durant notre ultime entretien, Creed, qui avait été sanctionné le matin même pour avoir attaqué un gardien dans un accès de fureur, se montra moins bavard et plus énigmatique que les fois précédentes.

Q : Certaines personnes pensent que vous auriez fait plus de victimes.

R : C'est vrai ?

Q : Louise Tucker. Elle avait seize ans quand elle s'est enfuie…

R : Vous les journalistes, vous adorez coller des âges sur les gens, n'est-ce pas ? Pourquoi ?

Q : Pour mieux camper le personnage. Pour que nos lecteurs s'en fassent une idée plus précise. Que savez-vous de Louise Tucker ?

R : Qu'elle avait seize ans.

Q : Certains bijoux retrouvés chez vous n'ont pas été identifiés. Des vêtements, aussi.

R : …

Q : Vous n'avez rien à dire sur ces bijoux ?

R : …

Q : Pourquoi refusez-vous d'en parler ?

R : …

Q : Au fond de vous, est-ce qu'il n'y a pas une voix qui dit : « Je n'ai plus rien à perdre, maintenant. Ces familles qui souffrent de ne pas savoir, je pourrais leur apporter la paix » ?

R : …

Q : Vous ne pensez pas qu'un tel geste serait un peu comme une réparation ? Qu'il améliorerait votre réputation ?

R : [rires] Ma « réputation »… Vous croyez qu'améliorer ma réputation m'intéresse le moins du monde ? Vous êtes vraiment incroyables, vous les [inaudible].

Q : Que pouvez-vous me dire sur Kara Wolfson ? Portée disparue en 1973.

R : Quel âge avait-elle ?

Q : Vingt-six ans. Hôtesse dans un club de Soho.

R : Je n'aime pas les putes.

Q : Pourquoi cela ?

R : La crasse.

Q : Pourtant, vous avez fréquenté des prostituées.

R : Quand je n'avais rien d'autre sous la main.

Q : Vous avez tenté… Helen Wardrop était une prostituée. Elle vous a échappé. Elle a donné votre signalement à la police.

R : …

Q : Vous avez tenté d'enlever Helen dans le secteur où Kara a été aperçue pour la dernière fois.

R :…

Q : Et Margot Bamborough ?

R : …

Q : Une camionnette semblable à la vôtre a été vue roulant à grande vitesse dans le quartier où elle a disparu.

R : …

Q : Si vous aviez enlevé Bamborough, elle se serait retrouvée dans votre cave en même temps que Susan Meyer, n'est-ce pas ?

R : Ç'aurait été sympa pour elle.

Q : Qu'est-ce qui aurait été sympa ?

R : D'avoir quelqu'un à qui parler.

Q : Êtes-vous en train de me dire que Bamborough et Meyer ont été séquestrées ensemble dans cette cave ?

R : [sourires]

Q : Et Andrea Hooton ? Bamborough était-elle morte quand vous avez enlevé Andrea ?

R : …

Q : Vous avez jeté le corps d'Andrea du haut d'une falaise. C'était une nouvelle façon de procéder. Était-ce le premier corps dont vous vous débarrassiez ainsi ?

R : …

Q : Vous refusez de confirmer que vous avez enlevé Margot Bamborough ?

R : [sourires]

Strike posa le livre et réfléchit pendant quelques minutes en tirant sur sa cigarette. Puis il prit le carnet relié de cuir de Bill Talbot, qu'il avait balancé sur le lit en même temps qu'il retirait son pardessus.

Il le feuilleta, tournant nerveusement les pages truffées de signes cabalistiques, à la recherche d'une mention susceptible d'être liée à un fait établi ou à un point de référence. Une phrase lui sauta aux yeux. De son doigt épais, il stoppa le défilement des pages.

12ᵉ)‹(trouvé. DONC COMME PRÉVU, le tueur est Bo

Non sans effort, il se releva pour aller prendre son calepin. Puis il s'affala de nouveau sur son lit et chercha le texte que Pat avait traduit sur leur demande :

Et c'est le dernier d'entre eux, le douzième, et le cercle se refermera quand on trouvera le dixième – mot illisible – Baphomet. Transcrire dans le vrai livre.

Le mot illisible ressemblait beaucoup au symbole suivant le mot « tueuse » dans le carnet de Talbot.

Partagé entre exaspération et curiosité, Strike prit son portable et entra « signes astrologiques » dans la barre de recherche.

Dix minutes et deux pages d'explications plus tard, il parvint à décrypter la phrase de Talbot. « 12e (Poissons) trouvé. Donc COMME PRÉVU, le tueur est Capricorne. »

Les Poissons étaient le douzième signe du zodiaque, le Capricorne le dixième. Dans son délire monomaniaque, Talbot avait associé la chèvre, figurant le Capricorne, et Baphomet, la divinité satanique à tête de bouc.

« Nom de Dieu », marmonna Strike en cherchant une page blanche dans son calepin.

Une idée se formait dans sa tête. Ces dates inexpliquées, marquées par des croix, que Talbot avait griffonnées sur chacune des dépositions des témoins masculins… Aurait-il le courage de descendre dans son bureau pour consulter les documents en question ? Poussant un grand soupir, il remonta sa braguette, se hissa sur ses jambes et alla décrocher le trousseau de clés pendu près de la porte.

Dix minutes plus tard, Strike remontait chez lui avec un calepin flambant neuf. Il s'apprêtait à regagner sa place sur l'édredon quand il vit que l'écran de son portable était éclairé. Quelqu'un avait tenté de le joindre pendant qu'il était en bas. Lucy, sans doute, se dit-il en consultant le journal d'appels.

Ce n'était pas Lucy mais Charlotte. Strike reposa le téléphone et ralluma l'ordinateur. Avec lenteur et minutie, il tenta d'associer chaque date figurant en tête des dépositions des témoins masculins avec le

12e (♓) trouvé. Donc COMME PRÉVU le tueur est ♑

'Le capricorne est divinement dénué de scrupules, sublimement insouciant du résultat… vous ne le voyez pas sauf s'il le souhaite. Faites-le et aucun autre ne vous résistera. Car la volonté pure, non soumise aux intentions, issue du seul désir de résultat, est en tout point parfaite.' - Crowley

Le mari n'est pas crédible ♑, Adams dit que ♑ est matérialiste, sévère, lèvres minces, 'yeux petits et perçants'

SCHMIDT EXPLIQUE → PAS ♑ MAIS ⛎

ingénieux, sensible, mélomane

" Je suis le serpent secret enroulé, prêt à bondir ; dans mon enroulement se trouve la joie. " - CROWLEY

NON

♋ s'oppose à ♑

VII Chariot (♋)

Victoire, détermination

impossible à résoudre (avec ♋)

CONNEXION

Prince d'Épées (♑/♒)

Peut être charmant

♒ CONNU AU TRAVAIL ?

XV Diable (♑)

Une association avec ♋ apparaîtra

Neuf d'Épées

Deux de coupes (♋)

(II)

As de Pentacles inversés (♉)

Hierophante (♉)

Détenteur d'un savoir secret

♉ SAIT QUELQUE CHOSE

Mais Levi dit 'Les deux de coupes est la vache'

DONC PEUT-ÊTRE ♉

Ces deux-là seront la CLÉ ♋ et ♉

'Poison et goutte de sang', CRUAUTÉ

Elle souffre - TOUJOURS VIVANTE ?

Cinq de Pentacles (♉)

Frustration, obstacles : ♉ ne parle pas

Grande Prêtresse (☽)

ISIS LA FONDATION

♋/☽

SCHMIDT CHANGE TOUT

BAPHOMET

Dix d'Épées (II)

RUINE - J'AFFRONTERAI LA RUINE - MAINTENANT

NON

♋

INTERROGER ♋ ENCORE : MEDIUM, intuitions, s'interroger,

nature BONNE : nourrit, protège, s'oppose au MAL,

Adams : 'le visage est rond et plat - les yeux grands et pâles'.

Rappel aussi ♄ en ♋,

Donc ♋ a pu avoir mauvais contact avec Baphomet / ♑

PEUT ÊTRE EN DANGER.

♉

Comme la nature de ♉ est COMME CELLE DE BAPHOMET

'L'hiérophante te dira : —

" Retourne-toi ! " et, dans ton ombre projette

en présence de cette lumineuse intelligence,

le diable t'apparaîtra, ce fantôme noir' - Levi

INDIGNE DE CONFIANCE. CACHE DES CHOSES. EN SAIT PLUS

♏ GRAIN DE BEAUTÉ

(ADAMS)

Mensonges, miroirs brisés, eaux troubles - Crowley

NON

TOUS LES SIGNES SONT LIÉS A L'EAU

ET IL PLEUVAIT QUAND ELLE A ÉTÉ EMPORTÉE

DE L'EAU, DE L'EAU, DE L'EAU, DE L'EAU, DE L'EAU PARTOUT

♒ s'interroge sur la mort de ♏ ? SCHMIDT D'ACCORD AV ADAMS

♒ a interrogé ♓ sur ♏ ? ♋ était là ? ♋ a assisté ? ♋ est doux, instinct de protection, L'INTERROGER ENCORE.

♏ et ♒ sont liés DE L'EAU DE L'EAU et aussi ♋ et ♑ A UNE QUEUE DE POISSON.

Le monstre Cetus, Leviathan, la baleine biblique

Charme superficiel, mauvais en dedans

Entêté, aime être dans la lumière

Comédien, menteur

signe du zodiaque correspondant. Si son intuition était juste, à savoir que Talbot avait mis en exergue les signes astrologiques des trois hommes qu'il considérait comme suspects, Steven Douthwaite devait être Poissons, Paul Satchwell Bélier et Roy Phipps, né un 27 décembre… Capricorne. Et pourtant, il lui semblait que Roy Phipps avait été mis hors de cause peu de temps auparavant.

« Bordel ! Mais ça veut strictement rien dire », marmonna Strike.

Il reposa l'ordinateur, rouvrit le carnet relié de cuir et reprit sa lecture à partir de la ligne qu'il venait de décrypter, celle où Talbot affirmait que le meurtrier de Margot était Capricorne.

« Dieu tout-puissant », gronda-t-il en s'efforçant de donner un sens à ces divagations à l'aide des sites Internet trouvés précédemment. D'après ce qu'il finit par comprendre, Talbot semblait avoir lavé Roy Phipps de tout soupçon en s'appuyant sur le fait qu'il n'était pas vraiment Capricorne mais d'un autre signe, ce dernier probablement surgi de son imagination débridée.

Strike se concentra ensuite sur plusieurs rectangles tracés à main levée. Ces figures le replongèrent dans son enfance, à l'époque où sa mère s'était découvert une passion pour les tarots. De tous les tirages, elle privilégiait celui dit de la croix celtique. Combien de fois ne l'avait-il pas vue disposer les cartes selon le schéma reproduit sur cette page ? Mais à sa connaissance, les tarots et l'astrologie étaient deux choses différentes. Encore une extravagance à mettre sur le compte de Talbot, sans doute.

Son portable vibra.

Charlotte lui avait envoyé une photo d'elle, nue, une tasse de café dans chaque main. Un message l'accompagnait :

6 ans ce soir. J'ai hâte qu'on le refasse. Bon anniversaire, Bluey x

Malgré lui, Strike passa quelques secondes à contempler ce corps qui aurait enflammé n'importe quel homme hétéro, ce visage que Vénus aurait jalousé. Puis il vit une tache diffuse au bas de son ventre. Charlotte avait flouté la cicatrice de sa césarienne. Ce détail le refroidit considérablement. Comme un alcoolique repoussant un verre de cognac, il supprima la photo et retourna à ses lectures ésotériques.

23

C'est notre esprit qui fait le bon ou le mauvais,
Qui nous rend misérable ou heureux, riche ou pauvre,
Car tel qui jouit à volonté de l'abondance
N'a pas encore assez, mais en veut davantage ;
Tel autre qui a peu rien de plus ne demande,
Mais par ce peu se trouve à la fois riche et sage.

Edmund Spenser, *La Reine des fées*

Onze jours plus tard, à 8 heures du matin, soit une heure à peine après avoir fermé les yeux, Robin fut réveillée par la sonnerie de son portable. Elle avait passé la nuit à surveiller la maison du présentateur météo – sans plus de résultats que les fois précédentes – et regagné son appartement à l'aube pour s'accorder deux heures de repos avant son rendez-vous avec Strike et Oonagh Kennedy à la cafétéria de Fortnum & Mason. Engourdie de sommeil, elle chercha son téléphone à tâtons et ne le trouva qu'après avoir renversé un ou deux objets sur sa table de nuit.

« 'Llô ?

— Robin ? s'écria une voix joyeuse. Tu es tante !

— Pardon ? Je suis quoi ? » bredouilla-t-elle.

Elle avait fait un rêve étrange qui surnageait encore par fragments dans son esprit : Pat Chauncey l'avait invitée à dîner, elle avait refusé et Pat l'avait très mal pris.

« Tu es tante ! Jenny vient d'accoucher !

— Oh », souffla Robin. Elle commençait à comprendre. Cette voix appartenait à son frère aîné, Stephen. « Oh, c'est merveilleux… qu'est-ce… ?

— Une fille ! jubila Stephen. Annabel Marie. 3,08 kilos !

— Waouh, dit Robin. C'est… c'est beaucoup ? Ça fait…

— Je viens de t'envoyer une photo ! C'est bon, tu l'as reçue ?

— Non… attends », dit Robin en se redressant dans son lit, les paupières gonflées de sommeil. Elle passa sur haut-parleur pour pouvoir consulter ses messages tout en parlant. La photo s'afficha : celle d'un bébé chauve, tout rouge, tout ridé, nageant dans une grenouillère trop grande pour lui, les poings serrés, visiblement furieux d'avoir été éjecté du coin peinard qu'il squattait depuis quelques mois pour atterrir dans une salle d'hôpital moche et trop éclairée.

« Je l'ai. Oh, Stephen, elle est… elle est magnifique. »

Robin n'en pensait pas un mot et pourtant, des larmes jaillirent de ses yeux irrités.

« Mon Dieu, Bouton », fit-elle à mi-voix. Bouton était le surnom de Stephen lorsqu'il était enfant. « Tu es papa !

— Ouais ! dit-il. C'est dingue, non ? Quand est-ce que tu viens la voir ?

— Bientôt, promit Robin. À Noël. Embrasse Jenny pour moi, veux-tu ?

— Ouais, ça marche. Bon, maintenant, faut que j'appelle Jon. À bientôt, Robs. »

Il raccrocha. Robin resta un moment allongée dans la pénombre, à examiner la photo du bébé ratatiné qui considérait le monde de ses yeux bouffis comme s'il regrettait déjà d'être là. C'était tellement génial de penser que son frère Stephen était papa et que leur famille comptait un membre de plus.

Les paroles de sa cousine Katie lui revinrent en tête : *On dirait que tu suis une autre voie que nous*. À l'époque où elle vivait avec Matthew, avant qu'elle ne commence à travailler pour l'agence, elle avait pensé avoir des enfants. Aujourd'hui, plus vraiment. Sans être fondamentalement contre, elle avait conscience que la maternité s'accordait mal avec le métier qu'elle s'était choisi. Soit elle devrait renoncer à l'exercer, soit elle n'y trouverait plus de plaisir. Lorsqu'elle prenait l'exemple des jeunes femmes de son entourage, elle se rendait compte qu'être mère exigeait des sacrifices qu'elle n'était pas prête à consentir. Quand Katie lui avait parlé de l'angoisse qui la tenaillait dès que son fils s'éloignait d'elle, Robin avait tenté d'imaginer un lien affectif plus puissant encore que la culpabilité et la colère sur lesquelles Matthew avait joué pour tenter de la retenir. Robin était sûre qu'elle aimerait son enfant. C'était bien ça le problème. Elle l'aimerait même tellement que son travail, pour lequel elle avait sacrifié son mariage, sa sécurité, son sommeil et son confort financier, devrait être sacrifié à son tour.

Et elle craignait que l'enfant ayant rendu ce sacrifice nécessaire ne finisse par pâtir de cette frustration.

Robin alluma sa lampe de chevet et se pencha pour ramasser ce qu'elle avait fait tomber : un verre vide, intact, et le livre de poche qu'elle avait reçu la veille et déjà terminé tant il était mince : *Qu'est-il arrivé à Margot Bamborough ?* par C. B. Oakden.

Strike ignorait qu'elle avait pu s'en procurer un exemplaire et Robin était impatiente de le lui montrer. Elle avait également obtenu deux infos inédites sur Bamborough mais, peut-être en raison de sa fatigue, ne se réjouissait plus vraiment à l'idée de les partager avec lui. Sachant qu'elle ne se rendormirait pas, Robin décida de démarrer sa journée.

Sous la douche, elle s'aperçut qu'elle pleurait.

C'est ridicule. Ce n'est pas comme si tu avais envie d'un bébé. Allez, reprends-toi.

Elle se sécha les cheveux, s'habilla et, après avoir éclairé son regard d'un soupçon d'anticerne magique, monta dans la cuisine où elle trouva Max attablé devant son petit déjeuner, en train de lire les nouvelles du jour.

« Bonjour, dit-il en levant le nez de son portable. Vous allez bien ?

— Très bien, lança Robin d'un air joyeux. Je viens d'apprendre que je suis tante. La femme de mon frère Stephen a accouché ce matin.

— Oh. Toutes mes félicitations, fit Max, poli mais sans plus. Garçon ou fille ?

— Une fille, dit Robin en allumant la machine à café.

— Je suis parrain de huit gosses, répondit Max, maussade. J'ignore pourquoi les parents choisissent toujours des célibataires pour ce boulot. Ils croient peut-être qu'on y mettra plus d'énergie.

— C'est possible », dit Robin en essayant de rester cordiale. Elle-même était la marraine du fils de Katie. Le baptême avait eu lieu dans l'église de Masham où elle n'avait plus remis les pieds depuis son mariage avec Matthew.

Elle emporta une tasse de café noir dans sa chambre, ouvrit son ordinateur portable et décida d'écrire un mot à Strike. Ne sachant pas s'ils auraient le temps de discuter avant leur entretien avec Oonagh Kennedy, elle tenait à lui faire part de ses dernières découvertes.

Bonjour,
Quelques petites nouvelles concernant l'affaire Bamborough avant qu'on se voie :
— Charles Ramage, le roi du Jacuzzi, est décédé. J'ai parlé avec son fils. Il ne peut pas certifier que son père ait vu Margot à Leamington Spa mais il s'est souvenu que Janice s'était occupée de lui après son accident de moto. Il a dit que Ramage senior aimait bien Janice et qu'il lui avait « probablement raconté toutes ses aventures, et il en avait beaucoup en stock ». D'après lui, son père avait tendance à enjoliver la réalité mais il ne mentait pas et c'était « un brave homme. Il n'aurait jamais inventé quoi que ce soit sur une pauvre femme portée disparue ». Il a confirmé que son père avait un très bon ami « officier de police haut placé ». Un dénommé Greene. Il ne se souvient ni du grade ni du prénom. La veuve de Ramage senior est toujours de ce monde. Elle vit en Espagne. C'était sa seconde épouse et le fils ne s'entend pas avec elle. Je recherche le numéro de téléphone ou l'adresse mail de cette dame.

— Je suis sûre à 99 % d'avoir trouvé la bonne Amanda White, qui s'appelle aujourd'hui Amanda Laws. Il y a deux ans, elle a créé une page Facebook, consacrée à certaines affaires de disparition, dont celle de Margot. Elle dit dans le commentaire qu'elle a joué un rôle dans l'enquête. Je lui ai écrit mais je n'ai pas encore de retour.
— J'ai réussi à me procurer un exemplaire de *Qu'est-il arrivé à Margot Bamborough ?* Et je l'ai lu (il n'est pas très long). Si on se fie à ce qu'on a appris jusqu'à présent, il est truffé d'inexactitudes. Je l'apporte ce matin.
À tout de suite x

Ce petit x, Robin l'avait ajouté automatiquement et le message était parti avant que son esprit embrumé s'en rende compte. Coller une bise au bas d'une carte d'anniversaire était une chose. Mais sur un mail de boulot…

Et merde.

Elle se voyait mal lui envoyer un erratum disant « ne faites pas attention, mes doigts sont allés plus vite que mon cerveau ». Elle obtiendrait le contraire de l'effet escompté, soulignant une bévue que Strike ne remarquerait peut-être même pas.

Elle referma l'ordinateur et, au même instant, vit l'écran de son téléphone s'éclairer. Sa mère venait de lui envoyer un long texto enthousiaste vantant la beauté de la petite Annabel Marie, ainsi qu'une photo d'elle-même avec l'enfant dans les bras, et derrière, le père de Robin qui souriait aux anges. Robin répondit :

Elle est superbe !

Le bébé était aussi laid que sur le précédent cliché mais elle ne mentait pas vraiment en écrivant cela. Ce qu'elle trouvait superbe, c'était l'arrivée de cette petite fille. Toute naissance était un miracle, même s'il n'y avait rien de plus banal en soi. Si Robin avait pleuré sous la douche c'était en partie à cause de cela.

Tandis que le métro l'emportait à vive allure vers Piccadilly Circus, elle sortit de son sac le livre de C. B. Oakden et le feuilleta pour passer le temps. Le libraire de Chester chez qui elle l'avait trouvé l'avait en stock dans sa boutique depuis plusieurs années. Il l'avait récupéré avec un monceau d'autres vieux bouquins dont les héritiers d'une vieille dame souhaitaient se débarrasser. Robin supposait qu'avant de recevoir son mail, le libraire ignorait qu'il possédait un ouvrage condamné par la justice. En tout cas, il le lui avait vendu sans paraître éprouver le moindre scrupule, lui demandant simplement, au téléphone, de taire sa provenance. Cela dit, il en avait quand même profité pour augmenter son prix. Robin espérait que Strike, après l'avoir lu, ne lui reprocherait pas de s'être lancée dans des dépenses inutiles.

Ce livre avait échappé au pilon parce qu'il s'agissait d'un exemplaire d'auteur. Oakden avait dû le recevoir avant que tombe la décision du tribunal. La page de garde portait quelques mots écrits de sa main : *Pour tante May, avec mes meilleures salutations, C.B. Oakden (Carl)*. Robin trouvait que « mes meilleures salutations » faisait un peu grandiloquent pour la dédicace d'un neveu à sa tante.

Épais d'une centaine de pages, il affichait sur sa couverture le portrait de Margot en Bunny Girl, que Robin commençait à connaître par cœur pour l'avoir vu illustrant de nombreux articles parus peu après sa disparition. La photo avait été agrandie de telle manière que son amie Oonagh Kennedy, l'autre Bunny Girl, sorte du champ. Elle était reproduite une deuxième fois, mais dans son format original, au centre de l'ouvrage, à côté d'une autre qui, d'après elle, allait plaire à Strike autant qu'elle lui avait plu, mais qui n'avait d'autre intérêt que de placer des visages sur des noms.

Robin remonta Piccadilly en luttant contre le vent. Tandis qu'elle passait sous les guirlandes de Noël secouées par les bourrasques, elle se demandait où elle allait pouvoir trouver un cadeau pour le bébé de Stephen et Jenny. Les boutiques croisées en chemin ne l'inspiraient guère. Finalement, elle arriva devant Fortnum & Mason avec une heure d'avance.

Depuis qu'elle vivait à Londres, Robin n'avait jamais eu l'occasion de visiter ce grand magasin chic aux magnifiques devantures bleu-vert dont les vitrines de Noël faisaient partie des plus belles de la ville. Entre les flocons de neige artificielle dessinant des cercles sur la vitrine, Robin aperçut des étalages chargés d'articles plus luxueux les uns que les autres. Des fruits confits à foison, disposés comme des joyaux dans leurs écrins, des foulards de soie, des boîtes à thé rutilantes, des casse-noix en forme de Prince Charmant. Bousculée par une rafale particulièrement désagréable, pleine d'une pluie fine et glacée, Robin fut projetée contre son gré vers l'entrée. Et elle pénétra sans presque s'en rendre compte dans la somptueuse fantaisie de Noël par une porte flanquée d'un groom en redingote et haut-de-forme.

Sous ses pieds, une moquette rouge écarlate ; devant ses yeux, des monceaux de cadeaux factices, emballés dans du papier gris-vert, la teinte emblématique du magasin. Elle passa devant les chocolats que Morris lui avait achetés pour son anniversaire, puis elle vit les pâtes d'amande, les biscuits de fête, et pour finir, dans le fond, la cafétéria où elle avait rendez-vous. Robin fit demi-tour, ne souhaitant pas voir la vicaire à la retraite avant l'heure dite. Mieux valait mettre à profit le temps qu'il lui restait pour faire le ménage dans sa tête.

« Excusez-moi, demanda-t-elle à une vendeuse stressée qui choisissait des pâtes d'amande pour un client. Vous avez un rayon puériculture ?

— Deuxième étage », répondit la femme sans presque la regarder.

Les quelques articles de ce rayon lui parurent excessivement chers, mais étant l'unique tante d'Annabel et sa seule parente habitant la capitale, elle se sentait un peu obligée de lui offrir quelque chose de typiquement londonien. Elle jeta donc son dévolu sur un ours Paddington en peluche.

Robin s'éloignait de la caisse avec le sac à anses bleu-vert contenant le nounours quand son portable sonna. Strike, songea-t-elle avant de découvrir un numéro inconnu.

« Bonjour, ici Robin.

— Bonjour Robin. C'est Tom », gronda un homme excédé.

Robin ne voyait absolument pas qui pouvait être ce Tom. En une fraction de seconde, elle passa en revue les divers dossiers traités par l'agence – DeuxFois, Tutu, LaPoste, PasNet, Bamborough – dans l'espoir d'en faire surgir ce prénom. Et pour gagner du temps, elle répondit sur un ton signifiant *Mais oui, bien sûr, je sais parfaitement qui vous êtes* :

« Oh, bonjour !

— *Tom Turvey*, insista l'homme qui avait compris son manège.

— Oh », répéta Robin, le cœur battant à tout rompre. Elle fit un pas de côté et se réfugia dans une alcôve abritant des bougies parfumées hors de prix présentées sur des étagères.

Tom Turvey était le fiancé de Sarah Shadlock. Robin n'avait plus eu de contact avec lui depuis qu'elle avait découvert que Sarah et Matthew couchaient ensemble. Elle ne l'appréciait pas particulièrement et ignorait s'il était au courant de l'affaire.

« Je te remercie, Robin ! Tu m'as mis dans un foutu pétrin ! »

Il était à deux doigts de hurler. Par prudence, Robin écarta le portable de son oreille.

« Pardon ? fit-elle en s'apercevant qu'elle aussi avait les nerfs à fleur de peau.

— Tu n'aurais pas pu me le dire, bordel ? Au lieu de te casser en me laissant essuyer les plâtres ?

— Tom…

— Elle m'a tout raconté, putain de merde. Toi, tu le savais depuis un an. Eh bien figure-toi que moi, je viens de l'apprendre. Aujourd'hui. *Quatre semaines avant mon foutu mariage…*

— Tom, je…

— J'espère que tu es fière de toi ! » brailla-t-il. Robin tenait le téléphone à bout de bras mais elle l'entendait très clairement. « De nous quatre c'est moi le cocu, c'est moi qui me suis fait enculer… »

Robin raccrocha. Ses mains tremblaient.

« Pardonnez-moi », lui dit une femme corpulente qui tendait le cou pour regarder les bougies derrière elle.

Robin bredouilla une excuse, alla se poster près d'une rampe en fer forgé donnant sur le vide, se pencha et aperçut le rayon alimentaire au sous-sol, où les clients se croisaient comme des abeilles dans une ruche, chargés de paniers remplis de charcuterie fine, de saumon fumé, de bouteilles de vin. Prise de vertige, Robin fit volte-face et, sans trop savoir où elle allait, fonça vers la sortie comme une automate, en prenant garde malgré tout à ne pas renverser la vaisselle sur les tables d'exposition. Quand elle eut atteint le grand escalier moquetté de rouge, elle descendit lentement en s'efforçant de reprendre à la fois son souffle et ses esprits. Puis, arrivée au rez-de-chaussée, elle repassa dans sa tête les paroles de Tom.

« Robin. »

Quelqu'un l'appelait. Au lieu de s'arrêter, elle continua à marcher tête baissée. Ce n'est qu'en entendant son prénom pour la deuxième fois qu'elle se retourna et réalisa que c'était Strike. Il était entré par la porte latérale donnant sur Duke Street. Des gouttes de pluie brillaient sur son pardessus.

« Bonjour, dit-elle, encore un peu étourdie.

— Vous vous sentez bien ? »

L'espace d'un instant, elle eut envie de tout lui déballer. Après tout, il connaissait son histoire avec Matthew, il savait comment son mariage s'était terminé et il avait rencontré Tom et Sarah. Mais son visage tendu et la façon dont il serrait son portable au creux de sa main l'en dissuadèrent.

« Très bien. Et vous ?

— Pas terrible. »

Ils durent se dégager pour laisser passer un groupe de touristes qui venait d'entrer dans le magasin. Robin le suivit jusqu'à un renfoncement sous l'escalier.

« L'état de santé de Joan s'est dégradé, lui dit-il. Elle est retournée à l'hôpital.

— Oh mon Dieu, je suis vraiment désolée. Écoutez… allez-y, rejoignez-la. On y arrivera sans vous. J'interrogerai Oonagh toute seule, je m'occuperai de tout…

— Non. Ted dit qu'elle ne veut pas qu'on se précipite. Mais ça ne lui ressemble pas… »

En le voyant aussi désemparé, aussi perdu qu'elle l'avait été cinq minutes auparavant, Robin ravala son angoisse. *Tom, Matthew, Sarah ! Le trio infernal ! Qu'ils aillent se faire foutre.*

« Sérieusement, Cormoran, allez-y. J'assurerai la permanence.

— Ils m'attendent dans deux semaines pour Noël. Ted dit qu'elle est impatiente de nous avoir tous à la maison. Il paraît qu'ils comptent ne la garder que 48 heures.

— Eh bien, si vous êtes sûr…, fit Robin en regardant sa montre. Il nous reste dix minutes. Vous voulez qu'on aille s'asseoir dans la cafétéria ?

— Ouais, dit Strike. Bonne idée, un café me fera le plus grand bien. »

God Rest Ye Merry, Gentlemen sortait des haut-parleurs quand ils traversèrent le royaume des fruits confits et des thés rares, tous deux plongés dans leurs sombres pensées.

24

... ma joie se répand en allégresse,
Dans les lits, les tonnelles, les banquets et les festins :
Et malheur à toi qui de tes hautes crêtes,
Méprise la joie qui tant sied à Jupiter...

Edmund SPENSER, *La Reine des fées*

On accédait à la cafétéria par une courte volée de marches. Ils choisirent une table de quatre près de la fenêtre. Strike ne parlait pas, se contentant d'observer en contrebas les passants qui arpentaient Jermyn Street sous les champignons ambulants leur servant de parapluies. Il se trouvait à un jet de pierre du restaurant où Charlotte et lui s'étaient vus pour la dernière fois.

Après la photo qu'elle lui avait envoyée en guise de cadeau d'anniversaire, Strike avait reçu plusieurs appels de sa part, ainsi qu'une série de textos dont trois, rien que la veille au soir. Il n'avait répondu à aucun. Mais quelque part, à côté de son inquiétude pour Joan, tournoyait une autre angoisse. Une angoisse familière qui le poussait à s'interroger sur les intentions de Charlotte, le contenu de ses derniers messages laissant présager le pire. Elle avait déjà deux tentatives de suicide à son actif et l'une des deux avait bien failli réussir. Cela faisait trois ans qu'ils étaient séparés et elle continuait à lui faire porter la responsabilité de sa sécurité et de son bonheur, une attitude que Strike trouvait aussi scandaleuse que pitoyable. Dans la matinée, quand Ted l'avait appelé pour lui apprendre l'hospitalisation de Joan, Strike était en train de chercher le numéro de la banque d'affaires où travaillait le mari de Charlotte. Si elle menaçait de se tuer, que ce fût par texto ou par message vocal, il en informerait immédiatement Jago.

« Cormoran », dit Robin.

Il tourna la tête. Un serveur venait de se présenter à leur table. Quand ils eurent commandé du café pour deux et des tartines pour Robin, l'un et l'autre reprirent leurs méditations respectives. Tout en regardant sans la voir la foule entassée dans la grande épicerie du sous-sol, Robin se repassait en boucle la pseudo-conversation qu'elle avait eue avec Tom Turvey. Elle était encore sous le choc. *Quatre semaines avant mon foutu mariage.* Lequel avait été annulé, à n'en point douter. Ainsi donc, Sarah avait officiellement quitté Tom pour Matthew, l'homme qu'elle avait toujours convoité. Une chose était certaine, se dit Robin, Sarah n'aurait jamais fait cela si Matthew n'avait pas été en mesure de lui offrir les mêmes avantages que Tom : des diamants et une alliance. *De nous quatre, c'est moi le cocu.* Tom se considérait donc comme la seule victime dans l'affaire… Ce qui signifiait que Matthew, son prétendu meilleur ami, avait osé lui raconter que c'était Robin qui avait déclenché les hostilités (en le trompant avec Strike, bien sûr, que

Matthew considérait depuis le début comme un rival). Et cet idiot de Tom, alors qu'il venait d'apprendre son infortune et l'incommensurable duplicité de Matthew, continuait de croire à ce qu'il lui disait. Peut-être avait-il besoin de s'accrocher à l'idée que Robin était la cause première de son malheur. Peut-être trouvait-il quelque soulagement à se répéter qu'en succombant aux charmes de Strike, Robin avait déclenché un effet domino dont il était l'ultime et innocente victime.

« Vous êtes sûre que tout va bien ? »

Robin sursauta. Strike, qui venait d'émerger de sa propre rêverie, l'observait par-dessus sa tasse de café.

« Ça va. Je suis juste crevée. Vous avez eu mon mail ?

— Votre mail ? dit Strike en sortant son portable. Ouais, je l'ai reçu mais je ne l'ai pas lu, désolé. J'avais autre chose…

— Pas de souci, l'interrompit Robin que le x final embarrassait toujours autant, bien qu'elle eût d'autres problèmes en tête. Rien de très important, ça peut attendre. Au fait, j'ai trouvé ça. »

Elle prit dans son sac l'exemplaire de *Qu'est-il arrivé à Margot Bamborough ?* et le déposa devant lui. Avant que Strike puisse exprimer sa surprise, elle dit entre ses dents :

« Rendez-le-moi. Rendez-le-moi tout de suite. » Elle lui arracha presque le livre des mains et le fit disparaître au fond de son sac.

Une femme corpulente venait d'entrer dans la cafétéria et se dirigeait vers eux, un gros sac à l'enseigne du magasin au bout de chaque bras. Elle avait les joues rondes et les grandes incisives carrées des écureuils de dessin animé. Sur ses photos de jeunesse, cet aspect de sa physionomie avait ajouté un charme insolent à ses traits par ailleurs agréables. Ses cheveux autrefois longs, bruns et lisses étaient à présent coupés à la hauteur du menton et blancs comme neige, mise à part une surprenante mèche violette striant sa frange. Une grande croix d'argent sertie d'améthystes rebondissait sur son pull pourpre.

« Oonagh ? demanda Robin.

— Oui, c'est moi », dit-elle, un peu essoufflée. Elle semblait nerveuse. « Quel monde ! Remarquez, ça n'a rien d'étonnant, deux semaines avant Noël. Mais il faut reconnaître qu'ils font une moutarde délicieuse, ici. »

Robin sourit. Strike offrit à Oonagh la chaise à côté de lui.

« Merci beaucoup », dit-elle en s'asseyant.

Bien qu'elle eût passé presque toute sa vie en Angleterre, son charmant accent irlandais était encore bien marqué, nota Robin.

Les deux détectives se présentèrent.

« Ravie de faire votre connaissance », dit Oonagh en leur serrant la main. Elle eut un petit toussotement nerveux. « Excusez-moi. Je croyais que cela n'arriverait jamais, ajouta-t-elle en se tournant vers Strike. Ça fait des années et des années que je me demande pourquoi Roy n'engage pas de détective, vu qu'il a les moyens et que la police a fait chou blanc. Donc, c'est la petite Anna qui vous a sollicités ? Mon Dieu, cette gamine, par quoi elle a dû passer… Oh, bonjour, dit-elle au serveur, pourrais-je avoir un cappuccino et un peu de ce gâteau à la carotte ? Merci. »

Quand le serveur fut parti, Oonagh respira à fond et dit :

« Je sais, je jacasse. Mais c'est parce que je suis tendue.

— Il n'y a aucune raison de…, commença Strike.

— Oh que si, rétorqua Oonagh, soudain plus calme. J'ignore ce qui est arrivé à Margot mais c'est forcément quelque chose de grave. Pendant quarante ans, j'ai prié Dieu pour qu'il la prenne sous sa garde, qu'elle soit vivante ou morte. Et j'ai prié aussi pour connaître la vérité. C'était la meilleure amie que j'aie jamais eue – désolée. Je savais que ça arriverait. Je le savais. »

Elle attrapa sa serviette et s'essuya les yeux.

« Posez-moi une question, dit-elle en riant à moitié. Ça m'aidera peut-être. »

Robin jeta un coup d'œil à Strike qui, d'un simple regard, lui délégua la conduite de l'entretien.

« Eh bien, pour commencer, pourriez-vous nous dire comment vous avez rencontré Margot ? démarra Robin.

— Oui, bien sûr. C'était en 1966. Nous passions une audition pour être Bunny Girls. Vous avez dû en entendre parler. »

Robin acquiesça d'un hochement de tête.

« C'est difficile à croire mais j'étais bien fichue, à l'époque », dit Oonagh en baissant les yeux sur son ample poitrine.

Robin espérait que Strike ne lui reprocherait pas ensuite de n'avoir pas organisé ses questions selon les catégories habituelles, *personnes, lieux, objets*, mais elle estimait préférable d'engager la conversation de manière plus spontanée, pour détendre l'atmosphère.

« Vous êtes venue d'Irlande spécialement pour travailler dans ce club ? demanda Robin.

— Oh non. J'habitais déjà Londres. En fait, je m'étais tirée de chez mes parents. Vous avez devant vous une ancienne oie blanche élevée dans un couvent et affublée d'une mère aussi rigoriste qu'une gardienne de prison. Je suis partie avec les quelques sous que j'avais gagnés en bossant une semaine dans une boutique de fringues à Derry. Ma mère m'avait engueulée une fois de trop. J'ai pris le ferry, je suis arrivée à Londres et j'ai envoyé une carte postale à mes parents pour leur dire que j'étais vivante et qu'ils n'avaient pas à s'inquiéter. Ma mère a refusé de me parler pendant trente ans.

« J'occupais un emploi de serveuse quand j'ai appris qu'un club Playboy s'ouvrait à Mayfair. Dans ce genre d'établissement, on pouvait se faire dix fois ce qu'on touchait ailleurs. Trente-cinq livres la semaine, pour commencer. Ça équivaut à six cents, de nos jours. À Londres, une fille d'ouvrier ne pouvait espérer mieux. Nos pères gagnaient beaucoup moins que ça.

— Et c'est là que vous avez rencontré Margot.

— Oui, le jour de l'audition. J'ai su qu'ils allaient la prendre dès que je l'ai vue. Elle avait un corps de mannequin, tout en jambes, alors qu'elle n'arrêtait pas de manger du sucre. Elle avait trois ans de moins que moi. Elle a menti sur son âge pour se faire embaucher. Oh, merci beaucoup », dit Oonagh au serveur qui posait devant elle le cappuccino et la part de gâteau.

« Pourquoi Margot passait-elle cette audition ? demanda Robin.

— Parce que sa famille vivait dans la misère – la vraie misère, vous comprenez ? insista Oonagh. Son père avait eu un accident quand elle avait quatre ans. Il était tombé d'une échelle et s'était brisé le dos. Infirme. Voilà pourquoi elle est restée fille unique. Sa mère faisait des ménages. Ma famille n'était pas aussi démunie que la sienne, on n'était pas riches mais on avait une petite ferme à nous. Les Bamborough, eux, ne mangeaient pas à leur faim.

« C'était une fille intelligente mais il fallait qu'elle subvienne aux besoins de sa famille. Quand elle a été admise en fac de médecine, elle a demandé une dérogation pour reporter ses études d'un an. Et elle est entrée au club Playboy. On s'est plu tout de suite, dès l'audition. Elle était tellement drôle.

— Ah bon ? » dit Robin. Du coin de l'œil, elle vit Strike lever le nez de son calepin et regarder Oonagh d'un air surpris.

« Oui, Margot Bamborough était la personne la plus drôle que j'aie connue de toute ma vie. De toute ma vie, vraiment. On avait de ces fous rires ! Je n'ai plus jamais ri comme ça. Quand elle imitait l'accent cockney, c'était à se tordre.

« Donc, on a commencé à travailler là-bas. Ils étaient stricts, vous savez, dit Oonagh en se coupant un morceau de gâteau. Avant d'entrer en piste, on passait à l'inspection. Il fallait que l'uniforme soit impeccable, les ongles faits. Un règlement long comme le bras, et pas question d'y déroger. Ils mettaient des détectives en civil dans le public pour nous surveiller.

On n'avait pas le droit de donner notre nom de famille ni notre numéro de téléphone aux clients.

« Mais si on savait y faire, on pouvait se constituer un joli bas de laine. Margot a pris du galon, elle est devenue vendeuse de cigarettes. Elle circulait avec son petit plateau. Les hommes l'appréciaient à cause de son humour. Elle ne dépensait quasiment rien. Elle mettait la moitié de son salaire sur un compte d'épargne pour financer ses études de médecine et le reste, elle l'envoyait à sa mère. Et elle ne rechignait pas sur les heures sup tant qu'elles étaient payées. Elle se faisait appeler Bunny Peggy pour ne pas avoir à donner son vrai prénom. Moi, c'était Bunny Una, vu que personne n'arrivait à prononcer "Oonagh". On recevait des tas de propositions – qu'on refusait, bien sûr. Mais quand même, ce n'était pas désagréable, dit Oonagh avant d'ajouter en souriant, parce qu'elle avait noté le regard étonné de Robin : Ne nous prenez pas pour des ingénues. Margot et moi savions exactement ce que nous faisions avec nos guêpières et nos oreilles de lapin. Essayez de vous placer dans le contexte de l'époque. En ce temps-là, une femme ne pouvait pas demander un prêt dans une banque sans qu'un homme appose sa signature au bas du formulaire. Même chose pour les cartes de crédit. Au début, l'argent me filait entre les doigts mais, grâce à Margot, j'ai rectifié le tir. Elle m'a mis du plomb dans la tête, elle m'a appris à économiser. Au bout de quelque temps, j'ai même pu m'acheter un appartement. Comptant. On n'était pas comme ces petites bourgeoises qui se rebellaient en brûlant leur soutien-gorge ou en se laissant pousser les poils sous les aisselles et qui rentraient le soir chez papa-maman. Margot et moi, on bossait dur pour s'en sortir.

« Bref, ce club Playboy était hyper-chic. Rien à voir avec un bordel. Les patrons devaient faire gaffe à ne pas franchir la ligne rouge, sinon ils perdaient leur licence. On avait des clientes aussi. Souvent les hommes arrivaient avec leur femme ou leur copine. Le plus pénible à supporter, c'étaient les dragueurs, mais dès qu'un type devenait vraiment lourd, il perdait son statut de membre. Vous n'imaginez pas ce que j'avais dû supporter dans mon boulot précédent : les mecs qui relevaient ma jupe quand je me penchais sur une table, ou pire. Au club Playboy, on nous respectait. Les Bunny Girls n'avaient pas le droit de sortir avec les clients – enfin, en théorie. Parce que ça arrivait parfois. C'est arrivé à Margot. Quand j'ai su, je l'ai enguirlandée, je lui ai dit, tu vas tout ficher en l'air, espèce d'idiote.

— C'était Paul Satchwell ? demanda Robin.

— Lui-même, répondit Oonagh. Il était venu sur invitation mais lui-même n'était pas membre, donc Margot n'était pas vraiment en infraction. Mais j'avais quand même peur qu'ils la virent.

— Vous n'aimiez pas cet homme ?

— Non, je ne l'aimais pas. Il se prenait pour Robert Plant et se comportait comme lui. Mais Margot a mordu à l'hameçon, elle a même avalé le plomb avec. Cela dit, comme elle voulait faire des économies, elle n'avait pas trop l'occasion de se distraire, alors que moi, j'avais passé ma première année à Londres à écumer les night-clubs. Donc, les Satchwell, j'en avais croisé des paquets. Il avait six ans de plus qu'elle, c'était un artiste et il portait des jeans tellement serrés qu'on voyait sa bite et ses couilles à travers le tissu. »

Strike ricana involontairement. Oonagh le regarda.

« Désolé, marmonna-t-il. Vous ne… enfin, vous ne ressemblez pas aux vicaires que j'ai pu rencontrer.

— Je ne pense pas que le bon Dieu m'en voudra si je parle de bites et de couilles, répondit Oonagh avec désinvolture. C'est lui qui les a créées, après tout.

— Donc ils ont commencé à sortir ensemble ? rebondit Robin.

— Oui. C'était l'amour passion. On voyait presque des ondes de chaleur émaner d'eux. Margot… Voyez-vous, avant Satchwell, elle n'avait jamais dévié du chemin qu'elle s'était fixé, l'œil posé sur l'étiquette du prix en permanence. Elle ne pensait qu'à deux choses : devenir médecin et sauver sa famille. Elle était plus intelligente que les types qui l'entouraient. Les mecs n'aiment pas trop ça, même de nos jours. Et par-dessus le marché, elle les dépassait souvent de plusieurs centimètres. Elle disait qu'avant Satchwell, aucun homme ne s'était intéressé à ce qu'elle avait dans la tête. *Dans la tête*, mon œil ! Cette fille était faite comme Jane Birkin. Elle me disait, tu sais, il n'est pas seulement beau physiquement, il a lu des trucs et il peut parler peinture pendant des heures. Ça c'est vrai, j'étais là une fois, et je n'ai jamais entendu quelqu'un débiter autant de conneries à la file. Remarquez, je ne suis pas une référence en la matière, vu que je n'ai jamais su faire la différence entre un Monet et un poster de Margate.

« Il l'a emmenée dans une galerie pour faire son éducation artistique, et après, il l'a mise dans son lit pour un autre genre d'apprentissage. Le sexe ramollit le cerveau, c'est connu, soupira Oonagh Kennedy. Satchwell était son premier amant et j'ai l'impression que, vous savez..., dit-elle en hochant la tête. Bref, il savait s'y prendre. Alors, elle est devenue accro. Folle amoureuse. *Folle*.

« Et puis, un soir, deux semaines avant la rentrée en fac de médecine, elle a débarqué chez moi en hurlant à la mort. Elle était passée sans prévenir à l'appartement de Paul après le boulot et l'avait trouvé avec une autre femme. Nue. Un modèle, qu'il lui a dit. Un modèle... À minuit. Margot s'est enfuie en courant. Il a essayé de la rattraper mais elle a sauté dans un taxi et elle est venue pleurer sur mon épaule.

« Le cœur brisé. On a passé toute la nuit à parler. Je lui ai dit, "Tu seras bien mieux sans lui", ce qui était la pure vérité. Je lui ai dit, "Margot, tu vas commencer tes études de médecine. Les amphis seront remplis jusqu'au plafond de garçons beaux et intelligents qui veulent devenir docteurs comme toi. Dans deux semaines, tu ne te souviendras même plus de son nom".

« Et un peu avant l'aube, elle m'a dit un truc que je n'ai jamais confié à personne. »

Oonagh hésita. Robin adopta un air à la fois attentif, cordial et poli.

« Elle l'avait autorisé à prendre des photos d'elle. Vous savez. Des *photos*. Et elle voulait les récupérer. Je lui ai dit, "Margot, pourquoi au nom du ciel tu l'as laissé faire une chose pareille ?". Sa mère aurait eu une attaque. Ils étaient tellement fiers d'elle, leur fille unique, si belle, si brillante. Si ces photos étaient sorties dans un magazine ou je ne sais quoi, ils seraient morts de honte, eux qui criaient sur les toits que leur petite Margot était un génie.

« Donc j'ai dit, "Tu vas les récupérer, je viens avec toi". Et nous voilà parties. Au petit matin, on cogne à la porte de ce salopard – excusez-moi, se reprit-elle. Vous allez me dire, ce n'est pas une attitude chrétienne, et vous aurez raison. Mais attendez de savoir. Satchwell dit à Margot, "Je veux bien parler avec toi mais pas avec ta nounou". Ta *nounou*.

« À Wolverhampton, j'ai travaillé pendant dix ans avec des personnes ayant subi des violences domestiques. Et c'est l'un des signes qui permettent de repérer les auteurs de maltraitance. Pour eux, quand leur victime se rebiffe c'est parce qu'elle est sous l'influence de quelqu'un d'autre. Sa *nounou*.

« Le temps que je réagisse, je me suis retrouvée seule sur le palier. Il l'avait attirée à l'intérieur et m'avait claqué la porte au nez. Je les entendais hurler dans l'appartement. Margot ne lâchait rien, Dieu la bénisse.

« Et là, j'en arrive à ce dont je voulais vraiment vous parler. Cette fois, j'espère que je serai entendue. Parce que l'inspecteur Talbot n'a pas écouté un seul mot. Quant à son successeur, comment s'appelait-il… ?

— Lawson ? proposa Robin.

— Lawson, confirma Oonagh en hochant la tête. Je leur ai dit à tous les deux : à travers la porte, j'entendais tout ce que Margot et Paul racontaient. Margot a exigé qu'il lui remette les tirages et les négatifs – oui, c'était il y a un siècle, il fallait qu'elle récupère les négatifs pour être tranquille. L'autre a refusé. À cause de ses droits d'auteur, son foutu copyright. Le sale con ! Après cela, Margot a dit, écoutez bien, "Si tu montres ces photos à quiconque, si je les retrouve dans un magazine, je vais droit à la police et je leur parle de ton *rêve de l'oreiller…*"

— Son "rêve de l'oreiller" ? répéta Robin.

— Ce sont ses propres mots. Et à ce moment-là, il l'a frappée. Un coup assez fort pour que je l'entende à travers la porte. Elle s'est mise à hurler et moi à cogner sur le battant, avec les poings et les pieds. Je l'ai menacé de prévenir la police s'il n'ouvrait pas immédiatement. Il a dû avoir peur, il a ouvert et Margot est sortie en se cachant le visage. Elle était cramoisie. Elle avait la marque de ses doigts sur la joue. L'ordure ! Je l'ai fait passer derrière moi et j'ai dit à Satchwell, "Ne t'approche plus d'elle. Plus jamais. Et tu as entendu ce qu'elle t'a dit. Si ces photos paraissent, tu auras de gros problèmes".

« Je vous jure, j'ai cru qu'il allait me tuer. Il s'est approché de moi comme s'il voulait me faire comprendre qui était le patron. Il m'a presque écrasé les orteils. Mais je n'ai pas bougé, dit Oonagh Kennedy. Je suis restée plantée devant lui. J'avoue, je n'en menais pas large. Il a dit à Margot, "Tu lui as raconté ?" Margot a répondu : "Elle ne sait rien. Pour l'instant." Et il lui balancé, "Tu sais ce qui arrivera si j'apprends que tu en as parlé ?" Et il a fait un geste – bon, peu importe. Un geste… obscène, oui, on peut dire ça. Comme sur ces photos qu'il avait prises. Après quoi, il est rentré et il a claqué la porte.

— Margot vous a-t-elle expliqué ce qu'était ce "rêve de l'oreiller" ? demanda Robin.

— Jamais. J'imagine qu'elle avait peur mais… pas seulement. Les femmes sont comme ça, soupira Oonagh. C'est une question d'éducation, mais parfois, je me dis que Mère Nature y est peut-être aussi pour quelque chose. Combien d'enfants dépasseraient leur premier anniversaire si leurs mères étaient incapables de pardonner ?

« Même ce jour-là, avec ces marques rouges sur le visage, elle a refusé de me le dire. Parce qu'au fond d'elle-même, elle cherchait toujours à le protéger. Ce phénomène, je l'ai rencontré par la suite à chaque fois que j'ai eu affaire à une femme ayant survécu à des violences domestiques. Elles protègent leur bourreau. Elles s'inquiètent pour lui ! Elles ont l'amour chevillé au corps.

— A-t-elle revu Satchwell après cela ?

— Mon Dieu, je préférerais vous répondre non, fit Oonagh en secouant la tête. Mais si, elle l'a revu. Ils ne pouvaient pas se passer l'un de l'autre.

« Les cours en fac ont démarré mais le patron du club l'appréciait tellement qu'il lui a proposé de venir bosser à temps partiel. Du coup, on a continué à se voir souvent. Un jour, sa mère a appelé le club pour dire que son père était malade. Impossible de trouver Margot. J'étais terrifiée : où était-elle passée ? Que lui était-il arrivé ? J'ai souvent repensé à cet épisode, vous savez ! Lorsqu'elle a disparu pour de bon, au début, j'ai cru qu'elle reviendrait, comme cette fois-là.

« Bref, quand elle a su à quel point je m'étais inquiétée, elle m'a avoué qu'elle avait remis le couvert avec Satchwell. J'ai eu droit à toutes les bonnes vieilles excuses : il avait juré de ne plus jamais la frapper, il avait versé toutes les larmes de son corps en disant que c'était la pire erreur de sa vie mais que, tout de même, elle l'avait un peu cherché. Je lui ai répondu, "Si tu es incapable de le voir tel qu'il est, après ce qu'il t'a fait…" Bref, quand ils ont de nouveau rompu, j'ai appris, ô surprise ! que non seulement il s'était remis à la frapper mais qu'il l'avait enfermée chez lui toute une journée. D'où son absence au boulot. C'était la première fois que ça lui arrivait. Elle a failli se faire virer à cause de ça. Il a fallu qu'elle invente une histoire à dormir debout.

« Et c'est après cela qu'elle a retrouvé la raison, reprit Oonagh. Elle m'a dit qu'elle avait compris la leçon, que j'avais raison depuis le début, qu'elle ne chercherait jamais à le revoir, *basta finito*.

— A-t-elle pu récupérer les photos ? demanda Robin.

— C'est la première chose que je lui ai demandée, quand j'ai appris qu'ils s'étaient remis ensemble. Il les avait soi-disant détruites. Elle le croyait sur parole.

— Et pas vous ?

— Bien sûr que non. J'avais vu sa tête quand elle lui avait parlé de son *rêve de l'oreiller*. Satchwell était positivement terrifié. Il n'aurait pas détruit ce qui lui permettait de la faire taire.

« Ça vous ennuie si je reprends un cappuccino ? demanda Oonagh en s'excusant presque. J'ai la gorge sèche à force de parler.

— Pas du tout », dit Strike avant de faire signe au serveur d'apporter la même chose.

Oonagh désigna le sac de courses posé aux pieds de Robin.

« Vous avez fait vos emplettes de Noël, vous aussi ?

— Oh, non, j'ai juste acheté un cadeau pour ma nièce. Elle est née ce matin, dit Robin dans un sourire.

— Félicitations, dit Strike, surpris de n'être pas au courant.

— Oh, comme c'est mignon, fit Oonagh. Le mois dernier, j'ai été grand-mère pour la cinquième fois. »

En attendant la deuxième tournée de café, Oonagh présenta à Robin les photos de ses petits-enfants et Robin lui montra celles d'Annabel Marie.

« Magnifique, non ? » s'écria Oonagh qui avait chaussé des lunettes de lecture à monture pourpre pour mieux voir le bébé sur le portable de Robin. Elle avait inclus Strike dans sa question mais ce dernier ne put émettre qu'un oui sans conviction en découvrant à l'écran un petit singe chauve et rouge de colère.

Quand les cafés arrivèrent, Robin demanda :

« Pendant que j'y pense... sauriez-vous par hasard si Margot avait de la famille ou des amis à Leamington Spa ?

— Leamington Spa ? répéta Oonagh en plissant le front. Voyons voir... l'une des filles au club était de... non, c'était King's Lynn. Certains noms se ressemblent, vous ne trouvez pas ? Non, ça ne me rappelle rien... Pourquoi ?

— Un homme prétend l'avoir aperçue là-bas, une semaine après sa disparition.

— Pas mal de gens ont cru l'apercevoir, dans les semaines qui ont suivi. Mais ça n'a jamais rien donné. Leamington Spa, c'est nouveau pour moi. »

Elle prit une gorgée de cappuccino.

« Avez-vous continué à vous voir ? reprit Robin. Après que Margot est entrée à l'école de médecine ?

— Oh oui. Comme je disais, elle travaillait toujours au club, à temps partiel. J'ignore comment elle arrivait à tout mener de front. Travailler, étudier, aider sa famille… Elle vivait sur les nerfs et elle se gavait de chocolat. Ce qui ne l'empêchait pas de rester mince. Et puis, en début de deuxième année, elle a rencontré Roy. »

Oonagh soupira.

« Même les gens très intelligents peuvent se comporter comme des idiots dans leur vie privée. Je dirais même que plus on a lu de bouquins moins on connaît les choses de l'amour. Margot croyait qu'on ne l'y reprendrait plus, qu'elle était devenue une grande fille. Eh bien, non. Elle n'a pas compris qu'elle retombait dans les mêmes ornières. L'erreur classique. Du dehors, Roy et Satchwell avaient l'air totalement différents, mais en fait pas du tout. C'était bonnet blanc et blanc bonnet.

« Roy avait tout pour lui plaire. Il aimait les livres, les voyages, la culture. Margot savait beaucoup de choses mais elle avait quelques lacunes. À cause de ses origines. Par exemple, elle se trompait parfois de fourchette quand elle était à table. Les règles du savoir-vivre chez les snobs, ça ne s'improvise pas.

« Roy était fou d'elle. Et elle le lui rendait bien. Je savais ce qui l'attirait chez elle : Margot venait d'un monde qui lui était totalement étranger. Elle le choquait et, en même temps, le fascinait : le club Playboy, sa rigueur professionnelle, ses idées féministes, son dévouement envers ses parents. Quand ils se disputaient c'était sur des questions intellectuelles, vous voyez.

« Mais il y avait… comment dire… quelque chose d'*exsangue* chez lui… » Oonagh pouffa. « Désolée, je n'avais pas fait le rapport… Vous êtes au courant pour ses problèmes de sang ?

— Oui, dit Robin. La maladie de von Quelque Chose ?

— C'est ça. Sa mère l'avait élevé dans du coton. Et elle continuait à le faire. Cette femme était un *monstre*. Je l'ai rencontrée deux ou trois fois. Elle me considérait comme si j'étais un truc collé à sa semelle.

« Quant à Roy… méfiez-vous de l'eau qui dort. Ce proverbe lui va comme un gant ! Il n'était pas très démonstratif, c'est le moins qu'on puisse dire. Encore une fois, leur relation n'était pas uniquement basée sur le sexe, l'intellect tenait une grande part. Non pas qu'il fût désagréable à regarder. C'était un bel homme, bien qu'un peu… *mou*. Le double inversé de Satchwell. Traits réguliers, grands yeux, cheveux fous.

« Mais au fond, c'était un manipulateur. Une petite remarque par-ici, un petit regard de travers par-là. Il aimait que Margot soit différente mais, d'un autre côté, ça le mettait mal à l'aise. Il voulait une femme qui soit l'opposé de sa mère mais que sa mère puisse apprécier quand même. Résultat, leur relation a toujours été bancale.

« C'était un grand boudeur, reprit Oonagh. Je déteste les gens qui boudent. Ma mère était comme ça. Elle a refusé de me parler pendant trente ans parce que j'étais partie à Londres. Elle a fini par craquer parce qu'elle voulait connaître ses petits-enfants. Et puis un jour, à Noël, ma sœur avait un petit coup dans le nez et elle a laissé échapper que j'étais passée chez les anglicans. Là, pour le coup, ç'a été fini. Bunny, passe encore, mais protestante, pas question.

« Même avant qu'ils se marient, il arrivait que Roy ne lui adresse pas la parole plusieurs jours de suite. Elle m'a dit qu'une fois il lui avait fait la gueule pendant une semaine. Elle perdait patience, elle lui disait, "Je te quitte". Et lui, bien sûr, il rappliquait dare-dare. Pourquoi boudait-il ? À cause du club Playboy. Il l'avait en horreur. Je disais à Margot, "S'il ne veut pas que tu y ailles, il n'a qu'à aider financièrement ta famille pendant que tu études !" Elle répondait, "C'est qu'il n'aime pas que d'autres hommes me reluquent". Les filles, ça les émoustille, cette idée qu'un type veuille les garder pour lui tout seul. Pour elles, ça signifie qu'il les aime exclusivement, alors qu'en réalité c'est l'inverse. Ils veulent juste qu'elles restent à leur disposition mais eux, ça ne les empêche pas d'aller voir ailleurs. Roy avait beaucoup de succès auprès des femmes, celles de son milieu surtout. Il était joli garçon, venait d'une famille aisée. Regardez la petite cousine Cynthia qui attendait son heure, tapie dans l'ombre.

— Vous connaissez Cynthia ? demanda Robin.

— Je l'ai croisée une ou deux fois. Chez eux. Une petite souris. Elle ne m'a jamais dit plus de deux mots. Mais elle savait comment s'y prendre avec Roy. Elle lui passait la brosse à reluire, hurlait de rire chaque fois qu'il sortait une blague.

— Margot et Roy se sont mariés quand Margot a terminé ses études de médecine, n'est-ce pas ?

— Exact. J'étais demoiselle d'honneur. Ensuite, elle est entrée dans ce cabinet médical. Et Roy, qui était un homme ambitieux, a postulé dans un grand hôpital universitaire, je ne sais plus lequel.

« Les parents de Roy possédaient une belle et vaste demeure avec un immense jardin et tout le tremblement. À la mort du père, c'est-à-dire peu après la naissance d'Anna, Madame Mère l'a léguée à Roy. Le nom de Margot ne figurait pas sur l'acte de propriété, je me rappelle lui avoir fait remarquer cela. Mais Roy était ravi de pouvoir fonder une famille là où lui-même avait grandi. Et la baraque était magnifique, il faut le reconnaître, près de Hampton Court. La belle-mère a donc déménagé et le jeune couple s'est installé.

« Sauf que, bien entendu, belle-maman se pointait chaque fois que l'envie lui en prenait. Elle avait longtemps vécu dans cette maison et elle estimait qu'elle lui appartenait encore, du moins plus qu'à Margot.

— À ce moment-là, vous étiez toujours proches, Margot et vous ? demanda Robin.

— Oui. On se voyait au moins tous les quinze jours. Et on a continué après son mariage. Margot en avait besoin. Ils avaient leur cercle d'amis, rien que des gens friqués, mais à mon avis, ajouta Oonagh d'une voix plus sérieuse, elle savait que j'étais la seule à la comprendre. Dans son nouveau milieu, elle se sentait comme une pièce rapportée.

— Seulement à la maison, ou au travail aussi ? demanda Robin.

— Chez elle, elle était comme un poisson hors de l'eau. C'était la maison de Roy, la famille de Roy, les amis de Roy… Elle voyait beaucoup ses parents mais son père était en fauteuil roulant. Difficile de l'accueillir dans cette grande baraque. Je pense aussi que les Bamborough avaient un peu peur de Roy et de sa mère. Du coup, Margot allait plutôt chez eux, à Stepney. Et elle continuait à leur donner de l'argent. Vous imaginez le grand écart.

— Et au boulot ?

— La tâche était rude. À cette époque, les femmes médecins ne couraient pas les rues. En plus, elle était jeune, elle venait d'un milieu très modeste, et dans le cabinet où elle a fini par entrer, le cabinet St. John's, l'ambiance n'était pas géniale. Les employés n'étaient pas heureux, dit Oonagh, faisant involontairement écho aux paroles du Dr Gupta. Connaissant Margot, elle a tout tenté pour redresser la situation. C'était son credo : améliorer les choses. Faire en sorte que la machine tourne. Prendre soin de tous. Résoudre les problèmes. Elle essayait d'instaurer un esprit d'équipe et, pendant ce temps, c'était elle qui se faisait harceler.

— Qui la harcelait ?

— Le vieux toubib, dit Oonagh. Leurs noms m'échappent. Il y avait deux autres médecins, c'est cela ? Un vieux et un Indien. L'Indien, elle disait qu'il était correct, et pourtant elle le sentait un peu hostile, lui aussi. Ils n'étaient pas d'accord au sujet de la pilule, paraît-il. Les médecins généralistes avaient le droit de la prescrire aux femmes célibataires – avant cela, elle était réservée aux femmes mariées – mais l'Indien refusait de le faire. Les premiers centres de planning familial ont été créés l'année où Margot a disparu. Nous en parlions, toutes les deux. Margot disait que c'était un soulagement, parce qu'à son avis ses deux confrères refuseraient de prescrire la pilule à leurs patientes.

« Mais il n'y avait pas qu'eux. Les autres aussi la regardaient de travers. Et l'infirmière ne l'aimait pas.

— Janice ? demanda Robin.

— Elle s'appelait Janice ? dit Oonagh en fronçant les sourcils.

— Irene ? suggéra Strike.

— Elle était blonde. Je me souviens d'elle parce qu'à la fête de Noël…

— Vous y étiez ? s'étonna Robin.

— Margot m'avait suppliée de venir parce qu'elle craignait que tout le monde se regarde en chien de faïence. Roy était de service à l'hôpital. C'était quelque temps après la naissance d'Anna. Margot était encore en congé maternité. Ils avaient pris quelqu'un pour la remplacer, un homme, et elle était convaincue que les choses avaient mieux marché pendant son absence. Elle était fatiguée, elle redoutait de remettre les pieds là-bas. Anna n'avait que deux ou trois mois, Margot la nourrissait au sein, donc il a fallu qu'elle m'emmène. Elle avait organisé cette fête pour tenter de dégeler l'atmosphère, remettre les compteurs à zéro avant son retour.

— Continuez sur Irene, dit Robin en voyant Strike lever son stylo, prêt à noter.

— Eh bien, elle avait trop bu. Si c'est effectivement la blonde dont on parle. Elle était venue avec un homme. Bref, vers la fin de la soirée, Irene s'en est prise à Margot. Elle l'a accusée de *flirter* avec ce type. Je n'avais jamais rien entendu de plus ridicule. Vous aviez Margot plantée là, avec son bébé dans les bras, et cette fille qui lui hurlait dessus. C'était une infirmière ou pas ? Ça fait tellement longtemps…

— Non, Irene était réceptionniste, dit Robin.

— Je croyais que c'était cette petite Italienne ?

— Gloria était l'autre réceptionniste.

— Oh, celle-là Margot l'adorait, dit Oonagh. Elle disait qu'elle était très intelligente mais qu'elle n'avait pas eu de chance. Je pense qu'à la base, Gloria était venue la consulter pour un problème de santé, mais je ne suis sûre de rien. Margot était très à cheval sur le secret médical. Un prêtre dans son confessionnal ne traite pas ses paroissiens avec plus de respect.

— J'ai une question délicate à vous poser, dit Robin non sans hésitation. Un livre a été consacré à Margot, en 1985, et vous…

— Je me suis entendue avec Roy pour empêcher sa sortie, l'interrompit Oonagh. C'est vrai. Ce bouquin était un tissu de mensonges. Vous savez ce que ce type a osé écrire, j'imagine. Cette histoire de… »

Oonagh avait peut-être quitté l'Église catholique mais elle répugnait quand même à prononcer le mot.

« … d'avortement. Une pure calomnie. Je n'ai jamais avorté et Margot non plus. Elle me l'aurait dit. Nous étions amies. Quelqu'un avait pris rendez-vous en se servant de son nom. J'ignore qui. Le personnel de la clinique ne l'a pas reconnue quand ils ont vu sa photo, plus tard. Margot n'a jamais mis les pieds là-bas. Anna était ce qu'elle avait de plus beau dans sa vie, et je sais que si elle s'était retrouvée enceinte, elle aurait gardé l'enfant. *J'en suis sûre*. Elle n'était pas croyante mais elle aurait quand même considéré cela comme un péché.

— Elle n'allait pas à l'église ? demanda Robin.

— Non, elle était athée. Pour elle, religion et superstition c'était du pareil au même. Tout le contraire de sa mère qui était une vraie grenouille de bénitier. Margot disait que l'Église asservissait les femmes. Elle répétait, “S'il y a un Dieu, pourquoi mon père, qui est un brave homme, est-il tombé de cette échelle ? Pourquoi ma famille est-elle condamnée à cette vie de misère ?”. Bon, j'avoue que j'étais d'accord sur ce point. Moi-même, j'en avais soupé de l'hypocrisie des catholiques. J'étais déjà passée chez les anglicans, à l'époque. L'infaillibilité papale, quelle blague ! Et leur condamnation de la contraception ! Ils se fichent bien que les femmes meurent en couches après avoir pondu leur onzième marmot.

« Ma mère était pareille. Elle se prenait pour une envoyée de Dieu sur terre et agissait en fonction. Elle m'avait mise en pension chez les nonnes. De vraies salopes, ces bonnes femmes. Sœur Mary Teresa, en particulier – vous voyez ce que j'ai là ? » dit Oonagh en écartant sa frange pour leur montrer une cicatrice large comme une pièce de 50 centimes. « Elle m'a frappée sur la tête avec une équerre en métal. Le sang a giclé. “Tu l'avais sûrement mérité”, a dit ma mère.

« Dans le cabinet de Margot, il y avait une employée qui me rappelait fortement sœur Mary Teresa, reprit Oonagh. C'est peut-être elle, l'infirmière. La plus âgée…

— Vous voulez parler de Dorothy ?

— Elle était veuve, celle à qui je pense.

— Oui, c'était bien Dorothy. La secrétaire.

— Le portrait craché de sœur Mary Teresa. J'ai été sidérée en la voyant. À la fête, elle m'a prise à part pour m'interroger. On en trouve dans tous les milieux et elles sortent toutes du même moule, ces folles de Dieu. Modèles de vertu par-devant, empoisonneuses par-derrière. Elles sont là, à psalmodier, "Mon père, pardonnez-moi parce que j'ai péché". Quelle hypocrisie ! Les Dorothy et consorts se croient incapables du moindre péché.

« La vie m'a enseigné une chose : pour être bon et généreux, il faut savoir ce qu'est la joie. Cette Dorothy était une femme aigrie, et elle avait une dent contre Margot. Quand elle a appris que j'étais sa meilleure amie, elle a cherché à me tirer les vers du nez. Comment on s'était rencontrées. Nos petits amis. Comment Margot avait connu Roy. Non mais, de quoi je me mêle ?

« Et après, elle m'a parlé du vieux toubib, j'ai oublié son nom. Elle ressemblait à Mary Teresa mais son Dieu à elle occupait le bureau d'à côté. Après la fête, j'ai rapporté notre conversation à Margot et elle m'a dit que j'avais vu juste. Que Dorothy était une mauvaise personne.

— C'est le fils de Dorothy qui a écrit le livre sur Margot, l'informa Robin.

— Quoi ? *Son fils ?* s'exclama Oonagh. C'est vrai ? Eh bien, ça ne fait que confirmer ce que je pense. Les chats ne font pas des chiens.

— Quand avez-vous vu Margot pour la dernière fois ? embraya Robin.

— Deux semaines pile avant sa disparition. Nous nous sommes retrouvées au Three Kings à 18 heures.

Je ne travaillais pas au club, ce soir-là. Il y avait deux bars plus proches du cabinet médical mais Margot ne voulait pas tomber sur des collègues.

— De quoi avez-vous parlé ? Vous vous en souvenez ?

— Je me souviens de tout. Et je n'exagère pas. J'ai commencé par l'engueuler parce qu'elle était allée boire un verre avec Satchwell. Elle m'avait raconté au téléphone qu'ils s'étaient croisés par hasard dans la rue.

« Elle m'a dit qu'il avait changé. Ça m'a inquiétée, vous pouvez me croire. Elle n'était pas du genre à tromper son mari mais, par ailleurs, je savais qu'elle n'était pas heureuse avec lui. Dans le pub, elle m'a tout expliqué. Satchwell avait voulu la revoir et elle avait refusé. Je l'ai crue, mais je lui ai quand même demandé pourquoi. Elle semblait si triste d'avoir dit non.

« Elle avait le moral dans les chaussettes. Je ne l'avais jamais vue aussi abattue. Le soir où elle est tombée sur Satchwell, ça faisait dix jours que Roy ne lui adressait plus la parole. Ils s'étaient disputés à cause de la belle-mère. Cette femme était tout le temps fourrée chez eux, comme si la maison lui appartenait encore. Margot n'en pouvait plus. Elle avait envie de refaire la décoration mais Roy ne voulait rien modifier, au prétexte que Madame Mère aurait eu le cœur brisé s'ils se débarrassaient des meubles que son mari avait aimés. Ma pauvre Margot était comme une étrangère dans son propre foyer. Elle n'avait même pas le droit de changer le papier peint.

« Quand on s'est vues, elle m'a dit que deux vers de Joni Mitchell lui trottaient dans la tête depuis le matin. “The Same Situation”, une chanson tirée de l’album *Court and Spark.* Joni Mitchell, c’était sa religion à elle. Et cet album en particulier. *Court and Spark*, répéta-t-elle en remarquant le regard perplexe de Robin. Ça disait : “*Caught in my struggle for higher achievements, And my search for love that don’t seem to cease*[1].” Je ne l’ai plus jamais écouté. Trop dur.

« Après avoir pris ce verre avec Paul, elle est rentrée chez elle et elle a raconté à Roy ce qui venait de se passer. Elle se sentait peut-être coupable, mais je crois plutôt qu’elle voulait le secouer. Pour qu’il se réveille. Une façon de lui dire, “Ouvre les yeux. Tu ne peux pas continuer à m’ignorer et à bouder dans ton coin. Tu dois faire des compromis. Je ne veux pas vivre comme ça.” Elle était si lasse, si déprimée. Elle devait songer *Quelqu’un d’autre m’a désirée autrefois*. C’est la nature humaine, n’est-ce pas ?

« Roy n’était pas le genre de type qui hurle et qui casse la vaisselle. À mon avis, Margot aurait préféré. Ça lui a fait un choc, bien sûr, d’apprendre qu’elle avait revu son ex, mais sa colère, il l’a exprimée en se refermant encore plus.

« Je pense qu’il n’a pas rouvert la bouche jusqu’au jour où elle a disparu. Quand on s’est téléphoné pour fixer notre rendez-vous du 11 au Three Kings, elle m’a dit, “Je vis avec un moine qui a fait vœu de silence”. Elle était au bout du rouleau. Je me rappelle avoir pensé, “Elle va le quitter”.

1. « Prise dans mon combat pour une plus grande réussite, et ma recherche de l’amour qui n’en finit jamais. »

« Lorsqu'on s'est vues au pub, la dernière fois, je lui ai dit, "Satchwell n'est pas la solution de tes problèmes avec Roy".

« On a parlé d'Anna. Margot aurait adoré prendre une année sabbatique pour s'occuper exclusivement d'elle. Et puis c'était ce que Roy et sa mère espéraient qu'elle fasse depuis le début, qu'elle reste à la maison et renonce à son métier.

« Mais elle ne pouvait pas se le permettre. Elle aidait toujours ses parents. Sa mère était tombée malade et Margot ne voulait pas qu'elle continue à faire des ménages. Elle avait besoin de gagner de l'argent, aider sa famille sans rien devoir à Roy, ni merci, ni justification. De toute façon, la belle-mère n'aurait pas admis que son petit chéri adoré s'épuise au travail pour entretenir un couple de prolos qui fumaient clope sur clope.

— Avez-vous parlé d'autre chose ?

— Oui, on a parlé du club Playboy que je m'apprêtais à quitter. J'avais réussi à m'acheter un appartement et je comptais reprendre mes études. Margot m'a encouragée. Connaissant ses idées sur la religion, j'ai juste évité de lui dire que je prévoyais de passer un diplôme de théologie.

« On a parlé politique, un petit peu. On espérait toutes les deux que Wilson remporterait les élections. Et je lui ai dit que je craignais de ne jamais rencontrer l'homme de ma vie. J'avais plus de trente ans. À l'époque, c'était déjà tard pour trouver un mari.

« Avant qu'on se sépare, ce soir-là, je lui ai dit, "N'oublie pas, il y a une chambre d'amis chez moi. Et de la place pour un berceau aussi". »

Les yeux d'Oonagh débordaient de larmes. Elle prit sa serviette pour les essuyer.

« Excusez-moi. Quarante ans ont passé mais c'est comme si c'était hier. Les morts ne s'effacent pas. Dommage, ce serait plus facile pour ceux qui restent. Je la revois si clairement. Si elle entrait dans cette cafétéria, une partie de moi ne serait pas surprise. C'était une femme si *vivante*. Qu'elle ait disparu ainsi, comme par enchantement… »

Robin attendit qu'Oonagh sèche ses joues pour lui demander :

« Quand vous avez pris rendez-vous pour le 11, comment ça s'est passé ?

— Elle m'a appelée, elle a proposé qu'on se retrouve au même endroit à la même heure. J'ai dit oui, bien sûr. Il y avait quelque chose de bizarre dans sa façon de parler. Je lui ai demandé, "Tout va bien ?" Elle a répondu, "J'ai besoin d'un conseil au sujet d'un truc. Je crois que je deviens folle. Je ne devrais pas mais il faut que j'en parle et tu es la seule personne à qui je puisse faire confiance". »

Strike et Robin se regardèrent.

« Vous avez lu ça dans le rapport de police ? voulut savoir Oonagh.

— Non, dit Strike.

— Non ? fit Oonagh avec, pour la première fois, de la colère dans la voix. Eh bien, cela ne me surprend pas.

— Pourquoi ? demanda Robin.

— Talbot était déjà parti au pays des fées. Je l'ai compris dès qu'il a commencé à m'interroger. Ensuite, j'ai appelé Roy et je lui ai dit : "Ce type n'est pas normal. Faites quelque chose, demandez que l'affaire soit confiée à un autre enquêteur.” Il n’a pas bougé, ou alors ça n’a pas abouti.

« Après Talbot, il y a eu Lawson. Celui-là, il me prenait pour une idiote. Parce que j’étais Bunny Girl, sûrement. Il croyait que je profitais de la disparition de Margot pour me faire valoir. Margot Bamborough était plus une sœur qu’une amie pour moi, dit Oonagh d’un ton farouche. Je n’ai jamais parlé d’elle à personne, sauf à mon mari. C’était deux jours avant que je l’épouse, j’ai pleuré sur son épaule. J’aurais tellement voulu qu’elle soit témoin à mon mariage…

— À propos de quoi voulait-elle vous demander conseil ? renchérit Robin.

— Aucune idée. J’y ai souvent repensé depuis et je me demande si ce n’était pas en rapport avec sa disparition. Si ç’avait été au sujet de Roy, elle n’aurait pas dit qu’elle n’avait pas le droit d’en parler. Roy revenait sans cesse dans nos conversations. La dernière fois qu’on s’était vues, je lui avais clairement proposé de s’installer chez moi avec Anna, si jamais elle décidait de le quitter.

« C’était peut-être une chose qu’un patient lui avait confiée. Margot était très à cheval sur le secret professionnel, je vous l’ai déjà dit.

« Je me revois, ce 11 octobre, en train de grimper la rue qui mène à ce pub. Il pleuvait. Comme j’étais en avance, je suis entrée dans l’église en face, une grande…

— Attendez, intervint Strike. Comment étiez-vous habillée ? »

Au lieu de paraître étonnée par sa question, Oonagh lui sourit.

« Vous pensez au vieux fossoyeur, ou je ne sais pas qui ? Celui qui a cru voir Margot entrer dans cette église ? Je leur avais pourtant dit que c'était moi. Je ne portais pas d'imperméable mais un manteau beige. Mes cheveux étaient plus foncés que ceux de Margot mais on avait à peu près la même coupe, elle et moi. Quand ils m'ont demandé si Margot avait pu passer un moment dans l'église avant de venir me retrouver, je leur ai répondu : Impossible, elle déteste les églises. C'est moi qui suis entrée dans cette église ! *Moi !*

— Pourquoi ? demanda Strike. Pourquoi y êtes-vous entrée ?

— J'ai suivi l'appel », répondit simplement Oonagh.

Robin réprima un sourire en voyant l'air embarrassé de Strike.

« Dieu m'appelait à lui, ajouta Oonagh avant de moduler. En ce temps-là, il m'arrivait souvent d'aller méditer dans les églises anglicanes. Cette réponse vous convient mieux ?

— Combien de temps êtes-vous restée à l'intérieur ? intervint Robin pour laisser à Strike le temps de se reprendre.

— Cinq minutes. J'ai dit une petite prière, je suis ressortie, j'ai traversé et j'ai poussé la porte du pub.

« J'ai attendu presque une heure avant d'appeler Roy. D'abord, j'ai pensé qu'elle avait été retardée par un patient. Ensuite, qu'elle avait peut-être oublié. Mais Roy a dit qu'elle n'était pas chez eux. Il m'a presque rembarrée. Alors, j'ai supposé qu'ils s'étaient encore disputés et qu'elle l'avait planté là. J'ai même cru qu'en rentrant je trouverais Margot sur le pas de ma porte avec Anna. Je suis donc partie aussitôt, mais elle n'était pas chez moi.

« Roy m'a appelée à 9 heures du soir pour savoir si j'avais des nouvelles. C'est à ce moment-là que j'ai commencé à m'inquiéter. Roy a dit qu'il allait appeler la police.

« Vous connaissez la suite, fit calmement Oonagh. C'est comme dans un cauchemar. On espère, on s'accroche à des explications de moins en moins plausibles. Elle a été frappée d'amnésie. Elle s'est fait renverser par une voiture et elle gît inconsciente quelque part. Elle est partie Dieu sait où pour faire le point.

« Mais, au fond de moi, je savais. Elle n'aurait jamais laissé son bébé, elle ne serait jamais partie sans m'en parler avant. Je savais qu'elle était morte. La police était obsédée par le Boucher de l'Essex, mais moi…

— Mais vous ? souffla Robin.

— J'ai tourné cette histoire pendant des années dans ma tête. Paul Satchwell refait surface et trois semaines après, Margot disparaît pour toujours. Je sais, il avait un alibi parfait. Fourni par ses copains ! Quelle blague ! J'ai dit à Talbot et j'ai répété à Lawson : parlez-lui du rêve de l'oreiller. Demandez-lui ce que signifie ce rêve qu'il redoutait tant que Margot dévoile.

« Est-ce dans le rapport de police ? demanda-t-elle en se tournant vers Strike. Ont-ils interrogé Satchwell sur le rêve de l'oreiller ?

— Non, articula-t-il. Je ne pense pas qu'ils l'aient fait. Ni l'un ni l'autre. »

25

Tout n'était que vaines pensées, fantasmes,
Machines, rêves, idées insensées,
Scènes, visions, ouï-dire et prophéties ;
Autant de faussetés, comme sont ruses, contes et menteries.

Edmund Spenser, *La Reine des fées*

Un soir, trois jours plus tard, Strike était assis dans sa BMW garée non loin d'une maison tout à fait banale, à Stoke Newington. Ils enquêtaient sur PasNet depuis bientôt cinq mois mais n'avaient encore obtenu aucun résultat concret. Les administrateurs qui leur avaient demandé de réunir des preuves contre le jeune cadre aux dents longues qu'ils soupçonnaient de faire chanter leur P.-D.G. commençaient à s'impatienter, laissant même entendre qu'ils allaient leur retirer l'affaire.

Il faut dire que PasNet était du genre coriace. Hutchins s'était inscrit dans son club de tir, ils avaient sympathisé, bu des coups ensemble, mais impossible de le faire parler, même après plusieurs verres de gin. Strike avait donc pris le taureau par les cornes et décidé de filer lui-même le P.-D.G., alias BPN, en partant du postulat que ce monsieur apparemment bien sous tous rapports, avec son ventre de notable et sa tonsure de moine, continuait à s'adonner à la mystérieuse activité déviante dont PasNet avait eu connaissance et qui lui avait valu une promotion totalement imméritée.

Strike était persuadé qu'il ne s'agissait pas d'une simple affaire d'adultère. Avec son physique plus que parfait et son visage trop lisse de poupée sous cellophane, l'actuelle Mrs. BPN n'était pas le genre de femme à se priver d'une American Express noire pour une banale infidélité. Et ce, d'autant plus qu'ils n'étaient mariés que depuis deux ans et n'avaient pas d'enfants susceptibles de lui garantir une pension alimentaire à la mesure de ses besoins.

Strike voyait clignoter des arbres de Noël derrière presque toutes les fenêtres de la rue. Sous le toit de la maison la plus proche, une guirlande de glaçons en plastique émettait une vive lumière blanche qui brûlait la rétine si on la regardait trop longtemps. Les couronnes de l'Avent accrochées aux portes, les vitres éclaboussées de fausse neige, les reflets multicolores dans les flaques, tout lui rappelait qu'il n'avait encore rien acheté alors qu'il allait bientôt partir pour les Cornouailles.

Bien déterminée à passer les fêtes en famille, Joan était sortie de l'hôpital le matin même avec un nouveau traitement à suivre. Strike avait du pain sur la planche. Il fallait qu'il trouve des cadeaux pour sept personnes, à savoir Joan, Ted, sa sœur, son beau-frère et ses neveux. Étant donné la masse de travail qu'il devait abattre en ce moment, il se serait bien passé de cette corvée. Mais ce n'était pas tout. Il s'était également promis d'offrir quelque chose à Robin, quelque chose de mieux qu'un simple bouquet de fleurs. Strike, qui détestait faire les boutiques, surtout pour choisir des cadeaux, alluma une cigarette dans l'espoir d'évacuer le vague sentiment de persécution qu'il sentait poindre en lui.

Il sortit de sa poche l'exemplaire de *Qu'est-il arrivé à Margot Bamborough ?* que Robin lui avait donné mais qu'il n'avait pas encore eu le temps de lire. Des Post-it signalaient les passages qu'elle estimait utiles à leur enquête.

Après un rapide coup d'œil sur la maison qu'il était censé surveiller, Strike ouvrit le livre et parcourut deux ou trois pages en levant régulièrement la tête pour voir si BPN se décidait à sortir.

Robin n'avait pas marqué le premier chapitre, consacré à l'enfance et à l'adolescence de Margot, mais Strike le lut quand même. Faute d'avoir pu interroger des personnes l'ayant connue à cette époque de sa vie, Oakden s'était contenté de banalités saupoudrées de suppositions, le tout délayé dans une bonne louche de n'importe quoi. Sous sa plume, on apprenait que Margot Bamborough « rêvait d'éradiquer la pauvreté », « s'était laissé emporter par le tourbillon des années 1960 » et « avait pris conscience des possibilités qu'offrait la pilule contraceptive au regard de la sexualité ». Histoire de noircir encore quelques lignes, Oakden avait cru bon d'ajouter que la minijupe avait été popularisée par Mary Quant, que Londres était alors au cœur de la scène musicale et que les Beatles avaient fait leur première apparition à la télé américaine dans le *Ed Sullivan Show* l'année où Margot avait fêté ses dix-neuf ans. « Margot a pu profiter pleinement des nouvelles opportunités offertes à la classe laborieuse par la réduction des inégalités sociales », déclarait doctement C. B. Oakden en guise de conclusion.

Le deuxième chapitre démarrait avec l'entrée de Margot au club Playboy. Et là, Oakden s'en donnait à cœur joie, jetant aux orties le peu de rigueur qui l'avait guidé précédemment. Très inspiré, il consacrait de nombreux paragraphes à l'élan de liberté que Margot avait dû éprouver en laçant son étroite guêpière de Bunny Girl, en coiffant son serre-tête à oreilles de lapin et en renforçant les bonnets de son soutien-gorge pour satisfaire aux demandes de son employeur, lequel exigeait que ses *girls* aient de gros seins. Onze ans seulement après la disparition de Margot, Oakden avait pu discuter avec deux filles qui se souvenaient d'elle. Bunny Lisa, à présent mariée et mère de deux enfants, disait qu'elles « rigolaient bien ensemble » et qu'elle avait été « anéantie » en apprenant l'horrible nouvelle. Bunny Rita, qui avait depuis fondé une société de marketing, déclarait que « Margot était une tête et qu'on voyait qu'elle irait loin », avant de préciser que « sa famille devait vivre un calvaire ».

Strike leva le nez, mais comme BPN ne sortait toujours pas, il replongea dans son livre, tourna quelques pages et s'arrêta sur le premier passage marqué par Robin.

> Après son expérience réussie au sein du club Playboy, notre sémillante Margot eut du mal à s'adapter à la routine d'un cabinet médical. L'une de ses collègues dit à

son sujet qu'elle avait un comportement déplacé avec les personnes qui venaient la consulter.

« Elle ne savait pas garder ses distances, c'était ça le problème. Elle ne venait pas d'une famille de médecins. Un docteur ne doit jamais s'abaisser au niveau de ses patients.

« Un jour, une femme est venue la voir et elle lui a recommandé de lire *Les Joies du sexe*. Je le sais parce que des gens en ont parlé dans la salle d'attente. En ricanant. Vous voyez le tableau. Un médecin ne devrait pas conseiller ce genre de lecture à ses patients, ne serait-ce que pour préserver la réputation du cabinet où il exerce. Franchement, j'étais gênée pour elle.

« Un type s'était amouraché d'elle, on le voyait tout le temps, il lui offrait des chocolats. Mais après tout, c'était logique. Quand on parle de sexe à tout le monde, il ne faut pas s'étonner que certains se fassent des idées. »

Suivaient plusieurs paragraphes tirés d'articles de presse. Il y était surtout question de Steve Douthwaite, du suicide de sa copine mariée, du fait qu'il avait précipitamment quitté son emploi et que Lawson l'avait convoqué à plusieurs repises pour l'interroger. Exploitant au maximum le peu de matière dont il disposait, Oakden tentait de convaincre ses lecteurs que Douthwaite était un individu peu recommandable, voire dangereux : un bon à rien, un séducteur cynique dont les conquêtes avaient l'étrange habitude de mourir ou de disparaître. Une phrase en particulier suscita chez Strike un grognement ironique :

Ayant changé d'identité et se faisant désormais appeler Stevie Jacks, Douthwaite se fait engager comme animateur dans le célèbre village de vacances Butlin's à Clacton-on-Sea…

Strike jeta un œil à la maison d'en face et reprit sa lecture :

… où il organise des activités pour les touristes le jour et se produit sur scène le soir. Sa « Longfellow Serenade » rencontre un succès particulier auprès du public féminin. Notre beau ténébreux jouit d'une grande popularité chez les vacancières.

« J'ai toujours aimé chanter, m'a déclaré Douthwaite/Jacks après son spectacle. Plus jeune, je faisais partie d'un groupe mais ça n'a pas duré. J'ai connu le club Butlin's étant enfant. Ce sont mes parents adoptifs qui me l'ont fait découvrir. Le métier d'animateur m'a toujours attiré. Des tas de grands chansonniers ont débuté ici, vous savez. »

Mais quand la conversation dérive sur Margot Bamborough, le fringant artiste de cabaret dévoile un autre aspect de sa personnalité.

« La presse a raconté beaucoup de conneries. Je ne lui ai jamais offert de chocolats ni quoi que ce soit d'autre. Ils ont inventé ça pour m'enfoncer, me faire passer pour un saligaud. À l'époque, j'avais un ulcère à l'estomac et de terribles migraines. J'en ai sacrément bavé. »

Après avoir refusé d'expliquer les raisons de son changement de nom, Douthwaite m'a tourné le dos et il est sorti du bar.

Ses collègues animateurs n'ont pas caché leur stupéfaction en apprenant que « Stevie » avait été interrogé par la police dans le cadre de l'affaire Bamborough.

« Il n'en a jamais parlé, m'a confié Julie Wilkes, 22 ans. Je n'en reviens pas. Il aurait pu nous le dire. J'ignorais qu'il s'appelait autrement. »

Oakden poursuivait par un bref historique des clubs Butlin's depuis leur fondation en 1936 et, en fin de chapitre, réfléchissait aux multiples opportunités qu'offrait ce genre d'environnement pour un prédateur sexuel.

Strike alluma une autre cigarette, passa au deuxième marque-page et tomba sur un passage consacré à Jules Bayliss, le mari de Wilma, la femme de ménage devenue assistante sociale. Strike n'apprit pas grand-chose, hormis que l'homme condamné pour viol avait été libéré sous caution en janvier 1975, soit trois mois après la disparition de Margot. Oakden affirmait que Bayliss « avait eu vent » du fait que Margot poussait son épouse à demander le divorce, qu'il « n'avait pas apprécié qu'elle cherche à briser sa famille en faisant pression sur Wilma » et que « l'individu avait des accointances avec plusieurs repris de justice sévissant au sein de sa communauté ». Toujours soucieux d'informer ses lecteurs, Oakden ajoutait que la police « s'était penchée sur les faits et gestes des amis et connaissances de Bayliss pour la journée du 11 octobre », avant de faire retomber le soufflé en disant qu'aucune « activité suspecte n'avait été relevée ».

Le troisième marque-page correspondait à l'affaire de la clinique de Bride Street. Oakden introduisait son propos avec moult circonlocutions promettant de révéler des faits totalement inédits.

Mais la suite ne contenait rien d'intéressant, hormis peut-être ceci : pour apporter la preuve qu'un avortement avait été pratiqué dans cet établissement le 14 septembre 1974 sur une femme inscrite sous le nom de Margot Bamborough, Oakden reproduisait des dossiers médicaux fournis par une source anonyme ayant prétendument travaillé sur les lieux jusqu'en 1978, date à laquelle la clinique avait fermé ses portes. Documents qu'Oakden avait probablement obtenus contre rétribution. Dix ans s'étaient écoulés depuis les faits et l'indic ne risquait plus de perdre son boulot. D'après cette personne, la femme qui avait subi l'avortement ne ressemblait pas à la disparue dont la photo était sortie dans la presse.

Oakden lançait ensuite une série d'accusations sous forme de questions, qui avaient sans doute valu à leur auteur et à son imprudent éditeur la fameuse condamnation pour diffamation. La femme qui avait avorté aurait-elle utilisé le nom de Margot avec l'accord de cette dernière ? Si oui, qui était-elle ? Quelle catholique ne redouterait pas d'être pointée du doigt pour avoir avorté ? En lui prêtant son nom, Margot avait-elle cherché à lui éviter des problèmes en cas de complications ? Le 11 octobre, Margot serait-elle retournée dans la clinique de Bride Street pour visiter une patiente hospitalisée à la suite d'un avortement qui se serait mal passé ? Ou pour demander des conseils afin de soigner cette femme ? Margot aurait-elle pu se faire enlever, non pas à Clerkenwell, mais dans une rue plus proche du domicile de Dennis Creed ?

Autant de questions auxquelles Strike répondit invariablement *non, et tu as bien mérité que ton bouquin finisse au pilon, mon salaud.* À la manière dont il combinait les faits, il était évident qu'Oakden cherchait à prouver que le soir où elle avait disparu, Margot se trouvait à proximité du sous-sol où Creed avait séquestré ses victimes. Il avait sans doute imaginé cette histoire de « complications » pour étayer sa théorie, selon laquelle Margot était revenue dans la fameuse clinique un mois après l'avortement, un avortement qui n'était pas le sien puisqu'elle était en bonne santé et avait travaillé en continu jusqu'à sa disparition. D'où l'intérêt pour Oakden d'introduire le personnage de l'amie catholique ayant subi des « complications ». En faisant cela, il poursuivait un double objectif : donner à Margot un motif pour retourner dans cette clinique au chevet d'Oonagh, et à Oonagh un motif pour mentir sur leur emploi du temps de ce soir-là. Tout bien pesé, Strike estimait qu'Oakden aurait pu écoper d'une sanction plus lourde que cette mise au pilon. Sans doute n'y avait-il échappé que parce que Roy et Oonagh avaient craint de lui faire de la publicité.

Il avança jusqu'au quatrième marque-page et, après s'être assuré une nouvelle fois que la porte en face était toujours fermée, s'attaqua au passage suivant.

« Je l'ai vue aussi nettement que je vous vois. Elle était derrière cette fenêtre, et elle cognait sur la vitre comme pour attirer l'attention. Si je m'en souviens avec une telle précision c'est qu'à l'époque, je lisais *De l'autre côté de minuit* et que je réfléchissais justement à ce que les femmes pouvaient traverser, vous savez. Et tout à coup, je lève les yeux et je la vois.

« Quand je ferme les paupières, elle est toujours là, imprimée sur ma rétine. Je vous assure, son image continue à me hanter. Combien de fois ne m'a-t-on pas dit, "Tu te fais des idées" ou "Laisse tomber, passe à autre chose", mais ce n'est pas parce que les gens refusent de me croire que ce n'est pas vrai. Je ne vais quand même pas changer de version juste pour leur faire plaisir. »

La petite imprimerie occupant autrefois le dernier étage de l'immeuble était tenue par un couple, Arnold et Rachel Sawyer. Ces deux personnes ont déclaré que Margot Bamborough n'avait jamais mis les pieds chez eux et que la femme aperçue par Mandy ce soir-là était probablement Mrs. Sawyer elle-même en train de fermer une fenêtre récalcitrante. La police les a crus.

Et pourtant, s'ils avaient creusé davantage, les inspecteurs auraient découvert un élément reliant A&R Printing et Margot Bamborough. Le premier gros contrat de la société A&R avait été signé avec le Drudge, un night-club aujourd'hui fermé. C'est dans cet établissement que Paul Satchwell, l'amant de Margot, avait peint une fresque scabreuse, laquelle avait ensuite été reproduite sur des flyers imprimés par A&R Printing. Il est donc probable que Satchwell et les Sawyer soient restés en contact.

Ce qui nous porte à croire que…

« Bordel de merde », marmonna Strike en tournant la page. Ses yeux se fixèrent sur un court paragraphe que Robin avait encadré d'un gros trait noir.

Aux dires de son ancien voisin Wayne Truelove, Paul Satchwell serait parti à l'étranger à la suite de cela.

« Il a dit qu'il comptait faire un voyage. Je ne crois pas qu'il gagnait grand-chose avec ses peintures. Après que la police l'a interrogé, il a voulu se mettre un peu au vert. C'était peut-être la meilleure solution. »

Robin avait glissé son cinquième et dernier Post-it en fin d'ouvrage. Strike leva les yeux et, comme la voiture de BPN n'avait pas bougé, s'accorda encore quelques minutes de lecture :

Un mois après la disparition de Margot, son mari Roy s'est rendu au cabinet St. John's. Lui qui, l'été précédent, n'avait pas pu cacher sa mauvaise humeur lors du barbecue entre collègues, semblait terriblement affecté, ce jour-là.

Dorothy se souvient : « Il est venu nous remercier d'avoir collaboré avec la police. Il avait l'air en mauvaise santé, ce qui n'avait rien d'étonnant vu les circonstances.

« Comme la police avait fouillé le cabinet de Margot quelque temps auparavant, nous avions mis ses affaires dans un carton pour faire de la place à son remplaçant. Il y avait, entre autres, un tube de crème pour les mains, son diplôme de médecine et une photo de Roy avec leur fille dans les bras. Roy a regardé tous ces objets d'un air ému, puis il a sorti du carton le bibelot que Margot gardait sur son bureau. Une petite statuette en bois représentant un Viking. Il a demandé, "D'où ça vient ? Où l'a-t-elle eue ?". On n'a pas su lui répondre mais il m'a paru contrarié.

« Il devait penser que c'était le cadeau d'un rival. Il faut dire qu'à ce moment-là, la police s'intéressait de près à la vie privée de Margot. C'est horrible de ne pas pouvoir faire confiance à sa propre épouse. »

Après un autre coup d'œil vers la maison, Strike passa rapidement à la conclusion, un ramassis de spéculations, de suppositions et autres théories bancales. D'un côté, Oakden laissait entendre que Margot avait eu ce qu'elle méritait, que le destin l'avait punie d'avoir été trop indépendante, trop audacieuse, d'avoir porté une guêpière et des oreilles de lapin et de s'être impudemment hissée au-dessus de sa condition. De l'autre, il la présentait comme une victime, une femme entourée d'assassins potentiels. Aucun homme lié de près ou de loin à l'enquête ne trouvait grâce à ses yeux, que ce soit « Stevie Douthwaite alias Jacks, le séducteur cynique », « Roy Phipps, l'hématologue à la fibre autoritaire », « Jules Bayliss, le violeur qui avait une dent contre elle », « Paul Satchwell, le don Juan colérique » ou « Dennis Creed, le redoutable tueur en série ».

Strike s'apprêtait à refermer le livre quand il remarqua sur la tranche une ligne sombre correspondant au cahier central. Des photos.

Il y retrouva bien sûr le cliché que tous les journaux avaient publié, qui montrait les deux amies en costume de Bunny Girls – Oonagh joviale et plantureuse, Margot blonde et sculpturale – mais également trois autres, de piètre qualité, sur lesquelles Margot n'apparaissait qu'incidemment.

Sous la première photo, Strike lut la légende suivante : « L'auteur, sa mère et Margot. » Mâchoire carrée, cheveux gris acier, lunettes papillon, Dorothy Oakden regardait l'objectif en tenant par l'épaule un petit garçon maigrichon coiffé au carré dont le visage couvert de taches de rousseur était tordu par une grimace. Strike crut voir son neveu Luke. Derrière les Oakden mère et fils, on apercevait une vaste pelouse et, plus loin, une belle demeure hérissée de pignons. Près de la maison, plusieurs blocs de pierre semblaient surgir du gazon. Les fondations d'un mur, peut-être, ou des bases de colonnes. Un kiosque en cours de construction, supposa-t-il.

En arrière-plan, Margot Bamborough traversait pieds nus la pelouse, sans s'apercevoir qu'elle était dans le cadre. Vêtue d'un T-shirt et d'un short en jean, elle tenait une assiette et souriait à quelqu'un qui se trouvait hors champ. Le fameux barbecue, songea Strike. La maison Phipps était nettement plus impressionnante qu'il se l'était imaginée.

La voiture de BPN étant toujours garée à la même place, Strike entreprit d'examiner les deux autres photos. Celles-ci avaient été prises pendant la fête de Noël au cabinet St. John's.

Les chaises étaient repoussées contre les murs, des guirlandes pendaient au-dessus du comptoir d'accueil. Strike chercha Margot et la trouva dans un coin, la petite Anna dans les bras, discutant avec une grande femme noire qui devait être Wilma Bayliss. En bas de l'image, Strike repéra une fille mince avec des yeux ronds et des plumes piquées dans ses cheveux bruns. Janice jeune.

Sur l'autre photo, personne ne regardait l'objectif hormis un homme d'âge mûr remarquable par sa maigreur et son expression maussade. Il portait un costume sombre et ses cheveux gominés étaient coiffés en arrière. Le flash lui rougissait les yeux. Malgré sa légende, « Margot et le Dr Joseph Brenner », l'image ne montrait de Margot que l'arrière de sa tête.

Trois hommes en pardessus – sans doute venaient-ils de rejoindre la fête – formaient une grosse tache sombre sur le côté droit de la photo. Ils se tenaient dos à l'objectif, mais le plus costaud tournait légèrement la tête vers la gauche, laissant entrevoir un long favori noir, une grande oreille, un bout de nez charnu et une demi-paupière tombante. À sa main gauche, levée comme s'il voulait se gratter le menton, brillait une grosse chevalière en or gravée d'une tête de lion.

Strike était toujours penché sur la photo quand un bruit dans la rue attira son attention. BPN venait d'ouvrir la porte. Une femme blonde bien en chair apparut derrière lui en pantoufles, s'arrêta sur le seuil et lui tapota le sommet du crâne comme elle l'aurait fait pour flatter un chien ou féliciter un petit enfant. BPN lui sourit, prit congé et regagna sa Mercedes.

Strike jeta *Qu'est-il arrivé à Margot Bamborough ?* sur le siège passager et attendit que sa cible commence à rouler pour la prendre en filature.

Au bout de cinq minutes, au vu de l'itinéraire emprunté, il comprit que BPN rentrait chez lui, à West Brompton. Tenant le volant d'une seule main, Strike attrapa son portable et chercha dans le répertoire le numéro d'un vieil ami. Son appel passa immédiatement sur la boîte vocale.

« Shanker, c'est Bunsen. J'ai besoin de te parler. Dis-moi quand tu es dispo. Je te paie une bière. »

26

Tous étaient de fiers chevaliers, et de bonne figure,
Mais pour la belle Britomart, ceux-là n'étaient que des ombres.

Edmund Spenser, *La Reine des fées*

Strike et Robin ne savaient plus où donner de la tête. Ils avaient cinq enquêtes en cours, Noël tombait dans quatre jours et deux de leurs collaborateurs s'étaient fait porter pâles, frappés par la grippe saisonnière. Morris l'avait attrapée le premier, la faute, disait-il, à la crèche de sa fille où le virus s'était répandu comme un feu de forêt, touchant enfants et parents sans discrimination. Au lieu de s'isoler dès les premiers symptômes, il avait continué à travailler jusqu'à ce que la fièvre et les courbatures le clouent au lit, contaminant entre-temps Barclay qui se serait bien passé du cadeau dont il avait ensuite fait profiter son épouse et sa fille.

« Ce connard aurait pu rester chez lui au lieu de cracher ses microbes sur moi dans la bagnole », râlait Barclay dans le combiné, au matin du 20 décembre. Strike s'apprêtait à pousser la porte vitrée de l'agence quand il avait entendu la sonnerie du téléphone. Ayant convoqué l'équipe au grand complet à 10 heures pour la réunion mensuelle, il avait aussitôt pris la décision d'annuler. Robin était la seule qu'il n'avait pas encore réussi à joindre, sans doute parce qu'elle était dans le métro. Strike lui avait demandé de venir plus tôt pour faire le point avec lui avant l'arrivée des troupes.

« Quand je pense qu'on est censés prendre l'avion pour Glasgow demain, ronchonnait Barclay pendant que Strike allumait la bouilloire. Ma gamine a très mal aux oreilles…

— Ouais », marmonna Strike. Lui-même n'était pas en grande forme, à cause de la fatigue et de l'abus de tabac. « Bon ben, soigne-toi et reviens quand tu peux.

— Quel con ! gronda Barclay avant de se reprendre. Je parle de Morris. Pas de toi. Au fait, joyeux Noël. »

En essayant de se convaincre que les picotements au fond de sa gorge, la discrète moiteur dans son dos et les élancements douloureux derrière ses yeux n'existaient que dans son imagination, Strike se prépara une tasse de thé, passa dans le bureau et ouvrit les stores. Un temps de chien. Tourmentées par le vent et la pluie, les guirlandes lumineuses tendues en travers de Denmark Street se balançaient sauvagement sur leurs câbles. Cela faisait maintenant cinq jours que, chaque matin, ces décorations lui rappelaient qu'il n'avait toujours rien acheté pour Noël. Il s'assit de son côté du double bureau, en se disant qu'en fin de journée, lorsqu'il sortirait du boulot, il lui resterait à peine deux heures pour s'acquitter de cette tâche. Comme ça, au moins, il passerait moins de temps à se demander quoi offrir, pensa-t-il en écoutant la pluie marteler la vitre derrière lui. Il serait volontiers remonté se coucher.

Le porte en verre s'ouvrit et se referma.

« Bonjour, lança Robin depuis l'entrée. Sale temps, hein ?

— Bonjour, répondit Strike. L'eau est encore chaude. Au fait, j'ai annulé la réunion de service. Barclay a chopé la grippe, lui aussi.

— Merde. Et *vous*, comment vous sentez-vous ?

— Bien », fit Strike en commençant à trier ses notes sur Bamborough.

Mais quand Robin entra avec sa tasse de thé dans une main et son calepin dans l'autre, elle lui trouva une mine horrible. Il était plus pâle que d'habitude, son front brillait et des ombres grises soulignaient ses yeux. Elle referma la porte et s'assit face à lui sans faire de commentaires.

« De toute façon, comme il ne s'est quasiment rien passé depuis un mois..., marmonna Strike. On n'a progressé sur aucun dossier. Tutu est blanc comme neige. Tout ce qu'on peut lui reprocher, c'est de fréquenter cette fille uniquement pour son fric, mais ça, le père le sait depuis le début. La copine de DeuxFois lui est fidèle, et Dieu seul sait sur quel air PasNet fait chanter BPN. Vous avez lu mon mail au sujet de la blonde à Stoke Newington ?

— Oui, oui, dit Robin en se coiffant avec les doigts, le visage rougi d'avoir été giflé par la pluie. Vous n'avez rien remarqué de particulier ?

— Non. Si je devais émettre un avis, je dirais que c'est une parente à lui. Avant qu'il parte, elle lui a donné une petite tape sur la tête.

— Une dominatrice ? » suggéra Robin.

Depuis qu'elle travaillait pour l'agence, elle avait beaucoup appris sur les hommes de pouvoir et leurs perversions.

« J'y ai pensé mais quand ils se sont dit au revoir, ils avaient l'air si… tendres. Comme une sœur et son jeune frère. Or, nous savons que BPN n'a pas de sœur. En plus, il est nettement plus âgé qu'elle. Des cousins se tapoteraient la tête, d'après vous ?

— Je ne sais pas. Les psys ne reçoivent pas le dimanche soir mais cette femme pourrait être… coach de vie ? D'où ce petit geste d'encouragement ? Ou alors une voyante ?

— Tout est possible, dit Strike en se frottant le menton. J'imagine la tête des actionnaires s'ils apprenaient que BPN consulte Mme Irma de Stoke Newington avant de déterminer la stratégie de leur entreprise. Je comptais mettre Morris sur ce dossier pendant les fêtes de Noël mais il est HS. Hutchins s'occupe de la copine de DeuxFois et moi je pars en Cornouailles après-demain. C'est mardi que vous prenez le train pour Masham ?

— Non, répondit Robin, inquiète. Demain. Samedi. Nous en avions parlé au mois de septembre, vous vous souvenez ? J'avais permuté avec Morris pour pouvoir…

— Ouais, ouais, je m'en souviens », mentit Strike. Sa tête cognait comme un tambour et le thé chaud n'avait pas soulagé son mal de gorge. « Pas de problème. »

Et pourtant si, il y avait un problème : si Robin partait le lendemain, il allait devoir lui acheter un cadeau et le lui offrir avant la fin de la journée.

« Je vais voir si je peux reporter mon départ, dit-elle. Mais les trains… avant Noël…

— Non, prenez vos congés comme prévu, répliqua-t-il. Vous n'allez pas vous sacrifier parce que ces deux idiots ont eu la mauvaise idée d'attraper la grippe. »

Robin doutait fort que Barclay et Morris fussent les seuls à l'avoir attrapée, mais elle préféra botter en touche :

« Vous reprendrez du thé ?

— Comment ? Non », ronchonna Strike. Il était de mauvaise humeur parce que, à cause d'elle, il serait obligé de sortir plus tôt pour faire les magasins. « Quant à LaPoste, c'est un vrai fiasco…

— Il est possible, je dis bien possible, que les choses se décoincent de ce côté-là, répondit Robin.

— Hein ?

— Notre présentateur météo a encore reçu une carte hier, au studio de télévision. Elle a été achetée dans la boutique de souvenirs de la National Portrait Gallery. C'est la quatrième qui vient de là. Le message inscrit au verso m'a beaucoup intriguée. »

Elle sortit la carte postale de son sac et la tendit à Strike par-dessus le bureau. Il reconnut un autoportrait de Joshua Reynolds. L'artiste s'était représenté dans l'attitude classique du poète regardant au loin, la main au-dessus des yeux. Derrière, il était écrit :

J'espère me tromper mais, sur mon lieu de travail, j'ai croisé une personne qui tenait dans sa main plusieurs de mes cartes. Est-ce vous qui l'avez envoyée ? Avez-vous montré mes cartes à quelqu'un ? Essayez-vous de me faire peur ? Vous paraissez si gentil, si simple, pas snob pour un sou. Si vous aviez quelque chose à me dire, vous auriez pu avoir la correction de vous déplacer en personne. Si vous n'y êtes pour rien, ignorez ce message.

Strike la regarda d'un air ébahi.

« Ça veut dire… ? »

Robin lui expliqua qu'elle avait acheté dans la boutique du musée trois cartes postales identiques à celles que le présentateur météo avait reçues, puis qu'elle avait ensuite arpenté les salles en les tenant en évidence. Elle était passée devant plusieurs guides, dont une femme portant des lunettes qui lui faisaient des yeux de hibou. La femme avait réagi au quart de tour en s'éclipsant derrière une porte marquée « RÉSERVÉ AU PERSONNEL ».

« Je ne vous en ai pas parlé sur le moment parce que je craignais de m'être trompée, dit Robin. Cette femme correspond tellement à l'image que j'avais de LaPoste. Je ne voulais pas faire comme Talbot qui tordait la réalité pour qu'elle cadre avec ses intuitions délirantes.

— À ceci près que, contrairement à lui, vous n'êtes pas frappadingue. Et vous avez été sacrément bien inspirée d'aller fouiner dans cette boutique, dit-il en brandissant la reproduction de Reynolds. Ce truc prouve que vous avez touché juste du premier coup.

— Je n'ai pas pu la photographier, ajouta Robin en s'efforçant de dissimuler le plaisir que lui causaient les compliments de Strike. Mais elle était dans la salle numéro huit et je peux la décrire. Grosses lunettes, plus petite que moi, cheveux épais, châtains, coupés au carré, la quarantaine. »

Strike prit note.

« J'irai peut-être faire un tour là-bas avant d'aller en Cornouailles. Bon, maintenant, venons-en à l'affaire Bamborough. »

Mais avant qu'ils puissent aborder le sujet, la sonnerie du téléphone retentit à l'accueil. Trop heureux d'avoir un prétexte pour râler, Strike regarda sa montre, se leva et dit :

« Il est 9 heures, Pat devrait… »

Il n'eut pas le temps de finir sa phrase car soudain, on entendit la porte en verre pivoter sur ses gonds. Ils reconnurent Pat à son pas de sénatrice et à sa voix de baryton quand elle décrocha le combiné.

« Agence Cormoran Strike, j'écoute. »

Robin essaya de ne pas sourire quand Strike retomba assis dans son fauteuil. Pat frappa et passa la tête dans le bureau.

« Bonjour. J'ai un Gregory Talbot en ligne.

— Passez-le-moi. S'il vous plaît, compléta Strike, réagissant au regard cinglant de la secrétaire. Et fermez la porte. »

Pat s'exécuta. Un instant plus tard, Strike prenait l'appel et mettait le haut-parleur.

« Bonjour, Gregory, Strike à l'appareil.

— Oui, allô, fit Gregory d'une voix tendue.

— Que puis-je pour vous ?

— Euh… eh bien, vous savez que nous sommes en train de déblayer les affaires qui encombrent le grenier ?

— Oui.

— Hier, j'ai ouvert une vieille caisse. Elle contenait les médailles de papa, son uniforme et… j'ai trouvé une boîte cachée dessous…

— Elle n'était pas *cachée*, cria une femme dans le fond.

— J'ignorais qu'elle était là, reprit Gregory. Mais ma mère…

— Passe-moi ce téléphone, dit la femme en colère.

— Ma mère voudrait vous parler », fit Gregory, exaspéré.

La voix d'une dame âgée remplaça celle de Gregory.

« Vous êtes Mr. Strike ? demanda-t-elle, méfiante.

— Oui, c'est moi.

— Gregory vous a dit comment la police a traité Bill vers la fin ?

— Oui.

— Il aurait pu réintégrer son poste après sa maladie de la thyroïde, mais ils n'ont pas voulu. Il leur avait tout donné. La police, c'était toute sa vie. Greg dit qu'il vous a remis le carnet de Bill ?

— C'est exact.

— Eh bien, après sa mort, j'ai trouvé une boîte en métal dans une caisse au fond de la remise. Il y avait la marque de Creed dessus. Vous avez lu ses notes, vous savez que Bill utilisait un symbole pour désigner Creed.

— Oui.

— Quand j'ai emménagé dans cette résidence pour seniors, j'ai dû laisser des tas d'affaires derrière moi. Leurs placards ne peuvent pas contenir grand-chose. Donc, la boîte en question, je l'ai laissée avec le reste dans le grenier de Greg et Alice. J'avais complètement oublié son existence et puis, hier, Greg a commencé à fouiller et il est tombé dessus. Je sais que la police se contrefiche de ce que pensait mon mari. Ils me l'ont clairement fait comprendre, à l'époque. Mais il paraît que vous, ça vous intéresse. Alors j'ai décidé de vous la remettre. »

Gregory reprit l'appareil. Au bruit, Strike et Robin devinèrent qu'il était en train de passer dans une autre pièce. Une porte se ferma.

« J'ai trouvé une bobine de film 16 mm à l'intérieur, murmura-t-il tout près du micro. Maman ignore ce qu'il y a dessus. Je n'ai pas de projecteur adapté mais j'ai regardé les images devant une lampe et… on dirait un film porno. J'ai eu envie de tout balancer à la poubelle, mais j'ai hésité à cause des… »

Strike comprenait ses scrupules. Après tout, les Talbot étaient une famille d'accueil.

« Si on vous le donne… est-ce que…

— Vous craignez que nous révélions par qui nous l'avons eu, l'interrompit Strike en regardant fixement Robin. Nous n'avons aucune raison de le faire. »

Robin nota qu'il n'avait rien promis. Pourtant, Gregory parut satisfait.

« Dans ce cas, je passerai vous l'apporter. Je serai dans votre quartier cet après-midi. J'emmène les jumelles voir le Père Noël. »

Quand Gregory eut raccroché, Strike grommela :

« Vous aurez remarqué que, quarante ans plus tard, les Talbot sont toujours convaincus que… »

Le téléphone sonna de nouveau à l'accueil.

« … que Margot a été tuée par Creed, compléta Strike. Je crois savoir quel est le symbole sur la boîte de ce film, parce que… »

Pat frappa à la porte.

« Pour l'amour du ciel, marmonna Strike dont la gorge commençait à brûler. Quoi encore ?

— Charmant, fit Pat, glaciale. Il y a un Mr. Shanker pour vous. L'appel a été transféré depuis votre portable. Il dit que vous voulez…

— Oui, je veux, la coupa Strike. Rebasculez Shanker sur mon portable. Je vous prie », ajouta-t-il puis, se tournant vers Robin : « Désolé, pourriez-vous me laisser un instant ? »

Robin quitta la pièce et referma derrière elle.

« Salut Shanker, merci de me rappeler. »

Strike et Shanker, dont le vrai nom était difficile à retenir, s'étaient connus alors qu'ils étaient adolescents. Leurs vies avaient ensuite évolué dans des directions diamétralement opposées, Strike choisissant les études universitaires, puis l'armée, puis le métier de détective, Shanker poursuivant une carrière de truand. Pourtant, un curieux sentiment de parenté les unissait toujours et, de temps autre, Strike avait recours à son vieux pote pour des services ou des informations que Shanker était le seul à pouvoir lui fournir, contre espèces sonnantes et trébuchantes.

« Quoi de neuf, Bunsen ?

— J'ai une photo à te montrer. On se boit une bière ? demanda Strike.

— Je serai dans ton quartier aujourd'hui. Je dois passer chez Hamleys. J'ai acheté une poupée Monster High pour Zahara mais j'ai pas pris la bonne. »

Strike n'avait pas compris un traître mot, à part « Hamleys ».

« OK, appelle-moi quand tu seras dispo.

— Ça roule. »

Shanker raccrocha. Il n'était pas du genre à s'encombrer de politesses.

Robin revint avec deux tasses de thé fumantes et referma la porte en la poussant du pied.

« Désolé de vous avoir chassée, dit Strike en essuyant d'un air absent la sueur qui perlait sur sa lèvre supérieure. Qu'est-ce que je disais ?

— Que vous pensiez connaître le symbole sur la boîte du film.

— Ah oui. Le signe du Capricorne. Ça n'a pas été simple mais j'ai réussi à déchiffrer une partie de ses élucubrations », dit-il en tapotant le carnet relié de cuir posé près de lui. Puis il lui exposa les raisons qui, selon lui, avaient conduit Bill Talbot à croire que Margot s'était fait kidnapper par un Capricorne.

« Ne me dites pas que Talbot ne s'intéressait qu'aux suspects nés sous ce signe, fit Robin, incrédule.

— Eh si », répondit Strike en fronçant les sourcils. Il avait la gorge en feu. « Cela dit, Roy Phipps est Capricorne et Talbot l'a quand même mis hors de cause, reprit-il après avoir bu une gorgée de thé bien chaud.

— Pourquoi ?

— Je n'ai pas encore tout décrypté mais je crois qu'il lui avait attribué un autre signe. Ne me demandez pas lequel, je ne l'ai trouvé sur aucun site spécialisé, du moins jusqu'à présent.

« Mais maintenant, je comprends mieux pourquoi il s'intéressait tellement à Janice. Elle est Cancer. Le Cancer est le signe "opposé" du Capricorne. Talbot dit dans ses notes que les personnes nées sous ce signe sont intuitives, voire extralucides. Il a dû décider que Janice était sa meilleure alliée contre Baphomet, raison pour laquelle il lui a demandé de noter ses rêves. Il devait espérer qu'ils l'aideraient à identifier le ravisseur.

« Mais le plus révélateur pour lui, c'était que Saturne, le maître du Capricorne... »

Robin dissimula un sourire derrière sa tasse de thé. Strike parlait astrologie avec le même genre de grimace que si on lui avait servi des huîtres avariées.

« ... était en Cancer le jour où Margot a disparu. De là, Talbot a déduit qu'elle connaissait Baphomet ou avait eu un contact avec lui. D'où sa question au sujet de ses derniers partenaires sexuels.

— Waouh, souffla Robin.

— Ce n'est qu'un simple aperçu de ses raisonnements foireux. Il en reste encore des tombereaux. Je vous enverrai les points importants quand j'aurai tout dépouillé. Chose intéressante, il lui arrivait d'avoir quelques bonnes intuitions, comme si l'enquêteur chevronné émergeait entre deux bouffées délirantes.

« Par exemple, à un moment, il émet une hypothèse semblable à celle que j'ai formulée l'autre jour : Margot aurait pu être attirée quelque part au prétexte qu'une personne avait besoin de son aide. Bien sûr, Talbot enrobe ça dans son charabia habituel – il y avait un stellium dans la sixième Maison, la Maison de la santé, qui voulait dire "danger associé à maladie".

— Qu'est-ce qu'un stellium ?

— Un amas de quatre planètes ou plus. La police a dressé la liste des patients qu'elle voyait le plus fréquemment, dans les derniers temps. Il y avait Douthwaite, bien sûr, mais aussi une vieille femme sénile sur Gopsall Street qui appelait sans arrêt le cabinet pour tromper l'ennui, et un couple sur Herbal Hill dont l'enfant avait mal réagi au vaccin contre la polio.

— Les médecins voient passer tellement de gens, fit remarquer Robin.

— Oui, et d'après moi, c'est aussi pour cela que cette enquête est partie en sucette. Talbot a rassemblé un monceau d'informations qu'il a eu le plus grand mal à trier. D'un autre côté, la possibilité qu'elle ait été agressée par un patient en colère ou attirée dans un appartement sous un prétexte quelconque n'est pas complètement aberrante. Les soignants entrent chez toutes sortes de gens sans être accompagnés… et regardez Douthwaite. Lawson l'aurait bien vu dans le rôle du méchant. Talbot aussi s'intéressait à lui, et pas qu'un peu. Douthwaite était Poissons mais, dans ses notes, Talbot essaie d'en faire un Capricorne. Il dit que d'après "Schmidt", Douthwaite est Capricorne…

— Qui est Schmidt ?

— Aucune idée, mais ce nom apparaît constamment, surtout lorsque Talbot modifie le signe de telle ou telle personne.

— Et pendant qu'il se prenait la tête sur les thèmes astraux des divers protagonistes, il laissait filer les indices susceptibles de conduire à l'arrestation du coupable, soupira Robin. Je préfère ne pas y penser.

— Ouais. Ce serait risible si ce n'était pas si dramatique. Mais l'intérêt qu'il portait à Douthwaite révèle tout de même qu'il n'avait pas totalement perdu son flair. Moi aussi, je trouve que ce type pue.

— Ha », fit Robin.

Strike la regarda sans comprendre.

— Vous dites ça parce qu'il est Poisson ?

— Mouais », répondit platement Strike. Il se sentait vraiment mal, à présent. Ses douleurs oculaires augmentaient, sa gorge récriminait chaque fois qu'il déglutissait. Mais non, il ne pouvait pas avoir la grippe. C'était impossible. « J'ai lu le passage que vous avez marqué dans le bouquin d'Oakden, celui où il dit que Douthwaite a changé de nom pour aller chanter dans ce village de vacances à Clacton. Mais je n'ai trouvé aucun Steve, Steven ou Stevie Jacks là-bas après 1976. Changer de nom pour se faire oublier après une affaire retentissante, cela peut se comprendre. Mais si ça devient une habitude, ça finit par être suspect.

— Vous trouvez ? demanda Robin. Grâce à son dossier médical, nous savons que Douthwaite était d'une nature anxieuse. Peut-être a-t-il pris peur en voyant Oakden se pointer à Butlin's ?

— Mais le bouquin d'Oakden a fini au pilon. À part deux collègues animateurs, personne n'a su que Stevie Jacks avait été interrogé dans le cadre de l'affaire Bamborough.

— Peut-être qu'il est parti à l'étranger, renchérit Robin. Et qu'il y est mort. Je commence à me dire que c'est ce qui est arrivé à Paul Satchwell. Vous avez vu, dans le livre, quand le voisin prétend que Satchwell comptait partir en voyage ?

— Oui. Toujours rien du côté de Gloria Conti ?

— Rien, soupira Robin. Mais j'ai trouvé deux choses, reprit-elle en ouvrant son calepin. Pas mirobolantes, mais…

« J'ai téléphoné en Espagne à la veuve de Charlie Ramage. Vous savez, le roi du Jacuzzi qui prétendait avoir aperçu Margot dans le cimetière de Leamington Spa ? »

Strike hocha la tête pour l'encourager à poursuivre, content de pouvoir reposer sa gorge.

« Mrs. Ramage a dû avoir une attaque, ou alors elle avait forcé sur l'apéro. Elle bredouillait. Mais elle a confirmé que Charlie pensait avoir vu Margot dans un cimetière, et qu'il en avait parlé à un ami policier dont elle ne se rappelait pas le nom. Et puis brusquement, elle a ajouté : "Non, attendez – Mary Flanagan. C'est Mary Flanagan qu'il pensait avoir vue." Je l'ai replacée dans le contexte mais elle a dit que oui, tout était exact, à part qu'il s'agissait de Mary Flanagan et pas de Margot Bamborough. J'ai cherché Mary Flanagan sur Internet. Cette femme a disparu en 1959. C'est la plus longue disparition jamais répertoriée en Grande-Bretagne.

— Laquelle des deux est la plus confuse, d'après vous ? demanda Strike. Mrs. Ramage ou Janice ?

— Mrs. Ramage, sans l'ombre d'un doute. Janice connaissait personnellement Margot, elle n'aurait donc pas mélangé les deux affaires. Alors que, pour Mrs. Ramage, il s'agissait seulement de deux femmes dont les prénoms commençaient par M. »

Strike s'abîma dans une intense réflexion. Quand il reprit la parole, ses amygdales brûlaient :

« Si Ramage avait l'habitude de raconter des histoires à dormir debout, on ne peut pas reprocher à son copain policier de ne pas l'avoir pris au sérieux. Résultat des courses : Ramage a cru voir une femme disparue, un point c'est tout. »

Il fronça si fort les sourcils que Robin lui demanda :

« Vous avez mal quelque part ?

— Non. Je me disais qu'on devrait peut-être retourner voir Irene et Janice, mais l'une après l'autre cette fois. J'espérais en avoir fini avec Irene Hickson, mais bon, à la guerre comme à la guerre. À part cela, on peut essayer de savoir s'il existe un lien entre Margot et Leamington Spa. Vous avez une autre piste, disiez-vous ?

— Une piste, pas vraiment. Amanda Laws – ou Amanda White, comme elle s'appelait à l'époque où elle aurait vu Margot derrière cette fenêtre sur Clerkenwell Road – a répondu à mon mail. Je vous transférerai son message si vous souhaitez le lire, mais en gros elle nous demande de l'argent.

— Vraiment ?

— À mots couverts. Elle dit que la police ne l'a pas crue, qu'Oakden lui a soutiré des infos sans rien lui donner en échange, qu'elle en a marre qu'on la prenne pour une affabulatrice, qu'on la traite de menteuse, de mythomane. Elle n'est pas disposée à revivre tout cela à moins de toucher une compensation. »

Strike prit note.

« Dites-lui que nous n'avons pas pour habitude de rétribuer les témoins, dit Strike. Faites appel à sa générosité. Sinon, on peut lui refiler une centaine de livres.

— À mon avis, elle espère davantage.

— Et moi j'espère passer Noël aux Bahamas, répliqua Strike pendant que la pluie mouchetait la vitre derrière lui. C'est tout ?

— Oui, dit Robin en fermant son calepin.

— Eh bien, en ce qui me concerne, j'ai fait chou blanc avec Applethorpe, le patient accro à la benzédrine qui s'était vanté d'avoir tué Margot. Je pense qu'Irene s'est trompée de nom. J'ai essayé toutes les variantes possibles et imaginables. Sans succès. Il va peut-être falloir que je la rappelle. Mais je vais essayer Janice d'abord.

— Vous ne m'avez pas dit ce que vous avez pensé du bouquin d'Oakden.

— L'opportuniste de base. Dix chapitres pour ne rien dire ou presque, ça force le respect. J'aimerais quand même qu'on le localise.

— Je fais mon possible, soupira Robin. Mais lui aussi semble avoir disparu de la circulation. J'ai l'impression qu'il tenait toutes ces infos de sa mère. Je doute que quiconque ayant réellement connu Margot ait accepté de lui parler.

— Moi aussi, répondit Strike. Vous avez marqué presque tous les passages intéressants.

— Presque ? fit Robin, piquée au vif.

— Tous, se reprit Strike.

— Auriez-vous vu autre chose ?

— Non, répondit Strike, mais, devant sa moue dubitative, il ajouta aussitôt : Je me demandais juste si quelqu'un n'aurait pas mis un contrat sur sa tête.

— Son mari ? s'étonna Robin.

— Peut-être bien.

— Ou alors le mari de la femme de ménage ? Jules Bayliss et ses prétendus liens avec le milieu ?

— Non, pas lui.

— Alors, que…

— Je n'arrête pas de me dire que si elle a été tuée, ce n'est pas par un amateur. D'où l'idée d'un…

— … d'un tueur professionnel, compléta Robin. Vous savez, j'ai lu récemment une biographie de lord Lucan. Certains pensent qu'il avait engagé quelqu'un pour se débarrasser de sa femme…

— … et que ce type a descendu la nourrice par erreur, l'interrompit Strike, qui connaissait cette affaire sur le bout des doigts. Ouais, eh bien, si Margot est effectivement morte de cette manière, nous avons affaire à un tueur autrement plus adroit que celui de Lucan. Elle a disparu sans laisser la moindre trace, même pas une goutte de sang. »

S'ensuivit une plage de silence durant laquelle Strike se retourna pour regarder par la fenêtre les guirlandes de Noël malmenées par les rafales. Les pensées de Robin s'envolèrent vers Roy Phipps, l'homme qu'Oonagh avait décrit comme « exsangue », opportunément cloué au lit le jour où sa femme avait disparu.

« Bon, il faut que j'y aille, dit Strike en s'extrayant de son fauteuil.

— Moi aussi, dit Robin en ramassant ses affaires.

— Vous repassez plus tard ? » demanda Strike.

Avant qu'elle ne parte pour le Yorkshire, il devait lui remettre le cadeau de Noël qu'il n'avait pas encore acheté.

« Non, je n'en avais pas l'intention. Pourquoi ?

— Revenez », dit Strike en se creusant la tête pour trouver un prétexte valable. Il ouvrit la porte de communication. « Pat ?

— Oui ? » fit Pat, sans se retourner. Assise devant son clavier, elle tapait avec célérité et précision, sa cigarette électronique coincée entre les dents.

« Robin et moi allons bientôt nous absenter, mais un dénommé Gregory Talbot va venir déposer une boîte contenant un film 16 mm. Pourriez-vous nous dénicher un projecteur acceptant ce format de pellicule ? Avant 17 heures, ce serait l'idéal. »

Pat pivota lentement dans son fauteuil de bureau. Son visage crispé et ses yeux mi-clos donnaient la mesure de sa perplexité.

« Vous voulez que je trouve un projecteur de films vintage pour 17 heures ?

— C'est ce que j'ai dit. » Strike se tourna vers Robin. « Ainsi, avant que vous ne partiez pour Masham, nous pourrons jeter un rapide coup d'œil sur ce que Talbot cachait dans son grenier.

— OK, dit Robin. Je reviendrai à 16 heures. »

27

Son nom était Talus, fait d'acier moulé,
Immuable, irrésistible, éternel.
Dans sa main un fléau de fer,
Dont il battait le mensonge pour révéler la vérité.

Edmund SPENSER, *La Reine des fées*

Deux heures et trente minutes plus tard, sous l'auvent de Hamleys sur Regent Street, plusieurs sacs de courses posés à ses pieds, Strike essayait de se convaincre qu'il allait bien alors qu'il tremblait comme une feuille. Une pluie glacée arrosait les trottoirs sales. Il y avait de l'eau partout. Dans les flaques où pataugeaient allégrement des centaines de badauds, dans les caniveaux qui se transformaient en geysers au passage des véhicules, dans le cou de Strike qui avait pourtant pris soin de s'abriter.

D'une main, il sortit son téléphone au cas où Shanker lui aurait laissé un message et, de l'autre, approcha son briquet de la clope qu'il avait au bec. Dès la première bouffée, sa gorge lui fit comprendre qu'il avait eu tort ; un goût horrible se répandit dans sa bouche. Shanker n'ayant visiblement pas annulé leur rendez-vous, Strike jeta la cigarette, l'écrasa sous son talon, ramassa ses gros sacs et repartit en quête du cadeau idéal avec une pelote d'épingles coincée en travers du gosier.

Il avait fait preuve d'un optimisme déplacé en estimant que son expédition ne durerait que deux heures. Midi venait de sonner et il était loin d'avoir tout trouvé. Comment les gens faisaient-ils pour garder la tête froide dans ces lieux regorgeant d'objets inutiles, avec ces chants de Noël qui vous assourdissaient en permanence ? Pourtant, les femmes qu'il croisait dans les allées ne semblaient affectées ni par le bruit ni par la cohue. Elles circulaient aisément, faisaient leurs emplettes comme s'il s'agissait d'une activité parfaitement naturelle. Étaient-elles génétiquement programmées pour dénicher le bon cadeau pour la bonne personne ? N'aurait-il pas dû déléguer cette corvée à quelqu'un de plus compétent que lui, quitte à le rétribuer pour cela ?

Comme si migraine et mal de gorge ne suffisaient pas, voilà que son nez commençait à couler. Désorienté, Strike marchait droit devant lui comme un automate. À un moment, il tourna à droite puis s'aperçut qu'il s'était trompé. Lui qui d'habitude était une boussole sur pattes avait réussi à se perdre dans un magasin. À plusieurs reprises, il manqua renverser des piles de marchandises impeccablement dressées et bouscula des clients qui lui lancèrent des regards mauvais avant de s'esquiver en maugréant.

Les sacs qu'il transportait contenaient les cadeaux destinés à ses trois neveux : des blasters Nerf, autrement dit de gros pistolets en plastique tirant des balles en mousse. À onze ans, Strike aurait adoré posséder ce genre de jouet et, de surcroît, la vendeuse lui avait assuré qu'ils faisaient fureur cette année. Il les avait pris identiques, bien entendu. Comme il manquait d'idées, il avait acheté un pull pour son oncle Ted et, pour son beau-frère, des balles de golf et une bouteille de gin. Restait le plus difficile : les cadeaux pour les femmes, à savoir Lucy, Joan et Robin.

Son portable sonna.

« Merde. »

Il se dégagea de la foule, se faufila près d'un mannequin portant un pull en jacquard à motifs de rennes, déposa deux autres sacs à ses pieds et sortit l'appareil de sa poche.

« Strike.

— Bunsen, je suis sur Great Marlborough Street, pas loin du Shakespeare's Head. Tu m'y retrouves dans vingt minutes ?

— Super », répondit Strike. Ce faisant, il s'aperçut qu'il était presque aphone. « Je suis à deux pas. »

Une nouvelle vague de sueur le submergea, trempant son torse et son cuir chevelu. Avec le peu de cervelle qu'il lui restait, il comprit enfin que Barclay lui avait refilé sa grippe et que s'il se rendait en Cornouailles dans cet état, il risquait fort de contaminer sa tante immunodéprimée. Il se pencha, récupéra ses sacs de courses, gagna tant bien que mal la sortie et finit par se retrouver à l'extérieur, sur le trottoir luisant de pluie.

Alors qu'il longeait Great Marlborough Street, il repéra sur sa droite la façade à colombages du Liberty. Devant l'entrée du grand magasin, des compositions florales étaient présentées dans des boîtes ou des petits bidons en zinc. Certains bouquets étaient déjà emballés, prêts à offrir. Ils avaient également l'avantage d'être très légers et, par conséquent, faciles à transporter jusqu'au Shakespeare's Head dans un premier temps et à Denmark Street ensuite. Strike s'arrêta pour réfléchir. Les fleurs auraient été une bonne idée, mais malheureusement pas pour Robin. Trempé de sueur, il poussa la porte du magasin, fit halte près du rayon des foulards, déposa ses sacs et composa le numéro d'Ilsa.

« Salut, Oggy, dit-elle en décrochant.

— Qu'est-ce que je pourrais acheter à Robin pour Noël ? demanda-t-il d'une voix cassée.

— Tu vas bien ?

— Impeccable. Donne-moi une idée. Je suis chez Liberty.

— Hum… Voyons voir… Oh, je sais ce que tu peux lui prendre. Un parfum. Elle n'aime pas celui qu'elle a ache…

— J'ai pas besoin de l'historique, dit Strike trop sèchement. Super. Un parfum. Qu'est-ce qu'elle porte ?

— C'est ce que j'essayais de t'expliquer, Oggy. Elle veut en changer. Elle en cherche un totalement différent.

— J'ai le nez bouché », s'énerva Strike.

En fait, il craignait surtout qu'un parfum ne soit perçu par Robin comme quelque chose de trop intime, à l'instar de cette robe verte qu'il lui avait offerte trois ans auparavant. Non, il voulait un cadeau qui soit l'équivalent d'un bouquet, un objet qui signifie « Je vous apprécie beaucoup » et non « J'aimerais beaucoup que vous ayez cette odeur ».

« Adresse-toi à une vendeuse. Dis-lui “Je veux un parfum pour une femme qui porte Philosykos et qui recherche tout à fait autre chose”…

— Pardon ? l’interrompit Strike. Elle porte quoi ?

— Philosykos. Ou du moins elle le portait.

— Épèle, tu veux ? » fit Strike dont la migraine ne faiblissait pas. Ilsa s’exécuta.

« Donc je vais voir une vendeuse, récapitula Strike. Et je lui dis de me donner quelque chose d’autre ?

— C’est un peu l’idée, répondit Ilsa sans perdre son calme.

— Super, dit Strike. Merci pour ton aide. On se rappelle. »

La vendeuse a pensé que ce parfum vous plairait.

Voilà. C’est ce qu’il dirait en le lui offrant. *La vendeuse a pensé que ce parfum vous plairait* ferait perdre à ce cadeau son caractère trop personnel et le rendrait presque aussi inoffensif qu’un bouquet de fleurs, tout en fournissant la preuve qu’il s’était donné du mal. Il reprit ses sacs et se dirigea clopin-clopant vers un rayon garni de flacons multicolores.

L’espace parfumerie était si exigu qu’il aurait pu tenir tout entier dans le bureau de Strike. Il se faufila entre les clients, passa sous une coupole parsemée d’étoiles peintes et s’arrêta au centre du rayon. Les étagères autour de lui étaient garnies de fragiles petits flacons aux formes diverses et variées, certains ornés de collerettes imitant la dentelle, d’autres taillés comme des pierres précieuses ou semblables à ces fioles qui, dans les contes de fées, contiennent les philtres d’amour. En s’excusant auprès des clients pour la place qu’il tenait, avec ses pistolets Nerf, son pull, sa bouteille de gin et ses balles de golf, Strike se fraya un chemin jusqu'à un vendeur tout de noir vêtu. L'homme mince et digne lui demanda « Puis-je vous aider ? ». Au même instant, le regard de Strike se posa sur une rangée de flacons identiques, munis d'étiquettes et de bouchons noirs. Une présentation sobre, discrète, sans aucune connotation sensuelle.

« Je vais vous prendre l'un de ceux-là, coassa-t-il en les montrant du doigt.

— Très bien, dit le vendeur. Euh…

— C'est pour quelqu'un qui portait Philosykos. Enfin, je crois.

— D'accord, dit le vendeur en l'escortant jusqu'au présentoir. Je vous fais sentir…

— Non », l'arrêta Strike en découvrant le nom inscrit sur le flacon qu'il avait choisi pour son aspect austère. Carnal Flower. « Elle m'a dit qu'elle n'aimait pas celui-là, ajouta-t-il pour justifier son étrange comportement. Y en a-t-il d'autres comme Philo…

— Peut-être appréciera-t-elle Dans Tes Bras ? suggéra le vendeur en aspergeant quelques gouttes sur la languette en carton.

— Non, fit Strike, sans même prendre le testeur. Il y en a d'autres comme Phi… ?

— Musc Ravageur ?

— Vous savez quoi ? Je renonce, dit Strike qui s'était remis à transpirer abondamment. Pour le Shakespeare's Head, quelle est la sortie la plus proche ? »

Le vendeur le considéra d'un air pincé et tendit le bras vers la gauche. Strike se confondit en excuses, fit demi-tour, fendit un groupe de femmes occupées à tripoter des flacons et à asperger des languettes, tourna au coin et, derrière les portes vitrées près du rayon confiserie, aperçut avec soulagement la devanture du pub où il avait rendez-vous avec Shanker.

Des chocolats, pensa-t-il en ralentissant. Plusieurs clientes qui le suivaient de près durent freiner en catastrophe pour ne pas lui rentrer dedans. *Tout le monde aime les chocolats*. Grelottant malgré les bouffées de chaleur, Strike s'approcha d'une table où s'entassaient divers assortiments. Il chercha le plus cher en se disant qu'il symboliserait à la fois l'amitié et la gratitude puis, se souvenant vaguement d'une conversation qu'ils avaient eue quelque temps auparavant, il attrapa la plus grosse boîte de chocolats fourrés au caramel au beurre salé et fila vers la caisse.

Cinq minutes plus tard, un sac supplémentaire au bout du bras, Strike émergeait sur Carnaby Street tendue de décorations lumineuses sur le thème de la musique. Les écouteurs géants et les grosses lunettes de soleil posés sur des têtes absentes lui parurent plus sinistres que festifs. Mais c'était sûrement à cause de la fièvre. Les mains chargées, il poussa la porte du Shakespeare's Head et retrouva son ambiance chaleureuse, faite de rires et de conversations animées, le tout agrémenté de lumières clignotantes.

On l'interpella dès son arrivée.

« Bunsen. »

Strike repéra son ami et constata non sans soulagement qu'il avait réservé une table. Shanker passait difficilement inaperçu, avec son crâne rasé, son teint livide, sa maigreur et ses tatouages. La cicatrice qui fendait sa joue depuis la lèvre supérieure jusqu'à la pommette lui faisait en permanence la moue d'Elvis. D'une main il tenait sa pinte et, de l'autre, il claquait des doigts : un tic que Strike lui avait toujours connu. En plus de ces particularités physiques, il émanait de lui une aura si menaçante que les gens s'écartaient sur son passage comme s'ils craignaient de prendre un mauvais coup. La preuve, personne n'avait osé s'asseoir près de lui, alors que la salle était bondée. Strike nota les achats de Noël posés à ses pieds, un détail qui cadrait mal avec le reste du personnage.

« Qu'est-ce qui t'arrive ? demanda Shanker quand Strike s'écroula sur la chaise en face de lui avant de fourrer ses propres achats sous la table. T'as l'air crevé.

— Rien de grave, dit Strike dont le nez coulait abondamment et le cœur battait la chamade. J'ai dû choper un rhume.

— Eh ben, garde-le pour toi, répliqua Shanker. J'ai pas envie de rapporter ça à la maison. Zahara se remet à peine de cette putain de grippe. Tu veux une pinte ?

— Euh… non, dit Strike qui avait envie de vomir à la seule pensée d'une bière. Tu irais me chercher un verre d'eau ?

— Nom de Dieu », marmonna Shanker en se levant.

Strike attendit qu'il lui apporte son verre puis démarra sans autre forme de procès :

« Je vais faire appel à tes souvenirs. C'était un soir, en 1992 ou 1993. Tu avais besoin de te déplacer, tu avais une voiture mais tu ne pouvais pas conduire. Tu étais blessé au bras. Il était en écharpe. »

Shanker haussa les épaules comme pour dire, « qui se souviendrait d'un événement aussi banal ? ». La vie de Shanker était une suite presque ininterrompue de coups et de blessures reçus ou infligés, de besoins d'aller dans tel ou tel endroit pour de multiples raisons : livrer de la drogue, remettre des valises de billets ou bien casser des gueules. Les séjours en prison n'avaient fait que modifier temporairement le contexte dans lequel il menait ses affaires. La moitié des types qu'il avait fréquentés dans sa jeunesse étaient morts prématurément, à la suite d'overdoses ou de bagarres au couteau pour la plupart. L'un de ses cousins avait été tué dans une course-poursuite avec la police, un autre abattu d'une balle dans la nuque par un individu qu'on n'avait jamais retrouvé.

« Tu devais effectuer une livraison, poursuivit Strike pour tenter de lui rafraîchir la mémoire. Une enveloppe matelassée contenant… je ne sais pas… de la drogue, du fric… Tu avais fait le tour des copains mais personne ne pouvait te servir de chauffeur. C'était urgent. Je t'ai dit "OK" et on est allés dans un club de strip-tease à Soho. Le Teezers.

— Le Teezers, ouais. Il est fermé depuis des siècles, le Teezers. Genre dix ou quinze ans.

— En arrivant, on a vu des mecs faire la queue sur le trottoir. Il y avait un Noir, la boule à zéro…

— Quelle mémoire, putain ! s'esclaffa Shanker. Tu devrais monter un numéro de music-hall. "Bunsen, l'homme qui n'oublie jamais rien"…

— … et un mec costaud, type italien, cheveux noirs, rouflaquettes. On s'est garés, tu as baissé ta vitre, l'Italien s'est avancé et quand il s'est penché pour te parler, il a posé la main sur le rebord de la fenêtre. Il avait des yeux de basset et une énorme chevalière en or avec une tête de lion…

— Mucky Ricci, dit Shanker.

— Tu te souviens de lui ?

— Je viens de te dire comment il s'appelle, Bunsen.

— Ouais. Désolé. Mais ce qui m'intéresse, c'est son vrai nom.

— Nico, Niccolo Ricci. Mais tout le monde l'appelait "Mucky". Un truand de la vieille école. Proxénète. Il possédait plusieurs clubs de strip-tease et deux ou trois bordels. La pègre londonienne de la grande époque. Il avait débuté dans le gang des Sabini, étant gosse.

— Comment tu écris Ricci ? R-I-C-C-I, c'est ça ?

— Pourquoi cette question ? »

Strike fouilla la poche de son manteau, en sortit l'exemplaire de *Qu'est-il arrivé à Margot Bamborough ?*, l'ouvrit au milieu, sur les photos prises lors de la fête au cabinet St. John's, et le tendit à Shanker. Ce dernier attrapa le livre d'un air méfiant et le lui rendit après avoir examiné le visage de l'homme à la chevalière, du moins le peu qu'on en voyait.

« Alors ? demanda Strike.

— Ouais, ça lui ressemble. Où c'était ?

— À Clerkenwell. Une fête de Noël dans un cabinet médical. »

Shanker parut surpris.

« Clerkenwell, c'était l'ancien territoire des Sabini, non ? Même les gangsters ont besoin de se faire soigner, parfois.

— C'était une fête, répéta Strike. Pas une consultation. Pourquoi Mucky Ricci aurait-il participé à une fête dans un cabinet médical ?

— J'en sais rien. Parce qu'ils avaient besoin d'un tueur ?

— C'est drôle que tu dises ça. J'enquête sur la disparition d'une femme qui était présente sur les lieux ce soir-là. »

Shanker lui jeta un regard oblique.

« Mucky Ricci sucre les fraises, dit-il lentement. C'est un vieillard aujourd'hui.

— Mais toujours vivant.

— Ouais. En maison de retraite.

— Comment tu sais ça ?

— J'ai traité quelques affaires avec son aîné, Luca.

— Les fils ont repris l'entreprise familiale ?

— L'époque des gangs de Little Italy est révolue mais les gangsters sont toujours là. » Shanker se pencha sur la table et ajouta comme en confidence : « Écoute-moi, Bunsen. Ne va pas faire chier les fils de Mucky Ricci. »

C'était la première fois que Shanker lui parlait ainsi.

« Si tu cherches des emmerdes à leur vieux, si tu essayes de lui coller un truc sur le dos, ils te feront la peau. Compris ? Ils ne réfléchiront même pas. Ils mettront le feu à ton foutu bureau et ils referont le portrait de ta copine à coups de couteau.

— Parle-moi de Mucky. Dis-moi tout ce que tu sais.

— T'as entendu ce que je viens de te dire, Bunsen ?

— Je te demande juste de me parler de lui, bon sang ! »

Shanker se rembrunit.

« Prostitution. Pornographie. Trafic de drogue aussi. Mais son activité principale, à l'époque, c'était les filles. Comme George Cornell, Jimmy Humphries et tous les mecs qui tenaient la rue dans ces années-là. La bague en or qu'il portait, c'était un cadeau de Danny Leo, le patron de la pègre de New York. Il disait qu'ils étaient parents. J'ai pas vérifié.

— Tu n'as jamais croisé un dénommé Conti ? demanda Strike. Il devait être un peu plus jeune que Ricci.

— Non. Mais je peux te dire que son fils, Luca Ricci, est un fou dangereux. Elle a disparu quand, ta meuf ?

— En 1974. »

Strike s'attendait à ce que Shanker lui réponde « 74, tu te fous de ma gueule ? » tant il semblait improbable de pouvoir résoudre une affaire aussi ancienne. Mais son vieil ami se contenta de le fixer d'un air soucieux, sans cesser de claquer des doigts. Ce bruit répétitif lui évoqua le mécanisme d'une bombe à retardement. Strike le regarda au fond des yeux et réalisa subitement qu'en matière de meurtres non élucidés, Shanker devait en savoir beaucoup plus long que la plupart des policiers.

« Elle s'appelait Margot Bamborough, reprit-il. Elle a disparu alors qu'elle se rendait dans un pub. Elle n'a rien laissé derrière elle, pas de sac, pas de clés, rien. Et on ne l'a jamais revue. »

Shanker but une gorgée de bière.

« Du boulot de professionnel, lâcha-t-il.

— C'est ce que je me suis dit. D'où…

— Et moi, tu sais ce que je te dis ? répliqua Shanker, farouche. Si ta gonzesse s'est fait enlever par Mucky Ricci ou l'un de ses fils, c'est pas maintenant que tu vas la sauver. Je sais que tu adores jouer les boy-scouts, mais le dernier type qui a emmerdé Luca Ricci, sa femme a ouvert la porte deux jours plus tard et elle a reçu de l'acide dans la figure. Elle est aveugle d'un œil, maintenant.

« Laisse tomber cette affaire, Bunsen. Si Mucky Ricci est la réponse, faut que t'arrêtes de poser la question. »

28

Immense était le désarroi de Britomart,
Tant sidérée qu'elle ne savait que faire...

Edmund SPENSER, *La Reine des fées*

Robin ne s'expliquait pas comment, mais Pat avait réussi à dénicher un vieux projecteur de cinéma. Le vendeur avait promis de le livrer pour 16 heures, mais il était 17 h 45 et ils l'attendaient toujours. Robin ne souhaitait pas rester plus longtemps. Elle avait encore ses bagages à faire et voulait se coucher tôt parce que son train pour le Yorkshire partait de bonne heure le lendemain matin. Et en plus, elle était furax. Quelques minutes auparavant, Strike l'avait accueillie en lui tendant une boîte de chocolats au caramel au beurre salé qu'il avait sortie pas même emballée d'un sac de chez Liberty. Non seulement elle s'était sentie insultée par ce cadeau minable mais elle avait aussitôt compris qu'il lui avait demandé de revenir uniquement pour le lui remettre. Robin lui en voulait d'autant plus que le trajet avait été interminable et le métro bondé. Elle qui s'était donné tant de peine pour lui trouver un cadeau original, un DVD de Tom Waits contenant deux concerts dont il avait parlé quelques semaines auparavant en disant qu'il regrettait de les avoir ratés ! Comme elle ne connaissait pas ce chanteur et avait mal entendu son nom, Robin avait passé du temps sur le Net avant de découvrir que les deux concerts en question étaient réunis dans le DVD *No Visitors After Midnight*. Et en contrepartie, elle devait se contenter d'une misérable boîte de chocolats qu'il avait dû prendre au hasard alors qu'il passait devant le rayon.

Le lendemain matin, elle partit pour la gare en laissant la boîte de chocolats telle quelle dans la cuisine de Max. Elle se félicita d'avoir pensé à réserver un siège, car le train était plein à craquer. Elle se sentait étrangement vide, sans doute à cause de la fatigue, se dit-elle. Passer les fêtes de Noël à la maison lui ferait le plus grand bien. Elle savourait d'avance les moments de calme et de plaisir qu'elle partagerait avec les siens. Elle ferait la connaissance de sa nièce, s'accorderait des grasses matinées, passerait des heures vautrée devant la télé.

Un petit enfant hurlait au fond du wagon et les efforts déployés par sa mère pour tenter de le calmer étaient presque aussi bruyants. Robin sortit son iPod et ses écouteurs. Elle avait téléchargé *Court and Spark* de Joni Mitchell, l'album fétiche de Margot Bamborough, selon Oonagh, mais n'avait pas encore eu le temps de l'écouter. D'ailleurs, elle n'écoutait plus de musique depuis des semaines.

Mais *Court and Spark* n'avait rien de distrayant. C'était un album déconcertant, qui ne ressemblait à rien de ce qu'elle connaissait. Elle qui s'attendait à du rythme, à des mélodies entraînantes, dut s'avouer déçue. Il y avait dans ces morceaux quelque chose d'inachevé, comme une parole en suspens, une énigme non résolue. Le magnifique soprano de Joni Mitchell traçait d'amples modulations au-dessus d'une partition jouée au piano ou à la guitare mais ne débouchait jamais sur ce truc banal qui vous reste en tête et vous donne envie de taper du pied : un refrain. Ces airs ne se fredonnaient pas. Quant à les chanter pour de bon, la chose relevait de l'exploit, à moins d'avoir les capacités vocales de Mitchell, ce qui n'était pas le cas de Robin. Les textes eux aussi étaient insolites. Ils éveillaient en elle des sensations désagréables. Les sentiments qu'ils décrivaient lui étaient étrangers. Elle cherchait à s'identifier mais n'y parvenait pas et cela l'irritait, la rendait triste et désemparée : *Love came to my door, With a sleeping roll And a madman's soul*[1]...

Arrivée au troisième morceau, elle écouta quelques secondes encore, puis éteignit son iPod et ouvrit le magazine qu'elle avait emporté. Au fond du wagon, le gosse hurlait à la mort.

Cet état de lassitude la poursuivit jusqu'à ce qu'elle descende en gare de Harrogate. Mais quand elle aperçut Linda sur le quai et réalisa qu'elle allait bientôt revoir sa maison d'enfance à Masham, sa mélancolie s'envola, remplacée par un immense élan d'affection. Les deux femmes s'embrassèrent tendrement, puis marchèrent en papotant jusqu'à la voiture. Des chants de Noël sortaient d'un café voisin. Pendant presque dix minutes, Robin profita pleinement de la joie simple que procure la complicité entre une mère et

1. « L'amour a frappé à ma porte avec un sac de couchage et l'âme d'un fou… »

sa fille, malgré le ciel gris et l'odeur de chien mouillé – celle de Rowntree le labrador – qu'elle retrouva en grimpant sur le siège passager.

« J'ai quelque chose à te dire », fit Linda après avoir claqué sa portière. Au lieu de mettre le contact, elle se tourna vers Robin d'un air craintif.

Robin réagit au quart de tour. Son estomac chavira, ses mains se mirent à trembler. « Quoi ? Qu'est-ce qui s'est passé ? gémit-elle.

— Rien de grave, la rassura Linda. Tout le monde va bien. Mais je veux que tu sois au courant, au cas où tu les croiserais.

— Où je croiserais qui ?

— Matthew est à Masham et il est venu avec… avec cette fille. Sarah Shadlock. Ils passent Noël chez Geoffrey.

— Oh, souffla Robin. Seigneur, maman ! J'ai cru que quelqu'un était mort. »

Elle détestait la façon dont Linda la regardait. Elle se sentait mal, comme si ses entrailles s'étaient brusquement changées en glace, comme si le fragile bonheur éprouvé l'espace d'un instant n'avait été qu'une illusion. La flamme d'une chandelle qu'on mouche entre ses doigts. Robin fit l'effort de sourire et poursuivit sur un ton qu'elle voulait désinvolte :

« Ne t'inquiète pas. Je le savais. L'ex-fiancé de Sarah m'a téléphoné. J'aurais dû me douter qu'ils passeraient Noël ici, ajouta-t-elle en se demandant pourquoi l'idée ne l'avait pas effleurée. On peut rentrer à la maison, s'il te plaît ? J'ai trop envie d'une tasse de thé.

— Tu le savais ? Pourquoi tu ne nous as rien dit ? »

Linda répondit elle-même à sa question quelques secondes plus tard, lorsque, sur un ton outré, elle lui raconta qu'un voisin avait vu Matthew se promener en ville main dans la main avec Sarah. Cette diatribe lancée contre les mœurs dissolues et le comportement scandaleux de son ex-gendre ne contribua guère à remonter le moral de la pauvre Robin, d'autant qu'elle fut suivie par le récit des commentaires indignés émis par les autres membres de la famille (« Martin lui aurait bien mis son poing dans la figure pour la deuxième fois »). Après quoi, Linda aborda un autre sujet sensible : le divorce. Pourquoi cette affaire n'était-elle toujours pas réglée ? Robin pensait-elle *honnêtement* que la médiation déboucherait sur un résultat positif ? Le seul fait de se pavaner avec cette femme devant tout Masham ne prouvait-il pas que Matthew avait perdu toute mesure et toute dignité ? Pourquoi, mais pourquoi donc, Robin ne s'était-elle pas adressée au cabinet Harvey de Harrogate ? Était-elle vraiment sûre que cette avocate londonienne était compétente, parce que Corinne Maxwell lui avait dit l'autre jour que le divorce de sa fille, qui elle non plus n'avait pas d'enfant, s'était passé comme sur des roulettes…

Heureusement qu'il y a la petite Annabel Marie ! Telle fut la phrase avec laquelle Linda mit fin à son monologue tandis qu'elles approchaient de la maison familiale.

« *Attends* de la voir, Robin, *attends*…

Avant même que la voiture s'immobilise, la porte d'entrée s'ouvrit et Jenny et Stephen apparurent sur le seuil. Ils étaient tellement excités qu'un passant aurait pu croire que c'étaient eux et pas Robin qui s'apprêtaient à voir leur bébé pour la première fois. Sachant ce qu'on attendait d'elle, Robin se colla un sourire extasié sur le visage. Deux minutes plus tard, elle était assise sur le canapé du salon avec, au creux des bras, un petit être tiède endormi, enveloppé dans un nid d'ange, qui dégageait une odeur de talc et pesait étonnamment lourd.

« Elle est magnifique, Stephen », s'écria Robin pendant que Rowntree battait la mesure avec sa queue contre la table basse. Ne comprenant pas qu'elle lui refuse les démonstrations d'affection auxquelles il avait droit d'habitude, le labrador essayait d'attirer son attention en glissant son museau sous sa main. « Elle est magnifique, Jenny », répéta Robin pendant que sa belle-sœur photographiait la première rencontre entre « Tatie Robin » et Annabel. « Elle est magnifique, maman », répéta Robin à Linda qui revenait avec la théière, impatiente de savoir ce que sa fille pensait de leur merveille de cinquante centimètres.

« Une fille, ça rétablit l'équilibre, pas vrai ? » roucoula Linda. Sa colère contre Matthew était oubliée : tout s'effaçait devant sa petite-fille.

Entre l'arbre de Noël, les cartes de vœux exposées un peu partout et les affaires du bébé, on se sentait à l'étroit dans le salon des Ellacott. Robin fit l'inventaire : il y avait un matelas à langer, un couffin, une pile de mystérieux tissus en mousseline, un paquet de couches et un ustensile étrange que Jenny lui désigna comme un tire-lait. Robin se pâma, rit, sourit, mangea des biscuits, écouta le récit de l'accouchement, admira encore, tint le bébé dans ses bras jusqu'à ce qu'il se réveille, et ensuite, quand Jenny eut repris possession de sa fille et, tout imbue de sa nouvelle importance, s'installa pour lui donner le sein, annonça qu'elle faisait un saut à l'étage pour déballer ses affaires.

Robin transporta son sac dans l'escalier sans que son absence modifie quoi que ce soit au comportement de la famille rassemblée autour du divin enfant. Robin entra dans sa chambre de jeune fille, ferma la porte mais, au lieu de défaire ses bagages, s'allongea sur le lit. Elle avait des crampes dans les joues à force de sourire. Elle ferma les yeux et s'accorda le luxe de laisser déborder son chagrin.

29

Ainsi lutta-t-il longtemps contre sa volonté,
Jusqu'à ce que la faiblesse le contraigne enfin
À plier devant le grand mal,
Lequel, en fier vainqueur, saccagea promptement
Ses parties intérieures et toutes ses entrailles....

Edmund SPENSER, *La Reine des fées*

Il restait trois jours avant Noël et Strike allait de plus en plus mal. Il avait refusé de l'admettre jusqu'à présent, mais il devenait évident qu'il avait attrapé la grippe. Décidant que la seule attitude raisonnable consistait à rester confiné le temps que le virus envahisse son organisme, il sortit une dernière fois pour faire des courses chez Sainsbury's, bien que ce soit l'heure de pointe. En sueur, le nez bouché, grelottant de fièvre, excédé par les chants de Noël qui passaient en boucle dans le supermarché, il acheta assez de nourriture pour tenir un siège puis regagna vite son deux-pièces sous les toits.

Comme il le craignait, Joan fut terriblement déçue d'apprendre qu'il ne passerait pas les fêtes avec eux.

Elle alla jusqu'à suggérer qu'il vienne quand même mais en restant à distance, quitte à s'asseoir à l'autre bout de la table, le soir du réveillon. Fort heureusement, l'oncle Ted eut le dernier mot. Peut-être devenait-il parano mais il lui avait semblé au téléphone que Lucy ne le croyait pas réellement malade ou bien le soupçonnait d'avoir fait exprès d'attraper la grippe. Avant de raccrocher, elle avait lâché sur un ton de reproche que Joan avait perdu tous ses cheveux.

La veille de Noël, vers 17 heures, Strike commença à tousser. Une toux grasse qui lui irritait les poumons et lui déchirait les côtes. Alors qu'il somnolait sur son lit en T-shirt et caleçon, sa jambe artificielle posée contre le mur, un grand bruit le fit sursauter. Des pas résonnèrent sur son palier puis dans l'escalier. Il voulut demander qui était là mais une nouvelle quinte de toux l'en empêcha. Trop occupé à se dégager les bronches, il n'entendit pas la personne remonter. Il fallut qu'elle frappe à sa porte pour qu'il réagisse en hurlant « Quoi ? » un effort qui lui coûta énormément.

« Vous avez besoin de quelque chose ? demanda la grosse voix de Pat.

— Non, fit Strike dans un râle digne d'un corbeau asthmatique.

— Vous avez de quoi manger ?

— Oui.

— Des antalgiques ?

— Oui.

— Bon, je laisse quelques trucs devant votre porte. » En effet, il l'entendit déposer des objets. « Vous avez reçu des cadeaux. Mangez la soupe tant qu'elle est chaude. On se voit le 28. »

Avant qu'il trouve la force de répondre, les marches métalliques se remirent à vibrer. Elle était partie.

Strike n'était pas sûr d'avoir bien compris, mais la perspective, même hypothétique, d'avaler une soupe chaude lui donna la force d'attraper ses béquilles et de parcourir laborieusement les quelques mètres qui le séparaient de la porte. Malgré son poids, Pat avait réussi à hisser le vieux projecteur jusque chez lui. C'était certainement en déposant l'engin sur le sol qu'elle l'avait tiré de sa somnolence. À côté, il découvrit la boîte de film que Gregory Talbot avait trouvée dans son grenier, plusieurs cadeaux emballés, des cartes de vœux et deux récipients en polystyrène contenant du bouillon de poulet. À l'idée que Pat soit allée jusqu'à Chinatown à pied pour lui acheter ce potage, il se sentit fondre de reconnaissance.

Strike laissa le projecteur et le film où ils étaient, poussa les cadeaux et les cartes vers l'intérieur à l'aide d'une béquille, puis se pencha avec précaution pour ramasser les bols de bouillon.

Avant de manger, il attrapa son portable sur la table de nuit et écrivit à Pat :

Merci beaucoup. Je vous souhaite un joyeux Noël.

Puis il s'enveloppa dans le couvre-lit et but la soupe à même la boîte sans lui trouver le moindre goût. Il avait espéré que le liquide chaud apaiserait son mal de gorge, mais il n'en fut rien. Au contraire, il se remit à tousser si fort qu'il craignit de tout régurgiter. Ses intestins eux non plus ne semblaient guère apprécier qu'on les sollicite. Quand les deux Tupperware furent vides, Strike transpirait à grosses gouttes. Il se glissa sous le duvet et, les boyaux en vrac, contempla le ciel nocturne en se demandant pourquoi il n'était pas encore guéri.

Après une nuit passée à tousser plus qu'à dormir, Strike se réveilla le matin de Noël avec une fièvre inchangée, dans des draps aussi trempés que tirebouchonnés. Chose exceptionnelle, pas un bruit ne montait de la rue. Tottenham Court Road, embouteillée d'habitude, était totalement déserte. Sans doute parce que les chauffeurs de taxi fêtaient Noël en famille, se dit-il.

Strike n'était pas homme à s'apitoyer sur son sort, mais le fait de se retrouver seul, baignant dans sa sueur sur son lit de souffrance, les poumons à vif et les côtes douloureuses, lui donna un petit coup de cafard. En plus, son frigo criait famine, à présent. Malgré lui, il se remémora les Noëls des années précédentes, surtout ceux qu'il avait passés à St. Mawes chez Ted et Joan dans une ambiance festive, digne des livres de contes ou des téléfilms à l'eau de rose, avec la dinde, les friandises et les cadeaux dans les souliers.

Bien sûr, ce n'était pas son premier Noël loin de sa famille et de ses amis. Il en avait connu deux. À la guerre. Il revit avec une pointe de nostalgie les réfectoires de l'armée, les grandes tablées de militaires en tenue de camouflage mais coiffés de bonnets de Père Noël, dévorant des filets de dinde insipides servis dans des barquettes en aluminium. Cet environnement qu'il aimait l'avait aidé à supporter l'absence d'autres plaisirs. Mais c'était bien fini, tout ça. Il n'avait plus de camarades pour lui remonter le moral, et la triste réalité de son existence lui apparaissait dans toute sa crudité. Il était seul, malade, unijambiste. Il vivait dans une mansarde pleine de courants d'air, condamné à subir les conséquences du célibat qu'il s'était imposé comme règle de vie. Aurait-il fait de mauvais choix ?

Le geste de Pat lui revint en mémoire et, comme c'était le jour de Noël, il le trouva encore plus touchant que la veille. Penser au bouillon de poulet lui rappela que ses cadeaux étaient toujours posés par terre, dans l'entrée.

Il se hissa hors de son lit en toussant, saisit ses béquilles et partit en se balançant vers la salle de bains. Son urine avait une teinte très étrange. Dans le miroir, son visage paraissait gris, sans doute à cause de la barbe. Bien que consterné de se voir dans un tel état, il décida de ne pas se recoucher immédiatement. C'était un dur à cuire et il avait gardé certains principes acquis à l'armée. De toute façon, il savait pertinemment que rester vautré sans faire l'effort de se laver et de mettre sa prothèse ne ferait qu'aggraver sa déprime. Il passa donc sous la douche en se déplaçant prudemment pour éviter tout risque de chute. Après quoi il se sécha, enfila un T-shirt, un caleçon et un peignoir propres et, toujours secoué par la toux, se prépara une assiette de porridge avec de l'eau, parce qu'il n'avait presque plus de lait et qu'il préférait le garder pour son thé. Il n'avait pas prévu que cette grippe l'immobiliserait aussi longtemps et les courses qu'il avait faites trois jours auparavant étaient épuisées. Il lui restait juste quelques légumes mous, deux filets de poulet sous vide ayant dépassé la date de péremption et un bout de cheddar rassis.

Après le petit déjeuner, Strike avala deux antalgiques, ajusta sa prothèse et, bien déterminé à profiter du peu d'énergie qu'il avait récupéré avant qu'elle ne s'épuise, commença par changer ses draps. Il ramassa ensuite les cadeaux de Noël qui traînaient près de la porte, les posa sur la table de la cuisine, puis alla chercher le projecteur et le film qui avaient passé la nuit sur le palier. Comme il s'y attendait, le signe du Capricorne était dessiné sur le couvercle de la boîte. Talbot l'avait tracé au feutre, il était un peu effacé mais bien reconnaissable.

Il posait la boîte métallique contre le mur, sous la fenêtre de la cuisine, quand son portable se mit à vibrer. Croyant trouver un texto de Lucy lui demandant de les appeler pour leur souhaiter un joyeux Noël, Strike prit l'appareil en maugréant.

Joyeux Noël, Bluey. Es-tu heureux ? Es-tu avec quelqu'un que tu aimes ?

Comme si elle avait deviné que Strike s'était juré d'appeler son mari si elle continuait à lui envoyer des messages alarmants, cela faisait quinze jours que Charlotte ne s'était pas manifestée.

Il aurait pu lui répondre qu'il était seul, malade, sans personne pour lui tenir la main. Ç'aurait été si facile. Il revit son corps nu sur la photo qu'elle lui avait envoyée pour son anniversaire et qu'il avait effacée presque à regret. Mais il avait parcouru un si long et si pénible chemin pour atteindre le havre de paix où il vivait aujourd'hui, loin des tempêtes et des conflits. Certes, il l'avait profondément aimée, certes, elle avait encore le pouvoir de troubler sa sérénité par quelques mots sur un texto, mais non, il ne céderait pas à la tentation, se promit-il debout devant sa petite table en formica. Et pour plus de sûreté, il se remémora le Noël qu'il avait passé à St. Mawes avec Charlotte quelques années auparavant, en faisant défiler les meilleures scènes en accéléré : la dispute qui avait fait trembler les murs du petit salon, Charlotte quittant la table alors que Joan venait d'apporter la dinde, l'expression navrée sur les visages de Ted et de Joan qui avaient attendu pendant plus d'un an la visite de leur neveu cantonné en Allemagne. C'était à l'époque où il travaillait dans la police militaire, pour le Bureau des enquêtes spéciales.

Strike mit son portable sur silencieux. Discipline et dignité étaient les deux valeurs qui l'avaient toujours empêché de s'apitoyer sur lui-même. Au fond, c'était quoi, Noël ? Hormis le festin obligatoire du 25 décembre, se dit-il, Noël n'était qu'un jour d'hiver comme les autres. D'ailleurs, puisque son corps était temporairement indisponible, pourquoi ne pas se servir de ses facultés mentales pour avancer sur le dossier Bamborough ?

Joignant le geste à la pensée, Strike alla se préparer une tasse de thé corsé agrémenté d'un nuage de lait, ouvrit son ordinateur portable et, s'interrompant à chaque quinte de toux, relut le compte rendu qu'il avait rédigé avant de tomber malade. C'était un résumé des observations que lui avaient inspirées les notes contenues dans le carnet relié cuir, lesquelles étaient si absconses qu'il avait mis trois semaines à les décrypter. Une fois corrigé, il comptait envoyer ce texte à Robin pour qu'elle lui donne son opinion.

Notes occultes de Talbot
1. Vue d'ensemble
2. Clé des symboles
3. Pistes possibles
4. Utilité à confirmer
5. Points d'action

<u>Vue d'ensemble</u>

La dépression de Talbot le portait à croire qu'il résoudrait l'affaire Bamborough en se servant des sciences occultes. En plus de l'astrologie pure et simple, il s'est appuyé sur Aleister Crowley et son tarot de Thoth, lequel possède une dimension astrologique. Il s'est également immergé dans les œuvres de plusieurs autres écrivains ésotériques, dont Eliphas Lévi et l'astrologue Evangeline Adams. Il s'est même essayé à des rituels magiques.

Avant de perdre la raison, Talbot était pratiquant. À cause de sa maladie, il s'est imaginé menant un genre de croisade contre l'incarnation du Mal. Aleister Crowley, qui semble l'avoir influencé plus qu'aucun autre occultiste, s'était autoproclamé « Baphomet », une divinité satanique parfois associée au signe du Capricorne. C'est probablement de là que Talbot a tiré l'idée que l'assassin de Margot était Capricorne.

Le carnet ne contient pas grand-chose d'utile mais je pense que Talbot a privilégié trois…

Strike supprima « trois » et le remplaça par « quatre ». Comme toujours lorsqu'il était concentré sur son travail, il eut le réflexe d'allumer une cigarette. Mais à peine l'idée lui traversa-t-elle l'esprit que ses poumons se contractèrent, déclenchant immédiatement une quinte de toux si violente qu'il se précipita sur le rouleau d'essuie-tout, déchira une feuille et l'appliqua sur sa bouche pour recueillir les mucosités qui l'étouffaient. Renonçant à fumer, Strike resserra en tremblant les pans de son peignoir, prit une gorgée de thé et se remit au boulot.

Le carnet ne contient pas grand-chose d'utile mais je pense que Talbot a privilégié quatre pistes qu'il ne souhaitait voir figurer que dans « le vrai livre », autrement dit son carnet en cuir, et qui n'apparaissent donc pas dans le rapport de police.

Clé des symboles

Il ne donne pas de noms. Les personnes sont désignées par leur signe astrologique. J'ai laissé de côté quelques témoins oculaires faute d'avoir pu les identifier mais, après avoir croisé certains éléments, je suis en mesure de livrer l'identité des principaux protagonistes de l'affaire, selon Talbot.

♈	Bélier	Paul Satchwell (ex-amant)
♉	Taureau	Wilma Bayliss (femme de ménage du cabinet)
♊	Gémeaux	Oonagh Kennedy
♊2	Gémeaux 2	Amanda Laws (a vu M à la fenêtre)
♋	Cancer	Janice Beattie (infirmière)
♋2	Cancer2	Cynthia Phipps (nounou/belle-mère d'Anna)
♌	Lion	Dinesh Gupta (médecin)
♌2	Lion 2	Willy Lomax (a vu M entrer dans l'église)

♌3	Lion 3	? (D'après les notes de Talbot, Lion 3 aurait été vu par un passant alors qu'il sortait du cabinet. Lion 3 était sans doute connu de la police et présent le soir en question)

Strike supprima le contenu des dernières parenthèses et reformula sa phrase en ajoutant un nom.

♌3	Lion 3	Nico « Mucky » Ricci (gangster ayant assisté à la fête de Noël du cabinet. Personne ne l'aurait reconnu sauf un passant non identifié)
♍	Vierge	Dorothy Oakden (secrétaire médicale)
♎	Balance	Joseph Brenner (médecin)
♎2	Balance 2	Ruby Elliot (a vu 2 femmes qui se battaient)
♏	Scorpion	? (décédé) *
♏2	Scorpion 2	Mrs. Fleury (traversait Clerkenwell Green avec sa vieille mère, le soir de la disparition de Margot)
♐	Sagittaire	Gloria Conti (réceptionniste)
♐2	Sagittaire 2	Jules Bayliss (mari de la femme de ménage)
♒	Verseau	Margot Bamborough (victime)
♑	Capricorne	Boucher de l'Essex/Baphomet
♓	Poissons	Steven Douthwaite (patient)

 inconnu — Roy Phipps (mari)**
 inconnu — Irene Bull/Hickson (réceptionniste)**

* J'ai noté « décédé » mais c'est peut-être quelqu'un dont nous n'avons pas encore entendu parler.

** J'ignore ce que ces symboles signifient. Ils n'apparaissent sur aucun site traitant d'astrologie. Talbot a dû les inventer. S'il s'en était tenu à leur signe de naissance, Irene serait Gémeaux et Roy Capricorne. Talbot écrit que Phipps « ne peut pas être un vrai Capricorne » (parce qu'il est ingénieux, sensible et mélomane) puis il invente un symbole rien que pour lui, sur les conseils d'un certain Schmidt.

Schmidt

« Schmidt » apparaît à plusieurs reprises dans le carnet. « Schmidt remplace par (un autre signe astrologique) », « Schmidt change tout », « Schmidt désapprouve ». En général, Schmidt intervient pour modifier les signes astrologiques des protagonistes, alors que ce sont des données invariables, basées sur la date de naissance. J'ai interrogé Gregory Talbot. Il dit que son père ne connaissait aucun Schmidt. J'en déduis que cet individu est issu de l'imagination de plus en plus délirante de Talbot. Peut-être avait-il remarqué que certaines personnes ne correspondaient pas aux critères communément associés à leur signe et que Schmidt était l'être rationnel qui sommeillait au fond de lui et tentait parfois de refaire surface.

Pistes possibles

Joseph Brenner

Dès le départ, Talbot cherche à innocenter Brenner en se basant sur son horoscope (la Balance est « le plus fiable des signes astrologiques » selon Evangeline Adams) mais, plus loin dans le carnet, il note qu'une personne fréquentant le cabinet médical lui a dit avoir vu Joseph Brenner dans un immeuble de Skinner Street le soir où Margot a disparu. Ce qui va à l'encontre de la déposition de Brenner (qui prétend être rentré directement chez lui), de celle de sa sœur et peut-être du témoignage du voisin promeneur de chien qui aurait aperçu Brenner derrière sa fenêtre le 11 au soir. Notez qu'aucune tranche horaire n'a été fournie par le témoin non identifié qui aurait vu Brenner dans l'immeuble de Skinner Street, lequel se trouvait à trois minutes en voiture du cabinet St. John's, donc bien plus près du chemin emprunté par Margot que du domicile de Brenner qui, lui, était à vingt minutes en voiture. Aucune de ces indications ne figure dans le rapport officiel ni ne semble avoir fait l'objet d'une vérification.

Mort du Scorpion

Talbot semble affirmer qu'une personne est morte et que Margot trouvait ce décès suspect. La mort du Scorpion étant liée au Poissons (Douthwaite) et au Cancer (Janice), on peut déduire que le Scorpion en question n'est autre que Joanna Hammond, la femme mariée que Douthwaite fréquentait et qui se serait suicidée.

Le schéma Hammond/Douthwaite/Janice revêt une certaine logique : la dernière fois que Douthwaite est venu la voir, Margot a peut-être exprimé ses soupçons sur la mort de Hammond. Ce qui expliquerait qu'il soit sorti bouleversé de la salle de consultation. En tant qu'amie/voisine de Douthwaite, Janice nourrissait peut-être aussi des doutes à son sujet.

Le seul problème, c'est que j'ai trouvé en ligne le certificat de naissance de Joanna Hammond et qu'elle était

Sagittaire. Donc, soit cette mort suspecte n'est pas la sienne, soit Talbot s'est trompé sur sa date de naissance.

Du sang dans la maison Phipps/Roy marche.

Quand Lawson a repris l'enquête, Wilma la femme de ménage lui a dit avoir vu Roy marcher dans le jardin le jour de la disparition de Margot, alors qu'il était soi-disant alité. Elle a également déclaré avoir trouvé du sang sur la moquette de la chambre d'amis et l'avoir nettoyé.

D'après Lawson, c'était la première fois que Wilma mentionnait ces deux faits. Il en a conclu qu'elle cherchait à compromettre Roy Phipps.

Or, il s'avère que Wilma avait bel et bien parlé de cela à Talbot mais qu'au lieu de le mentionner dans le rapport officiel, ce dernier s'était contenté de l'inscrire dans son carnet.

Bien que Wilma lui ait fourni spontanément ces informations de première importance, Talbot écrit qu'à son avis elle lui cache quelque chose. Il semble persuadé que Wilma possède des pouvoirs occultes/un savoir mystérieux. C'est une obsession chez lui. Il pense que Wilma/Taureau est une « magicienne » et il se demande si le sang sur la moquette ne serait pas le sien, versé lors d'un rituel.

Quand il tirait les cartes, celles associées au Taureau sortaient plus souvent que les autres, ce qui signifiait pour lui que Wilma en savait plus qu'elle ne le disait. Il a souligné l'expression « fantôme noir » en rapport avec elle et il l'a associée à la « Lilith noire », un point fixe astrologique lié aux tabous et aux secrets. En l'absence d'autres explications, je soupçonne que notre brave inspecteur était un tantinet raciste.

Une voiture passa sur Charing Cross Road en faisant hurler sa radio. Strike reconnut « Do They Know It's Christmas ? » fronça les sourcils et se remit à lire.

Nico « Mucky » Ricci

Selon Talbot, un passant non identifié aurait vu Lion 3 sortir du cabinet un soir. Nico « Mucky » Ricci apparaît sur une photo prise par Dorothy Oakden lors d'une fête de Noël au cabinet. L'image qui date de 1973 a été reproduite dans le livre de son fils. Ricci est Lion (sa date de naissance est indiquée dans un article de journal en 1968).

En 1974, le dénommé Ricci, truand, pornographe et maquereau de son état, habitait sur Leather Lane, Clerkenwell, à deux pas du cabinet St. John's. Il pouvait donc parfaitement avoir eu comme médecin l'un de nos trois généralistes. Selon Shanker, il a dépassé les quatre-vingt-dix ans et vit actuellement dans une maison de retraite.

Le rapport officiel ne fait pas état de la présence de Ricci à cette fête. Talbot l'a trouvée assez significative pour l'inscrire dans son carnet mais on ignore s'il a creusé cette piste et s'il en a parlé à Lawson. Possibles explications : 1) comme Ricci était Lion et pas Capricorne, Talbot ne l'a pas retenu pour le rôle de Baphomet. 2) Talbot n'a pas cru le témoin qui prétendait avoir vu Ricci sortir du cabinet. 3) Talbot savait, mais ne l'a pas inscrit dans son carnet, que Ricci disposait d'un alibi pour le soir de la disparition de Margot. 4) Talbot savait que Ricci avait des alibis pour les autres enlèvements commis par le Boucher de l'Essex.

Quoi qu'il en soit, la présence de Ricci à cette fête doit être étudiée de près. Il avait les moyens de faire disparaître quelqu'un sans laisser de traces. Voir les points d'action ci-dessous.

Il fallut à Strike beaucoup plus d'efforts que d'habitude pour organiser ses idées autour de Mucky Ricci et les transcrire dans son document de travail. Malgré la fatigue, le mal de gorge et les douleurs intercostales qui revenaient dès qu'il toussait, il parvint tout de même à relire les dernières lignes, qui ne contenaient rien d'essentiel en dehors des points d'action. Après avoir corrigé deux ou trois fautes typographiques, il transmit le fichier à Robin, accompagné d'un courrier explicatif.

À peine eut-il cliqué sur « Envoyer » que Strike regretta de s'être ainsi précipité. Envoyer un mail de travail à une collègue le jour de Noël pouvait être vu comme une pratique condamnable. Pour soulager sa mauvaise conscience, il se dit que Robin était sans doute en train de festoyer avec sa famille et qu'elle ne vérifierait pas sa messagerie avant le lendemain matin.

Il consulta son portable. Pas d'autres textos de Charlotte. Normal. Entre ses deux enfants, ses beaux-parents aristocrates et son mari, elle avait largement de quoi s'occuper, le jour de Noël.

Malgré son immense lassitude, l'inaction lui pesait. Pour tromper l'ennui, il examina d'un œil blasé deux des paquets cadeaux posés sur la table près de lui. Offerts par des clients reconnaissants, supposa-t-il en voyant qu'ils étaient adressés à Robin et à lui. Il secoua le plus gros et, au bruit, devina que c'étaient des chocolats.

Au lieu d'ouvrir la boîte, il repassa dans sa chambre et alluma la télévision. Mais les programmes tournaient en boucle autour du même thème : Noël. Navrant. Agacé, il coupa le sifflet au présentateur qui souhaitait à tout le monde un joyeux…

En revenant dans la cuisine, son regard tomba sur le projecteur et la boîte de films. Après une brève hésitation, il souleva l'engin, le posa sur la table en formica face à un mur blanc et le brancha. Apparemment, il fonctionnait. À présent, il s'agissait d'installer la bobine 16 mm sur le support rotatif. Ce ne fut pas une mince affaire. Entre la fièvre qui embrumait son cerveau et les quintes de toux qui l'obligeaient à s'interrompre pour cracher dans une feuille d'essuie-tout, Strike mit presque une heure à comprendre le fonctionnement de l'engin. Quand ce fut fait, il s'aperçut qu'il avait un petit creux. Rien d'étonnant, car il était presque 14 heures. Évitant d'imaginer ce qui se déroulait à St. Mawes au même moment, et en particulier la dinde bien grasse qui rôtissait dans le four de sa tante, mais considérant ce retour d'appétit comme le signe avant-coureur de la guérison, Strike sortit du frigo les filets de poulet périmés, les légumes mous, réduisit le tout en menus morceaux et se prépara une fricassée à laquelle il ajouta des nouilles lyophilisées.

Ayant perdu le goût, il ne put apprécier la qualité de sa réalisation mais, dès la deuxième bouchée, commença à se sentir un peu plus humain. Une fois rassasié, il déchira l'emballage cadeau et le film de cellophane enveloppant la boîte de chocolats et s'offrit une petite douceur avant d'allumer le projecteur.

Une silhouette pâle vacillait sous un éclairage puissant. C'était une femme, nue, cagoulée, les mains attachées dans le dos. Une jambe masculine revêtue d'un pantalon noir apparut dans le champ, le temps d'un coup de pied. La femme tomba à genoux. La jambe revint et continua à la frapper jusqu'à ce qu'elle s'écroule à plat ventre sur le sol en ciment. La scène semblait se dérouler dans un entrepôt.

Elle avait dû hurler, bien sûr, il ne pouvait en être autrement. Mais il n'y avait pas de son. Une fine cicatrice barrait ses côtes à partir de son sein gauche. Elle avait dû subir d'autres agressions au couteau avant celle-ci. Plusieurs hommes l'entouraient à présent, le visage caché sous des foulards ou des passe-montagnes. Elle seule était nue. Les autres avaient seulement baissé leur jean.

Elle cessa de bouger bien avant qu'ils en aient fini avec elle. À un moment, peu avant la fin, alors qu'elle remuait encore et que le sang coulait à flots de ses multiples entailles, la main gauche d'un homme ayant assisté à la scène sans y participer passa devant la caméra. Cette main portait une grosse bague en or.

Strike éteignit le projecteur. Deux secondes plus tard, une sueur glacée jaillit de tous ses pores. Pris d'une terrible nausée, il eut juste le temps de se précipiter dans la salle de bains. Il vomit longuement, jusqu'à ce qu'il n'ait plus rien dans l'estomac et que le crépuscule assombrisse les fenêtres de sa mansarde.

30

Ah très chère Dame, dit alors l'audacieux Païen,
Pardonnez l'erreur d'un esprit enragé,
À qui un grand chagrin a fait oublier de tenir les rênes
De la raison…

Edmund SPENSER, *La Reine des fées*

Annabel braillait dans l'ancienne chambre de Stephen, jouxtant celle de Robin. Sa nièce avait pleuré une bonne partie de la nuit de Noël et Robin, incapable de fermer l'œil, avait écouté Joni Mitchell au casque pour échapper à ses cris.

Depuis quatre jours qu'elle était cloîtrée dans la maison de ses parents à Masham, Robin avait passé beaucoup de temps avec Joni Mitchell. Ses mélodies tentaculaires et nomades, son univers poétique si étrange la plongeaient toujours dans des abîmes de solitude mais elle persistait en se disant que Margot Bamborough y avait peut-être puisé l'énergie et le réconfort dont elle avait eu besoin pour affronter ses problèmes. Et Dieu sait qu'elle en avait eu plus que sa part ! Un bébé à élever, des parents indigents dont elle s'occupait tout en exerçant un métier difficile, des collègues hostiles, une ambiance exécrable sur son lieu de travail, un mari qui lui faisait la gueule pour un oui pour un non, un ex-copain violent qui rôdait en coulisses et cherchait à la récupérer en arguant qu'il avait changé… Quand elle comparait sa propre vie à celle de Margot, Robin ne se trouvait pas si mal lotie, tout compte fait.

Il y avait une énorme différence entre écouter de la musique assise dans un train bondé ou allongée dans le noir. Les premières fois, dans les mots prononcés par la belle voix de Joni Mitchell, Robin avait perçu une délicatesse envoûtante mais trop complexe pour qu'elle puisse s'identifier. Après tout, elle n'avait jamais connu d'histoires d'amour splendides. Elle n'avait eu qu'un seul homme dans sa vie, un garçon qu'elle avait épousé sans comprendre qu'elle commettait une énorme erreur. Et à présent, elle se retrouvait à la case départ, dans la maison de ses parents : elle avait vingt-neuf ans, elle était seule, sans enfant, et surtout, elle suivait « une autre voie que nous », autrement dit, elle reculait au lieu d'avancer.

Mais à force d'attention, de patience et d'obscurité, Robin se mit à déceler des lignes mélodiques entre les accords suspendus. Pour cela, il avait suffi qu'elle cesse de comparer cette musique à celles qui l'attiraient spontanément. De même, elle découvrit que les métaphores qu'elle avait jugées absconses étaient en réalité des aveux de détresse et d'impuissance. Elles exprimaient l'impossibilité de s'unir à l'autre, l'attente éternelle de l'âme sœur, le dilemme opposant la soif de liberté à l'envie d'aimer.

Au début du huitième morceau, elle sursauta en entendant ces mots : « *I'm always running behind the times, Just like this train*[1]. »

Et quand, plus loin dans la même chanson, Mitchell demanda : « Que vas-tu faire maintenant ? Tu n'as personne à qui donner ton amour », ses yeux s'emplirent de larmes. À moins de deux kilomètres de là, chez son ex-beau-père, Matthew et Sarah dormaient ensemble dans le même lit, et elle, Robin, était seule dans cette chambre qui lui faisait l'effet d'une cellule de prison. Cette chambre où elle était restée prostrée pendant des mois après avoir quitté l'université, où elle avait revécu jour après jour, heure après heure, sa confrontation avec l'homme au masque de gorille et les vingt minutes atroces qui avaient figé le cours de sa jeune existence.

Depuis qu'elle était arrivée, les membres de sa famille avaient insisté pour qu'elle les accompagne en ville, « parce que tu n'es pas obligée de te cacher ». Ce qui revenait à dire qu'au fond ils trouvaient normal qu'elle se cache, normal qu'une femme dont le mari s'était choisi une nouvelle partenaire vive dans la honte d'avoir été répudiée.

Mais grâce à *Court and Spark*, Robin reprenait du poil de la bête. Elle se rendait compte qu'effectivement, elle suivait une autre voie que les personnes de son entourage, mais que cela n'avait rien de déshonorant. Si elle reculait au lieu d'avancer, c'était pour retrouver la fille qu'elle avait été autrefois, avant

1. « Je passe ma vie à courir derrière le temps, comme ce train. »

qu'un homme dissimulé derrière un masque sorte de l'ombre et l'entraîne sous un escalier. S'ils avaient tous tellement de mal à la comprendre aujourd'hui, c'était parce qu'ils voyaient juste en elle l'épouse que Matthew Cunliffe aurait aimé avoir : une femme sans histoires, travaillant dans les ressources humaines et rentrant bien sagement à la maison avant le coucher du soleil. Ils ne réalisaient absolument pas que cette femme passive n'avait rien de commun avec elle, que la véritable Robin avait été façonnée par ces vingt minutes de torture et qu'elle n'aurait jamais pu s'accomplir en tant qu'individu à part entière si une agence de placement ne l'avait pas envoyée par erreur dans un bureau minable de Denmark Street.

Robin éteignit son iPod en se disant que, tout compte fait, ces heures d'insomnie n'avaient pas été inutiles. Il était 4 heures, on était le matin du 26 décembre, et il n'y avait plus un bruit dans la maison. Enfin. Robin retira ses écouteurs, se coucha en chien de fusil et s'endormit.

Deux heures plus tard, Annabel se remit à brailler et Robin décida de se lever. Elle descendit pieds nus au rez-de-chaussée en emportant son carnet de notes, son ordinateur portable et son téléphone.

C'était bien agréable d'avoir la cuisine pour elle toute seule. Derrière la fenêtre, le jardin couvert de givre se diaprait d'outremer et d'argent dans l'obscurité si particulière qui précède l'aube. Elle posa l'ordinateur et le téléphone sur la grande table en bois devant l'Aga, dit bonjour à Rowntree que l'arthrite rivait à son panier près du radiateur, et obtint en réponse un petit battement de queue. Puis s'étant préparé une tasse de thé, elle s'assit et ouvrit sa boîte mail.

Elle n'avait pas encore lu le compte rendu que Strike lui avait envoyé après avoir décrypté les notes astrologiques de Talbot. Le courriel lui était parvenu la veille, alors qu'elle aidait sa mère à préparer le déjeuner de Noël, au moment même où elle versait les choux de Bruxelles dans le cuit-vapeur. Quand elle avait vu la notification s'afficher sur son téléphone branché à l'une des rares prises de courant disponibles, les autres étant monopolisées par divers instruments de puériculture – stérilisateur, babyphone, tire-lait –, son cœur avait bondi dans sa poitrine. Strike avait dû apprécier le DVD de Tom Waits, se dit-elle aussitôt. Il lui écrivait pour la remercier de son geste. Le fait qu'il lui envoie ce genre de message le jour de Noël lui faisait chaud au cœur car c'était une preuve d'amitié tout à fait inédite de sa part.

D'où son immense déconvenue quand elle l'avait ouvert et que ces quelques mots étaient apparus devant ses yeux :

Tr : notes astrologiques de Talbot : résumé et points d'action.

En croisant le regard de sa mère, Robin avait compris que les muscles de son visage venaient de s'affaisser d'un coup.

« Mauvaise nouvelle ?

— Non, c'est juste Strike.

— Le jour de Noël ? » avait répliqué Linda sur un ton cinglant.

À cet instant précis, Robin avait réalisé ce qu'il s'était passé avant son arrivée. Geoffrey, son ex-beau-père, avait dû répandre dans tout Masham la rumeur selon laquelle Matthew n'avait trompé sa femme que parce que cette dernière l'avait d'abord cocufié avec Cormoran Strike. C'était horrible mais tout à fait plausible, et la preuve était là, devant elle, dans l'expression réprobatrice de sa mère, le mutisme de Jenny, laquelle avait immédiatement baissé les yeux sur l'enfant qui gigotait dans ses bras, le regard sévère que lui avait lancé Jonathan, son plus jeune frère, occupé à verser de la sauce aux airelles dans un bol.

« Un problème de boulot », avait répondu Robin, glaciale, renvoyant ses trois juges à leurs occupations respectives.

Tout cela pour expliquer les atermoiements de Robin, ce matin-là, au moment d'ouvrir le fichier envoyé par Strike. Ce mail de travail tombant le jour de Noël, elle le voyait comme un reproche. C'était comme si Strike lui en voulait d'être partie dans sa famille au lieu d'assurer la permanence à l'agence pendant que Barclay, Morris et lui-même soignaient leur grippe. En admettant, à la rigueur, qu'il ait estimé nécessaire de lui écrire, il aurait au moins pu ajouter un petit mot de remerciements, ne serait-ce que par politesse. Mais peut-être n'avait-il pas apprécié son cadeau, peut-être avait-il été aussi déçu par le DVD qu'elle l'avait été par la boîte de chocolats.

Robin venait d'achever la lecture des « pistes possibles » et réfléchissait à l'hypothèse du tueur professionnel engagé pour éliminer Margot Bamborough, quand la porte de la cuisine s'ouvrit. Linda entra, en robe de chambre et pantoufles, suivie par les pleurs d'Annabel dans un lointain diffus.

« Qu'est-ce que tu fais ici ? » demanda-t-elle, accusatrice, en s'approchant de la bouilloire.

Robin commençait à en avoir par-dessus la tête. Depuis des jours, elle passait son temps à sourire à en avoir des crampes dans les joues, à aider tout le monde en permanence, à couvrir de compliments la petite Annabel, à jouer aux charades, à remplir des verres, des tasses, à regarder des films, à déballer des bonbons au chocolat et à casser des noix pour Jenny que sa fonction de mère nourricière clouait sur le canapé du salon. Elle avait gentiment écouté Jonathan raconter les exploits de ses camarades de fac et son père lui exposer ses opinions sur la politique agricole de David Cameron. Personne à aucun moment ne lui avait demandé des nouvelles de son travail. Elle aurait pu s'en plaindre, mais non, elle n'avait rien dit. Alors, pourquoi n'aurait-elle pas le droit de profiter de quelques minutes de calme dans cette cuisine, après une nuit rendue quasiment blanche par les braillements de sa nièce ?

« Je lis mon courrier, lâcha Robin.

— Ils pensent, commença Linda (le « ils » signifiant les jeunes parents autour desquels l'univers entier tournait en ce moment) que c'est à cause des choux de Bruxelles. La petite a eu des coliques toute la nuit. Jenny est épuisée.

— Annabel n'a pas mangé de choux de Bruxelles, fit remarquer Robin.

— Ils sont passés dans le lait maternel », expliqua Linda sur un ton que Robin jugea condescendant. Comme si sa mère la plaignait d'ignorer les mystères de la maternité.

Linda s'éclipsa avec les deux tasses de thé qu'elle destinait à Stephen et à Jenny. Soulagée, Robin ouvrit son calepin, nota les réflexions qui lui étaient venues durant sa lecture des « pistes possibles », puis se replongea dans le compte rendu de Strike. Elle en était à la rubrique « Utilité à confirmer ».

Paul Satchwell

Au bout de quelques mois, la santé mentale de Talbot s'est clairement dégradée, si l'on en juge par le fait que ses écrits sont de plus en plus déconnectés de la réalité.

Vers la fin du carnet, il met de nouveau l'accent sur les Béliers et les Taureaux, sans doute parce que ce sont des bêtes à cornes et que l'image du diable l'obsède toujours autant. Il accable encore Wilma de soupçons infondés mais prend aussi la peine de calculer le thème astral complet de Satchwell. J'en déduis qu'il s'est renseigné sur l'heure de sa naissance. Cela ne signifie peut-être rien, mais ce regain d'intérêt pour Satchwell et le fait qu'il ait calculé son thème, ce qu'il n'avait fait pour aucun des autres suspects, méritent qu'on s'y attarde. Talbot met en avant certains aspects de la personnalité de Satchwell révélés par le thème astral, comme l'agressivité, la malhonnêteté et la névrose. Il note aussi que plusieurs parties de son thème sont « comme AC », mais sans dire pourquoi.

Roy Phipps et Irene Hickson

Comme mentionné ci-dessus, les signes par lesquels Talbot désigne Roy Phipps et Irene Hickson (à l'époque

Irene Bull) n'existent pas dans l'astrologie classique. Talbot les a sûrement inventés.

Le signe de Roy évoque un bonhomme bâton sans tête. Je n'ai trouvé aucune correspondance. Une constellation ? Il est souvent question de serpents quand le nom de Roy apparaît.

Le signe désignant Irene ressemble à un gros poisson et…

La porte de la cuisine s'ouvrit de nouveau. Encore Linda.

« Tu es toujours là ? dit-elle, avec cette même nuance réprobatrice dans la voix.

— Non, répondit Robin, je suis au premier. »

Linda esquissa un sourire forcé, se tourna vers un placard et, tout en prenant d'autres tasses sur l'étagère, lui demanda :

« Tu veux encore du thé ?

— Non merci », dit Robin avant de rabattre l'écran de son ordinateur. Elle finirait de lire le document dans sa chambre. Était-ce une impression ou Linda faisait-elle plus de bruit que nécessaire ?

« En plus, il t'oblige à travailler le jour de Noël ! » attaqua Linda. Depuis quatre jours, Robin sentait que sa mère brûlait d'évoquer le sujet. Elle avait compris pourquoi la veille, en voyant sa réaction et celle des autres membres de la famille à l'arrivée du mail de Strike. Mais elle n'avait pas l'intention de lui faciliter la tâche.

« En plus de quoi ? s'étonna ingénument Robin.

— Tu vois ce que je veux dire. C'est Noël. Tu n'as pas mérité quelques jours de congé ?

— Je suis en congé. »

Robin porta sa tasse vide dans l'évier. Voyant Rowntree se lever péniblement, elle ouvrit la porte du jardin pour le laisser sortir. L'air glacé lui donna aussitôt la chair de poule. Un soleil timide verdissait l'horizon au-dessus de la haie, comme s'il hésitait à s'élancer vers le ciel.

« Il voit quelqu'un ? renchérit Linda. Strike ?

— Il voit beaucoup de gens, répondit Robin, feignant de ne pas comprendre. Ça fait partie du boulot.

— Tu sais ce que je veux dire.

— Pourquoi cette question ? »

Elle s'attendait à ce que sa mère batte en retraite, mais il n'en fut rien.

— Arrête ce petit jeu, veux-tu ? »

Robin se sentit rougir et s'en voulut immédiatement. Quel âge avait-elle ? Comme par un fait exprès, au même instant, son portable bipa sur la table de la cuisine. Elle pensa à un texto de Strike. Sa mère sans doute aussi. Comme l'appareil était à côté d'elle, Linda le lui tendit et, ce faisant, lut le nom de l'expéditeur en même temps que Robin.

Ce n'était pas Strike mais Saul Morris.

J'espère que votre Noël est moins merdique que le mien.

En temps normal, ce texto serait resté lettre morte. Mais ce matin-là, peut-être à cause de son amertume envers les siens, plus quelque chose d'autre, une chose qu'elle ne voulait pas admettre, Robin eut envie d'y répondre, par provocation, sous les yeux de sa mère :

Tout dépend de ce que vous entendez par merdique. Le mien l'est un peu beaucoup.

Elle l'envoya puis releva les yeux.

« Qui est Saul Morris ? voulut savoir Linda.

— Il travaille pour l'agence. Un ex-policier.

— Oh », fit Linda.

Robin vit les rouages se mettre en branle dans le cerveau de sa mère. Pour être honnête, c'était exactement ce qu'elle avait espéré. Elle attrapa son ordinateur portable et sortit en la laissant moudre son grain toute seule dans la cuisine.

Comme de bien entendu, la salle de bains était occupée. Robin regagna sa chambre et, au moment où elle s'installait sur son lit, l'ordinateur posé sur les genoux, la réponse de Morris arriva sur son téléphone.

Dites-moi vos malheurs et je vous dirai les miens. Problème partagé…

Robin retourna l'appareil contre le lit pour en cacher l'écran et reprit sa lecture.

Le signe désignant Irene ressemble à un gros poisson. Talbot expose assez brutalement ce qu'il signifie pour lui : « Le monstre Cetus, le Léviathan, la baleine biblique, charme au-dehors, malfaisance au-dedans. Obstinée, veut se faire mousser, comédienne, menteuse. » Donc, Talbot soupçonnait Irene de mensonge avant même que son rendez-vous chez le dentiste se révèle être du pipeau. Mais il ne dit pas à propos de quoi elle ment.

Margot et Babalon

Ce qui suit n'a d'intérêt que dans la mesure où cela nous montre à quel point Talbot était dingue.

Le soir où les infirmiers sont venus le chercher, il s'était enfermé dans son bureau pour s'adonner à un rituel magique. Il voulait faire apparaître Baphomet parce que, espérait-il, cette divinité se montrerait à lui sous les traits de l'assassin de Margot.

L'entité qui s'est manifestée n'était pas Baphomet mais l'esprit de Margot. « Elle me traque, elle veut s'en prendre à moi. » Talbot croyait qu'en mourant, elle était devenue Babalon, le pendant féminin de Baphomet. Le démon qu'il a « vu » surgir devant lui tenait une coupe de sang et une épée. Dans son carnet, il a écrit « lion » plusieurs fois autour de la figure du démon. Sur la carte du Désir dans le tarot de Thoth, Babalon chevauche un lion à sept têtes.

Après avoir dessiné le démon, Talbot a tracé des croix latines par-dessus. Et sur toute la largeur du dessin, il a inscrit un passage de la Bible fustigeant la sorcellerie. L'apparition de Babalon semble l'avoir tellement effrayé qu'il s'est brusquement rabattu sur la religion. Le carnet s'achève comme ça.

Robin entendit la porte de la salle de bains s'ouvrir et se refermer. Ayant un besoin pressant d'aller aux toilettes, elle sauta de son lit et déboula sur le palier.

Elle tomba sur Stephen qui la regarda avec des yeux bouffis, sa trousse de toilette à la main.

« Désolé pour cette nuit, Robs, dit-il en bâillant. Jenny pense que c'est à cause des choux de Bruxelles.

— Ouais, maman m'a dit, fit Robin en le contournant. Ne t'inquiète pas pour moi. J'espère qu'elle va mieux.

— On va l'emmener faire une promenade. Si tu veux, je t'achèterai des boules Quiès. »

Robin se doucha et retourna dans sa chambre. Son téléphone bipa deux fois pendant qu'elle s'habillait.

Alors qu'elle se brossait les cheveux devant le miroir, ses yeux se posèrent sur le parfum que sa mère lui avait offert. Robin lui avait dit qu'elle voulait en changer parce que celui qu'elle portait lui rappelait trop Matthew. En le déballant, Robin avait été touchée que Linda s'en soit souvenue.

Le flacon était de forme arrondie, mais pas comme un globe, plus comme un cylindre aplati : Chance Chanel Eau Fraîche était gravé dessus. L'espace d'un instant, le liquide vert pâle lui rappela les choux de Bruxelles. Repoussant cette malheureuse association d'idées, elle s'en appliqua quelques gouttes au creux des poignets et derrière les oreilles. L'air de la chambre s'imprégna de notes fleuries vaguement citronnées. En les reniflant, Robin se demanda ce qui avait bien pu guider le choix de sa mère. Qu'y avait-il dans ce parfum qui lui fît penser « Tiens, ça c'est Robin » ? Pour sa part, elle le trouvait insipide, pas du tout sensuel, comme un déodorant qui vous procure une sensation de fraîcheur, de propreté, mais rien de plus. Elle se rappela l'erreur qu'elle-même avait commise en achetant Fracas pour se donner l'impression d'être une femme sexy et mystérieuse. En fin de compte, ce truc lui avait juste flanqué la migraine. En songeant à l'écart entre l'image qu'on voulait offrir et la manière dont les autres choisissaient de vous percevoir, Robin se rassit sur son lit et remit son portable côté face.

Morris lui avait encore envoyé deux textos.

Pour moi, solitude et gueule de bois. Noël sans mes gosses c'est la merde.

Ne voyant pas arriver de réponse, il en avait remis une couche.

Bon, j'arrête de pleurnicher comme un con. Faites pas attention.

Le fait que Morris se traite lui-même de con l'aurait rendu presque sympathique. Navrée de le savoir aussi déprimé, Robin jugea bon de lui renvoyer :

Désolée, je compatis.

Puis elle reporta son attention sur le document de Strike. Dans la dernière partie, il détaillait les actions à entreprendre et la façon dont il comptait répartir la charge de travail entre lui-même, **CS**, et Robin, **RE**.

<u>Points d'action</u>

Recontacter Gregory Talbot – CS

Je veux savoir pourquoi, après sa guérison, Bill Talbot n'a pas parlé à ses collègues des pistes qu'il avait consignées dans son carnet personnel. À savoir : Brenner sur Skinner Street le soir où Margot avait disparu ; le sang sur la moquette des Phipps ; la mort suspecte dont

Margot aurait eu connaissance ; Mucky Ricci vu sortant du cabinet médical un certain soir.

Recontacter Dinesh Gupta – CS

Saurait-il à qui Brenner rendait visite ce soir-là, sur Skinner Street ? Un patient, peut-être. Peut-il expliquer la présence de Mucky Ricci à cette fête ? L'interroger sur le « Scorpion » au cas où ce signe correspondrait à un patient mort dans des circonstances douteuses.

Interroger Roy Phipps – CS/RE

Fini de tourner autour du pot. Il est temps d'appeler Anna pour qu'elle nous organise une rencontre avec lui.

Programmer une rencontre avec au moins l'un des enfants de Wilma Bayliss – CS/RE

Surtout si Roy refuse de nous recevoir. Je veux réexaminer le témoignage de Wilma (Roy qui marche dans le jardin, le sang sur la moquette).

Trouver C. B. Oakden – CS/RE

À en juger d'après ses écrits, ce type est une ordure, mais comme sa mère était copine avec Brenner, il sait peut-être sur lui des choses que nous ignorons.

Trouver et interroger Paul Satchwell – CS/RE

Trouver et interroger Steven Douthwaite – CS/RE

Robin crut voir une critique dans le fait que Strike avait ajouté ses propres initiales aux deux points d'action qui auparavant lui étaient réservés, à savoir trouver Satchwell et organiser une rencontre avec les enfants de Wilma Bayliss. Elle posa l'ordinateur à côté d'elle sur le lit, attrapa son téléphone et descendit prendre son petit déjeuner.

Quand elle entra dans la cuisine, Linda, Stephen et Jenny se turent brusquement. Leur mine coupable en disait long sur le thème de la conversation qu'elle avait interrompue. Robin glissa des toasts dans le grille-pain en s'efforçant de garder son calme. Elle leur tournait le dos mais savait qu'ils s'adressaient des coups d'œil et des gestes de connivence en pensant qu'elle ne remarquait rien.

« Robin, on vient de croiser Matthew, démarra Stephen. Pendant qu'on promenait Annabel.

— Ah, oui ? » fit Robin d'un air indifférent.

Enfin, quelqu'un avait vu Matthew. Robin ne s'était pas rendue à la messe de minuit par crainte de tomber sur lui et Sarah, mais à son retour, sa mère lui avait dit qu'aucun membre de la famille Cunliffe ne s'y était montré. Et voilà qu'à présent Linda, Stephen et Jenny la dévisageaient d'un air inquiet en guettant sa réaction.

Son téléphone bipa.

« Désolée », dit-elle, ravie d'échapper à leur compassion.

Morris avait écrit :

Votre Noël est merdique à cause de quoi ?

Sous les yeux des trois autres, elle prit le temps de répondre :

Mon ex-beau-père vit pas loin d'ici et mon ex-mari a débarqué chez lui avec sa nouvelle copine. Bonjour le scandale.

Elle n'aimait pas Morris mais dans la situation présente il lui faisait l'effet d'un allié, d'un filin auquel s'agripper pour garder le contact avec l'existence qu'elle s'était construite, non sans difficultés, loin de Matthew et loin de Masham. Elle s'apprêtait à reposer son téléphone quand un nouveau message arriva. Cette fois, elle le lut sans s'excuser auprès du trio qui continuait à l'observer d'un air médusé :

Ça craint.

Carrément, répondit-elle.

Puis elle leva les yeux et tenta de sourire.

« Tu comptes m'en parler ? demanda Robin à Stephen. Ou tu attends que je pose la question ?

— Non, non, s'empressa-t-il de répondre. En fait, il ne s'est rien passé. On est allés jusqu'à la place du marché et en revenant, on les a vus qui venaient vers nous. Lui et cette…

— Sarah », l'aida Robin. Elle les imaginait parfaitement, traversant main dans la main la charmante bourgade endormie sous le soleil d'hiver.

« Ouais, dit Stephen. J'ai cru qu'il allait faire demi-tour en nous voyant mais non. Il nous a dit en passant : "Au fait, toutes mes félicitations." »

Robin l'entendait comme si elle y était.

« Et voilà, ça n'a pas été plus loin, dit Stephen.

— Je lui aurais volontiers balancé mon pied dans les couilles, intervint Jenny. À ce sale snobinard. »

Linda, elle, fixait toujours le téléphone de sa fille.

« Qui t'envoie tous ces textos le jour de Noël ? demanda-t-elle.

— Je te l'ai dit, répondit Robin. Morris. Il travaille pour l'agence. »

Elle savait parfaitement ce que sa mère pensait de son comportement mais, après tout, elle avait sa fierté. Il n'y avait peut-être aucune honte à être célibataire et pourtant, la pitié dégoulinante des siens, la vision de Matthew et de Sarah se promenant en amoureux, les soupçons qu'ils avaient tous sur ses relations avec Strike, des soupçons parfaitement infondés puisque Strike se fichait d'elle et lui faisait si peu confiance qu'il avait repris à son compte une partie des missions dont il l'avait précédemment investie… bref, tout cela lui donnait envie d'accrocher l'équivalent d'une feuille de vigne sur sa dignité bafouée. Aussi lourd et obséquieux fût-il, Morris était peut-être aujourd'hui plus à plaindre qu'à envoyer paître. Et en plus, il lui permettait de sauver la face.

Voyant sa mère et son frère échanger un regard, elle eut la piètre satisfaction de constater qu'ils étaient tombés dans le piège qu'elle leur avait tendu. Le cœur serré, elle sortit du frigo la bouteille de champagne qu'ils avaient soigneusement rebouchée la veille au soir.

« Qu'est-ce que tu fais ? demanda Linda.

— Je me prépare un mimosa, répondit Robin. C'est toujours Noël, après tout. »

Encore une nuit et elle reprendrait le train pour Londres. Comme si elle avait lu dans les pensées de sa tante, Annabel poussa un cri strident. Robin sursauta car le babyphone était posé juste derrière elle. Aussitôt, ce fut la panique. Les instruments de puériculture passèrent de la cuisine au salon, Stephen fonça à l'étage chercher le bébé, Linda remplit un verre d'eau, le porta à Jenny pour qu'elle s'hydrate pendant qu'elle donnait le sein et, pour finir, lui alluma la télé.

Boire, songea Robin. Il n'y avait pas d'autre solution. Si on le noyait dans du jus d'orange, personne ne devinait qu'on sifflait du champagne, se dit-elle en débouchant la bouteille, persuadée que l'alcool atténuerait la colère, la tristesse et le déphasage qui lui nouaient les entrailles. Les mimosas lui permirent de tenir jusqu'au déjeuner où tout le monde eut droit à un verre de rouge, sauf Jenny qui prit « juste une gorgée » sans écouter Robin qui lui disait qu'un peu d'alcool dans le lait maternel aiderait peut-être l'enfant à dormir. Morris l'abreuva de textos pendant toute la journée. Entre deux blagues stupides sur le thème de Noël, il lui raconta ses moindres faits et gestes presque minute par minute. Robin lui répondait du tac au tac, avec cette même frénésie qui la poussait parfois à dévorer tout un paquet de chips sans une once de remords.

Ma mère vient d'arriver avec une bouteille de sherry. Elle veut que je parle à ses copines de mon boulot de détective.

Elle s'appelle comment ? lui renvoya Robin qui avait un petit coup dans le nez, à ce moment-là.

Craquette.

Robin se demanda ce qu'il y avait de drôle.

« Robs, tu veux jouer au Pictionary ? proposa Jonathan.

— Pardon ? »

Elle était perchée sur une chaise inconfortable dans un coin du salon. Les ustensiles de puériculture occupaient une bonne moitié de la pièce. *Le Magicien d'Oz* passait à la télé mais personne ne regardait.

« Pictionary, répéta Jonathan en levant la boîte de jeu. Ah, au fait, Robs, tu pourrais m'héberger le temps d'un week-end au mois de février ? »

Je plaisante, écrivit Morris. Scarlett.

« Pardon ? » répéta Robin. Elle avait l'impression que quelqu'un lui avait posé une question.

« Ce Morris doit être un garçon passionnant », fit Linda sur un ton malicieux. Tous les regards convergèrent sur Robin qui se contenta de dire :

« OK pour le Pictionary.

Faut que je joue au Pictionary, informa-t-elle Morris.

Dessinez un zob, reçut-elle dix secondes plus tard.

Robin posa son téléphone. Les effets de l'alcool commençaient à se dissiper, remplacés par une douleur lancinante dans la tempe droite. Heureusement,

Martin venait d'apparaître avec un plateau sur lequel étaient posées des tasses de café et une bouteille de Baileys.

Jonathan gagna la partie de Pictionary, Annabel se remit à brailler et, en début de soirée, les voisins débarquèrent pour partager un souper froid avec la famille Ellacott et s'extasier à leur tour devant le nouveau-né. À 20 heures, Robin avala un comprimé de paracétamol et un bol de café noir pour s'éclaircir les idées. Elle devait faire ses bagages. Elle devait aussi mettre un point final à son interminable discussion avec Morris, tout en sachant que ce dernier était sûrement ivre mort, à présent.

Ma mère est repartie en se plaignant qu'elle ne voit pas assez ses petits-enfants. De quoi on va parler maintenant ? Qu'est-ce que vous portez ?

Elle ignora ce dernier texto, monta dans sa chambre et se mit à préparer sa valise car elle partait tôt le lendemain matin. *Mon Dieu, faites que Matthew et Sarah ne soient pas dans le même train.* Voyant le cadeau de sa mère sur la commode, Robin décida de réessayer. Elle aspergea quelques gouttes au dos de sa main et renifla. Non, décidément, ça n'allait pas. Comment aimer un parfum qui claironne « Je sors de la douche » aux personnes que vous croisez ? se demanda-t-elle. Linda l'avait peut-être choisi pour laver sa fille de tout soupçon d'adultère. Inconsciemment, bien sûr. En tout cas, Robin savait qu'elle associerait à jamais cette odeur de savon au pitoyable Noël qu'elle venait de passer. Mais comme elle ne voulait pas blesser sa mère en le laissant sur place, le flacon disparut vite entre deux paires de chaussettes.

Elle redescendait l'escalier quand elle s'aperçut que Morris lui avait envoyé cinq textos d'affilée.

Je déconnais.
Vous n'êtes pas fâchée, j'espère.
Je vous ai vexée
Répondez-moi.
Oui ou non ?

Légèrement agacée, elle fit une pause au bas des marches pour lui répondre. À présent, elle regrettait le comportement immature qu'elle avait eu avec Morris, tout cela pour faire croire à sa famille que Matthew n'était pas le seul à avoir rencontré quelqu'un.

Je ne suis pas fâchée. Je vous laisse. Je dois me coucher tôt.

En entrant dans le salon, elle trouva les siens avachis devant le journal télévisé. Avant de s'asseoir, Robin commença par déplacer les langes, le paquet de couches à moitié vide et l'ardoise de Pictionary qui encombraient le canapé.

« Désolée, Robin », fit Jenny dans un bâillement. Elle attrapa d'autres affaires du bébé et les posa par terre avec le reste.

Robin entendit son portable biper. Linda tourna la tête. Au lieu de regarder qui lui avait écrit, Robin fixa l'ardoise de Pictionary où, deux heures plus tôt, elle avait tenté de représenter « Icare ». Les autres n'avaient rien compris. Ensuite, ils lui avaient dit que son Icare ressemblait à un papillon butinant une fleur.

Il y avait dans ce dessin quelque chose qui l'intriguait. Mais quoi ? Au bip suivant, elle posa les yeux sur l'écran de son téléphone.

Vous êtes au lit ?

Oui et vous devriez y aller aussi, répondit-elle en pensant toujours à l'ardoise du Pictionary. La fleur ressemblait à un soleil. Le soleil ressemblait à une fleur.

Encore un texto ! Exaspérée, Robin se pencha sur son portable.

Morris lui avait envoyé une photo de son sexe en érection. Robin resta dix secondes à le contempler, coincée entre consternation et dégoût. Puis, avec une brusquerie qui tira son père du sommeil où il était plongé, elle bondit sur ses pieds et quitta la pièce en courant presque.

La cuisine était trop proche. Elle avait besoin de s'éloigner le plus possible. Tremblante de rage, elle ouvrit la porte du jardin et sortit dans le froid. Au fond de la vasque en pierre, la glace brillait comme une flaque de lait sous le clair de lune. Pourtant, ils y avaient versé de l'eau chaude dans l'après-midi. Sans prendre le temps de réfléchir, elle composa le numéro de Morris.

« Ouais…

— Comment osez-vous – *qu'est-ce qui vous a pris de m'envoyer ça ?*

— Merde, fit-il d'une voix pâteuse. Je ne… je croyais que… mais vous disiez…

— J'ai dit que j'allais dormir, connard ! hurla Robin. J'ai pas demandé à voir votre bite ! »

Les voisins d'en face passèrent la tête entre les rideaux de la cuisine. Ils devaient se dire qu'on ne s'ennuyait décidément pas chez les Ellacott : d'abord un nouveau-né et maintenant, une engueulade au sujet d'un pénis.

« Oh merde, fit Morris dans un souffle. Merde… non… écoutez, je n'avais pas l'intention…

— Non mais ça va pas la tête ? hurla Robin. Faut vous faire soigner, hein !

— Oh… merde… putain… désolé… je croyais… je suis absolument désolé… Robin, ne… Oh mon Dieu…

— *Je ne veux pas voir votre bite !* »

Il y eut un silence au bout de la ligne, suivi d'une cascade de sanglots secs puis d'un claquement, comme si Morris avait laissé tomber son téléphone sur une surface dure. Robin l'entendait gémir et pleurer en sourdine. Des objets basculèrent sur le sol. Après un autre claquement, Morris reprit la parole.

« Robin, je suis atrocement désolé… mais qu'est-ce que j'ai fait, qu'est-ce que j'ai… ? Je croyais… je devrais me tuer… ne… ne dites rien à Strike, Robin… je vous en supplie… si je perds ce boulot… ne lui dites rien, Robin… s'il me vire, je perds tout… je ne veux pas perdre mes enfants, Robin… »

Morris lui rappelait Matthew, le jour où elle avait découvert qu'il la trompait. Son ex-mari était planté là, devant elle, sur cette pelouse couverte de givre, le visage dans les mains. Il sanglotait, bafouillait des excuses, puis il avait levé la tête et lui avait demandé sur un ton paniqué. « *Tu en as parlé à Tom ? Il est au courant ?* »

Qu'avait-elle fait au bon Dieu pour que tous ces mecs la supplient de taire leurs secrets immondes ?

« Je n'en parlerai pas à Strike, répondit-elle en tremblant plus de rage que de froid. Mais uniquement parce que sa tante est mourante et que nous avons besoin de personnel. Mais à l'avenir, vous avez intérêt à ne plus rien m'envoyer qui ne soit pas en rapport avec le travail.

— Oh mon Dieu, Robin… merci… merci… vous êtes tellement… chic. »

Il ne sanglotait plus mais continuait à bredouiller des remerciements. Robin trouva sa logorrhée presque aussi offensante que la photo obscène qu'il lui avait envoyée.

« Au revoir. »

Elle resta debout dans le noir, les bras ballants, sentant à peine la morsure du froid. La lumière s'éteignit chez les voisins et, au même instant, la porte de la cuisine de ses parents s'ouvrit. Rowntree sortit et trottina vers elle, tout content de retrouver sa jeune maîtresse.

« Tout va bien, ma chérie ? lui demanda Michael Ellacott.

— Oui, papa, dit Robin en s'accroupissant pour caresser le labrador et, par la même occasion, cacher ses yeux pleins de larmes. Tout va bien. »

QUATRIÈME PARTIE

Le grand ennemi… est le Temps sournois…

Edmund SPENSER, *La Reine des fées*

31

Cher chevalier, aussi cher qu'un chevalier puisse l'être,
Qui pour moi avez souffert toutes ces peines,
Que les plus hauts cieux soient témoins de votre long et épuisant labeur...

Edmund SPENSER, *La Reine des fées*

Entre sa fin de grippe et ses problèmes digestifs, Strike dut garder le lit encore plusieurs jours. Pour le réveillon du Nouvel An, il se fit livrer des pizzas qu'il ne mangea pas, ayant entre-temps à nouveau perdu l'appétit. Même le chocolat l'écœurait, ce qui ne s'était jamais produit. Mais, après tout, lorsqu'il avait expulsé le contenu de son estomac, les truffes dégustées en guise de dessert après la fricassée de poulet avarié étaient apparues en premier. Heureusement, il avait le DVD de *No Visitors After Midnight* pour se remonter le moral. Il l'avait trouvé en déballant ses cadeaux, un peu tardivement certes. Bizarrement, quand il avait écrit à Robin pour la remercier, elle avait simplement répondu « De rien ».

Le jour où il trouva la force de partir pour les Cornouailles en emportant avec lui ses cadeaux périmés,

Strike avait perdu plus de six kilos. Ce fut d'ailleurs la première chose que Joan remarqua lorsqu'il se présenta devant elle en disant combien il regrettait de n'avoir pu venir à St. Mawes pour Noël.

S'il avait encore attendu un jour ou deux, Strike aurait encore une fois dû renoncer à ce voyage. En effet, peu après son arrivée, un front orageux particulièrement violent s'abattit sur la Grande-Bretagne, déclenchant des tempêtes homériques dans le Sud-Ouest et interrompant le trafic ferroviaire. Des tonnes de sable furent arrachées au rivage. Des crues dévastatrices transformèrent les routes des villes côtières en torrents de boue. La péninsule des Cornouailles se trouva temporairement coupée du reste de l'Angleterre. Si St. Mawes fut moins durement touché que Mevagissey ou Fowey, les habitants des maisons situées en bord de mer durent se barricader derrière des sacs de sable. Durant plusieurs jours, des vagues de bronze s'écrasèrent sur les digues du port. Les touristes et les phoques disparurent du paysage. Sous leurs cirés dégoulinants, les gens du coin se saluaient d'un simple signe de tête lorsqu'ils se croisaient devant les épiceries. On était loin du charme tapageur de St. Mawes en été. Comme une actrice se démaquillant après la représentation, elle reprenait son vrai visage, celui d'une austère bourgade de pêcheurs édifiée sur un sol de granit.

Par chance, la maison de Ted et Joan était construite sur une éminence, et n'eut donc à subir que les assauts du vent et de la pluie. Contraint d'y passer le plus clair de son temps, Strike se remémora les reproches que lui avait adressés Lucy quelques mois auparavant. Force était de reconnaître qu'elle n'avait pas entièrement tort : il était doué pour gérer les situations de crise, mais quand il s'agissait d'assurer sur le long terme, c'était une autre histoire. Il avait les bons réflexes, gardait toujours la tête froide, pensait vite et bien. En revanche, assister jour après jour au lent déclin de sa tante était presque au-dessus de ses forces.

Strike souffrait surtout de n'avoir rien à faire de particulier. S'il avait pu se fixer une occupation, une mission à accomplir, la douleur et la tristesse seraient passées au second plan dans son esprit. À l'armée, c'est ainsi qu'il avait pu résister à la solitude et à l'ennui. Mais hélas, dans la cuisine de Joan, à côté de la cocotte en fonte et des maniques en coton imprimé, ses belles stratégies d'adaptation n'étaient d'aucune utilité. Il n'avait même pas le droit de se réfugier dans l'humour et le stoïcisme qui l'aidaient souvent à mettre à distance son angoisse. Les voisins n'auraient pas compris, ils l'auraient jugé insensible ; tout ce qu'ils attendaient de sa part c'était qu'il partage avec eux son affliction. Résultat, Strike passait son temps à échanger des banalités et à fournir des marques de sympathie tout en espérant ardemment qu'un événement survienne et le sorte de sa torpeur.

Bien sûr, Joan était ravie de l'avoir pour elle toute seule. La perspective de ces quelques jours en sa compagnie la consolait de son absence au moment de Noël. Résigné à son sort, Strike lui donnait ce qu'elle voulait. Il restait gentiment assis près d'elle et lui faisait la conversation depuis le matin jusqu'au soir. Les médecins avaient interrompu sa chimiothérapie par crainte de l'affaiblir encore. Un foulard cachait les quelques cheveux qu'il lui restait, elle picorait plus qu'elle ne mangeait et, dès qu'elle se déplaçait, son mari et son neveu se précipitaient pour l'aider. Elle était si légère qu'ils n'auraient eu aucun mal à la transporter d'une pièce à l'autre.

Au fil des jours, Strike vit se produire en elle un changement auquel il ne s'attendait pas. De même que la tempête avait révélé un autre aspect de sa ville natale, la maladie semblait avoir modifié la personnalité de Joan. Une autre femme apparaissait, une femme qui posait des questions ouvertes sans annoncer d'emblée son point de vue personnel comme elle avait toujours eu tendance à le faire.

« Pourquoi tu ne t'es jamais marié, Cormoran ? » lui demanda-t-elle un samedi matin, alors qu'ils bavardaient dans le salon, Joan assise dans le fauteuil le plus confortable et Strike sur le canapé. La lampe, qu'ils avaient allumée parce qu'il faisait très sombre à cause de la pluie, donnait à sa peau l'aspect translucide du papier de soie.

Strike était tellement habitué à lui fournir les réponses qu'elle attendait que, pour le coup, il resta sans voix. Il ne pouvait pas lui exposer le fond de sa pensée, comme il l'avait fait avec Dave Polworth l'été précédent. S'il lui avait dit que le mariage ne l'intéressait pas, Joan l'aurait sans doute mal pris. Elle se serait reproché de n'avoir pas su lui apprendre que l'amour était essentiel au bonheur.

« Je n'en sais rien, finit-il par répondre, avant de lui sortir le bon vieux cliché : Je n'ai peut-être pas rencontré la femme idéale.

— Si tu cherches la perfection, répondit la nouvelle Joan, sache qu'elle n'existe pas.

— Pourtant, tu es bien contente que je n'aie pas épousé Charlotte, n'est-ce pas ? » Il savait pertinemment que pour Joan et Lucy, Charlotte était le diable incarné.

« Ça, tu peux le dire », fit-elle avec une étincelle dans le regard. Ils se sourirent.

Ted passa la tête par la porte.

« Karenza est arrivée, ma chérie. Elle se gare. »

L'infirmière Macmillan, que Strike avait croisée le premier jour, était un ange descendu du ciel. Elle avait le même âge que lui, elle était mince, vigoureuse, criblée de taches de rousseur et, quand elle apparaissait, on avait l'impression que la vie continuait à se dérouler normalement, avec juste un peu plus de réconfort et de soutien. Ayant beaucoup fréquenté le milieu médical, Strike avait appris à détester cette fausse jovialité qu'affichent certains soignants. Karenza n'était pas comme eux. On voyait qu'elle considérait Ted et Joan comme des individus à part entière, pas comme des enfants attardés. Pendant qu'elle retirait son imperméable dans la cuisine, Strike l'entendit parler à Ted, ancien sauveteur en mer, des idiots qui faisaient des selfies sur la digue, devant l'océan déchaîné.

« Exactement. Ils n'ont aucune idée de ce qu'est la mer. Soit on la respecte, soit on va voir ailleurs, comme disait mon père… Bonjour, Joan, lança-t-elle en passant dans le salon. Bonjour, Cormoran.

— Bonjour, Karenza, dit Strike en se levant. Je vous laisse la place.

— Comment te sens-tu aujourd'hui, ma chérie ? demanda l'infirmière à sa patiente.

— Pas trop mal. Juste un peu… »

Joan s'interrompit, le temps que son neveu sorte de la pièce. Pendant que Strike fermait la porte du salon, on entendit crisser le gravier à l'extérieur. Ted, qui lisait la gazette locale assis à la table de la cuisine, leva les yeux vers lui.

« Tu vois qui c'est ? »

Un instant plus tard, Dave Polworth se présentait derrière la porte vitrée donnant sur le jardin, un gros sac de marin accroché à l'épaule. Il entra, ses vêtements dégoulinant sur le carrelage.

« Bonjour, Diddy », fit-il en souriant à son ami Strike. Leur poignée de main fut suivie de la virile accolade qui était devenue une habitude entre eux. « Bonjour Ted.

— Qu'est-ce que tu fais ici ? » demanda Ted.

Polworth posa le sac, l'ouvrit et en sortit deux récipients en polystyrène.

« Penny a préparé du ragoût. Je vais faire des courses. Si vous avez besoin de quelque chose… »

Leur amitié était née le jour où Strike était entré à l'école primaire en cours d'année scolaire, quand un petit bonhomme de six ans nommé Polworth l'avait spontanément pris sous son aile. Strike connaissait donc depuis bien longtemps la générosité et l'altruisme dont il était capable. Mais c'était la première fois depuis leur enfance que ces qualités lui apparaissaient aussi nettement.

« Tu es bien gentil, fit Ted d'une voix chargée d'émotion. Tu remercieras Penny pour nous, hein ?

— Ouais, elle vous embrasse et tout et tout, répondit Polworth qui n'aimait pas les effusions.

— Je vais en griller une. Tu m'accompagnes ? proposa Strike.

— Ça marche.

— Allez dans la remise », suggéra Ted.

Strike et Polworth traversèrent ensemble le jardin détrempé, courbés contre le vent et la pluie. Quand ils furent à l'abri sous l'appentis, Strike alluma sa clope en soupirant de soulagement.

« Tu fais un régime ? demanda Polworth en l'observant de la tête aux pieds.

— Grippe plus intoxication alimentaire.

— Ah oui. Lucy m'en a parlé. » Polworth tendit le menton pour désigner la fenêtre de Joan. « Comment va-t-elle ?

— Pas terrible.

— Combien de temps tu restes ?

— Ça dépendra de la météo. Écoute, sérieusement, je te remercie pour tout ce que tu as…

— La ferme, chochotte !

— Je peux te demander un service ?

— Vas-y.

— Propose à Ted d'aller boire une bière en ville. Il a vraiment besoin de s'aérer. Cette ambiance le mine. Comme je suis là pour surveiller Joan, il acceptera peut-être.

— C'est comme si c'était fait, dit Polworth.

— Tu es…

— … un prince parmi les hommes, ouais, je sais. Au fait, tu supportes toujours Arsenal ?

— Absolument, dit Strike. Mais je ne déteste pas le Bayern de Munich. »

Le match de qualification de son équipe préférée s'était joué peu avant Noël et Strike l'avait raté parce que, ce jour-là, il filait PasNet à travers le West End. En ce moment, la Ligue des champions, qu'il avait autrefois suivie avec passion, ne le captivait plus autant qu'avant.

« C'est Robin qui fait tourner la boîte en ton absence ?

— Ouais. »

Robin lui avait écrit dans la matinée pour qu'ils conviennent d'un rendez-vous téléphonique. Elle voulait lui parler de ses progrès dans l'affaire Bamborough. Strike avait promis de la rappeler dès que possible. Lui aussi avait du nouveau sur ce dossier, mais ça pouvait attendre. Cela faisait presque quarante ans que Margot Bamborough avait disparu et, pour l'instant, à l'instar de Karenza l'infirmière, il préférait s'occuper des êtres vivants.

Quand Strike eut fini sa cigarette, les deux amis rejoignirent Ted dans la cuisine. Ils le trouvèrent en grande conversation avec Karenza.

« Aujourd'hui, c'est avec vous qu'elle a envie de bavarder, dit-elle à Strike dans un sourire avant d'enfiler son imperméable. Je repasserai demain matin. »

Elle allait sortir par la porte de derrière quand Polworth demanda à Ted :

« Dis donc, mon vieux, tu viendrais boire une pinte avec moi ?

— Oh non, merci, mon gars. Je préfère rester. »

Karenza s'arrêta, la main sur la poignée.

« C'est pourtant une excellente idée, Ted. Allez donc prendre l'air – bon, j'avoue qu'il est un peu frais aujourd'hui, mais ça vous fera du bien, ajouta-t-elle en regardant le jardin battu par la pluie. Allez, à demain. »

Elle sortit. Il fallut que Strike et Dave s'y mettent à deux, mais Ted finit par accepter de sortir manger un sandwich au Victory. Quand ils furent partis, Strike attrapa le journal qui traînait sur la table et l'emporta dans le salon.

Avec Joan, il discuta des inondations ; mais les photos des vagues se fracassant sur la jetée de Mevagissey ne suscitaient en elle qu'un faible intérêt. Là-dessus, également, elle avait changé. Son esprit se détachait des sujets à caractère général pour se concentrer sur les petites choses de la vie et sur ses proches.

« Qu'y a-t-il dans mon horoscope ? demanda-t-elle en le regardant tourner les pages de la gazette.

— J'ignorais que tu croyais à ces trucs.

— Je ne sais pas si j'y crois, répondit Joan. Mais je regarde toujours.

— Ton signe… », dit-il en essayant de se rappeler le jour de son anniversaire. Il tombait en été, ça il en était sûr.

« Cancer », dit-elle en égrenant un petit rire.

Strike resta impassible.

« C'est le moment de changer vos habitudes, lut-il à haute voix après avoir survolé la rubrique pour éliminer les conseils susceptibles de la déprimer. Suivez vos intuitions, prenez des initiatives. Jupiter rétrograde encourage le progrès spirituel.

— Mouais, fit Joan, et après une courte pause : Tu sais, Corm, je ne pense pas être encore là cet été, pour mon anniversaire. »

Strike reçut ces paroles comme un coup de poing dans le ventre.

« Ne dis pas ça.

— Si je ne peux pas le dire à toi, à qui d'autre pourrais-je ? »

Ses yeux, autrefois d'un bleu vif rappelant la couleur des myosotis, pâlissaient chaque jour un peu plus. C'était la première fois qu'elle lui parlait comme s'ils étaient sur un pied d'égalité, Joan ayant toujours entretenu avec lui les rapports d'une mère avec son enfant, sans doute pour que le militaire d'un mètre quatre-vingt-dix qu'il était devenu reste à jamais le petit garçon qui devait lever la tête pour la regarder.

« Pas à Ted, et encore moins à Lucy. Tu es d'accord avec moi. Tu sais comment ils réagiraient.

— Oui, fit-il avec réticence.

— Tu t'occuperas bien de Ted… après… tu veux ? Ne le perds pas de vue. Il t'aime tant. »

Merde.

Strike ne savait que répondre. Joan avait si longtemps entretenu une vision faussement optimiste de la vie, repeignant en rose des choses qui n'en valaient pas la peine tout en encourageant son entourage à faire de même. Et voilà que tout à coup, elle exprimait sa pensée sans chercher à l'embellir, alors que Strike, lui, aurait tout donné pour qu'elle continue à bavarder comme avant, même au risque de l'ennui. Il aurait dû venir les voir plus souvent, se reprocha-t-il. Pourquoi ne pas l'avoir fait ?

— Je te le promets, répondit-il.

— Je veux que la cérémonie ait lieu dans l'église de St. Mawes, poursuivit-elle sur un ton posé. C'est là que j'ai été baptisée. Mais je ne veux pas qu'on m'enterre. Je ne veux pas aller dans ce cimetière tout là-haut, à Truro. Ted ne pourra pas s'empêcher d'y grimper tous les jours pour fleurir ma tombe et, à force, il va s'épuiser. Je le connais.

« On s'est toujours dit qu'on reposerait l'un à côté de l'autre. Mais rien n'a jamais été décidé et ce n'est pas maintenant qu'il acceptera d'en parler avec moi. Donc, j'ai bien réfléchi, Corm. Je veux être incinérée. Tu feras en sorte que les choses se passent ainsi, n'est-ce pas ? Parce que Ted se met à pleurer chaque fois que j'aborde le sujet et que Lucy refuse carrément de m'écouter. »

Strike hocha la tête en essayant de sourire.

« Je ne veux pas que vous assistiez à la crémation. Je déteste les crémations, les rideaux en velours, le tapis roulant et tout ça. Vous me ferez vos adieux dans l'église, puis tu emmèneras Ted au pub et tu laisseras les croque-morts s'occuper du reste, d'accord ? Ensuite, vous irez recueillir mes cendres, vous les mettrez sur le bateau de Ted et vous les disperserez dans la mer. Et quand son tour viendra, tu feras la même chose pour Ted. Comme ça, nous serons ensemble pour l'éternité. Lucy et toi avez autre chose à faire qu'entretenir deux tombes à des centaines de kilomètres de chez vous. On est d'accord ? »

Joan avait tout prévu, comme à l'accoutumée, et ce plan lui ressemblait terriblement, elle qui avait toujours été attentive au bien-être des siens. La seule chose surprenante c'était le coup des cendres dispersées dans la mer. Pas de pierre tombale, pas de date sur une stèle. Juste un retour aux éléments qui avaient joué un rôle primordial dans son existence et dans celle de Ted. Ils n'avaient presque jamais quitté cette petite ville portuaire soumise aux caprices de l'océan. Ted en était parti une seule fois, quand il s'était engagé dans la police militaire. Un épisode étrange qui avait duré plusieurs années et scellé sa rupture avec son propre père.

« Oui », fit Strike d'une voix éteinte.

Visiblement soulagée d'un grand poids, Joan s'enfonça plus profondément dans son fauteuil et lui sourit.

« C'est si bon de t'avoir ici. »

Ayant passé toutes ces journées auprès d'elle, Strike était habitué à ce qu'elle saute du coq à l'âne, comme si elle réfléchissait à voix haute. Il fut donc peu surpris quand une minute plus tard elle aborda un sujet bien différent :

« J'aurais tellement aimé rencontrer ta Robin. »

Strike, qui s'imaginait sur le bateau de Ted, en train de regarder les cendres de sa tante s'envoler dans le crépuscule, dut effectuer une rapide volte-face mentale.

« Je crois qu'elle te plairait, dit-il. Et je suis sûr qu'elle t'aimerait.

— Lucy dit qu'elle est jolie.

— Ouais, c'est vrai.

— Pauvre fille », murmura Joan. Strike supposa que Joan faisait allusion à la blessure que Robin avait reçue au bras alors qu'elle tentait de débusquer l'Éventreur de Shacklewell.

« C'est drôle que tu évoques l'horoscope, fit-il pour passer à autre chose que Robin et les dispositions post-mortem de Joan. En ce moment, nous enquêtons sur une vieille histoire de disparition. Eh bien, figure-toi que l'inspecteur chargé du dossier à l'époque… »

Il ne lui avait jamais vraiment parlé de son travail et à présent il le regrettait, car Joan semblait captivée par ce qu'il lui racontait.

« Je m'en souviens, dit-elle quand il lui eut brossé l'affaire à grands traits. Margot Bamborough, oui ! ajouta-t-elle avec une vivacité qu'il ne lui connaissait plus. Elle avait un bébé, une petite fille…

— Eh bien, cette petite fille a grandi et c'est elle qui nous a sollicités. Elle s'appelle Anna. Elle et son épouse ont une maison de vacances à Falmouth.

— Je plains la famille, dit Joan. Ne pas savoir si… Et donc, ce policier pensait que la solution était inscrite dans les étoiles ?

— Ouais. Pour lui, l'assassin était Capricorne.

— Ted est Capricorne.

— Merci pour le tuyau », répondit Strike du tac au tac. Elle partit d'un petit rire. « Tu veux encore du thé ? »

En attendant que l'eau bouille, Strike vérifia ses textos. Il en trouva plusieurs, dont un par lequel Barclay l'informait des derniers faits et gestes de la copine de DeuxFois. Le plus récent provenait d'un numéro inconnu. Il l'ouvrit en premier.

> Salut Cormoran, c'est ta demi-sœur, Prudence Donleavy. Al m'a donné ton numéro. J'espère que tu consentiras à lire ce message. D'abord, sache que je comprends parfaitement ta position et les raisons qui motivent ta décision de ne pas participer à la fête d'anniversaire/sortie de l'album des Deadbeats. J'ignore si tu es au courant, mais moi aussi il m'a fallu du temps pour accepter de renouer avec papa, et ça n'a pas été facile, crois-moi. Mais aujourd'hui, j'ai l'impression que le chemin que j'ai parcouru pour le retrouver – et lui pardonner – m'a énormément enrichie sur le plan personnel. Nous espérons tous du fond du cœur que tu puisses toi aussi...

« Que se passe-t-il ? » demanda Joan en le rejoignant dans la cuisine. Elle marchait à petits pas, le dos légèrement voûté.

« Qu'est-ce que tu fais ? Si tu as besoin d'une chose, je peux te l'apporter...

— Je voulais te montrer où je cache les biscuits au chocolat. Si Ted les trouve, il les mangera tous et le docteur s'inquiète pour sa tension. Qu'est-ce que tu lis ? Je connais ce regard. Tu es en colère. »

Strike hésita. Comment Joan réagirait-elle s'il lui parlait de son père ? se demanda-t-il. Le nouveau climat de sincérité qui s'était installé entre eux allait-il jusque-là ? Peut-être à cause de la tempête qui soufflait au-dehors, conférant à la petite maison une ambiance de confessionnal, Strike résolut de tenter le coup et lui parla du texto.

« Oh, fit Joan en lui montrant la boîte Tupperware posée sur l'étagère du haut. Ils sont là-dedans. »

Strike revint dans le salon avec les biscuits qu'il avait disposés sur une assiette à la demande expresse de sa tante. Certaines choses ne changeraient jamais.

« Cette Prudence, tu ne l'as jamais rencontrée, n'est-ce pas ? demanda Joan quand ils furent de nouveau assis.

« Ni elle, ni l'aînée, Maimie, ni le plus jeune, Ed », répondit Strike en essayant d'adopter un ton détaché.

Joan resta silencieuse durant une minute, puis un grand soupir souleva sa maigre poitrine :

« Je pense que tu devrais aller à cette fête.

— Pourquoi ? » s'écria Strike avec une indignation qui lui rappela ses fureurs adolescentes. Il fut surpris de la voir sourire.

« Je sais ce qu'il a fait, dit-elle. Il s'est très mal conduit, mais c'est quand même ton père.

— Absolument pas, répliqua Strike. Mon père, c'est Ted. »

Il l'avait toujours pensé mais ne l'avait jamais exprimé à haute voix. Joan en fut émue jusqu'aux larmes.

« Il aimerait tellement te l'entendre dire, souffla-t-elle. C'est drôle, tu sais, mais… il y a des années de cela, de très nombreuses années, j'étais jeune fille… je suis allée voir une femme qui disait la bonne aventure. Il y avait un campement de gitans un peu plus loin sur la route. J'ai cru qu'elle me promettrait une vie formidable, des tas de belles choses. C'est normal, après tout, on va les voir, on leur donne de l'argent, alors en retour, on attend que… mais tu sais ce qu'elle m'a dit ? »

Strike secoua la tête.

« "Tu n'auras jamais d'enfant." Elle m'a sorti ça. Et débrouille-toi avec.

— Eh bien, elle s'est trompée », répondit Strike.

Les yeux délavés de Joan s'emplirent à nouveau de larmes. Pourquoi avait-il autant attendu pour lui faire cet aveu ? s'interrogea Strike. Ç'aurait été tellement simple de lui accorder cette joie. Mais il s'était abstenu, préférant rester à cheval entre deux loyautés, convaincu qu'en considérant Ted et Joan comme ses vrais parents, il trahirait la femme qui lui avait donné le jour. Il prit la main de Joan qui se crispa sur la sienne avec une force surprenante.

« Tu devrais aller à cette fête, Corm. Je pense que ton père est au centre de… de pas mal de choses. J'aimerais, ajouta-t-elle après une courte pause, que tu aies quelqu'un pour s'occuper de toi.

— Ça ne marche pas comme ça de nos jours, Joan. Les hommes sont censés se débrouiller seuls – à tout point de vue, ajouta-t-il en souriant.

— Tu as besoin qu'on veille sur toi…, répéta-t-elle tranquillement. C'est idiot de prétendre le contraire. Que dit ton horoscope ? »

Strike rouvrit le journal et s'éclaircit la gorge.

« Sagittaire : avec votre planète rétrograde, votre naturel insouciant pourrait vous faire défaut… »

32

Peu importe où je serai, mon aide secrète
Vous suivra.

Edmund SPENSER, *La Reine des fées*

Il était 15 heures. Dans sa Land Rover garée près de la maison de Stoke Newington, celle que Strike avait surveillée durant plusieurs nuits avant Noël, Robin commençait à s'ennuyer ferme. Rien n'avait bougé depuis qu'elle était arrivée, à 9 heures du matin. À force de regarder la bruine se déposer sur son pare-brise, elle en venait presque à regretter de ne pas fumer. Ça lui aurait fait passer le temps.

En naviguant sur le Net, elle avait réussi à identifier la femme blonde à qui appartenait la maison. Elle s'appelait Elinor Dean, elle était divorcée et vivait seule. Robin l'avait vue derrière une fenêtre deux heures auparavant. Avec ce mauvais temps, Elinor n'avait peut-être pas envie de mettre le nez dehors, supposait-elle. Elle n'avait reçu aucune visite, pas même celle du patron de PasNet. Peut-être étaient-ils parents, après tout. Peut-être que l'autre jour, il était juste passé la voir pour la saluer à l'approche des fêtes. Les gens faisaient ce genre de choses, à cette période :

ils offraient des cadeaux, rendaient visite à leurs proches, payaient leur tribut à la société… La petite tape sur la tête n'était peut-être qu'une taquinerie, une blague entre eux. Une chose était sûre, ce geste n'avait rien de sexuel, encore moins de criminel ou de pervers. Rien qui intéresse donc une agence de détectives.

Son portable sonna.

« Bonjour.

— Vous pouvez parler ? » demanda Strike.

Il descendait la rue en pente au sommet de laquelle était bâtie la maison de Ted et de Joan en s'appuyant sur la canne télescopique qu'il avait pensé à emporter, sachant que les rues seraient mouillées et peut-être glissantes. Ted venait de rentrer du pub. À eux deux, ils avaient aidé Joan à regagner sa chambre à l'étage et Strike, qui avait été pris d'une envie de fumer mais ne voulait pas retourner dans la remise, avait décidé de s'offrir une petite balade malgré la pluie.

« Oui, dit Robin. Comment va Joan ?

— Pas de changement », répondit laconiquement Strike. Il n'avait pas envie de s'étendre sur le sujet. « Vous vouliez qu'on discute de l'affaire Bamborough.

— Oui, dit Robin. J'ai trois nouvelles : une bonne, une mauvaise et une neutre.

— La mauvaise pour commencer. »

La mer encore très agitée projetait son écume par-dessus la jetée. Strike prit sur la droite vers le centre-ville.

« Le ministère de la Justice refuse de vous laisser interroger Creed. La lettre est arrivée ce matin.

— Ah », dit Strike. La pluie traversa la fumée bleue de sa cigarette et la fit disparaître. « Cela ne me surprend pas vraiment. Sur quoi appuient-ils leur décision ?

— J'ai laissé le courrier au bureau mais, en gros, ses psychiatres disent qu'il n'a jamais coopéré et qu'il ne changera pas.

— Bon. Ça valait quand même le coup d'essayer. »

Mais il y avait une grande déception dans sa voix. Robin le plaignait de tout son cœur. Ils avaient bossé sur cette affaire pendant cinq mois sans trouver le début du commencement d'un indice et voilà qu'on venait de les priver d'une piste possible. Elle avait l'impression qu'ils fouillaient méticuleusement un rivage hérissé de rochers pendant qu'un grand requin les observait de loin avant de plonger dans les profondeurs de l'océan.

« J'ai repris contact avec Amanda White, aujourd'hui Amanda Law. La lycéenne qui avait soi-disant vu Margot derrière la fenêtre de l'imprimerie. Vous vous rappelez ? Elle nous demandait de l'argent contre son témoignage. J'ai proposé de lui régler ses frais de transport si elle venait à l'agence – elle habite Londres, ce ne sera pas trop cher – et elle a dit qu'elle allait réfléchir.

— C'est bien aimable à elle, grommela Strike. Et la bonne nouvelle ?

— Anna a persuadé Cynthia, sa belle-mère, de nous rencontrer.

— Vraiment ?

— Oui, mais elle sera seule. Roy ne veut toujours rien avoir à faire avec nous. D'ailleurs, Cynthia ne compte pas lui dire qu'elle va nous voir.

— Eh bien, Cynthia ce n'est pas rien, dit Strike. C'est même beaucoup », ajouta-t-il après une seconde de réflexion.

Il marchait vers le pub comme s'il suivait des rails. Le bas de son pantalon était trempé. Le froid commençait à envahir sa jambe valide.

« Où sommes-nous censés la retrouver ?

— Chez eux c'est impossible, bien sûr, vu que Roy n'est pas au courant. Elle suggère Hampton Court. Elle organise des visites guidées là-bas, de temps en temps.

— Guide touristique ? Ça me rappelle… Des nouvelles de LaPoste ?

— Barclay se rend au musée aujourd'hui. Il va essayer de la photographier.

— Et les deux autres, Morris et Hutchins, sur quoi sont-ils ? demanda Strike en gravissant prudemment les larges marches glissantes qui menaient au pub.

— Morris suit la copine de DeuxFois, laquelle n'a toujours commis aucun faux pas – DeuxFois est tombé sur un mauvais numéro, cette fois-ci – et Hutchins s'occupe de Tutu. À ce propos, je vous rappelle que vous avez rendez-vous vendredi prochain avec le client pour faire le point. Si vous voulez, je peux le recevoir à votre place.

— Ça m'arrangerait bien, merci », dit Strike en pénétrant dans le Victory. Avec soulagement, il retira son manteau dégoulinant de pluie. « Je ne sais pas trop quand je pourrai rentrer. Vous avez vu que la circulation des trains a été interrompue.

— Ne vous inquiétez pas pour l'agence. Nous avons les choses en main. Mais je ne vous ai pas tout dit sur l'affaire Bamb… Oh, attendez, ne quittez pas.

— Vous devez raccrocher ?

— Non, c'est bon », se reprit Robin.

La porte de la maison venait de s'ouvrir. La blonde et grassouillette Elinor Dean apparut sur le seuil, vêtue d'un manteau à capuche qui réduisait son champ de vision, ce dont Robin se félicita. Cette dernière descendit de voiture, verrouilla les portières et lui emboîta le pas sans cesser de parler au téléphone.

« Notre blonde amie vient de sortir, annonça-t-elle tranquillement.

— Vous disiez… à propos de l'affaire Bamborough… ? »

Strike se posta devant le comptoir, commanda une pinte d'un simple geste, la paya et la transporta jusqu'à une table à l'écart, celle-là même qu'il avait occupée l'été précédent avec Polworth.

« Oui, j'ai du nouveau », confirma Robin en tournant au coin de la rue. Sa cible marchait toujours devant elle, sans remarquer qu'elle était suivie. « J'aurais aimé vous dire que Douthwaite ou Satchwell ont refait surface mais vous devrez vous contenter de la dernière personne à avoir vu Margot en vie. Ce n'est pas si mal, non ?

— Vous avez trouvé Gloria Conti ? s'écria Strike.

— Ne vous emballez pas », répondit Robin en frissonnant sous la pluie battante. Un Tesco se profilait au bout de la rue. Apparemment, Elinor était sortie faire des courses. « Je ne lui ai pas encore parlé mais je suis quasiment sûre que c'est elle. J'ai retrouvé la trace de sa famille dans les actes du recensement de 1961 : une mère, un père, un fils aîné et une fille, Gloria, deuxième prénom Mary. D'après mes recherches, Gloria vit en France, à Nîmes plus exactement, et elle a épousé un Français. Elle a laissé tomber le "Gloria" et s'appelle à présent Mary Jaubert. Elle a un compte Facebook mais il est privé. Je l'ai retrouvée grâce au site qu'un de ses cousins a créé dans le but de constituer un arbre généalogique. La date de naissance correspond et le reste aussi.

— Beau boulot, dit Strike. Vous savez, je me demande si Gloria ne serait pas plus intéressante pour notre enquête que Satchwell ou Douthwaite. Elle et Margot étaient proches, elle est la dernière à l'avoir vue en vie, et c'est aussi la seule personne vivante à avoir rencontré Theo. »

Malgré l'enthousiasme de Strike, Robin persistait à penser qu'il avait ajouté ses initiales sur leur plan d'action parce qu'il l'estimait incapable de réussir seule.

« Je me suis proposée comme amie sur sa page Facebook, poursuivit Robin, mais elle n'a pas encore donné suite. Si elle ne répond pas, je connais la société où travaille son mari. Je pourrais peut-être lui écrire en lui demandant de passer le message à sa femme. Mais j'aimerais éviter d'en arriver là. Ce serait un peu trop intrusif, je trouve.

— Je trouve aussi », dit Strike avant d'avaler une gorgée de Doom Bar. C'était tellement réconfortant d'être assis au chaud dans ce pub et de discuter avec Robin.

« Ce n'est pas tout, renchérit-elle. Je crois savoir à qui appartenait la camionnette qui a déboulé sur Clerkenwell Green le soir où Margot a disparu.

— Quoi ? Comment avez-vous fait ? s'écria Strike, sidéré.

— C'est une idée qui m'est venue quand j'étais chez mes parents à Noël. À mon avis, ce que les témoins ont pris pour une fleur peinte sur le flanc du véhicule était peut-être un soleil, en réalité. Vous savez ? La planète.

— Le soleil n'est pas une…

— Je vous fais marcher ! Je sais bien que le soleil est une étoile. »

Comme Robin l'avait prévu, la blonde à capuche venait de pénétrer dans le Tesco. Robin la suivit. Le carrelage à l'entrée était maculé de boue mais elle frémit de plaisir en passant sous le souffle d'air chaud.

« À Clerkenwell, en 1974, il y avait une boutique de produits macrobiotiques dont l'enseigne représentait un soleil. J'ai vu l'une de leurs pubs dans un vieux journal, à la British Library. J'ai vérifié dans le registre des sociétés et j'ai pu parler au gérant. Il est toujours de ce monde. Je sais, je n'aurais pas pu lui parler s'il avait été mort, ajouta-t-elle pour couper court à toute réplique.

— Bon sang, Robin », fit Strike en entendant la pluie marteler la vitre derrière lui. Entre cette bonne nouvelle et la Doom Bar, son moral remontait en flèche. « C'est un excellent travail.

— Merci. Mais attendez, je ne vous ai pas tout dit. En 1975, vers le milieu de l'année, le gérant a viré le type chargé des livraisons à cause d'un excès de vitesse qu'il avait commis au volant de la camionnette. Il se souvient de son nom – Dave Underwood – mais je n'ai pas encore eu le temps de… »

Au milieu du rayon des conserves, Elinor s'arrêta brusquement, effectua un demi-tour sur place et se dirigea vers Robin qui fit semblant de choisir un paquet de riz. Elle la laissa passer derrière elle avant de terminer sa phrase.

« … je n'ai pas encore eu le temps de le chercher.

— Là, vous me mettez la honte », dit Strike en frottant ses yeux fatigués. Au lieu de l'horrible canapé du salon, il bénéficiait à présent d'une chambre à lui et d'un vrai lit mais, hélas, le sommier grinçait chaque fois qu'il se retournait et le matelas était si vieux qu'il sentait tous les ressorts dans son dos. « Moi, j'ai seulement réussi à contacter la fille de Ruby Eliott.

— Ruby ? Celle-qui-a-vu-les-deux-femmes-se-disputer-près-des-cabines-téléphoniques ? récita Robin en suivant du regard la blonde qui disparaissait dans une autre allée après avoir consulté la liste des commissions.

— La seule, l'unique. Sa fille m'a écrit pour dire qu'elle acceptait de me rencontrer mais nous n'avons pas encore fixé de jour. Et j'ai appelé chez Janice pour lui demander si le vrai nom du pseudo-Applethorpe lui était revenu en tête, ajouta Strike. J'aurais pu téléphoner à Irene mais je n'en ai pas eu le courage. Malheureusement, Janice est à Dubaï, chez son fils, pour six semaines. C'est mot pour mot le message qu'elle a mis sur son répondeur : “Bonjour, je suis à Dubaï, chez mon fils, pour six semaines.” Ce n'est pas très malin d'annoncer à la Terre entière que sa maison sera inoccupée pendant plus d'un mois. Je vais peut-être lui écrire un mot pour le lui signaler.

— Du coup, vous avez appelé Irene ? » embraya Robin. Elinor s'était arrêtée devant les petits pots pour bébé.

« Pas encore, dit Strike. Mais je dois… »

À cet instant, un signal s'afficha sur son téléphone. Quelqu'un essayait de le joindre.

« Robin, désolé. Je vous rappelle. »

Strike prit la communication.

« Cormoran Strike.

— Oui, bonjour, dit Gregory Talbot. C'est moi – Greg Talbot. Vous avez cherché à me joindre. »

Gregory ne semblait pas franchement ravi, ce qui était compréhensible. En lui remettant la boîte de films, il avait cru se débarrasser du problème une bonne fois pour toutes.

« Oui, Gregory. Merci beaucoup de me rappeler. J'avais encore deux questions. J'espère que ça ne vous ennuie pas.

— Allez-y.

— J'ai lu le carnet de votre père et je voulais savoir s'il connaissait ou s'il avait un jour fait allusion devant vous à un dénommé Niccolo Ricci. Alias "Mucky Ricci".

— Mucky Ricci ? répéta Gregory. Non, je ne dirais pas qu'il le connaissait mais il lui arrivait de parler de lui. C'était un baron de la pègre. Il possédait plusieurs sex-shops à Soho, si c'est bien l'homme auquel je pense. »

Strike eut l'impression que Gregory frissonnait de plaisir en disant cela. Ce phénomène ne lui était pas inconnu. Les gangsters exerçaient une curieuse fascination sur la plupart des gens, et pas seulement les amateurs de polars. Cet engouement allait même parfois jusqu'à toucher des policiers ou des avocats. La grande criminalité étant étroitement associée au pouvoir et à l'argent, pénétrer dans son orbe avait quelque chose de furieusement excitant. Il avait entendu des flics haut gradés parler avec admiration des malfrats qu'ils espéraient coincer et des avocats qui buvaient des coups avec des clients tristement connus, et ce pour autre chose que la simple satisfaction de briller ensuite dans les dîners mondains. Strike soupçonna que le personnage de Mucky Ricci faisait partie des bons souvenirs d'enfance de Gregory Talbot. Une figure haute en couleur appartenant à l'époque révolue où il était encore le fils d'un policier sain d'esprit vivant heureux parmi les siens.

« Oui, c'est bien lui, confirma Strike. Je vous demande ça parce que Mucky Ricci fréquentait le cabinet médical où exerçait Margot Bamborough et que votre père le savait.

— Vraiment ?

— Oui. Mais bizarrement, il n'a pas jugé bon de le mentionner dans le rapport officiel.

— Papa était malade, répliqua Gregory, sur la défensive. Vous avez lu son carnet. Il battait la campagne, la moitié du temps.

— J'entends bien. Mais après sa guérison, qu'a-t-il fait des éléments récoltés alors qu'il menait l'enquête ?

— Que voulez-vous dire ? »

Gregory semblait craindre que Strike l'emmène sur un terrain qu'il ne souhaitait pas explorer.

« A-t-il fait une croix dessus ? Ou bien… ?

— Il triait les suspects sur la base de leur signe astrologique, murmura Gregory. Il invoquait le démon dans la chambre d'amis. À votre avis, qu'avait-il en tête après sa guérison ? Il avait… Il avait honte de lui. Ce n'était absolument pas sa faute mais il ne s'en est jamais remis. Il aurait voulu réintégrer son poste, réparer les dégâts qu'il avait causés. Mais non, ils l'ont mis sur la touche, ils s'en sont débarrassés. L'affaire Bamborough l'a poursuivi jusqu'à la fin de ses jours. Elle a pourri tous les souvenirs qu'il gardait du temps où il était flic. Il ne voulait même plus voir ses anciens collègues.

— Il leur en voulait de l'avoir exclu ?

— Je ne dirais pas cela… mais il avait raison de s'estimer victime d'une injustice.

— Il ne s'est jamais replongé dans ses notes ? Ne serait-ce que pour s'assurer qu'il n'avait rien oublié d'inscrire dans le rapport officiel ?

— Je l'ignore, répondit Gregory, légèrement agacé. À mon avis, il se disait : ils m'ont viré, ils me voient comme un problème, alors maintenant qu'ils se démerdent.

— Comment votre père s'entendait-il avec Lawson ?

— Écoutez, je ne vois pas où vous voulez en venir, rétorqua Gregory, et avant que Strike puisse répondre, il ajouta : Lawson lui a clairement signifié qu'il était hors jeu et qu'il n'avait pas intérêt à marcher sur ses plates-bandes. Lawson a tout fait pour le discréditer, et pas seulement du fait de sa maladie. Il a sali l'homme, le policier qu'il était avant. À cause de lui, tous ses collègues lui ont tourné le dos. Donc si cette info n'a pas été transmise à qui de droit, c'est d'abord la faute de Lawson. Papa a peut-être essayé d'en parler mais il a dû se faire envoyer sur les roses.

— Je comprends parfaitement, et je me mets à sa place, dit Strike. Votre père a vécu des moments difficiles.

— Oui, très difficiles, convint Gregory que la réponse adroite de Strike avait un peu apaisé.

— Mais revenons à Mucky Ricci. Votre père avait-il eu affaire à lui directement ?

— Non, pas mon père, mais son meilleur ami oui. Il s'appelait Browning et il travaillait à la brigade des mœurs. Je me souviens qu'il avait fait une descente dans l'un de ses clubs de strip-tease. Papa nous en avait parlé.

— Ce Browning, où puis-je le contacter ?

— Il est mort. Pourquoi voulez-vous… ?

— Je voudrais connaître la provenance du film que vous m'avez remis.

— Je n'en ai aucune idée. Maman dit que papa l'a rapporté à la maison un jour. Et voilà.

— Vous vous rappelez quand ? insista Strike, en espérant ne pas avoir à lui demander si son père était encore sain d'esprit à ce moment-là.

— Sûrement à l'époque où papa travaillait sur l'affaire Bamborough. Pourquoi ? »

Strike dut se résoudre à lui avouer :

« Malheureusement, j'ai été dans l'obligation de le remettre à la police. »

Le matin où Strike était parti pour les Cornouailles, il avait demandé à Hutchins de s'en charger. Ayant longtemps travaillé dans les forces de l'ordre, Hutchins avait conservé de nombreux contacts et savait à qui s'adresser pour être sûr que la pièce à conviction ne finirait pas au fond d'un placard. Strike lui avait également conseillé de ne pas en parler à Robin. Elle ignorait ce qu'il y avait sur ce film et, d'après lui, c'était mieux ainsi.

« Quoi ? s'écria Gregory, horrifié. Pourquoi avez-vous fait ça ?

— Ce n'est pas du porno, répondit Strike en baissant la voix par respect pour le couple de personnes âgées qui s'étaient réfugiées dans le Victory et se tenaient à deux mètres de lui, visiblement désorientées par la tempête. Il s'agit d'un *snuff movie*. Quelqu'un a filmé un viol collectif suivi d'un meurtre par arme blanche sur la personne d'une femme. »

Il y eut un long silence au bout de la ligne. Strike regarda le vieux couple se diriger à petits pas vers le comptoir. La femme retira son chapeau en plastique tout en marchant.

« Un vrai meurtre ? fit Gregory dont la voix avait grimpé d'une octave. Je veux dire… ils l'ont vraiment tuée ?

— Ouais. »

Strike ne lui fournirait pas de détails. Ce qu'il avait visionné était mille fois plus horrible que le pire des films gore. Lorsqu'il était militaire, il avait vu pas mal de cadavres, il avait aussi vu des gens mourir. Mais il n'était pas près d'oublier la femme nue couverte de sang qui se tordait de douleur sur le sol de l'entrepôt où l'avaient traînée ses tortionnaires.

« Vous leur avez dit d'où vous le teniez, j'imagine, articula Gregory, plus effrayé que furieux.

— Il a bien fallu. Je suis désolé mais il se peut que certains des hommes qui apparaissent dans ce film soient encore en vie. On pourrait encore les condamner pour ce qu'ils ont fait. C'est trop grave. Je n'avais pas le droit de garder ça pour moi.

— Je ne le cachais pas. Je ne savais même pas ce qu'il y avait dessus…

— Je n'ai jamais dit le contraire.

— Mais s'ils croient… vous comprenez, nous sommes un *foyer d'accueil*…

— J'ai dit à la police que vous me l'aviez remis de votre plein gré sans savoir ce qu'il contenait. Et je suis prêt à témoigner devant la justice que vous ignoriez qu'il était dans votre grenier. Ça fait quarante ans que ce film existe. Vous auriez eu tout le temps de le détruire, or vous ne l'avez pas fait. Ce qui plaide en votre faveur, le rassura Strike, même si ce type d'argument n'était pas susceptible de décourager les journaux à scandale.

— J'avais un mauvais pressentiment, articula Gregory d'une voix blanche. Depuis que vous êtes venu et que cette vieille histoire a commencé à refaire surface, je sentais qu'un truc comme ça allait nous tomber dessus.

— Vous disiez que votre père aurait voulu que le mystère soit éclairci. »

Après un autre silence, Gregory répondit :

« C'est vrai. Mais pas à ce prix. Que faites-vous de ma mère ? Et si on nous retirait les enfants ? »

Parmi les répliques qui vinrent à l'esprit de Strike, certaines n'étaient pas très aimables. Il avait maintes fois constaté chez les survivants cette tendance à croire que les défunts auraient préféré les ménager que laisser éclater la vérité.

« Je ne pouvais légalement pas garder ce film par-devers moi en sachant ce qu'il y avait dessus. Et je vous le répète, si on me demande de témoigner, je déclarerai que vous me l'avez remis spontanément. »

Tout avait été dit. Quand Gregory raccrocha, fâché, Strike se dépêcha de rappeler Robin.

Elle était encore au Tesco et finissait de régler ses propres emplettes, un sachet de fruits secs mélangés et un flacon de shampooing, tandis que deux caisses plus loin sa cible entassait dans son caddie un grand nombre de produits pour bébé, dont du talc, des petits pots et des couches.

« Allô oui, dit-elle dans son portable en se tournant discrètement, le temps que la femme blonde passe à côté d'elle.

— C'était Gregory Talbot.

— Qu'est-ce qu'il… ? Oh mais oui, rebondit Robin alors qu'elle sortait du supermarché à la suite d'Elinor. Au fait, vous ne m'avez pas dit ce qu'il y avait sur ce film ? Vous avez réussi à faire marcher le projecteur ?

— Oui, avoua Strike. Je vous en parlerai quand on se verra. Écoutez, j'ai autre chose à vous dire. C'est moi qui m'occuperai de Mucky Ricci, d'accord ? Shanker a commencé à tâter le terrain sur ma demande. Je ne veux pas que vous enquêtiez sur ce type.

— Mais je pourrais… ?

— Est-ce que vous m'avez entendu ?

— C'est bon, calmez-vous ! s'étonna Robin. Ricci a sûrement dépassé les quatre-vingt-dix ans, non ?

— Oui, mais il a des fils. Des fils qui fichent la trouille à Shanker lui-même.

— Oh, fit Robin en comprenant à demi-mot.

— Comme vous dites. Donc on est d'accord ?

— On est d'accord. »

Robin raccrocha, suivit Elinor sous la pluie jusqu'à la petite maison et regagna sa Land Rover en emportant le shampooing et le sachet de fruits secs qu'elle s'était offerts. Les fruits secs l'aideraient à tenir le coup pendant les longues heures qu'elle passerait encore à scruter cette porte.

En voyant le genre d'articles qu'Elinor avait acheté, Robin s'était dit que sa cible exerçait certainement la profession d'assistante maternelle. Mais, en fin d'après-midi, aucun parent n'était venu chercher sa progéniture et aucun cri d'enfant n'avait retenti dans la rue silencieuse.

33

Car lui le tyran, qui la tient sous sa garde
Par de puissants enchantements et magies noires,
La jeta dans un cachot profond…
Lui causant jour et nuit peines mortelles
Et terribles tourments…

Edmund SPENSER, *La Reine des fées*

La blonde de Stoke Newington ayant accédé au statut de témoin capital, l'affaire PasNet requérait désormais le concours de deux enquêteurs au minimum. D'un côté, il fallait surveiller la maison d'Elinor Dean et, de l'autre, suivre les déplacements du patron de PasNet, sans oublier PasNet lui-même, lequel continuait à mener grand train avec le gros salaire qu'il ne méritait pas, aux dires de leurs clients, et à ne rien révéler de l'emprise qu'il exerçait sur son supérieur hiérarchique. Pour sa part, DeuxFois espérait toujours que sa petite amie le fasse cocu, ce qui, en attendant, assurait à l'agence une rentrée d'argent régulière. Quant au dossier LaPoste, il était au point mort, leur unique suspecte, la guide à tête de chouette, ne s'étant pas montrée dans la National Portrait Gallery depuis un bout de temps.

« J'espère qu'elle est juste grippée et qu'elle ne s'est pas suicidée », dit Robin à Barclay quand ils se croisèrent le vendredi après-midi. Strike était toujours coincé dans les Cornouailles et Robin était passée au bureau pour recevoir le client Tutu, lequel venait de régler sa note d'honoraires. Que cela lui plaise ou non, il allait devoir accepter l'idée que le danseur de music-hall dont son inconséquente fille s'était entichée était un jeune homme respectable, monogame et apparemment hétérosexuel.

Barclay, qui remettait à Pat ses notes de frais de la semaine, parut surpris par sa réflexion.

« Mais pourquoi se suiciderait-elle ?

— Je n'en sais rien, dit Robin. Son dernier message était bizarre, comme si elle paniquait. Elle a peut-être cru que j'allais lui jeter ses cartes à la figure, le jour où elle m'a vue dans le musée.

— Vous avez besoin de repos », marmonna Barclay.

Robin se dirigea vers la bouilloire.

« Merci, pas pour moi, dit Barclay. Je relève Andy dans trente minutes. On recommence à planquer sur Pimlico, au cas où la meuf de DeuxFois fricoterait avec quelqu'un, pour changer. »

Pat comptait les billets qu'elle devait lui remettre. Barclay était loin d'être son préféré. Elle aimait beaucoup Robin mais, du côté des hommes, c'était Morris qui recueillait ses faveurs. Robin l'avait croisé à trois reprises depuis le Nouvel An : deux fois lors d'un passage de relais et une autre quand il était venu au bureau remettre son rapport d'activité. Il avait soigneusement évité son regard et parlé uniquement boulot. Un changement qu'elle espérait définitif.

« Qui avons-nous sur la liste d'attente, Pat ? demanda-t-elle en préparant du café.

— On n'est pas assez nombreux pour prendre une nouvelle affaire, dit Barclay en empochant son argent. Pas tant que Strike est absent.

— Il revient dimanche, à condition que les trains fonctionnent », l'informa Robin avant de déposer une tasse à côté de Pat. Ils avaient prévu de rencontrer Cynthia Phipps le lundi suivant, à Hampton Court Palace.

« Il faut que je rentre chez moi le dernier week-end de ce mois », dit Barclay à l'intention de Pat, qui était chargée de tenir le planning en l'absence de Strike. Le temps que le tableur s'affiche sur l'ordinateur, il ajouta : « Faut que j'en profite tant qu'on n'a pas besoin de passeport.

— Comment cela ? » fit Robin en s'écroulant sur le canapé de l'accueil. Elle n'était plus en service mais ne trouvait pas la force de regagner ses pénates.

« L'indépendance de l'Écosse, Robin, gronda Barclay en la regardant par-dessous ses épais sourcils. Je sais que ça vous passe au-dessus de la tête, à vous autres Anglais, mais l'union n'en a plus pour longtemps.

— On n'y est pas encore, si ? dit Robin.

— Tous les gens que je connais voteront oui en septembre. La dernière fois que je suis allé au pays, un de mes copains d'école m'a appelé Oncle Tam. La prochaine fois, je lui casse la gueule. »

Sur ces bons mots, il les salua et partit.

« Comment va sa tante ? » demanda Pat à Robin.

Robin comprit qu'elle parlait de Strike parce qu'elle ne le désignait jamais par son nom quand elle pouvait l'éviter.

« Très mal, dit Robin. Elle n'a pas supporté la chimiothérapie. »

Pat coinça la vapoteuse entre ses dents, se remit à taper sur son clavier et, quelques secondes plus tard, tourna la tête et murmura :

« Il était tout seul là-haut, à Noël.

— Je sais. D'ailleurs, votre gentillesse l'a beaucoup touché. La soupe que vous lui avez montée… Vraiment. »

Pat renifla. Robin but son café en espérant qu'il lui donnerait l'énergie de s'extraire du canapé et d'aller prendre le métro.

« Je pensais qu'il serait parti se soigner ailleurs, renchérit Pat. Au lieu de rester dans cette mansarde.

— Il était dans un sale état, dit Robin. Et il voulait ne contaminer personne. »

Pendant qu'elle lavait sa tasse, enfilait son manteau, prenait congé de Pat et descendait l'escalier, Robin repassa leur bref échange dans sa tête. Elle s'était souvent interrogée sur les raisons de l'animosité que Pat semblait nourrir à l'égard de Strike. D'après le ton qu'elle avait employé, elle semblait le croire à l'abri de la solitude et de la précarité, ce qui était étonnant car Strike n'avait jamais fait mystère de l'endroit où il vivait, ni du fait qu'il y dormait seul.

Elle atteignait la station Tottenham Court Road quand son téléphone sonna au fond de sa poche. Numéro inconnu. La dernière fois qu'elle avait reçu ce type d'appel, elle était tombée sur Tom Turvey. Aussi décrocha-t-elle avec une légère appréhension.

« Vous êtes Robin Ellacott ? demanda une femme qui parlait avec l'accent de Manchester.

— Oui.

— Super, fit son interlocutrice d'une voix un peu tendue. Vous vouliez parler à Dave Underwood. Je suis sa fille.

— Oh, oui, je vois, dit Robin. Merci de me rappeler. »

Dave Underwood était l'homme qui livrait des produits macrobiotiques dans une camionnette décorée d'un soleil à l'époque où Margot Bamborough avait disparu. Robin avait trouvé son adresse postale sur le Net et lui avait envoyé une lettre trois jours auparavant. Depuis qu'elle travaillait sur cette affaire, c'était la première fois qu'on lui répondait aussi vite et, surtout, sans qu'elle ait besoin de revenir à la charge.

« Ça m'a fait un choc de recevoir votre courrier, dit la femme au téléphone. Le problème c'est que papa ne peut pas vous parler lui-même. Il a subi une trachéotomie voilà trois semaines.

— Oh, je suis désolée de l'apprendre, dit Robin, la main plaquée sur l'oreille pour s'isoler des bruits de la circulation.

— Mais il est à côté de moi et il me demande de vous dire… il n'aura pas de problèmes, hein ?

— Non, bien sûr que non. Comme je vous l'ai écrit, je veux juste éliminer cette camionnette de notre enquête.

— Bon, dans ce cas… C'était bien lui. C'est marrant que vous ayez deviné, parce que tout le monde croyait que c'était une fleur et pas un soleil. À l'époque, le fait que les gens confondent, ça le rassurait, car il craignait d'avoir des problèmes. Mais depuis, il regrette. En fait, il devait effectuer une livraison, il s'était trompé de chemin et c'est pour essayer de rattraper son retard qu'il roulait à toute allure sur Clerkenwell Green. Sur le moment, il n'a rien dit parce que le patron l'avait déjà engueulé pour un retard le matin même. Après, quand il a lu dans le journal qu'on le prenait pour Dennis Creed, il a paniqué… Vous savez, ce genre d'affaire, personne ne veut y être mêlé. Et plus le temps passait, plus il redoutait de parler à la police. On lui aurait reproché de ne pas y être allé tout de suite. En tout cas, c'est ce qu'il pensait.

— Je vois parfaitement ce qu'il a pu ressentir, dit Robin. Je comprends mieux maintenant. Et après cette livraison, est-ce qu'il… ?

— Ouais, il est revenu à la boutique et a quand même essuyé une bonne engueulade parce qu'il s'était trompé de client. Il a fallu qu'il y retourne. »

Ainsi donc, la camionnette décorée d'un soleil n'avait joué aucun rôle dans l'enlèvement de Margot Bamborough.

« Eh bien, merci beaucoup pour votre appel, dit Robin. Et dites à votre père que j'apprécie sa franchise. Vous nous avez beaucoup aidés.

— Avec plaisir, dit la femme, avant d'ajouter : Au fait, c'est vous la fille que l'Éventreur de Shacklewell a poignardée ? »

Robin fut tentée de nier, mais elle avait écrit à Dave Underwood en signant de son nom.

« Oui », répondit-elle sur un ton nettement moins affable. Elle n'appréciait guère qu'on l'appelle « la fille que l'Éventreur de Shacklewell a poignardée ».

« Waouh, trop génial ! J'étais sûre que c'était vous. Je l'ai dit à papa. Au moins, Creed ne vous attrapera pas, hein ? »

Elle avait dit cela comme elle aurait parlé d'une chose anodine. Robin acquiesça, la remercia encore une fois pour sa coopération, raccrocha et pénétra dans le métro.

Au moins, Creed ne vous attrapera pas, hein ?

Cette phrase de conclusion lui trottait encore dans la tête alors qu'elle descendait l'escalator. Une telle désinvolture était l'apanage des gens qui n'avaient jamais été confrontés à une terreur indicible, ni soumis à la brutalité d'un assassin armé d'un couteau, des gens qui n'avaient jamais entendu un homme grogner comme un cochon près de leur oreille, vu un regard dément braqué sur eux par les trous d'un passe-montagne, senti leur chair se déchirer sans même éprouver de douleur parce que la mort se tenait si près que son odeur était perceptible.

Robin jeta un coup d'œil par-dessus son épaule. L'homme qui se trouvait sur la marche derrière elle lui donnait des petits coups avec sa mallette. C'était d'autant plus pénible qu'elle supportait mal les contacts physiques avec les individus de sexe masculin qu'elle croisait dans la rue ou les transports en commun. Arrivée au bas de l'escalator, Robin s'éloigna bien vite de l'usager indélicat. *Au moins, Creed ne vous attrapera pas, hein ?* Comme s'il s'agissait d'un jeu de chat perché.

Était-ce le fait qu'on ait parlé d'elle dans la presse qui l'avait rendue moins humaine aux yeux de la fille de Dave Underwood ? se demanda-t-elle en montant dans la rame et en s'asseyant entre deux femmes. Puis elle repensa à Pat et à son étonnement en apprenant que Strike n'avait personne pour prendre soin de lui quand il était malade. Était-ce la raison de son antipathie ? Croyait-elle que la célébrité vous rendait moins vulnérable que le commun des mortels ?

Quand Robin regagna son appartement, quarante minutes plus tard, avec un sac de courses rempli et l'envie de se coucher tôt, elle ne trouva pour l'accueillir que le pauvre Wolfgang, lequel lui fit comprendre en gémissant qu'il avait besoin de sortir de toute urgence. Robin soupira, décrocha la laisse et l'emmena faire une petite balade autour du pâté de maisons. Après quoi, trop fatiguée pour se préparer un vrai repas, elle sortit deux œufs du frigo et les mangea brouillés avec du pain en regardant les informations à la télévision.

Elle se faisait couler un bain quand son portable sonna de nouveau. Son cœur se mit à battre plus fort quand elle vit s'afficher le prénom de son frère cadet, Jonathan. Elle devinait pourquoi il appelait.

« Salut, Jon.

— Salut, Robs. Tu n'as pas répondu à mon texto. »

Elle le savait pertinemment. Ce texto était arrivé sur son portable dans la matinée alors qu'elle surveillait la copine de DeuxFois, qui buvait un café dans un bar avec pour seule compagnie un roman de Stieg Larsson. Jon lui demandait de les héberger, lui et son amie, le week-end des 14 et 15 février.

« Désolée. Ça m'était complètement sorti de l'esprit. J'ai eu une journée chargée. Je ne peux rien te promettre pour l'instant, Jon. Je dois d'abord en parler avec Max…

— Mais on pourrait camper dans ta chambre. Ça ne l'embêterait pas. Courtney n'est jamais venue à Londres. Il y a un humoriste qu'on aimerait bien aller voir, le samedi soir. Au Bloomsbury Theatre.

— Courtney, c'est ta copine ? » s'enquit Robin en souriant. Jonathan parlait rarement de sa vie amoureuse aux membres de sa famille.

« Est-ce que c'est ma *copine* ? » répéta Jonathan sur un ton moqueur. Mais il semblait ravi qu'elle lui pose la question. Robin en conclut que la réponse était « oui ».

« Je vois avec Max, d'accord ? dit-elle. Et je te rappelle demain. »

Après avoir raccroché, elle alla fermer le robinet de la baignoire et revint chercher son pyjama, sa robe de chambre et de la lecture. *Le Démon de Paradise Park* était posé à plat sur les romans alignés dans sa bibliothèque. Après une légère hésitation, elle l'emporta dans la salle de bains tout en essayant d'imaginer sa future cohabitation avec son frère et cette fille inconnue. Une perspective qui ne l'enchantait guère. Était-ce de la pudibonderie, de la ringardise ? Avait-elle vieilli trop vite ? Ayant quitté prématurément la fac, Robin n'avait jamais « campé » à plusieurs dans une chambre. Et depuis le viol dont elle avait été victime au rez-de-chaussée d'une résidence universitaire, elle ne pouvait dormir que dans un environnement qui lui inspirait confiance.

Robin soupira de plaisir en se glissant sous la mousse. Elle avait cru que cette semaine ne finirait jamais, entre les heures à poireauter dans sa voiture et celles à arpenter le macadam détrempé sur les traces de PasNet et d'Elinor Dean. Elle ferma les yeux pour profiter pleinement de l'eau chaude et des effluves de jasmin synthétique que dégageait le produit moussant bon marché. Puis, soudain, elle repensa à la fille de Dave Underwood.

Au moins, Creed ne vous attrapera pas, hein ? Si l'on ne tenait pas compte du ton provocateur, voire narquois, qu'elle avait employé, on pouvait tirer de sa réflexion l'enseignement suivant : une femme ayant toujours su que Creed ne conduisait pas la camionnette marquée d'un soleil pouvait néanmoins être persuadée qu'il était le ravisseur de Margot.

C'était compréhensible, après tout. Creed ne s'était pas servi d'une camionnette pour commettre chacun de ses crimes. Avant de travailler pour ce pressing, il avait déjà fait deux victimes. Et par la suite, il avait ramené deux femmes chez lui sans user de violence.

Robin ouvrit les yeux, saisit *Le Démon de Paradise Park*, l'ouvrit à l'endroit où elle s'était arrêtée et, le tenant de telle manière qu'il ne se mouille pas, reprit sa lecture.

Un soir de septembre 1972, la logeuse de Dennis Creed le vit pour la première fois rentrer avec une femme. Au procès de Creed, elle jura avoir entendu le portillon « grincer » aux environs de minuit, jeté un coup d'œil par la fenêtre de sa chambre et vu Creed accompagné d'une femme qui « semblait un peu pompette mais marchait droit » descendre les marches menant au sous-sol.

Ensuite, quand elle a voulu savoir qui était sa visiteuse, Creed lui a sorti une histoire peu crédible : cette femme était une bonne cliente du pressing, il l'avait croisée par hasard dans la rue, elle avait trop bu, elle voulait appeler un taxi pour regagner son domicile et lui avait demandé si elle pouvait utiliser son téléphone.

La femme que Violet avait vue entrer avec Dennis n'était autre que Gail Wrightman. Ce soir-là, son petit ami lui avait posé un lapin. À 22 h 30, elle était sortie du Grasshooper, un bar de Shoreditch, après avoir consommé plusieurs cocktails fortement alcoolisés. Une femme correspondant à la description de Wrightman a été vue montant à bord d'une camionnette blanche non loin de cet établissement. En dehors de Cooper, qui dit avoir aperçu une femme brune portant un manteau de couleur claire entrer avec Creed cette nuit-là, plus personne n'a revu Gail Wrightman après qu'elle eut quitté le Grasshooper.

À cette période, Creed s'était composé un personnage d'homme fragile, pour mieux plaire aux dames d'un certain âge comme sa logeuse, auquel il ajoutait une attitude joviale et légèrement maniérée qui fonctionnait à merveille sur les jeunes femmes ivres et solitaires. Creed reconnut par la suite avoir rencontré Wrightman au Grasshooper et versé du Nembutal dans son verre. Puis il l'avait attendue à l'extérieur et, quand elle était sortie en titubant, lui avait opportunément proposé de la raccompagner en voiture, ce qu'elle avait accepté avec gratitude.

Cooper a cru à la fable de la cliente voulant appeler un taxi « parce que je n'avais aucune raison d'en douter ».

En réalité, aussitôt entrée, Gail Wrightman s'est retrouvée dans la chambre de Creed. Elle y est restée bâillonnée et enchaînée à un radiateur jusqu'à ce qu'il la tue par strangulation, en janvier 1973. C'était la première fois que Creed gardait une victime en vie aussi longtemps, ce qui montre à quel point il avait confiance en lui, à ce moment-là. Il était absolument sûr que personne ne viendrait le déranger chez lui et qu'il pouvait violer et torturer à sa guise.

Pourtant, la même année, peu avant Noël, sa logeuse lui rendit visite sous un prétexte quelconque. À la barre des témoins, elle raconte : « Ça l'embêtait que je sois là, c'était évident. J'avais senti une odeur désagréable venant de son appartement mais j'avais déjà eu ce genre de problème à cause des canalisations de mes voisins. Dennis m'a dit qu'il n'avait pas le temps de me recevoir parce qu'il attendait un coup de fil.

« Je me rappelle que c'était à la période de Noël parce que je lui ai demandé pourquoi je ne voyais pas de cartes de vœux dans son salon. Je savais qu'il n'avait pas beaucoup d'amis mais j'espérais que quelqu'un aurait pensé à lui. "Long Haired Lover From Liverpool" passait à la radio, le volume à fond, je m'en souviens. Mais c'était dans ses habitudes. Dennis aimait la musique. »

On suppose que la visite surprise de Cooper a signé l'arrêt de mort de Wrightman. Par la suite, Creed confiera à un psychiatre qu'il avait un temps caressé l'idée de la garder « comme animal de compagnie » pour s'épargner à l'avenir les risques que d'autres enlèvements lui auraient fait courir, mais qu'il avait changé d'avis et décidé d'« abréger ses souffrances ».

Creed a assassiné Wrightman dans la nuit du 9 au 10 janvier 1973. Il a choisi cette date parce que Vi Cooper était partie pour trois jours chez une parente malade. Après l'avoir tuée, il lui a tranché la tête et les mains dans la baignoire, il a enveloppé le reste du cadavre dans une bâche et l'a chargé à l'arrière de sa camionnette. Il a roulé jusqu'à la forêt d'Epping pour l'enterrer dans une fosse peu profonde. En rentrant chez lui, il a fait bouillir la tête et les mains pour que la chair s'en détache, il a broyé les os selon le procédé déjà employé avec les cadavres de Vera Kenny et de Nora Sturrock, et il a versé la poudre ainsi obtenue dans le coffret d'ébène marqueté qu'il gardait sous son lit.

En regagnant Liverpool Road, Violet Cooper a remarqué que « les mauvaises odeurs » venant du sous-sol avaient disparu et conclu que les voisins s'étaient enfin décidés à réparer leur tout-à-l'égout.

La logeuse et son locataire reprirent leurs petites soirées amicales consistant à boire, écouter des disques et chanter en chœur. On suppose que c'est à partir de cette date que Creed a commencé à administrer des produits stupéfiants à Vi Cooper. Celle-ci déclarera devant la police que les soirs où Dennis était passé prendre un verre, elle tombait comme une masse et dormait si profondément qu'au matin elle n'avait pas les idées claires.

La tombe de Wrightman ne fut découverte qu'au bout de quatre mois par un homme qui promenait son chien. Le fox-terrier était tombé sur un fémur en creusant la terre. Le travail d'identification par typage tissulaire n'a pas donné grand-chose à cause de l'état de décomposition du cadavre, l'absence de vêtements et le fait que la tête et les mains avaient été sectionnées. Ce n'est qu'après l'arrestation de Creed que les inspecteurs furent en mesure d'ajouter le meurtre de Wrightman à la liste des charges retenues contre lui, la famille de la victime ayant identifié les sous-vêtements, le collant et la bague d'opale qu'il avait cachés sous le plancher de son salon.

La jeune sœur de Gail avait gardé espoir. « Je n'y ai pas cru jusqu'à ce que je voie sa bague. Avant, j'étais franchement persuadée qu'il y avait eu erreur. Je n'arrêtais pas de dire aux parents que Gail reviendrait. Je n'aurais jamais imaginé qu'il existait des individus aussi immondes, et encore moins que ma sœur aurait pu être victime de l'un d'entre eux.

« Cet homme n'est pas un être humain. Durant le procès, il n'a cessé de nous provoquer. Tous les matins, il nous souriait et faisait bonjour avec la main. Chaque fois que le nom d'une victime était prononcé, il se tournait vers les parents, les frères, les sœurs… Et ensuite, quand ils l'ont jeté en prison, il s'est mis à parler, à livrer des renseignements au compte-gouttes, pour mieux nous torturer. Pendant des années, il nous a obligés à revivre la mort de Gail, à nous demander encore et encore ce qu'elle avait dit, ce qu'elle avait fait, comment elle l'avait supplié. Si j'avais pu, je l'aurais tué de mes propres mains, mais je n'aurais jamais su le faire souffrir autant qu'il avait fait souffrir ma sœur. Ce type n'a pas de sentiments, n'est-ce pas ? Ça vous fait… »

Un grand bruit retentit dans le hall d'entrée. Robin sursauta si fort qu'elle projeta de l'eau sur le carrelage.

« Ce n'est que moi ! cria Max. Retrouvez-moi dans le salon, j'ai un truc à fêter ! »

Des pas résonnèrent dans l'escalier. Robin ôta la bonde de la baignoire et termina son chapitre pendant que l'eau baissait, laissant des paquets de mousse collés sur son dos et ses bras.

« Ça vous fait espérer que l'enfer existe. »

En 1976, Creed a confié à Richard Merridan, le psychiatre de la prison, qu'il avait voulu « faire profil bas » après la découverte des restes de Wrightman. Il aurait été tiraillé entre le désir de notoriété et la peur de se faire prendre.

« J'aimais bien lire les articles sur le Boucher dans les journaux. Si je l'ai enterrée dans la forêt d'Epping comme les autres c'est pour que les gens sachent qu'elles avaient toutes été tuées par une seule et même personne. Mais je savais que je prenais un gros risque en ne modifiant pas mon mode opératoire. Par la suite, comme Vi m'avait vu rentrer avec elle et qu'elle était venue chez moi alors qu'elle y était encore, j'ai décidé de passer aux prostituées le temps que la poussière retombe. »

Mais cette décision de « passer aux prostituées » ne lui porterait pas chance car, à peine quelques mois plus tard, il faillit se faire coincer pour la toute première fois.

Le chapitre s'achevait ainsi. Robin sortit de la baignoire, épongea la flaque d'eau sur le sol, enfila son pyjama, sa robe de chambre, et descendit dans le salon où Max regardait la télévision d'un air béat. Visiblement contaminé par la bonne humeur de son maître, Wolfgang s'élança vers elle comme s'il ne l'avait pas vue depuis des semaines et entreprit de lécher ses chevilles parfumées au jasmin.

« J'ai signé un contrat », lui dit Max en coupant le son. Une bouteille de champagne et deux coupes étaient posées sur la table basse devant lui. « Un second rôle, dans une série, sur BBC One. On boit un coup.

— Mais c'est fantastique ! fit Robin, enchantée.

— Ouais, dit-il. Écoutez. Vous croyez que votre Strike accepterait de venir dîner un soir ? Je joue un vétéran. J'aimerais bien discuter avec un type qui a fait l'armée.

— Ça devrait pouvoir s'organiser », répondit Robin sans vouloir trop s'engager. Strike et Max ne s'étaient jamais rencontrés. Elle prit le verre qu'il lui tendait, s'installa dans un fauteuil et porta un toast. « À votre nouveau rôle. Félicitations !

— Merci, dit-il en trinquant. S'il vient, je cuisinerai. Ce sera génial. J'ai besoin de voir des gens. Je suis en train de devenir comme l'un de ces types dont on parle aux actualités en disant "Il était constamment replié sur lui-même".

— Et moi, je serai votre abrutie de colocataire, enchaîna Robin en pensant toujours à Vi Cooper. Je vous trouvais charmant et je ne vous ai jamais demandé pourquoi vous enfonciez des clous dans le plancher de la chambre. »

Max éclata de rire.

« Et c'est sur vous qu'ils s'acharneront. Car les choses sont ainsi faites. La faute retombe toujours sur les femmes. Elle aurait dû savoir… elle aurait dû comprendre… Remarquez, il y en a qui le méritent. Vous vous souvenez de ce dingue en Amérique qui demandait à sa femme de l'appeler sur l'interphone avant d'entrer dans le garage ?

— Jerry Brudos », dit Robin. La carrière criminelle de Brudos était évoquée dans *Le Démon de Paradise Park*. Comme Creed, il avait adoré porter les habits de ses victimes.

« Non, franchement, faut que je reprenne pied dans la vraie vie », répéta Max, que Robin n'avait jamais connu aussi expansif. Un changement sans doute causé par l'alcool et la bonne nouvelle qu'il venait de lui apprendre. « Je me sens tellement mal depuis que

Matthew est parti. Je n'arrête pas de me dire que je devrais vendre la maison et m'installer ailleurs. »

Robin dut faire une drôle de tête car Max poursuivit en disant :

« Pas de panique, ce n'est pas d'actualité. Mais, je vous assure, j'ai failli en crever. C'est lui qui m'a poussé à investir dans cette baraque. "Place ton fric dans la pierre, tu le garderas", disait-il. »

Robin s'attendait à ce qu'il ajoute un commentaire, mais il resta silencieux.

« Max, je voulais vous demander un truc, se lança-t-elle. Si c'est impossible, laissez tomber. Mon plus jeune frère et sa copine cherchent un hébergement à Londres pour le week-end des 14 et 15 février. Mais si vous ne…

— Ne soyez pas bête. Ils n'auront qu'à dormir là, dit-il en tapotant les coussins du canapé. Il se déplie.

— Oh, fit Robin qui le savait déjà. Super ! Merci, Max. » Le champagne et le bain chaud lui donnaient sommeil mais elle s'obligea à rester et à discuter du futur rôle de Max jusqu'à ce que, n'y tenant plus, elle s'excuse et monte se coucher.

En se glissant sous la couette, Robin songea un instant à démarrer un nouveau chapitre. Elle y renonça en se disant que certaines lectures n'étaient pas conseillées avant de dormir. Mais après avoir éteint sa lampe de chevet, comme son esprit fourmillait encore, elle alluma son iPod.

Robin ne mettait jamais d'écouteurs quand elle était chez elle, à moins que Max ne soit dans la maison. Certaines expériences traumatiques vous incitaient à entretenir vos capacités de réaction et d'anticipation.

Mais ce soir-là, elle pouvait se détendre. La porte du bas était fermée à double tour (elle avait vérifié, comme toujours), la chambre de Max se trouvait à deux pas de la sienne et il y avait un chien avec eux. Elle chaussa donc ses écouteurs et lança la lecture aléatoire des quatre albums de Joni Mitchell qu'elle avait fini par acheter, préférant s'offrir de la musique qu'un nouveau parfum que, de toute façon, elle n'aimerait pas.

Quand elle écoutait Mitchell, ce qui lui arrivait fréquemment ces temps-ci, Robin apercevait le sourire de Margot Bamborough entre les plages mélodiques. Margot figée pour l'éternité à l'âge de vingt-neuf ans, luttant pour survivre dans un monde hostile, un monde plus compliqué qu'elle ne l'avait imaginé à l'époque où elle ambitionnait de s'élever au-dessus de sa condition grâce à son intelligence et sa force de travail.

Une chanson démarra, que Robin ne connaissait pas. Elle racontait la fin d'un amour. Les paroles étaient plus directes, plus simples que celles des autres morceaux, truffées de métaphores. *Last chance lost/The hero cannot make the change/Last chance lost/The shrew will not be tamed*[1].

Robin pensa à Matthew, trop rigide pour s'adapter aux ambitions d'une épouse qui attendait de la vie autre chose qu'une progression régulière vers le sommet de l'échelle sociale, trop lâche pour quitter une maîtresse qui, en réalité, correspondait bien mieux à ce qu'il espérait de l'existence, et ce, depuis toujours. Le

1. « La dernière chance est passée, le héros n'y changera rien, la dernière chance est passée, la mégère ne sera pas apprivoisée. »

fait qu'elle ait dû se battre pour avoir le droit d'exercer un métier que tout un chacun considérait comme une aberration faisait-il de Robin une mégère ?

Allongée dans le noir, pénétrée par la voix de Mitchell, une voix plus grave et plus rauque que dans ses albums suivants, Robin sentit une idée s'imposer à elle. Une idée qui lui trottait dans la tête depuis que le ministère de la Justice avait refusé la demande de Strike, deux semaines auparavant.

Strike s'était fait une raison. Robin également, mais surtout parce qu'elle ne voulait pas aggraver la souffrance des familles. Il n'en demeurait pas moins que le seul individu capable de lever les doutes qui empoisonnaient la vie d'Anna était encore de ce monde. Et quand elle songeait avec quelle fébrilité Irene Hickson avait attendu son entretien avec Strike, elle se disait qu'après des décennies de silence, Creed avait peut-être lui aussi très envie de se confier à un homme qui saurait l'écouter.

« *Last chance lost/The hero cannot make the change.* »

Robin se redressa dans son lit, ôta ses écouteurs, ralluma la lampe et attrapa le carnet qui ne quittait plus sa table de nuit.

Strike n'avait pas besoin de le savoir. Du moins, pas pour l'instant. Bien sûr, elle devait tenir compte du fait que son action pouvait nuire à l'agence mais, si elle ne tentait rien, elle regretterait toute sa vie d'avoir laissé passer la seule chance d'arriver jusqu'à Creed.

34

... nulle médecine, nulle sangsue...
Ne guérit de telles blessures ; leur douleur vient droit de l'Enfer.

Edmund Spenser, *La Reine des fées*

La liaison ferroviaire entre les Cornouailles et Londres était enfin rétablie. Strike fit ses bagages en promettant à Ted et Joan de revenir très vite. Au moment du départ, Joan le serra longuement contre elle sans dire un mot. Strike n'aurait jamais cru qu'un jour il regretterait les adieux bavards et larmoyants auxquels elle l'avait habitué.

Dans le train du retour, son humeur se mit au diapason des paysages monochromes, des étendues de boue et des arbres dénudés qui défilaient derrière la vitre poussiéreuse. Assister au déclin de sa tante constituait une expérience nouvelle pour lui qui avait vu beaucoup de gens mourir mais très peu de cause naturelle. Durant sa carrière dans la police militaire, il avait appris à dépasser le trauma causé par la brutale extinction d'une vie humaine, à accepter le vide laissé par une âme qui s'envole subitement. Mais il n'avait jamais connu cette lente capitulation devant l'ennemi intérieur. Il avait honte de penser cela, mais parfois il aurait préféré que tout se termine rapidement, pour pouvoir enfin affronter un vrai deuil. Au moins, se dit-il pendant que le train filait vers l'est, quand il serait chez lui, il pourrait exprimer son chagrin comme il l'entendait au lieu de passer son temps à surjouer la tristesse pour les voisins et la jovialité pour sa tante.

Il refusa deux invitations à dîner le samedi soir, l'une venant de Lucy, l'autre de Nick et Ilsa, préférant se replonger tout de suite dans les dossiers afin de rattraper son retard. Le dimanche, il se consacra à l'affaire Bamborough et, dans la perspective du briefing prévu le lendemain avec Robin, téléphona au Dr Gupta et à deux parents de témoins décédés.

Le dimanche soir, alors qu'il faisait cuire des spaghettis sur sa plaque électrique, il reçut un deuxième texto de sa demi-sœur Prudence.

> Salut Cormoran, j'ignore si tu as eu mon premier message. J'espère que tu trouveras celui-ci. Je voulais juste te dire que je sais pourquoi tu refuses de te joindre à nous pour la photo de groupe et pour la fête. Et que je te comprends. Mais il y a autre chose derrière tout ça que la sortie d'un nouvel album. Je veux bien en parler avec toi mais ça ne devra pas sortir du cercle familial. Ne m'en veux pas si j'ajoute que je suis comme toi le résultat d'une brève liaison (!) de notre père et que moi aussi j'ai eu ma part de souffrance et de colère. Nous pourrions discuter de tout cela autour d'un café, qu'en penses-tu ? Je suis à Putney. Appelle-moi, je t'en prie. J'ai hâte de te rencontrer. Avec toute mon affection, Pru

L'eau des pâtes menaçait de déborder. Strike baissa le thermostat et alluma une cigarette. Une migraine commençait à pulser derrière ses globes oculaires. Il savait qu'il fumait trop : sa langue brûlait et, depuis la grippe, il toussait chaque matin. La dernière fois qu'ils s'étaient vus, Barclay lui avait fait l'éloge de la vapoteuse. Peut-être s'y essaierait-il. Ça, ou alors diminuer sa consommation de tabac.

Il relut le texto de Prudence. Qu'y avait-il derrière cette célébration qui ne doive pas sortir du cercle familial ? Rokeby allait-il enfin être anobli ? Entretenait-il le suspense autour du cinquantième anniversaire des Deadbeats pour mieux se rappeler au bon souvenir de ceux qui distribuaient ces honneurs ? Strike essaya d'imaginer la réaction de Lucy si elle apprenait qu'il s'apprêtait à rencontrer une tripotée de demi-frères et de demi-sœurs jusque-là inconnus, alors qu'elle-même allait bientôt perdre l'une des rares parentes qu'elle avait. Puis il essaya de se représenter la fameuse Prudence dont il savait seulement que sa mère avait été une célèbre actrice.

Il éteignit la plaque, laissa les spaghettis flotter dans leur eau et rédigea une réponse, sa cigarette entre les dents.

> Merci pour tes messages. Je n'ai rien contre l'idée de te rencontrer mais ce n'est pas le bon moment. J'apprécie ta démarche, je pense qu'elle est motivée par les meilleurs sentiments mais je ne suis pas doué pour les ronds de jambe dans les réceptions officielles. Je n'ai pas de relations avec…

Strike s'arrêta une minute. Il n'appelait pas Rokeby « papa » et il voulait éviter le « notre père » pour ne pas se placer sur le même plan que Prudence, ce qui aurait suggéré entre eux une intimité qui n'existait pas et qui aurait pu se révéler gênante.

Pourtant, il ne pouvait se résoudre à la voir comme une étrangère. La preuve, il lui avait spontanément retourné son ton familier. Quelque part, il se sentait attiré vers elle. Était-ce de la curiosité ? Un vestige de l'affection qu'il avait éprouvée, étant enfant, pour ce père invisible ? Ou quelque chose de plus primitif : la voix du sang, un instinct animal impossible à éradiquer quel que soit l'acharnement qu'on y mette ?

… Rokeby et je n'ai pas envie de feindre le contraire le temps d'une soirée juste parce qu'il sort un nouvel album. Je n'ai rien contre toi et, comme je disais, je serai heureux de te rencontrer quand ma vie sera moins…

Strike refit une pause et contempla le nuage de vapeur qui s'élevait de la casserole. Son esprit survola la figure de Joan mourante, les enquêtes en cours à l'agence et, curieusement, termina sa course devant Robin.

… compliquée. Cordialement, Cormoran.

Il accommoda les spaghettis avec un bocal de sauce tomate, les mangea, alla se coucher, s'endormit en écoutant la pluie tambouriner sur le toit d'ardoise et rêva qu'il se battait avec Rokeby sur le pont d'un voilier qui tanguait et roulait si fort qu'au bout d'un moment ils tombèrent à l'eau tous les deux.

Il pleuvait encore le lendemain matin à 10 h 50, quand Strike émergea de la station Earl's Court devant laquelle Robin devait passer le chercher pour leur rendez-vous avec Cynthia Phipps, à Hampton Court Palace. Protégé de l'averse par la corniche en brique au-dessus de sa tête, Strike fumait une énième cigarette en consultant les deux textos qu'il venait de recevoir : l'un de Barclay à propos de DeuxFois, l'autre de Morris au sujet de PasNet. Il avait presque fini de les lire quand son portable sonna. C'était Al. Au lieu de laisser l'appel basculer sur sa messagerie, Strike décida de répondre et de mettre fin au harcèlement qui n'avait que trop duré.

« Salut, frangin, dit Al. Comment tu vas ?

— J'ai connu mieux, répondit Strike sans lui rendre la politesse.

— Écoute, reprit Al, hum… Pru vient de m'appeler. Elle m'a fait part de ta réponse. Le problème c'est que j'ai réservé le photographe pour samedi prochain, mais si tu ne viens pas… L'idée c'était qu'on soit tous sur cette photo. Pour la toute première fois.

— Al, ça ne m'intéresse pas », fit Strike, lassé de se répéter.

Il y eut un bref silence, puis Al rebondit :

« Tu sais, papa a fait des gestes envers…

— Quels gestes ? répliqua Strike dont la colère avait fini par percer sous la fatigue, l'inquiétude au sujet de Joan et la multitude de détails plus ou moins pertinents qu'il essayait de garder en tête pour en parler à Robin. Dis-moi, ça m'intéresse. Tu veux parler de la fois où il m'a envoyé ses avocats pour récupérer le fric qui me revenait légalement… ?

— Si tu fais allusion à la démarche entreprise par Peter Gillespie, sache que papa n'était pas au courant. Je te le jure. Pete est à la retraite maintenant…

— Je ne fêterai pas la sortie de son nouvel album de merde, martela Strike. Mais toi, vas-y, ne te gêne pas.

— Écoute, je ne peux pas discuter maintenant – je t'en parlerai le jour où on prendra un verre – mais si on a décidé de faire ça, la photo, la fête… c'est qu'il y a une bonne raison.

— Je t'ai dit non, Al.

— Tu ne pourras pas lui cracher dessus toute ta vie.

— Lui cracher dessus ? Écoute, je n'ai rien à me reprocher. Je n'ai jamais dit un mot sur son compte à la presse. Alors que lui, depuis quelque temps, il n'est pas foutu de répondre à une interview sans parler de moi…

— Il te tend la main et toi tu ne cèdes rien !

— Il cherche juste à redorer son blason. C'est commode d'avoir une brebis galeuse à sa disposition. Dis-lui que s'il veut être anobli, qu'il commence par payer ses impôts. Je ne lui servirai pas d'alibi. »

Son cœur battait à tout rompre sous son pardessus. Strike raccrocha, étonné par l'intensité de sa colère. Il jeta son mégot sur la chaussée et, comme toutes les cinq minutes, pensa à Joan, au foulard sur son crâne chauve et à Ted qui pleurait en buvant son thé. Pourquoi fallait-il que les choses se passent ainsi ? songea-t-il avec fureur. Pourquoi n'était-ce pas Rokeby qui gisait sur son lit de souffrance pendant que sa tante courait les rues de St. Mawes, papotait avec ses vieux amis, préparait des petits plats pour Ted et harcelait son neveu au téléphone pour qu'il vienne les voir bientôt ?

Quand elle tourna au coin de la rue et aperçut Strike sur le trottoir, Robin reçut un choc. Elle était au courant pour la grippe et le poulet avarié mais n'imaginait pas qu'il aurait autant maigri. En voyant son air furibond, son premier réflexe fut de regarder sa montre pour vérifier si elle était en retard.

« Ça va ? lui demanda-t-elle quand il ouvrit la portière côté passager.

— Oui, grogna-t-il en grimpant sur le siège.

— Bonne année.

— C'est pas déjà fait ?

— Non, pas vraiment, répliqua Robin, agacée par son attitude. Surtout, ne vous sentez pas obligé de me répondre. Ça m'ennuierait de vous déranger dans…

— Bonne année, Robin », marmonna Strike.

Bien que réglés à la vitesse maximum, les essuie-glaces peinaient à évacuer la pluie qui inondait le pare-brise. Robin déboîta et s'engagea sur la chaussée avec la nette impression d'avoir déjà vécu cet instant. Strike était aussi grincheux que le jour de son anniversaire, quand elle était passée le chercher en voiture. Elle comprenait ce qu'il vivait en ce moment mais il n'était pas le seul à être fatigué et à avoir des problèmes personnels. La différence, c'était qu'elle au moins faisait l'effort d'être aimable.

« Que se passe-t-il ? insista-t-elle.

— Rien. »

Ils roulèrent sans rien dire pendant quelques minutes, puis Robin brisa le silence.

« Vous avez vu le mail de Barclay ?

— Sur DeuxFois et sa nana ? Ouais, je viens de le lire. Il l'a jetée. La pauvre fille ne saura sans doute jamais que c'est parce qu'elle lui était fidèle.

— Ce type est vraiment un grand malade. Mais tant qu'il paie….

— C'est exactement ce que je pense », répondit Strike en essayant de se montrer plus sympathique. Après tout, Robin n'y était pour rien. Joan, Pru, Al, Rokeby… Ce n'était pas sa faute. Elle avait tenu l'agence à bout de bras pendant qu'il était en Cornouailles. Elle méritait mieux.

« Du coup, nous pouvons passer au client suivant sur la liste d'attente, ajouta-t-il en feignant l'enthousiasme. Je vais appeler cette courtière en marchandises qui soupçonne son mari de coucher avec la nounou. D'accord ?

— Eh bien, dit Robin, je ne sais pas trop. PasNet occupe plusieurs personnes en ce moment. Il faut le surveiller lui, mais aussi son patron et la femme de Stoke Newington, Elinor Dean… Au fait, elle l'a encore reçu hier soir. Toujours le même rituel avec les petites tapes sur la tête.

— Vraiment ? fit Strike en fronçant les sourcils.

— Oui. Nos clients s'impatientent. Ils veulent du solide. En plus de cela, l'affaire LaPoste n'est toujours pas résolue et le dossier Bamborough nous prend beaucoup de temps. »

Robin n'osait pas lui annoncer frontalement qu'à cause de ses allers-retours entre Londres et les Cornouailles, leurs collaborateurs et elle avaient dû renoncer à prendre des congés.

« Donc, à votre avis, il faut se concentrer sur PasNet et LaPoste, c'est cela ?

— À mon avis, on doit accepter le fait que PasNet monopolise trois personnes à plein temps et que prendre un nouveau client serait donc prématuré.

— Très bien, j'ai compris, grommela Strike. Et la guide de la National Portrait Gallery ? Vous avez des nouvelles ? D'après Barclay, vous craignez qu'elle se soit suicidée.

— Pourquoi il vous a dit ça ? » fit Robin en regrettant d'avoir exprimé cette inquiétude. Ce n'était pas très sérieux pour une professionnelle.

« Pour rien. Elle est réapparue ?

— Non.

— Le présentateur météo a reçu d'autres cartes postales ?

— Non.

— Vous l'avez peut-être effrayée. »

La pluie continuait à marteler le pare-brise. Strike sortit son calepin et l'ouvrit.

« J'ai quelques infos à vous donner avant qu'on rencontre Cynthia Phipps. Au fait, bravo pour la camionnette de produits macrobiotiques. Vous avez fait du beau boulot.

— Merci.

— Malheureusement, nous avons une autre camionnette sur les bras, dit Strike.

— Pardon ? demanda sèchement Robin.

— J'ai parlé à la fille de Ruby Eliott hier. Vous vous rappelez Ruby…

— Celle qui passait en voiture et a vu deux femmes se disputer près des cabines téléphoniques.

— Exactement. J'ai également réussi à joindre un neveu de Mrs. Fleury, la femme qui marchait sur Clerkenwell Green ce soir-là avec sa vieille mère, sous la pluie battante. »

Strike s'éclaircit la gorge et lut les notes qu'il avait prises :

« Marc Fleury dit que sa tante n'avait pas apprécié de lire dans la presse qu'elle s'était “disputée” avec sa mère, et qu'elle l'avait “empoignée”, parce que ces expressions laissaient entendre qu'elle s'était mal comportée avec la chère vieille dame, alors qu'en réalité elle essayait simplement de lui faire presser le pas, mais sans la brusquer. À part cela, la description correspond : chapeau de pluie, imperméable. De même que le lieu et l'heure.

« Et comme Mrs. Fleury critiquait la terminologie employée, Talbot en a profité pour faire pression sur elle et l'obliger à dire qu'en réalité ce n'étaient pas elle et sa mère que Ruby Eliott avait vues ce soir-là. Sauf que Mrs. Fleury ne s'est pas laissé influencer. La description fournie par Ruby Eliott était trop précise : elle était sûre qu'il s'agissait d'elle et de sa mère.

« Donc Talbot est revenu vers Ruby et il a tout fait pour qu'elle change sa version. Vous vous souvenez, il y avait une autre cabine téléphonique à l'entrée d'Albemarle Way. Talbot voulait lui faire dire que c'était devant cette cabine-là qu'elle avait vu deux personnes se disputer.

« Et c'est là que les choses deviennent intéressantes, poursuivit Strike en tournant une page de son calepin. La fille de Ruby dit que sa mère était étourdie, qu'elle conduisait nerveusement, ne savait pas lire une carte et n'avait aucun sens de l'orientation, mais qu'en revanche elle était dotée d'une excellente mémoire visuelle, surtout pour les détails. Elle pouvait oublier dans quelle rue elle avait croisé quelqu'un mais elle aurait pu décrire jusqu'à la teinte des lacets de chaussures de cette personne. Elle avait été étalagiste, dans sa jeunesse.

« Étant donné son étourderie, Talbot n'aurait dû avoir aucune difficulté à la convaincre qu'elle s'était trompée de cabine téléphonique, mais plus il insistait, plus elle campait sur ses positions. Et pourquoi cela, me direz-vous ? Elle refusait d'admettre que la scène avait eu lieu près de la cabine d'Albemarle Way parce qu'elle avait vu *autre chose* se produire près de la cabine en question, une chose dont elle ne se serait pas souvenue si Talbot ne lui avait pas parlé d'un bâtiment à la façade en biseau. Gardons en tête qu'elle ne connaissait pas du tout le quartier.

« Ruby a continué à tourner en ratant systématiquement Hayward's Place où habitait sa fille. Quand Talbot lui a demandé : “Vous êtes sûre de n'avoir pas vu ces deux femmes se disputer près de la cabine d'Albemarle Way, à l'angle d'un immeuble à la façade en biseau ?”, Ruby s'est brusquement rappelé qu'elle avait dû donner un grand coup de frein à l'endroit dont il parlait, pour éviter d'emboutir une camionnette qui s'était arrêtée net devant un immeuble à la façade en biseau. Et qu'une jeune femme brune et trapue qui attendait sous la pluie battante à côté de la cabine téléphonique avait grimpé à bord. La femme…

— Une seconde, l'interrompit Robin en lâchant la route des yeux pour lui jeter un bref coup d'œil. Brune et trapue ? C'était Theo ?

— Par la suite, Ruby a fourni une description qui correspond parfaitement à ce que nous savons de Theo. Peau brune, bien charpentée, cheveux épais, noirs – plaqués par la pluie, ce soir-là –, portant une paire de… boucles d'oreilles Kuchi, articula Strike en même temps qu'il déchiffrait le mot.

— Qu'est-ce que c'est ?

— Des colifichets style bohémien, dixit la fille de Ruby. Ce qui expliquerait que Gloria ait dit de Theo qu'elle ressemblait à une “gitane”. Ruby s'y connaissait en vêtements et en bijoux. Elle n'aurait jamais manqué ce détail.

« Quand la camionnette a pilé pour prendre cette fille qui était peut-être Theo, la circulation s'est trouvée bloquée un instant. Les voitures klaxonnaient derrière Ruby. La fille brune a grimpé sur le siège avant, la camionnette est repartie en direction de St. John Street et Ruby l'a perdue de vue.

— Elle n'en a pas parlé à Talbot ?

— Toujours selon sa fille, quand Ruby s'est rappelé l'incident, elle en avait ras-le-bol de cette histoire, ras-le bol de se faire engueuler par Talbot qui voulait à tout prix qu'elle revienne sur sa déclaration et avoue que les deux personnes qui se disputaient étaient peut-être Margot et Creed déguisé en femme. Elle regrettait même d'en avoir parlé.

« Ensuite, quand Lawson a repris le flambeau, elle s'est demandé ce que la police et la presse diraient d'elle si jamais elle se présentait pour modifier sa précédente déposition. À tort ou à raison, elle a craint qu'on l'accuse de vouloir se faire mousser auprès du nouvel inspecteur après que le premier eut considéré son témoignage comme quantité négligeable.

— Mais sa fille n'a pas eu de scrupules à vous en parler ?

— Ruby est décédée. Elle ne craint plus grand-chose. Et sa fille est persuadée que ça n'y changera rien de toute façon, alors pourquoi ne pas en parler ? Cela étant dit, reprit Strike en tournant une autre page, nous ne sommes pas sûrs qu'il s'agisse de la fameuse Theo… encore que, personnellement, je pense que si. Theo n'était pas inscrite au cabinet, ce qui veut dire qu'elle n'était pas du quartier. Ce coin de rue était assez caractéristique pour que le chauffeur de la camionnette le lui ait indiqué comme point de rendez-vous, après sa visite chez le médecin. En plus, il y avait de la place pour se garer.

— Mais si c'est bien Theo qui attendait sur le trottoir, dit lentement Robin, ça veut dire qu'elle n'a joué aucun rôle dans la disparition de Margot, n'est-ce pas ? Elle est sortie seule du cabinet, elle est montée dans une camionnette, elle est partie…

— Mais qui conduisait la camionnette ?

— Je ne sais pas… Un parent, un ami, un frère, une sœur…

— Pourquoi Theo ne s'est-elle pas présentée après les appels à témoins ?

— Peut-être qu'elle avait peur. Peut-être qu'elle était malade et ne voulait pas que ça se sache. En général, les gens n'aiment pas avoir affaire à la police.

— Ouais, ce n'est pas faux, reconnut Strike. Mais je trouve quand même curieux que l'une des dernières personnes à avoir vu Margot en vie ait quitté le quartier à bord d'un véhicule assez grand pour y cacher une femme.

« À propos de la dernière personne à avoir vu Margot en vie, enchaîna-t-il, Gloria Conti s'est-elle manifestée ?

— Non. Si nous n'avons rien d'ici la fin de la semaine prochaine, j'essaierai de la contacter via son mari. »

Strike tourna encore une page.

« Après avoir parlé à la fille de Ruby et au fils Fleury, j'ai rappelé le Dr Gupta. Je ne sais pas si vous vous en souvenez, mais dans mon résumé des élucubrations astrologiques de Talbot je parlais d'un "Scorpion" dont Margot trouvait la mort suspecte.

— Oui, dit Robin. Vous supposiez que ce Scorpion était la petite amie de Steve Douthwaite, celle qui s'est suicidée.

— Quelle mémoire ! Eh bien, Gupta n'a pas souvenir d'un patient mort dans des circonstances suspectes ou d'une manière qui aurait pu troubler Margot. Mais bien sûr, il a insisté sur le fait que l'affaire remonte à quarante ans et qu'il peut avoir oublié.

« Donc j'ai poursuivi en lui demandant s'il savait à qui Joseph Brenner aurait pu rendre visite dans l'immeuble de Skinner Street le soir de la disparition de Margot. Gupta sait que Brenner avait plusieurs patients sur Skinner Street mais il ne voit pas pourquoi il aurait caché qu'il s'était rendu chez l'un d'entre eux.

« En dernier lieu, mais cela ne nous avance guère, Gupta se souvient que deux hommes sont venus chercher Gloria au cabinet, le jour de la fête de Noël. Il a pensé que l'un des deux était son père, étant donné son âge. “Mucky Ricci” ne lui évoque rien. »

Ils franchissaient Chiswick Bridge quand le soleil apparut subitement entre deux nuages. Durant quelques secondes, les eaux sales de la Tamise et les flaques de boue sur ses rives furent éclaboussées d'une lumière au laser. Puis les nuées se refermèrent et le paysage urbain retrouva sa désespérante monotonie, avec la même pluie, la même grisaille, les mêmes buissons trempés et les mêmes arbres décharnés bordant la route à quatre voies.

« Et le film ? demanda Robin en tournant les yeux vers Strike. Le film que Gregory Talbot a trouvé dans son grenier ? Vous disiez que vous m'en parleriez quand on se verrait.

— Ah. Ouais. »

Strike projeta son regard au-delà des essuie-glaces, sur la bande de bitume qui s'étirait devant eux, battue par une pluie intense tombant à l'oblique.

« On y voit une femme portant une cagoule se faire violer puis assassiner par plusieurs hommes. »

Robin ressentit des picotements au niveau de la nuque et du cuir chevelu.

« Quand je pense que certaines personnes prennent plaisir à regarder ces horreurs », murmura-t-elle, écœurée.

Strike comprit qu'elle n'avait pas bien saisi. Elle croyait qu'il parlait d'une fiction.

« Non. Ce n'est pas un film porno. Ça s'est réellement produit… et quelqu'un a filmé la scène. »

Robin le regarda, sidérée, puis se reconcentra très vite sur sa conduite, les mains crispées sur le volant, tandis que des images atroces défilaient dans sa tête. Était-ce à cause de ce film que Strike faisait cette tête d'enterrement ? Avait-il identifié la femme à la cagoule ? Avait-il reconnu le corps "tout en jambes" qu'Oonagh Kennedy leur avait décrit ?

« Ça va ? s'inquiéta-t-il.

— Oui, fit-elle en élevant un peu trop la voix. Que… Avez-vous vu si… ? »

Strike répondit à la question qu'elle tentait de formuler.

« Cette femme avait une grande cicatrice sur la cage thoracique. Or, nous n'avons vu mention d'une telle marque ni dans la presse ni dans le rapport de police. Je ne pense pas qu'il s'agisse de Margot. »

Robin l'écoutait en serrant les mâchoires.

« Ils étaient quatre… heu… à agir, poursuivit Strike. Des hommes blancs, impossibles à identifier. Leurs visages étaient masqués. Il y en avait un cinquième qui ne faisait que regarder. Je le sais parce que son bras est passé devant l'objectif un bref instant. Peut-être Mucky Ricci. L'image n'était pas nette mais j'ai cru apercevoir une grosse chevalière en or. »

Il veillait à n'énoncer que des faits bruts. Mais les muscles de sa jambe valide étaient presque aussi contractés que les doigts de Robin. Elle avait déjà fait une crise de panique un jour, alors qu'ils étaient en voiture. Il allait peut-être devoir empoigner le volant de toute urgence.

« Qu'en dit la police ? demanda Robin. Ils savent d'où ça pourrait venir ?

— Hutchins a posé la question autour de lui. Un ancien de la brigade des mœurs lui a parlé d'une descente dans un club de Soho en 1975. Ils avaient saisi tout un stock de films du même genre, planqués dans la cave. D'après lui, celui-ci peut en faire partie. Le club appartenait à Ricci.

« Sachant qu'un de ses meilleurs potes travaillait lui aussi pour la brigade des mœurs, on peut imaginer que Talbot a vu ce film et qu'il l'a dérobé.

— Mais pourquoi ? gémit Robin.

— La réponse la plus évidente est "parce qu'il était mentalement dérangé". Mais n'oublions pas qu'il soupçonnait Ricci, à la base. Il savait qu'il fréquentait le cabinet St. John's et qu'il était présent lors de la fête de Noël. Dans ses notes astrologiques, il l'appelle…

— … Lion 3, compléta Robin. Oui, je m'en souviens. »

Strike sentit les muscles de sa jambe se détendre très légèrement. Une personne en passe de succomber à une crise de panique n'aurait pas fait preuve d'une telle vivacité d'esprit.

« Vous avez appris mon compte rendu par cœur ? » lui demanda-t-il.

Ce fut au tour de Robin de se remémorer une scène vécue lors des dernières fêtes de Noël. Elle se revit assise dans la cuisine de ses parents, devant son ordinateur, et se rappela la trop fugace sensation de réconfort qu'elle avait éprouvée en étudiant ce document de travail.

« Je fais attention à ce que je lis, c'est tout.

— Je n'ai toujours pas compris pourquoi Talbot a négligé la piste Ricci. Cela dit, entre-temps, son état mental s'était nettement dégradé. C'est évident quand on lit ses dernières notes. L'enquête a duré six mois. Je suppose qu'il a subtilisé cette boîte de films peu avant qu'on le vire de la police. Ce qui expliquerait pourquoi il n'en ait pas fait mention dans le rapport officiel.

— Donc, il l'aurait cachée pour que personne après lui ne puisse enquêter sur l'assassinat de cette femme, dit Robin qui commençait à trouver Talbot nettement moins sympathique. Mais quand il a retrouvé la raison, pourquoi ne l'a-t-il pas restituée ?

— Je suppose que dans un premier temps, il espérait être réintégré et qu'ensuite, comprenant qu'il se faisait des illusions, il l'a gardée par-devers lui de peur qu'on lui retire sa pension. En plus, cela revenait à avouer qu'il avait compromis un indice lié à une autre affaire de meurtre. Déjà que tout le monde lui reprochait d'avoir fait foirer l'enquête sur Margot… Et, par-dessus le marché, voilà que Lawson, un type qu'il déteste, reprend le flambeau et l'envoie paître. Pour faire taire sa conscience, il a dû se raconter que cette femme était juste une prostituée ou…

— Strike ! réagit Robin.

— Ce n'est pas moi qui dit "juste une prostituée", se rattrapa-t-il. Je me mets à la place d'un flic des années 1970 qui a été publiquement désavoué pour avoir bousillé une enquête criminelle de première importance. »

Robin s'abstint de répondre et demeura silencieuse pendant le reste du trajet. Une attitude qui ne fit que raviver les craintes de Strike, qui resta tendu et sur ses gardes.

35

... la belle Aurora, se levant en hâte,
Montre par son rougissement qu'elle a passé la nuit
Dans le lit froid du vieux Tithonus,
Et semble en concevoir de la honte.

Edmund SPENSER, *La Reine des fées*

« Vous avez déjà visité Hampton Court ? » demanda Strike pendant que Robin garait la Land Rover. Il avait posé cette question pour tenter de dégeler l'atmosphère, Robin n'ayant pas desserré les dents depuis qu'ils avaient parlé du *snuff movie*.

« Jamais. »

Ils descendirent de voiture et traversèrent le parking sous la pluie glacée.

« Où devons-nous rencontrer Cynthia, exactement ?

— Au Privy Kitchen Café, dit Robin. J'espère qu'ils nous donneront un plan du site quand on achètera les tickets. »

Elle savait qu'elle était injuste envers Strike. Ce n'était pas lui qui avait planqué ce film ignoble dans le grenier de Gregory Talbot. Il ne pouvait pas savoir, quand il avait allumé le projecteur, qu'il allait assister aux derniers instants de cette pauvre femme. Par ailleurs, elle n'aurait pas apprécié qu'il lui cache la vérité, au prétexte de la ménager. Ce qui la révoltait, c'était plutôt la manière dont il lui avait décrit la scène. Avec cette froideur, cette absence d'émotion. Il aurait au moins pu nuancer son propos, y mettre un peu d'indignation, de dégoût, de répulsion.

Mais peut-être demandait-elle l'impossible. Avant qu'elle fasse sa connaissance, Strike avait été enquêteur dans la police militaire pendant des années. Il en avait vu d'autres. D'où ce calme, ce détachement qu'il lui arrivait de jalouser. Elle aussi faisait des efforts pour se contrôler et elle y parvenait plutôt bien mais, tout de même, elle aurait aimé savoir qu'en regardant mourir cette femme il avait ressenti un peu de pitié, un peu d'empathie, qu'il l'avait vue comme un être de chair et de sang, au même titre que lui.

Juste une prostituée.

Leurs pas résonnaient sur les pavés mouillés. Voyant le grand palais de brique rouge bâti sous le règne d'Henri VIII se dresser devant eux, Robin, pour tenter d'effacer les images horribles encombrant son esprit, entreprit de rassembler ses connaissances historiques. Mais, curieusement, au lieu du cruel monarque qui avait fait décapiter deux de ses six épouses, ce fut Matthew qui s'invita dans ses pensées.

Au cours des semaines ayant suivi l'agression de Robin par l'homme au masque de gorille, Matthew avait déployé des trésors de gentillesse, de patience et de compréhension. Bref, il s'était occupé d'elle. Contrairement à son avocate, Robin commençait à comprendre pourquoi il montrait à présent un tel acharnement à compliquer une procédure de divorce qui aurait dû se passer « comme sur des roulettes ». S'il avait tant de mal à accepter qu'elle ait pris l'initiative de leur rupture, c'est parce qu'il s'estimait investi d'un droit de propriété sur elle, comme si l'avoir autrefois aidée à traverser cette terrible épreuve avait fait de Robin son éternelle débitrice.

Sentant monter les larmes, elle se cacha derrière son parapluie et cligna plusieurs fois les paupières.

Puis, alors qu'ils traversaient une cour pavée, elle s'arrêta net pour désigner quelque chose par terre. Cette halte soudaine ne fut pas pour déplaire à Strike qui ne raffolait pas des sols inégaux. Il la rattrapa en se demandant avec quelque inquiétude s'il n'allait pas se faire enguirlander.

« Regardez », dit-elle.

Une petite croix de St. John était gravée sur une plaque de métal sertie dans la pierre.

« Coïncidence », commenta-t-il.

Ils reprirent leur progression. Robin ne négligeait rien de ce qu'il y avait autour d'eux. En passant dans la deuxième cour, ils tombèrent sur un groupe de collégiens vêtus de cirés et écoutant un guide déguisé en fou du roi.

« Oh, waouh, souffla Robin en pivotant sur elle-même avant de revenir sur ses pas. Vous avez vu ça ? »

Au-dessus de l'immense porche qu'ils venaient de franchir, encastrée dans la façade de brique, Strike découvrit une magnifique horloge astronomique aux plateaux rehaussés de bleu et d'or. Il reconnut les signes gravés sur son pourtour, assortis des symboles astrologiques qui lui étaient devenus familiers malgré lui, et des mois correspondants. Robin sourit devant son air aussi surpris qu'agacé.

« Qu'est-ce qui vous amuse ? ronchonna-t-il.

— Vous, répliqua-t-elle. Vous êtes fâché contre le zodiaque.

— Si vous aviez passé trois semaines à vous coltiner le carnet de Talbot, vous ne seriez pas trop fan d'astrologie, vous non plus. »

À l'entrée du palais, Strike s'effaça pour la laisser passer et, se fiant au plan qu'on lui avait remis à l'accueil, la guida vers une galerie dallée censée déboucher sur le Privy Kitchen Café.

« Moi, j'y trouve une certaine poésie, reprit Robin pour s'éviter de penser au *snuff movie* et à son ex-mari. Je ne dis pas que c'est une science exacte, mais je vois comme une harmonie, un équilibre des… »

Un petit jardin à la Tudor venait d'apparaître sur leur droite, par une porte ouverte. Des figures héraldiques et autres animaux fabuleux vivement colorés – léopard tacheté, cerf blanc, dragon rouge – semblaient y monter la garde, perchés au-dessus des parterres d'herbes médicinales en vogue au XVIe siècle. En les apercevant, Robin eut l'impression que les bêtes légendaires la remerciaient pour son éloge des mythes anciens.

« Je ne parle pas au sens littéral, reprit-elle en poursuivant son chemin, mais si ces légendes ont traversé les siècles pour arriver jusqu'à nous, il y a forcément une raison.

— Ouais, dit Strike. La raison, c'est que les gens sont prêts à croire n'importe quelle connerie pourvu qu'elle soit ancienne. »

Strike fut soulagé de la voir sourire. Ils entrèrent dans un grand café aux murs blancs percés de vitraux, garni de meubles en chêne foncé.

« Trouvez-nous une place dans un coin tranquille. Je vais chercher à boire. Qu'est-ce que vous prenez ? Du café ? »

Robin avisa une petite salle attenante et, constatant qu'elle était inoccupée, entra et choisit une table sous une fenêtre à vitraux. Pour passer le temps, elle consulta le dépliant qu'on leur avait remis à la billetterie et, ce faisant, apprit que le palais avait été construit sur des terres ayant appartenu aux chevaliers de St. John, d'où la croix enchâssée dans le sol pavé ; le cardinal Wolsey l'avait ensuite offert au roi Henri VIII pour tenter de repousser son inévitable disgrâce. Mais quand elle lut que certaines nuits, le fantôme de Catherine Howard, décapitée à l'âge dix-neuf ans, parcourait la Haunted Gallery en suppliant son royal et quinquagénaire époux de lui laisser la vie sauve, Robin referma la brochure et la glissa au fond de son sac. Strike la trouva assise bras croisés, le regard dans le vague.

« Tout va bien ? demanda-t-il en déposant les deux tasses de café.

— Oui. Je songeais au zodiaque.

— Encore ? fit Strike en levant les yeux au ciel.

— Jung dit que l'astrologie est l'ancêtre de la psychologie. Vous le saviez ?

— Non, je l'ignorais », dit Strike en s'asseyant face à elle. Robin avait commencé une licence de psychologie avant de tout lâcher en cours d'année. « Mais ce n'est pas une raison pour s'en servir encore, maintenant qu'on a mieux.

— Le folklore et les superstitions n'ont pas disparu et ne disparaîtront jamais. Les gens en ont besoin, dit-elle en prenant une gorgée de café. Je pense qu'un monde exclusivement régi par la science serait invivable. Jung a beaucoup écrit sur l'inconscient collectif, les archétypes qui sommeillent en chacun de nous. »

Il en fallait davantage pour convaincre Strike, qui avait passé une bonne partie de son enfance dans un nuage d'encens, de crasse et de mysticisme.

« Ouais, eh ben moi je joue dans l'équipe adverse. Celle de la Raison.

— Les gens ont besoin de se savoir connectés à une entité supérieure, poursuivit Robin en regardant le ciel nuageux derrière les vitraux. Ça leur permet de se sentir moins seuls. L'astrologie les relie à l'univers, après tout. Et aux mythes ancestraux…

— … et par la même occasion, elle regonfle leur ego, l'interrompit Strike. C'est dur de vivre en sachant qu'on n'est pas grand-chose. “Regardez les mecs, l'univers me dit que je suis quelqu'un d'important.” Non, je ne marche pas dans la combine. Croire que j'ai des affinités avec les autres natifs du 23 novembre, ce serait comme dire qu'ayant vu le jour en Cornouailles, je vaudrais mieux qu'un type de Manchester.

— Je n'ai jamais rien affirmé de tel…

— Pas vous mais mon plus vieux pote, si. Dave Polworth.

— Celui qui râle quand il ne voit pas le drapeau des Cornouailles sur les emballages de fraises ?

— Lui-même. Dave est un nationaliste pur et dur. Si on le contredit, il se place aussitôt sur la défensive – “Je n’ai jamais dit qu’on était mieux que les autres”. En revanche, il estime qu’avant de pouvoir acheter une maison en Cornouailles, on devrait prouver qu’on y a des racines. Si vous tenez à vos dents, ne lui rappelez surtout pas qu’il est né à Birmingham. »

Robin sourit.

« C’est du pareil au même, non ? renchérit Strike. “Je suis différent parce que je suis né sur ce bout de rocher.” “Je suis différent parce que je suis né le 12 juin…”

— Et pourtant, nos origines font partie de ce que nous sommes, le coupa Robin. Les coutumes, le dialecte de chaque région sont des marqueurs culturels. Et selon certaines études, être né à telle ou telle saison prédispose à telle ou telle maladie.

— Donc, selon vous, si Roy Phipps souffre d’hémorragies, c’est parce qu’il est né… ? Oh, bonjour ! » dit Strike en s’interrompant brutalement, les yeux braqués sur l’entrée.

Robin tourna la tête et découvrit une femme mince, vêtue d’une longue robe verte de style Tudor et d’une coiffe assortie.

« Je suis vraiment navrée ! dit-elle avec un rire nerveux. Je pensais avoir le temps de me changer ! J’étais avec un groupe d’élèves… et la visite s’est terminée plus tard que… », ajouta-t-elle avant de les rejoindre.

Strike se leva pour lui serrer la main.

« Cormoran Strike, dit-il en fixant la lettre « B » gravée sur le gros médaillon qui pendait à son collier en perles de verre. Anne Boleyn, je présume ? »

Elle éclata d'un rire entrecoupé de grognements involontaires. Malgré son âge, elle avait tout de l'adolescente dégingandée, jusqu'à ses gestes désordonnés qui juraient fortement avec ses royaux atours.

« Ha ha, oui, vous m'avez démasquée ! C'est la deuxième fois que j'incarne ce personnage et cela n'a rien d'évident. On croit avoir tout prévu et soudain, un gosse vous demande "Hé madame, comment ça fait d'avoir la tête coupée ?" Ha ha ha ! »

Cynthia n'était pas du tout comme Robin l'avait imaginée. Contre toute logique, elle s'était attendue à rencontrer une jeune femme blonde, le stéréotype de la fille au pair scandinave. Un préjugé complètement idiot, songea-t-elle. Ou alors c'était parce que Sarah Shadlock avait les cheveux très clairs, presque blancs.

« Un café ? proposa Strike.

— Oh… un café, oui s'il vous plaît, super, merci beaucoup », répondit Cynthia, surexcitée. Quand Strike se fut éloigné, elle effectua une petite pantomime comme si elle ne savait pas où s'asseoir. Robin resta de glace, tira la chaise libre à côté d'elle et lui tendit la main.

« Oh, oui, bonjour ! » fit Cynthia qui réussit à s'asseoir tout en la lui serrant. Elle avait le visage étroit, le teint cireux, de grands yeux inquiets d'une couleur indéfinissable, mouchetés de bleu, de vert et de gris, et une dentition irrégulière.

« Donc, vous faites visiter le palais en costume d'époque ?

— Oui, exactement. Aujourd'hui j'incarne la pauvre Anne, ha ha ha, répondit Cynthia avec le même rire nerveux entrecoupé de ronflements. "Je n'ai pas donné d'héritier au royaume ! On me traite de sorcière !" Les enfants raffolent de ce genre d'histoires. Il faut commencer par ça avant de leur expliquer les enjeux politiques, ha ha ha. Pauvre Anne, répéta-t-elle en agitant ses mains à l'ossature délicate.

« Oh, mais j'ai encore… Je vais retirer ça, au moins. Ha ha ha ! »

Cynthia entreprit d'enlever les épingles qui tenaient sa coiffe. En la regardant faire, et bien qu'elle se rendît parfaitement compte que cette façon de rire à tout propos tenait plus du tic que de la gaieté, Robin repensa à Sarah Shadlock qui elle aussi riait souvent et à gorge déployée, surtout quand Matthew était dans les parages. Cynthia n'en était peut-être pas consciente mais il s'agissait d'un comportement typiquement animal, servant à évaluer le degré d'empathie d'un congénère. Un soir qu'elle était trop fatiguée pour s'extirper du canapé et aller se coucher, Robin avait regardé un documentaire expliquant que les singes eux aussi utilisaient le rire pour renforcer la cohésion sociale.

Quand Strike revint avec le café de Cynthia, il la trouva tête nue, ses cheveux bruns grisonnants rassemblés dans une petite queue-de-cheval maigrichonne.

« Merci d'avoir accepté ce rendez-vous, Mrs. Phipps, dit-il en s'asseyant. C'est très aimable de votre part.

— Oh, non, pas du tout, avec plaisir, s'esclaffa Cynthia en faisant toute sorte de gestes inutiles avec les mains. Si ça peut permettre d'aider Anna à… mais voyez-vous, Roy n'est pas très en forme. Alors, je ne veux pas l'embêter avec ça.

— Je suis navré de l'apprendre…

— Oui, merci, non, cancer de la prostate, fit Cynthia en retrouvant brusquement son sérieux. Radiothérapie. C'est pas la joie. Anna et Kim sont venues à la maison ce matin. Elles lui tiennent compagnie. Sinon je n'aurais pas pu… je n'aime pas le laisser seul en ce moment, mais comme les filles sont là, je me suis dit que finalement, je pourrais… » La fin de sa phrase se perdit dans une gorgée de café. Sa main tremblait légèrement quand elle reposa la tasse sur la soucoupe.

« Votre belle-fille vous a probablement dit…, commença Strike.

— Ma fille, le coupa Cynthia. Je n'ai jamais considéré Anna comme ma belle-fille. Désolée, mais j'ai pour elle la même affection que pour mes propres enfants, Jeremy et Ellie. Aucune différence. »

Robin se demanda à quel point c'était vrai. Cette femme lui inspirait une certaine méfiance, même si elle savait qu'elle avait tort. *Cynthia n'est pas Sarah*, se répétait-elle.

« Bien, reprit Strike. J'imagine qu'Anna vous a dit pourquoi elle nous avait engagés.

— Oh, oui. Non, je dois admettre que je m'y attendais depuis quelque temps. J'espère que ça ne lui fera pas encore plus de mal.

— Euh, eh bien, nous l'espérons également », répondit Strike. Cynthia éclata de rire puis elle dit : « Oh, non, bien sûr, oui. »

Strike sortit un stylo et son calepin, lequel contenait plusieurs photocopies pliées en quatre.

« Pourrions-nous commencer par la déclaration que vous avez faite à la police ?

— Vous l'avez ? s'étonna Cynthia. L'original ?

— Une copie, répondit-il en dépliant les feuillets.

— C'est… bizarre. Après tout ce temps. J'avais dix-huit ans, à l'époque. Dix-huit ans ! J'ai l'impression que ça fait un siècle, ha ha ha ! »

La signature au bas de la première page était ronde et enfantine. Strike tendit le document à Cynthia qui le prit comme s'il brûlait.

« Je suis désolée mais je souffre de dyslexie, avoua-t-elle. J'avais quarante-deux ans quand on m'a diagnostiquée. Mes parents me prenaient pour une grosse flemmarde, ha ha ha… hum, donc…

— Si vous préférez, je peux lire à haute voix, proposa Strike.

— Oh, merci… C'est comme ça que j'apprends mon texte pour les visites guidées. J'écoute des CD, ha ha ha… »

Strike aplatit les feuillets sur la table.

« N'hésitez pas à m'interrompre si vous souhaitez ajouter ou modifier quelque chose, dit-il à Cynthia, qui hocha la tête et promit de le faire.

« "Nom : Cynthia Jane Phipps… née le 20 juillet 1957… adresse : The Annexe, Broom House, Church Road"… C'était aussi celle de Margot, j'imagine…

— J'occupais un logement indépendant au-dessus du garage », dit Cynthia en appuyant sur le mot « indépendant », ce qui n'échappa point à Robin.

« "Je suis la nounou de la petite fille du Dr Phipps et du Dr Bamborough, et j'habite chez eux…"

— Un studio *indépendant*, insista Cynthia. Avec sa propre entrée.

— "Mes horaires…" Je ne crois pas que ce passage soit très utile, marmonna Strike. Ah, nous y voilà. "Le matin du 11 octobre, j'ai pris mon service à 7 heures. J'ai vu le Dr Bamborough avant qu'elle parte au travail. Elle était comme d'habitude. Elle m'a rappelé qu'elle rentrerait tard parce qu'elle avait rendez-vous avec son amie, Miss Oonagh Kennedy, pour prendre un verre près du cabinet où elle exerce. Comme le Dr Phipps était alité, suite à son accident…"

— Anna vous a parlé de la maladie de Roy ? demanda Cynthia, anxieuse.

— Euh, je ne crois pas mais elle est mentionnée dans le rapport de police.

— Oh, elle ne vous l'a pas dit ? fit Cynthia en se renfrognant. La maladie de von Willebrand, type 3. C'est sérieux, aussi grave que l'hémophilie. Son genou était gonflé et il souffrait beaucoup. Il pouvait à peine bouger.

— Oui, dit Strike, c'est inscrit dans le rapport de…

— Parce qu'il avait eu un accident quelques jours auparavant, le 7, l'interrompit Cynthia comme si cette précision était essentielle. Il pleuvait, vous pouvez vérifier. Il sortait de l'hôpital pour rejoindre sa voiture sur le parking quand un patient qui arrivait à vélo pour une consultation externe l'a heurté au coin du bâtiment. Roy s'est pris le pied dans la roue avant, il a glissé et s'est cogné le genou. Il a perdu beaucoup de sang. Aujourd'hui, ils font des injections prophylactiques pour éviter ce genre de problème mais, en ce temps-là, quand il se blessait, il pouvait rester au lit pendant des semaines.

— Très bien, dit Strike en notant, pour faire plaisir à Cynthia, ces détails qu'il connaissait par cœur pour les avoir lus dans la déposition de Roy et les comptes rendus d'interrogatoire.

— Non, Anna sait parfaitement que son père était malade ce jour-là. Elle l'a toujours su », ajouta Cynthia.

Strike poursuivit sa lecture par un rappel des faits. Cynthia était restée à la maison pour s'occuper de la petite Anna. La mère de Roy était passée dans la journée. Wilma Bayliss avait fait trois heures de ménage puis elle était partie. Cynthia avait servi plusieurs fois du thé au malade et à sa mère. À 18 heures, Evelyn Phipps avait regagné son domicile où elle devait retrouver des amis pour une partie de bridge, en laissant un plateau-repas à l'intention de son fils.

« "À 20 heures, je regardais la télévision en bas dans le salon quand le téléphone a sonné dans le hall. D'habitude, je ne répondais que si le Dr Phipps et le Dr Bamborough étaient absents. Comme le Dr Phipps était là et qu'il avait un poste à côté de son lit, je n'ai pas bougé.

« "Environ cinq minutes plus tard, j'ai entendu résonner le gong que Mrs. Evelyn Phipps avait placé près du Dr Phipps, en cas d'urgence. Je suis montée. Le Dr Phipps était toujours dans son lit. Il m'a dit qu'il avait eu Miss Kennedy au téléphone et que le Dr Bamborough ne s'était pas rendue au pub. Le Dr Phipps a ajouté qu'elle avait dû oublier son rendez-vous ou qu'elle avait été retardée par un patient. Il m'a demandé de dire au Dr Bamborough de monter dans leur chambre dès qu'elle arriverait.

« "Je suis redescendue. Une heure plus tard, j'ai encore entendu le gong, je suis montée et j'ai trouvé le

Dr Phipps très inquiet pour sa femme. Il m'a demandé si elle était rentrée. J'ai répondu que non. Il m'a dit de rester pendant qu'il appelait Miss Kennedy à son domicile. Mais Miss Kennedy elle non plus n'avait pas de nouvelles du Dr Bamborough. Le Dr Phipps a raccroché et m'a demandé ce que le Dr Bamborough avait emporté en partant. Je lui ai répondu qu'elle avait son sac à main et sa sacoche de médecin. Il a voulu savoir si le Dr Bamborough avait parlé de rendre visite à ses parents. J'ai dit que non. Il m'a demandé de rester pendant qu'il appelait la mère du Dr Bamborough.

« "Mrs. Bamborough ignorait où était sa fille et n'avait pas de nouvelles récentes de sa part. Le Dr Phipps était très inquiet. Il m'a demandé de descendre, d'ouvrir le tiroir de la pendule sur la cheminée du salon et de regarder s'il y avait quelque chose dedans. J'y suis allée, j'ai regardé, il n'y avait rien. Je suis remontée et j'ai dit au Dr Phipps que le tiroir de la pendule était vide. Le Dr Phipps m'a expliqué que lui et sa femme se laissaient parfois des petits mots à l'intérieur. Je l'ignorais.

« "Il a tenu à ce que je reste avec lui pendant qu'il appelait sa mère, parce qu'il aurait peut-être un autre service à me demander. Il a parlé avec sa mère mais pas longtemps. Il voulait des conseils. Quand il a raccroché, le Dr Phipps m'a demandé s'il devait appeler la police. J'ai dit que oui. Il a dit qu'il allait le faire et que je devais descendre pour ouvrir aux policiers quand ils arriveraient puis les faire monter dans sa chambre. Ils sont arrivés une demi-heure plus tard. Je les ai fait monter dans la chambre du Dr Phipps.

« “Je n’ai pas trouvé que le Dr Bamborough avait un comportement inhabituel quand elle a quitté la maison ce matin-là. Les relations entre le Dr Phipps et le Dr Bamborough me paraissaient bonnes. Je suis très surprise par sa disparition, ce n’est pas dans son caractère. Elle est très attachée à sa fille et je ne peux pas croire qu’elle l’ait abandonnée, ni qu’elle soit partie sans rien dire à son mari ni à moi.

« “Signé et daté Cynthia Phipps, 12 octobre 1974”.

— Oui, non, c’est… je n’ai rien à ajouter, dit Cynthia, avant de s’exclamer : Ça fait bizarre d’entendre ça quarante ans plus tard ! » Robin vit de la peur dans ses yeux.

« Je comprends que… c’est un sujet… sensible, mais pourrions-nous revenir sur ce que vous avez déclaré concernant les relations entre Roy et Margot ?

— Oui, désolée, non, je ne veux pas en parler, dit Cynthia dont les joues pâles se teintèrent de rose. Tous les couples se disputent, il y a des hauts et des bas, mais ne comptez pas sur moi pour…

— Nous savons que votre mari ne pouvait pas…, commença Robin.

— Le mari de Margot, l’interrompit Cynthia. Non, voyez-vous, pour moi, il s’agit de deux personnes complètement différentes. Dans ma tête. »

Pratique, dit une voix dans celle de Robin.

« Nous essayons simplement d’explorer la possibilité qu’elle soit partie d’elle-même, intervint Strike. Peut-être pour réfléchir ou bien…

— Non, Margot ne serait jamais partie sans prévenir. Pas elle.

— Anna nous a dit que sa grand-mère…, tenta Robin.

— Evelyn souffrait d'un Alzheimer précoce. Elle était parfois incohérente, la coupa Cynthia. J'ai toujours dit à Anna que… je lui ai toujours dit que Margot ne l'aurait jamais abandonnée. Je lui ai toujours dit ça. »

Sauf quand tu te faisais passer pour sa vraie mère, et que tu lui cachais l'existence de Margot, poursuivit la voix dans la tête de Robin.

« Continuons, dit Strike. Le jour où Anna fêtait son deuxième anniversaire, vous avez reçu un coup de fil étrange. Une femme qui disait être Margot.

— Hum, oui, non, c'est exact, dit Cynthia en portant la tasse de café à ses lèvres frémissantes. J'étais dans la cuisine, je préparais le glaçage du gâteau d'anniversaire. Donc, je ne risque pas d'avoir oublié quel jour c'était, ha ha ha. Le téléphone a sonné. Quand j'ai décroché, une femme a demandé : "C'est toi, Cynthia ?" J'ai répondu "Oui" et elle a dit "C'est moi, Margot. Souhaite un bon anniversaire à la petite Annie de la part de sa maman. Et fais bien attention à elle." Puis elle a raccroché.

« "Je suis restée bête, dit-elle en mimant la scène. J'étais là, avec ma spatule dans la main. Je ne savais pas quoi faire. Anna jouait dans le salon. J'étais… j'ai décidé d'appeler Roy au travail. Il m'a dit de prévenir la police et c'est ce que j'ai fait.

— Vous pensez que c'était Margot ? demanda Strike.

— Non. Ce n'était pas… Enfin, oui, c'était sa voix, mais à mon avis, ce n'était pas elle.

— Quelqu'un aurait pu l'imiter ?

— Oui, elle avait le même accent. Cockney. Mais… non. Si ç'avait été vraiment elle, je l'aurais senti…

— Vous êtes sûre qu'il s'agissait d'une femme ? dit Strike. Ç'aurait pu être un homme parlant comme une femme ?

— Je ne pense pas.

— Est-ce que Margot appelait Anna “la petite Annie” ? demanda Robin.

— Elle lui donnait toute sorte de petits noms gentils, fit Cynthia d'un air morose. Annie Fandango, Annabella, Angel Face… Cette personne aurait pu deviner… ou alors elle s'est trompée de prénom… mais le fait qu'elle ait téléphoné justement ce jour-là… La police venait de découvrir le corps de la dernière victime de Creed, ou ce qu'il en restait. Celle qu'il avait jetée du promontoire de Beachy Head…

— Andrea Hooton », dit Robin. Cynthia parut surprise que ce nom lui soit venu si facilement.

« Oui, la coiffeuse.

— Non, corrigea Robin. La coiffeuse c'était Susan Meyer. Andrea étudiait la philo.

— Oh, oui. Bien sûr… Je n'ai pas trop… la mémoire des noms. Enfin bref, Roy était allé identifier les… les restes, vous savez, les morceaux de corps rejetés par la mer… et on avait espéré… non, je veux dire, on n'espérait pas ! se reprit Cynthia, consternée d'avoir utilisé ce mot. Non, bien sûr, on était soulagés que ce ne soit pas Margot, mais vous savez ce que c'est… on attendait une réponse depuis si… »

Strike songea au désir qu'il avait eu que les souffrances de sa tante s'achèvent rapidement. Un cadavre, même celui d'un être cher, représentait une douleur mais aussi une délivrance. Il permettait aux survivants d'exprimer enfin leur peine et de la sublimer en l'entourant de fleurs, de discours, de rituels en tout genre. Si l'on ajoutait quelques prières, plusieurs verres d'alcool et la présence des amis et de la famille, on obtenait un genre d'apothéose grâce à laquelle l'horrible vérité s'inscrivait en vous une bonne fois pour toutes. Et ainsi la vie pouvait continuer.

« C'était la deuxième fois que ça arrivait, dit Cynthia. La police avait déjà retrouvé un corps près d'Alexandra Lake.

— Celui de Susan Meyer, marmonna Robin.

— On lui a montré des photos, les deux fois… Et ensuite, il y a eu ce coup de fil, juste après qu'il est allé… pour la deuxième fois… C'était… »

Cynthia se mit à pleurer, non pas la tête haute comme Oonagh Kennedy l'avait fait, mais en se recroquevillant sur sa chaise et en cachant son visage dans ses mains tremblantes.

« Excusez-moi, sanglota-t-elle. Je savais que ce serait dur… nous n'avons plus jamais parlé d'elle… plus jamais… je suis désolée… »

Au bout de quelques secondes, elle se redressa et fixa sur eux ses yeux rougis.

« Roy s'accrochait à l'idée que la femme au téléphone était Margot. Il n'arrêtait pas de me dire : "Tu es sûre, tu es vraiment *sûre* que ce n'était pas sa voix ?" Il était sur des charbons ardents quand la police a essayé de tracer l'appel.

« Vous êtes trop polis pour me poser la question directement, fit-elle dans un éclat de rire légèrement hystérique. Mais je sais ce que vous voulez savoir. Anna aussi veut le savoir, et ce n'est pas faute de le lui avoir répété je ne sais combien de fois… Il n'y avait rien entre Roy et moi avant la disparition de Margot et il n'y a rien eu pendant quatre ans après… Anna vous a dit que Roy et moi étions de la même famille ? »

Cet aveu semblait lui coûter. Pourtant, des cousins au troisième degré n'étaient pas des parents proches. Robin songea à la maladie de Roy. Les Phipps, à l'instar des Romanov, n'auraient-ils pas dû éviter de se marier entre eux ? se demanda-t-elle.

« Oui, elle nous l'a dit, répondit Strike.

— Avant que je m'installe chez eux, je ne pouvais pas le voir en peinture. À la maison, il n'y en avait que pour lui. C'était le cousin Roy par-ci, le cousin Roy par-là. Et "Tu as vu le cousin Roy, malgré tous ses problèmes de santé, il est entré à l'Imperial College, il a fait médecine. Si seulement tu voulais t'en donner la peine, Cynthia…". Non, franchement, je le détestais, ha ha ha ! »

Robin se souvint d'avoir vu la photo de Roy dans un journal de l'époque. Son visage délicat, ses cheveux longs, ses yeux de poète. Beaucoup de femmes étaient attirées par les hommes malades ou infirmes, pour peu qu'ils aient du charme. Dans ses pires crises de jalousie, Matthew n'avait-il pas évoqué le handicap de Strike comme s'il s'agissait d'un atout indépassable, gagné au champ d'honneur, face auquel l'homme valide qu'il était s'estimait incapable de lutter ?

« Croyez-moi si vous voulez mais, quand j'avais dix-sept ans, la seule qualité que je lui trouvais, c'était sa femme ! Non, elle était si merveilleuse, si… si élégante et… elle avait des opinions qui…

« Quand elle a su que j'avais raté tous mes examens, Margot m'a invitée à dîner. Je l'admirais tant. J'étais flattée de cette invitation. Je lui ai ouvert mon cœur, je lui ai dit que je n'avais pas le courage de repasser les épreuves, que je voulais gagner ma vie, devenir indépendante. Elle m'a dit, "Écoute, tu es super-douée avec les gosses, pourquoi tu ne t'occuperais pas de mon bébé quand je reprendrai le boulot ? Je vais demander à Roy d'aménager le studio au-dessus du garage et tu pourras y loger."

« Mes parents étaient *verts*, reprit Cynthia avec un éclat de rire qui fit long feu. Ils lui en ont beaucoup voulu, et à Roy aussi. Lui, au départ, il ne souhaitait pas que je vienne. Il aurait préféré que Margot reste à la maison pour élever Anna. Maman et papa disaient qu'elle m'exploitait. Aujourd'hui je comprends mieux leur point de vue. Si une femme avait poussé l'une de mes filles à quitter l'école pour s'occuper de son gamin, je ne pense pas que j'aurais été ravie moi non plus. Mais bon, j'adorais Margot. J'étais super-contente. »

Cynthia s'interrompit. En voyant ses yeux tristes perdus dans le vague, Robin supposa qu'elle réfléchissait aux conséquences incommensurables de la décision qu'elle avait prise à dix-sept ans d'aller vivre chez son cousin, à cet emploi de nounou qui, loin de la rendre indépendante, l'avait obligée à rester cloîtrée dans une maison dont elle ne sortirait jamais, à élever l'enfant d'une autre comme s'il était le sien, à coucher avec le père de cet enfant et à passer toute son existence dans l'ombre d'une femme disparue, qu'elle prétendait avoir adorée. Comment faisait-on pour vivre à côté d'un tel vide ?

« Après la disparition de Margot, mes parents ont insisté pour que je parte. Ils n'aimaient pas me savoir seule dans la maison avec Roy. À cause du qu'en-dira-t-on. Même les journalistes colportaient des ragots, à l'époque. Mais je vous jure sur la tête de mes gosses, affirma Cynthia avec un accent de vérité, qu'il n'y avait rien entre Roy et moi du temps de Margot. Et il n'y a rien eu pendant plusieurs années après sa disparition. Je suis restée pour Anna, parce que je n'avais pas le cœur de l'abandonner… elle était devenue ma fille ! »

Non, ce n'était pas ta fille, dit la voix implacable dans la tête de Robin. *Et tu n'aurais jamais dû lui faire croire qu'elle l'était.*

« Roy n'a pas eu de relation amoureuse pendant un bon moment. Puis il a fréquenté une collègue de travail, dit Cynthia en piquant un fard. Mais ça n'a pas duré. Anna ne l'aimait pas.

« Moi-même j'ai eu un petit copain, mais il m'a plaquée. Il disait qu'il avait l'impression de sortir avec une mère de famille, parce que je faisais toujours passer Anna et Roy avant lui.

« Et puis voilà…, reprit Cynthia d'une voix frémissante, sa main droite posée sur son poing gauche. Au fil du temps… j'ai fini par m'apercevoir que Roy ne m'était pas indifférent. Mais je n'aurais jamais imaginé que ça puisse être réciproque. Margot était tellement brillante, tellement… forte. Et il était beaucoup plus âgé que moi, plus intelligent, plus cultivé…

« Un soir, je venais de coucher Anna, j'allais regagner mon studio… Il m'a demandé comment ça allait avec Will, mon copain. Je lui ai expliqué qu'on avait rompu, il a voulu savoir pourquoi, on s'est mis à parler et il m'a dit… Il m'a dit : "Tu n'es pas n'importe qui. Tu mérites mieux que lui." Après quoi, on a bu un verre et…

« C'était quatre ans après la disparition de Margot, répéta Cynthia. J'avais dix-huit ans quand elle a disparu, et j'en avais vingt-deux quand Roy et moi… nous nous sommes avoué les sentiments que nous éprouvions l'un pour l'autre. Nous l'avons caché, bien évidemment. Il a fallu attendre encore trois ans pour que Margot soit officiellement considérée comme décédée.

— C'était dur à vivre, je suppose », dit Strike.

Cynthia le fixa sans sourire. Elle semblait avoir vieilli depuis l'instant où elle s'était assise à cette table.

« Je fais des cauchemars depuis quarante ans. Je rêve que Margot revient et me met à la porte, dit-elle en esquissant un sourire. Roy n'est pas au courant et je ne veux pas savoir s'il rêve d'elle lui aussi. Nous n'évoquons jamais le sujet. C'est notre manière de résister. Nous avons dit tout ce qu'il y avait à dire. À la police, à la famille, à nous-mêmes. Nous avons tout mis sur le tapis, nous avons passé des heures et des heures à parler d'elle. "Il est temps de fermer la porte", a dit Roy. Et il a ajouté : "On l'a laissée ouverte assez longtemps. Elle ne reviendra pas."

« Quand on s'est mariés, il y a eu deux ou trois commentaires malveillants dans la presse. Vous voyez le genre : "Elle disparaît, son mari épouse la nounou."

Des trucs sordides. Difficile d'y échapper. "N'y prête pas attention", disait Roy. Mes parents ont très mal réagi. Il a fallu que Jeremy naisse pour qu'ils acceptent de me revoir.

« Nous n'avons pas *caché* la vérité à Anna, nous avons tenté de l'épargner. Nous attendions… je ne sais pas… le bon moment pour lui dire… mais il n'y avait jamais de bon moment. Elle m'appelait "maman", murmura Cynthia, elle était heureuse, c'était une petite fille pleine de vie. Jusqu'au jour où ses camarades d'école lui ont parlé de Margot et… »

Une mélodie s'éleva non loin de leur table. Robin reconnut « Greensleeves[1] » joué au synthétiseur. Tous trois se regardèrent, surpris, puis soudain Cynthia éclata de rire : « C'est mon téléphone ! » dit-elle avant de plonger le bras jusqu'au coude dans la poche cousue sur le devant de sa robe et de sortir l'objet en question.

« Roy ? »

De là où elle se tenait, Robin entendit un homme hurler dans l'appareil. Cynthia prit un air catastrophé, voulut se lever, marcha sur l'ourlet de sa robe, bascula en avant mais se rattrapa.

« Non, je… oh, non, elle n'a pas fait ça ! répondit-elle, le pied toujours coincé dans la couture. Oh, mon Dieu… Roy, si je ne t'ai rien dit c'est parce que… Non… oui, je suis encore avec eux ! »

Ayant réussi à se libérer, Cynthia se précipita hors de la salle. La coiffe qu'elle avait posée sur la chaise

1. Chanson traditionnelle composée par Henri VIII en l'honneur d'Anne Boleyn, selon la légende populaire.

voisine tomba par terre. Robin se pencha, la remit à sa place et leva les yeux vers Strike qui la regardait avec insistance.

« Quoi ? » demanda-t-elle.

Il allait répondre quand Cynthia réapparut, visiblement effondrée.

« Roy est au courant… Anna lui a dit. Il vous attend à Broom House. »

36

Celui qui communique son mal trouve souvent remède ;
Mais les doubles maux affligent les cœurs qui se cachent,
Comme les flammes rugissantes qu'on cherche à supprimer.

Edmund SPENSER, *La Reine des fées*

Cynthia s'éclipsa pour ôter son costume de reine décapitée et revint dix minutes plus tard vêtue d'un jean mal coupé, d'un pull gris et d'une paire de tennis. Ils se dirigèrent ensemble vers le parking. Tandis qu'ils traversaient les cours en sens inverse, Strike lui trouva un air particulièrement angoissé. Cynthia marchait si vite qu'il avait le plus grand mal à la suivre sur les pavés glissants. La pluie avait cessé mais les gros nuages gris bordés d'un liséré d'or qui roulaient dans le ciel promettaient son imminent retour. Avant de repasser le grand porche, Robin observa une dernière fois les symboles dorés de l'horloge astronomique. Le Soleil était dans le Verseau, le signe de Margot.

« On se retrouve là-bas », leur lança Cynthia, essoufflée. Puis, sans attendre la réponse, elle les abandonna à l'entrée du parking pour rejoindre en trottinant une Mazda3 bleue garée un peu plus loin.

« Ça promet d'être intéressant, commenta Robin.

— Je suis d'accord, fit Strike.

— Sortez la carte », le pria Robin quand ils furent installés. Étant donné son grand âge, la Land Rover n'avait pas d'autoradio et encore moins de GPS. « Vous allez devoir m'indiquer la route.

— Que pensez-vous d'elle ? demanda Strike tout en cherchant Church Road à Ham.

— Elle m'a l'air réglo. »

Robin vit Strike la regarder avec la même expression narquoise que dans le café.

« Quoi ? dit-elle à nouveau.

— Rien. Seulement, j'avais l'impression que vous ne l'aimiez pas.

— Mais si, répliqua Robin sur la défensive. Elle est très bien. »

Alors qu'elle quittait sa place en marche arrière, le rire ronflant de Cynthia lui revint en tête, de même que sa propension à répéter « oui » et « non » jusqu'à l'épuisement de son interlocuteur.

« Enfin…

— On est d'accord, dit Strike, péremptoire.

— À sa place, sachant ce qui a pu arriver à Margot, j'aurais évité de parler de décapitation à tort et à travers.

— Elle vit avec cette histoire depuis quarante ans. Elle n'y fait même plus attention, à mon avis. C'est la toile de fond de leur existence à tous les deux. Il n'y a que les autres pour se sentir choqués. »

L'averse reprit à l'instant où ils quittaient le parking : un fin rideau de pluie qui inonda rapidement le pare-brise.

« D'accord, je suis de parti pris, reconnut Robin en mettant en marche les essuie-glaces. En ce moment, les deuxièmes épouses sont un sujet un peu sensible pour moi. »

Elle roula sur une centaine de mètres avant de s'apercevoir que Strike l'observait. « Quoi ? demanda-t-elle pour la troisième fois.

— Pourquoi est-ce un sujet un peu sensible pour vous ?

— Parce que… Oh, je ne vous l'ai pas dit ? Non, c'est à Morris que j'en ai parlé. » Depuis Noël, elle avait tenté de ne plus songer aux textos qu'ils avaient échangés alors qu'elle avait bu, au léger réconfort qu'elle en avait retiré dans un premier temps et à l'immense claque que Morris lui avait assenée peu après. « Matthew s'est mis en couple avec Sarah Shadlock. Elle a quitté son fiancé pour lui.

— Merde, dit Strike sans la quitter des yeux. Non, je l'ignorais. »

Mais il ne manqua pas de noter qu'elle en avait parlé à Morris, ce qui ne correspondait pas à l'idée qu'il se faisait de leurs relations. En se basant sur ce que Barclay lui avait raconté de leur prise de bec lors d'une réunion de service et sur les commentaires peu élogieux que Robin elle-même lui avait faits au sujet de leur dernière recrue, Strike avait cru que Morris, à qui Robin plaisait visiblement, aurait fini par se lasser et renoncer à la poursuivre de ses assiduités. Et pourtant c'était à Morris, et non à lui, que Robin avait confié cette nouvelle concernant sa vie privée.

Tandis qu'ils roulaient en silence vers Church Road, Strike se demanda ce qui avait bien pu se passer à Londres pendant son absence. Morris était bel homme et, comme Robin, il était en instance de divorce. Cet évident point commun aurait dû lui mettre la puce à l'oreille, songea-t-il. Quand on y pensait, ils avaient des tas de choses à se raconter : comment ils trouvaient leurs avocats respectifs, les relations qu'ils entretenaient avec leurs ex, la façon dont chacun avait vécu la séparation. Largement de quoi entretenir une sympathie mutuelle, voire plus.

« C'est là, tout droit », dit-il. La Land Rover passa entre deux hauts murs rouges et déboucha dans le parc des Royal Paddocks.

« Joli quartier », commenta Robin, vingt minutes après qu'ils eurent quitté Hampton Court Palace. Ils venaient de bifurquer sur une route qui avait dû être un chemin vicinal, dans les temps anciens. À gauche un bois touffu, à droite plusieurs grandes villas bâties en retrait, derrière des haies.

« C'est celle-ci », dit Strike en montrant une maison particulièrement vaste, dotée de plusieurs frontons à colombages triangulaires. Le portail à double battant était ouvert, de même que la porte d'entrée. Ils s'engagèrent dans l'allée et s'arrêtèrent derrière la Mazda3 bleue.

Dès que Robin eut coupé le moteur, ils entendirent les cris venant de la maison : une voix d'homme que la colère faisait grimper dans les aigus. Blonde, élancée, vêtue comme la dernière fois d'un jean et d'une chemise, Kim, l'épouse d'Anna Phipps, apparut sur le seuil et les rejoignit d'un pas leste. « Ça chauffe là-dedans, fit-elle d'une voix tendue, pendant que Strike et Robin descendaient de voiture sous les gouttes.

— Vous voulez qu'on attende que…, proposa Robin.

— Non, dit Kim. Il veut absolument vous voir. Entrez. »

Ils firent quelques pas sur le gravier et pénétrèrent dans Broom House. La dispute se poursuivait quelque part à l'intérieur, voix masculine et féminines mélangées.

Chaque maison possède une odeur qui lui est propre et résiste à tous les courants d'air. Celle-ci sentait le bois de santal et le renfermé, ce qui n'était pas franchement déplaisant. Kim leur fit traverser un long vestibule percé de hautes fenêtres. On aurait dit que rien n'avait changé depuis les années 1950, songea Robin en examinant les appliques en cuivre, les aquarelles, le vieux tapis recouvrant le parquet ciré. Un frisson lui parcourut l'échine à la pensée que Margot Bamborough avait foulé ce sol et que les notes fleuries et métalliques de son parfum s'étaient mêlées aux senteurs dégagées par l'encaustique et la vieille carpette.

Quand ils arrivèrent à la porte du salon, les invectives se firent plus intelligibles.

« … et si on faisait attention à moi, de temps en temps, hurlait un homme. Moi aussi j'ai mon mot à dire… C'est *charmant*, vraiment charmant, d'apprendre par la bande que ma famille a lancé des détectives après moi…

— Mais il ne s'agit pas de toi, pour l'amour du ciel ! répondit Anna. Tu sais bien que Bill Talbot était incompétent…

— Sans blague ! Tu étais présente ? Tu l'as connu ?

— Je ne vois pas le rapport, papa… »

Kim ouvrit la porte. Strike et Robin entrèrent après elle.

Comme les figures d'un tableau vivant, les trois protagonistes se figèrent en les voyant apparaître. La main effilée de Cynthia resta plaquée sur sa bouche. Anna et son père se tenaient immobiles, debout l'un en face de l'autre, de part et d'autre d'une petite table ancienne.

Le poète romantique avait vieilli. Ses longues boucles folâtres avaient été remplacées par une couronne de cheveux gris coupés court sauf dans le cou et autour des oreilles. Entre son pull-over à grosses mailles, son crâne brillant, ses yeux étincelants de colère et son visage parsemé de taches rouges, on l'aurait mieux vu dans le rôle du savant fou.

Roy Phipps était si furieux que Robin n'aurait pas été surprise qu'il s'en prenne également à eux. Pourtant, quand le regard de l'hématologue croisa celui de Strike, son comportement changea du tout au tout. Était-ce à cause de sa stature ou de l'aura qui émanait de lui et répandait sur les scènes les plus chargées d'électricité une ambiance d'apaisement et de gravité ? Robin n'aurait su le dire mais elle vit nettement Roy prendre la décision de se taire. Il hésita une petite seconde, saisit la main que lui tendait le détective et la serra longuement. Robin se demanda si les deux hommes étaient conscients du rapport de hiérarchie qui venait de s'établir entre eux sous les yeux des quatre femmes.

« Docteur Phipps », dit Strike.

Étant passé en une seconde de la rage à la courtoisie, Roy parut comme déstabilisé par la brusque décélération.

« Donc vous êtes… vous êtes le détective, n'est-ce pas ? balbutia-t-il, son visage pâle toujours parsemé de taches pourpres.

— Cormoran Strike… et voici ma partenaire, Robin Ellacott. »

Robin s'avança.

« Comment allez-vous ? dit Roy en lui tendant une main chaude et sèche.

— Dois-je faire du café ? demanda Cynthia à mi-voix, comme si elle craignait de déranger.

— Oui… non, pourquoi pas, répondit Roy dont l'emportement luttait avec l'anxiété causée par la présence de cet homme massif qui le fixait intensément des yeux. Asseyez-vous, je vous prie », ajouta-t-il en désignant un canapé placé à la perpendiculaire d'un autre.

Cynthia partit en courant vers la cuisine. Strike et Robin s'installèrent à la place qu'on leur avait indiquée.

« Je vais aider Cyn », murmura Anna avant de quitter la pièce à son tour, suivie de Kim un instant plus tard.

Le médecin s'installa dans un fauteuil profond recouvert de velours et se mit à décocher des regards furieux autour de lui. Il n'avait pas l'air dans son assiette. Sa crise de colère semblait l'avoir épuisé. Il n'était plus qu'un vieil homme affaibli dont les chaussettes tombaient en accordéon autour de ses chevilles maigres.

S'ensuivit le silence le plus long et le plus gênant que Robin eût jamais connu. Pour se donner une contenance, elle laissa son regard errer à travers la pièce. Ce salon était aussi vieillot que le vestibule. Il y avait un grand piano dans un coin et des baies vitrées donnant sur un jardin immense. Dehors, au-delà d'une terrasse pavée, elle aperçut un bassin de forme rectangulaire qui s'étirait jusqu'à un kiosque en pierre taillée à l'abri duquel, aux beaux jours, on pouvait s'asseoir et contempler les carpes Koï peu visibles actuellement, à cause de la pluie qui troublait l'eau du bassin, ou la vaste pelouse plantée d'arbres vénérables et les parterres harmonieusement tracés.

Les bibliothèques vitrées regorgeaient d'ouvrages reliés cuir et de statuettes en bronze patiné. Entre les canapés trônait un tambour à broderie tendu d'un tissu de soie paré de motifs chamarrés. L'ouvrage, qui appartenait sans doute à Cynthia, était en cours d'exécution mais l'on devinait une influence japonaise dans le dessin des deux carpes koï nageant dans des directions opposées. Robin aurait bien tenté un commentaire élogieux, mais Strike ne lui en laissa pas le temps.

« Qui est l'amateur d'art classique ?

— Pardon ? dit Roy. Oh. Mon père. »

Ses yeux fous survolèrent les figurines en bronze et en marbre parsemant la pièce. « Il a fait latin-grec à Cambridge et il a décroché son diplôme avec mention très bien.

— Ah », répondit Strike. Le silence reprit, glacial.

Une bourrasque chargée de pluie vint cingler les vitres déjà trempées. Soulagée, Robin entendit le cliquetis des cuillères à thé et les pas des trois femmes qui revenaient.

Cynthia entra la première et posa le plateau sur la table basse qui vacilla imperceptiblement sous son poids. Anna la suivait avec un gros gâteau qu'elle déposa sur une console.

Anna et son épouse s'assirent l'une à côté de l'autre sur le canapé libre pendant que Cynthia installait devant chaque convive de frêles guéridons censés recevoir les tasses. Après quoi, elle coupa le gâteau, en distribua des parts, puis alla s'asseoir près de Kim, en se faisant toute petite. Roy attendit que sa femme cesse de remuer pour prendre enfin la parole.

« Eh bien, dit-il en se tournant vers Strike. Je serais curieux de savoir à combien vous estimez vos chances de réussir aujourd'hui ce que la police métropolitaine n'a pas été fichue de réaliser il y a quarante ans. »

Robin aurait parié qu'il avait répété cette entrée en matière pour le moins agressive quelques minutes auparavant, pendant qu'ils se regardaient tous les trois en chiens de faïence.

« Elles sont proches de zéro, répondit tranquillement Strike après avoir englouti la moitié de sa tranche de gâteau. Mais il semblerait qu'un témoin ait aperçu votre première épouse peu de temps après sa disparition et nous aimerions évoquer ce sujet avec vous. »

Roy prit un air atterré.

« Je dis bien "semblerait", souligna Strike en posant l'assiette pour sortir son calepin de la poche de sa veste.

Mais de toute évidence… Ce gâteau est excellent, Mrs. Phipps, ajouta-t-il à l'intention de Cynthia.

— Oh, merci, fit-elle d'une voix ténue. Je le parfume au café et j'ajoute des morceaux de noix. C'était le gâteau préféré d'Anna quand elle était petite… n'est-ce pas, ma chérie ? compléta-t-elle sans obtenir en retour autre chose qu'un sourire crispé.

— Nous tenons cette information d'une ancienne collègue de votre femme. Janice Beattie. »

Roy secoua la tête en haussant les épaules pour signifier que ce nom ne lui évoquait rien.

« C'était l'infirmière du cabinet St. John's, précisa Strike.

— Oh, oui. Je pense l'avoir vue une fois ici, lors d'un barbecue. Je l'ai trouvée plutôt convenable… Quelle catastrophe, ce barbecue. L'horreur. Et ces gamins insupportables… Tu t'en souviens ? lança-t-il à Cynthia.

— Oui, s'empressa de répondre l'interpellée. Non, il y en avait un en particulier, qui était vraiment…

— Il avait mis de l'alcool dans le punch, aboya Roy. De la vodka. Une femme a été malade.

— Gloria, s'immisça Cynthia.

— Leurs noms m'échappent, répliqua Roy avec un geste impatient. Elle est allée vomir dans les toilettes du rez-de-chaussée. Elle en a mis partout. C'était dégoûtant.

— Le gamin en question, c'était Carl Oakden ? demanda Strike.

— Exactement, confirma Roy. On a retrouvé la bouteille de vodka vide, cachée sous la remise. Il s'était introduit dans la maison et l'avait prise dans le bar.

— Oui, dit Cynthia. Et ensuite, il a brisé…

— Une coupe en cristal qui appartenait à ma mère, ainsi qu'une demi-douzaine de verres. Cet imbécile avait balancé une balle de criquet sur la table du buffet. L'infirmière a tout nettoyé parce que… Je reconnais, elle a été très correcte. Elle avait bien conscience que je risquais… avec tout ce verre brisé, dit Roy en balayant la suite d'un revers de main.

— Le côté positif, intervint Cynthia en égrenant un petit rire, c'est que cette coupe contenait le punch à la vodka et que, pour le coup, personne d'autre n'a été malade.

— C'était une pièce de collection. Un saladier Art déco, répliqua Roy, imperturbable. Une vraie catastrophe, cette réception. J'ai dit à Margot… » Il marqua un temps d'arrêt. Robin supposa qu'il n'avait plus prononcé ce prénom depuis des lustres. « Je lui ai dit : "Je ne vois pas à quoi ça va servir", parce que tout le monde était venu sauf lui, le confrère qu'elle essayait d'amadouer… celui qui s'accrochait avec elle, comment s'appelait-il ?

— Joseph Brenner, dit Robin.

— Brenner, exactement. Il avait décliné l'invitation, alors à quoi bon ? Mais non, il a quand même fallu qu'on sacrifie notre samedi pour recevoir cette bande d'ahuris. Et pour nous remercier, on nous vole une bouteille de vodka et on nous casse une coupe en cristal et des verres. »

Robin regardait les poings de Roy, posés sur les accoudoirs du fauteuil. Il déplia un instant ses longs doigts, comme un bernard-l'ermite remuant ses petites pattes, puis les serra de nouveau.

« C'est ce garçon, Oakden, qui a écrit un livre sur Margot, par la suite, reprit-il. Il s'est appuyé sur une photo prise pendant ce fichu barbecue pour faire croire que sa mère et lui savaient des tas de choses sur notre vie privée. Donc, oui, franchement, ajouta-t-il sur un ton glacial, Margot aurait mieux fait de s'abstenir.

— Elle essayait juste d'améliorer l'ambiance au boulot, plaida Anna. Toi, dans ton travail, tu n'étais pas obligé d'arbitrer les conflits entre les gens…

— Que sais-tu de mon travail, Anna ?

— J'imagine qu'il n'avait rien de commun avec celui d'un médecin généraliste. Tu donnais des cours, tu faisais de la recherche, tu n'avais pas à gérer le personnel non médical, les femmes de ménage, les réceptionnistes…

— Ces personnes se sont vraiment mal comportées, Anna, dit Cynthia, volant au secours de son mari. Je t'assure. Je ne l'ai jamais dit à personne – je ne voulais pas en rajouter – mais j'ai vu de mes propres yeux l'une des invitées s'introduire dans la chambre de tes parents à l'étage.

— Quoi ? hurla Roy.

— Oui, fit Cynthia nerveusement. Non, j'étais montée changer les couches d'Anna quand j'ai entendu du bruit. Je suis entrée dans la chambre et je l'ai trouvée devant la penderie en train d'examiner la garde-robe de Margot.

— Qui était-ce ? demanda Strike.

— La blonde. La réceptionniste qui n'était pas Gloria.

— Irene, dit Strike. Vous a-t-elle vue ?

— Oh oui. Je suis entrée avec Anna dans les bras.

— Comment a-t-elle réagi ? demanda Robin.

— Eh bien, elle était un peu gênée. C'est normal, après tout. Elle s'est mise à rire, elle a dit, "Simple curiosité" et elle est sortie en me bousculant presque au passage.

— Dieu du ciel, fit Roy Phipps en secouant la tête. Mais qui a eu l'idée d'embaucher des individus pareils ?

— Vous croyez vraiment que c'était de la curiosité ? demanda Robin à Cynthia. Ou avait-elle l'intention de voler…

— Oh, je ne pense pas qu'elle ait pris quoi que ce soit. Vous n'avez jamais… Margot ne s'est jamais plainte qu'il lui manquait quelque chose, n'est-ce pas ? demanda-t-elle à Roy.

— Non, mais tu aurais dû m'en parler quand ça s'est produit, répliqua Roy, fâché.

— Je ne voulais pas vous rajouter des problèmes. Vous étiez déjà… Ç'avait été une journée si stressante.

— Revenons à cet homme qui a peut-être aperçu Margot », intervint Strike avant de leur expliquer qu'un certain Charlie Ramage aurait vu Margot errer parmi les tombes dans un cimetière à Leamington Spa. Il précisa toutefois qu'il s'agissait d'un témoignage de troisième main.

« Robin s'est mise en rapport avec la veuve de Ramage qui a confirmé l'histoire, à ceci près qu'elle n'est pas sûre qu'il s'agissait de Margot ou bien d'une autre personne disparue. Apparemment, l'incident n'a pas été signalé à la police. La question que je dois vous poser est la suivante : Margot avait-elle une raison de se rendre à Leamington Spa ?

— Aucune », dit Roy. Cynthia confirma d'un signe de tête.

Strike prit note.

« Merci. Pendant que nous y sommes, pourrions-nous passer en revue les autres témoignages visuels ? » proposa-t-il.

Robin voyait ce qu'il essayait de faire. Avant de démarrer l'interrogatoire proprement dit, il tenait à évoquer la possibilité que Margot n'ait pas été assassinée, voire qu'elle était toujours en vie, et ce, même s'il mesurait certainement ce que cette idée pouvait avoir de pénible pour ses interlocuteurs.

« La femme dans la station-service de Birmingham, la mère de famille à Brighton, le promeneur de chien à Eastbourne, énuméra Roy avant que Strike ne reprenne la parole. C'est absurde. Pourquoi se serait-elle baladée par monts et par vaux, au volant d'une voiture, avec un chien au bout d'une laisse… et Dieu sait quoi encore ? Si elle était partie de son plein gré, elle aurait fait en sorte que personne ne la voie. Même chose pour cette histoire de cimetière.

— Je suis d'accord, dit Strike. Mais il y a quand même un exemple…

— Oui, je sais, dit Roy. Warwick. »

Le mari et la femme échangèrent un regard. Strike attendit. Roy posa sa tasse et sa soucoupe sur la table devant lui, puis leva les yeux vers sa fille.

« Tu es vraiment sûre de vouloir aller jusqu'au bout, Anna ? lui demanda-t-il. Vraiment, vraiment sûre ?

— Qu'est-ce que tu veux dire ? répliqua Anna. À ton avis, pourquoi j'ai embauché des détectives privés ? Pour me distraire ?

— Bon, très bien, dit Roy. Très bien. Cet événement a retenu… retenu mon attention, parce que l'ex-petit ami de ma femme, un dénommé Paul Satchwell, était originaire de Warwick. Margot avait… renoué avec lui, peu avant de disparaître.

— Pour l'amour du ciel, fit Anna avec un rire agacé. Tu crois franchement que je ne suis pas au courant pour Paul Satchwell ? Non mais je rêve ! » Kim posa la main sur la jambe de son épouse, soit pour la rassurer soit pour la mettre en garde. « Tu n'as jamais entendu parler d'Internet, papa ? Et des archives de presse ? J'ai vu cette ridicule photo montrant Satchwell avec tous ses médaillons et ses poils sur le torse. Je sais que ma mère a pris un verre avec lui trois semaines avant qu'elle ne disparaisse ! Mais c'était la seule fois…

— Vraiment ? l'interrompit Roy sur un ton agressif. Merci pour ton réconfort, Anna, et merci pour ton expertise. Comme c'est merveilleux de tout savoir…

— Roy, souffla Cynthia.

— Qu'entends-tu par là ? Que c'était plus qu'un verre ? fit Anna, visiblement ébranlée. Non, il n'y a rien eu d'autre. C'est horrible d'insinuer le contraire ! Oonagh a dit…

— Ah, d'accord, je comprends maintenant ! s'écria Roy, agrippé aux accoudoirs, ses joues creuses virant au violet. Si Oonagh l'a dit, alors tout s'explique !

— Qu'est-ce qui s'explique ? répliqua Anna.

— Eux ! hurla-t-il en désignant Strike et Robin d'une main aux articulations gonflées, striée de veines proéminentes. C'est Oonagh Kennedy qui est derrière tout ça, n'est-ce pas ? J'aurais dû deviner qu'elle ferait encore parler d'elle !

— Pour l'amour du ciel, Roy, intervint Kim. C'est ridicule…

— *Oonagh a voulu me faire arrêter !*

— Papa, tu sais bien que c'est faux ! Tu fais une fixation maladive sur Oonagh…

— Cette femme me harcelait. Elle voulait que je porte plainte contre Talbot…

— Et pourquoi tu ne l'as pas fait ? répliqua Anna. Il avait perdu la raison !

— Roy ! » gémit Cynthia en voyant son mari se pencher vers sa fille au risque de renverser la table bancale qui les séparait et le plateau posé dessus en équilibre précaire. Le visage cramoisi, Roy se mit à brailler en moulinant des bras :

« Il y avait des flics partout dans la maison qui fouillaient les affaires de ta mère. Des chiens renifleurs dans le jardin. Ils étaient à deux doigts de me jeter en prison, et j'aurais dû porter plainte contre l'homme qui dirigeait l'enquête ? De quoi j'aurais eu l'air ?

— Talbot était incompétent !

— Tu étais là, madame Je-sais-tout ? Tu le connaissais ?

— Alors, pourquoi ils l'ont remplacé ? Pourquoi tous les articles, tous les livres affirment qu'il était en dessous de tout ? Je vais te dire la vérité, fit Anna en pointant un index vengeur sur son père. Cyn et toi aimiez Bill Talbot parce qu'il avait décidé que tu étais innocent…

— Comment ça, “décidé” ? beugla Roy. Je te remercie. Je suis ravi de constater que tu n’as pas changé depuis tes treize ans…

— Roy ! s’écrièrent en chœur Cynthia et Kim.

— … quand tu m’accusais d’avoir creusé ce bassin pour cacher l’endroit où je l’avais enterrée ! »

Anna fondit en larmes et sortit précipitamment de la pièce en manquant trébucher au passage sur les jambes de Strike. Craignant que son départ ne provoque un exode massif, ce dernier préféra fléchir les genoux pour éviter les futurs accidents.

« Allez-vous enfin lui pardonner les choses qu’elle vous a dites quand elle était gamine ? demanda froidement Kim à l’intention de son beau-père. C’était une ado perturbée traversant la phase la plus épouvantable de son existence.

— Parce que moi, je n’ai pas traversé de phase épouvantable ? » hurla Roy. Comme Strike s’y attendait, il se leva et quitta la pièce aussi vite que ses jambes le lui permettaient.

— Oh mon Dieu ! » marmonna Kim avant de se précipiter derrière Roy, en évitant de justesse Cynthia qui s’était lancée elle aussi à la poursuite de son mari.

La porte du salon se referma en claquant. Dehors, la pluie tombait sur le bassin aux carpes. Strike regarda Robin, siffla entre ses dents et récupéra son assiette.

« J’ai la dalle, dit-il, la bouche pleine, pour répondre au coup d’œil surpris de Robin. Rien mangé ce matin. C’est drôlement bon. »

Au loin, on entendit encore des cris, des claquements de porte.

« L'entretien est terminé, d'après vous ? demanda Robin.

— Non, dit Strike en mâchant. Ils vont revenir.

— Rappelez-moi ce qui s'est passé à Warwick ».

Elle s'était contentée de survoler le document dans lequel son coéquipier avait dressé la liste des personnes ayant aperçu Margot, ces observations ne lui ayant pas semblé d'un grand intérêt.

« Une femme est entrée dans un pub pour faire de la monnaie, et la patronne a cru que c'était Margot. Une étudiante s'est présentée deux jours plus tard à la police en disant que c'était elle dont il s'agissait et non Margot, mais la patronne du pub a campé sur ses positions. La police a laissé tomber. »

Strike enfourna encore une grosse bouchée avant d'ajouter :

« Je doute qu'il y ait quoi que ce soit d'utile là-dedans. Cela dit… » Du menton, il désigna la porte du salon. « … maintenant, on en sait un peu plus. »

Strike reprit sa dégustation et Robin son observation de la pièce. Sur le manteau de la cheminée, une pendule en bronze doré particulièrement laide attira son regard. Elle vérifia la porte, puis se leva pour l'examiner. C'était une déesse grecque casquée perchée sur un lourd piédestal en métal sculpté.

« Pallas Athéna », commenta Strike en la pointant de sa fourchette.

À la base de la pendule, Robin remarqua un tiroir muni d'une poignée de cuivre. Cynthia leur ayant confié que Roy et Margot s'y laissaient autrefois des petits mots, elle l'ouvrit. Il était doublé de feutrine rouge, mais vide.

« Vous pensez que ça vaut cher ? demanda-t-elle à Strike en le refermant.

— J'en sais rien. Pourquoi ?

— Parce que sinon je ne vois pas pourquoi ils garderaient une pendule aussi moche. »

Deux styles bien différents et incompatibles se côtoyaient dans cette pièce, songea Robin en tendant l'oreille pour guetter le retour de leurs hôtes. Les œuvres complètes reliées cuir de Pline et d'Ovide, les reproductions victoriennes de statues classiques, parmi lesquelles deux lions des Médicis version miniature, une vestale et un Hermès dressé sur la pointe des pieds, correspondaient sans doute aux goûts du père de Roy, tandis que les insipides aquarelles représentant des fleurs ou des paysages, les meubles délicats et les rideaux de chintz avaient sûrement été choisis par sa mère.

Pourquoi Roy ne s'était-il pas débarrassé de ce bric-à-brac pour tout refaire à neuf ? se demanda Robin. Par respect envers ses parents ? Par manque d'imagination ? Ou bien le petit garçon souffreteux, ayant passé une bonne partie de son enfance confiné dans cette maison, avait-il développé un tel attachement pour ces objets qu'il ne pouvait se résoudre à les mettre au rebut ? Aux portraits décolorés de Roy, enfant, et de ses parents, Cynthia et lui s'étaient contentés d'ajouter quelques photos. Parmi elles, une seule était digne d'intérêt : elle représentait la famille recomposée et semblait dater du début des années 1990. À l'époque, Roy avait tous ses cheveux et ceux de Cynthia étaient encore épais et ondulés. Leurs deux enfants biologiques, un garçon et une fille, ressemblaient beaucoup à Anna. Personne n'aurait cru qu'ils étaient issus de mères différentes.

Robin se déplaça vers la fenêtre. La surface du bassin koï dominé par le petit kiosque de pierre était si troublée par la pluie qu'on avait du mal à imaginer que les formes rouges, blanches et noires qui se déplaçaient sous la surface étaient des poissons. Et pourtant l'un d'entre eux, une grosse carpe aux écailles nacrées tachetées de blanc et de noir, devait bien mesurer soixante centimètres. Le petit pavillon qui, les jours de beau temps, se reflétait sans doute dans le miroir de l'eau, formait à présent une masse grisâtre. Son sol était dallé. Au centre, Robin vit un motif en mosaïque qu'elle reconnut aussitôt.

« Cormoran », fit-elle, en même temps que Strike disait :

— Regardez ça. »

Ils se tournèrent l'un vers l'autre. Strike, qui avait terminé sa part de gâteau, observait une statuette que Robin n'avait pas encore remarquée. Le bronze haut de trente centimètres figurait un homme nu aux épaules drapées d'un tissu, tenant dans sa main un serpent. Robin ne saisit pas tout de suite ce que Strike lui montrait.

« Oh… le signe en forme de serpent, celui par lequel Talbot désignait Roy ?

— Précisément. C'est Asclépios, dit Strike. Le dieu grec de la médecine. Et vous, qu'avez-vous aperçu ?

— Venez donc voir ce qu'il y a sur le sol du kiosque. Incrusté dans la pierre. »

Il la rejoignit à la fenêtre.

« Ah, oui. C'est l'édicule qu'on voit en cours de construction sur l'une des photos prises le jour du barbecue. À l'époque, il n'y avait que des blocs de granit. »

L'incrustation figurait une croix de St. John, plus claire que le reste du dallage. « Intéressant, fit-il.

— Voyez-vous, dit Robin en se retournant pour embrasser le salon du regard, les personnes souffrant de troubles obsessionnels ont tendance à interpréter comme des messages surnaturels ce que nous, nous appelons des coïncidences.

— Je pensais exactement la même chose, répondit Strike en regardant Pallas Athéna perchée sur l'horrible pendule de la cheminée. Pour un individu perturbé comme l'était Talbot, cette pièce devait être comme une caverne bourrée de signes astrol… »

La voix de Roy retentit dans le hall.

« … mais alors, tu ne viendras pas me le reprocher… »

La porte s'ouvrit et toute la famille refit son apparition.

« … si jamais elle apprend des choses qui ne lui font pas plaisir ! » lança Roy à Cynthia qui le suivait, l'air apeuré. Roy était toujours aussi cramoisi. Seule la peau autour de ses yeux avait une teinte jaunâtre.

Il fut surpris de voir les deux détectives près de la fenêtre.

« Nous admirions votre jardin », dit Strike en regagnant avec Robin le canapé qu'on leur avait assigné.

Roy grommela et reprit lui aussi sa place. Il respirait bruyamment.

« Toutes mes excuses, dit-il au bout de quelques secondes. Nous ne nous montrons pas sous notre meilleur jour, ma famille et moi.

— C'est une situation stressante pour tout le monde », répondit Strike. Anna et Kim s'étaient rassises sur le canapé et se tenaient la main. Cynthia, à côté d'elles, ne quittait pas son mari des yeux.

« J'ai quelque chose à dire, commença Roy en se tournant vers Strike. Je tiens à préciser que…

— Oh, je t'en prie, je ne lui ai parlé qu'une seule fois, et c'était au téléphone ! l'interrompit sa fille.

— J'aimerais pouvoir terminer ma phrase, Anna », dit Roy qui respirait de plus en plus mal.

À l'intention de Strike, il poursuivit :

« Oonagh Kennedy m'a détesté dès le premier regard. Elle était excessivement possessive vis-à-vis de Margot. Il se trouve qu'elle avait quitté l'Église et elle était du genre à combattre tous ceux qui n'avaient pas choisi de faire comme elle. En plus de cela…

— Docteur Phipps, le coupa Strike qui craignait, non sans raison, que son intervention ne dégénère en une longue diatribe contre Oonagh Kennedy. Je préfère vous informer dès à présent que, lors de l'entretien que nous avons eu avec elle, Oonagh a très clairement dit qu'une seule personne était suspecte à ses yeux. Et cette personne est Paul Satchwell. »

Roy mit deux ou trois secondes à bien saisir le sens de ces mots.

« *Tu vois ?* explosa Anna. Tout à l'heure, c'est bien toi qui as insinué que ma mère avait fait plus que prendre un verre avec Satchwell. Qu'est-ce que tu voulais dire, exactement ? Ou était-ce juste, ajouta-t-elle sur un ton qui pour Robin cachait un secret espoir, une manière d'exprimer ta rancœur ?

— Ne m'oblige pas à ouvrir la boîte de Pandore, Anna, répondit Roy. Tu pourrais le regretter.

— Je veux savoir ce que tu m'as toujours caché.

— Anna, murmura inutilement Cynthia.

— Très bien, dit Roy. Très bien, dans ce cas… » Il se tourna vers Strike et Robin. « Au début de notre relation, je suis tombé sur un message de Satchwell que Margot avait conservé. Ça disait, "Ma chère Brunehilde…" C'était le petit nom qu'il lui donnait. La Walkyrie, vous savez. Margot était grande. Et blonde. »

Roy s'interrompit, le temps d'avaler sa salive.

« Trois semaines avant sa disparition, elle est rentrée à la maison en disant qu'elle avait croisé Satchwell dans la rue et qu'ils étaient allés prendre un verre… *en copains*. »

Il s'éclaircit la gorge. Cynthia versa du thé dans sa tasse.

« Après sa… après sa disparition, j'ai dû aller récupérer ses affaires au cabinet St. John's. Et j'ai trouvé une petite… »

Il écarta son pouce et son index de cinq centimètres.

« … figurine en bois. Un guerrier viking qu'elle gardait sur son bureau. Et sur le socle de cette figurine, "Brunehilde" était inscrit à l'encre, avec un petit cœur à côté. »

Roy but une gorgée de café.

« Je ne l'avais jamais vue. Bien sûr, il est *possible* que Satchwell l'ait gardée sur lui pendant des années en espérant croiser un jour Margot par hasard dans la rue. Quoi qu'il en soit, j'en ai conclu qu'ils s'étaient vus une deuxième fois et qu'il lui avait offert ce… souvenir… lors de ce rendez-vous. Tout ce que je peux dire avec certitude, c'est que je n'avais jamais vu cet objet avant d'aller récupérer ses affaires au cabinet. »

Robin sentait qu'Anna aurait aimé proposer une autre explication mais qu'elle peinait à trouver une faille dans le raisonnement de son père.

« Avez-vous fait part de vos soupçons à la police ? demanda Strike.

— Oui, dit Phipps. Je crois que Satchwell a prétendu qu'il n'y avait pas eu de deuxième rencontre, qu'il avait offert la figurine à Margot des années auparavant, à l'époque où ils étaient ensemble. Ils n'ont pas pu prouver le contraire, bien sûr. Mais je le répète, je ne l'avais jamais vue. »

Robin se demanda ce qui était le plus offensant : apprendre que son conjoint avait caché un cadeau offert par son ex pour le ressortir des années plus tard, ou bien découvrir que le cadeau en question lui avait été offert récemment.

« Dites-moi, rebondit Strike, Margot vous a-t-elle jamais parlé du "rêve de l'oreiller" ?

— Du quoi ?

— Un rêve que Satchwell lui aurait raconté, au sujet d'un oreiller.

— Je ne vois pas, fit Roy, soupçonneux.

— L'inspecteur Talbot vous a-t-il dit que Satchwell lui avait menti sur son emploi du temps du 11 octobre ?

— Non, répondit Roy dont la méfiance avait fait place à la stupéfaction. Pour moi, la police considérait son alibi comme valable.

— Nous avons découvert, dit Strike en tournant la tête vers Anna, que Talbot notait ses réflexions dans un carnet… Un carnet tout ce qu'il y avait de personnel, à côté du dossier officiel, je veux dire. Dans un premier temps, il a écarté le Verseau, puis il l'a réintégré et a commencé à enquêter sur lui.

— Le Verseau ? répéta Anna, déconcertée.

— Oh, oui, désolé, dit Strike en regrettant d'avoir dérapé vers l'astrologie sans avoir préparé le terrain. Talbot croyait pouvoir résoudre l'affaire par des biais ésotériques. C'était le principal symptôme de sa maladie mentale. Il basait ses raisonnements sur le zodiaque et les arcanes du tarot. Chaque personne impliquée dans l'enquête était désignée par son signe astrologique. Comme Satchwell était Verseau, c'est sous ce nom qu'il apparaissait dans le carnet. »

Il y eut un bref silence, puis Kim s'écria :

« Nom de Dieu !

— L'astrologie ? marmonna Roy, le regard perdu.

— Tu vois, papa ? dit Anna en se frappant le genou du poing. Si Lawson avait repris le dossier plus tôt…

— Lawson était un imbécile, répliqua Roy, déjà moins sûr de lui. Un âne bâté ! Il cherchait plus à prouver l'incompétence de Talbot qu'à découvrir ce qui était vraiment arrivé à Margot. Il voulait *tout* reprendre au départ. Il est allé interroger les confrères qui m'avaient soigné après mon accident au genou, alors qu'ils avaient déjà fait leur déposition en bonne et due forme. Il a fouiné dans mes comptes bancaires, au cas où j'aurais payé un tueur pour assassiner ta mère. Il a fait pression sur… »

Roy s'arrêta et se mit à tousser en se frappant la poitrine. Cynthia allait se lever pour lui porter secours mais, d'un geste colérique, il lui intima de rester assise.

« … Il a fait pression sur Cynthia pour qu'elle avoue avoir menti en déclarant que j'étais resté alité toute la journée. En revanche, il n'a rien obtenu de concret, pas le moindre indice susceptible de faire avancer l'enquête. C'était un rond-de-cuir, un petit chef sans imagination, un tyran à la petite semaine. Retrouver Margot était le cadet de ses soucis. Il voulait juste démontrer que Talbot s'était planté. Bill Talbot était peut-être… Bon, je l'admets, ajouta Roy en foudroyant Strike du regard, il était incompétent, mais il n'en demeure pas moins que personne n'a jamais trouvé de meilleure explication qu'un enlèvement par Creed. »

L'allusion à Creed eut pour effet de jeter un froid. Les trois femmes assises sur le canapé prirent un air consterné. On aurait dit que ce nom venait de creuser un grand trou au milieu du salon, un trou au fond duquel plusieurs victimes avaient disparu à tout jamais. Creed symbolisait le mal absolu, il sentait le soufre. C'était un démon, un monstre emprisonné à vie et donc aussi inatteignable que les recluses qu'il avait torturées dans sa cave. Robin ressentit un peu de gêne en songeant au mail qu'elle avait rédigé et envoyé sans en parler à Strike, de peur qu'il l'en dissuade.

« L'un d'entre vous a-t-il entendu parler de Kara Wolfson et de Louise Tucker ? demanda Roy à brûle-pourpoint.

— Oui, répondit Robin en prenant les devants. Kara travaillait comme hôtesse dans un night-club et Louise était une adolescente en fugue. On a soupçonné Creed de les avoir tuées mais il n'y a jamais eu aucune preuve de cela.

— Exact, dit Roy en lui jetant le genre de regard qu'il adressait peut-être autrefois à ses étudiants quand ils lui fournissaient un diagnostic exact. Eh bien, voyez-vous, en 1978, j'ai rencontré le frère de Kara et le père de Louise.

— Je n'étais absolument pas au courant ! s'exclama Anna, choquée.

— Normal. Tu avais cinq ans », répliqua Roy avant de reprendre, à l'intention de Strike et de Robin : « Le père de Louise avait fait des recherches sur les antécédents de Creed. Il s'était rendu dans tous les lieux où cet homme avait vécu ou travaillé. Il avait interrogé tous les gens qui disaient l'avoir connu. Il a fait signer une pétition et l'a envoyée à Merlyn Rees, le député travailliste, puis au ministre de l'Intérieur pour qu'on lui permette d'effectuer des fouilles.

« Ce type était à moitié fou. En le rencontrant, j'ai compris ce qu'on pouvait devenir en vivant jour après jour avec une telle tragédie dans la tête. Il était dévoré par son idée fixe. Il voulait détruire les immeubles où Creed avait habité, creuser sous les fondations, retourner les champs où Creed avait marché, draguer la rivière où Creed avait pêché. Je me souviens de sa voix qui tremblait quand il essayait de nous persuader, Wolfson et moi – Wolfson était chauffeur routier –, de participer à sa campagne de presse. On était censés s'enchaîner à une grille devant le 10 Downing Street, pour passer aux actualités… Son couple n'a pas tenu. Ses enfants lui ont tourné le dos. Il n'y avait plus que Creed dans sa vie.

— Et tu as refusé de l'aider ? demanda Anna.

— S'il m'avait fourni un seul élément tangible, répondit tranquillement Roy, une preuve du fait que Margot avait été enlevée par Creed…

— J'ai lu que, d'après toi, l'un des colliers retrouvés dans la cave pouvait être…

— Si tu tires tes informations des ouvrages à sensation…

— Comme si j'avais le choix ! Chaque fois que j'ai voulu t'interroger, tu m'as envoyée paître.

— Anna, murmura encore Cynthia.

— Le médaillon qu'ils ont retrouvé dans la cave de Creed n'était pas celui de Margot, et je suis bien placé pour le savoir puisque c'est moi qui le lui avais offert », répliqua Roy. Ses lèvres tremblaient quand il les serra l'une contre l'autre.

« J'ai encore deux questions, si cela ne vous ennuie pas trop », dit Strike sans laisser à Anna le temps de répondre. Il voulait à tout prix éviter un nouvel accrochage. « Pourrions-nous parler de Wilma, la femme de ménage qui travaillait pour le cabinet médical, et pour vous aussi ?

— C'est Margot qui l'avait embauchée, dit Roy. Une idée à elle, mais cette femme n'était pas très efficace. Elle avait des problèmes personnels et, d'après Margot, elle avait besoin d'argent pour pouvoir les régler. Après la disparition de Margot, je ne l'ai plus revue. Ce n'était pas une grande perte. J'ai ensuite appris qu'elle s'était fait virer du cabinet. Ils l'avaient surprise en train de boire, apparemment.

— Wilma a dit à la police…

— Qu'elle avait vu du sang sur la moquette à l'étage, le jour où Margot a disparu », l'interrompit Roy. L'air ébahi d'Anna et de Kim apprit à Robin que de cela non plus elles n'étaient pas au courant.

« Oui, confirma Strike.

— C'était du sang menstruel, répondit froidement Roy. Margot avait eu ses règles pendant la nuit. Il y avait des serviettes hygiéniques dans la salle de bains, a dit ma mère. Wilma a nettoyé la moquette. Cela s'est passé dans la chambre d'amis, à l'autre bout de la maison. Margot et moi faisions chambre à part, à cette époque, à cause de… ma blessure.

— Wilma a également déclaré qu'elle pensait vous avoir vu…

— Marcher dans le jardin. C'était faux. Elle a peut-être vu un maçon. Nous faisions bâtir le kiosque en ce temps-là », dit-il en désignant derrière la vitre l'édicule perché au bout du bassin.

Strike nota ces informations dans son calepin et tourna la page.

« L'un de vous deux aurait-il entendu Margot parler d'un individu nommé Niccolo Ricci ? Il se faisait soigner au cabinet St. John's. »

Roy et Cynthia secouèrent négativement la tête.

« Et d'un certain Steven Douthwaite ? Un patient, lui aussi.

— Non, dit Roy. Mais nous le connaissons pour avoir lu son nom dans la presse.

— Le jour du barbecue, quelqu'un a parlé d'une boîte de chocolats que Margot aurait reçue en cadeau de la part d'un patient, dit Cynthia. Ce patient c'était lui, n'est-ce pas ?

— Nous pensons que oui. Donc, elle n'a jamais rien dit à propos de Douthwaite ? Comme quoi il montrait un intérêt excessif envers elle, ou qu'il était gay ?

— Non, répéta Roy. Vous avez peut-être entendu parler du secret médical.

— J'ai une autre question. Une question qui va vous paraître étrange, embraya Strike. Mais Margot avait-elle des cicatrices ? Sur la cage thoracique, en particulier ?

— Absolument pas, s'écria Roy, décontenancé. Pourquoi demandez-vous cela ?

— Pour écarter une hypothèse », répondit Strike. Et avant que Roy n'insiste, il passa à la question suivante. « Margot vous a-t-elle dit qu'elle avait reçu des lettres anonymes ?

— Oui. Enfin, elle ne m'a parlé que d'une seule.

— Ah bon ? dit Strike en levant les yeux de son calepin.

— Oui. Quelqu'un l'accusait d'encourager les jeunes femmes à se dévergonder.

— Il la menaçait ?

— Je n'en sais rien. Je n'ai jamais vu ce papier.

— Elle ne l'a pas rapporté à la maison ?

— Non », fit Roy, laconique. Puis il ajouta : « Nous nous étions disputés à ce propos.

— Vraiment ?

— Oui. Il peut y avoir de graves conséquences, dit Roy en rougissant encore plus, des conséquences *sociétales*, quand on commence à favoriser des comportements qui ne sont pas dans la nature…

— Parce qu'elle avait expliqué à une patiente qu'être lesbienne n'était pas la fin du monde ? » lança Anna et, de nouveau, Cynthia murmura :

« *Anna !*

— Je ne parle pas de cela, reprit Roy, cramoisi. Je parle de conseiller à une femme de divorcer. Je parle d'encourager une jeune fille à se dévergonder, dans le dos de ses parents. C'est un homme en colère qui a écrit cette lettre. J'ai l'impression qu'elle n'a jamais pris en considération… considération…. »

Le visage de Roy se crispa. On crut qu'il allait se mettre à hurler, mais non. Alors que personne ne s'y attendait, il éclata en sanglots bruyants.

Assises en rang d'oignon sur le canapé, sa femme, sa fille et sa belle-fille le regardèrent, sidérées. Mais aucune d'entre elles, même pas Cynthia, ne s'approcha de lui. Roy continua de pleurer à chaudes larmes dans son coin, en essayant vainement de se maîtriser. Au bout d'un moment, il réussit à dire quelques mots entrecoupés de hoquets.

« Elle… ne se rendait… pas compte… que je… ne pouvais pas… la protéger… ne pouvais pas… si quelqu'un tentait… de lui faire du mal… parce que je suis… faible… malade… inutile…

— Oh papa », chuchota Anna, horrifiée. Elle glissa du canapé, tomba sur les genoux et s'avança ainsi jusqu'à son père. Mais quand elle posa ses mains sur sa jambe, il la repoussa en sanglotant de plus belle.

« Non… non… je ne mérite pas… tu ne sais pas tout… tu ne sais pas…

— Quoi donc ? dit-elle. Papa, j'en sais plus que tu ne crois. Je suis au courant pour l'avortement…

— Il n'y a jamais… jamais… jamais eu d'avortement ! dit Roy en tentant de respirer entre deux spasmes. C'était la seule chose… mon seul point… d'accord avec… Oonagh… Kennedy… elle n'aurait jamais… jamais… pas après toi ! Elle m'a dit… Margot m'a dit… après ta naissance… qu'elle avait complètement… changé d'avis. *Complètement !*

— Mais alors, qu'est-ce que j'ignore ?

— J'ai été… j'ai été cru… cruel avec elle ! C'est vrai ! Je lui ai pourri… la vie ! Je ne… m'intéressais pas… à son travail. Elle ne me… supportait plus ! Elle allait me… quitter… je sais ce qui s'est passé. Je sais. J'ai toujours su. La veille… avant qu'elle s'en aille… elle a laissé un message… dans la pendule… un truc idiot… qu'on faisait… et le message disait… *Je t'en prie parle... parle-moi...* »

Roy s'interrompit, étranglé par les sanglots. Cynthia alla s'agenouiller près de lui. Anna prit la main de son père, et cette fois il la laissa faire. Puis il dit en s'accrochant à elle :

« J'attendais… qu'elle me demande pardon. D'être allée boire… avec Satchwell. Et comme elle ne le faisait pas… j'ai refusé…. de lui p… parler. Et le lendemain…

« Je sais ce qui s'est passé. Elle aimait marcher. Quand elle était contrariée… des longues promenades. Elle a oublié Oonagh… elle est partie marcher… pour décider si elle allait… me quitter… parce que je l'avais rendue… si… si triste. Elle ne prenait pas… garde… et Creed… et Creed… en a profité… »

Sans lui lâcher la main, Anna glissa son bras autour des épaules tremblantes de son père et le serra contre elle. Il l'agrippa comme une bouée de sauvetage. Strike et Robin, quant à eux, s'abîmèrent dans la contemplation du tapis.

« Roy, fit Kim avec gentillesse. Personne ici ne peut se vanter de n'avoir jamais fait injustement souffrir un être cher. Nous ne vous jugeons pas. »

Strike, qui avait emmené Roy Phipps bien plus loin qu'il n'aurait espéré, estima qu'il était temps de mettre fin à l'entretien. L'homme était dans un tel état qu'il aurait été inhumain de poursuivre. Quand les sanglots de Roy se furent un peu calmés, Strike prit son ton le plus solennel pour déclarer :

« Je vous remercie beaucoup d'avoir accepté de nous recevoir. Et pour le thé, aussi. Nous allons vous laisser tranquilles maintenant. »

Les deux détectives se levèrent. Roy resta assis, entouré de sa fille et de sa femme. Kim se chargea de raccompagner leurs visiteurs.

« Eh bien, fit-elle à voix basse tandis qu'ils traversaient le vestibule dans l'autre sens. Je dois dire que c'est… c'est presque un miracle. Il n'a jamais parlé comme ça. Jamais. Même si votre enquête ne débouche sur rien… c'est déjà énorme. Merci. C'était… curatif. »

Quand la porte s'ouvrit, la pluie avait cessé et le soleil brillait. Un double arc-en-ciel enjambait le petit bois en face de la maison. L'air était frais, revigorant.

« Puis-je vous demander une dernière chose ? dit Strike sur le pas de la porte.

— Oui, bien sûr.

— C'est au sujet de ce kiosque qu'ils ont dans leur jardin, au bout de l'étang koï. Pourquoi y a-t-il une croix de St. John incrustée dans le sol ?

— Oh, dit Kim. C'est Margot qui avait choisi ce motif. Cynthia me l'a dit, il y a bien longtemps. Margot venait de décrocher ce poste au cabinet St. John's et… curieusement, le quartier où nous nous trouvons appartenait à l'ordre des chevaliers hospitaliers. Donc…

— Oui, dit Robin. J'ai lu quelque chose là-dessus, à Hampton Court.

— Donc, elle s'est dit que cette croix était doublement justifiée… Vous savez, maintenant que vous en parlez, je me demande pourquoi personne ne l'a enlevée. C'est d'autant plus bizarre que, dans cette maison, il ne reste plus le moindre souvenir de Margot.

— Desceller des dalles de granit, ce n'est pas donné, proposa Strike.

— Oui, dit Kim dont le sourire s'était figé. C'est sûrement à cause de cela. »

37

Hydres à têtes bondissantes, Baleines au dos voûté,
Grands tourbillons que les poissons craignent et fuient,
Brillants Scolopendres cuirassés d'argent
Puissants Monoceros aux queues démesurées...
Le redoutable Poisson, qui mérita le nom
De Mort...

Edmund SPENSER, *La Reine des fées*

La pluie tomba sans discontinuer, ou presque, pendant tout le mois de février. Le 5, une tempête particulièrement violente s'abattit sur le sud du pays. Des milliers de logements furent privés d'électricité, la ligne reliant Londres au Sud-Ouest fut coupée à la suite de l'écroulement de la digue supportant la voie ferrée, de nombreuses parcelles de terres cultivables furent englouties, les routes se changèrent en rivières et le journal télévisé montra soir après soir des étendues d'eau sale s'étirant jusqu'à l'horizon et des habitations baignant dans un mètre de boue. Le Premier ministre promit des aides financières et les services d'urgence firent ce qu'ils purent pour secourir les gens piégés chez eux. Pendant ce temps-là, à St. Mawes, dans sa maison perchée au-dessus de la ville inondée, Joan attendait la visite que Strike et Lucy ne pouvaient lui rendre parce que la péninsule des Cornouailles n'était plus accessible, ni par le train ni par la route.

Strike, qui se reprochait de n'y être pas allé plus tôt, soignait sa culpabilité en redoublant d'acharnement au travail et en ne dormant que le strict nécessaire, voire moins. Candidat au sacrifice, il enchaînait planques et filatures, de jour comme de nuit, pour que Barclay et Hutchins puissent écluser les congés auxquels ils avaient dû renoncer lors de ses précédentes expéditions chez sa tante. Ce mercredi-là, c'était donc Strike et non Hutchins qui, sous la pluie battante, surveillait le domicile d'Elinor Dean à Stoke Newington. Il poireautait depuis des heures dans sa BMW quand un homme en survêtement entra dans la maison après avoir frappé deux coups à la porte.

Strike attendit toute la nuit que le visiteur ressorte. En vain. Finalement, à 6 heures du matin, il émergea, une main sur la bouche. Strike, qui observait la scène à travers ses lunettes à vision nocturne, vit Elinor Dean en robe de chambre matelassée lui faire un signe d'adieu, depuis le seuil. Se cachant toujours le bas du visage, l'homme en survêtement monta dans une Citroën, démarra et prit la direction du sud.

Strike suivit le véhicule jusqu'à Pentonville. L'homme s'arrêta sur Risinghill Street et pénétra dans un immeuble moderne en brique rouge, les deux mains dans les poches à présent. Sa bouche était parfaitement normale. Strike attendit qu'une fenêtre s'éclaire sur la façade, puis il démarra et alla garer sa BMW sur White Lion Street.

Il était tôt mais les gens partaient déjà au travail, leurs parapluies inclinés contre le vent pour empêcher qu'ils se retournent. Strike baissa sa vitre. Au bout d'une nuit de surveillance, l'atmosphère dans l'habitacle était devenue irrespirable, même pour un fumeur invétéré comme lui. Après quoi, bien que sa langue lui fît mal à cause de l'abus de tabac, il alluma une cigarette et, en même temps, chercha le numéro de Saul Morris sur son répertoire.

« Tout va bien, patron ? »

Strike n'appréciait guère que Morris l'appelle « patron », mais ne savait comment le lui faire comprendre sans se ridiculiser.

« Aujourd'hui, vous changez de cible. Laissez tomber PasNet. Elinor Dean a reçu un nouveau gugusse cette nuit. Je l'ai suivi jusque chez lui. » Il lui dicta l'adresse. « Il habite au premier étage, l'appartement tout à fait à gauche quand on est de dos à la rue. La quarantaine, cheveux poivre et sel, gras du bide. Faites une petite enquête discrète auprès des voisins, trouvez où il bosse, cherchez ses hobbies sur Internet. J'ai dans l'idée que BPN et lui fréquentent Elinor pour la même raison.

— Chapeau, patron ! C'est pas pour rien que vous êtes le grand chef. Vous débarquez et, en une nuit, l'affaire est résolue. »

Strike eut envie de lui dire d'arrêter le léchage de bottes, mais il raccrocha sans le faire et continua de tirer sur sa clope en exposant son visage à la morsure du vent et aux gouttes de pluie, cinglantes comme de petites flèches gelées. Puis après avoir regardé sa montre et jugé que, malgré l'heure matinale, il devait être réveillé, Strike appela son oncle Ted.

« Tout va bien, mon garçon ? entendit-il malgré les parasites qui perturbaient la communication.

— Ça va. Et toi ?

— Oh, on fait aller. Je viens de finir mon petit déjeuner. Joanie dort encore.

— Comment va-t-elle ?

— Rien de changé. Elle s'accroche.

— Vous avez de quoi manger, j'espère ?

— De ce côté-là, tu n'as pas à t'inquiéter. Hier, le petit Dave Polworth nous a apporté assez de bouffe pour tenir une semaine.

— Comment est-il venu ? demanda Strike, sachant que la maison de Dave et celle de Ted et Joan étaient actuellement séparées par une vaste étendue d'eau stagnante.

— À la rame, s'esclaffa Ted. Il paraît que ça lui a rappelé l'époque où il faisait du triathlon. On l'a vu débarquer vêtu comme un pêcheur, en ciré jaune de la tête aux pieds, avec un énorme sac rempli de victuailles. C'est un chic type, ce Polworth.

— Ouais, je suis bien d'accord », dit Strike en fermant les yeux. Ce n'était pas à Polworth de prendre soin de son oncle et de sa tante. Cette tâche lui revenait. De nouveau, il se reprocha de n'avoir pas devancé l'appel, de n'avoir pas pris le train avant que les prévisions météo ne se concrétisent. Depuis des mois, il se sentait coupable, non seulement de délaisser Ted et Joan, mais aussi de se défausser sur ses collaborateurs, et sur Robin tout particulièrement. « Ted, je viendrai dès qu'ils rétabliront la circulation des trains.

— Oui, je sais bien, mon garçon. Ne te fais pas de soucis pour nous. Je ne te la passe pas, elle a besoin de repos, mais je lui dirai que tu as appelé. Elle sera vachement contente. »

Épuisé, affamé et ne sachant où trouver de quoi se sustenter, Strike coinça sa cigarette entre ses dents et écrivit à Dave Polworth en l'appelant par le surnom qu'il lui donnait depuis qu'à l'âge de dix-huit ans, Dave s'était faire mordre par un requin.

J'ai appris ce que tu as fait pour Ted et Joan, hier. Je te suis infiniment reconnaissant, Chum[1]. Merci.

Il balança son mégot par la fenêtre, remonta la vitre et démarra le moteur. Quand son portable vibra, convaincu que Polworth lui avait répondu en le traitant de chochotte comme à son habitude (son ami cornouaillais pratiquant l'inverse absolu du politiquement correct), Strike reprit l'appareil en souriant par avance.

Papa veut te parler. Quand serais-tu dispo ?

Strike relut le texto deux fois avant de comprendre qu'il venait de son demi-frère Al. Une fois passée la surprise, il ressentit une bouffée de colère mêlée de rancœur aussi irrépressible qu'une envie de vomir.

« Va te faire foutre », hurla-t-il en s'adressant au téléphone.

1. *Chum* signifiant à la fois « copain » et « appât ».

Strike se dégagea du trottoir et roula droit devant lui, mâchoires crispées, en se demandant pourquoi Rokeby lui collait ainsi aux basques alors que lui-même se faisait un sang d'encre pour les deux seules personnes qui s'étaient occupées de lui à l'époque où il n'y avait aucune gloire à tirer du fait d'être lié à Cormoran Strike. Le temps du repentir était révolu et les dommages irréparables. Foutre non, la voix du sang n'était pas la plus forte. Il songea à la pauvre Joan avec laquelle il ne partageait aucun brin d'ADN, coincée dans sa maison sur la colline au milieu des champs inondés, et de nouveau il se laissa envahir par la fureur et la culpabilité.

Quelques minutes plus tard, au détour d'une rue, il s'aperçut qu'il venait d'entrer dans Clerkenwell. Ayant repéré un café ouvert sur St. John Street, il trouva une place de stationnement et alla s'abriter de l'averse dans une salle qu'il trouva lumineuse et agréablement tiède. Il s'acheta un sandwich à l'œuf et à la tomate, avisa une table donnant sur la rue et s'assit en contemplant, impassible, le reflet de son visage mal rasé dans la vitre mouchetée de pluie.

À part les lendemains de cuite, Strike avait rarement mal à la tête. D'où son étonnement devant cette douleur qui commençait à lui marteler la tempe gauche. Il mangea son sandwich en essayant de se convaincre qu'il irait mieux après, puis demanda une deuxième tasse de thé et sortit son portable pour répondre à Al. Il avait trouvé une formule qui, selon lui, permettrait de tirer un trait définitif sur le problème Rokeby, sans toutefois montrer à quel point leur insistance, à lui et à leur père, le dérangeait.

Je ne suis pas intéressé. C'est trop tard. Je ne veux pas me fâcher avec toi mais prends ça comme un « non » définitif.

Il appuya sur « Envoyer » et chercha du regard de quoi divertir son esprit surmené. Sur le trottoir d'en face, les vitrines étaient toutes décorées dans les tons rouge et rose : le 14 février approchait à grands pas. Il songea soudain que Charlotte ne s'était plus manifestée depuis Noël, quand il n'avait pas répondu à son ultime texto. Lui écrirait-elle pour la Saint-Valentin ? Les fêtes et les anniversaires semblaient déclencher en elle le désir de renouer le contact.

Sans trop réfléchir à ce qu'il faisait, mais poussé par la même soif de réconfort qui l'avait conduit dans ce troquet, Strike reprit son téléphone et appela Robin. Elle était déjà en ligne. Il rempocha l'appareil d'un geste fébrile. Il avait besoin de s'occuper, se dit-il. Alors pourquoi ne pas profiter du fait qu'il se trouvait à Clerkenwell ?

Le café n'était pas bien loin de l'ancien cabinet St. John's. Lesquels, parmi les gens qui défilaient sur ce trottoir, habitaient déjà le quartier dans les années 1970 ? se demanda-t-il. Cette vieille dame en imperméable qui avançait le dos courbé en traînant son caddie à carreaux écossais ? Cet homme à la moustache grise qui hélait un taxi ? Peut-être ce vieux Sikh coiffé d'un turban, qui marchait tout en composant un texto ? Lesquels auraient pu consulter le Dr Bamborough ? Lesquels se souviendraient d'avoir vu dans le quartier un homme sale et barbu, répondant au nom d'Applethorpe, aborder les passants pour leur dire qu'il avait tué un médecin ?

Strike en était là de ses réflexions quand son regard se posa sur un homme qui passait sur le trottoir d'en face. Sa démarche était étrange, comme s'il roulait des mécaniques, ses cheveux fins et ternes plaqués sur son crâne par la pluie battante. Il ne portait ni manteau ni parapluie, juste un sweat-shirt sur le devant duquel était imprimée la mascotte du jeu vidéo Sonic the Hedgehog. Son pas chaloupé, son regard écarquillé, sa bouche entrouverte et le fait qu'il se fichait d'être trempé jusqu'aux os semblaient indiquer qu'il souffrait d'un léger handicap mental. L'individu sortit de son champ de vision et, au même moment, son portable sonna.

« Bonjour. Vous m'avez appelée ? » demanda Robin. Aussitôt, Strike sentit sa tension baisser d'un cran. Le thé était décidément le meilleur remède contre la migraine.

« Oui, effectivement. Je voulais vous tenir au courant. »

Et il lui parla de l'homme en survêtement qui avait passé la nuit chez Elinor Dean.

« Vous dites qu'il se cachait la bouche en sortant de chez elle ? C'est bizarre.

— Je sais. Franchement, il se passe des trucs louches dans cette baraque. J'ai demandé à Morris d'enquêter sur le petit nouveau.

— Pentonville, ce n'est pas loin de Clerkenwell, fit remarquer Robin.

— J'y suis en ce moment même. Dans un café sur St. John Street. Je… je pense, fit Strike en bâillant malgré lui. Désolé… je pense que je vais en profiter pour me renseigner sur feu Applethorpe. Je trouverai peut-être quelqu'un qui se souviendra de cette famille, ou de ce qui lui est arrivé.

— Comment allez-vous procéder ?

— Je vais arpenter les rues, dit Strike en se rendant soudain compte que son genou l'élançait. Interroger les commerçants. Certaines boutiques m'ont l'air d'être implantées dans le coin depuis des décennies. Je… je sais, ajouta-t-il en bâillant encore. C'est pas gagné, mais un type qui aborde les gens pour s'accuser d'avoir tué un médecin, ça doit laisser des souvenirs.

— Vous n'êtes pas trop crevé ?

— J'ai connu pire. Vous m'appelez d'où ?

— Du bureau. J'ai deux ou trois trucs à vous communiquer sur l'affaire Bamborough, si vous avez le temps.

— Allez-y, dit Strike, trop heureux de repousser la douche froide qui l'attendait dehors.

— Bon. D'abord, le mari de Gloria Conti m'a écrit. Vous savez, Gloria la réceptionniste, la dernière personne à avoir vu Margot en vie ? Son mail n'est pas très long.

« Cher Mr Ellacott…

— Mister ?

— Les gens font souvent l'erreur, à cause de mon prénom. “*Je vous écris de la part de ma femme. Votre message l'a grandement affligée. Elle n'a rien de particulier à vous dire au sujet de Margot Bamborough et je n'ai pas apprécié que vous ayez tenté de la joindre via mon travail. Je vous prie de respecter notre vie privée et vous demande de ne plus la recontacter. Sincèrement, Hugo Jaubert.*"

— Intéressant, dit Strike en grattant son menton hérissé de barbe. Pourquoi Gloria ne s'est-elle pas donné la peine de nous écrire elle-même ? Trop affligée ?

— Je me demande pourquoi elle est si affli… affectée, je veux dire. Peut-être, se ravisa Robin en répondant à sa propre question, parce que je suis passée par la société de son mari ? Mais je ne l'aurais pas fait si elle m'avait répondu sur Facebook.

— Vous savez ce que je pense ? Je crois qu'Anna devrait essayer de la convaincre. Elle saura peut-être faire jouer la corde sensible. Vous pourriez rédiger une nouvelle demande, l'envoyer à Anna et lui proposer de rajouter son nom sur le courrier ?

— Bonne idée », dit Robin. Il l'entendit écrire. « À part ça, j'ai une bonne nouvelle. Quand vous avez essayé de me joindre tout à l'heure, j'étais au téléphone avec la fille cadette de Wilma Bayliss. Maya. La directrice d'école. Je crois qu'elle finira peut-être par nous accorder un entretien. Pour l'instant, elle craint la réaction de sa sœur aînée, mais il y a de l'espoir.

— Génial. J'aimerais bien en savoir davantage sur Wilma.

— Ce n'est pas tout, renchérit Robin. Mais là, vous allez me dire que les chances sont minces.

— Vous parlez à quelqu'un qui se prépare à sonner chez des gens pour leur demander s'ils se souviennent d'un cinglé mort depuis bientôt quarante ans et qui ne s'appelait sans doute pas Applethorpe.

— OK, répondit Robin en riant. Bon, hier soir, j'ai encore cherché Steve Douthwaite sur Internet. Et j'ai trouvé un blog intitulé "Souvenirs de Butlin's" sur lequel d'anciens animateurs de ces villages de vacances se retrouvent pour discuter du bon vieux temps, organiser des rencontres, etc. Vous voyez le genre. Douthwaite n'est jamais cité, ni sous son vrai nom ni sous celui de Jacks, comme il se faisait appeler à Clacton-on-Sea. En revanche, j'ai découvert… je sais, ça n'a sans doute rien à voir, et peut-être avez-vous oublié… mais dans *Qu'est-il arrivé à Margot Bamborough ?* il est question d'une certaine Julie Wilkes. Elle reprochait à Stevie Jacks d'avoir caché à ses amis qu'il avait trempé dans l'affaire de la femme disparue.

— Si, je me rappelle.

— Eh bien… cette fille est morte noyée. En 1985, à l'intérieur même du village, vers la fin de la saison estivale. On a retrouvé son corps un matin dans la piscine. Je suis tombée sur un échange à ce propos, dans la rubrique Messages du site. Ses anciens collègues pensent qu'elle était ivre, qu'elle a glissé et s'est cogné la tête.

« C'est peut-être la faute à pas de chance, mais je trouve que les femmes ont tendance à mal finir dans l'entourage de Douthwaite, pas vous ? Sa copine mariée se suicide, son médecin disparaît et maintenant sa collègue se noie… On dirait qu'il porte la poisse, ce type…

— Ouais, j'avoue », fit Strike en se demandant où pouvait se cacher le fameux Douthwaite. Il allait formuler cette question à haute voix quand Robin sauta du coq à l'âne.

« Écoutez, j'ai quelque chose à vous proposer, mais si ce n'est pas possible, on laisse tomber, fit-elle d'une voix tendue. Max, mon colocataire – vous savez qu'il est acteur ? Eh bien, il a décroché un rôle dans un truc pour la télé. Il doit incarner un ancien soldat. Il a besoin de conseils mais ne sait pas à qui s'adresser. En fait, il aimerait bien que vous veniez dîner un soir pour pouvoir discuter avec vous.

— Oh, fit Strike, surpris mais pas mécontent. Ouais…, OK. Quand ça ?

— Je sais, c'est un peu précipité mais demain, ça vous ennuierait ? Les répétitions démarrent bientôt.

— Ouais, ça devrait le faire », répondit Strike. Il se tenait prêt à partir pour St. Mawes dès que les trains se remettraient à circuler mais il faudrait encore plusieurs jours pour renflouer la digue supportant la voie ferrée.

Quand Robin eut raccroché, Strike commanda une troisième tasse de thé. Il procrastinait et il savait pourquoi. Avant d'écumer le quartier à la recherche d'un habitant susceptible de le renseigner sur l'individu qui s'était accusé d'avoir tué Margot Bamborough presque quarante ans auparavant, la moindre des choses aurait été de connaître son vrai nom. Et comme Janice Beattie était encore à Dubaï, il n'avait d'autre recours que de s'adresser à Irene Hickson.

La pluie tombait plus fort que jamais, et il avait autant envie d'appeler Irene que d'aller se pendre. Aussi continua-t-il à regarder les voitures éclabousser les piétons qui naviguaient entre les flaques et à songer à la jeune animatrice qui avait fini ses jours au fond d'une piscine en 1985.

De l'eau partout, avait écrit Bill Talbot dans son carnet de notes. Strike s'était donné du mal pour décrypter cette réflexion sibylline et il avait fini par conclure que Talbot faisait allusion aux personnes qui, nées sous un signe d'eau, semblaient avoir un lien avec la mort du Scorpion. Le Scorpion était-il un signe d'eau ? se demanda Strike en sirotant son thé. Ces bêtes vivaient sous la terre et recherchaient la chaleur. Savaient-elles même nager ? Il se souvint du symbole en forme de poisson par lequel Talbot désignait Irene dans son carnet. Une fois, il l'avait appelée « Cetus », la Baleine. Il prit son téléphone et entra le mot « cetus » dans le moteur de recherche.

La constellation de la Baleine, en latin *cetus*, lut-il, tire son nom du monstre marin que Persée a tué afin de sauver Andromède, prisonnière de Poséidon. Elle occupe une région du ciel appelée « La Mer », rassemblant plusieurs autres constellations à connotation aquatique, dont les Poissons, le Verseau et le Capricorne, la chèvre à queue de poisson.

De l'eau partout.

Comme un vieux filet de pêche aspiré dans les pales d'une hélice, toutes ces notions astrologiques formaient un entrelacs inextricable dans son esprit. Les notes de Talbot, par leur mélange pernicieux de logique et d'absurde, étaient à l'image de l'astrologie elle-même, laquelle reposait essentiellement sur la promesse, réconfortante et flatteuse, que nos petits problèmes quotidiens intéressaient le grand univers et que les étoiles ou quelque entité spirituelle étaient là pour nous guider vers un lieu idéal dont la raison ne possédait pas la clé.

Ça suffit, s'ordonna-t-il. Il composa le numéro d'Irene et, en attendant qu'elle réponde, visualisa son intérieur : le téléphone posé à côté du pot-pourri, le vestibule surchargé, le papier peint fleuri, l'épaisse moquette rose. Strike laissa sonner longtemps et, une seconde avant qu'il ne renonce, Irene décrocha.

« Double 4-5-9 », chantonna-t-elle comme un jingle. Quand on l'appelait sur le fixe, Joan elle aussi répondait en annonçant à son correspondant le numéro qu'il venait de faire.

« Vous êtes bien Mrs. Hickson ?

— Elle-même.

— Cormoran Strike à l'appareil, le…

— Oh, bonjour ! glapit-elle, surprise.

— J'ai besoin de votre aide, si cela ne vous ennuie pas, enchaîna Strike en ouvrant son calepin. La dernière fois, quand nous nous sommes vus, vous avez parlé d'un homme qui fréquentait le cabinet St. John's. Un certain Apton ou Applethorpe…

— Oui ?

— … qui prétendait avoir…

— … tué Margot, oui, l'interrompit-t-elle. Un jour, en pleine rue, il s'est planté devant Dorothy et…

— Oui…

— … mais elle n'en a pas cru un mot. Je lui ai dit : "Dorothy, imagine que ce soit vrai…"

— J'ai fait des recherches mais aucun Apton, ni Applethorne ne vivait dans ce quartier en 1974, fit Strike d'une voix assez forte pour qu'elle ne puisse lui couper de nouveau la parole. Peut-être avez-vous mal retenu son…

— C'est possible, oui, c'est bien possible. Ça fait tellement longtemps. Avez-vous essayé les renseignements ? Enfin non, pas les renseignements, se reprit-elle. L'annuaire en ligne ou ce genre de trucs.

— Avant d'appeler les renseignements, il vaut mieux avoir le nom de la personne qu'on cherche, répondit Strike en masquant son exaspération. Je ne suis pas loin de Clerkenwell Road en ce moment. Vous disiez qu'il vivait dans cette rue, si je ne m'abuse ?

— Ben, comme il traînait toujours dans le coin, c'est ce que j'ai supposé.

— Il figurait dans les registres de votre cabinet, n'est-ce pas ? Vous souvenez-vous de son prénom… ?

— Hum, une seconde, je réfléchis… c'était quelque chose comme… Gilbert, ou… non, je ne sais plus, désolée. Applethorpe ? Appleton ? Apton ? Il était connu comme le loup blanc. Normal, avec une telle dégaine : crasseux, une barbe pas possible… Des fois, il se baladait avec son fils, ajouta Irene en reprenant son rythme de croisière, un gamin vraiment très bizarre…

— Oui, vous disiez que…

— … avec des oreilles immenses. Il est peut-être toujours en vie. Le fils. Mais, à mon avis, il est… vous savez… »

Strike attendit qu'elle termine sa phrase mais apparemment, Irene n'en avait pas l'intention.

« Il est… ? insista-t-il.

— Oh, vous voyez ce que je veux dire. Dans un lieu.

— Un lieu ?

— Un foyer, un établissement spécialisé ! s'énerva-t-elle comme si elle trouvait Strike un peu obtus. Comment aurait-il pu être *normal*, de toute façon ? Entre un père drogué et une mère attardée… et quoi qu'en dise Jan. Mais Jan n'a pas la même… ce n'est pas sa faute, sa famille avait… d'autres principes. Elle aime passer pour quelqu'un de… devant les gens… cela dit, on fait tous pareil… Mais bon, c'est la vérité qui vous intéresse, alors… »

Les sous-entendus ponctuant ses phrases décousues étaient comme autant de flèches empoisonnées décochées contre son amie.

« Vous avez retrouvé Duckworth ? dévia brusquement Irene.

— Douthwaite ?

— Oh, c'est tout moi, je n'arrête pas d'inventer des noms, ha ha ha. » Elle se fichait éperdument de Douthwaite mais au moins ça lui aurait fait quelqu'un à qui parler. « J'aimerais beaucoup savoir ce qu'il devient. C'était vraiment un drôle de type. Jan n'a pas voulu l'admettre devant vous mais elle a été un peu déçue en apprenant qu'il était homo. Elle avait le béguin pour lui, vous savez. Quand je l'ai connue, elle était très seule. Nous faisions tout pour la soutenir, Eddie et moi…

— Donc, vous disiez…

— … mais les hommes qu'elle fréquentait ne voulaient pas s'occuper d'un enfant et Jan était un peu, vous voyez, quand une femme reste trop longtemps seule, je ne dis pas *collante* mais un peu quand même

– Larry s'en moquait, mais Larry n'était pas exactement…

— J'ai autre chose à vous demander…

— … seulement voilà, lui non plus n'avait pas envie de l'épouser. Il avait vécu un divorce très pénible…

— Au sujet de Leamington Spa…

— Il faudrait que vous alliez vérifier à Bognor Regis.

— Pardon ? fit Strike.

— Pour Douthwaite. C'est bien à Bognor Regis qu'il est allé, n'est-ce pas ? Ce village de vacances…

— Non, c'était à Clacton-on-Sea. À moins qu'il soit passé par Bognor Regis après.

— Après quoi ? »

Putain de merde.

« Qu'est-ce qui vous fait penser que Douthwaite est allé à Bognor Regis ? articula Strike en se frottant le front.

— Non, je me disais juste… Il n'était pas là-bas, à un moment ?

— Pas à ma connaissance. En revanche, nous savons qu'il a travaillé à Clacton-on-Sea pendant quelque temps au milieu des années 1980.

— Oh, alors c'est peut-être ça… Oui, quelqu'un a dû m'en parler. Toutes ces stations balnéaires se ressemblent. »

Strike se rappelait avoir demandé à Irene et à Janice si elles savaient où Douthwaite avait vécu après avoir quitté Clerkenwell, et toutes deux avaient répondu qu'elles l'ignoraient.

« De qui tenez-vous qu'il a travaillé à Clacton-on-Sea ? renchérit-il.

— C'est Jan qui me l'a dit, fit Irene après une courte pause. Oui, je crois que Jan me l'a dit. C'était sa voisine, vous savez, c'était elle qui le connaissait. Oui, je pense qu'elle a cherché où il s'était installé après son départ de Percival Road. Parce qu'elle s'inquiétait pour lui.

— Mais c'était onze ans plus tard, fit remarquer Strike.

— Quoi donc ?

— Il n'a commencé à travailler à Clacton-on-Sea que onze ans après avoir quitté Percival Road, répéta Strike. Quand je vous ai demandé à toutes les deux si vous saviez où il vivait…

— J'ai cru que vous disiez *maintenant* ? s'écria Irene. Où il vivait *maintenant* ? Je n'en sais rien. Au fait, avez-vous vérifié cette histoire de Leamington Spa ? » Puis elle ajouta en riant : « Que de stations balnéaires ! Non, attendez… Leamington Spa n'est pas en bord de mer. Mais vous voyez ce que je veux dire – c'est toujours de l'eau – j'aime *tellement* l'eau, c'est – Greenwich, Eddie savait que j'adorerais cette maison dès qu'il a vu qu'elle était à vendre – avez-vous trouvé quelque chose à Leamington Spa, ou est-ce que Jan a tout inventé ?

— Mrs. Beattie n'a rien inventé, répondit Strike. Mr. Ramage avait vraiment vu une personne…

— Oh, je n'ai pas dit que Jan avait inventé cette histoire, non, absolument pas, lui renvoya Irene en se contredisant allégrement. Je trouvais juste que c'était bizarre que Margot ait refait surface dans un endroit pareil. Leamington… Vous avez une piste ? demanda-t-elle en passant. Ou bien…

— Pas encore. À votre avis, pourquoi Margot se serait-elle rendue à Leamington Spa ?

— Comment le saurais-je ?

— Eh bien, il arrive que des souvenirs reviennent après coup…

— Avez-vous reparlé à Jan depuis votre visite chez moi ?

— Non, dit Strike. Savez-vous quand elle rentrera de Dubaï ?

— Non. Il y en a qui ont de la chance, pas vrai ? Entre nous, je ne cracherais pas sur des vacances au soleil, vu le temps qu'il fait en ce moment. Cela dit, avec Jan, c'est du gâchis, elle n'aime pas se faire bronzer. Mais ça ne me plairait pas trop d'effectuer un tel trajet en classe économique, comme elle. Cela dit, elle est bien obligée. Je me demande comment elle s'en sort ! Six semaines avec sa belle-fille ! Même si on s'entend bien, c'est long…

— Je crois que je vais vous laisser, Mrs. Hickson.

— Oh, très bien. Oui, eh bien, bonne continuation.

— Merci », dit-il avant de raccrocher.

La pluie cognait contre la vitre. Strike soupira et alla soulager sa vessie dans les toilettes du café.

Il réglait sa note quand l'homme au sweat-shirt Sonic the Hedgehog repassa sur le trottoir d'en face, mais dans l'autre sens cette fois, portant deux gros sacs de courses et toujours de cette étrange démarche chaloupée, la bouche entrouverte et les cheveux plaqués sur le crâne. Strike le suivit du regard. Quand l'homme fut pile en face du café, il vit la pluie goutter sous les sacs Tesco et dégouliner de ses oreilles immenses.

38

Pendant si longtemps dans une cabane secrète
Il la tint captive de ses désirs sensuels,
Qu'en juste temps de ses fruits son ventre fut gonflé,
Et porta le garçon de ce messire sauvage.

Edmund SPENSER, *La Reine des fées*

Strike n'en revenait pas d'un tel coup de chance. Il jeta un pourboire sur la table et se dépêcha de sortir sous la pluie, tout en enfilant son manteau.

Si l'homme au sweat-shirt Sonic détrempé était effectivement l'enfant aux grandes oreilles qui avait autrefois arpenté le quartier avec son marginal de père, cela signifiait qu'il habitait Clerkenwell depuis quarante ans. Après tout, il n'aurait pas été le premier à passer toute son existence au même endroit, se dit Strike, surtout s'il bénéficiait d'aides sociales et si son univers mental se réduisait à quelques rues. Strike l'avait de nouveau dans son champ de vision. Visiblement, il se dirigeait vers Clerkenwell Road sans presser le pas ni chercher à se protéger de la pluie qui le transperçait littéralement. Strike remonta le col de son pardessus et le prit en filature.

Un peu plus loin sur St. John Street, l'homme tourna à droite, passa devant une quincaillerie qui faisait l'angle et s'engagea sur Albemarle Way, la petite rue bordée de hauts bâtiments au bout de laquelle se trouvait la vieille cabine téléphonique rouge. L'intérêt de Strike grimpa de quelques degrés supplémentaires.

L'homme s'arrêta peu après la quincaillerie, posa ses sacs sur le trottoir inondé et sortit une clé de sa poche. N'ayant aucun endroit où se cacher, Strike le dépassa en notant mentalement le numéro inscrit sur la porte. Se pouvait-il que le défunt Applethorpe ait vécu dans cet immeuble d'Albemarle Way, la rue tranquille qui aurait pu servir de planque à un assassin guettant le passage de sa future victime, ainsi que Strike l'avait supposé lors de sa visite du quartier en compagnie de Robin ? À cet égard, Albemarle Way n'était peut-être pas aussi pratique que Passing Alley ou les appartements de Jerusalem Passage, mais elle valait mieux que Clerkenwell Green, le carrefour animé où Talbot voulait que Margot se soit battue avec Dennis Creed déguisé en femme.

Strike revint sur ses pas en entendant la porte se refermer. Sa peinture bleu nuit s'écaillait par endroits. Sous la sonnette était collée une étiquette marquée « ATHORN ». Était-ce le nom qu'Irene avait confondu avec Applethorpe, Appleton ou Apton ? se demanda-t-il avant de remarquer que la clé était restée dans la serrure.

En se reprochant d'avoir injustement méprisé les voies de la divine providence, Strike retira la clé et appuya sur la sonnette. Un puissant carillon retentit quelque part à l'intérieur. Après quelques secondes, la porte s'ouvrit sur l'homme au sweat-shirt trempé.

« Vous avez oublié ça », dit Strike en lui montrant la clé.

L'homme ne le regardait pas dans les yeux. Il semblait plutôt intéressé par le troisième bouton de son pardessus.

« Je l'ai déjà fait. Clare a dit de pas recommencer », marmonna-t-il en tendant la main. Strike déposa la clé au creux de sa paume.

« Je m'appelle Cormoran Strike, dit-il alors que le battant commençait à se rabattre. Je pourrais entrer une minute pour qu'on parle de votre père ? » Il n'avait pas mis le pied dans la porte mais se tenait prêt à le faire en cas de besoin.

Le visage pâle de son interlocuteur se découpait sur la pénombre du hall d'entrée.

« Mon papa Gwilherm est mort.

— Oui, dit Strike, je sais.

— Il me portait sur ses épaules.

— C'est vrai ?

— Ouais. Maman me l'a dit.

— Vous vivez seul ?

— Je vis avec maman.

— Elle se prénomme Clare ?

— Non. Deborah.

— Je suis détective, dit Strike en sortant une carte de visite. Je m'appelle Cormoran Strike et j'aimerais beaucoup parler à votre maman, si vous êtes d'accord. »

Au lieu de prendre la carte, l'homme la regarda de biais. Peut-être ne savait-il pas lire.

« C’est possible ? insista Strike, impatient d’échapper à la pluie glacée.

— Ouais, OK. Vous pouvez entrer », dit l’autre en s’adressant toujours au troisième bouton. Il ouvrit la porte en grand et, sans vérifier si Strike le suivait, s’engagea dans l’escalier sombre.

Strike savait qu’il profitait honteusement du handicap du fils Athorn, mais l’idée qu’il allait visiter le logement dans lequel avait vécu en 1974 l’assassin autoproclamé de Margot Bamborough eut raison de ses scrupules. Il s’essuya les pieds sur le paillasson et, en repoussant la porte, remarqua sur le sol trois enveloppes que l’homme s’était contenté de piétiner au passage. Sur l’une d’entre elles était nettement imprimée la trace d’une semelle. Strike les ramassa avant de gravir les marches en bois. Au plafond, pendait une ampoule grillée.

Parvenu sur le palier, Strike songea qu’il s’apprêtait à pénétrer dans un appartement où personne n’était entré depuis quarante ans, hormis ses occupants. Il imagina des chambres closes, des placards verrouillés, voire – pourquoi pas ? – un cadavre desséché gisant quelque part. Quelle aubaine ! songea-t-il en apercevant la vieille gazinière et le carrelage marron, typique des années 1970, qui recouvrait les murs de la kitchenette ouverte sur le vestibule. Le détective qu’il était fut toutefois déçu de constater que tout était propre et sentait le détergent. La vieille moquette, ornée de volutes orange et brun, portait même les marques d’un récent passage d’aspirateur. Les sacs Tesco avaient été abandonnés dans la cuisine, sur le lino rongé par l’usure mais lui aussi fraîchement lessivé.

Par une porte ouverte sur sa droite, il vit un petit salon. L'homme qu'il avait suivi se trouvait là, près d'une femme beaucoup plus âgée que lui, sur les genoux de laquelle reposait un ouvrage au crochet. Elle semblait, et elle l'était sûrement, choquée par l'intrusion de ce volumineux inconnu dans son minuscule appartement.

« Il veut te parler, annonça l'homme.

— Il n'y a rien d'obligatoire, Mrs. Athorn », lança Strike depuis l'entrée. Il aurait préféré que Robin soit avec lui. Elle n'avait pas sa pareille pour mettre à l'aise les témoins récalcitrants. Surtout que, d'après Janice, cette femme souffrait d'agoraphobie. « Je m'appelle Cormoran Strike et j'ai deux ou trois questions à vous poser au sujet de votre mari. Mais si ça vous ennuie, je m'en vais immédiatement.

— J'ai froid, clama l'homme.

— Va te changer, lui conseilla sa mère. Tu es tout mouillé. Pourquoi tu n'as pas mis ton manteau ?

— Il est trop serré, idiote. »

Après avoir effectué un quart de tour sur lui-même, il quitta la pièce. Strike dut s'écarter pour le laisser passer. Le fils de Gwilherm disparut derrière une porte sur laquelle des lettres en bois peintes composaient le prénom « Samhain ».

Comme son fils, la femme avait beaucoup de mal à le regarder dans les yeux. D'ailleurs, elle n'essayait même pas.

« C'est bon. Entrez, lui dit-elle en fixant ses genoux.

— Merci bien. »

Deux perruches en cage, une bleue et une verte, pépiaient dans un coin. La mère de Samhain devait travailler à la réalisation d'une couverture en patchwork car plusieurs carrés de laine crochetés s'entassaient sur le rebord de la fenêtre à côté d'elle, tandis qu'un panier rempli de pelotes reposait à ses pieds. Un immense puzzle s'étalait sur une grande ottomane servant de table basse, face au canapé. Les deux tiers des pièces ayant déjà trouvé leur place, on voyait qu'il représentait un troupeau de licornes. Comparé à celui de Gregory Talbot, ce salon était un exemple d'ordre et de propreté.

« Vous aviez du courrier, dit Strike en brandissant les enveloppes mouillées.

— Vous ouvrez, dit-elle.

— Je ne pense pas que…

— Vous ouvrez », répéta-t-elle.

Elle avait les mêmes oreilles que Samhain et le même menton légèrement proéminent. Ces imperfections mises à part, Strike trouvait son visage plutôt avenant. Ses yeux sombres étaient empreints de douceur, ses longs cheveux blancs soigneusement nattés. Elle avait sûrement plus de soixante ans, mais sa peau était fine et peu ridée. À la voir assise dans cette pièce calfeutrée, derrière les vitres trempées de pluie, son ouvrage sur les genoux, on aurait dit une créature surnaturelle sortie d'un conte de fées. Strike se demanda si elle savait lire. Devant son insistance, il ouvrit les deux premières enveloppes, qui ne contenaient visiblement rien de personnel.

« Vous avez reçu un catalogue de graines, dit-il en lui montrant le prospectus. Et une publicité pour un magasin de meubles.

— Je n'en veux pas, dit la femme aux jambes de Strike. Vous pouvez vous asseoir. »

Il se glissa prudemment, pour ne pas déranger le puzzle, entre le canapé et l'ottomane qui était, comme lui, bien trop volumineuse pour une si petite pièce, et choisit de s'installer le plus loin possible de la femme au crochet.

« Celle-ci, dit Strike en désignant la dernière enveloppe, est adressée à Clare Spencer. Vous la connaissez ? »

La lettre ne portait pas de timbre et, d'après l'adresse figurant au verso, l'expéditeur n'était autre que le quincaillier du rez-de-chaussée.

« Clare est notre assistante sociale. Vous pouvez l'ouvrir.

— Non, ça me gêne de faire ça, répondit Strike. Je vais la laisser pour Clare. Vous êtes Deborah, n'est-ce pas ?

— Oui », murmura-t-elle.

Samhain s'encadra sur le seuil du salon. Il était pieds nus mais avait enfilé des vêtements secs, un jean et un sweat-shirt avec un Spider-Man imprimé sur le devant.

« Je vais mettre les trucs au frigo, annonça-t-il avant de s'éclipser à nouveau.

— Samhain fait les courses maintenant », dit Deborah aux chaussures de Strike. Elle était timide mais ne rechignait pas à parler.

« Deborah, je suis venu vous poser des questions sur Gwilherm, se lança Strike.

— Il n'est pas ici.

— Non, je…

— Il est mort.

— Oui. Je suis désolé. En fait, je viens vous voir parce qu'un médecin qui travaillait…

— Le Dr Brenner, dit-elle aussitôt.

— Vous vous souvenez du Dr Brenner ? fit Strike, éberlué.

— Je ne l'aimais pas.

— Eh bien, ce n'est pas lui dont je voul… »

Samhain réapparut en claironnant :

« Tu veux du chocolat chaud ou pas ?

— Oui, dit-elle.

— Et vous, vous voulez du chocolat chaud ou pas ? demanda-t-il à Strike.

— Oui, s'il vous plaît », répondit Strike, partant du principe qu'en de semblables circonstances, mieux valait accepter tout ce qu'on vous proposait.

Samhain s'éloigna d'un pas lourd. Deborah lâcha un instant son ouvrage pour désigner quelque chose devant elle.

« C'est Gwilherm, là. »

Strike se retourna. Sur le mur jaune paille, derrière la télévision à tube cathodique, était dessiné un ânkh, le symbole de la vie éternelle dans l'Égypte ancienne. La pièce avait été entièrement repeinte, sauf autour de la croix ansée qui se détachait sur un fond verdâtre. Le vieux poste de télé servait de support à un récipient de couleur noire que Strike prit pour un vase avant de remarquer la colombe qui y était gravée.

« Ah, dit-il. Ce sont les cendres de Gwilherm, n'est-ce pas ?

— J'ai dit à Tudor de prendre celle avec l'oiseau parce qu'il aime les oiseaux. »

L'une des perruches s'affola dans sa cage, produisant un brouillard irisé.

« Qui a peint cela ? demanda Strike en montrant l'ânkh.

— Gwilherm », répondit Deborah qui s'était remise à crocheter.

Samhain revint, chargé d'un plateau en métal.

« Pas sur mon puzzle », l'avertit sa mère. Mais il n'y avait aucune autre surface libre.

« Puis-je vous aider ? » proposa Strike. Il aurait bien transféré le puzzle sur le sol si la chose avait été possible.

« Vous le fermez », fit Deborah avec une nuance de reproche dans la voix. Strike s'aperçut que le tapis servant de support au puzzle pouvait se rabattre de façon à ce que les pièces restent en place. Il s'exécuta. Samhain déposa le plateau par-dessus. D'un geste délicat, Deborah planta son crochet dans la pelote, puis attrapa la tasse de chocolat et le biscuit Penguin que lui tendait son fils, qui s'était arrogé le bol Batman. Strike goûta son chocolat. « Très bon », dit-il sans presque mentir.

« Je fais du bon chocolat chaud, hein, Deborah ? dit Samhain en déballant son Penguin.

— Oui, répondit Deborah avant de souffler sur le breuvage fumant.

— Je sais que ça fait très longtemps, retenta Strike, mais il y avait un autre médecin, qui travaillait avec le Dr Brenner…

— Le vieux Joe Brenner était un sale vieux bonhomme », gloussa Samhain Athorn.

Strike le regarda avec surprise. Samhain souriait au puzzle.

« Pourquoi c'était un sale vieux bonhomme ?

— Mon oncle Tudor l'a dit. *Sale* vieux bonhomme. Ha ha ha ha. C'est pour moi ? demanda-t-il en attrapant l'enveloppe destinée à Clare Spencer.

— Non, répondit sa mère. C'est pour Clare.

— Pourquoi ?

— Je pense que ça vient de votre voisin du rez-de-chaussée, précisa Strike.

— C'est un salaud, fit Samhain en reposant l'enveloppe. Il nous a obligés à tout jeter, pas vrai Deborah ?

— Je l'aime mieux maintenant, répondit Deborah d'une voix douce. Il est gentil maintenant. »

Strike laissa passer quelques secondes, au cas où Samhain aurait eu quelque chose à ajouter.

« Pourquoi l'oncle Tudor a-t-il dit que Joseph Brenner était un sale vieux bonhomme ? reprit-il.

— Tudor connaissait tout le monde, déclara Deborah de sa voix posée.

— Qui était Tudor ?

— Le frère de Gwilherm. Il savait tout sur les gens du quartier.

— Il vient encore vous voir ? demanda Strike qui avait toutefois deviné la réponse.

— Il-est-passé-de-l'autre-côté, répondit Deborah comme s'il s'agissait d'une formule apprise par cœur. Il nous faisait les courses. Il emmenait Sammy au football et à la piscine.

— C'est moi qui fais les courses maintenant, renchérit Samhain. Parfois je n'ai pas envie mais si je n'y vais pas, j'ai faim et Deborah dit : "C'est ta faute s'il n'y a rien à manger." Alors, je vais faire les courses.

— Vous avez raison », dit Strike.

Tous les trois burent leur chocolat chaud.

« Un sale vieux bonhomme, Joe Brenner, répéta Samhain un ton au-dessus. Oncle Tudor me racontait des histoires. La vieille Betty et celui qui ne voulait pas payer, ha ha ha. Sale vieux Joe Brenner.

— Je ne l'aimais pas, dit calmement Deborah. Il voulait que j'enlève ma culotte.

— Vraiment ? » réagit Strike.

Cette déclaration lui fit un drôle d'effet, même si Deborah faisait sans doute allusion à un examen médical.

« Oui, pour me regarder, ajouta Deborah. Je ne voulais pas. Gwilherm voulait, mais je n'aime pas quand un homme que je ne connais pas me regarde.

— Non, bien sûr, c'est tout à fait compréhensible, dit Strike. C'est parce que vous étiez malade ?

— Gwilherm disait que je devais le faire », lâcha-t-elle, laconique.

À l'époque où il appartenait au Bureau des enquêtes spéciales, on lui aurait adjoint une femme officier pour mener un tel entretien. Strike s'interrogea sur le Q.I. de Deborah.

« Avez-vous déjà consulté le Dr Bamborough ? reprit-il. C'était… une femme.

— Je n'ai jamais vu de femmes docteurs, répondit Deborah, comme à regret.

— Savez-vous si Gwilherm connaissait le Dr Bamborough ?

— Elle est morte, dit Deborah.

— Oui, s'étonna Strike. On pense qu'elle est morte, mais personne ne sait… »

L'une des perruches fit tinter la clochette suspendue au sommet de la cage. Deborah et Samhain se retournèrent en souriant.

« C'était laquelle ? demanda Deborah à son fils.

— Bluey, dit-il. Bluey est plus malin que Billy Bob. »

Strike attendit quelques minutes, le temps qu'ils cessent de s'intéresser aux perruches.

« Le Dr Bamborough a disparu et j'essaie de savoir ce qui lui est arrivé, poursuivit-il quand les Athorn eurent reporté leur attention sur les bols de chocolat. Il paraît que Gwilherm disait des choses sur le Dr Bamborough, après sa disparition. »

Deborah resta coite. Impossible de savoir si elle avait entendu ou pas.

« Il paraît, reprit Strike – pourquoi ne pas le dire ? Après tout il était là pour cela –, que Gwilherm racontait qu'il l'avait tuée. »

Deborah effleura du regard l'oreille gauche de Strike et replongea dans son bol.

« Vous êtes comme Tudor. Vous savez tout sur tout. Peut-être bien qu'il l'a fait, ajouta-t-elle tranquillement.

— Qu'il a fait quoi… ? » avança prudemment Strike.

Elle ne répondit pas.

« … Vous pensez qu'il a tué cette femme médecin ?

— Dis, est-ce que mon-papa-Gwilherm a fait de la magie sur elle ? demanda Samhain à Deborah. Mon-papa-Gwilherm n'a pas tué cette dame. Oncle Tudor m'a dit ce qui s'est passé.

— Que vous a dit votre oncle ? » rebondit Strike en se tournant vers lui. Mais comme Samhain venait de mettre un biscuit au chocolat dans sa bouche, ce fut Deborah qui se chargea de répondre.

« Une fois, je dormais et il m'a réveillée. Il faisait nuit. Il a dit, "J'ai tué une dame par erreur". J'ai dit, "Tu as fait un mauvais rêve". Il a dit, "Non, non, je l'ai tuée, mais je ne voulais pas le faire".

— Il vous a réveillée pour vous raconter ça ?

— Il m'a réveillée, il avait peur.

— Mais d'après vous, c'était juste un mauvais rêve.

— Oui, fit Deborah avant de se reprendre quelques secondes plus tard. Mais peut-être qu'il l'a tuée. Il faisait de la magie.

— Je vois, mentit Strike, puis, revenant vers Samhain : Qu'est-ce que votre oncle Tudor racontait sur la dame médecin ?

— Je ne peux pas en parler, fit-il avec un grand sourire. Oncle Tudor a dit qu'il ne fallait pas. Jamais. » Il avait le regard malicieux d'un enfant qui connaît un secret. « Mon-papa-Gwilherm a fait ça, ajouta-t-il en montrant la croix égyptienne tracée sur le mur.

— Oui, votre maman me l'a dit.

— Je ne l'aime pas, intervint Deborah. Je préfère que les murs soient tous pareils.

— Moi je l'aime bien, répliqua Samhain, parce que ça change des autres murs… » Puis il murmura : « Idiote. »

« Est-ce que l'oncle Tudor… », commença Strike, avant de s'interrompre car Samhain venait de se lever et de se précipiter vers la porte. Mais avant de disparaître, il se retourna pour crier :

« Clare dit que c'est bien que j'aie des choses de Gwilherm ! »

On l'entendit claquer la porte de sa chambre. Aussi déçu que s'il avait vu une pièce d'or rouler dans une bouche d'égout, Strike s'adressa à Deborah.

« Tudor savait-il ce qui était arrivé à la femme médecin ? »

Elle secoua la tête pour montrer son désintérêt. Strike jeta un regard plein d'espoir sur la porte de Samhain qui, malheureusement, demeura close.

« Comment Gwilherm a-t-il fait pour tuer cette femme ?

— C'est sa magie qui l'a tuée, et après, elle l'a emportée.

— Emportée ? Vraiment ? »

La porte s'ouvrit brusquement. Samhain revint dans le salon en traînant les pieds. Il tenait un livre à la couverture arrachée.

« Deborah ! Est-ce que c'est le livre de magie de mon-papa-Gwilherm ?

— Oui, c'est lui », confirma sa mère.

Elle posa son bol vide et reprit son ouvrage au crochet.

Sans un mot, Samhain s'approcha de Strike et lui tendit le livre, un geste que le détective interpréta comme une marque de confiance et de respect. À défaut de couverture, il put lire sur la page de titre : *Le Mage* de Francis Barrett. Strike se mit à le feuilleter avec précaution et en surjouant l'intérêt dans le but d'inciter Samhain à en dire davantage.

Au bout de quelques pages, il tomba sur une tache marron. Du sang séché, soupçonna-t-il. La tache s'étalait sur le paragraphe suivant :

> Je vous le dis : ceux qui marchent dans leur sommeil, sans autre guide que l'esprit du sang, c'est-à-dire de l'homme extérieur, vont et viennent, vaquent à leurs affaires, grimpent aux murs et accomplissent toutes actions qui se refusent aux éveillés.

« On peut faire de la magie, avec ce livre, affirma Samhain. Il est à moi, parce que, avant, il était à mon-papa-Gwilherm et maintenant il est à moi. » Et comme s'il craignait que Strike le lui confisque, il tendit la main pour le récupérer. Après quoi, il le serra contre lui et, dans le même geste, se pencha pour chiper un troisième biscuit au chocolat.

« Ça suffit, Sammy, gronda Deborah.

— J'ai été les chercher sous la pluie, tonna Samhain. Je peux en manger quand je veux. Idiote. Femme *stupide.* »

Ayant sans doute oublié qu'il ne portait pas de chaussures, il donna un coup de pied dans l'ottomane. La douleur ne fit qu'accentuer sa contrariété. Les joues rouges de colère, il regarda autour de lui, à la recherche d'un objet sur lequel passer ses nerfs, supposa Strike. Son choix sembla se porter sur les perruches.

« Je vais ouvrir la cage », menaça-t-il en désignant l'objet de son transfert. Il laissa tomber *Le Mage* sur le canapé, sauta à pieds joints et atterrit près du livre, à un mètre de l'endroit où Strike était assis.

« Non, ne fais pas ça, s'écria Deborah, affolée. Ne fais pas ça, Sammy !

— Et après, j'ouvrirai la fenêtre », gronda Samhain. Il fit un pas vers la cage mais Strike lui bloquait le passage. « Ha ha ha. Femme stupide.

— Non… Samhain, je t'en prie ! gémit Deborah.

— Il vaut mieux ne pas l'ouvrir, intervint Strike en se levant pour faire barrage de son corps. Sinon vos perruches vont s'envoler. Et elles ne reviendront pas.

— Je sais bien qu'elles ne reviendront pas, répliqua Samhain. Les autres ne sont pas revenues. »

Devant le calme et l'assurance de Strike, sa colère retomba aussi vite qu'elle était montée. Toujours perché sur les coussins du canapé, il se mit à maugréer : « Je suis sorti sous la pluie. Je les ai achetés.

— Avez-vous le numéro de téléphone de Clare ? demanda Strike à Deborah.

— Dans la cuisine », répondit-elle sans chercher à savoir pourquoi il en avait besoin.

L'appartement tout entier aurait pu tenir dans le salon d'Irene Hickson. Strike savait parfaitement où se trouvait la cuisine mais il demanda à Samhain de lui indiquer le chemin. L'homme répondit en s'adressant à son ventre :

« D'accord. »

Il effectua un quart de tour, fit un pas vers l'autre bout du canapé et sauta à pieds joints sur le sol, ce qui fit trembler les étagères. Puis il chipa plusieurs biscuits dans l'assiette.

« Ha ha ha, fit-il en narguant sa mère. J'ai tout pris. Idiote. Femme stupide. »

Sur ces bons mots, il quitta la pièce, les mains pleines. Strike s'extirpa de l'étroit espace séparant le canapé de l'ottomane, ramassa discrètement *Le Mage* et le glissa dans la poche de son manteau. Penchée sur son ouvrage, Deborah Athorn n'y vit que du feu.

Une petite liste de noms et de numéros de téléphone était punaisée sur le mur de la cuisine. Strike fut soulagé de constater que plusieurs personnes semblaient prendre soin des Athorn.

« Qui sont ces gens ? » demanda-t-il. Quand Samhain haussa les épaules, Strike comprit qu'en effet, tout fier qu'il était de posséder *Le Mage*, l'homme ne savait pas lire. Strike prit la liste en photo et refit une tentative :

« Qu'est-ce que votre oncle Tudor disait sur la dame médecin ? Ça m'aiderait beaucoup de le savoir.

— Ha ha ha, s'esclaffa Samhain en déballant un nouveau biscuit. Je ne dirai rien.

— Votre oncle Tudor devait avoir confiance en vous, pour vous confier un tel secret. »

Samhain mastiqua, avala et répondit en levant le menton : « Ouais.

— C'est super d'avoir quelqu'un avec qui partager les choses importantes. »

Visiblement ravi d'entendre cela, Samhain goba le reste du biscuit et, pour la première fois, regarda en face Strike. Ce dernier eut l'impression que Samhain appréciait sa présence, comme si le fait de côtoyer un autre homme lui faisait du bien.

« C'est moi qui ai fait ça, dit-il en allant prendre sur l'évier un petit pot de céramique contenant une brosse à vaisselle et une éponge. Je vais en classe le mardi et on fabrique des trucs. C'est Ranjit qui nous apprend.

— Très chouette, dit Strike en levant l'objet devant ses yeux. Où étiez-vous quand votre oncle vous a dit ce qui était arrivé au Dr Bamborough ?

— Au football, dit Samhain. Et j'ai fait ça aussi ». Il attrapa un petit cadre aimanté à la porte du frigo. À l'intérieur se trouvait une photo récente de Deborah et de son fils, tenant chacun une perruche.

« C'est très bien, dit Strike, admiratif.

— Ouais, fit Samhain en lui reprenant le cadre des mains pour le remettre en place. Ranjit a dit que c'était le mieux. On était au football et j'ai entendu mon oncle Tudor qui disait ça à son copain.

— Ah.

— Et ensuite il m'a dit à moi : "Ne le répète à personne."

— Oui, je comprends. Mais si vous me le disiez, je pourrais aider la famille de la dame médecin. Ils la cherchent. Ils sont tristes. Elle leur manque. »

Le regard de Samhain effleura le visage de Strike.

« Elle ne peut pas revenir. Les gens ne peuvent pas revivre quand ils sont morts.

— Non. Mais leur famille est contente de savoir ce qui s'est passé et où ils sont allés.

— Mon-papa-Gwilherm est mort sous le pont.

— Oui.

— Mon oncle Tudor est mort à l'hôpital.

— Vous voyez ? dit Strike. C'est bien de savoir ça.

— Ouais. Je sais ce qui s'est passé.

— Exactement.

— Mon oncle Tudor a dit que c'est Nico et les garçons qui l'ont fait. »

Il avait prononcé ces quelques mots sur un ton neutre.

« Vous pouvez le dire à sa famille, précisa Samhain, mais à personne d'autre.

— Entendu, articula Strike dont le cerveau tournait à plein régime. Est-ce que Tudor savait comment Nico et les garçons s'y sont pris ?

— Non. Il savait juste qu'ils l'ont fait. »

Samhain attrapa un autre biscuit. Il avait tout dit, apparemment.

« Euh… puis-je utiliser vos toilettes ?

— Les chiottes ? demanda Samhain, la bouche pleine de chocolat.

— Oui. Les chiottes », confirma Strike.

Comme le reste de l'appartement, la salle de bains était vieillotte mais d'une propreté parfaite. Quarante ans plus tôt, son papier peint vert salade parsemé de flamants roses devait être très tendance. Strike sortit *Le Mage*, ouvrit l'armoire à pharmacie, trouva un paquet de lames de rasoir, en prit une, découpa la page tachée de sang et la glissa dans sa poche.

En sortant, il rendit le livre à son propriétaire.

« Vous l'avez laissé tomber.

— Oh. Merci.

— Vous ne toucherez pas aux perruches si je m'en vais, n'est-ce pas ? »

Samhain leva les yeux au plafond et sourit jusqu'aux oreilles.

« Promis ? insista Strike.

— D'accord », soupira Samhain.

Strike s'arrêta sur le seuil du salon.

« Je dois y aller, Mrs. Athorn. Merci beaucoup d'avoir accepté de me recevoir.

— Au revoir », répondit Deborah sans le regarder.

Strike descendit l'escalier, sortit dans la rue et resta un moment debout sous la pluie à réfléchir.

Une femme qui passait se retourna pour dévisager l'homme-montagne qui se tenait immobile au milieu du trottoir.

Ayant pris sa décision, Strike pivota sur la gauche et poussa la porte de la quincaillerie située en bas de chez les Athorn.

En le voyant entrer, l'homme en tablier qui tenait le comptoir le considéra d'un air maussade. Les cheveux grisonnants, il avait un œil plus grand que l'autre, ce qui donnait à son visage une expression étrangement malveillante.

« Bonjour, dit Strike sur un ton brusque. J'étais en visite chez les Athorn, au premier. Il paraît que vous cherchez à joindre Clare Spencer ?

— Qui êtes-vous ? répliqua le quincaillier, sur la défensive.

— Un ami de la famille. Puis-je vous demander pourquoi vous glissez des lettres à l'assistante sociale sous leur porte ?

— Parce qu'ils ne décrochent jamais leur foutu téléphone dans ces services sociaux à la mords-moi-le-nœud, grinça le quincaillier. Et les deux *autres*, ajouta-t-il en montrant le plafond, ils pigent que dalle.

— S'il y a un problème, je peux peut-être vous aider ?

— J'en doute. Si vous êtes un ami de la famille, la situation doit vous convenir parfaitement. Tranquille, rien à débourser, un petit coup de camouflage et hop, le voisin du dessous paiera la note !

— De quel camouflage parlez-vous ? »

Le quincaillier n'en attendait pas davantage. L'appartement du premier, expliqua-t-il, était longtemps resté dans un état d'insalubrité intolérable à cause du bric-à-brac que ses occupants entassaient et qui attirait les rats. Il estimait qu'en toute justice, il n'avait pas à payer pour les nuisances dues au manque d'hygiène de ces deux débiles…

« Vous parlez de mes amis, là, l'interrompit Strike.

— Dans ce cas, ne vous gênez pas, sortez le fric, ricana le quincaillier. Vous verrez ce que ça coûte d'éradiquer cette foutue vermine. Mon plafond croule sous le poids de leurs sales…

— Je suis monté et je n'ai rien vu de…

— Parce qu'ils ont viré leurs cochonneries le mois dernier, quand j'ai menacé de les traîner en justice ! Des cousins à eux ont débarqué de Leeds – avant que je commence à gueuler, tout le monde s'en foutait. Je rouvre la boutique le lundi matin et je m'aperçois qu'ils ont tout nettoyé, les saligauds !

— Mais ce n'est pas ce que vous vouliez ?

— Ce que je veux, c'est qu'on me rembourse le pognon que j'ai dépensé à cause d'eux ! Les dommages structurels, les factures de Rentokil – ces deux-là ne devraient pas vivre seuls sans surveillance, ils ne sont pas normaux, on devrait les placer ! S'il faut que j'aille devant le tribunal, je n'hésiterai pas !

— Laissez-moi vous donner un conseil, fit Strike en souriant. Si vous tentez quoi que ce soit pour nuire aux Athorn, leurs amis s'arrangeront pour que ce soit vous qui passiez devant le juge. Sur ce, bonne journée », ajouta-t-il en sortant.

Le fait que l'appartement des Athorn ait été récemment déblayé par des parents serviables tendait à prouver que les restes de Margot Bamborough n'y avaient jamais été cachés, se dit Strike, en songeant qu'il était à présent en possession d'une tache de sang et d'une rumeur, ce qui représentait une avancée considérable puisque, une heure auparavant, il n'avait absolument rien. Sans aller jusqu'à parler d'une intervention divine, il devait reconnaître qu'il avait été pour le moins bien inspiré d'aller prendre son petit déjeuner sur St. John Street ce matin-là.

39

Jusqu'à ce que la rugissante tempête s'apaise ;

Quand leur vint l'intention de retourner, ils errèrent,

Et ne purent retrouver ce chemin qui leur apparaissait au départ,

Et ne firent que s'égarer dans une direction ou dans l'autre, en des voies inconnues…

Edmund SPENSER, *La Reine des fées*

L'alarme se déclencha à 6 h 30, alors que Robin était en plein rêve. Matthew était venu la voir dans son appartement d'Earl's Court pour la supplier de lui pardonner, en disant qu'il avait été stupide, qu'il ne lui reprocherait plus jamais son travail et qu'il regrettait leur vie d'avant. À un moment, il lui avait demandé si, en toute honnêteté, elle aimait sa nouvelle existence et le fait d'habiter seule dans un appartement de location, privée de la sécurité et du confort moral que procurait le mariage. La Robin du rêve avait ressenti une pointe de nostalgie, regrettant presque le temps où elle était en couple, avant qu'elle ne commence à travailler pour Strike et que tout ne parte à vau-l'eau. Le Matthew du rêve était plus jeune et beaucoup plus gentil. Sarah Shadlock avait été reléguée au second plan, comme une erreur regrettable mais sans conséquence. Dans son rêve, Robin vivait en colocation non pas avec le courtois et flegmatique Max, mais avec une fille pâle et maniérée qui répétait tout ce que disait Matthew, gloussait dès qu'il posait les yeux sur elle et incitait Robin à faire ses quatre volontés. Ce n'est qu'après avoir coupé la sonnerie du réveil et commencé à émerger des brumes du sommeil que Robin, couchée à plat ventre, le visage enfoui dans l'oreiller, réalisa que la jeune femme évanescente de son rêve ressemblait comme une sœur à Cynthia Phipps.

En se demandant pourquoi elle avait mis l'alarme à sonner si tôt, Robin s'assit et regarda d'un œil vague les murs crème repeints en bleu mauve par les premières lueurs de l'aube. Puis, elle se rappela. Strike avait programmé une réunion de service, la première depuis deux mois, et lui avait demandé d'arriver au bureau une heure avant pour pouvoir discuter tranquillement avec elle de l'affaire Bamborough.

Accablée de fatigue, comme elle l'était en permanence depuis quelque temps, Robin rampa sous la douche, puis s'habilla en se battant avec les boutons de son chemisier, chercha partout son téléphone et, alors qu'elle montait prendre son petit déjeuner en pestant contre la vie en général et les réveils matinaux en particulier, s'aperçut que son pull était taché. Dans la cuisine, elle trouva Max en robe de chambre occupé à compulser un livre de recettes. La télévision était allumée : le présentateur demandait à son invité si d'après lui la Saint-Valentin était une simple opération commerciale ou l'occasion d'injecter un peu de romantisme dans la vie de couple.

« Cormoran suit-il un régime particulier ? » s'enquit Max. Devant le regard ahuri de Robin, il crut bon d'ajouter : « Pour ce soir. Le dîner.

— Oh, fit Robin, non. Il mange de tout. »

Elle vérifia ses mails en buvant une tasse de café noir. Son avocate lui avait écrit. Robin lut l'intitulé du message avec une pointe d'appréhension. « Médiation. » Elle lui proposait une date, le mercredi 19 mars, c'est-à-dire un mois plus tard. Aussitôt, Robin imagina Matthew dans le cabinet de son propre avocat, consultant son agenda d'un air préoccupé, pour se donner de l'importance. *Non, je n'ai pas une minute de libre avant un mois.* Puis elle se vit assise face à lui, de l'autre côté d'une grande table de conférence, et une vague de panique mêlée de rage l'envahit.

« Vous devriez manger un peu, dit Max, toujours plongé dans ses recettes.

— Je prendrai quelque chose dans la matinée », répondit Robin avant de ranger son téléphone.

Elle attrapa le manteau qu'elle avait jeté sur l'accoudoir du canapé et ajouta :

« Max, vous n'avez pas oublié que mon frère et son amie viennent ce week-end, j'espère. Je doute qu'ils passent beaucoup de temps à la maison. C'est juste une base, pour eux.

— Non, non, tout va bien », marmonna distraitement Max.

Robin sortit dans l'air frais et humide, en direction de la station de métro. Elle était à mi-chemin quand elle s'aperçut qu'elle n'avait pas son porte-monnaie.

« *Et merde !* »

Robin était une personne ordonnée, pratique, efficace ; le contraire d'une tête de linotte. Elle fit demi-tour et, les cheveux dans le vent, repartit en courant vers la maison. Où diable avait-elle pu mettre ce fichu porte-monnaie ? se demandait-elle. Une inquiétude la saisit. L'avait-elle perdu dans la rue ? Le lui avait-on volé dans son sac ?

Pendant ce temps, à Denmark Street, Strike sortait de la douche à cloche-pied, les yeux bouffis, lui aussi accablé de fatigue. La semaine qui venait de s'écouler, pendant laquelle il avait cumulé trois boulots à plein temps, à savoir ceux de Barclay et de Hutchins en plus du sien, avait sérieusement entamé sa résistance. Il commençait même à regretter d'avoir demandé à Robin de venir si tôt.

Peu après qu'il eut enfilé son pantalon, son téléphone sonna. Le cœur battant, il vit s'afficher sur l'écran le numéro de Ted et Joan.

« Ted ?

— Bonjour, Corm. Pas de panique. Je t'appelle juste pour te donner des nouvelles.

— Vas-y », dit Strike en frissonnant, torse nu dans la lumière grise filtrée par les rideaux trop fins de son deux pièces sous les toits.

— C'est pas la grande forme. Karenza voudrait qu'elle retourne à l'hôpital, mais Joannie refuse. Elle est toujours couchée… Hier… elle… ne s'est même pas levée, eut le temps d'articuler Ted avant que sa voix ne se brise. Elle n'avait pas la force.

— Merde, murmura Strike en se laissant tomber sur son lit. C'est décidé, Ted, je viens.

— Tu ne peux pas. Nous sommes entourés d'eau. C'est trop dangereux. La police recommande de rester chez soi, de ne pas se déplacer. Karenza peut… elle dit qu'elle peut gérer la douleur à la maison. Elle a des produits qui s'injectent… parce que… elle ne mange plus beaucoup. Karenza ne pense pas que… tu sais… elle pense que c'est… »

Il se mit à pleurer pour de bon.

« … pas dans l'immédiat mais… elle dit… dans pas longtemps.

— Je viens, répéta Strike sur un ton ferme. Est-ce que Lucy est au courant ?

— Je t'ai appelé en premier.

— Je la préviens, ne t'inquiète pas. Je te téléphone quand on aura trouvé un moyen. D'accord ? »

Strike raccrocha et appela Lucy dans la foulée.

« Oh mon Dieu, non, gémit sa sœur quand il lui eut résumé le plus factuellement possible ce que Ted avait dit. Stick, je ne peux pas y aller… Greg est coincé au pays de Galles !

— Qu'est-ce qu'il fout au pays de Galles ?

— C'est pour son travail… Oh mon Dieu, qu'allons-nous faire ?

— Quand revient-il ?

— Demain soir.

— Alors, nous partirons dimanche matin.

— Comment ? Les trains ne roulent plus, les routes sont inondées…

— Je louerai une Jeep ou autre. Si c'est nécessaire, Polworth nous rejoindra quelque part avec une barque. Je règle quelques trucs et je te rappelle. »

Strike s'habilla, se fit du thé, des tartines, et transporta le tout à l'étage inférieur, dans le bureau qu'il partageait avec Robin. Puis il rappela Ted et lui annonça qu'il partirait pour St. Mawes avec Lucy le dimanche suivant. Ted protesta pour la forme, mais Strike sentit dans sa voix la tension et le désespoir de qui ne peut plus assumer seul le poids du quotidien et la terreur du lendemain. Tout de suite après, Strike téléphona à Dave Polworth, qui approuva son projet et lui promit de les attendre avec un radeau, des cordages et une tenue de plongée si nécessaire.

« J'ai rien d'autre à foutre, en ce moment. Le parc où je bosse est sous l'eau. »

Strike appela plusieurs agences de location avant d'en trouver une qui proposait des Jeep. Il dictait les chiffres de sa carte de crédit quand un texto de Robin s'afficha sur son portable.

Désolée, j'avais perdu mon porte-monnaie, je viens juste de le retrouver, j'arrive.

Strike avait totalement oublié qu'ils étaient convenus de se voir avant la réunion d'équipe pour discuter de l'affaire Bamborough. Ayant conclu sa transaction, il sortit la page tachée de sang de la pochette en plastique où il l'avait glissée, puis afficha sur l'écran de son ordinateur ce qu'il avait découvert la veille au soir.

Après quoi, il afficha le tableau de service afin d'étudier l'emploi du temps de ses collaborateurs et de répartir les tâches à accomplir durant son absence. Dans la colonne du jour était inscrit « Dîner avec Max ».

« Fait chier », maugréa-t-il. Cette invitation ne pouvait pas tomber plus mal, mais il l'avait acceptée la veille et se voyait mal l'annuler maintenant.

Au même instant, Robin sortait de la station Tottenham Court Road. Elle gravissait deux à deux les marches de l'escalator quand son portable sonna au fond de son sac.

« Allô oui ? cria-t-elle en émergeant dans le hall parmi la foule.

— Salut, Robs, dit son jeune frère.

— Salut, répondit-elle en glissant sa carte de transport devant le lecteur. Tout va bien ?

— Ouais, ça va, l'assura Jonathan, mais sur un ton moins convaincu que lors de leur dernière conversation. Écoute, si j'amène un copain en plus, ça ne t'ennuie pas ?

— Comment ? » Entre les rafales de pluie et le vacarme produit par le chantier installé depuis maintenant trois ans et demi au coin de Tottenham Court Road et de Charing Cross Road, elle l'entendait à peine. En réalité, elle espérait avoir mal compris.

« Un copain, répéta-t-il. Ça ira ? Il peut dormir n'importe où.

— Oh, Jon, gémit Robin en fonçant droit devant elle sur Charing Cross Road. Il n'y a qu'un seul canapé-lit.

— Kyle couchera par terre, il s'en fiche, dit Jonathan. C'est pas grave, hein ? Qu'on soit trois au lieu de deux ?

— OK, c'est bon, soupira Robin. Vous prévoyez toujours d'arriver à 22 heures ?

— Pas sûr. On prendra peut-être un train plus tôt. On fera l'impasse sur les cours de l'après-midi.

— Ouais, mais le problème c'est que Cormoran vient dîner ce soir. Il doit discuter avec Max de…

— Oh, génial ! fit Jonathan, légèrement plus enthousiaste. Courtney va adorer. Elle est obsédée par les affaires criminelles !

— Non… Jon, ce que j'essaie de te dire c'est que Max a besoin de s'entretenir avec Cormoran au sujet d'un rôle qu'il va jouer. Et je crains qu'il n'y ait pas assez à manger pour trois…

— T'inquiète, si on arrive plus tôt, je nous ferai livrer des trucs. »

Qu'était-elle censée répondre ? « Non, je t'en prie, viens après le repas » ? Ils raccrochèrent et, tout en courant pour tenter de rattraper son retard, Robin se prit à espérer que Jonathan, dont le rapport au temps était pour le moins perfectible, raterait assez de trains pour n'arriver à Londres que dans la nuit, comme il avait été prévu au départ.

Quand elle tourna au coin de Denmark Street et vit Saul Morris qui marchait devant elle en direction de l'agence, son cœur se serra. Il tenait à la main un petit bouquet de gerberas roses.

J'espère que ce n'est pas pour moi.

« Salut, Robs, lança-t-il en se retournant lorsqu'elle fut presque à sa hauteur. Eh bien, j'en connais une qui a eu une panne d'oreiller. Vous avez encore un pli, là, ajouta-t-il, le doigt posé sur sa propre joue. Pour Pat, précisa-t-il en montrant les gerberas et ses dents blanches parfaitement alignées. Elle dit que son mari ne lui achète jamais rien pour la Saint-Valentin. »

Non mais quel faux-cul, songea Robin en déverrouillant la porte du bas. Il recommençait à l'appeler « Robs » et cela ne lui disait rien qui vaille. La réserve qu'il avait observée en sa présence après l'incident de Noël s'était délitée au fil des semaines. Et le naturel revenait au galop. De son côté, et contre toute logique, Robin n'arrivait toujours pas à se départir du sentiment de honte qui l'avait assaillie en voyant la photo de son pénis en érection.

Dans le bureau à l'étage, Strike consultait sa montre quand son portable sonna. C'était son vieil ami Nick Herbert, lequel l'appelait rarement à une heure aussi matinale. Craignant d'apprendre une autre mauvaise nouvelle, Strike décrocha avec une légère appréhension.

« Ça va bien, Oggy ? »

Nick parlait d'une voix rauque, comme s'il avait trop crié.

« Ça va », dit Strike. Il entendait des pas et des voix dehors, dans l'escalier. « Quoi de neuf ?

— Pas grand-chose. Ça te dirait de boire une bière ce soir ? Juste toi et moi.

— Impossible, répondit Strike à son grand regret. Désolé, je suis pris.

— Ah. OK. Alors ce midi ? Tu es libre ?

— Ouais, pourquoi pas ? » fit Strike après une courte hésitation. Dieu sait qu'il aurait aimé boire une pinte avec Nick après le boulot et oublier pour quelques heures l'agence, sa famille et les dizaines de problèmes qu'il devait gérer en même temps.

Comme la porte de communication était ouverte, il vit entrer Robin puis Saul Morris, un bouquet à la main. Toujours au téléphone, il se leva pour fermer la porte tandis que son cerveau surmené établissait un lien entre les fleurs et la date.

« Attends un peu. Tu n'as rien prévu pour cette Saint-Valentin à la con ?

— Pas cette année », dit Nick.

Il y eut un bref silence. Strike avait toujours considéré ses amis Nick et Ilsa – lui gastro-entérologue, elle avocate – comme le couple le plus uni qui soit. Combien de fois ne s'était-il pas réfugié chez eux, sur Ottavia Street, pour profiter de la paix qui régnait dans leur foyer ?

« Je t'expliquerai autour d'un verre, promit Nick. J'en ai bien besoin. »

Ils convinrent d'un lieu et d'une heure, puis raccrochèrent. Sur les soixante minutes qu'il avait espéré consacrer à l'affaire Bamborough, il n'en restait que quinze. Strike rouvrit la porte et demanda :

« Prête ? Nous n'avons plus beaucoup de temps.

— Désolée, fit Robin en se précipitant vers lui. Vous avez eu mon texto ? Au sujet du porte-monnaie ?

— Ouais », dit Strike avant de refermer derrière elle sans saluer Morris. Il désigna la page imprimée posée sur le bureau de Robin. « Je l'ai découpée dans un livre qu'il y avait chez eux. »

Strike avait appelé Robin peu après sa discussion avec le quincaillier pour lui annoncer qu'il avait trouvé les Athorn. Elle l'avait chaudement félicité. Alors, pourquoi faisait-il la tête maintenant ? se demanda-t-elle. À cause de son retard, sans doute. C'était exaspérant, il ne lui passait décidément rien, même après tout ce qu'elle avait donné pour l'agence.

Elle songea aux heures supplémentaires, à toutes les fois où elle l'avait remplacé… et aux tâches de management qu'elle s'était coltinées pour lui épargner un surcroît de stress. Barclay et Hutchins venaient d'arriver. En les entendant discuter dans la pièce voisine, Robin se rappela que peu de temps auparavant elle était encore secrétaire intérimaire, qu'en lui offrant le statut d'associée Strike lui avait clairement signifié ce qu'il attendait d'une adjointe et que les trois hommes à côté lorgnaient sur sa place car ils s'estimaient nettement plus qualifiés qu'elle. Par conséquent, au lieu d'exprimer son agacement, Robin s'assit bien sagement, prit la page découpée et lut le passage taché de sang.

« Ça parle de sang.

— Je sais.

— Quel est le délai maximum pour faire une analyse ?

— J'ai entendu parler d'un spécimen encore actif après une bonne vingtaine d'années, répondit Strike. Si c'est bien du sang et s'il date de l'époque où Gwilherm Athorn était en vie, cette tache a probablement dix ans de plus. Cela dit, elle était protégée de la lumière et de l'humidité. Je vais appeler Roy Phipps pour lui demander quel était le groupe sanguin de Margot, et ensuite, j'essaierai de trouver un labo. On pourrait passer par ce type de la scientifique que fréquentait votre amie Vanessa. Comment s'appelle-t-il déjà ?

— Oliver. Maintenant ils sont fiancés.

— Ouais, lui. En discutant avec Samhain, j'ai appris encore une chose intéressante… »

Il lui parla de l'oncle Tudor, aux dires duquel « Nico et ses garçons » avaient tué Margot Bamborough.

« Nico… vous croyez que c'est… ?

— Niccolo "Mucky" Ricci ? Il y a des chances, oui. Il vivait dans le quartier et je suppose qu'il était connu comme le loup blanc, même si apparemment personne ne semble l'avoir particulièrement remarqué pendant la fête de Noël au cabinet médical.

« J'ai laissé un message à l'assistante sociale des Athorn. Elle pourra sûrement me dire si je peux me fier aux souvenirs de Deborah et de Samhain. J'ai demandé à Shanker d'enquêter discrètement sur Ricci mais il m'a envoyé paître. J'espère qu'il changera d'avis. »

Il tendit la main. Robin lui rendit la page tachée.

« À part ça, j'ai fini par localiser C.B. Oakden, reprit Strike.

— Quoi ? Comment ?

— Hier soir. Je réfléchissais aux noms de famille. Je pensais à Irene qui les retenait de travers – Duckworth pour Douthwaite, Applethorpe pour Athorn. Quand les gens changent d'identité, la plupart du temps ils ne s'éloignent pas trop de l'originale. »

Il tourna l'écran de son ordinateur pour monter à Robin la photo d'un homme âgé d'une petite quarantaine d'années. Des taches de rousseur, des yeux rapprochés et des cheveux clairsemés mais encore assez nombreux pour balayer son front étroit. Bien qu'il ait changé, elle reconnut sans peine le garçon qui grimaçait devant l'objectif, le jour du barbecue chez Margot Bamborough.

L'article sous la photo disait :

L'ESCROC EN SÉRIE CONDAMNÉ À DE LA PRISON FERME

« **Odieux abus de confiance** »

Un escroc professionnel ayant soutiré plus de 75 000 livres sur une période de deux ans à plusieurs dames âgées et veuves vient d'être condamné à quatre ans et neuf mois d'incarcération.

Brice Noakes, de son vrai nom Carl Oaken, 49 ans, habitant Fortune Street, Clerkenwell, avait incité neuf « femmes naïves et vulnérables » à lui remettre des bijoux et des espèces. L'une d'entre elles a été dépossédée de 30 000 livres, soit les économies de toute une vie.

Le juge McCrieff décrit Noakes comme « un individu sans scrupule profitant éhontément de la faiblesse de ses victimes ».

Toujours bien mis, parlant avec une certaine aisance, il lui arrivait de se présenter comme un expert en joaillerie et les persuadait de lui confier leurs bijoux à des fins d'estimation.

Parfois encore, il se faisait passer pour un employé de la mairie et les menaçait de poursuites judicaires si elles ne s'acquittaient pas des sommes qu'elles devaient au fisc.

« Vous avez falsifié des documents officiels pour mieux tromper ces pauvres femmes et les contraindre à verser de l'argent sur votre compte personnel », a déclaré le juge McCrieff, lors du prononcé de la sentence.

« Plusieurs d'entre elles n'ont pas porté plainte parce qu'elles avaient honte d'avouer à leurs familles qu'elles s'étaient laissé berner par ce triste individu, nous a confié l'inspecteur principal Grant. Il est donc tout à fait possible qu'il ait fait d'autres victimes. Si jamais des personnes reconnaissent leur voleur sur la photo publiée dans ce journal, nous les encourageons vivement à nous contacter. »

« Ils ont mal orthographié son nom, dit Robin. Ils ont écrit "Oaken" au lieu d'Oakden.

— Raison pour laquelle il n'était pas apparu dans nos recherches sur Internet. »

Robin prit cette remarque pour un reproche. Après tout, c'était elle qui était censée retrouver Oakden. Elle regarda la date de l'article. Il remontait à cinq ans.

« Il a dû sortir de prison depuis.

— Je vous le confirme », dit Strike en replaçant l'écran face à lui. Il tapa deux mots sur son clavier et le fit pivoter de nouveau. « J'ai essayé avec diverses variantes, et… »

Robin reconnut le site d'Amazon, rubrique livres. Sur une fiche d'auteur listant les ouvrages écrits par un certain Carl O. Brice, figurait la photo d'un homme ressemblant à s'y méprendre à l'escroc du journal, en un peu plus vieux, un peu plus chauve et un peu plus ridé, surtout autour des yeux. Il se tenait debout, les pouces coincés dans les poches de son jean. Imprimé en blanc sur son T-shirt noir, il y avait un poing fermé placé à l'intérieur du cercle fléché symbolisant Mars, et par extension le genre masculin.

CARL O. BRICE

Carl O. Brice est coach de vie, entrepreneur et écrivain. Ses ouvrages récompensés par de nombreux prix traitent de la condition masculine. Il y développe des thèmes tels que le masculinisme, les droits des pères, le gynocentrisme, la santé mentale chez les hommes, le privilège féminin et le féminisme toxique. Son expérience personnelle ayant fait de lui un expert en toutes ces matières, il s'attache à démontrer les travers de notre système juridico-culturel basé sur le gynocentrisme, la misandrie et l'exploitation du mâle. Son combat au quotidien consiste à assister et à guider les hommes qui souhaitent, quelle que soit leur place dans la société, accéder à une vie plus épanouie, plus équilibrée. Chacun de ses livres encensés par la critique se propose d'examiner l'impact catastrophique du féminisme moderne sur les droits des hommes, leur liberté de parole, leur environnement au travail et leur place au sein de la famille nucléaire.

Robin étudia rapidement la couverture des ouvrages présentés sous la notice et les trouva laides et mal fichues. Du travail d'amateur, visiblement. Elles avaient pour dénominateur commun de montrer des femmes plus ou moins dévêtues dans des positions plus ou moins suggestives. Pour illustrer *De l'amour courtois à la cour de justice familiale : une histoire du gynocentrisme*, Oakden avait choisi une blonde quasiment nue, assise sur un trône et affublée d'une couronne. Pour *La Guerre contre la virilité : une honte moderne*, une brune en tenue de guerrière intergalactique pointait vers l'objectif un index vengeur.

« Il a créé son propre site Internet, dit Strike en replaçant de nouveau l'écran face à lui. Il publie ses livres à compte d'auteur, propose ses services de coach aux hommes qui cherchent à obtenir la garde de leurs enfants et, au passage, il leur fourgue des boissons protéinées et des vitamines. À mon avis, il sera trop content de nous parler. Il est du genre à rappliquer ventre à terre dès qu'il renifle l'odeur du fric et de la notoriété.

« À ce propos, poursuivit-il, où en êtes-vous avec cette femme qui aurait aperçu Margot à la fenêtre…

— Amanda Laws, réagit Robin. Eh bien, je l'ai relancée en lui proposant de lui rembourser ses frais de transport. J'attends sa réponse.

— Ne la lâchez pas. Vous réalisez que ça fait déjà six mois… ?

— Oui, je le sais parfaitement, répliqua Robin, incapable de se contenir davantage. J'ai appris à compter à l'école. »

Strike leva les sourcils.

« Désolée, murmura-t-elle. C'est la fatigue.

— Moi aussi, je suis fatigué, mais je n'oublie pas pour autant que nous n'avons encore mis la main sur aucun témoin clé. Satchwell, par exemple.

— J'y travaille, dit Robin en regardant sa montre. Je pense qu'ils sont tous arrivés.

— Pourquoi Morris est-il venu avec des fleurs ? demanda Strike.

— Elles sont pour Pat. La Saint-Valentin.

— Mais pourquoi diable ? »

Robin, qui s'était levée, s'arrêta un instant, la main sur la poignée de la porte.

« Ce n'est pas évident ? »

Elle sortit, laissant derrière elle un Strike perplexe. Qu'y avait-il d'évident ? Pour lui, seules deux raisons justifiaient qu'on offre des fleurs à une femme : parce qu'on espérait coucher avec elle ou pour éviter qu'elle vous reproche de ne pas lui en avoir acheté. Or, sauf erreur de sa part, ni l'une ni l'autre n'était applicable à la présente situation.

Les membres de l'équipe étaient tous assis dans le premier bureau. Hutchins et Barclay sur le canapé en skaï, Morris sur une chaise pliante en plastique, l'une de celles qu'ils avaient achetées quand la troupe s'était agrandie, et Pat dans son fauteuil à roulettes. Ne restaient que deux chaises en plastique pour Strike et Robin. Celle-ci nota que les trois hommes s'étaient arrêtés de parler en voyant Strike apparaître, alors que la dernière fois, quand elle-même avait présidé la réunion mensuelle, elle avait dû attendre que Hutchins et Morris finissent leur discussion à propos d'un ancien collègue à eux qui s'était fait serrer pour corruption.

Les gerberas rose vif trempaient dans un petit vase posé sur le bureau de Pat. Strike leur jeta un bref coup d'œil avant d'ouvrir la séance.

« Très bien. Commençons par PasNet. Morris, où en êtes-vous avec le type au survêtement ?

— Ben, j'ai les infos que vous demandiez, dit Morris en consultant ses notes. Il s'appelle Barry Fisher. Il est divorcé, père d'un enfant et il dirige le club de gym où s'entraîne PasNet. »

Strike, Barclay et Hutchins produisirent divers grognements censés exprimer leur approbation. Robin se contenta de lever un sourcil. Par expérience, elle savait Morris capable d'interpréter le moindre signe de sympathie de sa part comme un encouragement.

« Donc, je me suis inscrit à une séance d'essai avec une coach », poursuivit Morris.

Une femme, comme par hasard, songea Robin.

« Je discutais avec elle quand j'ai aperçu mon Barry. Il se baladait sur le plateau en faisant la causette aux clientes. Je suis sûr qu'il est hétéro. Il fallait voir comment il regardait l'une des minettes sur son vélo elliptique. J'y retourne lundi pour une vraie séance, si ça vous va, patron. J'essaierai d'en savoir plus sur lui.

— Parfait, dit Strike. Bon, ça m'a l'air d'une piste solide. Enfin. Le premier lien entre PasNet et ce qui se trame chez Elinor Dean. »

Robin, qui avait passé l'avant-dernière nuit à se geler devant la maison d'Elinor, crut bon d'intervenir :

« Ça n'a peut-être aucun rapport mais elle a reçu une livraison Amazon hier matin. Deux grosses boîtes. Elles semblaient plutôt légères mais…

— Les paris sont ouverts, l'interrompit Morris. Vingt livres sur la dominatrice.

— Je ne vois pas d'intérêt à se faire fouetter, fit Barclay, pensif. Si je veux souffrir, j'ai qu'à oublier de sortir la poubelle.

— On ne peut pas dire qu'elle ait le physique de l'emploi, lança Hutchins. Si j'avais autant de fric que BPN, j'irais chercher quelque chose d'un peu plus… »

Il dessina une silhouette féminine avec les mains. Morris éclata de rire.

« Bah, tous les goûts sont dans la nature, fit Barclay. J'avais un pote à l'armée qui snobait tout ce qui faisait moins de quatre-vingts kilos. On lui avait trouvé un surnom : l'Abbé des Cochons. »

Les hommes éclatèrent de rire. Robin sourit, mais uniquement parce que Barclay la regardait et qu'elle aimait bien Barclay. Elle était trop crevée, trop déprimée pour avoir envie de s'amuser. Quant à Pat, elle affichait une expression blasée signifiant « Les hommes ne changeront jamais ».

« Malheureusement, je vais devoir retourner en Cornouailles dimanche, dit Strike à brûle-pourpoint. Et je reconnais que…

— Mais putain, comment tu vas y aller ? demanda Barclay, tandis que des rafales de vent secouaient les fenêtres donnant sur la rue.

— En Jeep. Ma tante est mourante. Ses jours sont comptés. »

Robin le regarda d'un air stupéfait.

« Je reconnais que ça va vous compliquer les choses, poursuivit Strike sur un ton plat. Mais je ne peux pas faire autrement. Je préconise de ne pas lâcher BPN. Morris s'occupera du gérant du club de gym. Le reste de l'équipe se relaiera pour surveiller Elinor Dean. Quelque chose à ajouter ? » Les hommes firent non de la tête et Robin ne se sentit pas l'énergie de renchérir sur les colis Amazon. « Bon, alors on passe à LaPoste.

— J'ai du nouveau, fit tranquillement Barclay. Elle a repris le boulot. Je lui ai parlé, à votre binoclarde, précisa-t-il en se tournant vers Robin. Je me suis avancé l'air de rien et j'ai commencé à lui poser des questions.

— Sur quoi ? fit Morris avec un sourire narquois.

— Sur les effets de lumière dans les aquarelles de James Duffield Harding. Pas sur son pronostic pour la Ligue des champions, banane ! »

Strike se mit à rire. Robin l'imita, ravie que Morris ait été remis à sa place.

« J'avais lu le texte de présentation à côté du portrait et la bio du peintre sur mon portable. Discrétos. Je cherchais un truc rapport à la météo. Enfin bref, dit le Glasgovien, après deux minutes à causer éclaircies et ciel d'orage, elle n'a pas pu s'en empêcher. Elle a rougi et elle m'a sorti que la semaine précédente, notre présentateur chéri avait qualifié de "turneresque" une photo envoyée par un téléspectateur.

« C'est bien elle, dit Barclay à Robin. Elle a parlé de lui juste pour avoir le plaisir de prononcer son nom. C'est LaPoste.

— Bravo, mon vieux, dit Strike.

— Félicite plutôt Robin, répondit Barclay. C'est elle qui m'a filé le tuyau. Je me suis contenté d'ouvrir le robinet.

— Merci, Sam, fit Robin sans regarder Strike, lequel se ravisa aussitôt.

— Très juste. Alors, bravo à tous les deux. »

Prenant conscience d'avoir été un peu sec avec elle lors du briefing sur l'affaire Bamborough, Strike tenta de se rattraper en lui demandant lequel des clients inscrits sur la liste d'attente elle estimait souhaitable de contacter, à présent que LaPoste était démasquée. Robin répondit qu'elle songeait à la courtière en marchandises qui soupçonnait son mari de coucher avec leur baby-sitter.

« Super, fit Strike. Pat, pouvez-vous l'appeler et lui dire que nous sommes prêts à la recevoir si ça l'intéresse toujours ? Est-ce que quelqu'un a autre chose…

— Moi, dit Hutchins qui prenait rarement la parole en réunion. C'est au sujet du film que tu as transmis au Met.

— Ouais ? Du nouveau ?

— J'ai eu mon pote hier soir. Il dit qu'on ne peut rien en faire. Ils n'engageront pas de poursuites.

— Je peux savoir pourquoi ? » demanda Robin.

Elle fut surprise en entendant la colère vibrer dans sa propre voix. Les quatre hommes se tournèrent vers elle.

« On ne voit pas le visage des protagonistes, expliqua Hutchins. Il y a bien ce bras qui apparaît à un moment, mais on ne peut pas lancer une procédure en se basant sur une bague floue.

— Je croyais que cette pellicule avait été saisie lors d'une descente dans un bordel appartenant à Mucky Ricci ? s'étonna Robin. C'est bien ce qu'il a dit, non ?

— C'est ce qu'il *pense*, précisa Hutchins. On ne trouvera pas d'ADN sur cette boîte de film. Elle est trop vieille, elle est restée des années dans une remise et des tas de gens ont collé leurs doigts dessus. Un coup pour rien. Dommage, ajouta-t-il sur un ton indifférent, mais c'est ainsi. »

Strike entendit son portable sonner sur son bureau. Craignant que ce ne soit Ted, il s'excusa, se précipita dans la pièce voisine et referma la porte derrière lui.

La personne qui appelait ne figurait pas dans son répertoire téléphonique.

« Cormoran Strike.

— Bonjour Cormoran, dit un homme à la voix rauque. C'est Jonny. »

Il y eut un bref silence.

« Ton père », ajouta Rokeby.

Strike, qui n'avait de place dans son cerveau surmené que pour Joan, les trois enquêtes en cours, les remords de s'être mal comporté avec Robin et le surcroît de travail qu'il imposerait à ses collaborateurs en retournant dans les Cornouailles, ne trouva rien à répondre sur l'instant. Derrière la porte, les autres continuaient à discuter du film 16 mm.

« Je voulais qu'on cause un peu tous les deux, dit Rokeby. Ça te va ? »

À cet instant, Strike sentit son esprit se dissocier de son corps. Plus rien ne le concernait de ce qui, un instant auparavant, avait monopolisé son attention : l'agence, la fatigue, les soucis. Comme si tout cela avait disparu et qu'il ne restait plus que lui, la voix de son père au téléphone, l'adrénaline qui fusait dans ses veines et le désir impérieux d'envoyer à Rokeby un message qu'il ne serait pas près d'oublier.

« Je suis tout ouïe », articula-t-il.

Nouveau silence.

« Écoute, reprit Rokeby, légèrement embarrassé. Je ne veux pas faire ça par téléphone. Voyons-nous. C'est de l'histoire ancienne. De l'eau a coulé sous les ponts, pas vrai ? Voyons-nous… Je voudrais… Ça ne peut pas continuer, ce truc. Cette vendetta… ou je ne sais quoi. »

Strike ne disait toujours rien.

« Viens chez moi, insista Rokeby. On parlera et… tu n'es plus un gamin. Dans chaque histoire, il y a toujours deux points de vue. Rien n'est tout noir ni tout blanc. »

Il s'interrompit un instant.

« Je suis fier de toi, tu sais ? Sacrément fier. Ce que tu as fait… »

Sa phrase resta en suspens. Raide comme une statue, Strike regardait le mur devant lui. Derrière la cloison, il entendait Pat rire à une blague que venait de faire Morris.

« Écoute, répéta Rokeby avec une pointe d'agacement, car il n'avait pas l'habitude qu'on lui résiste. Je comprends, je t'assure. Mais que veux-tu que j'y fasse ? On ne peut pas remonter le temps. Al m'a dit ce que tu me reproches, mais il y a des tas de trucs que tu ignores, au sujet de ta mère et des mecs qu'elle fréquentait. Viens me voir, on prendra un verre et on causera de tout ça. Et puis, ajouta-t-il sur un ton lourd de sous-entendus, si jamais tu avais besoin d'un petit coup de pouce, tu vois… histoire d'enterrer la hache de guerre… Je suis ouvert à toutes… »

Dans le bureau d'à côté, Hutchins et Barclay étaient sur le point de partir sur le terrain. Robin, qui avait posé sa journée, avait hâte de rentrer chez elle, mais ne voulait pas y aller tout de suite, parce que Morris semblait l'attendre, espérant sans doute l'accompagner jusqu'au métro. Pour donner le change, elle ouvrit une armoire de classement et se mit à brasser de la paperasse en se disant qu'il finirait par se lasser. Elle compulsait un vieux dossier sur une célèbre affaire d'adultère quand la voix de Strike se répercuta sur les murs de l'agence. Pat, Morris et elle tournèrent en même temps la tête vers la porte de communication.

Plusieurs pages du dossier que Robin avait posé en équilibre tombèrent sur le sol.

« … VA TE FAIRE FOUTRE ! »

Ils n'eurent même pas le temps de se regarder car la porte s'ouvrit à la volée. Strike était pâle à faire peur. Le souffle court, il passa en trombe devant eux, attrapa son manteau et se précipita dans l'escalier. Ils attendirent que les marches en métal cessent de vibrer pour se remettre à respirer.

Robin ramassa les feuilles.

« Merde alors, fit Morris en rigolant. Je n'aurais pas aimé être à l'autre bout du fil.

— Ce type a un caractère de cochon, déclara Pat d'un air curieusement satisfait. Je l'ai su dès le premier jour. »

40

Tandis que les mots entre eux se multiplient,
Ils tombent sur des coups, fruits de trop de bavardages…

Edmund SPENSER, *La Reine des fées*

N'ayant trouvé aucun moyen poli de se débarrasser de lui, Robin dut supporter la présence de Morris jusqu'à la station de métro et, par voie de conséquence, endurer stoïquement ses blagues insipides. Pour lui faire comprendre qu'elle était prise pour la Saint-Valentin, elle inventa une histoire vaguement plausible car elle connaissait d'avance sa réaction si elle lui avait avoué qu'elle dînait avec Strike. Soulagée, elle le quitta au bas de l'escalator sans répondre à la proposition qu'il lui avait faite de passer la soirée ensemble à échanger leurs impressions sur leurs avocats respectifs.

Accablée de fatigue et légèrement déprimée, Robin passa tout le trajet à s'interroger sur l'attitude de Morris. Avait-il tant de succès auprès des femmes qu'il ne puisse concevoir que l'une d'entre elles résiste à son charme, certes indéniable ? Ou son insupportable insistance était-elle due au fait que Robin, par politesse et pour préserver la cohésion de l'équipe en cette période difficile, s'obligeait à lui sourire au lieu de lui balancer ce qu'elle avait sur le cœur, à savoir : « Vous ne me plaisez absolument pas. Nous ne sortirons jamais ensemble » ?

Elle fut accueillie dans l'appartement par une délicieuse odeur de viande mijotant dans du vin rouge. Max était sorti en laissant le plat dans le four et Wolfgang étendu sur le sol devant la cuisinière au risque de se brûler les poils. En le voyant, Robin songea aux fans qui, pour apercevoir ne serait-ce qu'une mèche de cheveux de leur idole, étaient prêts à passer la nuit devant sa porte.

Au lieu d'aller s'allonger pour tenter de recharger ses batteries avant le dîner, Robin, qui se reprochait, depuis que Strike lui en avait fait la remarque, de n'avoir obtenu de résultat ni avec Amanda Laws ni avec l'insaisissable Satchwell, se prépara une tasse de café, ouvrit son ordinateur et s'installa dans la cuisine. Après avoir renvoyé un mail à Amanda Laws, elle cliqua sur l'icône Google dans la barre d'outils. Quand les lettres du logo se transformèrent l'une après l'autre en bonbons acidulés en forme de cœurs assortis de petits messages coquins, sans qu'elle sache pourquoi le visage de Charlotte Campbell s'imposa dans son esprit. Le soir de la Saint-Valentin, une femme mariée aurait eu du mal à s'esquiver pour aller retrouver son amant, songea-t-elle. Mais alors, qui était cette personne que Strike avait si violemment rembarrée au téléphone, tout à l'heure ?

Stimulée par la réussite de Strike avec C. B. Oakden, Robin se lança à la poursuite de Satchwell. Elle essaya plusieurs variantes de ses nom et prénoms, inversa Paul et Leonard, modifia leur orthographe, imagina des diminutifs… En vain. Aucun Satchwell ou apparenté ne correspondait au profil de l'homme qu'elle recherchait.

Le beau gosse au jean trop serré et à la chemise ouverte sur son torse velu aurait-il, en l'espace de quatre décennies, abandonné les arts plastiques pour devenir Leo Satchwell, amateur de voitures anciennes, septuagénaire ventripotent affublé d'un bouc et d'une paire de lunettes aux verres fumés ? La chose était improbable, décida Robin après avoir passé dix minutes à consulter son profil Facebook. Sur les photos, où il posait en compagnie d'autres collectionneurs, Leo mesurait à peine un mètre soixante. Il y avait aussi un Brian Satchwell à Newport, mais il était né cinq ans trop tard et souffrait d'amblyopie. Un autre Satchwell, prénommé Colin, tenait un commerce d'antiquités à Eastbourne ; Robin cherchait une photo de lui quand elle entendit s'ouvrir la porte d'entrée. Deux minutes plus tard, Max faisait irruption dans la cuisine, chargé d'un gros cabas.

« Comment va la daube ? demanda-t-il.

— Très bien, affirma Robin qui n'avait pas vérifié.

— Pousse-toi de là, Wolfgang, tu vas te brûler », dit Max en ouvrant la porte du four. Au grand soulagement de Robin, la daube se portait à merveille.

Robin éteignit son ordinateur. Ayant longtemps vécu avec un homme qui lui reprochait de rapporter du boulot à la maison, elle aurait été gênée de continuer à travailler pendant que Max s'activait autour d'elle.

« Max, ça m'ennuie beaucoup mais mon frère va venir avec deux personnes au lieu d'une.

— Pas de souci, fit Max en déballant les courses.

— Et il se peut qu'ils arrivent plus tôt que prévu. Ils n'étaient pas censés dîner avec nous…

— Ils sont les bienvenus. J'en ai fait pour huit. J'avais prévu de mettre les restes au congélateur mais tant pis, on mangera tout ce soir.

— C'est vraiment sympa de votre part. Mais comme vous voulez discuter avec Cormoran en tête à tête, je pourrais les emmener…

— Non, plus on est de fous, répliqua Max qui semblait sincèrement ravi de recevoir du monde. Je vous l'ai dit, je ne veux plus vivre en reclus.

— Oh, fit Robin. OK, d'accord. »

Nourrissant une certaine appréhension à l'idée que des personnes si différentes se retrouvent autour d'une même table, Robin se retira dans sa chambre en essayant de se convaincre que la fatigue la rendait pessimiste. Elle passa le reste de l'après-midi à chercher une photo de Colin Satchwell et enfin, à 18 heures, après avoir croisé quantité de références, trouva un portrait de lui sur le site d'une église locale dont il était l'échevin. Corpulent, le front bas, il n'avait strictement rien de commun avec l'ancien amant de Margot Bamborough.

Voyant qu'il était temps de se changer et d'aller aider Max à la cuisine, Robin s'apprêtait à fermer ses applications quand un message intitulé « Creed » tomba dans sa boîte mail. Elle l'ouvrit avec un frisson d'excitation.

Salut Robin,
Juste un mot pour te dire que j'ai transmis ta requête aux deux personnes dont je t'ai parlé. Mon contact au ministère de la Justice est plus optimiste que je ne croyais. C'est confidentiel mais il m'a appris qu'une autre famille faisait pression sur l'administration pour que Creed soit de nouveau interrogé. Leur fille n'a jamais été retrouvée mais ils sont convaincus que le pendentif découvert dans la cave de Creed lui appartenait. D'après mon contact, si les Bamborough se joignaient aux Tucker, le verrou pourrait sauter. Encore que j'ignore si Cormoran serait autorisé à mener l'interrogatoire. Ce sera aux autorités de Broadmoor, au ministre de la Justice et à celui de l'Intérieur d'en décider. Mon contact à la Justice penche plutôt pour un officier de police. Je te tiens au courant si j'entends parler d'autre chose.
Amicalement, Izzy

À la lecture de ce mail, Robin se permit une lueur d'espoir. Mais elle attendrait encore un peu avant d'en informer Strike, songea-t-elle. Avec de la chance, ils auraient peut-être le droit de parler à cet officier de police avant qu'il n'interroge Creed. Elle envoya tous ses remerciements à Izzy et commença à se préparer pour le dîner.

Sa bonne humeur survécut à la vision de son visage dans le miroir. Traits tirés, yeux creusés, un peu rouges, cheveux gras. Elle se fit un shampooing sec, une queue-de-cheval, passa un jean propre, son corsage préféré, et camoufla sa fatigue avec de l'anticerne. Elle allait sortir de sa chambre quand son portable sonna.

Croyant que Strike l'appelait pour se décommander, elle fut grandement soulagée de voir le nom de son amie Ilsa s'afficher à l'écran.

« Bonjour, Ilsa !

— Bonjour Robin. Tu es avec Corm ?

— Non, dit-elle en se rasseyant sur le lit. Tout va bien ? »

Ilsa avait une petite voix.

« Tu sais où il est ?

— Non, mais il ne devrait pas tarder. Tu veux que je lui transmette un message ?

— Non. Je… Tu sais s'il a vu Nick aujourd'hui ?

— Non, dit Robin qui commençait à s'inquiéter. Que se passe-t-il, Ilsa ? Tu as vraiment une drôle de voix. »

Puis elle se rappela qu'on était le jour de la Saint-Valentin, et quand elle réalisa qu'Ilsa ignorait où était son mari l'inquiétude fit place à la peur. Elle ne connaissait pas de couple plus heureux que celui de Nick et Ilsa. Les cinq semaines qu'elle avait passées chez eux après sa rupture avec Matthew lui avaient permis de regagner un peu de confiance dans l'institution du mariage. Nick et Ilsa ne pouvaient pas se séparer : non, pas eux.

« Ce n'est rien, dit Ilsa.

— Dis-moi, insista Robin. Qu'est-ce que… ? »

Des sanglots déchirants jaillirent du téléphone.

« Ilsa, qu'est-ce qui s'est passé ?

— Je… j'ai fait une fausse couche.

— Oh mon Dieu, fit Robin, le souffle coupé. Oh non, Ilsa, je suis désolée. »

Ses amis essayaient d'avoir un enfant depuis plusieurs années mais Nick n'en parlait jamais et Ilsa très rarement. Robin ignorait qu'Ilsa était enceinte. Puis elle se souvint que le soir de son anniversaire, son amie n'avait pas bu une goutte d'alcool.

« C'est arrivé… au… au supermarché.

— Oh non, gémit Robin. Oh, mon Dieu !

— J'ai commencé à saigner… au tribunal… en pleine audience… une… affaire très importante… Je ne pouvais pas partir… Et ensuite… et ensuite… sur le chemin de la maison… »

Son discours devenait incompréhensible. Assise, impuissante, le téléphone collé à l'oreille, Robin sentit ses yeux s'emplir de larmes.

« … compris… ça n'allait pas… descendue du taxi… suis entrée… le supermarché… j'ai couru… aux toilettes… suis tombée… tombée… et ensuite… un petit caillot… un minuscule… co… corps… »

Robin mit la main devant sa bouche.

« Et… je ne savais pas… quoi faire… mais… il y avait une femme… dans les toilettes avec… et ça… lui était arrivé… à elle aussi… très gentille… »

Robin eut encore droit à une série de reniflements, entrecoupés de sanglots et de gémissements. Un instant plus tard, Ilsa se remit à bredouiller :

« Nick a dit que… c'était ma faute. Il a dit… ma faute… travaillais… trop… pas fait… assez attention… pas privilégié… le bébé.

— Non, il n'a pas pu dire ça », s'indigna Robin. Elle avait de l'estime pour Nick. Elle ne l'imaginait pas tenir ce genre de propos.

« Mais si. Il a dit que j'aurais dû… rester à la maison… que je… faisais passer mon t… travail avant le b… bébé…

— Ilsa, écoute-moi. Si tu as été enceinte une fois, ça peut se reproduire.

— Non, non, non, je ne peux pas, dit Ilsa en pleurant de plus belle. C'était notre troisième FIV. Nous avons décidé… décidé… Plus jamais. Jamais. »

La sonnette de la porte d'entrée retentit.

« Ilsa, il faut que j'aille ouvrir, c'est sûrement Cormoran…

— Oui, oui, vas-y… ça ira… ne t'inquiète pas. »

Ilsa raccrocha sans lui laisser le temps de répondre. Voyant à peine où elle posait les pieds, Robin se précipita au rez-de-chaussée.

Mais naturellement, ce n'était pas Strike. Chaque fois qu'elle lui donnait un rendez-vous sans lien avec le travail, que ce soit pour boire un verre, pendre une crémaillère ou assister à son mariage, il arrivait systématiquement en retard. Non, ce fut Jonathan qu'elle découvrit sur le seuil. Grand, mince, les yeux bleus, les cheveux blond vénitien, c'était lui dont elle était le plus proche physiquement. Une ressemblance accentuée ce soir-là par le teint cireux et les valises qu'ils avaient sous les yeux, l'un comme l'autre.

« Salut Robs.

— Salut », dit Robin en essayant de faire bonne figure pendant qu'il la serrait dans ses bras. « Viens, entre.

— Je te présente Courtney. Et lui, c'est Kyle.

— Salut », gloussa Courtney, une jolie fille avec de longs cheveux noirs et de grands yeux de biche. Elle tenait à la main une canette de bière et semblait un peu éméchée. Quant à Kyle, un jeune homme maigre aux yeux injectés de sang, aux cheveux en brosse et à la barbe parfaitement taillée, il dépassait Robin de cinq centimètres. En entrant, il la bouscula involontairement avec son gros sac en toile.

« Tu vas bien ? » lui demanda-t-il avec un sourire et une poignée de main. À le voir, on aurait dit que c'était lui le maître de maison et elle l'invitée. « Robin, c'est ça ?

— Oui, répondit Robin, faussement joviale. Ravie de vous rencontrer. Montez. La salle à manger est au dernier étage. »

Elle suivit les trois étudiants en repassant dans sa tête la conversation qu'elle avait eue deux minutes plus tôt avec Ilsa. Courtney ne marchait pas droit. Kyle et elle gloussaient en se murmurant des trucs à l'oreille. Arrivée dans le salon, Robin fit les présentations pendant que Kyle balançait son sac crasseux sur le beau canapé beige.

« Merci beaucoup de nous héberger, dit Jonathan à Max qui avait dressé la table pour six personnes. Ça sent drôlement bon.

— Je suis vegan, annonça Courtney. Mais c'est pas grave, je peux manger genre des pâtes, ou autre chose.

— Je vais faire cuire des pâtes, Max, ne t'inquiète pas », intervint Robin tout en déplaçant discrètement le sac de Kyle. Courtney en profita pour se ruer vers le canapé, s'agenouiller dessus sans retirer ses tennis mouillées et demander à Robin :

« C'est là qu'on se pieute ? »

Robin hocha la tête.

« Il va falloir tirer au sort pour savoir qui dort où », s'écria Courtney en jetant un coup d'œil entendu à Kyle. Robin vit son frère déglutir.

« Si nous portions les bagages dans ma chambre en attendant ? proposa Robin en voyant Jonathan balancer lui aussi son fourre-tout sur le malheureux canapé. Ça fera de la place pour nous asseoir après le dîner. »

Comme Courtney et Kyle n'avaient visiblement pas envie de bouger, Robin et Jonathan se chargèrent des bagages. Quand il fut dans la chambre de sa sœur, Jonathan sortit de son sac une boîte de chocolats et la lui tendit.

« Merci, Jon, c'est très gentil. Tu vas bien ? Je te trouve mauvaise mine.

— J'étais naze hier soir. Écoute, Robs… ne dis pas à Courtney qu'elle est… genre… ma copine. Tu vois le truc ?

— Je n'en avais pas l'intention.

— Tant mieux parce que…

— Vous avez rompu ? l'aida Robin.

— On n'a jamais été ensemble… on a juste couché deux fois, marmonna Jonathan. Mais bon… je sais pas, je crois qu'elle a kiffé sur Kyle. »

Le rire de Courtney résonnait à l'étage. Jonathan regarda sa sœur avec un sourire pincé, puis il monta rejoindre ses amis.

Robin essaya de rappeler Ilsa mais la ligne était occupée. Peut-être parce qu'elle était au téléphone avec Nick, espéra Robin en lui écrivant un texto :

Je n'arrive pas à te joindre. STP donne-moi des nouvelles. Je m'inquiète pour toi. xxx

Elle regagna la cuisine et mit des raviolis au potiron sur le feu pour Courtney. Wolfgang, qui semblait avoir deviné que la daube allait bientôt sortir du four, passait et repassait entre les chevilles de son maître. Robin vérifia sa montre. Strike avait déjà quinze minutes de retard. Son record était de quatre-vingt-dix minutes. Allait-il le battre ? se demanda-t-elle en s'efforçant en vain de rester stoïque. Il avait quand même du culot, après la remarque désagréable qu'il lui avait balancée le matin même…

Robin égouttait les raviolis quand le coup de sonnette tant espéré retentit enfin.

« J'y vais ? lui proposa Max qui remplissait les verres des trois jeunes gens.

— Non, je m'en occupe ».

Dès qu'elle ouvrit la porte et vit son regard trouble, Robin comprit que Strike était soûl.

« Désolé pour le retard, fit-il d'une voix pâteuse. Je peux aller pisser ? »

Elle s'écarta pour le laisser entrer. Il puait la Doom Bar et le tabac froid. Tendue comme un arc, Robin nota qu'il arrivait les mains vides. Il avait passé l'après-midi au pub mais n'avait même pas pensé à prendre une bouteille de vin pour Max.

« C'est là-bas », dit-elle en désignant la porte des toilettes. Elle l'attendit sur place en trépignant d'impatience.

« On mange là-haut, annonça-t-elle quand il finit par sortir.

— Encore des marches ? » marmonna Strike.

Quand il pénétra dans la grande pièce ouverte servant à la fois de salon et de salle à manger, Strike réussit tout de même à échanger des poignées de main avec Max et Jonathan et à leur dire sans trop bafouiller qu'il était ravi de les rencontrer. Laissant temporairement choir le beau Kyle, Courtney courut saluer le fameux détective, qui eut l'air positivement enchanté de la voir. Quant à Robin, elle fonça côté cuisine pour égoutter les raviolis et, par la même occasion, dissimuler sa mine de déterrée. Derrière elle, Courtney chantonnait :

« Et lui c'est Kyle.

— Ah, ouais, c'est vous le détective ? » fit Kyle d'un ton narquois.

Jonathan, Courtney, Kyle et Max étant déjà servis, Robin se prépara un gin tonic dans un grand verre. Elle ajoutait de la glace quand Max, tout guilleret, la rejoignit à la cuisine. Il prit une bière pour Strike, la lui apporta, revint, sortit le plat du four et alla le poser sur la table. Wolfgang gémit en voyant l'objet de sa convoitise passer devant lui sans s'arrêter.

Pendant que Max faisait le service, Robin posa l'assiette de raviolis devant Courtney.

« Oh mon Dieu non, attends, dit celle-ci. Tu es sûre qu'ils sont vegan ? Où est le paquet ?

— À la poubelle », lâcha Robin.

Courtney se leva pour aller vérifier. À part Max et Robin, tous les membres de la tablée la suivirent du regard. Après avoir descendu la moitié de son gin tonic, Robin empoigna son couteau et sa fourchette.

« Non, c'est bon, cria Courtney penchée sur la poubelle. Ils sont vegan.

— Parfait », dit Robin.

Max, qui était assis à sa gauche, s'entretenait avec Strike des divers aspects de son personnage. Courtney avait regagné sa place et engloutissait ses raviolis en s'envoyant des rasades de vin rouge entre chaque bouchée. Une discussion venait de s'amorcer entre les trois étudiants, au sujet d'une marche de protestation que Courtney avait l'intention d'organiser à la fac. Pendant ce temps, Robin mangeait et buvait en silence, sans quitter des yeux le portable posé à côté de son assiette, au cas où Ilsa essaierait de la joindre.

« … Parfaitement impossible, disait Strike. L'armée l'aurait refoulé d'emblée. Un mec avec un casier… Possession de drogue avec intention de la revendre. Là, on marche sur la tête.

— Vraiment ? Pourtant, les auteurs ont fait des tas de recherches…

— On les aura mal renseignés.

— … donc ouais, l'idée c'est de défiler en sous-vêtements, en jupes ultra-courtes, etc. », expliquait Courtney. En voyant les deux garçons se tordre de rire, elle ajouta : « Arrêtez, c'est sérieux…

— … non, c'est très intéressant, dit Max en griffonnant sur un carnet. Donc, s'il a fait de la prison avant de s'engager…

— Ça dépend. Mais s'il a fait plus de trente mois de taule, c'est impossible…

— Je ne porte pas de jarretelles, Kyle – enfin bref, Miranda ne veut pas…

— Je ne connais pas la durée de sa peine, dit Max. Mais je vérifierai. Parlez-moi de la drogue au sein de l'armée. Est-ce que c'est une chose courante… ?

— … donc elle m'a dit, "Tu ne comprends pas que l'expression 'marche des salopes' peut poser problème ?" Et moi je lui ai répondu, "Ben non, explique…"

— D'après toi, à quoi sert cette foutue marche ? » l'interrompit Kyle avec l'assurance d'un homme ayant l'habitude d'imposer son opinion.

Robin vit s'allumer l'écran de son portable. Un message d'Ilsa.

« Excusez-moi », marmonna-t-elle, même si personne ne lui prêtait attention. Elle repassa côté cuisine pour lire tranquillement le texto.

Je ne voulais pas t'inquiéter. Nick est rentré dans un état lamentable. Il était au pub avec Corm. Là, on parle. Il dit que j'ai mal interprété ses propos. Ils étaient pourtant clairs. x

Robin, qui se sentait totalement solidaire d'Ilsa, s'efforça néanmoins de calmer le jeu.

C'est un abruti mais je sais qu'il t'aime plus que tout. xxx

Elle se préparait un deuxième gin tonic quand Max lui cria d'apporter une autre bière pour Strike. Robin posa la bouteille devant l'intéressé sans obtenir le moindre remerciement de sa part. Strike but une gorgée au goulot et reprit sa conversation en parlant encore plus fort pour couvrir les voix de Kyle et de Courtney qui discutaient à présent de la fameuse Miranda et de ses prises de position sur la pornographie.

« … donc je lui dis un truc du genre, moi je pense que ces femmes *ont le droit* de décider de ce qu'elles font de leur corps, Miran… Oh merde, désolée… »

À force d'agiter les mains, Courtney venait de renverser son verre de vin. Robin alla vite chercher le rouleau d'essuie-tout. Quand elle revint, Kyle avait déjà resservi sa copine. Robin épongea la tache sans que les conversations de part et d'autre de la table baissent en intensité, bien au contraire. Après avoir jeté à la poubelle les feuilles de papier absorbant imbibées de vin, elle se rassit en priant pour que son calvaire s'achève au plus vite et qu'elle puisse enfin aller se coucher.

« … enfance difficile, tu parles ! Ils auraient pu trouver plus original ! Vous savez, y a des tas de types qui s'engagent dans l'armée pour servir leur pays, pas pour échapper à…

— C'est de la putophobie pure et simple, tonna Kyle. Elle s'imagine peut-être que les serveuses adorent leur boulot !

— … et s'il a votre âge, il ne peut pas avoir servi dans le 1 Rifles. Ce bataillon n'existe que depuis…

— … des emplois de merde, les uns comme les autres. Je vois pas la différence.

— … fin 2007, si j'ai bonne mémoire…

— … et il y a des nanas qui *aiment* regarder des films porno ! »

Les paroles de Courtney résonnèrent d'autant plus fort qu'elle les avait prononcées pendant une accalmie. Tous les regards se tournèrent aussitôt vers elle. Rougissante, la jeune femme émit un petit gloussement, la main devant la bouche.

« Tout va bien, on parle féminisme, ricana Kyle. Désolé pour ceux qui ont cru que Courtney leur proposait… une petite réjouissance après dîner.

— Kyle ! protesta Courtney en lui donnant une tape sur le bras avant de se remettre à pouffer.

— Qui prendra du dessert ? » demanda Robin en rassemblant les assiettes pour les rapporter à la cuisine.

« Je suis désolée que Strike soit arrivé dans cet état, murmura-t-elle à Max qui l'avait rejointe alors qu'elle jetait aux ordures les quelques raviolis laissés par Courtney.

— Vous plaisantez ? répliqua-t-il en souriant. C'est une chance inespérée, au contraire. Mon personnage est alcoolique. »

Et avant que Robin puisse lui répondre que Strike ne l'était pas, il retourna auprès de ses invités armé d'un cheesecake fait maison. À dire vrai, depuis trois ans qu'elle connaissait Strike, c'était seulement la deuxième fois qu'elle le voyait ivre. La fois précédente, elle l'avait excusé parce qu'il était triste mais, ce soir, c'était différent. Il avait l'alcool mauvais. Robin repensa au hurlement qu'il avait poussé dans leur bureau l'après-midi même et, de nouveau, se demanda à qui ce « Va te faire foutre » s'adressait.

Lorsqu'elle reprit sa place en apportant une tarte au citron et un troisième gin tonic, Kyle semblait avoir décidé de faire profiter toute la tablée de ses théories concernant la pornographie. Sur le visage de Strike, Robin vit une expression qui l'inquiéta. Elle connaissait son antipathie envers les donneurs de leçons et espérait que, pour une fois, il garderait sa langue dans sa poche.

« … un divertissement comme un autre », fit Kyle avec un grand geste du bras. Redoutant un nouvel accident, Robin déplaça subrepticement la bouteille de vin presque vide pour la mettre hors de sa portée. « Quand on regarde la chose avec objectivité, en dehors de tout esprit moralisateur…

— Ouais, exactement, abonda Courtney, les femmes ont le droit de choisir leur propre…

— … le cinéma, les jeux vidéo… tout ça stimule les centres du plaisir dans le cerveau, poursuivit Kyle en montrant de l'index sa coupe de cheveux impeccable. À ce moment-là, on pourrait aller jusqu'à dire que le cinéma c'est de la pornographie émotionnelle. Toute cette hypocrisie bien-pensante autour de la porn…

— Désolée, mais s'il y a des œufs ou du lait dedans, je n'en mangerai pas, murmura Courtney à l'intention de Robin qui feignit de ne pas entendre.

— … si les femmes veulent gagner de l'argent avec leur corps, libre à elles. C'est la définition même de l'émancipation, après tout. On pourrait ajouter que les bénéfices pour la société sont…

— Quand j'étais au Kosovo », dit Strike, si soudainement que les trois étudiants se turent et le regardèrent, médusés. Il s'interrompit, le temps de chercher ses cigarettes dans sa poche.

« Cormoran, s'alarma Robin. Vous ne pouvez pas fu…

— Pas de problème, fit Max en se levant. Je vous apporte un cendrier. »

Strike dut s'y reprendre à trois fois avant qu'une flamme surgisse de son briquet. Les autres l'observaient. Sans hausser la voix, il avait réussi à obtenir le silence.

« Qui veut du cheesecake ? lança Robin dans l'espoir d'alléger l'atmosphère.

— Pas moi, dit Courtney avec une petite moue. Mais je veux bien essayer la tarte au citron à condition que…

— Quand j'étais au Kosovo, reprit Strike en soufflant la fumée tandis que Max posait un cendrier devant lui puis reprenait sa place… Merci… j'ai enquêté sur une affaire… de prostitution infantile. Deux soldats avaient eu des relations tarifées avec des mineures. Ils avaient été filmés à leur insu et les vidéos s'étaient retrouvées sur Pornhub. Leur cas est venu grossir une enquête d'envergure internationale menée par les juridictions civiles. Il s'avérait que des centaines de garçons et de filles prépubères faisaient l'objet d'un trafic organisé. Les plus jeunes avaient sept ans. »

Strike tira sur sa cigarette en lorgnant Kyle entre ses paupières mi-closes, derrière le nuage de fumée.

« Vous pouvez m'expliquer où est le bénéfice pour la société ? » lui demanda-t-il.

Un ange passa.

« Eh bien, évidemment, reprit Kyle en essayant de faire bonne figure. C'est… autre chose, bien sûr. Mais je n'ai jamais parlé d'enfants. Il n'est pas question de ça. C'est illégal… de toute façon. Non, moi je parle de…

— L'industrie du porno est indissociablement liée à ce genre de trafic, le coupa Strike sans le quitter du regard. Des femmes et des enfants originaires de pays pauvres. Dans l'affaire dont je vous parle, une petite fille avait été filmée portant un sac en plastique sur la tête pendant qu'un mec la pénétrait par l'anus. »

Du coin de l'œil, Robin vit Kyle et Courtney la regarder d'un air inquiet. Et comme si elle recevait un coup de poing dans le ventre, elle réalisa subitement que Jonathan leur avait parlé de son agression. Autour de la table, seul Max semblait à son aise. Il suivait le discours de Strike avec le calme d'un chimiste observant une expérience en train de se dérouler sous ses yeux.

« La séance de torture de cette gamine a été visionnée plus de 100 000 fois sur Internet », poursuivit Strike. Il cala sa clope entre ses lèvres pour pouvoir se servir plus commodément. Un bon tiers du cheesecake atterrit dans son assiette à dessert. « Vous pouvez me dire quels centres du plaisir sont stimulés en pareil cas ? demanda-t-il en plantant ses yeux dans ceux de Kyle.

— Non, ce n'est pas la même chose, intervint Courtney, volant au secours de son ami. Nous, on parle des femmes qui… on parle des femmes, des femmes adultes, qui choisissent de…

— C'est vous qui l'avez fait ? demanda Strike, la bouche pleine, en se tournant vers Max, sa clope allumée coincée entre deux doigts de sa main gauche.

— Oui, répondit Max.

— Délicieux, dit Strike avant de revenir vers Kyle. À votre avis, combien de serveuses sont vendues comme esclaves sexuelles ?

— Aucune, évidemment… Mais, je veux dire… vous avez forcément vu des tas de trucs dégueulasses, quand vous étiez dans la police.

— Donc, si je comprends bien, tant que ça ne se passe pas devant vous, tout va bien.

— Si vous le prenez comme ça…, s'écria Kyle, cramoisi. Vous n'allez quand même pas me dire que vous n'avez jamais regardé de film porno !

— Si plus personne ne veut de dessert, claironna Robin en montrant le coin-salon, je propose qu'on prenne le café là-bas. »

Sans attendre de réponse, elle se retrancha dans la cuisine. Derrière elle, il y eut un frottement de pieds de chaises sur le parquet. Robin alluma la bouilloire et descendit à la salle de bains. Elle resta cinq minutes assise sur le siège des toilettes, le visage dans les mains.

Pourquoi Strike était-il arrivé soûl ? Pourquoi parler de viol et de pornographie à table ? Et devant elle, en plus ? L'enquête ouverte à la suite de son agression avait révélé que son violeur consommait beaucoup de films porno à caractère violent, avec une prédilection pour les séances d'étranglement. Mais le juge avait estimé que l'historique de ses recherches sur Internet n'avait pas valeur de preuve. Robin ne voulait pas savoir si Strike regardait ce genre de films ; elle ne voulait pas penser aux enfants qu'on torturait, de la même manière qu'elle préférait oublier la photo que Morris lui avait envoyée à Noël ou le *snuff movie* que Bill Talbot avait volé à ses collègues de la brigade des mœurs. Du fond de sa déprime, elle se demanda pourquoi Strike s'amusait à provoquer les trois jeunes gens. Il aurait pu faire un effort, par respect sinon pour son hôte, du moins pour son associée.

Robin reprit l'escalier. À mi-chemin, elle entendit Kyle vociférer. La discussion tournait au vinaigre. En arrivant à l'étage, Robin les vit tous les cinq assis autour de la table basse devant une cafetière, une bouteille de cognac et les chocolats de Jonathan. Strike et Max avaient des verres à la main. Visiblement bourrée, mais pas autant que Strike, Courtney hochait la tête dès que Kyle ouvrait la bouche, ce qui représentait un exploit car il fallait en même temps qu'elle tienne sa tasse de café droite. Robin alla s'asseoir à la grande table, loin des autres. Elle prit une fourchette, piqua un morceau de viande dans le plat que personne n'avait rapporté à la cuisine, et le donna à Wolfgang qui le goba avec une pathétique gratitude.

« L'idée consiste à déstigmatiser le vocabulaire injurieux visant les femmes et à se le réapproprier, disait Kyle. C'est ça l'idée.

— Et vous comptez y arriver en envoyant une bande de minettes défiler en culotte et soutien-gorge ? bredouilla Strike d'une voix redevenue pâteuse à cause du cognac.

— Non, pas forcément en culotte…, commença Courtney.

— Faut cesser de rejeter la faute sur la victime, hurla Kyle. Je suis sûr que vous…

— Et comment on fait ?

— Eh bien, euh, intervint Courtney, en changeant les attitudes… jous-a… sous-jacentes…

— Et vous croyez qu'en vous voyant défiler en petite tenue, les violeurs vont se dire "plus jamais ça" ? »

Courtney et Kyle montèrent ensemble au créneau tandis que Jonathan jetait des coups d'œil anxieux vers sa sœur, laquelle commençait à avoir envie de vomir.

« Il faut déstigmatiser…

— Oh, ne le prenez pas mal, je suis certain que des tas de types seraient ravis de vous voir en soutien-gorge, la coupa Strike avant de s'envoyer une bonne lampée de cognac. Vous allez faire un carton sur Instagram…

— Je me fiche d'Instagram ! répliqua Courtney, au bord des larmes. Nous tenons absolument…

— Les hommes qui traitent les femmes de putes, vous disiez ? l'interrompit à nouveau Strike. Ouais, ils vont être morts de honte quand ils vous verront vous panav… pavaner en minijupe.

— Il n'est pas question de honte ou de culpabilité, dit Kyle. Vous n'avez pas compris le…

— J'ai parfaitement compris votre théorie de merde, répliqua Strike. Ce que je dis c'est que dans le monde réel, cette marche des putes…

— Marche des salopes, clamèrent en chœur Kyle et Courtney.

— … Ouais, au temps pour moi. En assistant à votre foutu défilé, les hommes qui traitent les femmes de salopes vont juste penser "Tiens, voilà un tas de salopes, génial !". Vous pourrez vous réapproprier tout le vocabulaire que vous voudrez, vous ne changerez rien à l'alti… l'atti… l'attitude de ces mecs. Parce que pour eux une salope est une salope et une pute… une pute. »

Wolfgang, qui frétillait aux pieds de Robin dans l'espoir de glaner un deuxième morceau de viande, poussa un petit jappement plaintif. Strike tourna la tête et vit Robin assise toute seule, immobile, livide.

« Et vous, qu'est-ce que vous en pensez ? lui demanda-t-il en désignant les trois étudiants avec son verre, geste qui eut pour effet de répandre un peu de cognac sur le tapis.

— Je pense que vous devriez changer de sujet, répliqua Robin dont le cœur battait si fort qu'il lui faisait mal.

— Vous participeriez à cette foutue marche des… ?

— Je ne sais pas, peut-être », répondit-elle sans trop réfléchir. Le sang cognait dans ses oreilles, elle voulait juste que cette conversation se termine. Pendant qu'il la violait, son agresseur n'avait cessé de grogner « pute » à son oreille. S'il lui avait serré le cou ne serait-ce que trente secondes de plus, ce mot aurait été le dernier à faire vibrer ses tympans.

« Elle dit ça pour être polie, fit Strike en s'adressant aux étudiants.

— Vous aimez parler à la place des femmes, on dirait, ricana Kyle.

— À la place d'une femme qui a été violée ! » ajouta Courtney.

Un terrible silence s'abattit sur le salon. Robin vit l'espace se déformer comme à travers un grand angle. À la droite de son champ de vision, Max la regardait.

Strike parvint à se lever au bout du deuxième essai. Robin comprit qu'il lui parlait mais elle n'entendait qu'un bruit diffus, comme si ses oreilles étaient bouchées par du coton. Strike traversa la pièce à grandes enjambées, en direction de la sortie. Elle le vit se cogner au chambranle de la porte puis disparaître dans l'escalier.

Les quatre autres la dévisageaient.

« Oh, mon Dieu, je suis vraiment désolée. Je n'aurais pas dû dire ça », murmura Courtney en se couvrant la bouche de ses mains. Ses yeux débordaient de larmes. Du rez-de-chaussée leur parvint le bruit d'une porte qui claquait.

« Tout va bien, fit Robin d'une voix lointaine qui lui rappela la sienne. Excusez-moi un instant. »

Elle se leva et se précipita derrière Strike.

41

Aussitôt, ils agitèrent leurs lances frémissantes,
Et se portèrent des coups mortels à la poitrine,
Oubliant qu'ils avaient jadis été liés d'amitié.

Edmund SPENSER, *La Reine des fées*

En débouchant dans cette rue sombre qu'il ne connaissait pas, Strike fit l'expérience d'un moment d'intense solitude, l'alcool ne faisant qu'accentuer cette sensation. Il resta quelques secondes planté au milieu du trottoir, sous le vent et la pluie, à se demander où pouvait bien se trouver la bouche de métro. Se fiant à son légendaire sens de l'orientation, il décida de partir vers la droite et s'éloigna d'un pas mal assuré en cherchant son paquet de cigarettes dans ses poches. Sa sortie théâtrale lui avait procuré une délicieuse sensation de relâchement, après toutes ces heures passées à ravaler sa colère. La soirée qui venait de se dérouler lui revenait par fragments. Il revit le visage cramoisi de Kyle. *Branleur. Connards d'étudiants.* Max qui riait d'une plaisanterie que Strike avait faite. Trop de bouffe. Trop d'alcool.

La pluie qui réfractait la clarté des réverbères diffusait un brouillard lumineux qui l'empêchait de voir nettement les formes autour de lui, lesquelles grossissaient ou rapetissaient au fur et à mesure de sa progression. Par exemple, cette voiture en stationnement qui se présenta subitement devant lui, alors qu'il tentait d'avancer en ligne droite. Et pendant ce temps, ses doigts épais n'en finissaient pas de chercher un paquet de cigarettes qui se dérobait dès qu'il croyait l'atteindre.

Il avait eu tort d'accepter ce dernier verre de cognac. D'ailleurs, il n'aimait pas le cognac. Surtout qu'avant de venir, il avait avalé des tonneaux entiers de Doom Bar avec Nick.

Il lui fallait déployer une grande énergie pour marcher contre le vent. Son impression de bien-être commençait à se dissiper mais heureusement il n'avait pas mal au cœur, ce qui était assez surprenant vu tout ce qu'il avait ingurgité. Tout de même, il préférait ne pas trop penser au bœuf en daube, ni au cheesecake, ni à la quarantaine de clopes qu'il avait grillées au cours des dernières vingt-quatre heures, sans parler du cognac dont il sentait encore le goût sur sa langue.

Puis, tout à coup, son estomac se contracta. Par chance, Strike avisa un espace approprié entre deux véhicules. Il se pencha et vomit longuement, comme après son intoxication alimentaire, à Noël. Et quand ce fut terminé, il recommença encore et encore, jusqu'à ce qu'il n'ait plus rien à vomir et qu'il se retrouve pantelant, les mains sur les genoux, plié en deux par les spasmes.

Le visage luisant de sueur, il se redressa en s'essuyant la bouche d'un revers de main. Une fanfare hurlait dans sa tête. Au bout de quelques secondes, il parvint à distinguer, à deux pas de lui, une forme claire coiffée de cheveux blonds soulevés par le vent.

« Que… ? Oh, c'est vous », fit-il quand ses yeux eurent fini d'accommoder.

Il posa un regard plein d'espoir sur les mains de Robin, croyant qu'elle l'avait suivi pour lui apporter ses cigarettes. Mais non, elles étaient vides. Alors, Strike s'éloigna de la flaque de vomi répandue dans le caniveau et alla s'adosser contre une voiture.

« J'ai passé l'après-midi au pub avec Nick », fit-il d'une voix rauque. Il avait dit cela pour la rassurer.

Un objet dur appuyait sur sa fesse. Tout compte fait, il ne les avait pas oubliées. Et c'était tant mieux parce que le goût du tabac valait mieux que celui du vomi. Il sortit son paquet et, après plusieurs essais infructueux, parvint à allumer une clope et à tirer une première bouffée.

Ce faisant, quelque chose dans l'attitude de Robin l'intrigua. Elle ne bougeait pas, ne disait rien, son visage était pâle et son expression sévère.

« Quoi ?

— Quoi ? explosa-t-elle. Vous osez me demander *quoi* ? Bordel ! »

Contrairement à Strike, Robin se montrait rarement grossière. Une rafale de vent glacé gifla son visage trempé de sueur, générant un frisson qui le traversa de part en part et le dégrisa instantanément. Robin était en colère. En fait, il ne l'avait jamais vue aussi furieuse.

Mais comme son cerveau tournait encore au ralenti, il ne trouva rien de mieux que répéter :

« Quoi ?

— D'abord, vous vous pointez en retard, mais ça c'est *normal*, j'ai l'habitude, vous n'êtes jamais *foutu* d'arriver à l'heure. Un minimum de correction, ce serait trop vous demander…

— Quoi ? » répéta Strike, mais cette fois pour exprimer sa perplexité. Robin était la seule femme qui n'ait jamais tenté de le changer. Il ne la reconnaissait plus.

« Vous débarquez soûl comme un *cochon*, mais quelle importance ? La brave Robin a les idées larges. Pareil pour son frère et pour Max…

— Max n'a rien dit », réussit à articuler Strike. Les événements de la soirée avaient tendance à se mélanger dans sa tête, mais de cela il se souvenait parfaitement. Max n'avait pas semblé lui en vouloir d'être arrivé torché, il l'avait même poussé à boire encore plus. Max avait ri à l'une de ses plaisanteries, mais laquelle ? Il l'aimait bien, Max.

« Après quoi, vous vous en prenez à mes invités. Et pour finir, vous parlez devant tout le monde d'une chose qui ne regarde que moi, une chose dont je ne veux pas… »

Ses yeux s'emplirent de larmes, ses poings se serrèrent, son corps se raidit.

« … pas discuter et vous l'utilisez pour asseoir votre raisonnement à la con. Devant des étrangers. Vous est-il une *seule* fois…

— Attendez, dit Strike. Je n'ai jamais…

— … venu à l'esprit que je ne voulais pas entendre parler de *viol*, surtout devant des gens que je connais à peine ?

— Mais je n'ai jamais…

— Pourquoi vous m'avez demandé si la marche des salopes était une bonne idée ?

— Eh bien, parce que…

— Vous pensez vraiment que j'ai envie d'entendre des histoires d'enfants violés pendant que je mange ?

— Je voulais juste ex…

— Et après ça, vous vous *barrez*. Salut Robin, démerde-toi…

— Eh bien, je me suis dit qu'il valait mieux que je parte, avant que ça dégénère…

— Mieux pour qui ? Pour *vous* », répliqua-t-elle entre ses dents serrées. C'était incroyable, on aurait dit qu'elle allait le frapper. « Vous venez chez moi pour décharger votre agressivité, vous vous barrez et c'est à moi de réparer les pots cassés. Comme d'habitude !

— Comment ça, comme d'habitude ? fit Strike en levant les sourcils. Attendez…

— Maintenant il faut que j'y retourne, que je m'excuse à votre place, que je leur explique…

— Non, rien ne vous y oblige, contre-attaqua Strike. Allez donc vous pieuter si vous…

— Bien sûr que si. Parce-que-je-suis-comme-ça-MOI ! » hurla Robin en se frappant le sternum avec le pouce à chaque mot. Réduit au silence, Strike la regardait, sidéré. « Moi, je n'oublie jamais de dire *bonjour* et *merci* et *s'il vous plaît* quand je m'adresse à la secrétaire, alors que vous, ça vous passe complètement au-dessus de la tête ! C'est toujours moi qui arrondis les angles ! Moi qui calme le jeu quand vous insultez les gens ! Moi qui ramasse la merde que vous semez…

— Holà, fit Strike en s'éloignant de la voiture contre laquelle il était toujours appuyé, pour dominer Robin de toute sa hauteur. Où on va comme ça ?

— … et vous, pour me remercier de tout ce que je fais pour vous sauver la mise, vous n'êtes même pas *foutu* d'arriver sobre à un malheureux dîner…

— Pour votre gouverne, l'interrompit Strike dont la mauvaise humeur renaissait des cendres de son éphémère euphorie, j'étais au pub avec Nick…

— … dont la femme vient de faire une fausse couche ! Je suis au courant. Et qu'est-ce qu'il foutait au pub avec vous, au lieu de rester auprès d'elle ?

— Elle l'a jeté ! aboya Strike. Elle ne vous l'a pas dit, au téléphone, quand vous participiez au conclave des pleureuses ? Et je ne vais quand même pas m'excuser d'avoir voulu me distraire un peu, après la semaine que je viens de…

— Parce que moi, je n'ai pas besoin de me distraire peut-être ? Ce n'est pas comme si j'avais dû faire un trait sur la moitié de mes congés annuels…

— Combien de fois dois-je vous remercier de m'avoir remplacé pendant que j'étais dans les Corn… ?

— Dans ce cas, qu'est-ce qui vous a pris de me parler sur ce ton, ce matin ? Pour *une fois* que j'étais en retard…

— J'avais dormi à peine quatre heures…

— Vous avez juste l'escalier à descendre !

— Et merde », fit Strike en jetant sa cigarette. Il partit d'un pas résolu vers le métro, dont il se rappelait la direction à présent, en tournant dans sa tête tout ce qu'il aurait dû lui dire : qu'il s'en voulait terriblement de lui donner autant de travail ; que c'était pour cela qu'il n'était pas parti plus tôt voir sa tante mourante ; qu'il avait eu Jonny Rokeby au téléphone le matin même ; qu'il avait vu Nick pleurer ; qu'il avait adoré passer l'après-midi à boire avec lui et que l'écouter parler de ses problèmes lui avait permis d'oublier un instant les siens.

« Et surtout, hurla Robin derrière lui, ne m'achetez plus jamais de putain de fleurs !

— Rien à craindre ! » lui renvoya Strike en disparaissant dans la nuit.

42

... son dernier combat
Avec Britomart, lui causa tant de blessures
Qu'il ne put chevaucher avant d'en être guéri.

Edmund SPENSER, *La Reine des fées*

Le samedi matin, après s'être réveillé avec la gueule de bois et un goût horrible dans la bouche, Strike mit un certain temps à récapituler les événements de la veille. Il se souvenait d'avoir vomi, trop tardivement hélas, mais pas de grand-chose d'autre. Ou plutôt si, il voyait deux visages : celui, cramoisi, de Kyle, et celui, livide, de Robin.

Et puis, peu à peu, lui revinrent tous les griefs énumérés par Robin : il était arrivé en retard, complètement soûl, il s'était montré grossier avec son frère, il avait gâché la soirée en disant leurs quatre vérités à deux étudiants trop idéalistes. Elle lui avait aussi reproché de manquer de courtoisie avec le personnel de l'agence.

Il quitta son lit à contrecœur et, se retenant aux meubles, sauta à cloche-pied jusqu'à la salle de bains.

Pendant qu'il se douchait, deux tendances contraires s'affrontaient en lui. D'un côté, son ego le félicitait d'avoir remporté une joute oratoire particulièrement vive, encore qu'il en ait oublié une bonne partie. De l'autre, son honnêteté foncière le forçait à reconnaître que ce comportement lui avait été dicté par l'animosité qu'il ressentait en présence de certaines personnes, pour peu qu'elles aient la moindre ressemblance avec les anciennes fréquentations de sa mère.

Leda Strike avait voué son existence à la lutte contre toutes les censures : pour elle, aller manifester en sous-vêtements aurait représenté le summum de la liberté d'expression. C'était une femme généreuse qui soutenait les faibles et les opprimés mais dont l'activisme passait par une forme d'exhibitionnisme. Elle n'était pas du genre à distribuer des tracts ou à coller des affiches ; les débats, les nécessaires compromis, les remises en question ne faisaient pas partie de son fonctionnement. Son maigre bagage intellectuel avait fait d'elle une proie facile pour les charlatans de toutes sortes. Sa philosophie, si tant est qu'on puisse nommer ainsi les lubies et autres caprices qu'elle appelait pompeusement ses principes, consistait seulement à vivre à rebours des valeurs prônées par la bourgeoisie. Évidemment, elle aurait défilé aux côtés de Kyle et Courtney pour défendre le droit à la pornographie et elle aurait considéré la position de Strike comme une aberration due à l'influence déplorable qu'avait sur son fils sa rabat-joie de belle-sœur.

Strike se sécha, puis rajusta sa prothèse en évitant les gestes brusques pour ne pas relancer sa migraine. Un bref instant, il fut tenté d'appeler Robin mais y renonça. Quand il se disputait avec une femme, il avait coutume d'attendre que celle-ci fasse le premier pas. Si elle présentait ses excuses, il passait l'éponge ; si elle voulait encore parler, ça lui avait au moins laissé le temps de se calmer ; si elle était toujours en colère, eh bien tant pis. Courir au-devant des ennuis n'aurait de toute façon rien arrangé. En principe, Strike ne voyait pas d'inconvénient à faire amende honorable s'il estimait avoir été dans son tort, mais dans la pratique il avait tendance à laisser traîner jusqu'à ce qu'il se retrouve au pied du mur.

Ce mode de fonctionnement, il l'avait mis au point à l'époque où il sortait avec Charlotte. Tendre la main à Charlotte avant qu'elle ait craché tout son venin revenait à rebâtir une maison détruite par un séisme sans attendre l'ultime réplique. Parfois, quand il refusait de céder à ses ultimatums – le plus souvent, elle exigeait qu'il quitte l'armée, qu'il coupe les ponts avec l'une de ses amies ou encore qu'il dépense un argent qu'il ne possédait pas, autant de gestes qu'elle considérait comme des preuves d'amour –, Charlotte partait en claquant la porte et Strike attendait qu'elle rentre au bercail, sachant pertinemment qu'entre-temps elle avait pu rencontrer un autre homme ou même coucher avec lui, pour aborder calmement les sujets de discorde. De ce fait, leurs périodes de brouille pouvaient durer une semaine, voire davantage. À deux reprises, Strike était même parti en mission à l'étranger avant de s'être réconcilié avec elle.

Et pourtant, pendant qu'il se calait l'estomac avec un sandwich au bacon arrosé de café noir ; pendant qu'il avalait un comprimé de Nurofen ; pendant qu'il appelait Ted pour prendre des nouvelles de Joan et confirmer qu'il partirait le lendemain avec Lucy ; pendant qu'il ouvrait son courrier et déchirait en menus morceaux le carton d'invitation bordé d'un liséré d'or le conviant au cinquantième anniversaire des Deadbeats prévu en mai ; pendant qu'il sortait dans la rue sous les sempiternelles bourrasques pour acheter de quoi se sustenter durant le long voyage qui les attendait ; pendant qu'il préparait ses bagages, téléphonait à Lucy et consultait le bulletin météo, Strike ne cessait de penser à Robin.

Et plus il pensait à elle, mieux il comprenait ce qui le tracassait. Il avait trop l'habitude qu'elle se range à ses côtés. C'était bien pour cela qu'il se cherchait tout le temps des excuses pour l'appeler lorsqu'il était dans le pétrin ou qu'il broyait du noir. Au fil des ans, ils avaient développé une relation de franche camaraderie que Strike croyait indestructible, du moins capable de résister à ce qu'il considérait comme une banale dispute après un dîner bien arrosé.

Quand le téléphone sonna vers 16 heures, il se surprit à espérer voir son nom s'afficher sur l'écran. Mais hélas, le numéro était inconnu. Pourvu que ce ne soit pas encore Rokeby ou un autre membre de sa fratrie côté paternel, songea-t-il en décrochant.

« Strike.

— Pardon ? dit une femme sur un ton sec, voire hautain.

— Cormoran Strike à l'appareil. Qui êtes-vous ?

— Clare Spencer, l'assistante sociale de la famille Athorn. Vous m'avez laissé un message.

— Oh, oui, dit Strike en tirant une chaise pour s'asseoir. Merci de me rappeler, Mrs., euh, Miss Spencer.

— Mrs., fit-elle, légèrement amusée. Puis-je vous demander… vous êtes *le* Cormoran Strike ?

— Je doute qu'il y en ait beaucoup d'autres. »

Il prit ses cigarettes et les reposa. Il avait sa dose.

« Je vois, dit Clare Spencer. Eh bien, j'avoue que votre message m'a quelque peu surprise. D'où connaissez-vous les Athorn ?

— Leur nom est apparu, répondit Strike, même si ce n'était pas tout à fait exact, dans une affaire sur laquelle j'enquête en ce moment.

— C'est vous qui avez menacé le voisin du rez-de-chaussée ?

— Je ne l'ai pas menacé. Mais devant son attitude agressive, j'ai cru bon de lui signaler que les Athorn avaient des amis qui risquaient de ne pas apprécier ses manœuvres de harcèlement.

— Ah d'accord, fit Clare, un peu plus aimable. C'est une plaie, ce type. Ça fait des siècles qu'il cherche à les faire expulser pour pouvoir racheter l'immeuble. Il a fait abattre un mur porteur et après, comme son plafond se déformait, il a prétendu que c'était à cause de Deborah et de Samhain. Il leur a causé beaucoup de stress.

— L'appartement a été… » Strike faillit dire « déblayé » mais chercha un terme plus délicat. « … nettoyé récemment, paraît-il.

— Oui. J'avoue qu'il était un peu encombré mais nous y avons remédié. Quant aux prétendus dommages structurels, nous avons fait venir un géomètre qui a certifié qu'il n'y avait aucun danger d'affaissement.

Ce quincaillier est un escroc. En tout cas, vous avez eu raison de lui faire un peu peur. Comme ils n'ont pas de parents proches, il se croit tout permis. Au fait, quelle est cette affaire sur laquelle vous enquêtez ? »

Strike lui résuma les circonstances de la disparition de Margot Bamborough en 1974, et lui expliqua pourquoi il avait rendu visite aux Athorn.

« … donc, conclut-il, j'avais besoin que quelqu'un me dise si les témoignages de Deborah et de Samhain étaient fiables ou pas. »

Il y eut un silence au bout de la ligne.

« Je vois, reprit Clare avec une certaine méfiance. En tant qu'assistante sociale, je suis astreinte à une stricte confidentialité et…

— Puis-je tout de même vous poser quelques questions ? Si vous ne souhaitez pas répondre, je n'insisterai pas.

— Très bien », dit-elle. Strike sentait que son intervention auprès du quincaillier lui avait fait gagner des points.

« Apparemment, ils sont capables de vivre seuls.

— Avec un soutien, oui. En fait, ils s'en sortent plutôt bien. Ils sont très liés l'un à l'autre. C'est sans doute grâce à cela qu'ils ont échappé au placement en institution.

— Dites-moi, qu'ont-ils exactement… ? » Strike ne savait comment formuler sa question. Clare vola à son secours.

« Syndrome de l'X fragile. Deborah se débrouille pas mal, même si elle a quelques difficultés sur le plan relationnel. Elle sait lire, ce genre de choses. Samhain communique mieux, mais son handicap cognitif est plus important que celui de sa mère.

— Et le père, Gwilherm… ? »

Clare éclata de rire.

« Je ne m'occupe d'eux que depuis deux ans. Lui, je ne l'ai pas connu.

— Savez-vous si lui aussi avait des problèmes mentaux ? »

Il y eut une nouvelle interruption, plus longue.

« Bon, reprit-elle, après tout… ce n'est pas vraiment un secret. Je crois qu'il était très bizarre, du moins c'est ce qu'on m'a dit. Il pratiquait la magie noire, paraît-il. Il jetait des sorts, vous voyez ?

— Deborah m'a fait part d'un incident que j'ai trouvé… préoccupant. Elle a parlé d'un médecin, le Dr Brenner, qui exerçait dans le même cabinet que le Dr Bamborough. Il aurait pratiqué sur elle un examen… »

Il crut entendre Clare marmonner.

« Pardon ?

— Non, rien. Qu'a-t-elle dit exactement ?

— Qu'il lui avait demandé de retirer sa culotte. Elle a ajouté que Gwilherm était d'accord. J'ai supposé…

— C'était un médecin ?

— Oui. »

Encore un blanc.

« Je ne sais pas quoi vous dire, répondit enfin Clare. C'était probablement dans le cadre d'un examen médical, mais… eh bien, beaucoup d'hommes venaient dans cet appartement. »

Strike se demanda s'il avait bien compris. Dans le doute, il la laissa poursuivre.

« Il fallait bien que Gwilherm ait de quoi s'acheter de l'alcool et de la drogue. D'après ce que Deborah a révélé à mes prédécesseurs, nous pensons qu'il était… eh bien, pour dire les choses crûment, nous pensons qu'il l'obligeait à se prostituer.

— Seigneur, murmura Strike, écœuré.

— Je suis bien d'accord. Il semblerait que Gwilherm sortait avec Samhain chaque fois qu'elle recevait un client. C'est épouvantable. Elle est si vulnérable. Tout compte fait, je ne suis pas mécontente que Gwilherm soit mort prématurément. Mais, s'il vous plaît… si un jour vous croisez la famille de Deborah, je vous en prie, ne leur en parlez pas. J'ignore ce qu'ils savent exactement. Tout ce que je vois c'est qu'en ce moment, elle est calme et posée. Alors, inutile de remuer tout cela.

— Non, bien sûr, comptez sur moi », dit Strike en pensant à l'expression « *sale vieux bonhomme* » que Samhain utilisait pour qualifier Joe Brenner.

« D'après vous, puis-je me fier aux souvenirs de Samhain ?

— Pourquoi ? Que vous a-t-il dit ?

— Deux ou trois choses que lui aurait racontées son oncle Tudor.

— Les personnes souffrant du syndrome de l'X fragile ont souvent une bonne mémoire à long terme, dit prudemment Clare. Ses souvenirs de l'oncle Tudor sont donc plus fiables que d'autres plus récents.

— Samhain prétend que l'oncle Tudor croyait savoir ce qui était arrivé à Margot Bamborough. Il disait que "Nico et ses garçons" avaient joué un rôle dans sa disparition.

— Ah, oui. Vous savez qui est ce Nico, j'imagine.

— Dites-moi.

— Un gangster qui sévissait dans le secteur de Clerkenwell, autrefois. Il s'appelait Niccolo Ricci. Samhain aime bien parler de "Nico et ses garçons". Ça doit lui évoquer des personnages de contes, je suppose. »

Ils discutèrent encore deux minutes, mais Clare n'avait plus rien d'intéressant à lui apprendre.

« Merci encore de m'avoir rappelé, dit Strike. Je constate que les assistantes sociales travaillent le samedi, comme les détectives.

— Les gens ont besoin d'aide tous les jours, répondit-elle sèchement. Bonne chance. J'espère que vous découvrirez ce qui est arrivé à cette pauvre femme. »

Elle avait dit cela par gentillesse mais, à son ton, on devinait qu'elle n'y croyait guère.

La migraine de Strike s'était transformée en une douleur sourde qui s'aggravait dès qu'il se penchait ou se relevait trop rapidement. Malgré cela, il retourna à ses préparatifs en vue de son départ le lendemain pour les Cornouailles. Après avoir sorti du frigo toutes les denrées périssables, il se prépara quelques sandwiches pour le trajet en entendant à la radio que trois personnes étaient mortes à cause de la tempête. Après quoi, il fit ses bagages, releva son courrier électronique, créa un message redirigeant vers Pat les clients potentiels et vérifia le planning pour s'assurer que son absence avait bien été prise en compte. Et tout en accomplissant ces diverses tâches, il tendait l'oreille au cas où un texto de Robin arriverait sur son portable. Mais il n'en reçut pas.

À 20 heures, alors qu'il se cuisinait une fricassée censée lui faire définitivement oublier sa cuite et le récompenser du travail abattu dans la journée, son téléphone finit par se manifester. Trois textos, coup sur coup. Était-ce Robin qui, le sachant sur le point de partir pour une durée indéterminée, avait résolu d'initier le processus de réconciliation en lui dressant l'inventaire de ses griefs, comme les femmes de son entourage avaient coutume de le faire ? Il ouvrait le premier, s'apprêtant à signer, magnanime, au bas du traité de paix, quand il s'aperçut à retardement qu'il provenait d'un numéro inconnu.

Je croyais qu'on était le jour de la Saint-Valentin et je viens de m'apercevoir que non. On est déjà le 15. Ils me filent tant de médocs ici que je ne sais même plus comment je m'appelle. Je suis encore à la clinique. Une femme m'a prêté son portable parce que je n'ai pas le droit d'en avoir. Ton numéro est le seul que je connaisse par cœur. Pourquoi l'as-tu gardé ? Est-ce à cause de moi ? Je suis tellement droguée que je ne ressens quasiment rien mais je sais que je t'aime. Je me demande à partir de quelle dose je commencerai à oublier ça aussi. Une dose mortelle, sans doute.

Le message suivant, venant du même numéro, disait :

Qu'as-tu fait pour la Saint-Valentin. Tu as fait l'amour. Moi je refuse le sexe, et c'est un peu pour ça que je suis ici. Je ne supporte pas qu'il me touche. Je sais qu'il veut d'autres enfants. J'aimerais mieux mourir que d'avoir d'autres enfants. En fait j'aimerais mieux mourir que faire tout un tas de choses. Mais tu es au courant, tu me connais. Est-ce que je te reverrai ? Tu pourrais venir me voir. Aujourd'hui j'ai imaginé que tu entrais dans ma chambre, comme je l'ai fait quand ta jambe… Tu leur disais de me libérer parce que tu m'aimais et que tu allais t'occuper de moi. J'ai pleuré et

Troisième texto :

le psychiatre a été content de me voir pleurer. Ils aiment qu'on exprime nos émotions. Je ne connais pas l'adresse mais ça s'appelle Symonds House. Je t'aime ne m'oublie pas quoi qu'il arrive. Je t'aime.

Quatrième et dernier texto :

C'est Charlotte au cas où tu n'aurais pas compris.

Strike relut deux fois l'ensemble, ferma les yeux et, comme des millions d'êtres humains l'auraient fait à sa place, se demanda pourquoi les problèmes ne se présentaient pas les uns après les autres mais tombaient tous en même temps, comme une avalanche.

43

Et vous, belle chevalière, ma très chère Dame,
Calmez la rigueur de votre courroux,
Dont les feux seraient mieux tournés vers une autre flamme ;
Effacez le souvenir de tous les maux,
Et accordez-lui votre grâce...

Edmund SPENSER, *La Reine des fées*

Le lendemain matin, Robin fut soulagée de voir ses trois invités se lever tôt pour profiter de leur journée à Londres. Après cette soirée catastrophique, elle s'attendait à les trouver abattus et elle ne fut pas déçue. Courtney lui parut particulièrement déprimée. Afin d'évacuer d'emblée la séance d'excuses qu'elle redoutait, Robin leur distribua une série de conseils à caractère touristique – restaurants bon marché, sites à visiter impérativement – puis leur souhaita de bien s'amuser et les regarda partir. Comme elle devait passer la nuit suivante devant le domicile d'Elinor Dean, elle avait remis une clé de l'appartement à Jonathan en espérant secrètement qu'à son retour les trois étudiants seraient dans le train de Manchester, leur départ étant prévu pour le dimanche en milieu de matinée.

Craignant de se retrouver seule face à Max et de devoir disséquer avec lui les événements de la veille, Robin passa la journée dans sa chambre et se noya dans le travail pour mieux tenir à distance sa rage contre Strike et l'envie de pleurer qui lui nouait la gorge en permanence. Elle s'était fixé pour but d'inventorier les habitants de Jerusalem Passage en 1974, mais elle avait beau faire, son esprit la ramenait constamment au sujet qu'elle cherchait à fuir.

Le silence de Strike ne la surprenait pas le moins du monde. Mais elle aurait préféré se casser une jambe que faire le premier pas. En toute honnêteté, ce qu'elle lui avait balancé après l'avoir vu vomir ses tripes dans le caniveau reflétait très exactement ce qu'elle pensait de lui. Elle en avait assez qu'il la traite comme si elle lui était acquise, sans jamais lui exprimer la moindre reconnaissance.

Mais les heures passant, tandis que la pluie tombait inlassablement derrière la fenêtre, et bien qu'elle n'ait pas bu le quart de ce que Strike avait absorbé, Robin sentit monter une migraine. Chaque fois qu'elle évoquait ce fichu dîner et la scène qui avait suivi, une boule d'émotions composée à parts égales de rage et de tristesse enflait dans sa poitrine. Elle aurait aimé pleurer mais n'y arrivait pas. Les paroles blessantes que Strike avait proférées devant ses invités lui revenaient en boucle, entrecoupées par les arguments de la partie adverse. Pour elle, il était évident que ni Courtney ni Kyle ne savaient réellement de quoi ils parlaient. Ils n'avaient jamais été confrontés à la violence ignoble que Robin avait connue, pas seulement ce tragique soir sous l'escalier de sa résidence étudiante, mais chaque jour ou presque depuis qu'elle travaillait avec Strike : les femmes battues, violées, assassinées. Ils refusaient d'accepter la réalité telle que la décrivait Strike, préférant croire – illusion certes réconfortante, mais illusion tout de même – que le monde s'améliorerait grâce au langage. Bien que consciente de la naïveté dont ils faisaient montre, elle n'en était pas moins remontée contre son associé. En somme, elle lui en voulait d'être d'accord avec lui. Il avait débarqué chez elle avec l'intention de passer ses nerfs sur quelque chose ou sur quelqu'un et, au bout du compte, c'est elle qui avait payé les pots cassés.

Robin poursuivit ses recherches sur Internet comme une naufragée s'accrochant à une bouée. Son obstination se révéla néanmoins fructueuse. À 20 heures, elle était en mesure d'affirmer qu'aucune des personnes vivant actuellement à Jerusalem Passage n'était présente sur place quarante ans auparavant. Son estomac criait famine. Il fallait à tout prix qu'elle avale quelque chose. Mais pour cela, elle devait se rendre à la cuisine, donc croiser Max, et par conséquent parler de Strike.

Comme elle s'y attendait un peu, elle trouva son propriétaire dans le salon en train de regarder la télé, Wolfgang sur les genoux. En la voyant apparaître, il coupa le son du journal télévisé.

« Bonsoir, dit-il.

— Hello, fit Robin. Je vais me préparer un truc à grignoter. Vous voulez que… ?

— Il reste de la daube.

— Strike n'a pas tout mangé, alors ? »

Elle avait choisi d'évoquer le sujet pour mieux s'en débarrasser. Mais elle voyait bien que Max avait envie de causer.

« Hé non. » Il souleva Wolfgang endormi, le déposa sur le coussin à côté, se leva et se dirigea vers la cuisine. « Je vais la faire réchauffer.

— Mais je peux… »

Max joignit le geste à la parole et, quand Robin fut attablée devant une assiette garnie et un verre d'eau, s'assit en face d'elle avec une bouteille de bière. C'était une situation tellement inhabituelle que Robin se mit à redouter le pire. Allait-il lui annoncer une mauvaise nouvelle ? Avait-il finalement décidé de vendre la maison ?

« Je ne vous ai jamais raconté comment j'ai pu m'offrir cette jolie baraque, n'est-ce pas ? démarra-t-il.

— Non, fit-elle prudemment.

— J'ai touché une grosse indemnité, il y a cinq ans. Erreur médicale.

— Oh. »

Max sourit.

« D'habitude, les gens répondent : “Merde ! Qu'est-ce qui t'est arrivé, mon pauvre ?” Mais vous non. Vous ne cherchez pas à savoir. J'ai déjà remarqué ça. Vous ne posez pas beaucoup de questions.

— C'est que j'en pose tellement dans mon travail », répondit Robin.

Mais telle n'était pas la vraie raison. Si Robin ne lui avait jamais demandé d'où lui venait son argent, si une minute auparavant elle ne l'avait pas interrogé sur les dommages corporels qu'il avait pu subir à la suite de cette erreur médicale, c'est qu'elle-même avait vécu suffisamment de choses dont elle ne souhaitait pas parler pour ne pas vouloir causer de l'embarras aux autres en les cuisinant sur leur passé.

« C'était il y a sept ans, dit Max en examinant l'étiquette sur sa bouteille. J'avais des palpitations. De l'arythmie. Je suis allé voir un cardiologue et il m'a opéré : il a procédé à l'ablation de mon nœud sinusal. Vous ne savez pas ce que c'est, j'imagine », dit-il. Robin secoua la tête. « Moi non plus, je ne le savais pas jusqu'à ce qu'on me le retire. En gros, après ça, mon cœur n'a plus été capable de battre par lui-même. Du coup, ils ont dû me placer un pacemaker.

— Oh non, gémit Robin, sa fourchette garnie d'un bout de viande suspendue à mi-chemin entre l'assiette et sa bouche.

— Et le pire, dans l'histoire, c'est qu'il a fait ça pour rien. Mon nœud sinusal était en parfait état. Je ne souffrais pas de tachycardie auriculaire. Mes palpitations, c'était juste à cause du trac.

— Je… Max, je suis désolée.

— Ouais, c'est moche, dit Max en prenant une gorgée de bière. Deux opérations à cœur ouvert, des complications à n'en plus finir. J'ai raté des engagements, je suis resté quatre ans au chômage et je prends toujours des antidépresseurs. Matthew m'a poussé à porter plainte contre les médecins qui m'avaient fait ça. Il ne m'a pas lâché. Sans lui, je crois que je n'aurais pas bougé. Les honoraires des avocats. Le stress. Mais à la fin, j'ai gagné, j'ai touché un gros paquet de fric et Matthew m'a dit de le placer dans la pierre. Il est juriste, il gagne beaucoup d'argent. Enfin bref, c'est comme ça qu'on a acheté cette maison. »

Max écarta l'épaisse mèche blonde qui lui tombait sur les yeux et se tourna vers Wolfgang qui arrivait en trottinant, attiré par le délicieux fumet de la daube.

« On a emménagé ici. Une semaine plus tard, il m'a demandé de m'asseoir et il m'a annoncé qu'il me quittait. L'encre était à peine sèche sur l'acte de propriété. Il a dit qu'il s'en voulait énormément, qu'il aurait préféré ne pas en arriver là, à cause de ce que j'avais subi, mais qu'il ne pouvait plus faire semblant. Il a dit, ajouta Max avec un sourire triste, qu'il avait confondu la pitié et l'amour. Il voulait que je garde la maison, sans lui rembourser sa part – comme si j'avais pu. Il a fait ça pour soulager sa conscience, je suppose. Et hop, il est parti rejoindre son nouveau mec, Thiago, un Brésilien qui tient un restaurant.

— C'est terrible, articula Robin.

— Ouais, j'en ai bavé… Il faut que j'arrête de regarder leurs comptes Instagram de merde. » Max poussa un grand soupir et, d'un geste distrait, frotta le devant de sa chemise, à l'endroit où se trouvaient sans doute ses deux cicatrices. « Évidemment j'ai pensé revendre, mais nous n'avions presque pas vécu ici, donc ce n'était pas comme si cette maison renfermait des milliers de souvenirs. Et je n'avais pas le courage de me mettre à chercher un logement, déménager encore une fois… Alors, je suis resté et j'ai fait ce que j'ai pu pour payer les traites chaque mois. »

Robin croyait savoir pourquoi Max lui racontait tout cela. Elle en eut la confirmation quand il ajouta en la regardant au fond des yeux :

« Bon voilà, je suis désolé pour ce qui vous est arrivé. Je n'en savais rien. Ilsa m'a juste dit qu'on vous avait menacée avec une arme…

— Oh, ce n'est pas à ce moment-là que j'ai été violée », s'écria Robin. Et à la grande surprise de Max, elle éclata de rire. C'était peut-être à cause de la fatigue, mais plaisanter sur un sujet aussi dramatique lui faisait du bien. Une goutte d'humour noir dans un océan de douleur – le cœur abîmé de Max, le masque de gorille qui hantait les cauchemars de Robin – ne changeait rien à la gravité des faits mais les rendait un peu plus supportables. « Non, le viol c'était il y a dix ans. C'est pour ça que j'ai arrêté la fac.

— Merde.

— Ouais, c'est moche, dit Robin en reprenant l'expression de Max.

— Donc cette attaque au couteau date de quand ?

— Ça fait deux ans.

— Vous travailliez pour Strike ?

— Oui, dit Robin en retrouvant son sérieux. Écoutez, à propos d'hier soir…

— J'ai beaucoup apprécié ce dîner.

— Vous plaisantez.

— Non, non, je vous assure. J'ai appris des tas de trucs qui me seront bien utiles pour mon personnage. Ce type dégage une telle puissance, une telle énergie. On a tout le temps l'impression qu'il va vous rembarrer…

— Autrement dit, il se comporte comme un abruti. »

Max éclata de rire et haussa les épaules.

« Il est différent quand il est sobre ?

— Oui, dit Robin, enfin… je ne sais pas. Il est moins abruti. » Et avant que Max n'embraie sur une autre question, elle déclara : « En tout cas, il avait raison sur un point : votre daube est une vraie réussite. Merci beaucoup, ça m'a fait un bien fou. »

Ayant débarrassé la table, Robin regagna l'étage inférieur, se doucha et enfila sa tenue de travail. Comme il lui restait une heure à tuer avant d'aller relever Hutchins à Stoke Newington, elle s'assit au bord du lit, alluma son ordinateur et chercha sur Google d'autres variantes du nom de Paul Satchwell. *Paul L. Satchwell. LP Satchwell. Paul Leonard Satchwell. Leo Paul Satchwel.*

Son portable sonna. C'était Strike. Après un instant d'hésitation, elle décrocha, mais sans rien dire.

« Robin ?

— Oui.

— Vous voulez bien qu'on parle ?

— Oui, répéta-t-elle tandis que son cœur s'emballait et que son regard inquiet se fixait au plafond.

— J'appelle pour m'excuser. »

Robin en eut le souffle coupé. Sa première surprise passée, elle s'éclaircit la gorge et dit :

« Êtes-vous seulement capable de vous rappeler pourquoi vous vous excusez ?

— Euh… ouais, je crois, dit Strike. Je… je regrette d'avoir ramené ce truc sur le tapis. J'aurais dû comprendre que ce n'était pas un sujet qu'on évoque autour d'une table. Je n'ai pas réfléchi. »

Les larmes si longtemps retenues se mirent enfin à couler sur les joues de Robin.

« D'accord, fit-elle sur un ton détaché.

— Et je regrette d'avoir été grossier avec votre frère et ses amis.

— Merci », dit Robin.

Il y eut un silence. Dehors, la pluie continuait à tomber.

« Vous avez des nouvelles d'Ilsa ? rebondit Strike.

— Non. Et vous de Nick ?

— Non. »

Nouveau silence.

« Alors, on fait la paix ? demanda Strike.

— Oui, dit Robin qui n'en croyait pas ses oreilles.

— Si j'ai été désagréable avec vous, veuillez me pardonner. J'ai beaucoup d'estime pour vous. Vous êtes la meilleure des collaboratrices.

— Oh, pour l'amour du ciel, Strike, dit Robin qui ne se cachait plus pour renifler.

— Quoi ?

— Vous êtes tellement… horripilant.

— Pourquoi ?

— Dire ça. Justement maintenant.

— Ce n'est pas la première fois que je le dis.

— Mais si.

— Je l'ai dit à des tas de gens.

— Ah ouais ? fit Robin qui riait à travers ses larmes tout en cherchant un mouchoir. Mais ce n'est pas pareil de me le dire à moi, hein ?

— Ouais, c'est possible, fit Strike. Je n'y avais pas pensé. »

Strike fumait, assis à sa petite table en formica, pendant que la pluie dégringolait derrière les vitres de sa mansarde. Curieusement, les textos de Charlotte avaient produit un déclic dans sa tête, lui rappelant qu'avant d'aller retrouver Joan en Cornouailles, il devait corriger le tir avec Robin. Et voilà qu'à présent le son de sa voix, son rire, produisaient sur lui leur effet habituel, rendant tout à coup les choses plus simples, les épreuves moins pénibles.

« Quand partez-vous ? demanda Robin en s'épongeant les yeux.

— Demain à 8 heures. Lucy me rejoint à l'agence de location. J'ai trouvé une Jeep.

— Eh bien, soyez prudents », dit Robin. Elle avait appris que trois personnes étaient mortes, emportées par la crue.

« OK. J'avoue que je donnerais cher pour que vous teniez le volant. Lucy conduit affreusement mal.

— C'est bon, vous pouvez arrêter les compliments. Je vous ai pardonné.

— Je suis sérieux, dit Strike en fixant les gouttes qui ruisselaient sur les carreaux. Vous avez eu raison de faire ce stage de conduite avancée. Je suis mort de trouille quand je monte avec n'importe qui d'autre.

— Vous pensez que vous y arriverez ?

— On devra laisser la Jeep à un moment ou à un autre. Polworth viendra nous chercher en canot pneumatique. On n'a pas le choix. Joan ne tiendra plus très longtemps.

— Je penserai à vous. Je croiserai les doigts.

— Merci, Robin. On se rappelle. »

Après qu'ils eurent raccroché, Robin resta un instant à savourer le sentiment de légèreté qui venait de l'envahir. Puis elle rapprocha l'ordinateur pour l'éteindre avant de partir et, sans trop réfléchir, comme elle aurait jeté une dernière fois les dés avant de quitter la table de jeu, elle tapa « Paul Satchwell artiste » dans le moteur de recherche.

> **… L'artiste Paul Satchwell** a passé l'essentiel de sa carrière sur l'île grecque de…

« *Pardon ?* » dit Robin à haute voix comme si l'ordinateur lui avait parlé. Elle cliqua sur le lien et tomba sur la page d'accueil du musée des Beaux-Arts de Leamington Spa. Elle avait passé des heures à chercher Satchwell sur le Net mais n'avait jamais vu ce site. Soit il venait d'être créé, soit il était en reconstruction.

> **Exposition temporaire 3 - 7 mars 2014**
> **Artistes locaux**
> Le musée des Beaux-Arts de Leamington Spa accueillera une exposition temporaire rassemblant plusieurs œuvres d'artistes originaires du Warwickshire. Entrée libre.

Robin fit dérouler la page de présentation et trouva sa photo.

C'était le même homme, sans l'ombre d'un doute. Sa peau était plus ridée, plus tannée, ses dents plus jaunes, ses cheveux bouclés étaient devenus blancs et moins épais, mais il les portait encore aux épaules, et sa chemise ouverte laissait entrevoir une épaisse toison neigeuse.

> Originaire de Leamington Spa, l'artiste Paul Satchwell a grandi à Warwick mais il a passé le

plus clair de sa carrière en Grèce, sur l'île de Kos. Travaillant essentiellement à l'huile, son exploration des mythes antiques capte l'attention du spectateur, l'incite à affronter ses peurs primales et réinvente les poncifs par l'usage sensuel de la ligne et de la couleur…

44

Océan de chagrin, douleur tumultueuse,
Où mon frêle esquif est longuement agité,
Loin du havre de paix que tant j'espère,
Pourquoi tes cruelles vagues battent-elles si fort,
Et tes montagnes liquides les unes après les autres,
Menaçant d'avaler ma vie apeurée ?

Edmund SPENSER, *La Reine des fées*

Les routes inondées, la pluie battante, les bourrasques qu'ils affrontèrent le long du chemin étaient on ne peut plus concrètes et pourtant, la lutte acharnée que Lucy et Strike menaient pour arriver à temps à St. Mawes avait pour eux quelque chose de surréaliste. Quoi qu'il advînt, l'un et l'autre étaient déterminés à demeurer auprès de leur tante jusqu'à la fin. Restait à espérer qu'elle serait encore là lorsqu'ils toucheraient au but.

Les arbres au bord de la route se balançaient en gémissant. Ils durent faire plusieurs longs détours parce que, à certains endroits, les champs inondés déversaient leur trop-plein de boue sur la chaussée. Ils croisèrent deux barrages de police. À chaque fois, on leur ordonna de rebrousser chemin, mais ils continuèrent, faisant parfois des détours de soixante-dix kilomètres pour en parcourir quinze, l'oreille dressée dès que la radio diffusait un bulletin météo. Plus les heures passaient, plus ils prenaient conscience qu'ils seraient d'ici peu contraints d'abandonner la Jeep sur le bas-côté parce que la route aurait totalement disparu sous les eaux. La visibilité était quasiment nulle mais la voiture tenait bon, même si de temps à autre une rafale menaçait d'arracher ses essuie-glaces surmenés. Le frère et la sœur se relayaient au volant, insouciants de tout ce qui n'était pas leur unique objectif.

Strike eut la surprise et le bonheur de découvrir une autre Lucy. Cette situation de crise l'avait changée, tout comme Joan avait été changée par la maladie. Sa sœur semblait avoir temporairement renoncé à toute préoccupation futile pour se concentrer sur les gestes à accomplir, les décisions à prendre. Même sa façon de conduire était différente. Il se souvenait des rares fois où il était monté avec elle et ses trois gosses incapables de passer plus de vingt minutes sans hurler ou se battre. Il savait qu'au fond Lucy était une personne posée, patiente et résolue, mais d'habitude elle ne le montrait guère. Pourtant, sa calme détermination se brisa subitement quand, à quarante-cinq kilomètres de St. Mawes, la route s'interrompit d'un coup, bloquée par des troncs d'arbres. Au-delà, on ne distinguait plus que des champs inondés.

Laissant Lucy pleurer sur le volant, la tête dans les bras, Strike descendit de voiture, alla se mettre à l'abri sous un arbre, alluma une cigarette et appela Dave Polworth.

« Ouais, c'est ce qu'on pensait, dit Polworth quand il lui eut signalé leur position. Vous n'irez pas plus loin.

« Qui ça, "on" ?

— J'y arriverai pas tout seul, Diddy. On devrait vous rejoindre dans une heure. Restez dans la voiture. »

Une heure plus tard, fidèle à sa parole, Dave Polworth et cinq autres hommes, parmi lesquels deux sauveteurs en mer et trois anciens camarades d'école de Strike, émergèrent de l'obscurité grandissante, équipés de tenues étanches en caoutchouc auxquelles s'ajoutaient des cuissardes au cas où ils auraient à franchir des passages plus profonds. Ils prirent les bagages de Lucy et de Strike, garèrent la Jeep sur un sentier et donnèrent le signal du départ.

Ils marchèrent deux bonnes heures en suivant le tracé de la route, tantôt dans la boue, tantôt sur le bitume glissant. À mi-chemin, Strike, qui commençait à boîter, dut mettre sa fierté entre parenthèses et accepter que deux de ses anciens camarades le soutiennent. La nuit tomba avant qu'ils n'atteignent les deux canots pneumatiques censés les conduire au-delà des champs inondés. En se servant des rames pour pagayer mais aussi pour éviter les obstacles, ils naviguèrent à la boussole sous la lueur des torches.

Polworth avait contacté tous ses amis et relations en leur demandant de se tenir prêts à aider Strike et Lucy à traverser la péninsule ravagée par la tempête. Ils couvrirent ainsi plusieurs kilomètres en se faisant remorquer par un tracteur. Parfois, quand le tirant d'eau n'était pas suffisant, il fallait descendre et patauger dans la boue ou, dans le cas de Lucy, grimper sur le dos d'un solide gaillard.

Ils atteignirent St. Mawes quatre heures après avoir laissé la Jeep. Devant la maison de Ted et Joan, le frère et la sœur prirent congé de leurs sauveteurs après de chaleureuses embrassades.

« Arrête, dit Polworth à Strike qui, épuisé et perclus de douleur, tentait vainement de lui exprimer sa reconnaissance. Entre et va les embrasser, sinon je vois pas pourquoi on se serait cassé le cul ! »

Ted, qu'ils avaient tenu au courant de leur progression, les attendait à la porte de derrière. Il les accueillit en pyjama, le visage crispé par l'angoisse et baigné de larmes.

« Je croyais que vous n'y arriveriez pas, répétait-il en leur servant du thé. C'est fou, je croyais vraiment que vous n'y arriveriez pas.

— Comment va-t-elle ? » demanda Lucy en frissonnant quand ils s'assirent tous les trois à la table de la cuisine pour se réchauffer les mains autour des tasses et manger des tartines grillées.

« Elle a pris un peu de soupe aujourd'hui, dit Ted. Elle est toujours… elle dort beaucoup. Mais quand elle se réveille, elle aime bien parler un peu. Oh, elle sera tellement heureuse de vous avoir auprès d'elle… »

Et les journées défilèrent, aussi irréelles que le voyage qu'ils avaient entrepris pour atteindre ce bout du monde. Dans les premiers temps, pour aider à la cicatrisation de son moignon soumis à rude épreuve durant leur longue marche, Strike renonça à mettre sa prothèse et circula à travers la petite maison en sautant à cloche-pied et en se retenant aux chaises et aux murs.

Robin lui envoyait des comptes rendus d'activité par mail mais, quand il les lisait, Strike avait l'impression que Londres et leur agence se trouvaient à des milliers de kilomètres.

Joan avait souhaité mourir chez elle, pas à l'hôpital de Truro. Elle était frêle comme un moineau, ses os saillaient sous sa peau translucide. Elle était constamment allongée, perdue dans ce grand lit qui occupait presque toute la surface de la chambre et qu'ils avaient choisi spécialement pour Ted, à l'époque où celui-ci était un homme grand et musclé, ex-officier de la Royal Military Police, puis membre éminent de la Société des sauveteurs en mer.

Strike, Ted et Lucy se relayaient au chevet de Joan parce que, même quand elle dormait, elle aimait les savoir à proximité. En fait, ils ne la laissaient que quelques minutes par jour, pendant les visites que Karenza lui rendait le matin et l'après-midi. Comme elle ne pouvait plus avaler de comprimés, Karenza lui administrait de la morphine par l'intermédiaire d'un pousse-seringue. Strike savait qu'elle en profitait pour lui faire sa toilette et l'aider à accomplir des besoins plus intimes : les longues semaines qu'il avait passées à se remettre de son amputation lui avaient ôté toute illusion à ce sujet. Souriante, efficace et profondément humaine, Karenza était l'une des rares personnes que Strike accueillait avec plaisir dans la cuisine pleine de courants d'air.

Malgré sa faiblesse, Joan tenait bon. Trois jours passèrent, puis quatre : elle dormait presque constamment mais s'accrochait toujours à la vie.

« C'est grâce à vous deux, dit Ted. Elle ne veut pas partir tant que vous êtes là. »

Strike en était venu à redouter les longs silences impossibles à combler. Il ne supportait plus le tintement des cuillères sur les tasses de thé qu'on préparait pour tromper l'ennui, les larmes que son oncle Ted versait quand il se croyait seul, les questions murmurées par les voisins bien intentionnés.

Le cinquième jour, le mari de sa sœur débarqua avec leurs trois fils. Greg et Lucy avaient longuement discuté au téléphone pour savoir s'il était raisonnable de faire manquer l'école aux garçons et de tenter un voyage qui demeurait hasardeux, même si la tempête s'était enfin calmée. Mais Lucy souffrait trop d'être éloignée de sa petite famille. Quand Greg se gara devant la maison, les enfants se précipitèrent dans les bras de leur mère. Leurs émouvantes retrouvailles se déroulèrent sous les yeux de Strike et de Ted, liés par leurs solitudes respectives, celle du célibataire et celle du futur veuf. On emmena les garçons dans la chambre de Joan qui réussit à leur sourire. Ils furent très émus de la voir ainsi. Jack pleura. Luke lui-même ne pipa mot de toute la soirée.

Deux chambres étant à présent nécessaires pour accueillir les nouveaux arrivés, Strike retrouva sa place sur le canapé du salon.

« Tu as une sale gueule », l'informa brutalement Polworth le sixième jour. Strike avait passé la nuit à se retourner toutes les cinq minutes sur les coussins en crin de cheval. « Allons boire une bière.

— Je peux venir ? » demanda Jack, plein d'espoir. Quand Lucy était au chevet de Joan, il avait tendance à rester avec Strike plutôt qu'avec Greg.

« Si ton père est d'accord », lui répondit Strike.

Greg, qui faisait les cent pas dans le jardin en essayant de participer à une téléconférence avec ses collègues pendant que Luke et Adam jouaient au foot autour de lui, donna son feu vert en levant le pouce.

Les deux hommes et l'enfant partirent donc en direction du centre-ville. Les nuages étaient encore lourds et les routes détrempées mais le vent avait fini par se calmer. Ils atteignaient le front de mer quand le portable de Strike sonna. Il répondit tout en marchant.

« Strike.

— C'est Shanker. J'ai eu ton message.

— Je te l'ai laissé il y a dix jours.

— J'étais occupé, sale ingrat.

— Désolé. »

Il fit signe aux deux autres de continuer et s'arrêta devant la digue en tournant son regard vers l'océan gris-vert et l'horizon voilé.

« J'ai fouillé comme j'ai pu, dit Shanker. La gonzesse, celle du film, on saura jamais qui c'est, Bunsen. Personne n'a rien pu me dire. Mais pour qu'elle morfle comme ça, elle avait dû faire un truc sacrément grave.

— Tu veux dire qu'elle l'a mérité ? » demanda Strike en observant la mer plate. À la voir si calme, on avait du mal à imaginer les violences qu'elle avait infligées à St. Mawes quelques jours auparavant.

« Non, je dis pas ça. Je dis que même un gros salopard comme Mucky Ricci ne faisait pas ce genre de chose tous les matins, répondit impatiemment Shanker. Tu es seul ?

— Quoi ?

— Où est-ce que t'es, putain ? J'entends aucun bruit.

— Dans les Cornouailles. »

L'espace d'un instant, Strike crut que Shanker allait lui demander où ça se trouvait. Shanker connaissait Londres comme sa poche mais le reste du monde lui était relativement étranger.

« Qu'est-ce que tu fous en Cornouailles ?

— Ma tante va bientôt mourir.

— Oh merde. Désolé.

— Où est-il aujourd'hui ?

— Qui ça ?

— Ricci.

— Dans une maison de retraite. Combien de fois il faut que je te le répète ?

— OK. Merci d'avoir essayé, Shanker. Je te revaudrai ça. »

Pour la première fois depuis qu'ils se connaissaient, ce fut Shanker qui lui demanda de ne pas raccrocher.

« Attends, attends ! hurla-t-il.

— Quoi ? dit Strike en replaçant le portable contre son oreille.

— Pourquoi tu veux savoir où il est ? Tu comptes pas y aller, j'espère. Tout ça c'est fini.

— Non, ce n'est pas fini, dit Strike, les yeux plissés face à la brise du large. Je ne sais toujours pas ce qui est arrivé à cette femme médecin.

— Bordel de chiotte. Tu cherches vraiment à recevoir un pruneau dans la tronche ?

— À plus tard, Shanker », dit Strike et, avant que son vieil ami puisse ajouter quoi que ce soit, il raccrocha et mit le téléphone sur silencieux.

Il retrouva Polworth et Jack attablés au Victory devant deux pintes et un Coca.

« J'ai dit un truc à Jack, lui annonça Polworth quand il s'assit en face d'eux. C'est pas vrai ? demanda-t-il à Jack qui hocha la tête en souriant jusqu'aux oreilles. Je lui ai dit que ce pub serait son QG quand il sera grand.

— C'est commode, un pub à cinq cents bornes de chez lui.

— Il est né en Cornouailles. Il vient de me le dire.

— Tiens, c'est exact. J'avais oublié. »

Lucy avait accouché avec un mois d'avance, alors qu'elle séjournait chez Ted et Joan avec son mari et son fils aîné. Jack avait donc vu le jour à Truro, dans le même hôpital que Strike.

« Et tu es un Nancarrow par ta mère, dit Polworth à Jack qui buvait ses paroles. Ce qui fait de toi un Cornouaillais pur jus. »

Polworth se tourna vers Strike.

« C'était qui le gus au téléphone ? Son accent cockney s'entendait à un kilomètre.

— Shanker. Je t'ai déjà parlé de lui. Ma mère l'a repêché au fond d'un caniveau, une nuit. Il avait reçu un coup de couteau. On l'a hébergé chez nous et il nous a adoptés. »

Strike but une gorgée de bière en se demandant si Polworth et Shanker s'entendraient, au cas fort improbable où ils se rencontreraient un jour. Non, sans doute pas, conclut-il. L'affaire se terminerait probablement à coups de poing. Les deux hommes étaient comme le jour et la nuit. Autant essayer de faire s'emboîter deux pièces tirées de deux puzzles différents. Quand Strike avait évoqué le coup de couteau, Polworth s'était tourné vers Jack d'un air inquiet. Strike posa sa pinte et lui dit :

« Ne te tracasse pas pour lui. Il veut être Redcap, comme Ted et moi. »

Jack était aux anges. Cet instant resterait sans doute gravé dans sa tête jusqu'à la fin de ses jours.

« Je peux avoir un peu de bière ? demanda-t-il à son oncle. Juste pour goûter.

— N'exagère pas, répondit Strike.

— Regarde-moi ça, dit Polworth en montrant un article du journal qu'il avait pris sur le comptoir. Westminster essaie d'intimider les Écossais, les sal... »

Strike se racla la gorge. Jack gloussa.

« Désolé, dit Polworth. Mais quand même, leur dire qu'ils sortiront de la livre s'ils votent pour l'indépendance, c'est carrément malhonnête. Et surtout c'est faux. Londres n'a aucun intérêt à les éjecter du système monétaire... »

Il se lança dans le genre de discours dont il avait le secret, fit l'apologie du nationalisme, rabâcha les arguments en faveur de l'indépendance écossaise, et cornouaillaise par la même occasion, et fustigea les imbéciles qui s'y opposaient. Au bout de dix minutes de ce régime, voyant que son neveu mourait d'ennui, Strike trouva le moyen de passer à un sujet d'ordre plus général, à savoir le foot. Comme il l'avait craint, Arsenal s'était incliné devant le Bayern de Munich et risquait fort d'être éliminé de la Ligue des Champions.

Il avait regardé le match avec Ted, l'un comme l'autre faisant semblant de s'y intéresser. Polworth sauta sur l'occasion pour critiquer l'attitude de Szczęsny, qui avait écopé d'un carton rouge. Strike le laissa se défouler, trop heureux d'avoir réussi à l'extraire de ses obsessions.

Ce soir-là, il repensa à Polworth alors qu'il tentait vainement de s'endormir sur le canapé. À la douleur physique et à la fatigue due au manque de sommeil s'ajoutait la tension causée par la promiscuité et l'attente interminable d'une mort qui n'arrivait pas.

Dans cet état de fébrilité permanente, il avait du mal à contrôler le flux des pensées qui lui traversaient l'esprit. Il songea aux catégories et aux frontières, celles qu'on cherche à créer ou à consolider, celles qu'on veut détruire ou transgresser. Il revit Polworth plaidant pour une séparation radicale entre les Cornouailles et le reste de l'Angleterre, avec cette lueur fanatique dans le regard. Il s'endormit en pensant aux signes astrologiques et à leurs discutables correspondances, et il rêva de Leda qui tirait les cartes dans une communauté du Norfolk, il y avait des dizaines d'années de cela.

Strike se réveilla à 5 heures, perclus de courbatures. Sachant que Ted ne tarderait pas à descendre, il se leva et s'habilla pour être prêt à le remplacer auprès de Joan pendant qu'il prendrait son petit déjeuner.

En entendant les pas de son neveu sur le palier du premier, Ted sortit de sa chambre en pyjama.

« Je t'ai fait du thé, chuchota Strike. Dans la cuisine. Je vais rester avec elle un petit moment.

— Tu es un brave garçon, murmura Ted en lui tapotant le bras. Là, elle dort, mais vers 4 heures on a un peu causé. C'est la première fois depuis des jours qu'elle parle aussi longtemps. »

Cette discussion semblait l'avoir requinqué. Il descendit boire son thé tandis que Strike entrait à pas de loup dans la chambre qu'il connaissait si bien et s'asseyait sur la chaise raide près du lit.

Pour autant qu'il s'en souvînt, le papier peint n'avait jamais été changé depuis qu'ils s'étaient installés ici, peu après que Ted eut quitté l'armée. Le temps avait passé, la maison avait pris un coup de vieux, mais on aurait dit qu'ils ne s'en apercevaient pas. Joan était très à cheval sur la propreté. En revanche, l'idée de rénover ou de rafraîchir quoi que ce soit devait lui sembler incongrue. En regardant les bouquets de fleurs violettes qui parsemaient les murs, Strike se revit, enfant, quand il traçait entre eux des formes géométriques avec son petit doigt. Il entrait dans leur chambre alors qu'ils dormaient encore et sautait sur le lit, impatient d'avaler son petit déjeuner pour pouvoir ensuite descendre à la plage.

Au bout d'une vingtaine de minutes, Joan ouvrit les yeux et le fixa d'un regard vague, comme si elle ne le reconnaissait pas.

« C'est moi, Joan, souffla-t-il en rapprochant sa chaise avant d'allumer la lampe de chevet garnie d'un abat-jour à franges. C'est Corm. Ted est en bas. Il déjeune. »

Joan sourit et tendit une main aussi décharnée qu'une patte d'oiseau. Ses doigts remuèrent, Strike les prit au creux de sa paume. Elle prononça quelques mots incompréhensibles. Il pencha sa grande tête vers le minuscule visage de sa tante.

« Qu'est-ce que tu as dit ?

— … Tu es… un homme bien.

— Oh, je n'en sais trop rien », murmura-t-il.

Il serra la main de Joan dans la sienne, mais tout doucement, comme s'il craignait de la briser. L'arc sénile entourant ses iris les rendaient plus pâles que jamais. Il songea à toutes les fois où il aurait pu venir la voir et où il ne l'avait pas fait. À tous les coups de fil qu'il ne lui avait pas donnés, à tous les anniversaires qu'il avait oublié de lui fêter.

« … aider les gens… »

Elle le regarda intensément et, dans un suprême effort, chuchota :

« Je suis fière de toi. »

Il voulut répondre, mais quelque chose l'en empêcha. Dix secondes plus tard, les paupières de Joan se fermèrent.

« Je t'aime, Joan. »

Il avait dit ces mots d'une voix si rauque qu'ils étaient presque inaudibles. Pourtant, il crut voir un sourire éclairer son visage, juste avant qu'elle ne plonge dans son dernier sommeil.

45

Aux temps anciens se trouvait une source jaillissante,
De laquelle s'écoulait à grande vitesse un flot d'argent
Aux vertueuses qualités, et aux effets bons pour la médecine.

Edmund SPENSER, *La Reine des fées*

Ce soir-là, Robin était encore au bureau quand Strike l'appela pour lui annoncer la mort de Joan.

« Je suis désolé mais je vais devoir rester encore quelque temps, ajouta-t-il. Il y a des tas de trucs à faire et Ted n'est pas en état. »

Il venait d'exposer à son oncle et à sa sœur les dernières volontés de Joan pour ses obsèques. L'un et l'autre s'étaient mis à sangloter, unis dans un chagrin identique, bien qu'ayant des causes différentes. Ted pleurait parce que, jusqu'à son dernier souffle, la femme de sa vie avait veillé à lui faciliter les choses, comme elle l'avait fait durant leurs cinquante années de mariage, mais aussi parce qu'elle avait finalement décidé de l'attendre dans la mer et non au cimetière. Lucy, elle, pleurait parce qu'elle n'aurait pas de tombe à visiter, à fleurir et à entretenir. Lucy adorait meubler son quotidien avec toutes sortes d'obligations. C'était pour elle une façon de donner un sens à l'insipide existence qu'elle s'était choisie, aux antipodes de celle qu'avait menée son inconstante génitrice.

« Pas de problème, le rassura Robin. On se débrouillera.

— Vous êtes sûre ?

— Sûre et certaine.

— Ils ont pris du retard au crématorium, à cause des inondations. Du coup, la cérémonie n'aura lieu que le 3 mars. »

C'était le jour où Robin prévoyait de se rendre à Leamington Spa pour assister au vernissage de l'exposition de Paul Satchwell. Elle se garda de lui en parler, estimant qu'il avait déjà trop de choses en tête.

« Ne vous inquiétez pas, répéta-t-elle. Toutes mes condoléances, Cormoran.

— Merci. J'avais oublié comment c'était, d'organiser des obsèques. Il y a des choix à faire et c'est difficile de mettre tout le monde d'accord. »

Il lui expliqua qu'après avoir essuyé ses larmes, Ted avait suggéré qu'au lieu d'acheter des fleurs les gens fassent un don à l'association Macmillan contre le cancer.

« ... Mais Lucy a répliqué que Joan aurait voulu des fleurs. J'ai donc proposé de faire les deux. Ted a dit que tout le monde n'avait pas les moyens mais bon, c'est ce qui a été décidé, finalement. Lucy a raison. Joan aurait voulu des fleurs, beaucoup de fleurs. Quand elle se rendait à un enterrement, c'est ce qu'elle notait en tout premier, et elle trouvait qu'il n'y en avait jamais assez. »

Après qu'ils eurent raccroché, Robin resta un moment assise dans le bureau à se demander s'il était convenable que l'agence envoie des fleurs aux funérailles de la tante de Strike. N'ayant jamais rencontré Joan, elle craignait qu'une telle initiative ne soit perçue par son associé comme déplacée, voire indélicate. L'été précédent, quand elle lui avait proposé de le ramener à Londres, n'avait-il pas refusé tout net, comme s'il redoutait qu'elle ne s'immisce dans sa précieuse vie privée ?

Robin bâilla, éteignit l'ordinateur, rangea le dossier LaPoste sur lequel elle venait d'apposer la mention « Classé », et se leva pour prendre son manteau. Arrivée devant la porte vitrée, elle s'immobilisa, contempla le reflet de son visage aux traits tirés, et soudain, comme si elle répondait à un ordre silencieux, fit volte-face, revint sur ses pas, ralluma l'ordinateur et, avant de changer encore d'avis, commanda en ligne une gerbe de roses roses. Elle opta pour une livraison le 3 mars à l'église de St. Mawes et inscrivit dans le cartouche le message suivant : « Sincères condoléances de Robin, Sam, Andy, Saul et Pat. »

Elle passa les derniers jours du mois de février la tête dans le guidon. Afin de clôturer officiellement le dossier LaPoste, elle convoqua le présentateur météo et sa femme pour une dernière entrevue au cours de laquelle le nom et l'adresse de la guide harceleuse seraient révélés et le solde des honoraires réglé. Ensuite, elle demanda à Pat de contacter la personne suivante sur la liste d'attente, c'est-à-dire la courtière en marchandises qui soupçonnait son mari de coucher avec leur baby-sitter. Le lendemain, Robin la reçut à l'agence pour qu'elle s'acquitte des premières formalités, à savoir remplir la fiche client, signer le contrat et verser une avance.

La courtière en marchandises, une blonde peroxydée de quarante-deux ans, mince, le teint pâle, les cheveux mousseux comme de la laine de verre, afficha d'emblée sa déception de n'être pas accueillie par Strike en personne, et se montra désagréable pendant la majeure partie de l'entretien. Mais quand elle en vint aux raisons de sa démarche, son attitude changea sensiblement. En résumé, depuis que l'entreprise qu'il dirigeait avait fait faillite, son mari travaillait à domicile et passait donc de nombreuses heures seul avec leur baby-sitter.

« Quatorze ans de mariage, dit-elle. Quatorze ans, trois gosses et maintenant… »

Elle s'interrompit et se cacha les yeux d'une main tremblante. Robin, qui avait connu Matthew sur les bancs de l'école primaire, fut étonnée de ressentir un élan de sympathie envers cette femme si peu aimable.

Leur nouvelle cliente partie, Robin fit entrer Morris et le chargea du premier jour de surveillance.

« OK, d'accord, dit-il. Au fait, j'ai pensé à un pseudo pour la courtière. Que dites-vous de "PPT" ?

— Ce qui signifie ?

— Pouffiasse pétée de thunes, fit Morris, content de lui. Vu qu'elle est pleine aux as…

— Pas question, l'interrompit Robin, glaciale.

— Oups, gloussa Morris en haussant les sourcils. Solidarité féminine ?

— Quelque chose comme ça.

— OK, alors comment…

— Nous l'appellerons Mrs. Smith, du nom de la rue où elle vit avec son mari », répondit sèchement Robin.

Au cours des jours suivants, Robin eut plusieurs fois l'occasion de suivre elle-même la fameuse baby-sitter, une brune aux cheveux raides et brillants qui ressemblait vaguement à l'ex-petite amie de Strike, Lorelei. Les enfants de la courtière en marchandises semblaient l'adorer. Et leur père également, ne put que constater Robin. Il ne la touchait jamais et pourtant, tout dans son attitude révélait qu'il en était épris : il imitait son langage corporel, s'esclaffait dès qu'elle disait quelque chose de drôle et se précipitait pour lui ouvrir portes et portails.

Un soir, sur la route, alors qu'elle se rendait à Stoke Newington pour prendre son tour de garde devant la maison d'Elinor Dean, Robin s'endormit au volant durant deux secondes. Comprenant qu'elle l'avait échappé belle, elle se dépêcha d'allumer la radio et baissa la vitre pour faire entrer l'air glacé de la nuit, quitte à s'enrhumer. Dès le lendemain, redoutant que l'incident ne se reproduise, elle augmenta sa consommation de caféine, avec comme résultat un état de fébrilité permanent et des phases d'insomnie qui l'empêchèrent de profiter de ses rares instants de repos.

Robin avait toujours géré les finances de l'agence avec la même rigueur que Strike, comme si chaque centime dépensé était prélevé sur son propre salaire. Les affaires marchaient bien mieux qu'au début, ils ne couraient plus après les clients et ne craignaient plus les huissiers, mais Strike n'avait pas pour autant changé son mode de vie, préférant réinjecter leurs bénéfices dans les caisses de la société plutôt que d'alimenter son compte en banque. Alors qu'il aurait pu prétendre à plus de confort, il vivait toujours en spartiate dans son deux pièces sous les toits. Certains mois, Robin, l'associée junior, gagnait plus que lui, fondateur de l'agence.

Ce fut donc avec un léger sentiment de culpabilité qu'elle réserva une chambre dans un hôtel Premier Inn pour le dimanche soir, veille de l'inauguration de l'exposition à laquelle participait Satchwell. Leamington Spa n'était qu'à deux heures de voiture ; au lieu de passer la nuit sur place, Robin aurait pu se lever plus tôt le lundi matin, mais elle était très fatiguée et ne voulait pas risquer de s'endormir en conduisant.

Pour apaiser sa mauvaise conscience et rentabiliser son déplacement, elle avait prévu de partir dans la matinée du dimanche et de prendre le temps de visiter le cimetière où Margot avait soi-disant été aperçue une semaine après sa disparition. Elle glissa dans ses bagages les pages photocopiées du carnet de Talbot concernant Paul Satchwell, avec l'intention de les relire au calme dans sa chambre d'hôtel. Elle emporta également un exemplaire d'occasion de l'ouvrage écrit par Evangeline Adams, *Votre place au soleil*, un jeu de tarot neuf, et *Le Livre de Thoth*. Elle avait acheté tout cela sur ses propres deniers ; Strike n'était pas au courant et elle ne comptait pas se faire rembourser.

Bien que native du Yorkshire, Robin adorait la vie à Londres. Pourtant, elle éprouvait parfois le besoin de voir des arbres, des landes et des collines. Par chance, la morne autoroute M40 traversait de larges étendues verdoyantes ponctuées de villages et autres hameaux portant des noms désuets tels que Middleton Cheney,

Temple Herdewyke ou Bishop's Itchington. L'air froid et humide était chargé d'agréables notes printanières, et le soleil filtrant entre les nuages blancs poussés par le vent impétueux remplissait l'habitacle de la vieille Land Rover d'une clarté si vive qu'elle donnait au reflet de Robin, dans la vitre sale à sa droite, l'aspect d'un fantôme poussiéreux. Cette voiture avait besoin d'un sérieux nettoyage, songea-t-elle. Ces temps-ci, elle avait été tellement occupée qu'elle avait tendance à négliger ce genre de chose. Et les retards s'accumulaient. Par exemple, cela faisait des jours qu'elle se promettait d'appeler sa mère, ou du moins de lui répondre quand celle-ci essayait de la joindre. Même chose pour son avocate qui, faute de pouvoir lui parler en direct de la médiation à venir, avait laissé un message sur son portable. À part cela, il fallait qu'elle s'épile les sourcils, s'achète de nouvelles chaussures de marche et fasse un virement à Max pour contribuer au paiement de la taxe d'habitation.

Tandis que les champs et les haies défilaient à toute vitesse de chaque côté de la route, Robin essaya de recentrer son esprit capricieux sur une question plus essentielle : Paul Satchwell. Elle doutait fort qu'il soit présent au vernissage. Pourquoi un homme de soixante-quinze ans vivant sur l'île de Kos irait faire de la figuration dans une galerie d'art à Leamington Spa ? Non, Satchwell leur avait sûrement envoyé quelques œuvres depuis la Grèce ou donné l'autorisation d'exposer celles qui se trouvaient en Angleterre. Robin imagina une villa aux murs d'un blanc aveuglant, un atelier d'artiste au cœur d'une oliveraie. Elle avait prévu de se rendre au vernissage en se faisant passer pour une acheteuse potentielle ou une intermédiaire mandatée par un collectionneur. Ainsi, elle obtiendrait peut-être son adresse. Dans ses rêves les plus fous, elle se voyait prenant l'avion pour la Grèce avec Strike, descendant sur le tarmac surchauffé de l'aéroport d'Athènes, marchant en sandales sur le chemin de terre conduisant à l'antre de l'artiste, vêtue d'une robe à bretelles. Mais la soudaine vision de Strike avec sa jambe artificielle dépassant d'un short la fit redescendre sur terre. Honteuse de s'être enflammée de la sorte, elle ravala ses fantasmes avant qu'ils ne l'emmènent jusqu'à l'hôtel niché au fond d'une crique.

Peu avant d'arriver à destination, Robin dépassa un panneau indiquant la direction de l'église All Saints, la seule susceptible, d'après ses recherches, d'héberger le cimetière où Charlie Ramage avait aperçu Margot. Janice avait parlé d'une « grande église » ; or, elle savait que les touristes visitaient All Saints en raison de sa taille, justement. Elle se dressait pile sur la route de Londres et, à sa connaissance, c'était la seule du secteur à posséder un cimetière. Robin ne voyait pas pourquoi Margot se serait baladée à Leamington Spa parmi les pierres tombales pendant que son mari lançait des appels à témoins déchirants dans la presse nationale, et que son amant originaire de Leamington se trouvait à Londres, mais elle se disait néanmoins qu'une visite des lieux l'aiderait à déterminer si oui ou non Margot était passée par là. Une drôle d'idée, peut-être due au fait que la disparue lui devenait de plus en plus familière.

Elle trouva une place de stationnement sur Priory Terrace, descendit de voiture et fit le tour de l'édifice. En effet, All Saints était vraiment imposante pour une église paroissiale située dans une ville aussi modeste. Avec ses hautes fenêtres en arc brisé, elle faisait plutôt penser à une cathédrale gothique. Robin prit sur la droite et s'engagea dans une rue dont le nom, encore une coïncidence, évoquait l'ancienne adresse de Margot à Ham : Church Street. Après quoi, elle suivit un muret surmonté d'une grille de fer forgé, l'endroit idéal pour garer sa moto, sortir une Thermos et faire une pause thé en contemplant le cimetière.

À ceci près que le cimetière n'en était pas vraiment un. Robin s'arrêta net. Il ne comportait que deux stèles juchées sur des socles massifs, si anciennes que leurs inscriptions semblaient illisibles. Le reste du terrain était recouvert d'une pelouse parfaitement tondue que deux allées perpendiculaires divisaient en quatre parcelles.

« Il a reçu une bombe. »

Ces mots avaient été prononcés par une femme à la mine joviale qui arrivait en face, avec deux jumeaux endormis dans une poussette.

« Vraiment ? s'étonna Robin.

— Ouais, en 1940, répondit la mère de famille en s'arrêtant devant la grille. Luftwaffe.

— Waouh. Mais c'est horrible, fit Robin qui aussitôt se représenta la terre giclant dans tous les sens, les pierres tombales brisées, les cercueils éventrés, leur contenu exposé.

— Ouais. Mais ils en ont raté deux », ajouta l'autre en désignant les antiques sépultures dressées à l'ombre d'un if. L'un des deux bébés remua dans son sommeil. Ses paupières frémirent. La femme regarda Robin, lui fit une grimace comique en guise d'excuse et s'éloigna d'un pas rapide.

Dubitative, Robin pénétra dans l'espace clos qui avait autrefois servi de cimetière mais qui ne l'était déjà plus en 1974, quand le patient de Janice Beattie avait soi-disant vu Margot marcher entre les sépultures. Dès lors, que penser de ce témoignage ? Ramage avait dit à Janice que Margot regardait les tombes et Janice avait sûrement extrapolé, imaginant à tort un cimetière intact. Robin se tourna vers les deux sépultures. Une chose était sûre : si Margot s'était tenue à cet endroit, le motard assis sur le muret n'aurait eu aucun mal à l'apercevoir.

Robin s'accrocha aux barreaux glacés de la barrière en fer forgé qui protégeait les deux tombes des visiteurs trop curieux. Qu'est-ce que Margot était venue chercher ici ? Les inscriptions gravées dans la pierre moussue étaient presque effacées mais Robin tenta quand même de les décrypter.

Était-ce le mot « virgo » qu'elle voyait inscrit dans la pierre ou son imagination lui jouait-elle des tours, après toutes les heures qu'elle avait passées à relire les notes de Talbot ? Pourtant, plus elle regardait les lettres érodées, plus la chose lui semblait évidente.

Elle connaissait deux personnes nées sous le signe de la Vierge : Matthew, son ex, et Dorothy Oakden, la secrétaire du cabinet St. John's. Robin était tellement imprégnée des théories de Talbot qu'il lui avait suffi de lire le mot « virgo » pour entendre le prénom « Dorothy » résonner dans sa tête. Elle sortit son téléphone, lut l'historique du cimetière et conclut, non sans un certain soulagement, qu'elle n'avait pas d'hallucinations : il s'agissait bien de la dernière demeure d'un dénommé James Virgo Dunn.

Mais en quoi cette tombe pouvait-elle avoir intéressé Margot ? En parcourant la généalogie des familles Virgo et Dunn, Robin apprit que l'homme dont les ossements reposaient à quelques centimètres d'elle avait vu le jour en Jamaïque et exploité une plantation où travaillaient quarante-six esclaves.

« Dans ce cas, n'espère pas que je m'apitoie sur ton sort », marmonna Robin en rempochant son portable. Elle traversa le pseudo-cimetière jusqu'à la porte en chêne monumentale qui fermait l'église. Elle gravissait les marches du perron quand un chant religieux lui fit dresser l'oreille. Normal : on était dimanche matin.

Après un instant d'hésitation, elle poussa discrètement le battant orné de ferrures et jeta un œil à l'intérieur. Un espace immense, glacial et sombre comme une caverne, des piliers gris reliés par des paraboles en pierre. Il y avait bien trente mètres entre l'assemblée des fidèles et le sommet des voûtes en ogive. Sous la Régence, à l'époque où la bonne société venait prendre les eaux dans cette ville, All Saints faisait sans doute le plein tous les dimanches. Mais de nos jours, ses bancs étaient loin d'être tous occupés. Un sacristain tout de noir vêtu se tourna pour la regarder ; Robin lui fit un sourire navré, referma doucement la porte et regagna le parvis où une grande statue d'acier, toute en ondulations, symbolisait la source bienfaisante autour de laquelle Lemington Spa avait été construite.

Sur le trottoir d'en face, un pub venait d'ouvrir ses portes. Robin, qui rêvait d'un café, traversa la route et entra dans l'Old Library.

La salle était vaste et, en raison des teintes sombres que revêtaient le sol, les murs, le comptoir et le plafond, presque aussi obscure que la nef d'All Saints. Robin prit sa tasse et alla s'asseoir dans un coin tranquille pour pouvoir cogiter loin des regards indiscrets. Le peu qu'elle avait vu de l'édifice religieux ne lui avait rien appris. Margot n'était pas croyante, mais Robin savait que les églises faisaient partie des rares endroits où les gens aimaient se rendre quand ils avaient besoin de faire le point sur leur vie. À l'époque où son couple commençait à battre de l'aile, ses pas ne l'avaient-ils pas guidée dans un paisible cimetière près de la maison où elle venait d'emménager avec Matthew ?

Robin posa son café, ouvrit sa sacoche et en sortit les documents concernant Paul Satchwell. Pendant qu'elle lissait les photocopies du tranchant de la main, deux hommes s'installèrent à la table voisine. Celui qui lui tournait le dos était grand, costaud, brun et frisé. Avant que son cerveau lui indique que ce n'était pas Strike, un frisson d'excitation la traversa de part en part.

L'inconnu dut se sentir observé car il se retourna et croisa son regard. Il avait les yeux bleus, comme Morris, un menton étroit et presque pas de cou. Rouge comme une pivoine, Robin baissa vite le nez sur les pages couvertes de croquis et de symboles cabalistiques.

Pourquoi avoir honte ? se demanda-t-elle tandis que la joie brutale qu'elle avait ressentie en croyant reconnaître Strike lançait ses derniers feux au creux de son ventre. Une telle réaction était totalement disproportionnée.

Simple erreur de perception, se dit-elle. *Il n'y a pas de quoi en faire un drame. Calme-toi.*

Mais décidément Robin n'arrivait pas à se concentrer. Elle renonça donc à sa lecture et laissa son regard errer dans le vague, le menton dans ses mains. Peut-être à cause du surmenage ou de l'ambiance insolite de ce bar, elle prit soudain conscience qu'elle venait de passer un an à éviter de s'interroger sur ce qu'elle éprouvait pour Strike. Cela dit, elle avait eu fort à faire ces derniers mois. Il avait fallu qu'elle se libère de l'emprise morale de Matthew, se familiarise avec son nouveau logement et l'homme avec lequel elle le partageait, qu'elle rassure ses parents tout en affrontant leurs critiques, qu'elle repousse les avances permanentes de Morris et qu'elle esquive les multiples pièges tendus par Ilsa l'entremetteuse. Tout cela en bossant deux fois plus que d'habitude pour assurer la survie de l'agence pendant les absences de Strike. Dans ces conditions, comment aurait-elle pu se préoccuper de quoi que ce soit d'autre, même d'un sujet aussi primordial que ses sentiments envers Cormoran Strike ?

Dans ce pub sombre et paisible, loin du bruit et de la fureur peuplant son quotidien, Robin donna enfin libre cours à ses souvenirs. Elle repensa à son voyage de noces sous les tropiques, aux nuits qu'elle avait passées à marcher seule sur la plage en se demandant si elle était ou non amoureuse de l'homme qui n'était pas encore son associé. À force d'arpenter le sable blanc, elle avait fini par y creuser un sillon. Elle se souvint du moment où elle avait décidé que « non », elle n'était pas amoureuse de Strike, que ce qu'elle ressentait pour lui était un mélange d'amitié, d'admiration et de gratitude. Après tout, s'il ne lui avait pas mis le pied à l'étrier, jamais elle n'aurait pu exercer le métier dont elle avait toujours rêvé mais qu'elle avait cru inaccessible à tout jamais. Donc voilà, elle avait pour lui beaucoup d'estime et de gratitude, elle appréciait sa compagnie, son humour et son intelligence. Mais ça s'arrêtait là.

Et pourtant… C'était bien du plaisir qu'elle avait ressenti en le retrouvant au Notes Café, après une semaine d'absence. Et quand elle avait lu son nom sur l'écran de son téléphone, après leur dispute, c'était bien de la joie qui avait fait battre son cœur.

Presque effrayée par sa découverte, elle essaya de se raisonner en se disant que Strike n'avait rien d'aimable. Il était souvent grincheux, voire taciturne ; il se montrait parfois ingrat et, en plus, il n'était pas beau avec son nez cassé et ses cheveux frisés comme des « poils pubiens », selon ses propres dires. Alors que Matthew… et même Morris…

Mais Strike était son meilleur ami. Elle avait si longtemps refusé de l'admettre que cette prise de conscience soudaine lui serra la poitrine. Seulement voilà, elle ne pourrait jamais le lui avouer. Si elle lui faisait ce genre de déclaration, Strike lui tournerait le dos et s'enfuirait comme un bison furieux. Après quoi, il ajouterait d'autres barrières à celles qu'il érigeait chaque fois qu'ils se rapprochaient trop l'un de l'autre. Cependant, bien que cette vérité soit difficile à assumer, le fait de l'énoncer lui apporta un genre de soulagement. Oui, Robin avait de l'affection pour son associé. Une immense affection. Et elle avait confiance en lui. Totalement. C'était un homme droit qui agissait avec droiture. Elle admirait son esprit aiguisé, sa persévérance, la rigueur avec laquelle il menait sa vie, qualités d'autant plus appréciables qu'elles manquaient à la plupart des hommes valides. Pas une fois elle ne l'avait entendu se plaindre de son sort, et cela aussi l'impressionnait, de même que son goût pour la justice et la volonté inébranlable qui le poussait à ne jamais lâcher avant d'avoir trouvé la solution. Comme elle.

Mais ce n'était pas tout. Il y avait chez Strike quelque chose de très rare aux yeux de Robin. Avec lui, elle n'avait jamais éprouvé ce sentiment d'inconfort qui régnait parfois entre collègues de sexes opposés. Quand ils étaient seuls au bureau, et ils l'avaient été souvent avant qu'ils n'embauchent leurs premiers collaborateurs, il ne tirait pas avantage de sa supériorité physique – elle était grande mais Strike l'était encore plus – pour chercher à l'impressionner en roulant des mécaniques, comme ces mecs qui paradent tels des coqs dans une basse-cour. Que Strike n'ait pas profité de cette promiscuité pour séduire sa femme, c'était une chose que Matthew n'avait jamais été en mesure de concevoir.

Et pourtant, tel était le cas. Robin, qui détestait au plus haut point les privautés, les frôlements prétendument involontaires, les clins d'œil lubriques et les blagues grivoises, n'avait jamais connu au contact de Strike ce rétrécissement du moi qu'une femme éprouve lorsqu'un homme cherche à l'entraîner contre son gré dans un autre type de relation. Strike parlait rarement de sa vie sentimentale, et même si Robin aurait parfois aimé en savoir davantage (avait-il ou n'avait-il pas, rappelé Charlotte Campbell ?) elle appréciait qu'il applique cette compartimentation à ses relations avec autrui, et d'abord en respectant la personne physique et l'espace vital de sa principale collaboratrice. Jamais il ne la touchait sous prétexte de l'aider à faire telle ou telle chose, jamais il ne lui posait la main au creux des reins, ne lui saisissait le bras, ne lui lançait le genre de regard qui met mal à l'aise ou donne envie de boutonner son chemisier jusqu'au menton. Bref, il ne faisait aucune des choses susceptibles de rouvrir chez elle les cicatrices laissées par les hommes violents qui avaient croisé sa route.

Pour tout dire (pourquoi ne pas tout déballer, pendant qu'elle y était ?), depuis quatre ans qu'elle le connaissait, il l'avait toujours traitée comme une amie, une élève ou une jeune sœur. Sauf à deux occasions.

La première, c'était quand elle avait essayé la robe Cavalli dans la boutique de luxe où ils étaient entrés pour les besoins de leur première enquête commune. En la voyant sortir de la cabine, il avait détourné les yeux, comme ébloui par une lumière trop vive. Par la suite, Robin avait regretté de s'être affichée ainsi. Elle n'avait pas enfilé cette robe dans l'intention de l'aguicher mais pour soutirer des renseignements à la vendeuse. Mais ensuite, lorsqu'il la lui avait offerte en guise de cadeau d'adieu, elle s'était demandé si par ce geste il n'avait pas souhaité lui dire qu'elle lui allait à ravir et qu'il avait adoré la voir ainsi vêtue. Une supposition qui l'avait embarrassée et en même temps remplie d'aise.

La seconde fois s'était inscrite dans des circonstances plus pénibles. C'était le jour de ses noces. Elle était sortie de la salle du banquet pour le rattraper alors qu'il descendait les marches du perron pour partir. Elle l'avait appelé par son nom, il s'était retourné, l'avait regardée dans sa robe de mariée et, malgré ses blessures et sa fatigue, ses yeux avaient de nouveau trahi le désir qu'il éprouvait pour elle. Ils s'étaient serrés l'un contre l'autre et elle avait senti…

Mieux valait ne pas y penser. Mieux valait ne pas revenir sur cette étreinte, ni sur la douceur, le plaisir qu'elle en avait tirés, ni sur les idées folles qui avaient surgi dans sa tête à cet instant précis. Elle avait cru qu'il lui dirait « Venez avec moi ». S'il l'avait fait, elle l'aurait suivi.

Robin remit les photocopies dans sa sacoche et sortit du pub en laissant sa tasse à moitié pleine.

Espérant fuir ses souvenirs, elle traversa à grands pas le petit pont de pierre enjambant les flots placides de la Leam et, sans regarder les bouquets de lentilles d'eau qui flottaient à la surface, passa sous la colonnade des Royal Pump Rooms, le centre culturel où le vernissage de l'exposition devait avoir lieu le lendemain. Tout en parcourant, les mains dans les poches, la grande rue nommée Parade, Robin essaya de se concentrer sur les magnifiques façades Régence défigurées par des boutiques modernes.

Leamington Spa n'avait rien pour lui remonter le moral. Au contraire, cette ville lui rappelait une station thermale qu'elle aurait aimé oublier : Bath, où Matthew avait fait ses études universitaires. Ces bâtiments blancs tout en longueur, ces façades incurvées ornées de pilastres resteraient à jamais associés dans sa mémoire à des événements agréables sur l'instant, puis que d'amères découvertes étaient venues gâcher tout dernièrement. Elle se revoyait à Bath, marchant main dans la main avec Matthew, sans savoir que ce dernier couchait avec Sarah Shadlock dès qu'elle avait le dos tourné.

« Oh, allez tous vous faire foutre », marmonna-t-elle en clignant les paupières pour évacuer ses larmes. Puis elle fit volte-face et regagna sa Land Rover.

Elle se gara devant l'hôtel Premier Inn, fit un saut au supermarché voisin pour s'acheter quelques provisions de bouche, revint sur ses pas, s'enregistra sur une borne en libre-service et monta dans sa chambre. Elle était petite, chichement meublée mais propre et confortable. De la fenêtre, elle voyait l'hôtel de ville, un édifice en briques rouges et blanches d'une laideur confondante, surchargé de volutes, frontons et autres lions de pierre.

Deux sandwiches, un éclair au chocolat, un Coca Zéro et une pomme plus tard, Robin se sentait nettement mieux. Tandis que le soleil amorçait sa descente derrière les grands immeubles de Parade, elle retira ses chaussures et sortit de sa sacoche les pages qu'elle avait photocopiées dans le carnet de Talbot, ainsi que le jeu de tarots créé par Aleister Crowley, sur les arcanes duquel l'inspecteur fou s'était appuyé pour résoudre l'énigme de la disparition de Margot. Elle fit glisser le paquet hors de son étui et entreprit d'examiner chacune des lames. Comme elle s'en doutait, les dessins recopiés par Talbot dans son carnet étaient tirés de ceux qui illustraient ces cartes, du moins celles qui avaient retenu son attention parce qu'elles sortaient fréquemment quand il les tirait.

Robin posa devant elle la « page des bêtes à cornes », comme elle l'avait surnommée puisqu'elle était consacrée aux natifs du Capricorne, du Bélier et du Taureau. Elle l'avait extraite du dernier quart du carnet, là où les faits tangibles s'effaçaient totalement au profit des citations d'Aleister Crowley, des symboles astrologiques et des croquis ésotériques.

La page des bêtes à cornes prouvait que Satchwell était repassé dans le collimateur de Talbot après que celui-ci l'eut rayé de la liste des suspects parce qu'il était Bélier et non Capricorne. De toute évidence, Talbot avait calculé le thème astral de Satchwell, puis avait mis en exergue certains aspects de sa personnalité en inscrivant à côté *Comme AC* ou *NE PAS OUBLIER la connexion LS.*

Pour ajouter à la confusion, le mystérieux Schmidt était venu mettre son grain de sel en corrigeant certains signes, sans toutefois modifier celui de Satchwell qui demeurait « Bélier ».

Robin eut une idée bizarre : un zodiaque à quatorze signes était une chose absurde (pas plus qu'un zodiaque à douze signes, intervint une voix dans sa tête, qui ressemblait étrangement à celle de Strike) mais si on tenait absolument à insérer deux signes

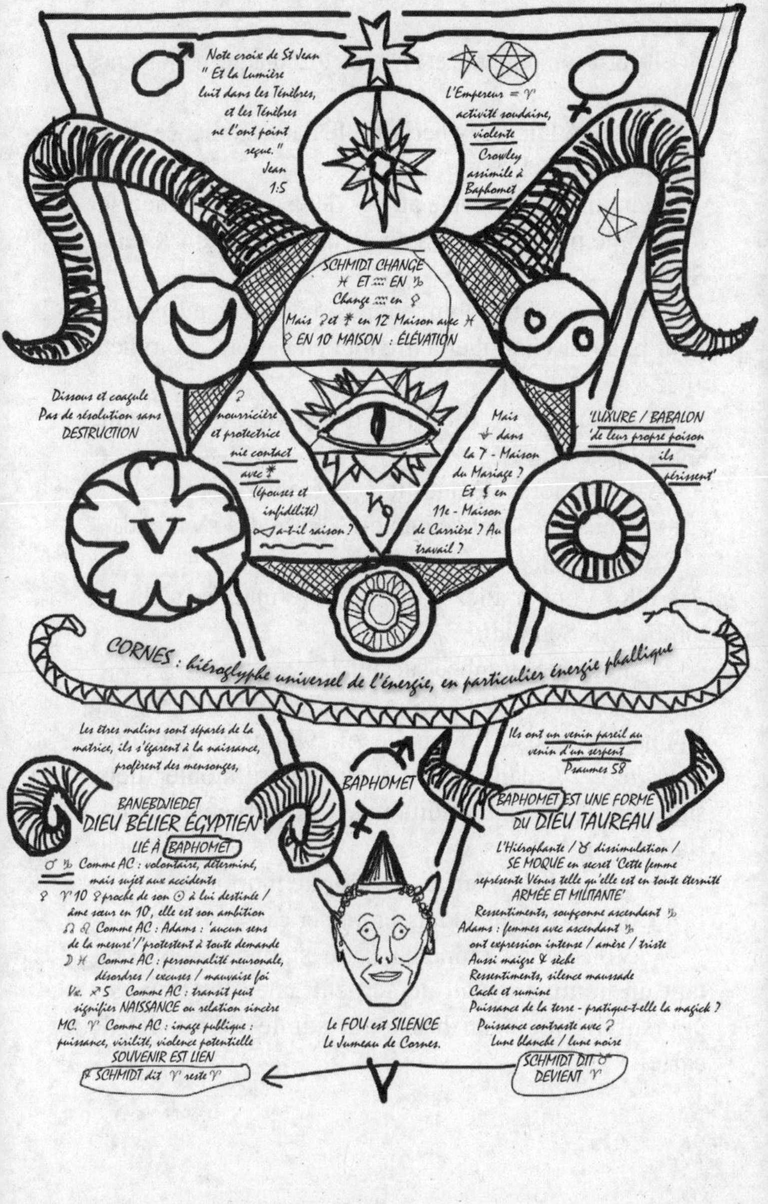

Note croix de St Jean
" Et la Lumière
luit dans les Ténèbres,
et les Ténèbres
ne l'ont point
reçue."
Jean
1:5
L'Empereur = ♈
activité soudaine,
violente
Crowley
assimile à
Baphomet
SCHMIDT CHANGE
♓ ET ♒ EN ♑
Change ♒ en ♀
Mais ♀ et ✳ en 12 Maison avec ♓
♀ EN 10 MAISON : ÉLÉVATION
Dissous et coagule
Pas de résolution sans
DESTRUCTION
♀
nourricière
et protectrice
nie contact
avec ✳
(épouses et
infidélité)
a-t-il raison ?
♑
Mais
♆ dans
la 7 - Maison
du Mariage ?
Et ☿ en
11e - Maison
de Carrière ? Au
travail ?
'LUXURE / BABALON
'de leur propre poison
ils
périssent'
V
CORNES : hiéroglyphe universel de l'énergie, en particulier énergie phallique
Les êtres malins sont séparés de la
matrice, ils s'égarent à la naissance,
profèrent des mensonges,
Ils ont un venin pareil au
venin d'un serpent
Psaumes 58
BAPHOMET
BANEBDJEDET
DIEU BÉLIER ÉGYPTIEN
LIÉ À BAPHOMET
BAPHOMET EST UNE FORME
DU DIEU TAUREAU
♂ ♑ Comme AC : volontaire, déterminé,
mais sujet aux accidents
♀ ♈ 10 ♀ proche de son ☉ à lui destinée /
âme sœur en 10, elle est son ambition
☊ ♌ Comme AC : Adams : 'aucun sens
de la mesure'/'protestent à toute demande
☽ ♓ Comme AC : personnalité neuronale,
désordres / excuses / mauvaise foi
Vx. ♐ 5 Comme AC : transit peut
signifier NAISSANCE ou relation sincère
MC. ♈ Comme AC : image publique :
puissance, virilité, violence potentielle
SOUVENIR EST LIEN
♀ SCHMIDT dit ♈ reste ♈
L'Hiérophante / ♉ dissimulation /
SE MOQUE en secret 'Cette femme
représente Vénus telle qu'elle est en toute éternité
ARMÉE ET MILITANTE'
Ressentiments, soupçonne ascendant ♑
Adams : femmes avec ascendant ♑
ont expression intense / amère / triste
Aussi maigre & sèche
Ressentiments, silence maussade
Cache et rumine
Puissance de la terre - pratique-t-elle la magick ?
Puissance contraste avec ♀
Lune blanche / lune noire
Le FOU est SILENCE
Le Jumeau de Cornes.
SCHMIDT DIT ♂
DEVIENT ♈
V

supplémentaires, il fallait d'abord modifier toutes les dates.

Elle prit son portable et chercha « zodiaque à 14 signes Schmidt ».

« Oh mon Dieu », s'écria-t-elle dans le silence de sa chambre d'hôtel.

Avant qu'elle n'arrive au bas de la page affichée sur l'écran, le portable sonna au creux de sa main. C'était Strike.

« Bonjour, dit Robin en passant sur haut-parleur pour pouvoir continuer à lire tout en parlant. Comment allez-vous ?

— Je suis crevé, fit Strike d'une voix éteinte. Que s'est-il passé ?

— Pourquoi cette question ? s'étonna Robin.

— Vous avez trouvé quelque chose. Ça s'entend. »

Robin se mit à rire.

« OK. Vous n'allez pas me croire mais je viens de tomber sur Schmidt.

— Vous êtes tombée sur qui ?

— Schmidt, prénom Steven. C'est un être humain en chair et en os ! Il a publié en 1970 un livre intitulé *Astrology 14*, dans lequel il propose d'ajouter deux signes au zodiaque traditionnel : le Serpentaire et la Baleine, alias Cetus ! »

Il y eut un bref silence, puis Strike murmura :

« Comment ai-je pu laisser passer ça ?

— Vous vous rappelez cette statuette représentant un homme tenant un serpent, chez les Phipps ? poursuivit Robin en basculant sur le lit jonché de cartes.

— Asclépios, dit Strike. Ophiuchus ou Serpentaire dans sa version romaine, le dieu de la médecine.

— Eh bien, ça pourrait expliquer les changements de dates, n'est-ce pas ? Et l'embarras de notre malheureux Talbot qui essayait désespérément de recaser tous les protagonistes de l'affaire dans la nomenclature de Schmidt. Surtout que tous les autres astrologues utilisent le système à douze signes…

— Ce qui n'a pas dû arranger sa dinguerie », l'interrompit Strike.

À son ton, on sentait que cette nouvelle ne l'intéressait guère. Robin récupéra le trois de deniers coincé sous son dos et l'examina d'un œil vague. Elle était à présent si versée dans la symbolique que, sans regarder les glyphes, elle savait que cette lame correspondait à Mars en Capricorne.

« Comment ça se passe à St. Mawes ? demanda-t-elle.

— Eh bien, demain l'église ne sera pas assez grande pour recevoir tout le monde. Joan aurait été ravie. J'appelais surtout pour vous dire que je rentre mardi.

— Vous êtes sûr ? Vous pouvez rester encore un peu, si c'est nécessaire.

— Tous les voisins m'ont promis de s'occuper de Ted. Lucy va essayer de le faire venir à Londres quelque temps. Et vous, de votre côté ?

— Euh… voyons… L'affaire LaPoste est classée. Notre présentateur météo a eu l'air un peu déçu en voyant la tête de sa harceleuse. En revanche, sa femme était aux anges. »

Strike produisit un rire ronflant.

« En ce qui concerne la courtière en marchandises, nous avons démarré les filatures, poursuivit Robin. Pour l'instant, le mari et la baby-sitter se tiennent à carreau, mais je crois que nous aurons bientôt quelque chose à nous mettre sous la dent.

— Vous aurez droit à de longues vacances après tout cela, bougonna Strike. Je ne vous remercierai jamais assez, Robin.

— Ne dites pas de bêtises. »

Ils raccrochèrent peu après.

La chambre s'était brusquement assombrie, le soleil ayant disparu derrière l'hôtel de ville qui, en ombre chinoise, ressemblait à un palais gothique dans un film d'épouvante. Robin alluma la lampe de chevet et promena son regard sur le lit jonché de photocopies et de tarots. Si elle adoptait le point de vue de Strike, les croquis de Talbot n'étaient rien de plus que des gribouillages inconséquents, comme ces dessins que les adolescents griffonnent sur la couverture de leurs cahiers pour le seul plaisir d'inventer des formes abracadabrantes.

Elle bâilla, replia les photocopies et les rangea dans sa sacoche. Puis, après s'être douchée, elle se mit en pyjama et reconstitua le jeu de tarots en vérifiant qu'il était complet. Si l'employé de ménage trouvait une carte oubliée le lendemain matin, elle passerait pour une illuminée.

Robin s'apprêtait à glisser le paquet dans sa boîte quand elle changea d'avis, s'assit sur le lit et se mit à battre les cartes. Trop lasse pour tenter le tirage à quinze recommandé dans le petit fascicule fourni avec le jeu, elle décida d'employer la méthode abrégée que lui avait enseignée son examen fastidieux des notes de Talbot. Le policier se contentait de trois cartes, la première figurant « la nature du problème », la deuxième « la cause », la troisième « la solution ».

Elle les battit pendant une bonne minute, puis retourna celle du dessus et la posa dans le rond de lumière projeté sur le couvre-lit par la lampe de chevet. Le prince de coupe. Un homme bleu, nu, chevauchant un aigle sur le point de plonger dans un lac. Dans une main, un genre de vase contenant un serpent, dans l'autre une fleur de lotus. Robin alla chercher *Le Livre de Thoth* et y chercha la signification de cette lame.

> Les caractéristiques morales de la personne figurée par cette carte sont la subtilité, la violence sournoise et l'astuce. Le prince de coupe est un être profondément secret, un artiste dans tous les sens du terme.

Robin pensa aussitôt à Dennis Creed, passé maître dans l'art de l'assassinat.

La carte suivante était le quatre de coupe. Le luxe. D'un lotus placé au centre, des jets d'eau se déversaient dans quatre coupes dorées. Robin chercha l'explication qui lui correspondait.

> Cette carte se réfère à la Lune en Cancer, son domicile ; mais le Cancer est ainsi placé qu'il induit une propension à la faiblesse et un abandon au désir.

Les tarots lui reprochaient-ils de se la couler douce ? Robin regarda la chambre minuscule autour d'elle et tira la dernière carte.

Encore des coupes et des lotus, à quoi s'ajoutaient des poissons enlacés crachant de l'eau dans des vasques dorées au-dessus d'un lac vert.

> L'amour… cette carte se réfère aussi à Vénus en Cancer. Elle montre l'harmonie des principes mâle et femelle : dans le sens le plus large. C'est l'union calme, parfaite…

Robin examina la lame de plus près, puis la posa à côté des deux autres. Rien que des coupes. Selon le tarot de Thoth, les coupes symbolisaient l'eau. Mais après tout, elle se trouvait dans une ville thermale…

Robin secoua la tête, comme pour répondre à un interlocuteur invisible, rangea le jeu de tarots, se glissa sous les couvertures, régla l'alarme de son téléphone et éteignit la lumière.

46

Où le fier Païen prenait repos,
Dans une ombre secrète aux côtés d'une fontaine :
C'était celui-là même, qui voulut dominer
La belle Una...

Edmund SPENSER, *La Reine des fées*

Elle dormit d'un sommeil agité, entrecoupé de réveils intempestifs. Dans ses rêves, elle s'assoupissait au volant, n'entendait pas le réveil, arrivait en retard à la galerie et trouvait porte close. À 7 heures, elle se précipita sous la douche, s'habilla en un rien de temps et, pas mécontente de quitter cette chambre impersonnelle, descendit avec son sac de voyage dans la salle de restaurant peinte en vert kaki pour avaler un petit déjeuner à base de café et de muesli.

Dehors, un soleil timide essayait de se faufiler entre les nuages. Ayant chargé son bagage à l'arrière de la Land Rover, Robin partit à pied vers les Royal Pump Rooms où le centre culturel n'allait pas tarder à ouvrir. Sur sa gauche, elle repéra les jardins ornementaux Jephson et, au centre d'une pelouse, une fontaine de pierre rosâtre dont les quatre vasques en forme de coquilles Saint-Jacques lui rappelèrent les architectures oniriques illustrant les lames du tarot de Crowley.

... une propension à la faiblesse, un abandon au désir...

Tu deviens comme Talbot ! se réprimanda Robin. Elle pressa le pas et arriva avec quelques minutes d'avance.

Une jeune femme vêtue de noir venait de déverrouiller les portes de la galerie. À travers les vitres, Robin la vit s'éloigner avec un trousseau de clés. En entrant, elle fut surprise par l'aspect purement fonctionnel des lieux. Quel contraste avec le somptueux style Régence des façades, songea Robin en regardant les dalles grises sous ses pieds et les piliers métalliques qui supportaient le plafond. Un café occupait l'une des ailes du grand hall, l'autre abritant une boutique de souvenirs. La partie musée proprement dite se trouvait au fond, derrière d'autres portes vitrées.

Une salle tout en longueur cernée de murs de brique avec un sol parqueté avait été dévolue à l'exposition temporaire. Il ne s'y trouvait que trois personnes : une femme corpulente aux cheveux gris coupés au carré et retenus par un serre-tête, un petit homme à la mine de chien battu qui devait être son mari, et une autre jeune femme en noir faisant sans doute partie du personnel. La voix de la femme au serre-tête résonnait comme dans un gymnase.

« J'ai *dit* à Shauna que Long Itchington avait besoin d'un éclairage d'appoint ! Dans ce coin sombre, on le voit *à peine* ! »

Robin fit lentement le tour de la salle en regardant les toiles et les dessins accrochés aux murs. Elle dénombra cinq artistes en tout, mais Paul Satchwell occupait une place de choix. Ses œuvres détonnaient parmi les études de paysages, les natures mortes et les scènes de genre montrant des Britanniques blêmes attendant le bus.

Elles s'inspiraient de la mythologie grecque. On y voyait des personnages nus dans des positions plus ou moins acrobatiques : Perséphone tentant de s'arracher à l'étreinte d'Hadès qui l'entraînait vers les Enfers ; Andromède sur son rocher, tirant sur les chaînes qui l'entravaient pour tenter d'échapper au monstre marin venu la dévorer ; Léda couchée sur le dos parmi les joncs, pénétrée par Zeus métamorphosé en cygne.

Deux vers de Joni Mitchell lui revinrent en tête : *When I first saw your gallery, I liked the ones of ladies*[1]...

Robin, elle, n'était pas très sûre d'aimer l'univers de Satchwell. Ses personnages féminins, entièrement ou en partie dévêtus, avaient tous les cheveux noirs, la peau olivâtre, les seins lourds et le regard vide. Satchwell n'était pas dépourvu de talent mais, décidément, ses femmes adoptaient des attitudes trop lascives à son goût, comme si elles se soumettaient par avance à la violence qui leur était promise. Le peintre semblait avoir un penchant pour les scènes de viol, d'enlèvement et de bondage.

« Surprenant, n'est-ce pas ? » dit le mari de la peintre au serre-tête. Il s'était glissé près de Robin pour admirer un tableau représentant Io s'enfuyant devant un taureau doté d'un pénis gigantesque, ses

1. « Quand j'ai vu ton expo, j'ai aimé les portraits de femmes… »

longs cheveux tombant en cascade dans son dos, ses seins brillant de sueur.

« Mouais, fit Robin. Pensez-vous qu'il va venir ? Paul Satchwell, je veux dire.

— Il a dit qu'il comptait refaire un saut.

— Refaire un saut ? Vous voulez dire qu'il est ici ? En Angleterre ?

— Ben, oui, fit l'homme, un peu surpris. Je l'ai vu hier. Il est passé pour l'accrochage.

— Je crois qu'il loge chez quelqu'un de sa famille, intervint la jeune femme en noir, apparemment ravie d'échapper aux récriminations de la peintre au serre-tête.

— Je cherche à le joindre, expliqua Robin. Vous avez peut-être l'adresse de cette personne ?

— Non », répondit la galeriste, intriguée. De toute évidence, les artistes locaux ne suscitaient pas un tel engouement, d'habitude. « Mais vous pouvez me laisser vos coordonnées. S'il repasse, je lui dirai que vous souhaitez le rencontrer. »

Robin l'accompagna jusqu'au comptoir de réception, inscrivit son nom et son numéro sur un bout de papier et, le cœur battant, se dirigea vers le café. Elle commanda un cappuccino et s'installa derrière une fenêtre donnant sur les Pump Room Gardens et l'entrée du centre culturel.

Devait-elle retourner au Premier Inn et attendre sur place que Satchwell montre son nez, quitte à mettre de côté ses autres enquêtes le temps d'obtenir un entretien avec l'ex-amant de Margot Bamborough ? Qu'en penserait Strike ? Aujourd'hui, c'étaient les funérailles de Joan : elle ne le dérangerait pas avec ces questions somme toute relativement secondaires.

Que faisait-il en ce moment ? se demanda-t-elle. Peut-être se préparait-il pour l'église. Robin n'avait assisté que deux fois à des obsèques. Son grand-père maternel était mort peu avant qu'elle interrompe ses études universitaires. En fait, elle était rentrée au pays pour l'enterrement et n'en était jamais repartie. De l'événement lui-même, elle ne gardait que peu de souvenirs : malgré sa détresse, elle avait dû faire bonne figure devant la famille et répondre aux questions de ceux qui étaient au courant de son agression. Elle se rappelait les efforts qu'elle avait déployés pour combattre l'étrange sensation qui l'avait accompagnée durant toute la cérémonie, comme si son corps ne lui appartenait plus. Elle se rappelait aussi Matthew, qui lui avait tenu la main du début à la fin. Pour rester auprès d'elle, il avait séché la fac et renoncé à un important match de rugby.

La deuxième fois remontait à quatre ans. Elle s'était rendue avec Strike dans un crématorium pour les obsèques d'une jeune femme victime de meurtre, Rochelle Onifade. Robin se revoyait plantée au fond de la salle presque vide. À cette époque, elle n'était que secrétaire intérimaire, mais Strike lui avait demandé de l'aide sur l'enquête. En se remémorant cette scène, Robin mesura à quel point ce métier la passionnait déjà, en ce temps-là. Elle comprit aussi qu'elle avait déjà commencé à s'éloigner de Matthew, même si elle l'ignorait encore. Quatre ans auparavant, elle avait découvert ce qu'elle désirait faire de sa vie, au lieu d'être simplement Mrs. Matthew Cunliffe.

Robin finit son café, passa aux toilettes, et regagna l'espace d'exposition en espérant que Satchwell soit arrivé entre-temps. Mais il n'était toujours pas là. Une poignée de visiteurs traînait entre les tableaux. Ceux de Satchwell suscitaient beaucoup d'intérêt. Robin fit un énième tour de salle et tomba en arrêt devant une ancienne fontaine thermale posée contre un mur. Ornée de guirlandes de pierre et de têtes de lions rugissants, elle avait autrefois dispensé ses bienfaits aux curistes.

Au-delà de ce vestige s'ouvrait une autre pièce radicalement différente de la première. Celle-ci était de forme octogonale, avec des murs de brique, un haut plafond voûté et des fenêtres en verre bleu de Bristol. Robin y pénétra. C'était un bain turc, mais on aurait dit un petit temple. Elle leva les yeux au plafond et découvrit une coupole percée d'une verrière en forme d'étoile à huit branches, du centre de laquelle pendait une lanterne.

« Sympa, cette influence *païenne*, non ? » lança une voix masculine.

L'homme parlait avec un accent cockney mâtiné d'autre chose. Robin se retourna et vit, planté au centre du hammam, un monsieur d'un certain âge portant un jean et une vieille chemise en denim. Le pansement de gaze immaculé qui couvrait son œil gauche contrastait fortement avec la peau de son visage, brûlée par le soleil. Ses longs cheveux blancs tombaient sur ses épaules creuses ; sa chemise déboutonnée au col laissait entrevoir une épaisse toison neigeuse ; à son cou fripé comme du papier crépon brillait une chaîne en argent et, sur ses doigts, des bagues serties de turquoises.

« C'est vous la jeune femme qui a demandé après moi ? dit Paul Satchwell dans un sourire qui révéla une rangée de dents allant du jaune au brun.

— Oui, c'est moi. Robin Ellacott », répondit-elle en lui tendant la main.

De son œil unique, il passa en revue le visage, puis la silhouette de Robin. Ce qu'il vit parut lui plaire. En essayant de rester aimable, Robin récupéra sa main, chercha une carte de visite dans son sac et la lui tendit.

« Détective privée ? fit Satchwell, légèrement refroidi. Qu'est-ce que ça veut dire ? »

Robin lui exposa les raisons de sa démarche.

« Margot ? s'écria Satchwell. Dieu tout-puissant, ça fait… quoi… quarante ans ?

— Pas loin, répondit Robin en cédant sa place à un groupe de touristes qui venaient d'entrer dans le hammam et lisaient son historique sur les panneaux fixés au mur. Je suis venue de Londres pour que vous me parliez d'elle. Sa famille espère toujours comprendre ce qui lui est arrivé.

— *Éla ré*, vous croyez vraiment que je me souviens de cette histoire après tout ce temps ? »

Malgré cette déclaration, Robin sentit qu'il n'allait pas tarder à se laisser infléchir. Depuis qu'elle faisait ce métier, elle avait maintes fois constaté que les gens auxquels elle s'adressait avaient envie de savoir pourquoi elle les interrogeait, ce qu'elle savait sur leur compte, s'ils risquaient d'avoir des ennuis… Parfois ils se confiaient spontanément, pour tromper la solitude ou pour se faire mousser, parce qu'il est toujours valorisant de capter l'attention d'autrui. Parfois encore, et c'était le cas à présent avec Paul Satchwell (dont l'œil bleu acier était de nouveau posé sur son visage après s'être promené ailleurs), ils parlaient pour retenir auprès d'eux une jeune femme qui leur plaisait.

« Bon, d'accord, articula-t-il. Je ne vois pas trop ce que je pourrais vous dire mais j'ai faim. Je vous emmène déjeuner.

— Avec plaisir, mais c'est moi qui invite », fit Robin en souriant.

47

... le Bœuf sacré, qui se tient insouciant,
Avec ses cornes dorées et ses couronnes fleuries...
Soudain, frappé d'un coup mortel,
S'abat sur le sol et...
La martiale damoiselle ne resta point à se lamenter,
Mais poursuivit sa route sans baisser la garde...

Edmund SPENSER, *La Reine des fées*

Satchwell prit congé de la galeriste en lui serrant les deux mains et en lui promettant de repasser dans la semaine. La peintre bougonne eut droit aux mêmes adieux hypocrites, ce qui ne l'empêcha pas de le fusiller du regard à peine eut-il tourné le dos.

« Ah, ces galeries de province ! gloussa-t-il en sortant des Pump Rooms avec Robin. C'est marrant de voir mes toiles exposées près des cartes postales de cette vieille chouette, vous ne trouvez pas ? Ça me fait drôle de montrer mes œuvres dans ma ville natale. Je n'avais pas remis les pieds ici depuis… houlà… je dirais un demi-siècle. Vous avez une voiture ? Très bien. On va se tirer d'ici. Warwick, vous connaissez ? C'est à deux pas. »

Satchwell parla sans discontinuer tout le long du chemin.

« J'ai jamais aimé ce bled. » N'ayant qu'un œil à sa disposition, il devait tourner la tête à 180 degrés pour regarder autour de lui. « Leamington ! Trop *bourge* pour un type comme moi… »

Robin apprit qu'il n'y avait passé que les six premières années de sa vie, avant que sa mère n'emménage à Warwick, qu'il était hébergé par sa demi-sœur, plus jeune que lui, issue d'un second mariage, et qu'il avait décidé de profiter de son séjour en Angleterre pour se faire opérer de la cataracte.

« Ça n'a pas posé de problème vu que j'ai toujours la nationalité britannique. Alors, quand ils m'ont demandé si je voulais bien leur prêter quelques toiles, ajouta-t-il en levant haut le bras pour montrer les Royal Pump Rooms derrière lui, je me suis dit, pourquoi pas ? Et hop, je les ai mises dans mes bagages.

— Je les ai trouvées superbes, mentit Robin. Vous n'avez qu'une sœur ? » Elle avait posé cette question sans intention particulière, juste pour faire la conversation. Aussi fut-elle surprise de le voir tourner la tête jusqu'à ce que son œil valide soit face à elle.

« Non, répondit-il au bout de quelques secondes. C'est… j'avais une sœur aînée mais elle est morte quand on était gosses.

— Oh, je suis désolée.

— Ce sont des choses qui arrivent. Elle était gravement handicapée. Elle faisait des crises et tout ça. J'étais très jeune, je ne me souviens pas de grand-chose. Mais ma mère a beaucoup souffert, évidemment.

— Je m'en doute. »

Ils étaient arrivés devant la Land Rover. Ayant rapidement calculé les risques qu'elle prenait en le faisant monter dans sa voiture, Robin en avait conclu que, même s'il était dangereux, Satchwell hésiterait à l'attaquer en plein jour alors qu'elle tenait le volant. Elle déverrouilla les portières, s'assit et attendit qu'il s'installe sur le siège passager, ce qu'il réussit à faire au bout de deux essais.

« Ouais, on est partis pour Warwick après la mort de Blanche, reprit-il en bouclant sa ceinture. Ma mère et moi. Warwick vaut guère mieux que Leamington, mais je trouve que c'est plus authentique. Perso, je préfère le style médiéval. »

Robin se dit que pour un homme ayant passé sa jeunesse dans les Midlands, il parlait comme un vrai Londonien des quartiers Est. Mais par moments seulement. Curieusement, son accent cockney allait et venait, se mélangeant parfois avec des intonations plus suaves, sans doute empruntées à la langue grecque.

« Alors qu'ici… l'architecture victorienne… à gerber », marmonna-t-il pendant que Robin sortait en marche arrière de sa place de stationnement. Quelques secondes plus tard, levant la tête vers le visage moussu de la reine Victoria qui les contemplait depuis son piédestal, il s'esclaffa : « Tiens, quand on parle du loup ! Mais regardez-la, cette vieille vache. Et vous avez vu cette horreur ? ajouta-t-il alors qu'ils passaient devant l'hôtel de ville. Je suis né ici et je n'en suis pas fier. C'est un truc qu'on a en commun, moi et Crowley. »

Robin crut avoir mal entendu.

« Vous et qui ?

— Aleister Crowley.

— Crowley ? répéta-t-elle en accélérant sur Parade. L'occultiste ?

— Ouais. Il était du coin. Mais vous ne trouverez rien sur lui dans les guides touristiques. Ils ne s'en vantent pas trop. Tournez à gauche. C'est sur notre route. »

Cinq minutes plus tard, Robin découvrit Clarendon Square, une belle place entourée d'immeubles classiques aux façades blanches. Les vastes demeures bourgeoises reconverties en appartements n'avaient pas totalement perdu leur ancien lustre.

« C'est ici qu'il a vu le jour, se rengorgea Satchwell en désignant le numéro 30. Ils n'ont même pas mis de plaque. Les braves gens de Leamington Spa préfèrent l'oublier. Ado, j'ai eu ma période Crowley, précisa-t-il pendant que Robin observait les grandes fenêtres rectangulaires s'alignant sur trois niveaux. Vous savez qu'étant gamin il a torturé un chat à mort, juste pour savoir s'il avait vraiment neuf vies ?

— Non, je l'ignorais, dit Robin avant d'effectuer un demi-tour.

— Je suppose qu'il a fait ça là-dedans », déclara Satchwell avec une satisfaction morbide.

Comme AC. Comme AC. Une idée lumineuse venait de traverser l'esprit de Robin. Talbot avait cherché des éléments susceptibles de relier Satchwell et Crowley via leurs horoscopes respectifs. Crowley qui se prenait pour la Bête, le Baphomet, la terreur de l'Ouest. *La connexion LS*. Bien sûr : Leamington Spa.

Mais pourquoi, plusieurs mois après le début de son enquête, Talbot avait-il tout à coup décidé de calculer le thème astral de Satchwell, alors qu'aucun des autres suspects n'avait eu droit à un tel honneur ? Ce soudain repentir devait-il être mis sur le compte de sa maladie mentale, Talbot ayant découvert que Crowley était originaire de la même ville ? Ou le policier avait-il décelé des failles dans l'alibi de Satchwell ? Ce dernier continuait à pérorer dans son coin, parlant de sa vie en Grèce, de son œuvre picturale, de la déception qu'il avait ressentie en ne retrouvant pas l'Angleterre de sa jeunesse. Robin, qui faisait semblant de l'écouter en émettant des petits bruits appropriés, se remémora les traits de caractère notés par Talbot dans son carnet.

Mars en Capricorne : volontaire, déterminé mais sujet aux accidents.

Lune en Poissons : névrose/troubles de la personnalité/malhonnêteté.

Ascendant Lion : aucun sens de la mesure. Refuse toute coopération.

Une demi-heure plus tard, ils étaient à Warwick. Comme Satchwell l'avait laissé entendre, cette ville était totalement différente de Leamington. Ici, pas d'avenues bordées d'immeubles blancs. Juste des rues étroites souvent pentues et des maisons à colombages. Il y avait même une vieille arche de pierre semblable à celle que Robin avait vue à Clerkenwell.

« On va au Roebuck, déclara Satchwell quand ils furent garés sur la place du marché. Il est là depuis des siècles. C'est le plus vieux pub de la ville.

— Comme il vous plaira », répondit courtoisement Robin tout en vérifiant que son calepin était bien dans son sac à main.

Satchwell lui fit traverser le centre-ville. Tout en marchant, il lui désignait les édifices dignes d'intérêt. Il faisait partie de ces hommes qui ne peuvent s'empêcher de toucher en parlant. À plusieurs reprises, et de manière parfaitement inutile, il lui tapota le bras pour attirer son attention, lui agrippa le coude au moment de traverser une rue. Des gestes servant à montrer qu'elle lui appartenait.

« Ça ne vous ennuie pas ? » demanda-t-il en s'arrêtant devant un magasin de fournitures pour artistes sur Smith Street. Sans attendre sa réponse, il l'entraîna à l'intérieur et, tout en faisant son marché, se mit à railler les tendances de la peinture actuelle et l'inanité des critiques d'art. *Pauvre Margot*, songea Robin. Puis elle imagina le regard moqueur de Margot posé sur elle. Après tout, Satchwell était-il pire que Matthew et son stock inépuisable d'anecdotes sportives qu'il racontait pour se faire valoir, ses discours sentencieux célébrant ses réussites professionnelles, ses primes, ses augmentations de salaire ? Non, pensa Robin en s'excusant presque, Margot ne méritait pas sa commisération.

Le Roebuck Inn était un pub à l'ancienne, avec une tête de cerf dessinée sur son enseigne et un plafond bas, soutenu par des poutres. Ils choisirent une table pour deux au fond de la salle. Robin ne put s'empêcher de noter la coïncidence : le mur derrière Satchwell était garni de trophées de bêtes à cornes. Elle inventoria une tête de cerf empaillée et deux statuettes de bronze, l'une figurant une antilope, l'autre un bélier. La carte des plats était décorée dans le même ton, avec des ramures de daim imprimées en silhouettes. Robin commanda un Coca Zéro en essayant de penser à autre chose qu'aux signes du zodiaque.

« Je peux commencer à vous interroger ? demanda-t-elle en souriant quand la serveuse repartit vers le comptoir.

— Oui, bien sûr », dit Satchwell en découvrant ses dents tachées de nicotine. Puis il leva la carte devant lui et se plongea dans la lecture du menu.

« Ça vous embête si je prends des notes ?

— Allez-y », répondit-il, toujours aussi affable. Son œil unique, qui émergeait au-dessus du carton plastifié, suivit les gestes de Robin tandis qu'elle prenait son calepin, l'ouvrait et débouchait son stylo-bille.

« Veuillez m'excuser si jamais certaines questions…

— Vous ne voulez vraiment pas boire un truc normal ? demanda Satchwell qui avait commandé une bière. Pour m'accompagner.

— Eh bien, c'est que je conduis, voyez-vous.

— Et si vous restiez un peu plus longtemps ? Pas avec moi, n'ayez crainte, ajouta-t-il rapidement avec un sourire qui, sur un homme de son âge, faisait penser au rictus d'un satyre. Je veux dire, vous pourriez vous offrir une chambre d'hôtel, vous la couler douce. Aux frais de la princesse. J'imagine que la famille de Margot vous paie royalement, non ? »

Robin répondit avec un petit sourire poli :

« Je dois rentrer à Londres. Nous avons beaucoup de travail en ce moment. J'aimerais préciser certains points au sujet de Margot, poursuivit-elle. Ça m'aiderait bien. Comment vous êtes-vous rencontrés ? »

Il lui servit l'histoire qu'elle connaissait déjà : un client l'avait invité au club Playboy et la jeune femme de dix-neuf ans, avec ses longues jambes, ses oreilles velues et sa queue de lapin, lui avait aussitôt tapé dans l'œil.

« Et vous avez sympathisé ?

— On peut le dire comme ça. Mais perso, j'aurais employé un autre terme. »

Il posa son œil froid sur Robin, laissa passer deux secondes et reprit :

« Sexuellement, c'était très intense entre nous. Elle était vierge quand on s'est connus, vous savez… »

Robin garda son sourire bien en place. Il ne parviendrait pas à la mettre mal à l'aise.

« Elle avait dix-neuf berges. Moi vingt-cinq. Une belle fille, soupira-t-il. J'aimerais encore avoir les photos que j'ai faites d'elle, mais après qu'elle a disparu je m'en suis débarrassé. Ç'aurait été mal de les garder. »

Robin entendit la voix d'Oonagh résonner dans sa tête. « Il a pris des photos d'elle. Vous savez. Des *photos.* » Satchwell voulait sans doute parler de photos osées. S'il s'était agi de simples portraits, il n'aurait pas dit que c'était mal de les garder.

La serveuse revint avec la bière de Satchwell et le Coca de Robin. Celle-ci jeta un coup d'œil sur le menu et commanda une salade au poulet et au bacon ; Satchwell prit un steak-frites. Quand ils furent de nouveau seuls, Robin posa une question dont elle connaissait déjà la réponse :

« Combien de temps êtes-vous restés ensemble ?

— Deux ans en tout. On a rompu et on s'est rabibochés plusieurs fois. Margot n'avait rien d'une égérie.

Elle me faisait des crises de jalousie si je prenais des modèles mais, d'un autre côté, elle était incapable de rester deux minutes sans bouger. Ha ha. Non, Margot Bamborough était une fille formidable. Je l'avais dans la peau. Elle méritait sacrément mieux que ce job de Bunny Girl. »

Je suis bien d'accord, songea Robin, sans cesser de sourire. *Elle est même devenue médecin, figure-toi.*

« Vous avez fait des portraits d'elle ?

— Ouais, dit Satchwell. Quelques-uns. Des dessins, surtout. Et un tableau grandeur nature. J'ai tout vendu. J'avais besoin de fric. Je le regrette maintenant. »

Il s'abîma dans un genre de rêverie. En voyant son œil bleu balayer l'espace, Robin se demanda ce qui se nichait derrière ce visage tanné dont les rides profondes lui évoquaient l'écorce d'un teck. Revivait-il d'anciens souvenirs ou jouait-il seulement le rôle du vieil amant nostalgique ?

« Une sacrée nana, Margot Bamborough », marmonna-t-il.

Il but une gorgée de bière avant d'ajouter :

« C'est son mari qui vous paie, n'est-ce pas ?

— Non. Sa fille.

— Oh, fit Satchwell en hochant la tête. Ouais, bien sûr : c'était une gamine, à l'époque. Margot était toujours aussi mince quand je l'ai revue après son mariage. On n'aurait jamais dit qu'elle avait eu un gosse. Mes deux femmes ont pris au moins six kilos à chaque grossesse.

— Combien d'enfants avez-vous ? » demanda Robin par simple politesse.

Elle avait hâte que les plats arrivent. Quelque chose lui disait que la bonne humeur de Paul Satchwell risquait de ne pas durer et elle savait qu'il était plus difficile de se lever et de partir quand on avait une assiette pleine devant soi.

« Cinq. Deux avec la première, trois avec la deuxième. Je n'en voulais pas tant : on a fini par des jumeaux. Ils sont tous adultes maintenant, Dieu merci. Les gosses et la création, ça ne fait pas bon ménage. Je les adore, ajouta-t-il brusquement, mais Cyril Connolly avait raison de dire que l'art n'a pas de pire ennemi que le landau dans le vestibule. »

Il lui jeta un bref regard et sauta du coq à l'âne.

« Alors comme ça, son mari croit toujours que j'ai trempé dans sa disparition ?

— Comment ça, toujours ? s'étonna Robin.

— Il a donné mon nom à la police. Le soir où elle n'est pas rentrée. Il devait croire qu'elle s'était enfuie avec moi. Vous savez que j'étais tombé sur elle deux semaines auparavant ?

— Oui, je le sais.

— Il a dû se mettre à gamberger, Machin-Chose. Remarquez, ça faisait louche. Je ne lui jette pas la pierre, j'aurais sûrement fait pareil si ma nana avait croisé l'un de ses ex avant de se tirer… de disparaître, je veux dire. »

Les plats arrivèrent. Le steak-frites de Satchwell était appétissant. En revanche, Robin, trop concentrée sur ses questions, avait dû se tromper de ligne en lisant le menu. Au lieu d'une salade composée, elle se retrouva face à plusieurs ramequins contenant des morceaux de saucisse, du houmous et une préparation à base de feuilles de laitue trempant dans la mayonnaise, le tout posé sur une planche. Rien que des choses impossibles à manger en prenant des notes.

« Vous voulez des frites ? proposa Satchwell avant de pousser vers elle le petit seau de métal où elle étaient rassemblées.

— Non merci, répondit poliment Robin, un gressin dans la main gauche, son stylo dans la droite.

« Margot vous a-t-elle parlé de Roy, le jour où vous vous êtes vus ? renchérit-elle.

— Un peu, fit Satchwell, la bouche pleine. Elle donnait le change. Normal, quand on croise un ex. On veut que l'autre s'imagine que tout va pour le mieux, qu'on a trouvé la perle rare, qu'on n'a pas de regrets.

— Vous pensez qu'elle avait des regrets ?

— Elle n'était pas heureuse, ça crevait les yeux. J'ai pensé, ma fille, il ne s'occupe pas de toi. Elle essayait de faire bonne figure mais elle était triste. Abattue.

— Vous ne vous êtes revus qu'une seule fois ? »

Satchwell mastiquait sa viande d'un air pensif. Il avala avant de répondre :

« Vous avez lu ma déposition ?

— Oui.

— Alors vous savez ce qu'il en est, dit-il en pointant sa fourchette vers Robin. Pas vrai ? »

Il souriait comme pour adoucir sa remarque. Mais Robin avait nettement perçu de l'animosité dans sa voix.

« Donc vous avez bu un verre et vous avez parlé, embraya Robin comme si de rien n'était.

— Ouais, on est allés dans un bar à Camden, pas loin de là où j'habitais, répondit-il, un ton en dessous. Elle sortait d'une visite chez un patient. »

Robin prit note.

« Vous souvenez-vous de quoi vous avez discuté ?

— Elle m'a dit qu'elle avait épousé un homme riche, qu'elle l'avait rencontré en fac de médecine… Il faisait quoi déjà, son mec ? dit Satchwell en jouant l'indifférence. Cardiologue ?

— Hématologue.

— C'est quoi, un truc rapport au sang ? Ouais, les gens intelligents l'impressionnaient, Margot. Ça ne lui venait pas à l'esprit qu'ils pouvaient être aussi salauds que n'importe qui d'autre.

— Avez-vous eu l'impression que le Dr Phipps était un salaud ? lança Robin, l'air de rien.

— Pas vraiment. Mais on m'a dit qu'il avait un balai dans le cul et que c'était un fils à maman.

— Qui vous a dit ça ? demanda Robin, le stylo levé.

— Quelqu'un qui le connaissait, répondit-il avec un petit haussement d'épaules. Vous êtes célibataire ? enchaîna-t-il, son œil unique braqué sur la main gauche de Robin.

— Je vis en couple », dit-elle dans un sourire. C'était la réponse qu'elle fournissait chaque fois qu'un client ou un témoin essayait de la draguer.

« Ah ouais ? Moi je trouve que si une nana vit avec un mec sans être mariée, ça veut dire qu'elle l'aime vraiment, qu'elle s'intéresse à lui et pas à son fric, ou autre… Pas vrai ?

— Oui, c'est possible, fit Robin, comprenant qu'il essayait de la déconcentrer. Margot vous a-t-elle dit si elle avait des soucis ? Chez elle ou au travail ?

— Bien sûr que non. Je vous le répète, elle voulait me faire croire qu'elle nageait dans le bonheur, répondit Satchwell en mâchant ses frites. Un chouette boulot, un chouette mari, une chouette gosse, une chouette maison : elle avait réussi. » Il déglutit. « Moi j'ai fait pareil. Je lui ai raconté que je montais une expo, qu'une de mes peintures avait remporté un prix, que je jouais de la gratte dans un groupe, que j'avais une copine régulière… mais là, je mentais, ajouta-t-il en reniflant. Cette fille, je m'en souviens juste parce qu'on a rompu le soir même, juste après que j'ai revu Margot. Ne me demandez pas son nom. On n'est pas restés longtemps ensemble. Elle avait de longs cheveux noirs et une énorme toile d'araignée tatouée autour du nombril. Mais pour le reste… bref, je l'ai virée. Parce que Margot… »

Il hésita. Son œil se troubla.

« J'avais trente-cinq ans. C'est un âge bizarre. On commence à se dire qu'on va bientôt taper les quarante, que ça va vraiment vous arriver. Vous avez quoi, vingt-cinq ans ?

— Vingt-neuf.

— Ça vient plus tôt chez les femmes. Elles ont peur de devenir des vieilles peaux. Vous avez des gosses ?

— Non. Donc, Margot ne vous a rien dit qui puisse faire penser à une disparition volontaire ?

— Margot ne serait jamais partie en laissant tout en plan, dit Satchwell avec la même conviction qu'Oonagh. Pas Margot. Il y avait écrit "J'assure" sur son front. C'était une fille bien, vous savez ? Une bonne élève.

— Vous aviez prévu de vous revoir ?

— Pas vraiment, répondit Satchwell en piochant quelques frites dans le seau. Mon groupe passait au Dublin Castle la semaine suivante. Je lui ai dit, "Fais donc un saut, si ça te botte" mais elle ne pouvait pas venir. Le Dublin Castle. C'était un pub à Camden. Il existe peut-être toujours.

— Oui, dit Robin. Il existe toujours.

— J'ai tout raconté au flic qui m'a interrogé : que je l'avais invitée à venir me voir jouer, que j'aurais bien aimé ressortir avec elle, si ça la branchait. J'avais rien à cacher. »

Robin se rappelait que Strike avait trouvé louche cette déclaration spontanée devant la police. Elle-même estimait qu'une telle sincérité cadrait mal avec le personnage.

« Donc Margot n'a pas assisté à votre concert au Dublin Castle ? » demanda-t-elle en essayant de ne pas montrer sa méfiance.

Satchwell prit le temps d'avaler ses frites avant de répondre :

« Pas que je sache.

— Le petit Viking en bois que vous lui avez donné, rebondit Robin sans le quitter des yeux. Celui avec le prénom "Brunhilde" gravé…

— Celui qu'elle avait sur son bureau ? l'interrompit Satchwell sur un ton dans lequel Robin crut déceler une pointe de vanité. Ouais, je lui avais offert ce truc à l'époque où on était ensemble. »

Était-ce crédible ? s'interrogea Robin. Sachant que leur rupture s'était très mal passée, que Satchwell la battait, qu'un jour il l'avait enfermée chez lui pour l'empêcher d'aller travailler et qu'elle était désormais mariée à un autre homme, était-il pensable que Margot ait tenu à cette statuette ridicule au point de la garder à portée de main ? Quand un couple se séparait dans la violence, les mots doux, les blagues, les petits cadeaux échangés au temps du bonheur devenaient lettres mortes et leur souvenir parfois plus pénible que celui des disputes et des insultes. Après avoir appris qu'il la trompait, Robin avait donné la plupart des cadeaux de Matthew à des œuvres de charité, même l'éléphant en peluche qu'il lui avait offert pour leur première Saint-Valentin et le coffret à bijoux de son vingt et unième anniversaire. Comme Satchwell semblait vouloir s'en tenir à sa version, Robin décida de changer de sujet.

« Je crois que vous aviez un lien avec une imprimerie sur Clerkenwell Road.

— Pardon ? fit Satchwell en fronçant les sourcils. Une imprimerie ?

— Une jeune fille nommée Amanda White a prétendu avoir aperçu Margot derrière une fenêtre de cette imprimerie, le soir où…

— Sans blague ! Quel lien j'aurais pu avoir avec une imprimerie ? Qui vous a raconté ça ?

— Dans les années 1980, quelqu'un a sorti un livre sur la disparition de Margot…

— Tiens donc ! Première nouvelle.

— … et on y apprend que l'imprimerie en question fabriquait des flyers pour un night-club où vous aviez peint une fresque.

— La belle affaire ! ricana Satchwell. J'appelle pas ça un lien. Une coïncidence, à la rigueur. Je ne la connais pas, cette foutue imprimerie. »

Robin prit note et passa à la question suivante.

« Que pensiez-vous de Bill Talbot ?

— Qui ?

— Le policier chargé de l'enquête. Le premier, précisa Robin.

— Ah, lui, fit Satchwell en hochant la tête. Un type carrément bizarre. Quand j'ai appris qu'il avait fait une dépression ou un truc dans le genre, ça ne m'a pas surpris. Il posait des questions chelou. Qu'est-ce que j'avais fait tel jour et tel jour. Des dates au hasard. Après, j'ai compris qu'il essayait de savoir si j'étais le Boucher de l'Essex. Il m'a même demandé l'heure de ma naissance. Mais qu'est-ce que ça pouvait bien lui foutre…

— C'était pour calculer votre thème astral, dit Robin avant de lui expliquer en quelques mots l'intérêt que Talbot portait à l'astrologie.

— *Dén tó pistévo !* J'y crois pas ! L'astrologie ? Quand je pense qu'il a dirigé l'enquête pendant… combien de temps ?

— Six mois.

— Bon sang, dit Satchwell avec un froncement de sourcils qui plissa le sparadrap transparent retenant son pansement.

— Son entourage n'a pas réalisé tout de suite à quel point il était malade », poursuivit Robin en sortant de son sac plusieurs feuilles de papier : les photocopies des dépositions que Satchwell avait faites devant Talbot et Lawson.

« C'est quoi, tout ça ? demanda-t-il sèchement.

— Vos dépositions.

— Pourquoi y a-t-il toutes ces… ces étoiles ? Par-dessus…

— Ce sont des pentagrammes. Voici ce que vous avez déclaré à l'inspecteur Talbot. Ne vous inquiétez pas, c'est une simple vérification, ajouta-t-elle en voyant que Satchwell commençait à s'énerver. Nous avons procédé de la même manière avec tous les autres protagonistes de l'affaire. Je sais qu'à l'époque la police a vérifié vos déclarations. Je voulais juste vous demander de relire ces documents, au cas où quelque chose vous reviendrait. »

Prenant son silence pour un consentement, elle poursuivit :

« Vous avez passé l'après-midi du 11 octobre seul dans votre atelier, mais à 17 heures, vous avez reçu un coup de téléphone. Un certain… Hendricks ?

— Hendricks, ouais. C'était mon agent.

— Vers 18 h 30, vous êtes sorti dîner dans un café du quartier et vous avez discuté avec la caissière, laquelle a confirmé vos dires. Ensuite vous êtes rentré pour vous changer avant de ressortir et retrouver des amis dans un bar, le Joe Bloggs, aux environs de 20 heures. Vos trois amis ont déclaré qu'ils étaient bien avec vous à cette heure-là. Rien à ajouter ?

— Non, répondit Satchwell, légèrement soulagé, nota Robin. Ça colle.

— L'un de ces amis était-il celui qui connaissait Roy Phipps ? demanda Robin en passant.

— Non, lâcha-t-il froidement avant d'évacuer le sujet. La fille de Margot doit bien taper dans les quarante ans maintenant, hein ?

— Elle a eu quarante ans l'année dernière.

— *Éla*, dit Satchwell en secouant la tête. Le même âge que sa… »

Il leva l'une de ses mains brunes et ridées, couvertes de grosses bagues en argent et turquoise, et imita le vol d'un avion en papier.

« … et un jour on s'aperçoit qu'on est vieux et que le temps a passé sans qu'on s'en rende compte.

— De quand date votre départ pour l'étranger ?

— Je ne voulais pas quitter l'Angleterre, à la base. Fin 1975, je suis parti en voyage », dit Satchwell. Il avait presque terminé sa viande.

« Qu'est-ce qui vous a décidé à… ?

— Ça faisait un moment que j'avais envie de voir du pays. Mais après que Creed a tué Margot… c'était tellement horrible… un tel choc… je ne sais pas, j'ai voulu changer de paysage.

— Donc à votre avis, c'est Creed qui l'a tuée ? »

Il enfourna le dernier morceau de steak et se mit à le mastiquer.

« Ben ouais. Évidemment, au début, j'espérais qu'elle avait juste quitté son mari et qu'elle s'était planquée quelque part. Mais le temps passant… ouais, tout le monde disait que c'était le Boucher de l'Essex, y compris la police. Pas juste l'autre cinglé. Son collègue aussi, celui qui l'a remplacé.

— Lawson. »

Satchwell haussa les épaules comme pour dire « peu importe son nom ».

« Vous allez interroger Creed ? demanda-t-il.

— J'espère.

— Et vous croyez qu'il lâchera le morceau ? Pourquoi ferait-il ça ?

— Pour tenir la une des journaux pendant quelques jours. Il aime qu'on parle de lui. Donc, la disparition de Margot a été un choc pour vous ?

— Évidemment, dit Satchwell en se nettoyant les dents avec sa langue. Je venais de la revoir et… bon, je n'étais plus amoureux d'elle mais… vous avez déjà été cuisinée par des flics ? lui demanda-t-il avec une pointe d'agressivité.

— Oui. Plusieurs fois. Et j'ai trouvé ça très éprouvant.

— Donc, je ne vous fais pas un dessin, répondit Satchwell, radouci.

— Pourquoi avoir choisi la Grèce ?

— Je ne l'ai pas choisie. J'avais hérité de ma grand-mère. Alors j'ai eu envie de me mettre au vert un petit moment. Visiter l'Europe, peindre… J'ai fait la France, l'Italie, et en 1976 j'ai débarqué à Kos. Je bossais dans un bar. Le reste du temps, je peignais et je vendais mes toiles aux touristes. Quand j'ai rencontré ma première femme… j'ai décidé de rester.

— J'ai encore une question à vous poser, dit Robin en tirant une feuille du bas de la pile. Margot aurait été aperçue une semaine après sa disparition. Mais la police ne l'a jamais su.

— Ah ouais ? dit Satchwell, intéressé. Où ça ?

— À Leamington Spa, dans le cimetière attenant à l'église All Saints. »

Les gros sourcils blancs de Satchwell se levèrent, malmenant de nouveau le sparadrap transparent qui maintenait son pansement.

« All Saints ? s'exclama-t-il, incrédule.

— Elle regardait les tombes. Le témoin prétend que ses cheveux étaient teints en brun.

— C'est qui, ce témoin ?

— Un homme qui se baladait à moto dans la région. Deux ans plus tard, il en a parlé à l'infirmière du cabinet St. John's.

— À l'infirmière ? »

Satchwell serra les dents, visiblement contrarié.

« Qu'est-ce qu'elle vous a dit d'autre, cette *infirmière* ? reprit-il en fouillant le regard de Robin qui ne comprenait pas la raison de cette soudaine colère.

— Vous connaissez Janice ? demanda-t-elle pour le tester.

— C'est comme ça qu'elle s'appelle ? J'avais oublié.

— Donc, vous la connaissez ? »

Satchwell se remplit la bouche de frites. Il cherchait à gagner du temps, songea Robin tandis qu'une montée d'adrénaline lui procurait un délicieux frisson. Le genre de sensation qui, dans ce métier, vous faisait oublier la fatigue, les nuits sans sommeil et les heures passées à attendre en vain.

« C'est une fouteuse de merde, explosa-t-il enfin. Une fouteuse de merde, cette infirmière. Avec Margot, elles ne pouvaient pas se sentir. C'est Margot qui me l'a dit.

— Quand ?

— Le jour où on s'est croisés par hasard, dans la rue…

— Je croyais qu'elle n'avait pas parlé de son travail ?

— Eh ben, ça, elle me l'a dit. Elles s'étaient accrochées toutes les deux. Enfin, je crois. Elle en a parlé comme ça, en passant. Mais elle m'a dit qu'elle n'aimait pas l'infirmière », répéta Satchwell.

Un masque d'airain venait de se plaquer sur le visage tanné du vieil artiste. Le séducteur sur le retour avait disparu, remplacé par un vieillard borgne à l'expression malveillante. Cette curieuse transformation le faisait ressembler à Matthew quand il se mettait en colère et que sa bouche et son menton se contractaient, comme serrés dans une muselière. Robin n'en fut guère impressionnée. Elle devinait chez Satchwell le même instinct calculateur que chez son ex-mari. Il savait parfaitement ce qu'il risquait si jamais il levait la main sur elle. Quoi qu'il ait pu infliger en privé à Margot ou à ses deux épouses, il n'avait pas intérêt à se comporter ainsi devant tout le monde, et encore moins dans la ville où habitait sa sœur.

« On dirait que vous êtes fâché, fit-elle.

— *Gia chári tou !* C'est peu de le dire. Cette infirmière de mes deux. Elle essaie de m'enfoncer, hein ? Elle a inventé cette histoire pour faire croire que Margot s'était enfuie avec moi…

— Janice n'a rien inventé. Nous avons joint la veuve de Mr. Ramage qui a confirmé les faits. Son mari avait parlé de cette rencontre à plusieurs personnes et…

— Qu'est-ce que cette *Janice* vous a raconté, à part ça ?

— Elle n'a jamais mentionné votre nom, dit Robin, toujours plus intriguée. Nous ignorions même que vous vous connaissiez.

— Et malgré ça, elle vous sort que Margot a refait surface à Leamington Spa ? Non, elle sait exactement ce qu'elle fait. »

Satchwell piocha une autre frite. Puis brusquement il se leva et quitta la table en frôlant l'épaule de Robin, qui eut juste le temps de se retourner pour le voir s'engouffrer dans les toilettes. De dos, il faisait plus vieux. On voyait briller son crâne entre ses cheveux clairsemés et son jean pochait sur ses fesses trop maigres.

Considérait-il que l'entretien était terminé ? Robin n'avait pas encore abattu toutes ses cartes. Il lui restait un point à aborder, un point qui pouvait se révéler dangereux, mais tant pis. Elle ne le laisserait pas s'en tirer comme ça, alors qu'il avait à peine répondu à ses questions.

Elle dut attendre cinq bonnes minutes pour le voir revenir. Cinq minutes qu'il avait mises à profit pour reprendre contenance. Au lieu de se rasseoir, il resta planté à côté d'elle et déclara tout de go :

« Vous savez ce que je pense ? Vous n'êtes pas détective. Vous êtes une putain de journaliste. »

Vu du dessous, son cou de tortue était particulièrement impressionnant. La chaîne en argent, les grosses bagues, les cheveux longs faisaient à présent figure de déguisement.

« Vous n'avez qu'à appeler Anna Phipps, si vous ne me croyez pas, dit Robin. Je peux vous donner son numéro. Pourquoi la presse s'intéresserait-elle à vous ?

— Ces gens-là m'en ont fait baver à l'époque. Je ne veux plus les voir. Je n'ai pas besoin de ça. Je suis censé être en convalescence.

— Une dernière chose, insista Robin. Je pense que ça va vous intéresser. »

Elle avait appris la méthode avec Strike. Rester calme, parler sur un ton péremptoire, faire croire qu'on en savait plus long qu'on ne voulait bien le dire.

L'œil de Satchwell la transperça comme une flèche. Fini les tentatives de séduction, fini les remarques paternalistes. Maintenant, il la considérait comme une égale : une adversaire.

« Pourquoi ne pas vous asseoir ? dit Robin. Je n'en ai pas pour longtemps. »

Après une légère hésitation, Satchwell s'installa de telle façon que sa tête masquait une bonne partie du trophée fixé au mur de briques. On aurait dit que les ramures du cerf prenaient racine de chaque côté de son crâne et jaillissaient d'entre ses longs cheveux blancs.

« Margot Bamborough savait quelque chose sur vous. Une chose dont vous lui aviez interdit de parler. Je me trompe ? »

Il la fusilla du regard.

« Le rêve de l'oreiller ? » tenta Robin.

Chaque ride sur son visage se solidifia. À présent, il ressemblait à un renard enragé. Sous la toison blanche, son torse brun se creusa davantage, comme si ses poumons s'étaient subitement vidés.

« Elle l'a dit à quelqu'un, c'est ça ? À qui ? » Et avant que Robin puisse répondre, il ajouta : « Son mari, j'imagine ? Ou cette connasse d'Irlandaise ? »

Ses mâchoires fonctionnaient à vide.

« Je n'aurais jamais dû lui raconter ça. C'est le genre de truc qu'on fait quand on est bourré et amoureux. On réfléchit pas. Après j'ai regretté. Pendant des années, j'arrêtais pas de me dire qu'elle allait… »

Il laissa le reste de sa phrase à la libre interprétation de Robin.

« Quand vous vous êtes revus, en a-t-elle parlé ? demanda cette dernière en louvoyant pour tenter d'arriver à ses fins.

— Elle a pris des nouvelles de ma mère, répondit Satchwell. Je me suis dit, où est-ce qu'elle veut en venir ? Mais je crois qu'elle ne pensait pas à mal. Peut-être qu'elle avait appris la vie à force de soigner les gens, peut-être qu'elle avait changé son fusil d'épaule. Elle avait dû croiser pas mal de malheureux dans le genre de ma sœur Blanche. Une vie pareille ne mérite pas d'être vécue.

« Enfin bref, dit-il en se penchant vers Robin. Je continue à penser qu'il s'agissait d'un rêve. OK ? J'avais six ans. J'ai rêvé. Et même si la chose s'est réellement passée, c'est de l'histoire plus qu'ancienne, maintenant. Personne n'y peut plus rien changer. Ma vieille maman est morte en 1989. Vous n'irez pas lui chercher des poux dans la tête, à cette pauvre femme. Une mère célibataire avec deux gosses sur les bras. Abréger les souffrances d'un être humain, j'appelle ça un acte de miséricorde. Vous m'entendez ? »

Il se leva, le visage défait, pâle sous son bronzage, et fonça vers la sortie. Mais au moment de passer la porte, il s'arrêta, fit volte-face et revint vers elle en serrant les dents.

« Vous êtes une sale petite pute », cracha-t-il avec toute la méchanceté dont il était capable.

Et cette fois-ci, il disparut pour de bon.

Robin était restée parfaitement calme. Son cœur battait un peu plus vite que la normale, mais c'était à cause de l'exaltation. Elle écarta la planche et ses ramequins peu ragoûtants, rapprocha le petit seau en métal et mangea les quelques frites que Satchwell y avait laissées.

48

Sir Artegall, dont les exploits
Sont connus depuis longtemps...
Comme il en reçut ordre d'elle,
Vers la mer, se mit en route...

Edmund SPENSER,
La Reine des fées

La messe de funérailles se termina par le cantique des marins, « Eternal Father, Strong to Save ». Pendant que les paroissiens l'entonnaient en chœur, Ted, Strike, Dave Polworth et trois camarades de Ted, sauveteurs en mer comme lui, remontèrent l'allée centrale de la petite église aux murs beiges et à la charpente apparente, portant sur l'épaule le cercueil de Joan. Du haut de son vitrail, flanqué d'une tour de garde et d'un phoque juché sur un rocher, saint Mawes, le moine du ve siècle ayant donné son nom au village et à l'église, regarda passer le cortège, vêtu de sa tunique pourpre.

O Saviour, whose almighty word
The winds and waves submissive heard,

Who walked upon the foaming deep,
And calm amidst the rage did sleep[1]...

Polworth marchait derrière Strike. De loin le plus petit des six, il faisait de son mieux pour supporter sa part du fardeau.

Il y avait une telle foule que beaucoup de gens avaient dû rester debout au fond de l'église. D'autres, qui n'avaient pu entrer, tendaient l'oreille pour suivre l'office depuis le parvis. Ils se rassemblèrent en silence autour du corbillard pendant qu'on y chargeait la boîte en chêne verni. Il y eut à peine un murmure lorsque les portes à l'arrière se refermèrent sur la dépouille mortelle de Joan. Vêtu d'un épais manteau noir, l'employé des pompes funèbres s'assit au volant. Quand il démarra, Strike passa son bras autour des épaules de son oncle et regarda avec lui le véhicule s'éloigner le long de la rue. Au moment où Joan disparut, il sentit son corps trembler comme une feuille.

« Tu as vu toutes ces fleurs, Ted ? » dit Lucy dont les paupières étaient si gonflées qu'on voyait à peine ses yeux. Tous les trois se retournèrent vers l'église. Le parvis était envahi de gerbes, de couronnes, de bouquets. Un magnifique étalage de couleurs vives égayant la grisaille de l'édifice.

« Quels beaux lys, Ted, regarde… de la part de Marion et Gary, “nous pensons à vous du Canada”… »

---

1. « Ô Sauveur, dont la parole toute-puissante apaisa les vents et les vagues, toi qui marcha sur les profondeurs d'écume et dormit au calme parmi la fureur… »

La foule en deuil continuait à sortir de l'église et à se masser le long du mur latéral, pour éviter de se mélanger à la famille de la défunte. Joan aurait adoré cette profusion de fleurs, songea Strike en écoutant Lucy lire les messages de sympathie à leur oncle dont les yeux étaient aussi rouges et bouffis que les siens. L'entendre ainsi réciter le nom des donateurs lui apporta un soulagement inattendu.

« Yann et Judy. Terry et Olive…

— Mais il y en a tant que cela ? » fit Ted, émerveillé.

Déjà moins disciplinés, les nombreux amis de la défunte commençaient à se répandre sur le trottoir en murmurant. Sans doute se demandaient-ils si la bienséance les autoriserait à rejoindre dès à présent le Ship and Castle où les attendait la traditionnelle collation. Strike était mal placé pour leur en vouloir. Lui-même avait très envie d'une bière et peut-être aussi d'un petit verre d'alcool par la même occasion.

« "Sincères condoléances de Robin, Sam, Andy, Saul et Pat", dit Lucy en montrant à son frère une carte agrafée à une gerbe. C'est adorable, tu ne trouves pas ? C'est toi qui lui as dit que Joan adorait les roses roses ?

— Euh, je ne crois pas », répondit Strike qui n'était même pas au courant des préférences de sa tante en matière de fleurs.

Le fait que son agence soit représentée en ce jour de deuil, parmi les autres hommages rendus à la défunte, signifiait énormément pour lui. Contrairement à Lucy, il rentrerait seul à Londres, et par le train. Et même si depuis une bonne semaine il rêvait de calme et d'intimité, l'idée de regagner son petit appartement sous les toits après toutes ces longues journées d'angoisse ne le remplissait pas d'enthousiasme. Les roses étaient pour Joan, mais aussi pour lui ; elles disaient, vous n'êtes pas tout seul, vous avez bâti quelque chose à Londres, ce n'est peut-être pas une famille mais il y a là-bas des gens qui tiennent à vous et qui attendent votre retour. Strike pensait « des gens » parce qu'il avait lu cinq noms sur la carte, mais en réalité, il ne voyait que le visage de Robin.

Lucy laissa son mari et les garçons partir ensemble au Ship and Castle pendant qu'elle-même embarquait Strike et Ted dans la voiture de ce dernier. Personne ne dit un mot durant le trajet. Ils étaient émotionnellement épuisés.

Joan avait eu mille fois raison de leur éviter l'épreuve du crématorium, songea Strike en regardant les rues familières défiler de chaque côté de la voiture. Dans quelque temps, ils récupéreraient ses cendres dans une urne qu'ils pourraient serrer contre leur cœur. Ils l'emmèneraient sur un bateau et lui diraient au revoir par un bel après-midi ensoleillé, dans la stricte intimité familiale.

La salle à manger du Ship and Castle donnait sur la baie de St. Mawes. Le temps était couvert mais calme. Strike commanda deux pintes au comptoir et en apporta une à son oncle attablé avec des amis. Puis il revint sur ses pas, se fit servir un double Famous Grouse qu'il avala cul sec, et alla se poster derrière une baie vitrée pour boire tranquillement sa bière.

Dès qu'une frange argentée se dessinait sur le pourtour des nuages, le gris opalescent de la mer se piquait de minuscules étincelles. Depuis ce poste d'observation, les maisons de St. Mawes formaient une seule et même tache allant du brun à l'anthracite. Heureusement, les petites barques fichées dans les vasières en contrebas de l'hôtel apportaient au morne paysage des touches de couleur plus riantes.

« Ça va, Diddy ? »

Strike se retourna : Ilsa était là, avec Polworth. Elle lui ouvrit les bras et le serra contre elle. Tous les trois se connaissaient depuis l'école primaire. En ce temps-là, Ilsa ne portait pas Dave dans son cœur. Comme la plupart des petites filles de St. Mawes, d'ailleurs. De l'autre côté de la salle, Strike aperçut Penny, la femme de Polworth, qui bavardait avec un groupe d'amies.

« Nick n'a pas pu venir, à cause du boulot. Il regrette sincèrement, dit Ilsa.

— Je comprends, répondit Strike. C'est super que tu sois là.

— J'aimais beaucoup Joan, dit-elle simplement. Mes parents ont invité Ted à la maison vendredi soir. Papa prévoit de l'emmener jouer au golf mardi. »

Les deux filles Polworth se poursuivaient à travers la salle. La plus jeune – Strike ne savait jamais qui était Roz et qui était Mel – se précipita vers eux et se cacha derrière les jambes de Strike, comme si elle le prenait pour un fauteuil. Elle pointa son nez, chercha sa sœur du regard puis détala en gloussant de rire.

« Et il vient manger chez nous samedi », dit à son tour Polworth comme s'il n'avait rien remarqué. Les Polworth ne grondaient leur infernale progéniture que si elle les dérangeait personnellement. « T'inquiète, Diddy, on prendra bien soin de lui.

— Merci, mon vieux », fit Strike, la gorge serrée. Il n'avait pas pleuré à l'église ni durant la terrible période qui avait immédiatement suivi la mort de sa tante. Il y avait eu tant de choses à penser, à organiser. L'activité l'avait maintenu à flot. Mais à présent, face à la gentillesse de ses vieux amis, il sentait ses défenses se fissurer peu à peu. Il aurait voulu leur exprimer sa gratitude, dire à Polworth, qui ne lui avait pas encore permis de le faire, combien il lui était reconnaissant de les avoir aidés, Lucy et lui, à revoir Joan avant qu'elle ne s'éteigne. Il allait se décider quand Penny Polworth les rejoignit avec deux femmes que Strike n'avait jamais vues mais qui lui décochaient de grands sourires.

« Bonjour, Corm, dit Penny, une brune aux yeux marron et au nez un peu fort. Je te présente Abigail et Lindy. Elles avaient hâte de faire ta connaissance.

— Salut », fit Strike, impassible, en leur serrant la main. Si elles espéraient qu'il leur parle de son métier et de ses exploits, elles risquaient d'être déçues. Aujourd'hui, il ne voulait être personne d'autre que le neveu de Joan. Il supposa qu'Abigail était la fille de Lindy car elles avaient le même visage plat et joufflu, la plus âgée se distinguant par ses sourcils parfaitement redessinés au crayon et son bronzage couleur carotte.

« Elle était si fière de vous, attaqua Lindy.

— Nous lisons tout ce qu'on écrit sur vous dans la presse, dit Abigail comme si elle allait se mettre à roucouler.

— Sur quoi êtes-vous en ce moment ? embraya Lindy en le couvant du regard. J'imagine que vous n'avez pas le droit d'en parler, hein ?

— Avez-vous déjà eu affaire à la famille royale ? » voulut savoir Abigail.

Dieu du ciel.

« Non, se contenta de répondre Strike. Désolé, j'ai besoin d'une clope. » Et il les planta là.

Il s'était comporté en rustre, il le savait mais s'en fichait, même si sa tante n'aurait pas apprécié, songea-t-il en s'éloignant. Qu'est-ce que ça lui aurait coûté, après tout, de divertir les amis de Joan en leur racontant quelques anecdotes ? Combien de fois ne l'avait-elle pas présenté à ses relations en se rengorgeant comme s'il avait été son fils ? se demanda-t-il avant de comprendre, dans un éclair de lucidité, pourquoi il s'était si longtemps tenu à l'écart de sa ville natale. C'était à cause de tous ces détails pénibles : les tasses de thé, les napperons en dentelle, les conversations bien calibrées, l'orgueil suffocant de Joan, les voisins qui le regardaient comme une bête curieuse et jetaient des coups d'œil à la dérobée sur sa jambe artificielle.

Dans le hall du restaurant, il sortit son portable et composa le numéro de Robin.

« Bonjour, fit-elle d'un ton étonné.

— Bonjour. » Strike s'arrêta sur le perron, le temps de sortir une cigarette du paquet avec ses dents. Puis il traversa la route et tira une première bouffée en contemplant les vasières. « Je voulais juste vous dire merci.

— Pour quoi ?

— Pour les fleurs. Elles nous ont fait chaud au cœur.

— Oh, tant mieux… Comment s'est passée la cérémonie ?

— C'était, vous savez… comme toutes les funérailles, dit Strike en regardant une mouette flotter comme une bouée sur la mer plate. Du nouveau de votre côté ?

— Eh bien oui, ça bouge pas mal, dit Robin après une légère hésitation. Mais le moment est mal choisi. Je vous en parlerai quand nous…

— Au contraire, le moment est très bien choisi », l'interrompit Strike. Il avait soif de normalité. Il voulait penser à autre chose qu'à la mort de Joan, aux braves gens de St. Mawes.

Il l'écouta patiemment raconter son entrevue avec Paul Satchwell.

« … Après quoi, il m'a traitée de sale petite pute, conclut Robin, et il est parti.

— Nom d'un chien », s'écria Strike, sincèrement épaté non seulement que Robin ait réussi à faire parler Satchwell, mais aussi par ce qu'elle avait découvert à son sujet.

« Après quoi, j'ai passé un bout de temps à chercher des infos sur mon téléphone – là, je suis en voiture, je rentre à la maison. Blanche Doris Satchwell est morte en 1945 à l'âge de dix ans. Elle est enterrée dans un cimetière aux environs de Leamington Spa. Satchwell a parlé d'un acte de miséricorde. Ou plutôt d'un rêve, se reprit Robin, comme il l'avait dit à Margot. Un genre d'échappatoire, je pense. Imaginez, il vit avec ce souvenir traumatique depuis l'âge de six ans.

— Certes, dit Strike. Ce qui lui donnerait un mobile valable. Si Margot l'avait menacé d'en parler à la police…

— Exactement. Que pensez-vous de ce qu'il m'a sorti sur Janice ? Et pourquoi Janice nous a-t-elle caché qu'elle connaissait Satchwell ?

— Très bonne question. Répétez-moi ce qu'il a dit.

— Quand il a su que c'était par elle que nous étions au courant pour Leamington Spa, il a dit que c'était une fouteuse de merde et qu'elle essayait de lui mettre la disparition de Margot sur le dos.

— Passionnant », marmonna Strike en observant la mouette qui pointait son bec crochu vers l'horizon, comme si elle guettait une apparition. « Et son opinion au sujet de Roy ?

— Quelqu'un lui aurait dit que c'était un “fils à maman” et qu'il avait “un balai dans le cul”. Mais il n'a pas précisé qui.

— Ça ne ressemble pas trop à Janice, mais sait-on jamais ? Eh bien, Robin, vous avez fait du bon boulot.

— Merci.

— Concernant l'affaire Bamborough, nous ferons le point quand je reviendrai. Enfin, pas seulement sur l'affaire Bamborough.

— Parfait. J'espère que tout se passera bien pour vous d'ici à votre retour », dit Robin sur un ton signifiant qu'elle n'allait pas tarder à raccrocher. Strike aurait aimé qu'elle reste en ligne, mais Robin craignait apparemment d'abuser de son temps. Après tout, il ne lui restait qu'un après-midi à passer avec sa famille. N'ayant trouvé aucun prétexte pour prolonger leur discussion, Strike lui dit au revoir et remit son portable dans sa poche.

« Ah, te voilà, Diddy ! »

Polworth sortait de l'hôtel avec une pinte dans chaque main. Strike prit la sienne en le remerciant. Ils burent une première gorgée, le regard tourné vers la baie.

« Tu rentres à Londres demain, c'est ça ? demanda Polworth.

— Ouais. Mais je reviendrai bientôt. Joan voulait qu'on prenne le bateau de Ted et qu'on disperse ses cendres dans la mer.

— Chouette idée.

— Écoute, vieux, je te remercie… pour tout.

— La ferme, dit Polworth. Tu aurais fait pareil pour moi.

— Ouais, c'est vrai.

— Facile à dire, mon salaud, répliqua Polworth du tac au tac. Ma mère est morte et mon paternel s'est tiré je ne sais où. »

Strike éclata de rire.

« N'oublie pas que je suis détective, répondit-il. Tu veux que je le retrouve ?

— Foutre non. Bon débarras. »

À la deuxième gorgée de bière, les nuages s'entrouvrirent. Durant quelques instants, la mer se changea en un lac de diamants et la mouette en un origami plus blanc que blanc. Strike se demandait si l'amour inconditionnel que Polworth portait aux Cornouailles était dû au fait que son père était originaire de Birmingham, quand son ami reprit la parole :

« En parlant de père… Joan m'a dit que le tien tentait un rapprochement.

— Elle t'a dit ça ?

— Ne te mets pas en rogne. Tu sais comment elle était. Elle voulait que je sois au courant pour pouvoir te soutenir, éventuellement. Je déduis de ta réaction que les retrouvailles ne sont pas d'actualité.

— Non. Pas d'actualité du tout. »

Il y eut un bref silence, interrompu par les hurlements des filles Polworth qui venaient de surgir de l'hôtel. Sans un regard pour leur père ni pour Strike, elles se faufilèrent sous la chaîne séparant la route de la plage de galets et cavalèrent jusqu'à l'eau, suivies un instant plus tard par Luke, le neveu de Strike, armé de deux choux à la crème dont il semblait vouloir les bombarder.

« Hé, dis donc, beugla Strike. NON ! »

Le visage de Luke s'effondra.

« C'est elles qui ont commencé », dit-il en se tournant pour lui montrer la tache blanche dans le dos de sa veste noire, achetée spécialement pour les obsèques de sa grand-tante.

« Et moi, je finis », répondit Strike. Les deux petites Polworth observaient la scène en pouffant de rire, cachées par la barque derrière laquelle elles s'étaient réfugiées. « Va remettre ça où tu l'as pris. »

Luke décocha un regard furieux à son oncle, croqua dans un chou avec un air de défi, effectua un demi-tour et rentra dans le pub.

« Petite merde », marmonna Strike.

Les gamines avaient trouvé un nouveau jeu. À présent, elles se battaient en s'envoyant mutuellement du sable et de l'eau glacée à la figure, à grand renfort de coups de pied. Sous le regard indifférent de leur père, bien entendu. Il fallut que l'une d'elles tombe en arrière dans une flaque en poussant un grand cri pour qu'il se décide à intervenir.

« Bon sang… c'est pas bientôt fini ? Allez, vous rentrez ! Et toi, arrête de pleurnicher, c'est ta faute. Allez ouste ! »

Les trois Polworth repassèrent la porte du Ship and Castle et Strike se retrouva de nouveau seul.

La mouette, sans doute habituée aux perturbations causées par les hordes de touristes, les bruyants déplacements du ferry de Falmouth et les allées et venues des chalutiers, avait stoïquement supporté les braillements des deux petites pestes. Son regard affûté se projetait toujours vers un au-delà invisible aux yeux de Strike. Lorsque les nuages se refermèrent sur le soleil et que la mer reprit sa couleur plomb, elle s'élança en déployant ses longues ailes incurvées. Strike la vit s'éloigner du port et voler vers le large, où l'attendait le dur mais nécessaire travail de survie.

CINQUIÈME PARTIE

Le gai Printemps tout vêtu de feuillage

Edmund Spenser, *La Reine des fées*

49

Après de longues tempêtes et ouragans,
Le soleil dévoila enfin son joyeux et clair visage ;
Car lorsque le sort a montré toute sa rancune,
Il faut qu'apparaissent des heures bienheureuses ;
Sinon, les êtres seraient souvent désespérés…

Edmund SPENSER, *La Reine des fées*

Normalement, ce jour-là, Robin aurait dû se rendre à la médiation organisée par son avocat et celui de Matthew. Quand elle émergea à 8 heures de la station Tottenham Court Road, le ciel était d'un bleu limpide. Un vrai miracle après les longs mois de pluie et de tempête. N'ayant pas de filature prévue dans la journée, elle avait troqué ses éternels jean et sweat-shirt contre une robe assortie à cette belle matinée ensoleillée.

Matthew avait attendu la veille pour demander le report de la réunion (« Mon client est sincèrement désolé mais il ne pourra honorer son rendez-vous en raison d'une urgence à caractère personnel. Étant moi-même indisponible jusqu'à la fin du mois, je propose de renvoyer la médiation en avril, à la date qui conviendra le mieux à chacune des parties ») et bien qu'elle le soupçonnât de vouloir faire traîner la procédure pour lui montrer qui était le chef et la pousser à revoir ses demandes à la baisse, Robin franchit d'un cœur léger l'interminable chantier de Charing Cross Road que la brume lumineuse du matin rendait un peu moins sinistre qu'à l'accoutumée. Au cours des cinq jours de repos que Strike lui avait presque imposés, elle avait pris conscience qu'elle préférait largement le travail aux congés. Sachant qu'en rentrant dans sa famille elle aurait encore droit aux questions de sa mère sur son futur divorce et sa vie professionnelle, et n'ayant pas assez d'argent pour aller se mettre au vert loin de la capitale, elle avait décidé de rester tranquillement chez elle pour effectuer les menues corvées qu'elle remettait toujours au lendemain, tout en poursuivant ses recherches sur l'affaire Bamborough.

Elle avait trouvé, pas exactement des pistes, mais quelques petites idées qu'elle avait hâte de partager avec Strike et lui seul, d'où son arrivée très matinale. Les marteaux-piqueurs faisaient un tel raffut que les ouvriers devaient hurler pour se parler. Robin dépassa les dernières tranchées et déboucha sur Denmark Street encore sombre et endormie, ses nombreuses boutiques n'ouvrant que quelques heures plus tard.

En gravissant les dernières marches de l'escalier métallique, elle entendit des voix derrière la porte vitrée. Il n'était pas 8 h 15 mais il y avait déjà de la lumière dans le bureau.

« Bonjour », dit Strike en la voyant entrer. Il se tenait à côté de la bouilloire et la regardait d'un air surpris. « Je ne vous attendais pas avant midi.

— C'est annulé », dit simplement Robin.

Strike avait-il oublié ce qu'elle était censée faire dans la matinée ou préférait-il ne pas en parler devant Morris ? se demanda-t-elle. Ce dernier, toujours aussi beau malgré ses yeux injectés de sang et son menton noir de barbe, la regardait depuis le canapé où il était assis.

« Hello, charmante inconnue, lança-t-il. Vous revenez de la plage ou vous y allez ? »

Robin l'ignora mais, tout en suspendant sa veste, se prit à regretter d'avoir mis une robe. Elle lui en voulait terriblement pour la gêne qu'il lui causait mais, après tout, pourquoi n'avait-elle pas opté pour un jean, comme d'habitude ?

« Morris a surpris Mr. Smith et la baby-sitter ensemble, annonça Strike.

— Bravo ! Quelle rapidité ! s'exclama Robin, qui déplorait que cette réussite incombe à Morris et pas à un autre de leurs collaborateurs.

— À 1 h 10, ce matin. En pleine action, précisa-t-il en lui tendant un appareil photo à vision nocturne. Le petit mari avait dit à bobonne qu'il sortait avec les garçons. La baby-sitter prend toujours sa soirée du mardi. Les deux idiots n'ont rien trouvé de mieux que de se bécoter sur le pas de la porte. Grossière erreur. »

Robin fit défiler les vues. Effectivement, l'époux de Mrs. Smith tenait dans ses bras la voluptueuse nounou qui ressemblait tant à Lorelei, l'ex de Strike. Morris avait tout photographié : le couple enlacé, la façade de la maison, la plaque avec le nom de la rue et le numéro au-dessus de la porte.

« Quel quartier ? demanda Robin en passant rapidement sur les clichés montrant l'étreinte proprement dite.

— Shoreditch, dit Morris. L'appartement est au nom de sa meilleure amie. C'est pratique une copine qui vous passe sa piaule quand vous voulez tirer un coup ! J'ai son nom et son numéro de téléphone, donc elle risque d'en prendre pour son grade elle aussi. »

Morris s'étira en levant les bras au-dessus de la tête et dit dans un bâillement :

« C'est pas tous les jours qu'on fout trois bonnes femmes dans la merde en même temps, pas vrai ?

— Vous oubliez le mari, dit Robin en examinant le profil régulier de Mr. Smith, photographié en ombre chinoise alors qu'il passait sous un réverbère pour regagner son véhicule.

— Ouais, fit Morris en interrompant son étirement. Lui aussi. »

Son geste avait fait remonter son T-shirt sur ses tablettes de chocolat. C'était voulu, se dit Robin.

« Ça vous dirait de prendre un petit déj dehors ? » demanda Strike en se tournant vers elle. Il venait de découvrir que le paquet de biscuits était vide. « Il faut qu'on parle de l'affaire Bamborough et je n'ai rien avalé ce matin.

— Super, répondit Robin en décrochant aussitôt sa veste.

— Moi, vous ne m'invitez jamais, se plaignit Morris en s'extirpant du canapé.

— Encore bravo, Morris, dit Strike sans prendre la peine de relever. Je préviendrai Mrs. Smith dans la journée. À demain. »

Quand Robin et Strike passèrent la porte noire de l'immeuble, Denmark Street était toujours dans l'ombre.

« C'est horrible, hein ? dit Robin en posant le pied sur le trottoir. Cette histoire d'avion perdu. »

Onze jours auparavant, le vol 370 de la Malaysia Airlines avait décollé de Kuala Lumpur pour disparaître subitement sans laisser de traces, avec plus de deux cents passagers à son bord. Diverses explications avaient paru dans la presse au cours de la semaine précédente. Certaines parlaient d'un détournement, d'autres d'un incident technique. La thèse du sabotage par des membres de l'équipage avait même été évoquée. Robin avait encore lu un article à ce sujet dans le métro le matin même. Elle songeait à tous ces gens qui attendaient des nouvelles de leurs proches. Ils en auraient bientôt, certainement. Un avion transportant près de deux cent cinquante personnes ne pouvait pas disparaître aussi facilement qu'une femme seule sous la pluie dans le quartier de Clerkenwell.

« Un vrai cauchemar pour les familles », acquiesça Strike en passant côté soleil sur Charing Cross Road. Il s'arrêta et regarda à droite et à gauche. « Pas envie d'aller chez Starbucks. »

Ils poussèrent donc jusqu'au Bar Italia sur Frith Street, en face du club de jazz de Ronnie Scott. Sans doute à cause de l'air encore frisquet, personne n'occupait les petites tables et chaises métalliques alignées sur le trottoir. À l'intérieur, en revanche, les places libres étaient rares. Sur chaque tabouret posé le long du comptoir, un travailleur pressé buvait son café en lisant les infos sur son portable ou en observant dans le miroir les produits alimentaires rangés sur les étagères derrière lui.

« Vous n'aurez pas froid si on s'assied dehors ? demanda Strike en regardant alternativement la salle bondée et la robe de Robin, qui commençait vraiment à regretter de n'avoir pas mis un jean.

— Ça ira, dit-elle. Je prendrai juste un cappuccino. J'ai déjà mangé. »

Laissant Strike s'occuper de la commande, Robin s'installa sur l'une des chaises glacées, serra sa veste autour d'elle et chercha dans son sac le carnet en cuir de Talbot. Soudain, elle changea d'avis. Si elle sortait le carnet maintenant, Strike penserait qu'elle avait passé ses congés à compulser les élucubrations de Talbot. C'était le cas mais elle ne voulait pas qu'il le sache.

« Cappuccino », dit Strike en posant la tasse devant elle. Il s'était pris un double expresso et un sandwich mozzarella-salami.

« Comment se fait-il que votre médiation ait été annulée ? demanda-t-il en s'asseyant à son tour.

— Matthew a eu un empêchement, à ce qu'il paraît, répondit-elle, ravie qu'il s'en soit souvenu.

— Vous y croyez ?

— Non. Je pense qu'il fait ça pour me mettre la pression. Je n'avais pas trop envie d'y aller mais au moins, maintenant ce serait fini. Alors, embraya-t-elle aussitôt car elle n'aimait pas parler de Matthew, vous avez du neuf sur l'affaire Bamborough ?

— Pas grand-chose, dit Strike qui, depuis son retour des Cornouailles, s'était surtout occupé des autres enquêtes en cours. Le labo nous a envoyé les résultats pour la tache de sang que j'ai trouvée dans le livre des Athorn.

— Et alors ?

— O positif.

— Avez-vous appelé Roy pour savoir si…

— Margot était A positif.

— Oh.

— Je ne me faisais pas trop d'illusions, dit Strike en haussant les épaules. Quelqu'un a dû se couper avec une page, tout simplement.

« Mais j'ai quand même réussi à trouver où crèche Mucky Ricci. Il est à Islington, dans une maison de retraite du nom de St. Peter's. J'ai dû me faire passer pour quelqu'un d'autre au téléphone mais j'ai obtenu confirmation.

— Génial. Voulez-vous que je…

— Non. Je vous l'ai déjà dit. Shanker nous déconseille formellement de contrarier ce vieux salopard. Si jamais ses fils l'apprennent…

— Et selon vous, de nous deux, c'est moi qui risquerais le plus de le contrarier ? »

Strike lui adressa un petit sourire ironique tout en mastiquant.

« Inutile d'aller provoquer Luca Ricci si on peut s'arranger autrement. D'après Shanker, Mucky est gaga, donc il pige moins vite qu'autrefois. Ç'aurait pu jouer en notre faveur mais hélas, selon l'infirmière avec qui j'ai discuté, il ne parle plus.

— Plus du tout ?

— Apparemment. Mais elle a dit ça dans le fil de la conversation. J'ai voulu savoir si c'était temporaire, à cause d'un coup de déprime par exemple, ou s'il avait eu une attaque ou perdu la raison, auquel cas lui poser des questions ne rimerait à rien. Malheureusement, elle est restée très évasive.

« Alors, je suis allé vérifier sur place. Mais ce n'est pas le genre d'établissement où on entre et sort sans se faire remarquer. Non, cette maison de retraite tient plus de la pension de famille que de l'hôpital. Ils n'ont que dix-huit résidents. Je dirais que les chances d'y pénétrer discrètement ou en se faisant passer pour un cousin éloigné sont proches de zéro. »

Cette nouvelle provoqua chez Robin une étrange déconvenue, peut-être parce qu'elle avait beaucoup espéré d'un entretien avec Ricci. À présent qu'elle le savait inatteignable, c'était comme si la pièce maîtresse de leur enquête était irrémédiablement perdue.

« Je ne dis pas que je ne lui ferai pas une petite visite à l'occasion, reprit Strike. Mais pour l'instant, on ne va pas prendre le risque de se mettre à dos une bande de tueurs pour le seul plaisir de soutirer deux ou trois infos à un vieillard sénile. Cela dit, si nous n'avons rien obtenu de concret d'ici au mois d'août, il se peut que je m'y colle. »

Au ton de sa voix, Robin comprit que Strike avait lui aussi conscience que le temps passait vite et que, sur les douze mois qui leur avaient été consentis pour élucider l'affaire Bamborough, plus de la moitié s'était écoulée.

« J'ai pris contact avec C. B. Oakden, poursuivit-il, l'escroc qui a écrit la biographie de Margot. Ça n'a pas été simple. On dirait qu'il se prend pour quelqu'un d'indispensable.

— C'est l'argent qui l'intéresse ?

— Oui, mais pas seulement. Je crois qu'il a plus envie de m'interviewer que de répondre à mes questions.

— Il espère peut-être écrire un livre sur vous, dit Robin en plaisantant. Comme il l'a fait pour Margot. »

Strike ne sourit pas.

« Ce mec est à la fois rusé et stupide. Il ne lui est même pas venu à l'esprit que si j'ai retrouvé sa trace malgré ses multiples changements d'identité, c'est que je suis au courant de son passé louche. Mais je vois mieux comment il a pu arnaquer toutes ces vieilles dames. Au téléphone, il a fait celui qui connaissait intimement les collègues de Margot. Sacré bonimenteur. Il n'arrêtait pas de dire "Le Dr Gupta, un homme charmant" ou alors "Oui, Irene, pas facile à gérer". Sauf qu'à l'époque où Margot a disparu, il avait à peine quinze ans et que ces gens-là, il a dû les croiser deux fois au grand maximum.

« En revanche, sur Brenner, il est resté étrangement muet. Dommage parce que c'est celui qui m'intéresse le plus. "Va falloir que j'y réfléchisse, a-t-il dit. Je ne suis pas sûr de vouloir aller par là." Je l'ai appelé deux fois. Les deux fois, il a détourné la conversation et quand je l'ai ramenée sur Brenner, il a coupé court au prétexte qu'il avait un truc urgent à faire.

— Vous ne pensez pas qu'il enregistre les appels ? demanda Robin. Pour glaner des infos sur vous et les vendre ensuite aux journaux ?

— Ça m'a traversé l'esprit, reconnut Strike en versant du sucre dans son café.

— Si vous voulez, la prochaine fois c'est moi qui lui téléphonerai.

— Ce n'est pas une mauvaise idée. Enfin voilà, dit-il en buvant une gorgée de café, c'est tout ce que j'ai obtenu sur l'affaire Bamborough depuis mon retour. Mais dès que j'aurai deux heures devant moi, j'irai rendre une petite visite à Janice. Elle doit être rentrée de Dubaï, maintenant. Je veux savoir pourquoi elle nous a caché qu'elle connaissait Paul Satchwell. Mais cette fois-ci, je débarquerai à l'improviste. Et vous, quoi de neuf ?

— Eh bien, Gloria Conti, ou plutôt Gloria Jaubert, qui est son nom de femme mariée, n'a pas répondu au mail d'Anna.

— Dommage, fit Strike en fronçant les sourcils. Je pensais que ça marcherait mieux si on passait par elle.

— Moi aussi. Je vais lui demander de réessayer dans une semaine. Qu'est-ce qu'on risque ? Que Gloria nous envoie balader ? Ah, au fait, tout n'est pas perdu. J'ai rendez-vous aujourd'hui avec Amanda Laws, alias Amanda White.

— Combien ça va nous coûter ?

— Zéro centime. J'ai fait appel à sa générosité et elle a feint d'être convaincue par mes arguments. Mais je crois qu'en réalité, elle espère se faire de la pub. Elle accepte parce que c'est vous, parce qu'elle a envie de lire son nom dans les journaux et qu'on parle à nouveau d'elle comme de la collégienne courageuse qui n'a jamais varié dans ses déclarations alors même que la police la prenait pour une affabulatrice. Soit dit en passant, la première fois que lui ai parlé, elle m'avait servi une tout autre histoire : elle ne voulait pas revivre le harcèlement qu'elle avait subi de la part des journalistes et donc, c'était *niet* à moins qu'on ne lui file de l'argent.

— Elle est toujours mariée ? demanda Strike en sortant ses cigarettes. Sinon, on pourrait essayer de la caser avec Oakden. Ça nous ferait un revenu d'appoint : agence matrimoniale pour escrocs cherchant l'âme sœur. »

Robin éclata de rire.

« Ils pondront des gosses à leur image et nous aurons du travail pour les siècles des siècles. »

Strike alluma sa clope, souffla la fumée et dit :

« J'ai connu mieux comme business plan. En plus, rien ne nous garantit que deux ordures en produisent une troisième. Je connais des gens très bien qui ont des enfants horribles, et vice versa.

— Vous privilégiez la nature sur l'éducation, c'est cela ?

— Peut-être, dit Strike. Mes trois neveux ont été élevés par les mêmes parents, après tout. Et…

— … le premier est adorable, le deuxième est un pleurnichard et le troisième un sale con », compléta Robin.

Le rire tonitruant de Strike fit se retourner le monsieur stressé qui passait sur le trottoir devant eux. Il lui jeta un regard scandalisé et s'éloigna en courant presque, son portable collé à l'oreille.

« Quelle mémoire ! » dit Strike, amusé par la réaction du passant. Lui-même avait failli se fâcher dernièrement, en entendant des gens rire à gorge déployée.

Mais à présent, il n'était plus si grognon. Au contraire, il se sentait plutôt joyeux, assis là au soleil devant une bonne tasse de café, avec Robin à ses côtés. En fait, à bien y réfléchir, cela faisait très longtemps qu'il n'avait pas été aussi heureux.

« Les gens n'évoluent pas tous de la même façon, dit Robin, même s'ils grandissent au sein du même foyer. L'ordre de naissance a son importance, mais pas seulement. À ce propos, la fille cadette de Wilma Bayliss, Maya, veut bien nous parler. Nous essayons de fixer une date. Je pense vous l'avoir dit, leur plus jeune sœur se remet d'un cancer du sein, donc je ne veux pas trop les embêter.

« Et ce n'est pas tout », ajouta-t-elle, soudain mal à l'aise.

Strike, qui mordait dans son sandwich, eut la surprise de la voir sortir de son sac le carnet relié cuir qu'il croyait sous clé dans leur bureau.

« Je m'y suis un peu replongée.

— J'ai raté un truc ? demanda Strike, la bouche pleine.

— Non, mais je…

— C'est bon. Tout est possible. Nul n'est infaillible. »

Le soleil grimpait au-dessus des toits. Une lueur dorée se diffusa sur les pages du vieux carnet que Robin venait d'ouvrir.

« C'est au sujet du Scorpion. Vous vous souvenez du Scorpion ?

— Oui, la personne dont Margot trouvait la mort louche ?

— Exactement. Vous penchiez pour la femme mariée que fréquentait Steve Douthwaite. Celle qui s'est suicidée.

— Je suis ouvert aux autres théories. » Ayant terminé son sandwich, Strike se frotta les mains l'une contre l'autre et sortit une nouvelle cigarette. « Dans ses notes, Talbot suppose que le Verseau a demandé des comptes aux Poissons, c'est cela ? J'ai donc pensé que Margot avait demandé des comptes à Douthwaite. »

Strike essayait de prendre un ton détaché mais, en réalité, parler de signes astrologiques l'énervait toujours autant. Surtout, il s'en voulait d'avoir gardé un souvenir aussi précis des délires de Talbot. Il aurait préféré oublier les jours qu'il avait passés à décrypter ses notes pour tenter d'établir une concordance entre ces symboles et les individus impliqués dans l'enquête. Une recherche d'autant plus pénible qu'elle n'avait rien donné de concret.

« Eh bien voilà, reprit Robin en sortant les deux photocopies pliées en deux qu'elle avait glissées à l'intérieur du carnet. Jetez un œil là-dessus. »

Elle lui tendit les documents. Il s'agissait de deux extraits de naissance. L'un concernait Olive Satchwell, l'autre Blanche Satchwell.

« Olive était la mère de notre Satchwell, expliqua Robin. Et Blanche sa sœur aînée, celle qui est morte à l'âge de dix ans – probablement étouffée par un oreiller.

— Si vous croyez que je vais deviner leur signe à partir des dates de naissance, vous vous trompez, dit

Strike en soufflant la fumée de sa cigarette. Je n'ai pas mémorisé tout le zodiaque.

— Blanche était née un 25 octobre, elle était donc Scorpion. Olive était du 29 mars. Selon le système traditionnel, elle aurait dû être Verseau, comme son fils… »

Sous le regard ébahi de Strike, Robin sortit un livre de son sac. Et pas n'importe lequel. *Astrology 14* de Steven Schmidt.

« J'ai eu du mal à le trouver, expliqua-t-elle. Il est épuisé depuis des lustres.

— Ça m'étonne. Un chef-d'œuvre pareil ? » répliqua Strike en la regardant tourner les pages. Robin sourit mais ne se laissa pas distraire.

« J'y suis, dit-elle en s'arrêtant sur un tableau listant les signes astrologiques revus et corrigés par l'auteur. Selon la version de Schmidt, la mère de Satchwell était Poissons.

— On mélange les deux systèmes, maintenant ? s'étonna Strike.

— C'est ce que Talbot a fait, répondit-elle en désignant le tableau. Souvenez-vous, tous les protagonistes avaient droit à leur signe traditionnel, sauf Irene et Roy qui étaient désignés par des signes Schmidt.

— Mais pourquoi ? dit Strike, sachant qu'il tentait de plaquer un raisonnement logique sur une théorie totalement farfelue. Talbot a pourtant éliminé certains suspects en se basant sur leurs signes traditionnels. Brenner, par exemple, a été lavé de tout soupçon simplement parce qu'il était…

— … Balance, oui.

— Mais alors, si toutes les dates sont décalées, que devient Janice la médium ? Et le Boucher de l'Essex, il est toujours Capricorne ?

— Chaque fois qu'il identifiait une discordance entre le signe traditionnel et le signe Schmidt, Talbot choisissait celui qui, à son avis, correspondait le mieux à la personnalité du sujet.

— Ce qui revient à dire que cette histoire est une énorme blague, répliqua Strike. Et que tout le travail d'identification que je me suis coltiné n'a servi à rien.

— Talbot lui-même en a perdu son latin, apparemment. Il semble avoir eu beaucoup de mal à recouper les deux systèmes. Raison pour laquelle il s'est rabattu sur les tarots et les astéroïdes.

— Bon, admettons, dit Strike en tournant la tête pour ne pas gêner Robin avec la fumée de sa cigarette. Mais je vous en prie, reprenez ce que vous disiez sur la famille Satchwell, la sœur Scorpion, la mère Poissons… Qu'écrit Talbot à ce propos ? »

Robin revint quelques pages en arrière et s'arrêta sur celle où Talbot avait dessiné un crabe, un poisson, un scorpion, une chèvre à queue de poisson et un porteur d'eau.

« "Verseau inquiet de savoir comment est mort Scorpion, point d'interrogation", lut-elle à voix haute. Et – là, c'est écrit en capitales – "SCHMIDT D'ACCORD AVEC ADAMS". Ensuite, "Verseau a-t-il défié Poissons au sujet de Scorpion ? Cancer était-il présent, Cancer a-t-il assisté ? Cancer est gentil, protecteur par nature" puis, en capitales, "INTERROGER ENCORE. Scorpion et Verseau connectés, eau, eau,

Cancer aussi, et Capricorne”. Et en capitales, “A UNE QUEUE DE POISSON”.

« On doit remplacer Cancer par Janice, c’est cela ? demanda Strike en fronçant les sourcils.

— Dans cette affaire, il n’y a que deux personnes nées sous le signe du Cancer, Janice et Cynthia. Janice cadre mieux avec le contexte. Imaginons que Margot ait soupçonné Olive, la mère de Satchwell, d’avoir tué sa fille. Elle lui téléphone depuis le cabinet médical et Janice surprend leur conversation. Mettons que Janice connaissait la famille de Satchwell, ou était liée à elle d’une manière ou d’une autre ; elle aurait pu cacher ce coup de fil à la police pour protéger Olive.

— Mais si elle avait des soupçons depuis l’histoire du “rêve de l’oreiller”, pourquoi Margot aurait-elle attendu toutes ces années pour intervenir ? » demanda Strike avant de fournir lui-même la réponse : « Quand il s’agit d’un fait aussi grave, il faut parfois du temps pour décider quoi faire et comment. Ou pour trouver le courage d’agir. »

Il rendit à Robin les deux documents photocopiés.

« En tout cas, si votre interprétation se vérifie, Satchwell reste notre suspect numéro un.

— Je n’ai pas pu obtenir son adresse à Kos, fit Robin, penaude.

— Nous le contacterons via sa sœur cadette, en cas de besoin. »

Strike reprit une gorgée de café et s’obligea à lui demander :

« Que disiez-vous sur les astéroïdes ? »

Robin feuilleta le carnet dans l'autre sens et lui montra la « page des bêtes à cornes » qui l'avait tant intriguée pendant son séjour à Leamington Spa.

« À un moment donné, Talbot renonce à suivre les règles de l'astrologie classique. Sans doute après la lecture de Schmidt. Il doute, il ne sait plus à qui se fier. Alors, il met sur pied son propre système et il calcule la position des astéroïdes le soir de la disparition de Margot. Regardez ici… »

Robin montrait le symbole ⚴.

« Ce signe correspond à l'astéroïde Pallas Athéna – rappelez-vous cette horrible pendule sur la cheminée des Phipps. C'est ainsi qu'il désigne Margot. Le fameux soir, l'astéroïde Pallas Athéna était dans la dixième Maison du zodiaque. Or la dixième Maison est gouvernée par le Capricorne. Elle est censée régir l'argent, les affaires, les classes et les étages supérieurs.

— Vous pensez que Margot est enfermée dans un grenier depuis quarante ans ? »

Robin sourit mais ne releva pas.

« Et maintenant, regardez là… » Elle tourna le carnet vers lui. « Les autres astéroïdes sont Cérès, Junon et Vesta. S'ils correspondent eux aussi aux protagonistes de l'affaire Bamborough… on peut imaginer que pour Talbot, Vesta, la "gardienne du foyer", représentait Cynthia. Vesta était dans la septième Maison. Celle du mariage. Talbot a écrit "SUR PLACE", ce qui à mon avis signifie pour lui que Cynthia vivait à Broom House, dans la maison de Margot.

« Pour Cérès, "la mère nourricière, la protectrice", la meilleure candidate est Janice. Elle est dans la douzième Maison, de même que Junon, associée à “la femme mariée” et à “l’infidélité”, autrement dit Joanna Hammond, la maîtresse de Douthwaite…

— Quels sont les attributs de la douzième Maison ?

— Les ennemis, les secrets, les regrets, la perte. »

Strike la regarda, interloqué. Il l’avait écoutée sans l’interrompre parce qu’il faisait beau et qu’il appréciait sa compagnie, mais tout à coup, son aversion pour l’astrologie reprit le dessus.

« C’est aussi la Maison des Poissons, poursuivit Robin, le signe de Douthwaite. Donc peut-être que…

— Vous pensez que Janice et Joanna Hammond se trouvaient chez Douthwaite quand Margot a été enlevée ?

— Non, mais…

— Parce que ce serait un peu difficile à concevoir, étant donné que Joanna Hammond était morte depuis plusieurs semaines. Ou alors, il s’agissait de son fantôme.

— Bon, je sais que pour vous tout cela est absurde, dit Robin en souriant, mais attendez un peu. Ici, Talbot a écrit : “Cérès nie avoir été en contact avec Junon. Cetus aurait-elle raison ?” »

Robin désigna le symbole de la baleine, sous lequel se cachait Irene.

« Je ne vois vraiment pas à propos de quoi Irene aurait eu raison ou tort », murmura Strike en rapprochant le carnet pour se pencher sur les pattes de mouche de Talbot, avant de le rendre à Robin avec un haussement d’épaules agacé. « Écoutez, c’est facile de se faire happer par ces bêtises. Ce type était malade. Moi-même j’ai tenté d’établir des connexions, de suivre son cheminement. Mais tout cela n'a ni queue ni tête.

— J'étais juste intriguée par "Cetus aurait-elle raison ?" parce que Talbot se méfiait énormément d'Irene, comme vous le savez. Il poursuit en se demandant si elle pouvait avoir vu juste concernant… un truc lié aux ennemis, au secret, à la destruction…

— Si jamais nous découvrons ce qui est arrivé à Margot Bamborough, je vous parie cent tickets que vous trouverez dans les divagations de Talbot des explications aussi solidement argumentées mais donnant lieu à de tout autres conclusions. Le propre des écrits ésotériques c'est qu'on peut les adapter à n'importe quelle situation. L'une des amies de ma mère s'amusait à deviner les signes astrologiques des gens. Et elle tombait juste *à chaque fois*.

— C'est vrai ?

— Parfaitement. Même quand elle se trompait, elle arrivait toujours à se rattraper. Par exemple, elle disait à la personne qu'elle avait beaucoup de planètes dans son signe, ou je ne sais pas, que c'était celui de la sage-femme qui l'avait mise au monde. Ou celui de son chien.

— Très bien », répondit calmement Robin en ouvrant son sac pour faire disparaître *Astrology 14* et le carnet relié cuir. Après tout, elle connaissait l'opinion de Strike sur le sujet. « Même s'il y a de grandes chances pour que ça ne mène à rien, je voudrais…

— Revoir Irene Hickson ? Je vous en prie, ne vous gênez pas. Dites-lui que Talbot la prenait pour une extralucide, que d'après lui elle était un lien entre les astéroïdes et… je ne sais pas… le fromage…

— La douzième Maison ne gouverne pas le fromage, répliqua Robin avec une feinte réprobation.

— C'est quel numéro, la maison de la laiterie ?

— Oh, arrêtez », fit-elle en éclatant de rire malgré elle.

Son portable vibra dans sa poche. Un texto venait d'arriver.

Bonjour Robin, si vous êtes libre, je veux bien qu'on se parle maintenant. J'ai permuté avec une collègue. Sinon, on peut remettre à ce soir, après 20 heures – Amanda

« Amanda White, dit-elle à Strike. Elle propose que je l'appelle tout de suite.

— Ça me va », dit Strike, soulagé à l'idée de revenir sur la terre ferme. Qu'elle mente ou pas, Amanda White prétendait avoir vu une vraie femme derrière une vraie fenêtre.

Robin composa le numéro d'Amanda, mit son téléphone sur haut-parleur et le posa sur la table entre eux deux.

« Bonjour, dit une voix déterminée, teintée d'un léger accent de la banlieue nord. Vous êtes Robin ?

— Oui. Et Cormoran est à côté de moi.

— Bonjour, lui dit Strike.

— Oh, c'est vous ! J'en reviens pas, s'écria Amanda. Quel honneur. Je traitais avec votre assistante jusqu'à présent.

— En fait, nous sommes partenaires.

— Vraiment ? À la ville aussi ? demanda Amanda.

— Juste au boulot, répondit Strike sans regarder Robin. Si j'ai bien compris, vous voulez lui parler de ce que vous avez vu le soir où Margot Bamborough a disparu.

— C'est exact.

— Ça vous ennuie si nous enregistrons cet entretien ?

— Non, je ne crois pas, répondit Amanda. Je veux dire, j'ai accepté parce que je suis quelqu'un d'honnête mais je ne vous cache pas que je n'étais pas très emballée au départ. Ç'avait été tellement pénible, la dernière fois. Les journalistes. Les deux interrogatoires. Je n'avais que quatorze ans. Mais je leur ai tenu tête, ha ha, j'ai campé sur mes positions… »

Amanda leur raconta l'histoire qu'ils connaissaient par cœur : la pluie, la dispute avec sa camarade de classe, la fenêtre du dernier étage, sa découverte de la photo de Margot dans le journal et sa démarche spontanée auprès de la police. Strike lui posa deux ou trois questions mais il était évident qu'elle ne changerait pas sa version d'un iota. Qu'elle soit sûre ou non d'avoir vu Margot Bamborough ce soir-là, elle tenait avant tout à conserver le statut qu'elle avait acquis grâce à ce mystère vieux de quarante ans.

« … et depuis, ça m'obsède, je me répète que je n'ai rien fait alors que j'aurais peut-être pu la sauver. Mais sur l'instant, je n'ai pas réalisé. Je n'avais que quatorze ans, répéta-t-elle en guise de conclusion.

— Eh bien merci, Amanda, dit Robin en regardant Strike qui, d'un signe de tête, lui avait signifié qu'il n'avait pas d'autres questions. Merci beaucoup d'avoir accepté de nous parler…

— Il y a autre chose, pendant que j'y suis, l'interrompit-elle. Vous me direz ce que vous en pensez. Pour moi, c'est juste une incroyable coïncidence. Je doute même que la police soit au courant, parce qu'ils sont morts tous les deux.

— Qui est mort ? demanda Robin pendant que Strike allumait une autre cigarette.

— Tenez-vous bien, dit Amanda. Dans mon dernier job, j'avais une jeune collègue dont la grand-tante… »

Strike leva les yeux au ciel.

« … était en maison de retraite avec… devinez qui ?

— Je ne vois pas, désolée, répondit poliment Robin.

— Violet Cooper ! Vous ne savez sûrement pas qui…

— La logeuse de Dennis Creed.

— Exactement ! s'écria Amanda, ravie que Robin l'ait suivie. Vous ne trouvez pas bizarre que, des années après que j'ai vu Margot derrière cette fenêtre, je tombe sur une fille dont la grand-tante a connu Vi Cooper ? Bon, à l'époque, elle se faisait appeler autrement, parce que tout le monde la haïssait.

— En effet, c'est une sacrée coïncidence, dit Robin en évitant le regard de Strike. Eh bien, encore merci…

— Ce n'est pas tout ! s'esclaffa Amanda. Non, vous ne savez pas la meilleure ! Sa grand-tante lui a dit qu'un jour, Vi avait écrit à Creed pour lui demander s'il avait tué Margot Bamborough. »

Amanda s'interrompit, espérant une réaction. Robin, qui avait déjà lu cette histoire dans *Le Démon de Paradise Park*, lui répondit, charitable :

« Incroyable !

— N'est-ce pas ? Et Vi a dit – c'était sur son lit de mort, alors forcément, elle ne pouvait pas mentir, impossible – Vi a dit que Creed lui avait répondu que oui, c'était lui qui l'avait tuée.

— Vraiment ? fit Robin. Je pensais que la lettre…

— Ce que je vous raconte, ça vient directement de Violet, insista Amanda sur un ton qui poussa Strike à lever encore une fois les yeux au ciel. Et elle a dit, oui, je suis absolument sûre que c'est lui. En fait, dans sa lettre, il avait utilisé un genre de code qu'elle seule pouvait comprendre.

« C'est *dingue*, n'est-ce pas ? Je vois Margot derrière cette fenêtre et des années plus tard…

— Hallucinant, oui, dit Robin. Eh bien, merci beaucoup de nous avoir accordé votre temps, Amanda, c'était vraiment très… euh… »

Il lui fallut encore deux minutes et un flot de remerciements pour pouvoir raccrocher.

« Qu'en pensez-vous ? » demanda-t-elle à Strike quand elle eut récupéré son oreille.

Il pointa un doigt vers le ciel.

« Quoi ? fit Robin en suivant son geste.

— Si vous regardez attentivement, peut-être verrez-vous un astéroïde passer dans la maison des foutaises. »

50

Oui moi (dit-elle) où suis-je, et avec qui ?
Parmi les vivants, ou parmi les morts ?

Edmund SPENSER, *La Reine des fées*

Pendant les quelques jours qui suivirent, Strike s'occupa exclusivement des affaires courantes. Puis il tenta de surprendre Janice Beattie à son domicile, sur Nightingale Grove, une rue quelconque qui s'étirait parallèlement à la ligne de chemin de fer Southeastern. Mais personne ne lui ouvrit.

Il refit un essai, le mercredi suivant. C'était par un après-midi venteux. Le temps était à la pluie. Strike sortit de la station Hither Green et longea la barrière de protection qui, sur sa droite, séparait le trottoir des rails de chemin de fer. Robin avait refusé de l'accompagner au prétexte qu'elle avait « autre chose » à faire, mais sans préciser quoi. Tout en marchant, cigarette au bec, Strike se repassait leur échange téléphonique. Il avait cru déceler une légère réticence dans sa voix, comme si elle se tenait sur la défensive, alors qu'en temps normal, elle aurait été déçue de ne pas pouvoir venir.

Depuis qu'elle avait quitté Matthew, Robin se confiait plus facilement. D'où l'étonnement de Strike devant ce refus catégorique et sans explication. Naturellement, il y avait certains sujets qu'elle n'abordait pas avec lui. Peut-être avait-elle rendez-vous chez son gynécologue, songea-t-il aussitôt. Mais, dans ce cas, elle aurait pu lui répondre tout simplement : « Désolée, je dois aller voir un médecin. »

Le ciel s'assombrit à l'instant où Strike arriva en face de chez Janice. Elle occupait une étroite maison mitoyenne, minuscule comparée à celle d'Irene Hickson, avec une porte d'entrée rouge sombre et des rideaux tendus aux fenêtres. En traversant la rue, Strike vit une lampe briller dans le salon. Dès qu'il comprit que sa cible était à portée de main, il cessa de penser à Robin et toqua fermement à la porte. Dans le fond, on entendait hurler la télévision. Strike allait frapper de nouveau quand Janice vint lui ouvrir.

Contrairement à ce qu'il s'était passé lors de leur dernière et unique rencontre, l'infirmière parut à la fois surprise et contrariée de le voir. À travers ses lunettes cerclées d'acier, elle lui jeta un regard soupçonneux, tandis que dans le fond deux femmes conversaient en américain : « *Alors comme ça, tu aimes quand ça brille ? — Oui, j'aime quand ça brille.* »

« Euh… aurais-je raté votre message, ou bien…

— Désolé, j'aurais dû m'annoncer, fit Strike, hypocrite. En fait, je passais dans le quartier et je me suis dit que peut-être vous auriez deux minutes à m'accorder… »

Janice regarda derrière elle. À la télé, un homme déclara d'un ton théâtral : « *La robe que Kelly adore est une création de grand couturier, une pièce unique...* »

Janice pivota sur ses talons et s'éloigna en laissant Strike planté sur le pas de la porte.

« C'est bon… entrez. Mais je vous préviens, c'est le bazar. Et s'il vous plaît, essuyez correctement vos pieds. Le dernier type qui est venu chez moi à l'improviste a mis de la merde de chien partout. Pensez à refermer derrière vous. »

Strike franchit le seuil au moment Janice disparaissait dans la pièce où braillait la télévision. Il pensa qu'elle l'éteindrait mais il se trompait. Pendant qu'il frottait ses semelles sur le paillasson en fibre de coco, le même comédien déclama : « *Une telle robe est sûrement difficile à trouver, mais Randy est en train de chercher...* »

Strike hésita un instant puis, supposant qu'il y avait été convié, la suivit dans le petit salon.

Ayant vécu dans des squats avec sa mère lorsqu'il était enfant, Strike n'avait pas la même définition du mot « bazar » que Janice. Certes, la pièce était encombrée mais, en fait de désordre, il y avait juste un exemplaire du *Daily Mirror* posé sur un fauteuil, un papier d'emballage froissé sur la table basse près d'un paquet de dattes ouvert et, au pied du canapé, un sèche-cheveux que Janice était en train de débrancher.

« *Antonella s'est procuré un modèle qui s'en rapproche, une robe à 15 000 dollars qui brille de mille feux.* »

« Le miroir d'en bas est plus pratique pour me sécher les cheveux », expliqua Janice en se redressant, le visage congestionné. Le sèche-cheveux à la main, elle regardait Strike comme s'il lui avait demandé de se justifier. « Vous auriez pu me prévenir, quand même, ajouta-t-elle en essayant d'imprimer une moue renfrognée à son visage naturellement affable. Vous me prenez au dépourvu. »

À cet instant, Strike se rappela que Joan n'aimait pas quand des gens débarquaient chez elle alors qu'elle était en train de passer l'aspirateur ou de repasser son linge. Une vague de tristesse l'envahit.

« Désolé, répéta-t-il. Comme je disais, j'étais dans le quartier…

« *Kelly enfile le plus beau modèle de la collection mais elle pense toujours à la robe de ses rêves* », proclama la voix off. Strike et Janice se tournèrent ensemble vers l'écran et virent une jeune femme se glisser dans une robe blanche moulante dont le tissu presque transparent était piqué d'une multitude de faux diamants.

« *Prends-la, idiote !* » lui conseilla Janice, qui portait le même pull et le même pantalon bleu marine que lorsque Strike l'avait vue chez Irene. « Cette série, c'est mon péché mignon… Vous voulez une tasse de thé ?

— Si ça ne vous embête pas.

— Pourquoi ça m'embêterait ? dit Janice avec un petit sourire, le premier depuis qu'il était entré. J'attendais la pause publicitaire pour aller m'en faire une tasse.

— Dans ce cas, je veux bien, merci beaucoup. »

« *Si je ne trouve pas cette robe*, hurla Randy, l'organisateur de mariage aux sourcils tellement épilés qu'ils semblaient tracés au crayon, en repoussant nerveusement les robes blanches accrochées au portant, *ça ne va pas...* »

L'écran devint noir. Janice l'avait éteint avec la télécommande.

« Vous voulez une datte ? demanda-t-elle à Strike en lui tendant la boîte.

— Non merci.

— J'en ai ramené plusieurs paquets de Dubaï. À la base, c'était pour les offrir. Mais je crois que je vais toutes les manger. C'est plus fort que moi. Asseyez-vous. Je reviens de suite. »

Avant que Janice ne quitte la pièce en emportant le sèche-cheveux et les dattes, Strike crut la voir regarder ses jambes à la dérobée, une nouvelle fois. Il prit place dans un fauteuil qui gémit sous son poids.

Le petit salon avait quelque chose d'oppressant. La teinte rouge dominait. Par-dessus la moquette aux volutes écarlates s'étalait un kilim pourpre de piètre qualité. Les murs bordeaux accueillaient un grand nombre de cadres contenant tantôt des fleurs séchées tantôt de vieilles photos, certaines en noir et blanc, d'autres aux couleurs fanées. Dans une vitrine, il aperçut une modeste collection de figurines en verre filé. Janice avait choisi d'exposer la plus grande ailleurs, sur le manteau de la cheminée, au-dessus du radiateur électrique. C'était un carrosse de Cendrillon tiré par six chevaux. Sous le méchant pull bleu marine de Janice battait un cœur de midinette.

Elle revint cinq minutes plus tard avec un plateau aux anses en osier, sur lequel étaient disposées deux tasses de thé troublé par un nuage de lait et une assiette de biscuits au chocolat. Préparer cette petite collation semblait l'avoir mise de meilleure humeur.

« C'est mon Larry », dit-elle en surprenant le regard de Strike sur le double cadre garnissant un petit guéridon près du fauteuil. D'un côté, on voyait un homme obèse aux yeux las et aux dents gâtées par le tabac, de l'autre une jolie blonde bien en chair.

« Ah. Et cette dame… ?

— Ma petite sœur, Clare, elle est morte en 1997. Cancer du pancréas. Ils l'ont diagnostiquée trop tard.

— Oh, je suis désolé de l'apprendre.

— Eh oui, soupira Janice. Je les ai perdus tous les deux, et presque en même temps. À vrai dire… » Ses genoux craquèrent quand elle s'assit sur le canapé. « … l'autre jour, en revenant de Dubaï, je me suis dit qu'il était temps de changer ces photos. C'est tellement déprimant, de rentrer ici et de voir tous ces gens décédés…

« J'en ai pris de magnifiques de mon fils Kev et de mes petits-enfants pendant les vacances, mais il faudrait les imprimer. Les dernières datent de deux ans. Mon petit voisin fait ça très bien. Je lui ai donné la carte… souvenir, c'est ça ?

— Mémoire ? proposa Strike.

— La carte mémoire, oui, c'est ça. Les jeunes d'à côté se moquent de moi. Mais je ne suis pas la pire. Irene sait à peine changer une pile. Donc, pourquoi vouliez-vous me revoir ? »

Craignant qu'elle se referme comme une huître, Strike avait prévu de ne l'interroger sur Satchwell qu'en tout dernier lieu. Il sortit son carnet, le consulta et dit :

« Deux éléments nouveaux sont apparus depuis notre dernière entrevue. J'ai interrogé le Dr Gupta au sujet du premier mais il n'a rien su me dire. J'espère que vous pourrez m'aider. Auriez-vous déjà entendu parler d'un dénommé Niccolo Ricci, parfois surnommé "Mucky" ?

— C'était un truand, non ? dit Janice. Je sais qu'il vivait à Clerkenwell mais je ne l'ai jamais croisé. Pourquoi vous vous intéressez à… Oh, c'est parce qu'Irene vous a parlé des fondations ?

— Des quoi ?

— Oh, un truc sans importance, vraiment. Au début des années 1970, il y avait des chantiers partout dans Clerkenwell. La rumeur courait que des ouvriers avaient trouvé un corps coulé dans le béton sous un immeuble en démolition. On disait que c'étaient les gangsters de Little Italy qui avaient fait ça dans les années 1940. Mais Eddie – le futur mari d'Irene, il était maçon à l'époque, c'est même comme ça qu'ils se sont rencontrés, dans un pub, parce qu'il bossait dans le quartier, sur les chantiers – Eddie n'y a jamais cru. Moi non plus, d'ailleurs. Mais Irene si, un peu, ajouta Janice en trempant un biscuit dans son thé.

— Quel lien avec Margot ?

— Eh bien, après sa disparition, certains ont dit que son corps avait été jeté dans une tranchée de fondation et recouvert de béton. En 1974, ça bâtissait encore pas mal, dans le coin.

— Donc les gens pensaient que Ricci avait tué Margot ?

— Mon Dieu non ! s'écria Janice, avec un petit rire outré. Mucky Ricci n'avait rien à voir avec Margot ! Non, c'était juste à cause de cette vieille rumeur. Couler des cadavres dans le béton ! Il fallait vraiment que les gens soient bêtes pour raconter des trucs pareils. Mon Larry me disait – il était maçon lui aussi, vous savez – que les ouvriers auraient tout de suite remarqué le béton frais en arrivant sur le chantier.

— Vous saviez que Ricci était venu au cabinet St. John's pour la fête de Noël ?

— Pardon ? fit Janice, la bouche pleine.

— Lui et deux autres hommes ont débarqué vers la fin, peut-être pour ramener Gloria à la maison.

— Ils ont – quoi ? bredouilla Janice, stupéfaite. Mucky Ricci et *Gloria* ? Arrêtez. Est-ce que – non, écoutez, ne faites pas attention à ce que dit Irene, surtout au sujet de Gloria. Irene… a tendance à exagérer et elle ne l'aimait pas beaucoup. Parfois aussi, elle comprend de travers. La famille de Gloria n'avait aucun lien avec la pègre. Irene a trop regardé *Le Parrain*. Je me souviens, on avait vu le premier ensemble, au cinéma. Après, j'y suis retournée deux fois toute seule. Ah, James Caan, soupira-t-elle. L'homme de mes rêves.

— Je vous assure, Ricci est bien passé par le cabinet, ce jour-là, insista Strike. Apparemment, il est arrivé peu avant la fin de la fête.

— Eh bien, dans ce cas, je devais être partie. Kev m'attendait à la maison. Il est encore de ce monde, Ricci ?

— Oui.

— Il doit avoir une sacrée santé !

— Sûrement.

— C'est quand même bizarre. Qu'est-ce qu'il était venu faire au cabinet St. John's ?

— J'espère le découvrir, dit Strike en tournant une page de son carnet. Ma question suivante porte sur Joseph Brenner. Vous souvenez-vous de cette famille dont vous m'avez parlé ? Applethorpe, vous disiez. Eh bien, j'ai appris…

— Vous les avez retrouvés ! s'exclama Janice, admirative. Ils s'appellent comment, en vrai ?

— Athorn.

— *Athorn !* fit Janice, soulagée. Je savais bien que ce n'était pas Applethorpe. Ça m'a turlupinée pendant des jours, cette histoire de nom… Comment vont-ils ? Ils souffraient du syndrome de l'X fragile, n'est-ce pas ? On ne les a pas mis dans une institution, j'espère…

— Ils occupent toujours leur ancien appartement. Et visiblement, ils vont bien.

— Ils sont correctement suivis, j'imagine.

— Ils ont une assistante sociale attitrée. Et j'ai l'impression qu'elle prend bien soin d'eux. Ce qui m'amène au sujet dont je souhaite vous entretenir.

« D'après cette assistante sociale, après la mort de Gwilherm, Deborah aurait avoué que… » Strike hésita. «… eh bien, il semblerait que Gwilherm… Saviez-vous qu'il faisait se prostituer Deborah ?

— Qu'est-ce que vous dites ? s'écria Janice en perdant subitement son éternel sourire.

— Oui, je sais, c'est horrible, répondit Strike, impassible. Quand je suis passé la voir, Deborah m'a parlé d'une visite que le Dr Brenner lui avait faite. Il lui aurait demandé de… euh… de retirer sa culotte…

— Non ! fit Janice avec un dégoût instinctif. Non, ce n'est pas comme ça… que les choses se passent, normalement. S'il avait estimé nécessaire de procéder à un examen intime… il aurait dû lui donner rendez-vous au cabinet.

— Vous disiez qu'elle était agoraphobe.

— Oui… mais…

— Samhain, le fils, se souvient du Dr Brenner. Il a parlé de lui en le traitant de "sale vieux bonhomme".

— Il… mais… non, c'était… c'était forcément pour un examen… Peut-être après la naissance du bébé. Sauf que, normalement, c'est moi qui aurais dû le faire, en tant qu'infirmière… Ça me bouleverse, maintenant que vous me le dites, fit Janice, alarmée. Je croyais avoir tout entendu…. Non, ça, c'est vraiment horrible. Je veux dire, je suis allée chez eux une seule fois, pour voir le petit. Elle n'a rien dit… mais bon, il était présent, le père, et il me prenait la tête avec ses fichus pouvoirs magiques. Elle craignait sans doute…. non, ça me bouleverse, franchement.

— Pardonnez ma question, reprit Strike, mais auriez-vous entendu dire que Brenner fréquentait des prostituées ? Il n'y avait pas de rumeurs dans le quartier à ce sujet ?

— Aucune. Si j'avais eu le moindre doute, j'en aurais parlé à quelqu'un. C'est contraire à l'éthique. Les soignants ne font pas ça.

— Dans ses notes, enchaîna Strike, Talbot écrit que quelqu'un aurait vu Brenner à Michael Cliffe House, le soir où Margot a disparu. Or, devant la police, Brenner avait déclaré être rentré chez lui directement.

— Michael Cliffe House… c'est cette grande tour sur Skinner Street, hein ? Oui, nous avions des patients qui habitaient là, mais sinon… » Janice prit un air écœuré. « Vous m'avez bouleversée, répéta-t-elle. Cette pauvre Mrs. Athorn… et moi qui le défendais bec et ongles, à cause de ce qu'il avait vécu pendant la guerre. Il y a de ça deux semaines, le fils de Dorothy était assis exactement là où vous êtes et…

— Carl Oakden est venu vous voir ? la coupa Strike.

— Oui. Et lui non plus ne s'est pas essuyé les pieds. Du coup, il a mis de la merde de chien partout sur la moquette.

— Qu'est-ce qu'il voulait ?

— Reprendre contact, a-t-il dit. C'est bizarre, mais après toutes ces années je l'ai tout de suite reconnu. Il n'a pas tellement changé. Bref, il s'est assis dans le fauteuil où vous êtes et il s'est mis à raconter n'importe quoi. Il a osé me dire que sa mère avait gardé un bon souvenir de moi. C'est la meilleure ! Un bon souvenir ! Dorothy Oakden ! Elle nous détestait, Irene et moi. Elle nous traitait de dévergondées parce qu'on portait des jupes au-dessus du genou et qu'on allait au pub ensemble…

« Il a parlé de vous, ajouta Janice avec un regard perçant. Il voulait savoir si vous m'aviez interrogée. Il a écrit un livre sur Margot, vous savez ? Ce bouquin n'est jamais sorti et ça le fait enrager. Il espère en écrire un autre sur vous. Le fameux détective ayant résolu l'affaire – ou le fameux détective n'ayant pas résolu l'affaire… Que ça se termine d'une manière ou d'une autre, Carl en fera un bouquin.

— Qu'a-t-il dit à propos de Brenner ? renchérit Strike en se promettant de réfléchir un peu plus tard aux conséquences de l'éventuelle parution d'un ouvrage sur son enquête revue et corrigée par Oakden.

— Il m'a sorti que c'était un vieux sadique. Je l'ai laissé causer ; vu qu'à ce moment-là, je soutenais encore Brenner… mais après ce que vous venez de m'apprendre au sujet de Deborah Athorn…

— Oakden a qualifié Brenner de sadique ? C'est plutôt dur.

— Je trouve aussi. Carl dit qu'il n'a jamais pu le sentir, que le Dr Brenner était tout le temps fourré chez eux, ce que j'ignorais, qu'il venait déjeuner le dimanche et tout. J'ai toujours cru qu'ils étaient seulement collègues, Dorothy et lui. Mais de là à le traiter de sadique ! J'imagine que le Dr Brenner lui a remonté les bretelles un jour, et qu'il n'a pas apprécié. C'était une petite terreur, Carl, quand il était gosse. Il a dû lui garder un chien de sa chienne.

— Si Oakden se repointe, je vous conseille de ne pas lui ouvrir. Il a fait de la prison, vous savez ? Pour avoir soutiré de l'argent à des… » Il s'arrêta juste avant de dire "vieilles dames"… femmes seules.

— *Oh*, fit Janice, interdite. Mince alors. Je ferais mieux de prévenir Irene. Il a dit qu'il passerait la voir.

— À votre avis, il est venu pour vous parler de Brenner ?

— Non, c'est surtout vous qui l'intéressez, mais effectivement, nous avons parlé de Brenner plus que des autres employés du cabinet médical.

— Mrs. Beattie, auriez-vous toujours la notice nécrologique de Brenner, celle à laquelle vous faisiez allusion l'autre jour ? Enfin, si ma mémoire est bonne.

— Oh, souffla Janice en tournant la tête pour regarder le tiroir aménagé à la base de la vitrine aux bibelots. Oui… Carl a voulu la voir lui aussi, quand je lui en ai parlé… »

Elle s'extirpa du canapé, traversa la pièce, posa une main sur le manteau de la cheminée pour assurer son équilibre, s'agenouilla, ouvrit le tiroir et se mit à fouiller à l'intérieur.

« Elles sont dans un piteux état, mes coupures de presse. Irene me prend pour une cinglée, ajouta-t-elle, penchée sur le tiroir. Mais elle ne s'intéresse pas trop aux actualités ni à la politique. Alors que moi, j'ai toujours adoré les journaux. Je garde les articles qui m'ont plu, sur la médecine par exemple. Et j'avoue que j'aime bien ce qui concerne la famille royale aussi… »

Janice tira sur un dossier cartonné coincé dans le fond.

« Irene peut dire ce qu'elle veut, quel mal y a-t-il à… à conserver… l'histoire de… ? »

Le dossier se décrocha.

« … d'une vie ? » Janice se retourna sans se relever et revint vers la table basse en marchant sur les genoux. « Je ne vois rien de morbide là-dedans. Ce n'est pas pire qu'une vieille photo. »

Elle ouvrit le dossier et passa en revue ses coupures de presse, dont certaines avaient jauni avec le temps.

« Vous voyez ? Cet article, je l'avais gardé pour elle, pour Irene, dit Janice en brandissant un morceau de papier journal. Ça parle du basilic sacré. La plante. Elle a des problèmes de transit. Je me disais qu'Eddie aurait pu en planter quelques pieds dans leur jardin.

Elle prend trop de médicaments, ils lui font plus de mal que de bien. Mais Irene est comme ça, il faut que ça ressemble à un comprimé, sinon…

« Ah, la princesse Diana, soupira Janice en montrant à Strike la première page d'un quotidien paru en septembre 1997. J'étais fan…

— Puis-je ? demanda-t-il en tendant la main vers le tas de coupures.

— Je vous en prie, faites, dit Janice en regardant par-dessus ses lunettes les deux articles qu'il venait de choisir. Celui-ci parle des nouveaux traitements contre le diabète. Il est passionnant. Tout a tellement changé depuis que j'ai pris ma retraite. Mon filleul est du type 1. J'aime me tenir au courant de tout ça… Et l'autre ? C'est bien celui sur le gosse qui est mort d'une péritonite ?

— Oui, dit Strike en posant les yeux sur le papier jaunâtre, tirant sur le marron.

— Eh ouais, fit Janice, attristée mais déjà en quête d'autre chose. C'est cette histoire qui m'a donné l'idée de devenir infirmière. Ils vivaient à deux pas de chez moi, quand j'étais petite. Je l'ai découpé et je l'ai gardé. C'est la seule photo qui m'ait jamais… tiré des larmes. Ils ont appelé le docteur, reprit Janice, indignée. Mais personne n'est venu. Si ç'avait été une famille bourgeoise, il se serait déplacé, on le savait tous, mais le petit Johnny Marks de Bethnal Green… qui s'en souciait ? Ce médecin a été… critiqué mais jamais sanctionné… S'il y a bien quelque chose que je déteste, c'est qu'on traite les gens en fonction de leurs origines sociales. »

Sans paraître saisir l'ironie de la situation, elle mit de côté plusieurs photos de la famille royale et reprit ses recherches d'un air perplexe.

« Mais où ai-je fourré cette notice ? » marmonnait-elle.

Sans lâcher les coupures de presse, elle fit demi-tour sur les genoux, repartit ainsi vers le meuble vitré et replongea dans le tiroir ouvert.

« Non, je ne l'ai vraiment plus, dit Janice en revenant. C'est très bizarre…

— Vous ne pensez pas qu'Oakden aurait pu la prendre ? » suggéra Strike.

Janice leva les yeux vers lui.

« L'insolent, articula-t-elle. Il aurait pu me demander la permission. »

Elle replaça toutes les coupures dans le dossier, rangea ce dernier au fond du tiroir et se releva en s'appuyant au manteau de la cheminée. Strike entendit de nouveau ses genoux craquer quand elle se rassit sur le canapé en poussant un soupir de soulagement.

« Ce garçon a toujours eu du mal à garder ses mains dans ses poches.

— Pourquoi dites-vous cela ?

— Quelqu'un volait de l'argent, au cabinet.

— Vraiment ?

— On s'en est aperçu après la disparition de Margot. Pas grand-chose, des petites sommes. Ils pensaient tous que c'était Wilma, la femme de ménage. Mais pas moi. Moi j'ai toujours soupçonné Carl. Il lui arrivait de passer après l'école, et pendant les vacances scolaires. J'en ai touché un mot au Dr Gupta mais je crois qu'il ne voulait pas contrarier Dorothy. Virer la femme de ménage, c'était plus simple. Comment aurait-elle pu prouver qu'elle n'avait rien fait ? On avait déjà eu des problèmes avec elle. Wilma… buvait. Et en plus, elle n'était pas très efficace. On s'est tous réunis pour parler du problème. Après quoi, elle a donné sa démission. Elle avait compris ce qui lui pendait au nez.

— Les vols ont cessé ?

— Ouais. Mais qu'est-ce que ça prouve ? Carl a pu se dire qu'il valait mieux arrêter. Après tout, il avait failli se faire prendre. »

Strike n'était pas loin de penser comme elle.

« Encore deux petites questions, embraya-t-il. Connaissiez-vous une dénommée Joanna Hammond ?

— J'aurais dû ?

— C'était la copine de Steve Douthwaite…

— La fille qui s'est tuée ? Je ne l'ai jamais vue.

— Était-elle inscrite au cabinet St. John's ?

— Non. Je crois qu'elle et son mari vivaient à Hoxton.

— Donc, Margot n'était pas en relation avec le légiste chargé de l'autopsie, ni avec le médecin ayant constaté le décès, n'est-ce pas ?

— Non, elle était comme moi. Elle n'a appris son existence qu'au moment où Steve est venu lui demander de l'aide. Je crois savoir pourquoi vous me posez cette question, dit Janice. Talbot était persuadé que Steve et le Boucher de l'Essex étaient une seule et même personne. C'est cela ? Chaque fois qu'il m'interrogeait, il était toujours question de Steve. Mais croyez-moi, c'était un gentil garçon. J'ai passé mon enfance avec deux hommes vraiment violents, dont mon père. Je sais donc faire la différence. »

Se souvenant que Dennis Creed lui-même s'était servi de son apparente vulnérabilité pour abuser plusieurs femmes, Strike se contenta de hocher la tête.

« Talbot voulait savoir si j'avais rendu visite à Joanna pour la soigner. J'avais beau lui répéter que je ne soignais que les gens inscrits au cabinet St. John's, il refusait de me croire. En fait, il essayait de me faire dire que sa mort était louche. Et moi : "Non, je n'ai jamais rencontré cette femme. Dans quelle langue il faut vous parler ?" Je commençais à en avoir un peu marre de ce dialogue de sourds. J'ai dit à Talbot : "Allez donc interroger le légiste !"

— Savez-vous si Margot avait eu connaissance d'une mort suspecte ? renchérit Strike. Une mort qui aurait été classée comme naturelle ou accidentelle. Peut-être à tort.

— Pourquoi cette question ?

— Je m'efforce juste de comprendre. Talbot fait allusion à cela dans ses notes. D'après lui, Margot avait eu des doutes sur les causes d'un décès. Il mentionne votre nom. »

Les yeux bleus de Janice s'agrandirent derrière les verres de ses lunettes.

« Vous auriez été témoin de quelque chose, ou simplement présente lors d'un événement, précisa Strike. Rassurez-vous, il ne vous accuse de rien.

— Encore heureux ! s'écria Janice. Je n'ai jamais été témoin de quoi que ce soit. Sinon, je le lui aurais dit. »

Il y eut une courte pause que Strike jugea prudent de ne pas interrompre. Comme il s'y attendait, Janice reprit d'elle-même :

« Écoutez, je ne peux pas parler à la place de Margot, surtout quarante ans plus tard. Ce ne serait pas juste, ni pour elle ni pour moi. Je ne veux pas semer le trouble après toutes ces années.

— Je cherche à éliminer les fausses pistes », insista Strike.

Nouvelle pause, plus longue que la précédente. Le regard de Janice passa au-dessus du plateau et atterrit sur la photo de son dernier compagnon, l'homme aux dents tachées et aux yeux dormeurs.

« Très bien, abdiqua-t-elle en soupirant, mais je tiens à préciser que c'était l'idée de *Margot*, pas la mienne. Notez-le bien. Je n'accuse personne.

— Entendu, dit Strike, prêt à prendre des notes.

— Bon. Eh bien, c'était très délicat parce qu'on travaillait avec elle. Dorothy, je veux dire.

« Dorothy et Carl vivaient chez la mère de Dorothy. Elle s'appelait Maud, mais je ne m'en souviendrais pas si Carl ne me l'avait pas rappelé l'autre jour. Nous bavardions et quand j'ai fait allusion à sa grand-mère, il a dit : "Cette sacrée Maud." Il ne l'a pas appelée "grand-mère" ni "mamy" ni rien dans ce genre.

« Enfin bref, Maud souffrait d'une plaie à la jambe. Une plaie infectée qui guérissait mal. Il fallait la surveiller et changer régulièrement le pansement. Donc je passais très souvent la voir. Et à chaque fois, Maud me disait que la maison était à elle, pas à Dorothy. Que sa fille et son petit-fils étaient seulement hébergés.

Répéter ça devait lui donner un sentiment de puissance, j'imagine.

« Elle n'était pas facile à vivre, c'est le moins qu'on puisse dire. Une vieille bonne femme aigrie. Avec elle, rien n'était jamais comme il fallait. Elle se plaignait beaucoup de son petit-fils, un enfant gâté, disait-elle. Sur ce plan, je ne lui donne pas tort. Carl était carrément insupportable lorsqu'il était gamin.

« Sa plaie à la jambe n'a jamais guéri parce qu'elle est morte avant, d'une chute dans l'escalier. Il faut dire qu'elle marchait difficilement, du fait qu'elle était restée longtemps alitée. Elle avait besoin d'une canne. Des gens tombent dans l'escalier tous les jours, et quand ils sont âgés, bien sûr, leur chute peut avoir de lourdes conséquences, mais…

« Une semaine après, Margot m'a fait venir dans son bureau pour parler de cette histoire. Et… en effet, j'ai eu l'impression qu'elle avait des doutes. Elle ne les a pas exprimés clairement, elle m'a juste demandé mon avis. Mais je savais bien ce qu'elle avait en tête… Seulement voilà, que pouvions-nous y faire ? Nous n'avions pas assisté à l'accident. Les deux autres ont dit qu'ils étaient au rez-de-chaussée quand ils ont entendu du bruit et qu'ils l'ont trouvée inconsciente au bas des marches. Elle est morte à l'hôpital deux soirs plus tard.

« Dorothy ne m'a pas semblé très affectée. Mais il faut dire qu'elle ne montrait jamais ses émotions. Que pouvions-nous y faire ? répéta Janice en tournant ses paumes vers le ciel. Je voyais bien que Margot pensait comme moi : une fois Maud décédée, Dorothy et Carl allaient pouvoir mener la belle vie et… Les médecins sont obligés d'envisager tous les cas de figure, évidemment. S'ils ratent quelque chose, ça leur retombe sur le dos. Mais au bout du compte, Margot n'a rien fait et, pour autant que je sache, personne n'a jamais posé de questions.

« Voilà, conclut Janice sur un ton joyeux, comme si elle était délivrée d'un grand poids. Maintenant vous savez tout.

— Merci, dit Strike tout en continuant de prendre des notes. C'était très instructif. Dites-moi, en avez-vous parlé à Talbot ?

— Non, mais quelqu'un d'autre a pu le faire. Au cabinet, tout le monde savait que Maud était morte, et comment, parce que Dorothy avait pris un jour de congé pour assister à l'enterrement. Pour être honnête, Talbot devenait épuisant, j'avais franchement envie de l'envoyer paître. Lui, c'étaient surtout mes rêves qui l'intéressaient. Croyez-moi, il faisait peur. Il disait des trucs tellement bizarres.

— J'en suis conscient. Eh bien, encore une petite chose et je m'en vais. Mon associée a retrouvé la trace de Paul Satchwell.

— Oh, fit Janice, impénétrable. Tant mieux. C'était l'ex de Margot, n'est-ce pas ?

— Oui. Nous avons été surpris d'apprendre que vous vous connaissiez. »

Janice le regarda d'un air bête.

« Pardon ?

— Vous vous connaissiez, répéta Strike.

— Paul Satchwell ? gloussa Janice. Je n'ai jamais rencontré ce type !

— Vraiment ? dit Strike en la scrutant dans les yeux. Pourtant, quand on lui a appris qu'un témoin avait cru apercevoir Margot à Leamington Spa et que cette histoire venait de vous, il s'est mis en colère et il a dit mot pour mot… ». Il relut la déclaration qu'il avait recopiée dans son carnet. « … que vous cherchiez à lui causer des ennuis. »

Janice resta coite un long moment. Une ride verticale apparut entre ses yeux ronds.

« Est-ce qu'il m'a appelée par mon nom ? demanda-t-elle enfin.

— Non. Il semblait l'avoir oublié. Pour vous désigner, il disait "l'infirmière". Et il a précisé que Margot et vous n'étiez pas en bons termes.

— Margot n'était pas en bons termes avec *moi* ? répéta Janice en insistant sur le dernier mot.

— J'en ai peur, répondit Strike sans la quitter des yeux.

— Mais… non, désolée, c'est faux. On s'entendait très bien toutes les deux ! À part la fois où Kev a eu mal au ventre… d'accord, là, c'est vrai, je me suis fâchée, mais au fond, je savais qu'elle ne pensait pas à mal. Elle voulait me rendre service en l'examinant… Je me suis énervée parce que… eh bien, c'est normal, quand on croit qu'une autre femme vous juge incapable de vous occuper correctement de vos gosses, on voit rouge. Surtout que Kev, je l'élevais seule… Une mère seule c'est encore plus susceptible.

— Alors, expliquez-moi pourquoi Satchwell a dit qu'il vous connaissait et que vous cherchiez à lui nuire ? »

Le long silence qui suivit fut interrompu par le passage d'un train. Le bruit monta crescendo jusqu'à devenir assourdissant et s'éteignit tout aussi vite. Dans son sillage, le silence se reconstitua, comme une bulle. Le détective et l'infirmière se regardaient, attendant l'un et l'autre que le temps reprenne son cours.

« Je crois que vous connaissez la réponse, finit par dire Janice.

— Comment cela ?

— Ne jouez pas à ce petit jeu avec moi. Vous êtes un fin limier, le contraire d'un imbécile. Vous avez tout compris mais vous voulez l'entendre de ma bouche et vous essayez donc de me faire peur.

— Je vous assure, je n'essaie pas de vous faire…

— Vous ne l'aimez pas, je sais, le coupa Janice. Irene. Ne prétendez pas le contraire, j'ai bien vu qu'elle vous agaçait. Dans mon métier, on apprend à lire sur les visages. On voit tellement de gens ! En plus, je suis douée pour ça. C'est ce qui faisait de moi une bonne infirmière, ajouta-t-elle sans la moindre arrogance. Écoutez, ce jour-là, Irene était dans l'une de ses phases exubérantes. Elle attendait votre visite avec une telle impatience. Elle vous a sorti le grand jeu.

« Vivre seule, c'est difficile pour une femme qui a toujours été entourée. Même moi, quand je suis rentrée de Dubaï, il a fallu que je me réhabitue. Quand on passe des semaines dans la famille et qu'on se retrouve brusquement face à soi-même… Moi, je ne m'ennuie jamais, mais Irene a besoin de compagnie.

« Elle a toujours été bonne pour moi, Irene, poursuivit Janice sur un ton farouche mais tranquille.

C'est une véritable amie. Après la mort de Larry, quand j'étais dans la dèche, elle m'a soutenue financièrement. Sa porte était toujours ouverte. Nous nous entendons bien, et ça ne date pas d'hier. Bon, de temps en temps, elle prend ses grands airs, elle minaude. Mais quelle importance ? Des tas de gens… »

Elle s'interrompit, puis ajouta d'une voix déterminée :

« Excusez-moi deux secondes. J'ai un coup de fil à passer. »

Elle se leva et quitta la pièce. Strike l'attendit en regardant derrière les voilages le soleil émerger entre deux nuages couleur plomb. Un rayon éclaira le manteau de la cheminée, repeignant le carrosse de Cendrillon en jaune fluo.

Janice revint, son portable à la main.

« Irene ne décroche pas », dit-elle, anxieuse.

Elle se rassit et de nouveau se mura dans le silence.

« Très bien, dit-elle soudain, comme si Strike lui avait intimé l'ordre de parler. Ce n'est pas moi qui connaissais Satchwell… c'est Irene. N'allez pas croire qu'elle ait fait quoi que ce soit de répréhensible ! Je veux dire, elle n'a commis aucun crime. Mais, après cela, elle était tellement inquiète. Et moi aussi, du coup. Oh mon Dieu ! »

Elle respira à fond avant de poursuivre :

« Bon… à cette époque-là, Irene venait de se fiancer. Eddie était beaucoup plus âgé qu'elle. Il vénérait le sol où elle marchait et elle aussi l'aimait. Mais si, vraiment, insista Janice, bien que Strike n'ait pas ouvert la bouche. Et elle était jalouse s'il regardait une autre femme…

« Mais Irene a toujours adoré s'amuser, boire un coup, flirter. Pas de quoi fouetter un chat. Enfin la plupart du temps… Ce mec, Satchwell, il jouait dans un groupe, n'est-ce pas ?

— En effet.

— Ouais, eh bien, un soir, Irene est allée les écouter. Ils se produisaient dans un pub. Moi, je n'étais pas là. Je n'ai su ce qui s'était passé qu'après la disparition de Margot.

« Donc, elle est allée l'écouter et… Satchwell lui a tapé dans l'œil. Après le concert, il est allé rejoindre Margot au fond de la salle. Elle était assise là, dans son imperméable. Irene s'est dit que Satchwell l'avait aperçue depuis la scène. Elle-même ne l'avait pas encore remarquée parce qu'elle était attablée avec des amis et qu'elle lui tournait le dos. Bref, Irene les a regardés discuter, Margot et lui. Ça n'a pas duré longtemps. Ils avaient l'air de se disputer. Puis Margot a repéré Irene et elle est sortie du pub.

« Et voilà mon Irene qui se lève, se dirige vers Satchwell, lui fait des tas de compliments sur le concert, et patati et patata et de fil en aiguille… vous me suivez.

— Pourquoi Satchwell a-t-il dit qu'elle était infirmière ? » demanda Strike.

Janice fit la grimace.

« C'est ce que cette idiote racontait aux types qui la draguaient, figurez-vous. Elle se faisait passer pour une infirmière. Pour les exciter. Et ils tombaient dans le panneau. Enfin, ceux qui ne connaissaient rien à la médecine. Elle leur sortait des noms de médicaments ou des termes qu'elle avait entendus au cabinet. Bon, la plupart du temps, elle se plantait mais les mecs n'y voyaient que du feu. La pauvre chérie ! gémit Janice en levant les yeux au ciel.

— C'était un coup d'un soir ou… ?

— Non. Ça a duré deux ou trois semaines. Mais pas plus. La disparition de Margot… a mis un terme à leur liaison. Comme vous pouvez l'imaginer.

« Mais pendant ces deux semaines, Irene était… sous le charme, dirons-nous. Elle aimait sincèrement Eddie, vous savez… elle n'était pas peu fière d'être fiancée à un homme comme lui. Un monsieur avec une bonne situation, et tout… et qui voulait bien l'épouser. Mais… la vie est bizarre, n'est-ce pas ? dit Janice. Dans certaines circonstances, on redevient des animaux. Paul Satchwell lui a fait perdre la tête pendant deux semaines. Mais complètement ! Elle ne le lâchait pas, une vraie ventouse… À mon avis, elle le faisait prodigieusement chier, ajouta-t-elle très sérieusement. D'après ce qu'elle m'a raconté par la suite, je crois qu'il n'a couché avec elle que pour faire souffrir Margot. C'était Margot, la femme qu'il désirait… Irene l'a compris trop tard. Elle n'était qu'un instrument.

— Donc cette histoire de rage de dents qui s'est ensuite transformée en séance de shopping…, dit Strike.

— Eh oui, fit Janice. C'était du flan. Cet après-midi-là, Irene était avec Satchwell. Le ticket de caisse qu'elle a montré à la police, elle l'avait piqué à sa sœur. Sur le moment, je l'ignorais. Puis un jour, elle a débarqué chez moi en pleurs et elle a déballé tout ce qu'elle avait sur le cœur. À qui d'autre aurait-elle pu se confier ? Pas à Eddie, bien sûr, et encore moins à ses parents ! Elle était terrifiée à l'idée qu'Eddie l'apprenne et la quitte. De l'eau avait coulé sous les ponts, elle avait pris conscience de son erreur. Tout ce qu'elle voulait, c'était se marier et mettre aux oubliettes son aventure avec Satchwell.

« Le jour où il l'a larguée, Satchwell lui a fait comprendre qu'il s'était servi d'elle pour récupérer Margot. Le soir du concert, il était en pétard. Margot lui avait dit qu'elle était venue l'écouter par simple curiosité et, quand il avait voulu la ramener chez lui, elle l'avait très mal pris. Il lui avait donné ce petit Viking en bois, vous savez ? Il le gardait tout le temps sur lui, dans l'espoir de la croiser un jour. Il devait croire que ça la ferait *fondre*, qu'elle accepterait de se remettre avec lui, qu'elle quitterait Roy… Vous vous rendez compte ? Comme si elle allait abandonner enfant et mari pour une petite figurine en bois… Irene l'a entendu dire des choses dégueulasses sur Margot… Il l'a traitée d'allumeuse et pire encore…

« Enfin bref. Margot disparaît, la police ouvre une enquête et Irene reçoit un appel de Satchwell lui demandant d'oublier les horreurs qu'il lui a racontées sur Margot. Elle, de son côté, le supplie de ne jamais révéler ce qui s'est passé entre eux. Et voilà, ils en sont restés là. Personne n'a jamais rien su, à part moi. Et comme je n'en ai jamais parlé à quiconque… Après tout, Irene était mon amie et on ne trahit pas une amie, n'est-ce pas ?

— Quand Charlie Ramage vous a dit avoir vu Margot à Leamington Spa, saviez-vous que c'était…

— … la ville natale de Satchwell ? Non, pas à ce moment-là, pas quand Charlie m'en a parlé. Je l'ai compris quelque temps plus tard, en lisant un article dans le journal. Un vieux schnock habitant Leamington Spa avait planté devant sa maison une pancarte marquée “Nous les Blancs, unissons-nous contre l'invasion des bronzés” ou une autre salopeperie dans le même genre. Larry et moi, on était sortis dîner avec Eddie et Irene, et Eddie a parlé de ce vieux raciste qui défrayait la chronique. Quand on s'est retrouvées toutes les deux aux toilettes, Irene m'a dit : “Leamington Spa, c'est la ville de Paul Satchwell.” Elle n'avait plus prononcé son nom depuis des siècles.

« Sans mentir, ça m'a fait bizarre qu'elle me sorte ça. Immédiatement, j'ai pensé, oh mon Dieu, et si c'était bien Margot que Charlie avait vue ? Et si Margot était partie vivre chez son ex ? Mais après, j'ai réfléchi et je me suis dit, arrête, si Margot était à Leamington Spa, d'autres gens l'auraient aperçue depuis le temps. Je veux dire, c'est pas comme si elle était partie à Tombouctou !

— Non. En effet. Irene ne vous a rien dit d'autre sur Margot et Satchwell ?

— C'est déjà pas mal, non ? » fit Janice. Son teint clair semblait avoir encore pâli depuis que Strike était entré. Les veines sous ses yeux paraissaient plus sombres. « Écoutez, n'allez pas l'embêter avec ça. Soyez gentil. Elle n'en a pas l'air avec tous ses chichis, mais au fond c'est un cœur tendre. Elle se fait beaucoup de souci, vous savez.

— Je n'ai aucune raison d'aller l'embêter, répondit Strike. Merci pour votre coopération, Mrs. Beattie. Vous m'avez permis d'éclaircir pas mal de choses. »

Janice s'avachit au fond du canapé, et le regarda d'un air ennuyé.

« Vous fumez, hein ? dit-elle. Ça se sent. Ils ne vous ont pas conseillé d'arrêter, après votre amputation ?

— Si.

— C'est très mauvais pour vous, poursuivit-elle. Avec l'âge, ça risque d'aggraver votre handicap. C'est mauvais pour la circulation *et* pour la peau. Vous devriez arrêter.

— J'en suis conscient, dit aimablement Strike en rempochant son calepin.

— Ouais, c'est ça, dit Janice en plissant les yeux. Cause toujours tu m'intéresses. »

51

... ne croit pas que ce Monstre
Peut être vaincu ou détruit :
Il n'est pas, ah, il n'est pas de ces ennemis,
Que l'acier peut blesser ou la force abattre.

Edmund SPENSER, *La Reine des fées*

Derrière le mur de brique jaune, Robin apercevait les dômes couronnant les tourelles de la Tour de Londres. Mais pour l'heure, les monuments historiques étaient le cadet de ses soucis. La rencontre qu'elle avait programmée à l'insu de Strike était censée avoir lieu à 13 heures, c'est-à-dire dans trente minutes, et elle se trouvait à plusieurs kilomètres du lieu de rendez-vous, dans un quartier qu'elle ne connaissait absolument pas. Elle courait en consultant le plan sur son portable, quand celui-ci se mit à sonner.

Elle s'arrêta net. C'était Strike.

« Bonjour. Je sors de chez Janice.

— Très bien, dit Robin en essayant de respirer normalement, le regard à l'affût d'une bouche de métro ou d'un taxi. Vous avez appris des choses intéressantes ?

— Plein », répondit Strike qui longeait Nightingale Grove tout en parlant. Malgré les mises en garde de l'infirmière, il venait d'allumer une Benson & Hedges. À chaque mot, de la fumée sortait de sa bouche et s'envolait dans la brise fraîche. « Où êtes-vous en ce moment ?

— Tower Bridge Road, fit Robin qui s'était remise à courir.

— Je croyais que vous filiez le patron de PasNet, ce matin ?

— C'est ce que je faisais », dit Robin. Mieux valait l'informer immédiatement de ce qui venait d'arriver. « Je l'ai laissé sur Tower Bridge, avec Barclay.

— Quand vous dites "avec" Barclay…

— Je crois qu'ils sont en train de discuter, le coupa Robin en ralentissant l'allure, car il lui était impossible de parler en courant. Cormoran, j'ai eu l'impression que BPN allait se jeter à l'eau.

— De Tower Bridge ? s'étonna Strike.

— Pourquoi pas ? répliqua Robin en débouchant sur un carrefour particulièrement encombré. C'était la structure élevée la plus proche de…

— Mais son bureau n'est pas dans le coin…

— Il est descendu à la station Monument, comme d'habitude, mais il n'est pas allé travailler. Il est resté un moment devant l'immeuble, puis il a tourné les talons. J'ai cru qu'il voulait juste se dégourdir les jambes, alors je l'ai suivi, mais quand je l'ai vu planté au beau milieu de Tower Bridge, à regarder la flotte en dessous, j'ai eu peur. »

L'homme était resté quarante minutes à contempler le fleuve boueux, son attaché-case au bout du bras, pendant que les véhicules passaient en continu derrière lui. Durant tout ce temps, Robin ne l'avait pas quitté des yeux. Elle avait réussi à joindre Barclay pour lui demander de prendre le relais, mais l'attente avait été nerveusement épuisante. Strike n'imaginait sans doute pas à quel point.

Toujours aucune indication. Robin se remit à courir.

« J'hésitais à m'approcher, expliqua-t-elle. Je craignais qu'en me voyant il décide de sauter. Il pèse son poids, je n'aurais pas pu le retenir.

— Vous pensez vraiment qu'il…

— Oui », dit Robin en essayant de cacher sa joie. Elle venait de repérer, entre deux voitures, le cercle rouge signalant une bouche de métro. « Il avait l'air au bout du rouleau. » Elle piqua une pointe de vitesse.

« Vous courez ? », demanda Strike. Malgré le grondement de la circulation, il entendait parfaitement le claquement de ses semelles sur le trottoir.

« Oui, je suis en retard. J'ai rendez-vous chez le dentiste. »

Quand Strike lui avait proposé qu'elle l'accompagne chez Janice Beattie, Robin avait décliné sans donner d'excuse valable. Puis elle avait décidé de lui servir cette histoire de dentiste, au cas où il en reparlerait.

« Ah bon.

— Heureusement, dit Robin en se faufilant entre les passants, Barclay a fini par arriver… Lui aussi a trouvé que BPN se comportait comme quelqu'un en passe de… Il m'a dit… »

Elle dut s'interrompre à cause d'un point de côté.

« … Il m'a dit… qu'il allait… essayer de lui parler… et c'est là que je suis partie. Au moins… Barclay est assez costaud... pour le retenir si jamais il franchit la rambarde, termina-t-elle, hors d'haleine.

— Mais ça signifie que Barclay est grillé, fit remarquer Strike.

— Euh, oui, j'en suis consciente, dit Robin en ralentissant pour se masser le ventre. Mais c'est moins grave que de laisser un homme se suicider...

— Évidemment, fit Strike qui terminait sa cigarette sous l'auvent de la station Hither Green. Je réfléchissais juste à la logistique. Bien sûr, avec un peu de chance, BPN pourrait cracher le morceau. Il pourrait même dire à Barclay pourquoi PasNet le fait chanter. Les gens désespérés ont souvent tendance à...

— Cormoran, je dois vous laisser, dit Robin du haut de l'escalier. On se voit au bureau tout à l'heure. Vous me direz ce que Janice vous a raconté.

— Ça roule. J'espère que vous n'avez pas trop mal.

— Pardon... ? Oh, mes dents ! Non, c'est juste une visite de contrôle. »

Bravo pour ta prestation, Robin, songea-t-elle, furieuse contre elle-même, avant de glisser le portable dans sa poche et de dévaler les marches du métro.

Une fois assise dans la rame, Robin retira sa veste – elle transpirait d'avoir tant couru – et arrangea ses cheveux dans le reflet de la vitre sale. Elle n'était pas dans son assiette. Mais quoi de plus normal, se dit-elle, après les émotions de la matinée et l'histoire foireuse qu'elle venait de servir à Strike ? Sans parler des risques qu'elle allait prendre. Ce n'était pas la première fois qu'elle suivait une piste sans en parler à son associé. Elle l'avait déjà fait deux ans auparavant et il l'avait virée.

Ce coup-ci, c'est différent, pensa-t-elle en écartant les mèches qui lui collaient au front. *Si ça marche, il ne trouvera rien à y redire. C'est ce qu'il souhaite, lui aussi.*

Vingt minutes plus tard, elle émergeait de la station Tottenham Court Road et s'élançait, la veste sur l'épaule, vers le cœur de Soho.

Ce n'est qu'en apercevant l'enseigne au-dessus de la porte du Star Café qu'elle nota la coïncidence. S'efforçant d'oublier pour un temps les astéroïdes et autres horoscopes, Robin entra dans une salle dallée de briques rouges, avec des petites tables en bois et, accrochées aux murs, de vieilles réclames imprimées sur des plaques en fer-blanc. L'une d'entre elles vantait les CIGARETTES ROBIN. Juste en dessous, peut-être intentionnellement, était assis un homme âgé, vêtu d'un coupe-vent noir. Il avait une peau couperosée et d'épais cheveux gris ramenés en avant dans une sorte de banane figée par une bonne dose de gomina. Sa canne était appuyée contre le mur à sa gauche. Face à lui, une adolescente aux longs cheveux jaune fluo écrivait un texto sur son téléphone. Elle ne leva les yeux qu'au moment où Robin demanda en s'approchant d'eux :

« Mr. Tucker ?

— Oui », répondit l'homme d'une voix rauque avant d'afficher une rangée de dents brunes plantées de travers. « Miss Ellacott ?

— Robin, répondit-elle en lui serrant la main.

— Voici ma petite-fille, Lauren.

— Salut, dit Lauren qui lui accorda un bref regard avant de replonger dans son courrier.

— Je vais me chercher un café. Puis-je vous offrir quelque chose ? »

Tous les deux refusèrent. Pendant qu'elle attendait son café crème au comptoir, Robin sentait les yeux du vieil homme posés sur elle. Quand ils s'étaient parlé au téléphone, Brian Tucker lui avait raconté pendant un quart d'heure montre en main les circonstances dans lesquelles sa fille aînée, Louise, avait disparu en 1972 et les recherches qu'il avait menées sa vie durant pour essayer de prouver qu'elle faisait partie des victimes de Dennis Creed. Roy Phipps avait dit de Tucker qu'il était « à moitié fou ». Robin ne serait pas allée aussi loin, mais il y avait en lui quelque chose d'intense et d'effrayant, comme si sa quête de justice et son obsession pour Creed l'avaient consumé de l'intérieur.

Quand Robin regagna la table des Tucker, Lauren consentit enfin à poser son téléphone. Ses extensions fluo, la licorne tatouée sur son avant-bras, ses faux cils et son vernis à ongles écaillé cadraient mal avec les traits enfantins et les fossettes qu'on devinait sous la couche de fond de teint.

« Je suis venue pour aider papy, expliqua-t-elle à Robin. Il a du mal à marcher, en ce moment.

— C'est une brave gamine, commenta Tucker. Adorable.

— Eh bien, merci beaucoup d'avoir accepté de me rencontrer », dit Robin à ses deux interlocuteurs.

De près, le nez de Tucker ressemblait à une fraise, tant il était gonflé et parsemé de points noirs.

« Non, c'est à moi de vous remercier, Miss Ellacott, fit-il de sa voix rocailleuse. Je pense sincèrement que cette fois-ci, ils vont nous donner l'autorisation. Sinon, comme je l'ai dit au téléphone, je suis prêt à débouler sur un plateau de télévision…

— J'espère que nous ne serons pas obligés d'en arriver là, l'interrompit Robin.

— Ça les a secoués quand je leur ai balancé ça. Enfin, c'est aussi grâce à la personne que vous connaissez au ministère de la Justice, concéda-t-il en fixant sur Robin ses petits yeux injectés de sang. Cela dit, je crois que j'aurais dû les menacer d'aller voir la presse voilà des années. Avec ces gens-là, on n'arrive à rien si on respecte les règles. Ils vous endorment avec leur paperasse et leurs prétendues expertises.

— Je n'imagine même pas ce que vous avez dû endurer pendant toutes ces années, dit Robin. Mais justement, nous touchons peut-être au but, alors ce n'est pas le moment de tout faire…

— J'obtiendrai justice pour Louise, quoi qu'il m'en coûte, s'acharna Tucker. Qu'ils viennent donc m'arrêter. Ça me fera de la pub.

— Oui mais je préférerais que…

— Papy, elle ne veut pas que tu fasses un truc débile, intervint Lauren. Un truc qui pourrait tout gâcher.

— Bon, d'accord, je ne bougerai pas, c'est promis », dit Tucker. Ses yeux minuscules, aux iris tachetés presque décolorés, étaient profondément enchâssés entre ses paupières violettes. « Mais c'est notre dernière chance, donc il faudra que ce soit fait correctement *et par la bonne personne*.

— Il ne vient pas ? demanda Lauren. Cormoran Strike ? Papy a dit qu'il viendrait peut-être.

— Non », répondit Robin. Voyant la déception sur le visage des Tucker, elle ajouta rapidement : « Il est pris par une autre enquête, en ce moment, mais vous pouvez me parler comme s'il était assis là, en face de vous. Nous sommes assoc…

— Il faut que ce soit lui qui interroge Creed, l'interrompit Tucker. Pas vous.

— Je compr…

— Non, ma beauté, vous ne comprenez pas. J'ai passé ma vie à étudier Creed. Je le connais mieux que ces abrutis qui ont sorti des bouquins sur lui. Je sais comment il fonctionne. Ça fait des années que plus personne ne s'intéresse à son cas. Votre patron est un détective célèbre. Creed aura envie de le rencontrer. Creed se croit plus malin, évidemment. Il voudra se mesurer à lui, lui faire mordre la poussière. Pour avoir le plaisir de lire à nouveau son nom à la une des journaux ? Peut-être bien. Il a toujours adoré qu'on parle de lui. Je pense qu'il jouera le jeu si jamais votre patron arrive à le convaincre qu'il peut en tirer un bénéfice… Il est réglo, votre patron ? »

En d'autres circonstances, Robin aurait répliqué « Ce n'est pas mon patron, c'est mon associé » mais ce jour-là, vu l'enjeu, elle se contenta de répondre :

« Oui, il est réglo.

— C'est ce que je pensais. Quand votre contact m'a appelé, je suis allé sur le Net et j'ai lu tout ce qui le concernait. Impressionnant. Il ne donne pas d'interviews, n'est-ce pas ?

— Non.

— Ça me plaît, dit Tucker en hochant la tête. Je comprends pourquoi. Mais il est connu du grand public et ça, Creed va adorer. Et comme il est acoquiné à des gens célèbres, Creed va adorer encore plus. Je leur ai dit, au ministère de la Justice. Je l'ai dit à votre contact, je veux que ce soit Strike et personne d'autre. Surtout pas la police. Ils ont eu leur chance et on a vu ce que ça a donné. Et puis, j'en ai ma claque de ces foutus *psychiatres* qui se croient sortis de la cuisse de Jupiter mais qui sont infoutus de se mettre d'accord pour dire si ce salopard est sain d'esprit ou pas.

« Je connais Creed. Je le comprends. J'ai passé ma vie à étudier sa psychologie. J'ai assisté à chaque jour de son procès. Au tribunal, ils ne l'ont pas interrogé sur Lou, ils ne l'ont même pas citée, mais j'ai croisé son regard à plusieurs reprises. Il m'a reconnu, j'en suis sûr, il a compris qui j'étais, parce que Lou était mon portrait tout craché.

« C'était au moment où ils le questionnaient à propos des bijoux – vous savez, le pendentif. Le pendentif de Lou ?

— Oui, dit Robin.

— Elle l'avait ramené à la maison deux jours auparavant. Elle l'avait montré à sa sœur Liz, la mère de Lauren… N'est-ce pas, Lauren ? demanda-t-il à sa petite-fille qui acquiesça. Une chaînette avec un papillon, une babiole. Comme c'était un bijou fabriqué en série, la police a dit qu'il aurait pu appartenir à n'importe qui. Liz ne s'en souvenait pas très bien – c'est pour ça que la police n'en a pas tenu compte, parce qu'elle ne l'a pas reconnu immédiatement – mais elle l'avait mal vu. C'est ce qu'elle leur a dit. Pourtant, quand le sujet a été abordé devant le tribunal, Creed m'a regardé droit dans les yeux. Il savait qui j'étais. Lou était mon portrait tout craché, répéta Tucker. Vous savez ce qu'il a raconté pour expliquer la présence de ces bijoux sous son plancher ?

— Oui, il a prétendu les avoir achetés parce qu'il aimait se travestir…

— Qu'il les avait achetés pour les porter, fit Tucker en même temps qu'elle.

— Mr. Tucker, vous avez dit au téléphone…

— Ce pendentif, Lou l'avait piqué dans cette boutique où tout le monde allait. Comment ça s'appelait… ?

— Biba, dit Lauren.

— Biba. Deux jours avant sa disparition, elle avait fait l'école buissonnière. Le soir, en rentrant à la maison, elle a montré à sa sœur Liz, la maman de Lauren, ce qu'elle avait chapardé. C'était un petit diable, Lou. Elle ne s'entendait pas avec ma deuxième femme. La mère des filles est morte quand Lou avait dix ans. Ça l'avait beaucoup affectée, plus que les deux autres. Elle n'a jamais aimé ma deuxième femme. »

Il lui avait déjà raconté tout cela au téléphone, mais Robin hocha la tête pour exprimer sa sympathie.

« Ma femme s'est disputée avec elle le matin de sa disparition. Du coup, Lou a encore séché les cours. On ne s'en est pas rendu compte tout de suite. Le soir, comme elle ne rentrait pas, on a appelé toutes ses amies. Et comme aucune ne l'avait vue, on a fini par prévenir la police. On a su plus tard qu'elle avait passé la nuit chez l'une d'entre elles. La gamine l'avait fait monter dans sa chambre sans le dire à ses parents.

« Le lendemain, trois personnes l'ont aperçue. Elle portait l'uniforme de l'école. La dernière fois, c'était à Kentish Town, devant une laverie automatique. Elle demandait du feu à un type. On savait qu'elle fumait. C'est en partie à cause de ça qu'elle s'était engueulée avec ma femme.

« Kentish Town, répéta Tucker de sa voix rauque. C'est dans ce quartier que Creed avait enlevé Vera Kenny. En 1970, peu après avoir emménagé du côté de Paradise Park. Vera est la première qu'il a enfermée dans sa cave. Il les enchaînait, vous savez ? Il les gardait en vie pour les…

— Papy, gémit Lauren. Arrête.

— Désolé, marmonna Tucker en baissant la tête. Désolé, ma chérie.

— Mr. Tucker, se lança Robin avant qu'il ne reprenne la parole, vous m'avez dit au téléphone que vous aviez des infos inédites sur l'affaire Margot Bamborough.

— Oui », dit Tucker. Il fouilla la poche intérieure de son coupe-vent et en retira plusieurs feuillets qu'il déplia de ses mains tremblantes. Ce document, commença-t-il en montrant la première page de la fine liasse, je l'ai obtenu en 1979, par un gardien de Wakefield. Dans ces années-là, je traînais du côté de la prison tous les week-ends, je regardais le personnel entrer et sortir. C'est comme ça que j'ai connu le café où ils se retrouvaient tous pour boire un verre après le boulot.

« Bref, je suis devenu pote avec le gardien en question. Je tairai son nom. Grâce à lui, j'ai su que Creed était dans le quartier de haute sécurité, seul dans sa cellule parce que les autres détenus voulaient lui régler son compte. En 1982, l'un d'entre eux lui a presque crevé un œil avec une cuillère qu'il avait volée à la cantine et dont il avait aiguisé le manche. Creed a esquivé le coup, mais de justesse. Mon pote m'a dit qu'il braillait comme une gamine, fit Tucker avec une certaine délectation.

« J'ai dit à mon pote, tout ce que tu sais sur Creed ça m'intéresse. Les trucs qu'il raconte, les indices qu'il donne. Je prends tout sans distinction. Je lui ai même filé du fric. Il aurait pu perdre son boulot si ses chefs l'avaient su. Et c'est comme ça qu'un jour, il m'a rapporté ce papier. En fait, il l'avait volé. Je n'en ai jamais fait état de manière officielle, parce qu'on aurait eu des problèmes, lui et moi, mais j'en ai quand même parlé au mari de Margot Bamborough. Comment s'appelait-il… ?

— Roy Phipps.

— Roy Phipps, ouais. J'ai dit, “je possède un écrit de Creed susceptible de vous intéresser. Ça prouve qu'il a tué votre femme”. »

Tucker esquissa un sourire dédaigneux qui découvrit ses dents marron.

« Phipps n'a rien voulu savoir. Il m'a pris pour un dingue, je crois. Un an après mon coup de fil, j'ai lu dans le journal qu'il avait épousé la nounou. Apparemment, Creed lui avait rendu un fier service.

— Papy ! s'écria Lauren, choquée.

— Bon, d'accord, marmonna Tucker. Ce toubib, je n'ai jamais pu l'encadrer. S'il l'avait voulu, il aurait pu faire bouger les choses. Il avait un bon poste à l'hôpital, c'était le genre de type que les autorités auraient écouté. S'il nous avait rejoints, on aurait pu leur mettre la pression. Mais ça ne l'intéressait pas. Et quand j'ai vu qu'il s'était mis avec la nounou, je me suis dit, évidemment, tout s'explique.

— Puis-je… ? » tenta Robin, en montrant le papier que Tucker tenait à plat sur la table. Sans succès.

« Donc, pendant des années, on a lutté seuls, Jerry et moi, reprit Tucker. Jerry Wolfson, le frère de Kara. Vous voyez qui c'est ?

— Oui, l'hôtesse de night-club…

— Hôtesse de night-club, prostituée à ses heures et droguée à plein temps. Jerry n'était pas naïf, il ne se faisait aucune illusion sur elle, mais c'était quand même sa sœur. Elle l'avait élevé après le départ de leur mère. Kara était sa seule famille.

« Kara a disparu en février 1973, trois mois après ma Lou. Tôt dans la matinée, elle a quitté le club où elle bossait à Soho. Elle était avec une copine. Ce n'était pas bien loin d'ici, dit Tucker en désignant la rue à l'extérieur. Les deux filles se sont séparées et chacune est partie de son côté. À un moment, la copine s'est retournée et elle a vu Kara penchée à la vitre d'une camionnette, comme pour parler au conducteur. Elle s'est dit qu'ils se connaissaient. Elle a poursuivi son chemin et on n'a jamais revu Kara.

« Jerry a interrogé toutes les collègues de Kara mais elles n'étaient au courant de rien. Une rumeur a traîné, par la suite, comme quoi Kara informait la police. Ce club était tenu par deux patrons de la pègre. Ça les arrangeait de la faire passer pour une balance. Vous me suivez ? Comme ça, les autres filles réfléchissaient à deux fois avant d'aller raconter ce qui se passait dans le club.

« Jerry n'y a jamais cru. Il était persuadé depuis le début que c'était un coup du Boucher de l'Essex – à cause de la camionnette surtout. Alors, on a fait cause commune.

« Il a demandé l'autorisation d'aller parler à Creed, comme je l'avais fait. Et comme moi, les autorités l'ont envoyé balader. Jerry a fini par renoncer. Il est mort alcoolique. Quand un truc pareil arrive à l'un de vos proches, votre vie est brisée. C'est tellement lourd à porter. Ça vous écrase.

« Mon couple n'y a pas survécu. Mes deux autres filles ne m'ont plus parlé pendant des années. Elles en avaient marre. Je passais mon temps à chercher Lou, à parler de Creed. Elles auraient voulu que je fasse comme si rien…

— Ce n'est pas juste, papy, fit Lauren d'une voix sévère.

— Ouais, d'accord, marmonna Tucker. D'accord, je l'admets, la mère de Lauren a changé d'avis dernièrement. J'ai dit à Liz : "Pense au temps que j'aurais dû passer avec Lou, comme celui que j'ai passé avec toi et Lisa. Fais la somme de tout ce dont j'ai été privé. Les repas de famille, les vacances. Je n'ai pas pu l'aider à faire ses devoirs, lui dire de ranger sa chambre, me disputer avec elle…" Bon Dieu, quelle tête de mule c'était ! J'aurais dû assister à sa remise de diplôme, parce qu'elle aurait réussi ses études, ma Lou, elle était futée, même si elle séchait les cours. J'ai dit à Liz : "Plus jamais je n'ai pu marcher avec elle à mes côtés. Je ne suis pas allé à la maternité pour voir ses bébés. Additionne tout le temps que je lui aurais donné si elle avait vécu…" »

Tucker se tut, étranglé par l'émotion. Lauren posa sa main grassouillette sur la grande main osseuse aux articulations rouges et gonflées de son grand-père.

« Additionne tout cela, reprit Tucker d'une voix cassée. Tâcher de comprendre ce qui lui est arrivé… c'est le moins que je puisse faire. Je veux juste lui rendre son dû. »

Robin sentit des picotements au bord de ses paupières.

« Je suis vraiment désolée, murmura-t-elle.

— Ouais, bon », dit Tucker en s'essuyant le nez et les yeux avec la manche de son coupe-vent. Il prit la feuille au dessus de la pile et la tendit à Robin d'un geste brusque. « Et voilà. Regardez contre quoi nous nous battons. »

La page se divisait en courts paragraphes rédigés dans une écriture nette et légèrement penchée, chaque lettre bien détachée de ses voisines.

Elle cherche à prendre le contrôle par les mots et use parfois de flatteries. Elle me dit que je suis intelligent puis elle parle de "traitement". Sa stratégie est ridiculement transparente. Ses "compétences" et sa "formation" sont, comparées à mon niveau de conscience et à la connaissance que j'ai de moi-même, l'équivalent de la flamme d'une allumette mouillée face à la lumière du soleil.

Elle jure qu'un diagnostic de folie me vaudra un traitement moins sévère. Elle me dit ça entre deux hurlements, pendant que je la gifle sur le visage et sur les seins. Couverte de sang, elle me supplie de comprendre qu'elle pourrait m'être utile. Elle témoignerait en ma faveur. Son arrogance et sa soif de domination sont confortées par l'approbation sociale que lui confère sa position de "docteur". Même enchaînée, elle se croit supérieure. Je lui démontrerai le contraire.

« Vous voyez ? murmura Tucker d'un ton farouche. Margot Bamborough était bien emprisonnée dans sa cave. Il a écrit ce texte pour le plaisir de revivre les tortures qu'il lui a infligées. Mais les psychiatres ont estimé qu'il n'avait pas valeur d'aveu. Ils ont dit que c'était un jeu, que Creed voulait surtout qu'on parle à nouveau de lui. Qu'il cherchait à attirer l'attention de la police, pour qu'ils reviennent l'interroger et qu'il puisse encore les ridiculiser. Qu'il voulait juste revoir son nom dans la presse et sa tête au journal télévisé. Selon eux, ce texte était la description d'un fantasme et le prendre au sérieux reviendrait à lui donner satisfaction. Parce que parler de ces horreurs le faisait bander.

— Dégoûtant, souffla Lauren.

— Mais d'après mon pote le gardien – parce que, vous savez, lui aussi était persuadé que Creed avait fait trois victimes supplémentaires dont les corps n'avaient jamais été retrouvés : ma Lou, Kara Wolfson et Margot Bamborough – et donc, d'après mon pote le gardien, c'était sur la femme médecin qu'il préférait qu'on l'interroge. Creed est attiré par les gens haut placés sur l'échelle sociale. Il est persuadé que s'il n'avait pas viré meurtrier, il aurait pu faire une belle carrière. Professeur de fac, P.-D.G., ou un truc dans le même genre. C'est mon pote qui m'a dit tout ça. Il m'a dit, "Creed se voit comme leur égal, mais dans un autre domaine d'activité". »

Robin ne répondit rien. Elle était toujours sous le choc de ce qu'elle venait de lire. Depuis quelque temps, Margot Bamborough était devenue terriblement tangible et vivante à ses yeux. Si bien qu'à présent, elle ne pouvait s'empêcher de l'imaginer enchaînée, couverte de sang, essayant par tous les moyens de convaincre son tortionnaire de l'épargner.

« Creed a été transféré à Belmarsh en 1983 », poursuivit Tucker en tapotant la liasse toujours posée devant lui tandis que Robin tâchait de se reconcentrer. « Et c'est là qu'ils ont commencé à lui administrer des calmants. Pour qu'il cesse de... vous me suivez...

« À la même époque, on m'a donné l'autorisation de lui écrire. Depuis sa condamnation, j'avais frappé à toutes les portes. Donc, j'ai fini par obtenir gain de cause. Je devais juste promettre de ne jamais publier sa réponse, de ne pas la montrer à la presse, mais je suis le seul parent de victime à avoir eu un contact direct avec... Et voilà ce que j'ai reçu en retour », dit Tucker en poussant vers Robin les deux feuillets suivants.

Le courrier était rédigé sur du papier à l'en-tête de la prison. Il commençait abruptement, sans « Cher Mr. Tucker » ni quoi que ce soit d'autre.

Votre lettre m'est parvenue voilà trois semaines mais on m'a placé en cellule d'isolement peu après et, n'ayant pas de quoi écrire, je n'ai pu y répondre. On ne me permet pas de donner suite aux demandes comme la vôtre, d'habitude, mais j'imagine que votre persévérance a contraint les autorités à lâcher du lest. Tucker, aussi impensable que cela puisse paraître, je vous admire. Résister face à l'adversité est également l'une de mes grandes qualités.

En trois semaines, j'ai eu le temps de réfléchir à la façon dont j'allais vous expliquer ce qu'à peine un homme sur dix mille est capable d'entendre. Finalement, j'ai trouvé. Il semble, à vous lire, que j'aurais gardé en mémoire les noms, les visages et les traits de caractère de mes diverses "victimes", mais j'ai le regret de vous dire qu'il n'en est rien. La seule chose dont je me souviens c'est du monstre avec lequel je faisais des cabrioles. L'être nauséabond muni de plusieurs membres, de plusieurs seins, par l'entremise duquel s'exprimaient l'angoisse et la douleur. En fin de compte, ce monstre n'a jamais été un compagnon pour moi, bien que ses contorsions m'aient fasciné, je l'avoue. Étant correctement stimulé par la souffrance, il lui arrivait d'atteindre le summum de l'extase. Soudain, il se sentait vivant, il se tenait frémissant au bord de l'abîme et il hurlait, suppliait, implorait la clémence.

Tant de fois je l'ai vu mourir et renaître. Mais pas assez à mon goût. Outre son visage et sa voix qui changeaient constamment, ses réactions demeuraient identiques. Richard Merridan, mon vieux psychiatre, a donné d'autres noms à la chose qui me possédait mais en vérité, j'étais sous l'empire d'une divine frénésie. Toujours est-il qu'il me considérait comme sain d'esprit. Et bien que ses confrères aient contesté son diagnostic, le juge n'a écouté que lui. Par conséquent, à la question de savoir si j'ai tué votre fille, ma réponse est la suivante : peut-être que oui, peut-être que non. Soit je l'ai tuée sous l'emprise d'une démence qui persiste à oblitérer mes souvenirs et dont un médecin plus habile pourrait me débarrasser. Soit je n'ai jamais croisé son chemin et la petite

Louise est en vie quelque part et se moque des misérables efforts de son papa pour la retrouver. Ou bien alors, elle endure des tourments qui n'ont rien de commun avec ceux qu'a connus mon monstre familier.
Je ne doute pas que le soutien psychiatrique additionnel disponible à Broadmoor m'aiderait à recouvrer la mémoire. Mais pour des raisons impénétrables, les autorités préfèrent me garder ici, à Belmarsh. Pas plus tard que ce matin, on m'a menacé sous le nez des gardiens. Nonobstant le fait que quiconque s'en prend à moi en retire un certain prestige, je suis quotidiennement exposé à des manœuvres d'intimidation et à des risques d'atteinte à ma personne. Qu'on puisse s'attendre à ce que je recouvre une santé mentale suffisante pour aider la police relève pour moi du mystère.
Les êtres exceptionnels ne devraient être étudiés que par ceux qui en sont dignes. Les analyses rudimentaires auxquelles on m'a soumis jusqu'à présent ont uniquement servi à confirmer que je suis incapable de me rappeler mes actes. Vous, Mr. Tucker, pourrez peut-être m'aider. Jusqu'à ce que je me retrouve dans l'environnement médical que nécessite mon état de santé, quel intérêt aurais-je à extirper de ma mémoire déficiente les détails susceptibles de vous aider à savoir ce qu'est devenue votre fille ? Ma sécurité est chaque jour compromise. Mes facultés mentales se dégradent.
Naturellement, vous serez déçu de ne pas recevoir confirmation de ce qui est arrivé à Louise. Soyez assuré qu'en dehors de mes phases de frénésie, je ne suis pas dépourvu de compassion. Même mes plus féroces contempteurs reconnaissent que je comprends autrui bien mieux qu'autrui ne me comprend ! Par exemple, je devine ce que représenterait pour vous de retrouver le corps de Louise et lui donner la sépulture qui vous sied. Mais hélas, le peu d'empathie que j'ai à ma disposition est en train de fondre comme neige au soleil à cause des regrettables conditions dans lesquelles je

suis détenu. Les autorités ayant refusé de m'envoyer dans un hôpital civil, j'ai mis beaucoup de temps à récupérer de la dernière agression dont j'ai été victime, celle qui a failli me coûter un œil. "Les hommes mauvais perdent le droit à un traitement équitable !" Telle est, paraît-il, l'opinion de nos concitoyens. Or, la brutalité engendre la brutalité. Même les psychiatres les plus bornés sont d'accord sur ce point.
Avez-vous une âme miséricordieuse, Mr. Tucker ? Si tel est le cas, la première lettre que vous écrirez après avoir reçu la mienne sera destinée aux autorités de ce pays, leur demandant que j'effectue le reste de ma peine à Broadmoor où les secrets que ma mémoire récalcitrante contient peut-être encore auront toutes les chances de resurgir, à force de soins et d'attention. Je sais que vous trouverez les mots et les phrases pour les en convaincre.
Amicalement vôtre,
Dennis

Robin termina sa lecture et leva les yeux.

« Vous n'avez rien remarqué, n'est-ce pas ? dit Tucker avec une expression curieusement avide. Non, bien sûr. Ce n'est pas évident. Moi non plus, je ne l'ai pas vu tout de suite. Quant à l'administration pénitentiaire, elle était trop occupée à me répéter que Creed ne serait jamais transféré à Broadmoor et que ma requête finirait au panier. »

Il frappa le bas de la lettre de son ongle jauni.

« La clé se trouve ici. Dans le dernier paragraphe. *La première lettre. Les mots et les phrases.* Prenez les premières lettres de chaque phrase depuis le début du texte jusqu'à “Par conséquent”, mettez-les bout à bout et regardez ce que vous obtenez. »

Robin s'exécuta.

« V-O-T-R-E-F-I-L-L-E… », lut-elle à voix haute avant de s'interrompre subitement, craignant d'avoir deviné la suite du message crypté. Elle poursuivit l'exercice en silence jusqu'à ce que le goût du café au lait se change en fiel dans sa bouche : « Oh mon Dieu !

— Qu'est-ce que ça raconte ? demanda Lauren en essayant de lire.

— Ne t'occupe pas de ça, lui ordonna Tucker avant de récupérer le document et de le remettre dans sa poche intérieure. Et voilà, reprit-il à l'intention de Robin. Maintenant, vous comprenez à qui vous avez affaire. Il a tué Lou, il a tué votre doctoresse et il s'en vante. »

Avant que Robin puisse répondre, Tucker retourna la dernière photocopie et la poussa vers elle. C'était un plan cadastral d'Islington avec un cercle tracé à l'encre autour de ce qui ressemblait à un immeuble ou une grande maison.

« Il existe deux endroits où personne n'a jamais cherché, commenta-t-il. J'ai personnellement ratissé tous les lieux où il aurait pu cacher des corps, les quartiers où il a vécu, pendant son enfance ou après. La police a fouillé les plus évidents, ses différents logements et autres, mais ces deux-là ont été oubliés.

« Quand Lou a disparu, en novembre 1972, il n'aurait pas pu l'enterrer dans la forêt d'Epping, parce que…

— La police venait d'y trouver les restes de Vera Kenny », compléta Robin.

Tucker parut impressionné, même s'il ne voulait pas le montrer.

« On dirait que vous apprenez bien vos leçons, dans cette agence. Ouais, exactement. À ce moment-là, il y avait des flics partout dans le secteur.

« Vous voyez, là ? reprit Tucker en montrant le cercle tracé sur le plan. Aujourd'hui, c'est une maison d'habitation, mais dans les années 1970 c'était l'hôtel Archer. Et devinez qui s'occupait de laver leurs draps, leurs dessus-de-lit et tout le bazar. Le pressing où bossait Creed. Il s'y rendait une fois par semaine, avec sa camionnette, pour ramasser les ballots de linge sale et rapporter le propre.

« Après son arrestation, la patronne de l'hôtel Archer a déclaré dans les colonnes du *Mail* que Creed s'était toujours montré poli et serviable, qu'ils avaient l'habitude d'échanger quelques mots quand il venait…

« Ce truc-là ne figure pas sur les plans récents, poursuivit Tucker en posant le doigt sur un emplacement marqué d'une croix, à proximité de l'hôtel. Mais il est mentionné dans les vieux actes de propriété. Il y a un puits au fond du jardin, un genre de citerne ayant servi à collecter l'eau pluviale. Il était là avant la construction du bâtiment actuel.

« J'ai pu interroger la propriétaire de l'hôtel en 1989, après qu'elle a vendu. Elle m'a dit qu'elle avait fait condamner le puits et planté des arbustes autour pour éviter que des enfants tombent dedans par accident. Mais quand il faisait ses livraisons, Creed entrait par le jardin et passait près de l'endroit où se trouvait le puits. J'imagine qu'il en connaissait l'existence. Elle ne se souvenait pas de lui en avoir parlé, précisa Tucker pour devancer la question de Robin, mais ça ne change rien à l'affaire. Elle n'était pas censée se rappeler toutes leurs conversations, surtout quinze ans plus tard.

« Creed aurait très bien pu débarquer en pleine nuit, laisser sa camionnette à la porte du jardin et…, marmonna Tucker, visiblement contrarié. Mais quand j'ai compris cela, il était déjà trop tard. L'hôtel était devenu une maison d'habitation. Depuis, les propriétaires ont construit une foutue véranda au-dessus du puits.

— Ne pensez-vous pas, avança prudemment Robin, qu'en construisant cette véranda, les nouveaux occupants auraient pu remarquer…

— Pourquoi auraient-ils remarqué quoi que ce soit ? répliqua sèchement Tucker. Vous croyez qu'un maçon va chercher à savoir ce qu'il y a sous la terre alors qu'il peut se contenter de couler une dalle de béton ? De toute façon, Creed est malin. Il aura sûrement balancé des ordures par-dessus le corps. Pour le cacher. Bon, ça c'était la première option. Ensuite, vous avez cela. »

La dernière photocopie était également celle d'une carte.

« C'est ici, dit-il en plantant sur une autre maison entourée d'un cercle son index aux jointures enflées, que vivait l'arrière-grand-mère de Creed. Je l'ai lu dans *Le Démon de Paradise Park*. Pendant un interrogatoire, Creed a dit qu'étant gosse, la seule fois où il a vu la campagne, c'était chez elle.

« Vous voyez cette grande zone verte juste à côté ? reprit-il. C'est Great Church Wood. Des hectares de forêt. Creed connaissait le chemin, il possédait une camionnette, il avait joué dans ces bois quand il était petit.

« Nous savons qu'il a enterré la plupart de ses victimes dans la forêt d'Epping parce que c'était un lieu neutre, où il n'avait jamais mis les pieds dans sa jeunesse. Mais en 1975, la forêt d'Epping n'était plus accessible puisque la police y patrouillait toutes les nuits. Je suis sûr qu'il s'est rabattu sur Great Church Wood. Ce n'était pas très loin de Londres et il avait des pelles à l'arrière de sa camionnette…

« Voilà mon hypothèse. Ma Lou et votre doctoresse sont soit dans le puits sous la véranda soit quelque part dans Great Church Wood. Les flics ont fait des progrès depuis les années 1970. Aujourd'hui, ils ont des radars qui permettent de voir sous la terre, et plein d'autres gadgets. Techniquement, ce serait possible d'aller vérifier. Il suffit de vouloir.

« Seulement voilà, dit Tucker en repliant les deux dernières photocopies d'une main tremblante, personne n'a l'air de vouloir. Et c'est comme ça depuis longtemps. La police s'en fiche, la justice aussi. Ils pensent que c'est fini, que Creed ne crachera jamais le morceau. C'est pour ça que je tiens à ce que ce soit votre patron qui l'interroge. J'aurais aimé pouvoir le faire moi-même mais vous avez vu comment Creed me considère… »

Tucker glissa les documents dans la poche de son coupe-vent. Durant leur conversation, le café s'était rempli. À la table voisine étaient assis trois jeunes gens arborant des barbes ridiculement désuètes. Robin se sentit presque agressée par le bruit qui régnait dans la salle. Il est vrai qu'elle avait passé de longues minutes à tendre l'oreille pour ne rien rater du discours murmuré de Tucker. C'était comme si elle surgissait d'un lointain passé dans un présent indifférent et survolté. Qu'auraient pensé Margot Bamborough, Louise Tucker et Kara Wolfson de l'ambiance sonore de ce café ? De tous ces gens rivés à leur portable ? De la chanson « Happy » de Pharrell Williams jaillissant des enceintes juchées derrière le bar ? De cette jeune femme qui s'éloignait du comptoir, une tasse de café à la main, avec son chignon rasta et son T-shirt marqué GO F#CK YOUR #SELFIE ?

« Ne pleure pas, je t'en prie, papy », dit Lauren aux cheveux jaune fluo, en prenant son grand-père par l'épaule. Depuis qu'il s'était tu, Tucker semblait avoir rapetissé. Une larme épaisse roula le long de son gros nez rouge et s'écrasa sur la table.

« Cette histoire a traumatisé tout le monde dans la famille, expliqua Lauren. Maman et tante Lisa ont très peur quand mes cousines ou moi sortons le soir…

— Absolument ! dit Tucker en s'essuyant les yeux d'un revers de manche.

— … et nous avons grandi dans l'idée que ça pourrait nous arriver, ajouta Lauren en écarquillant ses grands yeux innocents. Vous savez, il y a toujours des gens qui disparaissent, qui se font tuer.

— Oui, dit Robin. Je sais. » Elle tendit la main pardessus la table pour serrer le bras du vieil homme.

« Nous ferons l'impossible, Mr. Tucker, je vous le promets. Je vous tiens au courant. »

En sortant du café, Robin était consciente qu'elle venait de s'engager à la place de Strike, lequel ignorait tout de ses projets concernant Creed et Louise Tucker. Mais elle s'en inquiéterait plus tard, quand elle aurait récupéré un peu d'énergie, songea-t-elle en s'enveloppant plus étroitement dans sa veste. Puis elle regagna le bureau à pied, l'esprit tout entier absorbé par le vide immense que les trois femmes disparues avaient laissé derrière elles.

52

Souvent le feu est sans fumée.

Edmund Spenser, *La Reine des fées*

Il était une heure du matin et Strike roulait en direction de Stoke Newington, où Robin l'attendait devant la maison d'Elinor Dean. Le patron de PasNet avait repris ses petites habitudes, s'adonnant de nouveau aux activités supposément répréhensibles qui fournissaient à son subordonné de quoi le faire chanter. Même si l'emprise psychologique que PasNet exerçait sur BPN avait mené celui-ci au bord du suicide, elle n'était visiblement pas assez forte pour l'inciter à rentrer dans le rang.

La nuit était claire mais les lumières sur Essex Road effaçaient presque les étoiles. Strike discutait au téléphone avec Barclay dont la voix résonnait dans l'habitacle de la BMW. Une semaine s'était écoulée depuis qu'il avait fait la connaissance de BPN sur Tower Bridge et l'avait persuadé d'aller prendre un café avec lui au lieu de se jeter dans la Tamise.

« Cet imbécile est complètement accro, dit l'Écossais.

— Apparemment, répondit Strike. C'est sa troisième visite en l'espace de dix jours.

— Il m'a dit : "C'est plus fort que moi." Il paraît que ça guérit son stress.

— Son stress peut-être, mais pas ses envies de suicide.

— C'est le chantage qui le pousse au suicide, Strike, pas ce qu'il fait à Stoke Newington.

— Et tu n'as vraiment aucune idée de ce qu'il trafique dans cette baraque ?

— Encore une fois, il m'a juste dit qu'il ne baisait pas avec elle mais que sa femme le quitterait si elle l'apprenait. Il est peut-être fétichiste du latex, ajouta Barclay, pensif.

— Du quoi ?

— Du latex, répéta Barclay. Comme ce type qui mettait une combinaison en latex sous son costume pour aller bosser.

— Ouais, je l'avais oublié celui-là. »

Les diverses pratiques sexuelles de leurs clients se mélangeaient souvent dans sa tête. Strike entendait la rumeur du casino derrière Barclay. Cela faisait des heures que ce dernier suivait discrètement PasNet entre les tables de jeu et les machines à sous.

« Écoute, Strike, tu veux vraiment que je reste ? Je suis en train de claquer une fortune, et comme tu disais que les clients commençaient à râler à cause des notes de frais… Je pourrais me poster sur le trottoir d'en face et attendre que cet enfoiré se casse.

— Non, ne le lâche pas. Et continue à le photographier. Il faut qu'on trouve de quoi le coincer.

— On a de quoi, avec toute la coke qu'il s'enfile ! répliqua Barclay.

— Comme la moitié de ses collègues de travail. Non, on a besoin d'un truc plus sérieux si on veut qu'il cesse de pousser les gens à enjamber les ponts…

— C'est toi le patron.

— Occupe-toi de cette ordure et ne mise pas trop.

— Ce n'est pas ce que je mise qui fera couler la boîte, c'est ce que je bois. »

Barclay raccrocha. Strike baissa sa vitre, alluma une cigarette et fit jouer les muscles de ses épaules pour détendre sa nuque douloureuse.

Il aurait bien aimé pouvoir faire comme BPN : se changer les idées, oublier ses nombreux problèmes et responsabilités l'espace de quelques heures. Mais, contrairement au patron de PasNet, Strike ne disposait d'aucun exutoire en ce moment. Au cours des mois précédents, la maladie de Joan avait accaparé le peu de temps qu'il n'avait pas consacré à son travail. Il ne faisait plus de sport depuis son amputation, son métier l'empêchait de voir ses amis aussi souvent qu'il l'aurait souhaité, et les rares relations qu'il entretenait avec sa famille lui faisaient plus de mal que de bien.

Le lendemain, dimanche de Pâques, il retournerait à St. Mawes pour disperser les cendres de Joan avec ses proches. L'événement en lui-même n'avait déjà rien de réjouissant mais, par-dessus le marché, il allait devoir se retaper un interminable voyage en train et, à l'arrivée, tomber sur sa sœur Lucy qui depuis la mort de Joan ne cessait de l'appeler pour lui dire combien elle redoutait cet ultime adieu et regrettait de ne pouvoir se recueillir sur une tombe. À l'entendre, on aurait pu croire que c'était lui qui, par ses manœuvres, avait influencé les dernières volontés de leur tante. Lucy lui avait également reproché de ne pas passer tout le week-end dans les Cornouailles, contrairement à elle et à sa petite famille, et pour finir elle l'avait mis en demeure d'acheter des friandises de Pâques à ses trois neveux, et pas seulement à Jack. Comme si elle estimait normal que son unijambiste de frère transporte trois fragiles lapins en chocolat en plus de son gros sac de voyage, alors qu'il était épuisé et souffrait le martyre parce qu'il travaillait sans relâche depuis des semaines en oubliant de prendre soin de son moignon.

Pour ne rien arranger, son demi-frère Al et sa demi-sœur Prudence, qu'il n'avait jamais rencontrée, avaient recommencé à le bombarder de textos. L'un et l'autre semblaient espérer que Strike, ayant passé ses nerfs sur leur père au téléphone, regretterait de s'être emporté et, revenu à de meilleurs sentiments, accepterait plus volontiers de participer à leur raout. Strike n'avait pas répondu mais ces messages insistants étaient pour lui comme des piqûres d'insecte : il s'interdisait d'y toucher mais n'arrivait pas à les oublier.

Et au sommet de cette pyramide de problèmes, planait le mystère Bamborough que Robin et lui avaient passé des centaines d'heures à tenter d'élucider, mais qui demeurait aussi insondable qu'au premier jour, quand il avait accepté de le sonder. Le délai d'un an serait bientôt écoulé et ils n'avaient absolument rien de tangible à se mettre sous la dent. Honnêtement, Strike n'attendait pas grand-chose de la rencontre que Robin avait organisée avec les filles de Wilma Bayliss et qui devait avoir lieu le lendemain dans la matinée, avant qu'il ne prenne le train pour Truro.

Plus il s'approchait du quartier où vivait la femme pour laquelle BPN semblait éprouver une si grande attirance, plus cet homme recherchant désespérément ce qui, d'après Strike, ne pouvait être qu'un soulagement d'ordre sexuel, suscitait en lui une forme d'indulgence, voire de sympathie. Dernièrement, il lui était venu à l'esprit que les quelques aventures qu'il avait connues depuis sa rupture avec Charlotte, pour banales qu'elles aient été, avaient constitué son seul refuge face aux exigences de son travail. L'annonce du cancer de Joan avait sonné le glas de sa vie sexuelle : on ne pouvait pas passer sa vie dans les trains et aller à des rendez-vous galants en même temps.

Ce n'était pourtant pas faute d'occasions. Depuis que l'agence marchait bien, certaines des femmes riches et délaissées qui constituaient la base de leur clientèle semblaient voir en Strike la solution à tous leurs problèmes. Pas plus tard que la veille, Strike avait reçu une cliente de ce type. Une jolie brune de trente-deux ans. Comme elle avait pris la suite de Mrs. Smith – qui les avait quittés satisfaite après avoir vu les photos prises par Morris de son mari embrassant la baby-sitter, photos qu'elle comptait verser au dossier de sa demande de divorce –, Strike l'avait surnommée Miss Jones.

C'était un canon : des jambes interminables, des lèvres pulpeuses, une peau parfaite. La presse à scandale l'adorait, et ce, pour deux raisons principales : sa fortune familiale et le différend qui l'opposait au père de leur fille âgée de six mois. Miss Jones, qui cherchait à discréditer ce dernier pour obtenir la garde exclusive de l'enfant, n'avait cessé de croiser et décroiser ses longues jambes fuselées tout en expliquant à Strike les raisons de sa démarche. Apparemment, son ex-compagnon était un sale hypocrite qui, non content de prendre de la drogue, racontait des horreurs sur son compte dans les journaux et se servait de leur fille pour faire pression sur elle. Alors qu'il la raccompagnait, une fois l'entretien terminé, elle lui avait touché le bras à plusieurs reprises en riant très fort et sans raison. Bien conscient du regard réprobateur de Pat dans son dos, Strike avait réussi à se débarrasser d'elle tout en restant poli, mais avec la désagréable sensation d'avoir du chewing-gum plein les doigts.

Il n'avait aucune peine à imaginer les commentaires auxquels il aurait eu droit si Dave Polworth avait assisté à la scène. Son vieil ami avait échafaudé toute une théorie sur le genre de femmes qui le trouvaient à leur goût, et dont Charlotte était le meilleur exemple. Selon Polworth, si l'ancien boxeur au nez cassé attirait presque exclusivement les névrosées, les emmerdeuses, voire les sociopathes, c'était parce qu'elles recherchaient sans le savoir un homme-rocher auquel elles pourraient s'accrocher comme des patelles.

En longeant les rues sombres et désertes de Stoke Newington à bord de sa BMW, Strike repensa malgré lui à son ex-fiancée et aux textos qu'elle lui avait envoyés depuis la clinique privée qu'il avait réussi à localiser sur Internet. S'il n'y avait pas répondu, c'était d'abord parce qu'ils lui étaient parvenus la veille de son avant-dernier voyage en Cornouailles, alors que Joan était au plus mal, mais aussi parce qu'il n'avait pas voulu lui donner de faux espoirs en entretenant l'illusion qu'il suffisait de l'appeler pour qu'il se porte à son secours. Était-elle encore hospitalisée ? Si tel était le cas, elle n'aurait jamais passé autant de temps dans une clinique psychiatrique. Ses jumeaux d'un an avaient sans doute été confiés à une gouvernante ou à leur grand-mère paternelle, dont Charlotte lui avait assuré qu'elle ne demandait pas mieux que de la remplacer.

Quand il fut sur le point d'arriver, Strike composa le numéro de Robin.

« Il est encore chez elle ? lui demanda-t-il.

— Oui. Vous pourrez vous mettre derrière moi, il y a de la place. Je pense que les gens du numéro 14 sont partis avec leurs gosses pour le week-end de Pâques. Ils ont pris les deux voitures.

— OK. À tout de suite. »

Strike repéra la vieille Land Rover arrêtée à cinquante mètres de la maison d'Elinor et se gara sans problème. Il coupait le moteur quand il vit Robin sortir de son véhicule, fermer discrètement la portière et contourner la BMW, une sacoche pendue à l'épaule.

« Bonsoir, dit-elle en se glissant sur le siège passager.

— Bonjour, plutôt. Vous n'avez pas hâte de rentrer chez vous ? »

Au même instant, le portable que Robin tenait à la main s'éclaira. Sans même regarder l'écran, elle le posa à l'envers sur sa cuisse pour cacher la lumière.

« J'ai des trucs à vous dire. J'ai parlé à C. B. Oakden.

— Ah », fit Strike.

Étant donné l'intérêt qu'Oakden avait manifesté envers Strike, qui le soupçonnait d'enregistrer leurs conversations téléphoniques, il avait été convenu que Robin se chargerait de le contacter pour lui demander de ne plus se mêler de l'affaire Bamborough.

« Il n'a pas apprécié, dit Robin. Il m'a balancé "Nous sommes dans un pays libre" et "J'ai le droit de parler à qui je veux". À quoi j'ai répondu, "Si vous continuez à interférer dans l'enquête et à interroger les témoins, vous risquez de tout compromettre". Et là, il m'a sorti qu'un biographe expérimenté comme lui…

— Quel enfoiré, marmonna Strike.

— … savait comment faire parler les gens et que nous aurions tout intérêt à faire équipe avec lui.

— Ouais, dit Strike. Le collaborateur idéal : un escroc avec un casier judiciaire long comme le bras. Qu'avez-vous obtenu, en fin de compte ?

— Eh bien, je dirais qu'il a *vraiment* envie de vous rencontrer et qu'il ne donnera aucune info sur Brenner à moins que vous acceptiez un rendez-vous en tête à tête. Il se sert de Brenner comme appât. »

Strike chercha une autre cigarette.

« Je ne suis pas sûr que Brenner vaille un rencart avec C. B. Oakden.

— Même après ce que Janice vous a dit ? »

Strike tira une bouffée et souffla la fumée par la vitre. « Je le reconnais, aujourd'hui, Brenner fait nettement plus louche qu'au début. Mais quelles sont les chances pour qu'Oakden détienne des informations valables ? Il était ado à l'époque et le fait qu'il ait volé cette notice nécrologique laisse supposer qu'il n'a pas grand-chose dans son escarcelle et qu'il est prêt à tout pour… »

Un bruit de frottement attira son regard. C'était Robin qui ouvrait sa sacoche. Légèrement surpris, il la vit en extraire le carnet de Talbot.

« Vous l'emportez dans tous vos déplacements ? demanda Strike en essayant de cacher son agacement.

— Apparemment », répliqua-t-elle. Pour plus de commodité, elle posa son portable à l'endroit sur le tableau de bord, si bien qu'à l'arrivée du texto suivant, Strike put lire le nom affiché à l'écran : Morris.

« Qu'est-ce que Morris peut bien avoir à vous raconter à 2 heures du matin ? fit Strike sur un ton inquisiteur qu'il regretta aussitôt.

— Rien. C'est juste qu'il s'ennuie à mourir. Il est en planque devant chez l'ex de Miss Jones, dit Robin en feuilletant les notes de Talbot. Je voulais vous montrer quelque chose. Voilà, tenez. »

Elle lui tendit le carnet ouvert à une page que Strike avait lui-même étudiée. Couverte de dessins et d'inscriptions alambiquées, on y voyait un squelette armé d'une faux.

« Ne faites pas attention à l'imagerie. Ce sont juste des lames de tarot, le prévint Robin. Regardez plutôt entre les jambes du squelette. Ce minuscule symbole, le cercle contenant une croix, symbolise la Part de Fortune…

— À savoir ?

— Un élément de l'horoscope associé à la réussite matérielle. “La Part de Fortune en deuxième Maison, ARGENT et POSSESSIONS.” Et il a souligné “Maison de la mère”. Vous vous rappelez que les Oakden vivaient sur Fortune Street. Quand Margot a disparu, la Part de Fortune était dans la Maison de

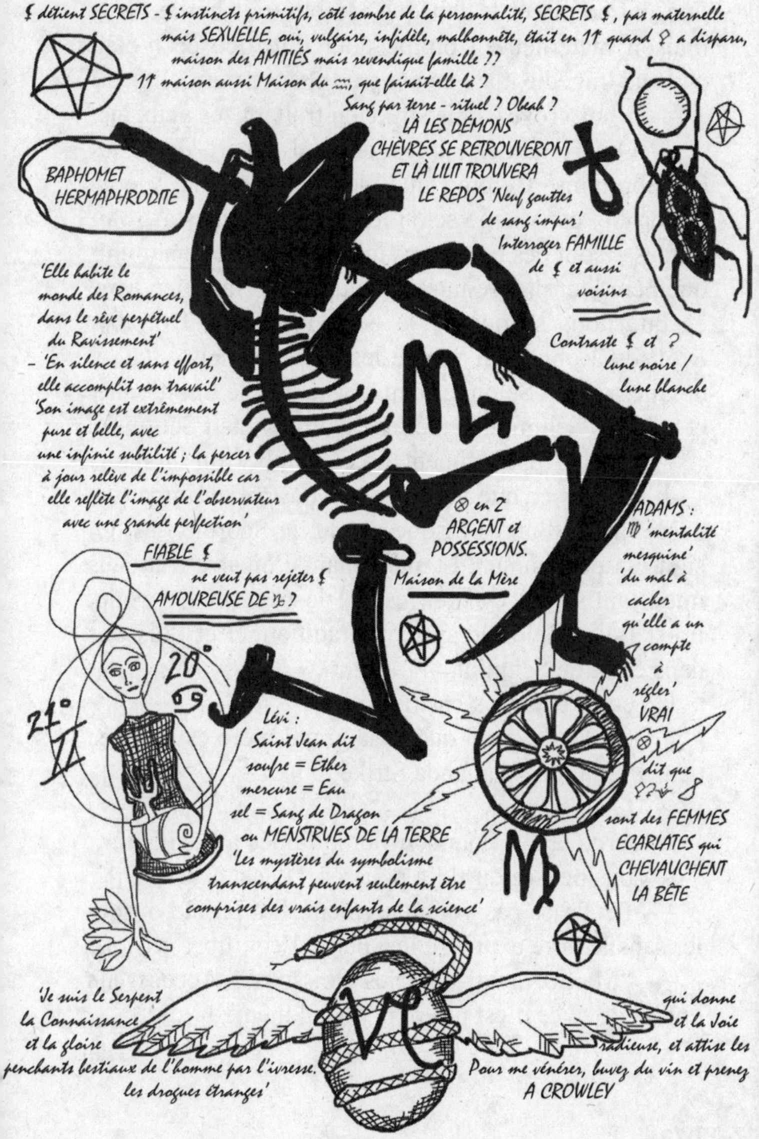
⚸ détient SECRETS - ⚸ instincts primitifs, côté sombre de la personnalité, SECRETS ⚸, pas maternelle mais SEXUELLE, oui, vulgaire, infidèle, malhonnête, était en 11ᵉ quand ? a disparu, maison des AMITIÉS mais revendique famille ??
11ᵉ maison aussi Maison du ♒, que faisait-elle là ?
Sang par terre - rituel ? Obeah ?
LÀ LES DÉMONS CHÈVRES SE RETROUVERONT ET LÀ LILIT TROUVERA LE REPOS 'Neuf gouttes de sang impur'
Interroger FAMILLE de ⚸ et aussi voisins
BAPHOMET HERMAPHRODITE
Contraste ⚸ et ? lune noire / lune blanche
'Elle habite le monde des Romances, dans le rêve perpétuel du Ravissement'
– 'En silence et sans effort, elle accomplit son travail'
'Son image est extrêmement pure et belle, avec une infinie subtilité ; la percer à jour relève de l'impossible car elle reflète l'image de l'observateur avec une grande perfection'
♏
⊗ en 2ᵉ ARGENT et POSSESSIONS.
Maison de la Mère
ADAMS : ♍ 'mentalité mesquine' 'du mal à cacher qu'elle a un compte à régler' VRAI
FIABLE ⚸
ne veut pas rejeter ⚸
AMOUREUSE DE ♑ ?
20°
♋
21°
♊
Lévi : Saint Jean dit soufre = Ether mercure = Eau sel = Sang de Dragon ou MENSTRUES DE LA TERRE
'Les mystères du symbolisme transcendant peuvent seulement être compris des vrais enfants de la science'
⊗ dit que
sont des FEMMES ECARLATES qui CHEVAUCHENT LA BÊTE
♍
'Je suis le Serpent qui donne la Connaissance et la Joie et la gloire radieuse, et attise les penchants bestiaux de l'homme par l'ivresse. Pour me vénérer, buvez du vin et prenez les drogues étranges'
A CROWLEY

l'argent et des possessions. Talbot semble établir un lien entre cela et le fait que Dorothy ait hérité de la maison maternelle. Comme pour dire que ce n'était pas une tragédie mais un coup de chance pour elle.

— Vous croyez ? dit Strike en frottant ses yeux las.

— Oui, regardez, après cela, il repart dans ses élucubrations. Comme quoi les natifs de la Vierge – Dorothy est Vierge selon les deux systèmes astrologiques – sont des personnes mesquines, cherchant uniquement leur propre intérêt, ce qui cadrerait bien avec ce que nous savons de la personnalité de Dorothy. Bref, dit Robin, j'ai vérifié les dates de naissance, et devinez quoi ? Selon les deux systèmes, le traditionnel et celui de Schmidt, la mère de Dorothy était Scorpion.

— Ciel ! Apparemment, on est tombés sur un nid.

— Je sais ce que vous pensez, dit Robin, imperturbable. Mais d'après ce que j'ai lu, le Scorpion est un signe assez commun. Et maintenant, j'en arrive au plus important : Carl Oakden est né le 6 avril. Du coup, il est Bélier selon le système traditionnel et Poissons dans celui de Schmidt. »

Un court silence s'ensuivit.

« Quel âge avait-il quand sa grand-mère est tombée dans l'escalier ? demanda Strike.

— Quatorze ans. »

Il tourna la tête pour souffler la fumée à l'extérieur.

« Vous pensez qu'il l'a poussée ? C'est cela ?

— Peut-être pas volontairement. Il a pu la bousculer sans le faire exprès, elle a perdu l'équilibre et…

— "Margot a affronté les Poissons." Accuser un enfant de… ce n'est pas rien, quand même !

— Peut-être n'a-t-elle accusé personne. Peut-être n'est-ce qu'une supposition émise par Talbot, ou une autre de ses inventions. Quoi qu'il en soit…

— … ça donne à réfléchir, dit Strike avant d'émettre un genre de gémissement. J'ai peur qu'on n'ait pas le choix. Il va falloir rencontrer cet abruti d'Oakden, tout compte fait. On dirait que tout se concentre autour de ces trois personnes. Brenner et les Oakden. Modèle de vertu par-devant…

— … empoisonneuse par-derrière. Vous vous souvenez ? C'est comme ça qu'Oonagh Kennedy parlait de Dorothy. »

Les détectives gardèrent le silence pendant quelques secondes, les yeux fixés sur la porte de la maison d'Elinor Dean et son jardin endormi.

« D'après vous, combien de meurtres ont lieu sans être qualifiés de tels ? demanda Robin.

— La réponse est dans la question. Impossible à savoir puisqu'ils ne sont pas "qualifiés de tels". Mais oui, ces morts discrètes qui se produisent souvent dans le cadre familial sont un vrai problème. Chaque jour, des personnes vulnérables sont tuées par leurs proches alors que pour tout le monde, elles ont succombé à la maladie…

— … et on dit que c'est tant mieux parce qu'elles ne souffrent plus.

— Ce qui n'est pas toujours faux », ajouta Strike.

À cet instant, l'un et l'autre eurent droit à une vision d'horreur, mais pas la même. Strike revit le sergent Gary Topley gisant sur une route poussiéreuse d'Afghanistan, les yeux grands ouverts, le corps sectionné au niveau de la taille. Cette scène hantait encore ses cauchemars. Parfois même, Gary lui parlait dans son sommeil. Et quand il se réveillait, Strike se répétait en guise de consolation que son ami était mort sur le coup, que ses yeux écarquillés, son air stupéfait étaient la preuve qu'il avait été emporté avant que son cerveau n'analyse la situation.

L'image qui s'était formée dans la tête de Robin relevait plus du fantasme. Elle n'avait bien sûr aucune certitude que les choses se soient passées ainsi, mais elle imagina Margot Bamborough enchaînée à un radiateur *(je la gifle sur le visage et sur les seins)*, suppliant son bourreau *(stratégie ridiculement transparente)*, endurant des tourments inconcevables *(il lui arrivait d'atteindre le summum de l'extase et soudain, il se sentait vivant, il se tenait frémissant au bord de l'abîme et il hurlait, suppliait, implorait la clémence)*.

« Vous savez, dit Robin pour rompre le silence et passer à autre chose, j'aimerais bien avoir une photo de Maud, la mère de Dorothy.

— Pour quoi faire ?

— Vérifier un truc. Je ne me rappelle pas vous l'avoir dit mais… regardez. »

Elle feuilleta le carnet dans l'autre sens et s'arrêta sur une page couverte de symboles astrologiques liés à l'eau. Sous un dessin représentant un scorpion était écrit en petits caractères « GRAIN DE BEAUTÉ (Adams) ».

« Encore un nouveau signe ? s'étonna Strike. Le Grain de beauté ?

— Non, fit Robin en souriant. C'est une référence à l'astrologue Evangeline Adams, selon laquelle les vrais Scorpion portent souvent une marque de naissance, comme un gros grain de beauté. J'ai trouvé son livre d'occasion. »

Un ange passa.

« Quoi ? demanda Strike en voyant que Robin le fixait du regard.

— Je m'attendais à une réplique chargée d'ironie.

— Mes réserves d'ironie sont épuisées, répondit Strike. Vous réalisez qu'il nous reste seulement quatorze semaines pour résoudre cette affaire ?

— Je sais », soupira Robin. Elle prit son portable pour regarder l'heure. Du coin de l'œil, Strike vit qu'elle avait encore reçu un texto de Morris. « Peut-être que les sœurs Bayliss nous apprendront quelque chose d'utile… Vous êtes sûr de vouloir venir ? Ça ne m'ennuie pas de les voir seule. Après la nuit blanche que vous allez passer ici, vous risquez d'être épuisé.

— Je dormirai dans le train. Vous avez des projets pour le dimanche de Pâques ?

— Non. Ma mère voudrait que je vienne mais… »

Strike essaya de compléter la phrase que Robin avait laissée en suspens. Pourquoi n'allait-elle pas chez ses parents ? Avait-elle prévu de passer la journée avec quelqu'un ? Morris, par exemple ?

« Bon, c'est promis, je ne vous parlerai plus du carnet de Talbot, enchaîna Robin. Mais avant le rendez-vous de demain, je voudrais quand même vous montrer un truc.

— Allez-y.

— Vous l'avez dit vous-même, certaines de ses notes semblent entachées de racisme.

— Quand il parle du "fantôme noir", cita Strike. Ouais.

— Ou de “Lilith Lune noire”…

— … et qu’il se demande si Wilma est une sorcière.

— Tout à fait. Je pense qu’il l’a vraiment harcelée, et sa famille peut-être aussi. La façon dont il la décrit – “grossière”, “malhonnête”… » Robin retrouva la page des bêtes à cornes. « Et “femme à présent dans cette éternité… armée et militante”.

— Une sorcière féministe radicale.

— Ça fait plutôt sympa, dit comme ça. Mais à mon avis, dans l’esprit de Talbot c’était plus péjoratif.

— C’est pour cette raison que ses filles refusaient de nous parler ?

— Peut-être. Je pense donc que nous devrons garder ça en tête… quand nous serons avec elles demain. Il ne faut pas qu’elles s’imaginent que nous cherchons à incriminer leur mère.

— Bon d’accord, j’ai compris.

— Dans ce cas…, soupira Robin en rangeant le carnet dans sa sacoche. Je vais y aller. Mais qu’est-ce qu’ils peuvent bien fabriquer là-dedans ? murmura-t-elle en fixant la porte d’Elinor Dean.

— Barclay pense à des pratiques fétichistes. Vous savez, le latex…

— Avec le bide qu’il a, il doit lui falloir du temps pour entrer dans une combinaison en latex. »

Strike éclata de rire.

« Bon, on se retrouve dans… » Robin regarda de nouveau l’heure sur son portable. « … sept heures et quarante-cinq minutes.

— Dormez bien », dit Strike.

Il la suivit du regard tant qu'elle rejoignait sa Land Rover. Elle se pencha encore une fois sur son téléphone, sans doute pour lire les messages de Morris, s'installa au volant, effectua un demi-tour dans la rue et partit en direction d'Earl's Court, non sans lui avoir fait un signe de la main au passage.

En se penchant pour attraper la Thermos de thé rangée sous son siège, Strike se souvint du jour où Robin avait argué d'un rendez-vous chez le dentiste pour justifier une absence. Comme par hasard, ce prétendu rendez-vous tombait un après-midi où Morris était lui-même en congé. Strike venait juste de faire le lien. Une idée très désagréable lui traversa l'esprit : Robin aurait-elle menti, comme l'avait fait Irene Hickson ? Et pour la même raison ? Un autre souvenir se présenta dans la foulée. Quelques mois auparavant, quand elle avait fait allusion à la nouvelle compagne de son ex-mari, Robin s'était exclamée : « Oh, je ne vous l'avais pas dit ? Non, c'est à Morris que j'en ai parlé. »

Tout en débouchant sa Thermos, Strike réfléchit au comportement de Robin en présence de Morris au cours des derniers mois. Elle n'avait jamais semblé l'apprécier particulièrement, mais c'était peut-être une manière de donner le change, de détourner les soupçons. Se pouvait-il que son associée et leur plus récent collaborateur entretiennent une relation et qu'il ne s'en soit pas aperçu, enfoui qu'il était sous ses problèmes personnels ?

Strike se versa une tasse de thé, se cala au fond de son siège et braqua son regard furieux sur la porte d'Elinor Dean, troublée par la vapeur s'élevant du breuvage marronnasse au goût de plastique. Il était en colère contre lui-même. Il se disait qu'en tant que patron, il aurait dû établir une règle interdisant que les associés sortent avec les sous-traitants. Mais il s'en voulait pour une autre raison encore, une raison à laquelle il préférait ne pas penser parce qu'il ne la connaissait que trop, et que la ressasser ne ferait qu'aggraver sa déprime.

53

Comme trois belles branches bourgeonnant loin et large,
Qui d'une racine tiraient leur sève vitale :
Et telle cette racine divisant en trois sa vie,
Leur mère était...

Edmund Spenser, *La Reine des fées*

Sept heures plus tard, dans la lumière froide et plate d'une matinée nuageuse, Robin monta dans sa Land Rover pour rejoindre le café où Strike et elle devaient rencontrer les sœurs Bayliss. Ayant trente minutes d'avance, elle décida de faire un crochet.

Quand Maya, la cadette, lui avait suggéré le Belgique à Wanstead, Robin avait réalisé qu'ils seraient à proximité des Flats, la grande prairie municipale au sud de la forêt d'Epping, où Dennis Creed s'était débarrassé de son avant-dernière victime connue, la coiffeuse âgée de vingt-sept ans, Susan Meyer.

Robin se gara sur Aldersbrook Road, devant les rares boutiques du secteur, traversa la rue et descendit vers la rive plantée de roseaux du lac Alexandra, une vaste retenue d'eau où nageaient des canards. L'ayant repérée, deux d'entre eux se précipitèrent, pleins d'espoir, puis voyant qu'elle n'avait rien à leur offrir, ils s'éloignèrent comme si elle n'existait pas, leurs petits yeux d'onyx parcourant le paysage alentour en quête d'autres opportunités.

C'était dans ce lac que trente-neuf ans auparavant, au cœur de la nuit, Dennis Creed avait jeté le corps de Susan Meyer après lui avoir coupé la tête et les mains et l'avoir enroulée dans une bâche de plastique noir liée par une corde. Peut-être à cause de son emblématique coupe au carré et de son sourire timide, Susan Meyer figurait en bonne place sur la couverture du *Démon de Paradise Park*.

Le ciel laiteux était aussi opaque que l'eau peu profonde dont la surface, tel un tissu de soie couleur jade, ondulait dans le sillage des volatiles. Les mains dans les poches, Robin regarda longuement le lac et les herbes qui bruissaient tout autour, en essayant d'imaginer la scène qui s'était déroulée quelque temps plus tard, quand un employé du parc avait fait la macabre découverte. L'homme avait vu un objet noir flotter sur l'eau et, supposant qu'il s'agissait d'une bâche gonflée d'air, était allé chercher une longue perche pour le ramener vers le bord. Intrigué par son poids, il avait vite fait le rapprochement (c'est du moins ce qu'il avait déclaré à l'équipe de télévision arrivée sur les lieux peu après la police et l'ambulance) avec les dépouilles retrouvées dans la forêt d'Epping, une quinzaine de kilomètres plus au nord.

Creed avait enlevé Susan un mois exactement avant la disparition de Margot. S'étaient-elles retrouvées ensemble dans sa cave ? Si tel était le cas, cela signifierait que Creed avait détenu trois femmes simultanément durant un bref laps de temps. Robin préférait ne pas imaginer ce qu'Andrea, ou bien Margot – si effectivement celle-ci faisait partie du sinistre tableau de chasse de Creed –, avait pu ressentir en découvrant Susan enchaînée dans cet immonde sous-sol et en réalisant qu'elle aussi serait bientôt réduite à l'état de loque humaine, puis assassinée.

Andrea Hooton était censée être la dernière victime de Creed. Pour se débarrasser de son corps, il avait dû changer de mode opératoire. La police ayant investi à la fois la forêt d'Epping et Wansted Flats, il avait roulé jusqu'à la mer, ce qui représentait une bonne centaine de kilomètres depuis Liverpool Road, et l'avait balancé du haut de la falaise de Beachy Head. Car Dennis Creed avait beau tenir à ce que le Boucher de l'Essex soit crédité de tous ces meurtres retentissants, ainsi qu'on avait pu le déduire des nombreux articles découpés et stockés sous le plancher de son appartement, se faire arrêter par la police ne le tentait absolument pas.

Robin vérifia sa montre : l'heure du rendez-vous approchait. En regagnant son véhicule, elle réfléchit à la frontière séparant la normalité de la folie. Vu de l'extérieur, Creed passait pour un homme sain d'esprit, plus que Talbot en tout cas. Il n'avait laissé aucun écrit abracadabrant pour expliquer ses motivations ; il ne s'était pas basé sur la course des astéroïdes pour décider quoi faire et comment penser ; même ses entretiens avec les psychiatres et la police montraient un individu parfaitement lucide. Il n'était pas du genre à croire aux préceptes de l'astrologie et autres systèmes ésotériques, ni à se réfugier derrière un langage crypté accessible aux seuls initiés. Creed n'avait que faire des mystères et de la magie. C'était un planificateur, un esprit méticuleux, un génie de l'illusion capable de tromper n'importe qui avec sa camionnette blanche bien astiquée, le manteau rose volé à Vi Cooper et la perruque dont il usait parfois, laquelle, de loin, pouvait faire croire à une future victime alcoolisée qu'elle avait affaire à une femme, le temps qu'une grande main se plaque sur sa bouche pour en étouffer le cri.

Au moment où elle s'engagea dans la rue du Belgique, Robin vit la BMW de Strike s'arrêter au bord du trottoir, à vingt mètres du café. Strike descendit, aperçut la Land Rover, salua Robin de la main et la rejoignit pendant qu'elle faisait son créneau. Il finissait de manger ce qui ressemblait à un McMuffin œuf-bacon, son menton était noir de barbe, ses yeux rouges et cernés.

« J'ai le temps pour une clope ? » furent les premiers mots qu'il prononça alors même que Robin claquait sa portière. « Non, soupira-t-il après avoir vérifié l'heure à sa montre. Dans ce cas…

« Je vous laisse mener l'entretien, dit-il en s'avançant vers le café avec elle. C'est vous qui avez fait tout le boulot de défrichage. Je me charge des notes. Rappelez-moi comment elles s'appellent ?

— Eden est l'aînée. Elle travaille à Lewisham comme conseillère syndicale. Maya, la cadette, est directrice adjointe d'une école primaire. La plus jeune se nomme Porschia Dagley et elle est assistante sociale…

— Comme sa mère…

— Exactement. Elle habite non loin d'ici. Je pense qu'elles nous ont fixé ce lieu de rendez-vous parce que Porschia est malade. Pour lui éviter un trop long trajet. »

Robin entra la première et découvrit une salle sobrement décorée, avec un comptoir incurvé, du parquet au sol, et un mur peint en orange. Trois femmes noires étaient assises non loin de la porte autour d'une table pour six. Robin repéra sans peine qui était qui, grâce aux photos publiées sur Facebook et le site Internet de la mairie de Lewisham.

Eden, la conseillère, se tenait assise, bras croisés. Sa frange ondulée projetait une ombre sur la moitié supérieure de son visage, si bien qu'on apercevait seulement sa bouche charnue et maussade quoique parfaitement maquillée. Vêtue d'une élégante veste noire, tout dans son attitude évoquait une femme d'affaires qu'on aurait dérangée en plein conseil d'administration.

Maya, la directrice d'école, portait un jean, un pull bleu et une petite croix en argent autour du cou. Plus sombre de peau et moins charpentée que sa sœur aînée, c'était la plus jolie des trois. Ses longs cheveux tressés étaient tirés en arrière dans une épaisse queue-de-cheval, des lunettes à monture carrée encadraient ses grands yeux un peu écartés, et sa bouche pleine aux commissures naturellement retroussées lui donnait un air sympathique. Elle s'accrochait au sac à main en cuir posé sur ses genoux comme si elle craignait qu'il ne lui fausse compagnie.

Porschia, la plus jeune, était aussi la plus ronde. Ses cheveux étaient presque ras, sans doute à cause de sa récente chimiothérapie. Elle avait souligné d'un trait de crayon ses sourcils qui commençaient à repousser et dessinaient un arc de cercle au-dessus de ses yeux noisette dont l'éclat doré était rehaussé par sa peau brune. Elle portait un corsage violet en tissu stretch, un jean et de longues boucles d'oreilles en perle qui se balancèrent comme des lustres miniatures lorsqu'elle se tourna vers Strike et Robin. En s'approchant de leur table, Robin aperçut le petit tatouage qu'elle avait sur la nuque… le trident ornant le drapeau de la Barbade. Robin savait qu'Eden et Maya avaient plus de cinquante ans et Porschia quarante-neuf, mais les trois sœurs en faisaient facilement dix de moins.

Robin se chargea des présentations. Des poignées de main furent échangées, mais Eden ne décrocha pas un sourire. Strike prit place en bout de table, Robin s'assit entre lui et Porschia, face aux deux autres. Ils parlèrent de la pluie et du beau temps, sauf Eden bien sûr, jusqu'à ce que le serveur vienne prendre les commandes. Quand il repartit, Robin démarra l'entretien :

« Je vous remercie beaucoup d'avoir accepté de nous rencontrer. Ça vous ennuie si Cormoran prend des notes ? »

Maya et Porschia secouèrent la tête. Strike sortit son calepin et l'ouvrit sur une page vierge.

« Comme je vous l'ai dit au téléphone, poursuivit Robin, nous essayons surtout de resituer le contexte et de retracer le plus fidèlement possible le quotidien de Margot Bamborough au cours des mois qui…

— Je peux poser des questions, moi aussi ? l'interrompit Eden.

— Bien sûr », répondit poliment Robin qui se prit à redouter le pire.

Eden écarta sa frange d'un geste qui révéla ses yeux d'un noir profond.

« L'un de vous deux connaîtrait-il l'individu qui se permet d'appeler les personnes ayant un lien avec l'ancien cabinet St. John's, en leur disant qu'il écrit un livre sur l'enquête que vous menez sur la disparition de Bamborough ? »

Et merde, pensa Robin.

« Ce ne serait pas un dénommé Oakden ? s'enquit Strike.

— Non, il s'appelle Carl Brice.

— C'est le même, dit Strike.

— Avez-vous quelque chose à voir avec…

— Non, l'interrompit Strike, et je vous déconseille de lui parler.

— Ouais, on avait déjà compris ça, répondit froidement Eden. Mais du coup, c'est fichu pour la discrétion, n'est-ce pas ? »

Robin regarda Strike, lequel estima prudent de calmer le jeu.

« Si nous résolvons cette enquête, la presse en parlera, de toute façon. Je dis bien "si" car pour être franc, nos chances sont assez minces. Et si nous n'y arrivons pas, non seulement Oakden – ou Brice ou Tartampion – aura le plus grand mal à vendre son bouquin, mais tout ce que vous nous aurez révélé restera lettre morte.

— Et au cas où nous saurions une chose susceptible de vous aider ? » demanda Porschia en se penchant devant Robin pour regarder Strike dans les yeux.

Durant une fraction de seconde presque électrique, Robin sentit s'éveiller l'intérêt de Strike en même temps que le sien.

« Tout dépend de quoi il s'agit, répondit-il lentement. Nous pourrions envisager de ne pas révéler la source, encore qu'une telle info soit essentielle dans le cadre d'une procédure de mise en accusation… »

Un long silence suivit ces mots. On aurait dit que les trois sœurs essayaient de communiquer par télépathie.

« Alors ? dit Porschia.

— Notre décision est prise, fit Maya en se tournant vers sa sœur aînée qui se contenta de regarder droit devant elle, bras croisés.

— Dans ce cas… », finit par répondre Eden, comme pour dire, "Je vous aurais prévenues".

La directrice-adjointe toucha d'un air absent la petite croix d'argent pendue à son cou et la garda entre ses doigts tout en parlant.

« Je dois d'abord vous expliquer deux ou trois choses. Quand nous étions petites – Eden et moi étions ados mais Porschia n'avait que neuf ans…

— Huit, la corrigea Porschia.

— Huit… notre père a été condamné pour… pour viol et envoyé en prison.

— Mais il n'était pas coupable », intervint Eden.

Comme par réflexe, Robin but une gorgée de café pour se cacher derrière sa tasse.

« Il n'avait rien fait. Entendu ? répéta Eden en fixant Robin. Il sortait avec une Blanche depuis deux mois. Tout Clerkenwell était au courant. Ils traînaient dans les bars du quartier. Le jour où il a voulu rompre, elle a crié au viol. »

L'estomac de Robin chavira comme si le sol venait de se dérober sous ses pieds. Elle ne voulait même pas imaginer qu'une telle histoire puisse être vraie. Comment une femme pouvait-elle mentir au sujet d'un viol ? se demanda-t-elle, écœurée. Elle-même avait dû décrire son agression devant les juges, jusque dans les moindres détails. Et ensuite, l'homme de cinquante ans qui avait failli la tuer après l'avoir violée avait tranquillement expliqué au jury comment Robin, une gamine de vingt ans, l'avait attiré sous l'escalier de sa résidence universitaire pour faire l'amour avec lui. Dans sa version, tout s'était déroulé de manière consensuelle : elle lui avait dit qu'elle aimait quand ça faisait mal, d'où la présence des bleus qu'elle avait au cou, qu'elle lui avait même proposé de recommencer le lendemain soir et que oui, bien sûr (avec un petit rire de gorge) ça l'avait surpris qu'une jolie fille comme elle, qui s'exprimait si bien, lui saute dessus alors qu'il n'avait rien demandé…

« C'est tellement facile pour une femme blanche de faire accuser un homme noir, reprit Eden. Surtout en 1972. Papa avait un casier à cause d'une bagarre qui s'était passée quelques années auparavant. Il a pris cinq ans.

— Ç'a dû être terrible pour votre famille, dit Strike sans regarder Robin.

— Terrible, effectivement, reconnut Maya. Nos camarades d'école… vous savez comment sont les gosses…

— C'était surtout lui qui faisait bouillir la marmite, intervint Porschia. Nous étions cinq et maman n'avait pas de diplôme. Avant l'arrestation de papa, elle a commencé à suivre des cours du soir, pour trouver un meilleur métier. On arrivait juste à joindre les deux bouts, alors vous imaginez, sans le salaire de papa…

— Notre mère et sa sœur avaient épousé deux frères, renchérit Maya. Ça faisait neuf gosses en tout. Nous étions très proches les uns des autres, mais quand papa a été arrêté… tout a changé. Mon oncle Marcus a assisté chaque jour au procès mais maman refusait de l'accompagner. Marcus lui en a toujours voulu.

— Il se rendait bien compte que la présence de maman aurait pesé sur la décision des juges. Ils auraient vu que nous étions tous solidaires, lâcha Eden. Moi j'y suis allée. J'ai séché les cours. Je savais qu'il était innocent.

— Tant mieux pour toi, répliqua Porschia sur un ton qui signifiait le contraire. Personnellement, je comprends tout à fait que maman n'ait pas eu envie de rester assise dans ce tribunal à écouter son mari raconter combien de fois il avait baisé avec sa copine…

— Cette femme était une ordure, cracha Eden.

— *L'eau sale refroidit le fer rouge*, fit Porschia en prenant l'accent de la Barbade. Il l'avait choisie.

— Enfin bref, dit Maya. Le jury a donné raison à cette femme et papa a été incarcéré. Maman n'est pas allée le voir une seule fois en prison. Et elle ne nous y a jamais emmenés non plus, ni moi, ni Porschia, ni nos frères.

— Moi j'y suis allée, renchérit Eden. J'avais demandé à oncle Marcus. C'était toujours notre père.

Maman n'avait pas le droit de nous empêcher de le voir.

— Ouais, donc, poursuivit Maya avant que Porschia ne remette son grain de sel, maman a voulu divorcer mais comme elle n'avait pas l'argent nécessaire, le Dr Bamborough l'a mise en contact avec une avocate féministe qui assistait les femmes en difficulté contre une somme dérisoire. Quand papa a su par l'oncle Marcus que maman engageait une procédure, il lui a écrit pour la supplier de tout arrêter. Au prétexte qu'il avait trouvé Dieu, qu'il l'aimait, qu'il avait compris la leçon et qu'il voulait juste retrouver sa famille. »

Maya but une gorgée de café.

« Une semaine après avoir reçu cette lettre, en fin de journée, maman faisait le ménage dans le bureau du Dr Bamborough, quand elle a vu un truc dans la corbeille à papier. »

Maya leva le rabat du sac à main qu'elle serrait sur ses genoux et en sortit une feuille bleu pâle très fripée, comme si quelqu'un l'avait froissée en boule. Elle la tendit à Robin qui l'étala sur la table, de telle manière que Strike puisse lire avec elle.

L'écriture presque effacée comportait autant de majuscules que de minuscules.

LâchE ma FEmme salOPE ou TU brûleRAS lenTEment DAns LES FEux DE l'enFER.

Robin coula un regard vers Strike et vit qu'ils partageaient le même étonnement. Ils n'étaient pas encore remis de leur surprise que plusieurs jeunes femmes entrèrent dans le café en papotant. Elles se faufilèrent derrière la chaise de Strike, qui dut s'avancer pour leur permettre de passer, et s'installèrent autour de la table voisine, derrière Eden et Maya.

« Quand maman a lu ça, reprit Maya en baissant d'un ton pour éviter que les nouvelles venues l'entendent, elle a cru que c'était papa qui l'avait envoyé. Pas lui en personne, parce que ce truc n'aurait jamais passé la censure de la prison, mais quelqu'un à l'extérieur, sur sa demande.

— Elle soupçonnait notre oncle Marcus, maugréa Eden sans décroiser les bras. Oncle Marcus était prêcheur laïque et n'avait jamais dit un seul gros mot de sa vie.

— Maman a montré le papier à oncle Marcus et à tante Carmen, reprit Maya comme si de rien n'était. Marcus a nié mais maman ne l'a pas cru. À cause de l'allusion à l'enfer : à l'époque, dans ses prêches, il parlait souvent des feux de l'enfer…

— … et pour lui, maman ne voulait pas vraiment divorcer, embraya Porschia. Il était persuadé que c'était le Dr Bamborough qui lui avait monté la tête. Comme si maman avait eu besoin de l'intervention d'une femme blanche pour comprendre que sa vie était totalement merdique. Non mais je rêve !

— Moi, je vais m'en griller une », annonça subitement Eden. Elle recula sa chaise et s'éloigna à grandes enjambées, ses talons martelant les lattes du plancher.

Ses sœurs parurent soulagées de la voir quitter les lieux.

« C'était la préférée de papa », murmura Maya à l'intention des deux détectives, en regardant derrière la vitre Eden sortir un paquet de Silk Cut, écarter les cheveux qui lui balayaient le front et allumer une cigarette. « Elle l'aimait beaucoup, même si c'était un coureur de jupons.

— Et elle ne s'est jamais bien entendue avec maman, ajouta Porschia. Quand elles se disputaient, tout le quartier en profitait.

— À sa décharge, c'est elle qui a le plus souffert de leur séparation, dit Maya. Elle a dû quitter le lycée à seize ans et aller bosser chez Marks & Spencer pour aider à…

— Maman n'était pas d'accord pour qu'elle arrête ses études, précisa Porschia. C'est Eden qui a pris la décision. Elle adore répéter qu'elle s'est sacrifiée pour venir en aide à sa famille. Mais c'est faux. Elle a fait ça parce que maman lui mettait trop la pression pour qu'elle ramène des bonnes notes à la maison. Elle prétend qu'elle a été une deuxième mère pour nous, mais je ne vois pas d'où elle sort ça. Moi, je me rappelle surtout qu'elle me frappait dès que j'osais la contredire. »

De l'autre côté de la vitre, Eden fumait en leur tournant le dos.

« Cette période a été un vrai cauchemar, dit tristement Maya. Maman et l'oncle Marcus ne se sont jamais réconciliés, et comme maman et Carmen étaient sœurs…

— Disons-le tout de suite, avant qu'elle revienne », l'interrompit Porschia. Et, se tournant vers Strike et Robin, elle déclara : « Tante Carmen a aidé maman à obtenir son divorce et l'oncle Marcus n'en a jamais rien su.

— Comment a-t-elle fait ? demanda Robin, tandis qu'un serveur passait à côté de leur table pour prendre la commande des jeunes femmes d'à côté.

— Quand l'avocate conseillée par le Dr Bamborough lui a présenté sa première note d'honoraires, maman a compris qu'elle ne pourrait pas payer, même si ce n'était pas grand-chose.

— En rentrant chez nous, elle s'est mise à pleurer, enchaîna Maya. Il fallait absolument qu'elle divorce avant que papa sorte de prison, sinon, elle risquait de se retrouver coincée à la maison avec lui. Bref, quelques jours plus tard, le Dr Bamborough lui a demandé comment les choses s'étaient passées et maman lui a dit qu'elle devait renoncer à ce divorce faute d'argent. Alors, le Dr Bamborough a répondu qu'elle paierait les honoraires de l'avocate et qu'en échange, maman ferait quelques heures de ménage par semaine dans sa maison de Ham. »

Les jeunes femmes à la table voisine faisaient encore plus de bruit depuis que le serveur était arrivé. Elles minaudaient, lui demandaient en gloussant de leur apporter des gâteaux à la crème, et puis non, ce n'était pas l'heure et elles devaient surveiller leur ligne…

« Maman ne pouvait décemment pas refuser, poursuivit Maya. Mais entre le coût du trajet jusqu'à Ham et le temps passé sur place… Vous savez, elle avait deux autres boulots et il fallait qu'elle révise pour son examen…

— Votre tante Carmen a proposé d'aller faire le ménage chez les Phipps à sa place, compléta Robin en repérant du coin de l'œil le regard sidéré que Strike posait sur elle.

— Mais oui…, fit Maya, admirative. Exactement. En apparence, c'était une bonne solution. Tante Carmen était femme au foyer, l'oncle Marcus et le Dr Bamborough travaillaient toute la journée. Maman s'est dit que personne ne s'apercevrait de la supercherie.

— Il y a quand même eu un moment délicat, dit Porschia, souviens-toi, Maya. La fois où le Dr Bamborough nous a invitées à un barbecue chez elle. » Elle se tourna vers Robin. « On ne pouvait pas y aller car la baby-sitter se serait rendu compte que la personne qui venait une fois par semaine faire le ménage n'était pas maman. Ma tante Carmen n'aimait pas cette fille, ajouta Porschia. Elle ne l'aimait pas du tout.

— Pourquoi ? demanda Strike.

— D'après Carmen, elle avait des vues sur le mari du Dr Bamborough. Il paraît qu'elle rougissait chaque fois qu'elle prononçait son nom. »

La porte du café s'ouvrit, Eden rentra. Pendant qu'elle reprenait sa place, Robin renifla l'odeur du tabac froid mêlée à celle de son parfum.

« Vous en êtes où ? demanda-t-elle sèchement.

— Quand tante Carmen faisait le ménage chez les Phipps à la place de maman », dit Maya.

Eden recroisa les bras devant sa tasse de café intacte.

« Donc l'histoire du sang sur la moquette et du Dr Phipps marchant dans le jardin…, reprit Strike.

— C'est Carmen qui lui en avait parlé, ouais, fit Maya en se remettant à tripoter son pendentif en argent. Si maman avait avoué à la police que sa sœur s'était fait passer pour elle, Marcus aurait pété un câble. Tante Carmen l'a suppliée de jouer le jeu et maman a accepté.

— Et elle a déclaré avoir vu une tache de sang sur la moquette et le Dr Phipps marcher dans le jardin.

— Seulement voilà, intervint Porschia avec un petit rire triste, par la suite, Carmen a revu sa version des faits. Après son premier interrogatoire par la police, maman est passée la voir et lui a dit : "Ils m'ont demandé si j'aurais pu confondre le Dr Phipps avec l'un des ouvriers." Et Carmen a répondu : "Oh, mais c'est vrai. Il y avait des ouvriers dans le jardin. Peut-être que j'ai confondu, finalement." »

Porschia repartit du même rire amer. Le genre de rire derrière lequel Robin s'était réfugiée le soir où elle avait évoqué son viol devant Max.

« Je sais, ça n'a rien de drôle, dit Porschia en croisant le regard de Maya. Mais bon… Carmen avait une cervelle de moineau, mais une fois dans sa vie, elle aurait pu réfléchir avant de parler, non ? Maman était littéralement malade d'angoisse. Elle rendait tout ce qu'elle avalait. Un jour, elle a failli se trouver mal au boulot et, au lieu de l'aider, cette vieille vache de Dorothy lui est tombée dessus…

— Ouais, la coupa Eden comme si elle n'avait attendu que cela. Après quoi, ils l'ont traitée de voleuse, d'ivrogne, et elle s'est fait virer. Cette salope de secrétaire a prétendu que la bouteille Thermos de maman contenait de l'alcool. Elle l'avait soi-disant reniflée pendant que maman avait le dos tourné. N'importe quoi.

— C'était quelques mois après la disparition de Margot Bamborough, n'est-ce pas ? demanda Strike, le stylo levé.

— Oh, désolée, répliqua Eden, sarcastique. Me serais-je écartée du sujet ? Revenons vite à la femme blanche qui a disparu. Et oublions ce qui est arrivé à la femme noire injustement accusée. De toute façon, tout le monde s'en fiche.

— Ce n'est pas ce que je…, commença Strike.

— Vous avez entendu parler de Tiana Medaini ? le coupa Eden.

— Non.

— Le contraire m'eût étonnée. Margot Bamborough a disparu depuis presque quarante ans et malgré ça, on se prend tous la tête pour essayer de savoir où elle est passée. Tiana Medaini est une adolescente noire domiciliée à Lewisham. Elle a disparu l'année dernière. Combien de journaux en ont parlé ? Pourquoi n'a-t-elle pas fait les gros titres des quotidiens, comme Bamborough à son époque ? Parce que nous valons moins que les Blancs, pour la presse comme pour la police. »

Strike ne trouva rien à répondre ; sans doute parce que Eden avait parfaitement raison, pensa Robin en revoyant le visage de Jacky Aylett, la seule victime noire de Dennis Creed, sur la couverture du *Démon de Paradise Park.* Jacky, secrétaire et mère d'un jeune enfant, apparaissait à peine tant la photo qui la représentait était petite et mal contrastée. Certes, la pellicule brillante n'aidait guère à faire ressortir sa peau sombre, mais il n'en demeurait pas moins évident que le maquettiste et l'éditeur avaient privilégié les portraits de Geraldine Christie, seize ans, et de Susan Meyer, vingt-sept ans, deux blondes au teint pâle.

« Quand Margot Bamborough a disparu, reprit Eden, féroce, les flics ont traité ses collègues blanches comme des poupées de porcelaine. Ils en étaient presque à leur passer des mouchoirs. Notre mère n'a pas eu droit à tant d'égards. Elle, ils l'ont interrogée comme si elle était une criminelle. Le type qui dirigeait l'enquête, comment s'appelait-il déjà… ?

— Talbot ? suggéra Robin.

— "Qu'est-ce que vous cachez ? Parlez, je sais que vous ne me dites pas tout." »

L'énigmatique silhouette de l'Hiérophante surgit dans l'esprit de Robin. Vêtu d'une tunique safran, le gardien des mystères, arcane majeure du tarot de Thoth, était assis sur un taureau (« la lame est associée au Taureau »). Debout devant lui, mais beaucoup plus petite, une prêtresse noire aux cheveux tressés comme ceux de Maya (« devant lui se tient la femme ceinte d'une épée ; elle est la Femme Écarlate… »). Comment Talbot en était-il venu à soupçonner Wilma ? se demanda-t-elle. Parce qu'il avait tiré la carte du secret et de la dissimulation ? Ou parce que son flair de policier lui avait indiqué que la femme terrifiée assise devant lui était une menteuse ?

« Quand il m'a interrogée…, poursuivit Eden.

— Talbot vous a interrogée ? s'étonna Strike.

— Ouais, il s'est pointé là où je bossais, chez Marks & Spencer, dit Eden dont les yeux s'emplirent de larmes. La lettre de menace avait été vue par une autre personne du cabinet. Or, Talbot savait que papa était en prison et que maman faisait le ménage chez les

Phipps. D'abord, il est allé voir chacun des hommes de notre famille en les accusant d'être les auteurs des lettres anonymes, et ensuite, c'est à moi qu'il s'en est pris. Il m'a posé des questions très bizarres, sur mes frères, mes cousins, mon oncle. Il voulait savoir ce qu'ils avaient fait à tel ou tel moment, et si Marcus découchait. Il m'a même demandé quel était son…

— … signe astrologique ? suggéra Robin.

— Comment le savez-vous ? fit Eden, ébahie. Oui, et le signe de papa également.

— Talbot a laissé un carnet où il notait tout ce qui lui traversait la tête, expliqua Robin. Des formules magiques, des théories occultistes, ce genre de choses. Il croyait pouvoir résoudre l'affaire en se servant de l'astrologie et des arcanes du tarot.

— L'astrologie ? répéta Eden. C'est *dingue* !

— Talbot n'avait pas le droit de vous interroger sans la présence d'un adulte, intervint Strike. Vous aviez quoi, seize ans ? »

Eden lui rit au nez.

« C'est une règle qui vaut uniquement pour les filles blanches. Pour nous, c'est différent, je vous l'ai déjà dit, Mr. Strike. Nous sommes solides, résistantes, on peut nous faire subir n'importe quoi. Cette histoire d'occultisme…, ajouta Eden à l'intention de Robin. Ouais, ça pourrait expliquer certaines choses. Par exemple, ses questions sur l'*obeah*. Vous savez ce que c'est ? »

Robin secoua la tête.

« Des rituels magiques qui se pratiquent dans les Caraïbes. Ça vient d'Afrique de l'Ouest. Nous sommes tous nés à Southwark, mais pour l'inspecteur Talbot nous étions des sauvages, des païens. Il m'a emmenée dans l'arrière-boutique et il m'a bombardée de questions sur la magie noire, les rites liés au sang. J'étais terrifiée, je ne comprenais rien de ce qu'il disait. J'ai cru qu'il voulait parler de maman et du sang sur la moquette, qu'il cherchait à prouver que c'était elle qui avait fait disparaître le Dr Bamborough.

— Il faisait une dépression psychotique, dit Robin. L'enquête lui a été retirée à cause de cela. Il croyait pourchasser un démon. Votre mère n'était pas la seule femme à laquelle il prêtait des pouvoirs surnaturels. En revanche, oui, c'était un raciste, ajouta-t-elle. C'est parfaitement clair, quand on lit ses notes.

— Tu ne nous as jamais parlé de sa visite chez Marks & Spencer, dit Porschia. Pourquoi ?

— À ton avis ? répliqua Eden en épongeant ses yeux humides d'un geste furibond. Maman était déjà malade d'angoisse à cause de tout ça, l'oncle Marcus m'avait passé un savon au prétexte que maman les avait dénoncés à la police, ses fils et lui. Imaginez, s'il avait découvert que ce flic était venu me voir au boulot, il aurait porté plainte contre lui, et on n'avait vraiment pas besoin de ça par-dessus le marché. Mon Dieu, c'était un vrai bordel. Un vrai bordel. »

Robin crut voir Porschia tenter un geste vers sa sœur aînée. Visiblement, elle aurait voulu la consoler mais ne savait pas trop comment s'y prendre, étant donné la froideur habituelle de leurs relations. Au lieu de cela, elle murmura :

« Excusez-moi. » Puis elle se leva et traversa la salle en direction des toilettes.

« Je ne voulais pas que Porschia assiste à cet entretien », dit Maya dès que sa jeune sœur eut refermé la porte. Par pudeur, elle évitait soigneusement de regarder son aînée, laquelle tentait vainement de ravaler ses larmes. « Elle n'a pas besoin d'un surcroît de stress, juste après la fin de sa chimio.

— Comment va-t-elle ? demanda Strike.

— Les médecins lui ont dit qu'elle était tirée d'affaire, Dieu merci. Elle prévoit de reprendre le boulot à temps partiel. Mais je pense que c'est prématuré.

— Elle est assistante sociale, n'est-ce pas ? dit Robin.

— Ouais, soupira Maya. Foutu métier. Chaque matin, vous recevez des centaines d'appels au secours et, si quelque chose tourne mal avec une famille que vous n'avez pas pu joindre à temps, c'est sur vous que ça retombe. Je ne sais pas comment elle fait. Mais elle est comme maman. Copie conforme. C'était sa préférée. Et maman était son héroïne. »

Eden produisit un petit « heu » difficile à interpréter. Maya choisit de l'ignorer. Durant la plage de silence qui suivit, Robin songea aux mystères régissant les liens intrafamiliaux. La guerre qui avait opposé Jules et Wilma Bayliss semblait se poursuivre à la génération suivante.

La porte des toilettes s'ouvrit et Porschia réapparut mais, au lieu de reprendre sa place à côté de Robin, elle glissa ses hanches larges derrière la chaise de Strike, puis derrière celle de Maya qui, étonnée, s'empressa de lui faciliter le passage en s'avançant. Arrivée à la hauteur de sa sœur Eden, elle lui mit dans la main plusieurs feuilles de papier toilette, puis l'enlaça de ses bras grassouillets et lui colla un baiser au sommet de la tête.

« Qu'est-ce que tu fais ? » lui demanda Eden d'une voix enrouée. Mais au lieu de se dégager, elle lui attrapa les deux bras pour prolonger leur étreinte. Du coin de l'œil, Robin vit Strike baisser le nez sur son calepin.

« Merci, murmura Porschia en l'embrassant encore. Merci d'être venue. Je sais que tu t'es fait violence. »

Sous les regards légèrement étonnés du reste de la tablée, Porschia alla se rasseoir à sa place.

« Tu leur as parlé de ce truc ? demanda-t-elle à Maya pendant qu'Eden se mouchait. Au sujet de maman et de Betty Fuller ?

— Non, répondit Maya, encore sous le choc après la grande scène de réconciliation. C'est à toi que maman l'a raconté, je te laisse faire.

— Très bien, dit Porschia en se tournant vers Strike et Robin. Après ça, nous vous aurons dit tout ce que nous savons. J'hésitais mais, à quoi bon, puisque vous êtes au courant de tout le reste. »

Strike leva son stylo, prêt à noter.

« C'est une chose que maman m'a confiée peu de temps après son départ à la retraite. Elle n'aurait pas dû, en réalité, parce que ça concernait une personne dont elle s'occupait en tant qu'assistante sociale. Mais vous allez comprendre ce qui l'a motivée.

« Quand maman a décroché son diplôme, elle est restée à Clerkenwell. C'est là qu'elle avait tous ses amis, donc pas question pour elle de déménager. Tout ça pour dire qu'elle connaissait pas mal de monde dans le quartier.

« L'une des familles dont elle avait la charge habitait Skinner Street, non loin du cabinet St. John's…

— Skinner Street ? », répéta Strike. Ce nom venait de déclencher une alarme dans sa tête, mais il était si fatigué qu'il n'arrivait pas à savoir pourquoi. Robin, en revanche, percuta dans la seconde.

« Ouais. La famille Fuller. Maman disait qu'ils collectionnaient les problèmes : drogue, violence domestique, délinquance, et j'en passe. La cheffe de famille c'était la grand-mère, une femme d'une quarantaine d'années qui tirait presque tous ses revenus de la prostitution. Cette femme s'appelait Betty et, d'après maman, c'était une agence de presse à elle toute seule. Betty Fuller savait tout ce qui se passait à Clerkenwell, les crimes, les trafics en tout genre… Il faut dire que sa famille habitait là depuis plusieurs générations.

« Bref, un jour, Betty a dit à maman, comme ça, pour voir sa réaction : "Tu sais, c'est pas Marcus qui a envoyé les lettres de menace à cette femme médecin."

« Maman en est restée comme deux ronds de flan. D'abord, elle a pensé que Marcus était un client de Betty – *Je sais bien que non*, s'empressa-t-elle d'ajouter en levant la main car Eden s'apprêtait à intervenir. Il faut préciser que maman et Marcus ne s'étaient plus adressé la parole depuis des années. Bref, tout compte fait, ce n'était pas ça du tout. Si Betty connaissait Marcus, c'était parce qu'il visitait les foyers déshérités du quartier dans le cadre de son ministère. Il leur avait apporté des provisions après la Fête de la récolte et il avait tenté de la convaincre d'assister à la messe.

« Betty a aussitôt fait le rapprochement, parce que maman avait gardé son nom de femme mariée, elle s'appelait "Bayliss", comme Marcus. Betty lui a dit qu'elle était au courant pour les lettres anonymes envoyées à Margot Bamborough, qu'elle savait qui les avait écrites et que cette personne était également responsable de sa mort. Maman lui a demandé de qui il s'agissait. Et Betty a répondu que si elle le disait, elle y passerait elle aussi. »

Durant quelques secondes, on n'entendit plus que les bruits à l'intérieur du café bondé. Une jeune femme, à la table voisine, mordit dans son millefeuille en gémissant d'extase : « Dieu que c'est bon ! »

« Est-ce que votre mère l'a crue ? demanda brusquement Robin.

— Elle ne savait qu'en penser, répondit Porschia. Betty avait de drôles de fréquentations, c'est le moins qu'on puisse dire. Donc, elle avait très bien pu apprendre ça par radio-trottoir. Mais était-ce vrai pour autant ? Les gens ont tendance à en rajouter, n'est-ce pas ? Pour se donner de l'importance. » Robin se souvint que Janice Beattie avait dit la même chose à propos de la prétendue réapparition de Margot dans le cimetière de Leamington Spa. « De toute façon, même si c'était vrai, Betty n'en aurait jamais parlé à la police.

« Étant donné son style de vie, je suppose qu'elle est morte aujourd'hui… Après tout, je n'en sais rien. Mais ça ne devrait pas être difficile à vérifier.

— Merci pour cette nouvelle piste, dit Strike. Je pense que nous allons la suivre. »

N'ayant plus rien à révéler, les trois femmes se murèrent dans un silence que Robin trouva pénible. Encore une fois, l'occasion lui était donnée de constater les dommages collatéraux que causent les actes de violence. Visiblement, la disparition de Margot Bamborough avait eu des conséquences dévastatrices sur la vie des sœurs Bayliss. Maintenant qu'elle connaissait l'étendue des malheurs qui s'étaient abattus sur elles lors de cette affaire, et la nature douloureuse des souvenirs qui y étaient associés, Robin comprenait mieux le refus initial qu'Eden leur avait opposé. Mais pourquoi avaient-elles changé d'avis ?

« Merci pour tout, dit-elle sincèrement. Je sais que la fille de Margot vous sera infiniment reconnaissante d'avoir accepté de nous parler.

— Oh, c'est elle qui vous a embauchés ? fit Maya. Eh bien, vous pourrez lui dire de ma part que maman s'en est voulu toute sa vie de n'avoir pas tout dit à la police. Elle aimait beaucoup le Dr Bamborough, vous savez. Je veux dire, elles n'étaient pas proches ni rien, mais elle disait que c'était une femme bien.

— Elle a gardé ce poids sur la conscience, renchérit Porschia. Jusqu'à sa mort. C'est pour ça qu'elle a conservé cette lettre. Pour qu'on la remette à qui de droit, le jour venu. Les analyses graphologiques et ce genre de choses, ça existe, n'est-ce pas ? »

Strike le lui confirma et alla payer la note au comptoir, laissant Robin avec les trois sœurs qui semblaient avoir hâte de les voir partir, comme si, une fois dévoilés leurs traumas personnels et familiaux, elles ne pouvaient se résoudre à reparler de la pluie et du beau temps. Robin fut soulagée quand Strike la rejoignit et qu'ils prirent congé après de rapides au revoir.

Strike fit une pause sur le trottoir, le temps de sortir son paquet de Benson et d'en allumer une.

« Ouf, j'en avais besoin, marmonna-t-il en se dirigeant vers leurs voitures respectives. Donc… Skinner Street…

— … c'est là que Joseph Brenner a été aperçu la nuit où Margot a disparu, compléta Robin.

— Oui, bien sûr, fit-il, les yeux fermés. Je l'avais sur le bout de la langue.

— Je chercherai Betty Fuller sur le Net dès que je serai chez moi. À part ça, que pensez-vous de cet entretien ?

— Elles en ont sacrément bavé », dit Strike en jetant un regard vers le café. Il s'était arrêté près de la Land Rover. Sa BMW était garée un peu plus loin. Il tira une bouffée et ajouta en fronçant les sourcils : « Ça permet de considérer les notes de Talbot sous un angle différent. Si on met de côté toute cette merde occultiste, finalement il n'avait pas tout à fait tort. Wilma lui cachait des choses. Des tas de choses, en réalité.

— C'est ce que je me suis dit également.

— Vous réalisez que cette lettre de menace est notre tout premier indice matériel ?

— Oui, fit Robin en regardant sa montre. À quelle heure partez-vous pour Truro ? »

Strike ne répondit pas. En levant les yeux, Robin le vit observer le jardin public de l'autre côté de la route. Intriguée, elle suivit son regard. Il n'y avait rien de particulier, dans ce square. Juste deux terriers West Highland qui gambadaient librement et leur maître qui les suivait en balançant leurs laisses comme des pendules.

« Cormoran ? »

Strike sembla revenir d'un très long voyage.

« Quoi ? fit-il. Oui, non, je me demandais juste… »

Il se tourna encore une fois vers le café, l'air songeur.

« Je me demandais juste… mais non, ce n'est rien. Je deviens comme Talbot. Je voudrais donner du sens à une simple coïncidence.

— Quelle coïncidence ? »

Les portes du café s'ouvrirent. Les trois sœurs Bayliss sortirent en enfilant leur manteau.

« Fichons le camp, dit Strike. Elles doivent en avoir marre de nous voir. On se retrouve lundi. Vous me direz ce que vous avez découvert sur Betty Fuller. »

54

Mais cette douleur n'était rien de nouveau pour lui ;
Ni aucune douleur ; car il avait si souvent éprouvé
La puissance du chagrin et si souvent aimé en vain.

Edmund SPENSER, *La Reine des fées*

Le train fit une embardée. Strike, qui s'était endormi, se cogna la tête contre la vitre glacée. Réveillé en sursaut, il essuya d'un revers de manche le filet de bave qui lui coulait sur le menton et regarda autour de lui. Les deux personnes âgées qui lui faisaient face avaient eu le tact de se plonger dans leur lecture, mais les quatre adolescentes assises de l'autre côté de l'allée se tordaient de rire, la main devant la bouche. Elles feignaient de s'intéresser au paysage champêtre défilant à l'extérieur, mais les spasmes qui secouaient leurs épaules en disaient long sur leur degré d'hilarité. Apparemment, Strike avait ronflé la bouche ouverte, d'où la désagréable sensation de sécheresse qu'il avait à présent sur la langue. Sa montre lui apprit qu'il avait dormi plus de deux heures.

Il attrapa la Thermos à motif écossais qu'il avait remplie chez McDo avant de partir et se versa un gobelet de café noir sous les éclats de rire à peine étouffés de ses jeunes voisines. Entre ses ronflements et sa bouteille Thermos vintage, elles devaient le prendre pour un vieil excentrique. Il aurait pu se rendre à la voiture-bar, mais après une année passée à fréquenter des wagons instables, Strike avait compris que sa jambe artificielle appréciait très modérément ce genre de migration. Il avala donc son breuvage au goût de plastique, puis s'installa confortablement, bras croisés, et regarda passer les champs plantés de pylônes. À cause de la poussière sur la vitre, le ciel blanc avait tendance à virer au jaune. Mais Strike le remarquait à peine, tant il était concentré sur l'idée qui lui était venue au sortir de l'entretien avec les sœurs Bayliss.

Bien sûr, ce n'était peut-être qu'un égarement dû au surmenage, son cerveau épuisé ayant tenté d'établir des connexions à partir d'une simple coïncidence. Il passa dix minutes à étudier sous différents angles sa nouvelle hypothèse, puis il se redressa, bâilla un bon coup et, se glissant dans le fauteuil vide à sa droite, entreprit de se lever. La chose lui demanda quelques efforts, mais il finit par accéder au gros sac placé dans le compartiment à bagages, au-dessus de son siège. Les chocolats qu'il avait achetés pour ses neveux en se rendant à la gare de Paddington étaient calés juste à côté, dans une poche aux couleurs du supermarché Waitrose. Il avait choisi des hérissons en se disant qu'ils supporteraient mieux le transport que des œufs ou des lapins. Mais alors qu'il fouillait dans son sac à la recherche du *Démon de Paradise Park*, Strike heurta par accident le fragile emballage et l'un des hérissons bascula dans le vide. Voulant le rattraper, il fit un autre geste maladroit qui l'envoya valser dans les airs. La bête rebondit sur le dossier de la vieille dame en face, lui arrachant un cri de surprise, puis s'écrasa lamentablement sur le sol.

Devant le spectacle désopilant que Strike venait de leur offrir, les adolescentes repartirent de plus belle. Leur crise de fou rire continua jusqu'à ce que Strike se penche pour ramasser le hérisson en se tenant d'une main à leur tablette. Baissant les yeux, l'une d'entre elles vit une tige métallique à l'endroit où aurait dû se trouver sa cheville. Strike comprit ce qu'il s'était passé parce qu'elle cessa immédiatement de glousser et fit signe à ses copines de se calmer. Le souffle court, transpirant à grosses gouttes, Strike se redressa et, feignant d'ignorer que la moitié du wagon le dévisageait, remit le hérisson dans le sac Waitrose, sortit *Le Démon de Paradise Park* et regagna son siège côté fenêtre en riant sous cape devant la mine déconfite des quatre gamines.

Il passa rapidement les premiers chapitres et finit par trouver le passage qu'il cherchait, aux deux tiers de l'ouvrage. Cette partie s'intitulait « Capture ».

> Jusqu'alors, Creed avait été protégé par la relation qu'il entretenait avec sa logeuse, Violet Cooper. Violet elle-même a reconnu que durant les cinq premières années de leur cohabitation, « Den » n'était à ses yeux qu'un gentil garçon incapable de faire du mal à une mouche. Un jeune homme solitaire, probablement

homosexuel, qui appréciait sa compagnie et passait des soirées entières à chanter avec elle.

Mais un jour, Creed finit par se lasser de la comédie qu'il jouait à seule fin de s'attirer les bonnes grâces de Violet. Son mode opératoire subit alors quelques changements notables. Lui qui auparavant ne la droguait qu'occasionnellement, quand il prévoyait de broyer des ossements dans sa cave, par exemple, ou de charger un cadavre à l'arrière de sa camionnette, se mit à verser des barbituriques dans son gin-orange de manière régulière.

Son attitude changea également. Il devint « méchant » avec elle. « Il se moquait de moi à tout propos, me faisait des remarques désobligeantes. Si je me trompais de mot, il me corrigeait en me traitant d'idiote, ce qu'il ne s'était jamais permis auparavant.

« Je me rappelle, un jour, je lui parlais de la maison que mon frère avait achetée en prenant sa retraite, une petite ferme à la campagne, un endroit charmant, et j'ai dit : “Vous devriez voir ce jardin, ces roses, ce belvédère.” Et là, il s'est mis à rire au prétexte que j'avais prononcé *beldévère*. Je n'oublierai jamais ce qu'il m'a balancé ensuite : “N'employez pas de mots dont vous ne connaissez pas le sens. Sinon, vous passerez pour une imbécile.”

« J'ai été horriblement vexée. Jamais je n'avais senti une telle méchanceté en lui. Je savais qu'il était intelligent, il faisait les mots croisés du *Times* tous les jours. Il trouvait toutes les réponses à *Mastermind*, quand on le regardait ensemble à la télé. Mais jamais il ne m'avait humiliée comme ça.

« Et puis voilà qu'un soir, il commence à parler de testament. Il voulait savoir à qui j'allais léguer ma maison. Comme s'il espérait que ce serait à lui.

« Je n'ai pas trop apprécié. Je n'étais pas vieille, je ne prévoyais pas de mourir de sitôt. J'ai changé de sujet mais, quelques jours après, il a remis ça. Je lui ai dit : "Écoutez, Dennis, comment dois-je le prendre ? Vous parlez comme si j'avais un pied dans la tombe. J'ai presque l'impression que vous souhaitez ma mort."

« Il est monté sur ses grands chevaux, il a dit que je n'avais aucun souci matériel alors que lui ne possédait rien, pas le moindre sou de côté, et que deviendrait-il si mon héritier décidait de le jeter à la rue ? Et il est parti en claquant la porte. Par la suite, on s'est réconciliés, mais cette histoire m'est restée sur le cœur. »

Persuader Violet de le coucher sur son testament et la tuer ensuite. N'était-ce pas le comble de la témérité pour un homme dans sa position ? En plus de se créer un mobile parfait, il aurait pris le risque de voir la police débarquer et découvrir dans sa cave les restes d'au moins cinq de ses victimes. Pourtant, durant cette période, il semble que son arrogance et son sentiment d'impunité n'aient connu aucune limite. Concomitamment, ses achats de barbituriques augmentèrent de manière considérable. Il devait désormais recourir à plusieurs vendeurs, ce qui multipliait le nombre de personnes susceptibles de l'identifier.

Parmi ces nouveaux dealers figurait un certain Michael Cleat, lequel se procurait la marchandise via un complice ayant ses entrées dans une usine pharmaceutique. Par la suite, Cleat passerait un accord avec la police en échange de son témoignage au procès. Creed, déclarerait-il, lui avait réclamé une liasse d'ordonnances vierges. D'après les enquêteurs, Creed avait eu l'intention de contrefaire une prescription de barbituriques et de la laisser traîner chez Violet, une fois qu'il l'aurait tuée par overdose, et ce, pour faire croire à un suicide…

Malgré la dose de caféine qu'il venait d'absorber, Strike sentait le sommeil le gagner. Ses paupières se fermèrent, sa tête s'inclina de côté, le livre lui tomba des mains.

À son réveil, le ciel avait été repeint en rose corail et les quatre adolescentes n'étaient plus là. Le train devait arriver en gare de Truro dix minutes plus tard. Plus ankylosé que jamais, il ne se sentait absolument pas d'humeur à endurer une énième réunion de famille. En fait, il aurait payé cher pour pouvoir rentrer chez lui, prendre une douche, s'étendre sur son propre lit et dormir tout son soûl. À la vue de son ami Polworth qui l'attendait sur le quai, son moral remonta de quelques crans. Quand il descendit tant bien que mal les marches du wagon, un drôle de bruit dans le sac Waitrose lui fit dresser l'oreille et il se promit de refiler le hérisson endommagé à son neveu Luke.

« Comment ça va, Diddy ? » demanda Polworth. Les deux compères se serrèrent la main et s'administrèrent des tapes dans le dos, le sac Waitrose empêchant les embrassades.

« Merci d'être venu me chercher, Chum, c'est sympa de ta part. »

Polworth l'embarqua dans sa Dacia Duster et ils partirent pour St. Mawes en parlant du programme prévu pour le lendemain, Polworth et sa famille étant conviés à la cérémonie de dispersion des cendres, de même que Karenza, l'infirmière Macmillan.

« Sauf qu'il ne s'agira pas d'une dispersion à proprement parler, dit Polworth tandis que sur l'horizon le soleil se changeait en charbon ardent. Plutôt une flottaison.

— Pardon ?

— Lucy a trouvé une urne soluble, à base de coton et d'argile. Elle me l'a montrée hier soir. Ça représente une fleur. On met les cendres dedans, le truc s'éloigne, porté par les vagues, et se dissout dans la mer.

— Belle idée, dit Strike.

— Et ça évite les accidents, ajouta Polworth, pragmatique. Tu te souviens de Ian Restarick, à l'école ? Son grand-père voulait que ses cendres soient dispersées sur Land's End. Ces demeurés n'ont rien trouvé de mieux que faire ça un jour de grand vent et du coup, tout le monde a reçu des morceaux du grand-père dans la figure. Restarick m'a raconté qu'il en récupérait encore une semaine plus tard, chaque fois qu'il se mouchait. »

Strike éclata de rire. Au même instant, son téléphone vibra au fond de sa poche. Il le sortit en espérant découvrir un texto de Robin. Peut-être avait-elle localisé Betty Fuller, se dit-il avant de voir s'afficher un numéro inconnu.

Si je t'ai tant haï c'est parce que je t'aimais tant. Mon amour n'est pas mort, mais le tien si. Il s'est usé. Je l'ai usé.

Polworth parlait mais Strike ne l'écoutait plus. Il relut le message plusieurs fois de suite, fronça les sourcils, rangea le téléphone dans sa poche et essaya de se concentrer sur les anecdotes que lui rapportait son vieux copain.

À son arrivée, il fut accueilli par les cris de bienvenue et les embrassades de Ted, Lucy et Jack. Strike feignit d'être enchanté de les voir tout en sachant qu'il allait devoir attendre que tout le monde soit couché pour pouvoir enfin dormir. Lucy avait préparé des pâtes et, quand elle ne pourvoyait pas aux besoins des uns et des autres ou ne grondait pas Luke pour avoir frappé Adam ou piqué de la nourriture dans son assiette, on la sentait au bord des larmes.

« Ça fait bizarre, tu ne trouves pas, d'être là sans elle ? » confia-t-elle à son frère après le dîner, pendant que les garçons aidaient leur père à débarrasser parce que Greg avait insisté. Tout de suite après, elle ajouta : « Nous avons décidé de disperser ses cendres demain matin car le temps sera clément, et de revenir ici pour le déjeuner de Pâques.

— Ça m'a l'air parfait », dit Strike.

Il savait l'importance que sa sœur attachait à l'organisation des événements, grands ou petits. Avec elle, il fallait que tout soit impeccable. Lucy alla chercher l'urne en forme de lys et s'extasia devant la délicatesse de sa fabrication. Ted y avait déjà versé les cendres de Joan.

« C'est magnifique. Joan aurait adoré, dit Strike, sans trop savoir si c'était vrai.

— Et j'ai acheté des roses roses pour qu'on les jette à la mer avec…, réussit-elle à articuler avant de fondre en larmes.

— Oui, ce sera charmant », dit Strike en étouffant un bâillement. Il avait juste envie de se doucher, de s'allonger et de dormir. « Merci de t'être occupée de tout ça, Luce. Au fait, j'ai acheté des chocolats de Pâques pour les garçons. Où veux-tu que je les mette ?

— Dans la cuisine. Tu en as pris aussi pour Roz et Mel, j'espère ?

— Qui ça ?

— Les filles de Dave et Penny. Elles seront là demain. »

Nom de Dieu.

« Je n'ai pas pensé…

— Oh, Stick, gémit Lucy. Tu n'es pas leur parrain ?

— Absolument pas, répondit Strike en s'efforçant de garder son calme. Mais ne t'inquiète pas, je ferai un saut en ville demain matin et j'en achèterai. »

Plus tard, quand il fut enfin seul dans le salon obscur, couché sur le canapé qui l'avait tant fait souffrir au cours de l'année précédente, sa jambe artificielle appuyée contre la table basse, Strike jeta un dernier coup d'œil à son téléphone et fut soulagé de constater que le numéro inconnu ne s'était pas manifesté. Deux minutes plus tard, il dormait à poings fermés.

Malheureusement, peu avant 4 heures du matin, la sonnerie le réveilla. Il chercha l'appareil à tâtons dans le noir.

« Allô ? »

Un long silence lui répondit, troublé par un léger bruissement, comme une respiration.

« Qui est-ce ? demanda-t-il, bien qu'il le sût déjà.

— Bluey. C'est moi.

— Il est 4 heures du matin, Charlotte.

— Je sais », murmura-t-elle avant de produire un genre de sanglot. Elle lui parut bizarre, peut-être en crise. Strike colla les yeux au plafond en songeant aux cendres de sa tante, posées à trois mètres de lui.

« Où es-tu ?

— En enfer.

— Charlotte… »

Elle raccrocha.

Strike entendait son propre cœur battre comme un tambour au fond d'une caverne. La panique, l'épouvante le transperçaient de leurs flèches incandescentes.

Combien de fardeaux allait-il encore devoir porter ? N'avait-il pas assez donné, assez sacrifié, assez souffert ? Assez aimé ? Joan lui semblait si proche à présent, dans les ténèbres de son salon, entre ses assiettes décoratives et ses fleurs séchées, plus proche encore que ce grand lys blanc un peu ridicule qu'il imaginait flottant bêtement sur l'océan comme une assiette en carton abandonnée après un pique-nique. Ses dernières paroles lui revinrent en tête : « Tu es un homme bien… aider les gens… je suis fière de toi… »

Charlotte l'avait appelé avec le portable qu'elle avait utilisé pour lui écrire quelques heures auparavant. Du fond de son épuisement, Strike se mit à récapituler comme une machine les divers éléments susceptibles de l'aider à analyser la situation : Charlotte avait fait plusieurs tentatives de suicide, elle était mariée, elle avait des enfants, elle avait été récemment internée dans une clinique psychiatrique. Strike s'était promis de contacter son banquier de mari si jamais elle lui envoyait d'autres messages alarmants mais, à 4 heures du matin, le dimanche de Pâques, Jago Ross avait peu de chances d'être à son bureau. Il passa plusieurs minutes à se demander quoi faire. Devait-il ignorer cet appel, ne serait-ce que par mansuétude ? Mais si par la suite il apprenait qu'elle avait fait une overdose, il se reprocherait son inaction jusqu'à la fin de ses jours. Au bout d'un quart d'heure, après avoir vaguement espéré qu'elle rappelle, Strike se redressa sur sa couche et rédigea un texto.

> Je suis en Cornouailles. Ma tante vient de mourir. Je pense que tu as besoin d'aide mais je ne peux pas t'en apporter. Si tu es seule, appelle quelqu'un et dis-lui ce que tu ressens.

Le plus terrible, c'était qu'ils se connaissaient par cœur tous les deux. Strike savait pertinemment que Charlotte trouverait sa réponse hypocrite et lâche. Et Charlotte savait pertinemment que Strike, tout au fond de lui (dans un recoin bien caché mais toujours accessible), était indiciblement attiré par elle, et qu'il volerait à son secours, ou du moins qu'il serait tenté de le faire étant donné les circonstances. Et cela, non seulement parce qu'il avait voulu la rendre heureuse pendant de nombreuses années, mais aussi parce qu'il ne pouvait pas oublier qu'elle lui avait tendu la main alors qu'il gisait sur un lit d'hôpital avec une jambe en moins. Elle était apparue à l'entrée de la salle, plus belle que jamais. Elle avait marché vers lui, s'était penchée et, sans dire un mot, avait déposé un baiser sur ses lèvres. Par ce simple geste, elle lui avait signifié que tout n'était pas fini, que sa vie serait de nouveau remplie de beauté, de joie, de plaisir, qu'il n'était plus seul et que son handicap n'avait aucune importance à ses yeux.

Assis dans le noir, frissonnant de fatigue, Strike ajouta quelques mots à la fin de son message.

Ça va s'arranger

Et il l'envoya. Puis il se recoucha en guettant la réponse. Mais elle ne vint pas et il finit par se rendormir.

Comme de bien entendu, Luke le réveilla quelques heures plus tard en faisant irruption dans le salon pour rejoindre la cuisine. Pendant qu'il farfouillait dans les placards, Strike alluma son portable et vit que Charlotte lui avait envoyé deux autres textos, le premier une heure auparavant, le second trente minutes après.

Bluey je suis désolée pour ta tante. C'est celle que j'ai rencontrée ?

Et comme Strike n'avait pas répondu :

Suis-je méchante ? Jago dit que oui. Autrefois je pensais que non parce que tu m'aimais.

Au moins, elle n'était pas morte. Le ventre tordu par l'angoisse, Strike s'assit, attacha sa prothèse et essaya de se sortir Charlotte de la tête.

Le petit déjeuner ne contribua guère à le détendre. Il y avait tellement d'œufs en chocolat sur la table qu'on se serait cru dans un nid de dessin animé. Strike mangeait à part, son assiette sur les genoux. Lucy lui avait offert un œuf, ainsi qu'à Ted. Aurait-il dû lui prendre quelque chose ? se demanda-t-il. Les trois garçons disparaissaient presque derrière leurs piles chancelantes de chocolats.

« Quel rapport entre un hérisson et Pâques ? demanda Adam à Strike.

— Pâques est au printemps, n'est-ce pas ? dit Ted, assis en bout de table. C'est l'époque où les animaux sortent de leur hibernation.

— Le mien est cassé, fit Luke en secouant sa boîte.

— Trop dommage », marmonna Strike. Sa sœur lui jeta un regard cinglant.

Lucy avait les nerfs à fleur de peau. Si par malheur l'un de ses fils regardait son portable, elle le réprimandait parce qu'on ne faisait pas ça à table. Strike lui-même eut droit à un coup d'œil furibond, et pour la même raison. Toutes les deux minutes, elle levait la tête pour surveiller le ciel. Heureusement, Strike disposait d'une excuse en or pour échapper à cette insupportable tension : il devait sortir acheter des chocolats aux filles de Polworth. Mais à peine commençait-il à descendre la rue en pente que la Dacia apparut et s'arrêta devant la maison. Strike salua son ami et lui expliqua la raison de sa balade matinale.

« Laisse tomber, fit Polworth. La baraque est déjà pleine de chocolats. Elles ont de quoi tenir un an. »

À 11 heures, le gigot d'agneau était au four, le minuteur réglé sur le temps de cuisson, et Luke faisait la tête parce qu'on lui avait interdit d'emporter son iPad sur le bateau. Après un faux départ, la cadette de Polworth ayant envie de faire pipi alors qu'on lui avait posé la question avant de démarrer, le petit groupe se mit en route en direction du port. Ils y retrouvèrent

Karenza et tout le monde embarqua à bord du *Jowanet*, le vieux voilier de Ted.

Faute d'équilibre, Strike, qui avait jadis fièrement secondé son oncle pendant leurs sorties en mer, n'était à présent plus bon à grand-chose. Il resta donc sagement assis avec les femmes et les enfants. Fort heureusement, le fracas du vent dans les voiles lui évita de devoir faire la conversation. Ted distribuait ses ordres à Polworth et à Greg. Luke se gavait de chocolat en plissant les paupières pour protéger ses yeux du froid. Les filles de Polworth se pelotonnaient en grelottant de chaque côté de leur mère qui les tenait serrées contre elle. Les joues baignées de larmes, Lucy s'agrippait à l'urne blanche et plate posée sur ses genoux. Près d'elle, Karenza tenait un gros bouquet de roses enveloppé dans une feuille de cellophane. Lorsqu'ils contournèrent la péninsule dominée par le château de St. Mawes dressé comme une sentinelle, Greg et Polworth hurlèrent aux enfants de prendre garde à la bôme.

La surface de la mer changeait de couleur à chaque seconde, passant du gris-vert à l'argent parsemé d'éclats de diamant. Strike s'emplit les poumons de l'odeur de l'iode, aussi familière et réconfortante pour lui que celle de la bière. Il était en train de se dire que Joan avait eu mille fois raison de préférer ce spectacle magique à l'austérité d'un cimetière, quand il sentit une vibration contre sa poitrine. Incapable de résister à la tentation, il sortit son portable et, comme il s'y attendait, découvrit un nouveau texto de Charlotte.

Je croyais que tu reviendrais que tu m'interdirais de l'épouser que tu ne me laisserais pas faire.

Alors qu'il rangeait l'appareil dans la poche de son pardessus, Strike croisa le regard sournois de Luke et, avant que ce dernier ne s'avise de demander pourquoi l'oncle Cormoran avait le droit de jouer avec son portable alors que lui-même n'avait pas pu emporter sa tablette, lui jeta un coup d'œil si menaçant que le gamin se figea brusquement et fourra un bout de chocolat dans sa bouche déjà pleine.

Ted amena le voilier contre le vent pour réduire peu à peu sa vitesse. On aurait dit qu'une chape de plomb venait de s'abattre sur les passagers, Luke compris. Les voiles claquaient dans le silence. Au loin, le château n'était plus qu'un jouet posé sur un rocher. Karenza remit une rose à chacun, sauf à Ted qui prit le reste du bouquet entre ses grandes mains tannées. Pas un mot ne vint troubler cet instant chargé d'émotion. Bousculés par le vent, ils regardèrent Ted se pencher par-dessus le bastingage et déposer l'urne blanche sur une vague en murmurant des mots d'adieu. Au moment où il la vit s'éloigner du bord en se dandinant allégrement, Strike, qui avait craint le pire, dut reconnaître qu'en raison même de sa forme et de sa petite taille, cette fleur blanche en carton avait quelque chose de très touchant et d'étrangement noble. Bientôt, le peu qu'il restait de la présence réelle de Joan Nancarrow se mêlerait à l'océan. Seules les roses roses, jetées l'une après l'autre par chacun de ses proches, marqueraient encore pour un temps le lieu où elle avait sombré.

Lorsque Ted mit le cap vers le rivage, Strike serra sa sœur contre lui. Lucy se blottit et alla jusqu'à poser la tête sur son épaule. Voyant l'urne rapetisser, Rozwyn, la fille aînée de Polworth, fondit en larmes. La première vague d'émotion passée, elle continua de pleurer pour le plaisir de se faire consoler par sa mère. Strike regarda l'océan jusqu'à ce que le point blanc s'efface, puis il tourna la tête vers le port et pensa au gigot qui les attendait à la maison.

Peu de temps après qu'ils eurent regagné la terre ferme, son portable se remit à vibrer. Il laissa Polworth et Ted amarrer le voilier, alluma une cigarette et s'isola du groupe pour lire le nouveau texto.

Je veux dire la vérité avant mourir les gens que je connais tellement faux je veux qu'ils cesser faire semblant

« Je rentre à pied, lança-t-il à Lucy.

— Non, c'est impossible, répliqua-t-elle avec un regard lourd de reproche. Le repas est…

— Je m'en grille une, dit Strike en lui montrant sa cigarette, et je vous retrouve là-haut.

— Tu veux de la compagnie, Diddy ? proposa Polworth. Penny peut ramener les filles.

— C'est sympa, vieux. Mais j'ai un coup de fil à passer. Pour le boulot », ajouta-t-il à mi-voix pour que Lucy n'entende pas. Au même instant, il sentit le portable vibrer dans sa poche.

« Au revoir, Corm, dit Karenza tandis qu'un gentil sourire éclairait son visage couvert de taches de rousseur. Je ne peux pas déjeuner avec vous, ce midi.

— Super, répondit Strike. Euh, non, je veux dire… dommage. Merci d'être venue, Karenza. Joan vous aimait tellement. »

Pour sortir son téléphone, Strike attendit que Karenza s'installe au volant de sa Mini et que les autres véhicules s'éloignent sur la route.

N'oublie pas que je t'aimais au revoir blues x

Strike appela aussitôt et tomba sur la messagerie.

« Charlotte, c'est moi. Je continuerai à appeler jusqu'à ce que tu décroches. »

Il coupa, refit le numéro et tomba de nouveau sur la messagerie.

Pour tenter de canaliser son angoisse, Strike se mit à marcher le long de la digue. Il n'y avait pas grand monde. À cette heure, la plupart des gens devaient être attablés autour du déjeuner de Pâques. Il rappela encore une dizaine de fois, sans résultat.

Le sang pulsait dans sa tête comme si un câble d'acier lui enserrait le crâne. Les muscles de son cou étaient tendus à se rompre. Des vagues de colère, de rage, de frustration et de peur le traversaient en continu. Charlotte était une grande manipulatrice. Mais par ailleurs, elle avait déjà fait deux tentatives de suicide.

Si le téléphone sonnait dans le vide, cela voulait peut-être dire qu'elle était morte. Plusieurs scénarios catastrophe défilèrent dans son esprit. Le château de Croy, demeure ancestrale de son mari, possédait forcément une armurerie bourrée de fusils de chasse. Quand elle était hospitalisée, Charlotte avait dû subir un traitement très lourd : peut-être avait-elle constitué un stock de médicaments. À moins qu'elle ne se soit tranché les veines avec une lame de rasoir, comme elle avait tenté de le faire devant lui, un jour, lors d'une dispute particulièrement vive.

Après le onzième appel inabouti, Strike s'arrêta près du parapet et regarda l'océan se fracasser sur les pierres de la digue en contrebas, indifférent aux malheurs des hommes. Il pensa à Joan, au courage avec lequel elle s'était accrochée à la vie, et l'angoisse qui le possédait se teinta de colère.

Il fulminait contre Charlotte, lui reprochant de jouer bêtement avec la mort, quand son téléphone sonna.

« Où es-tu ? hurla-t-il presque.

— Bluey ? »

Elle parlait d'une voix pâteuse, comme si elle était soûle, ou droguée.

« Où es-tu ?

— … t'ai dit, bredouilla-t-elle. Bluey, tu te souviens…

— Charlotte, OÙ ES-TU ?

— T'ai dit, S'monds… »

Il fit volte-face et revint sur ses pas aussi vite que le lui permettait son handicap. Il avait repéré une bonne vieille cabine téléphonique, vingt mètres plus loin. Tout en marchant, il chercha des pièces de monnaie dans la poche de son pantalon.

« Tu es dans ta chambre ? *Où es-tu ?* »

La cabine sentait l'urine, le tabac froid et la vase déposée par des centaines de bottes crottées.

« Vois le ciel… Bluey, suis si… »

Elle avait toujours autant de mal à parler. Elle respirait difficilement.

« Un-un-huit, un-un-huit ? claironna la voix qui sortait du combiné dans sa main gauche.

— Symonds House. C'est une clinique psychiatrique dans le Kent.

— Je vous mets en rapport… ?

— Oui, s'il vous plaît… Charlotte, tu es toujours là ? Parle-moi. Où es-tu ? »

Mais Charlotte ne répondait pas. Son souffle ressemblait à un râle.

« Symonds House, annonça une voix féminine contre son oreille gauche.

— Avez-vous une patiente du nom de Charlotte Ross ?

— Je suis désolée, monsieur, dit la réceptionniste, nous ne donnons pas…

— Elle a pris des médicaments. Elle vient de m'appeler de chez vous. Elle fait une overdose. Il faut la trouver… elle est peut-être dehors. Vous avez un parc ?

— Monsieur, puis-je vous demander… ?

— *Trouvez-la, tout de suite, je suis avec elle au téléphone et elle fait une overdose.* »

Il entendit la femme parler à quelqu'un près d'elle.

« … Mrs. Ross… premier étage, allez vérifier… »

La femme revint en ligne, toujours aussi professionnelle quoique légèrement paniquée.

« Monsieur, de quel numéro vous appelle Mrs. Ross ? Elle… les patients n'ont pas droit au portable.

— Elle a dû en trouver un quelque part, répliqua Strike. Et une tonne de médocs avec. »

Quelqu'un cria dans le hall de la clinique. On entendait des gens courir. Strike remit une pièce dans l'appareil. Elle tomba directement au fond du réceptacle.

« Merde…

— Monsieur, je vous demanderai de surveiller votre langage…

— Non, c'est que… »

La communication s'interrompit. Dans le portable, Charlotte respirait de plus en plus faiblement.

Toute la monnaie qu'il restait au fond de ses poches disparut dans la fente. Il rappela les renseignements et, une minute plus tard, fut à nouveau mis en relation avec la standardiste de la clinique.

« Symonds House…

— Vous l'avez trouvée ? On a été coupés. Vous l'avez trouvée ?

— Je crains de ne pas pouvoir…, répliqua la femme, excédée.

— Elle s'est procuré un portable et assez de médocs pour se tuer alors qu'elle était sous votre responsabilité, tonna Strike. Alors vous avez foutrement intérêt à me dire si elle est morte ou…

— Monsieur, j'aimerais que vous cessiez de crier comme… »

Au même instant, plusieurs voix masculines résonnèrent côté portable, mais si lointaines qu'il les distinguait à peine. Strike fut tenté de raccrocher et de rappeler. Puis il se dit que ce serait inutile. Charlotte avait dû mettre l'appareil sur silencieux puisqu'elle n'avait pas répondu à ses précédents appels.

« ELLE EST LÀ ! » hurla-t-il à pleins poumons. Surprise, la femme sur la ligne fixe poussa un cri de frayeur. « SUIVEZ MA VOIX ! ELLE EST LÀ ! »

Strike savait que les chances étaient minces pour que les infirmiers l'entendent, mais il continua de beugler dans le portable. Quand il s'arrêtait pour reprendre son souffle, les bruits qu'il percevait autour de Charlotte, les frottements, les craquements de brindilles semblaient prouver qu'elle était effectivement à l'extérieur, peut-être couchée dans l'herbe d'un sous-bois.

Puis une voix plus forte retentit.

« Putain ! Elle est ici – JE LA VOIS ! Merde… Appelle les secours !

— Monsieur, hasarda la réceptionniste, à présent que Strike avait cessé de hurler. Puis-je savoir votre nom ? »

Il raccrocha. Malgré le cliquetis des pièces de monnaie qui tombaient dans le réceptacle, Strike entendit se dérouler la suite des événements. Apparemment, ils étaient deux autour de Charlotte. L'un devait être en relation avec le service des urgences car il donnait l'état de la patiente. L'autre répétait inlassablement le prénom de Charlotte. Puis la communication s'interrompit. L'homme avait dû voir le téléphone allumé dans l'herbe.

55

De ces amants frappés de tristes calamités,
Demeurent tant de navrantes histoires…

Edmund SPENSER, *La Reine des fées*

Sa grande beauté, son passé rebelle, ses tentatives de suicide, son appartenance à la haute société et le fait qu'elle fréquentait un nombre incroyable de célébrités faisaient de Charlotte une cible privilégiée des journaux à scandale. Naturellement, l'incident qui lui avait valu d'être transportée aux urgences alors qu'elle était soignée dans une clinique psychiatrique de luxe décupla l'intérêt qu'ils lui portaient en règle générale.

On ne voyait plus qu'elle à la une des tabloïds. Charlotte à quatorze ans (quand elle s'était enfuie du pensionnat et que la police avait écumé la région pour la retrouver). Charlotte à dix-huit ans (au bras de son père, un journaliste de renom, gros buveur, marié trois fois), à vingt et un ans (avec sa mère mannequin et jet-setteuse, lors d'un cocktail mondain), à trente-huit ans, plus belle que jamais, posant avec son mari, un aristocrate aux cheveux blond platine, et ses jumeaux, dans un salon à la décoration raffinée. Manifestement, ils n'avaient trouvé aucune photo d'elle en compagnie de Cormoran Strike, mais le fait qu'ils aient formé un couple, ce que Charlotte elle-même avait pris soin de préciser aux journalistes le jour de ses fiançailles avec Jago, suffisait pour que le nom du fameux détective figure en bonne place dans tous les articles. « Hospitalisée en urgence », « problèmes de drogue », « antécédents » : nul besoin de l'écrire en toutes lettres, le lecteur le plus naïf comprenait aisément qu'elle avait tenté de mettre fin à ses jours. Après une brève accalmie, on eut droit à une seconde vague lorsque, grâce à « une source bien informée » travaillant à Symonds House, il s'avéra que la future vicomtesse Ross avait été retrouvée gisant à plat ventre dans un buisson, derrière l'ancien pavillon d'été.

Les journaux d'information, eux, mettaient plutôt l'accent sur les pratiques douteuses en vigueur à Symonds House, une clinique hors de prix connue pour être (selon le *Telegraph*) « le dernier recours des riches et des puissants. Parmi les pseudo-traitements administrés au sein de cet établissement, citons la stimulation magnétique transcrânienne et la psilocybine hallucinogène (autrement dit, les champignons magiques) ». Bien que plus rigoureux et documentés, ces articles étaient néanmoins largement illustrés. De telle sorte que Robin, qui les lisait avec une avidité dont elle avait honte ensuite, ne pouvait que constater que l'ex de Strike avait toujours été sublime.

Strike ne lui avait rien dit de cette affaire et Robin s'était bien gardée de l'interroger. Entre eux, Charlotte faisait l'objet d'un moratoire depuis que, quatre ans plus tôt, Strike, soûl comme un cochon, lui avait confié que Charlotte avait osé lui faire croire qu'elle attendait un enfant de lui. Pour l'instant, tout ce qu'elle savait c'était que, depuis son retour, Strike était d'une humeur massacrante que la tristesse d'avoir dispersé les cendres de sa tante ne suffisait pas à expliquer.

Par loyauté envers lui, Robin s'abstenait de participer aux commérages qui couraient sur Charlotte, même si l'on ne parlait que d'elle partout où elle se rendait. Un matin, une semaine après le retour de Strike, Robin débarqua à l'agence dans une colère noire. Matthew avait eu le culot de demander un nouveau report de la médiation. En ouvrant la porte, elle surprit Pat et Morris penchés sur un exemplaire du *Daily Mail*. Pat sursauta comme si on l'avait prise en faute, mais quand elle vit que c'était Robin et non Strike, elle éclata de son gros rire de fumeuse et reprit sa lecture.

« La main dans le sac, chantonna Morris en se tournant vers Robin avec un clin d'œil complice. Vous avez vu ce qu'ils racontent sur l'ex du patron ? »

Strike n'est pas mon patron, c'est mon associé, maugréa Robin en elle-même.

« Oui, se borna-t-elle à répondre.

— Avec Pat, on se disait qu'il jouait au-dessus de sa catégorie, fit Morris en désignant une photo de Charlotte à vingt et un ans, vêtue d'une minirobe piquée de perles. Comment un type avec une gueule pareille a pu se taper une nana aussi canon ? »

Chez elle aussi, Robin avait droit à ce type de questions. Le tournage de la série avait démarré et Max, qui s'était presque rasé la tête pour coller au personnage, rentrait chaque soir gai comme un pinson. Lui non plus ne comprenait pas que Strike ait pu fréquenter une femme comme Charlotte pendant seize longues années.

« Je l'ai rencontrée, un jour, dit-il à Robin qui l'avait rejoint au salon après avoir passé des heures à chercher vainement Betty Fuller, la prostituée occasionnelle, sur Internet.

— Vraiment ? répondit-elle pour la forme, n'ayant guère envie d'en entendre davantage.

— Ouais, c'était il y a quelques années. Je jouais avec son demi-frère. Simon Legard. Il tenait le premier rôle dans cette mini-série sur le crash financier, comment ça s'appelait déjà ? Elle était venue le voir sur le tournage, et après elle nous a tous invités à dîner. Je l'ai trouvée franchement sympa. Une rigolote. Les grandes bourgeoises ne sont pas toutes aussi coincées qu'on l'imagine.

— Mouais », fit Robin avant de regagner sa chambre avec une tasse de thé.

« Je te parie qu'elle a appelé Corm avant de passer à l'acte. » Tel fut le commentaire désabusé qu'Ilsa lui fit au téléphone, deux semaines après Pâques. Ce jour-là, à force de recoupements et de persévérance, Robin avait réussi à remonter jusqu'à une personne qu'elle pensait être Betty Fuller, la femme ayant vécu sur Skinner Street dans les années 1970. Betty logeait dans un foyer pour personnes âgées sur Sans Walk, non loin de son ancien domicile, et Robin prévoyait de lui rendre visite le lendemain après-midi, après la médiation qui, d'après son avocate, avait cette fois toutes les chances d'avoir lieu.

Ilsa l'avait appelée pour lui souhaiter bonne chance. Robin savait que l'épreuve durerait moins de deux heures, mais l'idée de se retrouver face à Matthew la stressait à tel point que, le soir venu, elle n'arrivait plus à se concentrer sur les questions à poser à Betty Fuller. Aussi fut-elle ravie d'être interrompue par le coup de fil de son amie.

« C'est quoi sa version de l'histoire. Il t'en a parlé ? demanda Ilsa.

— Non.

— Ah oui, c'est vrai, il ne parle plus d'elle. Je me demande combien de temps elle va mettre avant de divorcer. J'imagine que son couple bat de l'aile. Je suis même étonnée qu'ils soient encore ensemble. Elle ne s'est mariée que pour se venger de Corm.

— Elle a quand même fait deux enfants avec Jago », fit remarquer Robin avant de s'apercevoir qu'elle avait gaffé, Ilsa lui ayant récemment avoué qu'elle renonçait à sa quatrième FIV.

« Elle n'en voulait pas. Ils avaient ça en commun avec Corm. Ça et leurs mères. Le même genre de femme : alcool, drogue et des amants en veux-tu en voilà. À la différence que celle de Charlotte est toujours en vie. Donc, tu n'as pas abordé le sujet ?

— Non, répondit Robin que cette conversation commençait à indisposer. Désolée, Ilsa, je dois te laisser. J'ai des trucs à préparer pour demain.

— Et si tu prenais ton après-midi ? On irait boire un café. Ça te changerait les idées. Corm n'y verra pas d'inconvénient, si ?

— Sans doute que non, mais nous avons du boulot par-dessus la tête. D'ailleurs, je suis sur une piste. Et le travail m'aide à penser à autre chose qu'à Matthew. Mais on peut se voir ce week-end, si tu es libre. »

Robin passa une mauvaise nuit. Pourtant, ce ne fut pas Charlotte qui vint la visiter mais Miss Jones, la cliente qui draguait Strike si ouvertement que tout le monde à l'agence l'avait remarqué et que Strike avait demandé à Pat de ne plus lui transférer ses appels. Robin se leva avant que le réveil sonne, trop heureuse d'échapper à son dernier rêve, dans lequel elle apprenait que Miss Jones et Matthew étaient mariés depuis toujours, avant de se retrouver assise au bout d'une grande table de conférence en bois verni dans une salle obscure où des gens l'accusaient d'escroquerie.

Pour se donner un air professionnel, et même si Matthew savait pertinemment qu'elle ne mettait que des jeans pour travailler, elle enfila un tailleur-pantalon noir. Quand elle se regarda dans le miroir avant de partir, elle se trouva mauvaise mine. Charlotte Ross ne portait quasiment que du noir, sur les photos. Mais sur elle, c'était différent. Le noir rehaussait son teint de porcelaine. Robin prit son sac et sortit.

Sur le quai du métro, pour tenter d'évacuer le stress qui lui tordait l'estomac, Robin décida de relever ses mails.

Chère Miss Ellacott,
Comme je l'ai précédemment spécifié, je ne souhaite parler qu'à Mr. Strike. Ne le prenez pas en mauvaise part mais je serai plus à l'aise face à un homme. Malheureusement, je suis indisponible à partir de la fin de la semaine prochaine, mes obligations professionnelles m'appelant à l'étranger. Je peux néanmoins me libérer le soir du 24. Si Mr. Strike en est d'accord, et par souci de discrétion, je suggère l'American Bar de l'hôtel Stafford. Veuillez avoir l'amabilité de me dire si cela lui convient.

Sincèrement vôtre,
CB Oakden

Vingt minutes plus tard, en sortant à la station Holborn, Robin transféra le message à Strike. Elle avait un bon quart d'heure à tuer avant son rendez-vous et ne voyait pas beaucoup d'endroits où prendre un café. Elle venait d'en repérer un quand son portable sonna : c'était Pat qui l'appelait du bureau.

« Robin ? croassa la voix familière. Vous savez comment joindre Cormoran ? J'ai essayé son portable mais il ne répond pas. Son frère Al est ici, il demande à le voir.

— Tiens ! » s'étonna Robin. Elle avait rencontré Al deux ans auparavant mais savait que Strike et lui se fréquentaient peu. « Non, j'ignore où il se trouve, Pat. Peut-être est-il trop occupé pour décrocher. Laissez-lui un message.

— C'est fait. Bon, je vais réessayer. Au revoir. »

Robin continua tout droit, son envie de café n'ayant pas résisté à la surprise causée par la visite impromptue du demi-frère de Strike. Elle l'avait trouvé plutôt sympathique la fois où ils s'étaient vus. L'admiration qu'il portait à son aîné lui avait même paru touchante. Ils ne se ressemblaient pas du tout. Al était de taille moyenne, il avait les cheveux raides, un visage assez fin et le léger strabisme divergent de leur célèbre géniteur.

Perdue dans ses réflexions, elle tourna au coin de la rue et aperçut avec un pincement au cœur Matthew qui descendait d'un taxi, vêtu d'un pardessus sombre qu'elle ne connaissait pas. Elle s'immobilisa, il tourna la tête et, l'espace d'un instant, ils se regardèrent comme deux duellistes postés à cinquante mètres l'un de l'autre, prêts à tirer sur l'adversaire. Puis le téléphone de Robin sonna. Elle le sortit d'un geste automatique et le porta à son oreille. Le temps de relever les yeux, Matthew avait disparu dans le hall de l'immeuble.

« Allô ?

— Bonjour, dit Strike. Je viens de recevoir le mail d'Oakden que vous m'avez transféré. À l'étranger, mon cul. »

Robin jeta un coup d'œil à sa montre. Encore cinq minutes. Comme son avocate Judith n'était visible nulle part, elle s'adossa contre le mur froid et répondit :

« Oui, c'est aussi ce que j'ai pensé. Vous avez rappelé Pat ?

— Non, pourquoi ?

— Al est à l'agence.

— Al qui ?

— Votre frère, Al. »

Un silence.

« Fait chier, marmonna Strike.

— Où êtes-vous ?

— Dans un B&Q à Chingford. Notre blonde amie de Stoke Newington fait ses emplettes.

— Elle achète quoi ?

— Du caoutchouc mousse et des panneaux de contreplaqué. Mais ce n'est peut-être qu'un début, dit Strike. Et vous savez qui l'aide ? Le gérant du club de gym, celui où est inscrit PasNet. Et vous, où vous êtes ?

— Devant le cabinet de l'avocat de Matthew. La médiation est pour ce matin.

— Merde. J'avais oublié. Bonne chance. Écoutez, prenez votre après-midi si vous avez besoin…

— Non, je ne veux pas de congé, répliqua Robin qui venait de repérer au loin le manteau rouge de Judith qui marchait vers elle à grandes enjambées. J'ai prévu de rendre visite à Betty Fuller, tout à l'heure. Je dois vous laisser, Cormoran. On discutera plus tard. »

Elle raccrocha et rejoignit son avocate qui la gratifia d'un grand sourire.

« Ça va ? demanda Judith en lui tapotant le bras de sa main libre, l'autre étant prise par sa mallette. Tout va bien se passer. C'est moi qui parlerai.

— D'accord », dit Robin en affichant le sourire le plus chaleureux dont elle disposait.

Elles montèrent ensemble les marches du perron et pénétrèrent dans un petit vestibule où un homme trapu en costume trois-pièces, les cheveux coiffés à la Jules César, vint à leur rencontre et leur serra la main avec un sourire de façade.

« Mrs. Cobbs ? Andrew Shenstone. Mrs. Ellacott ? Comment allez-vous ? »

Il avait la poigne vigoureuse. Ayant récupéré sa main meurtrie, Robin passa une double porte donnant sur un corridor, dans le sillage des deux juristes occupés à discuter embouteillages et problèmes de stationnement. La gorge serrée par le trac, elle se sentait comme une petite fille trottinant derrière ses parents. Au bout de quelques pas, le trio vira sur la gauche et entra dans une salle de réunion dotée d'une table ovale et d'une moquette bleue terne. Toujours vêtu de son pardessus, Matthew y était assis, un peu avachi. En les voyant apparaître, il rectifia sa position. Robin s'installa de l'autre côté de la table, légèrement en diagonale, et dirigea son attention vers lui. À sa grande surprise, Matthew détourna les yeux. Elle s'était imaginé qu'il lui décocherait des regards furibonds, assortis de cette étrange grimace qui lui crispait le bas du visage à la manière d'une muselière quand ils se disputaient, peu avant leur séparation.

« Très bien », fit Andrew Shenstone en attendant que Judith Cobbs ouvre le gros dossier qu'elle venait d'extraire de sa mallette. Lui-même avait posé un porte-documents devant lui, sur la table. « Votre cliente demeure dans les dispositions énoncées dans votre courrier en date du quatorze, n'est-ce pas, Judith ?

— Tout à fait, dit Judith en balayant du regard une copie de ladite lettre, ses lunettes à monture noire perchées sur le bout de son nez. Mrs. Ellacott est disposée à renoncer à toute demande vis-à-vis de votre client, sauf au regard de la somme qu'elle estime lui être due suite à la vente de leur bien situé à… hum… »

Hastings Road, compléta Robin mentalement. Elle revit le jour de leur emménagement dans la petite maison rénovée qu'ils avaient achetée ensemble, elle parcourant la courte allée les bras chargés de cartons de livres, Matthew branchant la cafetière, l'un de leurs premiers achats communs, après avoir posé sur leur lit l'éléphant en peluche qu'il lui avait offert des années auparavant.

« … Hastings Road, oui, lut Judith. À savoir, les dix mille livres d'arrhes que ses parents ont versées lors de l'achat.

— Dix mille livres, répéta Andrew Shenstone en prenant Matthew à témoin. Dans ce cas, nous sommes d'accord.

— Vous êtes… d'accord ? bredouilla Judith Cobbs, aussi surprise que Robin elle-même.

— Certaines circonstances imprévues obligent mon client à acter ce divorce au plus vite, expliqua Shenstone. Et comme, si je ne m'abuse, c'est également le souhait de votre cliente, sous condition du versement des dix mille livres… Bien sûr, ajouta-t-il, nous arriverons bientôt aux deux années requises, donc… »

Judith regarda Robin qui hocha la tête, incapable de prononcer un mot tant sa bouche était sèche.

« Donc je pense que nous pouvons conclure dès aujourd'hui. Parfait, dit Andrew Shenstone en se rengorgeant comme si cet adjectif s'adressait à lui-même. J'ai pris la liberté de rédiger… »

Il ouvrit le porte-documents, le retourna sur la table cirée et le poussa vers Judith qui lut avec attention le papier qu'il contenait.

« Oui », dit-elle enfin. Elle fit glisser vers Robin le papier par lequel Matthew promettait de transférer l'argent sur son compte dans les sept jours suivant la signature. « Ça vous va ? lui demanda discrètement Judith.

— Oui », souffla Robin, légèrement étourdie.

Pourquoi l'avait-on fait venir jusqu'ici ? s'interrogea-t-elle. Parce que Matthew voulait lui montrer une toute dernière fois qui était le patron ? À moins qu'il n'ait pris la décision de renoncer à ses exigences que le matin même. Elle chercha de quoi écrire au fond de son sac, mais déjà Judith lui tendait son propre stylo à plume. Robin signa. Judith rendit le document à Andrew Shenstone qui le passa à Matthew, lequel griffonna son nom au bas de la page. Quand elle le vit relever la tête et de nouveau éviter son regard, Robin comprit ce qu'il s'était passé et pourquoi il lui avait donné ce qu'elle réclamait depuis le début.

« Parfait », répéta Andrew Shenstone. Il frappa sur la table avec sa grosse main, partit d'un éclat de rire et déclara : « Vite fait bien fait ! Je pense que nous en avons fini… ?

— Oui, gloussa Judith. Nous en avons fini ! »

Matthew et Robin regardèrent les avocats rassembler leurs affaires et, dans le cas de Judith, renfiler son manteau. Toujours sous le choc, Robin se balançait d'un pied sur l'autre, comme une petite fille guettant les mouvements de ses parents. Devait-elle s'en aller ou attendre qu'on lui demande de partir ?

Andrew Shenstone ouvrit la porte. Robin s'engagea dans le couloir. Derrière elle, la conversation entre avocats reprit, portant toujours sur les problèmes de circulation. Tous quatre se regroupèrent dans le petit vestibule pour prendre congé. Matthew s'approcha de Shenstone, lui serra la main, passa devant Robin et sortit.

Robin attendit qu'Andrew Shenstone regagne son bureau pour remercier Judith.

« Je n'ai pas fait grand-chose, s'esclaffa l'avocate. Ce sont des choses qui arrivent parfois pendant les médiations. Les gens deviennent soudain plus raisonnables. Sans doute parce qu'il est plus difficile de justifier ses revendications devant des observateurs objectifs. »

Elles échangèrent une poignée de main et Robin partit de son côté sous une brise printanière qui plaquait ses cheveux sur sa bouche. Elle se sentait un peu déphasée. Dix mille livres. Sachant que ses parents ne roulaient pas sur l'or – ceux de Matthew leur avaient prêté une somme beaucoup plus importante pour l'achat de cet appartement –, Robin avait proposé de les rembourser. Comme ils avaient gentiment décliné son offre, elle allait pouvoir profiter de cet argent. Bien sûr, les honoraires de Judith en engloutiraient une partie, mais le reste lui permettrait de voir venir. Peut-être même se mettrait-elle en quête d'un logement pour elle toute seule.

Au coin de la rue, elle tomba sur Matthew qui hélait un taxi.

En l'apercevant, il resta figé, le bras en l'air, si bien que le taxi lui passa sous le nez et s'arrêta devant le couple qui attendait dix mètres plus loin.

« Sarah est enceinte, c'est ça ? » attaqua Robin, bille en tête.

Matthew baissa les yeux vers elle. Il n'était pas aussi grand que Strike mais elle le trouva aussi beau qu'à dix-sept ans, quand il lui avait déclaré sa flamme.

« Ouais, hésita-t-il. Un accident. »

Tu parles, s'exclama Robin dans son for intérieur. Sarah avait toujours su obtenir ce qu'elle voulait. Et elle avait magnifiquement manœuvré, force était de le reconnaître. Depuis des années, elle disposait ses pions, jouant à la grande copine sympa, toujours à glousser, à flirter, à se rendre indispensable, feignant d'être la confidente de Matthew pour mieux justifier sa présence permanente à ses côtés. Ensuite, quand elle avait senti que Matthew risquait de lui échapper, elle avait fait le coup de la boucle d'oreille oubliée dans le lit conjugal. Et voilà qu'à présent elle refermait la nasse en tombant enceinte juste au moment où, par son divorce, Matthew redevenait disponible pour d'autres aventures. Devait-on également chercher la marque de Sarah derrière le fait que la médiation avait été reportée à deux reprises ? Lui aurait-elle interdit de s'y rendre, de crainte qu'il ne se retrouve face à Robin, alors qu'il n'avait pas encore décidé s'il voulait ce bébé ou juste sa mère ?

« Et elle tient à se marier avant la naissance ?

— Oui, dit Matthew. Moi aussi. »

La vision de leur propre mariage traversa-t-elle l'esprit de Matthew comme il venait de traverser le sien ? se demanda Robin. L'église de Masham qu'ils fréquentaient depuis l'enfance, le repas de noces dans le bel hôtel, les cygnes qui glissaient sur le lac chacun de son côté, la réception qui avait tourné au fiasco, et ce moment terrifiant où Robin avait réalisé qu'elle aurait pu tout lâcher et partir avec Strike si ce dernier le lui avait demandé.

« Et toi, de ton côté, ça va ?

— Très bien », dit Robin.

Elle donnait le change. Normal, quand on croise un ex. On veut que l'autre s'imagine que tout va pour le mieux, qu'on n'a pas de regrets.

« Bon, ben…, fit-il en regardant le flot des voitures. Il faut que je… »

Et il s'éloigna.

« Matt. »

Il se retourna.

« Quoi ?

— Je n'oublierai jamais… ce que tu as fait quand j'avais vraiment besoin de toi. Quoi qu'il se soit passé ensuite… ça, je ne l'oublierai jamais. »

L'espace d'une fraction de seconde, le visage de Matthew se contracta comme celui d'un petit garçon sur le point de fondre en larmes. Il s'avança vers Robin, se pencha et, avant qu'elle réalise ce qu'il lui arrivait, la serra contre lui. Un instant plus tard, il s'écartait comme s'il s'était brûlé.

« Bonne chance, Robs », fit-il d'une voix cassée. Et il partit pour de bon.

56

Alors que cette Dame, telle une brebis égarée,
Se noyait dans les tréfonds du sommeil où gisent les intrépides.

Edmund SPENSER, *La Reine des fées*

À peine Matthew eut-il laissé Robin sur ce trottoir de Holborn que, cinq kilomètres plus loin, à Stoke Newington, dans sa voiture garée devant chez Elinor Dean, Strike prit la décision d'appeler son demi-frère pour éviter que ce dernier passe la journée à l'attendre dans les locaux de l'agence. Il était toujours aussi furieux, mais à sa colère se mêlaient à présent des sentiments moins évidents, parmi lesquels – le plus facile à admettre par l'intéressé lui-même – une certaine forme d'admiration pour la persévérance dont Al faisait preuve. Selon toute logique, sa visite était une énième tentative de le rabibocher avec leur père, et de préférence avant la fête prévue pour la sortie du nouvel album. Strike, qui avait toujours considéré son cadet comme un hédoniste, sympathique certes mais un peu mou, devait reconnaître qu'il ne manquait pas de cran, tout compte fait.

Il attendit qu'Elinor Dean et le patron du club de gym sortent la mousse de polystyrène et les feuilles de contreplaqué du coffre de la voiture et les transportent à l'intérieur de la maison. Quand la porte se referma, il composa le numéro de son demi-frère.

« Salut, dit Al en décrochant dès la première sonnerie.

— Qu'est-ce que tu fiches dans mon agence ? demanda Strike.

— Je voulais te parler, frangin. En tête à tête.

— Je ne compte pas revenir de la journée, mentit Strike. Alors, je te suggère de le faire maintenant.

— Cormo…

— Il y a qui, avec toi ?

— Euh… ta secrétaire… Pat, c'est ça ? » Strike entendit Pat confirmer de sa voix rauque. « Et un mec qui s'appelle…

— Barclay, cria l'Écossais pour que Strike l'entende.

— Bon, dans ce cas, passe dans mon bureau, on discutera plus tranquillement », dit Strike. Il l'écouta expliquer à Pat ce qu'il était censé faire et reconnut le bruit familier de la porte qui se fermait. « Si c'est au sujet de ce que je pense…

— Cormoran, nous n'avions pas l'intention de te le dire, mais voilà… papa a un cancer. »

Non mais c'est pas vrai !

Strike posa son front sur le volant, resta deux secondes dans cette position, puis se redressa.

« La prostate, poursuivit Al. Les médecins disent qu'il a été pris à temps. Mais on a pensé qu'il fallait que tu sois au courant. En réalité, cette fête n'a pas été organisée uniquement pour l'anniversaire du groupe et la sortie du nouvel album. Elle sert avant tout à lui donner une raison de s'accrocher. »

Strike ne répondit rien.

« Et donc, on a pensé que tu devais le savoir », répéta Al.

Et en quel honneur, Bon Dieu ? songea Strike, le regard braqué sur la porte close d'Elinor Dean. Il n'avait jamais eu la moindre relation avec Rokeby. À quelle réaction Al s'attendait-il de sa part ? Pensait-il qu'il allait fondre en larmes, se précipiter chez leur père, le plaindre ? Rokeby était multimillionnaire. Il avait de quoi se payer les meilleurs médecins. Puis il se souvint de l'urne en forme de lys s'éloignant sur les vagues de l'océan.

« OK. Que veux-tu que je te dise ? C'est affreux pour les personnes qui tiennent à lui. »

Cette fois, ce fut Al qui laissa passer un blanc.

« Nous pensions que cela aurait un effet, murmura-t-il enfin.

— Sur quoi ?

— Ton attitude.

— Tu viens de me dire que son cancer a été pris à temps. Donc, il va s'en sortir, dit Strike sur un ton faussement enjoué. Et il vivra encore assez longtemps pour engendrer un ou deux morpions supplémentaires qu'il abandonnera ensuite.

— Bon sang ! explosa Al. Peut-être que tu t'en fiches royalement mais il se trouve que c'est mon père…

— Je me fiche royalement des gens qui se sont toujours fichus royalement de moi, rétorqua Strike, et s'il te plaît, baisse d'un ton, tu es dans mon bureau et ce sont mes employés qui t'entendent gueuler.

— Il n'y a que *ça* qui t'intéresse ? »

Strike pensa à Charlotte, toujours hospitalisée à en croire les journaux, à Lucy qui le tannait pour qu'il passe le prochain week-end chez elle, à Bromley, avec leur oncle Ted. Il pensa à l'affaire sur laquelle il travaillait en ce moment même et qui leur serait retirée s'ils ne découvraient pas d'ici une semaine la raison du chantage que PasNet exerçait sur son patron. Il pensa à Margot Bamborough et aux douze mois qu'Anna Phipps leur avait accordés pour résoudre le mystère de sa disparition. Et enfin, bizarrement, il pensa à Robin et au fait qu'il avait oublié que sa médiation avait lieu ce jour-là, dans la matinée.

« J'ai ma vie, répondit Strike en parvenant à se maîtriser au prix d'un effort surhumain. Une vie difficile, compliquée, comme celle de tout un chacun. Rokeby a une femme et une demi-douzaine d'enfants. Pour ce qui est des gens qui ont besoin de moi, j'ai atteint mon quota, je t'assure. Je ne viendrai pas à cette foutue réception. Je ne m'intéresse pas à ce monsieur et il n'entrera jamais dans mon carnet d'adresses. En quelle langue dois-je te le dire pour que tu comprennes, Al… ? »

La communication s'interrompit. Strike balança son portable sur le siège passager et, malgré son essoufflement, alluma une cigarette. Au bout d'un quart d'heure, saisi d'une soudaine impulsion, il reprit son téléphone et appela Barclay.

« Qu'est-ce que tu fais en ce moment ?

— Je récupère mon fric, répondit l'Écossais, laconique. Ce casino t'a coûté une blinde.

— Mon frère est toujours là ?

— Non, parti.

— Bien. Je voudrais que tu me relèves. Je suis à Stoke Newington.

— J'ai pas ma bagnole.

— OK, alors laisse tomber, s'emporta Strike.

— Désolé, Strike, mais j'ai pris mon après-midi…

— Non, c'est moi qui suis désolé », se rattrapa Strike en fermant les yeux. Comme l'autre jour à St. Mawes, il avait l'impression qu'un câble d'acier lui serrait le crâne. « Je ne suis pas dans mon assiette, en ce moment. Profite bien de ton après-midi. Sincèrement », ajouta-t-il pour lever toute ambiguïté.

Il raccrocha et appela Robin.

« Comment s'est passée votre médiation ?

— Très bien, dit Robin, d'une voix pourtant un peu lasse. Nous sommes tombés d'accord.

— Génial !

— Ouais. Quel soulagement !

— Vous m'avez bien dit que vous aviez trouvé Betty Fuller ?

— Oui, je vous ai dit ça alors que je me dirigeais vers le métro.

— Rappelez-moi où elle habite.

— Dans un foyer pour personnes âgées sur Sans Walk, à Clerkenwell.

— OK, je vous retrouve là-bas.

— Vraiment ? Ça ne m'ennuie pas de…

— Je sais, mais je tiens à être présent », la coupa Strike.

Il démarra sa BMW et quitta Stoke Newington en réalisant qu'il venait de se montrer désagréable avec ses deux collaborateurs préférés. Quitte à se défouler sur quelqu'un, il aurait préféré le faire sur Pat ou sur Morris.

Vingt minutes plus tard, il pénétrait dans Clerkenwell par Percival Street. En apercevant sur sa droite les HLM en brique rouge où Janice Beattie et Steve Douthwaite avaient autrefois vécu, il se demanda pour la centième fois ce qu'était devenu le fameux Steve, l'un des rares protagonistes de l'affaire Bamborough à avoir résisté à leurs recherches.

Sans Walk était une ruelle à sens unique. Strike se gara le plus près possible de l'établissement. Le temps était couvert mais il faisait étonnamment doux. Au bout de quelques pas, il aperçut Robin qui l'attendait sur le trottoir.

« Bonjour, dit-elle. C'est là-bas, le bâtiment en brique avec la tour ronde.

— Très bien, fit Strike avant d'ajouter pendant qu'ils marchaient côte à côte : Désolé pour tout à l'heure, je…

— Non, ça va. Je sais que le temps nous est compté. »

Strike crut déceler une légère froideur dans sa voix.

« Je regrette, Al m'avait énervé, expliqua-t-il. Donc j'ai peut-être été un peu…

— Cormoran, ça va, répéta Robin avec un sourire qui le rassura.

— Je suis bien content pour votre médiation.

— Moi aussi, répondit Robin sur un ton sinistre. D'après vous, comment faut-il aborder Betty Fuller ?

— En jouant franc-jeu. On commence par lui dire qui on est et sur quoi on enquête. On verra comment elle réagit. Je croise les doigts pour qu'elle ait toute sa tête… »

Priory House était un immeuble de plusieurs étages avec un jardin à l'arrière. En approchant, ils virent en sortir un couple de quinquagénaires. Sur leur visage, Strike lut le soulagement de ceux qui ont fait leur devoir. Ils souriaient en leur tenant la porte.

Robin les remercia et, avant d'entrer, entendit la femme dire à son mari :

« Au moins, ce coup-ci, elle nous a reconnus… »

S'il n'y avait pas eu autant de déambulateurs, on aurait pu se croire dans une résidence universitaire. Tout y était : la moquette gris souris, le tableau d'affichage couvert de petites annonces, et la déprimante odeur de cantine.

« Elle loge au rez-de-chaussée, dit Robin. Dans ce couloir. J'ai vérifié les noms sur l'interphone. »

Ils passèrent devant plusieurs portes en pin identiques jusqu'à celle marquée « ELIZABETH FULLER » sur un carton glissé dans un petit cadre en laiton. Derrière, on entendait des éclats de voix étouffés par l'épaisseur du battant. Strike supposa que Betty avait mis la télé à fond, comme Janice Beattie le jour où il s'était rendu chez elle. Il frappa fort.

L'attente fut longue mais la porte finit par s'ouvrir, très lentement, sur une vieille dame équipée d'une canule nasale. Elle était essoufflée d'avoir traîné sa bouteille d'oxygène jusque-là. Strike regarda derrière elle et, sur l'écran de télé, reconnut la série *The Only Way is Essex*.

« *Je vais bien. C'est juste que tu m'as fait de la peine, Arg* », disait une fille très maquillée sanglée dans un tailleur bleu pétrole.

La loi de la gravitation semblait avoir affecté Betty Fuller plus durement que le reste de l'humanité. Son visage était littéralement effondré. Les commissures de ses lèvres absentes, ses paupières parcheminées, ses bajoues, la pointe de son nez étroit, tout pendait. Même son corps était comme aspiré vers le bas : un buste presque malingre comparé à ses hanches larges et à ses jambes si enflées que ses chevilles paraissaient plus larges que son cou. Ses pieds nus glissés dans des pantoufles d'homme, elle portait une robe en laine vert foncé constellée de taches. Son cuir chevelu jaunâtre apparaissait entre ses cheveux gris coiffés en arrière, et un appareil auditif dépassait de son oreille gauche.

« Qui êtes-vous ? râla-t-elle tandis que son regard passait de l'un à l'autre.

— Bonjour, Mrs. Fuller, articula Strike. Je m'appelle Cormoran Strike et voici Robin Ellacott. »

Strike sortit son permis de conduire et le lui montra, ainsi qu'une carte de visite à son nom. D'un geste impatient, Betty Fuller lui signifia qu'elle n'y voyait pas assez pour lire. De fait, ses yeux semblaient comme voilés, sans doute par un double glaucome.

« Nous sommes détectives privés », cria-t-il pour couvrir la voix des deux acteurs qui se chamaillaient à l'écran (« *En fin de journée, Lucy, elle dormait, avec un garçon inconnu...* » « *Arg – Arg – Arg – cela n'a aucune importance...* »).

« Nous enquêtons sur la disparition de Margot Bamborough. Elle était médecin et...

— Qui ça ?

— Le Dr Margot Bamborough, répéta Strike, un ton au-dessus. Elle a disparu à Clerkenwell en 1974. On nous a dit que vous…

— Oh, oui…, l'interrompit Betty Fuller qui devait reprendre son souffle tous les deux ou trois mots. Le Dr Bamborough… oui.

— Pourriez-vous nous dire ce que vous savez sur elle ? »

Betty Fuller resta figée une bonne vingtaine de secondes. Pendant que la question de Strike faisait son chemin dans sa tête, sur l'écran un jeune homme en costume marron disait à la fille trop maquillée : « *Je ne voulais pas aborder ce sujet mais tu ne me laisses pas le choix...* »

Avec un autre geste impatient, Betty Fuller leur tourna le dos et s'éloigna d'un pas traînant en les laissant plantés sur le seuil. Strike et Robin se regardèrent.

« Vous voulez bien qu'on entre, Mrs. Fuller ? » hurla Strike.

Elle acquiesça d'un hochement de tête. Ayant soigneusement reposé la bouteille d'oxygène, elle s'affala dans son fauteuil, puis tira sur sa robe en laine pour se couvrir les genoux. Strike et Robin pénétrèrent dans l'appartement. Strike referma la porte. Ayant surpris le geste de pudeur de la vieille dame, Robin fut presque tentée d'arracher une couverture au lit défait et de la poser sur ses jambes.

Ses recherches lui avaient appris que Betty avait quatre-vingt-quatre ans mais elle ne s'attendait pas à la trouver dans un tel état. Le petit studio sentait l'urine et la crasse. De là où elle se tenait, on apercevait le siège des toilettes car la porte de la salle de bains était ouverte, de même que celle de la penderie où s'amoncelaient des vêtements jetés pêle-mêle. Du tas de linge, dépassaient deux bouteilles de vin vides que Betty avait sans doute voulu dissimuler sans y parvenir. Il n'y avait rien aux murs à part un calendrier animalier : sur la page du mois de mai, deux chatons roux pointaient leur nez entre des grappes de géraniums roses.

« On peut éteindre ? » demanda Strike en montrant la télévision où la dispute se poursuivait. Les cils de l'actrice faisaient penser à des chenilles.

« Oui... allez-y, dit Betty Fuller. C'est enregistré. »

Une fois le silence rétabli, les deux détectives regardèrent autour d'eux, décontenancés. Pour s'asseoir, ils n'avaient que deux options : le lit en désordre ou une chaise inconfortable. Robin choisit la première. Strike prit la seconde et sortit son calepin.

« Nous travaillons pour la fille du Dr Bamborough, Mrs. Fuller. Elle voudrait savoir ce qui lui est arrivé. »

Betty Fuller se racla la gorge sans qu'on puisse dire si c'était pour exprimer son dédain ou juste parce qu'elle était encombrée. Puis elle se pencha légèrement de côté en tirant de nouveau sur sa robe. Ses jambes découvertes étaient parcourues de varices proéminentes.

« Vous vous souvenez du Dr Bamborough, n'est-ce pas, Mrs. Fuller ?

— Oui », grommela-t-elle. Malgré son délabrement physique et son attitude peu aimable, Strike eut l'impression que la vieille dame était non seulement plus alerte qu'elle ne le paraissait, mais aussi pas mécontente d'avoir de la visite.

« À cette époque, vous habitiez sur Skinner Street, je crois ? »

Elle toussa et, une fois ses bronches dégagées, répondit d'une voix un peu plus ferme :

« J'y habitais encore… l'année dernière. Michael Cliff… House, dernier étage. C'était plus possible. »

Strike tourna discrètement les yeux vers Robin. Partant du principe que Betty se confierait plus facilement à une femme, il avait cru qu'elle mènerait l'interrogatoire, mais apparemment son associée ne semblait nullement désireuse de s'y mettre. De fait, elle n'avait pas encore ouvert la bouche et se contentait de regarder vaguement autour d'elle.

« Vous étiez une patiente du Dr Bamborough ? renchérit Strike.

— Oui, répondit Betty de sa voix sifflante. C'est elle qui me soignait. »

Pendant ce temps, Robin réfléchissait. C'était donc ainsi que finissaient leurs jours les personnes seules n'ayant pas de revenus suffisants ni d'enfants pour s'occuper d'eux ? Dans un cagibi nauséabond avec pour unique compagnie les vedettes de la téléréalité ?

Elle s'imaginait parcourant les rues de Masham, dans quelques mois, à Noël, et tombant sur Matthew, Sarah et leur bébé. Sarah bouffie d'orgueil poussant un landau de marque, Matthew à ses côtés, la tête d'un petit enfant blond comme sa mère dépassant des couvertures. Désormais, quand Jenny et Stephen les croiseraient, les deux couples auraient des choses à se dire. Être parent faisait tomber bien des barrières, songea Robin avant de décider, assise sur le lit de Betty Fuller, qu'elle n'irait pas chez ses parents pour Noël.

Elle préférait encore passer les fêtes à faire le guet dans sa voiture, quitte à mourir de froid.

« Que pensiez-vous d'elle, en tant que docteur ? poursuivit Strike.

— Elle était… très bien.

— Avez-vous jamais consulté un autre médecin du cabinet ? »

La poitrine de Betty Fuller se soulevait péniblement chaque fois qu'elle inspirait. Malgré la canule nasale, Strike crut voir un sourire jouer sur ses lèvres.

« Ouais, fit-elle.

— Lequel ?

— Brenner, répondit-elle avant de se remettre à tousser. Un jour, je l'ai appelée… pour une urgence… mais elle n'était pas disponible.

— Donc c'est le Dr Brenner qui est venu ?

— Hum, fit Betty Fuller. Ouais. »

Sur le rebord de la fenêtre, Robin remarqua plusieurs photos dans des cadres bon marché. Un gros chat au pelage tigré figurait sur deux d'entre elles. Un animal qu'elle avait aimé, sans doute. Deux autres montraient des petits enfants, et la dernière deux adolescentes aux cheveux longs. Elles portaient des robes à manches bouffantes comme c'était la mode dans les années 1980. Donc, même si on avait des enfants, on pouvait finir sa vie toute seule et dans des conditions sordides, songea Robin. Dans ce cas, le problème c'était l'argent, se dit-elle en pensant aux dix mille livres qui allaient tomber sur son compte avant la fin de la semaine et dont il ne resterait pas grand-chose une fois payés les honoraires de l'avocate et la taxe d'habitation. Elle se promit de ne rien gaspiller et de commencer à économiser en prévision de sa retraite.

« Vous deviez être très malade pour demander une visite à domicile », renchérit Strike.

Il avait dit cela sans raison particulière, juste pour détendre l'atmosphère, lancer la conversation. Il avait souvent remarqué que les vieilles dames adoraient parler de leur santé.

Et visiblement, il avait eu raison de le faire, car Betty Fuller lui adressa un sourire qui découvrit ses dents jaunes et ébréchées.

« On vous a jamais collé… une bite de vingt centimètres… dans le cul ? »

Robin dut faire appel à toute sa volonté pour ne pas exploser de rire. Strike, lui, resta parfaitement impassible.

« Non, je l'avoue, répondit-il.

— Eh ben, reprit Betty Fuller, vous pouvez… me croire… ça fait… un mal de chien… un vrai marteau-piqueur… ce type… ça m'a fendu le trou de balle. »

Elle ouvrit la bouche pour inspirer une goulée d'air.

« Ma Cindy… elle m'entend gémir… du sang, elle dit "maman, tu dois… montrer ça…" et elle a appelé… le docteur.

— Cindy c'est votre…

— Ma fille. Ouais… j'en ai deux. Cindy et Cathy…

— Donc, le Dr Brenner est passé, embraya Strike en essayant d'effacer l'image que la description de Betty avait fait naître dans son esprit.

— Ouais… l'a regardé et… m'a envoyée aux urgences, ouais… dix-neuf points de suture. J'ai dû m'asseoir… sur un pack de glace… pendant une semaine… et pas possible… de bosser… plus un radis. Après cette histoire, dit-elle hors d'haleine, fini les… pénétrations anales… à moins de payer… le double et rien au-dessus… de dix-huit centimètres. »

Betty Fuller se mit à rire. Un crissement qui s'acheva par une quinte de toux. Strike et Robin attendirent qu'elle se calme en évitant de se regarder.

« Est-ce la seule et unique fois où le Dr Brenner est venu chez vous ? demanda Strike quand Betty eut un peu repris son souffle.

— Non, répondit-elle en se frappant la poitrine. Je l'ai revu… tous les vendredis soir… pendant des mois… »

Elle avait dit cela sans aucune gêne. Au contraire, raconter ces turpitudes semblait lui plaire énormément, songea Strike.

« Ce petit arrangement a commencé quand ?

— Deux semaines… après qu'il est venu… pour mon trou de balle… Il a frappé à ma porte… avec sa sacoche de docteur… comme s'il… venait pour vérifier que… après il a dit… je passerai tous les… vendredis soir… 18 h 30… dites aux voisins… raisons médicales… s'ils demandent pourquoi… »

Son récit fut interrompu par une nouvelle quinte de toux.

« … et que si j'en parlais à quelqu'un… il irait voir les flics… pour leur dire… que j'avais essayé… de lui extorquer…

— Il vous a menacée, c'est cela ?

— Ouais, répondit Betty Fuller sur un ton dépourvu de rancœur. Vu qu'il payait… j'ai fermé… ma gueule.

— Vous n'en avez jamais parlé au Dr Bamborough ? » intervint Robin.

Betty tourna la tête vers la jeune femme assise sur son lit et la scruta entre ses paupières tombantes. Son teint frais, ses beaux cheveux, ses vêtements impeccables faisaient tache dans un tel environnement, se dit Strike. Betty dut penser la même chose que lui car son visage se crispa comme si la question et la personne qui l'avait posée lui déplaisaient souverainement.

« Bien sûr que non… j'ai rien dit. Elle voulait que… j'arrête de bosser… Brenner… c'était… le client le moins pénible de la semaine.

— Pourquoi cela ? » demanda Strike.

Betty repartit de son rire sifflant.

« Il voulait que… je reste… immobile… sur le dos… comme si j'étais… morte. Il me baisait… en me traitant de tous les noms… je faisais celle… qui n'entendait pas… sauf une fois, dit Betty entre rire et toux. L'alarme incendie… s'est déclenchée pendant qu'il… je lui ai dit… à l'oreille… “Faut que je bouge… s'il y a le feu… j'ai des gosses… à côté…” Il était fou furieux… en fait c'était… une fausse alerte… »

Elle se remit à tousser.

« Le Dr Bamborough se doutait-elle que le Dr Brenner venait chez vous ? demanda Robin.

— Non, répliqua Betty, agacée. Bien sûr que non… comment elle aurait su ?

— Brenner était-il avec vous, le soir où elle a disparu ? enchaîna Strike.

— Ouais, dit-elle platement.

— Il est arrivé et reparti aux heures habituelles ?

— Ouais.

— A-t-il continué à vous rendre visite après la disparition du Dr Bamborough ?

— Non. La police… débarqué au cabinet… non, il est plus venu… pris sa retraite… pas longtemps après… mort aujourd'hui, je suppose ?

— Oui, confirma Strike, il est mort. »

Sur son visage ravagé, Strike devinait les traces d'une violence ancienne. Ayant eu le nez cassé, il aurait parié que celui de Betty avait subi le même sort à un moment de sa vie. Elle ne pouvait pas être née avec ce cartilage brisé.

« Brenner était-il violent avec vous ?

— Jamais.

— À l'époque où il venait vous… voir, quelqu'un était au courant ?

— Personne.

— Et quand il a pris sa retraite ? À ce moment-là, en avez-vous parlé à un dénommé Tudor Athorn ?

— Futé ! couina Betty, bluffée. Ouais, je l'ai dit à Tudor… il est plus là, le pauvre… alors bon, il s'en fiche… je buvais des coups avec Tudor. Son neveu… il vit toujours dans le coin… il a grandi… je l'ai vu… Il est pas normal.

— D'après vous, Brenner aurait-il pu abuser d'une de ses patientes ? »

Betty prit le temps d'étudier le visage de Strike.

« Ouais… mais seulement si elle dormait à poings fermés.

— Pas autrement ? » insista Strike.

Betty fit entrer de l'air par son nez tordu avant de répondre :

« Les mecs comme lui… quand ils prennent leur pied… avec un truc précis… ils veulent rien d'autre…

— A-t-il essayé de vous endormir avec des médicaments ? demanda Strike.

— Non, dit Betty, y avait pas besoin de…

— Vous souvenez-vous, embraya-t-il en tournant une page de son calepin, d'une assistante sociale nommée Wilma Bayliss ?

— Une fille de couleur ? Ouais… Vous fumez, pas vrai ? dit-elle brusquement. Ça se sent… On s'en grille une ? lança-t-elle, aguicheuse, comme si du fond de son corps détruit resurgissait un vieux réflexe professionnel.

— Je crains que ce ne soit incompatible avec cette bouteille d'oxygène, répondit Strike en souriant.

— Ah. Tant pis.

— Wilma, elle était comment ?

— Qui ça ?

— Wilma Bayliss, votre assistante sociale.

— Comme… toutes les autres, fit Betty en haussant les épaules.

— Nous avons rencontré ses filles récemment. Elles nous ont parlé des lettres de menaces envoyées au Dr Bamborough peu avant sa disparition. »

Betty inspira, expira. Les muscles de sa poitrine décharnée devaient faire de gros efforts pour envoyer de l'air dans ses poumons abîmés.

« Vous savez qui a écrit ces lettres ?

— Non, dit Betty. Juste… qu'elle en a reçu. Tout le monde parlait de ça dans le quartier.

— Qui avait lancé la rumeur ?

— Sûrement Irene Bull…

— Vous vous souvenez d'Irene ? »

En s'arrêtant plus souvent pour reprendre son souffle, Betty Fuller lui expliqua que sa plus jeune sœur avait connu Irene sur les bancs de l'école et que les parents de celle-ci avaient longtemps vécu sur Corporation Row, non loin de Skinner Street.

« Elle se… prenait pas… pour de la merde… celle-là, lança Betty en riant jusqu'à ce qu'une nouvelle quinte de toux l'oblige à s'interrompre. La police… leur avait interdit… de l'ouvrir… mais cette greluche… elle pouvait pas s'empêcher de jacter… donc tout le monde était au courant… pour les menaces.

— Les filles de Wilma prétendent que vous en connaissez l'auteur, retenta Strike en surveillant sa réaction.

— C'est pas vrai, répliqua Betty Fuller, contrariée.

— Pourtant, d'après elles, vous disiez que c'était Marcus Bayliss.

— Marcus ! Jamais de la vie… il était charmant…. vous savez, j'ai toujours eu un faible… pour les Nègres », dit-elle. Robin baissa les yeux sur ses mains en espérant que Betty ne l'avait pas vue tiquer à l'énoncé du mot « Nègres ». « Un beau mec… avec lui, j'aurais fait ça… pour rien… Ha ha ha… il était grand, ajouta-t-elle, mélancolique,… gentil… non, il a jamais menacé personne.

— Donc qui aurait pu les écrire, selon vous ?

— Ma cadette… ma Cathy… dit Betty qui n'entendait que ce qu'elle voulait bien entendre, son père il était nègre… je me souviens plus de lui… une capote déchirée… je l'ai gardée parce que… j'aime les gosses… mais elle en a rien à foutre… de moi. Elle prend de l'héroïne ! s'énerva-t-elle. Moi j'y ai jamais touché… j'ai vu trop… de gens partir… comme ça… je lui ai dit… fous le camp… débarrasse le plancher…

« Cindy, elle, ça va… », poursuivit Betty d'une voix étranglée. Ellc était très essoufflée mais continuait de parler comme pour retenir l'attention de Strike. « Cindy… elle vient me voir. Elle gagne… sa vie honnêtement…

— Vraiment ? dit Strike pour lui accorder un petit plaisir avant de relancer l'interrogatoire. Quel métier exerce-t-elle ?

— Escort girl. Bien gaulée… beaux quartiers… se fait plus de fric… que moi à l'époque… des Arabes et tout ça… elle me dit… maman… t'aimerais pas… être dans le métier… aujourd'hui… tout ce qu'ils veulent… c'est nous enfiler par-derrière. » Betty gloussa, toussa un coup, puis brusquement se tourna vers Robin qui la regardait sans rien dire. « Ça l'amuse pas… ce que je raconte… celle-ci… hein ? demanda-t-elle à Strike avec un tel mépris que Robin en fut ébahie. Elle croit que… tout lui est dû… les restos… les bijoux… elle pense que ça tombe du ciel… Regardez-la, siffla méchamment Betty. Elle est comme cette… assistante sociale… qui fourrait son sale nez partout… quand je… gardais les gosses de Cathy… partis, envolés… en foyer…

« "*Mais pas du tout*, Mrs. Fuller, minauda Betty. Je vous assure… ça m'est égal… comment vous gagnez votre vie… le travail sexuel c'est du travail"… Elles vous passent de la pommade… ces salopes… mais est-ce qu'elles voudraient que… leurs filles… fassent ce métier ? Est-ce qu'elles baiseraient pour du fric ? s'enflamma Betty Fuller qui paya son long discours d'une quinte de toux encore plus sévère que les précédentes.

« Cindy, elle prend… trop de coke, gémit Betty, les yeux pleins de larmes, quand elle retrouva l'usage de la parole. Elle… maigrit… Cathy, c'était l'héro… son copain… elle faisait le tapin pour lui… fichu une raclée… enceinte… fausse couche…

— Je suis désolé de l'apprendre, dit Strike.

— Il y a que des gamines… dans la rue… de nos jours, reprit Betty en laissant entrevoir le désarroi qui couvait sous la carapace. Treize, quatorze ans… de mon temps… on les aurait renvoyées chez elle… illico presto… ce métier c'est pour les femmes adultes – qu'est-ce que tu reluques comme ça ? hurla-t-elle en s'en prenant de nouveau à Robin.

— Cormoran, est-ce que je peux…, demanda celle-ci avant de se lever, le regard braqué sur la sortie.

— Ouais, c'est ça, dégage, marmonna Betty Fuller en la regardant partir. Vous la baisez ? fit-elle à Strike quand la porte se fut refermée.

— Non.

— Alors pourquoi… vous la gardez ?

— Elle fait très bien son travail. Sauf quand elle se retrouve face à quelqu'un comme vous, je veux dire », ajouta-t-il. Ce qui lui valut un grand sourire jaune.

« Ha ha ha… je vois… le genre… elle connaît rien… à la vie…

— À l'époque de Margot Bamborough, il y avait un homme qui vivait sur Leather Lane, enchaîna Strike.

Je crois qu'il s'appelait Niccolo Ricci. "Mucky" pour les intimes. »

Betty Fuller resta coite, mais il la vit cligner les yeux.

« Que savez-vous sur Ricci ?

— Pareil que… tout le monde. »

Par la fenêtre, Strike aperçut Robin sur le trottoir. Elle dégagea sa nuque un court instant, comme si ses cheveux lui pesaient, puis s'éloigna, les mains dans les poches de sa veste.

« C'est pas Mucky… qui l'a menacée, dit Betty. Il aurait pas… écrit des lettres. C'était pas… son genre.

— Ricci était présent lors d'une fête de Noël au cabinet St. John's, renchérit Strike. C'est bizarre, non ?

— Je suis pas… au courant…

— Ce jour-là, certains ont cru qu'il était le père de Gloria Conti.

— Connais pas.

— D'après les filles de Wilma Bayliss, vous auriez confié à leur mère que l'auteur des messages vous faisait peur. Que c'était lui qui avait tué Margot Bamborough. Vous avez même ajouté qu'il vous tuerait vous aussi, si jamais vous révéliez son identité. »

Les yeux laiteux de Betty perdirent toute expression. L'air avait du mal à pénétrer dans ses poumons. Strike commençait à se dire qu'elle ne répondrait jamais, quand enfin elle ouvrit la bouche :

« Une fille du quartier, dit-elle, une copine à moi… elle croise Mucky… un jour qu'il traînait… dans le coin… Il dit à Jen… "Tu vaux mieux que ça… faire le trottoir… un corps pareil… du gâchis… avec moi, tu pourrais… cinq fois ce que tu gagnes par ici…” Alors, elle dit OK… et elle va… à Soho… cabaret, strip-tease… elle baise avec ses copains…

« Je l'ai revue… deux ans après… elle passait voir sa mère… elle m'a raconté une histoire.

« Une fille qui bossait dans le même club qu'elle… une fille canon, Jen a dit… qu'elle s'était fait violer… taillader. Un pote à Ricci… il avait tranché là, dit-elle en montrant son buste décharné. Sous les côtes…

« Certaines personnes, reprit la vieille femme, croient qu'une pute… qui se fait violer… c'est pas grave. Elle a bossé gratis… point barre. C'est ça qu'elle doit penser… votre Miss Balai-dans-le-cul, ajouta Betty en coulant un regard vers la fenêtre. Mais c'est faux…

« La fille… elle l'a mauvaise… elle veut se venger… faire payer… Ricci… alors cette idiote… elle commence à rencarder les flics…

« Quand Mucky l'apprend… il la tue et… il filme sa mort. Ma copine Jen… quelqu'un lui a dit… qu'il avait vu… le film… Ricci le gardait… dans son coffre… pour montrer à celles qui filaient pas droit… leur foutre la trouille…

« Jen est morte… overdose… ça fait bien trente ans… elle bossait dans les quartiers chics… et moi… ici… sur le trottoir… et je suis toujours vivante.

« Je sais rien… sur ces lettres… c'était pas Marcus… c'est tout… Tiens, mon repas sur roulettes », dit Betty en regardant par la fenêtre. En effet, un homme chargé d'une pile de plateaux en aluminium s'apprêtait à entrer dans l'établissement.

« J'en ai marre, lâcha brusquement Betty avec humeur et lassitude. Rallumez… la télé… approchez… cette table… passez-moi les couverts… dans les toilettes… »

Elle les avait rincés sous le robinet du lavabo mais ils étaient encore sales. Strike les relava avant de les lui donner. Après avoir poussé la table roulante devant son fauteuil et rallumé *The Only Way is Essex*, il alla ouvrir au livreur de repas, un homme aux cheveux gris qui le salua avec un grand sourire.

« Bonjour, dit-il d'une voix forte. C'est votre fils, Betty ?

— Ouais, c'est ça, siffla Betty Fuller. Qu'est-ce que tu m'apportes ?

— Sauté de poulet, gelée et crème anglaise, ma chérie…

— Merci beaucoup d'avoir accepté cet entretien, Mrs. Fuller », dit Strike sans obtenir de réponse. Betty avait épuisé ses réserves de bonne volonté et ne s'intéressait plus qu'à son estomac.

En sortant de l'immeuble, Strike trouva Robin adossée contre un mur, en train de lire quelque chose sur son portable.

« J'ai pensé qu'il valait mieux débarrasser le plancher, dit-elle platement. Comment ça s'est passé ?

— Elle refuse de parler des lettres anonymes, répondit Strike pendant qu'ils remontaient la rue. Et à mon avis, c'est parce qu'elle croit que Mucky Ricci en est l'auteur. Au fait, j'en sais un peu plus long sur cette fille dans le *snuff movie*.

— Vous plaisantez ? fit Robin d'un air inquiet.

— Il semble qu'elle ait travaillé dans l'un des clubs de Ricci. Elle était indic… »

Robin étouffa un cri de surprise.

« Kara Wolfson !

— Pardon ?

— Kara Wolfson. L'une des victimes présumées de Creed. Kara était hôtesse dans un night-club à Soho – après sa disparition, les patrons de la boîte ont fait courir le bruit qu'elle informait la police !

— D'où tenez-vous cette info ? » demanda Strike, atterré. Il ne se rappelait pas avoir lu une telle chose dans *Le Démon de Paradise Park*.

Au même instant, Robin comprit qu'elle avait gaffé. C'était Brian Tucker qui lui avait appris cela, lors de leur entrevue au Star Café. Le ministère de la Justice n'ayant toujours pas répondu à sa requête, elle ignorait s'ils pourraient un jour interroger Creed. Comme Strike ne savait toujours rien de ses intentions, elle se fendit d'un pieux mensonge :

« J'ai dû voir ça sur le Net… »

Le cœur lourd, elle songea que le dernier parent proche de Kara, le frère qu'elle avait élevé comme son fils, avait fini ses jours rongé par l'alcool. Le film 16 mm ne servirait à rien. Elle savait par Hutchins que la police avait renoncé à exploiter cette pièce à conviction. La dépouille de Kara Wolfson avait pu être abandonnée n'importe où. Certaines existences se terminaient en queue de poisson, songea-t-elle. Si par hasard quelqu'un avait voulu se recueillir ou déposer des fleurs à la mémoire de Kara Wolfson, il aurait dû se contenter du trottoir devant la boîte de strip-tease où elle avait été vue pour la dernière fois.

Pour se changer les idées, Robin montra à Strike la page affichée sur son portable et lui dit sur un ton faussement détaché :

« Je lisais un article sur la somnophilie, connue également sous le nom de syndrome de la Belle au bois dormant.

— Ce qui, si je comprends bien…

— … était ce dont souffrait Brenner, oui, dit Robin avant d'ajouter en lisant le texte : “La somnophilie est une paraphilie dans laquelle l'individu est stimulé sexuellement par le contact avec une personne endormie… certains spécialistes associent somnophilie et nécrophilie.” Cormoran… vous vous rappelez qu'il stockait des barbituriques dans son bureau, n'est-ce pas ?

— Ouais, marmonna Strike alors qu'ils se dirigeaient vers sa voiture. Eh bien, ça nous donnera matière à discussion, quand nous rencontrerons le fils Oakden. J'aimerais bien savoir si Dorothy ne faisait que jouer à la princesse endormie le dimanche après déjeuner, ou si elle continuait à pioncer après le départ de Brenner ? »

Robin fut prise d'un léger frisson.

« Je sais, j'ai dit qu'on ne l'utiliserait qu'en dernier recours, poursuivit Strike en allumant une cigarette, mais il nous reste à peine trois mois. Donc, je crois que je vais rendre une petite visite à notre ami Mucky Ricci. »

57

Mais tout son esprit est tourné vers la cupidité
et l'argent sale qu'il amasse en des tas,
Pour quoi il fait tort aux autres et se détruit lui-même.

Edmund SPENSER, *La Reine des fées*

Pour pouvoir assurer une présence journalière devant la maison de retraite catholique St. Peter's, sans pour autant négliger les autres dossiers, il avait fallu jongler avec les emplois du temps des uns et des autres, en ce début du mois de mai. Mais avant de pénétrer dans l'établissement, Strike tenait à en savoir un maximum sur le nombre et le rythme des visites que recevait le vieux truand. Juste pour éviter de tomber nez à nez avec l'un de ses proches.

L'établissement se trouvait dans une jolie rue à la périphérie de Clerkenwell, un îlot de verdure planté de maisons ocre aux frontons néoclassiques et aux portes laquées noires. Sur la façade trônait une plaque de bois brun, marquée d'une croix et d'une citation de la Bible gravées à l'or fin :

Vous le savez : ce n'est pas par des biens corruptibles, l'argent ou l'or, que vous avez été rachetés de la conduite superficielle héritée de vos pères, mais par un sang précieux, celui d'un agneau sans défaut et sans tache, le Christ.

Pierre 1 :18-19

« C'est bien beau, tout ça, avait dit Strike, un jour qu'il passait le relais à Robin, mais pour avoir une piaule là-dedans, il faut d'abord lâcher un paquet de fric. »

La résidence était aussi petite que luxueuse. Les infirmiers, qu'ils commençaient à connaître de vue, portaient tous des blouses bleu foncé. La plupart étaient étrangers. Il y avait un Noir, originaire de Trinidad à en juger par son accent, et deux blondes qui discutaient en polonais quand elles arrivaient le matin et passaient devant Robin – ou l'un de ses collègues –, laquelle faisait mine de téléphoner ou de lire le journal tout en guettant d'un air agacé une personne qui ne venait jamais.

Un pédicure et un coiffeur passaient également les portes de l'établissement, et ce, presque tous les jours. Mais en ce qui concernait Ricci, après deux semaines de planque, on pouvait raisonnablement conclure qu'il ne recevait aucune visite hormis celles de ses deux fils, parfois accompagnés de certains membres de leur famille, qui ne venaient que le dimanche en arborant la mine résignée de ceux qui accomplissent une tâche pénible mais nécessaire. Grâce aux photos publiées dans la presse, les deux frères étaient faciles à distinguer l'un de l'autre. À cause de son crâne chauve, aplati et zébré de cicatrices, Barclay disait de Luca qu'il avait dû « recevoir un piano sur la tête ».

Marco était plus petit, plus mince, plus chevelu, mais si la réceptionniste ne lui ouvrait pas assez vite, il s'énervait sur la sonnette comme s'il voulait tout casser. Un jour, l'enfant qui l'accompagnait, son petit-fils sans doute, avait eu le malheur de laisser tomber sa barre chocolatée sur le trottoir et s'était pris une bonne calotte derrière la tête. Quant à leurs épouses, elles n'avaient pas l'air tellement plus commodes. Dans cette famille, personne ne possédait le physique que Robin associait aux Italiens. L'arrière-grand-père prostré dans sa chambre médicalisée avait peut-être été un authentique Méditerranéen, mais tous ses descendants, y compris le petit rouquin qui avait fait tomber sa barre de chocolat, ressemblaient à des Saxons bon teint.

Ce fut Robin qui eut l'honneur de poser les yeux sur Mucky Ricci la première. C'était un samedi, trois semaines après la mise en place de la surveillance. Elle avait passé une robe sous son imperméable parce qu'elle avait rendez-vous à l'hôtel Stafford de Mayfair avec Strike, en début de soirée, pour interroger C. B. Oakden. Robin, qui n'était jamais entrée dans ce cinq-étoiles gardé par des portiers en redingote et chapeau melon, avait appris sur le Net qu'il s'agissait d'un établissement parmi les plus anciens et les plus raffinés de la capitale. D'où sa tenue, qui contrastait avec les déguisements (bonnet, lentilles de contact marron, lunettes de soleil) dont elle s'affublait d'habitude pour passer inaperçue quand elle planquait devant la maison de retraite. Pour une fois, elle pouvait se permettre de redevenir elle-même, songeait-elle en arpentant le trottoir d'en face, son portable à l'oreille, et sur le nez une paire de lunettes qu'elle enlèverait en allant rejoindre Strike au Stafford.

L'après-midi, les résidents de St. Peter's avaient parfois droit à des sorties accompagnées jusqu'au square voisin, au centre duquel se trouvait un petit jardin privé entouré d'une grille peu élevée. Jusqu'à présent, Robin et ses collègues n'avaient vu que des vieilles dames, lors de ces balades. On leur ouvrait les portes du jardin clos et elles passaient quelques instants au soleil, bien emmitouflées, les unes sommeillant dans leur fauteuil roulant, les autres admirant les pensées et les lilas en fleurs. Ce jour-là, exceptionnellement, un homme faisait partie du groupe que les infirmiers aidaient à descendre la rampe d'accès aménagée sur le flanc du bâtiment.

Robin le reconnut immédiatement, non pas grâce à la chevalière gravée d'une tête de lion qui, s'il la portait, était cachée sous son plaid en tissu écossais, mais tout simplement parce qu'il n'avait pas tellement changé. Bien sûr, le temps avait accentué certains de ses traits. Son nez, ses lobes d'oreilles étaient devenus énormes, ses épais cheveux noirs avaient viré au gris acier, ses grands yeux aux paupières tombantes qui, d'après Strike, lui donnaient un regard de basset ne s'étaient pas arrangés non plus, mais tout compte fait, il était resté plus ou moins le même. La bouche entrouverte, Ricci regardait devant lui sans réagir aux discours enjoués que lui tenait l'infirmière polonaise qui le poussait vers le square.

« Comment allez-vous, ma chère Enid ? » demanda le Trinidadien à une vieille dame frêle comme un moineau, coiffée d'un bonnet en peau de mouton, qui lui répondit d'un jovial hochement de tête.

Robin leur laissa une longueur d'avance, puis se mit en marche. Elle vit une infirmière déverrouiller le portail du petit jardin grillagé ; quand tout le monde fut entré, elle sortit son portable et se mit à discuter avec un correspondant imaginaire tout en marchant le long de la clôture. Comme par hasard, il fallait que ça tombe un jour où elle portait des talons, pensa-t-elle. En s'habillant ce matin, elle n'aurait pas songé une seule seconde que l'occasion se présenterait d'approcher Ricci et, qui sait, d'échanger deux mots avec lui.

Le petit groupe avait fait halte devant un parterre de fleurs violettes et jaunes. L'infirmière gara le fauteuil de Ricci près d'un banc inoccupé et se mit à papoter avec ses collègues et les résidentes capables de prendre part à la conversation. Le vieil homme, lui, contemplait les pelouses d'un œil vide.

Si elle avait mis des tennis, songea Robin, elle aurait peut-être pu enjamber la barrière et s'introduire discrètement dans le petit jardin clos pour tenter une prise de contact, ou du moins déterminer si Ricci était sénile ou pas. Elle avait même repéré un buisson assez épais pour lui servir de paravent mais, hélas, avec une robe et des escarpins, une telle initiative semblait vouée à l'échec.

Robin avait fait le tour du square une bonne dizaine de fois, quand elle vit Saul Morris se diriger vers elle. Il était en avance, comme toujours quand il venait la relever.

Allait-il lui faire une remarque sur ses lunettes ou sur ses chaussures ? se demanda-t-elle.

« Des talons ! » s'écria Morris dès qu'il fut à portée de voix. Son regard bleu glissa sur le corps de Robin. « Je crois que c'est la première fois que je vous vois en escarpins. Ça vous grandit drôlement, déjà que vous n'êtes pas petite… Et ça vous rend encore plus sexy. »

Puis, avant qu'elle réalise ce qu'il lui arrivait, il se pencha et lui colla une bise sur la joue.

« C'est moi votre rencard, lui dit-il avec un clin d'œil.

— Et maintenant, comment allons-nous justifier que je me tire en vous plantant là ? demanda Robin, impassible, pendant que Morris se forçait à rire comme il le faisait chaque fois que Strike sortait une blague moyennement drôle.

— J'en sais rien… Qu'est-ce qu'il faudrait pour que vous plantiez là le type avec qui vous aviez rendez-vous ? »

Que ce soit vous qui débarquiez, répondit Robin dans sa tête.

« Bon, si cela ne vous ennuie, pas, dit-elle en regardant sa montre, je vous laisse. J'ai à faire…

— Il est là, murmura Morris. Ils ont fini par le sortir. Je m'étonnais aussi de ne pas vous voir devant la maison de retraite. »

Ce commentaire l'agaça presque autant que ses allusions grivoises. Pourquoi aurait-elle abandonné son poste de surveillance, si ce n'était pour suivre leur cible ? Elle décida toutefois d'attendre avec lui que la petite troupe les dépasse et prenne le chemin du retour, les infirmiers ayant sans doute estimé que vingt minutes d'air frais suffisaient amplement.

« C'est comme ça qu'ils font dans la crèche où vont mes gosses, dit tranquillement Morris en les regardant approcher. Ils les sortent en rang, dans des poussettes. Sans compter qu'ils portent des couches, eux aussi. Seigneur, j'espère que je ne finirai pas comme lui. En plus, Ricci est le seul mec. Pauvre type.

— Je pense qu'on prend bien soin d'eux, répondit Robin.

— Allez, en route, Enid ! lança joyeusement l'infirmier noir.

— C'est comme retomber en enfance, mais sans les avantages, conclut Morris tandis que les fauteuils passaient devant eux.

— Oui, sûrement. Bon, j'y vais. Vous prenez le relais ?

— Ouais, pas de problème, dit Morris avant d'ajouter : Où allez-vous, bien habillée comme ça ?

— J'ai rendez-vous avec Strike.

— Oh, fit Morris, les sourcils levés. Je vois…

— Non, vous ne voyez rien. Nous interrogeons un témoin dans un hôtel chic.

— Ah. Désolé. »

À la façon dont il lui dit au revoir, d'un air entendu, voire complice, Robin sentit que Morris avait mal interprété sa réponse. Ce n'est qu'en arrivant au bout de la rue qu'elle comprit la raison de son attitude. Il avait cru qu'en lui signifiant que son rendez-vous avec Strike n'avait rien de personnel, elle avait voulu lui faire savoir que son cœur était à prendre.

S'illusionnait-il au point de croire que Robin souhaitait en secret que cette drague grossière à laquelle il la soumettait aboutisse à une relation amoureuse ?

Et ce, malgré ce qu'il s'était passé à Noël, quand il lui avait envoyé une photo de sa bite et qu'elle l'avait incendié au téléphone ? Robin avait hélas tendance à penser que oui. Le soir en question, il avait beaucoup bu, peut-être au point de ne pouvoir mesurer la colère et l'écœurement qu'il avait suscités chez elle. Quand il lui avait présenté ses excuses – sincères apparemment –, avait-elle eu raison de lui répondre aimablement ? Elle s'était forcée à le faire, mais uniquement pour maintenir la cohésion de l'équipe. Et voilà que maintenant il reprenait son petit manège, comme si rien ne s'était passé. Il lui envoyait des textos débiles en pleine nuit, auxquels elle répondait de manière laconique, juste pour éviter de recevoir ensuite « Vous n'êtes pas fâchée, j'espère ? » ou une autre question horripilante dans le même goût. Force était de constater que ce qu'elle pensait être de la retenue et du professionnalisme passait aux yeux de Morris pour un encouragement à persévérer dans son entreprise de séduction. Et la façon dont il lui parlait quand ils étaient au travail révélait à quel point il la méprisait et la jugeait moins compétente et moins expérimentée que le reste de l'équipe. Bref, il la prenait pour une proie facile, une pauvre fille assez cruche pour se sentir flattée par ses compliments de play-boy à la petite semaine.

En réalité, songeait-elle en marchant vers la station de métro, Morris n'aimait pas les femmes. Il les désirait, ce qui n'avait rien à voir. Robin, qui garderait à jamais dans son esprit l'image de l'homme au masque de gorille, était bien placée pour savoir que l'amour et le désir étaient deux choses bien différentes et parfois incompatibles. D'ailleurs, la haine que Morris éprouvait envers la gent féminine transparaissait dans la plupart de ses discours, et pas seulement ceux qui s'adressaient à Robin : quand il proposait de surnommer Mrs. Smith PPT, Pouffiasse pétée de thunes, quand il prêtait des intentions vénales ou lascives à toutes les femmes qu'il était chargé de surveiller, quand il déplorait avec un dégoût patent que Mucky Ricci soit obligé de vivre entouré de femmes. *Seigneur, j'espère que je ne finirai pas comme lui.*

Robin fit encore quelques pas et s'arrêta net. Geste qui lui valut un regard surpris du contractuel qui passait près d'elle. Son réquisitoire contre Morris venait de lui donner une idée. Ou plutôt non. Cette idée existait déjà depuis longtemps, nichée au fond de son subconscient, attendant le moment propice pour surgir.

Elle s'écarta du flot des piétons, sortit son téléphone et chercha la liste des paraphilies qu'elle avait précédemment consultée pour en savoir davantage sur le syndrome de la Belle au bois dormant.

Autonépiophilie.

« Oh mon Dieu, murmura-t-elle. C'est ça. C'est forcément ça. »

Elle tenta d'appeler Strike mais tomba sur sa messagerie. Il devait être dans le métro, en route pour Mayfair. Elle s'accorda quelques secondes de réflexion et composa le numéro de Barclay.

« Salut, dit l'Écossais.

— Vous êtes devant la maison d'Elinor Dean ?

— Ouais.

— Elle est avec quelqu'un ?

— Non.

— Sam, je crois savoir ce qu'elle fait avec ces hommes.

— Quoi ? »

Robin lui exposa son idée et obtint en réponse un long silence interloqué.

« Vous avez pété un câble, finit-il par dire.

— Peut-être. Mais je sais comment en avoir le cœur net. Allez frapper à sa porte et demandez-lui si elle peut vous recevoir. Recommandez-vous de BPN.

— Bon sang ! marmonna-t-il. Strike est au courant de ce que vous me demandez de faire ?

— Écoutez, Sam, dans une semaine, les clients nous coupent les vivres. C'est notre dernière chance. Qu'est-ce qu'on risque ? Qu'elle vous envoie balader ? »

Elle entendit le soupir excédé de Barclay.

« Très bien, mais si vous vous plantez, vous en assumerez la responsabilité. »

Robin repartit d'un bon pas vers le métro. Tout en marchant, elle se demandait si elle avait eu raison. Strike lui reprocherait-il d'avoir ordonné à Barclay d'intervenir sur la base d'une simple intuition ? Peut-être, mais le temps pressait et ils n'avaient plus rien à perdre.

Quand Robin déboucha sur le quai, parmi la cohue du samedi soir, le métro venait de partir. Le suivant ne passa que dix minutes plus tard, si bien qu'au moment où elle sortit de la station Green Park, il ne lui restait plus assez de temps pour parler à Strike avant leur rendez-vous avec Oakden à l'American Bar. Et comme un problème n'arrivait jamais seul, en s'engageant sur St. James's Street elle aperçut au bout de la rue une foule compacte et des policiers massés tout autour, essayant de rétablir l'ordre. Cette scène lui provoqua une impression de déjà-vu. Comment allait-elle s'y prendre pour rejoindre le Stafford ? se demanda-t-elle. Au même instant, deux paparazzi la dépassèrent et se mirent à cavaler derrière un cortège de Mercedes noires. Parvenus à la hauteur de la dernière, ils braquèrent leurs objectifs sur les vitres. Au loin, la foule scandait « *Jonn-ny ! Jonn-ny !* » Robin crut voir une femme en perruque Marie-Antoinette sur la banquette d'une limousine. Deux chasseurs d'autographes armés de posters des Deadbeats la bousculèrent dans leur course effrénée vers l'idole tant convoitée. Et c'est alors qu'elle réalisa, avec un terrible frisson, que le Jonny en question n'était autre que le père de Strike.

« Et merde », s'exclama-t-elle avant de faire volte-face dans l'espoir de contourner l'obstacle. Elle connaissait un moyen d'accéder au Stafford via Green Park. Mais là, pour le coup, elle serait vraiment en retard. Un horrible soupçon se forma dans son esprit. Pourquoi Oakden avait-il tenu à les rencontrer ce soir-là, particulièrement ? Et pourquoi dans ce bar situé à deux pas de l'endroit où, craignait-elle, devait se tenir un événement impliquant le père de son associé ? Strike savait-il ce qui était en train de se passer dans la rue d'à côté ?

Elle sortit son portable tout en marchant et, comme Strike ne décrochait toujours pas, lui écrivit un message :

Cormoran j'ignore si vous êtes au courant, mais Jonny Rokeby participe à un événement dans le quartier. Je crois qu'Oakden essaie de vous piéger.

Robin envoya le texto et partit à petites foulées, car l'heure du rendez-vous était déjà passée de cinq minutes. Puis, soudain, elle réalisa qu'elle n'était pas censée savoir de qui Strike était le fils.

L'entrée secondaire de l'hôtel, côté Green Park, était gardée par un policier et un portier en livrée, coiffé d'un chapeau melon. Ce dernier était en train de repousser poliment mais avec fermeté deux photographes professionnels tenant des appareils équipés de téléobjectifs.

« On ne passe pas, désolé, disait-il. Cet accès est fermé pour la soirée. Si c'est pour l'hôtel, faites le tour et prenez l'entrée principale.

— Qu'y a-t-il ? demanda un homme élégant qui tenait par la main une belle Asiatique vêtue d'une qipao. Nous avons réservé une table. Pouvons-nous y aller ?

— Vraiment navré, monsieur, mais il y a une grande réception en ce moment, à Spencer House, expliqua l'employé au chapeau. La police craint que les curieux n'utilisent l'hôtel comme raccourci. »

Les deux reporters rebroussèrent chemin en pestant. Robin baissa la tête le temps qu'ils passent près d'elle. Heureusement, elle portait toujours ses lunettes, se dit-elle en se rappelant la photo d'elle parue dans la presse deux ans auparavant, à l'occasion d'un procès retentissant. C'était peut-être de la parano mais elle commençait à se demander si ces gens n'essayaient pas de s'introduire dans le Stafford non pour rejoindre Rokeby par des voies détournées, mais parce qu'ils savaient que son fils s'y trouvait.

Les paparazzi ayant décampé, le portier laissa entrer le couple élégant. Après quoi, il jeta un regard soupçonneux à Robin et, concluant sans doute qu'elle n'avait pas une tête de journaliste, lui fit signe de passer. Du vestibule, on débouchait sur une cour intérieure où des consommateurs tirés à quatre épingles fumaient sous des radiateurs à infrarouge. Après avoir vérifié son portable et constaté que Strike n'avait pas répondu, Robin gravit rapidement l'escalier menant à l'American Bar.

Elle découvrit une salle au décor raffiné, tout en cuir, bois sombre et velours. Suspendus au plafond, des dizaines de fanions et casquettes de base-ball aux couleurs des grandes universités américaines. Robin repéra Strike debout au comptoir. Il avait mis un costume et le mur de bouteilles devant lui projetait des éclats dorés sur son visage des mauvais jours.

« Cormoran, je viens de…

— Je sais, l'interrompit-il. Mon père est à deux pas d'ici. Ce connard croit que je n'ai pas compris sa mise en scène. »

Robin inspecta le fond de la salle. Carl Oakden était assis sur une banquette en cuir, les jambes écartées, un bras négligemment posé sur le dossier. Il portait un costume mais pas de cravate et son attitude faussement décontractée était sans doute destinée à faire croire qu'il se sentait comme chez lui dans cette brasserie chic à la clientèle cosmopolite. Avec ses yeux trop rapprochés et son front étroit, il ressemblait toujours autant à l'adolescent qui avait brisé le saladier en cristal de la mère de Roy plus de quarante ans auparavant.

« Allez lui parler, marmonna Strike. Il veut manger. Je reviens avec les menus. On a parlé du cas Steve Douthwaite. Il paraît que Dorothy le trouvait suspect. »

Robin mit le cap sur Oakden en priant pour que Strike garde son sang-froid. Elle l'avait déjà vu hurler sur un témoin. Cela n'avait eu lieu qu'une seule fois mais elle n'avait pas envie de revivre cette expérience.

« Mr. Oakden ? dit-elle, aimable, en lui tendant la main. Je suis Robin Ellacott, nous avons échangé par mail…

— Oui, je sais », répondit Oakden. Il tourna lentement la tête vers elle et se mit à la regarder de haut en bas, avec un petit rictus. Comprenant qu'il ne lui serrerait pas la main, Robin retira posément son imperméable pour bien lui montrer que son petit jeu ne lui faisait ni chaud ni froid.

« Bel endroit, dit-elle en s'asseyant face à lui. Je n'étais jamais venue.

— Parce qu'il vous sort dans des restos miteux, d'habitude ?

— Cormoran dit que vous vous rappelez ce que votre mère disait au sujet de Steve Douth…

— Ma petite, la coupa Oakden, les jambes largement écartées, vous n'avez toujours pas compris que je ne parle pas aux assistantes et aux secrétaires ? Je ne veux avoir affaire qu'à lui.

— En fait, je suis son asso…

— Évidemment ! ricana Oakden. Il ne peut plus se débarrasser de vous, c'est ça ?

— Pardon ?

— À cause du coup de couteau que vous avez reçu en faisant le boulot d'un homme, dit Oakden, avant de lever son verre de cocktail, un œil posé sur l'avant-bras de Robin. J'imagine que vous l'avez menacé d'un procès s'il vous virait. »

De toute évidence bien renseigné sur les deux détectives, Oakden ne cherchait même pas à dissimuler sa grossièreté. Il devait penser que Robin avait trop besoin des infos qu'il détenait pour oser le remettre à sa place. L'escroc comptait tirer un maximum de cette entrevue : se faire payer à boire et à manger et, par-dessus le marché, se défouler sur une femme qui n'était pas en mesure de répliquer. Robin se demanda à quel journal ou agence de presse il avait promis d'attirer Strike dans un lieu voisin de Spencer House et combien il espérait empocher en cas de parution d'une photo montrant le fils Rokeby attablé à l'hôtel Stafford alors qu'il aurait dû être auprès de son père, quelques centaines de mètres plus loin. À moins qu'il ne leur ait fait miroiter quelque prise de bec dont les meilleures répliques auraient pu figurer le lendemain dans les gros titres des tabloïds.

« Voilà pour vous », dit Strike. Il jeta deux menus reliés cuir sur la table et s'assit. Il n'avait pas pensé à apporter une boisson à Robin. Histoire de les faire mariner, Oakden consulta longuement la liste des plats.

« Je vais prendre le club sandwich », dit-il enfin. Strike appela un serveur et, une fois la commande passée, démarra l'interrogatoire :

« Donc, vous disiez que votre mère trouvait Douthwaite…

— Oui, c'est sûr, elle voyait clair dans son jeu », fit Oakden. Robin, qui ne le quittait pas des yeux, nota les regards qu'il lançait vers l'entrée du bar, sûrement pour guetter l'arrivée des photographes. « Il faisait le joli cœur, comme on dit. Un bonimenteur, vous voyez le genre ? Toujours en train de jacasser avec les perruches de la réception. Ma vieille disait qu'il les avait toutes dans sa poche, même l'infirmière qui gloussait comme une poule dès qu'il ramenait sa fraise. »

Robin revit le squelette noir qui gambadait sur une page du carnet de Talbot et les mots que ce dernier avait tracés près de la Mort selon Aleister Crowley : « Fortune dit que Pallas Athéna, Cérès, Vesta and Cetus sont DES FEMMES ÉCARLATES CHEVAUCHANT LA BÊTE… »

« Votre mère pensait-elle que le Dr Bamborough lui plaisait ? »

Oakden leva encore son verre, prit une gorgée et fit claquer ses lèvres.

« Eh bien, à vrai dire, Margot… », ricana-t-il. Curieusement, Robin lui en voulut d'utiliser le prénom de la femme disparue. « Disons qu'elle voulait le beurre et l'argent du beurre.

— Traduction ?

— Un jour, elle montre ses cuisses et ses nichons. Le lendemain, elle enfile une blouse blanche…

— Je ne suis pas sûr que les généralistes portaient des blouses dans les années 1970.

— C'est une métaphore, répliqua Oakden, désinvolte. Margot était une femme de son temps, hein ?

— C'est-à-dire ?

— La montée du gynocentrisme, répondit Oakden en mimant une courbette destinée à Robin, qui trouva que cette attitude le rapprochait de l'animal carnassier qu'on appelle la fouine, sans doute à cause de sa tête étroite. Entre la fin des années 1960 et le début des années 1970. C'est là que les choses ont commencé à se dégrader, pas vrai ? D'abord, il y a eu la pilule : la baise sans les conséquences. On croit que ça profite aux hommes, mais en permettant aux femmes de subvertir la fonction reproductive, on réprime la sexualité dans ce qu'elle a de plus sain et naturel. Ce qui aboutit à un système judiciaire gynocentrique qui favorise les femmes même quand elles ne voulaient pas du gosse à la base. Sous couvert d'égalité des droits, on obtient une dictature misandre qui vise à contrôler la parole des hommes, mais aussi leur pensée et les comportements liés à leur nature profonde. Sans parler de l'exploitation de leur sexualité à des fins mercantiles. Le club Playboy, quelle connerie ! Regardez mais, surtout, ne touchez pas. Toujours la vieille farce de l'amour courtois. Dans ce genre de club, les femmes sont des déesses et les hommes des portefeuilles sur pattes qui crachent des billets sans rien avoir en retour. Les types qui fréquentent ces boîtes sont tous des jobards.

« Bamborough n'était pas foutue de s'occuper de sa gamine, reprit Oakden dont le regard coulissa de nouveau vers l'entrée avant de revenir vers Strike. Et son mari ne la baisait pas, vu qu'il était trop malade pour assurer, enfin d'après ce qu'on racontait. Mais comme il était plein aux as, elle a embauché une nounou, ce qui lui a permis de continuer à se pavaner devant les mecs au boulot.

— Devant qui se pavanait-elle, exactement ? demanda Strike.

— La dernière fois qu'il l'a vue, Douthwaite est sorti de son cabinet en chialant presque. Je tiens ça de ma mère. C'est le monde dans lequel on vit depuis les années 1970. La souffrance des hommes, tout le monde s'en fiche. À la fin, ils n'en peuvent plus, ils craquent, et si jamais ils osent répliquer les gens crient au scandale. Si c'est Douthwaite qui lui a fait ça – personnellement je n'y crois pas, ajouta Oakden avec un grand geste, tandis que Robin calculait qu'étant donné son âge à l'époque, à savoir quatorze ans, il n'avait sans doute jamais posé les yeux sur Steven Douthwaite. Si c'est vraiment lui qui l'a tuée, eh bien, je suis sûr qu'il a juste pété les plombs parce qu'elle lui en avait fait baver des ronds de chapeau. Comme dit la chanson, seules les femmes saignent, fit Oakden avec un petit rire méprisant. N'est-ce pas ? ajouta-t-il en se tournant vers Robin. Ah ! Voilà mon sandwich. »

Pendant que le serveur déposait l'assiette devant Oakden, Robin alla se chercher un verre. La belle femme en qipao se tenait au comptoir avec son compagnon. Ses cheveux noirs brillaient comme de la soie sous la lumière dorée renvoyée par les bouteilles alignées face à eux. Ils buvaient des cocktails tout en devisant, visiblement ravis d'être ensemble. L'espace d'une seconde, Robin se demanda si elle revivrait un jour cette sensation de plénitude. Mais comment pouvait-on profiter sereinement de la vie quand votre métier vous rappelait en permanence que les hommes et les femmes ne cherchent qu'à se faire du mal ?

Robin attendait le tonic qu'elle venait de commander quand son portable sonna. Elle espérait lire le nom de Barclay sur l'écran mais ce fut celui de sa mère qui s'afficha. Linda aurait-elle appris que Sarah était enceinte ? s'interrogea-t-elle. Matthew s'était peut-être rendu à Masham avec sa future épouse pour annoncer la bonne nouvelle à son père. Robin mit l'appareil en mode silencieux, paya sa consommation en regrettant d'avoir choisi une boisson sans alcool, et regagna la table juste à temps pour entendre Oakden dire à Strike :

« Non, je n'ai pas fait ça.

— Vous n'avez pas versé de la vodka dans le punch le jour du barbecue chez le Dr Bamborough ? »

Oakden mordit dans son sandwich et se mit à mastiquer en fixant Strike d'un air insolent. Malgré ses cheveux rares et les rides qu'il avait autour des yeux, l'adolescent mal élevé venait de transparaître derrière l'homme de cinquante-quatre ans.

« J'en ai volé une bouteille, oui, fit Oakden, la bouche pleine. Et je suis allé la boire dans la remise. Ils ont remarqué qu'elle n'était plus là. Comme s'ils étaient à une bouteille près ! Mais les riches sont radins, faut dire. C'est comme ça qu'ils restent riches !

— Quelqu'un aurait été malade à cause du punch.

— Pas ma faute.

— Le Dr Phipps était très contrarié, paraît-il.

— Ce vieux Phipps ! se moqua Oakden. Pourtant, les choses se sont bien arrangées pour lui, non ?

— Dans quel sens ?

— Sa femme disparaît, il épouse la nounou. Pratique !

— Vous n'aimez pas le Dr Phipps, n'est-ce pas ? Ça se voit dans votre livre.

— Vous l'avez lu ? s'étonna Oakden. Comment vous avez fait ?

— Nous avons trouvé un exemplaire d'auteur, dit Strike. Il aurait dû sortir en 1985, c'est cela ?

— Ouais.

— Vous avez remarqué le kiosque en construction dans le jardin, le jour du barbecue ? »

L'une des paupières d'Oakden tressaillit. Il porta la main à son front comme pour écarter un cheveu qui le gênait.

« Non.

— On l'aperçoit dans le fond, sur l'une de vos photos. Les ouvriers en étaient à la pose des colonnes. Ils avaient déjà fait le sol, je suppose.

— Aucun souvenir.

— La remise où vous avez bu la bouteille de vodka volée ne se trouvait pas à proximité ?

— Faut croire que non.

— À propos de vol, renchérit Strike, avez-vous toujours la notice nécrologique du Dr Brenner, celle que vous avez piquée chez Janice Beattie ?

— J'ai pas pris ce truc, dit Oakden, dédaigneux. Pourquoi j'aurais fait ça ?

— Pour obtenir des informations et tenter de faire croire qu'elles venaient de vous ?

— Je n'ai pas besoin d'infos sur le vieux Joe Brenner, j'en ai déjà assez. Il venait bouffer chez nous tous les dimanches. Ma mère cuisinait mieux que sa sœur, il paraît.

— Alors, allez-y, parlez-nous de lui, fit Strike sur un ton vindicatif. Montrez votre science. »

Oakden leva ses sourcils clairsemés, mordit de nouveau dans son sandwich et prit le temps de déglutir avant de répondre :

« C'est vous qui avez demandé à me voir. Mais si vous préférez, je peux me tirer.

— À moins que vous n'ayez déjà tout raconté dans votre bouquin…

— Brenner voulait faire rayer Margot Bamborough de l'ordre des médecins. Un dimanche, il a débarqué chez nous et il a dit ça. Deux semaines avant qu'elle disparaisse. Si je ne l'ai pas mentionné dans mon livre, c'est que ma mère ne voulait pas.

— Et pourquoi ?

— Pour lui éviter des problèmes, à ce vieux salaud, s'esclaffa Oakden. Moi je n'osais pas la contrarier parce que le bruit courait qu'elle avait l'intention de me rayer de son testament. Les vieilles femmes se laissent aisément gruger, dit l'escroc professionnel, si on ne les surveille pas d'assez près. Dans les années 1990, elle s'était prise d'affection pour le vicaire de sa paroisse. J'avais pas envie que mon héritage serve à restaurer le clocher de l'église.

— Pourquoi le Dr Brenner voulait-il faire radier Bamborough ?

— Elle avait ausculté un gosse sans l'autorisation de ses parents.

— Le fils de Janice ? intervint Robin.

— Est-ce que je vous ai parlé, à vous ? lui balança Oakden.

— Je vous conseille de surveiller votre langage, gronda Strike. Était-ce le fils de Janice, oui ou non ?

— Peut-être », marmonna Oakden. Robin voyait qu'il peinait à s'en souvenir. « Faut reconnaître, ausculter un gosse sans la présence des parents, c'est contraire à l'éthique. Le vieux Joe était très remonté. Il n'arrêtait pas de dire : "Je vais la faire radier pour ça." Vous voyez. J'ai pas besoin de cette foutue notice nécrologique ! »

Oakden vida son verre et déclara :

« J'en veux bien un autre. »

Mais Strike ne bougea pas.

« Donc, ça s'est passé deux semaines avant la disparition de Bamborough ?

— Dans ces eaux-là, ouais. Le vieux schnock, je ne l'avais jamais vu aussi excité. Sacré Joe, il se faisait passer pour le champion de la morale alors qu'en réalité c'était un gros vicelard.

— Comment cela ?

— Il a dit à ma mère qu'elle devrait me battre plus souvent, répondit Oakden. Devant moi, en plus. Et elle a suivi son conseil. Deux jours plus tard, elle a voulu me frapper avec sa pantoufle, la vieille vache. Je lui ai fait comprendre qu'il valait mieux qu'elle s'abstienne.

— Ah bon ? Vous lui avez rendu ses coups ? »

Les yeux trop rapprochés de Oakden convergèrent sur Strike. Il semblait se demander s'il méritait de le savoir.

« Si mon père avait vécu, il aurait eu le droit de me punir, mais que cette bonne femme cherche à m'humilier parce que Brenner lui avait dit de le faire ? Ça, pas question.

— De quelle nature étaient les rapports que votre mère entretenait avec Brenner ? »

Oakden plissa le front.

« Il était toubib, elle secrétaire. C'est tout. Il n'y avait rien entre eux, si c'est ce que vous sous-entendez.

— Pas de petites siestes après le déjeuner ? Elle n'avait pas tendance à s'endormir quand Brenner venait vous voir ?

— Toutes les mères ne sont pas comme la vôtre, Strike », riposta Oakden.

Le détective laissa passer l'insulte et répliqua avec un sourire glacial :

« Votre mère a-t-elle demandé à Brenner de rédiger le certificat de décès de votre grand-mère ?

— Qu'est-ce que ça vient foutre ici ?

— Répondez !

— J'en sais rien, moi, dit Oakden en regardant encore vers l'entrée du bar. Où vous avez pêché cette idée ? Et pourquoi cette question ?

— Le médecin traitant de votre grand-mère était Margot Bamborough, n'est-ce pas ?

— J'en sais rien, répéta Oakden.

— Vous vous rappelez les moindres paroles de votre mère au sujet de Steve Douthwaite, vous savez qu'il flirtait avec les réceptionnistes et qu'il est sorti de sa dernière consultation avec les larmes aux yeux, mais vous avez oublié tout ce qui concerne la mort de votre propre grand-mère, laquelle a succombé après une chute dans l'escalier ?

— Je n'étais pas présent. J'étais chez un copain quand ça s'est passé. Je suis rentré et j'ai vu l'ambulance devant la maison.

— Votre mère était seule ?

— Je ne vois vraiment pas le rapport…

— Comment s'appelait le copain chez qui vous étiez ? demanda Strike en sortant son calepin pour la première fois.

— Qu'est-ce que vous faites ? » fit Oakden avec un rire qui sonnait faux. Il laissa tomber le dernier morceau de sandwich dans son assiette. « Qu'est-ce que vous insinuez, bordel ?

— Vous refusez de nous donner son nom ?

— Pourquoi je devrais vous le donner – c'était un camarade d'école…

— Cette chute, c'était une sacrée chance pour vous et votre mère, embraya Strike. D'après mes recherches, la vieille Maud n'aurait jamais tenté de descendre l'escalier toute seule. Elle n'en était pas capable. Vous avez hérité de la maison, n'est-ce pas ? »

Oakden branlait du chef comme s'il venait d'entendre une histoire totalement abracadabrante.

« Non mais sans blague… vous n'allez quand même pas… non, mais quel culot !

— Donc, vous ne me donnerez pas le nom de ce camarade de classe ?

— Mais quel culot, répéta Oakden en essayant de rire. Vous pensez pouvoir…

— … glisser un mot dans l'oreille d'un copain journaliste pour qu'il écrive que votre longue carrière d'escroc spécialisé dans l'arnaque des vieilles dames a commencé avec une bourrade dans le dos de votre grand-mère ? Ouais, ça je crois pouvoir le faire.

— Attendez un peu…

— Je sais que toute cette mise en scène visait uniquement à me piéger », le coupa Strike en se penchant sur la table. Tout dans son attitude laissait présager un éclat. Robin vit la belle brune en qipao et son compagnon tourner la tête vers eux et les regarder avec méfiance par-dessus leurs cocktails. « Mais voyez-vous, la police détient une lettre datant de 1985, une lettre qui leur conseille de creuser sous la croix de St. John. Les techniques de recherches ont beaucoup évolué depuis cette époque. S'ils prélèvent les restes de salive sous le rabat de l'enveloppe, je crains que l'analyse ADN ne révèle certaines similitudes. »

La paupière d'Oakden se remit à tressaillir.

« Vous avez fait ça pour réveiller l'intérêt de la presse et que le public s'arrache votre livre de merde, n'est-ce pas ?

— Je n'ai jamais…

— Je vous préviens. Si vous dites quoi que ce soit aux journalistes sur mon père et moi, ou si vous leur parlez de l'enquête que je mène sur Margot Bamborough, je m'assurerai que cette lettre constitue votre arrêt de mort. Et si par hasard ça ne fonctionne pas, je vous mettrai tous les membres de mon agence au cul. Ils fouilleront les moindres recoins de votre misérable existence jusqu'à ce qu'ils trouvent de quoi vous envoyer en taule pour des années. C'est compris ? »

Oakden vacilla sous l'avalanche de menaces, mais se reprit bien vite. Il parvint même à lâcher un petit rire méprisant.

« Vous ne m'empêcherez pas d'écrire sur ce que je veux. La liberté de…

— Je vous explique seulement, répéta Strike un peu plus fort, ce qui risque de vous arriver si vous vous mêlez de cette affaire. Et votre foutu sandwich, vous pouvez vous le payer. »

Strike se leva brusquement. Prise de court, Robin attrapa vite son imperméable et le suivit.

« Cormoran, sortons par-derrière », dit-elle en songeant aux deux photographes qu'elle avait vus rôder près de l'hôtel. Mais ils n'avaient pas fait deux pas qu'Oakden se mit à hurler :

« Vous ne me faites pas peur, vous et votre agence à la con ! Détective de mes deux ! »

Toutes les têtes se tournèrent vers eux. Robin jeta un coup d'œil derrière elle et vit qu'Oakden s'était levé. Il se tenait au milieu de la salle, prêt à faire un scandale.

« Strike, je vous en prie, sortons », murmura Robin qui commençait à redouter le pire, sachant qu'Oakden ne les laisserait pas filer sans avoir obtenu quelque chose de vendable, ou du moins, une histoire où il aurait eu le beau rôle. Mais hélas, Strike avait déjà fait volte-face.

« Vous ne saviez même pas que Rokeby était à deux pas d'ici, hurla Oakden en montrant la direction de Spencer House. Pourquoi vous n'allez pas faire un saut et le remercier d'avoir engrossé votre mère sur un tas de vieux sacs devant cinquante personnes ? »

La scène qui suivit se déroula comme Robin l'avait craint, à ceci près qu'elle défila au ralenti. Voulant mettre son poing dans la figure d'Oakden, Strike plia le bras juste au moment où Robin l'attrapait par la manche pour l'en empêcher. Elle reçut le coude de Strike en plein front. Ses lunettes se brisèrent, des taches noires explosèrent devant ses yeux. Elle bascula.

L'intervention de Robin ayant permis à Oakden d'esquiver le coup, le direct qui aurait dû l'envoyer au tapis lui effleura à peine l'oreille. Aveuglé par la rage, Strike n'avait même pas compris pourquoi il avait raté sa cible. Il ne mesura l'étendue du problème qu'en voyant les clients bondir de leur siège en fixant le sol à ses pieds. Se retournant, il vit Robin étendue par terre, les mains sur le visage. Un filet de sang coulait de son nez.

« Merde ! » hurla-t-il.

Le jeune barman avait surgi de derrière le comptoir. Oakden braillait qu'on l'avait agressé. Un couple de riches Américains grisonnants se penchèrent sur Robin encore étourdie par le choc, les yeux larmoyants à cause de la douleur, l'aidèrent à se relever et insistèrent pour qu'elle aille consulter un médecin.

« Je vais parfaitement bien », s'entendit-elle répondre. Elle avait reçu le coude de Strike entre les sourcils. Deux gouttes rouges s'écrasèrent sur la chemise de l'Américain compatissant. À ce moment-là, elle réalisa qu'elle saignait du nez.

« Robin, je suis..., bredouilla Strike.

— Monsieur, je vais devoir...

— Oui, *absolument*, nous allons nous retirer », dit Robin au serveur avec une politesse en total décalage avec la situation. Elle avait les joues baignées de larmes et tenait sa tête penchée en arrière pour arrêter l'hémorragie. « J'ai juste besoin de... Oh, merci beaucoup, dit-elle à l'Américaine qui venait de lui tendre son imperméable.

— Appelez la police ! » brailla Oakden. Mais grâce à l'intervention de Robin, personne ne le remarqua. « Que quelqu'un appelle la police, merde !

— Je ne porte pas plaintc, lança Robin à la cantonade.

— Robin… je suis vraiment… », balbutia Strike.

Elle l'empoigna par le bras et, sans tenir compte du sang qui ruisselait sur son menton, marmonna entre ses dents :

« Maintenant, on y va. »

Elle l'entraînait vers la sortie quand elle sentit ses lunettes craquer sous la semelle de ses escarpins. Ils s'esquivèrent sous le regard sidéré des clients de l'American Bar.

58

Ces mots ravissants lui semblaient la récompense
De toutes ses souffrances passées : une heure d'amour
Peut compenser plusieurs années de peine ;
Une poignée de sucré vaut bien une livre d'amer.
Elle oublia combien de déplorables tourments
Pour lui elle avait endurés ; elle ne parla plus
Du passé…
Devant elle se tient son chevalier, pour qui tant de douloureux labeurs elle a livrés.

Edmund SPENSER, *La Reine des fées*

« Robin…

— Ne me dites *pas* que j'ai eu tort de m'interposer », maugréa-t-elle tandis qu'ils traversaient la cour intérieure à grandes enjambées. Son nez saignait toujours. Elle y voyait mal, à cause des larmes qui continuaient de couler. Les fumeurs sous leurs parasols chauffants se retournèrent sur son passage. « Si vous l'aviez assommé, on serait encore là-bas, en train d'attendre la police. »

À son grand soulagement, aucun photographe ne faisait le pied de grue à la sortie de l'hôtel. Mais après l'esclandre provoqué par Strike, les paparazzi n'allaient pas tarder à se lancer à leur poursuite.

« On va prendre un taxi », dit Strike, assailli par des émotions variées allant de la honte à la rage. Il était furieux contre Oakden, contre son père, contre la presse et contre lui-même. « Écoutez, vous avez raison…

— Ça, je le savais déjà, merci bien ! » répliqua-t-elle, féroce.

Elle aussi était furieuse. Parce qu'elle souffrait et qu'elle se sentait humiliée, mais aussi et surtout parce qu'elle ne comprenait pas que Strike lui ait caché cette réception à Spencer House. Pourquoi s'était-il laissé piéger par cet escroc à la gomme, sans se soucier une seule seconde des retombées potentielles qu'un scandale pouvait avoir sur leur agence et sur l'enquête en cours ?

« TAXI ! », brailla Strike, si fort que Robin sursauta. Des pas précipités résonnaient sur le trottoir derrière eux.

Un taxi noir s'arrêta. Strike poussa Robin à l'intérieur avant de s'y engouffrer lui-même.

« Denmark Street » hurla-t-il au chauffeur. Quand la voiture démarra, Robin entendit des cris. Les photographes les suivaient de près.

« Tout va bien, dit Strike en se tournant pour regarder par la vitre arrière. Ils sont à pied. Robin… je suis horriblement désolé. »

Ayant sorti un petit miroir de son sac pour constater les dégâts et tenter d'y remédier, elle commença par essuyer le sang qui avait séché sur sa lèvre supérieure et son menton. Le haut de son visage n'était pas joli à regarder. Ses paupières avaient déjà enflé ; elle allait avoir les deux yeux au beurre noir.

« Vous voulez que je vous ramène chez vous ? » proposa Strike.

Robin réussit à mettre sa colère et sa douleur de côté le temps de réfléchir. Elle imagina la réaction de Max en la voyant arriver dans cet état. Il allait sans doute lui poser des questions sur les blessures qu'elle avait reçues depuis qu'elle exerçait ce métier et elle serait obligée d'y répondre. Et enfin, elle se rappela qu'elle n'avait pas fait les courses depuis plusieurs jours.

« Non. J'ai besoin de manger quelque chose et aussi d'un verre d'alcool fort.

— Ça marche », répondit Strike, soulagé de pouvoir réparer ses torts, ne serait-ce qu'un petit peu. « Un plat à emporter, ça vous irait ?

— Non, fit Robin, sarcastique, en se tournant pour lui montrer ses yeux pochés. Je préférerais un dîner au Ritz, si ça ne vous ennuie pas. »

Strike éclata de rire mais s'interrompit aussitôt, atterré par l'état de son visage.

« Je devrais peut-être vous conduire aux urgences.

— Ne soyez pas ridicule.

— Robin…

— Vous êtes désolé. Je sais. Vous l'avez déjà dit. »

Le portable de Strike sonna. Il baissa les yeux sur l'écran : Barclay pouvait attendre, décida-t-il, et il mit l'appareil en mode silencieux.

Trois quarts d'heure plus tard, le taxi s'arrêtait au coin de Denmark Street. Ils en descendirent avec un sac contenant deux portions de curry et deux bouteilles qui s'entrechoquaient. Arrivée sur le palier, Robin fila dans les toilettes pour se nettoyer les narines et le menton. Dans le miroir craquelé, elle découvrit deux grosses poches violacées à la place de ses yeux et l'hématome qui s'étirait en travers de son front.

Strike, qui en temps normal aurait mangé dans la barquette en alu, avait délicatement disposé deux assiettes dépareillées et deux couverts sur un coin du bureau de Pat. Comme Robin avait parlé d'un verre d'alcool, il monta chez lui prendre une bouteille de son whisky préféré. Son frigo possédait un petit compartiment congélateur contenant un bac à glaçons et les packs de glace dont il se servait pour soigner son moignon. Il n'avait pas touché aux glaçons depuis plus d'un an car, bien qu'il appréciât les liqueurs fortes, Strike préférait boire de la bière quand il était chez lui. Il allait redescendre avec les glaçons et le whisky mais, après un temps d'hésitation, il rouvrit le frigo et prit également les packs de glace.

« Merci », murmura Robin quand il réapparut, les mains pleines. Elle était assise dans le fauteuil de Pat, à la place qu'elle avait occupée lorsqu'elle était secrétaire et standardiste de l'agence. « Je vous conseille de revoir mon emploi du temps pour la semaine prochaine, ajouta-t-elle en appliquant prudemment la glace sur son œil gauche. Aucun anticerne au monde ne pourra cacher ces cocards. Et passer inaperçue avec deux yeux au beurre noir me semble relever de la gageure.

— Robin, je suis horriblement désolé, répéta-t-il. Je me suis comporté comme un con, je… Que voulez-vous, vodka ou whisky… ? »

— Whisky, dit-elle. Avec de la glace. »

Strike les servit généreusement.

« Je suis désolé. » Il regarda Robin prendre une première gorgée, puis alla s'asseoir sur le canapé en skaï face au bureau. « Je n'avais pas l'intention… c'était bien la dernière chose… je n'ai aucune excuse… j'ai perdu les pédales… Ça fait des mois qu'Al et les autres me harcèlent pour que je participe à leur foutue fête », expliqua-t-il en se passant la main dans les cheveux. Des cheveux si épais et crépus qu'ils n'étaient jamais décoiffés. Il fallait tout lui dire, à présent, songea-t-il. Elle méritait de savoir pourquoi il avait failli compromettre leur enquête. « D'abord, ils ont voulu faire une photo de groupe, avec tous les gosses de mon père, et lui offrir ça le jour de la fête. Et dernièrement, j'apprends par Al que Rokeby a un cancer de la prostate – ce qui, soit dit en passant, ne l'empêche pas de participer à une sauterie rassemblant quatre cents personnes en ce moment même… J'ai déchiré le carton d'invitation sans le lire. Du coup, j'ignorais où ça devait se passer. J'aurais dû comprendre qu'Oakden mijotait quelque chose mais j'ai baissé la garde et… »

Il vida d'un trait la moitié de son verre.

« Je ne dis pas ça pour excuser mon comportement de ce soir mais… tout ce qui s'est passé au cours de ces derniers mois… En février, Rokeby m'a appelé. Il n'avait jamais fait ça. Il voulait qu'on se rencontre. Il a même essayé de me soudoyer.

— Vous *soudoyer* ? » s'écria Robin en posant le pack de glace sur son autre œil. Le « Va te faire foutre » que Strike avait hurlé au téléphone le jour de la Saint-Valentin prenait tout son sens, à présent.

« Oui, enfin c'est tout comme, répondit Strike. Il a parlé de me donner un petit coup de pouce… Vous imaginez ? Quarante ans plus tard ! »

Strike avala le reste de son whisky, prit la bouteille et se resservit.

« Votre dernière rencontre remonte à quand ? demanda Robin.

— J'avais dix-huit ans. On ne s'est vus que deux fois. La première, j'étais gosse. Ma mère m'avait emmené. Elle voulait le coincer à la sortie de son studio d'enregistrement. »

Cette histoire, il ne l'avait racontée qu'à une seule personne : Charlotte, dont la famille ne valait guère mieux que la sienne. Enfant, Charlotte avait vécu le genre de scènes qui, chez des gens normaux, resteraient à jamais gravées dans la mémoire familiale – « c'était un mois avant que papa ne mette le feu au portrait de maman, celui qui était accroché dans le hall, les boiseries se sont embrasées, les pompiers ont débarqué et nous ont tous évacués par les fenêtres du premier étage » – mais qui chez les Campbell étaient si fréquentes qu'elles en devenaient banales.

« J'ai cru qu'il avait demandé à me voir », poursuivit Strike. Les souvenirs qu'il gardait enfouis au plus profond de sa mémoire semblaient vouloir ressurgir tout à coup. Sans doute à cause du whisky et du choc émotionnel que lui avait causé la blessure de Robin. « J'avais sept ans. J'étais excité comme une puce.

J'avais envie qu'il me trouve beau, qu'il soit fier de moi, alors j'ai dit à ma mère de me mettre un pantalon neuf. On s'est pointés à la porte du studio – ma mère avait des potes dans l'industrie du disque, quelqu'un avait dû l'avertir qu'il serait là – mais on ne nous a pas laissés entrer. Je me suis dit que c'était une erreur, que le type qui gardait la porte n'avait pas compris que mon père voulait me voir. »

Strike reprit une gorgée de whisky. Le curry refroidissait.

« Ma mère s'est fâchée. Ils l'ont menacée mais elle a refusé de bouger. À ce moment-là, le manager du groupe est arrivé en voiture. Il la connaissait, il savait qu'elle risquait de faire un scandale. Pour calmer le jeu, il nous a fait entrer et nous a mis dans une pièce à part.

« Après quoi, il a tenté d'expliquer à ma mère qu'elle se fatiguait pour rien, que si elle voulait plus d'argent elle n'avait qu'à s'adresser à l'avocat de Rokeby. C'est là que j'ai compris : mon père ne nous avait pas invités à venir le voir, ma mère avait juste essayé d'entrer de force. Je me suis mis à pleurer, poursuivit Strike d'une voix cassée. Je voulais m'en aller…

« Ma mère et le manager ont commencé à s'engueuler, et soudain, Rokeby est apparu. Il avait entendu leurs cris en revenant des toilettes. Il avait dû se faire une ligne, enfin c'est ce que je me suis dit par la suite. Bref, quand il est entré dans la pièce, il était déjà bien remonté.

« J'ai essayé de sourire. J'avais de la morve partout sur la figure mais je ne voulais pas qu'il me prenne pour un pleurnichard. Je m'étais imaginé qu'il me serrerait dans ses bras. "Mon enfant, enfin, te voilà." Mais non, il m'a regardé comme si je n'existais pas. Un malheureux gosse, le fils d'une groupie, affublé d'un pantalon trop court. Je grandissais tellement vite que mes pantalons étaient toujours trop courts…

« Une seconde après, il a reconnu ma mère et il a pigé. Ils se sont immédiatement pris le bec. Je ne me souviens pas de tout ce qu'ils se sont dit. J'étais petit. En gros, elle n'avait pas le droit de débarquer comme ça, elle avait les coordonnées de son avocat, il déboursait suffisamment, si elle gaspillait tout c'était son problème. Et pour conclure, il lui a balancé : "C'était un foutu accident." D'abord j'ai pensé qu'il avait eu un accident en venant au studio, d'où son retard. Mais ensuite, j'ai croisé son regard et j'ai compris qu'il parlait de moi. C'était moi, l'accident.

— Oh mon Dieu, Cormoran, murmura Robin.

— Ça avait le mérite d'être clair, faut reconnaître. Il est sorti de la pièce et on est rentrés chez nous.

« Pendant quelque temps, j'ai espéré qu'il reviendrait sur ce qu'il avait dit. C'était difficile de renoncer à l'idée qu'il voulait me connaître. Malheureusement, rien ne s'est passé. »

Le soleil était encore haut dans le ciel mais les grands bâtiments d'en face projetaient leurs ombres sur les locaux de l'agence, les plongeant dans un crépuscule précoce. Ni Robin ni Strike n'avaient songé à allumer l'électricité.

« La deuxième fois qu'on s'est vus, poursuivit Strike, c'était à la suite d'un rendez-vous que j'avais demandé à son staff. J'avais dix-huit ans. Je venais d'entrer à Oxford. Ma mère ne touchait plus de pension de sa part depuis des années. Les avocats de Rokeby avaient fait en sorte qu'elle ne puisse plus dépenser son argent à tort et à travers. Bref, je l'ignorais mais ma tante et mon oncle avaient informé Rokeby que j'étais admis à Oxford. Ma mère a reçu une lettre dans laquelle il disait qu'il n'avait plus d'obligation envers moi puisque j'étais majeur mais que je pouvais désormais puiser dans la cagnotte qu'il m'avait constituée à la banque.

« Je me suis arrangé pour le rencontrer dans le bureau de son manager. Rokeby est venu accompagné de son avocat, toujours le même, Peter Gillespie. Cette fois, il s'est fendu d'un sourire. Je n'étais plus à sa charge mais j'étais assez grand pour parler à la presse. Mon admission à Oxford lui avait fait un choc, apparemment. Peut-être avait-il espéré que je disparaîtrais du paysage, étant donné l'environnement dans lequel j'avais grandi.

« Il m'a félicité et il m'a dit que j'étais à la tête d'une belle petite somme puisque ma mère n'avait pas pu y toucher depuis six ou sept ans.

« Je lui ai répondu que son fric, il pouvait se le mettre dans le cul et y foutre le feu. Et je suis parti.

« Je ne voyais pas plus loin que le bout de mon nez, à l'époque. J'aurais pu comprendre que la fac coûtait cher et que si je refusais l'argent de Rokeby, ce serait à Ted et à Joan d'assumer les frais. C'est ce qu'ils ont fait, bien sûr… mais heureusement pour eux, ça n'a pas duré longtemps. J'étais en deuxième année quand ma mère est morte. À ce moment-là, j'ai tout arrêté et je me suis engagé dans l'armée.

— A-t-il repris contact avec vous après le décès de votre mère ? demanda Robin.

— Non, ou s'il l'a fait je n'en ai rien su. Il m'a envoyé un mot quand j'ai perdu ma jambe. Je parie qu'il a chié dans son froc en apprenant que j'avais été blessé dans un attentat et que, du coup, la presse risquait de s'intéresser à moi.

« À ma sortie de l'hôpital de Selly Oak, il a encore tenté de me refiler du pognon. Il savait que j'essayais de créer cette agence. Deux de ses enfants faisaient partie du cercle d'amis de Charlotte. C'est comme ça qu'il l'avait appris. »

En entendant le nom de Charlotte, Robin eut une drôle de sensation au creux de l'estomac. Strike en parlait si rarement.

« Dans un premier temps, j'ai dit *niet*. Je ne voulais toujours pas de son fric, mais allez demander un prêt bancaire quand vous êtes un vétéran unijambiste fauché comme les blés et sans domicile fixe. Alors j'ai appelé son abruti d'avocat et j'ai accepté qu'il me file de quoi démarrer mon affaire, à condition que je le rembourse un peu tous les mois. C'est ce qui s'est passé.

— Donc cet argent vous appartenait ? » dit Robin, qui se rappelait les relances que Gillespie envoyait à Strike toutes les deux ou trois semaines, à l'époque où elle avait commencé à travailler pour l'agence.

« Ouais, mais je refusais d'y toucher. Même ce prêt me pesait sur la conscience.

— Pourtant, Gillespie se comportait comme si…

— Les mecs comme Gillespie, il y en a toujours un ou deux qui gravitent autour des célébrités.

Il s'investissait corps et âme pour assurer la défense de mon père et de son patrimoine. Chacun place son ego où il peut. Je crois que cet enfoiré avait le béguin pour lui, ou pour ce qu'il représentait, je n'en sais rien. J'avais été plutôt brusque au téléphone et Gillespie ne m'a jamais pardonné d'avoir insulté son chéri. J'avais insisté pour qu'il établisse un contrat de prêt en bonne et due forme. Il s'est servi de ça pour me punir de leur avoir sorti leurs quatre vérités, à lui et à Rokeby. »

Strike se leva du canapé, qui produisit ses habituels grincements, et entreprit de servir le curry. Quand leurs deux assiettes furent remplies, il alla chercher une carafe d'eau. Son deuxième verre de whisky était déjà bien entamé.

« Cormoran, dit Robin, quand il fut de nouveau assis, son plat sur les genoux. Vous savez que jamais je ne divulguerai quoi que ce soit au sujet de votre père. Je peux même m'abstenir d'aborder ce sujet avec vous, si ça vous embête. Mais… nous sommes associés. Vous auriez pu me dire qu'il vous harcelait. Ça vous aurait permis de lâcher un peu la vapeur et l'incident de tout à l'heure n'aurait peut-être pas eu lieu. »

Strike avala une bouchée de poulet jalfrezi, puis répondit dans un murmure :

« Ouais, je sais. »

Robin attaqua son naan. Son visage tuméfié lui faisait déjà moins mal : le pack de glace et le whisky avaient fait leur œuvre, chacun à sa manière. Il lui fallut néanmoins une bonne minute pour trouver le courage de poursuivre.

« J'ai vu que Charlotte avait été hospitalisée. »

Strike leva les yeux de son assiette. Robin savait qui était Charlotte pour lui, il ne pouvait l'ignorer. Quatre ans auparavant, un jour qu'il était soûl au point de ne plus pouvoir marcher, il s'était laissé aller à certaines confidences. Depuis, elle était au courant de beaucoup de choses qu'il aurait dû garder pour lui. Par exemple, qu'il avait rompu définitivement avec Charlotte après que celle-ci lui avait fait croire qu'elle attendait un enfant de lui.

« Ouais », répéta Strike.

Il lui parla ensuite des textos alarmants qu'il avait reçus, des minutes épouvantables passées dans la cabine téléphonique de St. Mawes et de son rôle dans le sauvetage de Charlotte, qui avait fini par être retrouvée inconsciente dans le parc de la clinique et conduite aux urgences.

« Oh mon Dieu, souffla Robin en posant sa fourchette. Quand avez-vous eu confirmation qu'elle était toujours en vie ?

— Deux jours plus tard. Au moment où les journaux ont rendu compte de l'événement. » Il se releva non sans peine, remplit le verre de Robin, rajouta un doigt de whisky dans le sien et se rassit. « Mais je m'en doutais. Dans le cas contraire, je l'aurais su. Les mauvaises nouvelles circulent plus vite que les bonnes. »

Puis il plongea le nez dans son assiette de curry, au grand dam de Robin qui aurait bien aimé en apprendre davantage. Qu'est-ce qui l'avait amené à jouer un rôle dans cette tentative de suicide ? Qu'avait-il ressenti en comprenant qu'il avait sauvé la vie de Charlotte, puisque, apparemment, c'était de cela qu'il s'agissait ? N'y tenant plus, elle relança la conversation :

« Je me permets d'insister. À l'avenir, je propose qu'on essaie ce truc qui s'appelle le dialogue : ça vous économisera pas mal de stress, vous échapperez peut-être à la crise cardiaque, et ça vous évitera de tuer un témoin avant la fin de l'interrogatoire. »

Strike lui sourit.

« Ouais. On pourrait essayer… »

Le silence se referma autour d'eux. Un silence épais, doux et apaisant comme du miel, songea Strike, légèrement éméché, mais un silence qui risquait aussi de les entraîner trop loin, pour peu qu'ils s'y laissent aspirer. Le whisky, les remords et ce sentiment puissant sur lequel il préférait ne pas s'appesantir pour l'instant lui enjoignaient de parler à Robin, de lui dire combien il appréciait son tact et sa gentillesse, mais les mots qui lui venaient à l'esprit lui semblaient maladroits et inappropriés : il voulait exprimer quelque chose de vrai, mais la vérité était dangereuse.

Comment dire : Écoutez, depuis le premier jour, quand vous avez ôté votre manteau dans ce bureau, j'essaie de ne pas vous désirer ? Je m'interdis de mettre un nom sur ce que je ressens pour vous parce que cette chose est déjà trop puissante, que je recherche la paix de l'esprit et non le chaos que l'amour laisse dans son sillage. Je veux vivre seul, libre, sans obligations.

Mais je ne veux pas non plus vous perdre. Je ne veux pas qu'un autre salaud vous persuade de l'épouser. J'aime caresser la possibilité qu'un jour, entre nous…

Sauf que ça ne marcherait pas, évidemment. Parce que, avec moi, ça ne marche jamais. Je ne suis pas quelqu'un de stable, sinon je serais déjà marié. Et si ça tourne mal entre nous, je vous perdrai pour de bon, et cette agence que nous avons construite ensemble, qui représente ce que j'ai de meilleur en moi, ma vocation, ma fierté, ma plus grande réussite, sera vouée à disparaître, parce que je ne trouverai personne qui vous vaille, personne avec qui j'apprécierai de travailler, et que votre souvenir me hantera à jamais dans tout ce que j'entreprendrai.

Si seulement Robin pouvait lire en lui, se disait Strike, elle verrait la place qu'elle occupait dans sa tête et dans son cœur. Il savait qu'il avait tort de lui cacher ses sentiments mais, par ailleurs, s'il les lui dévoilait, il redoutait de pénétrer sur un territoire dont on ne revenait pas.

Tandis que les secondes s'égrenaient et que les trois verres de whisky se diffusaient dans son organisme, Strike sentit un changement s'opérer en lui. Et pour la toute première fois, il se demanda s'il avait vraiment envie de rester seul jusqu'à la fin de ses jours.

Joanie pense que tu vas finir par te caser avec ta partenaire. Cette Robin.

Lance-toi. Juste pour voir. Mais l'enjeu était majeur et les risques énormes, en cas d'échec. Quand il avait fendu la foule pour aller parler à une certaine Charlotte Campbell, lors d'une fête entre étudiants de nombreuses années auparavant, qu'aurait-il pu lui arriver à part une blessure d'amour-propre ? Si elle l'avait envoyé sur les roses, sa vie n'aurait pas été bouleversée pour autant. Au pire, il aurait eu une bonne histoire à raconter à ses copains.

Ayant mangé jusqu'à satiété, Robin prenait conscience qu'elle s'était fait des idées, que Strike ne lui parlerait pas de ses sentiments envers Charlotte. Pourtant, elle avait vraiment envie d'être fixée sur ce point. Le whisky qu'elle avait ingéré tissait un voile de brume devant ses yeux. Elle se sentait en proie à une mélancolie qui, si elle n'avait pas bu, se serait appelée tristesse.

« Je suppose, reprit Strike avec cette audace mêlée de fatalisme qui possède le trapéziste juste avant le grand saut, qu'Ilsa essaie de vous caser, vous aussi ? »

Assise dans l'ombre en face de lui, Robin eut l'impression de recevoir une décharge électrique. Le fait que Strike évoque, même à mots couverts, l'éventualité d'un rapprochement amoureux orchestré par une tierce personne était un événement sans précédent. N'agissaient-ils pas constamment l'un et l'autre comme si une telle idée relevait de l'inconcevable ? N'avaient-ils pas toujours feint d'ignorer que certaines limites avaient été franchies, et à plusieurs reprises ? Par exemple, la fois où elle avait essayé cette robe verte devant lui, ou bien encore le jour de son mariage, sur les marches de l'hôtel, quand elle l'avait pris dans ses bras et senti qu'ils désiraient la même chose : s'enfuir ensemble.

« Oui, se décida-t-elle à répondre. Et ça m'ennuie un peu… enfin, ça me gêne parce que je n'ai pas…

— Non, bien sûr, l'interrompit Strike. Loin de moi l'idée que… »

Elle attendit qu'il termine sa phrase en songeant, peut-être pour la première fois avec une telle acuité, qu'il y avait un lit à l'étage du dessus et qu'il suffisait de deux minutes pour l'atteindre. Et, comme Strike l'avait fait peu avant, elle pensa : Si j'oriente cette conversation dans un certain sens, je risque de mettre en péril tout ce que j'ai patiemment construit au prix des plus grands sacrifices. Si cette chose se produit, nos relations s'en trouveront faussées, désormais empreintes de gêne et de maladresse.

Mais surtout, elle était terrifiée à l'idée d'exprimer ce qu'elle éprouvait pour lui. Les sentiments dont elle avait nié l'existence devant Matthew, devant sa mère, devant Ilsa, ces sentiments qu'elle-même n'osait s'avouer, devaient absolument rester secrets.

« Désolé », se contenta de dire Strike.

Qu'entendait-il par là ? se demanda Robin, le cœur battant. Elle reprit une gorgée de whisky.

« Pourquoi désolé ? Vous n'êtes pas…

— Ilsa est mon amie.

— C'est la mienne aussi, maintenant. Je… je crois que c'est plus fort qu'elle. Quand elle voit deux personnes de sexe opposé qui ont l'air de bien s'entendre…

— Ouais », dit Strike, alerté par l'expression que Robin venait d'employer. Donc, pour elle, ils n'étaient rien de plus que *deux personnes de sexe opposé* ? Pour rester dans le sujet des rapports homme/femme, il lui demanda :

« Vous ne m'avez pas dit comment s'était déroulée la médiation. Pourquoi Matthew a-t-il brusquement cessé de faire traîner les choses ?

— Sarah est enceinte. Ils veulent se marier avant qu'elle accouche… ou qu'elle soit trop grosse pour entrer dans une robe de créateur, la connaissant.

— Merde », murmura Strike. Il se demanda comment Robin prenait la nouvelle. Sa voix ne trahissait rien. Dans la pénombre, il distinguait mal son visage et il n'avait pas envie d'allumer. « Est-il… vous vous y attendiez ?

— C'était à prévoir, dit Robin avec un sourire que Strike ne vit pas, mais qui tira sur les zones douloureuses de son visage. Elle devait commencer à trouver cette procédure de divorce un peu trop longue. Une fois, je suppose que Matthew était sur le point de rompre avec elle, Sarah a glissé l'une de ses boucles d'oreilles dans notre lit, pour que je la trouve. Ce coup-ci, elle a dû craindre qu'il change d'avis et renonce à l'épouser, alors elle a arrêté la pilule. Pour une femme, c'est un moyen efficace de prendre l'ascendant sur un homme, n'est-ce pas ? dit-elle en oubliant le chantage à l'enfant que Charlotte avait tenté d'exercer sur Strike. J'ai l'impression que le jour où il a annulé le premier rendez-vous chez l'avocat, elle venait de lui annoncer sa grossesse. Matthew m'a dit que c'était un accident… peut-être qu'il ne voulait pas de cet enfant… à ce moment-là.

— Et vous, vous voulez des enfants ?

— J'y songeais autrefois, articula Robin. Quand je croyais qu'entre Matthew et moi c'était… vous savez… pour toujours. »

En disant cela, elle repensa aux projets qu'elle avait faits et qui ne s'étaient jamais concrétisés. Le soir où Matthew l'avait demandée en mariage, elle s'était vue avec trois enfants (une moyenne, puisque chez Matthew ils étaient deux et chez elle quatre). Des scènes à connotation familiale avaient défilé dans son esprit : Matthew apprenant les bases du rugby à leur petit garçon ; Matthew assistant au spectacle de Noël dans lequel lcur petite fille aurait tenu le rôle de Marie. Et voilà qu'à présent, elle mesurait à quel point cette imagerie était banale et conventionnelle, comme si la jeune Robin avait fait siennes les aspirations de Matthew.

Assise dans l'ombre avec Strike, Robin songea que Matthew ferait un excellent père pour le genre d'enfants qu'il espérait avoir : un petit garçon désireux de jouer au rugby et une petite fille rêvant de devenir danseuse. Il se baladerait avec leur photo dans son portefeuille, il accompagnerait les sorties scolaires, il les consolerait quand ils seraient tristes, les aiderait à faire leurs devoirs. Matthew n'était pas un mauvais bougre, il savait la différence entre le bien et le mal. Malheureusement, sa notion du bien était par trop tributaire des opinions, des préjugés et de la morale des autres.

« Mais aujourd'hui, je ne sais pas, je ne sais plus, ajouta Robin après une courte hésitation. Faire ce métier tout en étant mère, ça me paraît difficile. Je pense que je serais trop tiraillée… et je ne veux plus jamais être tiraillée. Matthew me reprochait tout le temps de ne pas gagner assez, de faire trop d'heures, de prendre trop de risques… Mais ce métier, je l'aime, s'enflamma-t-elle. Et je veux continuer à l'exercer sans avoir à m'excuser…

« Et vous ? renchérit-elle. Vous voulez des enfants ?

— Non. »

Robin éclata de rire.

« Qu'est-ce qu'il y a de drôle ?

— Je vous tiens un grand discours. Je vous dévoile le fond de mon âme, et vous, vous me répondez juste : non.

— Je n'aurais pas dû naître. Je suis un accident. Je n'ai pas envie de perpétuer l'erreur. »

Robin laissa passer quelques secondes avant de répondre :

« C'est de l'autocomplaisance, Strike. Purement et simplement.

— Pourquoi ? » s'étonna-t-il. Il avait dit la même chose à Charlotte et cette dernière l'avait non seulement compris mais approuvé. Il faut dire qu'étant adolescente, sa mère alcoolique lui avait avoué qu'elle avait songé à avorter quand elle était enceinte d'elle.

« Parce que… mais c'est dingue, les circonstances de votre conception ne peuvent pas déterminer toute votre existence ! Si tous les gens qui sont nés par accident tenaient ce raisonnement…

— Le monde s'en porterait bien mieux, l'interrompit Strike. Nous sommes trop nombreux sur terre, de toute façon. Et je ne connais aucun gosse qui me donne envie d'être père.

— Pourtant vous aimez Jack.

— C'est vrai, mais combien y en a-t-il comme lui ? Quand je vois les deux gamines de Dave Polworth… vous savez qui est Polworth ?

— Votre meilleur ami.

— Mon plus vieil ami, la corrigea Strike. Mon meilleur ami… »

Il s'interrompit en réalisant ce qu'il était en train de dire. Mais le whisky avait levé les barrières dont il s'entourait habituellement, alors pourquoi ne pas en profiter ?

« … c'est *une* amie. Et c'est vous. »

Robin en perdit l'usage de la parole. Jamais, au cours de ces quatre années, Strike n'avait été aussi près de lui avouer ce qu'elle représentait pour lui. D'habitude, ses démonstrations d'affection se réduisaient à des commentaires bon enfant, des petites attentions, des silences gênés, des actes manqués. L'émotion qui venait de la saisir, elle ne l'avait connue qu'une seule fois dans sa vie, et le cadeau inattendu qui l'avait suscitée était la bague en diamant et saphir qu'elle avait laissée derrière elle en quittant l'homme qui la lui avait offerte.

Elle voulait lui répondre quelque chose de gentil mais, pour cela, elle dut attendre que sa gorge se desserre.

« Je… eh bien, c'est pareil pour moi », dit-elle en s'efforçant de ne pas trop montrer sa joie.

Strike crut entendre vibrer les marches de l'escalier métallique. Sachant que le graphiste qui occupait le bureau du premier travaillait tard, il n'y attacha pas trop d'importance et continua de savourer le plaisir que Robin venait de lui causer en lui retournant sa déclaration.

Le whisky aidant, il se revit deux ans auparavant, quand il l'avait tenue entre ses bras sur les marches de l'hôtel où avait lieu le banquet de mariage. Depuis lors, ils n'avaient plus connu de moments comparables. Jusqu'à ce soir. L'air autour d'eux bruissait de tous les mots qu'ils ne s'étaient pas dits. Et brusquement il se retrouva perché tout là-haut, sur la minuscule plate-forme du trapéziste, prêt à plonger vers l'inconnu. *Ne va pas plus loin*, disait son moi solitaire, celui qui protégeait jalousement son statut de célibataire endurci. *Saute*, soufflait le démon du whisky. Et comme Robin l'avait fait quelques minutes plus tôt, Strike prit conscience que quelques marches seulement les séparaient d'un lit assez grand pour accueillir deux personnes.

Des pas résonnèrent sur le palier derrière la porte vitrée, qui s'ouvrit avant qu'ils puissent réagir.

« Les plombs ont sauté ? » fit Barclay en actionnant l'interrupteur. La lumière jaillit. Tous les trois se regardèrent mutuellement, aussi surpris qu'éblouis.

« Vous avez eu une sacrée intuition, Rob…, démarra Barclay. Mais qu'est-ce qui vous est arrivé ? »

59

La guerrière bretonne…
… fit accueil si fruste
À son faux amant, son hôte par contrainte,
Que jeté par elle à bas de sa selle,
Lui-même le fut de son amour déçu :
Faisant alors montre de sa folie.
Après cela, elle partit sans dire adieu,
Et le laissa aussi triste qu'autrefois fut joyeux,
Bien averti de se méfier à qui donner sa flamme.

Edmund Spenser, *La Reine des fées*

Robin reprit le pack de glace en plissant les yeux à cause de la lumière vive.

« Strike m'a donné un coup de coude. Sans le faire exprès.

— Bon sang, dit Barclay. Je n'ose imaginer le résultat s'il l'avait fait délibérément. Comment ça s'est produit ?

— Mon visage était au mauvais endroit au mauvais moment.

— Et ça, c'est pour quoi ? reprit-il en regardant les assiettes presque vides d'un air affamé. Se faire pardonner ?

— Exactement, dit Robin.

— Je comprends mieux qu'aucun de vous deux n'ait décroché depuis trois heures que j'essaie de vous joindre.

— Merde, désolée, Sam », dit Robin en sortant son portable. En effet, Barclay l'avait appelée quinze fois depuis qu'elle avait mis l'appareil sur silencieux, après le coup de fil de sa mère dans l'American Bar. Elle fut néanmoins ravie de constater que cet oubli lui avait fait rater par la même occasion deux textos de Morris, dont l'un avec une photo en pièce jointe.

« Et donc, n'écoutant que ton sens du devoir, tu es venu en personne », dit Strike, toujours un peu gris. Il ne savait trop si l'irruption de Barclay le contrariait ou pas. Dans le doute, il décida que oui.

« Ma femme passe la nuit chez sa mère avec le gosse, l'informa Barclay. Alors, je me suis dit que j'allais venir vous annoncer la bonne nouvelle. »

Il chipa un papadam et posa ses fesses sur l'accoudoir du canapé où était assis Strike.

« J'ai compris ce que BPN trafique avec sa copine Elinor à Stoke Newington. Grâce à Robin. Vous êtes prêts ?

— Quoi ? fit Strike en regardant Barclay, puis Robin. Quand… ?

— Tout à l'heure, dit Robin, avant que je vous retrouve à l'American Bar.

— J'ai sonné chez elle, reprit Barclay. Je me suis recommandé de BPN et je lui ai demandé ce qu'elle pouvait faire pour moi. D'abord, elle s'est méfiée. J'ai dû mettre le pied dans la porte, sinon elle me l'aurait claquée au nez. C'est là qu'elle m'a dit que BPN lui avait parlé d'un Écossais rencontré sur Tower Bridge.

« Donc j'ai arrêté les frais. J'ai répondu, ouais, c'était moi. Je suis un ami à lui. Je sais ce qui passe chez vous. Il faut tout me dire sinon BPN aura des ennuis.

« Et elle m'a laissé entrer. »

Barclay mordit dans son papadam.

« Désolé mais j'ai la dalle. Bref, elle m'emmène dans la pièce du fond et je vois le bazar.

— C'est-à-dire ?

— Un parc pour bébé mais de taille gigantesque. Elle l'a fabriqué elle-même, avec de la mousse de plastique et du contreplaqué, dit Barclay en souriant. Un énorme matelas à langer. Une pile de couches-culottes taille adulte. Et du talc. »

Strike le regardait, sidéré. Robin éclata de rire mais s'arrêta vite, car son visage était encore douloureux.

« Ce pauvre vieux BPN se fait langer comme un nouveau-né. Elle n'a qu'un seul autre client, le patron du club de gym. Ça lui suffit pour vivre parce que BPN rétribue grassement ses services. Elle les habille. Elle les change. Elle leur met du talc sur le cul…

— Non, tu déconnes, dit Strike. C'est pas possible.

— Et pourtant si, répondit Robin en pressant le pack de glace sur son front. Ça s'appelle… attendez… »

Elle retrouva sur son portable le document répertoriant les diverses paraphilies.

« Autonépiophilie ou fétichisme des couches. “Être excité sexuellement par le fait de se comporter comme un bébé.”

— Comment diable avez-vous… ?

— Je surveillais la maison de retraite de Ricci quand j'ai vu les pensionnaires passer devant moi en fauteuil roulant. Morris les a comparés à des petits enfants. Il a dit que certains d'entre eux portaient probablement des couches, et tout à coup… j'ai eu un déclic. J'ai pensé à Elinor qui achetait des tonnes de talc et de tétines au supermarché, alors qu'aucun enfant ne passait jamais le seuil de sa maison. Et à ces petites tapes qu'elle leur donnait sur la tête, comme s'ils avaient trois ans… »

Strike se souvenait du jour où il avait suivi le gérant du club de gym jusque chez lui. L'homme était sorti de chez Elinor en se cachant le bas du visage avec la main comme s'il ne voulait pas qu'on voie ce qu'il avait à la bouche.

« … et les grosses boîtes très légères qu'on lui livrait, poursuivit Robin.

— Sûrement des couches pour adultes, dit Barclay. Enfin bref… elle est plutôt sympa comme femme. Elle m'a fait une tasse de thé. Elle est au courant pour le chantage et elle m'a dit un truc très intéressant : d'après elle et BPN, PasNet ignore ce qui se passe réellement à Stoke Newington.

— Comment est-ce possible ?

— Un jour, en causant avec PasNet, le gérant du club de gym a laissé échapper qu'il connaissait l'un des directeurs de sa société. BPN et le gars du gymnase se retrouvent parfois ensemble dans le parc à bébé. Vous voyez, comme dans une… nurs… une nurserie… »

Pris d'une crise de fou rire, Barclay se plia en deux sur l'accoudoir. Strike en fit autant sur son canapé. Robin repositionna le pack de glace et les imita. Ils passèrent une minute à pleurer de rire en pensant à ces deux hommes mûrs, assis en couches-culottes dans leur parc à jouets en contreplaqué.

« … comme dans une nurserie, répéta Barclay d'une voix étranglée en essuyant ses larmes. Bon sang, il faut de tout pour faire un monde, pas vrai ? Enfin bref, le mec du club de gym lui dit ça et PasNet, sachant que le vieux BPN n'a jamais mis les pieds dans un club de gym et qu'il habite à l'autre bout de Londres, lui demande d'où il le connaît. L'autre prend un air gêné, alors PasNet flaire un truc, il fait sa petite enquête, il suit BPN jusqu'à Stoke Newington et il le voit entrer chez Elinor. Résultat, il croit que son patron fréquente une prostituée.

« À la suite de quoi, PasNet débarque dans le bureau de BPN, ferme la porte, lui donne l'adresse d'Elinor et lui dit qu'il est au courant de tout. BPN fait dans son froc, mais il n'est pas stupide, il sait que PasNet n'a pas vraiment saisi de quoi il est question. Seulement, il a peur que l'autre se mette à creuser. Elinor fait sa pub sur Internet, c'est même là qu'il l'a trouvée. Donc, il suffit de savoir chercher. Il se sent piégé. S'il dit à PasNet qu'Elinor n'est pas une prostituée, l'autre voudra savoir ce qu'il fait avec elle, et si jamais la chose s'ébruite, il retournera direct sur Tower Bridge et là, il se fichera à l'eau pour de bon.

« Tout compte fait, ça n'a rien de drôle, conclut Barclay en retrouvant son sérieux. Il y a deux mois, le type du club de gym a fini par avouer à BPN et à

Elinor que c'est lui qui a mangé le morceau. Il s'en veut à mort. Elinor a retiré sa pub, mais Internet n'oublie jamais rien, donc…

« Le pire, m'a dit Elinor, c'est que PasNet est mal placé pour leur faire la morale. BPN lui a dressé le portrait du personnage. Il sniffe de la coke sur son lieu de travail et il harcèle son assistante. Mais BPN ne peut rien tenter contre lui sans risquer des représailles. Donc, à votre avis, que devons-nous faire ? Dire au conseil d'administration que BPN a besoin de pantalons grande taille pour pouvoir enfiler des couches en dessous ? »

Strike ne souriait plus. Son cerveau était engourdi par la quantité d'alcool qu'il avait absorbée. Ce fut Robin qui prit la parole :

« Plusieurs solutions s'offrent à nous. Soit nous mettons le conseil d'administration au courant, en sachant que cela détruira plusieurs vies… soit nous renonçons à ce contrat, nous gardons les infos pour nous et PasNet continue à faire chanter BPN. Soit…

— Ouais, fit Strike d'une voix pâteuse. Ce serait quoi le remède miracle ? Celui qui vaudrait à PasNet la punition qu'il mérite tout en empêchant BPN de se jeter dans la Tamise ?

— D'après ce que vous dites, renchérit Robin à destination de Barclay, il semble qu'Elinor soutiendrait BPN si ce dernier prétendait qu'il s'agit d'une simple histoire de sexe. Bien sûr, la femme de BPN risque de ne pas apprécier.

— Oui, Elinor le soutiendrait, affirma Barclay. C'est dans son intérêt.

— J'aimerais bien coincer PasNet, dit Strike. Ça plairait à nos clients si on les aidait à virer ce type sans que leur société fasse la une des tabloïds… ce qui arrivera à coup sûr si la presse apprend que leur P.-D.G. aime se faire talquer les fesses… Si vraiment il harcèle son assistante, reprit Strike, et qu'elle l'a vu sniffer de la coke sur son lieu de travail, pourquoi n'a-t-elle rien dit ?

— De peur qu'on la traite de menteuse ? proposa Robin. Ou qu'on la vire, tout simplement ?

— Pourriez-vous appeler Morris ? lui demanda Strike. Il a dû conserver ses coordonnées. Et, au fait, Barclay, ajouta-t-il en se levant du canapé après deux essais non transformés. Suis-moi dans le bureau, il faut qu'on modifie la répartition des tâches pour la semaine prochaine. Avec cette tête, Robin ne peut pas faire de filatures. On dirait qu'elle vient de tenir trois rounds face à Tyson Fury. »

Les deux hommes passèrent dans le bureau intérieur. Robin resta encore un moment dans le fauteuil de Pat, réfléchissant non pas à l'affaire PasNet mais à ce qu'il s'était passé juste avant l'arrivée de Barclay, quand elle était assise dans la pénombre avec Strike. Le fait qu'il la considère comme sa meilleure amie lui donnait envie de danser, comme si on venait de lui ôter un poids qu'elle avait sur le cœur sans le savoir.

Ayant pris le temps de savourer son plaisir, elle sortit son portable et ouvrit les textos que Morris lui avait envoyés dans l'après-midi. Sur le premier, auquel était jointe une photo, il avait écrit « **lol** ». L'image montrait un gros titre dans un journal : « Vol d'une cargaison de Viagra. La police recherche un gang de criminels endurcis. » Le deuxième texto disait : « C'est pas drôle ? »

« Non, marmonna Robin. Pas drôle du tout. »

Elle se leva, composa le numéro de Morris et, en attendant qu'il décroche, rassembla les barquettes vides pour les jeter à la poubelle.

« Bonsoir, dit Morris après deux sonneries. Vous avez trouvé un criminel endurci ?

— Vous êtes en voiture ? lui demanda Robin sans prendre la peine de répondre.

— Non, à pied. La maison de retraite a fermé ses portes pour la nuit. Je ne suis pas loin de l'agence. Je dois relever Hutchins devant le café Ivy. Il surveille le copain de Miss Jones.

— Nous avons besoin des coordonnées de l'assistante de PasNet.

— Quoi ? Pour quoi faire ?

— Nous savons comment il fait chanter BPN. » Elle hésitait à lui en dire plus, car elle voyait déjà le genre de blagues dont il ne manquerait pas de l'abreuver pendant des semaines. « BPN n'a rien commis d'illégal, il n'a fait de mal à personne. Mais nous devons reprendre contact avec l'assistante de PasNet.

— À mon avis, c'est une mauvaise idée.

— Pourquoi cela ? » s'étonna Robin en laissant tomber les barquettes au fond de la poubelle. Elle aurait bien froncé les sourcils mais elle avait trop mal.

« Parce que… fait chier, dit Morris qui employait rarement ce type de langage devant Robin. C'est bien vous qui disiez qu'il fallait la laisser tranquille. »

Dans le bureau intérieur, Barclay riait à une blague que Strike venait de faire. Pour la troisième fois de la soirée, Robin eut un mauvais pressentiment.

« Saul, vous avez cessé de la voir, n'est-ce pas ? »

Il ne répondit pas immédiatement. Robin eut le temps d'aller ramasser les assiettes sur le bureau et de les transporter jusqu'à l'évier.

« Oui, bien sûr que oui, dit-il enfin, avec un petit rire gêné. C'est juste que… vous disiez qu'elle risquait de perdre son boul…

— Oui, mais cette fois, il n'est pas question de le piéger…

— Je vais y réfléchir », dit Morris.

Les couverts rejoignirent les assiettes dans l'évier.

« Saul, je ne vous demande pas votre avis. Nous avons besoin de ses coordonnées.

— Je ne sais pas si je les ai encore, mentit éhontément Morris. Où est Strike en ce moment ?

— À l'agence », dit Robin. Et pour s'épargner une énième remarque égrillarde, elle ne précisa pas qu'elle s'y trouvait elle aussi.

« Bon d'accord, je vais passer », dit Morris. Sur ce, il raccrocha.

Morris venait encore une fois de la traiter comme la secrétaire de Strike. Robin savait que, sans l'effet légèrement anesthésiant du whisky, elle se serait étranglée de colère.

Pour se calmer, elle ouvrit les robinets et rinça la vaisselle sous l'eau chaude. Pendant que les restes de sauce au curry disparaissaient en tourbillonnant par le siphon, elle repensa à sa conversation avec Strike.

Dehors, sur Charing Cross Road, une voiture passa, avec la musique à fond. Robin reconnut la chanson de Rita Ora « I Will Never Let You Down » et se mit à fredonner :

« Tell me baby what we're gonna do
I'll make it easy, got a lot to lose... »

Elle boucha l'évier et versa quelques gouttes de liquide vaisselle sur les couverts. Ses yeux tombèrent sur la bouteille de vodka que Strike avait achetée mais à laquelle ils n'avaient pas touché. Elle lui rappela celle qu'Oakden avait volée le jour du barbecue chez Margot…

« You've been tired of watching me
Forgot to have a good time[1] *... »*

Oakden avait nié avoir versé de la vodka dans le punch. Et pourtant, Gloria avait vomi… Au moment précis où Robin prenait son souffle pour appeler Strike et lui faire part de l'idée qui venait de germer dans sa tête, deux mains invisibles la saisirent par la taille.

Robin avait subi deux agressions dans son existence et les deux fois on l'avait attaquée par-derrière. Sa réaction fut immédiate. Elle écrasa le pied de l'intrus avec le talon de son escarpin, projeta la tête en arrière et, dans le même mouvement, saisit un couteau au

---

1. « *Dis-moi chéri ce qu'on va faire, j'y vais doucement, j'ai beaucoup à perdre, tu étais fatigué de me regarder, tu as oublié de t'amuser...* »

fond de l'évier. L'autre ayant lâché prise, elle fit volte-face en pointant la lame vers lui.

« OH PUTAIN ! » hurla Morris.

Robin ne l'avait pas entendu monter, à cause du bruit de l'eau qui coulait et de la chanson qu'elle fredonnait. Il était à présent plié en deux, les mains devant son nez.

« PUTAIN ! » répéta Morris sur le même ton. Il retira ses mains pour lui montrer qu'il saignait, recula et tomba assis sur le canapé, l'empreinte du talon aiguille bien visible sur le bout de sa chaussure.

« Qu'est-ce qui se passe ? » demanda Strike en sortant précipitamment de son bureau. Ses yeux se posèrent d'abord sur Morris affalé dans le canapé, puis sur Robin qui fermait les robinets, un couteau à la main. Elle respirait comme si elle avait couru un cent mètres.

« Il m'a attrapée par-derrière, expliqua-t-elle tandis que Barclay apparaissait lui aussi. Je ne l'ai pas entendu arriver.

— Non mais j'y crois pas ! fit Morris regardant le sang sur ses mains. Je voulais juste vous surprendre – Dieu du ciel ! »

Mais Robin n'en avait pas terminé avec lui. Le whisky mélangé à l'adrénaline avait libéré en elle une fureur qu'elle n'avait plus éprouvée depuis le soir de sa rupture avec Matthew. Prise de vertiges, elle s'avança vers Morris.

« Me surprendre ? Vous oseriez faire ça avec Strike ? Vous le prendriez par la taille, lui aussi ? Et Barclay, vous vous approcheriez de lui sur la pointe des pieds pour le serrer dans vos bras ? *Vous leur enverriez des photos de votre bite, à eux aussi ?* »

Il y eut un silence.

« Salope, marmonna Morris derrière sa main. Vous aviez promis de pas en parler…

— Parler de quoi ? demanda Strike.

— Il m'a envoyé une photo de sa bite », répondit Robin, hors d'elle. Puis, se tournant vers Morris : « Je ne suis pas une petite stagiaire de seize ans, je n'ai pas peur de vous. Je ne veux pas que vous me touchiez avec vos sales pattes, OK ! Je ne veux pas que vous m'embrassiez…

— Il vous a envoyé… ? balbutia Strike.

— Je ne vous l'ai pas dit pour vous épargner des soucis supplémentaires. C'était au moment où Joan allait très mal. Vous faisiez des allers-retours entre Londres et les Cornouailles. Mais maintenant, ça suffit. Je ne veux plus bosser avec lui. Je veux qu'il parte.

— Dieu du ciel, redit Morris en s'épongeant le nez. C'était juste une blague…

— Faudrait que tu apprennes à utiliser ton cerveau, dit Barclay qui se tenait appuyé contre le mur, bras croisés, et semblait s'amuser follement.

— Vous pouvez pas me virer comme ça…

— Vous êtes un sous-traitant, dit Strike. Votre contrat ne sera pas renouvelé, un point c'est tout. La clause de confidentialité reste valable. Vous dites un seul mot sur l'une des affaires que vous avez eu à traiter et je m'assurerai que vous ne trouviez plus jamais de boulot dans ce métier. Maintenant, foutez-moi le camp. »

Le regard halluciné, la narine gauche sanguinolente, Morris se leva et dit :

« Très bien. Vous la gardez parce qu'elle vous fait bander, c'est ça ? »

Strike fit un pas en avant. Morris faillit tomber à la renverse sur le canapé.

« Très bien », répéta-t-il.

Il effectua un quart de tour et sortit par la porte en verre dépoli en la claquant derrière lui. La vitre vibra longuement mais résista au choc. On entendit Morris dévaler les marches métalliques. Barclay s'écarta du mur, prit le couteau que Robin n'avait toujours pas lâché et le balança dans l'évier avec la vaisselle sale.

« J'ai jamais pu l'encadrer, ce branleur », marmonna-t-il.

Strike et Robin se regardèrent, puis tournèrent le regard vers la moquette élimée où luisaient deux taches de sang frais.

« Un partout, balle au centre, dit Strike en frappant dans ses mains. Le premier qui casse le nez de Barclay remporte la partie. »

SIXIÈME PARTIE

Ainsi passèrent les douze Mois et furent trouvés les lieux dus.

Edmund SPENSER, *La Reine des fées*

60

Fortune, ennemie de la fameuse chevalerie
Rarement (dit Guyon) produit aide vertueuse,
Mais jette sur son chemin méfaits et mésaventures,
Par quoi son cours est arrêté.

Edmund SPENSER, *La Reine des fées*

Que se serait-il passé si Sam Barclay n'avait pas interrompu leur tête-à-tête en faisant irruption dans le bureau, ce soir-là ? Telle était la question que, chacun de son côté, les deux associés ruminèrent durant tout le week-end. Ils rejouèrent mentalement la scène au moins un millier de fois en se demandant ce que l'autre pensait, s'ils en avaient trop dit, s'ils s'étaient trop dévoilés.

Maintenant qu'il avait cuvé son whisky, Strike se félicitait de n'avoir pas commis l'irréparable. S'il s'était conduit comme l'alcool l'avait incité à le faire, à présent il serait sans doute accablé de remords car il aurait gâché la précieuse amitié qui le liait à Robin et à laquelle il tenait par-dessus tout. Mais savait-elle qu'il avait été à deux doigts de pousser la conversation un tout petit peu plus loin et de franchir les fils de fer barbelés qu'il avait lui-même posés pour délimiter son territoire ? se demandait-il par moments. Avait-elle deviné que, deux secondes avant que Barclay n'allume la lumière, il essayait de se rappeler s'il avait changé ses draps ?

Robin, de son côté, se réveilla le samedi matin avec l'impression que quelqu'un lui avait marché sur la figure et une légère migraine due à l'alcool. Oscillant entre plaisir et anxiété, elle se repassa en boucle tout ce qu'elle avait dit à Strike la veille au soir, en espérant n'avoir révélé aucun des sentiments qu'elle n'osait même pas s'avouer à elle-même. Strike avait dit qu'il la considérait comme sa meilleure amie. Chaque fois qu'elle y repensait, une bouffée d'allégresse lui faisait battre le cœur. Mais tandis que les heures passaient et que ses hématomes empiraient, elle en vint à se reprocher de n'avoir pas eu le cran de l'interroger sur ses sentiments envers Charlotte Campbell.

Depuis quelque temps, le visage de Charlotte restait en permanence fixé devant ses yeux, comme un tableau impossible à décrocher. Cette image avait lentement pris forme au cours des quatre années qui s'étaient écoulées depuis qu'elle avait croisé Charlotte dans l'escalier de Denmark Street. À ce souvenir direct s'étaient agrégés mille et un détails, certains fournis par Ilsa, d'autres lus dans la presse. Le soir précédent, l'image était devenue plus sombre, plus évanescente, comme la vision romantique d'un amour défunt, une femme allongée dans un sous-bois et prononçant ses dernières paroles à l'oreille de l'homme qui l'avait adorée.

En tout cas, qu'on la regarde sous un angle ou sous un autre, cette image était terriblement évocatrice. Un jour où il avait trop bu, Strike lui avait dit que Charlotte était la plus belle femme qu'il ait jamais connue. Donc, la belle femme en question, alors qu'elle allait pousser son dernier soupir, avait décidé d'appeler son ex pour lui dire qu'elle l'aimait encore. Comment Robin Ellacott, une fille simple et sympa, aurait-elle pu rivaliser avec une telle envolée dramatique, une telle cascade de grands sentiments ? Qu'avait-elle à offrir ? Un tableau de service parfaitement mis à jour, des factures parfaitement classées, des tasses de thé parfaitement infusé ? Peut-être à cause de ses douleurs au visage, Robin sentait son moral baisser à la vitesse grand V. Elle n'était même plus vraiment sûre d'avoir de quoi se réjouir. Et pourtant, si elle s'efforçait de voir le côté positif des choses, deux avancées essentielles étaient à retenir : Strike lui avait fait une déclaration d'amitié sans précédent et Morris ne lui pourrirait plus la vie.

Comme il fallait s'y attendre, Pat eut du mal à encaisser la mise à pied de Saul Morris. Strike lui annonça la nouvelle le lundi matin au pied de leur immeuble. Il sortait, elle entrait, et ils faillirent se rentrer dedans. Les deux fumeurs s'apprêtaient à ingérer leur dose de nicotine, Pat au moyen de la vapoteuse qu'elle utilisait au bureau, Strike de la cigarette qu'il comptait griller tout en marchant.

« Bonjour, dit-il avant de s'éloigner. Je vous ai posé la liste des trucs à faire pour mon retour. Robin sera là à 10 heures. Oh… »

Au bout de trois pas, il se retourna brusquement.

« … et vous calculerez ce que nous devons à Morris jusqu'à vendredi. Vous lui ferez un virement. Il ne reviendra pas. »

Et il la laissa plantée sur le seuil. Ce fut donc à Robin que revint le privilège d'affronter les récriminations de leur secrétaire. Quand elle arriva à 10 h 10, Pat, qui écoutait Radio 2, coupa le son en entendant la porte s'ouvrir.

« Bonjour. Pourquoi… Qu'est-ce qui vous est arrivé ? » demanda-t-elle, stupéfaite.

Le visage de Robin ne s'était pas arrangé depuis l'avant-veille. Son front avait un peu désenflé mais ses yeux étaient à présent auréolés de gris foncé veiné de rouge.

« Un stupide accident. Je me suis cognée dans un truc, fit Robin en accrochant son manteau à la patère. Pas de surveillance pour moi, cette semaine. »

Elle sortit un livre de son sac à main et l'emporta dans la cuisine où elle alluma la bouilloire. Sur le trajet, elle avait eu droit aux regards plus ou moins insistants des usagers du métro. Mais, quitte à passer auprès d'elle pour une femme battue, elle préférait que Pat ignore les véritables circonstances de son « stupide accident », Strike étant déjà sa bête noire.

« Pourquoi Saul ne reviendra pas ? demanda Pat.

— Il ne faisait pas l'affaire, répondit Robin en prenant deux tasses sur l'étagère.

— Comment ça ? s'indigna Pat. C'est lui qui a coincé le type qui couchait avec la baby-sitter. Et il rendait ses rapports dans les temps, ce qui n'est pas le cas de l'autre cinglé d'Écossais.

— Je sais. Mais il ne savait pas travailler en équipe. »

Pat aspira une bouffée de vapeur à la nicotine et fronça les sourcils.

« Lui, là-bas, dit-elle en montrant le bureau intérieur. Morris aurait pas mal de trucs à lui apprendre ! »

Bien sûr, Pat n'avait pas son mot à dire sur les recrutements ou les licenciements des collaborateurs, mais, contrairement à Strike, Robin estimait que dans une petite structure comme la leur, la transparence était de mise.

« Ce n'est pas Cormoran qui lui a demandé de partir, déclara-t-elle en se retournant vers la secrétaire. C'est moi.

— Vous ! fit Pat, éberluée. Je croyais que vous étiez copains tous les deux !

— Non. Je ne l'aimais pas. Et ce, pour plusieurs raisons. Entre autres, parce qu'il m'a envoyé une photo de son pénis en érection, à Noël. »

Sur le visage très ridé de Pat s'afficha une expression de consternation presque comique.

« Par… par la poste ? »

Robin éclata de rire.

« Quoi ? À l'intérieur d'une carte de vœux ? Non, allons ! Par texto.

— Vous ne l'aviez pas… ?

— Demandée ? Pas du tout, répondit Robin en retrouvant subitement son sérieux. C'est un sale type, Pat. »

Elle se remit face à la bouilloire. La bouteille de vodka intacte était toujours posée près de l'évier. En la voyant, Robin se rappela l'idée qui lui avait traversé l'esprit peu avant que les mains de Morris se referment sur sa taille. Elle tendit une tasse de café à Pat et emporta la sienne dans le bureau, avec le livre qu'elle avait sorti de son sac.

« Je rectifie le tableau de service ou vous vous en chargez ? demanda Pat.

— Je vais le faire », promit Robin. Mais au lieu de s'y mettre, elle téléphona à Strike.

« Bonjour, dit-il en décrochant à la deuxième sonnerie.

— Bonjour. Il m'est venu une idée samedi soir, mais j'ai oublié de vous en parler.

— Je vous écoute.

— C'est au sujet de Gloria Conti. Si Oakden n'a pas versé d'alcool dans le punch, pourquoi Gloria a-t-elle vomi dans les toilettes des Phipps le jour du barbecue ?

— Parce que Oakden ment comme il respire et qu'il a vraiment mis de la vodka dans le punch ? » suggéra Strike. Il se trouvait à Islington, dans le square que Robin avait arpenté le vendredi précédent. S'arrêtant un instant pour sortir une cigarette, il jeta un œil sur le petit jardin clos aménagé au centre. Il n'y avait personne à l'intérieur et les parterres de pensées ressemblaient à des capes de velours violet déployées sur l'herbe verte.

« Et si elle avait été enceinte ? dit Robin.

— Je croyais, dit Strike après avoir allumé une cigarette, que les femmes enceintes ne vomissaient que le matin. D'où l'expression… »

Strike allait dire « nausées matinales » quand il se rappela la femme d'un de ses camarades d'armée qui avait dû être hospitalisée parce qu'elle vomissait tout le temps.

« Pas forcément, répondit Robin. Ma cousine, c'était à n'importe quelle heure du jour. Elle ne supportait pas certaines odeurs. La viande grillée au barbecue, ça sent fort.

— Exact », dit Strike en se remémorant l'idée qu'il avait eue après leur entretien avec les sœurs Bayliss. Une idée qui tout à coup lui parut moins plausible que celle de Robin. Plus exactement, si celle de Robin se révélait exacte, la sienne ne vaudrait plus grand-chose.

« Donc, d'après vous, ce serait plutôt Gloria qui…

— … aurait avorté dans la clinique de Bride Street ? Oui. Et Margot aurait pris rendez-vous pour elle. Souvenez-vous, Irene a dit qu'un jour, Gloria était restée longtemps dans le cabinet de Margot et qu'elle avait dû tenir le comptoir de réception toute seule. »

Dans le petit jardin clos, le buisson de lilas dégageait un parfum si capiteux que Strike le percevait malgré l'odeur du tabac.

« Vous avez peut-être mis le doigt sur quelque chose, fit-il, pensif.

— Ce qui pourrait également expliquer…

— Pourquoi Gloria refuse de nous parler.

— Eh bien oui. Un avortement est parfois vécu comme un traumatisme. Elle préfère peut-être ne pas s'en souvenir. Imaginez que son mari ne soit pas au courant. Où êtes-vous en ce moment ?

— À Islington. Je vais tenter ma chance auprès de Mucky Ricci.

— Quoi ? s'étonna Robin.

— J'y ai réfléchi tout le week-end », dit Strike qui, contrairement à Robin, ne s'était pas reposé. Pour pallier le manque de personnel, il avait dû alterner les filatures, passant de PasNet au petit ami de Miss Jones dans la même journée. « Nous sommes à presque dix mois d'enquête et on n'a toujours rien de concret. Évidemment, si Ricci est gâteux, j'en serai pour mes frais. Mais ça vaut le coup d'essayer. On ne sait jamais, ça lui fera peut-être plaisir d'évoquer le bon vieux temps avec moi…

— Et si ses fils l'apprennent ?

— Il ne parle quasiment pas. Je table sur le fait qu'il ne pourra pas leur raconter qu'il m'a vu. Écoutez », dit Strike, qui n'était pas pressé de raccrocher parce qu'il avait envie de finir sa cigarette en discutant avec Robin, « je suis sûr que Betty Fuller sait que c'est lui l'assassin de Margot. Pareil pour Tudor Athorn ; il l'a dit à son neveu. L'un comme l'autre étaient liés à la pègre locale et il ne se passait rien à Clerkenwell sans qu'ils soient au courant.

« Je repense à la réflexion de Shanker quand je lui ai dit que Margot avait disparu sans laisser de traces. Il m'a répondu "C'est du travail de professionnel". Si on prend un peu de recul et qu'on reconsidère la question, dit Strike qui commençait à fumer le filtre, il est quasiment impossible que Margot ait disparu sans laisser de traces, à moins qu'un type expérimenté s'en soit occupé.

— Creed était expérimenté, répondit calmement Robin.

— Vous savez ce que j'ai fait hier soir ? poursuivit Strike en ignorant sa réponse. J'ai cherché le certificat de naissance de Kara Wolfson sur le Net.

— Dans quel but ? » demanda Robin. Strike l'entendit sourire. « Pour connaître son signe astrologique ?

— Oui, je sais, ça enfreint le principe des moyens avant le mobile, ajouta-t-il avant que Robin lui en fasse la remarque. Mais je me suis dit que quelqu'un aurait pu parler à Margot du meurtre de Kara. Les médecins entendent beaucoup de choses, n'est-ce pas ? Ils se rendent au domicile de leurs patients, ils recueillent leurs confidences. Ils sont un peu comme des prêtres.

— Vous vouliez vérifier si Kara était Scorpion, dit Robin.

— Exactement. Et je me suis aussi demandé si Ricci ne serait pas venu à cette fête de Noël avec ses gorilles pour qu'ils voient leur future victime.

— Et alors ?

— Alors quoi ?

— Kara était Scorpion ?

— Oh. Non. Taureau. Du 17 mai. »

Strike entendit Robin tourner des pages.

« Ce qui veut dire que, selon Schmidt… elle était Cetus, Baleine.

— Mouais, fit Strike en jetant son mégot. Bon, j'y vais. Souhaitez-moi bonne chance.

— Bonne ch…

— Cormoran Strike ! » lança une voix cordiale derrière lui.

Strike raccrocha, se retourna et vit une femme mince à la peau brune, vêtue d'un manteau beige. Elle s'arrêta près de lui, tout sourire.

« Vous me remettez ? Selly Oak. Je suis…

— Marjorie ! s'écria Strike. Marjorie, ma kiné. Comment ça va ? Que faites-vous…

— Je travaille dans cette maison de retraite que vous voyez là-bas ! À temps partiel. Je n'en reviens pas. Vous êtes devenu célèbre… »

Et merde.

Il lui fallut vingt-cinq minutes pour se débarrasser d'elle.

« C'est la cata, expliqua-t-il à Robin en entrant dans leur bureau quelque temps plus tard. Je lui ai dit que j'étais venu dans le quartier pour voir mon comptable, mais si elle bosse à St. Peter's, nous n'avons plus aucune chance d'y entrer.

— *Vous* n'avez plus aucune chance…

— J'ai pourtant été clair », répliqua Strike. Le visage tuméfié de Robin était pour lui comme une mise en garde, un appel à la prudence. « Il n'est pas question que vous l'approchiez.

— J'ai Miss Jones en ligne, cria Pat derrière la porte.

— Je la prends », dit Robin tandis que, devant elle, Strike articulait un « merci » silencieux.

Robin discuta avec Miss Jones tout en finissant de corriger le tableau de service sur son ordinateur, une tâche que le renvoi de Morris et sa propre indisponibilité temporaire rendaient aussi complexe que la résolution d'une équation linéaire à deux inconnues. Elle passa les quarante minutes suivantes à émettre des onomatopées chaque fois que Miss Jones s'arrêtait de parler pour reprendre son souffle. Ayant compris que leur cliente s'était fixé pour objectif de lui tenir la jambe jusqu'à ce que Strike revienne, Robin fut obligée de lui raconter que leur secrétaire avait reçu un message disant qu'il serait injoignable toute la journée.

C'était son premier et unique mensonge de la matinée, pensa Robin en regardant Strike, penché sur le bureau d'à côté, discutant avec Pat des notes de frais remises par Barclay. Étant lui-même assez prudent pour ne jamais rien promettre à moins d'y être contraint, Strike avait forcément remarqué que Robin ne s'était aucunement engagée à respecter son interdiction d'approcher Mucky Ricci.

61

Puis quand la seconde veille fut presque passée,
La porte d'airain s'ouvrit et entra la brave
Britomart…

Edmund SPENSER, *La Reine des fées*

La première semaine de juin, un article sortit dans *Métro*, relatant l'incident qui s'était produit à l'American Bar le soir où Rokeby fêtait les cinquante ans de son groupe.

> Familles je vous hais, ou comment un célèbre fils snobe son célèbre père pour aller faire le coup de poing dans un bar, pendant qu'à cinq cents mètres de là, le reste de la fratrie se réunit autour du patriarche. Nos espions sur place disent qu'il y a eu de la casse et que la fidèle assistante du fiston fut *incapable de le retenir.* Ce coup de poing cacherait-il un coup de pub ? En tout cas, dans le match père/fils, c'est bien le premier qui l'a emporté par KO.

Incapable de le retenir étant le titre d'un album de Rokeby, il ne fallait pas être grand clerc pour comprendre de qui parlait l'article du quotidien gratuit. Strike reçut deux appels de journalistes mais, comme ni lui ni Rokeby ne souhaitait faire de commentaires, l'intérêt retomba aussi sec. « Ç'aurait pu être pire », déclara Strike, laconique. « Pas de photos, aucune allusion à l'affaire Bamborough. Oakden aurait-il peur de nous faire de la réclame, subitement ? »

Robin n'en était pas fière mais, pendant qu'elle surveillait le domicile du petit ami de Miss Jones, elle avait cherché sur son portable des images de la fête donnée à Spencer House. Les invités, parmi lesquels des stars d'Hollywood et de la scène rock, étaient tous arrivés en costume du XVIIIe siècle. Robin n'avait trouvé qu'une seule photo de Rokeby, perdue au milieu des portraits de la jet-set. Il posait avec six de ses enfants. Elle reconnut Al qui souriait sous sa perruque poudrée posée de guingois. Strike aurait fait tache à côté d'eux, se dit-elle en essayant de l'imaginer grimé en marquis, avec une veste de brocart et des mouches de feutrine collées sur le visage.

Elle avait été soulagée de constater le silence d'Oakden dans la presse, mais plus le mois de juin avançait plus elle devenait anxieuse. L'affaire Bamborough, qui trônait au sommet de ses préoccupations, était au point mort. Gloria Conti n'avait pas répondu au message qu'Anna lui avait envoyé lui demandant de coopérer avec les deux détectives. Steve Douthwaite demeurait introuvable. Robin ne savait toujours pas si Strike obtiendrait l'autorisation d'interroger Creed, et Mucky était désormais inaccessible, cloîtré dans la maison de retraite qu'ils ne surveillaient plus, faute de personnel.

Ils n'avaient trouvé personne pour remplacer Morris, ne fût-ce qu'à titre provisoire. Strike avait contacté ses anciens collègues de la Brigade spéciale d'investigation, Hutchins ses potes du Met, Robin son amie Vanessa. En vain.

« C'est sûrement à cause de l'été qui arrive, dit Barclay en croisant Robin au bureau, un samedi après-midi. Les gens préfèrent partir en vacances. Je me mets à leur place. »

Barclay et Hutchins avaient posé leurs congés depuis des mois et aucun des deux associés n'aurait eu le cœur de les priver de quelques jours de repos en famille. Mais cela signifiait qu'à la mi-juillet, Strike et Robin seraient seuls pour tenir la boutique.

Strike passait ses journées à filer le petit ami de Miss Jones pour trouver la faille qui permettrait à leur cliente d'obtenir la garde exclusive de leur fille. Pendant ce temps, Robin tentait de lier connaissance avec l'assistante de PasNet. Ce n'était pas une mince affaire. Elle avait utilisé diverses méthodes d'approche en changeant à chaque fois de perruque et de lentilles de contact, elle avait engagé la conversation dans un bar, l'avait volontairement bousculée dans un night-club, suivie dans les toilettes de la boutique Harvey Nichols. Apparemment, la jeune femme n'avait pas fait le lien entre toutes ces rencontres peu fortuites, mais ne donnait toutefois aucun signe de vouloir discuter avec Robin et encore moins de lui confier qu'elle travaillait pour un salaud doublé d'un cocaïnomane.

Un midi, n'ayant pas trouvé de place assise dans le bar à sandwiches d'Holborn où l'assistante venait d'entrer, Robin, qui s'était passé les cheveux à la craie marron et avait mis des lentilles noisette, décida brusquement de changer de cible et, au lieu de courir après une très jeune femme, d'aller rendre visite à un très vieil homme.

Cette décision, elle ne l'avait pas prise à la légère et elle en mesurait les possibles conséquences. Elle aimait bien Shanker et était parfaitement consciente que, pour faire peur à un voyou côtoyant les pires criminels depuis l'âge de neuf ans, il fallait que la famille Ricci soit particulièrement redoutable. Elle avait donc échafaudé un plan, dont la première étape consistait à trouver un déguisement qui la rendrait absolument méconnaissable. Celui qu'elle portait ce jour-là lui semblait convenir. Depuis qu'elle avait démarré dans ce métier, elle avait beaucoup appris sur l'art du maquillage. Parfois, elle était si bien grimée que Strike lui-même mettait quelques secondes à la reconnaître. Ce qui l'amusait énormément. Elle entra dans un McDonald's, fila aux toilettes et, ayant vérifié que non seulement elle ne ressemblait pas à Robin Ellacott mais que personne ne remarquerait ses yeux pochés sous la couche de fond de teint, ressortit et se dirigea vers le métro. Vingt minutes plus tard, elle émergeait de la station Angel.

Malgré le beau temps, le jardinet où les résidents se rassemblaient parfois était désert. Sur les plates-bandes, les pensées avaient été remplacées par des asters roses, et il n'y avait pas un chat devant la maison de retraite.

Quand Robin atteignit la porte d'entrée, la phrase tirée de la première épître de Pierre luisait sous le soleil.

... ce n'est pas par des biens corruptibles, l'argent ou l'or, que vous avez été rachetés... mais par un sang précieux, celui d'un agneau sans défaut et sans tache, le Christ.

Robin sonna et attendit. Une femme brune aux joues rondes, vêtue de l'habituel uniforme bleu, vint lui ouvrir.

« Bonjour, dit-elle avec un petit accent espagnol.

— Bonjour, fit Robin qui, elle, avait choisi d'imiter celui de son amie Vanessa, originaire du nord de Londres. Je viens voir Enid. Je suis son arrière-petite-fille. »

Elle avait gardé en mémoire le prénom qu'elle avait entendu dans la bouche d'un infirmier, le jour de la balade en fauteuil roulant. Restait à espérer qu'Enid ne soit pas morte entre-temps et qu'elle ait de la famille.

« Ah oui ? Enchantée, dit l'Espagnole en lui désignant le registre des visiteurs, ouvert sur une table. Signez ici, je vous prie, et n'oubliez pas de le refaire en partant. Elle est dans sa chambre. Peut-être qu'elle dort ! »

Robin pénétra dans un vestibule aux cloisons lambrissées. Elle avait sciemment omis de demander le numéro de la chambre pour pouvoir éventuellement arguer qu'elle s'était perdue.

Elle vit trois déambulateurs et deux fauteuils roulants contre un mur et, sur un autre, une grande croix du haut de laquelle un Jésus en plâtre la contemplait. Robin nota ses abdominaux parfaitement dessinés et le sang écarlate qui coulait de ses mains, de ses pieds et de son front écorché par la couronne d'épines. Les locaux ne sentaient pas aussi mauvais que le foyer-logement de Betty Fuller, mais elle identifia tout de même des relents de cuisine mêlés à une odeur d'encaustique.

Un rayon de soleil entra par l'imposte derrière elle et se posa sur le registre où elle inscrivait la date du jour, son heure d'arrivée et le nom qu'elle s'était choisi : Vanessa Jones. Au-dessus de la table, sur un tableau métallique, figuraient les noms des résidents. Près de chacun, un système à glissière signalait s'ils étaient « présents » ou « absents ». Niccolo Ricci était « présent », constata Robin en se demandant où il aurait bien pu se trouver dans le cas contraire.

Il y avait un ascenseur, mais elle opta pour l'escalier moquetté de rouge. Elle y croisa l'infirmier originaire de Trinidad qu'elle avait souvent aperçu au cours de ses planques. Il descendait, les bras chargés de paquets de couches pour incontinents. Il sourit et lui souhaita un bon après-midi.

Sur le palier du premier, un petit écriteau fléché indiquait la direction des chambres. Les numéros s'échelonnaient de 1 à 10. Robin s'engagea dans le couloir. Malheureusement, « Mrs. Enid Billings », qui occupait la chambre numéro 2, n'avait pas de voisin nommé Ricci. Consciente qu'elle ne pourrait plus prétexter s'être perdue en cherchant son arrière-grand-mère, Robin fit demi-tour et grimpa au deuxième.

Au bout de quelques pas dans un couloir semblable au précédent, elle entendit une femme parler avec un fort accent polonais. Vite, elle se cacha dans un renfoncement, entre un lavabo et un placard.

« Vous avez envie d'aller aux toilettes ? *Vous-avez-envie-d'aller-aux-toilettes-Mister-Ricci ?* »

S'ensuivit un faible gémissement.

« *C'est oui ?* dit la femme. *Ou c'est non ?* »

Autre gémissement.

« *Non ?* Très bien alors… »

Les pas de l'infirmière se rapprochaient. Robin émergea de son recoin, un sourire collé sur le visage.

« Je me lavais les mains », dit-elle. La femme blonde marchait bizarrement, comme si elle avait les pieds plats. Ayant sans doute d'autres chats à fouetter, elle acquiesça d'un hochement de tête.

De nouveau seule dans le couloir, Robin s'avança jusqu'à la porte numéro 15, marquée « Mr. Nico Ricci ».

Elle retint son souffle, frappa un petit coup et poussa le battant dépourvu de poignée.

La chambre n'était pas grande, mais le soleil y entrait à flots. La décoration avait fait l'objet d'une attention particulière. Plusieurs aquarelles, dont une vue de la baie de Naples, ornaient les murs. Il y avait des photos de famille sur le manteau de la cheminée et des dessins d'enfants sur la porte de la penderie. L'un d'entre eux était ainsi légendé : « Grand-père et moi et un cerf-volant ».

Ricci était tassé dans un fauteuil près de la fenêtre. L'infirmière venait à peine de sortir mais il dormait déjà. Robin laissa la porte se refermer sans bruit derrière elle, s'avança à pas de loup et s'assit au bord du lit, face au vieillard qui avait autrefois régné sur la pègre de Clerkenwell en tant que proxénète, pornographe, organisateur de tournantes et commanditaire d'assassinats.

Manifestement, le personnel faisait correctement son travail, songea-t-elle en l'examinant. Ses cheveux gris foncé étaient bien peignés et ses ongles aussi propres que le col de sa chemise d'un blanc éclatant. Malgré la chaleur ambiante, on lui avait mis un pull bleu pâle. Sur la main noueuse qui reposait mollement sur la chaise voisine, luisait la chevalière en or à tête de lion. Ses doigts étaient si bizarrement crispés qu'elle se demanda s'il pouvait encore s'en servir. Il avait peut-être eu une attaque, ce qui expliquerait son aphasie.

« Monsieur Ricci ? » fit Robin à mi-voix.

Il émit un petit ronflement et leva lentement la tête, la bouche entrouverte. Entre ses paupières tombantes, Robin découvrit des yeux moins vitreux que ceux de Betty Fuller, mais pas très vifs pour autant. Comme ses oreilles et son nez, la peau qui les entourait semblait avoir poussé en même temps que le reste de sa personne rétrécissait.

« Je voudrais vous poser quelques questions, dit tranquillement Robin. Au sujet d'une femme nommée Margot Bamborough. »

Il la regarda, bouche bée. L'entendait-il ? La comprenait-il ? Elle ne voyait pas d'appareils auditifs au creux de ses grandes oreilles. Il n'y avait aucun bruit dans la pièce, hormis celui que faisait le cœur de Robin.

« Vous vous rappelez Margot Bamborough ? » insista-t-elle.

À sa grande surprise, elle l'entendit gémir comme il l'avait fait devant l'infirmière cinq minutes plus tôt. Mais qu'est-ce que cela signifiait ? Oui ou non ?

« Vous vous rappelez ? » répéta Robin.

Il gémit encore.

« Elle a disparu. Savez-vous… ? »

Des pas retentirent dans le couloir. Robin se leva en toute hâte et lissa le couvre-lit pour tenter de masquer les traces de son passage.

Je vous en prie, mon Dieu, faites que personne n'entre.

Mais Dieu, apparemment, n'était pas à l'écoute car les pas se firent plus sonores et la porte s'ouvrit sur un homme immense au visage grêlé. En voyant son crâne chauve et aplati, Robin songea à l'expression que Barclay avait utilisée pour décrire Luca Ricci. En effet, le fils aîné de Nico avait l'air d'avoir reçu un piano sur la tête.

« Vous êtes qui ? » demanda-t-il. Plus douce et fluette que Robin l'avait imaginée, la voix de Luca lui fit tout de même dresser les cheveux sur la tête. Pendant une ou deux secondes, elle craignit de se mettre à hurler, ce qui aurait fait capoter le plan de secours qu'elle avait soigneusement mis au point. Elle avait prévu différents cas de figure, le pire étant qu'un membre du personnel la surprenne. Normalement, Luca Ricci n'était pas censé venir, ni aucun autre membre de la famille. On n'était pas dimanche. Et pourtant, Luca était bien là, et de tous les Ricci, c'était celui qu'elle redoutait le plus.

« Vous êtes un parent ? lui renvoya-t-elle en poussant son accent des quartiers nord. Oh, merci mon Dieu ! Il gémissait. Ça faisait trop bizarre. Je sortais de chez mamie et en passant dans le couloir, je l'ai entendu et je me suis dit qu'il était peut-être malade ou autre chose. »

Toujours debout sur le seuil, Luca la regardait de haut en bas.

« Ça veut rien dire quand il gémit » finit-il par répondre. Il avait un cheveu sur la langue. « Il gémit un peu, mais ça veut rien dire. Pas vrai, papa ? », cria-t-il pour se faire entendre du vieillard qui le regarda en clignant les yeux.

Luca éclata de rire.

« C'est quoi votre nom ? demanda-t-il à Robin.

— Vanessa, répondit-elle promptement. Vanessa Jones. »

Elle fit un pas vers lui, espérant qu'il s'écarte et la laisse passer, mais il ne bougea pas d'un centimètre. En revanche, son sourire s'élargit. Il voyait parfaitement qu'elle voulait sortir, songea Robin. Mais pourquoi l'en empêchait-il ? Était-ce pour la taquiner ou parce qu'il ne croyait pas à l'histoire qu'elle lui avait servie ? Elle sentit la sueur perler sous ses aisselles et sur son crâne. Pourvu que la craie pour cheveux ne se mette pas à couler, pensa-t-elle.

« Vous n'étiez jamais venue, dit Luca.

— Non, c'est la première fois, répondit Robin en essayant de sourire. Ils ont l'air bien installés, hein ?

— Ouais, pas trop mal. D'habitude, je viens le dimanche, mais demain on part en Floride. On va rater son anniversaire. Mais il ne s'en rendra pas compte, hein papa ? » ajouta-t-il en se tournant vers son père qui continuait à le fixer, la bouche entrouverte.

Luca sortit de sous sa veste un petit paquet enveloppé, se pencha vers la commode et le posa dessus. Il avait fait tout cela sans bouger ses grands pieds.

« C'est gentil », dit Robin.

La sueur dégoulinait le long de son sternum, à présent. Elle craignait que Luca ne s'en aperçoive. Il faisait horriblement chaud dans cette chambre. Même si Robin n'avait pas su qui était Luca, elle aurait compris *ce* qu'il était. Une violence sourde émaillait chacun de ses gestes, de ses expressions. Elle la devinait dans le sourire vorace qu'il lui adressait, dans sa façon de s'adosser au chambranle de la porte en se délectant du pouvoir absolu qu'il exerçait sur elle.

« C'est juste des chocolats, précisa Luca. Qui est votre grand-mère ?

— Mon arrière-grand-mère, en fait, mais je l'appelle mamie, dit Robin pour se laisser le temps de retrouver les noms qu'elle avait lus en passant. Sadie.

— Elle est où ?

— À deux portes d'ici », dit Robin en faisant un geste vers la gauche. Sa bouche était tellement sèche qu'elle avait du mal à déglutir. « Maman est en vacances et j'ai promis de rendre visite à mamie pendant son absence.

— Ah ouais ? Elle est partie où, votre mère ?

— À Florence, répondit-elle au hasard. Faire les musées.

— Ah ouais ? répéta Luca. Nous, à la base, on vient de Naples. Pas vrai, papa ? lança-t-il par-dessus la tête de Robin, avant de se remettre à la dévisager. Vous savez ce qu'il faisait mon vieux, dans le temps ?

— Non, dit Robin en grimaçant un sourire.

— Il tenait un club de strip-tease. Il vous aurait déjà enlevé votre culotte. »

Robin voulut rire mais n'y parvint pas. Luca, lui, jubilait.

« Ouais. Une fille comme vous ? Il vous aurait tout de suite prise comme hôtesse dans sa boîte. Le boulot rapportait bien. Remarquez, il fallait aussi tailler des pipes à ses potes ! »

Il partit d'un rire suraigu. Robin essaya de l'imiter mais le souvenir de Kara Wolfson l'en empêcha.

« Bon, dit-elle tandis que la sueur dégoulinait sur sa nuque. Il faut que j'y aille…

— Vous inquiétez pas, fit Luca avec un sourire, mais sans la laisser passer pour autant. Je suis pas dans le même business.

— Ah bon ? Que faites-vous ? questionna Robin qui n'osait toujours pas lui demander de s'écarter.

— Je bosse dans les assurances. Et vous ?

— Je suis puéricultrice, répondit Robin, inspirée par les dessins d'enfant scotchés sur la porte de la penderie.

— Ah ouais ? Vous aimez les gosses, alors ?

— Je les adore.

— Moi aussi. J'en ai six.

— Waouh ! Six !

— Ouais. Et je suis pas comme lui, dit Luca en lançant un autre regard par-dessus la tête de Robin. Lui, il a attendu qu'on soit adultes pour s'intéresser à nous. Moi j'aime les petits.

— Oh, moi aussi, fit Robin avec ferveur.

— Quand on était mômes, il fallait qu'on se fasse renverser par une bagnole pour qu'il remarque notre existence, renchérit Luca. C'est arrivé à mon frère Marco. Il avait douze ans.

— Oh non », gémit Robin, par politesse.

Pour Luca, le jeu consistait à obtenir d'elle les réponses appropriées tout en la maintenant dans un état de sidération. Quand Robin feignit d'être désolée pour son frère Marco, il la gratifia d'un sourire satisfait.

« Ouais, papa est resté à son chevet trois bonnes semaines, jusqu'à ce que Marco soit hors de danger. Enfin, je pense que c'était pour Marco qu'il était là, mais c'était peut-être pour les infirmières. À l'époque, ajouta-t-il en la déshabillant du regard, elles portaient toutes des bas noirs. »

Robin entendit des pas dans le couloir. Contrairement à ce qu'il s'était passé dix minutes plus tôt, elle pria pour que quelqu'un entre. Et son souhait fut exaucé. La porte s'ouvrit, heurtant Luca dans le dos. L'infirmière blonde aux pieds plats était de retour.

« Oh, désolée Mr. Ricci, murmura-t-elle pendant que Luca faisait un pas de côté. Oh, répéta-t-elle en apercevant Robin.

— Il gémissait, expliqua à nouveau Robin en désignant Mucky dans son fauteuil. Je regrette, je n'aurais peut-être pas dû – je me suis dit qu'il avait mal ou quelque chose comme ça. »

Comme par un fait exprès, Mucky Ricci se remit à gémir. Essayait-il de la dénoncer ?

« Ouais, il fait ça de temps en temps, quand il veut quelque chose, dit l'infirmière. Je pense qu'il a besoin d'aller aux toilettes, maintenant. N'est-ce pas, Mr. Ricci ?

— Je suis pas venu le voir chier, s'esclaffa Luca Ricci. Je passais juste lui offrir son cadeau pour jeudi. »

Robin avait enfin réussi à sortir mais, à peine eut-elle fait trois pas dans le couloir qu'à sa grande horreur, Luca surgit derrière elle et la rattrapa en une seule enjambée.

« Vous n'allez pas dire au revoir à mamie ? demanda-t-il quand ils passèrent devant la chambre de Mrs. Sadie O'Keefe.

— Non, elle s'est endormie pendant que j'étais avec elle, la pauvre. Je ne veux pas la réveiller. »

Ils descendirent l'escalier, Luca veillant à rester trois marches derrière elle pour mieux la reluquer. Robin sentait son regard au laser sur sa nuque, ses jambes, ses fesses.

Après deux interminables minutes, ils atteignirent le rez-de-chaussée et s'engagèrent dans le hall. Du haut de son perchoir, le christ grandeur nature jeta un regard attristé sur le pseudo-assureur. Robin allait sortir quand ce dernier lui lança :

« Vanessa, attendez ! »

Robin se retourna. Le sang battait dans son cou.

« Faut signer, dit-il en lui tendant un stylo.

— Oh, j'allais oublier, fit Robin avec un petit gloussement. Je vous l'ai dit… c'est la première fois que je viens. »

Elle se pencha sur le registre des visiteurs et vit la signature de Luca juste sous la sienne.

LUCA RICCI

Dans la case « commentaires », il avait écrit :

J'ai apporTÉ des CHOcolats pouR son AnniVERsaire JEudi, à LUI remeTTre le matin DU 25 juiLLet, SOP.

Robin inscrivit l'heure à côté de sa propre signature et rejoignit Luca qui lui tenait la porte.

« Merci beaucoup », dit-elle en se dépêchant de sortir. Une fois sur le trottoir, elle prit une bonne goulée d'air frais.

« Je peux vous déposer quelque part ? proposa Luca avant de descendre les marches du perron. Ma voiture est garée au coin. C'est une Aston Martin.

— Oh non, merci beaucoup. J'ai rendez-vous avec mon copain.

— Soyez sage, hein ! Sinon, gare à vous, ha ha ha.

— Oui, répondit Robin trop fort. Et vous, profitez bien de la Floride ! »

Il lui fit un petit signe d'adieu et s'éloigna en sifflotant « Begin the Beguine ». Tellement soulagée qu'elle en avait des vertiges, Robin dut se retenir pour ne pas partir en courant.

Elle pénétra dans le square, passa derrière le buisson de lilas et attendit. Au bout d'une demi-heure, quand elle fut certaine que Luca Ricci n'était plus dans les parages, elle revint sur ses pas.

62

Parfois, il arrive que les peines de l'âme
Trouvent le remède qui se dérobait aux recherches.

Edmund Spenser, *La Reine des fées*

Robin s'était attendue à une volée de bois vert, mais ce fut pire encore. Ils ne s'étaient jamais engueulés aussi fort. En apprenant qu'au mépris de son interdiction son associée avait osé rendre visite à Mucky Ricci, Strike s'était mis à hurler et avait continué sur le même ton une heure durant jusqu'à ce que Robin, excédée, l'interrompe au milieu d'une phrase, prenne son sac et sorte de l'agence en claquant la porte derrière elle. Strike resta planté là, à regarder vibrer la vitre dépolie en espérant qu'elle se brise pour pouvoir la déduire de son salaire.

Le lendemain matin, il se réveilla un peu plus calme. Après tout, la dernière initiative de Robin n'était en rien comparable à l'énorme bourde qu'elle avait commise trois ans auparavant en faisant fuir un suspect à force de le harceler, et qui lui avait valu une mise à pied immédiate. Par ailleurs, rien n'indiquait pour l'instant que la famille Ricci ou le personnel soignant aient flairé la supercherie. Et par-dessus tout, il devait tenir compte du fait (c'était cela qui l'irritait le plus) que Robin n'était plus une simple collaboratrice liée à lui par contrat mais bel et bien son associée, et qu'en cas de séparation il se trouverait confronté à un monceau de problèmes financiers et légaux. En gros, ce serait un peu comme un divorce.

Il ne voulait pas rompre le partenariat qui le liait à Robin mais il enrageait d'avoir lui-même rendu cette éventualité inenvisageable. Leurs relations demeurèrent tendues au cours des deux semaines qui suivirent la visite de « Vanessa Jones » à la maison de retraite St. Peter's. Puis, un beau matin du mois d'août, alors que, pour la centième fois, elle tentait d'aborder l'assistante de PasNet dans un café, Robin reçut un texto un peu sec de la part de Strike lui demandant de rappliquer illico.

Elle le trouva assis dans leur bureau commun, devant un tas de documents tirés du dossier de police Bamborough. À son arrivée, il leva la tête, vit qu'elle ne portait ni lentilles ni perruque et lui annonça sans préambule :

« Les clients PasNet viennent d'appeler. Ils nous retirent l'affaire faute de résultats.

— Oh non, gémit Robin en s'asseyant à sa place. Je suis désolée, j'ai fait tout ce que j'ai pu avec l'assistante de…

— Anna et Kim veulent nous parler, enchaîna-t-il. J'ai programmé une téléconférence à 16 heures.

— Elles n'ont quand même pas l'intention…

— D'arrêter les frais ? Si, probablement. Elles disent qu'une amie les a invitées à la rejoindre en

Toscane. Elles souhaitent nous parler maintenant parce que, à la date anniversaire, le 15 août, elles ne seront pas encore rentrées. »

Strike se tut et se remit à examiner les papiers étalés devant lui.

« Cormoran, tenta Robin après un long silence.

— Quoi ?

— Je vous en prie, reparlons de St. Peter's.

— Personnellement, je n'ai rien à ajouter, dit Strike en feignant de relire la déclaration de Ruby Eliott au sujet des deux femmes qu'elle avait vues se disputer sous la pluie.

— Non, je ne parle pas de ma visite en elle-même. Je vous ai déjà dit…

— Vous aviez promis de ne pas vous approcher de Ricci…

— J'ai "accepté" de me tenir à distance, répliqua Robin en formant les guillemets avec ses doigts. Comme lors de votre visite chez Gregory Talbot, vous avez "accepté" de ne pas dire à la police d'où venait la bobine de film. » Elle parlait à voix basse pour éviter que Pat l'entende derrière la porte de communication. « Je n'ai pas fait cela pour vous *défier*. Mais vous étiez hors jeu et il fallait que quelqu'un s'en charge. Au cas où vous ne l'auriez pas remarqué, je suis plus douée que vous pour passer inaperçue.

— Là n'est pas la question, dit Strike qui faisait à présent semblant de s'intéresser à la description de Theo par Gloria. Ce qui m'emmerde, et vous le savez très bien, c'est que vous ne m'avez pas informé de ce que vous comptiez…

— Et vous, est-ce que vous m'appelez toutes les trois secondes pour me dire ce que vous allez faire ? Vous êtes bien content que je prenne des initiatives quand…

— Luca Ricci pose des électrodes sur les parties génitales de ses ennemis, Robin ! explosa Strike en renonçant du même coup à jouer la comédie.

— Combien de fois allez-vous rabâcher ça ? Vous croyez que j'ai sauté de joie en le voyant entrer dans la chambre de son père ? Si j'avais su qu'il allait lui faire une visite surprise, je n'y serais jamais allée ! Le fait n'en demeure pas moins…

— … ce n'est pas un fait…

— … que si je n'avais pas…

— … c'est une hypothèse…

— *Mais merde, Strike, ce n'est pas une hypothèse, c'est la réalité et si vous n'étiez pas têtu comme une mule, vous en conviendriez.* » Robin sortit son portable de la poche de son jean et afficha la photo qu'elle avait prise lors de sa deuxième incursion dans la maison de retraite, laquelle n'avait duré que deux minutes, s'était déroulée sans témoins et lui avait permis de rapporter un exemplaire de l'écriture de Luca Ricci, telle qu'elle figurait sur le registre des visiteurs.

« Donnez-moi la lettre anonyme », lui ordonna-t-elle. Strike lui tendit le papier bleu froissé qu'ils avaient rapporté de leur entretien avec les sœurs Bayliss. « *Merci.* »

Robin posa la feuille et son portable côte à côte, face à Strike. Pour elle, les ressemblances étaient indéniables. Le même mélange de majuscules et de minuscules, la même façon de détacher chaque lettre et d'y ajouter des fioritures aussi incongrues que l'était le zézaiement chez cet homme effrayant par sa taille, sa mine patibulaire et son visage grêlé comme une orange mal pelée.

« On ne peut pas se baser sur une photo », maugréa Strike. Il aurait pu éviter de se montrer désagréable mais c'était plus fort que lui. « Une analyse graphologique tient compte de la pression exercée sur le stylo, avant toute chose.

— OK, très bien », fit Robin. La gorge nouée de colère, elle se leva et sortit du bureau en laissant la porte entrouverte, si bien que Strike l'entendit échanger quelques mots avec Pat. Puis il perçut le tintement des tasses et, malgré son irritation, se prit à espérer qu'elle lui apporterait du thé.

Il fronça les sourcils, examina de plus près le portable et la lettre anonyme. Robin avait raison. Il l'avait su dès l'instant où elle lui avait montré ce cliché, à son retour de St. Peter's. Trop furieux pour le reconnaître devant elle, il avait néanmoins fait parvenir les deux documents à une graphologue qu'un flic de ses amis lui avait conseillée. Et tout en s'entourant des précautions d'usage – impossible de conclure avec certitude en se basant sur une photo – cette femme s'était déclarée certaine à 70 ou 80 % que les deux textes provenaient de la même personne.

« L'écriture ne change pas en l'espace de quarante ans ? s'était étonné Strike.

— Pas toujours, avait répondu la graphologue. Il y a des variations bien sûr. Liées à l'âge et à la condition physique, la plupart du temps. L'humeur aussi peut avoir une influence. Mais j'ai remarqué dans ma pratique que l'écriture change moins chez les gens qui s'en servent peu. Ceux-là ont tendance à conserver le style qu'ils ont acquis à l'école. Dans le cas qui nous occupe, on trouve des traits distinctifs qui visiblement n'ont guère évolué depuis l'enfance.

— Je crois pouvoir affirmer sans trop de risques que notre ami exerce un métier où l'écriture ne tient pas un rôle essentiel », lui avait précisé Strike.

Durant sa longue carrière, Luca Ricci avait effectué de nombreux séjours en prison. La dernière fois, d'après Shanker, c'était pour avoir commandité et supervisé une agression à l'arme blanche. La victime avait reçu un coup de couteau dans les parties et ne s'en était sortie que par miracle. « Par contre, il n'aura plus de gosses, le pauvre type, lui avait précisé Shanker au téléphone, deux nuits auparavant. Et il ne peut même plus baiser sans avoir mal. Ça vaut pas la peine de vivre, dans ces conditions. La lame lui a traversé la couille droite, il paraît. Normal, ils l'avaient cloué au sol…

— Passe-moi les détails », avait répondu Strike qui s'était aussitôt senti transpercé par une douleur allant du bas-ventre à la poitrine.

Strike avait contacté Shanker sous un prétexte fallacieux. En réalité, il voulait savoir si son vieil ami avait entendu dire qu'une femme était venue fouiner dans la maison de retraite du père Ricci. Comme Shanker n'avait rien mentionné de tel, Strike en avait conclu que, pour l'instant, tout allait bien.

C'était un soulagement plus qu'une surprise. Une fois remis de sa grosse colère, Strike avait dû admettre que Robin ne courait plus aucun danger. Il en avait assez appris sur Luca Ricci pour savoir qu'il ne l'aurait jamais laissée partir s'il avait eu le moindre soupçon à son sujet. Tout être humain habitué à se soumettre aux règles dictées par la loi, la morale, la société et la raison, aurait eu du mal à concevoir qu'on puisse être assez stupide ou téméraire pour blesser une femme à l'intérieur d'une maison de retraite ou l'en faire sortir sous la menace d'un couteau. *En plein jour ? Impossible !* se serait exclamé un individu doté d'une conscience. *Pas avec tous ces témoins autour ! Il n'oserait pas.* Or, ce qui caractérisait Luca Ricci, c'était justement qu'il était capable de faire n'importe quoi, n'importe où, sur un simple coup de tête, qu'il y ait des témoins ou pas. Il partait du principe qu'on ne l'attraperait pas. Et c'était compréhensible. Certes, il avait passé du temps derrière les barreaux mais, par ailleurs, combien de fois n'avait-il pas échappé à la justice, en intimidant des témoins ou en menaçant ses complices de les faire plonger avec lui ?

Robin revint dans le bureau intérieur avec deux tasses pleines. Impassible, elle ferma la porte avec son pied et posa le thé le plus infusé devant Strike.

« Merci, marmonna-t-il.

— De rien », grinça-t-elle. Elle consulta sa montre en s'asseyant. Ils disposaient de vingt minutes avant leur entretien téléphonique avec Anna et Kim.

« On ne peut pas leur dire que nous soupçonnons Luca Ricci d'être l'auteur des lettres anonymes », démarra Strike.

Robin se contenta de le regarder sans rien dire.

« On ne peut pas laisser deux dames bon chic bon genre se balader partout en racontant que Ricci a menacé Margot, voire pire, poursuivit-il. Nous les mettrions en danger, et nous avec.

— On pourrait au moins prendre conseil auprès d'un expert, non ?

— C'est fait, répondit Strike avant de lui exposer les conclusions de la graphologue.

— Pourquoi vous ne me l'avez pas… ?

— Parce que j'étais furieux », dit Strike en buvant une première gorgée. Son thé était exactement comme il l'aimait, fort, sucré, noir comme du goudron. « Robin, écoutez-moi, si nous remettons ce cliché et la lettre à la police, que ça débouche sur quelque chose ou pas, vous aurez désormais une cible géante accrochée dans le dos. Ricci remuera ciel et terre pour savoir qui a photographié le registre des visiteurs. Et il obtiendra la réponse en un rien de temps.

— Il avait vingt-deux ans quand Margot a disparu, répondit calmement Robin. Il avait donc l'âge et la capacité physique de commettre un enlèvement. Il avait aussi les moyens de faire disparaître le corps. Betty Fuller pense que l'auteur des messages est aussi l'assassin de Margot. Elle sait de qui il s'agit et, visiblement, elle a toujours peur d'en parler. Ce qui signifie que ça peut être le fils comme le père.

— Je vous l'accorde, mais revenons sur terre. Nous ne disposons pas des ressources nécessaires pour affronter un caïd de la pègre. Votre visite à St. Peter's était déjà imprudente…

— Pourriez-vous m'expliquer en quoi elle était plus imprudente que celle que vous aviez prévu de faire vous-même ? » attaqua Robin.

Strike ne sut que répondre.

« Parce que j'ai moins d'expérience ? proposa-t-elle. Parce que je risque de tout faire foirer, de me mettre à paniquer ? Parce que je ne sais pas garder mon sang-froid ?

— Rien de tout cela, admit-il à contrecœur.

— Alors quoi ?

— Parce que j'ai plus de chances que vous de m'en sortir si Luca décide de me frapper avec une batte de base-ball. OK ?

— Sauf que Luca n'utilise pas de batte de base-ball, répliqua Robin sans se démonter. Il préfère les couteaux, les électrodes et l'acide. Je ne vois pas en quoi votre résistance à ce genre de traitement serait supérieure à la mienne. La vérité, c'est que vous estimez pouvoir courir des risques que vous m'interdisez de prendre. J'ignore si c'est un manque de confiance ou de la galanterie mal pla…

— Écoutez…

— Non, c'est à vous de m'écouter. Si on vous avait reconnu à St. Peter's, c'est toute l'agence qui en aurait payé le prix. Je me suis renseignée sur Ricci, je ne suis pas stupide. Quand il veut se venger de quelqu'un, il s'en prend à sa famille, à ses amis, même à ses animaux domestiques si l'idée lui en vient. Que ça vous plaise ou non, il y a des endroits où je peux m'introduire plus discrètement que vous. J'ai un physique passe-partout, il me suffit de rien pour changer d'aspect et, en général, les gens font plus confiance à une femme qu'à un homme, surtout les enfants et les vieillards. Nous n'aurions rien appris de *tout ça* si je n'étais pas entrée à St. Peter's…

— Ç'aurait peut-être mieux valu, rétorqua Strike. Vous savez ce que Shanker m'a dit voilà bientôt un an ? Il m'a dit : "Si Mucky Ricci est la réponse, faut que t'arrêtes de poser la question." Pareil pour Luca.

— Vous ne pensez pas ce que vous dites. Une telle attitude ne vous ressemble pas. »

Elle avait raison, mais Strike refusait de l'avouer. À dire vrai, s'il ne décolérait pas depuis deux semaines c'était surtout à cause de cela. Il savait que sa position souffrait d'un grave manque de logique. Si, comme il l'avait dit lui-même, les Ricci faisaient partie des suspects, il fallait enquêter sur eux d'une manière ou d'une autre, et comme Robin l'avait démontré, elle était la mieux placée pour cela. Il lui reprochait de ne pas l'avoir prévenu, mais il savait pertinemment que si elle l'avait fait, il aurait posé son veto, guidé par son besoin indéfendable de la protéger. Indéfendable parce que, s'il poussait le raisonnement jusqu'au bout, il devrait carrément lui interdire d'exercer le métier de détective. Il lui demandait d'être franche avec lui mais ne pouvait ignorer que si elle lui avait dissimulé ses intentions, c'était uniquement à cause de cette position incohérente à laquelle il s'accrochait. La longue cicatrice qu'elle avait à l'avant-bras était pour lui comme un reproche permanent, même si c'était elle et elle seule qui avait commis l'erreur tactique ayant débouché sur son agression. Strike en savait trop sur son passé ; ils étaient devenus trop proches : il ne voulait pas qu'elle se retrouve sur un lit d'hôpital. Le sentiment de responsabilité dont il s'était volontairement investi était d'autant plus agaçant qu'il le maintenait dans un état de solitude sans lui accorder par ailleurs aucun des avantages du célibat. Rien de tout cela n'était la faute de Robin, mais il lui avait fallu quinze jours pour accepter cette réalité.

« Non, c'est vrai, murmura-t-il enfin. Je ne suis pas comme ça. Et vous avez fait ce qu'il fallait.

— Merci, dit Robin aussi surprise que ravie.

— Mais j'aimerais que nous soyons d'accord. À l'avenir, nous discuterons du bien-fondé de ce genre d'action avant de l'entreprendre, entendu ?

— Si je vous avais demandé…

— Ouais, j'aurais peut-être dit non, et j'aurais peut-être eu tort. J'en tiendrai compte la prochaine fois, d'accord ? Mais comme vous ne cessez de me le rappeler, nous sommes associés, donc je vous serais reconnaissant…

— Très bien. Oui, nous en discuterons d'abord. Je suis désolée d'avoir agi dans votre dos. »

À cet instant, Pat frappa un coup à la porte et passa la tête dans le bureau.

« J'ai Mrs. Phipps et Mrs. Sullivan en ligne pour vous.

— Passez-les-moi, je vous prie », dit Strike.

Robin se sentait comme une patiente sur le point de recevoir une mauvaise nouvelle de son médecin. Elle laissa Strike exposer aux deux femmes ce qu'ils avaient appris au cours des onze mois et demi précédents, les quelques secrets qu'ils avaient déterrés et les conclusions lacunaires auxquelles ils avaient abouti.

Il leur révéla qu'Irene Hickson avait couché avec l'ex-petit ami de Margot ; qu'Irene et Satchwell avaient menti sur ce point ; que Satchwell avait peut-être craint que Margot n'informe la police de ses soupçons sur la mort de sa sœur handicapée ; que Wilma, la femme de ménage, n'avait jamais mis les pieds à Broom House et que l'histoire de Roy marchant dans le jardin était probablement une invention ; que les lettres de menace étaient bien réelles, mais (avec un coup d'œil à Robin) qu'ils n'avaient pu en identifier l'auteur ; que Joseph Brenner avait été un triste personnage mais que rien ne le liait à la disparition de Margot ; que Gloria Conti, la dernière personne à avoir vu Margot en vie, habitait en France et refusait de leur parler ; que le mystérieux Steve Douthwaite, le patient de Margot, avait disparu sans laisser de traces. Enfin, il leur dit que Robin et lui pensaient avoir identifié la camionnette ayant déboulé sur Clerkenwell Green la nuit de la disparition, et que ce n'était probablement pas celle de Creed.

Lorsque Strike cessa de parler, un lourd silence s'installa, seulement troublé par le bourdonnement qui sortait du haut-parleur, prouvant que les deux femmes étaient toujours en ligne. Robin, qui attendait la réaction d'Anna, sentit les larmes lui monter aux yeux. Elle aurait tellement voulu découvrir ce qui était arrivé à Margot Bamborough.

« Eh bien… nous savions que la tâche serait rude, dit enfin Anna. Voire impossible. »

Robin devina que la fille de Margot pleurait elle aussi, ce qui ne fit qu'aggraver son malaise.

« Je suis désolé, déclara Strike, solennel. J'aurais préféré avoir de meilleures nouvelles à vous annoncer. Cela dit, la piste Douthwaite pourrait se révéler…

— Non. »

Robin reconnut la voix de Kim.

« Non, je regrette, redit la psychologue. Nous avions dit un an.

— Il nous reste encore deux semaines d'enquête, insista Strike. Si…

— Avez-vous la moindre chance de trouver Steve Douthwaite au cours des deux semaines qui viennent ? »

Les yeux légèrement injectés de sang de Strike croisèrent le regard humide de Robin.

« Je ne pense pas, non, avoua-t-il.

— Comme je vous l'écrivais dans mon mail, nous partons en vacances, enchaîna Kim. Faute de retrouver la dépouille de Margot, il y aura toujours un nouveau témoin à interroger, une nouvelle piste à explorer. Or, comme je le dis depuis le début, nous n'avons ni la force ni les moyens de prolonger cette recherche indéfiniment. Je pense qu'il est préférable d'en rester là. Vous avez fait de votre mieux et nous vous remercions pour les efforts accomplis. L'exercice a été profitable, même si… Je veux dire, depuis votre visite, les relations entre Anna et Roy se sont nettement améliorées. Il sera heureux d'apprendre que la femme de ménage a reconnu qu'elle s'était trompée.

— Eh bien, tant mieux, dit Strike. Je regrette seulement…

— Je savais, intervint Anna d'une voix hésitante, que ce serait… presque impossible. Mais j'aurai essayé. »

Après qu'Anna eut raccroché, un nouveau silence s'installa dans la pièce. Strike le brisa en disant « Je vais pisser », puis il se leva et sortit.

Robin entreprit de rassembler les photocopies du dossier de police. Elle ne se faisait pas à l'idée que tout était fini. Ayant obtenu une pile bien nette, elle se rassit et se remit à compulser les documents, comme si elle avait pu rater un détail essentiel.

Extrait de la déposition de Gloria Conti devant Lawson :

C'était une jeune femme au teint sombre, petite, trapue. On aurait dit une bohémienne. Une adolescente, d'après moi. Elle est arrivée en disant qu'elle souffrait beaucoup. Je sais qu'elle se prénommait Theo. Je n'ai pas saisi son nom de famille et je ne l'ai pas fait répéter parce que je voyais qu'elle allait mal. Elle se tenait le ventre. Je lui ai dit d'attendre et je suis allée demander au Dr Brenner s'il pouvait la recevoir, parce que le Dr Bamborough était occupée avec d'autres patients.

Extrait de la déposition de Ruby Eliott devant Talbot :

Je les ai vues près d'une cabine téléphonique, deux femmes qui avaient l'air de se disputer. La plus grande avait un imperméable et se tenait penchée sur la plus petite qui portait un chapeau de pluie en plastique. Je pense que c'étaient des femmes mais je n'ai pas vu leurs visages. J'ai eu l'impression que la grande voulait que l'autre marche plus vite.

Extrait de la déposition de Janice Beattie devant Lawson :

Je connais Mr. Douthwaite depuis le jour où il s'est fait agresser dans notre immeuble, mais je ne dirais pas que nous sommes proches. Il m'a confié que le suicide de son amie l'avait profondément affecté et qu'il souffrait de maux de tête. Il pensait que c'était à cause de la tension. Je sais qu'il a grandi dans des familles d'accueil mais je ne connais pas les noms de ces personnes. Au sujet du Dr Bamborough, il m'a seulement dit qu'il était allé la consulter pour ses migraines. Il ne m'a pas prévenue qu'il quittait Percival House. J'ignore où il est parti.

Extrait de la deuxième déposition d'Irene Hickson devant Lawson :

Le ticket de caisse ci-dessous prouve que j'étais sur Oxford Street l'après-midi en question. Je regrette d'avoir menti sur mon emploi du temps mais je ne voulais pas que mon employeur sache que j'avais triché pour avoir mon après-midi de libre.

Le ticket de caisse était imprimé en dessous : Marks & Spencer, trois articles pour un total de 4,73 livres.

Extrait de la déposition de Joseph Brenner devant Talbot :

J'ai quitté le cabinet à l'heure habituelle. J'avais promis à ma sœur d'être à l'heure pour le dîner. Le Dr Bamborough a gentiment accepté de traiter le cas d'urgence car elle devait rejoindre une amie plus tard dans le quartier. J'ignore si le Dr Bamborough avait des problèmes personnels. Nous n'entretenions que

> des rapports professionnels. À ma connaissance, personne ne lui voulait de mal. Je me souviens que l'un de ses patients lui a envoyé une petite boîte de chocolats, mais je n'affirmerai pas qu'il s'agissait de Steven Douthwaite. Je ne connais pas Mr. Douthwaite. Je me souviens que le Dr Bamborough semblait contrariée quand Dorothy lui a remis les chocolats et qu'elle a demandé à Gloria, la réceptionniste, de les jeter à la poubelle, même si par la suite elle est allée les récupérer. Elle adorait les sucreries.

Strike revint dans le bureau et posa un billet de cinq livres devant Robin.

« Qu'est-ce que c'est ?

— Nous avions parié. Je disais qu'elles prolongeraient le contrat si nous leur fournissions des éléments substantiels. Vous disiez que non.

— Gardez votre argent, répondit Robin sans toucher au billet. Il nous reste deux semaines.

— Elles viennent de…

— Elles ont payé jusqu'à la fin du mois. Je continue.

— Je n'ai pas été assez clair tout à l'heure ? dit Strike en fronçant les sourcils. On laisse tomber Ricci.

— C'est bon. »

Elle regarda encore une fois sa montre.

« Je suis censée relever Andy dans une heure. Faut que j'y aille. »

Après le départ de Robin, Strike rangea les documents dans les cartons d'archives, glissa le tout sous le bureau, puis rejoignit Pat qui tapait sur son clavier, sa vapoteuse entre les dents comme d'habitude.

« On a perdu deux clients, annonça-t-il. Quel est le prochain sur la liste d'attente ?

— Le footballeur », dit Pat en faisant monter un fichier crypté pour qu'il voie le nom inscrit dessus. Il s'agissait d'un sportif connu du grand public. « Et si vous en voulez deux, je vous propose aussi la bourgeoise au chihuahua. »

Strike hésita.

« Nous prendrons juste le footballeur pour l'instant. Pouvez-vous appeler son assistant et lui dire que je suis disponible demain à l'heure qui lui conviendra ?

— Demain c'est samedi, fit remarquer Pat.

— Je sais. Mais il se trouve que je travaille le week-end. Et comme je doute qu'il prenne le risque d'être vu par ici, dites-lui que je veux bien me rendre à son domicile. »

En regagnant son bureau, il ouvrit la fenêtre à guillotine pour laisser entrer de l'air, et reconnut, mêlée aux vapeurs d'essence, l'odeur qu'il associait à la ville de Londres en été, un mélange de briques tièdes et de suie auquel s'ajoutait, ce jour-là, une petite note végétale. Il eut envie d'allumer une cigarette mais se l'interdit par respect envers Pat à laquelle il avait demandé de ne pas fumer au bureau. Leur clientèle était presque exclusivement composée de non-fumeurs et il redoutait de faire mauvaise impression en les recevant dans des locaux empestant le tabac froid. Il se pencha à la fenêtre et regarda les promeneurs du vendredi soir arpenter les trottoirs de Denmark Street à la recherche d'un bar ou d'une vitrine à lécher. Dans le fond, il entendait Pat discuter avec l'assistant du footballeur de Ligue 1. Et bien entendu, ses pensées s'envolèrent vers Margot Bamborough.

Il ne s'était jamais fait la moindre illusion. Il savait depuis le début qu'ils avaient une chance sur mille de découvrir la vérité. Mais ces cinquante semaines avaient filé tellement vite. Il réfléchit au temps qu'il avait passé au chevet de sa tante et à celui qu'il avait consacré aux autres enquêtes. Le résultat aurait-il été différent s'ils avaient pu se concentrer uniquement sur Margot ? Bien sûr, il était tentant de se chercher des excuses, mais à quoi bon ? Luca Ricci était peut-être la solution de l'énigme. Hélas, ils ne le sauraient jamais. Pourtant, l'hypothèse Ricci était plausible à bien des égards : une exécution pour un motif insondable, comme la plupart des meurtres commandités par la pègre, soit parce qu'elle en savait trop, soit parce qu'elle avait fourré son nez là où il ne fallait pas. *Tu lâches ma femme, salope…* Margot aurait bien été du genre à prendre sous son aile une pauvre fille aux abois – stripteaseuse, prostituée, actrice porno, droguée –, lui conseiller de changer de vie et dénoncer à la police les hommes ayant abusé d'elle…

« 11 heures demain, fit la voix rauque de Pat derrière lui. Chez lui. J'ai laissé l'adresse sur mon bureau.

— Merci beaucoup », dit-il en se retournant alors qu'elle enfilait son manteau. Il était déjà 17 heures. Elle parut vaguement surprise par sa politesse, mais depuis que Robin lui avait vertement reproché la façon dont il traitait leur secrétaire, Strike faisait des efforts pour réformer ses manières. Elle hésita un bref instant, retira sa cigarette électronique d'entre ses dents jaunes et lui demanda :

« Robin m'a dit ce que Morris avait fait. Ce truc qu'il lui a envoyé.

— Ouais, dit Strike. Un vicelard, ce type.

— Ouais », acquiesça Pat. Elle le fixa longuement, comme si elle le découvrait. « Horrible. C'est marrant, reprit-elle de manière incongrue, je trouvais qu'il ressemblait à Mel Gibson jeune.

— Vraiment ?

— Bizarre, les ressemblances. Ça vous donne de fausses idées sur les gens.

— Oui, peut-être bien.

— Vous par exemple, vous êtes le portrait craché de mon premier mari.

— Non !

— Si. Bon… j'y vais. Passez un bon week-end.

— Vous aussi. »

Strike attendit qu'elle arrive au premier étage pour allumer une cigarette. Puis il repassa dans le bureau intérieur dont la fenêtre était toujours ouverte, sortit un antique cendrier d'un tiroir et le carnet de Talbot de l'armoire à dossiers. Après quoi, il s'installa confortablement et fit défiler les pages jusqu'à la toute dernière.

Strike ne s'était jamais vraiment penché sur ses ultimes élucubrations. Il lui aurait fallu une patience qu'il ne possédait pas pour décrypter le verbiage toujours plus ésotérique de Talbot, surtout après s'être coltiné les chapitres précédents. Mais ce soir-là, mû par une curiosité teintée de mélancolie, et peut-être aussi parce que l'enquête touchait à sa fin, il examina d'un œil plus attentif la créature démoniaque que Talbot pensait avoir invoquée peu avant que l'ambulance ne le transporte à l'hôpital : l'esprit de Margot Bamborough revenu du plan astral sous la forme de Babalon, la Mère des Abominations.

Libéré de toute obligation de résultat, Strike laissa son esprit vagabonder sur la page, ce qui était la meilleure façon de repérer les images tridimensionnelles qui se cachent parfois dans des motifs plans. Son regard glissa sur les citations tronquées d'Aleister Crowley, les sentences tirées du tarot de Thoth. Tout en observant la démone aux seins lourds, sur le ventre de laquelle, dans un tardif espoir de rachat, Talbot avait tracé une croix chrétienne, il se remémora les paroles que Robin avait prononcées plusieurs mois auparavant dans le palais de Hampton Court. Elle lui avait parlé de l'attrait qu'exerçaient sur autrui les mythes et les symboles, mais aussi de l'inconscient collectif et des archétypes qui s'y cachaient. Ce démon femelle et ces phrases dépourvues de sens avaient jailli du cerveau malade de Talbot. C'était son inconscient qui s'exprimait, pas celui d'une autre personne. À quoi bon blâmer Crawley ou Lévi pour ce que Talbot avait choisi de retenir de leurs œuvres ? se demanda-t-il. Les folies couchées sur cette page, c'était lui et seulement lui qui les avait engendrées dans un dernier spasme délirant, une dernière tentative d'élucidation. *Sept voiles, sept têtes, sept rivières. Luxure et drogues étranges. 7 pendu à son cou. Ténèbres empoisonnées de la LUNE NOIRE. Sang et péché. Femme chevauchant le serpent lion.*

En pratiquant le rituel de la marque de la BÊTE, j'ai fait apparaître
BABALON la MÈRE DES ABOMINATIONS
ELLE ME BLÂME, ELLE M'AGRESSE, ELLE EST L'ESPRIT DE ♀ AUJOURD'HUI COMPAGNE DE BAPHOMET ♑ EN ENFER
Sorcière lune de SANG
TÉNÈBRES EMPOISONNÉES
dans la
COUPE MAGIQUE
sang et fiel
elle chevauche le LION
le lion serpent
AVEUGLE tâtonnant
dans les ténèbres empoisonnées
de la LUNE NOIRE
SEPT voiles SEPT
têtes SEPT
ruisseaux SEPT lettres dans
son nom SEPT
fois
Luxure et drogues étranges
SEPT autour de son cou et
le sceau de BABALON
LUXURE
7
La lune
n'a pas d'air
elle chevauche le
lion serpent
SANG ET PÉCHÉ
SANG ET PÉCHÉ
elle chevauche
le lion
Neuf d'épées,
cruauté, cathédrale
des DAMNÉS et goutte
de sang et de POISON
LUXURE
77
77
DE CEUX-LÀ VOUS DEVEZ VOUS PRÉMUNIR
ENCHANTEUR, OU SORCIÈRE, OU CHARMEUR, OU
CONSULTANT DES ESPRITS FAMILIERS, OU MAGICIEN, OU
NÉCROMANCIEN, CAR CEUX QUI FONT CES CHOSES SONT
UNE ABOMINATION

Strike baissa la lampe d'architecte pour mieux déchiffrer les petits caractères. Était-il lui aussi en proie au délire ou bien Talbot, dans ses griffonnages hallucinés, avait-il relevé les mêmes coïncidences troublantes que Strike avait notées quelque temps plus tôt en discutant avec les sœurs Bayliss ? Plus il relisait les formules ésotériques éparpillées sur la page, plus il lui semblait voir en Talbot, non seulement un croyant voulant racheter ses incursions dans le paganisme et la sorcellerie, mais aussi un bon policier essayant désespérément de mettre en avant les idées pertinentes que la folie l'avait contraint à noyer sous un flot d'hypothèses abracadabrantes.

63

Ils se résolurent enfin à aller de l'avant,
Jusqu'à ce qu'ils aboutissent à une fin, qu'elle soit intérieure ou extérieure,
Ce chemin ils prirent donc, le sentier qui semblait le plus battu,
Et par où l'issue de ce labyrinthe semblait se trouver...

Edmund SPENSER, *La Reine des fées*

Au cours des deux semaines suivantes, Robin remarqua que l'exemplaire d'*Astrology 14*, le livre de Steven Schmidt qu'elle avait acheté d'occasion et laissé à portée de main dans leur bureau, changeait constamment de place. Un matin, il était sur l'armoire à dossiers où elle l'avait vu la veille, deux jours plus tard elle le retrouvait sur la table de Strike, et le lendemain soir près de la bouilloire. Même chose pour les photocopies du dossier Bamborough qui, se sentant peut-être à l'étroit dans leurs cartons d'archives, avaient tendance à se balader un peu partout avant de revenir à leur place initiale. Quant au carnet relié cuir de Bill Talbot, il s'était tout simplement envolé, passant de l'armoire où ils l'avaient rangé à un lieu indéfini que Robin soupçonnait être l'appartement de Strike sous les combles.

À l'agence, le rythme de travail était redevenu intense. Leur nouveau client, le footballeur de Ligue 1, avait investi deux millions de livres dans un projet de night-club qui ne s'était pas concrétisé, son associé ayant filé avec la caisse. Le sportif, que Barclay avait ironiquement rebaptisé Dopé, craignait autant d'être moqué par la presse que de ne jamais revoir la couleur de son argent.

De son côté, le petit ami de Miss Jones continuait à mener une existence désespérément conforme à la loi. Pourtant Miss Jones persistait à le faire suivre, sans doute pour avoir le plaisir de converser au téléphone deux fois par semaine avec Strike, lui raconter ses petits problèmes et lui laisser entendre qu'une invitation à dîner serait fortement appréciée.

En plus de ces deux-là, ils avaient fait passer quelqu'un en priorité. C'était l'une de leurs anciennes cibles : le boss de PasNet, alias BPN, que les administrateurs de sa société avaient mis en retraite anticipée. L'homme s'était pointé un matin à Denmark Street en demandant à voir Barclay, lequel avait laissé ses coordonnées à Elinor Dean lors de sa visite inopinée chez elle. En discutant avec lui, Strike fut très surpris de constater que, loin de le plonger dans le désespoir, son éviction l'avait en quelque sorte libéré.

« Je sais que ça peut paraître incroyable, mais il y a de cela quelques mois, je songeais réellement à mettre fin à mes jours, lui confia BPN. Je suis bien content de ne plus être sous la coupe de cet ignoble individu. Aujourd'hui j'ai parlé d'Elinor à ma femme…

— Sans blague ! fit Strike, abasourdi.

— Et elle s'est montrée extrêmement compréhensive, poursuivit BPN. Ma précédente épouse s'occupait de… de mes besoins, dirons-nous, mais depuis notre séparation… Bref, Portia et moi avons longuement discuté et elle accepte que je continue à voir Elinor, tant qu'il n'est pas question de sexe. »

Strike dissimula son sourire derrière sa tasse de thé. Il n'avait aucun mal à croire que Portia, avec ses faux ongles, son brushing impeccable, ses vacances trois fois par an à l'autre bout du monde et sa villa de six pièces avec piscine à West Brompton, ait consenti à déléguer à une inconnue le soin de changer les couches de son mari.

« Maintenant, tout ce que je veux, reprit BPN dont le sourire béat avait laissé place à un rictus haineux, c'est que ce fumier récolte ce qu'il a semé. Et je suis prêt à y mettre le prix. »

L'agence avait donc recommencé à surveiller les faits et gestes de PasNet et de son assistante.

Constamment accaparés par les exigences de ces trois enquêtes, pendant la deuxième quinzaine du mois d'août les deux associés communiquèrent presque exclusivement par téléphone. Leurs chemins finirent par se croiser un jeudi après-midi, alors que Strike entrait dans les locaux tandis que Robin en sortait.

Pat, qui était en train de régler des notes de frais, proposa d'éteindre la radio en voyant apparaître Strike, lequel semblait hypnotisé par la robe bleue moulante de Robin.

« Non, laissez, dit-il. C'est agréable, un peu de musique de temps en temps.

— Cormoran, il faut que je m'en aille mais, avant cela, puis-je vous dire deux mots ? demanda Robin en désignant leur bureau commun.

« *... Et maintenant, parmi nos cent plus grands succès des années 1970, un titre inoubliable du groupe Middle of the Road : "Chirpy Chirpy Cheep Cheep"...* »

« Où allez-vous ? » fit Strike en fermant la porte de communication. Il avait passé une bonne partie de la nuit à regarder PasNet s'enfiler des verres d'alcool et des lignes de coke dans une boîte, et toute la matinée à repérer les divers lieux où l'ex-associé de Dopé avait vécu au cours des deux années précédentes. Le menton noir de barbe, le visage crispé par la douleur, Strike s'écroula dans son fauteuil en grognant de soulagement.

« Au Vintry. Un bar à vin de la City, répondit Robin. Gemma y sera tout à l'heure, Andy l'a entendue le dire au téléphone. J'espère qu'elle a rendez-vous avec des copines. J'essaierai de m'infiltrer dans leur groupe. »

Gemma était le prénom de l'assistante de PasNet. Derrière la porte, ils entendirent démarrer la chanson promise, un air enjoué porté par des paroles absurdes :

« *Where's your mama gone ?* »

« Vous n'avez pas lâché l'affaire Bamborough, n'est-ce pas ? enchaîna Robin.

— Je vérifie quelques trucs, reconnut Strike.

— Et ça donne quoi ?

— Rien. J'ai l'impression d'errer dans un labyrinthe. Dès que je pense avoir trouvé quelque chose, je tourne au coin et je me heurte à une impasse. Ou je reviens au point de départ. Pourquoi cet air réjoui ?

— Je suis contente que vous n'ayez pas renoncé, dit Robin.

— Vous ne direz pas cela quand ils m'enfermeront dans le même asile que Bill Talbot. Si jamais je vois encore un de ces signes astrologiques à la con… Je continue à m'arracher les cheveux sur le cas Douthwaite. Mais bon sang, où est-il allé se terrer ? Qu'est-ce qui lui est arrivé ?

— Vous pensez que… ?

— Je pense qu'il est louche, je l'ai toujours pensé. Son alibi est complètement bidon. Après la disparition de Margot, il change de nom. Ensuite, et c'est vous qui l'avez découvert, sa copine animatrice se noie dans la piscine… Et là, rebelote, il plonge à nouveau sous les radars.

« Si je pouvais au moins lui parler, reprit Strike en pianotant sur son bureau. Après quoi, je laisserais tomber.

— Vraiment ? »

Strike leva les yeux vers elle, fronça les sourcils et détourna le regard. Robin était particulièrement sexy dans cette robe bleue qu'il ne connaissait pas.

« Ouais, si je pouvais lui parler, ça me ferait du bien. »

« *Last night I heard my mama singing a song…* »

« Pareil pour Gloria Conti », ajouta-t-il.

« *Woke up this morning and my mama was gone…* »

« Et Creed, dit Strike. J'aimerais aussi parler à Dennis Creed. »

Robin frémit d'excitation. Quelques heures plus tôt, elle avait reçu un mail lui annonçant que les autorités se prononceraient avant la fin de la journée sur la question de savoir si l'interrogatoire de Creed était envisageable.

« Il faut que je vous quitte, dit-elle. Gemma a promis d'être au Vintry pour 18 heures. C'est gentil d'avoir permis à Pat de laisser la radio, ajouta-t-elle en posant la main sur la poignée de la porte.

— Ouais, bon, fit Strike en haussant les épaules. J'essaie de me montrer plus aimable. »

Robin sortit. Pendant qu'elle enfilait sa veste, Pat lui dit :

« Cette couleur vous va très bien.

— Merci. C'est une vieille robe. Avec tout le chocolat que je mange en ce moment, j'ai de la chance qu'elle m'aille encore.

— Vous croyez qu'une autre tasse lui ferait plaisir ?

— Certainement », s'étonna Robin. Apparemment, Strike n'était pas le seul à faire des efforts.

« Ooooh, j'adorais cette chanson », dit Pat quand les premières notes de « Play That Funky Music » résonnèrent dans le bureau. En descendant l'escalier, Robin l'entendit reprendre de sa voix de baryton :

« Once I was a funky singer,
Playin' in a rock and roll band... »

Vingt minutes plus tard, Robin entrait au Vintry, un bar chic situé près de la station Cannon Street dans le quartier de la finance. C'était exactement le genre d'établissement que son ex-mari aimait fréquenter. Dans le style moderne décontracté qui était devenu la norme en matière de bon goût, il alliait poutrelles d'acier, larges baies vitrées et parquet de chêne. Malgré son comptoir immense et les confortables tabourets posés tout du long, on avait l'impression de pénétrer dans un loft reconverti en open space. Sur un rebord de fenêtre, deux lapins empaillés équipés d'une casquette et d'un fusil de chasse apportaient une petite touche d'originalité à ce lieu sans couleur ni saveur. La clientèle était essentiellement composée d'hommes en complet-veston qui se retrouvaient à la sortie du bureau pour rire, boire, lire le journal, consulter leur portable ou reluquer les rares femmes perdues au milieu de l'assistance. L'assurance que tous ces types semblaient afficher tenait plutôt de l'autosatisfaction, songea Robin en se frayant un chemin jusqu'au bar, sous les regards appréciateurs des traders, banquiers et autres agents de change.

Ayant balayé la salle des yeux et conclu que Gemma n'était pas encore arrivée, elle se percha sur l'un des rares tabourets encore disponibles, commanda un tonic et feignit de lire les nouvelles sur son téléphone pour éviter de croiser le regard des deux individus sur sa droite qui semblaient la trouver à leur goût. L'un des deux riait très fort dans l'espoir qu'elle tourne la tête vers lui. À sa gauche, deux hommes d'âge mûr discutaient du référendum sur l'indépendance de l'Écosse.

« Les sondages demeurent incertains, dit le premier. J'espère que Cameron sait ce qu'il fait.

— Ce serait de la folie pure. De la folie, je te dis.

— La folie suscite pas mal d'opportunités – pour certains, en tout cas, répondit le premier. Je me souviens, quand j'étais à Hong Kong… Oh, je crois que notre table s'est libérée… »

Quand les deux quinquas s'éloignèrent, Robin refit un tour d'horizon en évitant toujours de regarder sur sa gauche le minet qui cherchait à attirer son attention. C'est alors qu'elle repéra une tache rouge à l'autre bout du comptoir. Gemma était arrivée, elle était seule et faisait de grands signes au barman. Robin prit son verre, se glissa au bas de son tabouret et se dirigea vers la femme en rouge dont les longs cheveux bruns et bouclés couvraient une partie du dos.

« Salut… Linda ?

— Pardon ? fit Gemma, interdite. Non, désolée.

— Oh, dit Robin en prenant un air déconfit. J'ai dû me tromper de bar. Il y a d'autres Vintry à Londres ?

— Aucune idée, je regrette, dit Gemma qui n'avait toujours pas réussi à commander.

— Elle a dit qu'elle serait en rouge », ajouta Robin en survolant l'océan gris autour d'elles.

Légèrement intriguée, Gemma lui jeta un petit coup d'œil.

« Blind date ?

— Hélas non, dit Robin en levant les yeux au ciel. En fait, j'ai rendez-vous avec l'amie d'une amie. Elle souhaite me parler d'un poste qui pourrait me convenir chez Winfrey and Hughes. Elle m'a dit de la rejoindre ici et qu'on en discuterait autour d'un verre.

— Winfrey and Hughes ? C'est là que je travaille.

— Vous plaisantez ! s'esclaffa Robin. Vous êtes sûre de ne pas être Linda ? Vous ne feriez pas semblant d'être quelqu'un d'autre parce que ma tête vous déplaît ou un truc comme ça ?

— Non, répondit la femme en rouge. Je m'appelle Gemma.

— Oh. Vous attendez des amis ou… ?

— Oui, normalement, dit Gemma.

— Ça vous ennuie si je reste près de vous ? Jusqu'à ce qu'ils arrivent ? Il y a des mecs un peu lourds, par là-bas.

— Je vous crois sans peine », dit Gemma pendant que Robin grimpait sur le tabouret voisin. Le barman s'approcha d'un homme aux cheveux gris en costume rayé qui venait à peine d'arriver.

« Hé, dites donc ! fit Robin assez fort pour que le barman, ainsi qu'une demi-douzaine d'hommes en gris, tournent la tête vers elle. Cette dame était là avant, dit-elle en désignant Gemma qui se mit à rire.

— Waouh. Ça ne traîne pas avec vous !

— Pourquoi on se laisserait marcher sur les pieds ? » s'indigna Robin avant de prendre une gorgée de tonic. Elle avait subtilement exagéré son accent du Yorkshire, comme souvent lorsqu'elle se faisait passer pour plus hardie et délurée qu'elle ne l'était réellement. « Il faut savoir s'imposer sinon…

— Là, vous n'avez pas tort, soupira Gemma.

— J'espère qu'il n'y a pas trop de branleurs de ce genre, chez Winfrey and Hugues.

— Eh bien… »

Le barman apporta à Gemma le verre de rouge qu'elle avait commandé. Elle y trempa les lèvres et poursuivit :

« Non, ça va. Ça dépend du poste qu'on occupe. Moi, je suis assistante de direction. Je travaille pour l'un des patrons de la boîte. Le boulot est intéressant.

— Il est sympa ? » demanda Robin, l'air de rien.

Gemma avala un peu de vin avant de répondre :

« Il est… oui, très sympa. Comme on dit, on peut toujours trouver pire ailleurs, n'est-ce pas ? L'entreprise est chouette aussi. Je touche un bon salaire, j'ai des collègues super… oh zut… »

Son sac à main avait glissé sur le sol. Gemma se pencha pour le ramasser. Au même instant, Robin, qui en avait profité pour projeter son regard au-delà du premier plan gris et beige, aperçut la silhouette de Saul Morris.

Il venait d'entrer dans le bar, vêtu du costume réglementaire. Sa chemise était déboutonnée au col et son sourire éclatant de suffisance. Il ne mit pas longtemps à repérer les deux femmes à leurs robes colorées. Ayant capté le regard de Robin, il se figea et, deux secondes plus tard, tourna les talons et se précipita dans la rue.

Gemma se releva. Elle coinçait prudemment son sac dans son giron quand, sur le comptoir, son portable s'éclaira. Elle décrocha aussitôt.

« Andy ? Oui… non, j'y suis déjà… »

Il y eut un long silence durant lequel Robin reconnut la voix de Morris. Il parlait sur ce ton mielleux qui lui rappela l'époque où il avait tenté de la séduire en l'abreuvant de plaisanteries débiles entrecoupées de vous-n'êtes-pas-fâchée-j'espère.

« Très bien, dit Gemma dont le visage s'était durci. Très bien. Je vais… je vais supprimer ton numéro de mon répertoire et j'aimerais que tu… ou plutôt non, je… *va te faire foutre* ! »

Elle raccrocha, écarlate, les lèvres tremblantes.

« Ils nous traitent comme de la merde, et après il faudrait leur dire que ce sont des mecs bien. Pourquoi ?

— C'est une question que je me pose souvent, moi aussi, fit Robin du Yorkshire. Votre copain ?

— Ouais, fit Gemma d'une voix blanche. Ça fait six mois. Un soir, il m'a posé un lapin. Comme ça, sans explication. Ensuite, il s'est repointé deux ou trois fois, juste pour tirer son coup, ajouta-t-elle en prenant une bonne gorgée de vin rouge. Et maintenant, il me jette comme une vieille chaussette. Hier, je lui ai envoyé un texto. Genre, écoute, il faut qu'on parle, je voudrais comprendre…

— Ce type m'a l'air d'un vrai con, dit Robin dont le cœur battait d'excitation à l'idée qu'elle allait pouvoir profiter de la situation pour confesser son interlocutrice. S'il vous plaît, lança-t-elle au barman. La même chose. Et donnez-nous la carte aussi. »

Comme Robin l'avait pressenti, Gemma ne fut pas avare de confidences. Encouragée par les trois verres de vin qu'elle avait bus, la sympathie qu'elle semblait éprouver envers sa nouvelle copine si rigolote et compréhensive, une bonne fricassée de poulet à la polenta et une bouteille de vin pour la faire passer (« allez, c'est pas tous les soirs ! »), elle glissa imperceptiblement du sujet initial, à savoir les écarts de conduite du pseudo-« Andy », au harcèlement sexuel qu'elle subissait de la part de son patron dont les agissements lui étaient devenus si insupportables qu'elle pensait donner sa démission.

« Tu ne peux pas aller te plaindre aux ressources humaines ? demanda Robin.

— Il dit que personne ne m'écoutera après ce qui s'est passé entre nous l'année dernière… Pourtant… Crois-moi si tu veux, mais je ne me souviens de rien, déclara Gemma avant de murmurer en détournant le regard : Je veux dire… on a fait l'amour… mais j'étais tellement… tellement bourrée… enfin je veux dire, ce n'était pas, tu sais… ce n'était pas un *viol*… non, je ne dis pas ça…

— Étais-tu en état de donner ton consentement ? » demanda Robin qui ne riait plus du tout. Elle-même n'avait bu qu'un demi-verre de rouge.

« Eh bien, non, pas vraiment… mais… je ne veux pas en arriver là, dit Gemma, au bord des larmes, les joues en feu. Je n'en parlerai pas, ni à la police ni à personne, oh mon Dieu… ce type est une pointure, il peut se payer les meilleurs avocats… Imagine, si je perds, je ne trouverai plus jamais de boulot à la City… Un procès, la presse… non, et puis c'est trop tard maintenant… Des gens m'ont vue… sortir de sa chambre. Je leur ai dit que tout allait bien. Forcément, j'avais tellement honte… Après ça, la rumeur s'est répandue que je couchais avec lui. On a démenti… tous les deux… Alors, si maintenant je venais à dire le contraire, à quoi ça ressemblerait ?

« D'ailleurs, Andy m'a déconseillé de le faire, ajouta Gemma en versant dans son verre ce qu'il restait au fond de la bouteille.

— Non, j'y crois pas !

— Si… Je lui en ai parlé dès le premier soir… C'était la première fois que je couchais avec quelqu'un depuis… Et il a dit, “Vaut mieux que tu gardes ça pour toi… Ça risque de te causer des tas d'emmerdes tandis que lui, il s'en sortira sans problèmes”… Il a été policier, Andy, il connaît bien ce genre d'affaires. »

Sale petite ordure.

« Non, si je devais parler de quelque chose, reprit Gemma d'un air vague, ce serait plutôt de délit d'initié… Là, pour le coup… personne n'est au courant à part moi… »

Une heure plus tard, Robin et Gemma sortaient du café, la première soutenant la seconde qui avait tendance à s'affaisser. Après dix minutes d'attente, un taxi s'arrêta. Robin aida sa copine de comptoir à se hisser sur la banquette arrière.

« Si on sortait samedi ? lui lança Gemma en retenant la portière.

— Super idée ! répondit Robin qui lui avait donné un faux numéro. Appelle-moi !

— Ouais, promis… Merci pour le dîner !

— Avec plaisir ! » Robin regarda le taxi s'éloigner et Gemma qui lui adressait de grands signes d'adieu par la vitre arrière.

Dès que le véhicule eut tourné au coin de la rue, elle fit volte-face et partit dans le sens opposé. En la voyant passer, un homme lança un sifflement admiratif.

« Va te faire voir », marmonna Robin en sortant son téléphone.

Elle découvrit avec stupéfaction que Strike avait tenté de la joindre à sept reprises. Et dans sa boîte mail venait d'arriver un message ayant pour objet : « Creed ».

« Oh mon Dieu », s'écria-t-elle.

Elle pressa le pas pour s'éloigner au plus vite des hordes de dragueurs en complet-veston. Elle avait besoin de se concentrer et, pour cela, il lui fallait du calme. Avisant l'entrée d'un immeuble de bureaux, elle se cala dans le renfoncement et ouvrit le message. Après l'avoir lu trois fois pour s'assurer que ses yeux ne lui jouaient pas des tours, elle composa le numéro de Strike.

« Ah, vous voilà ! dit-il en décrochant aussitôt. Devinez quoi !

— Quoi ?

— J'ai trouvé Douthwaite !

— C'est pas vrai ! » s'exclama Robin. Un homme d'affaires en costume sur mesure, parapluie à la main, tourna la tête vers elle avant de poursuivre son chemin. « *Mais comment ?*

— À cause des noms, répondit Strike avec un enthousiasme inhabituel chez lui. Et aussi grâce à Pat et à son émission sur les tubes des années 1970.

— Je ne…

— La première fois qu'il a changé d'identité, il a choisi de s'appeler Jacks, n'est-ce pas ? Eh bien, figurez-vous qu'en 1974, un certain Terry Jacks a connu le succès avec une chanson intitulée "Seasons in the Sun". Ils l'ont passée cet après-midi à la radio. Nous savons que Douthwaite se prenait pour une vedette, donc que je me suis dit que son "Jacks" devait venir de là… »

Robin entendait Strike tourner comme un lion en cage. Elle ne s'était pas trompée, il était vraiment surexcité.

« Du coup, je suis allé vérifier ce qu'Oakden disait sur lui dans son bouquin. Et j'ai lu que son interprétation de "Longfellow Serenade" lui avait valu un grand succès auprès des femmes. C'est une chanson de Neil Diamond. Alors, j'ai cherché Steve Diamond sur Google et…

« Je vous envoie une photo. Attendez. »

Robin écarta le téléphone quelques secondes, le temps que le message lui parvienne.

Sur la photo qu'elle venait d'ouvrir, Robin découvrit un sexagénaire au teint rougeaud planté devant un micro. Son crâne dégarni luisait de sueur, son ventre proéminent déformait son T-shirt turquoise. Elle reconnut la chaîne en or autour de son cou mais, à part cela, rien ne permettait de faire le lien entre ce bonhomme adipeux et le Steve Douthwaite des années 1970 avec ses grosses joues, ses cheveux hérissés et sa cravate extra-large. À part un détail peut-être : ses yeux sombres et aussi brillants qu'autrefois.

« C'est lui, dit Robin.

— J'ai trouvé cette photo sur la page d'un pub à Skegness. Comme vous le constatez, Douthwaite est toujours le roi du karaoké. Il vit là-bas et tient un gîte touristique avec sa femme Donna. Je me demande si elle connaît sa véritable identité.

— *Extraordinaire !* fit Robin qui, incapable de contenir sa joie, s'était remise à marcher. Vous êtes génial !

— Oui, je sais, répondit Strike en jouant la fatuité. Conclusion : nous allons à Skegness. Dès demain.

— Mais je suis censée…

— J'ai modifié le tableau de service. Pouvez-vous passer me prendre de bonne heure ? Disons 8 heures ? À la station Earl's Court.

— Pas de problème.

— Alors à demain…

— Attendez.

— Oups, désolé, se rattrapa Strike. Je ne vous ai pas demandé comment ça s'était passé avec Gemma ?

— Très bien, dit Robin. Elle accuse PasNet de délit d'initié. Mais laissons cela pour l'instant.

— Mais… ?

— Strike, le coupa-t-elle sur un ton qu'elle aurait voulu moins triomphal. Ce n'est pas pour minimiser ce que vous venez d'accomplir, mais je dois vous informer que… vous avez rendez-vous le 19 septembre à la prison de Broadmoor pour un entretien avec Dennis Creed. »

64

Sa main frissonna d'abord,
Puis se mit à trembler comme une feuille de Tremble vert,
Et son sang troublé dans son visage se voyait
Aller et venir, suivant les battements de son cœur,
Comme s'il s'agissait d'un messager à la course.

Edmund SPENSER, *La Reine des fées*

« *Eh bien* », fit Strike en montant dans la Land Rover le lendemain matin.

Ils échangèrent un sourire radieux. L'espace d'un instant, Robin crut qu'il allait l'embrasser. Mais il se ravisa et, à la place, lui donna une vigoureuse poignée de main.

« Dire qu'il a fallu un an pour obtenir ça. »

Robin éclata de rire, passa la première et s'engagea dans la circulation. Pour conduire, elle avait mis des lunettes de soleil. Il faisait exceptionnellement chaud mais, quand Strike regarda sur la banquette arrière, il vit une écharpe dépasser de son sac à main.

« Vous croyez que vous en aurez besoin ? Avec cette température ? dit-il en regardant le ciel clair.

— Qui sait, fit Robin, sceptique. Quand j'étais petite, nous allions souvent passer quelques jours à Skegness. La sœur de ma mère vivait à Boston, non loin de là. Je sais qu'il y a parfois une petite brise venant de la mer du Nord.

— J'ai lu le mail que vous m'avez transféré », rebondit Strike. Il faisait allusion au courrier exposant les modalités de son futur entretien avec Dennis Creed et les motifs ayant conduit la Justice à donner son aval. « Qu'en pensez-vous ?

— Attendez, je ne suis pas encore remis du choc. Comment avez-vous fait ?

— C'est une longue histoire.

— Ça ne m'étonne pas. Bon, pour parler franchement… je sens la pression.

— Vous voulez dire, à cause des Tucker ?

— Ouais, dit Strike en baissant sa vitre pour fumer. Anna n'est pas au courant, donc elle ne risquera pas d'être déçue. En revanche, le pauvre vieux Tucker… »

Les autorités avaient posé comme condition préalable que l'entretien soit entouré d'un secret absolu. Strike allait même devoir signer un accord de confidentialité garantissant que la presse ne serait en aucun cas informée.

« Tucker tient absolument à ce que ce soit vous, dit Robin. Il part du principe que Creed acceptera de vous parler parce qu'il a un ego surdimensionné. Et apparemment, les psychiatres sont d'accord, sinon ils auraient fait barrage. D'après Brian Tucker, Creed se voit comme un homme important ayant naturellement accès à l'élite de la société et aux personnalités en vue.

— Pourquoi des psychiatres doivent-ils décider si je suis en mesure de le faire parler ? J'aurais plutôt cru que leur boulot était de déterminer si je risquais de lui faire piquer une crise. On ne vous colle pas à Broadmoor pour une simple dépression nerveuse. »

Strike garda le silence un bon moment, les yeux dans le vague, et Robin ne fit rien pour interrompre ses cogitations. Quand il reprit la parole, ce fut sur un ton badin.

« J'ai cherché le gîte sur Tripadvisor, dit-il en regardant le plan de Skegness étalé sur ses genoux. Il s'appelle l'Allardice. C'est le nom de jeune fille de son épouse. Je suggère qu'on procède avec délicatesse. Si on débarque bille en tête et qu'il n'est pas là, sa femme risque de flairer l'embrouille, le prévenir et lui dire de ne pas bouger. Donc on va se garer dans la rue, à bonne distance, et lui passer un coup de fil. S'il est sur place, on fonce avant qu'il ait le temps de filer. Au pire, on le chopera à la sortie. S'il est ailleurs, on attend qu'il rapplique.

— Combien de temps ? demanda Robin.

— J'aimerais pouvoir vous répondre "le temps qu'il faudra", mais comme en ce moment nous travaillons gratis, je crains de devoir rentrer à Londres lundi.

— Je pourrais rester, moi, proposa Robin.

— Je ne pense pas, non.

— Désolée, se reprit Robin, croyant que Strike allait lui reprocher de vouloir passer encore un week-end aux frais de la princesse. Je sais que nous manquons de personnel…

— Ça n'a rien à voir. Ce n'est pas vous qui disiez que les femmes de son entourage avaient tendance à mourir ou à disparaître ? Il s'agit peut-être d'une série de coïncidences regrettables mais, d'un autre côté… un type qui change de nom à trois reprises ne peut pas avoir la conscience tranquille. Non, je tiens à m'occuper de Steve Douthwaite personnellement. »

Il était 11 heures quand ils arrivèrent dans la petite station balnéaire. Robin trouva une place sur un parking près du Skegness Bowl, un énorme bâtiment rouge abritant une salle de bowling. En descendant de voiture, Strike renifla l'odeur de la mer et se tourna instinctivement dans sa direction. Mais au lieu du rivage espéré, il dut se contenter d'un canal baigné d'une eau verdâtre sur laquelle un jeune couple faisait du pédalo en riant à gorge déployée. Robin claqua sa portière, sortit l'écharpe de son sac et se la mit autour du cou.

« Je vous avais prévenu », dit-elle à Strike, médusé. Pour lui, il faisait presque trop chaud. Renonçant à s'interroger sur cette étrange faculté qu'avaient les femmes de sentir des courants d'air inexistants, il alluma une cigarette et attendit que Robin revienne avec le ticket de stationnement pour s'engager à ses côtés sur Grand Parade, le boulevard parallèle à la plage.

« Le Savoy, s'esclaffa Strike en lisant les noms emphatiques inscrits au fronton des grands hôtels dont les étages supérieurs donnaient sans doute sur la mer. Le Quorn. Le Chatsworth.

— Cessez de ricaner, le gronda Robin. J'adorais venir à Skegness quand j'étais petite.

— L'Allardice devrait être par là-bas, dit Strike en désignant une rue sur leur droite. Oui, c'est ce truc avec une marquise bleue. »

Ils s'arrêtèrent au coin, devant une grosse maison à colombage imitation Tudor répondant à l'appellation de Jubilee Carvery and Café. Des consommateurs étaient attablés en terrasse devant des bières et des espressos.

« L'endroit idéal pour voir sans être vu, dit Strike. Je prendrais bien une tasse de thé.

— OK, je vais commander. Il faut que je fasse un tour aux toilettes, de toute façon. Vous l'appelez ou vous préférez que ce soit moi ?

— Je m'en charge », dit Strike en s'installant au soleil, portable en main.

Quand Robin fut entrée dans le bar, Strike alluma une cigarette et composa le numéro de l'Allardice sans quitter des yeux la façade du gîte touristique. Il faisait partie d'une série de huit bâtiments rouges à deux étages, presque identiques et serrés les uns contre les autres. Des maisons de ville, la plupart converties en appartements, avec les mêmes marquises en PVC dentelées au-dessus de l'entrée et des rideaux blancs aux fenêtres.

« L'Allardice, j'écoute, répondit une femme à l'accent écossais qui semblait avoir du mal à contenir son irritation.

— Steve est ici ? demanda Strike sur un ton familier.

— C'est toi, Barry ?

— Ouais.

— Il sera bientôt chez toi. Nous n'en avions qu'une petite, désolée. Mais fais-moi plaisir, Barry, ne le retiens pas trop longtemps. On a quatre chambres à nettoyer et j'attends qu'il me rapporte du lait.

— Ça marche », répondit Strike. Et, craignant de se trahir en parlant davantage, il raccrocha aussitôt.

« Il est là ? » demanda anxieusement Robin en s'asseyant face à lui. Dans son impatience, elle s'était lavé les mains mais n'avait pas pris le temps de les sécher.

« Non, répondit Strike en secouant sa cendre dans le petit seau en métal rose posé sur la table. Il doit livrer un truc à un type pas loin d'ici. Il revient juste après avec du lait.

— Oh », souffla Robin avant de tourner la tête vers la marquise bleu roi portant le nom Allardice imprimé en cursives blanches.

Le barman leur apporta deux petites théières en inox et deux tasses de porcelaine blanche. Les détectives burent en silence, surveillant pour l'une Grand Parade et pour l'autre l'entrée du gîte touristique. La mer était toujours cachée, cette fois derrière la façade multicolore du casino où s'affichaient le nom des attractions et celui d'un restaurant pompeusement baptisé Hollywood Bar and Diner. Des personnes âgées longeaient Grand Parade sur des scooters électriques à quatre roues. Des familles se promenaient en léchant des glaces. Robin vit passer un bichon maltais à la queue emplumée, deux ou trois chihuahuas et autant de carlins obèses trottinant sur le bitume surchauffé à côté de leurs maîtres.

« Cormoran », murmura-t-elle.

Un homme venait de s'engager sur Scarbrough Avenue, un gros sac à provisions au bout du bras. Ses cheveux gris étaient bien dégagés autour des oreilles, mais quelques mèches plus longues servaient à masquer le sommet de son crâne luisant. Entre ses épaules voûtées et son regard de basset, il donnait l'impression d'un homme brisé dont la vie se limitait à une morne obéissance. Il portait le même T-shirt turquoise déformé par la même bedaine que sur la photo du karaoké. Douthwaite traversa, grimpa les trois marches du perron et entra dans la pension dont la porte vitrée se referma en renvoyant un éclat de lumière.

« C'est payé ? demanda Strike en avalant les dernières gouttes au fond de sa tasse.

— Oui.

— Alors, on se dépêche, dit-il avant de jeter son mégot dans le petit seau. Il ne va pas tarder à monter dans les étages pour faire les chambres. »

Ils traversèrent la rue aussi vite que Strike le pouvait, en direction des marches bleu pâle. Des jardinières regorgeant de pétunias pourpres étaient accrochées aux fenêtres du rez-de-chaussée. Sur la porte, ils virent plusieurs vignettes autocollantes dont l'une indiquait que le gîte était classé trois-étoiles. Une autre demandait aux clients de s'essuyer les pieds avant d'entrer.

Une clochette tinta pour annoncer leur arrivée. Ils pénétrèrent dans un vestibule étroit donnant sur un escalier garni d'une moquette écossaise, et attendirent près d'un meuble chargé de prospectus touristiques. Ça sentait la friture et le désodorisant parfumé à la rose.

« … et Paula a racheté des tubes pour ses cabines UV », dit une voix à l'accent écossais. Une femme sortit d'une pièce située à leur droite. Ses cheveux courts étaient teints en jaune canari, une ride verticale lui barrait le front entre les sourcils, elle portait un T-shirt, une jupe en jean, et par-dessus un tablier avec une vache des Highlands imprimée sur le devant. Ses pieds nus étaient glissés dans des sandales Scholl.

« On est complet, désolée.

— Vous êtes Donna ? demanda Strike. Nous aimerions dire un mot à Steve.

— C'est à quel sujet ?

— Nous sommes détectives privés, répondit Strike en sortant une carte de son portefeuille. Nous enquêtons… »

Une vieille dame obèse apparut à l'entresol, quelques marches au-dessus d'eux, serrée dans un legging rose et un T-shirt marqué « PLUS JE CONNAIS LES GENS, PLUS J'AIME MON CHIEN ». Hors d'haleine, elle amorça une descente en crabe, les deux mains sur la rampe.

« … sur une disparition », termina tranquillement Strike, avant de remettre la carte à Donna.

Au même instant, Steve Douthwaite surgit derrière sa femme, une pile de serviettes posée à plat sur les bras. Ses yeux sombres étaient injectés de sang, ses paupières bouffies. Les traits de son visage s'étaient épaissis, à cause de l'âge et de la boisson sans doute. Il s'immobilisa, intrigué par l'attitude de son épouse, la carte qu'elle tenait en main et les deux étrangers qui le regardaient fixement.

« Cormoran Strike ? murmura Donna en lisant la carte. Vous ne seriez pas celui qui… ? »

La vieille dame obèse avait descendu la moitié des marches et respirait de plus en plus difficilement.

« Entrez ici, murmura Donna en leur indiquant la pièce dont elle venait de sortir. Et toi aussi », ajouta-t-elle à l'intention de son mari.

Ils découvrirent une petite salle commune, avec une télé fixée au mur, une bibliothèque pauvrement garnie et un misérable caoutchouc en pot, juché sur un piédestal. Derrière une cloison percée d'une porte voûtée, on apercevait l'espace où étaient servis les petits déjeuners. Cinq tables trop rapprochées qu'une jeune femme à lunettes essuyait d'un air renfrogné. En voyant Donna revenir, l'employée passa à la vitesse supérieure. Elles auraient pu être mère et fille, songea Robin. La jeune femme était brune, mais la vie avait creusé sur son front la même ride d'amertume.

« Laisse donc ça, Kirsty, aboya Donna. Et monte ces serviettes à l'étage, veux-tu ? Et ferme la porte. »

Sans mot dire, Kirsty soulagea Douthwaite de sa pile de linge et quitta la pièce en faisant claquer ses tongs sous la plante de ses pieds nus. La porte se referma derrière elle avec un déclic.

« Asseyez-vous », ordonna la maîtresse de maison. Strike et Robin s'exécutèrent en choisissant le petit canapé.

Douthwaite resta debout, bras croisés, de dos à la télévision, son regard inquiet passant alternativement de Strike à Robin avant de revenir vers sa femme. Le soleil qui filtrait à travers les rideaux blancs projetait une lumière impitoyable sur ses cheveux rares, leur donnant un aspect filasse, comme de la laine de verre.

« C'est lui qui a coincé l'Éventreur de Shacklewell, dit Donna à son mari avec un geste du menton en direction de Strike. Qu'est-ce qu'ils te veulent ? » Sa voix grimpa d'un ton et d'une octave. « T'as encore été traîner avec une bonne femme ? *C'est ça ?*

— Pardon ? » fit Douthwaite. Il avait très bien entendu. C'était juste une tactique pour gagner du temps. Robin remarqua le tatouage qu'il avait à l'avant-bras droit : un sablier entouré d'un ruban où était inscrit « Jamais Assez ».

« Mr. Douthwaite…, démarra Strike.

— Diamond ! C'est Diamond ! l'interrompit l'homme aux identités multiples.

— Pourquoi vous l'appelez Douthwaite ? voulut savoir Donna.

— Au temps pour moi, fit Strike, hypocrite. Mais étant donné que votre mari s'appelait autrefois Steven Douthwaite… comme vous le savez, j'imagine. »

Visiblement, Donna n'était pas au courant. Elle se tourna, stupéfaite, vers l'objet de son mécontentement, lequel s'était figé, la bouche entrouverte.

« Douthwaite ? répéta-t-elle. Tu m'avais dit que c'était Jacks !

— Je…

— *Douthwaite* ça remonte à quand ?

— Des siècles…

— Pourquoi tu ne m'as rien dit ?

— Je… qu'est-ce que ça change ? »

La clochette tinta. On entendit plusieurs personnes entrer ensemble dans le vestibule. Donna alla les accueillir, ses sandales à semelle de bois claquant sur le carrelage. Quand elle eut disparu, Douthwaite se tourna vers Strike.

« Qu'est-ce que vous me voulez ?

— La fille du Dr Margot Bamborough nous a engagés pour enquêter sur la disparition de sa mère. »

Douthwaite blêmit, pour autant que puisse blêmir un homme au visage couperosé.

Ayant enfin atteint le rez-de-chaussée, la vieille dame obèse s'encadra sur le seuil du salon. Son expression guillerette contrastait fortement avec l'ambiance à couper au couteau qui régnait dans la pièce.

« C'est par où la réserve des phoques ?

— Au bout de la rue, répondit Douthwaite d'une voix rauque. Vous sortez et c'est à gauche. »

La femme fit demi-tour et la clochette tinta de nouveau.

« Écoutez, dit rapidement Douthwaite parce qu'on entendait Donna revenir. Vous perdez votre temps. Je ne sais rien sur Margot Bamborough.

— Pourriez-vous toutefois relire la déposition que vous avez faite à la police ? demanda Strike en sortant plusieurs feuillets de sa poche intérieure.

— Quoi ? fit Donna qui venait de réapparaître. Quelle déposition ? Oh, pour l'amour du ciel ! » s'énerva-t-elle en entendant la clochette se manifester à nouveau. Elle repassa dans le vestibule et hurla vers les étages : « Kirsty ! KIRSTY !

— Cette histoire remonte à une quarantaine d'années », dit Douthwaite. Ses yeux noirs injectés de sang se posèrent sur Strike. Il transpirait à grosses gouttes.

« Je ne sais pas ce qui lui est arrivé. Je ne suis au courant de rien. »

Donna semblait exténuée.

« Kirsty s'occupe de l'accueil, dit-elle en foudroyant son mari du regard. On va là-haut. Lochnagar est libre. Je vous ferais bien descendre chez nous, ajouta-t-elle en montrant le sol à ses visiteurs. Mais j'ai mes petits-enfants. Ils jouent à l'ordinateur. »

Douthwaite rajusta la ceinture de son pantalon et jeta un regard éperdu vers la fenêtre comme s'il projetait de s'enfuir par là.

« Allez, on monte », ordonna sa femme. Douthwaite reprit sa tête de basset et la suivit dans l'escalier.

Ils croisèrent Kirsty qui descendait. Accroché à la rampe, Strike comprit vite que Lochnagar n'était pas au premier étage, contrairement à ce qu'il avait espéré, mais sous les toits, comme pouvait le laisser présager son nom faisant référence à une montagne d'Écosse.

La chambre n'avait rien de luxueux. Des meubles en pin de piètre qualité, un papier peint à gros ramages allant du brun au violet. Sur le couvre-lit marron, Kirsty avait plié deux serviettes en forme de cygnes qui se bécotaient. Des câbles électriques pendaient sous la télévision accrochée au mur. Une bouilloire en plastique traînait sur une table basse, près d'un presse-pantalon. Derrière les rideaux, Strike aperçut enfin la mer : une bande de métal doré s'étirant entre deux immeubles.

Donna fit trois pas et se posa sur la seule chaise disponible. Elle croisa les bras, empoigna ses coudes et les serra si fort que leur peau blanchit.

« Vous pouvez vous asseoir », dit-elle aux deux détectives.

Oui mais où ? Faute de choix, ils s'installèrent au pied du lit, sur l'édredon marron en matière synthétique. Douthwaite s'adossa contre la porte, les bras croisés, son sablier en évidence.

« Diamond, Jacks, Douthwaite, récita Donna. Il y en a d'autres ?

— Non, fit Douthwaite avec un rire qui tourna court.

— Pourquoi tu es passé de Douthwaite à Jacks ? Pourquoi la police t'a interrogé ?

— Ils n'avaient rien contre moi, répondit Douthwaite, la gorge serrée. Ça fait des siècles. Je voulais refaire ma vie, c'est tout.

— Combien de fois tu l'as refaite, ta vie ? Qu'est-ce que t'as fichu ? Pourquoi une déposition ?

— À cause d'un médecin qui avait disparu, répondit Douthwaite en jetant un coup d'œil vers Strike.

— Quel médecin ? Quand ?

— Elle s'appelait Margot Bamborough.

— Bamborough ? répéta Donna dont la ride verticale se creusait toujours plus. Mais c'était… on en avait parlé aux informations…

— La police a interrogé tous ses patients, s'empressa d'ajouter Douthwaite. C'était une enquête de routine ! Ils n'avaient rien contre moi.

— Prends-moi pour une cruche. Si *ces deux-là*, ajouta-t-elle en montrant Strike et Robin, ont pris la peine de te retrouver c'est pas pour rien. *Une enquête de routine !* C'est à cause d'une *enquête de routine* que tu as changé de nom ? Tu la baisais, c'est ça ?

— Non, je ne l'ai pas baisée ! répliqua Douthwaite en se rebellant pour la première fois.

— Mr. Douthwaite, tenta Strike.

— Diamond ! insista Douthwaite, plus désespéré que mécontent.

— Je vous serais reconnaissant de relire votre déposition et de me dire si vous avez quelque chose à ajouter. »

Tout dans son attitude laissait craindre un refus et pourtant non. Après une légère hésitation, Douthwaite se mit à lire les feuilles que lui tendait Strike. C'était une longue déposition ; elle commençait par le suicide de Joanna Hammond, son ancienne maîtresse, puis évoquait l'agression qu'il avait subie de la part du mari et l'état anxieux qui l'avait conduit dans le cabinet médical St. John's. Douthwaite affirmait ensuite que Margot Bamborough n'était pour lui que le médecin l'ayant aidé à sortir de sa dépression, il niait catégoriquement lui avoir offert quoi que ce fût et finissait en exposant son alibi, bancal au demeurant, pour le soir de la disparition.

« Non, je n'ai rien à ajouter, dit-il en rendant les documents.

— Je veux lire, intervint Donna.

— Ça n'a rien à voir avec… Ça fait quarante ans, laisse tomber.

— Tu t'appelles Douthwaite et je l'ignorais il y a encore cinq minutes ! J'ai le droit de savoir qui tu es, répliqua-t-elle, impérieuse. Je veux savoir à quel point je me suis fait blouser en acceptant de rester avec toi, après ta dernière…

— C'est bon, vas-y, lis », lui renvoya Douthwaite, avec un air bravache peu convaincant. Strike tendit la déposition à Donna.

Au bout d'une dizaine de lignes, elle explosa :

« Tu couchais avec une femme mariée… et elle s'est *tuée* ?

— Je ne – nous ne – on l'a fait une fois ! Une seule ! Personne ne se tue pour ça !

— Alors, pourquoi elle s'est suicidée ? Pourquoi ?

— Son mari était un salaud.

— *Mon* mari est un salaud. Et je ne me suicide pas !

— Dieu du ciel, Donna…

— *Qu'est-ce qui s'est passé ?*

— Mais rien ! Je sortais souvent avec les gars du boulot, ils amenaient leur femme… et un soir, j'étais dans un pub avec les potes et je suis tombé sur Joanna qui buvait un pot avec des copines et… un connard est allé raconter à son mari qu'on avait quitté le pub ensemble et…

— Et ensuite cette femme médecin a disparu et les flics ont débarqué ? »

Donna se leva d'un bond. Les feuilles froissées tremblaient dans sa main. Assise sur l'édredon glissant, Robin se souvint du jour où elle avait trouvé le clou d'oreille en diamant de Sarah Shadlock dans son lit. Cette pénible expérience l'aidait un peu à comprendre ce que Donna pouvait ressentir en ce moment même.

« Je savais déjà que tu mentais comme un arracheur de dents, mais là, ça dépasse tout. *Trois femmes mortes ?* Trois femmes avec qui tu sortais ? Une, c'est une tragédie, fit Donna sur un ton déclamatoire qui fit craindre à Strike qu'elle ne se lance dans une épigramme à la manière d'Oscar Wilde. Mais trois ? C'est vraiment pas de bol, hein ?

— Je ne suis jamais sorti avec cette doctoresse !

— Et pourquoi pas ? Tu en serais bien capable. Rien ne t'arrête, hurla Donna, avant de se tourner vers Robin : Figurez-vous qu'il y a deux ans, je l'ai surpris dans une chambre avec l'une de mes meilleures amies…

— Pour l'amour du ciel, Donna ! gémit Douthwaite.

— Et il y a six mois…

— Donna…

— … j'ai appris qu'il faisait du gringue à l'une de nos bonnes clientes – et maintenant ça… ! » Donna se leva et fit un pas vers son mari en brandissant la déposition comme une arme. « Espèce de salopard, *qu'est-ce que tu leur as fait ?*

— Je n'ai rien à voir avec la mort de ces trois femmes, bon sang ! fit Douthwaite avec un petit rire incrédule qui ressemblait à un cri de détresse. Allons, Donna… je ne suis pas un *meurtrier* !

— Et tu penses que je vais te croire, alors que… »

Robin bondit sur ses pieds. Stupéfait, Strike la vit prendre Donna par les épaules et la repousser vers sa chaise.

« Baissez la tête, lui ordonna-t-elle. Baissez. »

Quand Robin se pencha pour dénouer le tablier qui comprimait la taille de Donna, Strike vit que le visage de cette dernière, qu'elle avait pris entre ses mains, était aussi blanc que le rideau derrière elle.

« Donna ? supplia Douthwaite.

— Ne t'approche pas, salopard, murmura-t-elle.

— Respirez, insista Robin en s'accroupissant à côté de la chaise. Allez lui chercher de l'eau », dit-elle à Strike qui se leva et passa dans le cabinet de toilette pour remplir le gobelet en plastique posé dans le porte-verre au-dessus du lavabo.

Presque aussi pâle qu'elle, Douthwaite regarda sa femme boire une gorgée.

« Ne bougez pas, dit Robin, la main sur l'épaule de Donna. Restez assise.

— Est-ce qu'il est responsable de leur mort ? murmura-t-elle en la regardant intensément, les pupilles dilatées par le choc.

— C'est ce que nous essayons de savoir », répondit Robin sur le même ton.

Puis elle jeta à Strike un coup d'œil signifiant que, pour soulager la pauvre Donna, le mieux qu'il avait à faire à présent, c'était de soutirer un maximum d'informations à Douthwaite.

« Nous avons des questions à vous poser, démarra-t-il. Bien sûr, vous n'êtes pas obligé d'y répondre, mais vous comprenez que si vous coopérez, ce sera dans l'intérêt de tout le monde, y compris le vôtre.

— Quelles questions ? demanda Douthwaite, toujours adossé à la porte. Je n'ai jamais fait de mal à personne, jamais. Je ne suis pas un homme violent, lâcha-t-il subitement. Donna peut vous le dire, je n'ai jamais levé la main sur elle, je ne suis pas comme ça. »

Et devant l'air dubitatif de Strike, il ajouta d'une voix geignarde :

« Écoutez, je vous l'ai dit – Joanna, ça n'a duré qu'une nuit. J'étais très jeune, ajouta-t-il en écho à la déclaration d'Irene Hickson. C'est le genre de choses qu'on fait quand on est jeune, n'est-ce pas ?

— Et quand on est vieux ? murmura Donna. Et pendant toutes ces foutues années entre deux…

— Où étiez-vous, demanda Strike à Douthwaite, le jour où Joanna s'est suicidée ?

— À Brent. De l'autre côté de la ville ! J'ai des témoins. On travaillait en binôme pour vendre nos fenêtres, chacun son côté de la rue. Ce jour-là, j'étais avec un mec qui s'appelait Fuck… » Il essaya encore de rire. « Fuck, vous imaginez le mal qu'il avait à… Bref, il est resté avec moi toute la journée…

« Quand on est rentrés à la boîte, en fin d'après-midi, il y avait plusieurs types. Ils nous ont dit que Hammond venait d'apprendre le suicide de sa femme…

« C'était horrible, murmura Douthwaite, le front couvert de sueur. Mais je n'y étais pour rien. On n'avait passé qu'une seule nuit ensemble. Mais son mari… Évidemment, c'était tellement plus facile de s'en prendre à moi que de reconnaître ses propres torts.

« Deux jours plus tard, je rentrais chez moi et il était sur le palier à m'attendre. Il m'a battu comme plâtre.

— Bien fait ! fit Donna dans un sanglot.

— Et c'est là que votre voisine infirmière, Janice, s'est occupée…, intervint Strike.

— L'infirmière, maintenant. Faut pas perdre de temps, hein, Steve ? ricana Donna. Tu t'es aussi tapé l'infirmière ?

— Ça n'a rien à voir ! réagit Douthwaite avec une véhémence inattendue.

— C'est son truc, dit Donna à Robin toujours agenouillée près d'elle. Il a toujours une belle histoire à vous servir. Moi aussi je m'y suis laissé prendre. La femme de sa vie était morte noyée, il avait le cœur brisé… Non mais qu'est-ce que j'étais bête, marmonna-t-elle en secouant lentement la tête. En fait, la noyée, c'était la troisième. » Avec un petit rire hystérique, elle ajouta : « La troisième connue. Mais peut-être qu'il y en a d'autres.

— Pour l'amour du ciel, Donna ! » répéta Douthwaite. La sueur formait des auréoles sur son T-shirt turquoise. Sa peur avait une odeur, constata Strike. « Tu me connais, tu sais que je ne ferais pas de mal à une mouche !

— Janice vous aurait conseillé de consulter un médecin pour votre symp…

— Jamais de la vie ! répliqua Douthwaite en surveillant du coin de l'œil la réaction de sa femme. Elle n'a pas eu besoin de me le dire. J'y suis allé de moi-même parce que je m'inquiétais pour mes… migraines et… surtout pour mes migraines. Je me sentais vraiment mal.

— Vous avez vu Margot six fois en deux semaines, précisa Strike.

— J'étais malade, j'avais des douleurs d'estomac et… je veux dire, bien sûr, il y avait la mort de Joanna et tous ces gens qui me regardaient de travers…

— Oh, pauvre chéri, murmura Donna. Toi qui détestes aller chez le médecin. Six fois en deux semaines ?

— Donna, s'il te plaît, l'implora Douthwaite. J'étais vraiment dans un sale état ! Et ensuite, les flics m'ont accusé de l'avoir harcelée ou je ne sais trop quoi. Mais non, moi je venais seulement la voir pour qu'elle me soigne !

— Lui avez-vous acheté…, commença Strike.

— … des chocolats ? Non ! l'interrompit Douthwaite en s'énervant. Si quelqu'un lui a envoyé des chocolats, ce n'est pas moi ! J'ai dit à la police que je ne lui avais jamais rien offert. Ce n'était pas…

— Des témoins vous ont vu sortir de votre dernier rendez-vous dans un état d'agitation inhabituel, le coupa Strike. Que s'était-il passé pendant la consultation ? »

Douthwaite respirait de plus en plus vite. Il regarda Strike droit dans les yeux, comme pour le provoquer.

Fin connaisseur du langage corporel, Strike devina que Douthwaite était sur le point de soulager sa conscience, quelles qu'en soient les conséquences. Il aurait tout donné pour pouvoir l'emmener quelque part, dans une salle d'interrogatoire, idéalement, et poursuivre l'entretien en tête à tête. Mais, comme il le redoutait, l'instant suprême des aveux fut gâché par l'intervention de Donna.

« Elle t'a repoussé, c'est ça ? Qu'est-ce que tu croyais, Steve ? Un vendeur de fenêtres minable et une femme comme elle ! Tu n'avais aucune chance.

— Mais bon Dieu, je te répète qu'elle ne m'intéressait pas ! se défendit Douthwaite. J'allais juste la voir pour ma santé. J'étais malade !

— Il est comme un chat, fit Donna en se tournant vers Robin, toujours à se faufiler dans votre dos. Il est prêt à tout pour arriver à ses fins. Absolument tout. Sa copine se suicide, il en profite pour se faire plaindre et draguer les infirmières et les doctoresses…

— Je n'ai jamais fait ça. J'étais malade !

— Ce dernier rendez-vous…, retenta Strike.

— J'ignore de quoi vous parlez, dit Douthwaite en fuyant son regard. Elle m'a seulement conseillé de me ménager.

— Comme si tu avais besoin qu'on te le conseille, flemmard comme t'es, grinça Donna.

— Mrs. Diamond, lui dit Strike, comme vous n'êtes pas très bien, je préférerais poursuivre cette conversation seul avec Steve…

— Non, pas question ! Je veux tout… »

Elle fondit en larmes et plaqua ses deux mains sur son visage.

« Je veux tout savoir… tout de suite… après, ce sera trop tard…

— Donna…, supplia Douthwaite.

— Non, fit-elle d'une voix étouffée par la barrière de ses mains. Ne t'avise pas…

— Mr. Douthwaite, pourriez-vous me dire où vous étiez le soir où Margot a disparu ? » renchérit Strike, espérant toujours résoudre le mystère entourant la dernière consultation.

Donna pleurait à chaudes larmes. Robin attrapa une serviette en papier sur le plateau à côté de la bouilloire et la lui tendit.

Sans doute perturbé par la détresse de sa femme, Douthwaite lui répondit sans rechigner mais en répétant ce qu'il avait déjà expliqué à la police. Autrement dit, qu'il avait passé la soirée dans un café à éplucher les petites annonces de location et que personne ne l'avait remarqué. Un alibi on ne peut plus léger.

« Je voulais tourner la page. J'en avais marre qu'on me montre du doigt, qu'on me reproche ce qui était arrivé à Joanna. Je voulais partir.

— Cette volonté de partir était-elle liée à ce qu'il s'était passé entre vous et le Dr Bamborough, la dernière fois que l'aviez vue ?

— Non, répondit Douthwaite en évitant toujours son regard. Rien à voir.

— Elle l'avait jeté, fit Donna en s'épongeant les yeux. Il s'était ridiculisé. Même chose qu'avec la fille de Leeds. Pas vrai, Steve ?

— Donna, pour l'amour du ciel…

— Il perd la mémoire, dit Donna à Robin. Le petit coq qu'il était à vingt ans est devenu un vieux bonhomme chauve et gâteux.

— Donna…

— Donc, vous vous êtes installé à Waltham Forest…, reprit Strike.

— Ouais. La police. La presse. C'était un cauchemar. À un moment, j'ai pensé me tuer, pour vous dire à quel point…

— Dommage que tu ne l'aies pas fait. Ça nous aurait épargné du temps et des emmerdes. »

Feignant de n'avoir capté ni la réplique de Donna ni la réaction scandalisée de Steve, Strike poursuivit :

« Pourquoi avez-vous choisi Clacton-on-Sea par la suite ? Vous aviez de la famille là-bas ?

— Je n'ai aucune famille, j'ai grandi dans un foyer…

— Et c'est reparti pour les violons, ricana Donna.

— Ce n'est que la stricte vérité, rétorqua Douthwaite dans un surprenant accès de colère. J'ai le droit de dire ce que j'ai vécu, non ? Je voulais devenir animateur parce que j'aime bien chanter et que c'est une façon plutôt marrante de gagner sa vie…

— Marrante, maugréa Donna. Ouais, l'essentiel pour toi, c'est que tu puisses t'éclater, hein Steve ?

— … voulais m'éloigner de ces gens qui me traitaient comme si j'avais tué quelqu'un…

— Et hop ! lança Donna. En voilà une autre qui clamse. Dans la piscine…

— Tu sais *très bien* que je ne suis pas responsable de la mort de Julie !

— Moi ? Je ne sais rien du tout. Je n'y étais pas ! C'était avant qu'on se rencontre !

— Je t'ai montré l'article dans le journal ! Je te l'ai *montré*. Enfin, Donna ! » Et, prenant Strike à témoin : « On s'était rassemblés dans mon bungalow pour boire des coups entre collègues, jouer au poker… Comme Julie était fatiguée, elle a voulu se coucher tôt. Pour rejoindre son logement, elle devait contourner la piscine. Elle a glissé dans le noir, elle s'est cogné la tête et… »

Douthwaite était au bord des larmes.

« … elle s'est noyée. Ce jour-là, je ne l'oublierai jamais. Jamais. Le lendemain matin, j'ai entendu des cris, je suis sorti en courant et j'ai vu son cadavre au moment où ils le sortaient de l'eau. Des choses pareilles, ça vous marque pour la vie. Elle était tellement jeune, vingt-deux ans, je crois. Ses parents sont arrivés et… c'était horrible. Horrible. Je n'ai jamais…

Que quelqu'un puisse mourir comme ça… On glisse, on tombe et…

« Ouais, à la suite de cela, j'ai trouvé du boulot dans le parc d'attractions près d'ici. Et c'est là que j'ai rencontré Donna, conclut-il en regardant sa femme avec une certaine appréhension.

— Donc, si vous avez quitté Clacton-on-Sea et changé de nom encore une fois, ce n'était pas pour fuir l'homme qui était venu vous interroger sur Margot Bamborough ? renchérit Strike. Un dénommé Oakden. »

Donna releva la tête.

« Oh mon Dieu, souffla-t-elle. Même cette histoire avec Julie, c'était du pipeau ?

— Pas du tout, répliqua Douthwaite. Deux jours avant sa mort, Julie et moi on s'était disputés. Je te l'ai *dit*. C'est pour ça qu'après je m'en suis tellement voulu ! Ce type, ce… comment dites-vous ? Oakden ? Ouais, il s'était pointé en racontant qu'il écrivait un livre sur la disparition du Dr Bamborough. Il avait interrogé tous les animateurs, il leur avait dit que je faisais partie des suspects, que j'avais changé d'identité à cause de ça. Bref, il m'a fait passer pour un mec louche. Julie s'est mise en colère, elle m'a reproché de ne lui avoir rien dit…

— Ç'aurait pu te servir de leçon ! le coupa Donna. Eh ben, non. C'est toujours pareil avec toi. Au moindre problème, tu t'enfuis, tu cours te cacher. Et quand on te trouve, tu te défiles encore et tu vas pleurer sur l'épaule d'une autre bonne femme. Jusqu'à ce qu'elle te perce à jour et…

— Mr. Douthwaite, dit Strike en interrompant la diatribe de Donna. Je vous remercie de nous avoir accordé votre temps. Je mesure combien ces événements ont été pénibles à évoquer. »

Robin le regarda d'un air ébahi. Il n'allait pas en rester là, tout de même ! Les Douthwaite (ou les Diamond, au choix) semblaient aussi étonnés qu'elle. Strike sortit une de ses cartes et la tendit à Steve.

« Si quelque chose vous revient, vous savez où me trouver. Il n'est jamais trop tard. »

Quand Douthwaite prit la carte, le sablier sur son avant-bras se gondola.

« À qui d'autre avez-vous parlé ? » demanda-t-il.

Robin s'étonna qu'il veuille prolonger sa torture, comme s'il n'en avait pas eu assez. Mais peut-être craignait-il de se retrouver en tête à tête avec sa femme.

« Le mari de Margot, sa famille, énuméra Strike en guettant les réactions de son interlocuteur. Ses collègues encore vivants – le Dr Gupta, l'une des deux réceptionnistes, Irene Hickson, Janice Beattie, l'infirm…

— Quelle chance tu as, Steve, rebondit Donna, l'infirmière est toujours disponible…

— … l'ex-petit ami de Margot, sa meilleure amie et quelques autres encore. »

Douthwaite avait rougi en entendant le prénom de Janice.

« Et pas Dennis Creed ? demanda-t-il.

— Non, pas pour l'instant. Eh bien, ajouta-t-il en regardant tour à tour le mari, puis la femme. Merci pour tout. C'était très instructif. »

Robin se leva.

« Je suis désolée, chuchota-t-elle en se penchant vers Donna. J'espère que vous vous sentez mieux.

— Merci ».

Strike et Robin s'éclipsèrent. Ils étaient encore sur le palier quand des éclats de voix retentirent derrière la porte de Lochnagar.

« Donna, ma chérie…

— *Ne m'appelle plus ma chérie, espèce de gros salopard !* »

« C'était inutile de poursuivre », murmura Strike. Puis il s'engagea dans l'escalier pentu en usant de la même prudence que la vieille dame obèse, quelques minutes auparavant. « Il n'aurait rien dit devant elle.

— Rien dit sur quoi ?

— C'est la question que je me pose, justement », répondit Strike tandis que les cris des Douthwaite remplissaient la cage d'escalier.

65

Comme un navire, qui par le grand océan
Dirige son cours vers une certaine côte,
Rencontre moult vents et courants
Qui baissent ou augmentent sa vitesse,
Et le précipitent en haut des vagues tempétueuses ;
Mais qui malgré ces nombreux écarts et détours,
Ne perd ni son cap ni sa boussole :
Ainsi j'avance en droite ligne sur ce long chemin,
Dont le cours souvent stagne mais jamais ne s'égare.

Edmund SPENSER, *La Reine des fées*

« J'ai faim, annonça Strike quand ils furent sur le trottoir.

— Que pensez-vous d'un fish and chips ? proposa Robin.

— Le plus grand bien, répondit Strike avec enthousiasme.

— Dites-moi, Cormoran, qu'est-ce qui vous fait croire que Douthwaite sait quelque chose ?

— Vous avez vu son regard quand je l'ai interrogé sur son dernier rendez-vous avec Margot ?

— Non, je devais être occupée avec Donna. J'avais vraiment peur qu'elle s'évanouisse.

— J'aurais bien aimé.

— Strike !

— J'étais sûr qu'il allait cracher le morceau mais elle a dit un truc qui a tout fichu par terre. » Ils arrivèrent au croisement de Scarbrough Avenue et Grand Parade. « Ce type est mort de trouille. Et pas seulement à cause de sa femme… On va à gauche ou à droite ?

— À droite », dit Robin. Ils passèrent devant une salle de jeux ouverte sur la rue, avec des bornes d'arcade qui clignotaient au son d'une épuisante rengaine électronique, des machines attrape-peluches et autres chevaux mécaniques pour les enfants. « Vous ne pensez quand même pas que c'est lui le coupable !

— Il se *sent* coupable, dit Strike en naviguant entre les vacanciers qui se promenaient en famille ou en couple. Et, à mon avis, il a besoin de soulager sa conscience.

— S'il savait quelque chose, pourquoi n'a-t-il rien dit à la police ? Ça lui aurait évité de les avoir sur le dos.

— Je ne vois qu'une seule raison.

— La peur des représailles ? Le meurtrier de Margot l'aurait menacé ?

— Exactement.

— Luca Ricci ? »

À cet instant, une voix masculine surgit des profondeurs de Funland : « Blanc, sept et quatre, *soixante-quatorze*. »

« Possible, répondit Strike sans conviction. Douthwaite et Ricci vivaient dans le même quartier, à l'époque. Peut-être fréquentaient-ils les mêmes pubs. Il a pu entendre dire que Ricci voulait se débarrasser de Margot. Mais ça ne cadre pas avec les témoignages oculaires. Si Douthwaite était venu la voir pour lui annoncer qu'elle courait un danger, c'est plutôt elle qui aurait été bouleversée. Or c'est bien lui qu'on a vu sortir de son cabinet au bord des larmes. À mon avis, Douthwaite croit que la disparition de Margot est liée à ce qu'ils se sont dit lors de ce dernier rendez-vous. »

Ils passèrent devant un jardin public bien entretenu dont l'allée centrale était bordée de magnifiques pétunias. Au bout de la rue, une tour-horloge haute de dix-huit mètres, de style vaguement gothique, occupait le centre d'un rond-point végétalisé.

« Combien y a-t-il de friteries à Skegness ? » demanda Strike en s'arrêtant au carrefour, face au Big Ben miniature. Ils en avaient déjà dépassé deux, avec terrasses sur la rue, et de l'autre côté du rond-point on en apercevait une demi-douzaine d'autres.

« Je n'ai jamais compté. Quand j'étais petite, c'étaient plutôt les ânes qui m'intéressaient. On pourrait essayer ici », dit-elle en désignant une table vert pistache devant le Tony's Chippy (« *Venez pour le prix, restez pour la qualité* »).

« Les ânes ? répéta Strike en s'asseyant.

— Parfaitement. Cabillaud ou églefin ?

— Églefin, s'il vous plaît », dit Strike. Robin alla passer commande.

Strike la regarda entrer dans le restaurant tout en savourant la chaleur du soleil dans son dos. Deux minutes plus tard, s'apercevant qu'il la fixait toujours, il leva la tête vers les oiseaux qui volaient en groupe au-dessus de lui. La barrière jaune séparant Tony's de son voisin, Harry Ramsbottoms, avait beau être hérissée de picots censément dissuasifs, une poignée d'étourneaux y avait élu domicile, prêts à fondre sur la première frite abandonnée.

En même temps qu'il observait leur manège, Strike se demandait quelles étaient les chances pour que Douthwaite appelle le numéro imprimé sur la carte. Cet homme avait passé sa vie à fuir. Il avait le regard perdu de ceux qui s'épuisent à porter un secret trop lourd pour eux. Strike se frotta le menton et décida de lui laisser quelques jours de réflexion, puis de revenir à la charge, soit par téléphone soit en lui rendant une nouvelle visite surprise. L'idéal étant qu'ils puissent discuter dehors ou dans un pub, en tout cas sans la présence de Donna.

Strike étudiait toujours le comportement des étourneaux quand Robin déposa sur leur table deux boîtes en polystyrène, deux petites fourchettes en bois et deux canettes de Coca.

« Purée de petits pois, dit Strike en baissant les yeux sur l'amas verdâtre qui servait de garniture au fish and chips de Robin.

— Le caviar du Yorkshire, commenta Robin avant de s'asseoir. J'ai supposé que vous n'en voudriez pas.

— Vous avez eu raison », répondit Strike. Il déchira une dosette de ketchup et, avec une grimace, regarda Robin plonger une frite dans la matière verte puis la gober.

« Vous êtes une vraie chochotte, se moqua-t-elle. Comme tous les gars du Sud.

— Ne dites jamais ça devant Polworth », s'esclaffa-t-il. Il saisit son beignet, en détacha un morceau qu'il trempa dans le ketchup et fourra avec délices dans sa bouche. Après quoi, il se mit à chanter :

> « *A good sword and a trusty hand !*
> *A merry heart and true !*
> *King James's men shall understand,*
> *What Cornish lads can do*[1]. »

« Qu'est-ce que c'est ? demanda Robin en riant.

— Le premier couplet de "The Song of the Western Men". Le message sous-jacent, c'est que les gars de Cornouailles sont tout le contraire d'une bande de chochottes. Nom de Dieu, qu'est-ce que c'est bon !

— N'est-ce pas ? Sans comparaison avec ceux qu'on trouve à Londres. »

Ils passèrent quelques minutes concentrés sur leur dégustation. Le papier sulfurisé enveloppant les portions de frites reproduisait les colonnes du *Mirror* version années 1970. *Paul lâche les Beatles*. Il y avait aussi des dessins humoristiques, du genre coquin : une blonde plantureuse couchée dans un lit avec son vieux patron disait : « On dirait que les affaires marchent bien. Je n'ai jamais fait autant d'heures supplémentaires. » Robin songea à Gemma, l'assistante de

---

1. « Une bonne épée, une main fidèle ! / Un cœur joyeux et sincère ! / Les hommes du roi James apprendront à leurs dépens, / Ce que les gars de Cornouailles sont capables de faire. »

PasNet. Peut-être avait-elle composé le faux numéro que la fille du café lui avait donné et découvert que le pseudo-« Andy » n'était pas le seul à lui poser des lapins. Robin avait obtenu ce qu'elle espérait : la description par Gemma des pratiques frauduleuses dont son chef semblait coutumier. En ce moment même, à Londres, Pat transcrivait leur conversation à partir du fichier audio, en supprimant toute mention susceptible de révéler la source de l'information. La belle carrière de PasNet n'allait pas tarder à subir un coup d'arrêt. Peut-être même se retrouverait-il en prison.

Les manèges installés de l'autre côté de la rue et jusqu'au rivage empêchaient d'apercevoir la mer. Vues de loin, les nacelles de la grande roue ressemblaient à des montgolfières couleur pastel. À côté, se dressait une gigantesque cage à poules pour adultes, avec des cordes et des pneus suspendus à trente mètres au-dessus du sol. En regardant les touristes harnachés franchir les obstacles, Robin balançait entre bonheur et mélancolie. Côté bonheur, il y avait : un éventuel rebondissement dans l'affaire Bamborough, les frites, la purée de pois cassés, la présence de Strike et le soleil. Côté nostalgie : l'enfance et les courses éperdues sur la plage pour atteindre l'enclos avant son frère Stephen et pouvoir monter son âne préféré. Pourquoi le temps de l'innocence laissait-il des traces aussi brûlantes dans le cerveau des adultes ? Pourquoi le souvenir de la petite fille qui se croyait invulnérable lui causait-il plus de douleur que de plaisir ?

Elle avait eu une enfance heureuse, comparée à celle de Strike. Alors, pourquoi souffrait-elle en se remémorant les week-ends d'été où ses frères et elle se disputaient l'âne noir répondant au nom de Noddy ? La pauvre bête était morte depuis longtemps, bien sûr. La conscience de la mort : était-ce à cause de cela que les moments heureux se teintaient d'amertume ? Peut-être qu'un jour, quand sa nièce Annabel aurait l'âge, Robin l'emmènerait sur cette plage et lui offrirait sa première promenade à dos d'âne. L'idée lui plaisait mais, hélas, il y avait peu de chances que Stephen et Jenny aient envie de passer un week-end à Skegness. La grand-tante d'Annabel n'habitait plus Boston : les Ellacott n'avaient plus de famille dans la région. Les temps changeaient, les enfances aussi.

« Ça va ? lui demanda Strike, un peu inquiet.

— Oui, très bien. C'est juste que je pensais... J'aurai trente ans dans quelques semaines. »

Strike partit d'un rire moqueur.

« Ne comptez pas sur moi pour vous plaindre. Moi j'en aurai quarante le mois d'après. »

Il décapsula sa canette de Coca et but une gorgée. Robin laissa errer son regard sur une famille qui passait en mangeant des cornets de glace. Les parents, deux enfants et un teckel qui se dandinait et reniflait le sac à provisions aux couleurs de l'Union Jack que le père tenait à la main.

« Vous pensez que l'Écosse va s'en aller ?

— Qu'ils vont voter pour l'indépendance ? Peut-être, dit Strike. Les sondages sont indécis. Barclay pense que c'est possible. Il m'a parlé de ses potes restés au pays. J'ai l'impression qu'ils sont comme Polworth. Ils rejettent les mêmes choses et courent après les mêmes illusions. En gros, s'ils se libèrent de l'emprise de Londres, le miel coulera dans les rivières et les rues seront pavées d'or. Et si on s'avise d'émettre la moindre critique ou de pointer telle ou telle difficulté, ils vous traitent d'alarmiste. Pour eux, les experts sont des idiots et les faits mentent. "Ça peut pas être pire qu'aujourd'hui." Vous parlez d'un argument ! »

Strike enfourna plusieurs frites d'un coup et attendit de les avoir avalées pour continuer :

« Moi, la vie m'a appris que ça peut toujours être pire. À l'hosto, je me croyais le plus malheureux du monde, et puis j'ai vu arriver un type dans un fauteuil roulant. Une bombe lui avait emporté les deux jambes et les parties génitales. »

Il ne lui avait jamais parlé de ce qu'il s'était passé juste après l'attentat qui lui avait coûté sa jambe. D'ailleurs, il évoquait rarement son handicap. Décidément, depuis cette soirée arrosée au whisky dans les locaux de l'agence, leurs rapports avaient beaucoup évolué, se dit Robin.

« Tout le monde cherche des solutions simples aux problèmes compliqués, reprit-il en piquant ses dernières frites. C'est comme ces pubs sur Internet : "La meilleure astuce pour perdre du ventre." Je n'ai jamais cliqué dessus mais je comprends que certains soient tentés de le faire.

— Avoir la possibilité de se réinventer. C'est quand même séduisant comme perspective, non ? fit Robin en regardant les fausses montgolfières suivre leur révolution programmée autour du moyeu de la grande roue. Prenez Douthwaite et l'habitude qu'il avait de changer régulièrement d'identité et de compagne.

Participer à la réinvention d'un pays tout entier doit avoir quelque chose d'exaltant.

— Ouais. Bien sûr, les gens espèrent que s'ils s'impliquent dans un grand projet et que les choses changent autour d'eux, ils changeront aussi.

— Quel mal y a-t-il à vouloir le changement ? Quel mal y a-t-il à vouloir améliorer les choses ?

— Aucun, répondit Strike. Mais j'ai constaté que rares sont les gens qui changent en profondeur. Pour la bonne raison que ce n'est pas aussi simple que manifester ou brandir un drapeau. Dans l'affaire Bamborough, par exemple, citez-moi une seule personne qui ait réellement changé en l'espace de quarante ans.

— Je ne… Moi, je pense que j'ai changé », lança Robin qui regretta aussitôt d'avoir énoncé à voix haute une pensée aussi intime.

Strike la fixa d'un air grave, termina sa bouchée et répondit :

« Ouais. Mais c'est parce que vous êtes exceptionnelle. »

Robin se sentit rougir.

« Vous ne finissez pas vos frites ?

— Non, servez-vous. » Robin poussa vers lui sa portion entamée, puis sortit son téléphone. « Je vais chercher cette astuce pour perdre du ventre. »

Strike la regarda d'un air moqueur s'essuyer les mains et vérifier ses mails.

« Vous avez vu ? Vanessa Ekwensi nous a écrit.

— Quoi ?

— Elle connaît quelqu'un susceptible de remplacer Morris… Une femme… Michelle Greenstreet…

qui souhaite quitter la police. Elle y a passé huit ans, dit Robin en déroulant le message sur son écran, "… lassée par la routine… vit à Manchester… veut s'installer à Londres… passionnée par le travail d'investigation…"

— Tout cela me paraît prometteur, dit Strike. Programmons un entretien. Elle a déjà franchi la première sélection.

— Comment cela ? fit Robin en levant les yeux vers lui.

— Je doute qu'elle soit du genre à envoyer des photos de bite à ses collègues. »

Il tapota ses poches, sortit son paquet de Benson & Hedges et s'aperçut qu'il était vide.

« Je vais acheter des clopes…

— Attendez, dit Robin, de nouveau penchée sur son portable. Oh mon Dieu ! Cormoran… Gloria Conti m'a écrit.

— Vous rigolez ? fit Strike en retombant sur le siège qu'il venait de quitter.

— "Chère Miss Ellacott, lut Robin à voix haute, je suis désolée de n'avoir pas répondu à vos courriers. J'ignorais que vous cherchiez à me joindre et je viens juste de l'apprendre. Si cela vous convient, je vous propose un rendez-vous téléphonique demain à 19 heures. Bien à vous…" Et elle nous donne son numéro, murmura-t-elle en considérant Strike d'un air stupéfait. Comment est-ce possible ? Ça fait des mois que je lui envoie message sur message sans obtenir la moindre réponse… À moins qu'Anna ait réussi à la contacter ?

— Peut-être, dit Strike. Ce qui signifierait qu'elle souhaite poursuivre les recherches.

— Ça vous étonne ? Pour moi, elle n'y a mis un terme que parce qu'elle a besoin de se fixer des limites. Pour son équilibre personnel.

— Et nous, qu'est-ce que nous sommes dans cette histoire ?

— Des bons Samaritains ? proposa Robin en souriant finement.

— Gloria Conti : la dernière personne à avoir vu Margot en vie. Celle qui était la plus proche d'elle au boulot…

— Je lui réponds, l'interrompit Robin en jouant des pouces sur l'écran de son portable. Je la remercie et j'accepte le rendez-vous.

— On pourrait l'interroger ensemble ? suggéra Strike. Via FaceTime, si elle est d'accord ?

— Je lui demande », dit Robin en continuant à taper.

Quelques minutes plus tard, ils partaient en quête d'un paquet de cigarettes. Tout en marchant, Robin songeait à la facilité avec laquelle elle avait accepté de venir travailler le samedi soir suivant. Quel soulagement c'était de pouvoir gérer son emploi du temps à sa guise, sans craindre d'essuyer une engueulade en rentrant à la maison, se dit-elle en se remémorant les scènes que lui faisait Matthew parce qu'elle travaillait trop et qu'il la soupçonnait de coucher avec Strike. Elle repensa à la médiation, au regard fuyant de son ex-mari, assis de l'autre côté de la grande table. Il avait une nouvelle compagne, un nouveau boulot, il serait bientôt père. Sa vie avait complètement changé. Mais lui, avait-il changé ?

Ils tournèrent au coin et s'engagèrent dans une large rue commerçante. Sur les trottoirs, les étals débordaient de ces marchandises que Strike rangeait dans la catégorie « camelote ». À perte de vue, ce n'étaient que ballons de plage, porte-clés, bijoux de pacotille, lunettes de soleil, barbe à papa, bonbons, jouets en plastique et peluches.

« Regardez », fit Robin en pointant sur leur droite une enseigne jaune vif : *VOTRE VIE EST DANS VOS MAINS*. Au-dessous, sur la porte vitrée doublée d'un écran opaque, était inscrit : *CHIROMANCIE. VOYANCE*. À côté, un large disque orné sur son pourtour des douze signes du zodiaque gravitait autour d'un soleil stylisé.

« Quoi ? demanda Strike.

— Vous connaissez votre thème astral. Pourquoi pas moi ?

— Oh non, par pitié ! » marmonna Strike. Ils passèrent sans s'arrêter, mais Robin riait sous cape.

Elle l'attendit devant le bureau de tabac en regardant les cartes postales sur les présentoirs. Strike, qui faisait la queue à l'intérieur, fut pris d'une brusque et vaine impulsion, sans doute causée par l'abondance d'objets inutiles aux couleurs criardes, les bâtons de sucre d'orge et le joyeux vacarme des consoles vidéo, tout cela s'ajoutant au soleil radieux et au souvenir du meilleur fish and chips qu'il ait jamais mangé. Bref, il eut soudain envie d'acheter un âne en peluche et de l'offrir à Robin. Mais à peine cette idée eut-elle surgi qu'il se ravisa. Allait-il se comporter comme un collégien boutonneux à la recherche d'un cadeau pour sa petite copine ? En sortant de la boutique, il s'aperçut que, de toute manière, il n'y avait pas d'âne en peluche dans les bacs à l'extérieur. Seulement des licornes.

« On retourne à la voiture ? demanda Robin.

— D'accord », dit Strike en déchirant le film de cellophane enveloppant son paquet de cigarettes. Puis il se rattrapa : « Et si on continuait jusqu'à la plage ?

— OK, s'étonna Robin. Mais… pourquoi ?

— Juste pour le plaisir. Aller au bord de la mer et repartir sans l'avoir vue, c'est vraiment nul.

— Encore un dicton de chez vous ? plaisanta Robin tandis qu'ils revenaient sur leurs pas.

— Peut-être. » Strike alluma une cigarette, tira une bouffée, cracha la fumée et se remit à chanter :

« And when we come to London Wall,
A pleasant sight to view,
Come forth ! come forth ! ye cowards all :
Here's men as good as you[1]*. »*

« La chanson des hommes de l'Ouest ?

— Exactement.

— D'après vous, pourquoi éprouvent-ils le besoin de dire aux Londoniens qu'ils sont aussi bien qu'eux ? Ce n'est pas évident ?

— Le problème c'est Londres, dit Strike en traversant la rue avec Robin. Cette ville énerve tout le monde.

---

1. « Et quand nous serons au mur de Londres/Une vue fort agréable/Avancez ! avancez ! bande de lâches : Voici des hommes qui vous valent. »

— Moi je l'aime.

— Moi aussi. Mais je peux comprendre qu'elle énerve tout le monde. »

Ils passèrent près d'une fontaine circulaire accueillant en son centre une statue du Jolly Fisherman, le marin rondouillard et barbu qui figurait depuis un siècle sur les affiches vantant les charmes de Skegness. Puis ils s'engagèrent sur la grande allée menant à la plage.

Et enfin ils arrivèrent devant ce que Strike voulait voir depuis des heures : une immense étendue d'eau plate, couleur chalcédoine sous un ciel pervenche. Dressées sur l'horizon, une armée d'éoliennes blanches gâchait le paysage. Quand Strike sentit la brise lui fouetter le visage, il comprit pourquoi Robin s'était munie d'une écharpe.

Il fumait en silence. Le vent ne dérangeait pas ses cheveux crépus. Il pensait à Joan et à ses dernières volontés. En choisissant que ses cendres soient dispersées dans l'océan, elle avait souhaité offrir à ses proches une tombe accessible depuis n'importe quel rivage britannique. Mais il avait fallu que Strike vienne jusqu'à Skegness pour comprendre à quel point ce choix avait été judicieux, puisque désormais il suffisait de regarder la mer pour se recueillir et penser à elle.

« C'étaient les fleurs préférées de Joan, dit-il au bout d'un moment. Les roses roses. Celle que vous avez envoyées pour ses funérailles.

— Oh, vraiment ? Je… Eh bien, je m'étais fait une image d'elle, d'après ce que vous m'aviez dit. Et j'ai pensé… que ces roses-là conviendraient.

— Si jamais l'agence fait faillite, dit Strike tandis qu'ils revenaient vers la ville, vous pourrez toujours ouvrir un cabinet de voyance à Skegness.

— Bonne idée. Avec comme spécialité les fleurs préférées des morts.

— Zut, on n'a pas vu les ânes, dit Strike en jetant un coup d'œil par-dessus son épaule.

— Pas grave. De toute façon, vous êtes trop lourd. »

66

Parle, frêle femme, parle avec assurance.

Edmund SPENSER, *La Reine des fées*

Le lendemain, en fin d'après-midi, Strike et Robin étaient assis côte à côte dans leur bureau, seuls à l'agence pour la première fois depuis le soir des yeux au beurre noir. Ils avaient allumé la lumière et n'avaient pas bu de whisky mais, l'un comme l'autre gardait en tête le souvenir des paroles échangées lors de ce mémorable tête-à-tête, d'où la gêne diffuse qui régnait à présent, se manifestant chez Strike par une légère brusquerie au moment d'installer le moniteur pour leur entretien via FaceTime, et chez Robin par une concentration excessive sur les questions qu'elle voulait poser à Gloria.

À 18 h 19 – heure française –, Strike composa le numéro. Après un moment de suspense et deux ou trois tonalités, une femme apparut sur l'écran. Elle était assise au centre d'une pièce tapissée de livres. Une grande photo était accrochée au mur derrière elle, sur laquelle on la voyait avec son mari, un homme à l'allure distinguée, et trois beaux jeunes gens en chemise blanche.

De toutes les personnes qu'ils avaient interrogées dans le cadre de leur enquête, Gloria Conti était celle qui avait le moins changé physiquement, se dit Robin. Et pourtant, elle n'essayait pas de tricher sur son âge. Ses cheveux blancs étaient coupés au carré, une coiffure qui lui allait bien. Malgré les petites rides marquant son front et le contour de ses yeux, elle avait le teint lumineux des gens qui évitent de trop s'exposer au soleil. Sa minceur et ses pommettes sculptées lui avaient permis de conserver un visage jeune. Elle portait un corsage bleu marine à col montant, de fines boucles d'oreilles en or et des lunettes à monture carrée. Tout en elle était à la fois sobre et chic. Robin l'aurait volontiers imaginée prof de fac, plutôt que descendante d'une famille mafieuse. Mais c'était peut-être à cause des bibliothèques derrière elle.

« Bonsoir, fit Gloria, d'une voix un peu tendue.

— Bonsoir, répondirent en chœur les deux détectives.

— Nous sommes ravis de vous voir, Mrs. Jaubert, commença Strike. Merci de nous avoir contactés.

— Oh, ce n'est rien », dit-elle poliment.

Irene Hickson l'ayant présentée comme une fille issue d'un milieu modeste, Robin fut étonnée de l'entendre parler un anglais aussi classique. Mais après tout, à l'instar de Paul Satchwell, Gloria avait passé plus de temps à l'étranger que dans son propre pays.

« Votre réponse s'est fait attendre, crut bon de souligner Robin.

— Oui et je le regrette. Voyez-vous, mon mari, Hugo, ne m'a pas transmis vos messages. Je suis tombée sur votre dernier mail tout à fait par hasard, dans les éléments supprimés. C'est ainsi que j'ai compris que vous tentiez de me joindre depuis des mois. Hugo… enfin, il a cru bien faire. »

Robin se souvint du jour où Matthew avait détruit un message vocal que Strike lui avait laissé sur son portable. Il avait fait cela pour l'empêcher de reprendre son poste à l'agence. Curieusement, Gloria ne semblait pas en vouloir à son mari de s'être immiscé dans sa vie personnelle. Comme si elle avait deviné ses pensées, Gloria renchérit :

« Hugo pensait que je refuserais de me confier à des inconnus. Alors qu'en réalité vous êtes les seuls avec qui j'ai envie d'évoquer la disparition de Margot. J'avoue que si vous parvenez à résoudre ce mystère, ce sera… eh bien, j'en serai immensément soulagée.

— Ça vous ennuie si je prends des notes ? lui demanda Strike.

— Nullement. »

Pendant que Strike appuyait sur le bouton-poussoir de son stylo-bille, Gloria se pencha pour attraper un verre de vin rouge posé hors champ. Elle en but une gorgée, inspira comme si elle allait se jeter à l'eau, et démarra en ces termes :

« J'aimerais d'abord vous expliquer deux ou trois petites choses, si vous n'y voyez pas d'inconvénient. Depuis hier, je tourne ça dans ma tête. En fait, je crois que vous gagnerez du temps si je commence par vous raconter mon histoire. Cela vous aidera à comprendre la nature de ma relation avec Margot et pourquoi j'ai fait… ce que j'ai fait.

— En effet, ce sera très utile, répondit Strike, le stylo levé. Je vous en prie. »

Gloria reprit une gorgée de vin, reposa son verre et respira à fond avant de poursuivre :

« J'ai perdu mes parents à l'âge de cinq ans dans l'incendie de notre maison.

— C'est horrible », dit Robin, légèrement intriguée. Elle avait consulté les documents de recensement pour l'année 1961 et il y était question d'une famille de quatre personnes. « Je suis vraiment désolée. »

Strike grommela ses condoléances tardives.

« Merci, dit Gloria. Je vous raconte cela pour que vous compreniez… Voyez-vous, si j'ai survécu, c'est parce que mon père m'a jetée par la fenêtre et que j'ai atterri dans une couverture tendue par les voisins. Mes parents sont restés pour tenter de sauver mon frère aîné piégé par les flammes. Ils sont morts tous les trois. Les parents de ma mère m'ont recueillie. C'étaient des gens adorables. Ils auraient tout donné pour me voir heureuse. C'est d'autant plus horrible quand on sait ce que je leur ai fait subir…

« J'étais une enfant timide. J'enviais mes copines dont les parents étaient jeunes, à la page, comme on disait à l'époque. Ma pauvre grand-mère a eu du mal à suivre les évolutions des années 1960 et 1970, fit Gloria avec un sourire triste. Je portais des vêtements démodés. Jamais de minijupe, encore moins de mascara…

« Par réaction, je m'étais bâti un monde fantasmatique très particulier. Je sais que la plupart des ados s'évadent dans leurs rêves, mais chez moi… c'était presque pathologique. Quand j'avais seize ans, j'adorais tout ce qui sortait de la norme. Un jour, je suis allée voir *Le Parrain*…

« Ça paraît ridicule quand j'en parle aujourd'hui, mais je vous assure que ce film m'a fait l'effet d'une drogue dure. Je suis devenue accro, complètement obsédée. Je l'ai vu je ne sais combien de fois. Plus de vingt, je crois. J'étais une lycéenne anglaise des années 1970 mais, dans ma tête, je m'appelais Apollonia et je vivais dans la Sicile des années 1940. Je rêvais de rencontrer un beau gangster américain mais pas forcément de mourir dans l'explosion d'une voiture piégée. Non, je voulais vivre à New York, aux côtés de Michael Corleone, être une femme belle et fascinante pendant que mon mari commettrait des actes criminels beaux et fascinants, dans le strict respect du code de l'honneur bien entendu. »

Strike et Robin ne purent s'empêcher de rire. Gloria, elle, affichait un air triste, voire honteux.

« Le comble, c'est que je pensais vraiment y parvenir, poursuivit-elle. Tout ça parce que j'avais un prénom italien. Avant *Le Parrain,* je ne m'en étais jamais souciée. Dans ma folie, j'ai même demandé à mes grands-parents de m'accompagner à l'église italienne de Clerkenwell Road pour y suivre la messe, au lieu d'aller dans leur église habituelle – et ils étaient tellement gentils qu'ils ont accepté. C'était un grand sacrifice pour eux, toute leur vie sociale s'articulait autour de leur paroisse et ils recevaient beaucoup de soutien des membres de cette communauté. Ils auraient mieux fait de m'envoyer promener.

« Je m'étais toujours sentie anglaise à cent pour cent. Comme ma mère. Mais à partir de ce moment-là, ma famille paternelle est devenue mon unique préoccupation. J'ai fait des recherches en espérant découvrir qu'ils étaient de la mafia. J'avais prévu de soutirer à mes grands-parents l'argent nécessaire pour me rendre en Sicile et, qui sait, épouser l'un de mes cousins. Quelle déception quand j'ai appris que mon grand-père italien avait immigré à Londres pour travailler comme garçon de café ! Je savais déjà que mon père avait travaillé pour les transports publics londoniens. J'ai eu beau creuser, remonter le plus loin possible, je n'ai trouvé que d'honnêtes gens, soupira Gloria.

« Et puis, un beau dimanche, à l'église italienne St. Peter's, quelqu'un m'a désigné un homme assis au fond de la nef en disant qu'il s'agissait de Niccolo Ricci, l'un des derniers gangsters de Little Italy. »

Gloria s'interrompit pour reprendre une gorgée de vin.

« Bref… Ricci avait des fils. »

Strike posa son stylo pour la première fois.

« Luca Ricci n'avait pas la moindre ressemblance avec Al Pacino, fit Gloria sur un ton sévère. Mais j'ai quand même réussi à en trouver une. Il avait quatre ans de plus que moi et tout le monde disait que c'était un mauvais garçon. Ce qui me convenait à merveille. J'ai commencé à lui faire des petits sourires en passant…

« On s'est mis à sortir ensemble deux mois avant mes examens. Le soir de notre premier rendez-vous, j'ai dit à mes grands-parents que j'allais réviser chez une copine. J'avais toujours été une fille sage. Ils m'ont crue.

« J'ai essayé de me convaincre que je l'aimais parce qu'il correspondait à l'image que je me faisais de l'homme idéal. Il possédait une voiture et, de toute évidence, il trempait dans des trucs louches. J'aurais aimé qu'il me raconte ce qui se disait pendant les réunions entre chefs de gang mais… en fait, il parlait surtout bagnoles, trafic de drogue et cassage de gueule.

« Au bout de quelque temps, j'ai compris que Luca tenait à moi… enfin, à sa manière. Quand on tient à une personne, on éprouve de l'affection pour elle. Or lui, tout ce qui l'intéressait c'était de m'avoir sous sa coupe, à sa disposition. J'étais tellement bête que je trouvais ça excitant parce que c'était – vous savez – l'attitude qu'on s'attend à rencontrer chez un mafioso. Pourtant, je préférais quand il n'était pas là et que je pouvais m'imaginer dans les bras de Michael Corleone, la nuit au fond de mon lit.

« J'ai arrêté mes études. Ma vie fantasmatique occupait toute la place. La régulière d'un gangster n'a pas besoin de diplômes. Luca était de mon avis. J'ai tout laissé tomber.

« Mes grands-parents ont été très déçus mais ne m'ont pas fait de reproches, dit Gloria avec un frémissement dans la voix. Peu après – la semaine suivante, je crois –, ils ont appris que je fréquentais Luca. Ça leur a fichu un coup. Mais moi je m'en moquais. Je leur ai dit que la fac ne m'intéressait plus, que je voulais gagner ma vie.

« Si j'ai postulé au cabinet St. John's c'est uniquement parce qu'il se trouvait au cœur de Little Italy, même si Little Italy n'existait plus vraiment à l'époque. Le père de Luca faisait partie des derniers dinosaures. Mais bon, dans ma tête de linotte, j'étais une Conti, je devais travailler dans le quartier de mes ancêtres. Et comme Luca y vivait, ça me permettait de le voir plus souvent.

« Normalement, je n'aurais jamais dû avoir ce job. J'étais bien trop jeune. Je n'avais aucune expérience. Mais Margot m'a soutenue. »

Gloria s'interrompit. Sans doute parce qu'elle venait de prononcer le nom de Margot pour la première fois, supposa Robin.

« Donc, je me suis retrouvée à l'accueil, reprit-elle après avoir respiré un bon coup. Avec Irene toute la sainte journée. Comme mes grands-parents n'étaient pas inscrits dans ce cabinet puisqu'ils vivaient à Islington, j'ai pu lui raconter tout ce qui me passait par la tête.

« Je m'étais bâti un personnage à la mesure de mes ambitions. Les Conti étaient une vieille famille sicilienne, mon grand-père et mon père avaient fait partie de la mafia et je ne sais quoi d'autre. J'émaillais mes discours de petites anecdotes, en me servant de ce que Luca disait sur son père. Et pour le reste, je puisais allégrement dans le scénario du *Parrain*. Le plus drôle, précisa Gloria en levant les yeux au ciel, c'est que le seul truc authentique dont j'aurais pu me vanter, je l'ai gardé pour moi. Irene n'a jamais su qui était mon petit ami. Luca m'avait interdit de parler de lui ou de sa famille. Et je n'avais pas intérêt à lui désobéir.

« Je me souviens, quelques mois après mon embauche, une rumeur a couru selon laquelle un corps avait été retrouvé sur un chantier voisin, coulé dans le béton. Pour me faire valoir, j'ai feint d'être au courant. J'ai dit à Irene qu'il s'agissait d'un règlement de comptes et que le mort appartenait au gang des Sabini. J'étais vraiment stupide, articula Gloria. Une pauvre petite sotte…

« Irene était facile à berner, mais pas Margot. J'avais la nette impression qu'elle m'avait percée à jour. Peu de temps après que j'ai commencé à travailler pour le cabinet, elle m'a dit qu'elle avait "vu quelque chose" en moi lors de l'entretien. Ça m'avait agacée. Je trouvais qu'elle me prenait de haut. Au lieu de me traiter avec la déférence qu'on doit à une fille affranchie, détentrice de terribles secrets, elle me parlait comme à une petite minette un peu naïve. Irene non plus n'aimait pas Margot. On passait nos journées à lui casser du sucre sur le dos. Margot attachait de l'importance à l'éducation des femmes et au fait qu'elles aient un métier. Mais comme elle-même avait épousé un médecin fortuné, on la taxait d'hypocrisie. Quand on vit dans le mensonge, on se méfie des gens sincères…

« Je suis désolée, tout cela peut vous sembler hors de propos, s'interrompit Gloria. Mais… si vous voulez bien m'accorder encore…

— Nous avons tout notre temps, dit Strike.

— Eh bien… le lendemain de mon dix-huitième anniversaire, je me suis disputée avec Luca. Je ne sais plus pourquoi mais il m'a prise à la gorge et m'a plaquée contre un mur. Je ne pouvais plus respirer. J'étais terrifiée.

« Quand il m'a lâchée, ce que j'ai vu dans ses yeux m'a fait très peur. Il m'a dit, "Tu as eu ce que tu méritais" et puis "Tu commences à être comme ta toubib".

« Il faut dire que je lui parlais sans arrêt de Margot. En mal, bien sûr : c'était une rabat-joie, une cheftaine, une donneuse de leçons. Je lui répétais ce qu'elle disait au travail, pour mieux la dénigrer et tenter de me convaincre qu'elle avait tort.

« Une fois, pendant une réunion de service, elle a cité Simone de Beauvoir. Son stylo était tombé par terre et un gros mot lui avait échappé. Le Dr Brenner en a profité pour balancer une remarque désobligeante : "On me demande souvent ce que ça fait de travailler avec une femme médecin. Je pourrai répondre quand j'en aurai rencontré une." Dorothy a éclaté de rire – elle riait rarement. Margot s'est tournée vers lui et lui a répondu du tac au tac – je connais cette phrase par cœur – "L'homme est défini comme être humain et la femme comme femelle : chaque fois qu'elle se comporte en être humain on dit qu'elle imite le mâle".

« Nous avons longuement commenté l'incident, Irene et moi, en la traitant de prétentieuse parce qu'elle avait cité une Française. Mais ce qu'elle a dit ce jour-là est resté gravé dans ma mémoire. Même si je rêvais d'être l'épouse d'un mafieux des années 1950, il m'arrivait de la trouver franchement marrante. Et j'adorais quand elle rabattait son caquet à Brenner. Rien que pour cela, on ne pouvait que l'admirer… »

Gloria reprit une gorgée de vin.

« Bref, le soir où Luca a failli m'étrangler, je suis rentrée à la maison et j'ai passé la moitié de la nuit à pleurer. Le lendemain matin, j'ai mis un col roulé pour aller travailler, et le soir, en sortant, j'ai appelé Luca depuis une cabine téléphonique qui se trouvait à côté du cabinet. Je lui ai dit qu'il m'avait fait très peur et que je ne voulais plus le voir.

« Il a réagi calmement. Ça m'a étonnée mais j'étais tellement soulagée… Pendant trois ou quatre jours, je me suis crue débarrassée de lui. Je me sentais merveilleusement bien. Comme si je m'étais enfin réveillée ou que j'avais sorti la tête de l'eau pour respirer une bouffée d'air frais. L'idée d'être une femme de truand me séduisait toujours mais je n'avais plus envie de la concrétiser, après ce qui m'était arrivé.

« Et puis, il y a eu cette fête de Noël au cabinet. Elle était sur le point de se terminer quand Luca a débarqué avec son père et l'un de ses cousins.

« Vous n'imaginez pas ce que j'ai ressenti en les voyant. Luca m'a dit : "Papa voulait juste rencontrer ma copine." Et moi, pétrifiée à l'idée qu'il fasse un scandale devant tout le monde, j'ai répondu "OK", j'ai pris mon manteau et je les ai suivis.

« Ils m'ont raccompagnée jusqu'à l'arrêt de bus. En chemin, Nico m'a dit : "Tu es une gentille gamine. Luca était triste, l'autre jour, après ce que tu lui as dit au téléphone. Il t'aime beaucoup, tu sais. Tu ne veux pas le rendre malheureux, hein ?" Après quoi, Nico et le cousin nous ont laissés seuls, Luca et moi. Luca m'a demandé : "Tu ne parlais pas sérieusement, dis ?" Et moi, je… j'étais terrifiée. Le fait qu'il se soit déplacé avec son père et son cousin… J'ai pensé : "Donne-lui ce qu'il veut, tu réfléchiras plus tard." Donc, j'ai répondu : "Non, mais promets-moi que tu ne referas jamais ça." Et lui : "Qu'est-ce que j'ai fait ?" Comme s'il n'avait pas essayé de m'étrangler, comme si j'avais tout inventé.

« Alors, on s'est remis ensemble et il a commencé à parler mariage. Moi, je lui répétais que j'étais trop jeune pour m'engager. J'ai essayé de rompre à plusieurs reprises mais à chaque fois il m'accusait de lui être infidèle, le pire des crimes pour une femme de gangster. Pour lui prouver ma loyauté, je n'avais d'autre choix que de continuer à le voir. »

Les yeux de Gloria se perdirent dans le vague. Elle ne regardait plus l'écran.

« C'est à ce moment-là qu'on a commencé à coucher ensemble. Moi, je ne voulais pas. Je ne dis pas qu'il m'a forcée… enfin, pas vraiment, ajouta Gloria en reprenant presque mot pour mot ce que Gemma, l'assistante de PasNet, avait confié à Robin. Mais si j'avais refusé, il m'aurait frappée, ou pire. Une fois, il a menacé de s'en prendre à ma grand-mère si je ne filais pas doux. Comme je me suis mise en colère, il m'a fait croire qu'il plaisantait. En fait, il voulait juste m'enfoncer cette idée dans le crâne. Et il a réussi.

« Il était contre la pilule. Donc, nous pratiquions la méthode… vous savez, la méthode des températures, poursuivit Gloria en reprenant son verre de vin. Sauf qu'il était… imprudent, dirons-nous. J'étais sûre qu'il voulait me mettre enceinte pour m'obliger à l'épouser. Mes grands-parents l'auraient probablement soutenu. C'étaient des gens très croyants.

« Donc, sans lui demander son avis, je suis allée voir Margot pour qu'elle me prescrive la pilule. Ma démarche l'a étonnée : elle ignorait que je sortais avec quelqu'un, car je ne disais jamais rien sur moi…

« Je lui ai fait quelques confidences. Je ne l'aimais pas beaucoup mais à qui d'autre aurais-je pu parler de mes malheurs ? Et il y avait le secret médical. Margot a essayé de me raisonner, elle m'a expliqué que je pouvais m'en sortir autrement qu'en me soumettant au chantage qu'il exerçait sur moi. À l'époque, je me suis dit que pour elle c'était facile, avec tout son fric, sa belle maison…

« Mais elle m'a donné un peu d'espoir, dirons-nous. Un jour, après m'avoir battue et répété que je l'avais bien cherché, Luca a ajouté que j'avais de la chance parce que s'il n'était pas là, je serais obligée de vivre entre deux petits vieux. Et là, j'ai répliqué : “Non, pas forcément !” Luca n'était pas stupide. Il a compris que quelqu'un m'avait offert son aide. En plus, cela faisait un moment que je ne disais plus de mal de Margot…

« Peu après, elle a commencé à recevoir des lettres de menace. Des lettres anonymes… mais je savais de qui elles venaient. Je connaissais son écriture. Un jour, Dorothy était absente parce que son fils se faisait opérer des amygdales. Irene l'a remplacée et, en ouvrant le courrier, elle en a découvert une. Elle s'est mise à rigoler. Moi, je ne trouvais pas ça drôle du tout mais j'ai fait semblant.

« J'ai demandé des explications à Luca. Il a nié en disant que je me montais le bourrichon. Mais j'étais sûre de moi…

« Peu après, je suis tombée sur une deuxième lettre. Entre-temps, mon pire cauchemar était devenu réalité. J'étais enceinte. Je n'avais pas compris que la pilule ne fonctionnait pas en cas de troubles gastriques. Or, un mois auparavant, j'avais eu une gastro-entérite. J'étais coincée, ma vie était fichue, j'allais devoir épouser Luca. Les Ricci l'exigeraient et mes grands-parents n'accepteraient jamais que je sois mère célibataire.

« Le choc a été tel que j'ai enfin trouvé le courage de regarder la vérité en face, dit Gloria en fixant l'écran. Et de mesurer à quel point je haïssais cet homme.

— Gloria, fit Robin dans un murmure. Je suis désolée de vous interrompre mais pouvez-vous me dire si vous avez été malade le jour du barbecue chez Margot ?

— Vous êtes au courant ? Oui, j'ai vomi. À cause de cette fichue gastro. Les autres ont dit qu'un gamin avait mis de l'alcool dans le punch mais, à mon avis, c'était faux. Personne n'a été malade à part moi. »

Du coin de l'œil, Robin vit Strike griffonner sur son carnet.

« Je suis retournée voir Margot pour qu'elle m'examine, reprit Gloria. Je lui faisais totalement confiance. Quand elle a confirmé ce que je craignais, je me suis écroulée. J'ai pleuré toutes les larmes de mon corps et elle… elle était si gentille… elle m'a consolée, elle m'a longuement parlé.

« Pour moi, l'avortement était un péché. On m'avait élevée dans cette idée. Margot était d'un autre avis. Elle a dressé le tableau de ce qui m'attendait si je mettais au monde l'enfant de Luca Ricci. Nous avons réfléchi ensemble aux solutions qui s'offraient à moi. Si je choisissais de le garder et de l'élever seule, il était évident que Luca ferait tout pour me récupérer et que je deviendrais à jamais son esclave. En plus, à l'époque, une femme seule avec un enfant… ça n'avait rien d'évident. Janice, l'infirmière, était dans cette situation et elle peinait à tout assumer de front, son fils, son boulot…

« Évidemment, je n'ai rien dit à Luca. Mais j'étais bien consciente que, quoi que je décide, le temps m'était compté. Je devais agir avant que mon corps change et, surtout, avant que le bébé… »

Gloria baissa la tête et se cacha le visage.

« Je suis vraiment désolée, dit Robin. Quelle terrible épreuve ç'a dû être pour vous…

— Non, ne faites pas attention, répondit Gloria en se redressant et en dégageant les cheveux collés à ses joues humides. Si je vous dis tout cela, c'est pour que vous compreniez bien…

« Margot a pris rendez-vous pour moi. Elle leur a donné son nom, ses coordonnées, elle a acheté des perruques pour qu'on ne nous reconnaisse pas. Et le jour venu – c'était un samedi –, elle m'a accompagnée à la clinique de Bride Street. Le nom de cette rue, je ne l'ai jamais oublié. *Bride*, mariée ! Si je me faisais avorter, c'était justement pour qu'on ne m'oblige pas à me marier.

« Je suppose qu'il y a eu un binz quelque part. Elle était inscrite chez eux comme mon médecin référent mais ils ont cru que "Margot Bamborough" était le nom de la patiente. Margot a dit : "Ce n'est pas grave, personne n'en saura jamais rien, de tout façon. Ces dossiers sont confidentiels." Et elle a ajouté que, dans un sens, ça tombait bien, parce qu'ils la contacteraient directement pour le suivi médical.

« Elle m'a tenu la main jusqu'à ce que j'entre en salle d'opération, et à mon réveil elle était là, dit Gloria en essuyant subrepticement les larmes qui coulaient sur ses joues. Ensuite, elle m'a ramenée en taxi chez mes grands-parents et elle m'a expliqué ce que je devais faire après…

« Mais je n'étais pas comme elle. » Sa voix se brisa. « Je me sentais terriblement coupable. Le 14 septembre. Cette date restera gravée dans ma mémoire à tout jamais.

« Deux jours plus tard, quand j'ai repris le travail, elle m'a reçue en consultation. Elle m'a demandé comment j'allais et, tout de suite, elle a parlé de mon avenir. Elle m'a dit : "Gloria, il va falloir que tu prennes ton destin en main. Si tu restes avec Luca, ça recommencera." Puis : "On va essayer de te trouver un boulot loin de Londres et faire en sorte qu'il ne te retrouve pas." Ensuite, elle a prononcé une phrase que je n'ai jamais oubliée : "Ce qui nous définit, ce ne sont pas nos erreurs, c'est comment nous les surmontons."

« Mais je n'étais pas comme elle, répéta Gloria. Je n'étais pas courageuse, je ne m'imaginais pas vivre loin de mes grands-parents. Alors j'ai fait semblant d'être d'accord avec elle, mais dix jours plus tard je remettais le couvert avec Luca. Pas par choix, mais parce que je ne voyais pas d'autre solution.

« Et voilà, conclut Gloria. Un mois après mon passage par la clinique, Margot disparaissait. »

Robin et Strike entendirent un homme parler. Gloria se tourna vers la porte et dit :

« *Non, c'est toujours en cours*[1] *!* »

Puis elle se replaça face à l'ordinateur.

« Désolée.

— Mrs. Jaubert – Gloria, dit Strike. Pouvez-vous nous raconter en détail ce qui s'est passé le jour où Margot a disparu ?

1. En français dans le texte.

— Tout ce qui s'est passé ? »

Strike hocha la tête. Gloria inspira lentement, comme avant une plongée en apnée.

« La matinée s'est déroulée normalement. Le personnel était au complet. Il ne manquait que Wilma, la femme de ménage, mais elle ne venait jamais le vendredi.

« Je me revois en train de discuter avec Janice dans la pièce du fond, près de la bouilloire. *Le Parrain II* allait bientôt sortir au cinéma. Je lui disais que j'avais hâte de le voir mais, en réalité, j'aurais préféré aller me pendre. Je me souviens qu'Irene était très contente d'elle parce que, la veille, Janice était sortie avec un homme qu'elle lui avait présenté. Irene s'était mis en tête de la caser par tous les moyens.

« Elle se comportait bizarrement avec Janice, alors qu'elle se disait son amie. Par exemple, elle lui reprochait de courir après tout ce qui portait culotte. Ce qui, de sa part, prêtait à sourire. Elle répétait que Janice devait apprendre à connaître ses limites, qu'elle se faisait des illusions, qu'une femme comme elle, avec un enfant et un physique moyen, avait tort d'espérer rencontrer le sosie de James Caan. D'après Irene, Janice devait déjà s'estimer chanceuse de plaire à ce type qui travaillait dans la boîte d'Eddie, même si ce n'était pas une lumière. Irene disait qu'il comprenait tout de travers…

« Il y avait beaucoup de boulot, ce jour-là. La salle d'attente était bondée et les trois médecins n'avaient pas le temps de souffler entre deux patients. L'après-midi, il ne s'est rien passé de notable. À part qu'Irene est partie plus tôt en prétextant une rage de dents. J'ai tout de suite compris qu'elle racontait des bobards parce que le matin même, pendant qu'elle déblatérait contre Janice, elle n'avait pas du tout l'air d'avoir mal.

« Je savais que Margot devait retrouver son amie au pub en début de soirée. Avant sa dernière consultation, elle m'avait demandé de lui apporter le beignet qu'elle avait laissé au frigo, protégé par du film alimentaire. Elle voulait se caler l'estomac. Elle adorait le sucre. Vers 17 heures, il lui fallait toujours sa petite douceur. Elle faisait partie de ces gens qui peuvent manger ce qu'ils veulent sans grossir.

« Je me souviens de ce beignet parce que, en le lui apportant, j'ai dit : "Vous devriez plutôt goûter ces chocolats, non ?" La veille, elle en avait récupéré une boîte dans la poubelle. Elle était toujours emballée de cellophane. Ce n'était pas sale, je veux dire. Quelqu'un la lui avait envoyée…

— Quelqu'un ? intervint Strike.

— Eh bien, un moment, on a pensé que c'était ce type, Steve Douthwaite. Celui qui intéressait tellement la police. En tout cas, Dorothy en était persuadée.

— Il n'y avait pas de mot avec ?

— Si, une carte avec "Merci" inscrit dessus. Dorothy croyait que c'était Douthwaite, parce qu'il venait souvent consulter Margot. Mais je ne me rappelle pas avoir vu de nom.

— Donc Margot l'avait jetée à la poubelle. Et elle l'a récupérée ensuite ?

— Oui. Je me suis gentiment moquée d'elle. J'ai dit : "Je savais que vous ne pourriez pas résister." Ça l'a fait rire. Et le lendemain, quand je lui ai demandé pourquoi elle ne les goûtait pas, elle m'a répondu : "Je les ai déjà tous mangés."

— Pourtant, la boîte était toujours là ?

— Oui, sur l'étagère, à côté de ses livres. J'ai regagné mon poste, à l'accueil, le patient du Dr Brenner est parti, mais pas le Dr Brenner. Il remplissait le dossier.

— Saviez-vous que le Dr Brenner était accro aux barbituriques ? demanda Strike.

— Pardon ?

— Personne ne vous en a jamais parlé ?

— Non, fit-elle, interloquée. Je l'ignorais.

— Personne ne vous a dit que Janice avait trouvé une gélule d'Amytal dans une tasse de thé ?

— Non… Oh, c'est pour ça que Margot préparait son thé elle-même, vers la fin. Elle disait qu'Irene mettait trop de lait.

— Revenons un peu en arrière. À la fin de la journée, dans quel ordre vos collègues sont-ils partis ?

— Le Dr Gupta s'est éclipsé tout de suite après sa dernière consultation. Il avait un dîner de famille.

« Et juste au moment où je me croyais tranquille, voilà que cette fille débarque. La fameuse Theo.

— Parlez-nous de Theo, demanda Strike.

— De longs cheveux noirs… le teint sombre. On aurait dit une Roumaine ou une Turque. Elle portait de gros pendants d'oreilles, style gitan. Je ne l'avais jamais vue, elle n'était pas inscrite chez nous. Elle semblait avoir mal. Au ventre. Elle est venue vers moi en disant qu'elle devait voir un médecin de toute urgence. Je lui ai demandé son nom et elle a répondu Theo… quelque chose. Elle souffrait tellement que je n'ai pas eu le cœur de la faire répéter. Je lui ai dit d'attendre et je suis allée me renseigner. Comme Margot était en consultation, je me suis adressée au Dr Brenner. Mais il n'a rien voulu savoir. C'était un type pas commode. Je ne l'aimais pas.

« Sur ces entrefaites, Margot est apparue, elle a raccompagné ses patients, une femme et son enfant, et elle a accepté de recevoir Theo.

— Donc pour vous, Theo était une femme ? demanda Strike.

— Sans l'ombre d'un doute. Elle était large d'épaules, je l'ai remarqué quand elle s'est avancée vers moi, mais c'était une femme, j'en suis sûre. Le Dr Brenner a peut-être été trompé par sa carrure, mais honnêtement…

« J'ai repensé à lui hier soir, comme je savais que vous m'interrogeriez sur le personnel du cabinet. Ce type était d'une misogynie à toute épreuve. Une vraie caricature. D'un côté, il méprisait les femmes qui n'étaient pas assez féminines et ne s'exprimaient pas “comme des dames”, et de l'autre, il dénigrait Irene parce qu'elle était trop blonde, trop frivole, trop ceci, trop cela. Il aurait peut-être voulu qu'on soit toutes comme Dorothy : soumises, respectueuses et vêtues comme des bonnes sœurs. »

Robin songea à Betty Fuller qui faisait la morte sur son lit pendant que Brenner lui murmurait des cochonneries.

« Les femmes n'aimaient pas être reçues par Brenner. Souvent, elles nous demandaient de les inscrire chez Margot, mais c'était impossible, Margot avait déjà trop de travail. Pour se consoler, on se disait qu'il était proche de la retraite et qu'après lui, il en viendrait un autre plus sympa.

« Donc Brenner est parti et Theo est entrée chez Margot. Je surveillais l'heure parce que j'avais rendez-vous avec Luca et je ne devais pas être en retard, sinon je risquais de le regretter. Mais Theo ne sortait pas. À 18 h 15, elle a fini par s'en aller.

« Margot est apparue deux minutes plus tard. Elle était épuisée après cette journée interminable. Elle m'a dit : “Je remplirai son dossier demain, il faut que j'y aille, Oonagh m'attend. Tu n'auras qu'à fermer avec la clé de secours.” Je ne lui ai pas vraiment répondu tant je redoutais que Luca soit fâché contre moi. Donc, je l'ai laissée partir sans lui dire au revoir, ni bonne soirée, ni rien… Alors que cette femme m'avait sauvé la vie.

« Parce que c'est vrai. Elle m'a sauvé la vie. Et je n'ai jamais pu la remercier comme… »

Une larme roula sur sa joue. Gloria l'essuya et reprit :

« Je la revois quand elle est sortie dans la rue. Elle a ouvert son parapluie et son pied a glissé sur le pavé mouillé. Elle s'est tordu la cheville, mais rien de grave. Il pleuvait à verse. Elle s'est remise d'aplomb et s'est éloignée d'un bon pas.

« J'ai fait le tour des locaux à toute vitesse. J'ai rangé les dossiers qui traînaient, j'ai fermé les armoires, j'ai éteint les lumières, et ensuite je suis allée vérifier la porte de derrière. Elle était verrouillée – la police m'a posé la question. Je suis sortie par-devant, j'ai donné un tour de clé et je me suis engouffrée dans

Passing Alley, la ruelle juste à côté, car je devais retrouver Luca sur St. John Street.

« C'était la dernière fois que je voyais Margot. »

Gloria finit les quelques gouttes qu'il restait au fond de son verre.

« Avez-vous une idée de ce qui a pu lui arriver ? demanda Strike.

— Oui, bien sûr, murmura Gloria. Et c'était horrible à imaginer. Je me suis dit que Luca avait envoyé l'un de ses sbires pour lui faire du mal, ou la kidnapper. Il faut dire que Margot était devenue sa bête noire. Chaque fois que je le contredisais, il me sortait des trucs immondes à son sujet. Il était persuadé qu'elle faisait pression sur moi pour que je le quitte, ce qui était parfaitement vrai au demeurant. Ce que je craignais par-dessus tout, c'était qu'il apprenne qu'elle m'avait aidée à… vous savez. À Bride Street.

« En tout cas, ce n'est pas lui qui s'en est chargé puisque je l'ai retrouvé sur St. John Street moins de cinq minutes après le départ de Margot. Et ce n'est pas son père non plus, parce que Marco, le fils cadet, était hospitalisé et que toute la famille se relayait à son chevet. Mais Luca avait des amis et des cousins en pagaille.

« Je ne pouvais rien dire à la police. Luca menaçait toujours de s'en prendre à mes grands-parents et là, il ne faisait plus semblant de plaisanter. Je lui ai quand même posé la question, il fallait que je sache si c'était lui. Il est devenu fou furieux, il m'a traitée d'abrutie, de connasse et d'autres noms encore plus agréables. Il a nié, bien sûr, mais je ne l'ai pas cru. Il m'avait raconté tellement de trucs sur son père qui n'avait "pas son pareil pour faire disparaître les gêneurs"…

— Pensez-vous qu'il aurait pu être au courant pour… » Robin hésita. « … Bride Street ?

— Je suis sûre que non. Margot était trop maligne pour lui. Les perruques, le fait qu'elle ait donné son nom, l'histoire qu'elle m'avait conseillé de lui raconter pour éviter les rapports sexuels au moins pendant quelque temps… C'est grâce à elle que j'ai pu m'en sortir. Non, il n'a jamais rien su. Ce qui me permet d'espérer que, tout compte fait, ce n'est pas lui qui… »

La porte derrière elle s'ouvrit sur un bel homme aux cheveux gris et au nez aquilin, vêtu d'une chemise rayée et d'un jean. Il tenait à la main une bouteille de vin rouge. Un gros berger allemand le suivait en balançant la queue.

« Pardonnez-moi, dit-il en souriant aux détectives sur l'écran. Je suis désolé de vous…, ajouta-t-il en lançant un regard interrogateur à sa femme.

— Interrompre ? proposa-t-elle.

— *Oui*[1]. Je suis désolé de vous interrompre. »

Il remplit le verre de Gloria, lui tapota gentiment l'épaule et ressortit en appelant le chien.

« *Viens, Obélix.* »

Quand la porte se referma, Gloria dit avec un petit rire :

« C'était Hugo.

— Combien de temps êtes-vous restée au cabinet St. John's après la disparition de Margot ? demanda Strike, bien qu'il connût la réponse.

1. En français dans le texte.

— Six mois, peut-être sept. Assez longtemps pour voir débarquer le deuxième inspecteur. On était tous soulagés qu'il prenne la relève, parce que le premier – Talbot, c'est ça ? – était plutôt bizarre. Wilma et Janice en avaient peur. Je pense que c'est à cause de lui que Wilma est tombée malade. Elle avait déjà assez de soucis sans que la police la harcèle par-dessus le marché.

— Donc, pour vous, elle ne buvait pas ? demanda Robin.

— Bien sûr que non ! C'était de la pure malveillance. Dorothy avait déjà essayé de la faire virer pour vol. Vous avez entendu parler de ça ? »

Strike et Robin hochèrent la tête en même temps.

« Comme elle n'avait pas pu prouver que Wilma piquait de l'argent dans les sacs, elle a inventé que la pauvre femme buvait en cachette. Elle l'a poussée à la démission. Wilma n'a pas dû être mécontente de partir, mais elle avait quand même besoin de gagner sa vie.

« Moi aussi je voulais partir, mais j'étais comme paralysée. C'est difficile à expliquer : j'avais l'impression que les choses allaient s'arranger, que Margot reviendrait, qu'il suffisait d'attendre sans bouger. Il a fallu qu'elle disparaisse pour que je réalise… combien elle comptait pour moi…

« Enfin passons, soupira Gloria. Un soir, plusieurs mois après, Luca est passé à la vitesse supérieure. J'avais eu le malheur de sourire à un type qui m'avait tenu la porte alors que je sortais d'un club avec lui. Ce petit sourire a mis le feu aux poudres. Il m'a battue encore plus fort que d'habitude. On était chez lui, dans son appartement.

« Je pleurais, je le suppliais de me pardonner et, pendant ce temps, là-dedans… » Gloria posa le doigt sur sa tempe. « … je voyais Margot qui me regardait. J'implorais Luca, je lui disais que oui, j'étais une sale pute, je lui promettais de ne plus jamais sourire à un autre homme que lui, et en même temps, je pensais, *Oui Margot, je vais partir et il ne me retrouvera jamais.*

« J'avais eu le déclic, enfin. Margot m'avait dit d'être courageuse, de prendre en main mon destin au lieu d'attendre que quelqu'un vienne me sauver. Et c'est ce que j'ai fait.

« Une fois calmé, Luca m'a laissée rentrer chez mes grands-parents. Mais il voulait qu'on se retrouve plus tard. C'était toujours pareil quand il me tabassait. Il avait besoin de me revoir.

« Il ne me frappait jamais au visage. Il était très attentif à cela, même quand il se déchaînait sur moi. Donc, je suis revenue à la maison et j'ai fait comme si de rien n'était. Dans la soirée, je suis ressortie, Luca m'a emmenée dîner et il m'a demandée en mariage, avec la bague et tout le reste.

« J'ai accepté, dit Gloria avec un sourire figé et un haussement d'épaules. J'ai mis la bague à mon doigt et je l'ai regardée très attentivement. Je n'avais pas besoin de feindre le bonheur, parce que j'étais vraiment heureuse. Elle valait assez cher pour que je me paye un billet d'avion avec. Je n'avais jamais pris l'avion. Je tremblais, rien qu'à cette idée. Mais ce n'était pas grave parce que, dans ma tête, Margot me répétait, *Il faut que tu sois courageuse, Gloria.*

« J'ai annoncé mes fiançailles à mes grands-parents. Je ne pouvais pas leur dire ce que je prévoyais de faire. Je craignais leur réaction. Ils auraient été capables d'aller voir Luca pour lui demander des comptes ou, pire, de le dénoncer à la police. Luca est venu chez eux, il a fait sa demande dans les règles, comme un brave garçon. C'était affreux. Il a encore fallu que je joue la comédie.

« À partir de ce moment-là, j'ai acheté le journal chaque matin. J'épluchais les offres d'emploi à l'étranger. J'ai rédigé un CV, je l'ai tapé au cabinet. Je sélectionnais les postes que je m'estimais capable d'occuper. Tout cela dans le plus grand secret. Je prenais le bus pour aller poster mes lettres de candidature dans le West End, sinon les potes de Luca auraient pu trouver bizarre que je mette des dizaines d'enveloppes à la boîte…

« Au bout de deux ou trois semaines, j'ai reçu une réponse. Une Française cherchait une aide à domicile capable d'enseigner l'anglais à ses enfants. J'ai décroché ce boulot parce que je savais taper à la machine. Comme elle dirigeait sa société depuis chez elle, je pouvais l'aider à tenir son secrétariat pendant que les gosses étaient à l'école. J'étais logée, nourrie, blanchie, et elle m'offrait mon billet d'avion. Donc je n'ai même pas eu besoin de vendre la bague de Luca et de lui faire croire que je l'avais perdue…

« Le jour où j'ai donné ma démission, il s'est passé une chose étrange au cabinet. Depuis des semaines, plus personne n'avait prononcé le nom de Margot. Juste après sa disparition, nous parlions d'elle tout le temps, mais après, bizarrement, le sujet est devenu tabou. Nous avions trouvé un médecin pour la remplacer. Je ne me rappelle pas son nom. Une nouvelle femme de ménage, aussi. Mais ce jour-là, quand Dorothy est arrivée, j'ai vu qu'elle n'était pas dans son état normal. Elle avait l'air bouleversée, elle qui d'habitude ne montrait jamais ses émotions…

« Ce type un peu… le mot m'échappe, fit Gloria en claquant des doigts. Les Français disent *un dingue*… Bref, un fou, un malade mental… pas dangereux mais bizarre. Une longue barbe, sale comme un peigne, on le voyait souvent traîner sur Clerkenwell Road avec son fils. Eh bien, ce type avait accosté Dorothy en pleine rue pour lui dire qu'il avait tué Margot Bamborough.

« Ça lui a fait un sacré choc. Mais moi… je vous en prie, ne m'en veuillez pas… moi j'ai prié pour que ce soit vrai. J'aurais tout donné pour qu'elle soit encore vivante mais j'étais sûre que ce n'était pas le cas. Elle n'aurait jamais abandonné sa fille et son mari. Au point où j'en étais, je me contentais d'espérer qu'elle n'était pas morte à cause de Luca parce que sinon, je m'en serais voulu toute ma vie.

« La veille de mon départ, j'ai décidé d'informer mes grands-parents. Je leur avais interdit de dépenser un sou pour ce mariage, donc ils se doutaient déjà de quelque chose, mais quand même… Je leur ai demandé de s'asseoir et je leur ai tout déballé, sauf l'avortement.

« Bien sûr, ils étaient atterrés. D'abord, ils ont voulu que je reste et que j'aille voir la police. J'ai dû leur expliquer que c'était une très mauvaise idée. Je leur ai parlé des menaces que Luca avait proférées contre eux. Ils ont fini par se rendre à mes raisons. Ils étaient tellement contents que je renonce à ce mariage. Je leur ai promis de revenir dès que les choses se seraient tassées… Mais je doutais que cela arrive un jour.

« Mon grand-père m'a conduite à l'aéroport le lendemain matin de bonne heure. Quant à Luca, nous avions imaginé une histoire à lui raconter quand il viendrait leur demander où j'étais passée. Que j'hésitais à m'engager à cause de son comportement violent, et que j'étais partie en Italie dans la famille de mon père pour réfléchir. Nous avions même inventé une adresse sur place. J'ignore s'il a tenté de m'écrire.

« Et voilà, vous savez tout, dit Gloria en se redressant sur sa chaise. J'ai passé sept ans chez cette femme et elle a fini par m'embaucher dans sa société. Je ne suis revenue à Londres qu'après avoir appris que Luca s'était marié. » Elle prit une gorgée du verre que Hugo avait rempli. « Sa première épouse est morte alcoolique à l'âge de trente-neuf ans. Il la battait comme plâtre. Je l'ai su par la suite.

« Et je n'ai plus jamais tenté de me cacher derrière des mensonges, ajouta Gloria en levant le menton. J'ai banni les exagérations, les faux-semblants. Je me suis fixé pour but de dire toujours la vérité, sauf sur un point. Jusqu'à ce soir, seul Hugo était au courant pour mon avortement. À présent, vous l'êtes aussi.

« Si vous découvrez que c'est Luca qui a tué Margot, j'aurai sa mort sur la conscience jusqu'à la fin de mes jours, mais je ne regretterai jamais de vous avoir parlé d'elle comme je viens de le faire. Cette femme m'a sauvé la vie, et je ne l'ai jamais, jamais oubliée. C'était l'une des personnes les plus braves et les plus généreuses que j'aie pu connaître. »

67

Là, par les lueurs de la nuit étoilée,
Et par le scintillement de leur feu sacré,
Il put apercevoir une petite apparition…

Edmund SPENSER, *La Reine des fées*

Après avoir remercié et pris congé de Gloria, les deux détectives restèrent un moment plongés dans leurs pensées. Puis Strike se leva et proposa à Robin une portion de nouilles déshydratées. Il en avait toujours dans ses tiroirs, en cas de petit creux. Elle refusa et, sans grand enthousiasme, sortit de son sac à main un sachet de fruits secs mélangés. Strike alla verser de l'eau bouillante sur ses nouilles chinoises et regagna leur bureau commun en les touillant avec le manche d'une fourchette.

« Ce qui ne cesse de me turlupiner, dit-il en se rasseyant, c'est le fait qu'elle ait disparu sans laisser la moindre trace. Nous avons affaire à quelqu'un de très malin, ou alors d'incroyablement chanceux. Et c'est encore Creed qui répond le mieux à ces deux critères. Luca Ricci vient juste après.

— À ceci près que ça ne peut pas être Luca. Gloria vient de nous fournir son alibi.

— Mais elle dit aussi qu'il connaissait des gens susceptibles d'agir à sa place – car, si l'on y réfléchit bien, combien de chances y a-t-il pour qu'un homme seul ait pu enlever Margot en pleine rue ? Creed lui-même a eu besoin de complices involontaires : la femme qui le logeait et qu'il endormait au sens propre comme au figuré, la patronne de la blanchisserie qui lui prêtait sa camionnette et…

— Non, l'interrompit sèchement Robin.

— Quoi non ?

— Vous n'allez pas leur mettre ça sur le dos.

— Je ne mets rien sur le dos de personne, je…

— L'autre jour, j'ai discuté avec Max de ce reproche qu'on fait souvent aux gens – aux femmes en particulier – de ne pas avoir compris, de ne pas avoir vu. Mais ça peut arriver à n'importe qui d'être complice involontaire d'un crime. Absolument n'importe qui.

— Vous pensez ? répondit Strike, la bouche pleine.

— Bien sûr. Nous avons tous tendance à considérer l'autre à travers notre propre vécu. Prenez Violet Cooper. Elle croyait connaître Creed parce que, à l'époque où elle travaillait dans le monde du spectacle, elle avait connu deux hommes qui se comportaient comme lui.

— Deux hommes qui s'enfermaient au sous-sol pour faire bouillir des crânes humains ?

— Vous voyez parfaitement ce que je veux dire, Strike, répliqua Robin sans rire. Des garçons polis, doux et un peu maniérés. Creed aimait porter un boa et chanter des airs à la mode, donc dans sa logique il était forcément gay. Mais, si au lieu de ces deux hommes amateurs de comédies musicales, elle avait connu Max, mon colocataire…

— Ah oui, c'est vrai, Max est gay, dit Strike qui se rappelait à peine la tête qu'il avait.

— Oui, mais il n'est pas maniéré et il déteste les comédies musicales. Dans le même ordre d'idées, si elle avait connu certains camarades de Matt au club de rugby, des hétéros bon teint qui trouvent désopilant de coincer des oranges sous leur T-shirt et de se pavaner en tortillant du croupion, Violet aurait pu en tirer encore une autre conclusion. Qu'en pensez-vous ?

— Oui, vous avez sans doute raison, dit Strike qui mastiquait d'un air pensif. J'ajouterais que la plupart des gens n'ont jamais croisé de tueur en série.

— Absolument. Tout cela pour dire que, devant un individu au comportement inhabituel, nous avons tous tendance à penser qu'il s'agit seulement d'un excentrique. Vi n'avait jamais fréquenté de maniaques, de fétichistes ou de… Désolée, je vous ennuie, ajouta-t-elle en notant le regard vague de Strike.

— Non, pas du tout, marmonna-t-il. Au contraire, vous venez de me rappeler quelque chose… L'autre jour, il m'était venu une idée… Sur l'instant, j'ai cru à une coïncidence mais maintenant, je me demande si… »

Il posa son gobelet de nouilles, plongea sous le bureau et tira vers lui une boîte d'archives sur laquelle étaient empilées plusieurs photocopies. Il se releva, posa les papiers devant lui et reprit son repas interrompu.

« Vous allez me parler de cette coïncidence ou pas ? s'agaça Robin.

— Une minute, je vous prie, dit Strike en levant les yeux vers elle. Pourquoi Theo se tenait-elle à l'extérieur de la cabine téléphonique ?

— Pardon ? fit Robin, perdue.

— À mon avis, le doute n'est plus permis. C'est Theo que Ruby Eliott a vue devant la cabine téléphonique d'Albemarle Way. La description qui figure dans sa déposition concorde avec celle que vient de nous fournir Gloria. Donc la question est : que faisait Theo *à l'extérieur* de la cabine téléphonique ?

— Ellc attendait la camionnette qui devait venir la chercher.

— Exact. Mais je ne vous ferai pas l'injure de vous rappeler que ces cabines à l'ancienne sont vitrées. Et il pleuvait des cordes. Theo n'avait pas de parapluie et, d'après Ruby, ses cheveux étaient trempés – donc, pourquoi ne s'est-elle pas abritée à l'intérieur de la cabine téléphonique en attendant ? Clerkenwell Road est une rue longue et droite. Elle aurait vu la camionnette arriver de loin et aurait eu tout le temps de sortir et de faire signe au chauffeur. Donc, je répète, pourquoi faisait-elle le pied de grue *à l'extérieur* de cette cabine téléphonique ?

— Parce que… la cabine était occupée ?

— C'est l'explication la plus évidente. Et je précise qu'étant située au coin d'Albemarle Way, elle permettait de voir jusqu'au bout de St. John's Lane.

— Vous pensez que quelqu'un guettait l'arrivée de Margot caché dans cette cabine ? »

Strike hésita.

« Voudriez-vous chercher *Syndrome de l'X fragile* sur le Net, s'il vous plaît ?

— Oui… mais pourquoi ? s'étonna Robin en posant le sachet de fruits secs pour pouvoir taper sur son clavier.

— Cette cabine téléphonique donne sur la rue des Athorn. »

Pendant que les résultats s'affichaient sur l'écran de Robin, Strike sortit de la pile la photocopie du ticket de caisse fourni par Irene Hickson et, tout en mangeant ses nouilles, vérifia l'heure de l'achat : 15 h 10.

« "Également appelé syndrome de Martin et Bell…", lut Robin. "Le gène FMR1 du chromosome X a été séquencé en 1991…" Désolée mais que cherchez-vous exactement ?

— Les handicaps causés par cette maladie.

— "Anxiété, troubles de l'humeur…", reprit Robin, "contact oculaire limité… troubles du développement social… angoisse face aux situations et aux personnes inconnues… troubles de l'apprentissage des visages", mais "bonne mémoire à long terme, capacité à reproduire les gestes… bon apprentissage visuel. Les hommes sont plus durement touchés que les femmes… Bonne empathie émotionnelle… sens de l'humour, en général… peuvent être créatifs, surtout dans les fonctions visuelles…" »

Elle regarda Strike par-dessus l'écran.

« Pourquoi voulez-vous savoir tout cela ?

— Je réfléchissais.

— Au sujet de Gwilherm ?

— Ouais. Et de sa famille.

— Mais il n'était pas personnellement concerné par cette maladie, n'est-ce pas ?

— Non, j'ignore de quoi souffrait Gwilherm. Il était peut-être juste un peu Benny. »

Cette fois, il ne sourit pas en prononçant le terme péjoratif désignant les habitants des Falklands.

« Cormoran, dites-moi quelle coïncidence vous avez notée. »

Au lieu de répondre, Strike disposa deux photocopies devant lui et se mit à lire pour lui-même. Guidée par l'habitude, Robin ouvrit le carnet de Talbot à la première page. Pendant deux minutes, l'un et l'autre gardèrent le silence. On entendait seulement la rumeur de la circulation sur Charing Cross Road et, de temps à autre, les éclats de voix et les notes de musique montant des magasins d'instruments sur Denmark Street. Des bruits qui leur étaient aussi familiers que le son de leur propre respiration.

Le carnet de Bill Talbot démarrait sur des considérations parfaitement sensées, songeait Robin. Malheureusement, les premiers pentagrammes et autres symboles astrologiques ne tardaient pas à apparaître.

(Theo ? Homme ?) camionnette blanche dévale Aylesbury Street en venant de Clerkenwell Green
Deux femmes s'empoignent près des cabines téléphoniques, la petite a un chapeau de pluie, la grande un imperméable, chancelante, puis CAMIONNETTE s'éloigne rapidement de Clerkenwell Green
♃ rétrograde en ♓ signifie planète de la VÉRITÉ OBJECTIVE
dans le signe de l'ILLUSION et du FANTASME

Robin relut ce paragraphe en fronçant légèrement les sourcils. Puis elle plongea à son tour sous le bureau. Il lui fallut cinq minutes pour dénicher parmi les rapports de police la première déposition de Ruby

Eliott. Strike, pour sa part, était toujours concentré sur sa propre lecture.

> Je les ai vues près d'une cabine téléphonique, deux femmes qui avaient l'air de se disputer. La plus grande avait un imperméable et se tenait penchée sur la plus petite qui portait un chapeau de pluie en plastique. Je pense que c'étaient des femmes mais je n'ai pas vu leur visage. J'ai eu l'impression que la grande voulait que l'autre marche plus vite.

Le cœur battant, Robin se remit à genoux et chercha le dossier contenant la déposition de Ruby devant Lawson, ce qui lui prit encore cinq minutes.

> Je les ai vues près des deux cabines téléphoniques de Clerkenwell Green, deux femmes qui se disputaient. La grande en imperméable semblait vouloir que la petite avec le chapeau de pluie avance plus vite.

« Cormoran », fit Robin d'une voix blanche.

Strike leva les yeux.

« Les tailles sont inversées.

— Hein ?

— Dans la déposition que Ruby a faite devant Talbot, elle dit ceci : "Je les ai vues près d'une cabine téléphonique, deux femmes qui avaient l'air de se disputer. La plus grande avait un imperméable et se tenait penchée sur la plus petite qui portait un chapeau de pluie en plastique. Je pense que c'étaient des femmes mais je n'ai pas vu leur visage. J'ai eu l'impression que la grande voulait que l'autre marche plus vite."

— Moui…, fit Strike, intrigué.

— C'est également ce que Talbot a inscrit dans son carnet. Mais si les deux femmes étaient effectivement les Fleury, mère et fille, ç'aurait dû être le contraire. Où est cette photo ?

— Boîte numéro un », dit Strike en poussant le carton vers Robin avec son pied valide.

Elle repassa sous le bureau et entreprit de compulser les archives photographiques jusqu'à ce qu'elle trouve la coupure de presse que Strike lui avait montrée plusieurs mois auparavant, au Three Kings.

« La voilà, dit Robin. Regardez. Ici. »

Sur la photo jaunie, on voyait les deux femmes qui s'étaient présentées spontanément à la police pour dire que c'étaient elles que Ruby avait vues en train de se disputer : la plus jeune, grande, costaude, le visage rieur, et sa mère âgée, petite et voûtée.

« C'est l'inverse, répéta Robin. Si Fiona Fleury s'était appuyée sur sa mère, elle l'aurait écrasée… » Robin parcourut les quelques lignes sous la photo. « Cormoran, ça ne cadre pas. Fiona dit dans l'article que c'est elle qui portait le chapeau de pluie, alors que pour Ruby, c'était l'autre, la petite femme.

— Ruby a pu confondre, dit Strike d'un ton où Robin décela un intérêt qui démentait ses paroles. Elle avait la tête ailleurs…, ajouta-t-il en prenant la coupure de presse.

— Talbot ne croyait pas Ruby quand elle disait avoir vu la fille et la mère Fleury, ce soir-là. Et voilà pourquoi ! Les tailles étaient inversées. C'est la grande que Ruby a vue marcher bizarrement, pas la petite…

— Alors pourquoi n'a-t-elle pas dit à Lawson que les Fleury ne pouvaient pas être les femmes qu'elle avait vues ?

— Pour la même raison qu'elle n'a jamais dit à personne qu'elle avait aperçu Theo. Parce que Talbot la harcelait et voulait à tout prix qu'elle lui fournisse un témoignage qui corrobore ses propres théories. Parce qu'à la fin, elle n'était même plus sûre de ce qu'elle avait vu. Il pleuvait, elle s'était perdue, elle paniquait… Quand Lawson a repris l'enquête, j'imagine qu'elle a craint de revivre la même chose qu'avec Talbot et elle s'est donc contentée de répéter ce qu'elle avait dit la première fois.

— Ça se tient, reconnut Strike.

— Quelle taille faisait Margot ?

— Un mètre quatre-vingts.

— Et Creed ?

— Un mètre soixante-quinze.

— Oh mon Dieu », souffla Robin.

Il y eut encore quelques secondes de silence, durant lesquelles Robin relut rapidement les dépositions pendant que Strike la regardait en se creusant la cervelle.

« Les cabines téléphoniques, dit-il brusquement. Ces foutues cabines téléphoniques…

— Oui, et alors ?

— Talbot tenait absolument à ce que Ruby ait vu les deux femmes se disputer près des deux cabines téléphoniques sur Clerkenwell Green, c'est cela ? Pour pouvoir ensuite les relier à la camionnette qui roulait à tombeau ouvert sur Aylesbury Street et qui, d'après lui, était conduite par Creed.

— Oui.

— Et quand les Fleury se sont présentées spontanément, il a fait pression sur Ruby pour qu'elle modifie son témoignage et dise que les deux femmes se disputaient près de la première cabine téléphonique, celle qui se trouve à l'extrémité d'Albemarle Way.

— Mais elle s'est accrochée à sa version parce que c'était Theo qu'elle avait vue là-bas.

— Tout à fait, dit Strike. Mais ça n'a aucun sens.

— Je ne…

— Il pleut, Ruby tourne en rond dans le quartier, d'accord ? Elle cherche l'adresse de sa fille et ne la trouve pas, d'accord ?

— D'accord…

— Eh bien, le fait qu'elle soit passée devant la cabine téléphonique au moment où Theo montait dans une camionnette n'exclut pas qu'elle ait vu deux femmes se disputer au même endroit quand elle est repassée dans cette même rue quelques minutes plus tard. Nous savons par sa fille qu'elle n'avait pas le sens de l'orientation et qu'elle ne connaissait pas du tout le quartier. En revanche, elle était dotée d'une excellente mémoire visuelle et elle oubliait rarement une coiffure ou un vêtement… »

Strike reprit la photocopie du ticket de caisse fourni par Irene Hickson. Puis, dans un geste si brusque que Robin sursauta, il se leva en croisant ses mains derrière sa nuque.

« Merde, gronda-t-il. *Merde !* Ne jamais se fier à un appel téléphonique dont on n'a pas vérifié la provenance !

— Quel appel téléphonique ? demanda Robin en essayant de récapituler tous les coups de fil qu'elle avait pu recevoir au cours de l'enquête.

— Bordel de merde », tonna Strike. Il s'engagea dans une série d'allers-retours entre les deux pièces, les mains toujours collées derrière la tête. Il avait besoin de faire les cent pas tout comme Robin avait eu besoin de marcher après avoir appris que l'entretien avec Creed était autorisé. « Comment j'ai fait pour passer à côté ?

— Cormoran, que…

— Pourquoi Margot a-t-elle gardé une boîte de chocolats vide ?

— Je n'en sais rien, gémit Robin, éberluée.

— Vous voulez que je vous dise ? articula Strike. Eh bien moi je sais pourquoi. »

68

... une hyène c'était,
Qui se nourrissait de la chair des femmes,
comme d'autres se nourrissent d'herbe.

Edmund SPENSER, *La Reine des fées*

L'hôpital de Broadmoor est un établissement psychiatrique de haute sécurité situé à une bonne heure de Londres, dans le comté du Berkshire. Broadmoor. Ce toponyme évoquant de vastes étendues de prairies ou de landes a depuis longtemps perdu toute connotation bucolique dans l'esprit du grand public. Dans l'esprit de Strike également. Pour lui, il était étroitement associé aux crimes de haine, à la folie meurtrière et aux déchaînements de violence dont seuls étaient capables les individus les plus dangereux du pays, ceux que les tabloïds qualifiaient volontiers de monstres. Pour toutes ces raisons, et bien qu'il s'agît d'un hôpital et non d'une prison, Strike avait pris les mesures de précaution que dictait le bon sens en pareil cas : il n'avait pas mis de cravate, s'était assuré qu'il ne transportait sur lui ni dans sa voiture des objets susceptibles d'entraîner une fouille fastidieuse et il avait emporté deux pièces d'identité avec photo ainsi qu'une copie de la lettre envoyée par le ministère de la Justice. Il avait également décidé de partir tôt car, même si c'était sa première fois, il supposait que se faire admettre dans une telle forteresse demandait un certain temps.

C'était un matin de septembre particulièrement radieux. Le soleil qui filtrait entre les nuages cotonneux illuminait le charmant paysage qui défilait de chaque côté de la BMW. Strike avait allumé la radio pour écouter les informations. Il n'y en avait que pour le référendum. S'étant prononcés à 55 % en faveur du non, les Écossais resteraient dans le Royaume-Uni. Strike se demandait comment Dave Polworth et Sam Barclay encaissaient la nouvelle, quand la sonnerie de son portable retentit.

« C'est Brian, Brian Tucker. Je ne vous dérange pas ? Je voulais vous souhaiter bonne chance.

— Merci Brian », répondit Strike.

Les deux hommes s'étaient rencontrés pour la première fois trois jours auparavant, à l'agence. Tucker lui avait montré la lettre de Creed et décrit le pendentif en forme de papillon retrouvé dans la cave du tueur en série. Un bijou qui, d'après lui, avait appartenu à sa fille aînée. Il lui avait également exposé ses théories, la gorge serrée à l'idée que Strike serait bientôt face à l'assassin présumé de son enfant.

« Je ne vous retiens pas, dit Tucker. Vous m'appellerez quand ce sera fini ?

— Promis. »

Comment se concentrer sur l'actualité après avoir entendu la voix du vieil homme vibrer d'un fol espoir mêlé d'angoisse ? Strike éteignit la radio et songea à ce qui l'attendait au bout du chemin.

Piéger Creed et le pousser à avouer ses autres meurtres était certes le but ultime de l'opération mais, bien que cette idée ait quelque chose de très séduisant, il n'avait pas la vanité de croire que lui, Cormoran Strike, réussirait là où tant d'autres s'étaient cassé les dents. Ayant mené nombre d'interrogatoires au cours de sa carrière, il en connaissait bien les ficelles. L'une d'entre elles consistait à faire en sorte qu'il soit plus facile pour un suspect de reconnaître ses forfaits que de continuer à les nier. Pour parvenir à ce résultat, on pouvait employer différentes méthodes. Certains criminels finissaient par craquer après des heures de confrontation, d'autres ne cédaient que devant une pression intense, d'autres encore parlaient pour soulager leur conscience. Il revenait à l'enquêteur de s'adapter à chaque cas de figure.

Malheureusement, en ce qui concernait Creed, Strike devrait renoncer à la moitié de cet arsenal. Et ce, pour deux raisons. D'abord, il serait dans la position de l'invité puisqu'on ne pouvait interroger un patient qu'avec son consentement. Ensuite, il voyait mal quels arguments utiliser pour amadouer un homme qui n'avait rien à espérer ni à perdre, puisqu'il était définitivement condamné à finir ses jours en prison. Creed avait déjà tout perdu. Tout, sauf ses secrets. Ils représentaient son unique bien et Strike avait conscience que lui en arracher ne fût-ce qu'un seul s'apparenterait à une tâche surhumaine. De même, il avait renoncé à faire appel à son humanité, partant du principe que Creed se fichait de redorer son blason, d'obtenir un quelconque pardon ou même de se racheter à ses propres yeux. Son parcours criminel montrait clairement que ses motifs de réjouissance se résumaient à deux choses : faire souffrir ses semblables et asseoir sa domination. À part cela, rien ne l'intéressait suffisamment pour constituer un élément de persuasion.

Perché sur une éminence au cœur d'un paysage champêtre, l'hôpital pénitentiaire dominé par une tour-horloge faisait penser à un château fort. Ses architectes victoriens l'avaient construit en brique rouge et entouré d'une enceinte haute de cinq mètres. En s'approchant de l'entrée, Strike repéra plusieurs centaines de caméras juchées sur des poteaux, tels des yeux arrachés à une armée de cyclopes. Une décharge d'adrénaline fusa dans ses veines lorsque le portail s'entrouvrit et que, l'espace d'un instant, sept visages de femmes en noir et blanc flottèrent devant ses yeux, avec en fond sonore la voix rauque de Brian Tucker.

Strike leur avait envoyé le numéro figurant sur sa plaque minéralogique. La première barrière franchie, il se retrouva devant une clôture grillagée aussi haute que la muraille qu'il venait de passer. Raide comme un soldat de plomb, un homme en chemise blanche et pantalon noir ouvrit un deuxième portail, puis lui indiqua la direction du parking. Avant de sortir de sa BMW, et pour gagner du temps sur la fouille qui l'attendait, Strike laissa dans la boîte à gants son téléphone, ses clés, sa ceinture, ses cigarettes, son briquet et la menue monnaie qu'il avait dans les poches.

« Vous êtes bien Mr. Strike ? » demanda aimablement l'homme à la chemise blanche. Il avait un accent gallois et un profil de boxeur. « Puis-je voir vos papiers d'identité ? »

Strike lui montra son permis de conduire et fut introduit dans un hall équipé d'un portique comme on en voit dans les aéroports. Quand la machine détecta sa prothèse, il eut droit aux blagues habituelles, rien de méchant, mais il dut tout de même retrousser sa jambe de pantalon pour prouver qu'il ne cachait pas d'arme. Après la palpation réglementaire, on le dirigea vers le Dr Ranbir Bijral qui l'attendait de l'autre côté, un homme mince, barbu, dont la chemise jaune ouverte au col jetait une note de gaieté sur le carrelage gris-vert et les murs peints en blanc, sans pour autant faire oublier l'odeur généralement associée à tous les hôpitaux, un mélange de produits désinfectants, de friture et d'émanations corporelles.

« Nous avons vingt minutes devant nous, annonça le psychiatre en l'escortant le long d'un couloir étrangement désert, ponctué de portes coupe-feu couleur turquoise. Nous veillons à coordonner les déplacements de Creed de telle sorte qu'il ne croise aucun patient susceptible de l'agresser. Et je vous assure que ça relève de l'exploit. Il n'est pas très populaire ici. Allons dans mon bureau, en attendant. »

Strike avait connu des tas d'hôpitaux, mais d'aussi calmes, jamais. Ils passèrent devant plusieurs portes fermées. Une infirmière en blouse bleu marine croisa leur chemin. Ils se saluèrent d'un sourire.

« Vous embauchez du personnel féminin ? s'étonna Strike.

— Bien sûr », répondit le Dr Bijral.

Des gardiennes travaillaient parfois dans les prisons pour hommes, mais Strike s'était imaginé que Broadmoor ferait exception à la règle. Le Dr Bijral poussa une porte et l'invita à pénétrer dans une petite salle d'auscultation reconvertie en bureau. Strike nota les barreaux aux fenêtres et la peinture écaillée sur les murs.

« Asseyez-vous, je vous prie », dit le psychiatre avant de lui demander par pure politesse : « Avez-vous fait bon voyage depuis Londres ?

— Ouais, ça roulait bien. »

Le Dr Bijral prit place derrière son bureau et passa aux choses sérieuses.

« Bon, très bien, fit-il sur un ton nettement plus sec. Vous aurez quarante-cinq minutes avec Creed.

— Quarante-cinq minutes, répéta Strike.

— Si Dennis souhaite avouer un autre crime, ça devrait suffire. Mais… puis-je vous parler franchement, Mr. Strike ?

— Je vous en prie.

— Si cela n'avait tenu qu'à nous, les médecins, cette visite n'aurait sans doute pas été autorisée. Je sais, le ministère de la Justice estime que les Bamborough et les Tucker ont droit à une dernière chance de savoir ce qui est arrivé à leur parente, mais… »

Le Dr Bijral recula sur son siège en soupirant.

« … Dennis est un sociopathe tout ce qu'il y a de plus classique, voyez-vous. Un cas d'école. Il rassemble les trois critères : narcissisme, machiavélisme, psychopathie. Il est sournois, sadique, impénitent et extrêmement imbu de lui-même.

— On dirait que vous ne le portez pas dans votre cœur, lâcha Strike, ce qui suscita un petit sourire de principe chez son interlocuteur.

— Ce que je veux dire, c'est que vous n'obtiendrez rien de lui. Si jamais il avouait quelque chose durant l'entretien, c'est à vous qu'en reviendrait le mérite. Vous en sortiriez grandi. Or, Dennis refuse d'être dominé, que ce soit d'une manière ou d'une autre. Bien sûr, il a consenti à votre visite mais je pense qu'il l'a fait uniquement pour nourrir son ego, parce que, être interrogé, et surtout par un homme dont les journaux ont parlé, ne peut que le rehausser à ses propres yeux. Il espère qu'il pourra vous manipuler et vous inciter à plaider sa cause. Voyez-vous, il réclame son transfert à cor et à cri. Et ce depuis longtemps. En fait, il voudrait quitter Broadmoor pour intégrer une prison classique.

— Je croyais qu'il avait fait des pieds et des mains pour être admis ici ?

— En effet. Voyez-vous, dans le système carcéral, les délinquants sexuels médiatisés font souvent l'objet d'agressions. Mais je ne vous apprends rien. Vous avez dû lire dans la presse qu'un détenu avait failli lui crever un œil avec une cuillère dont il avait préalablement aiguisé le manche. Quand le tribunal l'a déclaré coupable, Dennis a demandé à être envoyé à Broadmoor. Mais à cette époque, il n'avait rien à faire dans un établissement de soins. La psychopathie n'est pas une maladie mentale en tant que telle.

— Qu'est-ce qui a changé ?

— Dans une structure classique, il était impossible à gérer. Ce qui est extrêmement rare. Il a poussé au suicide un jeune délinquant souffrant du syndrome d'Asperger. Après cet incident, Creed a été placé à l'isolement. Il y est resté un an. Figurez-vous que la nuit, il rejouait ce qui s'était passé dans sa cave, à Liverpool Road. Comme sur une scène de théâtre. Il tenait tous les rôles, le sien et ceux de ses victimes. Les gardiens n'en pouvaient plus. Quant aux autres détenus, n'en parlons même pas.

« Après onze mois d'isolement, il a développé un comportement suicidaire. Il a commencé par une grève de la faim, puis il a essayé de s'arracher les veines des poignets avec les dents et de se fracasser le crâne contre un mur. On l'a soumis à expertise, il a été déclaré psychotique et transféré chez nous.

« Deux mois après son arrivée, il nous a déclaré qu'il n'était absolument pas fou, qu'il avait juste simulé. Du Dennis tout craché. Il faut toujours qu'il passe pour plus intelligent, plus malin que les autres. Mais en réalité, il allait très mal. Il nous a fallu du temps, des traitements lourds et une longue psychothérapie pour vaincre ses tendances autodestructrices.

— Et maintenant, il veut repartir ?

— Une fois rétabli, il a pu mesurer la différence entre prison et hôpital. Et je pense pouvoir affirmer qu'il a été déçu. À Belmarsh, il jouissait d'une plus grande liberté. Avant de tomber malade, il écrivait, il dessinait beaucoup. J'ai lu l'autobiographie sur laquelle il travaillait. Elle nous a bien aidés à poser notre diagnostic. Il est drôlement doué pour quelqu'un qui n'a pas fait d'études. Mais… » Le Dr Bijral s'interrompit et croisa les doigts, comme cet autre médecin que Strike avait interrogé et qui lui avait parlé du travail d'équipe tout en mangeant des biscuits roulés aux figues. « Voyez-vous, en règle générale, nous encourageons les patients à évoquer leurs crimes. Ça fait partie de la cure. Par ce biais, nous les amenons à prendre conscience de leurs erreurs et à éprouver des remords. Mais Dennis était incapable du moindre remords. Ce qu'il a fait subir à ces femmes l'excite toujours autant, sexuellement je veux dire. Il adore en parler, à l'oral comme à l'écrit. En prison, il dessinait des scènes de torture, il reconstituait ce qui s'était passé dans cette cave. Une imagerie hardcore qu'il utilisait pour se masturber. Donc bien sûr, quand il est arrivé chez nous, on a commencé par confisquer tout ce qui lui servait à écrire ou à dessiner.

« Dennis nous reproche d'avoir compromis ses capacités mentales, même s'il garde un esprit très alerte pour un homme de soixante-dix-sept ans. Chaque patient est un cas différent. Nous lui appliquons un système basé sur la récompense et la punition. Ses récompenses préférées sont assez inhabituelles. Il adore les échecs ; il a appris à jouer tout seul, à Belmarsh, donc il m'arrive de faire une partie contre lui. Il aime aussi les mots croisés et les jeux de logique. Nous lui permettons d'y accéder quand il se comporte bien.

« Mais n'allez pas croire que tous nos patients sont comme lui, ajouta le Dr Bijral avec le plus grand sérieux. La grande majorité des malades mentaux ne présentent absolument aucun risque en termes de violence. Et la plupart nous quittent en meilleur état qu'ils n'étaient en arrivant. Les gens peuvent changer, si on les y encourage, si on leur fournit l'aide nécessaire. Notre but ultime demeure la guérison. On peut honnir le crime mais ressentir de la compassion envers les criminels. Ici, beaucoup d'hommes ont connu des enfances désastreuses. Celle de Dennis était un véritable enfer. Bien sûr, certains ont pu subir les mêmes abus que lui sans pour autant devenir des tueurs en série. En fait, parmi nos anciens patients… »

On frappa à la porte. Une blonde souriante passa la tête.

« Dennis est prêt, Ranbir, dit-elle avant de disparaître.

— Allons-y, dit le Dr Bijral en se levant. J'assisterai à l'interrogatoire, de même que son infirmier attitré. »

La femme blonde qui leur avait annoncé l'arrivée de Dennis Creed les escorta à travers un dédale de couloirs. Ils franchirent trois portes qu'elle referma d'un tour de clé après leur passage. Derrière la troisième, Strike vit un individu obèse vêtu d'un pantalon de jogging Nike s'avancer vers lui à petits pas, flanqué de deux infirmiers qui lui maintenaient les bras dans le dos. L'homme lui jeta un regard vitreux et le trio poursuivit son chemin.

Ils finirent par pénétrer dans une grande salle déserte, meublée de quelques fauteuils et d'une télévision éteinte. Un homme les attendait. Un colosse à la mâchoire proéminente et aux avant-bras couverts de tatouages. La femme blonde passa le relais à « Marvin, l'infirmier attitré de Dennis », souhaita bonne chance à Strike et s'éclipsa.

« Bon, allons-y », dit le Dr Bijral. Marvin ouvrit une porte et les précéda à l'intérieur d'une pièce nue, dotée d'une unique fenêtre et d'un tableau blanc fixé au mur.

Un individu affublé d'un triple menton s'y tenait assis, à cinquante centimètres d'une table blanche en formica, son gros ventre lui interdisant de s'avancer davantage. Il portait des lunettes cerclées de métal, un jean et un sweat-shirt noir. Transposé dans un arrêt de bus, avec son allure négligée et ses cheveux gris un peu trop longs, Dennis Creed aurait pu passer pour un vieux bonhomme tout à fait ordinaire.

(*Il avait posé des fers rougis au feu sur les seins nus de Jackie Aylett. Il avait arraché les ongles des mains et des pieds de Susan Meyer. Il avait énucléé Noreen Sturrock alors qu'elle était encore en vie, menottée à un radiateur.*)

« Dennis, je vous présente Cormoran Strike », dit le Dr Bijral en allant s'asseoir sur une chaise placée contre un mur. Marvin se posta près de lui, debout, ses bras tatoués croisés sur la poitrine.

« Bonjour, Dennis, dit Strike avant de prendre place devant le Boucher de l'Essex.

— Bonjour, Cormoran », répondit Creed. Il s'exprimait d'une voix plate où l'on décelait encore le léger accent populaire de la banlieue est.

Le soleil qui entrait par la fenêtre traçait un rectangle de lumière crue sur la table, rehaussant au passage les traces de doigts sur les lunettes de Creed et les grains de poussière qui flottaient dans l'air. Derrière ses verres sales, ses yeux gris étaient si pâles qu'ils se confondaient presque avec le blanc autour. En fait, on voyait surtout les énormes taches noires de ses pupilles. Strike se tenait assez près pour ne rien perdre de la cicatrice dentelée qui lui barrait la tempe et descendait vers son nez en tirant sur sa paupière inférieure, souvenir de l'agression qui avait failli lui coûter l'œil gauche. Ses mains blanches et potelées étaient posées à plat sur la table. Elles tremblaient légèrement, de même que ses lèvres molles. Les effets secondaires de son traitement médicamenteux, supposa Strike.

« Vous travaillez pour qui ? demanda Creed.

— Je pense que vous le devinerez au fil de mes questions, répondit Strike.

— Alors, pourquoi ne pas annoncer la couleur tout de suite ? » lança Creed et, devant le silence de Strike, il ajouta : « Verrouiller l'information pour se sentir puissant c'est un signe de narcissisme, vous savez ? »

Strike sourit.

« La puissance ne m'intéresse pas, dit-il. C'est juste que je connais le principe du gambit du roi. »

Creed remonta ses lunettes.

« Ils vous ont dit que je jouais aux échecs, hein ?

— Oui.

— Et vous, vous jouez ?

— Mal.

— Alors, que vient faire le gambit du roi dans la situation présente ?

— Vous mettez votre roi en danger dès l'ouverture. Autrement dit, vous orientez immédiatement la discussion sur la femme disparue faisant l'objet de mon enquête.

— Vous pensez qu'il s'agit d'un stratagème ?

— Peut-être.

— Je vais vous dire qui vous envoie, reprit Creed après un bref silence.

— Allez-y.

— La fille de Margot Bamborough, articula-t-il en surveillant la réaction de Strike. Son mari a tourné la page depuis longtemps. Mais sa fille doit avoir dans les quarante ans aujourd'hui et j'imagine qu'elle a les moyens. Vos services ne sont pas gratuits, je suppose.

Seuls les gens riches peuvent se les payer. Je sais des tas de choses sur vous. Grâce à la presse.

« Deuxième possibilité, poursuivit Creed devant le mutisme de Strike, le vieux Brian Tucker. Ce type resurgit de temps à autre pour se donner en spectacle. Sauf que Brian est fauché… ou alors il a demandé la charité sur Internet. C'est pratique, on se met devant son ordinateur, on raconte une histoire à faire pleurer dans les chaumières et des connards vous envoient du fric. Mais s'il avait fait ça, on en aurait parlé dans les journaux.

— Vous allez sur Internet ? demanda Strike.

— On n'a pas le droit, ici. Vous perdez du temps. Nous n'avons que trois quarts d'heure. Posez-moi une question.

— C'est ce que je viens de faire.

— Allez, dites-moi à laquelle de mes prétendues victimes vous vous intéressez ?

— Prétendues victimes ?

— Tout ça, ce sont des étiquettes qu'on colle au hasard. "Victime." "Patient." Celle-là mérite la pitié… celui-ci la taule. Après tout, les femmes que j'ai tuées étaient peut-être les patientes et moi la victime.

— C'est un point de vue original, dit Strike.

— Ouais, les gens ont besoin d'entendre des points de vue qui sortent de l'ordinaire, répliqua Creed en repoussant encore ses lunettes sur son nez. Ça leur fait du bien, ça les réveille, enfin ceux qui ne dorment pas trop profondément.

— D'après vous, de quelle maladie souffraient ces femmes ?

— Celle de la vie. Diagnostic : vivantes. Pronostic : incurables. “Pas de pitié pour les déchus ! Je ne les connais pas. Je ne suis rien pour eux. Je ne console pas : je hais le consolé autant que le consoleur…” »

(*Il avait tranché la bouche de Geraldine Christie aux commissures et l'avait photographiée en train de hurler, avant de l'égorger parce qu'elle faisait trop de bruit, avait-il expliqué à ses parents lors du procès.*)

« “… Je suis l'unique, le conquérant. Je ne suis pas de ces esclaves qui périssent.” Vous savez qui a dit cela ?

— Aleister Crowley.

— Vous avez de curieuses lectures, pour un soldat bardé de médailles.

— Oh, nous avons tous un petit côté satanique, dans l'armée.

— Vous croyez faire de l'humour, rétorqua Creed avec un regard intense, mais en réalité vous ne valez pas mieux que moi. Vous tuez, on vous décore et on vous considère comme un héros. Moi je tue, on me traite de monstre et on m'enferme pour la vie. Encore des étiquettes collées au hasard. Vous savez ce qu'il y a, près d'ici ?

— Sandhurst.

— Sandhurst, dit Creed comme si Strike n'avait pas répondu. Une école pour former des assassins et, à côté, un hôpital pour les détruire. Pouvez-vous m'expliquer pourquoi il vaut mieux tuer des petits enfants basanés sur l'ordre de Tony Blair que faire ce que j'ai fait ? Je suis tel qu'on m'a fabriqué. Vous n'avez qu'à regarder les études scientifiques. Les chercheurs ont analysé le cerveau des gens comme moi. Nous sommes programmés. Pourquoi est-il plus répréhensible de tuer parce qu'on y est contraint par sa nature profonde, que de bombarder de malheureux Arabes pour voler leur pétrole ? Si on remettait les choses à leur place, de nous deux ce serait moi l'innocent. Seulement voilà, c'est moi qu'on engraisse et qu'on drogue comme un animal de boucherie, et c'est vous qui touchez une pension d'invalidité.

— Intéressant, dit Strike. Donc, si je comprends bien, vous n'aviez aucun contrôle sur ce que vous faisiez ?

— Contrôle ! ricana Creed en secouant la tête. Ça prouve à quel point vous êtes loin de… Je ne peux rien expliquer à quelqu'un qui ne connaît pas le sens des mots. "Tu as ton chemin. J'ai le mien. Quant au juste chemin, le bon, l'unique, il n'existe pas." Vous savez qui a dit ça ?

— Ça ressemble à du Nietzsche, proposa Strike.

— Nietzsche, le coupa Creed. Bien sûr. Je lisais beaucoup quand j'étais à Belmarsh, avant qu'on m'envoie dans cet hosto. Je n'arrive même plus à faire le lien entre une phrase et une autre, tellement ils me bourrent de médocs, ici.

« J'ai du diabète. Vous saviez cela ? poursuivit-il. Ouais, le bon vieux diabète qu'on chope à l'hôpital. Ils prennent un type mince, en pleine forme, et ils le gavent, avec des drogues inutiles et de la bouillie pour les cochons. Ils sont huit cents à nous soigner, soi-disant. Huit cents vampires qui ont besoin de nous maintenir dans cet état pour justifier leur gagne-pain. Une bande de Morlocks. Vous savez ce que c'est ?

— Des créatures de fiction, dit Strike. Inventées par H. G. Wells…

— Évidemment, l'interrompit Creed, visiblement agacé que Strike saisisse ses références. *La Machine à explorer le temps*. Des êtres primitifs qui se nourrissent d'une espèce plus évoluée qu'eux, laquelle vit et se perpétue dans l'ignorance de son destin. À la grosse différence que *moi*, je sais comment ça fonctionne.

— Vous vous considérez comme un Éloï ? s'étonna Strike.

— Ce qui me plaît chez les Éloïs, c'est leur absence totale de conscience. Une race supérieure, raffinée, détachée de la réalité, dépourvue de ce qu'on appelle des remords... C'est un thème que j'explorais dans mon livre, celui que j'écrivais avant qu'ils me le confisquent. Le bouquin de Wells n'est qu'une allégorie gentillette. Moi, je progressais vers une vérité plus profonde... un traité scientifique avec une part autobiographique. Mais ils m'ont volé le manuscrit. Ç'aurait pu devenir une œuvre inestimable mais non, parce qu'elle venait de moi il fallait la détruire. J'ai un Q.I. de 140 et tout ce qu'ils cherchent c'est me ramollir le cerveau comme ils m'ont ramolli le corps.

— Vous avez pourtant l'esprit vif. Qu'est-ce que vous prenez ?

— Je ne devrais rien prendre du tout. Je devrais faire une cure de désintoxication mais ils veulent que je sois accro pour mieux me garder sous leur coupe. Ils laissent les petits schizophrènes faire joujou avec des objets tranchants dans les ateliers, et moi je n'ai même pas droit à un malheureux crayon. Quand je suis arrivé, j'ai cru que j'aurais affaire à des gens intelligents... mais n'importe quel mouflet capable de réciter par cœur la table de sept peut devenir médecin, ce n'est que du rabâchage et des dogmes. Il paraît que le patient est associé au processus thérapeutique. Eh bien, moi je déclare que je suis en état de retourner en prison.

— En effet, vous me semblez sain d'esprit.

— Merci, dit Creed en rougissant légèrement. Merci. Vous êtes un homme intelligent, à ce que je vois. Je le savais. C'est pour ça que j'ai accepté de vous rencontrer.

— Pourtant vous êtes toujours sous médicaments…

— Je les connais tous et je vous assure qu'ils m'en donnent trop. Je sais exactement ce dont j'ai besoin, mieux qu'eux en tout cas.

— Comment faites-vous pour le savoir ?

— C'est tellement évident, tellement facile, dit Creed avec un geste emphatique. J'ai longtemps été mon propre cobaye, j'ai développé des tests standardisés. Je prenais 20 milligrammes de ceci ou de cela et je surveillais ce que ça donnait au niveau de la parole, de la motricité… Ensuite, je prenais 30 milligrammes… et je notais les effets : somnolence, perte des repères… Tout, quoi !

— Quelles substances avez-vous expérimentées ?

— Des barbituriques, essentiellement. Amobarbital, pentobarbital, phénobarbital, récita Creed. On les appelait comme ça au début des années 1970. Depuis, ils ont changé de nom.

— Vous vous en procuriez facilement ?

— On en trouvait dans la rue mais le plus souvent je préférais recourir à d'autres moyens, moins classiques… »

Creed se lança dans un discours qu'on aurait pu appeler récit s'il n'avait été truffé de digressions et d'allusions absconses. En substance, il semblait avoir entretenu, dans les années 1960 et 1970, certaines accointances avec de puissants autant que mystérieux personnages. Il se serait également assuré quelques revenus d'appoint via le trafic de médicaments, œuvrant tantôt pour la pègre, tantôt pour les Stups en tant qu'informateur. Plusieurs agences de sécurité auraient rémunéré ses services, d'où ses fréquents voyages aux États-Unis et les contacts qu'il avait noués avec des politiciens et autres célébrités accros aux barbituriques. Et pour conclure sa rocambolesque envolée, il évoqua les méfaits de la drogue, déplorant que ses semblables, toutes classes sociales confondues, n'aient d'autre choix que de s'évader dans les paradis artificiels pour échapper aux duretés de l'existence. Une tentation à laquelle lui-même n'avait jamais succombé.

Ce monceau de faux souvenirs devait l'aider à alimenter son besoin irrépressible de reconnaissance, supposa Strike. Creed voulait à toute force qu'on le considère. Mais après des décennies d'incarcération, il avait sans doute compris que son statut d'assassin et de violeur ne lui conférait pas plus de prestige dans le milieu pénitentiaire que dans la vie courante et que, s'il continuait à prendre son pied en revivant les tortures dont il avait été l'auteur, ces mêmes actes ne suscitaient chez les autres qu'un immense dégoût. S'il ne s'était bâti cette formidable carrière d'aventurier, moitié espion, moitié gangster, l'homme au Q.I. de 140 n'aurait été qu'un simple employé de pressing, un dangereux pervers s'approvisionnant en barbituriques auprès de dealers minables, lesquels l'avaient plumé avant de le dénoncer à la police.

« … vu toutes ces mesures de sécurité pendant mon procès ? D'autres intérêts étaient en jeu, je n'en dirai pas plus… »

Si la police avait massé des troupes à l'entrée et à la sortie du palais de justice, c'était parce que la foule avait tenté de le lyncher. La description de la chambre de torture avait fuité dans la presse. On connaissait donc la liste des objets qui avaient été retrouvés, parmi lesquels un tisonnier, des tenailles, des bâillons à boule, des fouets, ainsi que les photos que Creed avait prises de ses victimes, avant et après leur mort, le summum de l'horreur étant le cliché montrant la tête et les mains d'Andrea Hooton en état de décomposition au fond du lavabo. Creed voulait offrir de lui-même une image moins sordide, faire croire que ses activités assassines avaient occupé une place secondaire au sein d'une vie criminelle plus riche et haute en couleur, comme si l'opinion publique avait injustement mis l'accent sur son violon d'Ingres, laissant dans l'ombre d'autres aspects autrement plus admirables.

« … parce que les gens adorent se repaître de détails abjects. Ça les excite et ça sert d'exutoire à leurs propres vices. J'aurais pu être médecin, je pense même que je le serais devenu si… »

(*Il avait versé de l'huile sur la tête de Vera Kenny puis il avait mis le feu à ses cheveux et l'avait photographiée en train de brûler, un bâillon à boule coincé dans la bouche. Il avait coupé la langue de Gail Wrightman. Il avait défoncé le crâne de Susan Meyer.*)

« Aucune de vos victimes n'est morte des suites d'une overdose, n'est-ce pas ? demanda Strike.

— Étourdir quelqu'un sans le tuer requiert beaucoup plus de compétences. N'importe quel idiot peut faire absorber une dose mortelle à n'importe qui. En revanche, ma méthode exige du savoir et de l'expérience. Je connais précisément les effets de chaque drogue. Voilà pourquoi je peux dire qu'ils m'en donnent trop ici.

— Lesquelles avez-vous administrées aux femmes que vous enfermiez dans votre cave ?

— Je ne les droguais pas. À partir du moment où elles arrivaient chez moi, en tout cas. J'avais d'autres moyens pour les calmer. »

Creed avait cousu les lèvres d'Andrea Hooton alors qu'elle était encore vivante : on avait retrouvé des fragments de fil dans ses tissus putréfiés.

Le psychiatre consulta sa montre.

« Et quand une femme était déjà ivre ? renchérit Strike. Gail Wrightman, par exemple. Vous l'aviez ramassée dans un bar, n'est-ce pas ? Drogue plus alcool, ça ne fait pas bon ménage, si ?

— Excellente remarque, répondit Creed en fixant sur Strike ses énormes pupilles. Eh bien, je suis capable de dire combien d'alcool une femme a absorbé, au milligramme près. Gail était seule, déprimée. On lui avait posé un lapin... »

Creed ne lâchait rien. Tous ces détails étaient archiconnus. Il les avait évoqués lors de son procès et avait pris un grand plaisir à le faire, en regardant attentivement les parents de chacune des victimes. Les photos que la police avait trouvées sous les lattes du plancher, celles qui montraient Gail, Andrea, Susan, Vera, Noreen, Jackie et Geraldine ligotées, brûlées, poignardées, amputées vivantes, leur corps mutilé, parfois décapité, placé dans des postures grotesques, ignobles, ces photos l'avaient condamné à perpétuité avant même qu'il ouvre la bouche. Mais il avait quand même voulu avoir un procès en bonne et due forme, pour pouvoir plaider la démence.

« … une perruque, du rouge à lèvres… et aussitôt elles vous prennent pour un type inoffensif, un excentrique… un pédé. Je lui ai parlé un petit moment, dans un coin discret. Comme si je m'inquiétais pour elle…

« Un peu de Nembutal dans son verre… une larme, à peine, ajouta Creed en rapprochant le pouce et l'index. Le Nembutal et l'alcool, ça ne fait pas bon ménage, comme vous dites. Enfin, pour ceux qui ne savent pas s'y prendre. Mais moi, je savais… la preuve…

« Après quoi, je lui ai dit : "Bon, je rentre me coucher, ma chérie, fais attention à toi." "Fais attention à toi !" La formule magique. Ça marchait à tous les coups, s'esclaffa Creed avant de contrefaire la voix de Gail : "Non, ne t'en va pas, reste un peu, prenons un verre ! — Non, ma chérie, le sommeil c'est ma crème de beauté." Et là, elle est ferrée. Le coup de la crème de beauté, c'était la confirmation qu'elle n'avait rien à craindre de moi. Ensuite, vous partez, ou vous faites semblant. Elle vous rappelle ou alors vous vous arrangez pour la recroiser dix minutes plus tard. Entre-temps, le Nembutal a commencé à faire son effet. Elle se sent mal et elle est bien contente de tomber sur le gentil garçon inoffensif de tout à l'heure…

« J'ai mis tout ça dans mon livre. Mes méthodes d'approche. Ils devraient le publier ne serait-ce que pour apprendre aux femmes à éviter les ennuis quand elles croisent la route d'un tueur d'exception comme moi. Mais ils n'en feront rien. C'est à se demander ce qu'ils cherchent. Peut-être qu'ils préfèrent laisser les salopes se faire enlever au coin de la rue…

« Pourquoi y a-t-il des gens comme moi, Cormoran ? Pourquoi sommes-nous passés entre les mailles de l'évolution ? Parce qu'il y a tellement de gens sur terre que nous avons besoin de prédateurs pour éliminer le trop-plein ? Les faibles, les dépravés. Il valait mieux que ces femmes alcooliques et dégénérées ne se reproduisent pas. Ce n'est pas un jugement, c'est un fait.

« J'ai baissé ma vitre. "Je te dépose quelque part, ma chérie ?" Elle ne marchait pas droit. Heureusement que j'étais là. Elle a grimpé dans la camionnette, sans problème, soulagée de pouvoir s'asseoir…

« C'est ce que je disais tout le temps à Gail, quand elle était dans ma cave : "Tu aurais pu aller aux toilettes, sale petite pute ! Je parie que tu es du genre à pisser dans la rue. C'est dégueulasse… Qu'est-ce qui te plaît tellement dans la drogue ?" »

Le flot de ses paroles s'assécha brusquement. Ses prunelles gris délavé faisaient des allers-retours entre les deux yeux de Strike.

« Vous vous dites que le Dr Bamborough était trop intelligente pour se laisser avoir par un type dans mon genre, c'est ça ?

— Les médecins commettent des erreurs, comme tout le monde. Vous avez rencontré Noreen Sturrock dans un bus, n'est-ce pas ? »

Creed observa Strike durant quelques secondes, comme s'il tentait de résoudre un problème.

« Les bus, maintenant ? Combien de fois Margot Bamborough a-t-elle pris le bus ?

— Souvent, j'imagine.

— Aurait-elle accepté une canette de Coca venant d'un inconnu ?

— C'est ce que vous avez fait avec Noreen, pas vrai ? Le Coca était drogué au phénobarbital ?

— Ouais. Elle dormait presque quand le bus est arrivé près de chez moi. J'ai dit, “Tu as raté ton arrêt, ma cocotte. Viens, je connais une station de taxi.” Je l'ai aidée à descendre. Elle n'était pas bien grosse, Noreen. Elle ne m'a pas donné beaucoup de fil à retordre.

— Vous dosiez les quantités en fonction du poids ? »

Creed hésita.

« Bus, canette de Coca… et cette histoire de dosage en fonction du poids… Vous savez quoi, Cormoran ? Je crois que ma deuxième hypothèse était la bonne. Vous êtes ici pour la petite Louise Tucker.

— Eh ben non, soupira Strike avant de reculer au fond de sa chaise. En fait, c'était la première. J'ai été engagé par la fille de Margot Bamborough. »

À ces mots, une chape de silence s'abattit sur la pièce. Le psychiatre consulta de nouveau sa montre. Strike savait que le temps imparti serait bientôt écoulé. Et que Creed en était parfaitement conscient.

« Je veux retourner à Belmarsh, Cormoran, dit Creed en se penchant vers lui pour rétablir la distance. Je veux finir d'écrire mon livre. Je suis sain d'esprit, vous l'avez dit vous-même. Je ne suis pas malade. Je coûte cinq fois plus cher au contribuable que si j'étais en prison. Si on posait la question à nos concitoyens, que décideraient-ils, hein ?

— Ils vous renverraient en prison sur-le-champ.

— Et ils auraient parfaitement raison. »

Creed jeta un regard oblique au Dr Bijral, lequel semblait désireux de suspendre l'entretien.

« Je suis sain d'esprit et si l'on me traite comme tel, j'agirai comme tel. »

Il se pencha plus avant sur la table.

« J'ai tué Louise Tucker », fit-il dans un murmure. Du coin de l'œil, Strike vit le psychiatre et l'infirmier se changer en statues de sel. « Je l'ai ramassée dans la rue, un soir de novembre 1972. Il gelait à pierre fendre, elle essayait de rentrer chez elle mais elle n'avait pas d'argent. Je n'ai pas pu résister, Cormoran, dit Creed en fixant sur Strike ses pupilles dilatées. Une lycéenne en uniforme. Quel homme aurait pu résister ? J'ai agi sur un coup de tête… sans avoir rien planifié… Pas de perruque, pas de tranquillisants, rien…

— Comment se fait-il que la police n'ait trouvé aucune trace d'elle dans votre cave ?

— Il y en avait, pourtant. J'avais gardé son collier. En revanche, *elle*, je ne l'ai jamais emmenée chez moi. Vous voulez une preuve ? Je vais vous en donner une : elle appelait sa belle-mère "Claws". Quand vous verrez Tucker, vous lui direz ça, d'accord ? Ouais, on a discuté cinq minutes dans la camionnette, elle m'a raconté qu'elle se faisait chier à la maison, et ensuite elle s'est aperçue qu'on roulait dans la mauvaise direction. Alors, elle s'est mise à hurler, à cogner sur les vitres.

« J'ai repéré un parking mal éclairé, poursuivit Creed d'une voix posée. J'ai collé ma main sur sa bouche, je l'ai jetée à l'arrière, je l'ai baisée et après, je l'ai étranglée. J'aurais bien aimé la garder plus longtemps mais elle gueulait trop.

« C'était une erreur, mais je n'ai pas pu résister, Cormoran. Aucun plan… une gamine en uniforme ! Je devais retourner au boulot le lendemain. J'avais besoin de la camionnette. Dans un premier temps, j'ai pensé ramener le corps chez moi, mais en arrivant à Liverpool Road, j'ai vu que la vieille Vi Cooper était encore debout. Derrière la fenêtre du deuxième étage. Alors j'ai continué tout droit sans m'arrêter. Par la suite, je lui ai dit que ce n'était pas moi, qu'elle avait dû confondre. Cette vieille salope ! Elle restait éveillée pour savoir à quelle heure je rentrais. Quand je partais en maraude, je lui refilais de quoi dormir, mais là, comme j'avais agi sur une impulsion…

— Qu'avez-vous fait du corps ? demanda Strike.

— Ah, nous y voilà », dit Creed en se rencognant dans sa chaise. Ses lèvres humides s'écartèrent, ses pupilles se dilatèrent encore plus. « Avant de vous le dire, je crois que je vais attendre d'être à Belmarsh. Vous expliquerez à la presse que j'ai avoué le meurtre de Louise, que je suis sain d'esprit et qu'en tant que tel je devrais être transféré à Belmarsh. Si on me ramène là-bas, le vieux Brian Tucker saura où j'ai mis sa gamine. Allez dire ça à qui de droit. Ce sont mes conditions…

« Et on ne sait jamais, peut-être qu'une fois installé à Belmarsh, j'aurai envie de parler de Margot Bamborough aussi. Si on me débarrasse de tous ces médocs, peut-être que je retrouverai la mémoire.

— Tout ça, c'est des conneries, cracha Strike en se levant brusquement. Je ne leur dirai rien du tout.

— Allons, ne le prenez pas mal. Je sais, vous étiez venu pour l'autre, dit Creed avec un petit sourire. Vous vous énervez comme un vrai narcissique, Cormoran.

— J'en ai terminé, dit Strike au Dr Bijral.

— Attendez, ne vous fâchez pas, insista Creed. C'est trop bête ! »

Strike lui tourna le dos.

« Très bien, dit Creed. Je vais vous donner un petit indice et nous verrons si vous êtes aussi futé que vous croyez l'être. D'accord ? J'ai hâte de savoir qui de vous ou de la police trouvera le corps de Louise. Dans les deux cas, ils auront la preuve que je ne suis pas fou et ils accepteront mes conditions en espérant que je leur dise ensuite ce que j'ai fait de Margot Bamborough. Et si personne ne trouve Louise, ils seront bien obligés de m'interroger à nouveau. Peut-être même qu'ils vous chargeront de le faire. Nous pourrions jouer aux échecs et à chaque partie que vous gagneriez, je vous filerais un nouvel indice. Qu'en pensez-vous, Cormoran ? »

Creed devait s'imaginer faisant la une des journaux pendant des semaines, le temps que les enquêteurs explorent toutes les fausses pistes sur lesquelles il s'amuserait à les lancer. Strike voyait clair dans son jeu. C'était une façon particulièrement perverse de torturer les Tucker tout en manipulant l'opinion publique, avec peut-être, en prime, le plaisir d'avoir un célèbre détective à sa botte : un rêve mouillé de sadique.

« Je vous écoute, dit Strike en baissant les yeux vers lui. Quel est cet indice ?

— Vous trouverez le corps de Louise Tucker sur M54 », lâcha Creed. De toute évidence, Creed avait préparé son indice bien en amont et, si Strike avait dit qu'il travaillait pour les Tucker, il lui aurait fourni le même, mais pour Margot. Creed voulait être sûr que son interlocuteur repartirait déçu. C'était sa manière à lui de rester maître du jeu.

« Très bien », dit Strike. Puis, s'adressant au Dr Bijral. « On y va ?

— M54, on est d'accord, Cormoran ? lança Creed.

— Je ne suis pas sourd.

— Désolé de ne pouvoir vous aider pour le Dr Bamborough ! » ricana Creed, très fier d'avoir su déjouer les ruses du célèbre détective.

Strike refit un demi-tour sur lui-même et, cessant de mimer la colère, lui adressa un sourire matois.

« J'étais venu pour Louise, espèce d'abruti. Je sais pertinemment que tu n'as jamais croisé Margot Bamborough. Elle s'est fait tuer par quelqu'un de bien plus talentueux que toi. Et tu le sais comme moi », dit Strike en voyant une expression consternée envahir le visage adipeux de Creed. Et pendant que l'infirmier faisait cliqueter son trousseau de clés, il ajouta : « Je pense que tu es fou à lier et, si jamais quelqu'un me pose la question, je lui dirai que tu dois rester à Broadmoor jusqu'à ce que tu crèves. »

69

Supportez-vous l'image de cette tête de Dame ?
Pleine de vie en apparence, et pourtant morte dans sa substance.

Edmund SPENSER, *La Reine des fées*

Strike mit une heure à faire le bilan de l'entretien avec le Dr Bijral. Après que ce dernier, toujours secoué par la scène à laquelle il venait d'assister, eut téléphoné à Scotland Yard, il quitta l'hôpital avec l'impression d'y avoir passé une journée entière. Le village de Crowthorne n'était pas sur sa route mais il décida de s'y arrêter tout de même. Il était affamé, avait hâte d'appeler Robin, et plus encore de se retrouver dans un environnement normal, parmi des gens ordinaires, pour pouvoir chasser de son esprit le bruit des clés résonnant dans les couloirs vides et l'image obsédante des pupilles dilatées de Dennis Creed.

Il se gara devant un pub, alluma la cigarette dont il rêvait depuis presque trois heures, et rebrancha son portable. Brian Tucker l'avait appelé deux fois mais Robin était prioritaire. Elle répondit à la deuxième sonnerie.

« Comment ça s'est passé ? »

Strike lui raconta tout par le menu. À la fin, Robin laissa passer un silence avant de lui demander d'une voix tendue :

« Répétez-moi l'indice.

— Vous la trouverez sur M54.

— *La* M54 ? L'autoroute ?

— Peut-être mais il n'a pas utilisé d'article.

— La M54 représente un tronçon de trente kilomètres, plus ou moins.

— Je sais. »

Strike commençait à se sentir mal. Le contrecoup. Il aurait dû être sur un petit nuage. Mais il était juste fatigué et tendu. Un bip lui annonça l'arrivée d'un autre appel.

« Brian Tucker essaie encore de me joindre.

— Qu'allez-vous lui dire ?

— La vérité, fit Strike en soufflant la fumée par la vitre ouverte. Le Dr Bijral a déjà informé Scotland Yard. Le problème, c'est l'indice. Si Creed nous a menés en bateau ou si on ne parvient pas à déchiffrer cette foutue énigme, Tucker saura que Creed a tué sa fille mais ne récupérera jamais sa dépouille. C'est peut-être une invention de Creed pour le torturer une dernière fois.

— Vous avez quand même obtenu ses aveux. Ce n'est pas rien.

— Ça fait des dizaines d'années que Tucker sait qu'elle est morte de la main de Creed. Des aveux sans cadavre ne servent pas à grand-chose, sauf à empêcher que la plaie se referme. Et Creed aura encore gagné. Il aura de quoi se réjouir jusqu'à la fin de sa misérable existence. Comment ça s'est passé à la British Library ?

— Oh. Très bien, dit Robin. J'ai trouvé Joanna Hammond.

— Et alors ? demanda Strike, impatient.

— Elle avait un gros grain de beauté sur la joue gauche. On le voit sur la photo de mariage parue dans le journal local. Je vous l'envoie par texto.

— Et ce truc sacré… ?

— Derrière sa notice nécrologique. Même journal.

— Seigneur ! » souffla Strike.

Ils gardèrent le silence un moment, puis le téléphone de Strike se remit à biper. La photo venait d'arriver.

Strike découvrit un couple de jeunes mariés. Le cliché en noir et blanc datait de 1969 et malgré son manque de netteté on voyait que la mariée était brune et souriante, qu'elle portait une robe de dentelle blanche à col montant et une toque garnie d'une voilette, qu'elle avait de grandes dents, des anglaises et un large grain de beauté sur la pommette gauche. Son époux, un blond qui la dépassait d'une tête, fixait l'objectif sans l'ombre d'un sourire. Il venait de lui jurer amour et fidélité mais on le sentait déjà prêt à brandir une batte de base-ball.

« Selon la nomenclature de Schmidt, elle n'était pas Sagittaire, dit Robin, mais Scorpion…

— Ce qui lui correspondait davantage, selon la logique de Talbot…, soupira Strike. À cause du grain de beauté. Quand vous avez découvert la théorie de Schmidt, j'aurais dû tout revoir en fonction de cela. On aurait gagné du temps.

— Qu'allons-nous faire avec Douthwaite ?

— Je vais lui téléphoner, dit Strike après une légère hésitation. Maintenant. Je vous rappelle ensuite. »

Son estomac grondait furieusement quand il parvint à joindre la pension Allardice à Skegness et entendit l'accent écossais de Donna au bout de la ligne.

« Oh mon Dieu, dit-elle après que Strike se fut présenté. Qu'est-ce qui se passe encore ?

— Rien de grave », mentit Strike. Une radio était allumée dans le fond. « Je voulais juste vérifier deux petites choses avec votre mari.

— Steve ! hurla-t-elle en éloignant le combiné. C'est lui !… Comment ça "qui lui" ? Qui veux-tu que ce soit ? »

Strike entendit des pas se rapprocher, puis la voix de Douthwaite au téléphone.

« Qu'est-ce que vous voulez ? demanda-t-il, entre appréhension et colère.

— Je vais vous dire ce qui, d'après moi, s'est passé avec Margot Bamborough lors de votre dernière consultation. »

Strike parla deux minutes sans aucune interruption. S'il n'avait pas entendu la radio et les autres bruits de la pension, il aurait pu croire que Douthwaite avait raccroché. Le silence se prolongea un moment après qu'il eut terminé son exposé. En fond sonore, il reconnut « Blame » de Calvin Harris.

So blame it on the night… don't blame it on me[1]…

« Alors ? » insista Strike.

Il se doutait que Douthwaite n'aurait pas le cran de confirmer. Douthwaite était un lâche, un homme qui fuyait les problèmes. À l'époque, s'il avait eu le courage de dire ce qu'il savait, il aurait pu épargner des

1. « C'est la nuit que tu dois blâmer… pas moi… »

vies, mais il n'avait pensé qu'à la sienne. Pour que personne ne sache à quel point il était bête, médiocre et veule, il avait changé d'identité, de région. Mais cela n'avait rien arrangé. Au contraire, par sa faiblesse, il avait non seulement aggravé son cas mais déclenché une série de catastrophes dont il avait de nouveau fui les conséquences en se noyant dans l'alcool, le sexe et le karaoké. Et voilà qu'à présent Strike lui présentait l'addition et lui enjoignait de prendre ses responsabilités une fois dans sa vie. De toute façon, il n'avait pas le choix. À l'instar de Violet Cooper qui craignait tant d'être mise au ban de la société, Steve Douthwaite allait devoir affronter non seulement la vindicte populaire mais aussi des remords éternels pour n'avoir pas parlé au moment où Talbot lui en avait donné l'occasion, ce qui aurait permis de retrouver rapidement le corps de Margot et d'empêcher que la personne responsable de sa mort fasse de nouvelles victimes.

« Ai-je vu juste ? insista Strike.

— Oui, dit enfin Douthwaite.

— OK, eh bien, je n'ai qu'un conseil à vous donner. Mettez votre femme au courant avant qu'elle ne l'apprenne par les journaux. Car cette fois, vous n'y échapperez pas.

— Merde, marmonna Douthwaite.

— On se verra au tribunal », dit Strike. Puis il raccrocha et rappela Robin.

« Il a confirmé.

— Cormoran, dit Robin.

— Je lui ai conseillé d'en parler à Donna…

— Cormoran, répéta Robin.

— Quoi ?

— Je crois que j'ai compris pour M54.

— Ce n'est pas…

— L'autoroute ? Non. M54 est le nom d'un amas globulaire…

— Un quoi ?

— Un amas sphérique d'étoiles.

— Des étoiles ? répéta Strike en sentant le sol vaciller sous ses pieds. Attendez…

— Écoutez, dit Robin. Creed se croit malin mais il suffit d'aller sur Google pour…

— Ils n'ont pas Internet à l'hôpital. Creed s'en plaignait, justement…

— Eh bien, figurez-vous que M54 est un amas d'étoiles situé dans la constellation du Sagittaire.

— Encore de l'astrologie, gémit Strike en fermant les yeux. Robin…

— *Écoutez-moi.* Il a bien dit "Vous la trouverez sur M54" ?

— Oui mais…

— La constellation du Sagittaire est connue sous un autre nom. L'Archer.

— Et alors ?

— Brian nous a montré le plan, Strike ! Au début des années 1970, Dennis Creed se rendait régulièrement à l'hôtel Archer pour récupérer leur linge. Vous vous rappelez le puits dont Brian nous a parlé, celui qui était dans le jardin à l'arrière ? Condamné et ensuite remblayé en vue de la construction d'une véranda ? »

Deux joyeux lurons dotés d'une panse de buveur de bière poussèrent la porte du pub, sur le trottoir d'en face. Strike les vit à peine. Il était tellement concentré que sa cigarette se consumait toute seule entre ses doigts.

« Réfléchissez, poursuivit la voix de Robin contre son oreille. Creed se balade avec un cadavre dans sa camionnette. Il n'a rien prévu, il ne sait pas comment s'en débarrasser. Il ne peut pas l'abandonner dans la forêt d'Epping à cause des patrouilles de police. La dépouille de Vera Kenny vient d'être retrouvée là-bas. Je me demande pourquoi il ne l'a pas descendue dans sa cave…

— Je sais pourquoi, l'interrompit Strike. Creed me l'a dit. Il est passé devant la maison et il a vu Vi Cooper à la fenêtre.

— OK. Très bien. Donc, il doit déblayer son véhicule avant d'aller travailler. Il connaît le chemin qui passe derrière l'hôtel Archer, il sait où est l'entrée du jardin, il a des outils dans sa camionnette. Arracher les planches qui condamnaient le puits a dû être un jeu d'enfant pour lui. Cormoran, je suis sûre que Louise repose dans l'ancien puits de l'Archer. »

Trois centimètres de cendre chaude se détachèrent du filtre et tombèrent sur les cuisses de Strike.

« Merde… »

Il balança le mégot sur le trottoir, suscitant la désapprobation d'une vieille dame qui passait par là, avec son caddie en tissu écossais.

« Très bien, voilà ce qu'on va faire. J'appelle Tucker et je lui dis tout, y compris votre hypothèse. Vous, pendant ce temps, vous contactez George Layborn et vous lui parlez du puits de l'ex-hôtel Archer. Plus tôt la police commencera les fouilles, mieux cela vaudra pour les Tucker, surtout si la presse vient à apprendre que Creed est passé aux aveux.

— Entendu, je vous rappelle dès que…

— Attendez, je n'ai pas fini », la rattrapa Strike. Il se massait les tempes, les yeux fermés, pour essayer de rassembler ses idées tout en réglant le mouvement des troupes. « Quand vous aurez parlé à Layborn, je veux que vous appeliez Barclay pour lui demander de vous accompagner quelque part demain matin. Le petit ami de Miss Jones pourra se passer de lui quelques heures, peut-être même toute la journée, s'il s'avère que j'ai raison.

— Et nous sommes censés faire quoi, Barclay et moi ? s'enquit Robin.

— Un truc pas évident, dit Strike en rouvrant les yeux. Et ce sera une course contre la montre, parce que si Douthwaite commence à bavasser…

— Ce qui signifie que Barclay et moi sommes chargés de…

— Trouver le corps de Margot. Oui. »

S'ensuivit un long silence. L'estomac de Strike se remit à gargouiller. Deux jeunes femmes entrèrent dans le pub en pouffant de rire. L'une montrait quelque chose à l'autre sur l'écran de son portable.

« Vous pensez vraiment qu'elle y sera ? dit Robin d'une voix blanche.

— J'en suis certain.

— Et vous allez… ?

— Je vais commencer par téléphoner à Brian Tucker, puis je mangerai une portion de frites et après cela je passerai cet appel longue distance – je crois qu'ils n'ont que trois heures de plus que nous, donc ça devrait le faire. Je pense être de retour à l'agence en fin d'après-midi. Nous prendrons le temps de tout passer en revue à ce moment-là.

— Très bien, dit Robin. Bonne chance. »

Quand elle eut raccroché, Strike attendit un peu avant de composer le numéro de Brian Tucker : il aurait voulu le faire devant une pinte, mais il prévoyait de rentrer à Londres peu après et il n'avait pas envie de se faire arrêter pour conduite en état d'ivresse à la veille d'attraper l'assassin de Margot Bamborough. Alors, il alluma une deuxième cigarette et se prépara mentalement à annoncer à un homme endeuillé depuis quarante-deux ans qu'il allait bientôt pouvoir donner une sépulture à sa fille.

70

... et enfin la Mort ;
La Mort avec le visage le plus sombre et sinistre jamais vu...

Edmund SPENSER, *La Reine des fées*

L'air était si tiède, ce matin-là, qu'on se serait cru encore en été. Pourtant, les feuilles des platanes près de la cabine téléphonique d'Albemarle Way commençaient à jaunir. Le soleil jouait à cache-cache dans le ciel bleu mêlé de blanc. Robin avait mis un pull sous son imperméable ; malgré cela, elle frissonnait comme si un vent glacé avait parcouru la petite rue constamment assombrie par les grands immeubles en enfilade.

Elle attendait près de la cabine où autrefois, presque quarante ans auparavant, l'assassin de Margot Bamborough s'était posté en surveillance, traversé peut-être par les mêmes sensations qui l'assaillaient actuellement. La fébrilité, la crainte que les choses ne se déroulent pas comme prévu, la peur de l'échec et de ses terribles conséquences. Mais la ressemblance s'arrêtait là et ne suscitait en elle aucune indulgence. Il lui suffisait de projeter son regard vers St. John's Gate, de l'autre côté de la rue, pour imaginer Margot Bamborough franchissant l'antique arche de pierre lors d'une fin d'après-midi pluvieux, marchant d'un pas mal assuré en se demandant pourquoi la tête lui tournait alors qu'elle n'avait pas bu. À moins qu'elle n'ait compris ce qui était en train de lui arriver. Oui, peut-être. Margot était une femme intelligente. C'était d'ailleurs pour cela qu'on l'avait tuée…

Il y avait beaucoup de circulation sur Clerkenwell Road mais Robin planait quelque part ailleurs, loin du bruit, loin de l'agitation. Les personnes qui passaient devant elle sur le trottoir n'auraient jamais pu deviner ce qu'elle s'apprêtait à faire. Elle-même ignorait la veille encore qu'elle allait se retrouver dans une telle situation, où le bizarre le disputait au macabre… Une décharge de panique lui traversa le corps…

Pense à autre chose.

Une photo était parue dans le journal *Métro* le matin même. On y voyait Charlotte Ross en long manteau sombre et lunettes noires, dans une rue de Mayfair avec sa sœur Amelia. Pas de mari, pas d'enfants. Le bref commentaire en dessous n'avait répondu à aucune de ses interrogations.

> Charlotte Campbell a été aperçue à Londres lors d'une promenade matinale avec sa sœur, Amelia Crichton. L'épouse de Jago Ross, héritier du vicomté de Croy, a récemment quitté la clinique psychiatrique Symonds House, un établissement prisé des millionnaires et autres célébrités.
>
> Charlotte, qui fut autrefois classée numéro un sur la liste Tatler des 100 plus belles femmes de Londres, est la cible privilégiée des journaux à scandale depuis sa fugue à l'âge de quatorze

ans, alors qu'elle était en pension dans un collège chic…

N'y pense pas, se sermonna Robin. Et elle chercha un autre sujet de réflexion.

On était le 20 septembre. Les enfants qui naîtraient aujourd'hui seraient du signe de la Vierge. Robin se demanda combien de temps il lui faudrait pour se débarrasser de cette manie qu'elle avait d'associer dates de naissance et signes astrologiques. Elle songea à Matthew, la Vierge qu'elle connaissait le mieux. Les natifs de la Vierge étaient intelligents, organisés, sensibles. Effectivement, Matthew était quelqu'un d'organisé, et il possédait le genre de savoir qu'on acquiert par la lecture… Robin se remémora les paroles d'Oonagh Kennedy : « Je dirais même que plus on a lu de bouquins, moins on connaît les choses de l'amour. » Et elle se demanda s'il s'était fait à l'idée de devenir père…

N'y pense pas.

Elle regarda sa montre. Qu'est-ce que fichait Barclay ? Cela dit, Robin était arrivée très tôt, donc techniquement il n'était pas en retard. Mais elle en avait assez d'être plantée là, toute seule, à chercher dans sa tête des sujets susceptibles de la distraire de ce qui l'attendait.

Theo elle aussi avait regardé les voitures passer dans les deux sens sur Clerkenwell Road. Theo, la jeune femme brune avec ses grosses boucles d'oreilles Kuchi et son mal de ventre, guettant la camionnette grise qui devait passer la prendre. Pourquoi Theo ne s'était-elle jamais présentée à la police ? C'était un point de détail, certes, mais Robin peinait à comprendre que Theo n'ait tenté aucune démarche, ne fût-ce que par gratitude envers Margot qui avait accepté de la recevoir en urgence. Mais après tout, pouvait-on vraiment parler de gratitude ? Comment savoir ce qu'il se passait réellement entre un médecin et son patient ? Le cabinet médical n'était-il pas le pendant laïque du confessionnal ? Robin commençait à dériver vers Douthwaite quand elle vit apparaître Barclay, chargé d'un gros sac. Dès qu'il fut assez proche, elle entendit le bruit des outils qui s'entrechoquaient à l'intérieur.

« J'ai comme une impression de déjà-vu, dit-il en s'arrêtant. On n'aurait pas déjà déterré un cadavre ensemble ?

— Déterrer n'est pas le mot juste, aujourd'hui, répondit Robin.

— Quoi de neuf ?

— Il est sorti. Strike dit d'attendre son retour.

— Qu'est-ce qu'il y a là-dedans ? demanda Barclay en désignant le sac de courses que tenait Robin.

— Des biscuits au chocolat.

— Pour soudoyer les témoins ?

— Absolument.

— Est-ce que Strike…

— Pas encore. Il se tient prêt. Il préfère que nous… »

Robin attendit qu'un groupe de jeunes gens, des étudiants sans doute, soit hors de portée de voix.

« … que nous fassions notre part d'abord. Vous êtes content des résultats du référendum ? enchaîna Robin pour éviter de songer à ce qu'ils allaient accomplir avant que ce ne soit absolument nécessaire.

— Ouais, mais ne vous faites pas d'illusions, marmonna Barclay. C'est pas fini. Ce connard de Cameron fait le jeu des nationalistes. "Les votes anglais pour les lois anglaises"… Il a fallu qu'il dise ça juste après que l'Écosse a décidé de rester dans l'Union ! Qu'est-ce qu'il cherche ? Putain, on ne combat pas le nationalisme en renforçant le nationalisme ! Tout ça parce qu'il regrette d'avoir léché le cul de Farage… C'est pas lui qui arrive ? »

Robin tourna la tête. La silhouette d'un homme se découpait au bout d'Albemarle Way. Il marchait en se dandinant, un gros sac à provisions pendu au bout de chaque bras. Arrivé devant une porte, il posa son chargement le temps de glisser la clé dans la serrure, puis disparut à l'intérieur.

« Oui, c'est lui, murmura Robin, proche de l'évanouissement. On y va. »

Ils s'engagèrent côte à côte dans la rue et s'arrêtèrent devant la porte bleu foncé.

« Il a laissé la clé », fit remarquer Barclay.

Robin leva la main pour sonner quand Samhain Athorn apparut sur le seuil. Teint pâle, grandes oreilles, cheveux filasse, bouche entrouverte. Il portait un sweat-shirt Batman. Visiblement surpris de les voir, il cligna les yeux puis dit, en fixant l'épaule gauche de Robin :

« J'ai oublié ma clé. » Puis il récupéra son bien.

Craignant qu'il leur claque la porte au nez, Barclay mit son pied dans la fente.

« Vous êtes Samhain, c'est cela ? demanda gentiment Robin. Nous sommes des amis de Cormoran Strike. Vous lui avez rendu service, l'autre jour.

— Faut que je monte les courses, gémit Samhain en appuyant vainement sur le battant.

— On peut entrer ? Juste quelques minutes. Nous aimerions discuter avec vous et votre mère. Cormoran a dit que vous lui aviez parlé de votre oncle Tudor…

— L'oncle Tudor est mort.

— Je sais. C'est bien triste.

— Il est mort à l'hôpital.

— Vraiment ?

— Mon papa Gwilherm est mort sous le pont.

— Je suis désolée pour vous. Pourrions-nous entrer, s'il vous plaît ? Juste un moment. Cormoran m'a demandé de vous apporter ceci, ajouta-t-elle en sortant les biscuits. Pour vous remercier.

— C'est quoi ? demanda Samhain en regardant la boîte du coin de l'œil.

— Des biscuits au chocolat. »

Il s'en empara.

« Ouais. Vous pouvez entrer », lâcha-t-il avant de leur tourner le dos pour gravir les marches.

Robin jeta un coup d'œil à Barclay, puis franchit le seuil. Elle l'entendit refermer derrière eux. Les outils s'entrechoquaient au fond de son sac. L'escalier était raide, étroit et d'autant plus sombre qu'il faisait très clair dehors, songea-t-elle en avisant l'ampoule grillée qui pendait au plafond. La porte de l'appartement était ouverte. À l'intérieur, une femme aux cheveux blancs, dotée d'une paire d'oreilles aussi démesurées que celles de Samhain, astiquait une cuisine carrelée de brun ocre pendant que, derrière elle, son fils arrachait d'une main fébrile le film plastique enveloppant le paquet de biscuits.

Quand Deborah se retourna, son impeccable tresse blanche glissa sur son épaule. Elle regarda ses visiteurs en face, l'espace d'un quart de seconde, puis ses yeux sombres se posèrent quelque part ailleurs.

« Bonjour, Mrs. Athorn, dit Robin en s'immobilisant au milieu du vestibule.

— Vous êtes de l'aide sociale ? articula Deborah. J'ai téléphoné à Clare…

— On peut remplacer Clare, si vous avez besoin d'un coup de main, répondit Barclay avant que Robin n'ouvre la bouche. Quel est le problème ?

— L'autre en bas, c'est un salaud, déclara Samhain en piochant un biscuit enveloppé d'un papier doré. Les meilleurs, c'est ceux qui brillent. C'est à ça qu'on les reconnaît.

— L'homme du rez-de-chaussée s'est encore plaint ? demanda Robin, sans savoir si elle tremblait de peur ou d'excitation.

— On peut jeter un œil ? insista Barclay. Où dit-il que son plafond craque ? »

Deborah lui désigna le salon.

« Je vais voir, fit Barclay en joignant le geste à la parole.

— Ne les mange pas tous, Sammy, dit Deborah qui s'était remise à astiquer les placards de la cuisine.

— Ils sont à moi, femme stupide », répliqua Samhain, la bouche pleine de chocolat.

Robin suivit Barclay en essayant de chasser l'étrange sensation qui l'avait saisie, comme si elle évoluait dans un monde parallèle. Se pouvait-il que Strike ait vu juste ?

Deux perruches en cage pépiaient dans un coin du petit salon. Sur le sol, la même moquette à ramages brun et orangé que dans l'entrée. Un plaid au crochet recouvrait le dossier du canapé. Barclay contemplait le puzzle étalé devant. Presque terminé, il représentait des licornes bondissant par-dessus un arc-en-ciel. Robin regarda autour d'elle. En dehors du canapé et de la cage aux perruches, il y avait juste un petit fauteuil, un antique poste de télévision surmonté d'une urne, et une bibliothèque contenant une demi-douzaine de livres de poche jaunis et quelques bibelots sans grande valeur. Ses yeux se posèrent sur le rond de peinture vert caca d'oie et le symbole égyptien tracé au centre.

Elle repose dans un lieu sacré.

« Sous le parquet ? » murmura-t-elle à l'intention de Barclay.

Il secoua la tête, désigna le puzzle d'un regard appuyé et, pour mieux se faire comprendre, pointa son pied vers l'ottomane sur laquelle il était disposé.

« Oh mon Dieu, non, fit Robin malgré elle. Vous pensez vraiment ?

— Sinon, il aurait fallu arracher la moquette, répondit Barclay à mi-voix, déplacer les meubles, retirer les lattes du plancher… et risquer de fissurer le plafond du voisin. Sans parler de l'odeur. »

Samhain les rejoignit d'un pas chaloupé en croquant dans son deuxième biscuit.

« Vous voulez un chocolat chaud ou pas ? demanda-t-il, les yeux fixés sur les genoux de Robin.

— Heu… non, merci, répondit-elle gentiment.

— Et lui, il veut un chocolat chaud ou pas ?

— Non ça ira, mon vieux, dit Barclay. Est-ce qu'on peut déplacer ce puzzle ? Il faut que je vérifie ce qu'il y a dessous.

— Deborah n'aime pas qu'on touche son puzzle, gronda Samhain.

— Mais c'est absolument nécessaire, insista Robin. Pour prouver que votre voisin ment quand il prétend que son plafond se fissure.

— Deborah, appela Samhain. Ils veulent bouger ton puzzle. »

Il sortit de la pièce au moment où sa mère y entrait.

« Vous ne bougerez pas mes licornes, dit-elle aux chaussures de Robin.

— On doit vérifier dessous, plaida Robin. Nous ferons très attention, je vous le promets. Nous pourrions le poser… » Elle regarda autour d'elle mais aucune surface n'était assez vaste pour l'accueillir.

« Dans ma chambre, intervint Samhain qui venait de réapparaître. Sur mon lit, ils peuvent le mettre, Deborah.

— Excellente idée, s'exclama Barclay qui se baissait déjà pour l'attraper.

— Attendez, intervint Robin. Il faut commencer par rabattre les bords du tapis de jeu pour éviter que les pièces ne se dispersent, ajouta-t-elle en joignant le geste à la parole.

— Impec », dit Barclay en soulevant délicatement le tapis replié. Il sortit du salon avec, sur les talons, une Deborah pleine d'appréhension et un Samhain tout fier que sa proposition ait été approuvée par un représentant de la gent masculine.

Robin resta quelques secondes à contempler l'ottomane qui, à elle seule, occupait presque le tiers de la pièce. Elle était recouverte d'un tissu de coton mauve fané, orné d'un motif évoquant un mandala. Typique des années 1970. Une grande femme aurait pu y tenir allongée, se dit-elle, à condition qu'elle soit mince, bien entendu.

Non, je ne veux pas voir ça. Je ne veux pas regarder...

Et pourtant si, il fallait qu'elle regarde. Il fallait qu'elle voie. Elle était là pour ça.

Barclay revint dans le salon, toujours suivi du fils et de la mère. Le premier curieux, la seconde troublée.

« Elle ne s'ouvre pas, fit Deborah en désignant l'ottomane débarrassée des licornes bondissantes. C'est pas possible. Faut pas y toucher.

— J'avais tous mes jouets à l'intérieur, dit Samhain. Tu te rappelles, Deborah ? Quand j'étais petit. Mais après, mon papa Gwilherm a plus voulu que je les mette là.

— C'est pas possible, répétait Deborah, le visage tordu par l'angoisse. Faut pas ouvrir.

— Deborah, dit calmement Robin en s'avançant vers elle. Il faut qu'on sache pourquoi le plafond du voisin se fendille. Vous savez qu'il n'arrête pas de se plaindre et qu'il souhaite que vous déménagiez, Samhain et vous.

— Je ne veux pas partir », gémit Deborah. Dans son désarroi, elle faillit croiser le regard de Robin mais baissa très vite les yeux sur la moquette à gros ramages. Je ne veux pas déménager. Je vais appeler Clare.

— Non », dit Robin en la contournant prestement pour lui couper la route vers la cuisine où elle savait qu'un téléphone était fixé au mur, près du frigo. Espérant que Deborah n'ait pas entendu la panique dans sa voix, elle reprit sur un ton plus posé : « C'est Clare qui nous envoie pour qu'on vous aide à régler le problème avec votre voisin. Et nous estimons, Sam et moi…

— Mon papa Gwilherm m'appelait Sam, intervint Samhain. C'est vrai, hein, Deborah ?

— Comme c'est charmant ! surjoua Robin. Ce monsieur se prénomme Sam lui aussi.

— C'est vrai, il s'appelle Sam ? » Samhain jubilait littéralement. Dans un accès de bravoure, il leva les yeux vers Barclay mais les détourna presque aussitôt, un sourire béat sur le visage. « Deux Sam. Deborah ! Deux Sam ! »

Perplexe, Deborah assistait à la scène en se balançant d'un pied sur l'autre, selon un rythme qui rappelait le déhanchement de son fils.

« Deborah, Sam et moi allons régler ce problème une fois pour toutes. Pour que le voisin du rez-de-chaussée ne vous embête jamais plus.

— Gwilherm ne voulait pas qu'on l'ouvre, articula Deborah en tripotant nerveusement le bout de sa tresse blanche. Il ne voulait pas qu'on l'ouvre, il voulait que ça soit toujours fermé.

— Oui, mais Gwilherm voulait aussi que vous et Samhain restiez dans cet appartement, n'est-ce pas ? »

Deborah se mit à sucer le bout de sa tresse comme s'il s'agissait d'un bâtonnet de glace. Son regard perdu balayait l'espace autour d'elle.

« Je pense, reprit Robin d'une voix apaisante, que vous devriez aller dans la chambre de Samhain, tous les deux, le temps que nous examinions cette ottomane.

— Totomane ! fit Samhain, hilare. Sam ! Hé, Sam ! Totomane !

— Elle est bien bonne, celle-là, dit Barclay avec un sourire indulgent.

— Venez. » Robin prit Deborah par les épaules. « Installez-vous dans la chambre avec Samhain. Vous n'avez rien fait de mal, nous le savons. Tout va bien se passer. »

Pendant qu'elle traversait le vestibule aux côtés de Deborah, Robin entendit Samhain déclarer derrière elle :

« Moi je reste ici.

— Non, mon vieux », lui répondit Barclay alors que les deux femmes pénétraient dans une chambre minuscule aux murs entièrement recouverts de posters représentant des super-héros et des personnages de jeux vidéo. Le puzzle de Deborah occupait presque toute la surface du lit et des dizaines de papiers dorés parsemaient le sol autour de la PlayStation. « Tu vas t'occuper de ta mère, et ensuite je t'apprendrai un tour de magie.

— Mon papa Gwilherm faisait de la magie !

— Oui, je sais, on me l'a dit. Si ton papa savait en faire, tu apprendras plus vite.

— Ce ne sera pas long, dit Robin à la femme terrifiée. Nous viendrons vous chercher, d'accord ? »

Deborah se contenta de cligner les yeux. Robin redoutait qu'elle se précipite dans la cuisine pour téléphoner, auquel cas elle n'aurait eu d'autre choix que de la contraindre physiquement. En regagnant le salon, elle vit que Barclay continuait à négocier avec Samhain qui souriait aux anges.

« Non, fais-le maintenant, s'obstinait-il en regardant fixement le menton de son interlocuteur. Allez, montre-moi.

— Sam vous montrera son tour de magie quand nous aurons fini de travailler, s'imposa Robin. Samhain, allez attendre dans la chambre avec votre maman, s'il vous plaît.

— Vas-y, mon vieux, dit Barclay. Juste un petit moment. Ensuite, je t'apprendrai le truc. »

Le sourire s'effaça du visage de Samhain.

« Femme stupide, lança-t-il à Robin. Imbécile. »

Il quitta la pièce mais, au lieu d'aller dans sa chambre, entra dans la cuisine.

« Merde, marmonna Robin. Un instant, Sam… »

Samhain ressortit avec le paquet de biscuits, se précipita vers sa chambre et claqua la porte derrière lui.

« Allez-y, dit Robin.

— Restez près de l'entrée, lui conseilla Sam. Au cas où ils reviendraient. »

Robin laissa la porte du salon entrebâillée pour pouvoir surveiller le couloir, puis leva le pouce.

Barclay retira le tissu indien recouvrant l'ottomane et tenta en vain de soulever le bord de l'assise. Il recommença en y mettant toute sa force, en vain. Des éclats de voix sortaient de la chambre. Deborah semblait vouloir que son fils cesse de se goinfrer.

« On dirait que c'est… bloqué de l'intérieur », dit Barclay en se relevant, rouge comme une pivoine.

Il fouilla dans son gros sac et en sortit un pied-de-biche qu'il ficha dans l'interstice entre l'assise et le coffre de l'ottomane. « Vas-tu t'ouvrir, putain de... », grogna-t-il avant de pousser un cri de surprise. Le pied-de-biche lui avait échappé, manquant le blesser au visage. « Il y a vraiment un truc qui coince. »

Robin jeta un coup d'œil dans le couloir. La chambre de Samhain était toujours fermée. La dispute se poursuivait sur le même thème. Dans leur coin, les perruches jacassaient. Derrière les vitres du salon, la traînée blanche d'un avion barrait le ciel d'azur. Ces menus détails contribuaient à créer une aura d'étrangeté, comme avant la survenue d'une grande catastrophe.

« Venez m'aider », gémit Barclay entre ses dents. Il avait réussi à enfoncer plus profondément l'extrémité du pied-de-biche. « Il faut qu'on s'y mette à deux. »

Après s'être assurée que rien ne bougeait dans le couloir, Robin se dépêcha de le rejoindre. Ils poussèrent ensemble sur la barre d'acier.

« Seigneur, fit-elle, hors d'haleine. Qu'est-ce qui bloque comme ça ?

— Qu'est-ce que fiche... Strike... quand on a besoin de lui... »

Un énorme craquement retentit. Le pied-de-biche tomba sur la moquette et l'assise de l'ottomane s'ouvrit dans un nuage de poussière. Barclay souleva complètement le couvercle.

Le coffre contenait un bloc de ciment. Un matériau d'aspect grumeleux, friable, comme s'il avait été mélangé à la va-vite. À deux endroits, on voyait affleurer une petite surface lisse, différente du reste :

la première évoquait un objet en ivoire, comme une défense de morse, la seconde un globe poli tirant sur le beige. Quand elle se pencha pour examiner les bouts de ciment collés à l'intérieur du couvercle, Robin vit dépasser une mèche de cheveux blonds.

Ils entendirent des pas dans le couloir. Barclay referma le couvercle. Au même instant, Samhain ouvrait la porte du salon, Deborah en remorque.

« Bon, maintenant je vais t'apprendre ce tour de magie, annonça Barclay en s'avançant vers lui. Suis-moi dans la cuisine. »

Les deux hommes s'éclipsèrent. Deborah entra à petits pas et ramassa le tissu mauve que Robin avait déplacé sur le petit fauteuil.

« Vous l'avez ouverte ? marmonna-t-elle en contemplant la moquette.

— Oui », dit Robin sur un ton qui ne trahissait pas son agitation intérieure. En s'asseyant sur l'ottomane, elle eut l'impression de commettre un sacrilège. *Je suis désolée, Margot. Terriblement désolée.*

« J'ai un coup de fil à passer, reprit-elle. Après cela, je pense qu'une tasse de chocolat chaud nous fera le plus grand bien. »

71

Tel est le visage du mensonge, telle est la vision
De l'horrible Duessa, quand sa fausse lumière
Est écartée, et sa fourberie révélée.

Edmund SPENSER, *La Reine des fées*

Un train de la ligne Southeastern passa dans un fracas assourdissant. Campé sur le trottoir d'en face, Strike sentit son portable vibrer au fond de sa poche. Il le sortit, mais le vacarme était tel qu'il n'entendit pas les premiers mots de Robin.

« … l'avons trouvée.

— Répétez ? hurla-t-il tandis que les derniers wagons disparaissaient au loin.

— Nous-l'avons–trouvée. À l'intérieur de l'ottomane. Elle est dans un bloc de ciment mais on aperçoit une partie de son crâne et peut-être un bout de fémur.

— Merde. »

Strike avait beau s'y attendre, la découverte d'un cadavre lui faisait toujours un choc. Ce n'était pas le genre de choses auxquelles on s'habituait. « Du ciment ? fit-il en déglutissant.

— Oui. Mal fabriqué. Du travail d'amateur. Mais suffisant pour éviter les odeurs.

— Cette poutre devait supporter un sacré poids, en effet.

— Oui, c'est sûr. Où êtes-vous ?

— Pas très loin de la maison. Je vais bientôt entrer. Faites le 999, et ensuite appelez Layborn et dites-lui où je suis et pourquoi. Ça devrait activer les opérations.

— OK. Bonne chance. »

Strike raccrocha. Après le passage du train, la petite rue de banlieue avait retrouvé sa tranquillité et les oiseaux leur joyeux gazouillis. Strike sortit du renfoncement où il s'était retranché et s'engagea sur le trottoir. Il longea trois maisonnettes. À la quatrième, il tourna à gauche, parcourut une petite allée entre deux carrés de pelouse, s'arrêta devant la porte d'entrée couleur bordeaux et frappa.

Les rideaux frémirent, puis s'écartèrent, laissant paraître le visage de Janice Beattie. Strike agita la main. Les rideaux retombèrent.

Après une attente un peu plus longue que nécessaire, étant donné la courte distance séparant le salon du vestibule, Janice vint lui ouvrir. Elle était entièrement vêtue de noir, hormis ses pantoufles en peau de mouton. Derrière ses lunettes cerclées d'acier, ses petits yeux bleu porcelaine avaient toujours la même candeur. Elle leva vers lui sa figure joufflue couronnée d'une chevelure argentée, mais resta muette.

« Puis-je entrer ? » demanda Strike.

Une question anodine, pourtant suivie d'un long silence. Les oiseaux pépiaient dans les jardins alentour.

En les entendant, Strike songea aux perruches au fond de leur cage dans le salon des Athorn et, soudain, une image lui traversa l'esprit : celle d'un bloc de ciment à la surface duquel affleuraient un crâne et un fémur.

« Si c'est nécessaire », finit par répondre Janice.

Il la suivit dans le salon rouge et retrouva le méchant kilim écarlate, les cadres garnis de fleurs séchées et les photos décolorées. Visés par un rayon de soleil, le carrosse de Cendrillon et son attelage en verre filé étincelaient sur le manteau de la cheminée. Janice avait allumé le chauffage malgré la douceur de cette fin d'été.

« Une tasse de thé ? proposa-t-elle.

— Avec plaisir », répondit Strike, pleinement conscient du côté surréaliste de la scène qu'il était en train de vivre.

Il écouta le bruit de ses pas qui s'éloignaient, assourdi par les pantoufles en peau de mouton. Quand il l'entendit ouvrir la porte de la cuisine, il sortit son portable, le mit en mode enregistrement et le déposa sur l'accoudoir du fauteuil où il s'était assis la fois précédente. Après quoi, il enfila des gants de latex et se dirigea vers la cuisine en marchant le plus discrètement possible.

Il s'immobilisa derrière la porte et tendit l'oreille. L'eau frémissait dans la bouilloire, les petites cuillères tintaient. Un placard se referma. À cet instant, Strike poussa le battant du bout de l'index.

Janice fit volte-face, les yeux écarquillés, s'empara d'une tasse posée sur le plateau et voulut la porter à ses lèvres. Mais Strike l'avait déjà rejointe. Quand il lui saisit le poignet pour l'empêcher de boire, il sentit ses os pointer sous la chair molle et la peau fripée. De la main gauche, il lui confisqua la tasse et regarda ce qu'elle contenait. Un bon centimètre de liquide blanc et visqueux stagnait au fond. Sans lui lâcher le poignet, il vérifia la théière et, constatant qu'elle renfermait la même substance, ouvrit le placard au-dessus de la bouilloire.

Il était bourré de flacons en tous genres. Certains contenaient des comprimés, d'autres des produits chimiques, comme du désherbant ou de l'eau de Javel. Strike vit également plusieurs pots de confiture garnis de feuilles séchées ou de champignons déshydratés. La panoplie de la parfaite empoisonneuse, résultat d'une vie entière passée à expérimenter les différentes façons de donner la mort en feignant de prodiguer des soins.

« Finalement, je fais l'impasse sur le thé, déclara Strike. Si nous causions un peu, voulez-vous ? »

Elle n'offrit aucune résistance quand il l'entraîna dans le salon et l'assit de force sur le canapé.

« Un suicide doublé d'un meurtre aurait constitué l'apothéose de votre carrière, n'est-ce pas ? dit Strike en la dominant de toute sa hauteur. Le problème, c'est que je n'ai pas très envie de figurer parmi vos victimes. Au fait, il y en a combien ? »

Janice ne répondit pas. Ses yeux bleus n'exprimaient que de la stupeur.

Strike examina les vieilles photos accrochées au mur. Sur l'une d'entre elles, une jeune mariée souriait à l'objectif. Elle avait de grandes dents, de longs cheveux bruns coiffés en anglaises, une robe de dentelle avec un col montant, une toque à voilette et un gros grain de beauté sur la pommette gauche. La jeune femme blonde en manteau rouge qui figurait dans le cadre du dessus arborait une permanente à la mode des années 1980. Ces photos, Strike les avait déjà regardées mais sans les voir vraiment, parce qu'il était entré dans ce salon avec des idées préconçues, des certitudes qui ne valaient guère mieux que les élucubrations de Talbot. Ce dernier avait cru dur comme fer que tous les natifs du Cancer étaient des personnes sensibles, douces et perspicaces. Lui, Strike, s'était imaginé que toutes les infirmières étaient des anges de bonté au service des plus fragiles, des plus vulnérables. Il avait commis la même erreur que Vi Cooper avec Creed, en considérant Janice à travers le prisme de ses propres expériences. Or, il n'avait connu que des infirmières admirables, autant celles de Selly Oak, qui l'avaient aidé à gérer la douleur et la dépression consécutives à son amputation, que la généreuse Karenza de Cornouailles, qui prodiguait sans compter gentillesse et réconfort à tous ses patients. Force était de constater qu'il avait eu affaire à plus rusée que lui, une criminelle hors norme, experte dans l'art du mensonge et de la diversion.

« J'ai pensé qu'il était de mon devoir de venir en personne informer l'assistante sociale des Athorn qu'un cadavre a été retrouvé dans l'appartement de ses protégés, dit-il. Vous êtes douée pour imiter les accents, Janice. Moi-même, je vous ai prise pour une bourgeoise guindée. Je suppose que le téléphone de Clare se trouve quelque part dans cette maison ? »

Il regarda autour de lui. Peut-être l'avait-elle caché en voyant le détective à sa porte. Le sèche-cheveux était toujours caché derrière le canapé mais le fil dépassait. Strike se faufila le long de la table basse, se pencha et le ramassa, ainsi qu'un rouleau de cellophane, une petite fiole à l'étiquette arrachée, une seringue et des truffes en chocolat.

« Touchez pas à ça », s'écria Janice, furieuse. Strike déposa le tout sur la table basse.

« Que serait-il arrivé si j'avais mangé les dattes que vous m'avez proposées la dernière fois ? demanda-t-il. Si je ne m'abuse, ce sèche-cheveux doit servir à refermer les films de cellophane autour des boîtes de chocolat pour faire croire qu'elles sont intactes. C'est bien cela ? » Comme elle ne répondait pas, il ajouta : « Je ne vous ai pas remerciée pour les délicieuses truffes que vous nous avez envoyées à Noël. Heureusement pour moi, j'avais la grippe. J'en ai mangé deux et j'ai tout dégobillé. Et ensuite, comme je ne pouvais plus les voir en peinture, elles ont fini à la poubelle. Un sacré coup de bol, pas vrai ? »

Strike s'assit dans le fauteuil. Le portable posé sur l'accoudoir continuait à enregistrer.

« Tous ces gens-là, vous les avez tués ? demanda Strike en tendant le bras pour désigner le mur couvert de photos. Ou certains ont juste souffert d'embarras gastriques à répétition ? Mais non, suis-je bête ! Il n'y a pas la photo d'Irene. »

Elle le contemplait calmement à travers ses lunettes rondes cerclées d'acier. Strike nota que leurs verres étaient plus propres que ceux de Dennis Creed.

Une voiture passa dans la rue en pétaradant. Janice leva les yeux vers la fenêtre. Peut-être s'attendait-elle à voir la police débarquer, se dit Strike. Peut-être refuserait-elle de lui parler. Parfois, dans ce genre de situation, les suspects devenaient muets, préférant s'en remettre à leur avocat.

« J'ai discuté avec votre fils au téléphone hier soir, tenta Strike.

— C'est faux ! »

Il l'avait prise au dépourvu.

« Mais si. Kevin a été fort surpris d'apprendre que vous lui aviez rendu visite à Dubaï. Ça fait presque sept ans qu'il ne vous a pas vue. Pourquoi avez-vous menti ? Pour qu'Irene vous lâche un peu la grappe ? »

Janice serra les dents. Les doigts de sa main droite jouaient avec l'alliance qu'elle portait à l'annulaire gauche.

« Kevin n'a quasiment plus de contacts avec vous depuis qu'il est parti de la maison, paraît-il. Cela dit, vous n'avez jamais été très proches. Pourtant, il y a sept ans, il vous a envoyé de quoi acheter un billet pour Dubaï. Il voulait vous donner "une dernière chance", m'a-t-il expliqué. Hélas, durant votre séjour, sa fille a ingéré de l'eau de Javel alors qu'elle était sous votre garde. Elle a survécu mais il s'en est fallu de peu. Depuis lors, il a totalement coupé les ponts.

« Une chose en amenant une autre, on a dû causer pendant presque deux heures, poursuivit Strike tandis que Janice changeait de couleur. Le pauvre avait du mal à exprimer ce qui lui trotte dans la tête depuis si longtemps. À savoir que sa propre mère est une empoisonneuse. C'est difficile à admettre, reconnaissez-le. Il préférait se dire qu'il faisait de la parano, que toutes ces "boissons spéciales" dont vous l'abreuviez… Apparemment, votre premier mari…

— Ce n'était pas mon mari, marmonna Janice. Nous n'étions pas mariés.

— … vous a quittée parce qu'il vous soupçonnait d'empoisonner sa nourriture. Kevin pensait que son père affabulait. Mais après ce qu'on s'est dit hier soir, j'ai eu l'impression qu'il avait changé d'avis. Il est prêt à venir témoigner contre vous. »

Janice eut comme un spasme. Le silence qui suivit dura presque une minute.

« Vous enregistrez, murmura-t-elle en regardant le portable posé près de Strike.

— Oui, en effet.

— Arrêtez et je parlerai.

— Je pourrai toujours répéter ce que vous m'aurez dit.

— Je suis sûre qu'un avocat me déconseillerait tout enregistrement.

— Oui, reconnut Strike, c'est bien possible. »

Il prit le portable, tourna l'écran vers elle, arrêta l'enregistrement et posa le téléphone sur la petite table basse à côté des chocolats, de la fiole vide, de la seringue, du rouleau de cellophane et du sèche-cheveux.

« Pourquoi faites-vous cela, Janice ?

Elle caressait toujours le côté pile de son alliance.

« Je n'en sais rien. C'est juste que… ça me plaît. »

Ses yeux survolèrent les photos suspendues.

« J'aime voir comment ils réagissent quand ils absorbent du poison ou une forte dose de médicaments. J'aime les aider, les soigner, j'aime qu'ils me remercient. Parfois aussi, j'aime les regarder souffrir et… de temps en temps, j'aime les regarder partir. »

Strike sentit des fourmis grimper le long de sa nuque. « J'ignore pourquoi. Je me dis que c'est peut-être à cause du choc que j'ai reçu à la tête, quand j'avais dix ans. Mon père m'avait jetée dans l'escalier. Je suis restée inconsciente pendant quinze minutes. Depuis, j'ai des maux de tête… Les traumatismes crâniens peuvent vous perturber toute votre vie, vous savez ? Finalement, ce n'est peut-être pas ma faute si… je n'en sais trop rien…

« Pour ma petite-fille, reprit Janice en fronçant les sourcils, je n'ai pas hésité une seconde. Je voulais qu'elle parte. C'était une enfant gâtée, toujours à faire des caprices. Je n'aime pas les gosses, s'interrompit-elle en regardant Strike droit dans les yeux. Je ne les ai jamais aimés. D'ailleurs, je n'en voulais pas. Kevin, je m'en serais bien débarrassée mais j'ai cru que son père m'épouserait si je le gardais… Malheureusement, ça ne s'est pas passé…

« C'est un enfant qui a tué ma mère. J'avais huit ans. Elle a accouché à la maison. Placenta prævia. Il y avait du sang partout, pas de médecin, j'ai essayé de l'aider, mon père était bourré, il gueulait sur tout le monde…

« Je l'ai retirée de son doigt quand elle est morte, murmura Janice en montrant son alliance. Je savais que mon père la vendrait pour s'acheter de la gnôle. Je l'ai prise et je l'ai cachée pour qu'il ne la trouve pas. C'est tout ce qu'il me reste d'elle. J'aimais ma mère », ajouta-t-elle en caressant l'anneau. Strike se demanda si tout cela était vrai, si son traumatisme crânien et le climat de violence dans lequel elle avait grandi avaient fait de Janice ce qu'elle était aujourd'hui. Si elle avait un jour éprouvé de l'amour pour qui que ce soit.

« Il s'agit réellement de votre jeune sœur Clare ? » renchérit Strike en désignant le cadre double posé sur le guéridon, montrant d'un côté le gros bonhomme aux paupières tombantes et aux dents jaunies par le tabac et, de l'autre, la jolie blonde bien en chair.

« Non, répondit Janice en se tournant vers les deux photos. C'était la maîtresse de Larry. Je les ai tués, elle et lui. Et je n'en ai aucun regret. Ils le méritaient. Larry était à moi, il ne valait pas grand-chose mais il était à moi. Ils fricotaient ensemble dès que j'avais le dos tourné, murmura-t-elle calmement en fixant son regard sur la blonde replète.

— Je suppose que vous avez conservé leurs notices nécrologiques ? »

Elle se leva lentement. Strike entendit ses genoux craquer lorsqu'elle s'avança vers l'armoire vitrée contenant presque toute sa collection de figurines en verre filé. Comme lors de leur précédente entrevue, elle s'agenouilla en se tenant d'une main au manteau de la cheminée. Mais ce coup-ci, au lieu d'un seul dossier, elle en sortit deux du tiroir dans lequel elle avait longuement fourragé la fois précédente, craignant sans doute qu'il n'aperçoive certains objets compromettants.

« Dans celui-ci, je conserve ce qui a trait à Margot, dit-elle en lui présentant le plus gros classeur. J'ai découpé tous les articles que j'ai pu trouver. Il y en avait tellement que j'ai dû en acheter un deuxième… »

Elle ouvrit le moins épais, celui que Strike avait déjà vu, et en retira un papier jauni. Il s'agissait d'un bulletin d'information interne portant l'en-tête de la société Hickson & Co. Sur la photo en couleurs imprimée dessous, Strike reconnut la jolie blonde.

« Clare Martin, commenta Janice. Elle buvait comme un trou. "Overdose accidentelle"… défaillance hépatique. Je savais qu'elle abusait du paracétamol pour soigner son endométriose. Je l'avais vue faire. Moi et Larry, on recevait plusieurs personnes à la maison, ce soir-là. Ils me prenaient pour une imbécile, ces deux-là. Ils croyaient que je ne remarquais pas les regards qu'ils se lançaient. Les imbéciles c'étaient eux. J'ai versé du paracétamol liquide dans tous les cocktails. Et pas qu'un peu. Huit jours plus tard, elle était morte…

« Et celui-ci, c'est celui de Larry, annonça-t-elle platement en sortant un deuxième bulletin d'information Hickson & Co.

« J'ai attendu six ou sept mois. Je n'ai pas eu beaucoup de mal avec lui. C'était une bombe à retardement sur pattes, Larry. Les médecins l'avaient prévenu, son cœur était foutu. Une petite dose de pseudoéphédrine et hop. Ils n'ont même pas fait d'analyse toxicologique. Ils savaient de quoi il était mort : le tabac et la bouffe. Quand une personne est malade du cœur, on ne va pas chercher midi à quatorze heures… »

Strike la regardait fouiller parmi les notices nécrologiques de ses victimes comme elle aurait cherché un modèle de tricot. Ses doigts tremblaient parce qu'elle était encore sous le choc, mais rien dans son attitude ne trahissait le remords ou la honte. Vingt minutes auparavant, elle avait tenté de se suicider. Sous son apparente franchise, peut-être faisait-elle fonctionner son cerveau à plein régime. Par précaution, Strike prit les chocolats empoisonnés sur la table basse et les posa au pied du fauteuil où il était assis. En voyant le regard de Janice suivre son geste, il comprit qu'il avait eu raison de le faire. Elle venait de retrouver la coupure de presse que Strike avait longuement examinée la dernière fois, celle qui concernait le petit Johnny Marks de Bethnal Green.

« C'était votre premier, n'est-ce pas ? »

Janice inspira à fond. Quand elle expira, deux bouts de papier frémirent sous son souffle.

« Ouais, répondit-elle. J'ai utilisé un pesticide. À l'époque, on s'en procurait facilement. Ils étaient en vente libre. Organophosphorés. Pour lui, je voulais un truc bien dégueulasse. Johnny Marks ! Ce petit con s'était fichu de moi. Ils ont conclu à une péritonite. Remarquez, le toubib ne s'est même pas déplacé. Les gosses des taudis, tout le monde s'en fout… Il a eu une mort horrible. On m'a laissé le voir. Je lui ai fait un petit bisou sur la joue. Il ne pouvait plus m'en empêcher, pas vrai ? Il ne pouvait plus se moquer de moi.

— Marks, articula Strike en examinant les coupures de presse. C'est son nom qui vous a donné l'idée de vous faire appeler Spencer, n'est-ce pas ? Clare Spencer. J'aurais dû tilter à ce moment-là. Et aussi lorsque Clare m'a téléphoné… Qu'elle m'ait rappelé aussi vite aurait dû me mettre la puce à l'oreille. Les assistantes sociales ne font pas ce genre de chose. Elles ont trop de boulot.

— Mouais, dit Janice avec un petit sourire. Vous avez raison. J'ai mélangé Clare Martin et Johnny Marks.

— La notice nécrologique de Brenner, vous ne l'aviez pas gardée, n'est-ce pas ?

— Non.

— Parce que vous ne l'avez pas tué ?

— Exact. Il est mort de vieillesse quelque part dans le Devon. Je n'ai même jamais vu l'annonce dans le journal mais, quand vous m'avez interrogée, il a bien fallu que je vous donne un os à ronger. Donc j'ai inventé qu'Oakden l'avait volée. »

Strike n'avait jamais croisé menteuse plus accomplie. Sa capacité à improviser des histoires plus rocambolesques les unes que les autres, quoique parfaitement plausibles car recelant une part de vérité, et de vous les servir avec une assurance et une candeur confondantes, la rangeait d'office dans une classe à part.

« Brenner était-il vraiment accro aux barbituriques ?

— Non. »

Janice était en train de remettre ses notices dans l'ordre. Au passage, Strike aperçut l'article sur le basilic sacré imprimé derrière la nécrologie de Joanna Hammond.

« Non », répéta-t-elle. Elle se baissa pour ranger les classeurs dans le tiroir du bas, puis donna un tour de clé, comme si cela avait encore le moindre intérêt, comme si ces documents n'allaient pas bientôt se retrouver entre les mains de la justice, laquelle s'en servirait pour bâtir l'acte d'accusation. Ses genoux craquèrent quand elle se releva et reprit sa place sur le canapé.

« J'obligeais Brenner à me rédiger des ordonnances, embraya-t-elle. Quel abruti, ce vieux schnock ! Il croyait que je vendais des barbituriques sous le manteau.

— Vous le faisiez chanter ?

— C'est l'expression qu'on emploie habituellement, oui. Je savais qu'il fréquentait une prostituée du quartier. C'est par l'une de ses gosses que je l'avais appris. Brenner rendait visite à cette fille une fois par semaine. Aussi sec, je me suis dit : Je te tiens, espèce de vieux saligaud. Il allait bientôt prendre sa retraite et il ne voulait pas laisser une mauvaise image de lui. Alors, un jour, j'ai débarqué dans son cabinet et je lui ai dit que j'étais au courant de tout. J'ai cru qu'il allait faire une attaque, ajouta Janice, malicieuse. Mais je l'ai vite rassuré. S'il me fournissait ce dont j'avais besoin, je serais muette comme une tombe. Après ça, il a filé doux. Les médocs de Brenner m'ont duré plusieurs années.

— La prostituée s'appelait Betty Fuller, c'est cela ?

— Ouais. Je me doutais que vous la retrouveriez.

— Brenner a-t-il vraiment agressé Deborah Athorn ?

— Non. Il a examiné ses points de suture après qu'elle a accouché de Samhain. C'est tout.

— Pourquoi Clare Spencer m'a-t-elle raconté cette histoire ? Pour le salir un peu plus ? »

Janice haussa les épaules.

« Je n'en sais rien. Je voulais peut-être que vous le preniez pour un maniaque capable d'avoir tué Margot pour éviter qu'elle le dénonce.

— Avez-vous mis des gélules d'Amytal dans la tasse de Brenner ?

— Non. Mais dans la tasse d'Irene, si… C'était stupide de ma part, d'ailleurs », dit-elle en plissant son front rose et blanc. Ses grands yeux clairs s'égarèrent de nouveau sur les photos de ses victimes, puis ils se tournèrent vers la fenêtre avant de revenir se poser sur Strike. « J'aurais dû m'abstenir. Voyez-vous, il m'arrivait de naviguer trop près du vent, de prendre des risques inutiles. Un jour, au boulot, Irene m'avait vraiment exaspérée. Elle flirtait avec… bref, elle flirtait. Donc, je lui ai servi une tasse de thé arrangé. Cette femme est un vrai moulin à paroles. J'avais juste envie qu'elle la ferme un peu. Malheureusement, elle l'a laissée refroidir sans la boire…

« Mais c'était mieux comme ça. Une fois calmée, j'ai pris la tasse et je l'ai portée dans l'évier pour la laver. Seulement voilà, Margot m'a vue faire. Je ne l'avais pas entendue arriver, avec ses chaussures plates. Et elle a compris ce qu'il y avait dans le thé.

« J'ai résolu de prendre les devants. Alors, je suis allée voir le Dr Gupta, je lui ai dit que j'avais trouvé un comprimé dans le thé du Dr Brenner et que je le soupçonnais de rédiger de fausses ordonnances parce qu'il était accro aux barbituriques. Que pouvais-je faire d'autre ? Gupta était un brave type mais pas courageux pour deux sous. Brenner lui fichait la trouille. Je savais qu'il n'oserait pas l'affronter et j'avais raison. Cela dit, même s'il avait eu ce cran, j'étais tranquille, Brenner aurait préféré passer pour un camé que pour un pervers sexuel. Il devait se douter que s'il me contredisait, je n'hésiterais pas à révéler ce qu'il traficotait avec Betty Fuller.

— Margot avait-elle vraiment des doutes sur la manière dont la mère de Dorothy Oakden était morte ?

— Non. Encore un os que je vous ai donné à ronger.

— Vous êtes un génie de la diversion, reconnut Strike, ce qui la fit rosir.

— Je suis intelligente, marmonna-t-elle. Je l'ai toujours été. Mais quand on est une femme, ça ne sert pas à grand-chose. Il vaut mieux être jolie. L'apparence conditionne toute votre vie. Les hommes n'en avaient que pour Irene. Même si elle passait la soirée à débiter des conneries, c'était elle qu'ils choisissaient, et pas moi. Pourtant j'étais loin d'être repoussante… C'est juste que je n'avais pas ce qu'ils apprécient chez une femme.

— Quand nous sommes venus vous voir la première fois, reprit Strike sans relever sa dernière remarque, j'ai cru qu'Irene avait tenu à être présente parce qu'elle craignait que vous ne divulguiez certains détails la concernant. Mais c'est tout le contraire, n'est-ce pas ? C'est vous qui souhaitiez assister à l'entretien pour pouvoir contrôler ce qu'elle disait.

— Oui, en effet, soupira Janice. Et je n'y suis pas vraiment parvenue. Elle n'a pas cessé de jacasser.

— Dites-moi une chose. Charlie Ramage a-t-il réellement aperçu une femme portée disparue à Leamington Spa ?

— Non. J'ai dit ça pour brouiller les pistes et vous empêcher de penser à ce que Margot avait pu découvrir en auscultant mon fils. En fait, Charlie Ramage avait cru voir Mary Flanagan, la gamine kidnappée en 1959, et pas à Leamington Spa mais dans un cimetière de campagne, au fin fond du… Worcestershire, je crois. De toute façon, Charlie était mort, et comme de son vivant il passait son temps à inventer des histoires à dormir debout, je savais que personne dans son entourage ne me contredirait.

— Donc, vous n'avez parlé de Leamington Spa que pour m'orienter vers Irene et Satchwell ?

— Ouais.

— Avez-vous mis des barbituriques dans la bouteille Thermos de Wilma Bayliss ? Est-ce à cause de cela que vos collègues la soupçonnaient de boire sur son lieu de travail ?

— Oui, j'en ai mis.

— Pourquoi ?

— Combien de fois faudra-t-il vous le répéter ? répliqua Janice, agacée. Je ne sais pas pourquoi je fais ça. Je le fais, point barre. Par curiosité, peut-être. Je voulais savoir ce que ça produirait sur elle. J'aime comprendre comment les choses fonctionnent, contrairement à la plupart des gens…

« Au fait, qu'est-ce qui vous a mis sur la voie ? renchérit-elle. Talbot et Lawson ne se sont jamais doutés de rien.

— Lawson certainement, répondit Strike. Mais je crois que Talbot avait des soupçons.

— Pensez-vous ! répliqua-t-elle. Il me mangeait dans la main.

— Je n'en suis pas si sûr. Il a laissé des notes derrière lui. Elles sont un peu absconses, mais il y est souvent question de la mort du Scorpion, alias Junon. C'est ainsi qu'il désignait Joanna Hammond. Il vous a interrogée à sept reprises, Janice. Je crois bien qu'il vous trouvait louche mais ce n'était qu'une intuition. Dans ses notes, il est aussi beaucoup question de poison. L'idée a dû lui venir au moment où il s'est intéressé à la mort de Joanna. Son carnet – j'en ai relu certains passages hier soir – comporte une longue description de la Reine de Coupes, une lame du tarot. Il précise que l'observateur voit en elle son propre reflet. “La percer à jour relève de l'impossible.” La nuit où ils l'ont conduit à l'hôpital, Talbot avait vu apparaître un démon femelle avec une coupe dans la main et sept autres autour du cou. Il était trop malade pour faire le lien entre ces différents soupçons mais ils s'imprimaient dans son subconscient et resurgissaient sous une forme délirante. Par exemple, à un moment, il écrit : “Est-ce que Cetus a raison ?” – Cetus, la Baleine, c'était Irene. Je me demandais à quel propos Irene pouvait avoir raison, et soudain, je me suis souvenu que, lors de notre première entrevue, elle nous avait confié qu'à son avis vous “en pinciez” pour Douthwaite. »

En entendant ce nom, Janice grimaça légèrement.

« Dans son bouquin, Oakden raconte que vous gloussiez beaucoup en présence de Steve Douthwaite, poursuivit Strike sans la lâcher du regard. Et que Dorothy vous prenait pour une femme aux mœurs légères, à l'instar d'Irene et de Gloria. Ce qui veut dire qu'elle vous a vue flirter avec lui.

— C'est tout ce que vous avez trouvé ? Que j'ai flirté avec Douthwaite une fois en passant et que Talbot m'appelait la Reine de Coupes ? répliqua Janice sur un ton dédaigneux, pour mieux cacher son trouble.

— Non, ce n'est pas tout. Loin de là. Il y a une foule d'anomalies, d'étranges coïncidences. Certains m'ont dit que Margot n'aimait pas “l'infirmière”, mais ces gens-là vous confondaient avec Irene. Par conséquent, il m'a fallu du temps pour réaliser que c'était bien de vous qu'ils parlaient.

« Ensuite, nous avons le syndrome de l'X fragile. Chez Irene, vous avez affirmé n'avoir rendu visite aux Athorn qu'une seule fois, mais le jour où je suis allé chez vous, vous sembliez en connaître un bout sur cette famille. Dans les années 1970, on ne parlait pas d'X fragile mais de syndrome de Martin et Bell. J'ai trouvé bizarre que, les connaissant à peine, vous sachiez précisément de quoi ils souffraient. Et comme vous avez employé le terme en vigueur actuellement…

« En même temps, je commençais à me dire qu'il y avait beaucoup de gens patraques dans cette affaire. Les uns souffraient de problèmes digestifs et de vomissements, les autres avaient l'air ivres ou drogués. Vous avez versé quelque chose dans le punch, le jour du barbecue chez Margot et Roy ?

— Oui, bien sûr. Du sirop d'ipéca. Pour qu'ils croient à une intoxication alimentaire. Avec de la viande avariée. Je m'en réjouissais d'avance. Mais quand cet idiot de Carl a brisé le saladier contenant le punch, je me suis sentie soulagée. Je vous assure… j'avais juste envie qu'ils tombent malades, qu'ils aient besoin de mes services et que la fête tombe à l'eau. Mais c'était stupide de faire ça. Je vous l'ai dit, je naviguais trop près du vent, parfois. Margot et Roy étaient médecins, ils auraient pu comprendre ce qui se passait… Au bout du compte, une seule personne a été malade, Gloria, et parce qu'elle en avait bu un grand verre. Elle a vomi et le mari de Margot n'a pas apprécié. Il ne voulait pas qu'on abîme… leur belle maison… »

Derrière son humilité de façade, Strike crut déceler le désir fou qui la possédait de saccager la vie des autres.

« Ça fait beaucoup de malades, tout ça, répéta-t-il. Gloria qui vomit le jour du barbecue, Irene et son syndrome de l'intestin irritable, Kevin et ses maux de ventre, Wilma qui titube et vomit sur son lieu de travail. Moi-même et vos chocolats de Noël. Et bien sûr, Steve Douthwaite, ses problèmes oculaires, ses migraines, ses ballonnements… Je suppose que c'était avec lui qu'Irene flirtait, la fois où vous avez mis les gélules d'Amytal dans son thé ? »

Janice serra les lèvres et plissa les yeux.

« C'est pour qu'elle le lâche que vous lui avez dit qu'il était homo, j'imagine.

— Elle avait déjà mis le grappin sur Eddie. Il allait l'épouser, s'énerva Janice. Quand on allait au pub, tous les mecs lui tournaient autour. Si je lui avais dit que je m'intéressais à Steve, elle me l'aurait piqué juste pour s'amuser. Elle était comme ça, Irene. Alors, oui, je lui ai fait croire qu'il était homo.

— Qu'est-ce que vous lui donnez, en ce moment ?

— Ça dépend, répondit calmement Janice, si elle m'emmerde un peu ou beaucoup.

— Parlez-moi de Steve Douthwaite. »

Janice respira profondément. Ses joues avaient rougi comme sous le coup d'une forte émotion.

« Il était… il était si bel homme. »

Les trémolos que Strike perçut dans sa voix le surprirent plus encore que l'arsenal de produits toxiques qu'elle cachait dans son placard. Il revit la photo de Douthwaite à vingt-huit ans, ses grosses joues, sa cravate extra-large, puis il se rappela l'homme qu'il avait rencontré à Skegness, avec son gros ventre, ses yeux injectés de sang, son front brillant de sueur, ses trois cheveux gris collés sur le crâne, et pour la énième fois il s'interrogea sur les insondables mystères de l'amour.

« Je suis une femme passionnée, quand j'aime c'est éperdument », reprit Janice. À cet instant, Strike songea au petit Johnny Marks agonisant sur son lit de souffrance et au baiser d'adieu qu'elle avait déposé sur sa joue glacée. « Steve pouvait être très drôle, vous savez. J'aime les hommes qui me font rire. Et il était *tellement* séduisant. Je passais devant sa porte dix fois par jour juste pour tenter de l'apercevoir… On s'est liés d'amitié et…

« Il a commencé à venir chez moi, à me confier ses problèmes… Un jour, il me raconte qu'il est tombé raide amoureux d'une femme mariée. L'épouse d'un collègue. Il m'explique qu'elle est malheureuse chez elle, qu'elle vit un enfer. Alors que pour moi c'est le paradis ? j'ai pensé. Je tire le diable par la queue, j'élève seule mon gosse, mais à part ça tout va bien. Au moins, elle, elle avait un mec. Mais bon, j'ai vite compris que tant qu'elle serait dans les parages, je pouvais toujours courir. Donc, je me suis dit, très bien, dans ce cas, elle doit partir…

« Elle n'était pas tellement plus jolie que moi, marmonna Janice en désignant la photo de Joanna Hammond accrochée au mur. Elle avait ce machin horrible sur la figure…

« J'ai cherché son adresse dans l'annuaire et j'ai sonné chez elle pendant que son mari était au boulot. J'avais mis la perruque que je portais lors des fêtes costumées, mon uniforme d'infirmière et des lunettes que j'avais fait faire mais dont je n'avais pas besoin. Quand elle m'a ouvert, je lui ai balancé sans préambule que j'étais au courant de ses problèmes conjugaux.

« Les gens ne se méfient pas des infirmières. Ils les laissent facilement entrer chez eux. Elle en avait tellement sur le cœur. Je l'ai mise en confiance, elle a pleuré sur mon épaule, etc. Elle m'a dit qu'elle couchait avec Steve et qu'elle pensait être amoureuse de lui…

« J'ai enfilé des gants de latex et je lui ai préparé un petit rafraîchissement à base de désherbant. Elle a compris dès la première gorgée, mais je l'ai attrapée par les cheveux, dit Janice en mimant le geste. Je lui ai tiré la tête en arrière pour la forcer à tout avaler. Eh ouais. Quand elle est tombée par terre et qu'elle a commencé à s'étouffer, je lui en ai encore versé dans la gorge, mais pur cette fois.

« Je suis restée un petit moment pour m'assurer qu'elle avait son compte. Quand j'ai vu que la fin était proche, j'ai enlevé mon uniforme et je suis partie.

« Ça exige du sang-froid, dit Janice Beattie, les joues rouges, les yeux brillants. Le secret, c'est de se comporter normalement. Ainsi, les gens ne s'aperçoivent de rien… Toujours garder la tête sur les épaules. Je n'étais peut-être pas un premier prix de beauté mais tout compte fait, ça m'a bien servi. On me croisait et on m'oubliait aussitôt…

« Le lendemain, Steve débarque en pleurant à chaudes larmes. C'était tellement génial, s'extasia la femme qui avait versé du désherbant pur dans la gorge de sa rivale. Après cela, il était tout le temps fourré chez moi. Quelque chose aurait pu se passer entre nous, à ce moment-là, je le sentais.

« Avec lui, j'y allais mollo, ajouta-t-elle comme si c'était une preuve d'affection. Je lui donnais juste ce qu'il fallait pour qu'il n'ait pas envie de sortir, qu'il me demande de le soigner. Je m'occupais bien de lui. Une fois, il a dormi sur mon canapé. J'ai passé la nuit à essuyer la sueur sur son visage. » Cette image réveilla à nouveau chez Strike la vision du baiser sur la joue de Johnny Marks.

« Malheureusement, les mecs avaient tendance à ne voir en moi que le côté maternel, reprit Janice avec aigreur. Je savais que Steve m'aimait bien, mais pour lui je n'étais pas un objet de désir. À cause de mon métier, peut-être, et aussi parce que Kev était tout le temps dans mes pattes. Un soir, Kev a piqué une colère juste au moment où Steve arrivait. Il est reparti en disant qu'il préférait me laisser seule avec mon fils. Là, j'ai compris que rien ne serait possible entre nous tant que j'aurais un enfant. Alors je me suis dit : Kev doit partir. »

Elle prononça ces derniers mots comme elle aurait parlé de sortir la poubelle.

« Mais quand il s'agit de son enfant, on doit faire bien attention, poursuivit-elle. Il ne pouvait pas mourir comme ça, du jour au lendemain, alors qu'il n'avait aucune maladie particulière. Je devais m'armer de patience, y aller progressivement. J'ai démarré en faisant de petites expériences. J'ai pensé à une overdose de sel, par exemple. J'aurais pu raconter qu'il en avait absorbé une grande quantité pour relever un défi ou autre. Je mettais un peu de ceci ou de cela dans sa nourriture, pour qu'il se plaigne d'avoir mal au ventre quand il était à l'école. De sorte que je puisse dire à ses profs : "Oh, je le connais, c'est du chiqué pour rester à la maison..."

— Mais, manque de pot, Margot s'aperçoit qu'il souffre et décide de l'examiner, l'interrompit Strike.

— Ouais, cette sale snobinarde l'emmène dans sa salle d'examen et elle l'ausculte, confirma Janice en hochant la tête. J'ai compris qu'elle avait des doutes. Par la suite, elle m'a demandé ce que je lui faisais boire, parce que ce petit bâtard lui avait dit que maman lui préparait des boissons spéciales...

« Et voilà qu'une semaine plus tard, ajouta-t-elle en tripotant son alliance, je m'aperçois que Steve est allé la consulter, elle, au lieu de s'adresser à moi. Après quoi, Margot me coince dans la cuisine, près de la bouilloire, et elle m'interroge sur la mort de Joanna. Dorothy et Gloria ont tout entendu. J'ai répondu : "Comment je pourrais savoir ce qui s'est passé ?" C'était inquiétant, quand même. Qu'est-ce que Steve avait bien pu lui raconter ? Qu'il trouvait cette histoire louche ? Que quelqu'un avait vu une infirmière sortir de chez elle ?

« Je me faisais un sang d'encre. Je lui ai envoyé des chocolats au phénobarbital. Irene m'avait dit que Margot recevait des lettres de menaces. Ce n'était pas surprenant, cette pute se mêlait de tout, elle était... Je me suis dit, ils penseront que les chocolats viennent du type qui écrit ces lettres…

« Mais elle ne les a pas mangés. Elle les a balancés à la poubelle sous mon nez. Ensuite, j'ai appris qu'elle les avait récupérés et qu'ils étaient toujours dans son bureau. C'est là que j'ai compris. Elle comptait les faire analyser…

— Et c'est alors que vous avez enfin accepté de sortir avec ce brave vieux Larry, bien qu'il soit un peu simplet, dit Strike.

— Simplet ? Qui a dit ça ? répliqua Janice.

— Irene. Vous aviez besoin de ciment, après tout. Et vous ne vouliez pas en acheter vous-même. Ç'aurait pu éveiller les soupçons. Qu'avez-vous fait ? Vous avez demandé à Larry d'en voler un sac ? »

Elle ne répondit pas, se contentant de le fixer de ses yeux ronds, des yeux qu'une personne n'ayant pas assisté au début de la conversation aurait pu qualifier d'innocents.

« Comment vous est venue l'idée du ciment ? renchérit Strike. Cette histoire de cadavre retrouvé dans les fondations d'un immeuble ?

— Ouais, dit-elle enfin. Le ciment, c'est le meilleur moyen pour éviter les odeurs. Elle devait disparaître. Ses questions sur Joanna, le fait qu'elle ait examiné Kev sans ma permission, et surtout la boîte de chocolats. Elle n'allait pas tarder à me démasquer. Mais je voulais qu'on accuse le Boucher de l'Essex ou alors le type qui lui envoyait ces lettres anonymes.

— Combien de fois avez-vous rendu visite aux Athorn avant de passer à l'acte ?

— Quelques-unes.

— Vous y alliez pour les soigner ? Ou pour une autre raison ? »

S'ensuivit un silence assez long pour qu'à la faveur d'un fugace rayon de soleil, le carrosse de Cendrillon se transforme en brasier miniature, puis redevienne un misérable bibelot de verre filé.

« J'avais envie de les tuer, articula Janice. Ne me demandez pas pourquoi, je n'en sais rien. J'y ai pensé dès le premier jour… Ils étaient bizarres. Personne ne venait jamais les voir, à part leurs cousins, une fois tous les dix ans. Je les ai recroisés en janvier dernier, les fameux cousins, quand il a fallu déblayer l'appartement pour que le type du rez-de-chaussée ne porte pas plainte… Ils sont restés une heure et ils ont laissé "Clare" s'occuper du reste…

« Ouais, je savais qu'un jour ou l'autre, je tuerais les Athorn, répéta-t-elle en haussant les épaules. C'est pour ça que je continuais à y aller. Regarder mourir plusieurs membres d'une même famille m'aurait bien plu. Et ensuite, attendre que les gens s'en rendent compte, que la nouvelle passe aux informations. Les journalistes auraient raconté n'importe quoi et moi j'aurais été la seule à connaître la vérité…

« J'ai tenté quelques petites expériences sur eux. Je leur faisais des piqûres de "vitamines". Quand ils s'endormaient, je leur pinçais le nez, je leur soulevais les paupières pour examiner leurs yeux. Les infirmières n'ont pas le droit d'administrer des produits anesthésiants, voyez-vous. Mais grâce au Dr Brenner, j'avais tout ce que je voulais. En plus, les Athorn me faisaient totalement confiance. Même Gwilherm. Il aimait bien quand je venais. Il passait des jours entiers sous benzédrine et ensuite je lui refilais des sédatifs. Un vrai junkie.

« Je lui disais, écoute Gwilherm, tu n'en parles à personne. Ces traitements coûtent très cher. Si je t'en donne c'est parce que je vous ai à la bonne, toi et ta famille.

« Certains jours, l'idée me venait de tuer le gamin et de faire en sorte qu'on accuse Gwilherm. C'était une possibilité parmi d'autres. Je me disais, les journalistes viendront m'interviewer, je me mettrai sur mon trente et un, je fournirai des preuves contre lui. Vous me suivez ? Ma photo en première page… J'aurais eu plein de choses à raconter à Steve. Les hommes craquent pour les infirmières. Quand je sortais avec Irene, mon métier était la seule chose qui plaidait en ma faveur. Jusqu'à ce que cette salope commence à faire croire aux mecs qu'elle aussi était infirmière…

« Mais Dieu merci, je n'ai rien fait de tout cela. Dieu merci, j'ai gardé les Athorn sous le coude. Vous imaginez ? Si je les avais tués, où est-ce que j'aurais mis Margot ? J'avais fait un double de leur clé. Ils n'ont rien capté.

« Je pensais que j'allais me planter, reprit Janice. C'était la première fois que je montais un plan en si peu de temps. Avec l'affaire des chocolats, j'ai vraiment compris que Margot m'avait dans le collimateur. J'ai passé la nuit à cogiter, à me faire du mouron… Et le lendemain, ou peut-être le surlendemain, figurez-vous que je vois Steve sortir à tout berzingue de son cabinet. J'ai compris qu'elle l'avait mis en garde contre moi. D'ailleurs, le soir même, je suis allée sonner chez lui et il a refusé de me laisser entrer… Mais bon, il n'a jamais rien dit à la police. Aujourd'hui, je sais que je faisais de la parano, mais à l'époque…

— Ce n'était pas de la parano, la coupa Strike. J'ai parlé à Steve pas plus tard qu'hier. Et c'est vrai, Margot lui avait conseillé de ne pas toucher aux plats que vous lui prépariez. Elle n'a pas eu besoin d'en dire plus. Il a pigé en un clin d'œil. »

Janice devint cramoisie.

« Quelle salope, cracha-t-elle. Pourquoi elle a fait ça ? Elle avait un mari plein aux as et un amant qui ne demandait qu'à la reprendre. Pourquoi elle m'a volé Steve ?

— Poursuivez, dit Strike. Expliquez-moi comment vous avez procédé. »

Un subtil changement venait d'apparaître dans l'attitude de Janice. Elle qui jusqu'alors aurait pu passer pour timide, s'exprimant posément, rougissant à la moindre émotion, semblait désormais prendre plaisir à disserter, comme si par le biais du récit elle pouvait revivre encore une fois l'assassinat de Margot Bamborough.

« Un soir, Larry m'a invitée à sortir. J'avais préparé mon coup. Je lui ai raconté qu'une famille pauvre dont je m'occupais avait besoin d'un peu de ciment pour réparer un toit-terrasse. Qu'ils étaient vraiment dans la dèche. Et lui, cet abruti, pour m'impressionner, il répond : "Qu'à cela ne tienne, je m'occupe des travaux." »

Janice leva les yeux au ciel.

« J'ai dû inventer je ne sais quelle sottise, que s'il faisait cela le père se sentirait dévalorisé… qu'il n'avait qu'à prendre quelques sacs de ciment sur son chantier et les apporter.

« Bref, Larry a mis le ciment dans sa voiture et l'a déposé devant la porte des Athorn, sur Albemarle Way. Je ne l'ai pas laissé entrer, j'ai prétexté que c'était contraire à l'éthique. N'importe quoi. C'était pas une lumière, Larry, il gobait tout ce qu'on lui disait. Et pourtant, il n'a jamais voulu m'épouser, ajouta brusquement Janice. Allez savoir pourquoi… En quoi étais-je différente des autres femmes ? s'étonna l'infirmière qui avait soulevé les paupières de ses victimes endormies pour examiner leurs globes oculaires. Personne ne m'a jamais demandée en mariage… jamais… moi qui rêvais d'avoir ma photo en robe blanche dans le journal, de passer devant monsieur le curé… Je n'ai jamais connu ça. Jamais…

— Vous aviez besoin d'un alibi autant que de ciment, j'imagine, embraya Strike sans s'attarder sur les tourments existentiels de la tueuse en série. Et pour vous le procurer, vous avez choisi la vieille dame sénile sur Gopsall Street, justement parce qu'elle était incapable de dire si oui ou non vous étiez chez elle à l'heure où Margot a disparu.

— Oui, je suis allée la voir en fin de matinée et je lui ai laissé des médicaments avec un petit mot prouvant que j'étais passée. Je savais qu'elle dirait oui, Janice était chez moi en début de soirée. Elle n'avait pas de famille et elle répondait par oui à toutes les questions qu'on lui posait…

« En sortant de chez elle, je suis allée jusqu'au cinéma et j'ai acheté un billet pour la dernière séance. Puis j'ai appelé la baby-sitter et je l'ai avertie que mon amie et moi sortirions de la salle plus tard que prévu. J'étais certaine qu'Irene déclarerait forfait. Elle avait passé toute la matinée à se plaindre d'une rage de dents. Moi je faisais semblant de la croire mais j'étais bien placée pour savoir qu'elle n'allait jamais nulle part à moins d'être sûre de pouvoir rencontrer des hommes.

— Donc vous êtes retournée au cabinet dans l'après-midi. Vous êtes entrée par la porte de derrière, je suppose ?

— Ouais, confirma Janice, le regard dans le vague. Personne ne m'a vue. Le matin, j'avais vu Margot mettre un beignet dans le frigo. À ce moment-là, je n'avais rien pu faire parce qu'il y avait du monde autour. Mais quand je suis revenue, tout était calme et j'ai pu injecter de la solution sodique de Nembutal dans le beignet à travers le film alimentaire.

— Vous étiez devenue spécialiste. Vous saviez quelle dose l'étourdirait sans pour autant l'empêcher de marcher ?

— On n'est jamais sûr de rien », répondit l'infirmière. Contrairement à Creed, elle ne se voyait pas comme un être tout-puissant, et pourtant, ils étaient de même force tous les deux, tant par leur expertise en matière de drogue que par leur génie criminel. « Je suivais mes intuitions et j'ai toujours visé juste, mais personne n'est à l'abri d'une erreur. Elle devait rejoindre une amie dans un pub qui se trouvait non loin du cabinet. Je savais qu'elle avait coutume de grignoter quelque chose avant de partir, mais comment être certaine qu'elle mangerait ce beignet ? Et si elle le mangeait, serait-elle encore capable de se déplacer ? Elle aurait aussi bien pu s'écrouler sur place…

« Toute la journée, je me suis répété : ça ne marchera pas, ça ne peut pas marcher. Pendant que je traînais les sacs de ciment dans l'appartement des Athorn, pendant que j'injectais le barbiturique dans le beignet, je pensais : tu vas aller en prison, Janice… Et vous savez quoi ? Eh bien, je m'en fichais. Parce qu'elle avait parlé de moi à Steve. Je me disais, quand je serai devant mes juges, je leur expliquerai qu'il me traitait comme une maman, comme une infirmière, qu'il profitait de ma gentillesse, qu'il venait tout le temps, à n'importe quelle heure. À ce moment-là, il verra, il entendra. Ouais, je m'en fichais. Je me disais juste, je veux que tu crèves, ma petite. Je veux que tu crèves, toi et ton mari, ton amant et mon mec aussi, celui qui vient te voir trois fois par semaine…

« Je me disais, soit elle meurt et je m'en sors, soit je deviens célèbre et je fais la une des journaux… L'idée ne me déplaisait pas, à l'époque. »

Elle regarda le petit salon autour d'elle. Sans doute se demandait-elle à quoi ressemblerait sa future cellule.

« En sortant du cabinet, je suis retournée chez les Athorn par un chemin détourné. Mais à mon arrivée, Gwilherm n'était pas là. Je me suis dit, oups, il y a un problème. Où est-il passé ?

« Deborah et Samhain ont commencé à couiner. Ils ne voulaient pas que je les pique. J'ai dû insister. J'ai dit à Deborah, vous avez besoin de ces vitamines pour rester en bonne santé. Si vous refusez, j'appelle une ambulance et vous irez à l'hôpital pour passer des examens… Dès qu'on la menaçait de la faire sortir de chez elle, elle disait amen à tout. Quand le produit a commencé à agir, je les ai allongés côte à côte dans la grande chambre. Ils avaient leur compte.

« Je suis redescendue et je suis entrée dans la cabine téléphonique pour surveiller la rue tout en faisant semblant de téléphoner.

« J'avais l'impression d'être à côté de la plaque. Je pensais que ça allait foirer. Je m'imaginais débarquant le lendemain au cabinet pour apprendre que Margot s'était évanouie au milieu de la rue et qu'en se réveillant elle s'était mise à crier sur tous les toits qu'on l'avait empoisonnée. Je voyais déjà son doigt accusateur pointé sur moi…

« J'ignore combien de temps j'ai attendu. Je me répétais, c'est foutu, elle a mangé le beignet et elle a tout dégobillé. Elle a appelé une ambulance. Elle a compris. Devant la cabine téléphonique, il y avait cette fille qui me cachait la vue. C'était pénible, je devais me démonter le cou…

« Et puis Margot est apparue. Je me suis dit, c'est bon, faut y aller. Il pleuvait des cordes. Les gens ne faisaient pas attention. La rue était pleine de parapluies et de bagnoles qui éclaboussaient les passants. Quand elle a traversé, j'ai vu qu'elle titubait. Elle s'est arrêtée près de la cabine pour se tenir au mur. Elle n'avait plus de jambes. Je suis sortie et je lui ai dit, "Venez donc vous asseoir". Je baissais la tête pour qu'elle ne me reconnaisse pas. Elle a fait quelques pas avec moi et puis, tout à coup, elle a vu qui j'étais. Elle s'est un peu débattue mais j'ai réussi à l'entraîner jusqu'à

Albemarle Way. Margot était grande et vigoureuse… J'ai recommencé à me dire, ça y est, c'est fichu…

« À ce moment-là, j'ai aperçu Gwilherm qui arrivait dans l'autre sens. C'était ma dernière chance. Je l'ai appelé pour qu'il vienne m'aider. Il a cru qu'elle avait fait un malaise, alors il l'a hissée dans l'escalier. Elle n'avait plus la force de se débattre. Gwilherm voulait appeler une ambulance mais j'ai réussi à l'en dissuader. Je lui ai raconté que j'allais m'occuper d'elle… que si les flics débarquaient, ils commenceraient par fouiller son appartement… Il avait très peur de la police, alors il s'est laissé convaincre…

« J'ai dit, va donc voir si Deborah et Samhain dorment toujours. Ils étaient très inquiets parce que tu n'étais pas là. J'ai dû leur donner un petit sédatif.

« Et quand il est sorti du salon, j'ai étouffé Margot. Ça n'a pas été bien difficile. Je lui ai pincé le nez et j'ai mis ma main sur sa bouche. Je lui ai fait ce que j'avais prévu de faire aux Athorn.

« Quand j'ai vu qu'elle ne respirait plus, je suis allée aux toilettes pour réfléchir. Je suis restée un moment assise sur la cuvette à regarder les flamants roses sur le papier peint. Je me disais : qu'est-ce que tu vas faire maintenant ? Gwilherm est ici. Il a assisté à… Je ne voyais qu'une solution : lui faire croire qu'il l'avait tuée. Il était assez barge pour tomber dans le panneau. Bon, ça supposait de le tuer lui aussi mais il n'y avait pas urgence…

« Donc, j'ai attendu dans les toilettes qu'il revienne dans le salon et la trouve morte.

« Je le laisse cinq minutes avec le cadavre, je reviens, je parle à Margot comme si elle était encore vivante.

“Vous vous sentez mieux maintenant, ma pauvre Margot ?” Et je m’exclame, horrifiée : “Gwilherm, qu’est-ce que tu as fait ?”

« Il répond : “Rien, rien du tout, je n’ai rien fait”, et moi : “Tu peux tuer les gens à distance, je le sais, c’est toi qui me l’as dit. Il faut appeler la police.” Il me supplie de ne pas le faire, il me jure qu’il ne voulait pas lui faire de mal, que c’était une erreur. Je le laisse brailler et ensuite, je lui sors : “Bon, d’accord, je ne te dénoncerai pas. Mais elle doit disparaître. Je m’en charge.”

« Il pleurait comme un bébé. Il m’a demandé un sédatif. Il *voulait* que je l’endorme ! Vous y croyez ? Je lui ai donné ce qu’il fallait et je l’ai laissé sur le lit de Samhain, couché en chien de fusil.

« La hisser toute seule dans cette espèce de coffre n’a pas été une mince affaire, je vous jure. D’abord, il a fallu que j’enlève toutes les cochonneries qu’il y avait à l’intérieur. Ensuite, j’ai dû la plier un peu. Quand ç’a été fait, je suis allée voir les trois autres. J’ai regardé si leurs voies respiratoires étaient bien dégagées, puis je suis redescendue pour téléphoner à Irene et lui demander si elle était toujours d’accord pour le cinéma. Comme je le pensais, elle m’a répondu non. Dieu merci.

« Je suis remontée et j’ai commencé à préparer le ciment. Ça m’a pris des plombes. Jusqu’à minuit, environ. Je le mélangeais à la main par petites quantités, dans un seau. Margot prenait de la place mais il restait pas mal d’espace vide autour d’elle. Quand j’ai refermé le coffre, le couvercle s’est collé au ciment. On ne pouvait plus l’ouvrir et c’était tant mieux.

« Les Athorn se sont réveillés et j'ai dit à Gwilherm que son problème était réglé. J'ai ajouté discrètement que le couvercle de l'ottomane était coincé et qu'il allait devoir ranger ailleurs les jouets de Samhain.

« Il a fait semblant de ne pas comprendre, mais je savais que le message était passé. Je les ai revus souvent, par la suite. Je passais trois fois par semaine. C'était nécessaire, ne serait-ce que pour fournir à Gwilherm ce dont il avait besoin. Un jour, en arrivant, j'ai vu les symboles peints sur le mur. On aurait dit un temple païen ou un truc de ce genre.

« J'ai vécu dans l'angoisse pendant des mois. Gwilherm racontait partout qu'il avait tué Margot. Heureusement, les gens du quartier savaient qu'il lui manquait une case. Mais ça devenait trop dangereux. Il fallait qu'il parte. Quand je pense que j'ai attendu un an pour me débarrasser de lui…

— Peu de temps après l'avoir tué, vous avez téléphoné à Cynthia Phipps en vous faisant passer pour Margot, n'est-ce pas ? Histoire de brouiller les pistes, au cas où quelqu'un aurait pris Gwilherm au sérieux.

— Exact, marmonna Janice en tripotant son alliance.

— Et par la suite, vous avez continué à vous occuper de Deborah et de Samhain, mais sous le nom de Clare Spencer.

— Bien obligée. Je devais les tenir à l'œil. Le pire ç'aurait été qu'une vraie assistante sociale vienne fourrer son nez chez eux.

— Deborah et Samhain n'ont jamais réalisé que Clare et Janice étaient une seule et même personne ?

— Les gens comme eux ont du mal à reconnaître les visages. J'ai changé de couleur de cheveux, j'ai mis des lunettes.

« S'ils sont restés en bonne santé, c'est en grande partie grâce à moi, vous savez. Comme Deborah ne voit jamais le soleil, je lui donnais de la vitamine D. Elle est plus jeune que moi… Je me disais, il se peut que je meure avant qu'on trouve le corps. Plus le temps passait, moins je risquais d'être inquiétée…

— Et Douthwaite ?

— Il s'est tiré, grommela Janice. Ça a failli me briser le cœur. Je trouvais déjà pénible de me coltiner Irene et Eddie tout en faisant mine d'être heureuse avec Larry… et voilà que l'homme de ma vie se fait la malle. J'ai mené ma petite enquête mais personne n'a su me dire où il était parti.

— Dans ce cas, puis-je savoir ce que fait Julie Wilkes sur votre mur ? demanda Strike.

— Qui ça ? fit Janice, trop occupée à s'apitoyer sur son sort pour entendre sa question.

— L'animatrice du village de vacances à Clacton-on-Sea, insista Strike en désignant la jeune fille aux cheveux blonds frisés qui souriait sur une photo.

— Oh… celle-ci, soupira Janice. Eh bien, quelques années plus tard, je suis tombée sur un type qui connaissait quelqu'un qui avait croisé Steve à Butlin's… Vous imaginez ma joie. Je m'ennuyais tellement avec Larry. Et j'avais tellement envie de revoir Steve. J'*aime* les hommes qui me font rire, répéta la femme qui avait planifié le meurtre d'une famille pour le seul plaisir de les voir mourir. Je *sentais* qu'il y avait toujours quelque chose entre nous, qu'on pouvait encore vivre une histoire ensemble. Alors, j'ai réservé un séjour là-bas. J'y suis allée avec Larry. Kev n'avait pas envie de venir – ça m'arrangeait. Je me suis fait faire une permanente, je me suis mise au régime. J'avais hâte. C'est fou les idées qu'on se trimbale, parfois.

« Le soir de notre arrivée, on est allés au night-club. Je l'ai vu. Il était toujours aussi beau. Il chantait "Longfellow Serenade". À la fin du morceau, toutes les filles dans la salle sont devenues hystériques. Comme Larry avait picolé, il a fallu qu'on rentre au bungalow. Je l'ai couché et je suis revenue. Mais Steve n'était plus là.

« J'ai mis trois jours à pouvoir lui parler. Je lui ai dit : "Steve, c'est moi. Janice. Ta voisine. L'infirmière !" »

Son visage n'avait jamais été aussi rouge. Plus il gagnait en couleur, plus ses yeux s'humectaient.

« Il me répond, "Tiens, Janice ! Ça va ?" Et il me tourne le dos, dit-elle en tremblant du menton. Et je le vois… Je le vois embrasser cette fille, cette Julie. Et après qu'il l'a embrassée, il me regarde comme pour me narguer…

« Je me suis dit en moi-même, "Non, Steve, c'est pas possible, après tout ce que j'ai sacrifié pour toi. Non".

« Je l'ai fait deux jours avant qu'on reparte. C'était la nuit, Larry ronflait comme un sonneur, fidèle à son habitude. Il n'a même pas remarqué que je n'étais plus dans le lit.

« Les animateurs passaient leurs soirées ensemble dans le bungalow de Steve. Je le savais, je les avais suivis une fois. À 2 heures du matin, je l'ai vue sortir toute seule. Elle était torchée.

« Un jeu d'enfant. Personne dans les parages. En ce temps-là, il n'y avait pas de caméras de surveillance. Je l'ai poussée dans la piscine, j'ai sauté à mon tour et je lui ai tenu la tête sous l'eau. Je dirais que c'est la surprise qui l'a tuée. Elle avait déjà avalé un paquet de flotte avant que je m'occupe d'elle. C'est la seule que j'ai fait partir sans médocs. Faut dire que j'étais bien remontée…

« Je suis sortie de l'eau. Je me suis séchée. J'ai essuyé les empreintes de pieds mouillés mais il faisait si chaud cette nuit-là qu'au matin il n'y avait plus aucune trace.

« Le lendemain, je croise Steve et je lui dis : "C'est horrible ce qui est arrivé à cette fille. Tu m'as l'air bouleversé. Tu veux boire un verre ?"

« Il est devenu blanc comme un linge. Je me suis dit en moi-même, tu vois, mon gars, voilà ce qui arrive quand on me laisse tomber comme une vieille chaussette après s'être servi de moi. »

Une sirène retentit dans le lointain. Strike regarda sa montre. La police n'était plus très loin de Nightingale Grove.

« Tu as profité de ma gentillesse, de ma compassion, je t'ai écouté, consolé, nourri, dit Janice au Steve Douthwaite qui vivait dans sa tête. Pour toi, j'étais prête à tuer mon fils ! Et au lieu de me remercier, tu vas fricoter avec une autre ? Non, Steve. Toutes nos actions produisent des conséquences. Les hommes devraient apprendre à assumer leurs responsabilités. Mais j'imagine que je le reverrai au tribunal », ajouta-t-elle en se tournant vers la fenêtre. La sirène hurlait de plus en plus fort. « Vous savez, ce n'est pas si grave, tout compte fait. Vivre ici toute seule n'a rien de marrant. Et j'ai hâte de voir la tronche d'Irene. Je serai dans les journaux, n'est-ce pas ? Quand ils liront mon histoire, les hommes comprendront peut-être que certaines femmes ne se laissent pas marcher sur les pieds. Toutes nos actions produisent des conséquences », répéta Janice Beattie en bombant le torse, prête à affronter son destin. Le véhicule de police venait de s'arrêter devant la porte.

SEPTIÈME PARTIE

Puis vint Octobre plein de joie et d'allégresse…

Edmund Spenser, *La Reine des fées*

72

... pour rien au monde ne restreindraient leur travail...

Edmund Spenser, *La Reine des fées*

Cormoran Strike était bien placé pour savoir que le succès n'avait pas que des côtés positifs.

Encore une fois, l'agence se retrouvait sous le feu des projecteurs et, comme Strike l'avait déjà maintes fois constaté, si les concerts de louanges soignaient leur ego et redoraient leur image de marque, ils avaient aussi tendance à entraver le bon déroulement de leur travail. Robin, qui s'était réfugiée chez Vanessa Ekwensi pour fuir les hordes de journalistes qui assiégeaient son domicile, devait désormais recourir à divers subterfuges, lunettes, perruques et autres accessoires, pour pouvoir continuer à traiter les affaires en cours, Barclay et Hutchins étant déjà fort occupés de leur côté. Strike, lui, n'avait eu d'autre choix que regagner la chambre d'amis de Nick et Ilsa, se laisser pousser la barbe et faire profil bas. Il ne sortait quasiment plus et dirigeait les opérations par téléphone. Heureusement, Pat Chauncey était là pour assurer la permanence à Denmark Street, régler les questions administratives et répondre à la presse.

« J'ai rien à vous dire, braillait-elle à ceux qui la guettaient chaque jour sur le trottoir. Vous feriez mieux de vous tirer. »

Le battage médiatique qui avait suivi la découverte des deux cadavres – celui d'une femme coulé dans un bloc de ciment, au domicile de deux braves citoyens de Clerkenwell, et celui d'une adolescente, à Islington, enfoui sous une couche de remblai au fond d'un puits abandonné – promettait de durer encore un certain temps, ces affaires étant par trop sensationnelles et leurs développements riches en rebondissements. Le caractère pour le moins insolite des deux scènes de crime, la manière dont les corps avaient été retrouvés, l'identification des restes, les réactions des proches de Margot Bamborough et de Louise Tucker, lesquels oscillaient entre deuil et soulagement, le profil des deux assassins que tout opposait et enfin la personnalité des deux détectives, désormais catalogués comme les plus talentueux de la capitale, tout cela avait offert de quoi alimenter les chroniques pendant de longues semaines.

Strike ne crachait pas sur les compliments. En revanche, il n'appréciait guère la façon dont la presse traitait Gregory Talbot (« Certains disent que votre père avait du sang sur les mains. Qu'en pensez-vous ? ») ou Dinesh Gupta (« Regrettez-vous d'avoir remis une lettre de recommandation à Janice Beattie, docteur ? ») et encore moins d'avoir vu les Athorn effrayés, désemparés, conduits hors de leur domicile par de vrais travailleurs sociaux. Carl Oakden avait voulu se faire mousser en se présentant comme le biographe de Strike et de Margot Bamborough mais, hélas pour lui, le journaliste du *Daily Mail* auquel il s'était confié avait commencé son article en ces termes : « Escroc notoire bien connu des services de police, Carl Brice, fils de l'ancienne secrétaire du cabinet St. John's, Dorothy.... » Si bien que l'arnaqueur de vieilles dames avait aussitôt replongé dans les eaux troubles où il croupissait habituellement. Quant à Jonny Rokeby, toujours plus désireux d'afficher les liens qui l'unissaient au célèbre détective, il avait saisi l'occasion pour faire paraître via son attaché de presse une déclaration à la gloire du héros dont il se disait très fier d'être le père. Strike prit fort mal la chose et opposa une fin de non-recevoir à toutes les demandes de commentaires.

Dennis Creed, que les journalistes avaient toujours classé en tête de leur palmarès des tueurs en série, fut relégué au rang d'amateur ou presque, en tout cas loin derrière Janice Beattie, laquelle comptait davantage de meurtres à son actif et, surtout, avait échappé à la justice beaucoup plus longtemps que lui. Des photos prises par la police dans le salon de Nightingale Grove fuitèrent dans la presse. Le public put ainsi découvrir le mur où Janice accrochait les portraits de ses victimes, le dossier renfermant les notices nécrologiques, le meuble-vitrine au bas duquel il était rangé, ainsi que la seringue, le rouleau de cellophane et le sèche-cheveux que Strike avait trouvés derrière le canapé. On vit également paraître plusieurs photos prises devant la maison, montrant la police scientifique derrière des caisses contenant les produits toxiques que

Janice stockait dans son placard, et enfin Janice elle-même, surnommée « Mamie Poison », avec ses joues roses et ses cheveux gris, regardant tranquillement les caméras avant de monter dans le véhicule qui devait la conduire devant ses juges.

Strike ne pouvait ouvrir un journal ni allumer la télévision sans tomber sur une intervention de Brian Tucker, qui répondait positivement à toutes les demandes d'interviews. Le vieil homme pleurait, disait son soulagement, envoyait des brassées de fleurs à Strike et à Robin, proclamait devant le monde entier qu'ils méritaient d'être anoblis (« On dit Chevalier pour les hommes, mais pour les femmes c'est quoi ? » « Dame », murmura une journaliste blonde en prenant la main du vieil homme éploré). Il parlait de sa Louise, décrivait les préparatifs en vue de ses obsèques, critiquait les services de police et terminait invariablement en déclarant qu'il savait depuis toujours que sa fille était enterrée dans ce puits. Strike se félicitait de le savoir heureux mais regrettait par ailleurs qu'il ne soit pas plus discret. Pour le bien de tous, il aurait mieux valu qu'il vive son deuil loin des caméras, au lieu de participer à tous les talk-shows possibles et imaginables.

Cette folie médiatique eut d'autres conséquences : les gens qui avaient perdu des proches alors que ces derniers étaient soignés par Janice commencèrent à se manifester auprès de la justice. Les plaignants n'étaient qu'une poignée au départ mais, très vite, ils se multiplièrent au point d'encombrer les tribunaux. Résultat, des permis d'exhumer furent distribués à la pelle. Bien sûr, Irene Hickson n'échappa point à la curiosité des journalistes. Après que la police eut inspecté le contenu de ses placards et procédé à diverses analyses, elle reçut la visite d'une équipe du *Daily Mail* qui la photographia dans son salon clinquant et surchargé, flanquée de ses filles, deux matrones aux formes généreuses qui lui ressemblaient en tout point.

« J'ai toujours trouvé que Jan avait un petit côté… comment dire… mangeuse d'hommes. Mais loin de moi l'idée qu'elle aurait pu commettre des horreurs pareilles. Oui, je la considérais comme ma meilleure amie. Comment ai-je pu être aussi aveugle ? Quand je partais quelques jours chez mes filles, elle allait faire des courses au supermarché pour que le frigo soit plein à mon retour. Je mangeais ce qu'elle avait acheté, je tombais malade et je l'appelais pour qu'elle vienne me soigner. Elle aimait passer du temps ici, peut-être parce qu'elle s'y sentait mieux que chez elle. C'est grâce à cela que je ne suis pas morte, et au fait qu'il m'arrivait de l'aider financièrement, aussi. Honnêtement, je ne sais pas si je m'en remettrai. Je ne dors plus, j'ai des vertiges, des nausées, cette histoire me tourne dans la tête en permanence. Je n'arrête pas de me dire C*omment as-tu fait pour ne rien remarquer ?* Si effectivement Larry est décédé à cause d'elle, ce pauvre Larry qu'Eddie et moi lui avions présenté, j'aurai sa mort sur la conscience jusqu'à la fin de mes jours. Franchement, c'est un cauchemar. Qui aurait pu imaginer ça de la part d'une infirmière ? »

Sur ce point, Strike était d'accord avec Irene Hickson. Lui-même se demandait pourquoi il avait tant tardé à vérifier un alibi qu'il savait bancal depuis le début, pourquoi il avait pris les déclarations de

Janice pour argent comptant alors qu'il s'était méfié de tous les autres témoins sans exception. La réponse était évidente, même s'il lui en coûtait de l'admettre : comme les victimes de Creed, qui étaient montées de leur plein gré dans la camionnette de leur futur bourreau, il s'était fié aux apparences et laissé duper par une illusion savamment entretenue de douceur, d'innocence et de féminité. Creed et Janice étaient tous deux passés maîtres dans l'art du camouflage mais le premier avait dissimulé sa perversité derrière le masque du bon copain gay tandis que la seconde revêtait celui de l'infirmière dévouée, dédiant tout son temps à ses malades. Strike avait préféré les manières discrètes et modestes de Janice à la logorrhée de son amie Irene, la commère dont il ne supportait pas la langue de vipère. Ce constat était d'autant plus irritant pour lui qu'une attitude similaire chez un homme lui aurait sans doute mis la puce à l'oreille. *Cérès est la mère nourricière, la protectrice. Le Cancer est tendre, porté vers les autres, il éprouve le besoin de les protéger.* Ilsa et Nick, qui ne cachaient pas leur jubilation à la lecture des articles relatant les derniers exploits de leur ami détective, comprenaient mal que ce dernier ne laisse pas éclater sa joie.

Anna Phipps souhaitait rencontrer Strike et Robin pour leur exprimer toute sa gratitude mais, avant d'accepter son invitation, les deux associés préféraient que la poussière retombe. Deux semaines après la découverte du corps de Margot, Strike, qui entre-temps s'était laissé pousser une belle barbe bien épaisse, finit par convenir d'un rendez-vous. Cette première sortie serait aussi l'occasion de retrouver Robin qu'il n'avait pas revue depuis lors, bien qu'ils aient discuté au téléphone tous les jours.

Ce matin-là, dans la chambre d'amis de Nick et Ilsa, Il s'habillait en écoutant la pluie frapper les vitres. Il enfilait une chaussette à son pied artificiel lorsque son portable vibra sur la table de nuit. Croyant découvrir un message de Robin l'avertissant peut-être que la presse les attendait devant la maison d'Anna et Kim, quelle ne fut pas sa surprise lorsqu'il lut le nom de Charlotte sur l'écran.

Hello, Bluey. Je croyais que Jago avait jeté ce téléphone mais je viens de le retrouver au fond d'un placard. Il paraît que tu as encore accompli l'impossible. J'ai lu tout ce qu'on a dit dans la presse. J'aurais aimé qu'ils publient quelques bonnes photos de toi mais tu es content qu'ils ne l'aient pas fait, j'imagine. En tout cas, toutes mes félicitations. Tu dois être ravi d'avoir prouvé une nouvelle fois que ceux qui doutaient de ta réussite avaient tort… je m'inclus dans le lot. Je regrette de ne t'avoir pas plus soutenu mais c'est trop tard maintenant. J'ignore si recevoir de mes nouvelles te fera plaisir. Probablement pas. Tu ne m'as pas appelée quand j'étais à la clinique. Ou si tu l'as fait, on ne m'en a rien dit. Peut-être que ma mort t'aurait arrangé, finalement. Un problème de résolu ! Et je sais combien tu aimes résoudre les problèmes… Ne crois pas que je ne te suis pas reconnaissante. Je le suis, ou je le serai un jour ou l'autre. Mais ce que tu as fait pour moi, tu l'aurais fait pour n'importe qui d'autre. C'est dans ta nature. Or, j'aurais voulu que tu me réserves une place à part, une place que je serais la seule à occuper. C'est drôle, je commence à apprécier les gens qui se montrent corrects envers tout le monde, mais pour cela aussi, il est trop tard, n'est-ce pas ? Jago et moi avons décidé de nous séparer, même s'il n'emploie pas encore ce terme, parce que quitter une épouse suicidaire serait mal vu et que personne ne croirait que c'est moi qui en ai pris l'initiative. Ce que je t'ai dit à la fin, je le pense encore et je le penserai toujours.

Strike se rassit sur son lit, le portable à la main, sa deuxième chaussette dans l'autre main. Éclairés par la lumière grise de ce matin d'octobre, son menton barbu et son front soucieux se reflétaient sur l'écran. Ce texto, il aurait pu l'écrire lui-même tant son style était charlottesque. Il ne manquait rien : l'apparente résignation face au destin, les autocritiques censées assurer le contraire, la vulnérabilité brandie comme une arme. Avait-elle réellement quitté Jago ? Ses jumeaux avaient deux ans, à présent. Vivaient-ils avec elle ? Il songea à toutes les choses qu'il aurait pu écrire pour lui redonner espoir : qu'il avait voulu l'appeler à la clinique, qu'il avait rêvé d'elle après sa tentative de suicide, qu'elle demeurait gravée dans sa mémoire malgré tous les efforts qu'il déployait pour échapper à ses sortilèges. Dans un premier temps, Strike fut tenté de ne pas répondre, puis il se ravisa et rédigea un texte court mais mûrement réfléchi.

Tu as raison, j'aurais fait la même chose pour n'importe qui. Ce qui ne signifie pas que je regrette que tu ne sois pas morte. Non, je suis content que tu sois en vie mais cette vie, tu devras désormais la consacrer à tes enfants et à toi-même. Je vais changer de numéro. Prends soin de toi.

Il prit le temps de se relire. Charlotte recevrait ce message comme une gifle, c'était évident, mais depuis l'affaire de la clinique Strike avait compris pas mal de choses sur lui-même. Par exemple, qu'il aurait pu changer de numéro depuis longtemps mais qu'il s'était caché derrière les complications qu'un tel changement aurait engendrées. Les contacts à prévenir, par exemple. Piètre excuse. En réalité, s'il ne l'avait pas fait, c'était pour maintenir intact le dernier fil qui le reliait à Charlotte, parce qu'il avait besoin de savoir qu'elle n'arrivait pas à l'oublier, tout comme lui-même en était incapable. Il appuya sur envoi et finit de s'habiller.

S'étant assuré que les deux chats de Nick et Ilsa étaient enfermés dans la cuisine, il ouvrit la porte donnant sur la rue. Un nouveau texto de Charlotte arriva à l'instant même où il posait le pied sur le trottoir mouillé.

Je n'ai jamais été aussi jalouse que je le suis de cette Robin aujourd'hui.

Strike rempocha son portable.

Il était parti en avance pour avoir le temps de griller une cigarette sous l'auvent de la station Clapham South tout en guettant l'arrivée de Robin. Quand il fut à l'abri des gouttes, il alluma sa Benson en contemplant d'un œil vague le parc de Clapham Common et les vélos alignés dans la boue sous les grands arbres aux feuilles dorées secouées par la pluie. À peine eut-il tiré deux bouffées que son portable sonna au fond de sa poche. Si c'était Charlotte, il ne décrocherait pas, décida-t-il avant de voir le nom de son vieux copain Polworth s'afficher à l'écran.

« Ça va, Chum ?

— T'aurais deux minutes à consacrer à un simple quidam, Sherlock ?

— Deux minutes, ça ira, lui renvoya Strike en contemplant le ciel gris. Je ne voudrais pas qu'on s'imagine que j'ai pris la grosse tête. Ça roule pour toi ?

— On va venir passer un week-end à Londres. »

Polworth semblait aussi ravi que s'il devait subir une coloscopie.

« Je croyais que Londres était le foyer du mal ?

— L'idée ne vient pas de moi. C'est Roz qui veut aller voir *Le Roi Lion*, Trafalgar Square et toutes les autres conneries. Et comme c'est son anniversaire…

— Si tu cherches un lieu où dormir, je te préviens, je n'ai qu'une chambre.

— On a réservé sur Airbnb. Dans deux semaines. Je me disais qu'on pourrait aller prendre une bière tous ensemble. T'auras qu'à inviter ta Robin, comme ça Penny aura quelqu'un à qui parler. Sinon, ça va ? La reine t'a proposé du boulot ?

— Ouais, je l'ai mise sur liste d'attente. OK pour la bière, mon vieux, j'ai hâte. Quoi de neuf à part ça ?

— Rien. Tu as vu que les Écossais ont raté leur coup ? »

La vieille Land Rover venait d'apparaître derrière une file d'autres véhicules. Peu désireux de se laisser entraîner dans une discussion sur le nationalisme celtique, Strike répondit :

« Écoute Chum, il faut que j'y aille. J'aperçois Robin. Elle vient me chercher en voiture. Je te rappelle plus tard. »

Il jeta son mégot dans une bouche d'égout pour être prêt à grimper dès que Robin s'approcherait du trottoir.

« Bonjour, dit-elle quand il fut installé sur le siège passager. Je suis en retard ?

— Non, c'est moi qui suis en avance.

— Jolie barbe, dit Robin en redémarrant. Vous ressemblez à un chef guérillero ayant réussi un coup d'État.

— C'est l'impression que j'ai, figurez-vous », répliqua Strike. Et il disait vrai. À la seconde où il avait vu Robin, la joie qu'il s'interdisait de ressentir depuis deux semaines avait subitement explosé en lui.

« C'était Pat, au téléphone ? demanda Robin.

— Non, Polworth. Il vient à Londres, pas le week-end prochain, l'autre.

— Je croyais qu'il détestait Londres ?

— C'est pour faire plaisir à l'une de ses filles. Il veut vous rencontrer, mais je ne vous le conseille pas.

— Pourquoi ? demanda Robin, légèrement flattée.

— Les femmes n'aiment pas Polworth, en général.

— Pourtant, il est marié, non ?

— Oui, mais sa femme non plus ne l'aime pas. »

Robin éclata de rire.

« Pourquoi pensiez-vous que c'était Pat ? renchérit Strike.

— Je viens de l'avoir au téléphone. Miss Jones est contrariée. Elle voudrait vous voir en personne pour faire le point.

— Je la contacterai plus tard. Via FaceTime, précisa Strike en regardant les essuie-glaces s'agiter sans grande efficacité sur le pare-brise. Heureusement, la barbe calmera ses ardeurs.

— Certaines femmes aiment les barbus », fit remarquer Robin. Et il se demanda si elle faisait partie du nombre.

« Je crois que Hutchins et Barclay ne vont pas tarder à coincer l'associé de Dopé, reprit-il.

— Oui. D'ailleurs, Barclay est volontaire pour aller enquêter à Majorque.

— Ça ne m'étonne pas de lui. Prête à recevoir notre future collaboratrice lundi ?

— Michelle ? Oui, absolument, dit Robin.

— Avec un peu de chance nous pourrons réintégrer nos bureaux le même jour. »

Robin bifurqua sur Kyrle Road et, ne voyant pas de journalistes dans les parages, se gara devant une grande demeure victorienne divisée en deux appartements.

Strike appuya sur la sonnette marquée « Phipps/ Sullivan ». Ils entendirent des pas dans l'escalier et la porte s'ouvrit sur Anna Phipps. Elle portait la même salopette en coton bleu trop grande pour elle et les mêmes espadrilles blanches que lorsqu'ils l'avaient rencontrée à Falmouth.

« Entrez, je vous prie », dit-elle aimablement en s'effaçant pour les laisser pénétrer dans le petit vestibule carré au pied de l'escalier. Des lithographies abstraites monochromes ornaient les murs blancs et l'imposte vitrée au-dessus de la porte dessinait des ronds de lumière sur les marches de bois nu. L'espace d'un instant, Robin se revit dans le hall de la maison de retraite St. Peter's, avec son Christ grandeur nature.

« Je vais essayer de ne pas pleurer », murmura Anna comme si elle craignait qu'on ne l'entende. Mais ses yeux étaient déjà humides. « Je suis désolée mais je… j'aimerais tellement vous serrer dans mes bras », dit-elle avant de passer à l'acte. Elle les embrassa tous les deux, puis recula d'un pas en secouant la tête, oscillant entre le rire et les larmes.

« Je ne vous dirai jamais assez combien je vous suis… je vous suis reconnaissante. Vous m'avez donné… » Elle fit un geste englobant l'espace autour d'elle. « Mais ce que je ressens est tellement… tellement bizarre. Je suis incroyablement heureuse et soulagée et, en même temps, j'ai le cœur si lourd… C'est logique ?

— Absolument », dit Robin. Strike acquiesça en marmonnant dans sa barbe.

« Tout le monde est là, reprit Anna en désignant le palier du premier étage. Kim, papa, Cyn et… Oonagh, également. Je l'ai invitée à passer quelques jours à la maison. Nous sommes en train d'organiser les obsèques, voyez-vous – papa et Cyn s'en remettent à moi – enfin, bon… venez, ils veulent vous remercier… »

Les marches étaient raides. En s'accrochant à la rampe pour les gravir plus facilement, Strike se souvint des émotions contradictoires qui l'avaient assailli après le coup de fil lui annonçant la mort de sa propre mère. Sa douleur avait été immense, bien sûr, mais à sa grande honte il avait également ressenti une pointe de soulagement. Beaucoup plus tard, il avait fini par s'expliquer cette étrange réaction : depuis toujours, même s'il n'en était pas conscient, il savait que Leda partirait avant l'heure et, quand le couperet était tombé, l'angoisse accumulée pendant des années avait brusquement disparu. Après avoir passé sa vie à fréquenter des hommes infréquentables, Leda avait connu une mort infâme sur un matelas sordide. Son absence lui pesait toujours autant. Ce qui ne lui manquait absolument pas, c'était le mélange d'appréhension, de culpabilité et d'épouvante qui lui avait empoisonné l'existence au cours des deux années ayant précédé son décès.

Strike se demanda quel genre d'émotions ressentaient actuellement le mari de Margot et la femme qui l'avait remplacée auprès de lui. En arrivant au premier, il aperçut le Dr Phipps assis dans le salon. Leurs regards se croisèrent, puis Kim s'avança et fit écran entre eux. La jeune femme blonde les accueillit avec un sourire radieux. C'était peut-être la seule à n'éprouver que de la joie.

« Les mots me manquent, fit-elle en serrant la main de Strike puis de Robin. Entrez donc… »

Ils suivirent Anna et sa compagne dans une pièce aussi vaste et lumineuse que leur maison de Falmouth. Les larges baies vitrées étaient tendues de voilages impalpables, les lattes du parquet couvertes en partie d'un grand tapis blanc, les murs peints en gris perle. Sur les rayons de la bibliothèque, les livres étaient classés selon leur couleur. Un agencement tout en harmonie et sobriété. À l'opposé de la maison où Anna avait grandi, avec son salon encombré d'horribles bronzes victoriens et de fauteuils en chintz. Il n'y avait rien sur les murs, excepté une photo en noir et blanc représentant la mer et le ciel, accrochée au-dessus de la cheminée.

La pluie cinglait les vitres derrière Roy, qui s'était levé. Il essuya nerveusement sa main sur son pantalon avant de la tendre à Strike.

« Comment allez-vous ? demanda-t-il d'une voix chevrotante.

— Très bien, merci.

— Miss Ellacott, dit Roy en serrant la main de Robin. Il paraît que c'est vous qui l'avez… »

Le mot *trouvée* ne fut pas prononcé mais tout le monde crut l'entendre vibrer dans l'air.

« Oui », répondit Robin.

Roy hocha la tête en pinçant les lèvres. Ses grands yeux se posèrent sur la chatte ragdoll qui venait d'entrer dans la pièce et braquait sur les humains son regard d'aigue-marine.

« Assieds-toi, papa, lui dit gentiment Anna.

— Je vais voir si Oonagh a besoin de quelque chose, lança Kim avant de quitter la pièce. Elle s'occupe du thé.

— Je vous en prie, prenez place », dit Anna aux deux détectives qui s'installèrent côte à côte sur le canapé.

À peine Strike fut-il assis que la chatte lui sauta sur les genoux. Robin, elle, ne pouvait s'empêcher de fixer l'ottomane servant de table basse. Tendue d'un tissu rayé gris et blanc, elle était bien plus petite que celle des Athorn. Un corps, même replié, n'aurait pu tenir à l'intérieur. Quel que fût l'aspect pratique de ce meuble de rangement, Robin était sûre qu'elle n'en aurait jamais chez elle. Comment pourrait-elle un jour oublier le bloc de ciment poreux et le crâne de Margot Bamborough affleurant à la surface ?

« Où est Cyn ? demanda Anna à son père.

— Aux toilettes », répondit Roy de sa voix cassée. Il jeta un regard vers le palier, puis se tourna vers le détective :

« Je… je dois vous dire que j'ai honte de n'avoir jamais entrepris de démarches pour la retrouver. Croyez-moi. Si j'avais embauché quelqu'un, nous aurions pu découvrir la vérité il y a dix ou vingt ans…

— Eh bien, ce n'est pas très gentil pour nous, dit Strike en caressant la chatte qui ronronnait. Vous croyez vraiment que n'importe quel détective privé aurait été capable de résoudre cette énigme ? »

Roy et Anna se mirent à rire plus bruyamment que nécessaire. Ils étaient encore sous le choc et avaient les nerfs à fleur de peau. Strike connaissait ce besoin de relâcher la tension à la suite d'un traumatisme. Il l'avait expérimenté autrefois, dans des circonstances tout aussi dramatiques. Quelques jours après que l'hélicoptère de l'armée l'eut emporté loin du cratère sanglant où il avait laissé sa jambe et s'était réveillé près du cadavre de Gary Topley coupé en deux au niveau de la taille, Richard Anstis, l'autre rescapé de l'attentat, lui-même défiguré par l'engin explosif, avait lancé pour plaisanter que Gary aurait pu faire des économies de pantalon s'il avait survécu. Cette blague navrante et grossière l'avait fait hurler de rire. Face à l'horreur, le rire était le meilleur exutoire.

Des voix de femmes retentirent de l'autre côté du palier. Quelques secondes plus tard, Kim et Oonagh Kennedy les rejoignaient, l'une portant le plateau du thé, l'autre un gros gâteau au chocolat sur une assiette. Sous sa frange méchée de pourpre, Oonagh souriait gaiement. Quand elle se pencha pour déposer le gâteau, sa croix d'améthyste se balança au-dessus de l'ottomane.

« Voilà nos héros ! J'ai hâte de vous embrasser tous les deux ! »

Robin se leva pour faciliter l'accolade. Craignant de déranger la chatte, Strike resta assis, se contentant de lui tendre maladroitement les bras.

« Voilà que ça recommence ! » dit Oonagh en se redressant après l'avoir serré contre elle. Elle s'essuya les yeux. « Bon sang, c'est comme si j'étais sur des montagnes russes. Un coup je ris, un coup je pleure…

— Moi aussi, tout à l'heure, quand je leur ai ouvert », s'esclaffa Anna.

Difficile de savoir ce que pensait Roy derrière son petit sourire figé, songea Robin. Que ressentait-il en se retrouvant tant d'années plus tard face à la meilleure amie de sa femme défunte ? Les changements physiques qu'il constatait chez Oonagh le poussaient-ils à se demander comment sa première épouse aurait vieilli si elle n'était pas morte à l'âge de quarante ans ? Depuis lors, il avait dû s'interroger des milliers de fois sur son attitude envers Margot et la longue plage de silence glacial qu'il lui avait imposée pour la punir d'avoir pris un verre avec Satchwell. Leur couple aurait-il survécu aux tensions accumulées ? Margot lui aurait-elle pardonné ou aurait-elle fini par accepter la proposition d'Oonagh d'aller habiter chez elle en attendant de refaire sa vie ?

Ils auraient divorcé, évidemment, conclut Robin. Mais peut-être mélangeait-elle son propre vécu et celui de Margot. Après tout, n'avait-elle pas tendance à s'identifier à elle depuis le début ?

« Oh, bonjour », fit une voix essoufflée.

Tout le monde regarda dans la même direction. Cynthia se tenait sur le seuil. Le sourire qui plissait son visage mince et creusé ne s'étendait pas jusqu'à ses yeux aux iris tachetés. Elle portait une robe noire. Robin se demanda si c'était pour montrer qu'elle était en deuil.

« Désolée, j'étais… comment allez-vous ?

— Bien, répondit Robin.

— Très bien », répondit Strike.

Cynthia émit l'un des petits rires étranglés dont elle avait le secret.

« Oui, non… formidable… », gloussa-t-elle.

Qu'y avait-il de si formidable aux yeux de Cynthia ? s'interrogea Robin en la regardant tirer une chaise, s'asseoir, puis faire signe à Oonagh qu'elle ne souhaitait pas goûter au gâteau qu'apparemment cette dernière était sortie acheter malgré la pluie. Comment prenait-elle le retour de Margot Bamborough, même sous la forme d'un squelette dans une boîte ? Que ressentait-elle en voyant son mari au bord des larmes et sa belle-fille accueillir Oonagh comme une tante retrouvée après une longue séparation ? Décidément très inspirée, Robin était prête à parier que si Margot avait divorcé au lieu de mourir, Roy n'aurait jamais épousé Cynthia en secondes noces. Margot aurait supplié la jeune fille de la suivre dans sa nouvelle vie, pour l'aider à prendre soin d'Anna. Cynthia aurait-elle accepté son offre ou refusé par loyauté envers Roy ? Et dans le deuxième cas, où serait-elle allée, sa présence à Broom House n'étant plus nécessaire ? Qui aurait-elle fini par épouser ?

La deuxième chatte fit son apparition, étonnée d'apercevoir tous ces humains rassemblés dans le salon. Elle s'avança, longea les fauteuils, l'ottomane, le canapé, et sauta sur le rebord de la fenêtre où elle s'assit en leur tournant le dos, très intéressée par les gouttes de pluie qui ruisselaient de l'autre côté de la vitre.

« Bon, écoutez, dit Kim depuis la grande bergère qu'elle occupait un peu en retrait. Nous tenons absolument à vous dédommager pour le travail que vous avez accompli hors contrat. Vous avez refusé, je sais, mais…

— Nous avons poursuivi l'enquête de notre propre initiative, l'interrompit Strike. Et nous sommes contents d'avoir pu vous aider. Mais encore une fois, il n'est pas question… »

Strike en avait discuté avec Robin avant de venir. Ils étaient tombés d'accord sur le fait que réclamer un complément d'honoraires à Kim et Anna relèverait de la pure cupidité. L'affaire Margot Bamborough allait sans doute rapporter à l'agence trois fois ce qu'elles leur avaient versé, rien qu'en termes de publicité et de nouveaux clients. De plus, Strike restait persuadé qu'il aurait pu résoudre l'énigme beaucoup plus tôt.

« Dans ce cas, nous ferons un don à une association, déclara Kim. Laquelle aurait votre préférence ?

— Eh bien, dit Strike en s'éclaircissant la gorge. Si c'est vraiment ce que vous souhaitez, je vous propose les infirmières Macmillan… »

Ce choix suscita un léger étonnement parmi les membres de la famille.

« Ma tante est décédée cette année, expliqua-t-il, et son infirmière Macmillan l'a énormément aidée.

— Oh, je vois », fit Kim avec un petit rire gêné. Dans le silence qui suivit, chacun crut voir le spectre de Janice Beattie s'élever au milieu du salon, comme le filet de vapeur qui sortait de la théière.

« Une infirmière, répéta calmement Anna. Qui aurait soupçonné une infirmière ?

— Margot », répondirent en chœur Roy et Oonagh.

Leurs regards se croisèrent et ils sourirent. Un sourire teinté d'une infinie tristesse. Sans doute étaient-ils surpris de tomber d'accord sur ce point après s'être tant méfiés l'un de l'autre. Robin vit Cynthia détourner les yeux.

« Margot n'aimait pas cette femme, développa Oonagh. Elle me l'avait dit mais j'avais confondu avec la blonde qui avait fait une scène pendant la fête de Noël.

— C'est vrai, cette infirmière ne lui revenait pas, confirma Roy. Elle me l'avait dit à moi aussi, dès le début, quand elle avait commencé à exercer dans ce cabinet. Mais je n'y ai pas prêté attention… »

Roy semblait décidé à ne plus rien cacher désormais, quoi qu'il lui en coûte.

« J'ai cru qu'il s'agissait d'un conflit de personnalité. Elles avaient pas mal de points communs toutes les deux, une famille issue de la classe ouvrière, un caractère bien trempé… Quand j'ai vu cette femme pour la première fois, le jour du barbecue, je l'ai trouvée plutôt… bien… convenable. Évidemment, Margot ne m'a jamais fait part de ses soupçons… »

Durant les secondes qui suivirent, Strike se souvint, comme tous les autres occupants de la pièce sans doute, que Roy avait refusé d'adresser la parole à son épouse pendant les quelques semaines ayant précédé son assassinat, c'est-à-dire à la période où les soupçons de Margot avaient dû se concrétiser.

« Janice Beattie mentait avec une facilité et un aplomb déconcertants, crut-il bon de préciser, pour détendre l'atmosphère. Je n'ai jamais connu quelqu'un d'aussi doué pour cela. Une fichue comédienne.

— J'ai reçu une lettre absolument extraordinaire, dit Anna. Écrite par son fils, Kevin. Savez-vous qu'il compte venir de Dubaï pour témoigner contre elle ?

— Nous l'avons appris, oui, répondit Strike que George Layborn tenait régulièrement informé des progrès de l'enquête.

— Il dit qu'il serait sans doute mort si maman ne l'avait pas examiné », ajouta Anna.

Robin nota qu'Anna appelait Margot « maman », alors qu'avant elle aurait dit « ma mère ».

« C'est incroyable, confirma Kim en hochant la tête. Il exprime ses regrets, comme si c'était sa faute.

— Pauvre homme, murmura Oonagh.

— Il se reproche de ne l'avoir pas dénoncée à la police, mais comment un enfant pourrait-il imaginer que sa mère est une tueuse en série ? dit Anna tandis que Cagney ronronnait sur les genoux de Strike. Vous n'imaginez pas à quel point vous m'avez aidée, tous les deux. Et pas seulement moi. Tout le monde ici. Cette incertitude… Je devenais folle à la fin.

Maintenant, je sais que maman ne m'a pas abandonnée et qu'elle est morte… paisiblement…

— Pour autant qu'on le sache, elle n'a pas souffert, confirma Strike.

— Je suis sûre qu'elle tenait à moi, qu'elle m'aimait.

— Nous te l'avons toujours… », commença Cynthia. Mais sa belle-fille l'interrompit :

« Oui Cyn, vous me l'avez toujours dit. Mais à force de ne rien savoir on finit par douter. Aujourd'hui, quand je me compare à Kevin Beattie, je trouve que j'ai de la chance. Savez-vous… demanda-t-elle à Strike et Robin, ce qu'ils ont trouvé quand… ils ont sorti maman… du ciment ?

— Non », dit Strike.

Cynthia jouait avec l'anneau qu'elle avait au doigt.

« Le médaillon que papa lui avait offert. Il était terni mais, quand ils l'ont ouvert, il y avait une photo de moi à l'intérieur. Parfaitement conservée », dit Anna, les yeux brillants de larmes. Oonagh se pencha et lui tapota le genou. « Ils me le rendront quand l'enquête sera terminée.

— Tant mieux, souffla Robin.

— Et savez-vous ce qu'elle avait dans son sac ? intervint Kim.

— Non, répéta Strike.

— Les notes qu'elle avait prises sur sa dernière patiente, Theo. Elles sont intactes – le cuir les a protégées. Elle s'appelait Theodosia Loveridge et elle appartenait à la communauté des gens du voyage. Margot craignait une grossesse extra-utérine. Elle voulait appeler une ambulance mais Theo a refusé parce que son petit ami devait venir la chercher. Elle semblait redouter que sa famille apprenne qu'elle était enceinte. Ils n'approuvaient pas qu'elle sorte avec ce garçon.

— Raison pour laquelle Theo ne s'est jamais présentée à la police, j'imagine, dit Robin.

— Oui, je pense que c'est pour cela, répondit Kim. Pauvre fille. J'espère qu'elle va bien.

— D'après vous, la police a-t-elle suffisamment d'éléments contre Janice Beattie ? demanda Roy à Strike. Je ne sais pas ce que vos contacts à Scotland Yard vous ont dit mais, aux dernières nouvelles, la Scientifique n'a pas encore pu prouver que Margot avait été droguée.

— Je n'en sais pas plus que vous, répondit Strike qui avait eu George Layborn au téléphone la veille au soir. Mais je crois qu'ils vont tester une toute nouvelle méthode, capable de déceler la présence de substances toxiques ou chimiques à l'intérieur du ciment. Rien n'est joué mais cette technique a été récemment utilisée aux États-Unis, et avec succès.

— Mais s'ils n'arrivent pas à fournir de preuve, insista Roy, ils devront se baser sur de simples présomptions, n'est-ce pas ?

— L'avocat de Janice compte là-dessus, d'après ce que j'ai lu dans la presse, dit Kim.

— S'il croit que ça suffira pour la tirer d'affaire…, répondit Strike, narquois. D'abord, il va devoir expliquer pourquoi la police a trouvé chez elle le téléphone d'une assistante sociale qui n'existe pas, et pourquoi les Athorn connaissaient le numéro de ce téléphone. Les cousins de Leeds identifieront Janice comme la personne qui les a aidés à débarrasser l'appartement de Samhain et Deborah. Gloria Conti accepte de témoigner. Elle parlera du beignet dans le frigo, des fois où Wilma et elle ont été prises de vomissements. Sans compter que Steve Douthwaite viendra à la barre…

— C'est vrai ? fit Oonagh, heureusement surprise. Bonne nouvelle. Justement, on se demandait si…

— Je pense qu'il a fini par comprendre que pour se débarrasser de son emprise il devait aller jusqu'au bout, dit Strike. Il est prêt à témoigner que ses symptômes d'intoxication ont commencé quand Janice s'est mise à lui mitonner des petits plats. Mieux encore, il dira que le jour où il est allé la consulter pour la dernière fois, Margot lui avait conseillé de ne plus rien manger qui vienne d'elle.

« Et ce n'est pas tout. Kevin Beattie témoignera que sa fille a avalé de l'eau de Javel alors qu'elle était sous la garde de sa grand-mère et que lui-même, étant enfant, devait absorber les "boissons spéciales" que lui concoctait Janice, et qui le rendaient malade… Quoi d'autre ? dit Strike en invitant Robin à prendre le relais pour que lui-même puisse goûter au gâteau.

— Nous avons aussi les produits dangereux qu'elle stockait dans sa cuisine, enchaîna-t-elle. Et n'oublions pas qu'elle a tenté d'empoisonner Cormoran le jour où il s'est rendu chez elle pour obtenir ses aveux. À cela s'ajoutent les produits alimentaires assaisonnés aux barbituriques que la police a trouvés chez Irene et les photos des victimes sur le mur du salon de Nightingale Grove, dont celle de Joanna Hammond, une femme que Janice prétendait n'avoir jamais rencontrée, et celle de Julie Wilkes, morte par noyade dans la piscine du village Butlin's à Clacton-on-Sea. Et si, par malheur, les analyses effectuées sur Margot ne donnent rien, la police obtiendra sûrement des résultats exploitables sur les dépouilles de ses autres victimes. Janice avait fait incinérer son ex-compagnon, Larry, mais la maîtresse de celui-ci, Clare, a été enterrée. Ils sont en train de l'exhumer.

— Personnellement, reprit Strike qui avait réussi à manger la moitié de sa part, je pense qu'elle finira ses jours en prison.

— Je suis heureux de l'entendre, fit Roy, soulagé.

— Oui, non, carrément », abonda Cynthia.

La chatte postée près de la fenêtre tourna brusquement la tête puis se remit à contempler la pluie pendant que sa compagne pétrissait le pull de Strike.

« Vous viendrez à la cérémonie d'enterrement, n'est-ce pas ? demanda Anna aux deux détectives.

— Nous en serons très honorés, répondit Robin pour les deux, parce que Strike avait de nouveau la bouche pleine.

— Nous laissons… Anna organiser tout cela, dit Roy.

— J'aimerais que maman ait une vraie tombe, reprit Anna. Un lieu où nous pourrons aller la voir, vous savez… après toutes ces années à me demander où elle était. Je veux qu'elle soit près de moi.

— Je comprends parfaitement, dit Strike.

— Vraiment, vous n'imaginez pas ce que vous avez fait pour moi », répéta Anna pour la troisième fois. Elle chercha la main d'Oonagh tout en regardant fixement Cynthia. « Maintenant j'ai Oonagh à mes côtés. Avec Cyn qui a toujours été la plus attentionnée des mères… Maman a eu bien raison de la choisir pour s'occuper de moi… »

Cynthia était sur le point de fondre en larmes. Robin détourna les yeux et les posa sur la chatte ragdoll assise devant la fenêtre. Strike se mit à contempler le paysage marin accroché au-dessus de la cheminée. La pluie cognait contre les vitres, l'autre chatte ronronnait sur ses genoux et, dans sa tête, une urne en forme de lys s'éloignait vers l'horizon, ballottée par les flots. Le cœur serré malgré la joie du devoir accompli, Strike ressentit la morsure de l'absence. Il aurait tant aimé téléphoner à Joan, lui raconter le dénouement de l'affaire Bamborough, et l'entendre dire, une toute dernière fois, qu'elle était fière de lui.

73

Car l'affection naturelle cesse vite,
Et de Cupidon la flamme plus grande l'éteint :
Mais l'amitié fidèle les efface l'une et l'autre,
Icelle domptée par la discipline issue
De pensées tendues vers la gloire éternelle.
Car ainsi que l'esprit gouverne la matière,
Et toute la charpente du corps,
L'amour de l'esprit surpasse l'amour du corps,
Autant que l'or parfait dépasse le cuivre vil.

Edmund SPENSER, *La Reine des fées*

Quelques jours plus tard, Robin fut réveillée par les rayons du soleil d'automne qui filtraient entre les rideaux de sa chambre. Elle jeta un œil sur son portable et constata non sans surprise qu'il était 10 heures du matin. Cela faisait un an qu'elle n'avait pas autant dormi. Puis elle se rappela qu'on était le 9 octobre, jour de son anniversaire. D'où le petit luxe qu'elle venait de s'accorder.

Ilsa avait organisé un dîner en son honneur le lendemain soir, vendredi, dans un bon restaurant. Tous les amis de Robin étaient conviés. En plus d'elle-même et de son mari Nick, il y aurait Vanessa et son fiancé Oliver, Barclay, Hutchins et leurs épouses respectives, Max et son nouveau copain (le chef éclairagiste de la série dans laquelle il jouait) et enfin Strike. Ce dernier avait insisté pour que Robin prenne son jeudi, estimant qu'elle ne devait pas travailler le jour de son anniversaire. N'ayant rien prévu de particulier, Robin se redressa paresseusement dans son lit et regarda sur la commode les cadeaux envoyés par sa famille. Le plus petit paquet venait de sa mère. Un bijou sans doute, pour marquer comme il se devait son entrée dans la trentaine. Elle allait se lever quand son portable bipa. Un texto de Strike.

> Désolé de vous déranger pendant votre congé mais il s'est passé un truc. Pouvez-vous me rejoindre au Shakespeare's Head, sur Marlborough Street, à 17 heures. Tenue chic SVP, on risque de devoir aller dans un endroit huppé.

Robin relut, au cas où elle aurait raté la mention « Joyeux anniversaire ». Aurait-il encore oublié ? Ou estimait-il qu'ayant accepté de participer au dîner du lendemain soir il s'était déjà acquitté de cette obligation et pouvait se dispenser de lui adresser ses vœux le jour même ? Cela dit, si elle restait sans rien faire toute la journée, elle craignait un peu de s'ennuyer. Mais Strike n'était pas censé le savoir. Aussi lui répondit-elle sans grand enthousiasme mais avec un léger soulagement : **OK.**

Elle enfila sa robe de chambre et monta au premier pour se préparer une tasse de thé. Sur la table de la cuisine trônait une grande boîte accompagnée d'une carte glissée dans une enveloppe. Elle reconnut l'écriture presque illisible de Strike. Max était parti de bonne heure pour le Kent où il devait tourner des scènes d'extérieur et avait emmené Wolfgang avec lui. Il prévoyait de le laisser dans la voiture et de le promener pendant la pause déjeuner. N'ayant pas entendu sonner, Robin supposa qu'il s'était arrangé avec Strike, qui avait dû lui confier le colis quelques jours auparavant en le chargeant de ne le sortir qu'au matin du grand jour. Une telle mise en scène supposait un degré d'organisation et une somme d'efforts dont elle pensait Strike incapable. La surprise était d'autant plus grande qu'elle n'avait jamais reçu de sa part aucune carte de vœux ou de félicitations, même avec la robe verte qu'il lui avait offerte pour la remercier d'avoir contribué à la résolution de leur première enquête commune.

Deux chiffres roses pailletés, un 3 et un 0, étaient imprimés au recto de la carte. Rien de bien original. À l'intérieur, Strike avait écrit :

Bon anniversaire.
Ceci n'est pas votre vrai cadeau.
Vous l'aurez plus tard (et ce ne sera pas des fleurs)
Bises Strike x

Robin accorda à ces quatre lignes plus d'attention qu'elles ne le méritaient. Entre autres choses, le petit « x » à la fin et le fait qu'il ait signé « Strike » la remplirent d'aise. Elle reposa la carte et soupesa la grosse boîte cubique. Elle était si légère qu'on aurait pu la croire vide. Il y avait un logo sur l'un des côtés : Balloon in a Box.

Quand Robin ouvrit le couvercle, un ballon en forme de tête d'âne relié à sa base par un gros ruban surgit devant son nez. Elle sourit, alluma la bouilloire et prit son portable pour répondre à l'expéditeur.

Merci pour l'âne-ballon. Il était temps. L'ancien commençait à se dégonfler.

Soixante secondes plus tard, elle recevait en retour :

Génial. Je craignais qu'on vous en ait déjà offert un. Tellement évident. On se voit à 17 heures.

Le cœur léger, Robin but son thé, mangea une tartine et descendit ouvrir ses autres cadeaux. Ses frères lui avaient offert à peu près la même chose que l'année précédente, en un peu plus cher. Seuls ses parents avaient innové. Le petit paquet contenait un superbe pendentif orné d'une opale ronde entourée de minuscules diamants. L'opale, qui était sa pierre de naissance, lançait de jolis reflets verts et bleus. Sur la carte, ils avaient écrit : « Pour tes 30 ans. Joyeux anniversaire, Robin. Nous t'aimons très fort, Maman et Papa x. »

Robin avait beaucoup de chance d'avoir des parents aimants. Bien qu'elle n'en ait jamais douté, depuis quelque temps elle en prenait vraiment conscience. Son métier lui apportait chaque jour la preuve que tout le monde n'était pas aussi bien loti qu'elle. De nombreuses personnes issues de familles irrémédiablement détruites porteraient jusqu'à leur mort les cicatrices invisibles laissées par la violence parentale, la cruauté, le manque d'amour. Autant de séquelles qui, par ricochet, entachaient les relations qu'elles avaient ou n'avaient pas avec leur entourage. Elle appela Linda pour la remercier et, de fil en aiguille, finit par passer une heure avec elle, à discuter de choses et d'autres juste pour le plaisir de l'échange. Depuis le prononcé de son divorce, Robin éprouvait moins de réticences à lui téléphoner. Pourtant, elle s'était gardée de lui annoncer que Matthew et Sarah attendaient un bébé. Elle préférait que Linda le découvre par elle-même et pousse les hauts cris ailleurs que dans son oreille.

Elles étaient sur le point de prendre congé l'une de l'autre quand Linda, qui avait toujours désapprouvé le choix de carrière de sa fille, et plus encore depuis que celle-ci avait été poignardée dans l'exercice de son métier, jugea bon d'évoquer le battage médiatique suscité par l'affaire Margot Bamborough.

« Vous avez fait une chose incroyable, reconnut-elle. Toi et… euh… Cormoran.

— Merci maman, répondit Robin, aussi surprise qu'émue.

— Au fait, comment va Morris ? embraya Linda, faussement désinvolte.

— Oh, on l'a viré », répondit joyeusement Robin. De cela non plus elle ne lui avait pas parlé. « La personne qui le remplace commence la semaine prochaine. Elle s'appelle Michelle Greenstreet et elle est géniale. »

Après s'être douchée, Robin regagna sa chambre pour se sécher les cheveux. En début d'après-midi, elle s'installa au salon et déjeuna devant la télévision. Puis elle redescendit et chercha dans son placard la robe moulante qu'elle avait mise quelques mois auparavant pour aborder l'assistante de PasNet au comptoir du Vintry. Après l'avoir enfilée, elle accrocha autour de son cou le pendentif en opale. C'était son seul vrai bijou puisqu'elle avait laissé derrière elle la bague que Matthew lui avait offerte pour leurs fiançailles. Avec ses reflets iridescents, la pierre blanche semi-précieuse faisait beaucoup d'effet sur le bleu de sa vieille robe. Pour une fois satisfaite de son apparence, Robin décida de troquer le sac qu'elle utilisait tous les jours contre un autre, un peu plus élégant. Puis elle alla récupérer son portable, posé près du lit.

Le tiroir de la table de chevet, entrouvert, laissait apercevoir le jeu de tarot qui se trouvait à l'intérieur. Robin réfléchit un instant puis, sous le regard de l'âne-ballon qui lui souriait dans un coin de sa chambre, regarda l'heure sur son téléphone. Il lui restait du temps avant son rendez-vous avec Strike sur Marlborough Street. Elle posa son sac, s'assit au bord du lit, sortit les cartes, les battit et retourna celle du dessus.

Deux épées croisées perçant une rose bleue sur un fond vert. Robin consulta le *Livre de Thoth*.

> La Paix… le Deux d'Épée. Cette carte annonce un bouleversement général résultant du conflit entre le Feu et l'Eau dans leur mariage…
>
> Ce calme relatif est amplifié par l'attribution céleste : la Lune en Balance…

Robin savait que la première carte donnait la nature du problème.

« La paix n'est pas un problème, marmonna-t-elle. La paix est une bonne chose. »

Mais elle n'avait en tête aucune question particulière. Elle espérait simplement que, pour le jour anniversaire de sa naissance, les cartes lui enverraient un signe. Elle retourna la deuxième, celle qui énonçait la cause du problème.

Une femme verte, masquée, tenant une épée verte sous les deux plateaux d'une balance.

> L'Ajustement… cette carte correspond au signe de la Balance… elle représente la Femme Satisfaite. L'Équilibre se distingue des préjugés individuels… Elle doit donc être comprise comme évaluant la vertu de chaque acte et exigeant une satisfaction exacte et précise…

Intriguée, Robin tira la troisième et dernière carte : la solution. Deux poissons enlacés crachant de l'eau dans deux coupes d'or flottant sur un lac vert. Cet arcane ne lui était pas inconnu. Elle l'avait retourné un soir, dans sa chambre d'hôtel, à Leamington Spa, plusieurs mois auparavant, quand elle ignorait encore qui avait tué Margot Bamborough.

> L'amour… la carte se réfère aussi à Vénus en Cancer. Elle montre l'harmonie des principes mâle et femelle : au sens le plus large. C'est l'union calme, parfaite…

Robin respira un bon coup, reconstitua le paquet et le rangea. Quand elle se leva pour décrocher son imperméable, le déplacement d'air fit osciller la tête d'âne au bout de son ruban.

En marchant vers la station de métro, Robin sentait le pendentif en opale peser à la base de son cou. Une grasse matinée, un bon shampooing, rien de tel pour vous mettre en forme, songeait-elle, le cœur joyeux. Depuis qu'elle avait ouvert cette boîte à ballon, elle se sentait si légère. Sa bonne humeur lui valut un certain nombre d'œillades approbatrices de la part des hommes qu'elle croisait sur le trottoir et dans les transports en commun. Robin n'y prêta aucune attention. Elle descendit de la rame à Oxford Circus, grimpa les escaliers en toute hâte, déboucha sur Regent Street et, après cinq minutes de marche, aperçut Strike devant le Shakespeare's Head. Il s'était mis sur son trente et un.

« Bon anniversaire », lança-t-il. Après une brève hésitation, il se pencha pour lui faire la bise. Robin renifla sur sa joue une subtile odeur de lavande, en plus de celle du tabac froid.

« Merci… On n'entre pas dans le pub ?

— Euh… non. Je voulais vous offrir un parfum, dit-il en désignant le magasin Liberty dont l'une des entrées se profilait dix mètres plus loin. Ce sera votre vrai cadeau d'anniversaire – à moins que vous en ayez déjà acheté un ? » ajouta-t-il en espérant que non, parce qu'il n'avait pas d'autre objet en tête, du moins aucun qui soit dépourvu de connotations intimes.

« Je… non, répondit Robin. Comment saviez-vous que… ?

— C'est parce que l'année dernière à Noël, j'ai appelé Ilsa et… »

Strike poussa la porte vitrée donnant sur le rayon friandises décoré aux couleurs d'Halloween et, s'effaçant pour la laisser passer, entreprit de lui narrer ses mésaventures du mois de décembre précédent, quand il cherchait pour elle un parfum qu'il n'avait jamais trouvé.

« … donc, je me suis adressé au vendeur mais tous les parfums que ce type me proposait portaient des noms très bizarres comme… je ne sais pas… "J'Adore Baiser"… »

À ces mots, ce fut plus fort qu'elle, Robin explosa d'un rire si bruyant que plusieurs clients du magasin se retournèrent pour la regarder avec stupéfaction.

« … alors j'ai paniqué et, résultat, j'ai fini par vous prendre un truc comme ça, confessa-t-il en pointant les luxueuses boîtes de chocolats devant lesquelles ils passaient. Bref, ajouta-t-il lorsqu'ils furent sous la voûte étoilée de la parfumerie. Vous choisissez ce qui vous fait envie et moi je paie.

— Strike, dit Robin. C'est… c'est une délicate attention.

— Ouais, ben, fit-il en haussant les épaules. Comme dirait le psychiatre de Broadmoor, les gens peuvent changer. Je vais vous attendre là-bas, proposa Strike en lui montrant un recoin où, espérait-il, sa grande carcasse ne gênerait personne. Prenez votre temps. »

Robin passa un agréable quart d'heure à admirer les flacons et à essayer telle ou telle fragrance sur les bandes de test. Après avoir consulté une vendeuse étonnamment serviable, elle arrêta son choix sur deux parfums qui lui plaisaient. Une languette en carton dans chaque main, elle hésitait à sauter le pas… Mais après tout, ils étaient amis, et entre amis, on ne se gêne pas.

« Je n'arrive pas à me décider, dit-elle en rejoignant Strike dans son coin. Donnez-moi votre avis. C'est vous qui devrez le supporter quand nous serons dans la Land Rover.

— S'ils sont assez forts pour masquer la puanteur de cette bagnole, je redoute le pire », s'esclaffa-t-il.

Le premier avait une bonne odeur de biscuit à la vanille. L'autre, plus musqué, lui évoqua aussitôt des fleurs écrasées sur une peau tiédie par le soleil.

« Je préfère le second.

— Ah bon ! J'aurais cru que vous choisiriez le premier.

— Parce qu'il sent le gâteau ? »

Robin sourit et refit un essai.

« Oui… tout compte fait, je préfère le second, moi aussi. Mais il n'est pas donné.

— Ce qui est dit est dit. »

Strike porta jusqu'à la caisse le cube de verre épais gravé du nom relativement banal de « Narciso ».

« Oui, c'est pour offrir », répondit-il à l'employée qui lui posait la question. Puis il attendit patiemment qu'elle décolle l'étiquette du prix et emballe le flacon dans un papier doré, autour duquel fut noué un ruban. Strike ne voyait pas trop l'intérêt de ce cérémonial mais savait que Robin apprécierait. Le sourire qui s'étala sur son visage quand il lui tendit le petit sac lui prouva qu'il avait eu raison. Ils ressortirent du magasin par la porte principale, entre les jardinières de fleurs.

« Où allons…, commença Robin.

— Je vous emmène au Ritz boire une coupe de champagne.

— Vous êtes sérieux ?

— Ouais. Sans ça, je n'aurais pas mis de costume. »

Robin resta un moment à le fixer sans rien dire, puis elle ouvrit les bras et le serra très fort. À cet instant, peut-être à cause des fleurs qui les entouraient, l'un et l'autre se revirent enlacés sur les marches de l'hôtel où Robin avait fêté son mariage. Mais contrairement à ce jour-là, et ce malgré la barbe, Robin posa les lèvres sur sa joue et l'embrassa.

« Merci, Strike. Ça signifie énormément pour moi. »

Et pour moi donc ! songea son associé en se disant que ce baiser valait largement les soixante livres qu'il venait de dépenser et les quelques efforts qu'il avait dû déployer pour lutter contre ses tendances naturelles.

Alors qu'ils partaient en direction du Ritz sous les rayons du soleil couchant, deux noms lui revinrent en tête, surgis du plus profond de son inconscient. Mazankov et Krupov. Ils lui semblaient associés aux Cornouailles, mais pourquoi y pensait-il maintenant ? se demanda-t-il. Quand il trouva la réponse, les commissures de ses lèvres se relevèrent d'elles-mêmes mais, comme Robin regardait ailleurs, il ne fut pas obligé de lui dire pourquoi il souriait.

REMERCIEMENTS

Comme toujours, je remercie mon excellent éditeur David Shelley, avec qui le travail a toujours été synonyme de plaisir. Merci à mon merveilleux agent Neil Blair ; à l'équipe administrative qui a su préserver ma santé mentale : Mark Hutchinson, Rebecca Salt et Nicky Stonehill ; aux personnes qui m'ont assistée chez moi comme au bureau et sans lesquelles ce livre n'aurait pu voir le jour : Di Brooks, Simon Brown, Danny Cameron, Angela Milne, Ross Milne, Fi Shapcott et Kaisa Tiensuu ; à Neil Murray, le meilleur lecteur au monde d'ouvrages en devenir ; à Kenzie, pour avoir repéré une croix des chevaliers de St. John là où je ne croyais pas en trouver une ; à William Leone et Lynne Corbett, pour leur inspiration et pour avoir vérifié mes calculs ; à Russell Townsend, pour m'avoir accompagnée dans tous ces lieux et avoir ressuscité mon ordinateur portable ; et à Tom Burke pour la fascinante Crowleyana et la librairie Atlantis.

RÉFÉRENCES

'Come On-A My House' (p. 138) Paroles et musique Ross Bagdasarian et William Saroyan. © 1957 Songs Of Universal, Inc. Copyright international certifié. Tous droits réservés. Publié avec l'autorisation d'Hal Leonard Europe Ltd & Bagdasarian Productions.

'The Same Situation' (p. 410) Paroles et musique Joni Mitchell. © 1973 (renouvelé) Crazy Crow Music. Tous les droits gérés par Sony/ATV Tunes LLC, 424 Church St., Suite 1200, Nashville, TN 37219. Droits exclusifs de publication gérés par Alfred Music. Tous droits réservés. Reproduit avec l'autorisation d'Alfred Music.

'Court and Spark' (p. 410, p. 463-4 & p. 488) Paroles et musique Joni Mitchell. © 1973 (renouvelé) Crazy Crow Music. Tous les droits gérés par Sony/ATV Tunes LLC, 424 Church St., Suite 1200, Nashville, TN 37219. Droits exclusifs de publication gérés par Alfred Music. Tous droits réservés. Reproduit avec l'autorisarion d'Alfred Music.

'Just Like This Train' (p. 488) Paroles et musique Joni Mitchell. © 1973 (renouvelé) Crazy Crow Music. Tous

Références pour la traduction de Florianne Vidal
des citations tirées de
La Reine des fées *d'Edmund Spenser*

La Quête spensérienne : le traducteur et l'allégorie de l'erreur et du désespoir à l'intérieur du livre I de la Reine des fées, par Stéphane Desjardins, sous la direction d'Annick Chapdelaine, Département de langue et littérature françaises, Université McGill, Montréal, mai 2011.

Michel Poirier, *La Reine des fées*, collection bilingue des classiques étrangers, Aubier, 1950.

Du même auteur :

L'Appel du coucou, Grasset, 2013.
Le Ver à soie, Grasset, 2014.
La Carrière du mal, Grasset, 2016.
Blanc mortel, Grasset, 2019.

PAPIER À BASE DE FIBRES CERTIFIÉES

Le Livre de Poche s'engage pour l'environnement en réduisant l'empreinte carbone de ses livres. Celle de cet exemplaire est de :
950 g éq. CO_2
Rendez-vous sur www.livredepoche-durable.fr

Composition réalisée par PCA

Achevé d'imprimer en décembre 2022 en France par
MAURY IMPRIMEUR – 45330 Malesherbes
N° d'impression : 266409
Dépôt légal 1re publication : janvier 2023
LIBRAIRIE GÉNÉRALE FRANÇAISE
21, rue du Montparnasse – 75298 Paris Cedex 06

54/6008/5